明代別集叢刊

徐復祚集

上册

〔明〕徐復祚◎著

譚帆　張玄◎整理

華東師範大學出版社

·上海·

圖書在版編目（CIP）數據

徐復祚集 /（明）徐復祚著；譚帆，張玄整理. —
上海：華東師範大學出版社，2020
（明代別集叢刊）
ISBN 978-7-5675-9323-7

Ⅰ.①徐… Ⅱ.①徐… ②譚… ③張… Ⅲ.①古代戲曲—劇本—作品集—中國—明代②古代戲曲—文學研究—中國—文集 Ⅳ.①I237②I207.37-53

中國版本圖書館 CIP 數據核字(2020)第 178526 號

明代別集叢刊
徐復祚集

著　　者　[明] 徐復祚
整 理 者　譚　帆　張　玄
責任編輯　龐　堅
責任校對　時東明
裝幀設計　盧曉紅

出版發行　華東師範大學出版社
社　　址　上海市中山北路 3663 號　郵編 200062
網　　址　www.ecnupress.com.cn
電　　話　021-60821666　行政傳真 021-62572105
客服電話　021-62865537　門市(郵購)電話 021-62869887
地　　址　上海市中山北路 3663 號華東師範大學校内先鋒路口
網　　店　http://hdsdcbs.tmall.com

印 刷 者　上海昌鑫龍印務有限公司
開　　本　890 毫米×1240 毫米　1/32
印　　張　39.125
字　　數　756 千字
版　　次　2021 年 10 月第 1 版
印　　次　2022 年 10 月第 2 次
書　　號　ISBN 978-7-5675-9323-7
定　　價　146.00 元（全三册）

出 版 人　王　焰

全國高等院校古籍整理研究工作委員會規劃項目

前言

晚明曲壇，群星璀璨，在這樣一個戲曲藝術空前繁榮的時代，徐復祚和他的戲曲著作也許并不屬於一流行列，但他豐富的曲學思想和鮮明的藝術風格都是晚明曲壇不可或缺的一部分，在戲曲史上佔有一席之地。

徐復祚生於明嘉靖三十九年（一五六〇），原名篤儒，字陽初，又字訥川，號謩竹，晚號三家村老。別署陽初子、洛誦生、休休生、破恪道人、忍辱頭陀等。江蘇常熟人。徐氏一門在明代常熟地方上頗有聲望，其家聲在其祖父徐栻時達到頂峰。據王世貞《徐鳳竹先生傳》記述，徐氏一家先祖最早散居于河南偃師，至宋南渡居於常熟。其高祖爲徐錕，號拙隱，曾任兵部左侍郎，兼左僉都御史。曾祖徐天民，曾任兵部右侍郎，兼右僉都御史。徐復祚的祖父徐栻，字世寅，嘉靖丁未（一五四七）進士。除宜春知縣，擢南京御史，後官至南京工部尚書。由於徐栻官至尚書，且在任期間頗有政聲，所以徐家先祖和子孫多得到封蔭。徐復祚的父親徐尚德，號禹江，獲贈刑部郎中，但徐尚德并未爲官，而是將這個機會給了徐復祚的哥哥徐昌祚。從相關資料中，我們可以了解到，徐家不但家資豐饒，而且在當地的名聲很好，他的祖輩都是樂善好施、至誠至孝之人。如《里睦小志》中記載他的曾祖父徐天民：「事母至孝，與人交始終一致，不談人過。人有告急，必賙云。」《里睦小志·杂志》中還記載着一則頗有意思的故事，云：「徐天民家素豐，每遇年荒，捐租出穀以賑貧乏。夜聞鬼唱於門曰：『千不誆，萬不誆，徐家秀才做了舉人郎。』相續而呼，連夜不斷，是年栻果舉於鄉。天民因亦積德，孜孜不怠。復又聞鬼唱於門曰：『千不誆，萬不誆，徐家舉人直做到都堂。』栻果爲尚書。」鬼神之事，雖不可信，但却從側面反映出徐家祖輩在鄉里的德行和聲望。

錢希言在《獪園》中提及徐復祚「兄弟六人，同父異母」，對此，徐復祚《家兒私語・亡妣周宜人行狀》云：「丁巳嘉靖三十六年舉一兄小字福孫，七月而殤。戊午舉伯昌兄，是年王父陞浙江按察司簽事。己未之任，携府君及吾母往。次年庚申，舉不肖復祚於官邸，辛酉歸。壬戌舉聞叔弟。迨甲子，母安來歸，不肖年五歲矣。」可知徐復祚同母所生有兩個哥哥和一個弟弟。另外，還有一個同父異母的弟弟徐鼎祚。徐復祚的哥哥徐昌祚雖然因蔭爲官，但他并未像其祖父徐栻一樣，政績卓著，光宗耀祖。相反，徐昌祚爲官不僅無甚政績可言，還帶有紈絝子弟的習氣，敗壞家聲。關於徐昌祚的這些不太光彩的事迹，除了在徐復祚《家兒私語》中稍有涉及外，在常熟地方上也廣爲流傳。其中，影響最爲惡劣的是「沉姑」一事。此事在《家兒私語》中交代頗詳，大略爲徐昌祚妻王氏因貪財而設計將姑溺死于河中，後爲其同父異母弟徐鼎祚結合他事一併揭發，後來徐昌祚入獄并死於獄中，而徐鼎祚又被徐昌祚的亡魂驚嚇而死。徐復祚的記述荒誕離奇，不必全信，但這件事却給他的人生帶來了沉重的打擊。一方面此事在當地傳得沸沸揚揚，敗壞了家聲，作爲家族的一員，也當然無甚光彩。所以他對於徐鼎祚的揭發行爲恨之入骨，在書中説道：「家聲一朝而隕，罪通天哉！」另一方面，他的同母兄因此事入獄而死，這讓他感受到了失去親人的痛苦。

徐復祚本人也是一個頗具争議的人物，他在《三家村老委談》中多次提及其被人誣陷之事，如卷二《蕭蔚》中説：「有太倉葉棍，乘機訐余賄買科場，屢問不能結，時五月也。」卷三《錢侍御》中云：「夫余所作者詞曲，金元小伎耳。上之不能博高名，次復不能圖顯利，拾文人唾棄之餘，供酒間謔浪之具，不過無聊之計，假此以磨歲月耳。何關世事，安所□□，而亦煩李定諸人毒吻耶。」卷七《陸妓》一則中曾回憶道：「余少時爲人齮齕訐訟，十年不解。兩遇深文吏羅致，幾不免。」與他同時的張大復在《梅花草堂筆談》中也説道：「徐陽初杜門嘔血，不求諧世，世人竟欲殺之，不爲動。」可見徐復祚在生前確實備受指責。此外，徐復祚在科舉上也是鬱鬱不得志，屢試不第。據現有資料來看，他可能在四十一歲時，無奈放棄科舉。至於他科舉不順的原因，自然與他個人的備受争議與家族的衰落有一定關係。如大多數文人一樣，仕途大夢的落空，使得他們可以集中精力在文學天地中一展才華，徐復祚的戲曲創作同樣集中于其放棄科舉之後。但他的晚年却是在貧窮困頓中度過的，他愛花而不能養，常以「寒號鳥」自比。他對徐渭的人生經歷充滿同情，在《三家村老委談》卷三《徐文長》一則中説道：「文長無命，大類村老。其爲人益老益貧，益狂益崛强，又大類村老。」面對人生的種種不如意，他又發出滿懷悲凉的感慨：「嗚呼！人生其如命何哉。」人在面對苦難時，或是屈服現實，苟且于眼前，或是在苦難中磨練出一種可以直面慘淡人生的倔强，徐復祚在文學創作上選擇了後者。

徐復祚一生基本都是在家鄉常熟度過，他的交友并不廣泛，大多集中于吴地。而且多爲晚明戲曲家，如秦四麟、孫柚、臧懋循等。但與徐復祚關係最爲密切的乃是其内伯張鳳翼，這一點在《三家村老委談》卷四《三張》中就可以得到印證，叙述中可以看出徐復祚對張鳳翼的敬仰之情。張伯起是晚明曲壇的大家，也是一個特立獨行的名士，徐復祚與其朝夕相處，自然會在人格和戲曲創作上受到一定程度的影響。但這種影響并不是完全的，僅從戲曲創作而言，徐復祚對張鳳翼的曲學思想也并不完全認同。

關於徐復祚的卒年，因爲缺乏可信的材料而始終没有定論。趙虹《明代戲曲家徐復祚筆記〈三家村老委談〉》（《東方收藏》二〇一〇年十一期）一文中説：「常熟博物館藏有一册題爲《村老委談・虞諧志》的合訂抄本，内容多記常熟人物逸聞，無標題，有署爲村老的題記，題記稱作於順治丙戌（一六四六）。據丁祖蔭《重修常昭合志・藝文志》所載，徐復祚尚有《家談佚篇》一卷，是否即此書，有待考證。此書如爲徐氏原作，則可證徐氏應卒於清初。」但此書是否爲徐復祚所作，顯然缺乏直接確鑿的證據，故其卒年尚難定讞。《三家村老委談》卷前小序的落款爲：「時天啓岁在丁卯夏五月」，天啓丁卯爲一六二七年，此時徐復祚已經六十七歲。徐復祚的著作大多散佚，這部《三家村老委談》也遺失大半，所以我們不好就此推測其卒年，只能等待新材料的發現，來解決這一問題。

大多數傳記在叙述徐復祚的文學創作時均不吝贊美之詞。無論是與他同時的錢謙益、張大復，還是稍後的王應奎。王應奎在《柳南隨筆》中稱其「博學能詩，尤工詞曲」，這是對他文學創作較爲公允的評價。可惜徐復祚的著作生前未能刊行，在其去世之後，大多散佚，而聲名也隨之湮没無聞。明凌濛初《南音三籟》提到《紅梨記》，就已經稱「不知何人所作」，由此可見一斑。正如王應奎在《柳南隨筆》中所云：「余悲陽初有如許著作，而身殁之后，遺書散佚，名字翳然。文人之傳與不傳，洵有命在，千秋萬歲，子美所以嘆於寂寞也。」徐復祚的著作現存的有《三家村老委談》《家兒私語》《南北詞廣韵選》，雜劇《一文錢》，傳奇《宵光記》

《紅梨記》《投梭記》。他所創作的《題塔記》《雪樵記》《祝髮記》已佚。另有散曲集《徐陽初小令》，不知尚存人間否？在徐復祚諸多創作當中，讓他揚名後世的無疑是戲曲，關於徐復祚戲曲創作和理論方面的成就，今人已有充分研究，故此不贅言。徐復祚在詩文方面的成就，因爲没有多少文獻流傳下來，我們無從知曉。而《家兒私語》所表現出的叙事藝術，不禁讓我們對徐復祚的小説創作充滿期待，但他除了一部筆記小説外，并没有其他作品流傳下來。此外需要提及的是，《南北詞廣韵選》一書向來被認爲是徐復祚的作品，從無疑義。但如果我們仔细閲讀徐復祚的相關文獻之後，不免對這一學界公認的事實産生幾點疑問。此書原爲鄭振鐸先生一九三三年於廠甸書攤購買，後鄭氏在《西諦所藏散曲目録》中説道：「《也是園書目》著録此書，未詳編者姓氏。按書中附注甚多，每與徐復祚《三家村老委談》相出入，疑即複祚編。鈔手甚工，似爲待刊稿本，以廣沈氏之《南詞韵選》，故名曰《廣韵選》。」學界對於此書作者的斷定，似乎就是由此開始的。但在這則提要中，鄭先生只是懷疑此書爲徐復祚所撰，并未下定論。徐復祚晚年窮困潦倒，云此書爲待刊稿本，恐怕也是鄭振鐸先生的推測之語。綜合來看，是書爲徐復祚所撰之疑點有四：此書没有作者署名及序跋題識，也没有徐復祚墨迹可以參考，此其一也；據筆者所見資料，明清有關徐復祚的相關資料中均未提及其撰寫此書，此其二；徐復祚在自己的著作中也未提及有關此書的信息，此其三；《也是園書目》編於康熙年間，此距徐復祚卒年不遠，而錢曾作爲藏書家，近在一邑，尚不知曉何人所作，可見此書作者確實難以詳考，此其四。另外，從此書的批語與《委談》内容有重合來斷定作者爲徐復祚，似乎也存在其他可能。但這些懷疑證據并不充分，我們也主張在没有找到確鑿證據之前，還是應從舊説。

徐復祚現存著作大多以鈔本流傳。由於客觀條件的限制，前輩學者對這些作品版本情況的了解并不十分清晰。我們借助今天優越的資源條件，得以看到更多的版本，兹將徐復祚現存著作的主要版本情況介紹如下。

《三家村老委談》：常熟圖書館藏清乾隆十七年魚元傅鈔本《三家村老委談》七卷附《家兒私語》一卷；中國國家圖書館藏清乾隆十七年魚元傅鈔本《三家村老委談》七卷附《家兒私語》一卷（過録本）；中國國家圖書館藏清緑格鈔本《三家村老委談》五卷；中國國家圖書館藏清雲峰居士鈔本《三家村老委談》一卷；台灣「國家圖書館」藏清光緒常熟翁氏緑格鈔本《三家村老委談》四卷；南京圖書館藏無名氏鈔本《三家村老委談》七卷附《家兒私語》一卷；南京圖書館藏清寄桐居主人鈔本《三家村老委談》四卷；南開大學圖書館藏清鈔本《三家村老委談》五卷；上海圖書館藏清鈔本《三家村老委談》一卷；上海圖書館藏民國間常熟丁氏淑照堂鈔本《三家村老委談》九卷；清嘉慶間虞山張海鵬輯刻《借月山房匯鈔》八卷本，書名作《花當閣叢談》；另二〇一八年江蘇兩漢·四禮堂蘇州古籍善本秋季拍賣會，上拍一部清前期鈔本《三家村老委談》，存卷一、二、五、六共四卷，二册。

《家兒私語》：中國國家圖書館藏清虞山周氏鴿峰草堂烏絲欄鈔本《家兒私語》；常熟圖書館藏乾隆十七年魚元傅鈔本《家兒私語》一卷；民國間趙詒琛、王大隆輯刊《丙子叢編》本《家兒私語》一卷。

《南北詞廣韻選》：中國國家圖書館藏清鈔本《南北詞廣韻選》十九卷。

《紅梨記》：中國國家圖書館藏清鈔本《紅梨記》二卷；中國國家圖書館藏明萬曆刻本《新鐫趙狀元三

錯認紅梨記》二卷；中國國家圖書館藏明朱墨套印本《校正原本紅梨記》四卷；明末毛晉汲古閣刻《六十種曲》本《紅梨記》二卷。

《一文錢》：中國國家圖書館藏明崇禎刻《盛明雜劇》本《一文錢》一卷；中國國家圖書館藏《十種曲》本《一文錢》；首都圖書館藏明崇禎刻《玉夏齋十種傳奇》本；美國哈佛燕京圖書館藏明末山水鄰刻《山水鄰新鐫出像四大癡傳奇》本。

《投梭記》：明末毛晉汲古閣刻《六十種曲》本。

《宵光記》：中國國家圖書館藏清鈔本《宵光劍》二卷；商務印書館《古本戲曲叢刊初集》本，上卷據明萬曆間金陵唐振吾刻本影印，下卷據近人許之衡飲流齋鈔本影印。

徐復祚現存的這些作品，大多没有整理出版，這給我們的研究工作帶來了一定的麻煩，特別像《南北詞廣韻選》，由於全書以行草鈔寫，文字辨識起來有一定難度。雖然黄仕忠先生已將書中批語部分辑録出來，但研究者仍然無法看到此書的全貌，對於該書的價值自然難有一個全面的了解。此外，利用現在公開的古籍影像和影印出版資源，我們發現了一些新材料，這些新的文獻資料爲整理工作提供了重要的參考。這次《徐復祚集》的點校工作，大多採取底本標點的方式，除通假字、異體字、繁簡字、避諱字、俗體字以外，基本不改動底本的文字，如原文確有疑問的地方，我們會在校記中予以説明。在各部分的整理中，《家兒私語》採用民國間趙詒琛、王大隆輯《丙子叢編》本《家兒私語》；《南北詞廣韻選》採用中國國家圖書館藏清鈔本（批語部分參考了黄仕忠先生輯本）；《紅梨記》採用中國國家圖書館藏明萬曆刻《新鐫趙狀元三錯認紅梨記》二卷本；《投梭記》採用明末毛晉汲古閣輯刻《六十種曲》本；《宵光記》採用《古本戲曲叢刊初集》影印本；《一文錢》採用傅惜華藏明末刻《山水鄰新鎸出像四大癡傳奇》本。《三家村老委談》一書，因爲版本較爲復雜，我們採用常熟圖書館藏乾隆十七年魚元傅七卷鈔本，補以清張海鵬輯刻《借月山房匯鈔》本《花當閣叢談》的一、二兩卷，并參校上海圖書館藏民國間常熟丁氏淑照堂鈔本和台灣「國家圖書館」藏清光緒常熟翁氏緑格鈔本，整理輯校出迄今内容最爲完整的九卷本。此外，該書有不少内容都是作者鈔自他書，了解這些鈔録材料的文獻來源，可以幫助我們進一步了解該書的編撰過程。但由於古人引書時有删改，或是某篇見於多部文獻，故有時不易確定鈔自何書。這次整理，我們僅將書中較爲明顯的文獻來源標于篇末，以供讀者參考。

在這次《徐復祚集》的整理過程中，發現了諸多新的文獻資料。凡認爲確鑿無疑的，我們都直接輯録到正文中，還有的尚存疑問，如在上海圖書館藏民國亦安氏《敬蒼水館曲譜》稿本中，收録了徐復祚《東郭記》中的《仲子》一齣，還提到其撰有《金不換》。關於徐復祚的這兩部戲曲作品，未見有前人提及，我們也覺得還有進一步考證的必要，所以便將這些内容放到附録中，供研究者參考。

《徐復祚集》是全國高等院校古籍整理研究工作委員會立項的課題，由華東師範大學對外漢語學院邵明珍教授主持，整理過程中，張玄、李東東、張建雄、何振和易蘭等均有參與，其中張玄用力最勤，貢獻最多。具體分工如下：《三家村老委談》《家兒私語》《宵光記》《投梭記》《一文錢》《附録》由張玄負責，《南北詞廣韵譜》由李東東、張建雄負責，易蘭參加了部分工作，《紅梨記》由何振負責，全書由譚帆、張玄整理定稿。邵明珍老師因另有任務，未參加具體點校工作。這是一次愉快的合作。我們相信，《徐復祚集》的出版必將推動徐復祚研究的進一步深化。在整理過程中，我們盡量克服各種困難，嚴肅認真地對待每一部作品，確保點校質量。但由於學識所限，所整理的作品中一定還存在不少錯誤，對此我們誠懇地希望學界方家能夠不吝賜教。同時，我們在整理時也參考了已有的研究成果，在此一併致謝。

譚帆　張玄

二零一七年九月

目録

三家村老委談

三家村老委談 卷二……四七

三家村老委談 卷三……六二

三家村老委談　卷四……一〇二

三家村老委談 卷五……一四一

三家村老委談 卷六……一七八

三家村老委談　卷七……二二〇

家兒私語

南北詞廣韵選

南北詞廣韵選 卷二……四三四

南北詞廣韻選 卷三

南北詞廣韻選 卷五……五四四

南北詞廣韻選　卷七……六〇四

南北詞廣韵選　卷八……六四三

南北詞廣韻選　卷十一

南北詞廣韵選　卷十二……七五一

南北詞廣韻選　卷十三……七六六

南北詞廣韻選　卷十四……七九〇

南北詞廣韻選 卷十五……八一九

南北詞廣韻選　卷十六

南北詞廣韻選　卷十七……八九四

南北詞廣韻選　卷十八……九〇四

南北詞廣韻選　卷十九……九一三

紅梨記

新鐫趙狀元三錯認紅梨記　卷上

新鐫趙狀元三錯認紅梨記　卷下

投梭記

宵光記

三家村老委談

三家村老委談　卷一

海上徐復祚陽初甫編次

村老曰：此二册稍及朝典，非無以也。村中時有酒社，每會，諸社長輒有所徵引，且多俚鄙不根之語。余老健忘，不能一二記憶。因取諸家叢説，摘其有資於談議者筆記之，以備遺忘，以省應對。或誚以爲留心世務，則失之遠矣。

官　制

内閣九卿，國初原無拘出身之例。成、弘間，入閣必由翰林，吏部左右堂必用翰林一人。禮部非翰林不用。兵部正堂必由巡撫，左右堂必南、北各一人，都察院正堂必由御史。至世廟間，局面稍變矣。霍韜曰：「漢朝賢相，俱由郡守。宋制，宰相亦須歷州郡，欲其知閭閻困苦與練達人情也。我朝若薛瑄則由御史，李賢則由主事入閣，皆爲一時名臣。今楊一清亦由巡撫轉吏部入閣，是誠立賢無方，善能變通者也。然世廟張、夏諸公，則又由大禮而入也。」按洪武中，丞相胡惟庸誅後，遂罷丞相不設，而分任六卿，嚴爲禁革。内閣止置大學士以備顧問。官僅五品，不預政柄。而遷轉由於吏部，互相鈐制，其防甚密。自三楊入閣，乃以少師、尚書兼大學士。官尊於六卿，口銜天憲，無丞相之名，而有丞相之實矣。故中外皆稱爲宰相云。閣中有文淵閣印，印文玉箸篆，惟封上、詔草、題奏、揭帖用之，不下諸司。下諸司用翰林院印。永、宣以前，翰林不拘進士出身，若方孝孺、楊士奇、胡儼輩，俱非進士。至天順間，用李賢議，特重進士科，而翰林非一甲及庶吉士不得預矣。然史館之中，修撰、編修、檢討、吉士俱自稱爲太史氏，特有史官名耳。實録進呈，焚草液池，一字不傳，況中間類多細事，重大政體多不録。王鏊《罪言》曰：「班固死，天下不復有史矣。古之所謂史官，皆世守之。人主所在，執筆以從，隨其言動皆親見而直書之。後世雖具員而無專職，立班雖近螭頭，亦遠在殿下。人主動静，邈不相及。政事不及與聞，惟易世之後，集前後奏疏而分曹書之。以宰臣爲總裁，奏疏之語，果皆實乎？分曹之人，宰臣之意，果皆公且正乎？且生於數十年之後，追書數十年之前，其是非曲直皆茫然無聞，或得之傳聞，已非其實，縱得其實，而亦莫能燭其情僞。或奪於衆不得書，或迫於勢不敢書，或局於才不能書。故一時君臣謀議勛業，汩没不傳，而奸險情態，亦無能發其微，以爲世戒，監領者又往往以私好惡雜乎其間。故曰不復有史矣。」

訛字

内外章奏呈進，發内官查對。若檢出一訛字，賞銀五錢。其後張江陵柄政，亦發中書查對。檢出字訛者，賞亦如之。此條見陳繼儒《見聞録》卷三

大臣久任

蹇義爲吏書，夏原吉户書，皆二十七年。黄福尚書兩京三十九年，而在交南者十九年，胡濙禮書三十二年，周忱巡撫江南二十二年。此條見查繼佐《罪惟録·志》卷二七

幅員

按《寰宇通志》，我朝幅員狹於漢，廣於北宋，而與唐等。天下道里，東距遼東都司，又自遼東東北至三萬衛；西極四川松潘衛，又西南距雲南金齒；南逾廣東崖州，又東南至福建漳州府；北暨北平太寧衛，又西北至陝西、甘肅。縱一萬九百里，横一萬一千七百五十里。

九邊

九邊，初設遼東、宣府、大同、延綏，復設寧夏、甘肅、薊州，皆文武大臣鎮守提督。又以山西鎮巡按偏頭三關，陝西鎮巡按固原，共爲九鎮。弘治間設總制於固原，嘉靖間設專督於三關，權任差異，而邊防則一。此條見孫承澤《春明夢餘録》卷四三

邊費

宣府歲用銀九十二萬五千九百餘兩，大同歲用銀九十九萬二千四百六十餘兩，遼東歲用銀三十九萬四千八百七十餘兩。延綏歲用糧料五十二萬一千三十六石零，寧夏歲用糧料五十三萬四千二百五石，草三百九十三萬九千六百餘束。甘肅歲用糧料六十九萬七千六百石零，草五百二十萬三千八百五十四束。大約歲費四百餘萬，而隨時用兵不與焉。此條見陸深《儼山外集》卷三〇

村老曰：本朝防邊如此，與漢唐驅出境外者絶不同。

都察院

唐御史大夫，即今左、右都御史，中丞即今左、右僉都御史。唐有三院：曰臺院，曰殿院，曰察院。今惟稱察院，祖宗設都御史六員，六部之職，各有攸司，而都察院惟所見聞，不繫職司，皆得糾察。其屬十三道監察御史盡然。十三道各分掌其布政司事，而兩京則南隸貴州，北隸雲南。御史之職，在糾劾百司，照刷文卷，問擬刑名，巡按郡縣，朝廷耳目之任也。漕運之有都御史，自王竑始。兩廣之有總督，文臣自王翱始。鄖陽之有撫治，自原傑始。江南之有巡撫，自周忱始。汀漳撫臣之提督軍務，自王守仁始。陝西之有鎮守都御史，自陳鎰始。巡撫侍郎之兼都御史，自耿九疇始。

寶璽

寶璽十有四：曰「奉天之寶」，鎮萬國、祀天地用之。曰「皇帝之寶」，册封賜勞用之。曰「皇帝信寶」，徵召軍旅用之。曰「天子之寶」，祭享鬼神用之。曰「天子行寶」，封賜蠻夷用之。曰「天子信寶」，調發番兵用之。〔二〕曰「制誥之寶」，誥命用之。曰「敕命之寶」，敕命用之。曰「廣運之寶」，黄選勘籍用之。曰「御前之寶」，進御座，從車駕用之。曰「皇帝尊親之寶」，答賜宗人用之。曰「敬天勤民之寶」，訓迪有司用之。凡用寶、捧寶、收寶、洗寶，尚寶司官與印綬監內官俱。

印章

諸司印九疊篆，御史印八疊。文淵閣印玉箸文，將軍掛印柳葉文。此條見鄭曉《澹泉筆述》卷五

牙牌

在內文武朝臣，各懸牙牌，其號五：曰勛、曰親、曰文、曰武、曰樂，以察朝參。若借人或借於人，均坐罪。

四夷館

館凡八：曰韃靼，曰女直，曰西番，曰西天，曰回回，曰百夷，曰高昌，曰緬甸。以翰林一人掌之，曰提督四夷館少卿。此條見鄭曉《吾學編》

副副將軍

人知有副將軍，不知有副副將軍。洪武初，以信國公達爲征虜大將軍，文忠、勝爲左右副將軍，愈、和左右副副將軍北伐是也，後以參將代副副將軍。此條見鄭曉《今言》卷一

殉葬

洪武三十一年七月，太祖崩於西宫。宫人殉葬者若干人，張鳳、李衡、趙福、張弼、汪濱、孫瑞、王斌、楊忠、林良、李成、張敏、劉政，皆殉葬。宫人之家，以爲錦衣衛千百户等官有差，世世承襲。此條見薛應旂《憲章録》卷一二

鐵券

鐵券高廣有差等，凡七等。公二等，侯三等，伯二等。其制如瓦，外刻歷履恩數之詳，以紀其功。中鎸免罪減録之數，以防其過。每副剖而爲二，分爲左右。左頒諸功臣，右藏内府。有故則合之以取信。

司牲所

所中養羊三百六十餘隻，每隻日飼黑豆八合，草一斤。牧羊軍一百二十名，官吏二名。

乾明門

乾明門養貓十二隻，日飼猪肉四斤七兩，肝一副。刺猬五个，日飼猪肉十兩。羊二百四十七隻，日支菉豆二石四斗三升，黄豆三升二合。西華門狗五十三隻，御馬監狗二百一十二隻，日共支猪肉并皮骨五十四斤。虎三隻，日支羊肉十八斤。狐狸三隻，日支羊肉十四斤。西華門扣處鴿子房，日支菉豆、粟穀等項料食十石。一日所用如此，若以一年計之，共用猪、羊肉，并皮、骨，三萬五千九百餘斤，肝三百六十副。菉豆、粟穀等項，四千四百八十餘石。此弘治初年事，正德中，不知增幾倍。嘉靖初，量減。西苑豹房蓄文豹一隻，役勇士二百四十人，歲廩二千八百餘石。又佔地十頃，歲租七百金，此皆供内臣侵牟影射之資。又内馬監蓄馬甚多，馬料甚豐，其弊尤甚，每至有餓死者。

村老曰：此見《湧幢小品》中，然余在京師，常從張少齋内相名信飲間談及，其言正不止此。即鳥房所支，每年豆、粟六萬石。文豹久無有，不知二百四十勇士亦設否。然郡中一機户名彭禹，其子日買熟豕蹄飼獅貓。又某子甲以人參煮秫米粥飼馬，又何怪乎國家之虚費也。

内　官

内官凡五等：曰監、曰門、曰司、曰局、曰庫，分掌掖庭之事。凡監十一：曰神宫監，掌灑掃。曰尚寶監，掌玉寶、敕符、將軍印信。曰陵神宫監，掌灑掃并栽種等事。曰尚膳監，掌供養及玉膳并宫内食用之物，及催督光禄寺造辦宫内筵宴茶飯。曰尚衣監，掌御用冠冕、袍服、履舄、靴襪等。曰司設監，掌御用車輦、床被褥、帳幔。曰内官監，掌成造婚禮妝奩、冠舄、繖扇、被褥、帳幔、儀仗，并内官内使帖黄一應造作，宫内器用首飾，食米土庫，架閣文書，鹽倉冰窨。曰司禮監，掌冠婚喪祭一應禮儀制帛，及御前勘合賞賜，筆墨，裱褙書畫，管長隨、當差、内使人等出門馬牌等事。曰御馬監，掌御馬并各處進貢，及典牧所關收馬驢。曰印綬監，掌誥券、帖黄、印信、選簿、圖畫勘合符驗。曰直殿監，掌灑掃殿庭樓閣廊廡。每監各有太監、少監、左右監丞、典簿、長隨、奉御等名，品自正四遞減至正六。凡門四：奉天門、午門、端門、承天門，掌晨昏啓閉，關防出入，各有門。正、副正從四品。凡司二：曰鐘鼓司，掌奉先殿祭樂、御樂并宫内筵宴樂，更漏早朝鼓。曰惜薪司，掌宫内柴炭，各有司正、司副，正、從五品。凡局六：曰兵仗局，掌御用兵器，并造刀甲等，及宫内所用梳篦、剔牙、針翦等。曰内織染局，掌染造上用并宫内一應段匹。曰針工局，掌成造一應婚禮衣服并内官衣服。曰巾帽局，掌内官紗帽、靴韈及賞賜巾帽等。曰司苑局，掌宫内菜蔬并種田。曰酒醋麵局，掌宫内食用酒醋麵糖等。各有大、副使，正、從五品。凡庫三：曰内承運庫，掌段匹、金銀、珠玉、象牙等物，并同司鑰庫管鈔。曰司鑰庫，掌内各衙内鎖鑰并收藏鈔。曰内府供應庫，掌上用香米并内用香燭、油米及内官飯食、果木等，各有大、副使，正、從五品。東宫典璽局，掌寶璽翰林等物。典藥局，掌監同御醫修合藥餌。典膳局，掌監造膳食。典服局，掌冠冕帽、衮袍、常服、珮帶、靴履等。典兵局，掌甲胄、戈矛、弓矢、刀劍。典乘局，掌車馬，各有局郎、丞，正、從五品。又有都知監、銀作局。公主府中使司，司正、司副雜職。此條見《吾學編・皇明百官述卷下》

村老曰：按成周之制，以冢宰統閹寺。西漢之制，以丞相監宫中。宋人循周漢之遺，亦以宦家屬宰相樞密。故内侍任守忠有罪，韓魏公得以檄召而議貶，近習梁彦俊言，僕射葉顒得以逮至政事堂，而叱責之，他可知矣。三代而下，制置閹宦之法，莫良於宋，故終宋之世，宦官鮮專政亂國之禍，視漢唐大不侔矣。

女職

洪武五年，定六局一司，局曰「尚宫」、「尚儀」、「尚服」、「尚食」、「尚寢」、「尚功」，司曰「宫正」，俱正六品。尚宫總司紀、司言、司簿、司闈。尚儀總司籍、司樂、司賓、司贊。尚服總司冠、司衣、司仗、司飾。尚食總司饌、司醖、司藥、司供。尚寢總司設、司輿、司苑、司燈。尚功總司製、司珍、司采、司計，凡二十四司，宫正掌戒令責罰之事。此條見《今言》卷一

宫變

世皇二十一年冬十月，上幸曹妃宫。妃寐，宫婢楊金英等共謀行弑。俟上寢熟，以組縊之，而誤爲死結，謀得不遂。監宫張金蓮知狀，亟走白后，后曳裾馳至，爲解項組。上得蘇，病不能語。后命收金英等十餘人，併曹妃磔於市。時事起倉卒，妃實不知。上深憫其冤，族金英等家。此條見范守己《皇明肅皇外史》卷二三

撾鼓

禁鼓一千二百三十聲爲一通，三千六百九十聲爲三通，在外更鼓三百三十撾爲一通，

千撾爲三通。此條見《七修類稿》卷五

鹽法

天下各鹽運，兩淮課居其半，而浙次之，長蘆又次之。兩淮課幾二百萬，可當漕運米直全數。福場無巡御，以行無遠地；河東場無運官，以出有專所，廣場兼之，故巡、運俱無。清理鹽法，都臺止一員，統治長蘆、淮、浙。按：此條見《蓬窗日録》卷三、《圖書編》卷九一

賦法

蘇州府一州七縣，額田九萬頃，歲徵糧二百七十萬，帶耗共税糧三百五十萬。淮安府兩州九縣，額田十八萬頃，歲徵糧三十六萬，較農田之廣狹，淮安加蘇州一倍，歲糧之徵輸，蘇州加淮安十倍。又松江惟三縣，歲輸税糧一百二十萬餘，北直隸八府一十八州一百一十七縣，歲輸税糧亦一百二十萬。以松江三縣當一百三十五州縣，輕重懸絶如此。蘇、松之民，何辜而獨受其困哉！此條見《吾學編餘》

户口

淮以北，土無定畝，以一望爲頃，故每多欺隱田糧；江以南，户無實丁，以系産爲户，故多脱漏户丁。洪武初年，甫脱戰争，人民凋殘，户一千六百五萬有奇，口六千五十四萬有奇。弘治時，承平日久，户口宜蕃息，乃户減國初一百五十四萬，口減七百一十六萬。此其故何也？周忱《户口論》曰：「或投倚於勢豪之門，或招誘於僧道之途。冒名爲匠，則在南京者應天府不知其名，在北京者順天府罔稽其籍。挈家於舟，則四水汪洋，莫可踪迹。户口日耗，職此由也。」此條見《圖書編》卷九〇

鈔關

鈔關：臨清、河西務、滸墅、九江、淮安、揚州、杭州、金沙州，内惟河西務、杭州、金沙州税貨，餘止税船料。河西務入京門户，杭州出閩、廣總道，金沙州出雲、貴總道。雲、貴貨簡，故金沙州近無部差，惟臨清税貨亦税船。此條見《蓬窗日録》卷一

衣制

高皇見朝臣衣服多取便易，乃定衣制。凡官員衣服寬窄隨身，文官自領至裔，去地一寸。袖長至手，復回至肘，袖椿廣一尺，袖口九寸。公侯駙馬與文職同，耆民生員亦同，惟袖過手復回，不及肘三寸。庶民衣長去地五寸，武職官去地五寸，袖長過手七寸，袖椿廣一尺，袖口僅出拳。軍人去地七寸，袖長手五寸，袖椿七寸，袖口僅出拳。頒示天下，乃今婦人之衣如文官，去地寸許，裙與衣等。而男子之制迴殊。古昔，袖之廣幾於全匹帛，男女盡然，殊不耐觀。此條見《七修類稿》卷九

先師廟

孔廟自洪武至正德末，稱大成至聖文宣王，嘉靖九年始改爲至聖先師孔子。四配爲復聖顔子、宗聖曾子、述聖子思、亞聖孟子。從祀及門弟子，稱先賢。改大成殿爲先師廟，大成門爲廟門。

高　墻

鳳陽有高墻，宗室有罪者，悉安置其中。建庶人，建文君之次子也。英宗復位，因思建庶人輩無辜淹禁，謂李賢曰：「親親之義，實所不忍。」賢對曰：「陛下此一念，天地鬼神實臨之，太祖在天之靈實臨之。堯舜存心，不過如此。」左右皆以爲不可。上曰：「有天命者，任自爲之。」遂遣居鳳陽。令有司造房屋，給薪米器用，聽其婚嫁出入。然庶人雖出，戇騃不能名六畜，未幾卒。自是懿文太子及建文君皆絶。此條見《國朝典彙》卷一三

大　誥

今罪人爰書照出内有大誥減等一款云云。高皇帝製大誥三篇，序末云：「一切官民，諸色人户，有此一本，若犯笞、杖、徒、流罪者，每減一等，無者每加一等。」然至於今，但有減等而無加等。此條見《今言》卷一

大禮議

嘉靖入繼大統，閣學楊廷和、禮書毛澄會同府部翰林科道上議，宜如宋英宗濮安懿王

故事，稱孝宗爲皇考。改稱興獻王爲皇叔父，興獻王妃爲皇叔母。大理寺辦事進士張璁後改名孚敬上疏，其略曰：「朝議尊聖考爲皇叔父，聖母爲皇叔母。不過拘執漢定陶王、宋濮王故事耳，言者謂孝宗德澤在人，不可無後。夫孝宗誠不可忘，使聖考尚存，嗣位，今日恐弟亦無後兄之義，今聖考往矣。稱以皇叔父，幽冥之中固不得而知，但迎養聖母，稱以皇叔母，則當以君臣禮見，恐子無臣母之義。故謂繼統武宗，而尊崇其親則可，謂繼嗣孝宗，以自絶其親則不可。夫統與嗣不同，而非必父死而子立也。」後反覆辨論，不下數十次，卒從璁議，尊皇考爲獻皇帝。然遂不敢祔宗廟，别爲世廟，祀禮如宗廟，既尊稱睿宗，始祔太廟，享祫如列聖，而撤世廟之禮。

南都宫殿門闕

闕門曰午門，翼以樓觀。中三門，東西爲左右掖門。午門内曰奉天門，門之左右爲東西角門。内正殿曰奉天殿，受朝賀所也。殿之左右有門，左曰中左門，右曰中右門。兩廡之間，左曰文樓，右曰武樓。奉天之後曰華蓋殿，華蓋之後曰謹身殿，殿後則後宫之正門也。奉天門外兩廡之間有門，左曰左順門，右曰右順門。左順門之東爲東華門，内有殿曰文華殿，東宫視事之所也。右順門之西爲西華門，内有殿曰武英殿，齋戒時所居也。北京宮殿規制，悉如南京，而高敞壯麗過之。復於皇城東南建皇太孫宮，東安門外東南建十王邸，通爲屋八千三百八十楹。永樂十五年六月興工，十八年九月成。以前仍御舊宮，建文時作省躬殿，在乾清、坤寧二宮門側，爲退朝燕息之所。此條見《明史》、《明會典》

御　藥

御藥烹二劑爲一服，候熟，分爲二器，御藥先嘗，次院判，次内官。其一器以進御，聞列聖大故，御醫擬罪，未知然否。此條見於《湧幢小品》

貢　魚

葛原六，海門縣人。魁梧豪俠，以布衣詣闕下，獻鰣魚百尾。時國初法嚴，衆爲危之。則笑曰：「爾不上食父母耶，君猶親也，庸何傷？」及至，高皇帝大悦，問之曰：「魚美何如？」匍匐前，頓首對曰：「魚美，但臣未進，不敢嘗耳。」又大悦，命大臣賜酒食，仍選一尾還之，曰：「勞汝，勞汝！」其後歲貢魚九十九尾，著爲令。此條見《涌幢小品》卷三一

梳妝臺

梳粧臺者，相傳起於遼之蕭后。考之《遼史》，望氣者言女直有天子氣甚旺。遣使迹所自起，乃一小石山，玲瓏奇甚。時女直方臣於遼，遼多所需索，因請此山，自行輦取，女直許之，乃大發人夫，鑿而載之。鑿之夜，山鳥皆悲鳴，即以其石築臺，此臺與山之所自起也。

郡縣同名

今天下府以「太平」名者二：南直隸，廣西。州以「通」名者二：順天府，揚州府。以「趙」名者二：真定府，大理府。縣以「太平」名者三：寧國府，平陽府，台州府。以「定遠」名者三：鳳陽府，楚雄府，重慶府。以「永寧」名者三：隆慶州，河南府，吉安府。以「新城」名者四：保定府，濟南府，杭州府，建昌府。其他二名相同者不可枚舉。只以陝西一省而言，徽州、寧州、蘭州、咸寧、山陽、華亭、安化、石泉之名，皆與他處相犯。至於安定，不但瓊州有此縣名，而本省鞏昌、延安兩府，亦并有之。稱謂相及，殊不便。

密揭

閣中凡有密奏及奉諭登答者，皆稱爲揭帖，其規制視諸司題式差狹而短，字如指大，以文淵閣印緘封進御，左右近侍莫得窺也。諸凡軍國要機，朝廷大政，上意之所欲出，而事理未安，政體之所宜行，而睿衷未發，諸司待命而未報，言官力諍而難回者，閣臣爲之從中調劑，就事匡維，其妙用全在此揭。此條見陳繼儒《見聞録》

司禮監

國制，司禮監九人，其掌印者一如首揆，歲納二十四監銀各三萬兩，約有七十萬之數。其八人則季輪，二人管事，凡内之傳宣、外之奏請屬焉，是君相之情所由灌輸也。二人應直，例於吏、禮、户、兵四部。居間二事，事約千金，宰相以此餌之，實借以通宫府消息，故有所執奏陳請皆如意。〔二〕此條見《見聞録》卷六

搜廊

朝制，每日申刻，則内使二人、錦衣二人，各執黄旗，巡穿内庭，名曰搜廊。

物價

洪武中，禮部欽奉聖旨：「今後但係光禄寺買辦，一應供用物件，比民間交易價錢每多十文。且如肉骨之類，民人交易一百文一斤，光禄寺買須要一百十文。隨物貴賤，每加十文。賣物之人，照依時價取十文利息。」時膳羞甚約，親王妃既日支羊肉一斤，牛肉即免，或免支牛乳。御膳亦甚儉，唯奉先殿日進二膳。此條見《春明夢餘録》卷二七

冕旒

古冕十有二旒，旒十二玉，前後各用玉百四十四。宋時冕，中貴人呼爲「平天冠」，共用北珠一百四十五顆，麻珠四千五百九十顆，調珠八千六百四顆，則冕可謂至重。今制，凡祭天、地、宗廟，則服衮、冕。社、稷等，則服通天冠、絳袍。此條見《見聞録》卷五

文武官品階勛禄

洪武二十五年十一月，上以中外文武百官職名沿革、品秩崇卑、勛階陞轉、俸禄損益，歷年滋久，屢有不同，無以示成憲于後世，乃命儒臣重定其品階勛禄之制，以示天下。惟醫

學、陰陽、僧道官，俱不給禄。

太師、太傅、太保、少師、少傅、少保、宗人令、左右宗正、左右宗人、左右都督，品正一，階初授特進榮禄大夫，陞授特進光禄大夫，勛左柱國、右柱國，禄月支米八十七石。

太子太師、太子太傅、太子太保、都督同知，品從一，階初授榮禄大夫，陞授光禄大夫，勛柱國，禄月支米七十四石。太子少師、太子少傅、太子少保、尚書、左右都御史，品正二，階初授資善大夫，陞授資政大夫，加授資德大夫，勛正治上卿。都督僉事、正留守、都指揮使，品正二，階初授驃騎將軍，陞授金吾將軍，加授龍虎將軍，勛上護軍，禄以上文武俱月支米六十一石。衍聖公、真人，俱品正二，無勛禄。左右布政使，品從二，階初授中奉大夫，陞授通奉大夫，加授正奉大夫，勛正治卿。都指揮同知，品從二，階初授鎮國將軍，加授奉國將軍，陞授定國將軍，勛護軍，禄以上文武俱月支米四十八石。太子賓客、侍郎、副都御史、通政使、大理卿、太常卿、詹事府尹、按察使，品正三，階初授嘉議大夫，陞授通議大夫，加授正議大夫，勛資治尹。副留守、都指揮僉事、指揮使，品正三，階初授昭勇將軍，陞授昭毅將軍，加授昭武將軍，勛上輕車都尉，禄以上文武俱月支米三十五石。光禄卿、太僕卿、行太僕卿、苑馬卿、參政、都轉運鹽使，品從三，階初授亞中大夫，陞授中大夫，加授大中大夫，勛資治少尹。留守指揮同知、衛指揮同知、宣慰使，品從三，階初授懷遠將軍，陞授定遠將軍，加授安遠將軍，勛輕騎都尉，禄以上文武俱月支米二十六石，宣慰使係土官，無禄，餘倣此。僉都御史，通政、大理、太常、太僕少卿，少詹事，鴻臚卿，京府丞，按察副使，行太僕少卿，苑馬少卿，知府，品正四，階初授中順大夫，陞授中憲大夫，加授中議大夫，勛贊治尹。指揮僉事、宣慰同知，品正四，階初授明威將軍，陞授宣威將軍，加授廣威將軍，勛上騎都尉，禄以上文武俱月支米二十四石。國子監祭酒、布政司參議、鹽運同知，品從四，階初授朝列大夫，陞授朝議大夫，加授朝請大夫，勛贊治少尹，禄月支米二十石。宣慰司副使、宣撫司宣撫，品從四，階初授宣武將軍，陞授顯武將軍，加授信武將軍，勛禄無。殿大學士、閣坊大學士、翰林學士、庶子、通政司參議、大理寺丞、尚寶卿、光禄少卿、部郎中、欽天監正、太醫院使、京府治中、宗人府經歷、上林苑監正、按察僉事、府同知、王府長史，品正五，階初授奉議大夫，陞授奉政大夫，勛修正庶尹。儀衛正正千户、宣慰同知，品正五，階初授武德將軍，陞授武節將軍，勛驍騎尉，禄以上文武俱月支米十六石。侍讀學士，侍講學士，諭德，洗馬，尚寶、鴻臚少卿，員外郎，五府經歷，知州，鹽運副使，鹽課提舉，品從五，階初授奉訓大夫，陞授奉直大夫，勛協正庶尹。衛鎮撫副千户、儀衛副、招討司招討、宣撫司副使、安撫司安撫，品從五，階初授武略將軍，陞授武毅將軍，勛飛騎尉，禄以上文武俱月支米一十四石。大理寺正，詹事丞，中允，侍讀，侍講，司業，太常寺丞，尚寶司丞，太僕寺、行太僕寺丞，主事，太醫院判，都察院經歷，京知縣，府通判，上林院監副，欽天監副，五官正，兵馬指揮，留守司、都司經歷、斷事，典仗、審理正，品正六，階初授承直郎，陞授承德郎，勛無。百户長官、副招討、宣撫僉事、安撫同知，品正六，階初授昭信校尉，陞授承信校尉，勛雲騎尉，禄以上文武俱月支米十石。神樂觀提點、僧善世、正一，品正六，無勛禄。贊善，司直郎，修撰，光禄寺丞、署正，鴻臚寺丞，大理寺副，京府推官，布政司經歷，理問鹽運判官，州同知，鹽課司提舉，市舶河渠副提舉，品從六，階儒初授承務郎，陞授儒林郎，吏出身宣德郎，勛無，禄月支米八石。都給事中，監察御史，編修，評事，行人，司正，五府都察院都事，通政司經歷，太常博士，典簿，兵馬副指揮，營繕所正，京縣丞，府推官，知縣，按察司經歷，留守司、都司都事，副斷事，審理副，安撫僉事，蠻夷長官，品正七，階儒初授承事郎，陞授文林郎，吏出身宣義郎，勛無，禄月支米七石五斗。檢討，左右給事中，給事中，中書舍人，行人司副，光禄、典簿署丞，僉事、太僕主簿，京府經歷，靈臺郎，祠祭署奉祀，州判官，布政司都事、副理問，鹽課司副提舉，衛鹽運司、宣慰招討司經歷，蠻夷副長官，品從七，階初授從仕郎，陞授徵仕郎，禄月支米七石。國子監丞，五經博士，行人部照磨，通政司知事，京縣主簿，欽天監主簿，保章正，御醫，協律郎，典牧所提領，營繕所副，大通關、寶鈔、龍江司提舉，衛知事，宣慰都事，府經歷，縣丞，鹽司提舉，按察知事，王府典寶、奉祀、良醫、典膳正，紀善，講經，至靈，元符、崇真宫靈官，品正八，階初授迪功郎，陞授修職郎，禄月支米六石六斗。清紀郎，翰林典籍，國子助教、典簿、博士，光禄録事、監事，鴻臚寺主簿，京府運司知事，挈壺正，祠祭署祀丞，布政司照磨，王府典膳副、奉祀副、典寶副、良醫副，宣慰經歷，神樂知觀，崇真宫副靈官，左右覺義、元義，品從八，階初授迪功佐郎，陞授修職佐郎，禄月支米六石。校書，侍書，國子學正，部檢校，鴻臚署丞，五官監候，司歷，營膳所丞，典牧所、會同館、文思院、承運、寶鈔、廣運、廣積、贓罰、十字庫、顏料、皮作、鞍轡、寶源等局，織染所，京府織染局各大使，龍江、寶鈔副提舉，府知事，縣主簿，長史司主簿、典儀正、典樂，牧監正，茶馬大使，贊禮郎，奉鑾，宣撫、安撫司知事，品正九，階初授將仕郎，陞授登仕郎，禄月支米五石五斗。待詔，司諫，通事舍人，正字，詹事府録事，司務，學録，典籍，鳴贊，序班，司晨，漏刻博士，司牧大使，牧監副，圉長，太醫院提舉，司鹽課司，州所吏目，軍儲、御馬、都督府、門倉、軍器等局大使，承運、寶鈔、廣運、廣積贓罰、十字庫副使，典牧所、會同館、文思院副使，廣盈、太倉銀、太僕寺、京府庫、都税、宣課、柴炭司大使，顏料、皮作、鞍轡、寶源局，織染所、京府織染副使，草場大使，孔顏孟子孫教授，按察司檢校，府、宣撫司照磨，典儀副，府教授、伴讀，都司、運司、府京衛、宣撫、慰司學教授，司庫，司府、雜造、織染局，税課司大使，司獄巡檢，茶馬副使，正術，正科，都綱，都紀，太常司樂，教坊司韶舞，司樂，品從九，階初授將仕佐郎，陞授登仕佐郎，禄月支米五石。孔目，掌饌，學正，教諭，訓導，兵馬斷事長官，司吏目、司牲、司牧副使，府檢校，典史，軍器局、柴炭司副使，遞運所大使，驛丞，河泊所閘壩官，關大使，牧監録事，郡長，提控案牘，都督府御馬、軍儲、門倉副使，廣盈庫、都課、都税、税課司副使，茶鹽課司，司府州縣衛所倉場大使副，鹽運司、府衛提舉司、所州縣庫大使副使，司府州軍器、織染、雜造局副使，茶運批驗所、巾帽針工局、慶遠裕民司竹副使、司庫副使，宣德倉、司竹、鐵冶、河州遼陽青州府樂安税課司大使，鹽倉、税課、鈔紙、印鈔、鑄印、抽分竹木、惠民局、水銀硃砂場局、生藥庫長史，司倉庫大使副使，縣雜造局副使，典科，訓科，典術，訓術，副都綱、都紀，僧正、道正，僧會、道會，以上俱未入品階，禄月支米三石。

村老曰：我朝禄數薄甚矣，然尚有折銀、折絹。折銀每石七錢，折絹則二十兩。不能一兩於是，仰事俯育且不足，不得不假借於皂隸銀矣。正統以前，每兼一官，則支一俸。以後雖兼官三四，止從高等。或以勞績勛猷加秩，則爲特恩。

賜筵食品

賜筵食品有：寶妝、茶食、響糖、纏椀、大銀錠、小銀錠、大饅頭、小饅頭、肉湯、粉湯、像生小花果子、油酥花頭鴛鴦飯、馬牛猪羊肉飯、棒子骨、羊背皮、黑白餅、甘露餅、大油餅、小

點心、鳳雞鳳鴨、燒煠、按酒果菜、魚鮓、煠魚、雲子、麻葉、笑靨果糕、軟按酒等。此條見《大明會曲》卷一一四

久任

漢之守令多久任者，至長子長孫，或十餘年，或二十餘年。我朝永樂、宣德、正統間，法令近古。其最久者，若陝西鳳翔府知府扈暹，至三十年；寧州知州劉綱，至三十二年然後去。故是時官無苟且之政，民鮮送故迎新之費，吏絶因緣盜匿之弊。上安下恬，太平之極。扈，真定元氏人。劉，河南鈞州人。廉平之政，人到於今稱之。

禁刑日

月一日、八日、十四日、十五日、十八日、二十三日、二十四日、二十八日、二十九日、三十日，釋氏謂之十齋日。唐武德二年，詔自今以後，每年正月、五月、九月及每月十齋日，并不得行刑，永爲常式。《大明律》云：「若立春以後，秋分以前，決死刑者，杖八十。其犯十惡之罪應死，及强盜者，雖決不待時，若於禁刑日而決者，笞四十。」禁刑日即前十齋日也。

娼盜

《律》云：「凡盜賊曾經刺字者，俱發原籍收充警迹。」警迹者，令其人戴狗皮帽，每月朔望赴所司查點。仍夜夜地方火夫逐更詰察在否。其門立小綽楔，高三尺許，署曰：「竊盜之家。」令出入衕衕於中，凡遇儒學行鄉飲酒禮時，令其長跪階下。宴畢方放回，別懸之。典可謂嚴矣。又國初之制，伶人常戴緑頭巾，腰繫紅褡膊，足穿布毛猪皮靴，不容街中走，止於道旁左右行。樂婦布皂冠，不許金銀首飾。身穿皂背子，不許錦綉衣服，亦所以抑淫賤也。今不知此制矣。

衍聖公下程

衍聖公入京下程，自宣德後，用羊一隻，鵝二隻，酒六瓶，麵二十斤，茶、鹽、醬各二斤，油燭十枝。其初欽賜，後改禮部，又改順天府，今仍之。此條見《涌幢小品》卷一六

酒樓

樓作於洪武二十七年，在江東諸門之外。今民設酒肆其間，以接四方賓旅。其樓有鶴

嗚、謳歌、鼓腹、來賓、重譯等名。此條見《國朝典彙》卷一六〇

食鵝

食品以鵝爲重，故祖制御史不許食鵝。今則視爲常味，日進數頭矣。唐制，御史不許食肉。此條見《涌幢小品》卷三二

西内老佛

老佛即建文皇帝也。正統五年十二月，思恩州知州岑瑛遇一老僧，不避道。從者呵之，曰：「我建文皇帝也。金川失守，大内火起，吾遂潛由地道以出。雲游四方，以度歲月。胡濙名訪張邋遢，實爲我，願送我骸骨歸。」瑛大駭，聞於巡按御史。奏之，乘傳到京，有司皆以王禮見。及至京，號爲老佛，然尚未辨真僞。以尚膳太監吴亮，建文時内使也，使之審視之，老佛見亮即呼其名，亮曰：「不是。」曰：「我昔御便殿時，棄片肉於地，汝伏地餂食之，何謂不是？聞楊士奇尚在，能出一認乎？」亮佯爲不知，已而復命。遂居老佛於西内，以壽終，葬西山，不封不樹。途次賦詩云：「淪落江湖四十秋，歸來白髪已蒙頭。乾坤有主家何在？江漢無情水自流。長樂宫中雲氣散，朝元閣上雨聲愁。新蒲細柳年年緑，野老呑

聲哭未休。」此條見《輟耰述》卷三

北征詳節

正統十四年己巳七月，北虜也先大舉入寇，大同兵失利，城堡多陷。警報時至，太監王振勸駕親征，百官伏闕懇留，不聽。十七日丙戌，駕發京師，命郕王居守。英國公張輔、成國公朱勇率官軍及私屬共五十餘萬，出居庸關，過懷來，至宣府，連日風雨聲息愈急。井源、宋瑛等敗報踵至，群臣請駐蹕。振怒，悉令掠陣。未至大同，兵士已乏糧，僵屍滿路。寇佯避，誘我深入。至大同，振又欲進兵。朱勇膝行聽命，户、兵書王佐、鄺埜守老營先行，矯旨罰跪，至暮而仆。欽天監正彭德清，以天文止行，振不聽。學士曹鼐曰：「臣子不足惜，主上繫天下安危，豈可輕進？」振怒，詈之曰：「倘有此，亦天命也。」會暮，有黑雲如繖罩御營。雷雨大作，人畜驚懼。振惡之，而前軍西寧侯宋瑛、武進伯朱冕全軍覆没。鎮大同太監郭敬密言於振，其勢決不可行，振始有回意。議從紫荆關入，振邀上過其蔚州里第。既又恐損稼，復轉從宣府行過鷄鳴山。虜追至，遣朱勇率兵五萬禦之。勇入鷂兒嶺，虜分兩翼夾攻，殺之殆盡。鄺埜請車駕疾驅入關，嚴兵爲殿。振怒曰：「豎儒安知兵事！」次日駕至土木，日尚未晡，去懷來城二十里，欲入保懷來。振輜重千餘輛在後未至，留待之。遂

十餘萬,并衣甲、器械、輜重盡爲虜所得。此條見《皇明從信録》卷一九

振令移營。虜驟逼之,遂大潰。上蒙塵,輔、埜、佐、鼐而下隨駕官數百員皆死焉。馬騾二

駐土木,虜四面合圍。渴極,掘井深二丈不得水。虜分道入撓我師不得行。壬戌,虜詐退,

仝寅

寅,山西安邑人。少瞽,學京房《易》,占多奇中。正統間,客游大同。上皇既北狩,陰遣使命鎮守太監裴當問寅。寅筮得乾之初九,附奏曰:「大吉可賀。龍,君象也。四初之應也,龍潛躍必以秋,應以壬午。浹歲而更,龍變化之物也,庚者,更也。庚午中秋,車駕其還乎?還則必幽,勿用故也。或躍應焉。或之者,疑之也。後七八年必復辟。午,火德之王也。丁者,壬之合也。其歲丁丑月壬寅日壬午乎?自今歲數更九躍,則必飛。九者,乾之用也。南面,子衝午也。其君位乎。故曰大吉。」既而上皇復辟,年、月、日、時無一謬云。此條見《昭典則》卷一六

南内

天順元年春正月,景帝不豫。時儲嗣未定,内外憂懼。石亨知帝病甚,必不起。乃與

掌兵都督張軏、張輗，左都御史楊善，副都御史徐有貞，謀迎上皇復位。遂結中官曹吉祥、蔣冕白于皇太后，許焉。十六日既暮，軏、輗等會于有貞宅，時有邊報，北虜欲寇京師，有貞以爲宜乘此爲名，納兵入内，誰曰不可。軏首肯之，有貞復升屋覽步乾象，亟下曰：「時在今夕，不可有失。」將出，有貞焚香祝天，與家人訣曰：「事成，社稷之福；不成，滅族之禍。」遂往會亨，收掌門鑰，開門納兵。時已漏下四鼓，天色晦冥。亨、軏等惶惑，顧謂有貞曰：「事當濟否？」有貞大言曰：「時至矣，勿退。」遂薄南宫城，毁垣壞門而入。亨等入見，上皇出問曰：「爾等何爲俯伏？」合詞請陛下即位，遂共掖登輿。有貞前導，忽星月開朗，上皇顧問：「卿等爲誰？」各以姓名對，遂升奉天殿，登御座。初，文武群臣約是日入候景帝出視朝。頃之南城呼譟震地，群臣失色。須臾鐘鼓大鳴，上皇復位矣。群臣遂入賀，改景泰八年爲天順元年。此條見《憲章録》卷二八

巡游考詳節

正德間，邊將江彬、許泰、劉暉等，皆有寵於上，賜姓朱氏，號外四家，與上在豹房同卧起。狎近，而彬尤寵，每導上出宫，游戲近郭。至十二年五月癸未，上微行至石經山。石經山寺，朱寧所建也，窮極壯麗。邀上幸焉，數日乃還。八月甲辰朔，上微服從德勝門出幸昌

平，外廷猶無知者。辛未，上度居庸關，遂幸宣府，令太監谷大用守關，無縱出者。江彬宣府人，欲挾上自恣。遂幸宣府，營建鎮國府第，時時夜出。見高門大户即馳入，或索其婦女。於是富民賂彬以求免。久之，軍士樵蘇不繼，燬民屋廬以供爨。市肆蕭然，白晝户閉。十二月，内閣大臣及九卿至居庸關請駕，有禁不得出關而還。閏十二月，有旨戒諭京城九門守門官，勿放朝官出城。丁亥立春，迎春於宣府，備諸戲劇，又飭大車數十輛，令僧與婦女數百共載。婦女各執圓毬，車既馳，交擊僧頭，或相觸而墮，上大笑以爲樂。十三年正月庚戌，上復幸南海子，辛亥還宫，以所獵獐鹿賜群臣。辛酉復如宣府。二月己卯，太皇太后崩。越三日壬午，上至自宣府，乃發喪。六月庚辰，太皇太后梓宫發引。癸未至山陵，遣駙馬都尉崔元等分告長、獻、景、裕、茂、泰諸陵。上忽馳馬至山下，陪祭官皆驚駭散。上飲於帳殿，遂宿焉。七月己亥，傳旨：「近年以來，邊患未寧，屢害地方，且承平日久，誠恐地方兵戎廢弛，其遼東、宣府、大同、延綏、陝西、寧夏、甘肅尤爲要害，今特命總督軍務威武大將軍總兵官朱壽（上别名也）統率六軍，隨布人馬，或攻或守。即寫各地方制敕與之，使其必掃餘孽，靖安民物。至於河南、山東、山西、南北直隸，倘有小寇，亦各給與敕書，使率各路人馬翦削。」群臣泣諫，不納。丙午，由東安門出，群臣知而送者五十二人。丁未，度居庸，歷懷來等堡，遂駐蹕宣府。初，彬導上治行宫於宣府，糜費不可勝計，越歲乃成。復輦豹房所貯諸珍玩，及巡游所收婦女實其中。上甚樂焉，每稱曰「家裏」。還京後，數數念之不置。彬亦欲專寵，俾諸幸臣不得近。數導上遠出，及再度居庸，仍戒守者毋令京朝人來往。蓋上厭大内，初以豹房爲家，至是更以宣府爲家矣。八月乙酉，上至大同。先是鎮守太監馬錫以總兵葉椿第爲獻，遂爲總督府居焉。又奪都指揮關山指揮楊俊宅置店，店所改爲酒肆，榜曰「官食」。車駕所至，諸倖幸多先掠良家子女以充幸御，至數十車，在道日有死者。十月戊辰，渡黄河。十一月至綏德州，幸總兵官戴欽第，納欽女。旋幸山西。十二月戊子，駐蹕太原。先是幸偏頭關，取太原晉府樂工楊騰妻、劉良女，嬖之。及是，復召見，大得幸。十四年正月戊辰，發太原。壬申，至宣府。往返數千里，皆輕騎戎裝，冒風雪以行。有司供輦，却弗御。二月壬午，還京。文武百官具彩帳數十、彩聯數千，不敢稱尊號，惟稱「威武大將軍」，亦不敢稱臣。大學士廷和奉觴，儲執壺注酒，冕奉果、紀奉金花，迎於德勝門外。無何，上復手敕禮部：「總督軍務威武大將軍太師鎮國公朱壽，今往南北兩直、山東、泰安州等處。尊奉聖像，祈福安民。」群臣具疏懇諫，不納，遂發京師。六月丙子，宸濠反。殺都御史孫燧、副使許逵。庚辰，南贛都御史王守仁、吉安知府伍文定起兵討之。甲辰，反書聞，廷臣議命將征之。得旨：「令總督軍務威武大將軍總兵官後軍都督府太師鎮國公朱壽，親統各鎮邊兵征勦。鎮守撫按等官，悉聽節制。」丁巳，王守仁獲宸濠於樵舍，并獲其世子、郡王、將軍，并僞國師、軍師、元帥、參贊、尚書等官屬李士實、劉養正數百人。丁亥，上在涿州，留太監張忠私第。九月壬辰朔，駐蹕保定府，張宴後堂。戊戌，至臨清。山東鎮巡官皆從，進宴草略，上視之，笑曰：「慢我何甚。」亦竟不怒。及宴，都御史王珝獻觴，步緩。上目之，神周因怵珝，謂上意不測。明日復宴，都御史龔宏趨進，自言姓名，恐上誤以爲珝也。江彬從旁叱之，冀并罪兩人。上不爲動。太監黎鑑家人，有以科歛得罪者，鑑令出所有以獻。復取償於有司，珝不可。鑑以頭觸之，遂相忿争。鑑泣訴於上，上曰：「必汝有求不遂耳，巡撫何敢辱汝也？」鑑語塞而退。初，上之南征也，與劉氏有約，劉贈以一簪，且以爲信。過盧溝，馳馬失之，大索數日不得。及至臨清，使使召劉，劉以無信辭。上乃乘單舸晨夜疾歸，至張家灣，與劉俱載而南。道遇湖廣參議林文纘，入其舟，奪其妾，乃行。十月壬午，發臨清。丙申，至徐州，御龍舟。乙巳，至清江浦，幸太監張陽第，集漁人捕魚爲樂。時朱彬尤横縱，旗牌官栲縛郡縣長吏，通判胡琮懼而自縊。南京守備成國公朱輔，見即長跪。總兵鎮遠侯顧仕隆稍不爲屈，即窘辱之。又遣官校四出，矯旨索民家鷹犬、珍寶、古器，無得免者。甲寅，上至淮安，却侍衛，步入城，幸顧仕隆第。己未，至寶應縣，漁范光湖。十二月辛酉，至揚州。太監吴經，前選民居壯麗者爲總督府，矯旨刷處女寡婦。因取其金，無金者悉送入府，命神周搜括泰州鷹犬。戊寅，大閲諸妓女於揚州，撫按官具宴，却之，命折價以進。癸未，漁於儀真之新閘。明日，幸民黄昌家，閲太監張雄、守備馬昊所選妓，以其半送舟中，遂渡江。丙戌，至南京。丁酉，迎春於南京，備諸雜戲，如宣府。六月，幸牛首山，宿焉。諸軍夜驚，左右皆不知上所在，大擾久之乃定。閏八月癸巳，受江西俘。丁酉，發龍江。壬寅，漁於江口。遂如瓜洲，避雨民家，夕宿望江樓。次日濟江，登金山。遂如鎮江，幸致仕大學士楊一清第。明日復幸，又明日飲於其第。樂作，分題製詩七章，賜一清，命和進，爲易數字。一清有所獻，上大悦。及駕還，凡五幸焉。又幸故大學士靳貴第，時柩在堂上，臨撫嗟悼。命所從番僧爲誦經薦福。庚戌，發鎮江，復宿望江樓。癸丑，至揚州，仍寓總督府。壬午，發揚州。庚申，至寶應，復漁於范光湖。鎮守太監邱得索貢物於太守蔣瑤，不得，以鐵索繫之。辛卯，駐蹕淮安。都御史叢蘭、總兵官顧仕隆等進賀功金牌、花紅彩帳。〔二〕上戎服簪花，鼓吹入城，宿故尚書金濂第。丙寅，至清江浦，復幸太監張陽第。逾三日，上自泛小舟，漁於積水池，舟覆溺焉。左右掖之出，自是遂不豫。十日庚寅，至天津。庚戌，至通州。十二月己丑，提督贊畫機密軍務兼提督官校辦事後軍都督府平虜伯彬奏，奉總督軍務威武大將軍總兵官掌後軍都督府太師鎮國公壽指示方略，擒宸濠逆黨，乞明正其罪，奉旨褒諭賞賚。是日賜宸濠死。甲午，上還京。文武百官迎於正陽橋南。是日，大耀軍容，俘諸從逆者及家屬數千人。陳輦道東西，上戎服乘馬立正陽門外，閲視良久，乃

人。以親征凱旋，遣官告祭天地宗廟社稷。此條見《弇州史料·前集》卷三

田經歷

田經歷名濡，尤溪人。正德間以掾受衛經歷，性剛毅，武廟南巡，逆彬檄諸衛進遼金二史，無以應。擬醵軍士食糧以賄彬，濡獨不從。即上記言書籍宜問諸學宫，衛所不過軍器若文册而已，無從取辦。彬大怒，將逮訊。太監張永呵曰：「安用此，板在國子監。乃索諸海濱耶？」衆大嘩笑，聲徹御幄。武皇訊得其故，亦笑曰：「江平虜此箭射不着，當罰水二碗。」諸内侍争以水灌之，江淋漓免冠踉蹌出，自此喪氣。此條見《涌幢小品》卷十一

王知事

王知事名蕖，寧夏人。吏員，爲保定知事。武皇南巡，過保定，伍巡撫名符視謊。符素洪於飲，上呼與拈鬮，賭大觥，不勝，愠，連罰符數觥，潦倒匍匐階前，上大笑。蕖直前奏曰：「符老不任罰，臣蕖請代。」上睨而問曰：「汝小官能勝幾許？」對曰：「不敢天子，遠過撫臣。」上拍手笑，手大觥賜者三。執壺者將復注，上曰：「止。不要採他，這蠻子會賺我酒吃。」著扶巡撫去。符出謝曰：「今日微君幾殆」，後欲薦之，辭曰：「是薦酒也，觀聽不雅，

人且議我。」此條見《涌幢小品》卷一一

姚布政

鏌爲山東布政，武皇南巡，朝見，偉其狀，獨中官不喜。御駕黑龍舟被觸，上驚問爲誰。中官曰：「姚布政。」上笑曰：「是美髯者耶？」釋不問。是日鏌駐驛中，實不知。次日有以告者，始入謝。上曰：「偶觸何傷，去去。」此條見《涌幢小品》卷一

婁妃

寧庶人妃婁氏，上饒人，素賢。庶人有禽獸行，其父康王屢欲殺之，以婁能内助，冀其改悔。既嗣，益驕蹇淫虐，縱伶人入内庭，與諸姬亂，獨避畏婁，不敢犯以非禮。及殺孫名燧、許名逵，婁泣諫，庶人怒曰：「妃居深宫，何自知之？」密捕時在旁内侍十餘人，皆斬之。緘送其首於婁，婁發之，大驚，自後不復敢言。及兵敗，濠泣訣，婁曰：「不用吾言，以至於此，尚何道。」遂投水死。庶人既就執，見王陽明名守仁，葬婁爲囑。居囹圄中，每飯必別具饌祀之。言及輒嘆曰：「紂以聽婦言而亡，孤以不聽婦言而亡。冥冥之中，負此賢妃。」宸濠自世子外不請名，蓋有異志，他日欲自賜名也。故宫中止以行叙曰某哥某哥。既敗，其

第三子尚幼，投于水，得浮木攀之，爲漁家所收。尋流落民間，名曰朱學。嘉靖十五年，自言於霍邱縣，送至京，發入高墻。此條見《涌幢小品》卷五

李劉相配

宸濠之反，以李士實爲太師，配李韓公也。以劉養正爲軍師，配劉青田也。此條見《涌幢小品》卷五

錢寧

寧幼名福寧兒，雲南李巡檢之家生子也。太監錢能鎮守雲南時，養以爲子，冒錢姓，爲人猥狡柔佞，善伺察迎合。能時結納逆瑾，寧因得見毅皇帝，大被寵幸。賜國姓，冒功爲錦衣千户。瑾逆謀露，寧以計免。尋陞都督掌衛事，典詔獄。恣肆無忌，請於禁内建豹房。日誘上畋游娱樂，招權納賄，僞旨傳陞各邊將官，所得金珠以數百萬計。時宸濠久蓄異志，寧得濠重賄，因與圖復護衛屯田，且日伺朝廷動静，泄之濠。濠謀令世子赴闕爲立儲地，寧爲畫計。及濠反，乃捕寧下獄。雜治獄未具，會毅皇崩，世廟即位，刑部會鞫，以聞命磔於市。藉没家産，金七十扛，共十萬五千兩；銀二千四百九十扛，共四百九十八萬兩；碎金

銀并首飾五百二十箱；珍珠二櫃；金銀酒器四百二十副；胡椒三千五百擔；蘇木七十扛；段匹三千六百扛；餘祖母禄佛一座，重數斤；匿題奏本四十餘件；什物莊房不計其數。此條見《留青日札》卷三十五

郙老曰：胡侍《墅談》曰：「祖母禄即元人所謂助木剌也，出回回地面。其色深緑，其價極貴。而大者猶罕得。聞成化間，官裏以銀數千兩買得重四五兩者一塊，以爲希世之寶。」錢寧私藏乃有祖母禄佛，重至數斤。又藉廖鵬得貂皮袴六十件，皆内帑所無。異哉！寧每投刺於人，自稱皇庶子。

江　彬

彬，萬全都司，蔚州衛指揮使也。性黠悍，然實無他材略。正德壬申，以大同游擊，隨總兵官入討畿内盗賊，事寧，乃要結錢寧入豹房。時毅皇好武，彬因時時談兵事，高自稱許，遂有寵，賜國姓，與毅皇同卧起，或時搏虎爲樂。又取遼陽、宣、大、延綏四鎮兵入内教場操練，都人號爲「外四家」。彬復自立西官廳，自爲提督。益樹黨援，引邊將神周、李琮等同入豹房。朋奸蠱誘，導駕駐宣府，興建宫殿，號爲家裏，封彬平虜伯，自是乘輿屢出，經大同抵榆林，且駸駸議南遷。每出，毅皇自稱威武大將軍，彬即稱威武副將軍。及宸濠反，彬

因請親征，彬扈行，以勁卒自衛。駕離都城甫一日，江西以捷聞，彬勸上縱濠入鄱湖，俟駕至，再擒奏捷。比至南京，復欲導幸蘇、浙、湖、湘，廷臣所上章疏，一切匿不聞。及毅皇寢疾豹房，彬猶改團營爲威武團練營，自提督兵馬。中外惶懼，謂彬必反。會毅皇崩，慈壽皇太后亟命執彬下獄，法司鞫問，反形已具，請亟誅。肅皇命磔於市，其黨神周、李琮，子勛杰、鰲熙，及家屬江和、許宣等，皆斬。藉其家，金七十櫃，共一十萬五千兩；銀二千二百櫃，共四百四十萬兩；金銀首飾五百一十箱；金銀湯盅四百餘；錦綉珠玉、珍寶莊房不可勝計；阻抑邊情本一百三十六件。此條見《世宗實録》

劉瑾

瑾，陝西興平人，本姓談。幼自宫投中官劉姓者，得進，因冒其姓。鷙悍陰狡，有口辨。毅皇即位，與青宫舊閹馬永成、谷大用等號爲「八黨」，亦曰「八虎」。日導犬馬鷹兔、舞唱角觝，漸棄故舊，罔親萬幾。外廷攻之甚急，上意頗動。瑾伏地泣訴曰：「狗馬鷹兔，何損萬幾，左班官敢無忌者，司禮監無人也，有，則唯上所欲耳。」於是立命瑾掌司禮監。時上希親政，且厭苦言者。瑾每搆雜藝上前，俟其玩弄，乃多取各司章奏請省决。上每曰：「吾用爾何爲？乃一一煩朕耶？亟持去。」自是數次後，瑾不復奏。事無大小，瑾輒持回私第，與孫聰，張文冕輩僞撰旨，付外施行。多或累數百言，任其恣睢，往往有不可解者。諸司事無巨細，必先以紅揭帖取進止，謂之紅本。其下通政司者，謂之白本。由是大權一歸於瑾，天下不復知有朝廷矣。又日求官僚細過，深文以督責之。小有觸犯，輒中以危禍。散遣官校遠近偵察，使人皆自救不給，莫敢進言。變易選法，任情黜陟，賄薄隨即革罷，加賄又輒用之。或徑自傳奉，或別本帶批。受宸濠賄，復其護衛，以成其亂。勛戚以下因事私謁者，率叩頭爲一拜禮，瑾踞受之，麾叱如僕隸，惶怖不敢仰視。屢起大獄，枷三品以下官。民間稍有違禁，即舉家收捕，置之重典。且立連坐法，一家有犯，左右鄰悉坐。有傍河而居，無鄰右者，以河外居民坐之。故官校一出，所過皆賂之，重足屏息，惟恐得禍。又信術士俞曰明等言，以姪孫二漢當大貴，遂有不軌之謀。私造僞璽，以利刃藏扇靶中，時挾入宮，蓄謀不測。至是爲張永所發，法司鞫問，反形已具。乃命殉於市，凌遲三日，行刑之日，仇家争以銀一錢易一臠肉，生噉之。海内聞之，踴躍相賀。藉其家，得平天冠一頂，衮龍袍四件，蟒衣四百七十襲，八爪金龍盔甲三十副，金甲二副，金鉤三千，金絲碧玉帶五條，白玉帶四千一百六十條，玉印一顆，玉琴一張，寶石二斗，牙牌二櫃，穿宮牌五百面，金銀湯盅五百件，金二十四萬錠，碎金五萬七千八百兩，銀元寶五百萬錠，約計銀二十五千萬兩，零銀一百五十八萬三千六百兩，匿諸司奏本□□件，餘物不可勝計。瑾初專制，欲盡除軋己者。一日，伺間言於上，調張永於南京。旨未下，即日逐永出，就道榜諸禁門，不許放永入。永覺之，直趨至御前，訴己無罪，爲瑾所害。召瑾至，語不合，永即奮拳毆之。谷大用等解之，令諸近臣皆置酒和解。及永平寧夏還，與楊一清定謀誅瑾。永獻俘畢，與素所厚宦侍張雄、張忠等，乘間共訴於上。言瑾不法十七事，反形已具，宜早擒之。上猶豫間，永等曰：「少遲，奴輩皆虀粉矣，陛下獨安所之乎？」上始命禁兵逮瑾，永等勸上親至瑾第觀變。時漏下三鼓，瑾方寢熟。禁兵排闥入，瑾驚起曰：「事可疑矣。」趨出户，遂被執。繫於菜廠，猶未有意誅之也。明日科道列上瑾罪，始命會多官鞫訊於午門外。刑部尚書何鑑或曰劉璟畏瑾，噤不能出一語。諸公卿旁列亦稍稍退却。獨駙馬蔡震折斥之，瑾曰：「汝何人？忘我德。」震厲聲曰：「震國戚，何賴于汝。」呼官校前拷掠之。是日，微震幾不能成獄。

韓苑洛《雜識》云：「正德三年六月，早朝，拜伏既起。御階上有無名揭帖一本，皆言劉瑾事。上命錦衣衛查，既而劉瑾傳旨，令百官奉天門下跪候發落。辰刻，命堂上官起出。巳刻，瑾立門東翰林院，官面東跪訴，内監待翰林官素厚，豈肯如此。瑾令起出，御史寧杲訴曰：『御史等官，素知法度，豈敢如此？此乃新進士所爲。』瑾曰：『新進士與他有何相干？爾每把朝廷事件件都壞了，略加處置，就都怨恨。太祖法度，爾每不曾見，豈不聞知？』瑾令百官皆起，照舊站立，看有揭帖處是何官。太監黄偉曰：『凡朝四品以上，各照班次，以下皆雜立，丢帖之人豈肯復立於此處，虧了人？』瑾令復跪，又點武士，令各官家搜稿。黄又曰：『他幹此事，雖妻子亦不得知，豈肯留稿？』時天暑日烈，通無片雲微風。僵者數人，命拽出。黄公忿曰：『你帖子説的都爲國爲民事，挺身出來，死了也是好男子，枉累别人。』瑾怒曰：『在外匿名帖子，尚該死罪，御前如此，是何爲國爲民好男子？如何不明白其奏。』言畢竟入。留太監李榮監之，李曰：『你每倒一倒，衆内使擲下冰瓜甚多。』李曰：『你們取食之』。少頃瑾出。李曰：『你們却跪着，來了來了。』瑾見甚怒，復入。既而傳出李榮私宅閑住，黄偉南京閑住。申刻旨出，都拿送錦衣衛追究。進士陸伸昏迷，擡至錦衣衛監中，不能容，丢放院内，是夜不知何時身故。都人洶洶，皆罷市。初各官拿送錦衣時，途中賣飯者，皆争以飯递送各官，不索價。明日，瑾微聞帖子乃内人所爲，命軍官丢下，乃命各堂上官將各官領出辦事。劉景祥者，瑾兄也，爲後軍都督府同知，先瑾未敗，卒，賜祭葬加等，公卿吊賻恐後，車馬填塞，東華私第至不能容。將葬，又往設祭，重制錢帛，謂之辭靈。瑾敗之夕，密旨封瑾門，曳出景祥柩，棄於道傍。既而追削其官，焚其屍，聞者快之。

初京師里巷私語籍籍，謂八月十五日，傾朝送葬。瑾已密與二三同惡定計，欲爲變。是時夜禁甚嚴，犯者至死。星出後，寂然無雞犬聲。有中夜竊聽者，聞甲兵錚然相繼，邏卒飛騎，交絡於道。黄紙墨索，喧囂如沸，咸謂肘掖不測之變，而不知瑾固已被擒矣。蓋先景祥葬期兩日云。」

張文冕

張文冕，華亭人。初爲縣學生，被黜，潛至京師，投劉瑾門下，遂用事。冒軍功，授錦衣衛千户，瑾傳旨意，多出其手。交通賄賂，氣焰傾一時。至是瑾敗，并誅，妻妾送浣衣局。

此條見《弇州史料·前集》卷一四

【校勘記】

〔一〕「天子信寶」原作「天子寶」，脱「信」，今據《明史·志四四·輿服四》增補。

〔二〕「故有所執奏陳請皆如意」原作「故有所執奏陳請皆意」，脱「如」，今據《見聞録》卷六補。

〔三〕「進賀功金牌」「牌」字原缺，今據《明史》卷一五本紀一五補。

三家村老委談 卷二

海上徐復祚陽初甫編次

李宗伯

世宗偶以暇，使侍臣各道其邑里人物，及豐城李大宗伯名機，對曰：「鄉有長安、長樂，里有鳳舞、鸞歌，人有張華、雷煥，物有龍淵、太阿。」上嘉其敏括。此條見《涌幢小品》卷一

陳僉事

僉事名謂，字克中，善詼諧。有中官阮巨或曰阮巨隊奉命至廣徵虎豹。謂從阮飲，求虎皮以歸。明日，草奏之，言阮多用肥虎宴客，而以瘠者充貢，使斃諸途。阮大恐，置酒謝。既酣，謂阮曰：「聞子非閹者，近娶妻妾，然否？」阮請閱諸室。謂見群罐，知爲金珠，佯問何物，曰：「酒也。」謂笑曰：「吾正來索酒。」遂令人舁去，阮哀祈，得留其半。此條見《涌幢小品》

邵王墳

杭州有邵王墳，孝惠皇太后邵氏弟喜封伯，欽賜爲其父造墳，極壯麗，費可十餘萬。太后少知書，有容色，杭州兵家女也。年十四，聘者七人皆死。後一指揮聘之，已上馬迎矣，墜而死。其父充漕卒，携至京。成化中，選入掖庭，居別院，未得進。常賦詩曰：「宫漏沈沈滴絳河，綉鞋無奈怯春羅。曾將舊恨題紅葉，惹得新愁上翠蛾。雨過玉階秋氣冷，風摇金鎖夜聲多。幾年不見君王面，咫尺蓬萊奈若何。」詩成微吟，憲宗步月過院，聞而異之，遂召幸。生興王，是爲睿宗憲皇帝。墳爲世皇所賜。今子孫貧，貨石築十錦塘，蕩無存矣。

此條見《涌幢小品》卷五

唐荆川答學中鄉賢事書

鄉賢之祀，關閭巷萬口公論，關國家彰癉大典，非勢位可得而干，非子孫可得而私。若可以勢位干，則魯國之祭鄉先生於社者，當太牢於三桓，不當太牢於一棲棲削迹伐樹之人矣。若子孫可得而私，則三桓之有力，皆當奉其祖父以從祭於社，與祭於大烝矣。孔子之作《春秋》以垂不朽，當大書特書。叔紇之名，於鄭僑、吴札之上矣。故曰：稱天以誄之，稱天以謚之。此臣子事其君親如事天之心，而不敢以一豪之私與焉者也，此之謂古道也。僕不能自謀，而能爲人謀乎？草草亮之。又曰：鄉賢一説，大率出於有力子孫，遮掩門户，及無恥生員，餔啜之徒共成之，絶無足爲重輕。羅念庵以吉水鄉祠駁雜，所祀非類，恥其父與之同列。一日，入城拜宫墻，奉其主以歸，此仁人孝子事親如天之心，亦事死如生之心也。鄉黨自好者，未死時，必不肯與鄉里無賴者爲伍，死而魂氣有知，何獨不然乎？既答學中書，因漫記其説於後。此條見《涌幢小品》卷一七

村老曰：近聞松江陸伯達名□先生，亦有奉主歸祀一事，人争賢之。先生尚書□□公之主鬯也，第□□年進士，爲行人，告終養□□年，以孝聞鄉里。今之鄉賢濫極矣，一紗帽死，輒一主入學宫，誠如荆川先生所云，不足爲重輕也。

韓都督

韓公名觀提督兩廣，初入境，生員來迎。觀察其有異，縛斬之。左右曰：「此生員也。」觀不聽，曰：「生員亦賊耳。」卒斬之。而軍威大振。韓果於誅殺，御史欲劾之。一日，觀召御史飲，以人皮爲茵褥，耳、目、口、鼻顯然，髮散垂褥，首披椅後，殽上設一人首。觀以箸取

二目噉之，曰：「他禽獸目皆不可食，惟人目甚美。」觀前坐，每擒人至，輒命斬之，更不回首，視流血滿庭，略無變色。語御史曰：「此輩與禽獸不異，斬之如殺虎豹耳。」御史戰慄失措曰：「公神人也。」竟不能劾。此條見《涌幢小品》卷九

村老曰：余王父勦江右花園洞賊一事，與韓公略同。洞賊聚有數百，而陶、洪、李、陸四姓爲首，故名「花園洞」。介進賢、臨川東鄉間，叢山峻谷，林木茂密，環繞有若城垣，素爲奸宄巢穴。白晝窺城劫庫，爲首者衣紅乘轎，公昇到門。其劫掠民財，淫汙子女，及拒殺官兵，積有年矣。環洞居民，悉行竄避。百里之間，蕩無人迹。前撫臺莫敢誰何，倡爲勦不如撫之議，由是巢穴愈固，黨夥益多。且令心腹分布各衙門以爲耳目，凡庶人在官者，半是其黨。甚有不肖庠士，與爲姻媾，少有動静，彼輒先知。王父行部至撫州，有庠士數輩攔稟言，地方所最苦者，無如花園洞劇賊，今日所宜最先者，無如勦此賊也。王父心知其爲賊探也，佯應之曰：「此事最大，必須題請。但該府錢糧未辦，官兵未集，甲兵未利，胡輕言勦也。况前院既有撫議，不若招之使爲良民便。」庠士退，乃密召臨川知縣黎邦琰，語之曰：「若知庠士賊乎？吾恐機事不密，致生得失。姑以言安其心，此事非爾不能辦。典史丁景芳頗有膽，可備使令。但唯速行，可出其不意。攻勦既急，勢必奔軼竄逃。清泥，其陸藪也，以營兵陳仁海一哨守之。鄱湖，其水窟也，以把總胡裕一哨守之。」密授方略，陽以防守

爲名，乃以十月二十八日分哨進攻，距庠士稟時纔六日耳。諸賊既得庠士之言，深以爲快。守備盡撤，方擊牛釃酒，窮日高會。以故燒伐林木，開鑿山嶺，毫不知覺。及兵至洞門，諸賊尚徒手銜杯。即有起而格鬥者，亦皆醉不能握梃。百餘賊一朝悉就生擒，其有稍黠而逸出者，走清泥，走鄱湖，不三日而縛至。事聞，下兵部譚尚書名倫覆奏，言：「花園洞賊徒據險糾衆，白晝殺人，窺城劫庫，莫敢誰何。若不及早殄除，勢日滋蔓。又將如昔年東鄉徐仰四之變，行劫拒捕，直至調集狼兵方克蕩平，而湖東列郡爲之騷動。今徐某審固機宜，調集官兵，將此數十年盤據之賊，不動聲色，不費斗糧，一鼓成擒。曲突之功何可泯也。」於是王父獲金幣之錫。是役也，人以爲惟斷惟速，故底於成，或又謂賞不當功云。

蕭　尉

蕭景腆，晉江人，以掾授長洲尉。時織造太監張志聰恣睢横索，長洲令郭波持法挫之，志聰怒，誣令撓御造龍衣，執而倒曳之車後。景腆聞之，領所部弓兵追奪。直前手批志聰，落其帽，市民觀者盡爲景腆張氣。梯屋飛瓦，擲志聰，志聰抱頭竄，竟奪令歸。志聰還訴世皇，有旨械下詔獄，時令已先擢入爲工部主事，亦與景腆并下鎮撫司拷訊。廷臣壯其誼，會疏救之，令落五職，景腆仍調尉。吴巡撫名廷舉爲景腆立仗義英風之碑於長洲縣門。孫騰

鳳，解元，舉進士，萬曆甲申乙酉間，爲吾郡同知，曾攝吾邑篆，不苟請托，綽有祖風。此條見《涌幢小品》卷十一

村老曰：蕭公署印，在乙酉年，余應京兆試，有太倉葉棍，乘機訐余賄買科場，屢問不能結，時五月也。事屬蕭公，公首問曰：「試官爲誰？今賄誰？」棍噤不能對，事遂白，闔邑誦神明。

夏閣老

壬寅丁未丙寅壬辰，此夏閣老名言八字也。江西星士王玉章，於少年時批其命書云：「如今還是一書生，位至三公决不輕。莫道老來無好處，君王還贈一車斤。」閣老繼室蘇氏，乃廣陵人蘇綱之女。尚有一少女，適曾尚書名銑。綱出入兩家，傳尚書復套之説。夏大喜主其策，綱益自負，與御史艾朴通賄作奸，爲衆所嫉。分宜遂發其陰事，致大辟焉。臨刑，世皇在禁中，數起看三台星，皆燦燦無他異，遂下硃筆，傳旨行刑。擁衾而卧，旨方出，陰雲四合，大雨如注。西市水至三尺，京師人爲之語曰：「可憐夏桂洲，晴乾不肯走，直待雨淋頭。」既死，嚴氏益横，京師人又爲之語曰：「可笑嚴介溪，金銀如山積，刀鋸信手施。常將冷眼觀螃蟹，看你横行得幾時。」方桂洲爲諸生時，教諭陳鏓，閩縣人，奇而厚遇焉。桂洲驟

貴，鏗之子子文登進士，累官至憲副。桂洲屢招之，許以美官，固辭避曰：「先博士遺命也。」此條見《涌幢小品》卷九

王　環

王環，滄洲人，本回回種。虬髯鐵面，有膂力，善騎射，曾尚書石塘名銑僕也。曾被逮，泣謂其下曰：「死自吾分，顧吾妻子奈何流落邊鄙爲溝中瘠乎？」環泣跪曰：「無憂，環力能致之歸。」曾既被刑，妻子安置城固，環乃以小車載蘇夫人及其二子，從間道去。環日則具湯粥，夜則露宿村舍外。間關數千里，不懈。後遇赦歸維揚，酬之金，不顧而去。此條見《石匱書》卷二〇四

嚴閣老

嵩，江西袁州府分宜人。世廟初，見璁、言等，以言禮驟貴，乃主興獻帝稱宗祔廟議，遂隆眷遇。自學詩、宗茂斥，繼盛、鍊死，時來、翀、傳策戍，而朝野兢兢摇手，以言爲諱。嵩又專伺上意，巧爲迎合。結諸閹人，微伺大内動静，密白之，朝夕數十至。嵩隨其巨細裹金錢勞之，諸閹人德嵩。由是上之寢溲食息，皆得預聞而爲之地矣。上好元祀，言者紛紛。嵩

獨從臾之，屢撰青詞，供奉壇殿。上賜以香葉、巾輭、帛履，從諸貴人拜起，嵩唯唯不敢違，以故寵眷不衰。殺僇大臣，賄賂山積。乾兒門生布滿天下，妖士術人引入禁中。子世蕃，以父任歷官工部左侍郎，貪恣狠愎，無所不至。以中書舍人羅龍文爲心膂，廝養嚴年爲羽翼。鬻官剥民，肆行無忌。上亦微知之，念嵩不發。會有術者藍道行，以乩仙術進上，事必咨之。一日，命中使持片楮焚於鼎，密書云：「世蕃惡毒，上帝何不殛之？」道行潛匿御札，以別楮焚之。詭作仙筆報云：「世蕃罪惡貫盈，固宜殛之。」以在輦轂下，恐震驚皇帝，欲俟外遣，僇爲虀粉耳。上心益動，亟欲遣逐而無由。會有御史鄒應龍，疏劾世蕃憑藉父勢，專利無厭，私擅爵賞，廣致賂遺，并及其子鵠、鴻，家奴年，中書龍文，年即士大夫競事媚奉號曰「鶴山先生」者也。得旨罷嵩任，世蕃等戍邊遠。年錮於獄，既而世蕃、龍文怨望謀逆，爲巡江御史林潤疏劾。上曰：「逆情既的，世蕃、龍文即時處斬，其盜用官銀財貨家産，盡没入官。嚴嵩畏子欺君，大負恩眷。并伊孫見任文武職官，俱削籍爲民，當役。」嵩既被逐，身負奇珍，踉蹌道路，爲人搜奪。親戚友生，不敢收視。棲宿養濟院，乞食不得，饑餓以死。巡按御史林潤等，抄没江西家産，略載其大綱。嘉靖四十四年八月也。誥敕翰器等項共二百四十□件。金共一萬三千一百七十一兩六錢五分。純金器皿共三千一百八十五件，重一萬一千零三十三兩三錢一分。內有金海水龍壺五，金龍耳圓杯一，金龍盤三。金鑲珠寶器皿共三百六十七件，共重一千八百零二兩七錢二分。内有龍盤、鳳杯、龍壺、壞金器共二百五十三件。内有金牌十二面，金人三箇，共重四百零三兩九錢二分。連前各項金器三千八百五件，共重一萬三千二百三十九兩九錢五分。金鑲珠玉首飾共二十三副，計二百八十四件，共重四百四十八兩五錢一分。内有猫睛六顆，祖母禄二件，金鑲珠寶首飾共一百五十九副，計一千八百零三件，共重二千七百九十二兩二錢六分。内有猫睛二十顆，有天上長庚、人間壽域、慶無窮壽、永喜心字等名件。金玉珠寶頭箍圍髻共二十一條，共重九十九兩六錢三分。金玉珠寶等耳環、耳墜、耳塞共二百六十七雙。内有猫睛二顆，共重一百四十九兩八錢三分。金鑲珠玉寶石等項墜、領墜、胸禁、步事件，共六十二件，共重一百七十九兩二錢六分。金鑲珠玉寶簪，共三百零九件，共重九十四兩八錢四分。金玉鑲嵌珠寶等鐲、釧共一百零五件，共重四百二十兩一錢。雜色金玉首飾，内有美人夜游玲瓏掩耳，共七百七十六件，共重九百四十九兩七錢六分。金鑲珠玉寶石帽頂共三十五箇，共重七十七兩一錢七分。金鑲玉寶條環二百八件，一千一百一十三兩零九分。内有海内英雄、五龍玩月、福壽康寧等名色猫睛二十顆，内墨猫睛一顆，員月大珠不計。金鑲嵌珠寶條鈎六十八件，共重二百三十五兩七錢五分。内猫睛二顆，連前首飾等項共三千九百三十八件，共重六千五百五十八兩二錢。通共浄金、浄器皿、首飾等項，共重三萬二千九百六十九兩八錢。

淨銀二百零一萬三千四百七十八兩九錢。銀器皿共一千六百四十九件，共重一萬三千三百五十七兩三錢五分。內有滿池嬌銀山二座，銀嵌寶首飾事件六百二十八件，重二百五十三兩八錢五分。連前銀器共計二千二百七十七件，共重一萬三千六百一十一兩二錢。通共淨銀、銀器共重二百二萬七千九十兩一錢。玉器共八百五十七件，共重三千五百二十九兩五錢。內有漢始建國元年注水玉匜，晉永和鎮宅世寶紫玉杯，永和鎮宅世寶玉盤，紫玉、墨玉、碧玉、黃玉、荒玉、花玉等名，番字玉板一片，重一十三兩七錢。千巖競秀玉山一座，重一十三兩二錢。玉帶二百零二件，金鑲玳瑁、犀角、瑪瑙、銀坶、珠鈿、牙香等帶，共一百二十四條。金摺絲帶環等項共三十三條，內猫睛二顆，金鑲珠坶、犀象玳瑁器皿，共五百六十三件，共重一千三百三十一兩七錢。金銀鑲牙筋二千六百八十二雙，金鑲雙龍龍卵壺一把，鍍金雙龍龍卵壺一把，金鑲龍卵酒瓮二個，連座未鑲龍卵一枚，共龍卵五個。珍珠冠頭箍等項，內有五鳳、三鳳冠共六十三頂件，共重三百六兩三錢。珍珠、琥珀、寶石，共重二百六十兩五錢。珊瑚、犀角、象牙等項共六十九件。內有大學士司丞牙牌二面，除珠不計件，珍奇玩器，珠寶、水晶、珊瑚、玻璃、瑪瑙、哥窑、柴窑、嘉峪石斗、龍鬚席、西洋席，共三千五百五十六件、副、雙。象牙籤八十五根，洪熙、宣德古澌水熊膽空青薔薇露，共十三罐盒。礦砂三百八十五兩，硃砂二百五十斤六兩，檀、沈、降、速等香，二百九十一根，重五千五十八斤十兩。奇南香三塊，沈香山四座，織金妝花段，共一千一百五十一匹。內有大紅妝花五爪雲龍過肩段二匹，絹七百四十三匹，羅六百四十七匹，紗一千一百四十七匹，紬八百一十四匹，改機二百七十四匹，絨五百九十一匹。內有西洋鐵色褐六匹，錦二百一十四匹。內宋錦一百一十七匹，綾一十一匹，瑣幅一百六匹零一段，葛五十七匹，布五百七十六匹。內有西洋紅白棉布。已上共一萬四千三百三十一匹零一段。織金妝花男女衣服、段絹、羅紗紬、改機絨、宋錦、葛貂裘、絲布、酒綫，共一千三百零四件，絲綿四百八十七斤，刻絲畫補四十副件，金銀鈒扇二萬七千三百零八把，古今名琴五十四張。內有月下水玉琴，咸通之寶，清廟之音、響泉、霜鐘、清流激玉、玉壺冰、蒼龍噴玉、一天秋、萬壑松、秋澗泉、雪夜鍾、玉琮琤、寒玉、秋月、春雪、調古、冰泉、垂月、松風、鳴雷、震殿、九霄鳴珮、流水高山、寒江落鴈等名，大理石、古銅琴、古硯一十六方。內有未央宮瓦研、銅雀瓦研、唐天策府研、貞觀上苑研、蘇東坡天成研、宣和殿研、文文山研。都丞文具六副，屏風圍屏一百零八座架。大理石螺鈿玳瑁床一十七張。古銅器一千一百二十七件，重六千九百九十四斤零二兩。銅錢九千四百七十五文，鈔二綑。古今書籍八十八部，二千六百一十三本。石刻法帖墨迹三百五十八册軸。古今名畫、刻絲、納紗紙、織金綉手卷册葉，共三千二百零一軸。內有《唐九成宮避暑圖》、《阿房宮圖》、《宋周文矩學士文會圖》、《金谷園圖》、《唐閻立本職貢圖》、《杏壇圖》、《越王宫殿圖》、《宋張擇端清明上河圖》、《西湖春曉圖》、《南屏晚鐘圖》、《劉松源西湖圖》。變價紬絹布匹二萬七千二百八十三匹，共估價一萬五千零四十七兩六錢。變價男女衣裘一萬七千四十一件，共估價銀六千二百五兩零七分。變價扇柄二百八十四把，共估價銀八兩六錢四分。變價銅錫器二項，共估價銀二百七十九兩五錢五分。變價螺鈿石床六百四十張，共估價銀二千一百二十七兩八錢五分。變價帳幔、被褥共二萬二千四百二十七雙副，共估價銀二千二百四十八兩二錢。轎三十五乘，共銀七十兩。桌椅橱櫃七千四百二十四件，共銀一千四百五兩。盤盒家火九萬四千九百二十六件、把、雙，瓦蠟膠藤通估銀一千二百三十五兩九錢五分。樂器、神龕，共四百二十零件，估銀二十兩八錢四分。兵器三百四十一件。變價第宅房屋，共六千七百四間所，共價銀八萬六千三百五十兩。變價田地山塘約三萬餘畝，共價銀四萬四千四百九十三兩四錢六分七釐二毫。變價船板、稻穀、馬牛等畜，共銀二千七百八十七兩六錢八分。通計凈銀并器皿首飾與變賣寄借銀，二百三十四萬二千七百三十一兩七錢七分七釐二毫。續追金七十四兩七錢九分，續追銀一萬三千九百兩八錢九分二釐。續追金玉器物共二百一十三件副，又硃砂八十兩，檀速香二百八十四根，中書牙牌一面，續追變價物件，共估銀八百四十四兩四錢四分。連凈銀銀器，共一萬六千五百一十六兩二釐。連先報通共銀二百三十五萬九千二百四十七兩七錢七分九釐二毫。又直隸巡按御史孫丕揚，抄没嚴嵩北京家産，五爪金龍羅段等一千六百七十九匹，金四百八十三兩二錢。金珠寶首飾六百五十件，重六百三十四兩。金鑲瑪瑙、象牙、金玉寶帶四十七條。銀一萬二千六百五兩。珍珠寶石二十四兩五錢，玉石、犀角、珊瑚、象牙器皿，三百三十斤。降真等香，一千五百三十斤。牙笏三十七根，牙牌三面，牙箸四百三十一雙。圖書、古畫三千六百五部軸。織金妝花衣服翠物，二百一十三箱。房屋共一千七百餘間所。内有雕刻香十間，金彩銅錫器皿，共五千五百餘件。地一百五十餘所畝，寄出銀三千八百餘兩。此條見《留青日札》卷三五

村老曰：籍中龍卵、猫睛諸奇貨，皆得之仇鸞海上將領并閹直者。越王宫殿圖，仁和丁氏物。文會等圖，錢塘洪氏物。皆總督胡公以數百金轉易者。清明上河圖，蘇州陸氏物，以千二百金購之，纔得其贋本，卒破數十家，其禍成于王彪、湯九、張四輩，可謂尤物害民也。彪善傳神，可稱絶伎，余及見之。

分宜逸事

分宜相在位，一士人候門久不得見。因求空地溲溺，一僮兒見之，即提其耳大詬。士人遜謝求解，識者走視之，則一寺卿也。又一監司求見世蕃，彷徨移時，一蒼頭方坐便房，

令人理髮。監司求爲一通，蒼頭不應。監司以十金奉之，蒼頭即擲於鑷工，以示不屑。其人駭懼，謀之相知，益金若干以進，蒼頭方首肯，令得一見。其所奉世蕃父子者，又不知幾何矣。

東樓狎黠，善以數御物。一日與客坐，適有餘氣，客即拂鼻問何異香。東樓佯驚曰：「失氣不臭者，病在臟腑，吾其殆矣。」以釣客語，客少頃又拂鼻曰：「却也微有氣息。」東樓大笑，以告所親，蓋亦輕之也。此條見《穀山筆麈》卷四

趙文華

分宜相在位，江右士大夫往往號之爲父。其後外省亦稍有效之者，趙文華其最也。文華，浙江慈谿人，號蓉江。既以父分宜故，位至尚書。得上寵眷，乃稍欲結知人主，不稟其命。一日，密進藥酒方，言：「授之仙，飲可不死，獨臣與嵩知之。」上曰：「嵩有此方，不奏，文華奏我。」分宜聞之大懼且恨，立召文華。問之曰：「若何所獻？」對曰：「無有。」分宜取進酒疏示之，文華長跪頓首，分宜怒叱之，不起，呼左右拽出，命門者毋敢爲文華通。當時，分宜一睚眦者，立族矣。文華日夜憂懼，不知所出。從世蕃乞哀，世蕃憐之，爲白夫人，夫人以其兒也，殊不忍其觳觫。一日，相君洗沐，諸義子皆來起居，置酒堂上。相君夫人座，

義子及世蕃列侍。惟文華不得入，乃曲賂左右，伏於軒櫺之間。酒中，夫人曰：「今日一家皆在，目中何少文華？」相君嘻曰：「阿奴負人，那得在此。」夫人因宛轉暴白，相君色微和。文華遽走入，伏席前，涕泣，相君不得已，遂留侍飲，盡歡而出。居無幾，西苑造新閣，促工，文華應之緩。上一日登高，望西長安街有高甍，問曰：「誰氏第也？」一璫曰：「趙尚書新宅也。」一璫曰：「工部木半作文華宅，渠亦何暇爲上新閣。」上益恨之，自是逐文華。此條見《穀山筆麈》卷四

三家村老委談　卷三

海上徐復祚陽初甫編次

嚴中丞

中丞吳人名德明，洪武中，拜左僉都御史，視篆，以疾求歸。上怒，謫戍南丹，刺字於面。後得代歸吳，居樂橋。布衣皂帽，有時傭作，曰：「齊民職也。」然無識之者。宣德末年，有西軍以征調過吳，奪民間食貨。中丞適路遇，奮手毆之。西軍號訴於直指李，立逮至。直指坐堂上，詰之曰：「何暴苦吾軍？」中丞跪陳曰：「軍暴苦吾民，民何嘗暴苦軍？且老子亦曾勾當臺中，夫豈不曉三尺而悍然若此，亦不忍吾民爲之魚肉耳。」直指問何年在臺，勾當何職。中丞云：「老子於洪武時曾爲臺長，今都察院堂板榜所稱嚴德明者是也。」直指大驚，急就階持起，延入後堂，問舊事，款洽竟日。次日往訪，則中丞五更起，擔一囊走遠村避去，徒空屋兩間，無從覓矣。久之，復歸樂橋，有同里繆御史名讓延李教授名綺飲，倩中丞陪。

中丞衣甚垢，皂帽已敝，用雜布補綴。綺易之，倨上坐。但與主人翁酬酢談笑，都不及中丞。久益厭之，乃問曰：「老人家犯何法而致文面？殊不雅觀。」中丞曰：「以疾請告，不意觸上怒耳。」綺始訝其言，曰：「然則亦曾仕宦乎？」中丞乃述前事，未竟而綺驚起，下拜請罪，因避下坐。中丞曰：「先時國法慘如秋荼，吴中仕者無一人得保首領。若德明固不食之碩果也，此破帽豈易戴哉？」因北面拱手，稱曰：「聖恩聖恩。」

王光庵

王仲光先生名賓，長洲人。博學，於書無所不讀。屬世鼎革，刑用重典。乃自晦爲清狂，不娶不仕。其貌故已寢，又以藥黥面，髽兩角髻，短服，行歌道旁。故舊有訪之者，輒箕踞捫虱，不相酬對，以益自廢。姚少師名廣孝歸訪，騎從塞路，仲光不啓門。傳謝少師，恐驚老母，若能徒步角巾，則鄙人不敢爲泄柳。少師如其言，乃入之。少師以金及粟壽母，受粟反金。姚太守名善亦常微服再三訪之，始延接，稍稍露其奇。太守大嘆賞，具賓主成禮而去。極邃於醫，然富貴人召輒不往，里巷貧人及方外士招之，亟納履。與金不論多寡，俱不受。性至孝，年七十，先母卒，且死，抱母不舍，呼「孃孃」者數而後絶。死後忽還家，曳履拄杖，呼「孃孃」不置。母曰：「我無恙。」曰：「兒魂魄不能舍母也。」久之，哭始已。所著醫方，説甚奇，我蘇之得其傳者，則有吴江盛啓東名寅先生。少從光庵學醫，盡得其術。永樂中，治中貴人蠱，奇驗。聞於上，召對稱旨，授太醫院御醫。東宫良娣娠而過期，啓東診之曰：「此血疾也，以娠治，不治。」東宫恚曰：「寅肉足食乎？乃欲敗吾子。」上爲用啓東藥，而繫啓東以俟。明日，疾大已，乃赦出，仍賜金幣，直數千緡。宣宗朝，先生尤重，以御醫掌院事。上常幸内直房，而先生與同官奕，弗及屏。上命之終局，且授韵俾賦奕詩，上倚和焉。周文襄名忱故善先生，餉米百石，啓東却之。貽以詩，有「魚龍江海夢，雀鼠稻粱謀」語，文襄終身愧之。後居長洲，子孫多大官，而業醫者尤顯名。有少和先生者，忘其名，治病有神效。然有奇癖，尤惡貴勢人薰灼。富貴者延之，輒引避，遍索之不得。或不索時自來。即索得矣，而偶不欲往，終不赴。十九醉酒樓狹邪間，所得藥資輒隨手付所昵，不知多寡。直指某行部至，檄長洲令致公，令遣吏諭意，先生曰：「爾七尺寄吾三指，而檄召盛先生耶？」給吏入坐堂中，而已從後門逝矣。長洲令不得已，乃以其子後和。亦忘其名應召。時後和名亦譟，既見直指，言公先已赴南中某公召，不在。直指笑而不問。兩先生與余最善，每至虞輒留余齋，數日去。光庵之派，流傳天台，有王良民者得其術，治疾靡不效。客有贈之金者，一鐶以上必不受，一鐶以下受而旋施之貧人。江右有富豪，以數百金來聘，公曰：「吾安用是阿堵爲？第飛書，千里可念也。」買舟往至其家，以夜未便診視。夢神語之曰：「主人，不良人也，疾，徵汝醫。汝今施藥，彼疾必瘳，是濟惡也，違且有譴。」至次日，公自念曰：「我以醫業，彼以醫召。况來自千里，其能不施劑哉。且夢也，何足憑。」竟藥之，疾果瘳。謝以千金，不納。密迹其人，則巨盜也。辭歸，墮車折鼻。人以王氏之醫通於鬼神，是皆光庵先生傳派也。同時有處州胡梅坡者，術亦高，而爲人甚鄙。萬曆初，凌大司馬洋山名雲翼，字汝成，以薛夫人病延至蘇，至則夫人已死，氣不絶如縷，姑令診之。診畢，揸右五指向司馬曰：「五百。」司馬不解其意，曰：「有説乎？」胡曰：「五百開箱。」司馬喜曰：「然則尚可生乎？即五百奚足多也。」梅坡又揸其左五指，曰：「五百處方。」司馬笑諾之，乃修二劑。啓其齒灌之，飯頃而甦，凌氏稱爲胡仙人。然以治他人，不盡效也，或謂酬金不滿其欲，遂不效，容有之。一富人患風，口角忽左斜，謁治之。許謝十鐶，不可。增至五十鐶，乃付一劑。其人甚怒，欲不服。妻强之，服畢即卧。卧起，而口角正矣。始以爲神，再求一劑。梅坡笑曰：「汝本患左斜，今正之足矣。再求一劑，欲向右耶？」其人曰：「恐病根未除，君去復發耳。」梅坡又笑曰：「五十鐶便欲除根，姑留風水脚，令君日後思我胡仙人也。」其爲人大率如此。

村老曰：醫寄死生，古人不爲良相，則爲良醫，爲其濟人同耳。褚澄、殷浩非不貴倨，乃其視病曾不遺廝養卒，奈何屑屑阿堵哉？是醫也，而市矣。故睹胡君而不能不追想王盛諸先生也。

王憲長

王憲長名英，崑山人。事高帝爲監察御史，以愨勤職事當上意，嘗手書「敦厚王英」賜之。後以憲長歸。嘗孑行至河岸，而輕蕩子值而偶觸之，遂擠憲長於水。憲長振衣起。至家，家人怪問衣何故濕，曰：「偶失足耳。」竟不言其事。此條見《弇州史料·後集》卷二三

蔣少參

蔣用和少參名性中，松人。爲給事中，以使過家，常駕一小艇入郡。獨携村僕二人，遇潮落，水門船不得進。遣二僕上岸牽挽，給事坐舟尾持櫓。適一糞舟過，偶觸之，其人以篙擊給事笠，更呵罵之。二僕厲聲言曰：「此是蔣給事，何得無禮！」公叱曰：「毋妄言，此處那得蔣給事。」促家人速牽船去。給事又嘗泊船江滸，一使客船繼至，給事舊識也。過船共奕，適有女子對船洗虎子。使客怒，令隸縛之。給事力爲勸，得解。其女恥被縛，既得解，便投河死。給事又使人力救之，良久蘇，語使者曰：「方困頓中，依稀似有人耳語我。爲囑蔣給事，明日且未可行。」次日，見一舟凌風而去，上有號旗云：「江滸劉節使。」遂不敢解

維。是日，船開者皆覆溺。

劉忠宣

劉尚書名大夏舟行，水畔一青衫人指其名大罵，尚書若不聞，戒家人勿與較。其人隨舟罵五里，倦始返。未幾，一主政行經其處，前青衫人復罵主政，如罵尚書。主政怒，笞之，不數日死。及死，始知其宗室而病心者，主政竟坐償。或問尚書曰：「亦知其爲宗室，故不較耶？」尚書曰：「余備位卿貳，彼呼我名，是知我矣，而故詈之。非病心不至此，何從知其宗室也。」此條見《樗齋漫録》卷一一

徐文貞

徐相國名階曾視浙學政，一士子用「顏苦孔之卓」，相國直之。其人前自陳，此楊子雲語。相國曰：「本道科第早，未曾傍及，領教矣。」又考袁元峯名煒下等，袁以直指拔入闈，得雋，明年大魁天下，相國每自憾失士。已復視江右學，凡士稱屈求再試者，必與試。至於奏廁卧床，不廢閲卷，兩目幾盲。或諷之曰：「公太勞矣。」相國曰：「恐此中又有一袁元峯也」。此條見《樗齋漫録》卷一一

張莊簡

宫保張時敏名悦，華亭人。視江右學政，始去糊名，曰：「我且自疑，人誰信我。」莊簡少時，嘗游嘉禾，有生甚傲，與莊簡論文不合，遽起目攝之曰：「汝松人，惡知文，而齗齗。」及莊簡視學，其人尚在庠。莊簡手其卷曰：「吾意子殊異，乃政平平耳。何傲睨若是？」生叩頭乞罪，莊簡曰：「吾偶憶前事，豈介介也。」置之次等，仍以卷示諸生曰：「當乎？」皆歡服。

張莊懿

宫保張廷器名鎣，華亭人。以御史按山東，行部至臨清。謁文廟，酒家懸斾在門，掣落其冠墮地。干掫吏失色，莊懿不爲意，取冠着之。至使院，州守琅璫其人進，莊懿笑曰：「寧有意哉，但此是通衢，後須高其斾可耳。」及爲刑部尚書，散衙歸，有醉漢奪其前導棍，隸欲執之。莊懿曰：「醉也，勿較。」其人次日醒，持棍至，叩頭請死。莊懿曰：「還我棍，幸甚。」慰遣之。

劉封公

劉封公名□子欽謨名昌，吴縣人。欽謨初爲學博士，小試第一，人以爲賀。封公曰：「須得鄉試如此，方可喜。」及試南都，果擢第一。方十九歲，人又來賀，且喜郎君已作解元。封公徐曰：「知會試如何？」顔色自若，不異平時。及試禮部復第二人。賀者又至，封公舉手曰：「小兒折福過分。」略無喜容。

陳少保

陳僖敏公名鎰字有戒，吴縣人。以左都御史鎮陝，長厚得吏民心。每行部下車，則澍雨立降。陜人稱曰：「陳公洗塵雨。」人有疾病，誓爲少保肩擔子，輒得愈。每出，則老稚婦女争前嘯呼，願得一擔，少保笑弗却也。

姚少師

恭靖公廣孝，長之相城人，余友孫文學亦相城人。嘗示余恭靖公像，秃而冠翼善，紅袍象簡，儼然一胖大和尚也。其佐太宗，帷幄功幾與劉誠意埒，村老不載，載其逸事二。少師既歸寺，一日在松下散飯，曳履獨步，不將餘人。適長洲丞唱導來，少師行飯自若。丞怒笞之十，少師受笞，不自道，丞使緦置後隨行。或言於丞曰：「此少師也。」丞大驚，伏地請罪。少師徐曰：「且送郡獄。」明日出之，謂太守曰：「秀才官人不識事體，野僧行道何足怒，而遽笞之，吾昨日聊以相戲耳。」更不罪也。又少師有姊，少撫少師，頗有恩。既貴歸，特往見，姊不肯出，至再至三。家人慫恿之曰：「少師貴人，且執禮恭，豈宜終拒。」姊不得已，出立堂中。少師望見之即下拜，拜至三。姊遂抽身入，云：「不要拜許多，那見做和尚不了的是好人。」少師恬然受之。

魚開封

魚侃，常熟人，知開封府，苞苴避匿不敢進。旦夕所供，惟脫粟、鮑魚、菘菜而已。既歸，家益貧。妻子不免饑寒，而節操愈勵。臺使者有所餽遺，不受。既病，久困床褥。妾以一甌粥噉之，輒呼曰：「廉官何不食肉糜，竟死不能具窀穸。」時同邑有錢昕者，仕至布政。亦廉，而故有父產。時人爲之語曰：「富不愛錢錢昕，貧不愛錢魚侃。」

或問魚、錢二公孰難，村老曰：以理論，富不愛錢較易。然常人之情，貧者祈富，富者祈鉅。終身役役，至死不休，奚論貧富哉。且今之以賕敗者，寧盡窶人子也。是固不可以

優劣論，要難以責之今人矣。此條見《弇州史料·後集》卷二三

房提學

萬曆乙丙間，江南提學御史爲德清房寰，恣睢虓戾，賄賂公行。其親家蔡舉人及二子星宿來，館于閶門外半塘僧寺，招摇于市，親鬻關節。童生進學貳佰，秀才幫糧百，科舉半百，以至詞訟求勝者視其事之大小而低昂焉。久之而傳播四方，南中臺省頗有偵之者。寰甚恐，乃密令二子歸而取其與事諸人，嚴刑拷訊，欲以解釋。解審之時爲五月。是日雷雨大作，從辰至申。朴聲與雷聲俱震，血水共雨水交流，死杖下者不知凡幾人矣。而吾邑有湯姓者，愈笞而其言愈鑿鑿。謂是公子親爲，何乃委罪于無辜，縱欲塗人之耳目，不慮彌彰于見聞。寰大怒，必欲置之死。五刑慘毒，血肉狼籍，見者心隱，咸謂必無生理，然亦竟不死，豈非天乎。時三吴士子，人人嚙齒痛恨。乃作《倭房公賦》以嘲之，後遂入彈章而寰敗。後詢德清人，謂其家資富埒於程卓。賦曰：「沙汰畢，督學一。文運兀，倭房出。横行一十三府，擾亂天日。科舉纔罷而歲考，直抵丹陽。四府溶溶，禍入宮墻。起錢神樓，開銅臭閣。滿載裝回，狼吞鳥啄。且逞威勢，張牙露角。躭躭焉，逐逐焉。垂涎吐渦，真有似乎精魂失落，驀起風波，暴若祖龍。厥腹虚空，昧若何虹？目無眸子，誰識西東？日長沉醉，酒

色融融。倏然發怒，令人慘淒。一日之内，一人之身，而變詐不齊。百金補廩，鎮江李孫。斗金入泮，無錫周秦。親家鄰友，爲過財人。米麥熒熒，亂圈點也。枷鎖擾擾，假公道也。湖流漲膩，苞苴行也。批撻横斜，門子醉也。雷霆乍驚，試案出也。人人駭憂，漫不知其所謂也。孔方先容，雖媸亦妍。十目所視，而莫掩焉。有不可得聞者，遺臭萬年。此倭之行藏，類市井之行藏，不畏天地之精英。故其隔年，預託親人。渡水陟山，訪儒生之富貧。賁緣其間，不分玉石。真才鎖鑠，怨氣邐迤。道路聞之，莫不嘆惜。嗟乎！皇上之心，作養人才之心也，倭縱貪婪，亦當念國家。奈何取財盡錙銖，棄士如泥沙。使豪傑之士，一朝爲失色之庸夫；雲錦之章，霎時爲吞聲之啞啞。案首贓私，多於倉廩之粟粒；家書包票，等於官店之帛縷。德清光棍，遍於直隸之城郭；厥子受賂，出於宫庭之招語。使旁觀之人，深可鄙而可怒。倭房之心，方益驕固。謗海公，陷徐舉。日本烈炬，延燒南土。嗚呼！戕士類者倭房也，可殺也。護倭房者何人也？亦可殺也。嗟夫！使朝廷聽好人，則足以拒倭。倭不爲督學之人，則自秀才士夫以及君，誰得而被禍也。科道不能明言，而野史言之，野史言之而遠播之，是使野史之言而强於國史也。」

吴都憲

都憲名訥字敏德，常熟人。少爲士時，素負氣剛介。章御史名珪於都憲差後，然亦負氣，有膽略，各以豪邁自雄，不相下。釜山有東嶽神祠，塑酆都諸獄，狀甚獰惡。又爲關捩，設伏地下，人不知躡之，則有群偶鬼萃而搶焉。殿堂闃寂，即白晝非挈伴侶不敢獨入。二公相約，以月黑天陰之時獨往，以散餅爲驗，每鬼前必留一餅。約既定，章私先往匿神帳中。吴持餅詣鬼前，每至一鬼，輒云：「與汝一箇。」散至章所匿處，章伸手出捉吴手。吴云：「勿忙也，與汝一箇。」殊無驚異。巡按雲南時，儀從簡約，雖出遠道，亦止肩輿，侍衛不過十數人。一日過山崗，有虎自林中突出，侍衛舍而奔逸。虎方繞帳咆哮，先生乃引手下帳坐，不動。虎環帳數匝去，於是從者遥見之，則又徐徐來集，復擁衛以行，先生無言也。明日，前途官廉其事，執囚諸役，待罪庭下。先生笑曰：「人各愛性命，此不當得罪。」悉縱舍之。

村老曰：思庵先生斥去驛婦事甚奇，第傳者不一其詞，乃其巡歷歸朝詩，誦之使人凜其廉介。詩曰：「一肩行李去朝天，要過前途最險灘。若有贓私并土物，任教沈在碧波間。」常聞于忠肅公入覲，有詩云：「手帕麻姑與綫香，本資民用反爲殃。清風兩袖朝天去，免使閭閻説短長。」可謂前後一轍矣。夫廉介之人，每不足於寬厚。文恪先生寬厚如此，乃其清節砥礪又若彼，我懷伊人，蓋不勝斗山之仰焉。近來諸公不務掊克，則峻崖岸，睹前輩亦興景行之念否？

陳布政

布政陳子兼名鎏，吳縣人。幼讀書，有巨蛇似龍者窺其窗左，公不爲動，讀書自若。一夕盜逾垣入，徐語之曰：「吾室無長物，僅一衣一衾耳，任取去，吾善秘，必不宣諸人也。」讀故自若。明旦，家長者詰公衾衣何在，公徐曰：「夜半落盜手矣。」爲刑部郎時，王元美名世貞嘗過公，留飲已，顧問中廚鮭菜幾何？答以無有。瓿中酒幾何？則罄久矣。相與大笑，乃偕過鄰舍郎飲。及歸里，里中豪椎牛饗公，或謝病不赴。間過所從故舊，或僧寮道人舍，濁醪粗糲，諧笑爲娛。其於酒户僅上中，醉即隗峨坐睡，不問孰主。

陳體方

吳中有一妓黃秀雲，最好詩。時陳體方以詩名吳中，秀雲謬謂曰：「吾必嫁君，然君家貧，聘財必乏，能以詩百首贈我乎？」體方信之，爲賦至六十餘篇而殁。情致清婉，傳誦詞林。然妓實黠慧，利於多得詩以自張耳，非有意嫁之也。人多笑其老耄被紿，而體方每詑

於人，以爲奇遇焉。此條見《堯山堂外紀》卷八三

顧阿英

崑山顧阿英，在元末以豪爽自命。有亭館三十六處，處處華整，一時名士，如楊廉夫、鄭德明、張伯雨、倪元鎮，皆其客也，尤密於秦約、于立、釋良琦。有二妓曰小瓊花、南枝秀，每會必出以侑觴。後遭喪亂，散財削髮爲在家僧。又繪一像，題其上曰：「儒衣僧帽道人鞋，天下青山骨可埋。若説少年豪俠處，五陵裘馬洛陽街。」

陸道判

元時富人陸德原，貲甲天下，爲甫里書院山長。亦有文藻，一時名流咸與之游處。暮年感時事，忽以家業盡付所善友二人，二人疑駭未信，德原曰：「吾愧不能以善遺若，乃以財遺若。以財遺若，是以禍遺若也。然善持之，多施而少吝，則禍輕而身安。」二人方辭遜，陸出門矣。去爲黄冠師，居陳湖上，開瑞雲觀居之，改名宗静。又援例爲道判，時稱爲陸道判。其故宅今爲竹堂寺，二人其一即沈萬三秀也，其一姓葛，亦巨富，名不傳。

柴五溪

崑山又有柴五溪，父奇，爲應天府尹。五溪藉世資，有心計，起家至鉅萬。以母死之京，奏乞卹典。還至潤州，忽緘書數通，付其家人先歸，曰：「吾朝謁太和山便歸耳。」比歸發緘，乃遍謝姻黨語，且與其妻訣。家蓄金萬兩，田萬頃，書數千卷，令盡散内外族人。時柴有子七人，而妻之祖父周尚書，父大理丞。兩家門閥方盛，衆咸迂怪之，急走人之太和，則業已剪髮爲頭陀，師麩子李。家人强之再三歸，不顧。則歲遺金布問無恙，五溪受布，歸所主道士，而揮其金，囑勿再來。已入伏牛山，二十年復返武當，訪范鬡髻。適靖江王以金施范，范納之，五溪遂掉頭去曰：「彼尚須人豢養者，何足把臂入林耶。」去之泰岱，居二十年。人有見之者，八十餘矣，而神甚王。

村老曰：太史公曰：「天下熙熙，皆爲利來。天下攘攘，皆爲利往。」今天下林林總總之衆，所爲蒿目焦心，朝夕牙籌，至死而不休者，有不爲此阿堵物者耶？乃三先生者，誰迫之而棄素封，耽元寂，視高北斗之金若浼，棄之若敝蹝。非明達高潔，蟬蜕塵埃，灼然見富不如貧，胡能不少生係戀也。龐居士而後，僅見此耳。嘗記萬曆甲辰，郡城北寺一僧，號冰如，富至鉅萬，人盡垂涎，而未有隙也。然此僧素倨傲，一日，有兩無賴老儒過訪，有所少乞貸，冰如不但拒其請，且待之偃蹇。坐未久，輒入不復出。兩老儒歸而謀之惡少某，惡少曰：「何難，我二三兄弟明日到彼，尋一事端，痛捶此禿，以謝君可也。」始意亦不過辱之以泄忿耳，非有意於掠其藏金也。明日呼集二十餘人，適有里中富民某，施四十金爲修寺費，方在卓秤兑，群不逞見金便攫。人既衆，勢不可遏。遂出呼里民千人入，凡其藏金，以至什物，喧掠四日夜不休。郡遣一簿往按，衆叢擊簿，敗而去。後雖繩以三尺，遣配數人，而冰如則困頓饑寒死。信乎此阿堵也，散則爲德，聚則爲愆；散則爲福，聚則爲禍；散則爲達，聚則爲愚。豈但士庶然哉！鹿臺鉅橋，瓊林大盈，天子且不能保，陸道判所云「多施而少吝」，豈非千古至言歟。

柳布衣

柳御史名彦暉，吴人。入京無資，貸富翁陸坦金五十緡，不立券。家無知者，惟子仲益知之。御史行，戒仲益曰：「俟稍有積俸，當還陸翁金。」後御史没於官，家甚貧。仲益力治生，絲積粒聚，家業稍復。距御史卒時已四十餘年，坦亦卒三十年矣。仲益具五十緡及牲帛，拜坦墓，納金坦子。子以無券辭，仲益曰：「若雖不知，吾實知之。先君爲清白吏，負人債豈其所安耶？券在心不在紙也。」投金於几而去。

村老曰：馮元成先生嘗嘆此事，以爲不可及。其言曰：「自余束髮而見三吴之俗也，仕者一據華膴，則程卓之鏹雲集。下者獻，高者餽，豈復計子母。乃貴人亦外府視之，非唯不知償，亦且不知德。若柳御史貸金事，諄諄戒其子以必償。乃其子又當破家亡命之餘，絲積粒聚，以必償於四十年後。父子篤於信義，不欺其志，真末流砥柱哉！」

朱應舉

吴縣富民朱應舉，居陽山，雙瞽，然性特奇狠。有僧某田與應舉鄰，謀欲得之，而僧不售。一日，應舉篡取僧歸，逼書契，僧不從。乃以木罌坐僧其中，而令家僮亂捶之，立斃。隨賄其徒，火其屍滅口。里中嘩傳，欲訟官。應舉懼，就訟師某問計，訟師曰：「待衆人訟，何如使其徒訟，可從中弄機權也。」應舉悦，問計，訟師曰：「爾以某月某日赴城中，請三學博飲，而用賄於徒，使其牒所書口所言，皆曰朱某以某月某日毆殺我師。以飲客之日爲毆僧之日，則官必信，必反坐僧，僧得賄，即反坐固甘心矣。」應舉如其言。及赴審，應舉曰：「某日小人請三學博飲，身在城中，家在陽山，安得又有一應舉在家毆僧？喚學吏一問可知也。」吴縣尹爲任某，曰然，喚吏至，果是日三博士飲於朱。乃坐僧誣，僧已受賄，不深辨。後袁司理名可立覆審，采之衆口，始坐朱罪。

村老曰：甚矣！吴人之健訟也。俗既健訟，故訟師最多，然亦有等第高下。最高者名曰「狀元」，最低者曰「大麥」。然不但狀元以此道獲厚利，成家業，即大麥者，亦以三寸不律，足衣食，贍俯仰，從無有落莫饑餓死者，則吴人之健訟可想矣，然多是衣冠子弟爲之。余識一張狀元，崑山人，忘其名。每與籌計一事，輒指天畫地，真有懸河建瓴之勢。可令死者生，生者死，譸張變幻，時陰時陽，百出不窮，何愧狀元名號哉！乃其初亦曾爲博士弟子也。馮元成先生家，書房庭中立一石臺，名「施食臺」。每旦以米一升給童子，置臺上飼鳥雀。童子則匿其米，少以數粒佈臺上，俟雀集輒掩而食之。先生大怒，欲抶之，曰：「我之立臺，哀鳥乏食耳，豈爲爾掩雀地耶？」余適在坐，笑謂之曰：「蒼帝作字，素王立言，亦哀民之蚩蚩耳，何嘗爲訟師計。而文學輩竊以作狀資，何怪童子哉？」先生笑而釋之。

張第

張文學名□家在邑西慧日寺之南。有家人張第，萬曆壬子病疫死，其妻經紀其屍，遷之別室，鍵户而出，丐棺於文學。適召客飲，妻徘徊堂側，良久，昏黑，未有間，且暫歸，則已失第之屍。别室之户亦開，妻大駭。訊之合宅，俱不知。訊之街鄰，有見之曰：「適見其投東去，未知其死，然未問其何所往也。」蓋東街有李奎者，亦張氏僕。與第平日最昵，曾貸第錢二千。至是，第往叩其門，奎出問其來故，曰：「索所欠耳。」奎以未便辭。第曰：「有急需，隨所有先付我。」李遂以錢五百付之。第出門，又投東去，至一鬻轎家，復叩其門。鬻轎者亦素識第，問來何暮，第曰：「買轎耳。」乃秉燭遍照諸轎，定其一。出袖中錢五百作定，仍押字識，屬令勿易，「餘錢天明早擡至我家找足，勿晏」。又索收票，出門投東去。妻初聞街鄰之言，異之，念其平日所最厚者無如李奎，則投奎問，奎曰：「曾至，我何知其死？然出余門，見其投東行。」妻復投東，直抵邑之大東門。覓至四鼓無所睹，所持燭盡，乃歸。至慧日寺前，暗中似有物罥其足，捫之，乃一人攔卧寺門。意必夫再生也，呼之不應，蹴之不動。遥睹前街隱隱有火光，妻識其家乃磨腐者，往乞火，仍挾其媪來相佐，至則果其夫也，而依然死屍也。與鄰媪言其故，相共驚異。俄而天明，則鬻轎者以轎至矣。相與言夜來之狀，且索收票。探其袖，簌簌有聲，出之，票也，乃成殮。

村老曰：以余所睹記生死異事極多，然未有異於此一事者。人死其魂氣無不之，故有嘯梁，有瞰室，亦有憑人作祟者，然未聞體魄猶然行動語言也。體魄猶然行動語言，則與生人何異？將以索錢買轎者，魂耶？而儼然人也。將遂以爲生人耶？又胡至寺門而輒死也？是不可解矣。厥後文學家五年間，長子死、母死、妻死、祖父母死、一生子婢子母同死，七喪相繼。未幾而文學亦被仇陷，家遂零落。雖或人事所召，然怪事亦何可有也。

潘時用

蘇臨頓里居人潘時用，機户也，掘地得藏金無算。後時用死，以分其二子潘奎、潘璧，兩母出也。璧年尚稚，奎乘其病，投毒餅餌中，殺璧，盡掩其有。奎後生二子，長名城，次名垣。城性頗穎，然淫恣無度，入資爲國子生。姜司成名寶覽牒曰：「何名潘城？」爲增一璧字。奎聞之甚不樂，蓋所殺弟名璧也。已而璧城破其家，百計索金於父。不得，遂假貸劉氏金，誘其僕來責償，仍激怒其父而毆之死。奎坐償，説者以爲璧城璧再生也。奎以兄殺弟，璧城遂以子殺父。天道好還，可畏哉！

桑先生

桑民懌名悦，常熟人，家貧無所蓄。書從肆中鬻得，讀過輒焚弃之。敢爲大言不自量，時詮次古人，以孟軻自況，原、遷而下弗論也，而更非薄韓愈氏，曰：「此小兒號嗄，何傳？」問翰林文今爲誰，曰：「虚無人，舉天下亦惟悦，其次祝允明，又次羅玘。」悦髻椎而補博士弟子。部使者按水利下邑，悦前謁之，書刺江南才人桑悦。博士弟子業不當刺，又厚自譽，使者大駭。已問知悦素有才名也，延之校書，而預刊落以試悦，校至不通處，即索筆請書亡誤，使者大悦服，折節交悦矣。十九舉鄉試，再試禮部，奇其文，至閱《道統論》，則曰：「夫子傳之我。」縮舌曰：「得非江南桑生耶？大狂士。」斥不取。時邱濬爲尚書，慕悦名，召令具賓主。已出己文令觀，紿曰：「某先輩撰。」悦心知之，曰：「公謂悦爲逐穢也耶，奈何得若文而令悦觀？」濬曰：「生試更爲之。」歸撰以奏，濬稱善。已令進他文，濬未嘗不稱善也。悦名在乙榜，請謝不爲官。俟後試，而時竟以悦狂，抑弗許，調邑博士。悦爲博士逾歲，而按察視學者别邱濬，濬曰：「吾故人桑悦，幸無以屬吏視也。」按察既行部抵邑，不見悦。顧問長吏悦今安在，豈有恙乎。長吏素恨悦，皆曰：「無恙，自負不肯迎耳。」乃使吏往召之，悦曰：「連宵旦雨淫，傳舍圯，守妻子亡暇，何暇伺候若？」按察久待不至，更兩吏促之。悦益怒曰：「若真無耳者，即按察力能屈博士，可屈桑先生乎。爲若期三日先生來，不三日不來矣。」按察遂欲收悦，緣濬不果。三日，悦詣按察，長揖立不跪。按察厲聲曰：「博士分不當得跪耶？」悦前曰：「漢汲長孺長揖大將軍，明公貴豈逾大將軍，而長孺固亡賢於悦，奈何以面皮相恐寥廓天下士哉。悦今去，天下自謂明公不容悦，曷解耳。」因脱帽竟出。按察度亡何，乃下留之。他日當還兩博士自隨，悦在選。故事，博士侍左右立竟日。悦請曰：「犬馬齒長，不能以筋力爲禮，亦不能久任立，願假借且使得坐。」即移所便坐，御史聞悦名，數召問，謂曰：「匡説詩，解人頤，子有是乎？」曰：「悦所談玄妙，何匡鼎敢望。即鼎在，亦解頤。公幸賜清燕，畢頃刻之長。」御史壯之，令坐講。少休，悦除襪，跣而爬足垢，御史不能禁，令出。尋復薦之，遷長沙倅，再調柳州。悦實惡州荒落，不欲往。人問之，輒曰：「宗元小生擅此州名久，吾一旦往，掩奪其上，不安耳。」爲柳州歲餘，父喪歸，服除，遂不起。居家益任誕，褐衣楚制，往來郡邑間。此條見《藝苑卮言·增補藝苑卮言》卷之五

祝京兆

祝希哲名允明，長洲人。生而右手指枝，因自號「指枝生」。爲人好酒色六博，不修行檢。常傅粉黛，從優伶酒間度新聲。俠少年好慕之，多齎金游允明甚洽。舉鄉薦，從春官試下第。是時海内漸熟允明名，索其文及書者接踵，或輦金幣至門，允明輒以疾辭不見。然允明多醉妓館中，掩之，雖累紙可得。而家故給，以不問童奴作業。又捐業蓄古法書名籍，售者或故昂直欺之，弗算。至或留客，計無所出酒，窘甚，以所蓄易置，得初直什一二耳。當其窘時，黠者持少錢米乞文及手書，輒與，己小饒，更自貴也。嘗有黑貂裘甚美，欲市之，或曰青女至矣，何故市之。允明曰：「昨蒼頭言始識，不市而忘，敝之篋，何益。」後拜廣中邑令，歸，所請受橐中裝可千金。歸日張酒，呼故狎游宴，歌呼爲壽，不兩年都盡矣。允明好負逋責，出則群萃而訶誶者至接踵，竟弗顧去。此條見《藝苑卮言·增補藝苑卮言》卷之五

唐解元

唐伯虎名寅，吴人，與里中生張夢晉善，張才大不及唐，而放誕過之。恒曰：「日休，小豎子耳，尚能稱醉士，我獨不耶？」一日游虎邱，會數賈飲山上亭，且咏。靈曰：「此養物技不過弄杯酒問具，何當論詩？我且戲之。」時更衣爲丐者，上丐賈。食已，前請曰：「謬勞諸君食，無以報。雖不能句，而以狗尾續如何？」賈大笑，漫舉咏中事試之，如響。賈不測，始令賡。張復丐酒，連舉大白十數，揮毫俄頃而成百首，不謝竟去。易維蘿陰下。賈陰使人伺之，無見也，大駭，以爲神仙云。張度賈遠，則上亭。朱衣金目作胡人舞，形狀殊絶。伯虎舉鄉試第一，坐事免，家以好酒益落。此條見《藝苑卮言·增補藝苑卮言》卷之五

蔣廷貴

蔣廷貴第進士三甲，例授縣令，特告就北方之樂亭。同年劉以賢謂曰：「何不就南方，得便道展親，亦人子幸事。」答曰：「進士除知縣，何面目見鄉里。」其父維清，亟欲以京職爲榮封地，聞子作縣，大失所望。遂致心疾發狂，見人輒云：「尹天官説，一年便陞御史。」人以爲笑。此條見《石田雜記》

村老曰：維清君可謂執泥矣，若今人子成進士，明日便入府縣講分上矣，何假榮封哉。

許文學

吾邑許文學名應科，博學能文，不但本邑庠士推爲祭酒，即闔郡九學，亦罔不推尊之。時郡司理爲江右龍公名繩武，公愛之甚，每相晤，必以鼎甲期之，呼爲許修撰，謂必狀元也。癸酉試學臺，以第一赴京兆試。司理亦取入校文，時文學館於吴江某氏，司理亦知之。乃走急足密緘一書送至吴江。文學適於是日腹痛欲死，急買舟歸常熟。急足夜至，叩門言龍爺有書送許相公，必欲面呈。某氏子慧心人也，意必有關節。乃紿之曰：「許相公有病，卧不能起，付我轉達。」且啗以青蚨，得書果關節也。某氏子固能文，司理得其卷，以爲許也，取冠本房。及得許卷，惡其文塗抹盈卷，大署險怪惡劣等語，及拆卷，知所取者非許也。遍索許卷，則塗抹不可洗矣。某氏子竟魁其經，許終身不復振，守貢又不得，以鬱死。

村老曰：此與東坡、李方叔事頗相類。成化辛丑一事亦相類，餘姚王珣館劉博野相公名珝家，將廷試，博野令其子送柬於珣，曰：「三宗七制諸許事，亦可出乎？」珣偶出不在，有鄉里王華訪珣，直入其館，見案間此柬，急歸，操筆成文，該贍典雅，遂冠場，狀元及第。

張成

張成，徐州人。短小精悍，善走，日可行五百里，若緩步亦與人同。但造意遠行，則不可及。然既行又不能自止，或負墻抱樹乃止。凡封奏羽報則使之。夜則于圓篚中縮足而睡。近崑山人顧大愚亦然，云：「有符咒甲馬拴於兩股，日亦可三四百里。」今聞其符咒書爲人竊去，不能走矣。

徐文長

少保胡梅林名宗憲總督浙江，勢嚴重，文武將吏庭見，懼誅責，前必蛇行，無敢仰視。山陰秀才徐文長名渭別號天池，又常稱爲田水月。性豪恣，善古文詞，以撰《白鹿表》受知於少保，聘致幕府，管書記。文長與少保約，能具賓主禮，渭來，不能，不來也，來則非時輒得出入，少保諾。乃葛衣烏幘，長揖據坐，慨論天下事，旁若無人。一日與群少年昵飲市中，幕府有急需，召不得。夜深開戟門以待之，偵者得狀，報曰：「徐秀才方大醉嚎囂，不可致也。」少保稱善。又嘗飲酒樓，有數健兒亦來飲，不肯留錢，相訴誶之。健兒痛毆其人，文長密以數字馳報少保，立縛斬麾下。少保既憐文長才，哀其數困，時方省試，思爲之地。諸簾官人謁，少保屬之曰：「徐渭天下才，宜亟收之。」時少保權震天下，所出口無不欲争得以媚者。偶一令晚謁，少保忘不與語，及試，卷適屬令，事將竣，諸人乃大索，獲之，則彈摘遍紙矣。及老貧甚，粥手自給。郡守丞以下求與見者，皆不得。嘗有詣者，伺便排户半入。文長手拒扉，口自應曰：「某不在。」人以是多怪恨之。少保曾遺洮絨十許匹，遂大製衣被，下及祖衣，既而遇乏，一日都盡。人操金請詩文書繪者，值其稍裕，多方不可得，當其窘，隨手輒應。所受物人人題識必償。已乃以給費不即，餒餓不用也。有書數千卷，後斥賣殆盡。幬筦破弊不能易，遂籍藁寢。音朗如唳鶴，常中夜呼嘯，有群鶴應焉。

村老曰：余常讀文長《四聲猿》雜劇，其《漁陽三撾》，有爲之作也。意氣豪俠如其爲人，誠然傑作，然尚在元人籓籬間。餘三聲《柳翠》猶稱，彼善其二聲。及其書繪，俱可無作。詩文自有一種奇逸，誠然薛方山先生名應旂所謂鬼語長吉之流。袁中郎名宏道便謂有明一人，此有激之言，非公論也。若評在雅宜、徵仲之上，余不能知。文長無命，大類村老。其爲人益老益貧，益狂益崛强，又大類村老。若其厄於棘闈，則嘉靖中一人絶相似。京山人周延祚，以選貢廷試第三人進呈，世廟得其卷稱善，顧永嘉相公曰：「是宜第一。」及拆號，上大喜曰：「吾鄉人也。」湖廣生例入南監，永嘉特留北。比秋試，屬柄文者曰：「此生上所眷注，謹視之。」於是衆擬以爲解，一二場已定矣。迨三場病發不能進，竟不獲儁。常語人曰：「昔云君相可以造命，若余之命，則君相所不能造者。」嗚呼！人生其如命何哉。唐人曰：「朱衣騎馬是何人？」天胡可問也？

沈布衣

啓南先生名周，長洲相城人。自號石田，晚更號白石翁。短小而晳，眉目娟秀如畫。其爲學，經史子集、稗官、釋老，靡不淹浹。詩出白香山、蘇眉山，兼情事，雜雅俗，興至亹亹不能休。文徵仲極稱之，又言丹青之學，尤爲出群，納萬里於胸次，造群變於筆端，可謂前無古人。既有名當世，郡邑欲迹之，輒稱病不應。與吴文定名寬、王文恪名鏊、李太僕名偵善。文定至其家，即謁公母，出飲書室。公以肉雋奉母，餘臠進文定。觴咏聯榻，明晨一葉同載至城以爲常。郡守汪滸，俗吏也，不識公，偶立儀門，欲圖。有惡公者，謂滸曰：「畫師沈周，可令槃礴。」汪使吏召之，公挾一點染，身爲指示，日衣緇布服，冠耆老巾，坐土牛下。守出則跪於傍，畢事乃去。未幾，守以計入都，謁相國李南陽名東陽。致饋，李却之曰：「我不以阿堵自潤，所需沈啓南畫耳。」因問啓南安否？守茫然不知所對。已謁文定少宰，復問如李，守復茫然不知所對。曰：「如沈君門下，不知耶？真一歉事，然沈君未嘗不知門下也。」出公手書，皆述守善政，不啻口出，守大愧。覲回，急以小艇造鄉訪之，公先期匿迹去矣。

其後屢顧，始得一見。守欲以賢良舉，辭不應。三原王尚書名恕撫吳，求見公，不可，遂造其廬，却小隊里許外，角巾趨宅。公迎門外，跪而請曰：「部民不敢慕勢，然亦不敢廢禮。」三原辭其謁，携手至廳事。因載至城與語，日夜不休。問以時政得失，則曰：「此非野人所知。」既從撫院出，有司或物色，掉臂去之，曰：「是媒王公也，惡乎可。」公雖受三原知，然絶不進一詩一畫，三原亦未索及。每入城，必潛窮巷或蕭寺，索畫者必先貧下販夫牧豎，或贋作求題，亦亟應。郡守召之，必再三謝，不得已，必庭謁。及入後堂，南坐不少斜。或以居間請，必面斥曰：「周豈市人，而子市我哉？」文恪捐相印歸，方抵家，使人問公，公已病革，取片楮題云：「勇退歸來説宰公，此機超出萬人中。門前車馬應如許，那有心情問病翁。」文恪見詩，即趨至與訣。公語曰：「泉下修文郎，林間大學士，可作他年一故事。」一笑而瞑。病革詩曰：「了得人間事便休，魂隨仙夢到瀛洲。清風明月人三個，芳草斜陽土一邱。夢短夢長俱是夢，愁多愁少總爲愁。放開身子安閑睡，那管乾坤幾萬秋。」

馮太守

衡州太守馮正伯名冠，邑人。少善彈琵琶，歌金元曲，五上公車，未常挾筴，惟挾《琵琶記》而已。

村老曰：余友秦四麟，爲博士弟子，亦善歌金元曲。無論酒間興到，輒引曼聲，即獨處一室，而嗚嗚不絶口。學使者行部至矣，所挾而入行笥者，唯《琵琶》《西廂》二傳，或規之：「君不虞試耶？」公笑曰：「吾患曲不善耳，奚患文不佳也。」其風流如此。

陸參政

陸孟昭參政名昶，爲人磊落慷慨，與人交有終始。居常謂人生寄也，即家亦寄，安能有所别擇，而碌碌爲子孫作巢穴，故不謀生産。而所至即官舍或僦居，必小飾齋室，蒔花竹。時戒内子儲名醖、甘果、珍錯，以待不時之需。客過必留，無所擇。留則咄嗟立辦，至卜夜而猶未已。其遇元夕，張燈、合樂、帳飲，雖侯家不過也。此條見《弇州山人四部續稿》卷一四七

村老曰：今之冠側注者，有不巢穴子孫者乎？有不傳舍官廨而飾齋蒔花竹者乎？有儲名醖甘果，不擇過客輒留者乎？設有之，村老願爲之執鞭矣。

錢侍御

汝載御史名藉，邑人。性倜儻，才復贍麗。既罷御史歸，縱情詩酒。以虞山奇絶處久湮没土石中，乃於山巔最嶮絶處闢開一門，以其崟崎突兀，不減於蜀道也，名之曰「劍門」。剏

樓三楹其上，大書一聯句云：「無邊風月供嘲笑，有主江山屬翦裁。」吹毛輩不解詩旨，割裂其詞意，遂以「有主之江山，不宜屬之翦裁」，摘以爲嫌。至入御史白簡，家侈富，僮奴數千指，不能繩束之。多行不義，波及主人，田園居第，歌僮舞女，綺紈玩器，藏金鉅萬之資，爲市井無賴乘勢劫奪，一朝而盡。五子飄零如喪家狗，公年八十五，寄死吴閶，又六十餘年，而吾家有比部君之事，俱搢紳之大變也。

村老曰：王貺之名嘉賓先生，余業師也。爲侍御公姪婿，其言侍御公事甚詳。蓋其家有二奴，名周祐、陳添者。侍御公子宁寵之，怙勢横行，毒害閭里，無所不至，鄉里畏之如虎，其行劫事亦未必無。但侍御性好書籍，每挾册獨坐，則寢溲食息似可盡廢。故受毒者每進白侍御，輒當其挾册時，不問曲直，第頷之而已。故不知者以侍御故縱之，而實毫不知也。適江陰有劫庫事，逮捕甚嚴。迹至二奴家，見其家藏有錠金，曰：「此庫物也。」逮去。子宁猶欲曲庇之，侍御不能禁，故併逮宁而及侍御。然謂侍御不能繩束家人及子則有之，乃摘其榜對「無邊有主」云云，而曰是且謀不軌也，豈不寃哉。余所得於業師之言如此，業師篤行君子，豈浪言？余七八歲時猶及見侍御，時已寄食吴閶，長而鶴立，白鬚飄然。先員外指示余輩曰：「此公大有學問，惜行誼不端，故雖登甲第，踐華膴，而卒栖栖若此。」士先器識哉！孰意六十年後，而遂有比部君事也。大抵信任匪人，亦相仿云。侍御後人甚不振，余所詩文交者第五子也，初名審，後改審言。詩甚蒼古，酒德亦佳。但貧甚，居先祠中，憔悴以死，無子。至今過其祠，不勝山陽之感云。

村老又曰：余庚戌除夕，有《哭兄作》云：「除夕多悲感，思君倍鬱陶。用人嗟往失，受諫豈今朝。骨肉安全未，門庭事正饒。魂依繐帷下，風雪共蕭蕭。」「一官能自愛，八議豈無情。祖亦存餘澤，兄何負此名。黃麻非賜死，白刃遽輕生。家聞從茲隕，明朝但哭聲。」

村老又曰：文士之見厄於世主，楊修、沈約、鮑照、薛道衡輩，固自不乏，然不過忌其形己之短耳。臣子與君父，争見才技，其中禍不無所自。然未有摘其無心之語，指爲有託之辭，深文巧詆，索瘢洗垢，横被惡名，必欲甘心之，如錢侍御「無邊有主」云云者。昔蘇子瞻無鹽諸咏，李定、舒亶輩指爲謗訕朝政，而咏檜一詩，王珪直以爲不臣，欲服上刑，非宋裕陵神聖，寧有免法。吁！可畏哉。近王弇州作《卮言》，作《别集》。湯臨川作《紫簫記》，亦紛紛不免於猪嘴關，乃知古人製作，必藏名山大川，有以也。余小子何足比數，然亦每以作詞見嫉於人。夫余所作者詞曲，金元小伎耳。上之不能博高名，次復不能圖顯利。拾文人唾棄之餘，供酒間謔浪之具，不過無聊之計，假此以磨歲月耳。何關世事，安所謗讪，而亦煩李定諸人毒吻耶。庚戌成《紅梨》後，遂燒却筆研。既而閲《楚紀》，當肅皇帝幸楚，胡孝思纘宗爲一律紀事，其落句云：「穆天八駿空飛電，湘竹英皇泪不磨。」刻之石。後以他事坐罷，家居者數載矣。嘗扑一貪令王聯，其人爲户部主事，以不職免。殺人下獄當死，乃指「穆天」「湘竹」爲怨望咒詛，奏之。捕下獄論死，孝思時將八十矣，了不怖懼，取錦衣獄中杻械之類八，爲詩紀之，名《制獄八景》。衆争咎掣其筆，曰：「君正坐詩至此耳，尚何吾伊爲？」孝思澹然吟不輟，曰：「坐詩當死，今不作詩，得免死耶？」人服孝思意氣。因思死生禍福，不宰之讒慝，亦寧關乎口語？固自有天公主之。乃復理鉛槧爲《投梭》，記謝幼輿折齒事。又作《梧桐雨》，記玉環馬嵬事，而紛紛復如故。未幾其人死，遂絶無議者。

牟俸

凡官吏充軍者，例止及本身。牟俸爲外臺時，具奏必欲逮補，使人警懼，朝廷從之。成化十五年，俸巡撫南畿，獲重罪，謫戍五開衞，以死，勾其子補伍，子泣訴於兵曹，乞免，曹某曰：「此尊公所奏例也。」其子語塞。

村老曰：立法自斃，俸之受報，何異商君哉。北齊時，有張思和者，斷獄無問輕重貴賤，皆枷鎖杻械，備極楚毒，人號「活羅刹」。其妻四五孕，臨産即悶絶求死。生男女皆項着肉鎖，手足并有肉杻束縛連絆，墮地便死。思和卒坐法誅。唐路巖用事，密請三品以上得罪誅殛，剔取喉骨，驗其果死。後巖坐罪徙賜死，剔取喉骨。又漢梁統上書，乞增重法律，當時不從其議，後統忽夢神人告曰：「雖幸朝廷不從爾言，陰府已録爾過。爾欲以刑法毒民，將來使爾子爾孫當被刑法死。」後統子松、竦皆以非命死，至冀竟滅其宗。統議未允，而天譴莫貸，至罹赤族，人之不仁，念慮一萌，皆天所惡，可不懼哉！梅福有言：「存人所以自存也，危人所以自危也。」豈不信然。

村老又曰：余兄伯昌官刑部時，手注《大明律例》，欲刻板行世。余每勸之曰：「律之條甚活，而今死，比之仁人之死致生之意，安所委曲以行其不忍乎？且夫以咎繇之德，而子孫必刑而後王，天道好還，可不畏與。」不聽。及板行而兄以不良死。其死也，實不麗法，人以爲注律之報云。

錢尚書

松江錢尚書治第多役鄉人，而磚甓亦責供焉。一日，有老傭後至，尚書責其慢，對曰：「某擔自黄瀚墳，墳遠，故遲耳。」錢益怒。老傭徐曰：「黄家墳，故某所築耳。磚亦取自舊家中，無足怪者。」此條見《西園聞見録》一〇七

彭尚書

彭幸庵名澤尚書，蘭州人。蜀賊藍鄢作亂，公總制諸軍討平之。晚年落職，居林下，嘗夢中語曰：「殺得好！殺得好！」既覺，夫人問曰：「適來何夢？」公曰：「夢在西川督軍殺賊，勢如破竹，乃大呼曰：『殺得好！殺得好！』」夫人蹙然曰：「公往年勦賊，多有枉死鋒鏑者，公乏息嗣，或者天譴之也。胡爲夢寐尚不忘戰耶？」公亦蹙然，與夫人相對泣下。此條見《續問奇類林》卷二一

村老曰：昔聞凌尚書亦以征羅旁多殺，晚得心疾云。

鄢懋卿

副都鄢懋卿，豐城人也。以相嵩義子，論戍郴州桂陽衞，籍其家。久之赦歸，年八十餘。治壙於某山，開穴得巨石，去石則窈然故壙也。有碑書云：「錫挂山頭成聖果，杯浮海上更西行。天然龍相歸真妙，一朵蓮花與德卿。」相傳此馬和尚墓，而德卿則鄢字。先是人以懋卿貌類和尚，馬豈其前身耶？

屠太宰

襄惠公名庸謝政歸，營第宅，規畫已定。前有老嫗敗屋兩楹，適當門址。屢使人從容譬説，欲券之，嫗堅不從。既得吉矣，公於丙夜從一小奚奴往扣門，嫗問誰，小奚曰：「尚書在此。」嫗曰：「此不過欲得吾屋耳，此吾死所也。券則須還，將安置此惸惸寡老婦？」公曰：「汝第起，與汝商之。汝意不過憚徙耳，今券不汝徙，第去敗屋而更新之。聽汝居，不限以年。今汝子以屋資販，稍爲生殖，俟別有家也，而後議徙，不亦可乎？」嫗曰：「如是幸甚，但須明載券中耳。」公乃出袖金二錠，浮其直。付之，果授。子販鬻有生息，久之告公辭去。公止之曰：「此可相安，不汝厭也。」嫗曰：「賴公之賜，天亦助之，已立業娶婦矣。擇日當徙，不可留矣。」公曰：「嫗幸得所，如去舊鄰何。」與以飯食，惆悵而遣之。此條見《西園聞見録》卷五

村老曰：此事雖不逮蘇文忠公還券，然亦今人所難，尤爲吳中人所難。今有吏部尚書府第前，乃容一寡老婦借居者乎？即主人不言，門幹狠僕，亦必多方遣逐之矣。聞江陵相公在位，欲買鄰居蓋宅，其人死守不肯去。有荊州府同知某者，私爲款曲，其人倍直與之，歸券江陵，同知遂得陞荊州知府。

乞食張二郎

二郎松人，善泅水，伏水中能月餘不食。或曰，能就水中攫魚以噉，又蹻健不懼死。出應方雙江太守募，令爲哨探。數泅水入賊巢，得真耗，且時時斬倭首以獻，於是有銀牌犒賞之。然性不喜財，曰：「此害人物。」揮手去之，請籍府庫。俟有用請給，犒以酒食則受。已而賊平論功，應世襲百户，郡縣加以章服，不受。授以室，亦不受。惟願乞食於市，夜則卧神廟門下，嬉嬉有餘樂。既數年，方公復擁旄撫江南，訪之，得於某寺金剛足下，召令領犒金，仍笑不受。犒以酒食，欣然醉飽去。

村老曰：「功成不受賞，長揖歸田廬。」二郎之識，其在韓、彭之上歟。小則爲二郎，大則爲子房，同一轍也。雖然，二郎必隱君子自溷乞食者乎？

閻道人

閻道人者，不知何許人也。名希言，别號亦希言。其投刺人稱希言，人與之書亦稱希言。頂一髻，不巾櫛，粗布夾衫，有裙襦而無袓服，履而不襪。爲人疏眉目，豐輔重頜，色正紫，肌肉充腯，腰腹十圍，叩之如鐵彭彭然。得如來之一相曰馬藏，秤之重可三百斤。行步健迅，雖少壯不啻也。盛暑輒裸而暴日中，不汗。窮冬間，鑿冰而浴。又令人積溺缶中，浴之，出使自乾，嗅之殊不覺膻臊。以故所至皆異之，目爲道人，以其不巾櫛也。又目之閻蓬頭，訛爲閻頭陀，而諸慕道者，咸以爹呼之矣，道人亦不辭。或坐不起，拜之亦不起，然未嘗以傲色加貴游。而求伸於不知已，用是辱自遠。喜飲酒，量不過三四升，酣暢自適，則歌道情曲以娱坐者。食能兼人，不擇葷素，第嗜素而安粥。人奉之幘則幘，奉之衣則衣，予之金錢則亦置袖中，轉盼即付之何人手，不顧也。出則童子噪而從之，往往手甘果爲餉，故從者益衆。其諸相與夸詡，道人不知也。問道人百歲乎，曰：「亦百歲耳。」問且二百歲乎，曰：「亦且二百歲耳。」問元時嘗爲某路總管乎，曰：「亦某路總管耳。」或曰：「道人不過六十耳，何誑我爲？」曰：「是誑爾也。」言六十者當又曰：「道人豈六十歲人也。」曰：「即非六十歲人。」竟無以測也。然道人絶不爲人道其所繇得，叩之以延年沖舉之術，亦不應。惟勸人行陰隲，廣施予，勿淫勿殺勿憂勿恚勿多思而已。此條見《弇州山人四部續稿》卷六九

沈布衣

沈布衣名監，字文昭，記覽該博，而放言自廢，人目爲沈落拓。或問：「今之有學問者多貧賤無福，何也？」文昭曰：「有學問便是福。」此條見《菽園雜記》卷七

醋交

何東園名聞淵爲温州太守，雅敬虞徵士原璩，虞嘗兩被文廟徵一日乘小艇，以中夜訪徵士廬。坐久索飲，云無酒話不長，村落中無從覓。公復笑，雖酸醅亦可，乃出新醯一瓶共酌，劇談竟夕而别，時稱何虞醋交。此條見《古今譚概》卷一〇

莫山人

莫山人名叔明字公遠，一名更生，字延年，吴之長洲人。少孤貧，喜爲詩。詩務清遠專詣，其自許以岑參、常建之流，長慶而後弗論也。臺使者聞而致之學宫，郡大夫即其旁隟地以授山人，俾芟蒿萊數椽棲焉，而久之有違色於里中豪，豪構郡，謂山人侵學宫堧。郡詰山人左驗，不能對，即徙出。會故通政錢唐周興叔愛山人詩，山人遂從之錢唐，數與其賢長者游。尋渡江謁故相吕□□公於紹興，與相酬倡。山人生數奇，蔡司封、莫憲副間以義故要山人，許授室。山人當行治装，而司封死。憲副坐劾罷去，装又爲盗窺。亡何興叔亦暴病死，以故山人益大困，而其自憙爲詩益甚。後游燕，燕中稱詩俠藪，而山人用齒長，恒踞上坐而論詩，又鮮所許可，衆背誹山人，至捃其累語行酒，山人意殊不屑也。王弇州戲謂吾鄉

有沙頭亭長，人憎之，或問亭長何渠能得一沙頭人憎，曰：「不爾，吾亦能憎一沙頭人。」山人笑不答。此條見《弇州四部稿》卷一〇二

村老曰：昔夏侯相國名孜未遇時，伶俜風塵，蹇驢無故墮井。每入朝市之門，舍逆旅之館，主人多有齟齬，時人號曰「不利市秀才」。若山人者，亦可稱曰「不利市山人」，而村老則「不利市村老」矣。後讀《異苑》及《獨異志》，復得二不利市人，併識於後。劉某甲在朱方，人不敢與語，語者輒遭禍難，或本身死，或家罹異禍。唯一士謂無此理，偶值屯塞人耳。劉聞之忻然而往，自言被謗，君能見明，答云：「世人雷同，何足恤。」須臾火發，資蓄服玩蕩盡，於是世號爲「鵂鶹」。脱遇諸途，皆閉車走馬，掩目奔避，劉亦杜門自守。歲時一出，則人驚散，過于見鬼。盧嬰不知何許人，客居淮南，氣質文學俱好，淮南人呼爲「盧三郎」。但奇蹇，若訪友，其友必遭横禍，或小兒墮井，幼女入火，既久有驗，人皆捐之。時元伯和爲郡守，始至愛其材氣，特開中堂設宴，衆客咸集。食次，伯和戲問左右曰：「小兒墮井乎？小女入火乎？」曰：「否。」笑謂坐客曰：「君不自勝耳。」劇飲方歡，軍吏圍宅擒伯和棄市。節度使陳少游甚異之，見其才貌，謂曰：「此人一舉，非摩天不盡其才。」即厚以金帛寵薦之。行至潼關，西望烟塵，有東馳者曰：「朱泚作亂，上幸奉天矣。」

彭先生

先生名年，字孔嘉嗜讀書，而不喜舉子業。精法書，宗右軍、《黄庭》、魯公《家廟》、率更《九成》，行體翩翩眉山。郡守王公南充察孝廉，上學臺真定楊公，爲下博士師，幣徵入庠，而歲廩之。孔嘉曰：「是升斗乃天子所活，士以俟真日用者，吾安得食之。」卒不請廩。

錢先生

先生名穀字叔寶，文待詔弟子也。待詔恂恂君子，而顧多藝能詩，書若畫靡所不工，而以畫著名者獨叔寶。叔寶故無家，乃愈不爲家，徒四壁立。待詔過而題其楣曰「懸磬」，志貧也，乃自號曰磬室人，遂稱爲磬室先生。子允治能詩。

胡元瑞

元瑞名應麟常自號少室山人，已而慕其鄉人皇初平叱石成羊事，更號曰石羊生。人亦曰元瑞仙而謫者也，遂呼之曰石羊生。此條見《弇州史料·後集》卷八

三家村老委談　卷四

海上徐復祚陽初甫編次

陳布衣

邑人陳祥夫名天麟，孤狷不與俗偶。隠居教授，絶不與人通，鄰人罕見其面。所居逼市廛，其左有坊門，右有小橋，足迹不及者二十餘年。嘗有鄰家携酒就之，既醉，把臂閑話，不覺竟至橋外。愕然曰：「竟至此乎，酒之誤人如此。」

張檜谷

檜谷名文元亦邑人，負奇崛，盛氣概。師事蔡九逵名羽，學問宏治，好品隲人物。其論近代詞垣宗工，不直取何、李，而所注意者獨武功康德涵名海、北地崔子鐘名銑，近則粤黄泰泉名佐，所與游從者，皆一時輕世傲物之士。每睹邸報，見時事有不可，輒彈指唾駡。及見里中新貴人，有結駟連騎而恣蒼頭擾其枌榆者，往往裂眦駡之，尤駡其佞之者。輕佻趨附之士竊笑之，以爲迂怪，而公自若也。先生長子伯高名鬻，善詩，隱居不仕，亦有先生風。

沈布衣

沈先生名冕忘其字，號石邱，亦邑人。教授生徒，嘗以兩廣寇平咏一詩，有句云：「萬里蠻烟開象郡，三秋月色净羊城。」時同邑趙少宰名用賢尚爲孝廉，深賞之。後少宰就館試，適命此題，即以沈句應，主司大稱賞，擢爲館元。先生子名□，號梓邱，亦善詩，世有隱德。

張士良

張士良，亦邑人。所居近海，擅魚鹽萑葦之利。有僮奴四十餘人，并强悍，善擊刺，所擊海盜無算。氣勢粗豪，大有俠氣。嘗入吴閶買羅幘，幘主以其不宜幘也，故昂其價。語微侵之，士良遽問爾幘有幾，幘主具以所有對，士良盡取焚裂於衢，酬其直而去。

錢經歷

曄亦邑人，忘其字。輕財任俠，負氣而好勝。常入京，遇人於徐州邸中。夜半聞啜泣聲，曄訪之，乃會試孝廉也。中途遇盜，衣囊一空，不能前耳。曄解贈三十金及衣幞之類，所以周之者甚備。其人至京，得第，選爲御史，巡按蘇松。時曄以資授浙江都司經歷，謁之舟中，御史留之，相對食飲，盡驩。知府楊貢迎鵠首，錢不爲遜避，守大怒，廣摭其不法事，逮曄及其兄昌，分禁司獄，鎮撫二司具本奏請，必欲殺之。昌亦有智數，各於獄藏火罌中寫奏楊詞。後出以相示，所不同者一二字耳。命幹僕齎本去，乃先楊本三日進，得旨逮京問。時天大寒，各裸露午門候駕，諸貴璫出，競解貂裘覆二錢。楊則僵凍，間有以足蹴之者。駕既出，二錢亹亹分疏，楊噤不能出一語，遂各褫職歸籍，時天順末年事也。

村老曰：錢君逆旅傾蓋，而遂能周孝廉之貧，可謂俠矣。獨其與楊訐奏時，御史何在，獨不能爲之左右乎？亦忍心人也。若楊守以意氣小嫌，而遂欲擠人於死，鄙哉不足言矣。雖然，吾聞之長老，錢君實有不法事云。

村老又曰：吾聞錢氏家廟後另有一室，供十三牌位，春秋祀之，蓋祀其起家十三紀綱僕云。惜歲久不能舉其名，然有三事足録，不忍使之泯泯，遂録之。一人名某，即上楊守本者也。楊本先三日行矣，僕倍道及之，仍用計遲其齎本人，乃得先楊三日進。比歸，復於主人，足下所穿革靴尚未易也。足下不可出，以刀剳之始出。一人名某，昌僕也。生平嗜酒，未見其醒，昌遇之殊平平。及昌歸後，每忽忽嘆無以爲生。醉者忽語昌曰：「須錢乎？無憂也。」昌知而斥其妄,若又醉胡語耶。醉者對非妄,則引入一密室,室貯一櫃,緘縢甚固。啓之,中有藏金三千餘兩。主人詰所從來,曰:「當發難時,主人以此金給某營某事,某以口舌往,事幸濟而金實未動,故櫃守之至今。」及驗之,囊腐而封題宛然。主人曰:「若以口舌代金,則此金若金也,我烏得攘之。」請中分之,不可。勞以十一,復不可,曰:「小人無福,主人必欲相勞苦,則請日給良醞三升,畢狗馬餘年足矣。」昌笑而許之。一人名某,曄僕也。見主歸無聊,往上江兩月,遇王府裝花百餘艦,無敢接賣者。僕則具主人名柬迎之,主艦者素聞曄名,大喜曰:「即日發舟矣。」歸以告曄,曄曰:「遇難以來,室宇荒圮,即器皿亦無一備,奈何?」僕曰:「某已於某家貸得銀若干,第修屋宇備器用以俟。」僕又遍走蘇常近縣賣花行家,各帶資本,又往迎花船至,才三日而花價足矣。客去後,發花入利不知其幾,家乃漸復。

村老又曰:淳安徐氏阿寄,得李温陵、馮元岳諸公爲之立傳,而其名遂傳。余愧不文,不能爲三人傳,聊識其事如此。

沁雪石

沁雪石,原趙松雪家故物也。松雪寶二石,一名「垂雲」,今在松江某大家。沁雪質純黑，遇雨潤則白色隱起如雪，故名，不知何時乃入吾常熟縣治後堂。會縣尹某愛女病，命女巫治之。錢昌時掌邑賦，默囑巫令稱石爲祟，尹命牽出之，於是爲錢氏物。石初無下盤，或云在陳湖陸氏，錢往求諸陸。陸雅敬錢，曰：「盤失久矣。」家有一石亦宜盤，不索值而歸之。比載過湖，索解而沉，爲標識其處，別以巨索縻之出，審視則又一石盤也。探前石，乃在旁，水深不可牽而止。昌既不得，則與石俱卧門左。一日睨石之下端與所出盤頗相合，蓋石有兩足，一足方而巨，當其中，旁一足三角而小。所出盤二穴亦如之，於是起而合焉，不差尺寸，人以爲延津之合云。

村老曰：石今在余從兄廷庸家，王弇州先生有一事極相類。弇州有一銅水滴，青緑翡翠，商周間物也。弇州寶愛之，獨少一蓋，每以爲恨。一日，攜過青洋江，命童子就江取水，誤墮下。亟命泅水求之，先得一蓋，方訝以爲異，再泅而水滴出，實其蓋云。石在吾族隆初家，因家窘，國初歸于錢氏，置之藏書樓前，不久而樓火，并石亦燼。古愚附記。[一]

蔣知縣

蔣無礙亦邑人，以進士知某縣，致仕歸。性强挺，不信鬼神及陰陽禁忌一切鬼祟之事，每方煞所向，輒令改作。不顧，家亦竟無他虞。至年逾七十，有弟住青果巷，兩家相隔醋庫橋。天未明，有事就商於弟。過橋輒有七小兒攔道而言曰：「汝一生不吾信，今竟何如？」言迄不見，未幾得疾卒。無礙善醫，有女嫁錢世芳。一日女病，駕舟迎其父。以夜至，脈之而未藥也。出卧前堂，夏月蔽以紗帷，月色正明。未睡間，有女子入自中門。須臾至榻前，久立不去，詰之不應，熟視之似遍身血汗者。因詰之曰：「汝寃鬼耶？吾女殺汝耶？果然，明當不藥而去矣。」言已遂無所睹。明日，擁篲童子至，叩之，具言數日前虐殺一婢，如其狀，乃托以他故歸，女竟卒。

拾錢

邑人連抑武先生名鑛，安陸知縣所記拾錢事甚奇，因録之。嘉靖戊子，歲將赴南都。邑人趙良同章安肅名棨、陳心椿名策、陳信可名諫早赴某廟問卜。趙良前蹴一物錚然，北城疾引手捫之，得一囊錢。數之二十一文，咸曰：「此青錢中選徵也，吾輩謹識之。」是歲吾邑趙德光名承謙中第二十一名。後一科辛卯，章宗肅中亦二十一名。又一科爲甲午，陳信可中亦二十一名。後四科，心椿子廷裸名瓚中亦二十一名。夫拾錢偶然耳，若無足爲據者，而四人分中四科，其名次俱符錢數。又若益齋則寓兆於姓，而雨亭則先兆於父，詎不異哉。

村老曰：余嘗考之邑乘，諸公所中名次與科分俱無差。獨廷裸陳先生名亦同二十一，然是丙午，非丁酉。先大司空亦以是年中。吾邑得雋者九人，第二名爲龍山查先生，縣令書二匾懸於學宮：一曰「八龍齊奮」，一曰「單鳳高飛」。其謂單鳳者，意指查也。而次年捷南宮者唯先大司空一人。蓋司空別號鳳竹，竟成單鳳之讖云。

湖南丁

邑湖南丁氏有名霖者，家富而吝，族子主政南湖先生名奉，字獻夫時在庠，名甚譟而貧，霖不少恤。既而南湖中鄉舉，報捷者夜至，霖未及知，內子以其平日之故，試遣僕借鵝酒以觀其意。僕既叩門而入，問知爲南房借物，厲聲叱曰：「中夜叩門，何不達也。且秀才家夜需此物，不貧何待。」僕且下階，乃噯語曰：「正爲秀才家貧無以勞報捷人耳。」霖聞之，不覺離坐起，挽手曰：「果然乎？何不早言。」敕家人速付去，勿遲。人傳以爲笑。

村老曰：此與無錫華解元事極相類。解元名鑰，隱屏習業，人罕知者。又不善治生產，以故家落而官逋甚多。其伯某家巨富而不仁，與鑰居鄰比。鑰謀廢其居以完官逋，伯不欲。及售之他人，則又多方沮之。會科舉，將就京兆試。則以所居質少資斧，不可，又使人以官逋掣之，不聽。去期迫矣，詣諸族衆請解，以前後堂廳折券與之。期科舉後即日拆卸，方許之。既終試，報捷之日，集二百許人，約曰：「無捷耗，即行動手。」旁午，忽有騎自南馳至。問之，曰：「報解元捷也。」伯聞之惶恐，既不可徒回，則命二百許人全拔鑰居庭草，飭墻壁户牖。躬自來督，早至暮回，凡又二日，焕然一新。嗚呼！小人之無恥類如此，我徐亦有一事相類，聞有記之者，姑秘之以存雅道。

學前程

嘉靖十九年，吾邑學前程某者，每日至午後，即昏不省人事，次日天明始甦。詢其所以，曰：「我隨門神併各處土祇散疫某家，因孝，疫不及某某家，行善亦減數。至兇惡者多及之，數亦不等。」奚浦錢氏，乃至四十二人，後一一如其言。

村老曰：《夷堅志敍》，錢唐田汝成作也。其言曰：「治亂之局，不握于人，則握于天。天有常運，人有常經。天亂其運，則善惡倒植。人亂其經，則賞罰無章。天亂則人治之，於是乎爵于朝，僇于市，播于大誥，而鑄于刑書。人亂則天治之，於是乎翼于無形，呵于無聲，錫奪其基貨，而延縮其壽夭。是惟天人交輔以持世，故彝倫所以長存，而乾坤所以不毁也。人之爲治也，顯而易見。天之爲治也，幽而難明。略其易見而表其難明，此《夷堅志》之所以作也。」余每喜誦之，故以下二則，俱録善惡報應不爽者，雖吉士不必以是勵行，而凶人庶幾少有悛心，且用以自警焉。第村老見聞不能出里閈，故僅僅識其邑事，不能廣及。

莫城李

邑西南數里，有地名莫城，相傳爲莫邪鑄劍之所。天順間，有李某者，爲人無賴，起滅詞訟，飛詭錢糧，陰毒禍物，一方苦之。生一子名毓，穎秀警敏，年二十即中鄉試。新其門扁曰：「英俊。」衆嫉之，祝曰：「人家小鳥入門，便當禳怪。今鷹隼進門，怪何可禳也？」俄復中會試，衆憤愈甚，斫竹鋭其末，舉以戳天，曰：「天乎無眼，長惡固如是耶？」又逾年，選授行人，出使。父親往迎之，及臨清，聞其子死於灣。因驚悸得疾，數日亦死。於是兩喪無力歸，僕人竟從火化，歸其骨。此方之民，於是舉手籲天曰：「天自具眼，第我輩自急性耳。」其戮天者爲素食三年，以識過。

趙錦

錦亦邑人，事母素悖。母不堪其虐，昌言欲覓死以禍之。錦不爲意，於是母倩人市一棺，停所居樓。多買紙錢布棺外及樓之四角，乃縱火，自納於棺，并其家燼焉。鄰居共忿，攣而訴之。官擬重辟，繫獄。越四年，讞獄使者至，以爲疑。將出之，不果。而旋以病死，出其屍棺殮，寄東寺浮屠下。棺甫至，忽大雷雨震擊其所。衆往視之，雷斧從錦棺入，洞厥胸焉。夫錦以悖逆不良死，若足以示鑒矣。乃復霆擊于既死，如服上刑。天之誅不孝一何嚴哉！

桑先生

先生名琳邑人，忘其字，號鶴溪，懌民先生父也。性恬澹，讀書好古，耽吟咏。蚤歲喪偶，不復娶。寒燈冷榻，凝然獨坐。結廬虞山下，山光湖色，日映几席間。視其中，薰爐、茶鼎、蒲團、麈尾，種種瀟灑。有客過從，則打漁鼓，吹紫竹，笑語相應，出入於青松白石間，大都白玉蟾之流也。

孫先生

先生名七政字齊之，邑人。年十三游膠庠，才華煜煜，皇甫汸兄弟、黄省曾父子，俱折行輩爲交。迨長，益好游賢豪間，才名益籍甚。經術騷賦家靡不願交。齊之任俠結客，尊酒論文，坐中常滿，然力不能給。先世所蓄古器彝鼎、名賢書畫，時入質庫，以佐酒資。居恒有郊、島之嘆，然不游大人以自潤。與蜀人張佳胤相得歡甚，張鎮浙，念公貧，欲得一過爲重客，齊之僅一往，絶無所關説。有茶癖，又有潔癖。孫氏又有名柚者，亦有才情。嘗取司馬長卿以琴心挑文君事作傳奇，名《琴心記》，亦俊逸可喜。

村老曰：余不及見桑先生，然故老談潛德，必首先生，余聞之不勝景星卿雲之思。若孫先生，則與先君子交特厚，余猶得時時侍杯茗。先生風流雅致，裘帽翩翩，望而知非塵寰中人。性喜奕，品不甚高。然黏子輒竟日不厭，勝負兩忘。嘗與余明之名德明從伯賭勝，從伯出一文待詔書扇，先生一古鏡，價可十倍扇。及局竟，從伯負矣。乃先取扇袖之，次又袖鏡。握數子撒以亂局，而大呼曰：「余勝矣，余勝矣！」先生但笑不言，旁觀者曰：「公實勝，奈何任其攫取？」先生笑曰：「彼既欲之，第不言耳。言則脱贈之耳，何以弈爲？且吾愧其出袖之非情也。」人服其雅度。一日與友人對坐，日晚矣。尚未炊，廚人以無米告，先生夷然曰：「尚早。」俄一童子携一壺榼至，則其戚以扁食餉也。先生欣然啓榼，與友人分噉之，曰：「人生饑飽，亦自有數。適若戚戚，此物亦當至。但覺亂人思，無益耳。」有貧族就先生貸銀三錢，探之室中無有，則解其所衣紬衫與之，曰：「姑質之。」其人未即取，則又曰：「衫實敝，質恐不登，售之可也。」余内伯張幼于初名獻翼，後改作《快士賦》以自擬，先生以書規之，累數百言。大要言君日磬折土牛傍，嗅大人靴鼻，吾見刺促勞苦，未見其快也。此書余好誦之，今不載集中，乃知先生著作散佚者多矣。柚其從子也，與余善。性麄豪不修曲謹，喜飲，喜樗蒲。居藤溪，蕭然一室，無儋石儲，而好客不衰。其所著《琴心記》，極有佳句。第頭腦太亂，脚色大多，大傷體裁，不便於登場。曲亦時有未叶，以故反不若梁長名辰魚字伯龍《浣沙》之傳。然較之宣城之嵌寶揀金，臨川之字硯句鬼，則大有徑庭矣。每欲取而改訂之，有志焉而未逮也。

管士恒

士恒邑人名一德，辛卯赴試南都，於小教場求關聖籤，得訣云：「前三三與後三三」。初不解，後揭榜，中第二。蓋士恒行三，又中第三，則前三三矣。是年士恒三十四歲，非後三三乎？嘉靖癸卯，沈子善就北試，求前門關聖籤，得報云：「况有持謀天水翁。」初亦不解。發解後，始知主考爲秦鳴，秦姓屬天水郡，副考爲浦應麟，房考爲浦南金，皆水傍。

村老曰：人世功名，其年紀名數，與考官姓字，俱已前定，彼非分妄覬者，欲何爲哉。

程司空

吾邑程大司空名宗，少時夢入一處，有人道服拖帶而坐，旁夾侍兩童子，司空前拜，其人手挽之曰：「子吾鄉人，吾子先輩，異日當相見於此。」覺而識之。後歷官總憲，距夢時越四十餘年矣。巡邊至鄜延，過范文正公祠，入謁之。見文正像，設道服拖帶，兩童子夾侍，宛然夢中所見，公爲詩以紀其事。

湯廉憲

廉憲名繼文，號守齋亦邑人，爲書生時，夢已門首一坊，牌扁曰「扶輿清淑」，謂是吉兆。已而膺鄉薦，登甲科，擢武選主事，以爲夢有徵矣。後三十餘載，歷職湖廣廉使，以事抵衡州，衙門前乃有大坊牌，題「扶輿清淑」四字，一如夢中。爲之黯然，居二日而疾作，不數日卒。

村老曰：吾聞王文成年十五時嘗夢游南寧，拜伏波廟，作詩云：「卷甲歸來馬伏波，早年兵法鬢毛皤。雲埋銅柱雷轟折，六字題詩尚不磨。」寤而識之。及後擒宸濠，丙戌奉命平田州，駐南寧，五月始得拜伏波祠下，宛如夢中。因識以詩曰：「四十年前夢裏詩，此行天定豈人爲。南征敢荷風雲陣，所遇須同時雨師。尚喜遠人知向望，却憐無術救瘡痍。從來勝算歸廊廟，恥説干戈定四夷。」

王參政

王銘庵名鼎字元勛，三子，其伯與季，均與仲不睦，即塾師亦不相往來。一日，伯家失盜，越仲居而又劫其季，既以爲疑。而仲家數年前延一浙師，兼善醫，從一僕名某。至是盜遺藥一囊，比劫而出，自數其類，則聞有塾師僕名，於是信以爲其人盜魁也。行文所在，逮其人來，官爲嚴訊，遂自誣服。叩其黨羽，則曰：「烏合不能有所指也。」衆皆疑其誣，而卒不可辨。未逾月，則有江北盜事發。供稱前月劫常熟王參政家，見在某物某物，皆其家得也。執事者行文來取人領贓，於是始知其受誣。銘庵乃親詣府獄，泣請之歸，禮之逾月，贈以百金而去。

村老曰：若元勛先生者，可謂不遠之復矣。嘗聞嘉靖某年，邑庫中亦嘗失銀，主者急欲得摘姦伏名，不爲廣詢，遽以一錢姓者當之。錢膏粱子也，不勝刑，誣服。家賠銀四百兩，充鐵嶺衞。鎔鐵錮其手，索而去，竟死于道。居半歲，盜庫者置房畜妾，偏愛之，爲其妻抱訴，方知其誣。主者尚未遷轉，略不爲悔，但曰：「余當時亦無私。」夫治民折獄，必公必明。明以成其公，不緣諸明而徒委諸公，則土木偶人皆可以臨民乎。元勛尚有贈金何兢報仇事，甚奇，載邑乘。

周奉常

奉常亦邑人，本姓馬名紹榮，字宗勉，邑大姓周氏佃夫也。周氏夜夢有龍繞其庭柱，明日宗勉從其父來輸租，則循柱左右以嬉。周憶夢，異之，視其貌甚娟秀，試從其父索伴諸子讀，父欣然從焉。性極穎敏，且善書，周遂列之子行。年二十，中天順壬午科鄉試。將北上，周出一囊授之，曰：「此直若千金，勿輕售。」啓之，乃古墨一鋌，重二斤。魚紋鱗皴，真奇物也。既而下第，然每試輒携入行笥中。迨成化初，復下第，朝廷忽有選人修英廟實録，命劉文安公名□主其事。於是夤緣求進者甚衆，皆不能得。宗勉顧無媒，則試以墨爲贄。文安見之大喜，首以應命，與周浩、李應禎等同入中書。不解其故，久之，文安語宗勉曰：「余先君寶墨二笏，一失在江南久矣。乃今從子得之，子與墨其各有遭乎？」紹榮始知其故，復與永嘉姜立綱俱以書名，官至太常少卿。

王主事

主事亦邑人名良翰，致政家居。有南門王某者，寢疾已逾年矣。一日，昏瞶中見二人自外入，至榻前，出懷中牒示之，曰：「官要汝。」索視之，則首一名王良翰也。次即南門王某，又某人，不識。俄頃甦，爲家人道其事，分必死，家人慰之曰：「夢何足據。」王曰：「試探主事何如？」時良翰以同年某來邑，牽舟往拜，已解維矣。探者以復王，王稍安。居半日許，則聞路人嘩曰：「王主事與某僉事相遇，啜茶間卒。中風而瘖，不復語，今舁轎歸矣。」頃又嘩傳曰：「王主事死矣。」王某亦於是夜死。

村老曰：余有一夢甚奇，亦甚類。邑人吕方平名遠者，方伯復庵公名囦之耳孫。其姊貳余室，善書刻，素游大人門，并無疾患。余忽夜夢有兩青衣來，傳命曰：「王召。」似在大江之濱，即有一舟至。青衣推余登舟，語舟子曰：「速發。」復耳語余曰：「勿懾，慎毋開眼，開則舟且覆。」舟隘極，僅可容身。余守其戒，閉目端坐，但聞耳邊瀌瀌聲。頃之，舟子呼曰：「至矣，可張目。」登岸，旋覺此身已在岸。兩青衣笑迎曰：「幸甚。守吾戒，倘不謹，一濡足便沈溺矣。」余隨之往，則見前有大殿，端嚴如王者居。余與青衣屏息俟於庭，聞殿上鐘聲，青衣曰：「可升殿矣。」復指引從東廊逶迤而上，其南面坐者，儼然王者威儀也。前一道士伏而奏章。須臾，道士起，傴而立，余乃前跪。王者若有言，然不聞其何語。道士諾之，引余手從西廊下。余私詰道士此何意。道士曰：「命導汝從此出。但前尚有官司利害，勿高聲，勿嬉笑。」旋至一衙門，侍衛甚衆。道士曰：「此勾攝所也。」頃聞内傳呼曰：「榜出矣。」則見曳出黄布長可十丈許，書有一二百許人名。第一名則上字朦朧不能辨，下一「遠」字。第二名王吉，下注云：「俱北門人。」道士促余曰：「去去，此是汝歸路矣。」乃是一大衙門，前臨官道，門基甚峻。下瞰可三十餘丈，回顧道士，已不見矣。方傍徨無計，則見前青衣在下，呼曰：「汝但躍而下，吾當接汝。」余一躍，已在其肩。乃度余得石橋，前指一大宅曰：「此非汝家乎？」余遂覺。時天啓改元十一月之朔夜也。遍身汗浹透茵席，然不解其故。晨起與老妾呂氏言之，呂氏愕然曰：「吾弟名遠，且居北門，黄布所書得無是乎。」余笑曰：「夢何足憑，且又朦朧一字，知爲阿誰。」妾終介介，則走一人入城省之，得方平手報曰：「邇來幸甚無恙。」居數日，其家遣蒼頭具舟來邀余，則方平病亟矣。十四日至其家，方平已不能言。諸來訪者甚衆，余遍問識有王吉姓名人否，至一友曰：「此吾家擔水人也，何以問及？」余不言其故，第問其人無恙乎，則曰：「無恙。」余終以夢爲疑，至十五日午後，其友復來省，匆遽言曰：「異哉！公昨問王吉，夜來腹脹死矣。」余吐舌不能收，始言夢中所見。促其家治後事，五鼓而方平卒，吉主人亦居北門。嗚呼！孰謂鬼神幽遠哉。

王石溪

石溪名舜漁，字石溪以工部主政管税，寧藩之變，太監畢真鎮杭，聚餉造兵，逆謀頗著。杭人憂之，直指張縉。雖每事先機察覺，然膽力稍薄。以石溪有謀勇，深倚仗之，若左右手。一日，真設宴請二公，情頗叵測。張欲勿往，石溪曰：「此正機會不可失。」命士兵及市人百餘徒手以從，真見徒兵且少，不虞也。及門，則衷甲而露刃者且千餘人，羅布門左右。石溪笑謂真曰：「太監設此，將爲寧藩備乎？」真倉卒應曰：「然。」然則當設城上耳。真未及對，石溪揮手曰：「老公命汝輩且往城上，徒兵復擠之，立解。」真出不意，唯變色。無如之何，既中酒，石溪目張曰：「公有事，盍先行。」張遽起去。石溪連呼大觥，與真痛飲，既酣，乃左手把真袂，右手拔其刀，戲舞而出。其惡黨瞪目聳息不敢動，真氣大索。

陸海觀

吴閶人陸海觀名南有詩文名。陸吏部水村之被逮也，南吊以詩曰：「子規啼罷鷓鴣啼，何事先生不見機。雲夢已收韓信去，鱸魚正待季鷹歸。功名自此分成敗，史筆憑誰定是非。寂寂朱門春去也，楊花燕子自争飛。」最爲人傳誦。會試不第，歸至某關，主政索船税，南遺之詩曰：「獻策金門惜未收，歸心日夜水東流。扁舟載得愁千斛，不道君王也税愁。」主政得詩，追而禮之，贈遺甚厚。其號海觀也，壯年緣夢而得。晚而分教青田，廨後有門，扃鐍久矣。相傳不利於開，南至必欲開，既破門入，則有小石牌顛卧叢菁中。拂視之，則「海觀」二字也。居數日得疾卒。

喬尚書

白巖尚書名守當武廟南巡，爲南京兵部尚書。嬖臣彬恃寵，漸謀不軌。嘗假旨索九關匙鑰，京師惶懼，然憚公不敢發也。一日，忽語公曰：「我北人，素閑武藝，計南人柔脆，必不敢當。」公曰：「不然，吾所練兵，技勇多逾北人。」江固不信，求較技，公許之。陰收部内武勇絶倫者若干人，戒曰：「任彼呼一人，則某人應。次又呼，則某某應。不必真其人也。」明日臨演武場，以兵册授彬曰：「任汝呼之。」彬呼一人出，黑而矮，邊軍無不掩口。彬呼一軍出，則長且大，可倍南兵，咆哮之狀，似可平吞活剥者。交甫合，南兵忽上稟曰：「軍中無戲，倘有不測，當奈何？」彬大聲曰：「兩無所坐。」乃舉槍相併。不數合，邊軍被截喉而死。彬色變，故佯笑曰：「此人槍非所長，用違其長，故至此。」又各呼一人出，彬令手搏，數合後復爲南兵擠倒。彬氣索，白巖手卮酒進曰：「且飲酒。」自是彬謀大沮。

胡太守

可泉太守名纘宗字孝思，初涖蘇郡，惡僧特甚，小犯輒得重懲。一日，爲諸生道故，曰：「余有一友中鄉舉，一日邀余於途曰：『某寺僧吾德之，期吾他日過飯，今適暇，子能同之乎？』於是又拉一友，凡三人，同往。寺在城外二里許，頗荒寂。僧迎之，大喜，治殽酒，勸酬備至。向晚，友人飲興方酣，余二人不勝，逃席歸。及夜至二鼓，友人負傷而叩余門曰：『余逃生至此。』問其説，曰：『余飲間偶游衍，不覺入其密室，窺之，有二婦人焉。僧因是致疑，迭勸予酒，求歸不可，求止不可。余覺其狀不善，則慰之曰：「師毋疑我，我終不敗乃事。」僧不應，强酒愈酷。余無如之何，則與更互痛飲，若飲水然。愈飲愈醒，彼六僧者以次潦倒，或顛或卧，唯一老僧不飲，醒然也。睨其傍，有鐵如意，亟持之以擊僧腦，僧遂仆。復亂擊數下，踉蹌奔逸至此。』天既明，余遂同友人入訴之官，遣人搜捕。則諸僧尚不可起，而老僧者碎首死矣。併得二婦人，於是諸僧皆死杖下。」因曰此輩無行，大都如此，余每見之輒思前事，怒不可遏也。

姜副使

夢賓名龍，太倉人，中鄉舉歲，初場四鼓卷未完。巡場御史某褻衣至前曰：「何遲也？且使滿場人守爾。」姜忽厲聲曰：「干汝何事？」御史怒榜之十，命拽出，揉其卷而投之地。且曰：「使來科便中，亦快馬不可及矣。」出至外門，府尹坐睡方甦，就而愬之。尹遽起，姜尾入，則有一隸方爲理其卷。尹取視其破卷，冒舉手曰：「高中必矣。」令寫完，命楷謄以入。其年遂得雋，既而連中會試，選爲南御史。有人以其事語監場，甚愧悔，愬同道御史爲解。同道詣姜，語次問曰：「聞君在科場曾受辱，然乎？」曰：「然。」『讎之乎？』曰：「當時曲在我，何敢讎。」曰：「然則某道長是也，入道許久，不一投刺，何謂不讎？」姜乃曰：「非君幾重得罪。」即日與同道往謁某御史，留飯，款曲歡然。飯後同出，復有他謁，姜故遲其馬。二御史揖之前，姜鞭馬輒先之，顧而曰：「余今日得快馬及君矣。」某御史有慚色。

鶴獄

寧庶人寵鶴，懸以銀牌，標指揮千户之號。一日，有鶴頸懸指揮牌者，飛出市里，爲民犬咋傷死。庶人命府官置詞送撫按，令民償鶴指揮之命，撫按不知所處，批發所屬皆辭不敢。聞某縣令有能聲，遂以委之。明日，以狀申撫按，批牘尾云：「鶴頸有牌，犬不識字。禽獸相傷，罪不在人。況指揮而名鶴，非積於軍功，以人而償畜，無聞於憲典。合以鶴價償入，獰犬正法。」撫按大喜，以奏寧王，王亦詞塞。

兩奇術

吾邑王大參即銘庵官某地，時遇久旱，祈禱不應。或云木商某有奇術，則遣隸呼之。其人曰：「爲民請命，而倨召我乎？」大參異其言，乃具刺往，其人始來，問曰：「雨可得乎？」曰：「可。」「何時可得？」曰：「欲遲遲得，欲速速得？欲立致，立致。」問所需，則請潔一室，婦人首飾一具，上下衣一襲，設酒二席，多具紙筆朱墨，餘非所需也。陳既訖，隨作一符，命一隸曰：「往某方，見年少婦人，納符其懷，彼當隨爾而至。」已而果然，婦人來，裝以衣飾。相對飲酒，别無他。少頃，又作一符，曰：「雷至後，必怒擊一人，汝急以符壓其身。」須臾風雲驟起，雷電交作，震死庭中一隸。如法以符壓之，大雨如傾，霶霈盈尺，三時始霽。死者隨亦得甦，就室視之，其人則已遁去。惟婦兀坐如痴，唤之乃醒，問前事不知也。大參常語人，此爲月孛法，昔有人行之，犯良家婦，曾搆死獄。余欲從授其術，懲是而止。道士徐月林亦鍊月孛法，其作用殊不同。

吾邑楊尖朱氏，有女嫁無錫華氏。華子既娟秀，朱媛亦美麗，咸謂佳偶。然既婚之後，輒不相能，寢則各被而覆。適或相值，各回首不相矚也。兩家父母憂之甚，華門客偶談次及蘇城某道士，爲人祈禳拜章事甚異，華即具舟檝往延之。既至，語之故，道士曰：「無憂，當令計日合耳。」乃令絜一室，距其家可二三里。道士扃其中，三日而章醮畢。出語主人曰：「某日某時，當合，第不可多使人知。」至時知者覘之，生忽自書房束身入婦所，婦見生來，隨亦起身相迎，皆平日所未睹也。生坐於床，撫婦肩曰：「天寒何不厚藉？」婦笑曰：「正欲襯茵褥，見汝來，未及耳。」自是遂得諧老。或扣道士，云：「北斗中有神專司人間情慾事，余曾遇異人傳其術。」

塾師相調 成化間事

無錫華氏，延一浙師，既久相狎，師極黠慧機警，主人數用語言設局械侮之，輒不得勝。偶月夜出游，衆戲作假官吏，告訐紛然，乘間撻師十。師雖恚，然是杯酒間戲，無可奈何。第曰：「此須有報。」哄笑而散。師後解官歸，以事易名，遂得聯中，選入道，差某省巡按，距其時已數年矣。華家居，忽常州府承察院憲牌，要無錫華某、華某數人解京口驛間，衆皆驚駭，莫測其故，哭送就道。至則御史坐舟中，諸華伏船頭，御史大聲叱曰：「汝輩在家豪横有之乎？」衆不敢仰視，亦不敢置對，第低聲曰：「無有。」御史復曰：「華某曾作假官，某作假吏，某爲皂吏，擅撻鄉民，何曰無之？」衆復曰：「某等俱守法良民，豈敢爲此。」御史曰：「記得某年月下達塾師，師曰『此須有報乎？』」衆方知是舊師，故謂之也。跳起作浙語罵曰：「天殺的，險怖我死！」御史笑曰：「無恐，已遣牌本縣慰藉矣。」於是留款數日，復迂道登堂拜其母，囑縣令顧視其家而别。

王化

山東解元王化，發解時年甚少，不矜細行，綢繆二娼，遂不娶。久之，不爲人齒，乃挈二娼直抵杭州，藉之爲衣食。杭劇郡也，守日夜迎賓水次，逮夜方歸。有子年十七八，日私出衙與娼狎，夜必歸。曰：「欲了師父課程耳。」化令且帶題來，爲之代作。居逾月，師異其筆大進，以呈諸守曰：「某且愧爲師矣。」守索視之信，呼面試之，子既凡筆，又荒落之久，不能下一詞。詰其來自，勢不可隱。具言之。守乃逮化及二娼至。異其狀，叩以來歷，化請屏人言曰：「某山東王化，正德八年解元也。」守矍然駡曰：「畜生，何至是？」則曰：「爲昵二娼，遂忘羞恥。」守乃立遞二娼去，即日新其衣冠，置之師席。令誨其子，不聽出入。又一年，赴會試，得第，選爲御史，巡鹽浙江，每赴席，當筵輒狎歌童，或爲按拍，其不矜細行卒不改云。

村老曰：此事今有傳奇，俚甚，不足觀。且以爲郡人唐解元子畏事，世遂不知有王化。余得之連抑武先生，所記當不謬。

陸侍郎

松江陸儼山名淵，字子淵，謚文裕以禮侍致政歸。買房一區，拆歸改造，日往坐一大家之門，以課工。其家寡婦生一子，延師讀書，師數遇陸，必拱揖。既數遇，謂其徒曰：「長者在門，宜供一茶。」母不可，曰：「貴要不可近也。」師再三强之，不得已供一茶。居數日，工未訖也。師又强其徒供一飯，母愈不可。徒重違師意，以私錙置飯，延陸，陸喜從之飲，爲盡歡。瞥見并廳一樓甚峻整，請觀之，樓寔美材。陸心動，與門下客商之，乃首以曖昧錢糧逮其子及叔致之於獄，脅取其樓。母忿死，子與叔皆庾死，師以牽連恚悔死。明年陸被病，夢攝入一衙門，殿上如王者，左右廡列數司。引之入左司，不受，曰：「非吾事也。」引入右司，主者亦下堂來迎，坐定，曰：「君知此來乎？樓主寔訟君。」須臾三四人嘩而前，陸惶遽曰：「返若樓可乎？」主者笑曰：「其人死矣，返之何受？且君此中已壞，不可補也。」曰：「請緩期可乎？」主者曰：「可期以某日當至此。」陸乃甦，呼諸子前，具語所見，因悔曰：「吾實錯用心，嗟何及也。」寢疾逾旬，以所期之日卒。

村老曰：鄙哉師之見也！其言長者在門，宜供一茶，謂一茶可以結長者之歡乎？既而請具飯，謂一飯足以果長者之腹乎？彼徒見大冠如箕，聲勢赫奕，平日欲一見不可得，今既見矣，胡可失不致慇懃也。其欲供茶飯也，豈爲主人地哉？蓋曰：「我而識一侍郎，尊官便可以借光輝，誇閭里，對朋舊曰：『我曾陪陸侍郎宴飲。』對妻孥曰：『我曾結陸侍郎，交知甚至，居問請託俱可。』」借陸侍郎名色以哄詐鄉愚，孰意侍郎之眼，常在烏紗之上，侍郎之飲食者，不在茶飯，而在腦髓也。引狼入室，喪身亡家，非自取而何智哉？母氏之言，貴要不可近也。雖然，獨陸侍郎乎哉？凡帶烏紗者，方寸間俱有五嶽，彼其視富室若外府也，視閭閻脂膏若盎肉也。爲猰貐，爲土伯，謂可子孫世世享無窮者。封殖未竟，身入森羅，譬之藏蝎囊虺，以自毒害。彼雖自以爲智，吾則謂愚不可及矣。

村老又曰：陸文裕先生，文章行誼，朝野仰之如威鳳祥麟，爲章文懿公名懋門下士，最器重，不應有此。余此記，亦得之連抑武手抄云。

財必有主

陸文裕公有別宅，素多怪異，拋擲瓦礫，奇聲異像，人無敢居，貿亦不售。有葛行人以使事歸，謀置宅。儼山謂曰：「此有空居，歸我少價，餘俟官資償足。」葛喜從之。入居之夕，朦朧未睡間，輒有聲至其寢榻前，呼其名曰：「葛某，汝許何在？使我久俟。」葛應曰：「有事來遲，汝今何在？」曰：「在某東偏某壁下。」葛識之，明發使人穴其地，得藏金數千，怪遂屏息。又一人辛勤力作，積銀十錠，埋之床下，時出而玩弄之。一夕夢有白衣人告曰：「若非吾主，吾今辭汝歸某大家矣。」覺而索所埋銀，無有也。明日詣大家，告主人，問有無。主人笑曰：「焉有是理。」入問其妾，早起索鞋於床下，乃得銀十錠，不知所從來也。主人異其事，謂家人曰：「爲我製十餅，如每日給工匠點心樣，密以匾銀釀其中，賞其人。」冀少解其悶，其人不知餅中固有銀也。持之去，道渴甚，欲買一瓜而無錢，則出餅易瓜，噉之去，賣瓜者亦復不知餅中有銀也。計曰：「某大家匠人須此，轉往賣之，當倍瓜價。」入門遇主人，問所從得餅，告之故，主人固心知之，與錢二十，袖餅入，銀宛在焉。

村老曰：余讀安城劉調父名元卿《賢奕編》，記一事云：「杜陵韋元方，外兄裴璞，任邠州新平縣尉。元和五年，卒于官。長慶初，元方下第，將客于隴右，出開遠門數十里，抵偏店。將憩，逢武吏躍馬而來，乃裴璞也。驚喜拜曰：『君去人間，乃得武職耶？何從吏之赳赳也？』裴曰：『吾爲陰官，職轄武士，故多武飾。』元方曰：『何官？』曰：『隴右三川掠剩使職，司人剩財而掠之。』韋曰：『何謂剩財？』裴曰：『數外之財，即謂之剩，故掠之。』曰：『安知其剩而掠之？』裴曰：『人生一飲一酌，無非前定，况財寶乎？陰司所籍，其數有限，獲而逾籍，陰吏狀來乃掠之。或令虚耗，或罹横事爾。』言訖不見。」余每見人得不意之財，往往禍隨其後，或病或訟，必竭之而後已。豈亦掠剩使者之故歟，兹事有無姑不論，獨掠剩使名號甚奇，特爲拈出。

治姦御史

有御史受命出巡，妻乃與近寺僧姦，御史歸，廉知之，弗發也。異日，紿其婦他出，留一女童給使，嚴訊之，具得其往來之實，則磨金屑以俟婦歸。令女童面質之，婦辭塞，甘就死，飲之而卒。明日，以暴疾聞，殮屍，盛飾于堂，金銀錦綺爛如也。召其僧至，曰：「吾鄉法用僧入殮。」於是悉令其手料理入棺，僧既去，則褫其冠飾，裸而入焉。灰釘畢，即令人舁往其僧舍，語之曰：「姑停頓，家人至即載歸。」逾月往取，時已密遣人以刀劃棺之四周矣。於是舁棺者審視曰：「棺有隙，得無被盜乎？」以復御史，御史疏聞於上，發棺則裸屍也。闔寺僧伏法，無脱者。醜既不揚，忿亦得雪，人皆服御史之智，世廟時事也。御史失其名，或曰亦邑人。

王大痴

大痴名□□，姚三老者，上元人。資甲閭右，常買别墅，中有池亭假山，皆太湖怪石也。一日，大痴來游，酌池上。酒酣，大痴曰：「公得此費直幾何？」曰：「千金。」大痴曰：「二十年前老夫曾觴咏於此，主人告我費且萬金，公何得之易也？」三老曰：「我謀之久矣，其孫某無可奈何，只得賤售。」大痴曰：「公當效刻石平泉，戒子孫，異日無可奈何，不宜賤售。」

村老曰：甚矣！大痴之善詼諧也，然實足以警世。聞潁川有《姚尚書神道碑》，規制弘鉅，頗類顔魯公所書《茅山碑》者。國初州人侍郎某者，欲劃三分之一鍥墓表，畏州守難之，懇祈百端，州守曰：「姚尚書子孫微矣，莫有主者，便劃三分之二無不可。」侍郎喜過望，或問守曰：「侍郎割尚書之碑，子不能禁，又從而過許之，何也？」守曰：「吾意欲使後人割侍郎之碑，猶得中分耳。」

董大參

大參名朴楚人，爲蓬州守，行時，諸子請曰：「平生志節，兒輩能諒，一切生計，不敢少覬，第大人年高，蜀多美材，後事可爲計也。」公曰：「唯。」既致政，諸子問請於公曰：「往者兒請爲後事計者，如何？」公曰：「吾聞之，杉不如柏。」子曰：「今所具者柏耶？」公莞爾曰：「吾兹載有柏子在，種之可耳」。

孝丐

吴門有貴人，月夜過橋，聞其下有歌唱聲，覷之則丐兒也。坐一老嫗塊上，以所丐得酒捧缶而跪進焉。仍曼聲歌唱以侑之，貴人訝詰其故，丐兒曰：「儂有母，以儂窶不得歡，聊歌唱以發其一粲耳。」貴人嗟嘆良久。歸轉相傳語，稱異，後時時偵之，見其所以娛母不一，自是諸貴人每宴，輒置餘豆間，曰：「以待孝丐兒。」

福建士人

士人李姓，忘其名，赴會試，道經衢州。路傍店主姓翁者，夢土地與言，明日李秀才來，黄甲人也，宜善待之。詰朝而士人至，款之甚隆，士人問故，曰：「此中土地甚靈，昨來預報，公此去當登第。」士人大喜，夜思我去作官，獨妻不稱夫人，且謀易之。士人去，土地復見夢主人曰：「上帝以此人處心不善，便欲易妻，今不第矣。」士人下第歸，復詣主人。具以實告，士人惆悵而歸。

村老曰：余聞許知可應舉不第，一夕，夢白衣人曰：「汝無陰德，所以不第。可學醫，吾助汝智慧。」知可如其言，醫術果精。病者不問貴賤，診候與藥，不受其直，所活不可勝計。復赴春闈，復夢前白衣云：「施藥功大，陳樓間處。殿上呼臚，唤六作五。」知可果以第六名登第。因上一名不禄，遂升第五。其上姓陳，下姓樓也。又唐岳州刺史李俊，興元中舉進士，連不第。次年，有故人國子祭酒言，與春官包結，擬特拔之。故事，榜前一日，例以名問執政。初五更，俊將候祭酒至，門未開，立馬門首。傍有一吏若外郡之公差，坐於門側。俄附俊耳曰：「某乃冥吏之送進士名者。」因出示俊，無名。垂泣曰：「苦心筆研二十餘年，今復無成，奈何？」曰：「君成名在一年之外，今欲求之，亦非難。但於本禄耗半，且多屯剥。」俊曰：「得名足矣。」客曰：「於此取同姓者，去其名，易君名可耳。」復授俊自注，有李夷簡名，欲揩之，客遽曰：「不可！此人禄重，未易動也。」又其次，有李温者名，客曰：「可矣。」乃去温字，注俊字，客遂持去。明日，春官懷其榜將赴中書，祭酒揖問曰：「前言遂否？」春官曰：「迫於權右，難副雅命。」祭酒曰：「平生交契，今日絶矣。」春官遽曰：「見責如此，寧得罪於權右耳？」請尋榜揩名填之，祭酒見李夷簡，便欲揩去。春官急曰：「此人宰相處分，不可去，他唯命。」閲至李温曰：「可矣。」及出榜，俊名果在揩處。俊筮仕之後，追敕貶降，不歇於道。纔得岳州刺史，無幾卒。

紀夢

連抑武先生手抄曰：「嘉靖辛酉七月甲寅之早，約四更分，夢中口誦王荆公「儉」字謎云：『兄弟四人，兩人小，兩人大，一人立，三人坐，家中縱有一二口，便遇荒年也好過。』誦之數過，且稱其善不置。傍一人曰：『某亦有一字謎，君試猜之。』遂誦曰：『一小人，六箇嘴。一半横，一半豎。一半在平地，一半在深水。』予思之不能解，其人曰此「臨」字也。予因問平地深水之説，曰：『卦名不曰地澤臨乎？』覺而味之，真可與荆公「儉」字謎作對，但不知作何解耳。因詩以識之，『三商睡穩未曾醒，過午頽然夢更清。忽若有人臨字解，儉謎端可敵王荆。』」

村老曰：余聞之秦季公曰：「此甚不祥夢也。國有喪，官長聚哭曰哭臨，抑武以辛酉得夢，至次年壬戌而卒，夢神蓋示之先兆歟？」余讀西蜀趙長元名台鼎《脈望》曰：「事有前定之數，人有前知之理。凡已往所作所爲，而夜夢紛然，重重見之，此因也。識神所爲也，謂之夢。凡未來隔年隔月隔日之事，而夜夢先兆，後來一一應驗，此境也。元神所爲也，謂之照。學人但養此能照之本體，久久徹天徹地，光明遍照，爲聖爲仙爲佛，次之爲賢爲真人爲菩薩。所謂窮理盡性，至命盡心，知性知天，格物致知，至誠盡知，胥此也。豈奇怪恢偉之事耶？今人如意之事則躍然喜，不如意即戚然悲。皆謂之日用不知。」斯言甚有理，爲之紀數夢於後，以見事有前定云。淳熙中，汪玉山起知貢舉，將就道，念一布衣友，以書約會于富陽蕭寺，密語之曰：「程文冒子中用三古字以爲驗。」玉山既知貢舉，搜卷果有用三古字者，徑置前列。及拆號，非其友也。數日，友人來見，玉山怒責之，友人指天誓曰：「某以暴疾幾死，不得就試，何敢泄漏？」未幾，以古字得舉者來謁，因問之，對曰：「某來就試，假宿于富陽寺中。與寺僧步廡下，見一棺塵埃漫漶。僧曰：『此一官員女也，殯于此，十年不葬。』是夕，夢女子謂某曰：『此去頭場冒子可用三古字，必登高科，幸無忘朽骨。』遂用其言，果叨前列。」玉山驚嘆，蓋蕭寺有停柩，玉山與友約於柩傍，見夢女子即柩中物也。謝良佐，上蔡人，初及第時，歲前夢入内廷，不見神宗，而太子泣。及釋褐時，上晏駕，哲宗即位。嘗云：「如此等事，直不把來草草看，却萬事真實有命，人力計較不得。」廖德明，朱文公高弟也。少時夢懷刺候謁廟廡下，謁者索刺，出諸袖，乃宣教郎廖某。遂覺，後登第，改秩，以宣教郎宰閩。請迓者及門，思前夢，恐官止此，不欲行。親友相勉，爲質之文公，文公因指案上物曰：「人與器物不同，如筆止能爲筆，劍不能爲琴。故其成毁久速，有一定之數。人則不然，固有朝爲跖而暮爲舜者，其吉凶禍福，亦隨之而變，難以一定言。今子赴官，但當充廣德性，力行好事，前夢不足芥蔕。」德明官至正郎。曾崇範妻某氏，凡許嫁，其夫輒死。一夕夢曰：「田頭有鹿迹，田尾有日炙，乃汝夫也。」後嫁崇範，始悟。

魏釗

荆州府推官魏釗，廣東人。常往夷陵州撿屍，道經某鎮，有鄉官徐少卿名宗者，素奉梓潼神，極靈，忽夢神告曰：「明晚本府魏推官過此，其人前程遠大，後當入銓曹，可預結納之，應得其力。」遲明偵之，果然。少卿乃具衣冠謁款甚勤，因留宿焉。執手鄭重而别，魏去夷陵不數日，少卿復夢神告曰：「可怪，魏推官此去受賄數百金，故出人罪，使死者含寃之極。上帝已盡削其應有爵秩，并年壽亦不永矣。惜哉！」少卿深用嘆訝，試遣人往夷陵踪

迹之，果不誣。未幾，魏丁母憂歸。復補濟南，尋陞户部主事，纔一年，遽卒于京邸，家亦凋落。此條見《守官漫録》卷三

孫少宰

孫少宰名繼臯字以德，甲戌赴南宫試。夜夢卧庭中，天上星隕如雨，盡集其身，果狀元及第。

瞿學憲

瞿學憲名汝説生時，父文懿公，夢人饋一大星，故字曰星卿。

王爾元

王爾元名世仁辛丑春試，余適在京。二月二十五日往訪於邸中，爾元飲余酒，談次見其慘然不樂，詰其故，爾元曰：「弟此番又絶望矣，昨夢有人明謂余曰：『君不中矣』。詰其長洲所中何人，曰：『止夏十九一人耳』」余曰：「有是人乎？」爾元曰：「同儕有夏曙寰，然行七，非十九。」余曰：「不然，他人中，胡得報君，當是夢神廋詞戲君耳。君必中二百十九

名。」爾元曰：「請問其説」，余曰：「進士三百名，則第十九名爲上十九，一百十九爲中十九，二百十九非下十九乎？當是上下之下，非夏商之夏。」來朝放榜，果中二百十九名。

三張

三張，吴人也，長伯起名□□□□□□□□□□，季叔貽名燕翼。伯起□□□□□□□□□□□古詩文辭及八法，以文徵仲□□□□□□出乃兼有之，每伯起造，待詔未嘗不倒屣出迓，把臂促膝，盡爾汝之分。且恒自喜以得及伯起，復恨其晚。伯起有《處實堂集》，著述甚富。詩宗老杜、王摩詰，然不求甚似。晚喜爲樂府新聲，天下之愛伯起新聲，甚於古文辭。樂府有《陽春堂六傳》，而世所最行者，則唐李藥師《紅拂記》也。甲子以《易》薦京兆，試南宫，輒報罷。迨庚辰，以母老不復應公車辟，然絶足不入公府。雖兩臺使者若監司郡邑六夫旌旄日及門，去未嘗以一刺報也，吴人以此重之。王弇州常稱伯起「才無所不際，騁其靡麗，可以蹈藉六季，而鼓吹《三都》；騁其辨，可以走儀、秦，役犀首；騁其吊詭，可以與莊、列、鄒、慎具賓主。高者醉月露，下者亦不失雄帥烟花」，蓋實録云。伯起善度曲，自晨至夕，口嗚嗚不已。吴中舊曲師太倉魏良輔，伯起出而一變之，至今宗焉。常與仲郎演《琵琶記》，父中郎，子趙氏。觀者填門，夷然不屑意也。幼于少於兄伯起七歲，白皙娟好。每出，市人連袂矙盼屬之，曰：「誰家璧兒」。十七以詩贄見文待詔，待詔方與其客陸禮部名師道飲，輟食而讀，謂禮部曰：「吾與若俱不及也」，輒延入觴之。陸君遂折行與幼于稱詩。若皇甫按察名汸彭處士名年黄處士名姬水劉按察名鳳尤相得，唱酬無虚夕。尋游太學，兩司成引以爲上客，不敢抗師禮。然每試輒蹶，因弟叔貽之夭，遂厭棄，盡謝其故冠裳。幅巾短褐，輕舠筍輿，縱游吴越諸名勝，建牙握節之使，邦君大夫，與搢紳逢掖之賢豪長者，耳幼于名，無不延頸願結。幼于有所造請，坐未定，輒命酒。酒至則賦，賦罷則談，談劇則卜夜，稍不迹，万以内黛粉蛾蝝肩隨之矣。蓋咸以何點擬幼于，幼于又自謂通隱也。築室石湖塢中，貌點兄弟像而祠之，性好客，擊鮮飲醇之懽，亡虚日。以故環所居顧家橋里巷，車騎冠蓋委積，前後不絶，守令傾耳而待，幼于所關説，無不唯命。人亦以是病之，兄弟所重於二千石，然與伯起性行絶不同。伯起常曰：「余視幼于，分雖兄而實不逮弟。余土木形骸，而幼于美如冠玉。余拙於言詞，而幼于口若決溜。余通歲出外不一兩日，而幼于通歲里居不一兩日。余視公府若羊腸，而幼于狎若坦途。」即此而兩公之品較然矣。晚節益弔詭自放，榜其門曰：「仙人容易見，逸士最難尋。」邵直指梅墩名陛行部至，贈以一扁。後以攘曲水園故，幾至追奪，凂某某居間免。未六十，介弇州作生誌，自以爲曠達。冠赤色幘，服方袖袍，腰有大絰，復取門聯仙人二語書兩垂帶，而題其後絰曰：「寛博」。家有蒼頭曰學伯倫死便埋我。又一老醜婦，年六十餘，亦以自隨，謁客投刺則用之，語人曰：「此吾家媪阿玩，年四十餘矣，虬髯猬磔，忽令改裝，岐其髻而曲盤之，作兩丫，出則令持一鍤隨後，童也」。或時憑其肩，或挽其頸，連袂踏歌於五父之衢。故每出則觀者如堵，亦有隨其所至而踵之者，拍手笑噱，填街塞巷，了無怍色。嘗作一面具，猙獰若鬼。客有謁之者，語稍不當意，寒暄未竟，輒入内着面具，手兩木斧，跳舞而出。取胡床對客坐，須臾脱去。復與理前説，笑談自若。又不當意，復起入内，如前裝出，俟其去乃已。里有醫張濂水名□、馬天池名應龍，亦玩世不恭士也，與幼于競爲迂誕。一日，幼于造張，携牲醴庶羞而往。張曰：「烏用此爲？」幼于曰：「奠若耳，與其死而奠若，吾與若俱不知爲何人，不如生而奠若，猶得具賓主也。」於是延張南嚮坐，而已北嚮立。拈香拜起畢，奠酒三，讀祭文，號哭「我老友」三，涕泗被面。又拜起，焚帛畢。大聲挽歌《薤露》而出，主賓不交一言。明日，張奠幼于亦如之。張又作一柙，置書室中，夜則卧其内，語家人曰：「瞑則加以灰釘。」馬尤誕妄，一日巾衫，僕從肩輿赴病者之請。比歸，至中途，見有群丐方聚元妙觀山門飲，馬遽下輿。攫其食食之，掇其酒飲之。群丐以馬相公也，欲起避，馬曰：「勿敗吾興。」挽留之，拇拳歡呼，從者曰：「相公不雅。」馬曰：「有是乎？」乃脱去巾衫，曼聲長引，肴核既盡，始散去。觀者千萬人，恬不爲怪。幼于後竟不良死。叔貽少於幼于九歲，生而貌微寢，然穎敏甚。七歲聽歌者按節而句之，殊皦。又能爲《漁陽摻》，疾徐輕重，靡不赴節。縱辨折客，客無敢抗。十三工屬文，十七爲郡諸生。遂偕伯氏領鄉薦，一時才名籍傾吴中。三試春官，三不利，而其最後司試得其文稱善，且見録用。小不及格，罷歸，而取其巾服及書笥焚之於庭，識者知匪吉兆。遂以其明年感末疾卒，僅三十三歲。叔貽始游伯仲間，習博士家言，伯仲皆善詩，則亦善詩。吹塤和篪，洋洋盈耳。有《三張集》，伯氏善書則亦善畫，又時時作猗蘭蕠篠，怪石出其表。其爲人醖籍開敏，善談笑，多藝能。好潔復好整，常暎日自照。去家十餘武，樊圃疏地，雜蒔花竹，築精舍，讀書其中，即所謂曲水園也。佳客過從，竟日夕不厭。與客周旋，毋論賤貧，有所匄請立應，而所簡脱，多達官富家子。

村老曰：叔貽余内父也，伯起常謂余，昔在甲子秋試時，余屢躓場屋，心頗厭倦。八月初八夜，卧號房，默禱曰：「此吾背城借一時也，願得一夢決之。」尋夢偕叔氏入一公廨，虚無所睹，但見堂上懸一神像，冠進賢，衣緋袍，懸牙牌，而目微眇。余與叔貽焚香拜之，若人間吊慰者。然覺甚惡之，既放榜，愚兄弟兩人幸得同中，謂是夢不應矣。及參見主司，是年副考爲孫淳齋名世芳以疾卒于闈，設其柩於至公堂之西。余輩參正考，□□□後京兆引入西堂，則柩前懸一像，緋袍目眇，儼然夢中所見也，余與叔貽相顧訝之。按孫世芳宣府人，其舅某，因北虜入寇，父母妻子家資罄於兵火，乃走京師，謁孫，孫不爲禮，令就食逆旅。明日復謁，閽者不爲通。舅性悻直，因數孫平昔負其家鞠撫恩，怒罵不已。與之食不食，四日立死於城墻下。死之明日，孫見其形於沐盆中，器物衣服悉顛倒擾亂不可禁，乃呼道士術遣之，稍安静。二年餘，孫之南京，爲副考試官，出張家灣，復見其舅。乃驚，病卧舟中，入南闈，竟死。

二　文

文壽承名彭，待詔徵明子也。少承家學，善正行書，草書學素師，頗青於藍。唯待詔亦自以爲不及，爲南京國子博士，家貧俸薄，無以自給。每晨起輒書數紙，令蒼頭奴出賣。須臾而米鹽醯脯悉入矣，日以爲常。弟休承名嘉，彭之介弟也，生時待詔夢神人謂曰：「錫爾嘉兒，故名休承。」有印曰「夢錫余以嘉名」。書不如兄，畫得待詔一體。王弇州謂擬父則子，視兄則弟。

【校勘記】

〔一〕此段文字，臺灣「國家圖書館」藏清光緒間常熟翁氏緑格鈔本作「石在吾族隆初家，因吾徐家窘，清初歸於錢牧翁錢君也。絳雲前久之，而樓火，并石亦燼。古愚附記」。

三家村老委談　卷五

海上徐復祚陽初甫編次

蔣御史

蔣御史子修名欽，正德初元，偕同官十三人上疏論時事，方夜屬草燈下，有鬼聲。子修自念，此疏一上且掇奇禍，彼嗚者得非吾先靈覆念後嗣，欲尼吾事乎？因起視曰：「倘是我先人，何不厲聲告我？」言未畢，聲四振于壁。子修嘆曰：「吾業已委身，義不得顧私，使緘默負國，爲先人羞，亦均於不孝矣，即死不可易也。」聲遂止。疏上，與同官皆坐逮，被杖創甚而卒，天下傷之。此條見《庚己編》卷四《蔣子修》

村老曰：此事見陸粲《庚己編》，今人訛傳爲楊忠愍公事，非也。或楊亦有此報，未可知。

村老又曰：常聞御史初自某縣令行取至輦下，於時同取者凡十有七人，悉集宗人府前候吏部投文。其中一人偶行游廊下，看諸國初板榜，不覺入深，比投文，則十六人者皆入，而其人遲不及也。入者各得授科道，其人獨沉困數月，方得授某部主事。衆共以命數來慰，其人亦自以爲命也而安之。未逾年，劉瑾用事，弄權，科道官交章論人。瑾怒，取旨，俱被重罰，或遷或謫。御史徑死杖下，獨授主事者莅官無險，馴至高品，則一時之得失，真同宋人之白犢哉。

選宫女

天啓元年，民間訛傳朝廷命内臣刷取各省女子充宫娥，一時民間争相婚配，各務苟合，不問良賤，唯以得夫爲幸。有司知而不禁，閲兩月始定。先是民間有謡言云：「萬曆四十九，女子賤如狗。」神宗於四十八年已賓天，光宗即位，不逾月崩，今上即位改元，恰四十九年也。追憶隆慶二年，曾有此，偶覽田藝蘅《留青日札》載此甚詳，與今日光景前後若一，因録之。

田藝蘅曰：「隆慶二年正月元旦，大風，走石飛沙，天地昏黑。湖市新馬頭官船火起，沿燒民居二千餘家。官民船舫焚者三四百隻，死者四十餘人。至初八九日，民間訛言朝廷點選秀女，自湖州而來，人家女子七八歲已上，二十歲已下，無不婚嫁。不及擇配，東送西迎，街市接踵，勢如抄奪。甚則畏官府禁之，黑夜潛行，惟恐天曉。歌笑哭泣之聲，喧嚷達旦，千里鼎沸。無問大小、長幼、美惡、貧富，以出門得偶爲大幸。雖山谷村落之僻，士夫詩禮之家，亦皆不免。時偶一大將官抵北關，放砲三聲，民間愈慌，驚走曰：『朝使太監至矣。』倉忙激變，幾至於亂。至十三日，上司出榜嚴禁，猶不能止，真人間之大變也。未幾而知其僞，悔恨嗟嘆之聲則又盈於室家，然亦無及矣。愚民揺惑，此甚可笑也。此風直播於江西閩廣，極於邊海而止，又何其遠也。一富家偶雇一錫工在家造鑞器，至半夜，有女不得其配，又不敢出門擇人，乃呼錫工『急起，急起！可成親也。』錫工睡夢中，茫然無知。及起，搓摩兩眼，則堂前燈燭輝煌，主翁之女已豔妝待聘矣，大出不意。又一家，相約一人黑夜送女往，則巷門鎖柵未啓，情甚極矣。門内一賣豆腐者曉起磨豆，見之，偶無妻室，固不肯啓鑰，强要而成親。女父懼天明，又見其人少年，嘆曰：『亦得亦得。』即以女與之。又一人約一壻家，及送女往，則又一家送女先入門，正結花燭矣。後去者争之，皆曰：『奈何奈何。』女父既極曰：『吾女亦當送君爲副室也。』於是三人同拜，遂得二妻焉。又訛言并選寡婦伴送入京，於是孀居老少之婦，亦皆從人。一民家母女二人，嫁一家父子二人，正相得也。又一婦守制二十年，幾四十五六，誓不再適。有女亦二十餘，未嫁。至此不得已，母東女西，各從其人，哭别而去，此又大好笑事也。時童謡曰：『正月朔起亂頭風，大小女兒嫁老公。』

又有人爲詩曰：『大男小女不須愁，富貴貧窮錯對頭。堪笑一班貞節婦，也隨飛語去風流。』因憶大元後至正丁丑六月，民間謡言，朝廷將采童男女以授韃靼爲奴婢，且俾父母護送，抵直北交割。故自中原至江南，人家男女，年十二三已上，便爲婚嫁，六禮既無，片言即合。其始終皇迫之勢，陶九成紀之，與今吻合。時吴僧子庭有詩戲之曰：『一封丹詔未爲真，三杯淡酒便成親。夜來明月樓頭望，惟有嫦娥不嫁人。』又有人集古句云：『翡翠屏風燭影深，良宵一刻值千金。共君今夜不須睡，明日池塘是緑陰。』余則改之曰：『白日荒張夜又深，只消一刻换千金。大家今夜不得睡，明日池塘遍緑陰。』蓋『巽』爲風，命令之象。又爲少女，風自火出，故元旦先火，而灾及家人。《傳》曰：『四氣皆亂，故風。』又曰：『衆逆同志，至德乃潛，厥異風。』此條見《留青日札》卷九《風變》

吕秀才

嘉靖二年，邑庠生吕玉，家五渠村。一日入城，值微雨，其家前庭有廢屋基，忽雲中二舟各長丈餘，墮廢基上。行舟人皆長二丈餘，紅帽，雜色襦袴，手持篙，往來行甚疾。玉家塾中書生十餘人，悉驚趨視之，舟人引手前掩書生口。一時口鼻皆黑，噤不能語。俄見舟中有一人，擁衛如尊官，結束如居士，與一僧同起居。久之，雲擁舟起，而吕氏有祖墓在墻外里許，舟復墮其中。舟既去，書生口鼻亦悉如故，然越五日，玉以暴疾死。

李通判

李通判名粟，天順壬午舉人。宅故多怪，一日，會客滿堂，方行酒，忽衆客巾帽一時皆自脱上附梁棟，左右飄蕩如飛鳥。時楊弘載知州亦在座，拱手祝曰：「若何神也，而以冠裳爲戲乎？」祝已，巾帽仍復本人如故。又一日，邑人楊潤雨中遣使至其家，置傘於門外，而言事於堂上。語畢出取傘，則已失傘矣，遍求之不得。更歲餘，其家一故櫃封識已數年，偶發之，傘在焉，然不能出，斷其柄，始能出之。

楊知州

楊東溪名集，景泰甲戌進士。少爲諸生，嘗齎詔至福山巡司，例有款贈銀五兩。而同行者又二生，則皆學中霸儒也，盡取之，止以款筵食品送楊公。公不平，其地濱江，公獨步江干，濯手，口有恨詞。而二人者徐躡聽之，從後遽推楊公入水。公兩手下拒，入沙土中，持一物，起視之，乃銀一錠也。此銀久爲波浪洗嚙，光潤瑩白，傳玩可愛，稱之亦正五兩，人共駭異。

村老曰：余友袁都督名世忠，身長八尺，人以其長也，且多膂力，號之曰「托天」。家貧無行，落拓好賭。日寄食於人，一富家子以白金六兩托完稅限，竟持入賭場，一擲而盡。追比者急如火，富家子亦遣人多方物色之。袁既極，乃解其所衣白袷，就肆中沽酒飲，極醉，意欲雉死於邑西山之清風亭無人處。甫出肆門，溲於巷口，見地中有一囊污溝中，以足蹴之，頗重，拾取視之，乃白金一錠。持往秤之，正得六兩，旋用完稅。後以武進士第二名官至都督僉事。

龍異

正德十三年五月十五日，龍見於邑之西北。一白龍，目如雙炬，玉光閃鑠，前有二黑龍差小，若前導者。由大墅橋東入於海，所經民居，牛馬、柱礎、碓磨之屬，悉飛蕩空中，行人舟楫俱掀至半空而墮，墮下者自言如在夢中，初不自知也。有僧結一佛堂在水之南，僧偶出，雨霽僧歸，而佛堂徙於水北，壁落如故，而封鑰宛然。此條見《震澤長語》

書乙未事

延陵秦方伯名耀，雲間喬憲長名懋敬，太倉王尚書名世貞，當乙未歲，吴人以關白未靖，不時傳警，在位者皆謹備之。而元美仲子士驌、耀弟燈、懋敬子一琦，俱自負貴介，又王能文章，秦善談，喬善書翰，各有時名，彼此往來，出入狹斜。酒中大叫，目中無人。適遇海警，盡攘臂起若將，曰：「我且制倭，我且侯，我且立無前功者。」其時奸人趙州平，竄身諸公子間，與納交，引以自重。每佩劍游酒樓博場，諸公子俱一時無不知有趙州平也。時時投刺富人大家，曰：「吾曹欲首事靖島寇，貸君家千金爲餉。」富人懼焉，或貸之百金數十金乃去。不貸者輒口咄咄曰：「爾爲我守金，不久我且提兵勦汝家，汝金非我有，誰有耶？」蓋意在得金，姑爲大言駭若輩。諸富人見其交諸公子，又常佩劍出入，以爲必且帥其黨魚肉我奪我金也。轟言趙州平，王、秦、喬諸公子將爲叛，事聞巡撫朱鑑塘，檄有司分擒之。聞於朝曰：「是將叛」，又曰「是爲妖言」，然鞫之皆無實。其後論趙州平及秦大辟，王戍，喬配。已而江南人言其無實，以爲寃，竟成疑獄。久繫，元美家有厮養名胡忠者，善說平話，元美酒酣，輒命説解客頤。忠每説明皇、宋太祖、我朝武宗，輒自稱「朕」，稱「寡人」，稱人曰「卿等」，以爲常，然直戲耳。士驌每携忠酒樓，胡作此等語，座客皆大笑，而閭閻乍聞者，輒亦曰：「彼且天子自爲，以是并爲王罪，至收之囹圄之中，此其情固非真。目之叛，目之妖言。固過，然亦由秦王等自恃高門大閥，交游匪類，以至於此。」此條見《樗齋漫録》卷一〇

金潮

金潮者，蘇市人也。曾割股愈父疾，久之父以他疾亡，潮泣血廬墓三年。已，奉其母居吴市，沽酒爲業。酒甚美，橐稍贏，則爲賈睦州。令其妻當鑪以奉母，妻性悍，與姑不相中，乃佯疾而委沽事於姑。姑亦畏婦悍，不能辭也，日坐鑪頭，婦乃得與武康人私。慮姑覺，陰謀去其姑。武康人曰：「某鄰有爲子擇保母者，曾托我。若能計誘之，即以輕舠送往可也。」婦許之。武康人舟至，婦使人紿姑曰：「若子出賈某州，有訟事被縶，欲得母爲解，令我以舟來。」婦佯哭曰：「我年少有姿，不應從男子行。」因出囊金一錠，令姑速往。姑心急其子，輒下船，榜人速發。姑叩所往，不應，姑甚疑。明抵一村家，風景門户，頓殊吴中，始知爲婦所弄，頓足叫號欲死，舟師慰之曰：「某主翁不過欲屈媪作保姆某家耳，某家温厚，當不失所。人生良難，即死徒快逆婦腸耳。」媪感悟，拭淚就某家撫二兒。主母亦甚憐媪，歲時衣食不乏，且脱惡婦之手，竟忘家矣。媪既去，居久之，子客歸，問母所在，婦詬之曰：「好兒子，娘向別人討耶？」子大號泣，問諸鄰，曰：「某日扁舟，似從吴江路上去矣。」其子乃不解裝，即從吴江至睦州。佯作募緣道人，遍諸村落。經年不得，號泣欲死。夜夢有人語之曰：「若母在武康山中某家。」既寤即往。行三日，過一村，見一媪就石擣衣，疑其狀貌，不覺心動。諦視之則母也，相持痛哭，母語以故，且曰：「婦在，吾必不歸，百年後累汝一盂麥飯南灑耳。」子曰：「母但良食，我至家處此婦，即來載母耳。」至家略不言故，與婦語笑無間。但托言有陰疾，不内宿。一日謂婦曰：「汝欲燒香天竺，值我方暇，過三日不得矣。」其妻歡然束裝。明日攬衣下船，居一日抵一山中，妻始覺，謂夫曰：「此豈天竺道耶？」夫紿之曰：「此間道也。」已，夫上岸，謂妻曰：「我先起置章疏，岸上多惡少年，勿得露面。」婦人許諾，至主人門，主人他出矣。有郎弱冠少年，謂之曰：「尊君所置老媪實下人母，今病不能役，願以少而美者易之。」少年欣然曰：「少而美者得就見乎？」潮曰：「可，幸出我母於門，以便相易。」少年許之。已至舟中，携婦到門，婦見姑即長跪伏罪。潮語之曰：「汝當留此，善事後人。」少年亦見婦人顔態，喜不自勝，曰：「暫留若室，以待嚴君命，若先奉母歸可也。」潮乃携母至家，自恨出賈致母受辱，絶足不出門，朝夕上食甚謹。逾旬月，更娶一婦，與姑甚相適。

金憲副

濱崖先生名應龍，郡人。謝憲副歸，閉門著述，不通守相，家居數年，有司莫識其面，久且忘其名姓。郡守王遠行至謁之三不與見。再往，必欲一見，公曰：「是不可爲泄柳矣。」

乃開户入守。守坐久，主人不出，問其故，曰：「貸衣冠耳。」守大笑，顧侍者解去己衣，曰：「烏用冠服爲哉？」憲副乃便服出，與談竟日，并不及私。人兩賢之。年近八十，家壁立，手不停揮，日食惟糕一二片，或腐湯一盞，經月不知肉味。與張伯起兄弟交，寓兩家園亭，或經年不歸，以粗糲進則食之，間盛饌則不嘗也。臨没語其子曰：「我平生雖貧，未嘗輕貸人一金。惟借張幼于名敉書二篋，亟還之。」此條見《姑蘇名賢小紀》卷下《憲副水崖先生》

村老曰：余嘗於内伯兩張家得侍先生，先生頎而皙，布衣芒屩，敝幘半油漬，然望之若蒼松，若翠竹，凝然穆然，飄飄塵壒外人也。今之登進士，冠側注而營營逐逐，俯仰當世，甘爲夏畦而不赧顔者，豈心甘哉？取物自潤，游乎其内，若犬馬之仰沫，不得不依人以自汙下。金先生真威鳳祥麟，無求無欲，名可得聞，人不可得而見者哉！六十年來，吾未見其儔矣。

顧尚書

華玉尚書名璘，吴縣人。國初以匠作徵隸工部，因占籍爲上元人。致中丞事，家居無事，縱游山水，於屋室後築息園，内有載酒亭，以待問字者。東有小軒曰「促膝」，諸故人至，解帶密室，茗椀罏香，談農圃醫藥事，恒移日晷。久之，文譽籍甚，四方士輻輳，户屨常滿。不三日，即張筵，令教坊樂工以箏簫佐觴。高論雄辯，音吐如鐘，四筵驚聽，莫不豁然若披霧開雲。每發一談，樂聲中闋，談竟樂輒復作，人以爲風流豪也。丁酉再起，以副都御史撫湖廣，行部所至，首試諸生。時張公居正方年十四，公擢之冠，錫以金帶，曰：「若他日圍玉不止此，第以我所服相贈，見我心耳。」又曰：「他日作相，無富貴心，無富貴氣，則賢相矣。」仍以白金數鋌周其父，曰：「善視此子」。已升工部尚書，大學士嵩素慕公，設酒邀款，陳席中堂，自居北面左偏。公竟坐，不請主人相對，已行酒，公持杯曰：「太寒。」更進酒，公又曰：「太熱。」主人執禮愈恭，而公指顧揮霍自如。居旬日，嵩復延公，先於曲室小坐，中懸一畫，乃吴小山所圖唐人月明千里。公曰：「此贋筆也，真迹藏我鄉倪某。」侍賓問可覓否，公曰：「倪甚崚嶒，寧以珍玩媚貴人？」出登席，優劇滿庭，盛妝以待。公命從人㔁金一鐶，即令麾之去，曰：「此輩喧聒可厭。」嵩父子大沮喪。已談次，嵩言：「姑蘇文徵仲往自言未嘗一出河上，及余過蘇特往造，亦竟不報謁。此待他人則可，待不肖則恐未安。」公曰：「此所以爲文徵仲，若他人不謁，而獨謁門下，惡成其爲徵仲？」嵩默然。公素落拓，高視闊步，遇時貴人，傲然不屑意。及遇素交後進，曲躬罄折，無不得其歡心。

焦布衣

焦白，淮南人，寓吴中。倜儻有奇氣，隱海上，以詩自適。家貧甚，採橡實自食。有富家子以數幣求學詩，白不受，富家子强投之，候其去，竟委之道上。又有邵布衣，亦淮南人。

（下有闕文）

趙處士

趙樞生字彦材，郡人，按察副使伯京先生子。十歲即應有司試，文藻翩翩。既而以諸生應都試，見扞撖士呵辱諸生，太息曰：「待士也賤若此，吾寧被髮入山耳。安能受有司塗炭耶？」遂謝去博士家言，日嗒焉坐一室，室無他設，僅一几一榻，及《黄庭》《楞嚴》數卷而已。終日閉户，不接俗客，惟支頤吟咏。所衣布袷，歲久敝則緝之，不勝緝則纍纍下垂。蹩躄草屨，足趾時出外，不顧也。日不食肉，亦不用庖者，支釜屋下，躬取醬、醯、蓴、蕨手、芍藥之，忻然果腹。窗前蓬蒿高丈餘，不令人剪，曰：「吾以當佳卉名草也。」故人親戚有所稱貸，傾囊相給，了無吝惜。當其匱乏，無以應客，則慘慘不樂。諸郎君識其意，屢以阿堵續之，公旋手施與，不爲毫髮計留。常嘆曰：「我日用僅赤仄十文，雖黄金高北斗，何需哉。惟是以拯危救殆，亦一樂事也。」有子宦光，字凡夫。

二丐

蔡乞兒丐燕市三十年，垢面露體，糟糠不厭。忽得遺金百兩，懸書於市，以訪失金者。或認焉，問其數，不合，拒之。有强欲奪者，蔡曰：「吾頭可斷，金不可得。」埋之，越數月不得主，未嘗取視。一日過橋，有夫婦爲伍伯所拘，相號泣，詢之曰：「負富室子錢逾百，鬻産鬻女猶未足，今且詣官。」蔡曰：「是固我熟識者，吾爲若居間。」乃走謂富人曰：「公生計甚厚，奈何侵窮民。設二人遽朝露，無論王法天道謂何，伊負百緡耳。請寬其三十緡，餘則我代償可也。」富人諾之，遂往埋所，取償如數，富人愧曰：「若行德而使我放利，何以戴日稱丈夫？」受其母錢五十金，貸其息。夫婦泣謝去，蔡問夫婦：「汝女鬻錢幾何？」，曰：「五金」。如數贖其女以還，餘十五金，市木棉與其儕均分，身不多銖兩。又有焦存兒，民家女也。生而瞽，年十九，主者棄之，丐於市，夜棲鋪舍，群乞欲犯之，以死拒，曰：「薄命鄰死，心不死也，敢更犯淫，以辱父母耶。」中貴曾朝閔之，擇一瞽兒配焉。從夫習唱，齊丐於市。逾年夫死，中貴爲葬之，使再耦，存兒痛哭曰：「吾學夫唱以乞食，忍以其唱共他人食乎？」竟不嫁。曾給之舍，與一跛媪共居，聞男子聲輒避匿，終其身。此條見《樗齋漫録》卷六

召乩

召乩之術，作者甚多，然其傳授亦各不同。余少時亦深好之，茅道人曾授一書，大率用斗杓等七星作符，焚之爐中，仙即隨運而至。不至則書催符一紙焚於地上，以足蹋之，無不立降。有所祈請，隨問輒答，然未有神於近年所遇范陽生者。陽生名復郡人，自言文正公之裔。爲人恂恂藹藹，可愛，亦能詩。其術以鍊乩爲主，香燭素供俱不用，止焚一符於乩端，問者不用通其款曲，向乩默禱，乩即自答。雖其驗否未必，然所問事百無一謬也。應召者多是唐李長吉詩。喝韵即成，精思奇韵，絶似長吉口吻。嚴道澈以長律謁之，用先天元仙舷五韵，手書而封識。至則置於爐旁，詢曰：「大仙知所封者何事？」曰：「五十六字詩也。」復詢曰：「既知爲詩，能步韵相答乎？」曰：「可」。運筆如飛。道澈忽自念曰：「落句舷韵不妥。」默改二句作絃韵。乩已作，過六句忽停筆，曰：「舷韵果欠妥，余請先舷而後絃。」其神異如此。一友人問之曰：「公既爲李先生，其投溷諸作尚記憶否？何不傳播於世，以示永遠。」曰：「可。」筆不停運，凡三晝夜，可得數百首。每至天暝時，輒云：「暫别，明日早來。」余所鈔者，其散失之餘也，全本在姪倩張□□家。又有思字韵百首，亦多奇句：

《走馬行》

天廄逃出火龍鼻，渾身祝融一塊色。金鞭挂却珊瑚鈎，玉勒斜拖雲母石。長嘶高風天地老，踏死平原翡翠草。偶卧崑崙第一坡，誤被胡兒珠索倒。夜光售與長安家，八寶玲瓏騁日斜。狂風刮地連山暗，不見疏林聽老鴉。

《鄭公子美人吹管行》

芙蓉笑開筍尖玉，吹破瀟湘一片竹。鳳凰叫雲落綺筵，月哭秋荒鷺鳥宿。滿座桃花醉起舞，踏破庭中象皮鼓。簾櫳半月水晶珠，鮫綃帳底青珍苦。

《君莫醉》

君再莫醉，前途恐睡。我有青鋒試與君，教人鬼哭亂蒿墩。白狼河水腸應斷，青塚魂銷幾度聞。

《虞姬别垓下歌》

垓城下，九里山，楚歌凄斷美人顔。奈何奈何天奈何，半鈎月出紅綃羅。悠悠魂魄歸何地，前路長亭芳草枯。

《笑出門》

提長劍，步出門，日色西行天昏昏。老鴉點枯樹，明月挂疏村。大嘯玉洞倒，立山飛黄猿。流水響衣袂，仙人對我言。丈夫箇箇爲青紫，不向深閨拭泪痕。

《有人從湘中來，擢數種蘭，惟青者爲最絶。於是諸葛湜諸君，各賦賀，亦賦四章》

瀟湘一片石，不道千竿竹。秋月碧如水，浸出草頭玉。

九畹香飄月，清容媚春風。佳人休得佩，碧透玉玲瓏。

建水飛蝴蝶，湘山哭杜鵑。芳神莫將笑，清風香畹烟。

一種君山草，持來上國香。翠開朱樹月，清襲緑紗窗。

《古大梁行》

鄴城下，漳水悠。魏公子，千金裘。哭月寒溝秋復秋。東流不見信陵君，亂山啼鳥空林笑，落日塵横幾度春。

《平康美人歌》

巷悠悠，榆樹秋。秋月出，上青樓。門前車馬來少年，下馬開簾聽管絃。輕將雲母屏生烟，坐點《梁州序》一篇。曲聲飄入子規天，味之未終春可憐。滿斟楊柳醉娟娟，洞房秋水珊瑚船。翠鎖琅玕眉黛妍，桃花散處緑香筵。君不見古來傾國亡家者，都入氤氲一種仙。

《長夜嘆》

兔子長生雞人死，短檠無光緑窗裏。霜風成群走庭下，頻頻扣門弄空水。夢清夢淺不知處，巫峽瀟湘千萬里。泪泊鴛鴦枕上魂，心碎靈犀向誰語。綿綿此夜恨無期，誰道時光疾如駛。

《玉兔逃》

秋江萬里芙蓉屋，夜深逃出廣寒畜。馥馥銜來宫裏香，晶晶帶落杵頭玉。罷織嫦娥心碌碌，走向君山化湘竹。神州九點烟霧生，太陰真人夜號哭。

《長安春》

走馬誰家子，驚塵踏向新豐里。曲江桃花醉落霞，樂游原望漢劉家。弘農甲第連雲起，太尉文章空歲華。東風掠紫燕，飛入昭陽殿。傷心賦月團，莫待羅衣換。故故長安二八女，三三五五尋芳去。碧水灘頭多古墳，金尊綠蟻澆路人。夕陽縮却枯松樹，車馬東歸各自分。

《答韓禮部》

黄口飯不饑，被衣知華美。春風朝忽吹，移我門前李。高車苔草痕，幽居花鳥死。忽沐冉東皇，開窗誦書起。

《長劍歌》

崑崙一片月，扶桑萬道光。天中舞長河，斫落星斗芒。飛雲片片解，乾坤亦驚荒。北邛山下野鬼鬧，啾啾不敢啼高堂。崆峒何必能人倚，羞殺莫邪爐内霜。

《宿許瓊英》

黄金花下明月緑，一曲秋水美人竹。愧死芙蓉泪眼銷，深不敢清江宿。

《晚凉吟》

南林逗秋雨，葉底咽高蟬。輕羅撲螢火，飛入紅蓼天。

《九疑山》

扁舟西向九疑烟，兩岸桃花泣杜鵑。好似武陵山裏去。碧雲紅雨散瑶天。

《衆云聞大仙歸天作白玉樓賦乞譯出傳世曰余且譯賦後尾詩》

氤氲堆裏丹鳳闕，虚無殿外白玉樓。紅虬素鸞鳴呦啁，仙班風韵香冕旒。丁丁環珮西池頭，寒光奪目姮娥羞。粉黛雲英色自浮，長河雪浪空中流。太白真人顔貌愁，冰壺虚閣冷清秋。瑶空飛花九月幽，姑射山梅飄飄點瀛洲，銀屏風下粉綉毬。藍田採得萬片耀飛構，拿將朏月作簾鈎。醇瓊醴宴箜篌，梨花楊花瓊花風颼颼。羊脂象肚嫩且修，龍肝鳳髓事事由。交梨火棗元圃求，霜橘雪藕天池留。黄金巨罍三唱酬，鈞天律吕聲悠悠。侍女扇開龍燭休，將軍鉞起錦袍收，鶴翔鸞翩墀外游。騎夫車使花下儔，擁臂拍扇默默佇兩眸。時當去去聞天侯，須臾辭駕登雲乘霧或攀虬。歸宮歸洞或登舟，人間不知幾番滄海遷成邱，聊吟章句樂聖舟。

《柳絲詩》

春色依依魂夢緑，向人牽恨情難續。可憐雙燕語東風，無奈飛花堤畔哭。

開簾風雨凄銀燭，中夜牽情樹底緑。千縈萬縷繫愁腸，短嘆長吁夢中續。

東風一夜吹紅燭，柳眼窺人泪珠緑。幾番牽恨到章臺，回首掩袖眉顰蹙。

湖上依稀春恨獨，翠眉半鎖青雲緑。幾回愁緒泣東風，偏惹王孫游未足。

玉門關外絲絲續，音塵隔斷天涯牘。塞鴈銜將鏡裏霜，愁心日向高樓哭。

長條誰折春光緑，美人睡起心思哭。秖爲關情感物華，千迴萬轉絲絲續。

一曲漁歌山水緑，漁村處處春風熟。牧童斜卧夕陽横，笛裏凄凄過南谷。

春園晝暖聞書讀，枝上啼鶯聲斷續。閑門静閉日無聞，青草池塘牽夢足。

似欲垂絲繫黄犢，緑藏啼鳥春江曲。日送征人楊子船，天涯游子心難續。

昨夜未央宫裏宿，幾被飛絲驚夢熟。試將蓮炬照青青，長條已向他人束。

村老曰：常聞有召乩者，既降，勢甚猛。書云：「威鎮華夷，義勇三分四海；才兼文武，英雄千古一人。」客曰：「公乃武安王耶？」復書曰：「諾」。客曰：「聞公之靈，誓不入吴，何以至此？」又書曰：「赤兔騰霜汗雨零，青龍偃月血風腥。曉來飛渡烏江上，始信天亡最有靈。」又有洞賓降壇者，詩云：「輕揮羽扇，平分湘水，烟霞泉石爲佳侶。清風兩袖膽氣飃，洞庭飛過經千里。飽嚼瑤華，醉斟玉髓，乾坤收拾葫蘆裏。一聲長笑海天秋，數着殘棋山月起。」末書曰：「調《踏莎行》。」客請作西湖賦，即運箕如飛，筆不停綴。有云：「攀碧落之兩峯，卧白雲於三竺。六橋水流魚與俱，四賢堂寂鹿獨宿。」按魚與俱、鹿獨宿皆三字一韵客有戲之者，曰：「公之仙姑何在？」即書云：「仙姑至矣」。箕停，少選復書云：「閬苑蓬萊自可人，東山人駐幾千春。要知古女真消息，碧漢青天月一輪。」客曰：「非藏何仙姑三字耶？」復書曰：「然」。客出一句曰「日月爲明分晝夜」，求之屬對。箕即應曰：「此拘於字，難對。」聊對一句曰：「女生合姓别陰陽。」又戲之曰：「適見洞賓否？」箕忽震怒書曰：「仙友從來有洞賓，爾今問我是何因？婉姈自許逢周穆按：婉姈，西王母名，姜女誰知與亂臣。烈火精金應不鑠，蒼蠅白璧未常磷。道心清凈渾如水，不學凡夫犬豕人。」又何孟春《餘冬序録》云：「正德庚辰，有方士者，挾巫史之術遨游江湖，人扣以未然事，輒召古名仙運乩賦詩以答，隨所限韵，敏若夙搆。是年秋至吴，吴中諸生梁廷用往問，答曰：『吾回道人也，君乞白岩詩，吾當邀李謫仙同賦，用十六韵。』詩曰：『六丁持斧施神工，鑿開西南萬仞之崆峒。芙蓉一朵插天表，勢壓天下群仙雄。冰壺倒月色澄徹，瑤臺倚斗光玲瓏。百丈霓虹望吞吐，八埏霖雨瞻空濛。虚室不受一塵染，靈光直與銀河通。乳泉挂壁噴晴雪，玉梅懸谷摇春風。上有神仙玉虛子，凌風出没游太空。登虬伐蛟下入海底水晶窟，朝真謁帝獨步天上瓊瑶宫。頭角嵯峨自卓立，胸襟磔砢誰磨礱。憶昔江樓吹鐵笛，明月一醉三人同。邇來一别世間甲子不知數，但見幾度玉洞桃花紅。金龜老，黄鶴翁，各分一諱貽此公。天然意趣自相合，芳稱長在塵寰中。好將大手整頓乾坤了，歸來一笑拂雲看劍重會滄溟東。』」王弇州《史乘考誤》云：「此方士者王姓，無錫人，余猶及見之。一秃叟老翁也，呼百韵可頃刻而就，蓋借鬼仙售其術耳。」梁廷用後名宏，字裕夫，亦余中表戚。二人實相與謬爲之，以欺白岩公也。若余所見范君，則似實有一詩鬼應召者，不然何以得人意念間事？且范君縱能詩，諸作亦非其所辦。

戚編修

編修名瀾，餘姚人，字文湍。以編修服闋，上東渡錢塘江，風濤大作，有絳紗燈數百對，照江水通明，丈夫九人，帕首、袴靴、帶劍、乘白馬，飛馳水面如平地，舟人大恐。戚公曰：「無懼，吾知之矣。」推窗看之，九人皆下馬跪，公問曰：「若輩非桑石將軍九弟兄耶？」曰：「然」，曰：「去，吾諭矣。」皆散。公命舟人返棹，曰：「有事，吾當還。」遂歸。抵家謂家人曰：「某日吾將逝矣」。及期，沐浴，朝服坐，向九人率甲士來迎，行踐屋瓦，瓦皆碎。戈矛旌幟，晃耀填擁，有頃公卒。後車騎騰踔前後，若有所呵衛者，隱隱入空而滅。後邱文莊公夫人自南海浮江而上，過鄱陽湖，夜夢達官呵擁入舟曰：「吾乃翰林編修戚瀾也，昔與邱先生同官，義不容絶，特報耳。三日後有風濤之險，隻航片艪無存，可亟遷於岸。」夫人驚覺，如其言，移止寺中。未幾，江中果有風濤，衆舟盡溺。至京，夫人白其事於文莊公，公以聞於朝，遣官諭祭。文莊又爲文祭之云：「於乎文湍！剛勁之質，豪放之氣。高義激切，直上薄乎雲天；巨眼空闊，每下視乎塵世。凡衆人之嗜欲，舉不足以動其中；一時之交游，少足以當其意。時發驚筵之辯，臧否罔不稱情；間若罵坐之狂，毁譽皆有所試。醉言無異於醒，面折不違於背。僕也於君，若有宿契。始落落以難合，終偲偲而交勵。奈何命與心違，中道而逝。老我後死，於十二禩。孰知冥冥之中，猶有舊交之誼。老妻北來，舟次江澨。夢中彷彿如見，報以風濤將至。預告以期，始知趨避。既而果然，幸免顛躓。於乎！人傳君之爲神，溢胥濤而享祀。即今所遇而驗之，無乃秉司乎江湖之事。由其生也不盡用於明時，故其死也見録於上帝。於乎！友道之廢也久矣。曰友曰朋，如兄如弟。指金石以爲盟，刑鷄犬而設誓。頭角稍殊，情態頓異。雲泥隔則易交，勢位判則相忌。對面如九疑之峯，跬步有千丈之勢。半臂纔分，遇諸塗則掩面而過；宿酲未醒，逾其閾則騰口以刺。過門不入室，反爲操戈之舉；落穽不援手，忍抛下石之計。親於其身也遑恤，況伉儷乎？生爲人也尚然，况下世乎？於乎文湍！生死無二心，始終同一致。不忝爲聰明正直之神，真可謂英邁特傑之士。緬想舊游，稠人廣會。一飯百十鐘，揮毫數千字。故以平生之素好，用答故人之陰惠。詩以寫不盡之情，酒以侑有從之泪。具別紙以焚燎，就宿草以澆酹。靈神如在，來鑒於是。不鄙世人之凡言，特歆御醞之醇味。詩曰：『幽顯殊途隔死生，九原猶有故人情。曼卿真作芙蓉主，太白常留翰苑名。念我冥冥來入夢，哀君惻惻每吞聲。朝回坐對黄封酒，悵嘆雞壇負舊盟。』」此條見《玉堂叢語》卷八

于忠肅

忠肅公名謙爲諸生時，忽窗外有巨人持一扇乞詩。公醉中即揮筆書曰：「大造乾坤手，重扶社稷身。」其人大驚，悲躍而去，乃鬼也。扇是蕉葉一片。

村老曰：《西樵野記》言，景泰間總兵石亨西征，振旅而旋舟，次綏德河中。天光已暝，亨獨處舟中，扣舷而歌。忽聞一女子泝流啼哭，連呼救人者三。亨命軍士亟拯之，視其容貌妍絶，女泣曰：「妾姓桂，芳華其名也。初許同里尹氏，邇來尹家衰替，父母逼妾改醮。妾苦不從，故捐生赴水。」亨詰之曰：「汝欲歸寧，抑欲爲我之副室乎？」女曰：「歸寧非所願，願爲公相箕帚妾耳。」亨納之。裁剪補綴，烹飪燔炙，妙絶無伍。亨甚嬖幸，凡相親愛

者，輒令出見，芳華亦無難色。是年冬，兵部尚書于公謙至其第，亨欲誇寵于公，令芳華出見之，竟不出。亨命婢督，行者相踵于道，芳華竟不出。于公辭歸，亨大怒，拔劍欲斬之，芳華走入壁中，語曰：「邪不勝正，理固然也。妾本非世人，實一古桂。久竊日月精華，故成人類耳。今于公棟梁之材，社稷之器，安敢輕詣。獨不聞武三思愛妾不見狄梁公之事乎？妾於此永別矣。」言罷杳然。王弇州以爲此實武三思事，傅會于公耳。

馮副使

馮定，郡人，成化中以副使齎捧赴京，朝罷，徑至宗人府。府中一井甚大，定忽下馬趨至井傍，顧瞰拱揖，若有所問答者。從者見之，方驚駭，定忽解帶置地，涌身而入，急救之死矣。村老曰：此絶類李赤廁鬼事，又平南人張輝，廣西解元，景泰元年，爲香山教諭，忽見官舍中有衣紅人出而招之，輝素有膽氣，呵之，走上蓮花峯而没。次日會飲縣堂，與縣爭坐，交毆，歸而投井死。

獅子

張伯起内伯爲余言，嘉靖乙丑會試至京師，一内相引入蟲蟻房看獅子，黄色，酷似金毛狗，尾端茸毛大如斗，豢之者夷人也，名曰「獅蠻」。所居之阱，渾鐵作柱。復以鐵索二條紲其項，左右鏁之。内相命其放出，則先將大鐵樁，長可六七尺，圍徑尺，末有二大圈，以樁釘入地中，止餘二圈在上。然後牽鐵索出，扣於圈上。兩獅蠻左右掣之不令動。内相曰：「取彩毬來」，一蠻取兩毬至，以五色綫結成，大如斗。蠻先自戲舞，獅見之，伏地注目不動，若欲起而攫之者。旋即擲與，則以兩足捧之。喜不可當，玩弄不置。内相曰：「欲見其噉物乎？」則顧從者，取一生犬來。犬未至數十武，即倉皇驚仆，溲便俱下。獅亦似有覺者，撇去毬，作猙獰狀，大吼一聲，草木屋瓦蔌蔌震動。蠻亦大忙促，來稟曰：「活生口不可至前，恐觸其怒。」須速令人斃犬，及死犬至，擲與獅，舒前兩足擘之，吹氣一口，犬毛自散落，若秋風之捲敗葉。犬亦軟如敗絮，若無骨者。伯起訝問其故，内相曰：「凡物見獅則骨先自酥，故其食也亦連骨而食。虎則不然，遇毛物必用舌餂去毛而後食，食亦去骨，此獅之所以食虎豹而君百獸也。」余辛丑在京，亦曾入蟲蟻房，時獅虎皆無，唯一熊，絕似焦色大尾犬，問其所食，曰：「日供一羊，或馬牛猪肉二三十斤。」問何以無獅，曰：「缺久矣，自嘉靖至今，無有貢者。」想伯起所見，即嘉靖時者也。　蘇合香即獅子糞，其筋爲絃，鼓之則衆絃皆絕。其尾爲拂子，則夏月蠅蚋不敢集其上。

妖術

萬曆□□年夏秋間，吴中忽傳有妖狐能夜入人家，迷惑人至死，又善淫人婦，飛走變幻，莫測其自來。又有鐵足蝴蝶，黑夜飛來抓人，遭之者遍體粉碎，血淋漓無復完膚。於是晝夜鳴金擊竹，喊聲逐趕，無分鄉市貴賤。遇夜，雖盛暑必墐其户牖，不敢輕啓。旋有賣符者，買貼門户，云可袪除，由是深山窮谷，門皆貼符。聞世廟時曾有此，蓋妖人馬道士所爲。馬道士者，愚民所稱馬祖師者是也。道士將謀不軌，幻術惑衆，其説特盛於蘇，而湖州士民尤深崇信。田藝蘅曰：「馬道士之術，雖仕宦大夫顯顯有名者，亦受其愚。云以盆水照影，則貴賤迥别，或有影帶貂璫、幞頭、紗帽、兜鍪諸色，種種奇怪者。亦有帶平天冠如帝王像者，彼即署名簿籍，預定官爵，大小高下大率如所見之形。群居烏程雲霧山中，乃三十六年秋也。約九月十四日舉事倡亂，以白巾爲記。先二日，有鄢彩者發其謀於主簿田本渭，白於知縣蔣弘德，合謀緝捕。賊首蔣鵬、蔣潮，越城逸去，集於烏鎮雙林，燒劫民舍，地方被害。十六日，總制胡宗憲，檄知府李敏德、委千户蔡懋恩、李鉞督兵擒之，亦放火殺害無辜數百人。而馬道士終不獲，搜得花名簿三五册，中多士大夫，皆與胡公厚善者。因焚其籍不治，然而小民疑畏逃竄者多矣。遺棄家産田地，反爲漏名士夫所得。如籍没者，然甚獲厚利，此又可笑也。使再遲數月，則禍變綿延，有大可憂者。白蓮教之禍，可不嚴禁之耶。《寧波志》載三十七年春，馬道人能剪紙爲兵，念咒即能布陣。夜入人家，男婦睡時，多爲所壓，不能醒。雖醒，氣猶索索不蘇。有因而死者，書符作「⿱⺮⿺乞鹵⿱⺮⿰鹵真⿱⺮⿺定鹵⿱⺮⿺定鹵」四字。雖邊海州縣，無不至，後遇廣西人，云亦被其擾也。」

神仙太守

華亭張太守東海名弼，人品詩字，成化間一時之望。致政歸，既早，子皆成名，無一事累心。蘇州別駕周德中，以爲神仙太守。而張常制十絕以答之，見其無仙，并跋朱子托名鄒訢爲戲耳。其詩曰：「歸休太守似神仙，布被蒙頭日夜眠。却怪門前來熱客，馬蹄踏破紫芝烟。古今何處有神仙，鶴駕鸞驂總浪傳。莫信空同鄒道士，力圭刀口亦徒然。歐陽自號無仙子，卓識真知冠古今。弱水蓬萊在何處，愚夫白骨紫苔深。」又一長短句曰：「東海先生歸也，南安太守新除。一挑行李兩船書，被人笑道癡愚。書也書，寒不堪穿，饑不堪煮。收拾許多何用處。況而今白髮蒼顏，坐黃堂之署，乘五馬之車。那得工夫再看渠，又將載到南安去。古人糟粕，誰味真腴？枉說道黃卷中，時與聖賢相對語。」此條見《七修類稿》卷三十一《神仙太守》

集福菴

蘇城集福菴，在吴尚書名寬所居之北，施知州名□之西。弘治中，詔毁淫祠，有司欲爲尚書後圃。尚書曰：「僧菴吾世鄰也，不忍其毁，忍作吾圃耶？」有司復欲爲施公别業，施曰：「何不送原博尚書而送吾？」有司述尚書言，施曰：「我獨不能爲吴先生耶？」故諸淫祠毁而菴獨存。嘉靖初，又有詔毁，伍太守名疇中用價承佃矣，毛貞甫名堤都御史亦價佃之，一則曰「近吾家也」，一則曰「地舊吾家施也」，竟成訟奪，且毛與伍新結姻婭。時人追思往事，因爲謡曰：「昔日吴與施，官送猶遜辭。今日毛與伍，訐告到官府。」

村老曰：郎仁寶《七修類藁》曰：「杭有棘卿夏某，陰謀深險。鄰有園池頗勝，心竊欲之，乃自撰文爲碑，中斷之，密沉於池。久之争訴於官，夏謂某年余家有碑記亭館之勝，中世荒蕪，此碑已落於池中，亦可驗也。竭池得碑，讀之儼然夏氏物也，竟歸之。鄰坐誣罔。」夫仁寶之意，以棘卿爲陰險極矣。余則以爲未甚也，若吾鄉紗帽，肯容鄰有園亭乎？彼直計陷之，攫取之耳，烏用碑文，亦烏用告訐哉！

陸遠

萬曆壬午科，南畿解元陸大成，有疏族叔名遠者，每對人名呼解元曰「大成舍姪」，恐人不知其爲解元叔耳。王弇州先生戲之曰：「汝無名，呼汝姪，萬一汝姪亦呼汝遠家叔，當何如？」聞者絶倒。

村老曰：此等人在在不乏，吾鄉有一周姓人，始與某御史往來，見人輒曰「我御史如何」云云，人遂呼爲周道長。未幾御史卒，則出入一給諫家，見人則又曰「我給諫如何」云云，人又稱爲周掌科，恬不知怪。又聞浙有劉泰者，與夏少卿名寅往來。〔一〕人有問其姓字者，答曰：「夏少卿之好友。」同時有沈循，與錢都憲名鉞往來，人詢其名，曰：「錢都憲是我表兄。」都不言己之姓名。有好事者爲之詩曰：「沈循只説錢都憲，劉泰常稱夏少卿。不知尊父爲何物，令子緣何没姓名。」

沈同和

萬曆丙辰，會試天下舉人。大學士方從哲爲總裁，取中沈同和爲會元，第六名爲趙鳴陽，俱吴江人。同和字知樂，河南太素巡撫名季文子也。與余曾有杯酒交，蓋裘馬自矜，豪横縱恣，目不識丁人也。余居海上三家村，聲聞既邈，性又不喜談時事，故至三月盡，始知同和作會元，不覺吐舌不能收。曰：「有是哉，天下有不識字會元乎？」歇後鄭五作宰相，天下事可知矣。然不知斯時臺省已交章論劾矣，并及總裁與房考。韓都給事名光祐得旨覆試，同和終日不成一字，竟至曳白。法司鞫問，始知同和與鳴陽係兒女親，賄貼同號，同和文，鳴陽所作。然文固佳，非有賄買主司情弊。復得旨，同和充□□衛軍，鳴陽運炭，人皆快同和之摘發，而深惜鳴陽之廢棄終身云。

村老曰：余自丙子至今，五十年來，目擊科場之壞，日甚一日。善哉高禮部名桂之言曰：「我朝二百餘年公道，賴有科場一事。自權相作俑，公道悉壞，勢之所極，不能亟反。士子以僥倖爲能，主司以文場爲市。利在則從利，勢在則從勢。録其子以及人之子，因其親以及人之親。遂至上下相同，名義掃地，雖明憲在前，國法在上，而犯者接踵相繼。致使富室有力者，曳白可以衣紫，寒畯無援者，倚馬不得登龍，此忠臣義士所以扼捥而不平也。」夫所謂權相者，指江陵相公也。而不知作俑不自江陵也，江陵特甚耳。高廟時，學士劉三吾、紀善白思蹈，以物議而遣邊棄市，然以多取南人耳，非狥權要行媚也。至景皇帝七年丙子，大學士陳循、王文，以子瑛倫等不中，直言考官劉儼忽略之故。上命覆試，以循、文輔導有年，特准其子明年會試。天順元年，薛瑄主會試，最號嚴整。然有以俚語相戲者，所謂

「薛瑄性理難包括，錢溥春秋没主張。問仁既已無顔子，告祭如何有太王。」皆指摘題目之誤也。至謂總兵令姪獨軒昂，則指石亨從子俊，後坐亨敗除名，及以怨謗剮於市。弘治十二年己未，李西涯名東陽、程篁墩名敏政主試，篁墩所問策祕，人罕知者。其故所昵門生徐經，居平日得窺之，泄之同年唐解元寅，由是舉答無遺，寅狂士，見其矜得上第，爲省中所論，經、寅俱充吏。正德三年戊辰，焦芳子黄中，劉宇子仁，俱以逆瑾黨得第。瑾敗，二人爲民。是科院瑣後，瑾以片紙書五十人姓名，欲登第。主司不敢拒，唯唯而已。瑾曰：「先生輩恐奪賢者路耶。」即廣科額五十人，皆上第。辛未，新都相公名廷和子楊慎狀元及第。嘉靖二十三年甲辰，少傅鑾二子汝儉、汝孝俱登第。有崔奇勳者，汝儉等師，焦清，汝儉婣也，俱得同中。爲省中所參，上下其章，令部院從公參看，鑾具疏自理，上怒曰：「二子縱有軾轍之才，豈可分明并用，恣肆放僻，其巖究分別情罪輕重。」及獄上，上以迹弊明顯，大壞祖宗取士之制。遂勒鑾、儉、孝、奇勛、清俱爲民，副總裁江汝璧及前鄉試主考秦鳴夏、浦應麒，雖阿取輔臣之子，實非賄故，俱杖六十，革職閑住，不敍。辛酉，吴情主應天試。情，無錫人，邑之預薦者十有一人，自是南人不主南試，著爲令。萬曆元年癸酉，少師張居正子嗣文中湖廣試。萬曆四年丙子，大學士張居正次子嗣修中順天試。次輔吕調陽子與周中廣西試，三輔張四維子嘉徵中山西試，楊大司馬成子大潤中應天試。明年丁丑，會試，嗣修、與周復中式，尋廷試，嗣修榜眼及第。是歲讀卷官初擬宋希堯第一，而嗣修在二甲第二。上拆卷得之，特擢嗣修榜眼。且謂居正曰：「朕無以報先生功，當看先生子孫。」後始知慈壽及瑠保意也。七年己卯，首輔居正子懋修中湖廣試。明年庚辰，懋修與其兄敬修，次輔四維子嘉徵，復俱中式，敬修即嗣文更名廷試，賜懋修狀元。蕭良有榜眼，王廷譔探花及第。懋修有兄敬修，良有有弟良譽，廷譔有弟廷諭，同榜進士，或曰：「首輔戲之也。」十年壬午，新首輔少師四維子甲徵中山西試第二，太宰王國光子申亦中山西試，〔二〕次輔太子太保申時行子用懋中順天試第六名，次子用嘉中浙江試。時外議籍籍，謂楚解元必居正子。會居正卒，不果，而復中少宰王篆子之衡，南京亦中篆子之鼎，居正所幸也。或曰居正婿也。鼎習禮，一時同號禮記八人，得中者六，吾邑一人與焉。於是南省疏論居正前私其子嗣修、懋修、敬修登第，而併及篆二子。又論及監試主考等官，有旨以居正、篆權奸，俱勒爲民，而不究試事。相傳懋修中狀元時，傳臚之日，江陵自閣中歸。方飲酒歡甚，忽傳兵部送緊急塘報。開函，内有簡云：「侍生公論拜賀，老牛舐犢，愛子誰無，野鳥爲鸞，欺君特甚。」蓋全用刺秦檜語。及是科，江陵卒，有人作詩曰：「狀元榜眼盡歸張，豈是文星照楚鄉。若是相公身不死，五官必定探花郎。」甲申，御史丁此吕追論高啓愚主應天己卯鄉試題「舜亦以命禹」，爲阿附故太師張居正。有勸進受禪之意，爲大不敬，得旨免究矣。吏部參論，此吕謫外，遂奪啓愚官，削籍還里，并收其三代誥命。監場御史林應訓、張一鯤，以其爲王篆子道地貼號，亦勒爲民。乙酉，吏部尚書楊巍子□□中山東試，東閣大學士王家屏子濬初中山西解元。十六年戊子，大學士王錫爵子衡中順天解元，五魁皆出大學，而第二人張文柱，第三人董其昌，第四人鄭國望，皆一時同會名士。國望稟止五篇，李鴻《論語》中有二「囡」字，屠大壯以「創」作「瓶」，以「闢」作「壁」，又茅一桂等共六人，俱爲禮部郎中高桂所參，并及王衡，謂衡係輔臣子，素號多才，豈不能致身青雲之上，而人之疑信且半也。乞將此七人一同覆試，大學士中亦懇請。及覆，上俱准會試。李鴻，申元輔婿，吴人呼爲快活李大郎。及以文中用囡字被論，又稱爲李阿囡。蓋吴人呼女爲囡也，然實「囮」字之誤耳。二十九年辛丑，二月初九，初場畢。次日，軍士入掃號房，於某號地上拾得卷子十三枚，俱已踐汙，俱係蘇州卷。嚴訊之，乃舉人王綱賄囑收卷胥役，令其遇蘇卷輒□入號房，以資採用，出場時忙促，失於帶出，以致遺棄在地。鞫實枷示，斥爲民，人猶以爲罰不蔽罪。綱，雲南人，久居南京。三十七年己酉，趙用光主試〔三〕□□，中韓敬第八名。先是□□試應屬湯賓尹，賓尹恐妨次年會場，乃讓趙。趙德其讓，湯以敬爲囑，趙遂狥之。三十八年庚戌，韓敬中會元，是年湯果入場，而敬卷則分别房。湯搜得之，亟嘆賞，以爲佳絶。然已有直處，乃特詣主司，以爲必當會元。主司謂卷亦可中，湯乃大言曰：「此卷非韓敬不能辦。敬爲江南第一才子，寧不中，不可不元，以彼其才，即百賓尹無當也。」主司尚猶豫，湯遂以去就死生争之，竟躋爲元。及榜出，士論嘩然，乃益爲之道地，而敬居然狀元矣。聞之傳言，湯與宣城梅氏訐訟時，敬出二千金爲之解紛，得寢其事。湯感之切，誓以元相報云。

村老又曰：科場之弊，人皆以内簾甚於外簾，不知内簾之弊在上，外簾之弊在下。在上者不過字眼，賣文兩端，弊尚有限。在下者收卷、謄録、彌封、對讀諸處，朦朧改竄，及傳遞等弊，有不可窮詰者。如所謂活切頭、蜂採蜜、蛇脱殼、仙人睜目等名。所謂活切頭者，以甲卷之面，移作乙卷，移花接木是也。所謂蜂採蜜者，預選一文理精通之人，充作謄録生，未入場前，先將黑墨并偷印卷子，暗埋謄録房中地上，候某甲卷到，則集衆美以謄入，仍用黑筆寫一墨卷，而原卷則付之火。所謂蛇脱殼者，不甚知其法，大意欲多納一卷。至於仙人睜目，則名可得而聞，法不可得而知矣，然味其語意，必是無迹可尋者耳。嗚呼！弊竇若此，守株待兔者其可幾乎？

書癸卯事

萬曆三十一年癸卯□月□□日，府試童生。郡守周公一梧，山西襄邑人也。其爲人剛狠多慾，郡人呼爲周慾剛。言申棖以慾故不剛，而周則慾且剛也。是日，吾常與太倉同試，兩學諸生、護送子弟，肩摩趾錯，填塞街巷。周部署無法，門既啓，一擁而入，嘩聲鼎沸。周令唱名序進，則前列者或尚未入，而在門以内者或非唱所及也。嘩益振，周始取干掫卒抶之，不止。又令五百呵止亂箠之，又不止。乃屬吾邑令君譚公名昌言執一生以示威。適一生方巾在側，揮扇談笑，執去，乃孫汝炬也。榜之十，嘩少定，乃散卷出題，門亦掩矣。汝炬既被榜，自念不直在已，亦嘿嘿退去矣。而有霸儒邵濂者，向以私事干譚公，惡其執法，欲乘此釋恨。乃大呼於門曰：「縣令殺秀才，諸君未可退也。」一呼而集者幾百人，濂乃取一紙大書揭院門及諸通衢，曰：「青衿被殺，通學共憤，願從諸同袍擊殺青衿者。」由是府三學諸君，紛紛後先蟻集，幾數百矣。始而擊門，門者入白，周曰：「是必告考者，聽之，當自退。」未幾，抉門入。鼓譟登堂，周尚指揮五百捍之，印吏前白曰：「盍少避，人衆鋒不可犯。」周始起入後堂，群少年尾而拳毆之，賴印吏背掖不甚傷，止斷其腰帶，絶其兩裾。院址故倚城，則又從城上拋擲甎礫，亂下如雨。周匿迹溷中，始得免。夜半乘昏，微服歸衙。是役也，濂意在譚公，而譚公平日則人人所愛而敬者，故得不犯。而快心於周，亦以其平日慾剛之故云。事聞，停勒一科，并逮訊孫汝炬、朱曾唯等數生，而霸儒濂故無恙。

村老曰：濂此舉不過挾衆以快其私耳。然釀禍甚鉅甚慘，亦甚久。周守去位不足惜。至以譚公之仁慈愷惻，真萬民父母，近代所希觏者，亦竟以劣調去，闔邑衿紳，靡不惜之。

於就逮諸君，輕者配，重者遣，貧而無給者，不勝捶撻者，往往庾死請室。歷數年而不解。嗚呼！果何罪而令至此耶？

村老又曰：自古官人，曷嘗以世故斥哉！伊陟之入相也，以象賢也。丁公之掌兵也，以世美也。我朝設科以來，豈無公卿之子以才見收者乎？然而乳臭紈袴之夫，門襲高華，勢多憑倚，遂不復知素王何人，毛錐何物，是故爲瑛倫、儉孝、敬懋者多，而爲慎若衡者，不一二見也。即費文憲子懋賢，謝文正子丕，陳少傅子于陛，亦并不挂物議，自舒鰲何洛，文中江陵之子，而輔臣遂成故事。嗚呼！白屋之士，白首伊唔，不得一第，而乳臭紈綺之夫，咄嗟而冠仄注，據要津。揚揚意得，朱其輪，華其轂，日馳擊於長安邸第中，恬不爲怪。詎非科目之羞，纓弁之玷乎哉？雖然，狥情縱法，猶可言也。常見山東己卯，以「敬大臣」命題，已爲士林所唾罵，而南場題則「舜命禹」矣，此何意哉？信乎，吮癰舐痔，即弑父與君之人也。

村老又曰：聞周守被窘時，親見攘臂一生，鬍而長大白晳，并竊其狐裘、香爐、錦茵而出，故當時追捕之令，首及鬍鬚長大白晳人。有一生如其貌，逮死獄中，而竊物生以割鬚賂學訓得免。余戲謂友人曰：「昔有一郡牧，欲得人鬚作筆，髯者至墐户不敢履街中。間有出者，必以拳謹護其頷下。稍解嚴，已爲人竊去矣。」乃朱全忠誅宦官，濫及無鬚人無數。

然則人頷下應有鬚耶？無鬚耶？附此一笑。

【校勘記】

〔一〕與夏少卿名寅往來「寅」字原闕，今據《儼山集》卷七八《沈孝子行狀》一條補。

〔二〕太宰王國光子申亦中山西試「申」字原闕，今據《罪惟録》卷一八補。

〔三〕趙用光主試「用光」二字原闕，今據《明三元考》卷一四補。

三家村老委談　卷六

海上徐復祚陽初甫編次

先王父

（前闕文字）房中坐後有一床，甫坐，忽聞床下欷欷聲，回視之，見一女子鬖鬖裸形，下體血污，從床左出，奔入床右。王父亟呼門子入，秉燭照床下，無所有。天明，商邱尹入，王父問此爲誰氏宅，曰：「此邑大姓蔿氏宅也。」王父語其故，即令发視之。甫下鍬而髮見，果一女子，與所見同。王父曰：「是必有冤。」尹爲白之及詳。至乃蔿氏使女名阿秀，蔿老，子名天錫，奸此女。天錫妻五氏妒而杖之，而又絶其飲食，死遂埋此。乃以王氏治罪。

劉大瓢

劉大瓢者，眉山人，無名無字。身掛一瓢，可貯米二三升，每飯輒欲滿，佐以秤肉。須臾噉盡，不滿不食，酒亦然，以故人呼爲劉大瓢。萬曆甲戌，王父爲南工侍，大瓢與大宗伯對山、林公名濂善，知大瓢在江陰劉應谷尚書允濟家，特往延之，屢反而後至。至則林公以憂去，王父延至衙齋，自言年百十八歲矣。兩目盡瞽，身長七尺餘，腹垂至膝，飄鬚秃頂，雙臂如鐵，性甚躁，聲如洪鐘。小不如意，輒大聲詬厲。早不食，午食必盡瓢酒瓢飯，肉亦稱是。獨不喜食魚，揖遜坐起，不須人掖。每食畢，坐踞胡床，呼一二童子任意亂捶腰腹。已則鼾鼾睡去，捶停鼾亦止，則起舞於庭。庭有兩石座，約可重六七十觔，雙手挽之，旋走旋舞。或放聲大歌，亦有拍節。已乃入静室，鍵户獨坐，從窗隙窺之，則見其端嚴如木偶，即户外噪雜喧嘩，若不聞也。諸童子欲亂之，取磚投入，亦屹不動。迨至晚，邀之晚飯則出，不邀不出也。出則復噉肉飲酒，然不期滿瓢矣。謔浪笑傲，談吐如流。夜不卧，坐至天明，叩其功用，笑而不答。王父獨與寢食者三閱月，終無所言。王父亦時行引導法，臨别就正之，第曰：「路頭不正，不如不走。」時華亭董幼海傳策爲禮侍，請假歸，延之同行。大瓢不欲往，問其故，曰：「董君慘礉不仁，禍必不遠。」董又致書王父，苦延之，終不往。次早天未明，而大瓢行矣。王父以爲赴董召也，乃董使又在門。遣人於平日往來諸處物色之，并無從覓。居數日，學使者謝虬峯廷傑從城皖入京，見之於江東門，云往河南去矣。董歸，未幾遭禍。丁丑至吳時，王父在浙，不相聞。庚辰復來，王父已致政歸，時年已百二十四歲矣。其飲噉形狀，初不減白下時。酒間喜談説閹直事，又言少年曾給事直，多感直青眼語。留月餘，忽謂王父曰：「余欲歸矣。」王父曰：「老師野鶴閑雲，家何在？而云歸？」大瓢笑曰：「誤矣！誤矣！赴劉尚書耳。」王父又苦留之，又半月餘，堅欲行，乃别。王父曰：「師行來月初，當造劉公，與師相會，時九月初也。」大瓢曰：「無須來，來亦不得會。明年歲暮，與君周旋於玉女祠前也。」王父異其言，然不解所謂。是月二十六日，劉尚書使至，言大瓢於二十二日逝矣。逝時身畔出一囊，組綉龍文，絶奇巧，不似人間物。中藏金豆數十顆，語劉曰：「以此葬吾君山之旁，有餘則以四顆寄徐尚書作别，仍以大瓢殉我。」始悟向所謂欲歸與來亦不會云云，蓋言欲逝也。金豆綉囊，或是閹直所與，獨玉女祠前云云，不知所謂。至次年辛巳十一月，王父捐館舍，始悟會期不遠，「明年歲暮，與君周旋」也。其云玉女祠者，祠在西華山，西爲殺方，或微示遐舉之意乎？若爾，則大瓢蓋前知者矣。丁酉年，余有事江陰，特往君山尋其葬處，不可得。問之主人，亦絶不知，悵恨而返。

村老曰：一日，檢《弇州續集》得一七言排律，并識吾州有王三翁，沙人也，卒一百有六。常住明上人，燕人也，年一百四。今秋眉州劉大瓢來訪，自言歷三丁丑，年百二十一，度其狀貌，似百許歲人。期以閏月之十二日，會吾山園，喜而有賦：「三老二百三十歲，一農一道一山僧。俱稱獻壽來南極，直數生平到裕陵。長就鶴形驕婉娩，鍊成松骨門崚嶒。

囊餘伏翼千鍊餌，手挂猢猻萬歲藤。迤邐降庭猶恨少，依稀杖國向來曾。他年太學應親割，今日清尊暫作朋。疏上壺關名是茂，篇留陌上姓爲應。懸知太史占星相，厠我嘉弧恐未能。」

茅道人

茅道人不知何處人，亦不知其姓氏。人問道人何名何姓，曰：「我無名無姓，向曾修道茅山，人呼我爲茅道人。」年可八十許，人問道人幾歲，曰「不知」，曰「五十耶」，亦曰「五十」，曰「不止，八十九十耶」，亦曰「八十九十」。身幹甚偉，丹脣細目，白鬚飄然，大類純陽祖師。亦以萬曆甲子至白下，諸大老爭致之。道人飲量甚洪，至斗不醉。性喜食蟹蛤，蟹可二三十筐，蛤不記其數。善彭籛術，亦善尸羅戲。酒間輒作劇，取壁間土咀噴之，滿座塵飛，復取水一噀，塵頓收，滿室細雨飛洒，惟筵上獨無。又取瓦礫擊碎如指大，捧而吞之，須臾吐出，盡成圍棋黑白子。復取圍棋再吞之，復成瓦礫。又剪一士女粘壁端，舉酒飲之，立盡，而士女頰亦赤。夏日正飲間，苦蠅亂擾，或語曰：「亦有遣蠅法乎？」曰：「是不難」。乃取紙畫一大圜粘壁，須臾蠅千百紛集圜内，釘不能動，一似被凍者。宴畢則起放之，諸蠅似醉而醒，一一飛去。又卧室中鼠甚多，冠履時被嚙毁。道人曰：「亦惡之乎？」余曰：「然。」

則取紙畫一鼠狀，令榜之西衙空室。又畫一貓，寫「敕汝守六十日」六字榜卧室，由是鼠遂絶。六十日後復如前矣。又善召鬼，每於夜間行法，不但作聲，時於梁間夜行，獰惡特甚。有童子張倖，年十八，家人張成之子，頗有膽，謂道人曰：「此幻耳，非真鬼。若能召我熟識鬼，始信真法。」道人叱倖開一静室，已入室中，良久出，仍闔其扉。道人持劍立扉外，頃聞四邊聲甚急，室中窗呀然盡開。道人叱曰：「可啓扉。」扉既啓，室中洞然，光明如晝。見有牛頭二人，長頂屋梁，以鎖鍊牽二鬼至，則倖之父母成與其妻也。倖不勝駭愕，倒地口吐涎沫，但呼「仙人救命」。道人叱曰：「牛頭使者可爲我擒此强漢。」牛頭似欲移步狀，倖但叩頭乞命，顙盡破，鼻血破面，衆共乞哀。道人笑曰：「戲耳。」復用劍叱曰：「可且去。」叱罷光遂斂，窗亦鍵如故。居數日，倖心銜之，乃好謂道人曰：「某欲傳師一法，特具壺酒爲敬，可就飲乎？」實毒酒也，道人心知其有毒，謬曰：「可」。倖乃以斗酒巨鳌進，道人手持酒語之曰：「我有一劇，爲汝試之。」而後飲。時地上偶有蟻數百千團聚，道人口咄咄祝曰：「此酒若佳，汝飲之，而各自歸穴，若有毒，汝飲而死，業有所歸，非吾罪也。」乃用指甲挑酒滴許一灑，數百千蟻翕然伏地而死。道人笑曰：「吾固知有毒也，汝心不良，吾從此逝矣。」倖面青，負墻立，不敢吐一語。道人遂辭王父去，不知所之。既去，倖每夜夢有鬼捽其髮，擊其頭，甚至揭去被幞，折倒卧床。如此者五月，倖竟病悸死。

徐石林

道士徐石林，本吾族人子，居江陰，已而遷西徐市。數歲出家蘇州盤門内子胥廟爲道士，年二十，雲游至京師，出入藍道行門下。道行誅，遂入廣信龍虎山張真人府。居二十餘年，遇異人授鍊月孛法，能預言人禍福休咎。以萬曆甲申歸吳，仍居子胥廟，與内伯張伯起善，吳人亦争致之。時余内人方患痼疾，延之祈禳。石林先來潔一室，奉平日所供月孛像居其中，扃鍵甚嚴。約一月滿，擇一水定日來啓。至期果來，先以牲醴香花果品致獻，畢，乃仗劍禹步，默誦咒語，屏人鍵户，伏几下。約凡門户近静室者悉封鎖之，勿得有一人聲響。即履聲亦盡屏，犯必有禍。尤忌雞犬聲。事畢，我從内出，纔可開門。一如其約，時方朝晡，至暮乃啓門出，蹙額言曰：「病甚矣！奈何？目前幸且無事，恐難久也。」余輩共秉虔拜懇之，乃曰：「尚有一法，可幸延萬一。第爲之亦不易。感諸公義重，我當無辭。然須得一極誠實童身女子守火，恐難其人。」余入内謀之岳母，岳母指一使女曰：「此女名『重陽』，年十四，平日最誠實不苟，可備使令。」於是復奉月孛像，扃静室，約七日外遇水值日即來。至期又至，其法以磁瓶一，洗極净，先書符於内，以錢三十六文供月孛前。每取一文，輒跪嘿誦咒語一遍，朱書二字於背，字不可辨。書畢，吸東方氣一口，隨錢投入瓶。投完，取黄紙，書病人生年月日，法官亦具生年月日，一併投瓶，而以桃木作楔楔之。先令童女用香湯浄其身，易新布衣，頭挽雙髻，髮繫亦易新者。令童女捧瓶前行，而已仗劍隨之，大聲誦天蓬咒入廚房。以瓶置中竈，熱灰護之兩旁。竈日夜不住舉火，令其暖氣常入。不欲熾，亦不可冷。童女謹守中竈前，勿令人動瓶，食息寢溲，俱不可離。如此者四十九日，滿則我自來發看。臨別又再三叮嚀，切不可動瓶。時三月十五日，又謂予曰：「別君欲往江陰故居，端陽日當來相候，啓瓶。」居半月，忽皇遽而來，曰：「敗矣！敗矣！瓶動矣。」余不信，曰：「別君半月，無日不往偵伺，見此女端然坐守，方謂其誠實稱任使。」石林曰：「此可欺君，不可欺吾。」敕取來，瓶口如故，桃楔亦如故。此女錚錚辨語，吾日夕看守，誰敢動。石林不顧，啓之數其錢，已少二十四文，止存十二文，蓋此女宵來竊之也。石林嘆曰：「惜哉！然是君夫人定數，不可强。若滿四十九日而錢不動，亦無銷鎔。當得年如錢數，今則一紀外不可知矣。」時内子年二十一，果三十三歲丙申年亡，剛一紀云。萬曆十八年，吴中自四月至五月將盡，不雨。郡守石侯崑玉焦心祈禱，卒無雨。或言於石侯，此非徐石林不可，然其人道高，非可以尺一召。石侯遂備禮親往迎請，石林不肯見，逃之廁，而爲同侶所泄，不得已出見。謂石侯曰：「此天灾流行，雨恐不可得，徒費禱耳。」石侯曰：「地坼苗枯，三日内不雨，民立槁矣。縱禱而不應，奈何坐視乎？且謂民牧何也。」石林嘆曰：「三吴福，貧道禍矣。然以明公誠誼不可辭，可先結壇於玄妙觀，貧道五更上壇。」問所須，曰：「無有，止用鼓數十架置壇四旁，瓦百片置壇上而已。」石侯別去，石林造伯起言別，伯起問別何往，石林曰：「今歲吴中之旱，實係天災，貧道感賢郡侯親顧，義不可辭。貧道禱必有雨。第恐干天之怒，不可復活。」伯起曰：「然則如何？」曰：「某明日登壇，後日必雨。後日爲貧道本命日，祈雨必呵斥諸神名諱。雨至後貧道必無幸矣。知君義重，敢以身後事相託。我死，望以柳車一具，就子胥廟前空地焚化，拾骨置一瓶中，付廟中道士看守。兩年後，真人府當有人至，付歸可也。其月孛尊像，供奉多年，姑留公静室。府中人至，一併付之。死生之託，無負吾言。」石林平日不飲酒，是夜索酒飲至四鼓。曰：「可登壇矣，玄妙觀去君家不百武，可送我。」挽伯起手，行纔至觀門，而石侯至。行香畢，赤日旋起，纖雲盡屏，石林就壇上，焚符三通，亦擂鼓三通。俄頃四邊雲起罩日，雷聲隱隱。石林大呼曰：「擂鼓。」數十架鼓，一時齊發。石林就壇取片瓦擲空中，每擲一瓦，輒得一雷鼓聲，與雷聲瓦碎聲争奮。自辰至酉，觀者人人股慄，而雨終不得。是夜石林不下壇，露立至天明。石侯又至，石林拱手曰：「恭喜，雨至矣。可以答賢侯躬顧之誠矣。」言畢拜伏壇上，須臾霹靂四起，大雨如注。從辰至申，可三尺許。石林尚伏壇上，不少動。雨止方起，顧其形神，不復似人矣。步至階級前，方欲舉步下，而失足一墜，立死壇下，衆共扶之，不動矣。石侯聞之，掩淚嘆曰：「賢哉！以一人之命，全三吴之命也。」出俸金三鐶，買棺斂。伯起請停其柩於玄妙觀三日，受合郡紳衿士庶吊拜。畢，然後如其戒收其骨，付子胥廟道士收供。至次年，真人府果有人來請，然不知其死也。遂同月孛像付歸，士大夫俱有挽詩，俟另録入。

楊風子

鄞人楊少坡，忘其名，善唐舉術。萬曆辛丑，張肆於京師長安西街，爲人落拓無威儀。常衣敝衣，曳無跟履，蹴躄造人家，故京師人稱爲「楊風子」。是年廷試過，尚未殿唱，外嘩傳太倉王辰玉衡狀元，雖王亦有所聞，自以爲狀元也。楊適過余邸，余偶問狀元王公乎？楊曰：「否，那得兩狀元，狀元爲華亭張公以誠，王公父子榜眼也。」予戲之曰：「莫風，若無耳耶？不聞外人傳語耶？我今報汝，若見王公，莫作是言。」楊曰：「我已與王公言之矣，渠贈我一扇，言驗後持此索謝。」余索扇展玩，乃題詩二句云：「楊君許我爲榜眼，未卜何人作狀元。」余笑語之曰：「此詩微示不足汝意，臚唱後何面目見之。」次日放榜，張果狀元，王榜眼。聞之進呈時，王實狀元，爲齎捧官王國楨亦華亭人，與張甥舅，故爲顛易。道路之言如此，未必然也。獨楊在京不甚知名，何以奇中如此。

義盜

京師鐵匠胡同錢洪六者，家頗殷實，爲人兇狡，素稱無賴，人多畏之。與趙雀兒鄰居，雀兒亦富室子，年少風流，自喜走馬彈丸。洪六每恃强詐賴，時常詬詈。一日，六自外醉歸，甫及門，而雀兒亦馳馬來，六惡其不避也。乘醉罵之，雀兒亦罵，遂相毆打。六妻聞鬨出視之，見其夫醉甚，勢甚兇惡。乃拆開，雀兒走歸。六惡其妻之拆開也，遂疑與雀兒有私，毒毆其妻，至更餘方睡。妻不勝其忿，潛至客座中縊焉。方其毆妻時，有盜某者已潛門隙，以未寢不敢動。至是覘無聲響，乃闌入客座。暗中經其妻縊處過，適相挺撞，捫之人也。盜忽起不忍心，大聲疾呼曰：「堂中有人縊死。」呼至再三，六方從醉夢中醒來，索妻不得，乃秉燭出，急解其懸，抱之入房。盜不得入，仍至門隙潛焉。竊聽其內，妻已救醒，而燈火熒熒，仍伏不敢動。迨四鼓，始寂然，又復闖入客座，又相挺撞，妻再縊矣。盜又惻然，疾呼如前，六未醒。盜見壁後一垂髫使女，年可十三四，秉燭出應，盜遂踉蹌出門去。天明而六方醒，妻已死不可救矣。六念雀兒富可噉，昨又相毆打，遂以强奸致死告。逮雀兒，不勝箠楚，一訊誣伏。謂乘六出外赴宴，入室求奸其妻，未就而六歸，見，致相鬥毆，妻愧縊死。獄既具，刑有日矣，盜乃出自首，言此事惟吾目擊，雀兒實寃。按獄御史康詢其詳。盜曰：

「某無籍，實有穿窬之行。是日日就晡，潛六門首窺路徑，見雀兒馳馬來，就馬上摔下亂打。及街鼓初動，進伏六門左，聽毆妻甚狠。至二鼓而妻縊，其呼救者即某也。四鼓復縊，而復呼者亦某也。何得有雀兒奸淫事哉。」御史以爲雀兒所賄囑也，痛責之。而盜執愈堅，且曰：「某不識雀兒面，亦與六無仇，行盜，何事而可用賄冒？實不忍無辜就辟耳。」御史心動，詰之曰：「汝先次呼而出救者誰？」曰：「洪六也」。詰六，汝出救乎？曰：「然。」「何不究呼汝者？」曰：「其時急於救人，不暇索及呼者。」復詰六曰：「第二次呼，何不索？」曰：「第二次不聞復有呼者，天明始知妻縊，救無及矣。」乃詰盜曰：「第二次可曾見六出否？」盜曰：「未見，止一垂髫使女從壁後秉燭出，某恐爲所見，遂踉蹌去。」御史詰使女何名，今何在。六曰：「本家并無垂髫使女。」問之鄰右，俱曰無。御史益以盜受賄妄言，而盜之執乃愈堅。御史心益動，于是屬城兵馬親至其家搜緝使女。兵馬至，逐一搜驗，并無其人。乃詰盜垂髫者何狀，衣何色，睹於何地。盜言倉猝未諦其狀，長可四尺許，衣青，手持燈燭出此壁後。兵馬沉吟，熟視壁後地稍坼。問地何以坼，六色動，答又支離。乃令人發開，才尺許，而伏屍見焉。果一垂髫女子，衣青，狀貌如生。嚴鞫六此爲何人，六始吐此女名丑兒，乃其妻家者。妻之母使來看女，六悦其姿，就炕上欲姦之，女不從。痛責之，再用燭筌釘入陰户而死。筌猶在旁，凡六年矣今始見形。因係妻家女，故鄰右俱不知也。既得情，申至御史。御史嘆曰：「巧哉！天之報兇人也。蓋假此女以明其殺妻耳。異者，爾之爲盜也，亦天假爾以明雀兒不殺人耳。」乃釋雀兒，盜坐謀而未成，并釋之。

或問三家村老曰：「盜亦有義乎？」曰：「以余所睹盜，盜者蓋不特義而已，彼其不畏洪六强暴，而輙窺其室中之藏，何勇也！以採物始而不以救人終，何仁也！至其挺身出，首晁鑊如飴，卒脱雀兒于死，即古義士，借軀執仇者何遜焉。烏可與分均出後者同日而語哉！惜當時失其名姓，至今有遺恨焉。」

李賡虞

李景春者，羽林左衛千户，子爲李賡虞。景春告老，賡虞應襲，已投牒本兵矣。賡虞年才十八，美如冠玉，京師人稱爲玉人。有齊倫者，羽林左衛軍也，挾一狡童楊五兒。辛丑清明日，倫以肴酒挾五兒出游，至昭靈廟，廟在舊太倉前。賡虞是日候見户部楊主政，楊方在倉點米，未即出，故賡虞亦就廟中坐待。倫雖係賡虞管轄，實未相識，雖賡虞亦不知其爲鈐下卒也。倫與五兒正歡飲謔笑，賡虞入，倫惡其來攪亂，正欲起叱之，忽睹賡虞狀貌嬌美異常，不覺心動。乃延之同坐，賡虞亦不辭。坐定，舉酒酌賡虞，并問何姓。曰：「李賡虞。」

亦詢其姓及居址，倫未答，五兒曰：「此是齊大爺。」倫欲恐喝賡虞，乃曰：「某居宛平縣前，見充羽林左衛旗手，若不識我耶？若論我齊大爺威勢，不但地方鄰右怕我，即本衛指揮使，我亦賓主相往，爾我相呼，千百户直奴隸耳。向年白晝打死人，白佔娼婦馮皎兒，在家問刑，衙門俱不敢問。」賡虞曰：「亦識李千户否？」倫曰：「李景春耶？這老子最怕我，如今告老，不到衙門來矣。」言已，忽詢賡虞名字來歷，賡虞不言，固問，給之曰：「我亦本衛經廳勾當。」倫以爲必門役也，大肆褻侮，百般虐戲，欲就求合。賡虞怒欲起，則緊挽之，不聽起。時倫已大醉，揎袖言曰：「從我則已，不從我莫怪。」賡虞見其勢惡，出至庭，欲覓便走。倫乃倨坐，令五兒來捉。五兒挺不動，口喃喃曰：「没來頭。」倫大怒，起毆五兒，纔一拳，而五兒倒地立死。倫以其詐，復再亂捶。賡虞得乘間逾墻，亦不及候見楊公，趨歸。倫睹五兒實已死，用酒沃之不醒，計無所出，挨至昏暮，拖往廟後大井邊，擠之下。五兒無父，止有母，家貧甚，爲人漿洗爲活。次日，倫呼至家，謂之曰：「五兒昨日不合挺撞我，我已打死。今與汝銀一兩，可搬到我家來住，吃安樂茶飯，若有聲言，須知齊大爺不怕人也。」母已昏耄，又懼倫勢，諾諾不敢發一言，事遂寢。賡虞候部札襲替，歲暮始給，乃以次年燈節後到任。公座日，衛卒例當參謁，當是時，倫但知景春老而襲職，不知新千户乃舊所調李氏子也。及入參，始愕然。參甫畢，賡虞即唤倫詰楊五兒何在，倫曰：「不知。」賡虞曰：「若不記去年清明日昭靈廟中事乎？馮皎兒何在？白晝打死者何人？」倫語塞，但叩頭乞哀。於是參送法司，轉呈御史，出五兒於井，而正倫罪如律。

馮子

吾里中有馮氏子，父號豫所，不知其名，塾師也。馮子年八歲，父授之書，日二行，百遍不能成誦。成誦矣，明日問之，茫然也。十歲尚不識一丁，親友共勸其父勿復苦之。忽一日，父出一對，課衆學子，曰：「山遠知天闊。」衆學子不能對，馮子忽自言曰：「溪乾覺岸高。」父異之，然謂是偶然得之耳。即問曰：「若能再對乎？」馮子曰：「能，兒非昔日阿蒙，向昏昏今了了矣。」父復出曰：「曉霜紅橘柚。」隨口應曰：「秋雨老蒹葭。」父曰：「若既了了，能誦十歲以前所讀書乎？」則通前徹後，悉誦不遺一字。父大異之，誇之親友，有不信者，群面試之。如「封砌曉霜寒」，則對「捲簾秋月徹」；「樹色經霜古」，對「梅花帶雪清」；「霜清江有蟹」，對「風冷樹無蟬」。隨口輒應，不假思索，若宿搆者。一友曰：「能破乎？」曰：「能」。友曰：「學而時習之。」父曰：「尚未讀。」馮子曰：「兒於群學子讀時，已默識之矣。」乃破曰：「學無停機，當法天無停運。」衆方驚訝，子又曰：「兒不但能時制，兼能詩古文詞。」是日大風，即以狂風命題，吟曰：「忽聽園林號吼，俄驚濤浪奔馳。橐籥空中鼓蕩，塵寰萬有披靡。」於是里中嘩然，謂馮子聖童也。由是課以群書，不教而能誦。叩以奧義，不講而自徹。時義之精，即老宿不能過，咸謂科第可俯拾矣。暇則遇事輒咏，雖不成詩，然出自十二歲童子，亦自奇；出自目不識丁童子，尤奇。馮氏所廬居，去吾居不三里，日欲往叩之，老足怯步不果。然往來者多傳説嘆咤以爲異，此泰昌庚申事也。明年爲天啓辛酉，學使者至縣，開童子試，予謂馮氏子當必有異拔矣。已竟弗録，余深訝之。與友人談次，詢其故。友人戟手言曰：「異矣！若知馮氏子乎？向者乃一鬼附之，故能爲詩爲文，今其鬼已辭去，居然一冥頑不靈物。舉十歲以前所誦者悉忘之矣。」余以爲天地間寧有此異事，歷詢之果然。今其兒故在，獨所謂了了者復昏昏矣。聊録其詩文數首於後，彼雖自謂散仙，吾直謂之才鬼。

《冬樹》

枝骨挺然植，根深復茂生。葉脱山容瘦，林疏月色明。

《冬日》

霜融鳥影現，光射啓榮扉。薄袂啼寒侶，睁睁望早曦。

《冬月》

梅影瘦横窗，披裘看月色。梅月共霜清，霜清月倍明。

《紙鳶》

毛羽雖然假，翻飛性若真。大風生兩翼，久屈一朝伸。

《鍾馗贊》

魔鬼聞爾名，患消磨□□。望望爾像尋，破敗。咸稱補祟有威風，誰知剛大無虧壞。呵魑魅魍魎，已掃蕩而盡滅；城狐社鼠，□滋蔓而難圓。全靠爾義勇奮烈，并仗著青鋒太阿。

《耳室記》

客有叩關者，啓衡門磬如也，洞如也。庭僅立錐，屋苟容膝，室無長物，圖書盈几。風月窺人，山妻不停繩錐，子口不停吟容。顧謂余曰：「先生一枝之借，何隘也；衾枕不供，何貧也。」余赧然笑曰：「自謂寬如八荒，何言隘也？包涵衆美，何言貧？」客云：爾者亦未入門之見乎。孔聖在上，群賢在旁。堯舜湯武，來來往往。伊周稷契，濟濟將將。諸子百家，置之度外。異端曲學，嚴之表坊。孝弟家政也，治平素志也。饑渴則烟霞可餐，泌水可吸；寒則傲骨不能侵；□則剛腸不能熱。」客撫掌大笑，踴躍而出曰：「爾言何妄，學這迂狂？」余曰：「萬鐘在望，軒冕在前，不如以道等之浮雲爾。嘲我之狂，安及吾之狷？室雖如斗，孰測室中之所有哉？余誠斗筲也，寧復敢斗膽而誚先生？因請記之。」

《無名氏譜序》

蓋自鴻蒙未剖，何爲名？何爲氏？一落鑪錘始强名之，强氏之。强氏之錫名錫姓者出焉，逃名易姓者繼焉，附名附姓者競焉，此駢栂枝而非自然之道也。既有此生，孰不從混沌氏分形聯氣乎？皇帝王伯林總，黔黎窮荒族類，謂非一家一姓一體不可不然。豈兩天地覆載，兩盤古開闢，溯流當窮其源，逐末必尋其本。渾渾茫茫，乃所謂氏也，名也。故序曰：無名氏而世之所謂舊家故族，則拓宋唐姓系，又何舍遠而就近？不猶忘本而祖孫也哉？

《散仙序》

夫天高地下，何處不可以徜徉？不惟功名富貴之幻，并何有語言文字之粗，而世人終日營營，甘以名利爲桎梏，何自苦乃爾。御風而來，與仲修盤桓經幾時月，殆不知仲修之爲余，余之爲仲修也。矢口微吟，頗可風世，文章雖係陳筌，把玩自非有得，不曰「温故知新哉」！塵凡不可久，將辭去。聊贈二首以效相勉之意。積學以存其質，若愚以全其真，庶不負此邂逅良緣，余殆散仙而非鬼也，再得神交，期在西巖橋畔長松下。

《贈仲修》

英姿少穎異，道骨與仙風。偶來探消息，培養愈宜崇。年少擢高杆，早發鮮令終。學力充資性，文章立事功。爾祖登仙籍，將來發爾聰。

《話别》

俺是蓬萊一散仙，雲游到此遇青年。賡歌唱和留仙迹，仍返仙鄉人洞天。

村老曰：余平生不信鬼，見人談及鬼附人之事，必斥之以爲誕妄不經。馮子雖未目擊，然傳者萬口一詞，必无妄理。其詩與文工拙不足計，獨「積學以成其質，若愚以全其真」，斯二語似有謂之言，無論非童子口吻，即厥文亦未必能辦。乃知宇宙大矣，何所不有。傳記所載鬼事，何止千百，即王輔嗣、阮遥集、嵇中散亦嘗目睹，然皆以形著，未聞入人方寸，易人肺腸。頓令聞者明，窒者通，若斯鬼之於童子也。奇甚矣，特爲記之。

村老曰：永樂間一事亦甚奇。周尚山者，廬陵人，入京求仕，不得。都御史劉觀延爲館賓，於同鄉諸老往還甚習。宣德三年物故，居數月，忽附魂於修撰尹鳳岐之次子，曰：「吾周尚山，欲求見諸故舊，可邀致之。」問欲見誰，則首周忱，餘某某。尹不得已，邀之，於是文襄偕何御史文淵、程中書南雲、吏部鄭侍郎之弟某，四人同往。尹子閉目而壁卧，口喃喃不絶，何執牙牌叱之，曰：「何人在此作鬧乎？」微笑朗吟曰：「諸公衮衮是朝臣，不信陰陽與鬼神。劉觀家中曾識面，而今問我是何人。」指文襄曰：「長史先生王佐才，連朝相請不輕來。無限胸中不樂事，要與從容説一回。」又曰：「向年曾著尚山文，爛若春空五彩雲。久在泉宫時展玩，天葩端的吐奇芬。」既而曰：「深辱雄文，無可言謝。」文襄曰：「令嗣已惠四布。」曰：「此土物，何足以謝。」吟曰：「蠢子來京帶土宜，四端粗布表相知。如何可潤雄文筆，地下難忘一寸私。」又曰：「王抑菴直行狀我，楊東里士奇誌銘我，諸故舊或挽詩，或哀些，共成一册，感之不忘，敢求一序。」文襄曰：「地下須此何爲？」曰：「九泉之下，也是眉目。譬如老尹，得誥命，即在地下誇耀於人。」復吟曰：「尹公誥命得焚黄，地下逢人炫寵光。詩序寫來焚與我，九泉之下也煌煌。」忽呼何綉衣曰：「鳳陽墨，何故爽信？」何曰：「昔鳳陽回，先生已作古。」乃作色曰：「斯時我尚未死。」吟曰：「道地元霜出鳳陽，君曾許我助文房。今朝忽發欺心語，巡按回時始卧床。」挽南雲手曰：「南雲内翰鳳池仙，筆上生花正妙年。我自沉淪君獨奮，人生窮達總由天。」又謂鄭侍郎弟云：「縉紳知己滿朝端，總是相思會面難。此位郎君不相識，風姿絶似鄭天官。」忽謂尹鳳岐曰：「吾來此，借令子欲會諸公耳，何不利於君，而作文譴之？」尹謝無有，乃朗誦曰：「『既不念我同學，又不念我同鄉，吾與爾乎何負？乃與吾兒見殃。』此非譴我而何？」尹作此文尚未脱稾，乃大駭咋舌，不敢辯。文襄曰：「君是鬼耶？」曰：「我平日不信鬼，今乃及我，方信世間有鬼。且人者日之光，鬼者月之光。日光能及物，月光不能及物。」文襄曰：「何謂能及物？」曰：「一件濕衣服，曬於日則乾，曬於月則不乾。」又問曰：「何爲有靈有不靈？」「日月有晦朔弦望，故鬼有靈感寂滅。」言訖，大呼曰：「我去矣，我去矣。」尹子遂醒。

俞先生

先生名允文，字仲蔚，一字質父，崑山人。自幼好爲古文詞，十五爲《馬鞍山賦》，名籍籍。雖爲郡諸生，然以古文詞搆藝，不合時制，試輒少利，遂移書學使者胡植，請以諸生老田里。然貧甚，突烟時斷，其配梁以爲言，先生獨夷然問曰：「不能三食乎？則姑兩食。」乃至不兩食，則又姑一食。得麥飯少藜菜，佐之若粱肉。先生益刻精於學，諸體詩益宏麗。臨池亦益工，駸駸度歐柳而上。行筆則右軍父子，八分則自謂得《西嶽碑》體。然善病，病多頭風，暑月恒御氈袷。稍及冬，加以狐帽。客至，隱几而對之，焚香啜茗，竟日談笑，無凡語。所酬應尺札，頃刻數函，無凡筆。去亦無所報謁，其最後藝益高，名益重，諸以文請者不虛月，以詩請者不虛日，以草隸請者不虛刻，往往得意去。而里中子狎習先生寡他嗜，顧奇不食酒，頗奈食甘，間於島渚間淘一卷石，或袖甘果薦之，亦輒獲數行以相矜重。時行部使者徐中行首造廬定交，於是王郡守道行、張中丞佳允繼之，偕學使者吴君遵旌其廬，曰「高士」，曰「真逸」，御史邵君陞、王君某，俱稱詔賫束帛醪米，楚王以志楚聘，李守以志吴聘。羔鴈相接，悉謝不赴。獨王參政叔杲以三吴水利造質，爲成一編書而已。崑山令王君用章、程君達高先生行，每過輒談笑移刻，然欲伺先生以間，不得也。程侯嘆曰：「古所謂

徵君，真先生其人哉！」以故先生没爲禮祭，復賻之，至議舉而祀於學宮。此條見《弇州史料・後集》卷二二

村老曰：余極愛先生書，曾兩謁見先生於家，一在戴山人鏡于名同坐，時年少輕□，見輒引紙索書，書又索滿，先生略無難色。戴山人又時時索以相寄，故往時得見先生書最多，今皆爲果腹計，或落酒家胡手矣。山人爲余言，先生平生口不挂臧否，獨不取張伯起、王百穀書。弇州公又言，先生於詩不甚推李于鱗。古人中，行不滿郭有道，書不滿懷素。吁！詎非千古卓識不雜好惡者哉！

黄先生

質山先生名姬水字淳甫，郡人，父曰五嶽山人名省曾。淳甫生而嗜古，負遺世之僻，不與俗諧，其辨識書畫，稱賞鑒家。家甚貧，顧多謝客，客至而雅者始見。延余輒否，見者輒留，然不能具五簋，而酒茗脯炙必精，雅語竟日不倦，蓋谿刻寒苦狷者流也。

盛尚書

尚書盛玉華名端明，南海人，父某爲邊方教官，年五十餘，無子。學故無鄉賢祠，謀欲創

之，既得地，定期啓土。夜夢一朝服貴人謂曰：「此吾宅也，存之當以貴子報公。」及啓土，得一碑曰「端明殿學士某之墓」，遂不動，爲之封而樹之。逾年得先生，因以爲名，尚書自言能知前世，乃廣東一軍卒也。父早喪，惟識母妻，今猶記其顏貌，專與百户牧馬，繫馬樹與池宛在目中，精于醫，爲某部尚書。

鼈人

天啓三年，邑東門人市一鼈，歸，煮鍋中，忽唧唧作聲，始猶不以爲異，細聽之則似人言：「莫殺我！莫殺我！」其人不顧，煮愈急，須臾聲止，鼈亦糜矣。剖之，於肋下得一人焉。長寸許，巨口高鼻，粗眉大眼，落腮，儼然一波斯胡也。頭上有髮，髮綰髻，腹有臍，手足俱十指，股有毛，有勢，亦有囊，獨惜煮死不能言耳。城中一時傳哄，士大夫家争取傳看，凡月餘不敗。村老居海上聞之，特買舟至城，則已爲郡人好事者取去矣。余婿張文學親見之，爲言如此，不知何異，煮鼈人亦無别故。嘗讀東方朔《神異經》，北荒中小人長一寸，然是彼國形體然也。又聞嘉靖時，衢中商人胡秀携一商人至郡，長可一尺，亦男子，眉目鬚髮，種種皆備。盛以朱紅鳥籠，藉以茅草，飼以水米。口中時聞唧唧聲，不能辨言語。仍設一榻，倦則睡焉。後予於學諭李本石名維柱席間談及，云亦曾見之。本石又言曾至大同，偶邊墻頹倒，得瓦棺五百餘，俱長尺許。復戲謂余曰：「何小人之多也。」

永嘉土地

永嘉縣廟土地，每遇朔望後一日，衙役必供福禮，祈免官司笞撻。適一日，衆書手聚戲云：「土地神無故索我輩月費香燭銀三錢，盍訟諸。」一書手姓鄭，黠而善狀，乃戲寫一狀，焚於城隍。是夕鄭忽中死，爲陰卒攝去，與土地鞠對。土地果招酒食三錢，笞二十，貶之，且怪原告慢神，發陽間笞二十。天明，鄭書手醒，心怦怦，懼責，不敢入縣，自謂可幸無譴。又次日，坐門首，適有衛指揮過，不覺坐不起，指揮怒送，縣責二十，廨土地像左足忽隕。

盧次楩

次楩名柟濬人，家素饒，以資爲太學生。好擊劍，使酒罵坐，嘗跣而見縣官，已又刺譏縣官，文恨之，佯爲嚴重柟，而陰以殺人事下獄。先是次楩治場，干掫其役夫，得伏麥，以爲盜也。鞭之數日，役夫壓於墻殞。縣官色動，曰：「咭纍是，復能跣見我耶？」趣具獄，抵論就市者數矣，輒有天幸報罷。次楩在獄卧，晝日而盡先人之書，吏乘之急，加五木，箠楚錯下，閉目吁吁而已。有謝茂秦名榛者，故常識次楩，至是，携其所著書游京師，貴人出誦之，泣曰：「盧生且死矣，此乃死杯酒睚眦間，寧殺人耶？象之焚齒也，孔翠之斷羽也，殆類之矣。」最後令陸君爲白，減死論。次楩既出獄，貧甚，家四壁立，妻子以饑寒先後殁，乃益爲落拓，而時從酒媚貸餘酒，多奇之。不責讎，醒即開卷，益著賦以自況。

陳奉常

陳師召音，莆田人，於世故細碎，悶悶不辨，事無可否，輒曰：「也罷。」人稱爲「也罷先生」。常出訪人，輿人請所往，曰：「且去。」既又請，復又曰：「且去。」輿人竟舁之歸。師召亦不知己之門也，入見其妻，驚曰：「汝何在是？」然不吊闟賜喪，抗闟直西廠，侃侃無屈撓。王弇州所謂人固有不可必者也。

村老曰：吾聞仁和有沈解元名繼先，亦多憒憒。見人家軒上彎椽，曰：「山中那有許多彎木？」，聞鵝聲曰：「説何話？」又有崑山周解元汝勵亦然，夜半口渴，急呼家人曰：「腹餒。」家人曰：「夜半無物，止有臘肉。」取噉之，復大呼曰：「愈噉愈餒。」盛夏擁夾被卧，家人曰：「熱甚，何爲擁此？」周曰：「汝不知，易絮則太熱。」一日往謁王弇州，家人誤舁至王荆石相公家。坐定，忽語相公曰：「尊公極刑，人人稱寃。」相公掩口而入。然兩解元之文，至今猶膾炙人口，此又不可知者也。吾邑有沈汝爲者，爲黄巖知縣。至日，點各役，門子唱名，語之曰：「低唱，有不到者。」曰：「每名罰銀五分。」次日又點，則令門子高唱，無不畢集，乃曰：「今日罰到者。」家居常取藏鏹曝之日中，知有單雙，而不識數，每爲家人所竊，然能勦巨惡王湯，此亦不可知者也。

異乳

吾里中民家張氏一乳生三男，吾族子一乳生三女，今皆無恙，天啓初年事也。

去餅緣

里中張氏某，家本寒微，得藏金而致富。此老身歷艱苦，頗儉嗇，而子遂豪侈。喜狎邪蒱博，出則鮮衣怒馬，每食必羅列滿案，稍不愜口，停箸不下。一日與余會於叢林，叢林僧出新麥餅相啗。張但食其中，裂餅緣投之狗，余深不平，然非深交不敢言也。尋聞侍食瞿學憲，復作是態，大爲學憲所斥，不覺快甚。

村老曰：諺有之：「人無夭壽，禄盡則亡。」故房閬州以食膾亡，李崖州相以饋羊隕。飲啄有定，不可屑越也。余母家安氏，無錫人。家巨富，號安百萬。最豪於食，常於宅旁另築一莊，專豢牲以供膳。子鵝常蓄數千頭，日宰三四頭以充饌，他物稱是。或夜半索及，不暇宰則解一支以應命，食畢而鵝猶宛轉不絕。後諸舅競用奢侈敗。余食腸甚狹，自太牢外，無所不食，亦復不能吃素。客有勸余吃素者，余曰：「予不吃佛素，但吃吾夫子素。」昔在祖父時，家處富貴，雞豕魚鼈，逢着便吃，此吃素，富貴之素也。今日貧寒，鯗魚蝦殼，甘於金虀玉鱠，此吃貧賤之素也。定不效他人以麵筋豆腐，祈來生福蔭，下地獄種子。客大笑曰：「此老直是爲饕口解嘲。」又一客曰：「爾不聞京師徐爵事乎？爵先以事遣某衞，後潛入京，夤緣王駙馬，薦入巨璫馮保家。性黠慧，保甚悦之，諸所票擬，悉出其手。以故私門如市，賄賂山積。一夕夢一神人入其室，長三四寸，呼爵謂曰：「爾禄盡矣。」爵懼，拜問是何人，曰：「吾即君身中神耳。」爵因哀祈免死，神曰：「吾查爾食籍中，所存殊無幾，或喫素尚可延。」爵自是斷肉與酒，日誦彌陀寶號施棺掩骼。然朝貴以佳肴美醖延致爵者，争欲得一下箸爲快，謂妖夢何足憑。於是御酒肉如故，未幾而難作，妻孥流徙。素之致福，不素之顯禍如此。余曰不然，爵罪人也，而握朝權，罪通天矣。獲罪於天，豈區區斷酒去肉可倖免乎？即其不終斷酒去肉，便是天矣。故吾以暴殄爲可惡者，謂福不可不惜也。以素之不必喫者，以福之不可强求也。

雲南巡按

某御史巡按雲南，行部至某縣，宿院中。中夜不能寢，若負芒刺。起秉燭坐，似有人貿貿而前，叱之曰：「汝何人？敢入深密地。」應曰：「某非人，爲君守財神也，待君久矣。」御史曰：「金何在？」神指座下，去磚而金見，標曰千金。御史曰：「我爲御史，可將此物行耶？」神曰：「第與我鄉貫票帖，當爲君送歸。」如言寫帖焚之，神忽不見。將復命，同年某主事以貧丐助。居閑，一地方官薦舉，御史可其請，主事曰：「謝禮五百鐶，請以二百鐶爲壽。」御史始拒卒受之。及歸家，以牲醴禱前神，夜復見其貿貿來，啓其金，止八百鐶。御史曰：「向者千鐶，而今止八百，何也？」神曰：「日者某主事所饋，此數也。」悚然謝之。

村老曰：此與尉遲鄂國公事大同小異。

兩掾史

有兩掾，一姓葉，一姓王，俱慈谿人。同謁選於吏部，葉得山西太原府倉官，王以父死訃至，不及選，乃與偕歸。至衛河，葉疾作死，葉故王掾妹倩也。乃謀之葉之子，曰：「若父死矣，牒無所用之。我僞爲汝父，持牒赴任，誰能辨其非真。所得資貨，分而有之，如何？」

葉之子喜，遂同赴官所，人果莫識其假僞也。比考滿，則得中金七百有奇，乃中分之。王掾私喜以吾之官故在也，而先獲三百多金，既服滿，又謁選吏部，乃復得前太原府倉官，遂不敢赴，弃其牒而歸。

邵武巡檢

邵武巡檢某罷歸，家故饒，易粟得百金槖之，俄亡去。巡檢疑其妻，妻不能自明，督過婢及舍中兒，百般推究，竟無踪迹，乃訴之神。神告以夢，曰：「此汝邵武所多携物，旋復化去耳，何乃妄迫無辜？曾留十金於汝家灶神，以示左驗，可發之。」質明，夷灶得十金，悉是故物。

聶司務

聶司務湖州人，因早朝其從吏失携笏，索之不得，怒甚，掌其頰，遂仆地死。後家居，其妻娠。一日，見前吏入門，徑入其室，妻遂産一子，掌痕宛然在頰。甫能言，便有殺父之語，比長日甚，幾遭其毒者屢矣。父心知其故，第謹備之而已。後同妻逃避他方，不知所在，子遂殺人縱酒，家業蕩盡而行丐于市。

趙司成

司成名永，號類庵，京師人，一日過魯學士名鐸，學士問公何之，司成曰：「憶今日西涯先生李相公名東陽誕辰，將往壽也。」魯公曰：「吾贄亦應同此。」入啓笥索帕，無有，躊躇良久。憶里中人曾饋有枯魚，令家人取之。家人報以食，僅存其半，魯公度無他物，即携其半與趙公俱往。稱祝畢，西涯烹魚沽酒，以飲二公，歡甚，即事唱和而罷。魯學士爲舉人時，屬遠行，遇雨雪泥濘，夜宿旅舍，憐馬卒寒苦，即令卧之衾下，因賦詩曰：「半破青衫弱稚兒，馬前怎得浪驅馳。凡由父母皆言子，小異閭閻我却誰。事在世情皆可笑，恩從吾幼未難推。泥塗還籍來朝力，伸脚相加莫漫疑。」

村老曰：富家子弟，動輒鞭撻童僕，不知輕重疾痛，饑寒了不相關，不可不讀此詩。此條見於《賢奕編》卷一

黄憲副

黄憲副名卷解紱歸，春夏間驅家，衆田作而已，與其配炊釜作飲食，躬荷而饁之，嘗就鄰子假農具，鄰子欲舁送之，公曰：「幸甚假我具，奈何又妨務。」遂自肩歸。然性雅喜客，至

座，己徐赴庖。服犢鼻衣，治其其無兼味，治畢乃盥手更衣出，率以爲常。一日，元孚周進士名宏綸候公，公歡甚，縱談名理，移日不輟，已有婢從屏間稟曰：「烹雞熟矣，請割。」時劇談方適，公曰：「少需。」如是者三，而談益劇。乃命婢曰：「汝姑自割。」既供饌出，胾肋狼藉，不爲意也。

村老曰：元孚先生，余業師也。親聆聽其言如此，後讀劉調父先生《賢奕編》亦載此事云。

吴冢宰

吴公名琳，致冢宰政歸，既家居。上嘗遣使察之，使者潛至公旁舍，見一農人方拔秧布田，貌甚端，使者問曰：「此有吴尚書家何在？」公斂手對曰：「身是吴琳。」使還白狀，上益重之。此條見《國朝列卿紀》卷二三。

楊文懿

公名守陳，以洗馬乞假省親。行次一驛，其丞不知其爲何官。公與之坐而抗禮，卒然問曰：「公職洗馬，日洗幾馬？」公漫應曰：「勤則多洗，懶則少洗。」俄而報一御史至，丞乃促令讓上舍處之，公曰：「此固宜，然待其至而讓尚未晚。」比御史至，則公門人也。跽而起居，丞乃匍伏階下，百狀乞憐，公笑而不校。此條見《玉堂叢語》卷五

村老曰：宋王文公旦局量寬厚，未嘗見其怒。家人欲試之，以少埃墨投羹中，公惟啖飯，曰：「吾偶不喜羹。」一日又墨其飯，公又曰：「吾今日不喜飯，可具粥。」其子愬於公曰：「庖肉爲饔人所私，食不飽，乞治之。」公曰：「汝輩人料肉幾何？」曰：「盡一斤，固當飽，今其半爲饔人所瘦。」公曰：「此後人料肉一斤半可耳。」其寬厚不發人過，類如此。

楊鐵崖

楊公名維楨，吴人。避地松江，嘗有貴子既破産，流落海上，數踵先生門。一日，竟持先生所購倪元鎮畫去，左右白發之，先生曰：「吾哀其困，使往見一達官，以書畫爲介耳，非盜也。」其務掩人過如此。此條見《何氏語林》卷四

魏文靖

公名驥，浙蕭山人，官吏部侍郎。奉命往南都，時官舍止携一蒼頭，乃舉歷年所積俸資，召同鄉子官刑部郎者付之。其人請封諭，公佛然曰：「後生何待先輩薄乎？」其人不敢

復言。時曹郎有子婿從官舍，如其輕重款式以僞銀易之。比公竣事歸，出前銀，令工碎之，則僞也。工私於蒼頭曰：「昔有某官舍人，常爲此物，出余手，將毋是乎？」蒼頭以告，公戒之慎無洩，彼將不安矣。已刑曹郎出守辰州，其事稍露，及入覲，携其俸入，盡數以償。公駭曰：「誤矣！奈何以不明之迹加人乎。余銀具在，未有以僞易者。」迄不受。

文太史

太史初名璧，字徵明，後以字行，更字徵仲，别號衡山，人稱爲衡山先生。太史平生無二色，足不履狎邪，年五十餘，即絶房慾，目不視窈窕，逢妓必匿去。有錢同愛者，美才華，有俠氣，與太史最善。同愛每讌集，必呼妓，而太史絶惡妓，若薰蕕然，相與一世，終不失歡。太史一日散步街衢，同愛隱使妓撓之，太史厲色而過。有妓從後掣落太史巾，太史不瞻顧，露項行街中里許。至竹堂僧舍，令人索冠於家，著之然後去。同愛又約太史游石湖，匿妓舟尾，不令知。候太史登舟坐定，呼妓出，太史倉皇求去。同愛命榜人速發，太史第瞑目不與言，同愛乃令人泊舟，太史亟登岸馳去。太史嘗謂不見同愛，令人想殺；一見同愛，令人氣殺。同愛亦謂不見太史，令人敬殺；一見太史，令人悶殺。其神味相契乃如此。又絶不與優人狎，有令優人以婦人服進太史酒，太史斥之去，遂終身不復觀劇。

村老曰：太史懿行膾炙人口者甚多，更僕不易數，然不書。書此者不賢識小，村老分也，前後諸先輩皆然。

劉尚書

工部尚書劉元瑞麟挂冠歸家，貧甚，好樓居，力不能搆。文太史寫《層樓圖》遺焉，懸之壁，扁曰：「神樓」。家無輿，出則布衣芒蹻，蹴蹴行里中。一日過故人所，先有某宦在坐，見尚書藍褸短褐，待之揮霍自若。談次偶及孝廟時外戚張延齡驕横，臺諫攻之。上怒其激，逮治甚急。時非某公抗氣申救，禍且叵測。尚書亟趨出，某宦問此爲誰，故人曰：「此即抗氣申救人也，是爲劉尚書。」某宦頬赤汗下，吐舌半晌不能言。因故人造謝，尚書略不爲意。

吴少宰

少宰吴原博寬致政歸，有布衣邢量，草屋居市。少宰重其操，往候之。叩門，量曰：「吾方躬爨，無五尺應門，奈何？」少宰曰：「姑徐徐。」借鄰家胡床坐門良久，候其食已，方進謁，相與清談，抵暮去。

楊尚書

禮部楊尚書仲舉名翥，仁厚絶俗，致政歸。時戴笠乘驢，往來山中，鄰人作室，檐溜落其屋，家人不能平。尚書曰：「溜何害，晴多雨少。」鄰人老得子，尚書恐所乘驢鳴驚之，即鬻驢徒步。一日出，有狂生從後詈之，尚書若不聞。人曰：「此詈君也。」尚書曰：「烏知非他人？」狂生乃呼名而詈，人曰：「今斥名，辱極矣，君何不答？」，尚書曰：「烏知非同姓名者？」其寬厚類如此。

錢武選

軒瞿錢先生某，性至孝。其封公名表，爲仇錢敕所搆，戍遼左。家産蕩然，先生親樵負以供封公朝夕，及往遼左，先生復負戴傍徨萬里，足盡繭，備嘗艱險。至元菟，董千户延爲師，常萬户天錫奇之，妻以女。既而得選隸鐵嶺衞學博士弟子，七試皆第一。先生嘗夢星隕如雨，以衣盛之，得百星，覺而私自解曰：「家且星散，得我而復聚乎？」封公於戊申除夕亦夢至一處，見几上置兩燈，一燈明一燈暗。覺而不樂，呼先生語之曰：「我與爾不得同歸矣。我夢一燈明一燈暗，明者昭昭之象，是爲爾。暗者昏昏之象，其我乎？」先生曰：「不然，此有借作酉，一燈熄借作戌一登也。」果以明歲已酉領順天鄉薦，庚戌第進士。先生於閨閫內，酷爲譏防。常夫人後，不知凡幾娶矣。及在刑部時，入視獄囚，夫人與妾在舍。值風烈，稍觸損其所緘識薄蹄，夫人及其妾皆皇遽投繯死，又一婢亦自裁。世廟聞，使人廉其事，無他狀。又以先生公事在曹，置不問，其後御姬媵益寡恩。當者咸跼蹐争自兢兢。最後聘某氏，某氏之母知其酷也，不欲允。謀之女，女曰：「無妨，但須具挺杖往耳。」既入室，頗不受繩，或罵詈，即反之。先生怒起欲毆之，某氏操挺杖前擊先生，敗其面。先生不得已，托郊行，約友人篡取之去，至今傳以爲笑柄云。

屠牛之報

余王父每勸人勿食牛，所至官，下輒以爲戒。至刻圖名曰「禁牛八善」播之交知。或以爲末節也，而笑之。癸亥夏，偶讀《稽神録》廣陵朱氏夏夜殺牛事，以爲異。而坐客談屠牛得惡報，不食牛得善報甚多，不能悉載。以余所睹記而極異者，無若湯屠。蓋吾邑四十年前以屠牛爲生者，止兩家，一居南關外，忘其姓；一則姓湯，居南關内，與余家鄰近，蓋三世業此，所屠者不啻幾百頭矣，人呼爲「湯牛頭」，亦曰「湯剥皮」云。祖父孫七口聚活，孫名應元，充邑門役。萬曆十六年戊子，吴中疫癘盛行。先是元日夜三更後，應元已寢，忽聞街中呵道聲甚厲，意甚疑之，謂必河下有使客，邑侯出拜耳。然日中何無聞也。已復念曰：「何有使客元日來至？且何不天明往拜，乃乘夜出乎？」亟披衣起，從門隙窺，則見燈火甚繁，儀衛甚設，然非平日衙門中人，無一識面者。始疑其爲陰司，不敢啓門出，但屏氣窺之。則見節道中有枷杻者，有鎖項者，紛紛不記其數。後一大轎，坐兩官人，一衣紅，一衣緑，舁者十五六人。至應元門，略停，從人來稟曰：「此家七口。」衣紅者問曰：「何生？」曰：「屠牛。」隨取一簿登記，乃出南關去。應元常往來余家，次日偶來言及，毛聳髮竪曰：「予家必有大禍矣，奈何？公向勸我改業勿屠牛，非我不能從，祖父不肯耳。」余曰：「何不以昨暮所見言之？」曰：「今早已言之矣，彼固以我爲不誠也。」余曰：「汝但自弗屠，未必不獲善報。」曰：「有是言乎？」余曰：「向見《宣室志》中載一事，武林郡賈人朱峴，有女爲夜叉攝去，置浮屠中。其夜叉宿浮屠上，則見本形。將曉下浮屠，行里中，取飲食，則變人形。一日既下，女竊視之，見其遇一白衣人，辟易不敢近。及暮歸，女詰之曰：『何故避白衣人？』，夜叉曰：『此人自小不食太牢，故不得近。』問其故，夜叉曰：『牛耕田，爲生人之本，故不食者上帝佑之。』女默祝曰：『兒若得見父母，願終身不食牛。』纔祝畢，夜叉跳起曰：『何爲有異志，我今不得近子矣。』遂下浮圖去。」應元拱手曰：「若如此，不但願改業，願終身不食太牢。」迨五月，應元之祖及祖母、父母一日同病疫，同作牛聲，或時躍起，自相抵觸，大類牛狀。三日同死，則應元及一弟一妹又病矣。死者縱橫臥室中，無與斂。病者呻吟展轉床蓐，莫與扶持。又七日而弟妹相繼死，止存應元一人，又兀兀若醉若癡，不省人事。鄰人雖有相善者，以此疾易於傳染，悉閉門避去。余遣一老蒼頭護視之，先贈公方施轊掩骼，丐得六轊，又向應元熟識人乞惠，始能經理其六人之喪。又遷應元於樓上，是夜更餘，應元從昏瞶中忽聽樓梯閣閣有聲，見一人入，長丈餘，面如銀盤，大耳細目，身衣青，儼然神也。入樓來，異香滿室，就床捫應元面而去，自此遂省人事。逾月而愈，今尚存，遂改業。而南關外屠牛某者，亦以是月死疫矣。甲辰春，余侍馮憲長元成名時可，號元岳先生，偶言及此，先生曰：「余家亦累世不食牛，即今三四代來竝，無一人犯疫，婢妾輩俱然。」又有同年胡冏卿子仁名宥，號金峯，偶於城西見屠牛，將解牛，牛哀鳴觳觫。冏卿市而豢之塚間，且數年矣。後冏卿卒於滇，訃至日，牛輒不食而死。又趙清爲齊河尹，曾以勘事過邑之洪店，有盜王山殺人於王臻宅旁，衆誣執臻，臻不勝掠，遂誣服。清還過洪店，有一牛犇向清跪，悲鳴若有所訴。清問誰氏牛，衆曰：「王臻牛也。」清曰：「王臻其有冤乎？」抵邑，即辨釋王臻父子，尋鞫大盜王山，即得其殺人狀，山款服曰：「誠然，牛爲臻訴矣，更何詞。」齊河人作《義牛記》。先是有兩宦居間一事，趙公張目不應，及以牛故釋王臻，兩宦相謂曰：「趙公遇我不如牛。」公聞之曰：「牛無私，若有私，若行誠不如牛。」時傳以爲口實。由此言之，食牛豈但得惡報哉，乃其義亦自不宜食耳。

村老曰：偶覽潘士藻《闇然堂集》，復得屠牛二事，并誌之。某子甲與乙游鎮陽，一日，屠人將解牛，方礪刃，其牛垂淚跪其前。乙偶見之，語屠人曰：「姑舍之。」馳告甲，甲即出橐中金畀乙，贖其牛。市人聚而環視之，一人曰：「牛信有知，誰活汝？汝能作謝狀乎？」牛即環視跪甲前。一曰：「誰報甲，汝得生，能謝報者乎？」牛復跪乙前，僉驚嘆異之。頃余里中屠牛，牛觳觫跪屠人，屠人憐而釋之，轉賣溪之東。復將解之，方鼓刀欲屠，牛觳觫跪如前狀，屠人竟殺之。是夕，醢牛火燎其肆，嗟，亦異哉！

村老又曰：《闇然堂集》所記事多不核，此屠牛二事不妨收之以勸善。此老素有許丞之疾，其所就書，非由目擊耳聞，不過取他人所記雜採之，以成帙耳。余内伯張伯起，其人品最高，然多吴人儇薄好奇習氣。故其筆氣若《談輅》等書，有止圖屬對精切之病，士藻往往摭拾其剩吐，何哉？

村老又曰：或問余所謂止圖屬對精切者何解，昔有人以詩謁一鉅公，開口便云：「舍弟江南死，家兄塞北亡。」鉅公曰：「豈意君家有此凶憫」，其人曰：「實未有此，但圖屬對精切耳。」聞者捧腹。

李卓吾

村老曰：「吾朝諸道學先生，余愚闇不能知，縱知亦不敢私議。至於卓吾先生，猶當今學士大夫所宗而師之，尸而祝之者也，何敢輕置一喙。然心不能無疑其人，亦不能無疑其《藏》《焚》諸書。一日，閱朱平涵先生名國楨《湧幢小品》第十六卷中數段，乃知先有得我心者矣，敬録之。

凡真正道學，決被攻擊摧敲，雖諸賢不免致疑于形迹之間，而唯一種邪説横議，最能惑人，爲人所推，舉國趨之若狂，故以李卓吾次之，匪敢雌黄，聊誌吾過。

卓吾名贄，曾會之邳州舟中，精悍人也，自有可取處。讀其書每至辨窮輒曰：「吾爲上上人説法。」嗟嗟上上人矣，更容説法耶？此伊一説，何所不至聖人，原開一權字，而又不言所以，此際着不得一言，只好心悟，亦非聖人所敢言，所忍言。今日士風猖狂，實開于此，全不讀四書五經，而李氏《藏書》《焚書》，人携一册，以爲奇貨。壞人心，傷風化，天下之禍未知所終也。李氏諸書，有意人看他，儘足以相開發心胸；没主意人看他，定然流於小人無忌憚。

卓吾列王陵、温嶠、趙苞母在賊，降而救母，得矣，然必敗之賊。母子俱死，國法忠孝兩失，悔將何追，古今值此時勢萬不得已，幾許剜心嘔血尚論者，又復苛求，宜其寬於胡廣、馮道也。

又徐應雷曰：「近有温陵李氏論黄叔度曰：『牛醫兒一脈頗爲害事，甚至互相標榜，目爲顔子，自謂既明且哲，實則賊德而禍來學，回視國家將傾，諸賢就戮，上之不能如孫登之污埋，次之不能如皇甫規之不與，下之不能與狐兔之悲，方且沾沾自喜，因同志之死，以爲名高，是誠何忍哉？此鄉願之學，不可以不辨也。』此李氏有所激而言也。李氏嘗曰：『世固有有激而言者，不必説盡道理。明知是説不得，然安可無此議論乎？』李氏蓋激於鄉願之與世沉浮也，而移色於叔度，竟不考諸史傳，叔度之始末，按朱子《綱目》於漢安帝延光元年冬書汝南黄憲卒，當是時，天下無黨人，又四十五年爲桓帝延熹九年，捕司隸校尉李膺、太僕杜密部黨等二百餘人下獄，遂策免太尉蕃。永康元年六月，黨人歸田里。又三年，爲靈帝建寧二年冬十月，復治餘黨，殺前司隸校尉李膺等二百餘人，史册之彰明較著如此。計諸賢之就戮，去叔度卒，已四十有八年矣。夫諸賢之最激烈者，莫如李膺、范滂，李膺且死，曰：『吾年已六十。』范滂之死年三十三，溯叔度卒之年，李膺年十三，范滂正未生，故曰：『當是時，天下無黨人。』蓋憲卒之十有六年而滂始生，憲卒之三十有八年爲延熹二年，而膺以河南尹按宛陵，大姓羊元群始與時忤。又七年而黨事起，則黨人之禍，于憲何與哉！憲縱大賢，安能救諸賢之就戮于吾身後之四十有八年邪？豈謂當憲之時，黨人已有兆，李膺雖幼而有長于膺者，范滂雖未生而有先滂生多年者，叔度曷不化誨之，使不及于禍耶？噫！即使叔度與諸賢皆同時，自孔子不能改一子路之行，行以善其死，而何以鈎黨百餘人，責一叔度也？豈謂不能維持國事，使吾身没四十年之後，刑戮不加于善人耶？則大樹將顛，非一繩所維，而何以責不就徵辟之一布衣也？是故叔度之隤然處順，淵乎似道，無異孫登之默，何以曰『不能如孫登之汚埋？』當叔度之生存，尚未有黨人之名，何以曰『不能如皇甫规之不與？』諸賢未至于就戮，何以曰『不能興狐兔之悲』？又何以曰『回視國家將傾，諸賢就戮，方且沾沾自喜，因同志之死以爲名高』？李氏之輕于持論如此，不亦無其事而唾罵名賢盛德乎哉？且叔度之爲顔子，爲『千傾波』，蓋諸賢之目叔度，不聞叔度之目諸賢也。何嘗『互相標榜』？叔度稍以言論自見，則爲郭林宗。叔度不死遭亂，則必爲申屠蟠。總之，必能保身，何嘗自謂『既明且哲』夫？夫以李膺之簡亢，獨以荀淑爲師，乃牛醫兒年十四，荀公一見，竦然異之曰：『子，吾之師表也。』以戴良之才高倨傲，自謂『仲尼長東魯，大禹出西羌，獨步天下，無與爲偶』，而見叔度，未嘗不正容，及歸，惘然若有失也。叔度蓋《易》之所謂『龍德』耶？何以曰『賊德而禍來學？』曰『此鄉願之學也？』且李氏既惡鄉願矣，顧於胡廣、馮道有取焉，何也？蓋李氏奇人盛氣，喜事而不能無事，以濟世爲賢，而不以遁世爲高，故喜稱胡廣之中庸，馮道之長樂，絶不喜叔度之無事。今李氏方盛行於世，恐覽者不察也，余故以《綱目》之大書特書辨之。雖然，千傾汪洋，萬古如斯，澄之淆之，河海不知，余固辨其所不必辨也。」此條見《涌幢小品》卷一六《李卓吾》《黄叔度二誣辨》

三家村老委談　卷七

海上徐復祚陽初甫編次

羅布衣

羅宗讓名泰，閩人，學問淵博，無所不窺，不樂仕進。永樂間，京尹聞其名，聘入棘闈，亦辭不赴。退而躬耕於野，時稱曰「布衣學士」。此條見《涌幢小品》卷一八

二陸

陸去邪名彭南治《毛詩》，不仕。文章勁健，與陸子敬名伯靈齊名，皆松江人，人稱爲前後四陸。子敬常謂去邪曰：「君談詩果思無邪否？」去邪應聲曰：「君讀《禮》還須毋不敬。」

于文定

侯總戎名一元歸家買田，于文定公名愼行作中，皆潴水不可耕。訟於官，文定公作啓戲之：「伏以龍韜虎略，方圖秉耒之耕。雀角鼠牙，遽速穿墉之訟。堪爲捧腹，未足介懷。恭惟大將軍戲下，望振百蠻，威宣九塞。拂衣玉帳，歛攘夷安夏之才；袖手青山，爲問舍求田之計。本覓禾麻之野，翻成烟水之鄉。汪汪千頃之波，惟見浴鳧而飛鷺；閔閔三農之望，虛聞佩犢而帶牛。已懸罄於橐中，尚輟耕於隴上。反勞訟牒，致見比追。陶令尹之西疇，孤舟可棹；王將軍之武庫，束矢何充。曾無批亢之能，可効弄丸之解。料無負三尺之法律，亦何傷八面之威風。聊陳奉慰之辭，且釋作中之愧。」此條見《涌幢小品》卷一八《啓戲》

丹臺記

蔣肅字仰仁，長洲人。母爲徐武功名有貞女，幼孤，穎悟特甚。十一善屬文，十七而卒。當未卒時，嘗夢上帝召爲丹臺記，以母老辭，不得録而祕之。姊婿劉炌入其齋，得所爲辭帝文。以語母，母惡之，抵於地，然竟不免也。初母在蓐，慌惚見道流三人入房，頃刻間失其一，即免身，常以爲異徵。及卒後，母甚悲，著哭子詩十三首，聞者莫不隕泪。母又夢肅來言「我之帝所，甚樂。」母問其死狀，燾曰：「兒死從首上以往，兒雖死，不滅不散也。」至嘉靖中，陸詹事深死三日而蘇，既蘇，語其子楫曰：「取筆記我語，我病漸時，不見若輩，覺身坐廳事，有黄衣二人跽於庭，云：『奉大王命召公。』余方欲置對，忽身已坐輿上，黄衣前導，隨者數十人，皆舊隸物故者，余心甚駭。輿北行如飛，至一城，黄衣跽請曰：『當去輿徒步。』頃刻間已失輿，兩人挾而走，足不着地。至一城，黄衣又跽請曰：『請改服。』不覺已易衣矣。又良久抵一城，甚高，樓櫓皆如京城制，可十餘里。至闕門，門數重，大殿巍然，有王者冕旒坐殿上。一黄衣先入，唱曰：『奉命追松江陸深已至。』王起坐曰：『入之。』余從東階廡下北面立，王南面字呼余曰：『子淵識我否？』余曰：『殿下莫非當年蔣燾耶？』蓋余爲諸生時相習耳。從者叱之曰：『奈何犯我王諱？』王曰：『此我故人，無迫之。』王曰：『子淵，爾官應居一品，壽應登八十。以犯三大罪、十二小罪，故官降三品，壽減一紀。』是年余方六十八歲，聞是語，駭曰：『深得無死耶？』王曰：『非死何以至此？』因命吏取詹事簿籍來。須臾，吏持簿至。余閱之，見平生所言所行，無一不記，其末以朱書總核其罪。余因丐王，幸念夙昔，使得畢其壽命。王曰：『此非寡人所得專也，主在帝，寡人爲故人受罪，姑假以兩旬，俾治後事，其毋爲子孫計。』命黄衣送之出，已出門，復呼入，曰：『若兹來也，於地獄無睹，何以傳警世。』黄衣又導觀諸獄，景象甚慘，目不忍視。狼狽而走，至街衢，所見冠蓋往來如長安道上，皆朝士久没者。咸下車與敍寒暄而别，出城，從高原上行，久之甚昏黑，忽見一燈微明，既近，則其屍卧於床，心惡之，黄衣推之使附，乃蘇。又兩旬而黄衣復至，詹事遂長往矣。此條余已載别卷中，即拆樓事。今復得此於朱平涵先生《湧幢小品》，乃知前事不謬，故不厭重出詳録之。此條見《涌幢小品》卷一九《丹臺記》

平湖金

平湖金員，字汝規，爲人朴而迂，家頗裕，人有稱貸，無不與。人既不復還，彼亦不復取，坐是家益落。一日，其孫病，求護於所謂朱八官神者。抵暮，有賊數人打門而入，則自稱朱八官至矣。見其燈燭熒煌，則以爲朱八官神靈顯應若此。賊入卧内，挈取衣被，其妻以爲神惡其衣之穢也。則呼曰：「朱八官，我衣非潔浄者，不須挈去。」及賊倒囊篋，運糧米，心竊疑之。比去，家一空，始知其爲賊。此條見《涌幢小品》卷一九《假神》

村老曰：三吴風俗最尚禱神，人有疾病，不走醫而走巫覡。巫覡之名不一：若道婆，若尼姑，若尸娘，看香娘，看水碗娘，卦婆，卜婆，皆覡之别名也。巫則有所謂童子者，每一木居士、上居士輒有一童子，凡疾病或失脱，人家請得一居士，則童子随之而往，代居士以言禍福。童子執杖跳舞，若醉若狂，時而叱咤，時而嬉笑，醜態百出，見之欲嘔。而愚夫愚婦方事之若真神，有所言無不奉爲蓍蔡。吾邑范西虞太守名來賢素正直，不惑邪淫，凡所謂巫覡輩，屏不容入宅。一日，其夫人失去金飾數事，俟太守他出，請得金元七總管神歸。童子方執麵桿作態，太守突入，大聲叱之曰：「汝何人？」童子倉皇捧桿前跽曰：「小人是金元七總管。」太守曰：「金元七總管，神也，何跽稱小人？」童子曰：「老爺不知，小人乃是總管別號。」太守曰：「毋多言，且喫我十棒。」顧家人笞之，每一棒下，輒號呼曰：「小人今後不敢。」然此輩不過以廉恥博酒食，其小者也。若夫女覡，出入士大夫之家，搆奇禍，亂閨門，其害有不可勝言者。人家老婦，衰敗無所事，乃結會念佛。白蓮教名曰「念佛婆」，成群傾國，老幼美惡，無不入會。淫僧潑道，拜爲乾娘，而淫婦潑妻，又拜僧道爲師爲父，自稱曰「弟子」，晝夜奸宿淫樂。其丈夫子孫，亦有奉佛入夥，不以爲恥。大家婦女，雖不出家，而持齋把素，袖藏念珠，口誦佛號，裝供神像，儼然寺院。婦人無子，誘云：「某僧能幹，可度一佛種。」如磨臍過氣之法，即元之所爲大布施，以身布施之流也。可勝誅耶！亦有引誘少年師尼與丈夫淫樂者，誠所謂歡喜佛矣。隆慶庚午，妖僧圓曉穿耳纏足，妝飾爲假師姑，到處哄誘念佛婦人，淫媾甚多，雖富貴之家，不免其汙。

村老又曰：吴中又尚賽神，凡神所棲舍，具威儀，簫鼓雜戲迎之，曰會。優伶伎樂，粉墨綺縞，角觝魚龍之屬，繽紛陸離，靡不畢陳。香風花靄，迤邐日夕，翱翔去來，雲屯鳥散，此則會之大略也。會有松花會、猛將會、關王會、觀音會。松花、猛將二會，余幼時猶及見，然惟旱蝗則舉。關王會則獨盛於崑山。觀音會亦間一行之，今郡中最尚曰「五方賢聖會」，王百穀名稺登《吴社編》序曰：「五方賢聖之名，考古祀典圖經，皆不載，或以爲五行之神。余意吴爲澤國，地濵五湖，當是五湖之神，或又以爲五龍，亦此意也。《搜神紀》則謂神皆有姓氏及爵土封號，其説不經。又謂司主民間疾疫，故吴中是會，必以五月行，蓋祖其説。頃見五方之外，肖像爲一緇一黄。緇曰「勸善」，黄曰「匡阜」，是蛇而足矣。神之首曰「至尊」，余謂至尊者人君之號，惟龍有君象，宜當之。又其居爲黄屋朱軒，僭擬乘輿，若舍夫神龍，而彼花竹之妖魅、川壑之精靈尸之，未有不膺帝罰者也。夫里社之設，所以祈年穀，祓灾祲，洽黨閭，樂太平而已。吴風淫靡，喜訛尚怪，輕人道而重鬼神，舍醫藥而崇巫覡，毁宗廟而建淫祠，黜祖禰而尊野厲。嗚呼！弊也久矣。每春夏之交，妄言神降，於是游手逐末亡賴不逞之徒，張皇其事。亂市井之聽，惑稚狂之見。朱門纓緌之士，白首耄耋之老，草莽鏄笠之夫，建牙羆虎之客，紅顔窈窕之媛，無不驚心奪志，移聲動色，金錢玉帛，川委雲輸。百戲羅列，威儀雜遝，啓僭竊之心，滋奸慝之行。長爭鬥之風，决奢淫之漸，潰三尺之防，廢四民之業。嗟乎！是社之流生禍也。昔郭代公戮豕，烏氏之妖亡；西門豹沉巫，河伯之害息。今之長民者，不是之聞，豈所謂魯人獵較，孔子亦獵較與？不然，是或一道也。吾儕小人，不可知也已。

换字

昔常怪宋景文「震霆」「宵寐」等語，取艱澀字文易解語，以爲可笑不足法。近日名家文字，多用换字法，如計無所之，則曰「俚之」，黽勉曰「閔免」，尤甚曰「郵甚」，新婦曰「新負」，異曰「异」，須臾曰「須摇」，赤幟曰「赤志」。又以「殊」字代「死」字，不知古稱「殊死」，乃斬首分爲二也。奉母曰「奉妣」，不知妣之云，指已死者。此條見《涌幢小品》卷一八《换字》

此類但可欺初學小兒耳。壬子科浙江鄉試，録一論五策，皆如此，極可笑。

俞山人

山人字羨長名安期，刻《類函》百卷，其書頗行。然世廟時，原有此書，乃鄭山人名若庸奉趙康王命纂之，累年書成，而鄭卒於清源，其子獻之，得厚賞。但不知此書曾刊行否。今俞板惡甚。此條見《涌幢小品》卷一八《書已先做》

歸先生

震川先生名有光博學善古文辭，然於世務若無所解，而聽訟尤非所長。令長興，有鄉豪與媳奸，爲僕所見，揮刀殺之。知事不可掩，旋殺一婢，提二首赴告曰：「婢僕通奸，獲之奸所，冀脱己罪。」偶大雨沮城外，是夕先生夢有神告以殺死本末。先生晨坐堂上，其人携二首入，未及言，先生大呼曰：「賊！賊！汝奸媳殺人。」如是如是，遂服罪，衆咸以爲神。先是先生爲政，務以德化，不用敲朴。而長興民嚚，頗不受繩，每有差遣，度無所乾没者，輒不行，互相推諉，嘩誶於堂。先生取朱筆飽蘸，大聲曰：「若不走，即灑汙汝衣矣。」及斷是獄，自後無敢慢者。

貴人持齋

一大貴人奉六齋，嫌味薄，怒捶廚人。乃以腥汁合作清淡色，素品和之，貴人甘甚。詫於人曰：「奉齋何不佳，而人乃嗜葷。」貴人之姪亦一日飯素，亦以味薄責廚人，凡十餘易，皆不稱，坐客笑曰：「若求佳味，須用開齋。」其人一笑而止。此條見《涌幢小品》卷一七《貴人持齋》

村老曰：吾觀《御史臺記》，則天時，禁屠殺頗切。婁師德爲御史大夫，因使至郯，廚人進肉，師德曰：「敕禁屠殺，何爲有此？」廚人曰：「豺咬殺羊。」，師德曰：「大解事豺。」食之。又進鱠，復問何爲又有此。廚人復曰：「豺咬殺魚。」師德大叱之，「智短漢，何不道是獺？」廚人即云是獺。師德亦爲薦之。必此等廚人，方好供應大貴人。余本不茹齋，亦不喜人茹齋，尤惡人名茹齋而實不茹齋，尤最惡人口茹齋而心食人之心肝臟腑，所謂佛口蛇心者也。余少時讀書罟里村，一隣叟年八十矣。家頗温，茹齋，每夜分輒起誦佛號，木魚聲閣閣，至曉方止，寒暑亡間。余一日往省之，見其方曝日結網，余曰：「老人家何苦爲此？」叟曰：「吾兒捕魚，諸孫亦捕魚，每網缺，取足於老子，故日不給也。」余曰：「半夜敲木魚，誦佛號者叟乎？叟既好善，何爲結網？罪業不小。」叟曰：「正爲要結網，故趄早誦佛號千聲，以五百消業，五百種福。」余戲之曰：「倘彌陀佛以六百或七八百消業，所種福止一二百，當奈何？」叟曰：「余回向時，日日與菩薩言過，豈賴我。」又一蘇媪，茹齋，惡不可言，每至人家，風波當地起。有姑媳者搆其姑媳，或兄弟妯娌，靡不搆之，不至勃谿詬誶不止。又善偷，見物輒取，以故人畏之若蛇蝎。一日，余規之曰：「若茹素，不畏地獄閻羅老子耶？」媪笑曰：「不妨，吾善誦《楞嚴咒》，若不聞『風捲《楞嚴咒》，罪業登時宥』乎？」此等人均所謂佛口蛇心者也。然此媪之罪，抑又重於網叟多多許矣。

于少保

于墳祈夢異靈，人人能言。聞太倉相公以子病往祈，忠肅見夢曰：「公是當朝宰相，奈何問我？」太倉曰：「非爲朝事，余一生清苦認真，不作虧心事，而兒病如此，是何罪業？」忠肅曰：「公記得吝一單名帖，失活二十七人之命否？」太倉默然醒來，終自狐疑。蓋海商漂至，巡兵執以爲盜，衆皆憐之，請於太倉往解，不應；又請一單名帖投兵道，終不聽，一舟二十七人不勝㨃皆死。太倉矜名節，於此守之最堅，故雖知其寃，終不爲救。然力可爲而不爲，則神固已存案作罪過矣。此條見《涌幢小品》卷二〇《于少保》

和盜詩

泰和鄧學詩，性至孝。元季，母子俱爲盜所獲，盜魁知其儒者，哀之，與酒食，口占一詩，命之和，約和免死。盜詩曰：「頭戴血淋漓，負母沿家走。遇我慈悲人，與汝一杯酒。我亦有佳兒，雪色同冰藕。亦欲如汝賢，未知天從否。」應口和曰：「鐵馬從西來，滿城人驚走。我母年七十，兩足如醉酒。白刃加我身，一命懸絲藕。感公恩如天，未知能報否。」寇喜，道之出城，得遠去。學詩後以薦爲校職，考終。此條見《涌幢小品》卷二〇《和盜詩》

村老曰：此盜可應舉做官，吾鄉不乏此物，知詩者能有幾人？雖然，做官正不必能詩也。

弇州僕

王弇州書室中一老僕，能解公意。公欲取某書某卷某葉某字，一脱聲，即檢出待用，若有夙因。此條見《涌幢小品》卷二〇《書僕書傭》

荆川與胡貿棺券

書傭胡貿，龍游人，父兄故書賈，貿少乏資，不能賈。而以善鉗書，往來諸書肆及士人家。余不自揆，嘗取左氏歷代諸史及諸大家文字所謂汗牛塞棟者，稍删次之，以從簡約，既批閲點竄竟，則以付貿使裁焉。始或篇而離之，或句而離之，甚者或字而離之。其既也，篇而聯之，句而聯之，又字而聯之，或聯而復離，離而復聯。錯綜經緯，要於各歸其類而止。蓋其事甚淆且碎，非特他書傭往往束手，雖士人細心讀書者，亦多不能爲此。貿于文義不甚解曉，而獨能爲此，蓋其天竅使然。余之于書，不能及古人蠶絲牛毛之萬一，而貿所爲則蠶絲牛毛之事也。嗟乎！書契之不能還於結繩，書契又繁，而不能還於簡也。固也。然余所以編書之意遠矣，非貿則余事無與成，然貿非余，則其精技亦無所用，豈亦所謂各致其能也哉？貿平生無他嗜，而獨好酒。傭書所得錢，無少多皆盡於酒。所傭書家不問傭錢，必問酒能厭否。貿無妻與子，傭書數十年，居身無一攏之瓦，一醉之外，皆不復知也。其顓若此，宜其天竅之亦有所發也。余年近五十，兀兀如病僧，益知捐書之樂，視向所謂披閱點竄若讐我者，蓋始以爲甘而味之也甚深。今則覺其苦而絶之也必過，其勢然也。余既不復一有所披閱點竄，貿雖尚以傭書糊口諸士人家，而其精技亦虚閑而無所用。然則古所謂不能自爲才者，獨士之遇世然哉！此余與貿之相與始終，可以莞然而一笑者也。余既不復有所披閱點竄，世事又已一切無所與，則置一杉棺以待長休。貿無妻與子，無一錢之蓄，死而有棺無棺不可知。念其爲我從事久矣，亦以一棺畀之，而書此以爲之券云。嗚呼！百餘年後，其書或行辰世，而又或偶有好之者，慨然追論其故所删次之人，則余之勤因以不没，而貿乃無以自見，是余專貿之功也。余之書此，亦以還功於貿也。雖然，余既以披閱點竄爲讐，而豈欲後人又以披閱點竄知余也哉？然則貿之硉硉勤苦，從事於割截離合，而一付之無何有之鄉也。與一醉亦無以異也，其亦何憾之有。此條見《荆川先生文集》卷三《胡貿棺記》，《涌幢小品》卷二〇《書僕書傭》

馮僕

馮南江名恩有僕馮勤，其父傭者也。素多病，日者謂其短造，甚憂之。問一道士何以延年，道士曰：「若爲傭，不能積德。惟勤灑掃，惜字紙，乃可延耳。」傭乃備箕帚，遍歷所居村巷，凡有穢惡，悉爲掃除。見一字，則取置于筒，至暮焚之。歲以爲常，壽至九十七，無疾而終。此條見《涌幢小品》卷二〇《僕惜字紙》

鵠糧

張司令元時人，亡其名。富而好禮，慕楊鐵崖名，往迎之。鐵崖謂其不知書，弗應。司令乃延鮑恂爲師，受業焉。後迎鐵崖，乃往，席間以妓奉酒。妓名芙蓉，酒名金盤露。鐵崖題云「芙蓉掌上金盤露」，妓即應聲曰「楊柳頭邊鐵笛風」，蓋楊又號鐵笛道人故也。鐵崖撫掌笑曰：「妓能文，其主可知矣。」辭去。時司令出米滿載送之，云是鵠糧。鐵崖素愛鵠，不能却。隨訪顧阿瑛，召阿瑛之隣人貧者，分給之而去。此條見《涌幢小品》卷三《鵠糧》

徐方伯

徐子與名中行好客，尤好少年美麗者。一客醜甚，自負能詩，介蔡子木先生薦之子與，蔡作書，盛言客自喜可喜狀，以家人將之，恐客之窺書而求易也。子與得之大歡，亟延入，愕然，笑吃吃不止，贈以詩曰：「自信金聲能擲地，誰知玉貌不如人。」客猶得意，傳示爲重。

此條見《涌幢小品》卷三《子與好客》

程鄭二生

湖湘二生，一姓程，一姓鄭，同窗友也。程先中甲科，授咸陽令。鄭貧甚，貸錢訪之。至則大出條約，禁鄉人不與相見。鄭乃告乞數文作回路費，亦不與，在途不勝狼狽。後鄭中二甲，除差直隸公幹。程以事調獲鹿丞，又被告贓。鄭前來按郡，程乃遠迎，敍舊，引蘇章二天等語，鄭笑而不答。至晚，命戲子演戲宴程。鄭私喚戲子，具言前事，戲子領命。因扮二虎，一虎先銜一羊自食，旁有餓虎，踞地視之，虎怒吼銜羊而去。他日，餓虎得一鹿，前虎尤餓甚，欲分食，乃扮山神出判之曰：「昔日銜羊不採揪，今朝獲鹿敢來求。縱然掬盡湘江水，難洗當初一面羞。」程遂解印步行以歸。此條見《涌幢小品》卷三《扮虎》

年號

天啓三年，蘇城浚河，於顧家橋北得一船，頭尾悉爛，止存中三艙。於内得錢無數，約有四五螺，文曰「天稜通寶」。余曾見其一，大於今之時錢，而不及崇寧十之三。輪廓豐厚，青緑堆滿，不知前代何年物也，記之以俟博洽君子。聞之正德改元時，當國者爲劉文靖名健、謝文正名遷，吏書馬鈞陽名文升考監生，出「宰相須用讀書人」以嘲之，「正德」爲西夏李遵頊所建也。今觀此錢，則天啓亦前有犯之者邪？無從考也。若乃「永樂」，則張重華、王則僞建，天順乃元出帝舊號，不知當時何不詳考。

吕尚書

曹祥，太倉人，爲新昌令。有吕生名光洵，父豪於鄉，祥抶之，卒爲善士。後光洵爲御史，按太倉，謁祥。祥已忘前事，光洵語其故，祥不自得。光洵曰：「微翁，吾父安得改行善。」其後蓋戴恩十餘年如一日矣，留竟夕談乃去，且厚贈之。光洵官至尚書，有名。此條見《涌幢小品》卷三《忘怨感德》

金主事

金誠字誠之，籍廣州右衛，讀書社學。揮使麻張最亡賴，繫之，詬曰：「若軍餘，乃故褒博儒生裝耶？」褫其衣，使薙草烈日中，稍緩撻之。誠泣曰：「讀書冀顯揚，今虧體辱親矣。」張愈怒，逮其父窘辱之。父子相視泣，不敢言，行賄乃免。未幾，誠領解首，登進士第，爲刑部主事。張坐殺人，逮至，望見誠，一步九頓。誠笑迎之，言於堂官，脱其罪。張造誠，誠執禮如平時，張感泣，以女妻其子。此條見《涌幢小品》卷三《忘怨釋罪》

馮會元

開之名夢禎先生，湖人，築精舍於孤山，曰：「得附林處士足矣。」并買舟西湖，二女侍歌舞甚適。不能飲，惟佳茗清香與衲子爲伍，不甚教子，每曰：「人生自性，苦苦督訓，多費物力，供師友之奉，真痴人。」開之善謔，與賀吏部伯闇名燦然善。賀矜莊自律，每相會，開之故以謔語挑之，賀大怒，愈怒愈謔，賀亦無如之何。至拂衣去，且怒且罵，開之惟笑而已。此條見《涌幢小品》卷三《善謔》

村老曰：朱祭酒平涵名國禎評二公，以開之能游戲三昧，而賀不逮遠甚。又云拋却富貴易，并忘子孫難。馮蓋逍遥地行仙也。

王通判

王見溪名之稷，邑人，爲貴陽通判，運木渡黄河。其最大者二，忽逸陷嵌泥中，千人不可出，爲文祭之乃起，復見夢曰：「吾三千年爲群木領袖，今乃逐逐隨其後，終當别去，必欲相煩應天子命，非以巨舟載不可。」如其言，拽而登舟，舉纜一呼，如躍，舟行甚疾，絶無阻塞。

此條見《涌幢小品》卷四《神木》

湯都督

湯沂東都督名克寬，戮海寇王艮，剥其皮鞔爲鼓，號人皮鼓。今在鎮江北固山，聞其聲比牛皮鼓不甚揚。世廟時事。此條見《涌幢小品》卷四《人皮鼓》

戚少保

元敬少保名繼光，山東萊州人。逐賊至閩海，夜半見赤光起波際，使善没者探之，乃一古鐵猫也。重可二百斤，純緑透瑩。少保素有中散之伎，因合閩中鐵絲髾手鍊之，凡百餘

火，以其半爲刀八，又重鍊其半百餘火，爲劍三。俱作青色，爛爛，中夜有光射眼，不減純鈎干莫云。此條見《弇州四部稿》卷五〇

村老曰：余讀弇州《寶劍十歌》，得其序若此，因憶先尚書曾監少保軍，勦流賊，曾以一刀相贈。後萬曆戊子，少保至吴，先員外遣余往候。少保首問此刀，曰：「此希世之珍也，豈即此手鍊者歟？」其三劍，一以自佩，一贈汪伯玉司馬名道昆，一贈弇州。亦見詩序中。刀後落少弟象州手，少弟死，無子，遂不復知所往。豈成龍飛去乎？少保又贈一軟鐵刀，可作腰圍，縱之復直，亦在少弟處。

徐把總

徐把總名正，守狼山，於江中得一鐵矛，形制古朴，不類近時物。其款識數字，漫不知爲何等語。一日，置之舟前，颶風偶作，海潮突湧，隣舟皆簸蕩上下，不能駐足，獨此舟晏然如履平地。明日置之他舟亦然，又明日又置一舟，無不然者。此條見《涌幢小品》卷四《鐵器》

劉吴兩公

太守名鈺，沔陽人，每行，必以雙棹自隨。吴尚書名山，吴江人，亦如之。尚書後以郭勛

事觸聖怒，勒歸，卒利國驛，即用以殮。

吴明卿

明卿名國倫自作生穴，旁爲祠，題其柱曰：「陶元亮屬自祭之文，知生知死。劉伯倫荷隨行之鍤，且醉且醒。」年七十四，自爲誌銘而卒。此條見《涌幢小品》卷六《壙對》

張副使

副使名嘉孚，渭南人，將卒，謂其子曰：「世人生但識幾字，死即有一部遺文。但蓄幾文錢，死即有一篇志文，吾恥之。否德不辱名公筆，自題姓名、官位、家世、歲月于石足矣。不遵吾言，以不孝論。」此條見《涌幢小品》卷六《恥志文》

蔡　儒

邑秀才蔡儒者，狂士也，稍知屬文，而過自許可。一日，遭前輩馮姓者於途，馮蓋久饇而待貢者，年老行遲。蔡從後趨而前過之，馮欲揖，不顧而去。馮呼之曰：「蔡子，汝全未全未，何目中無人也？」蔡回顧答曰：「馮老，快哉快哉，何尻中能言也。」人盡薄之。未幾，儒考劣被黜，竟以鬱死。昔唐陳通方，少年登王播榜第。播時年五十餘，通方戲拊之曰：「王老王老，奉贈一第。」言日暮途遠，以登第爲贈官也。播諭其意，答曰：「陳少陳少，切莫發惡。」誚其爲惡少也。播後入相，通方因之仕宦不達，以困躓終。二事絶相類。此條見《涌幢小品》卷七《王老陳少》

船舫

某子甲造一船舫，忌者告之監司，謂水中造房，侵占豪霸，爲地万害。監司北人，大怒，謂水中可造房，何事不爲。繩之急，其人累訴不能白。一儒生爲草狀曰：「南方水鄉，家有船舫，即如北方旱鄉，家有馬房。」監司悟，獄解。此條見《涌幢小品》卷四《衙宇房屋》

諸葛銅鼓

余業師薛希之名志學爲廣西天河尹，帶一銅鼓歸，形制與常銅鼓同，差小，而音響洪遠，曰：「此諸葛銅鼓也。」及考之諸葛銅鼓，有奇文異狀，雕螭刻虬，間綴蝦蟆。其數皆四，而今皆無有，當是贗物。凡破蠻，必稱獲諸葛銅鼓，蓋蠻中以銅鼓爲至寶，其有剥蝕而聲響者爲上，上易牛千頭，次者七八百頭，藏二三面者，即得僭號爲寨主。鼕鼕如鼓，不作銅聲。

此條見《涌幢小品》卷四《銅鼓》

王忠肅

忠肅公名翱素不善諧謔。一日，見一巨僚目送一美姝，既去復回顧。忠肅云：「此人甚有力。」巨僚曰：「公何以知之？」應云：「若非有力，公之頭何以被他掣轉去？」王文恪公方及第，臚唱畢，忠肅適故，報至，舉朝嗟嘆，一大僚曰：「失一王翱，得一王鏊，又何憾焉？」。

湯會元

會元湯霍林名賓尹乙未會試，前一夕，有舉子夢見冕服一人坐殿上，召之入試，試題一紙，有「晉元帝恭嘿思道」七字，翻飛不定，與易水生争逐之，爲彼先得。及入會場，第一題是「司馬牛問仁」章。所謂「晉元帝」者，姓司馬，元帝牛金所生，合爲司馬牛。「恭嘿思道」，是訒言，會元湯霍林則易水生也。又丁丑科會試，有召仙者，問今歲場中何題，書曰：「下論。」又問下論何章，曰：「子貢。」又問子貢何章，曰：「天機不敢泄。」又問會元何人，曰：「非一非三，非驢非犢。」當時不能解，及開之名夢禎作會元，開之馮姓，始知前二句乃馮字。

試題「子貢問曰：『何如，斯可謂之士矣。』」章。此條見《涌幢小品》卷七《易水》

慈幼局

萬曆十六年戊子，吴下大旱，米石一兩六錢，餓莩載道。鬻男女亡售主，則生棄之，纍纍道左。呼號之聲處處不絶，未幾而斃。五六月尤多，至填街塞巷，穢氣四達。因思宋世於郡縣立慈幼局，凡貧家子，多欲厭棄不育者，許其抱至局。書生年月日，局置乳媪餵鞠，他人家或無子女，却來局取養之。歲祲，子女多入慈幼局，道無拋棄者。此法良善，不知今時可放而行之否？

正　政

正月之正，作平讀，因避吕政也。不知何以自漢至今不改，古稱臨文不諱，今則文辭詩歌皆從平。「正」之作「政」，右軍自避家諱也，不知今人何以盡從政。凡用正字多改政字，此何避乎？又或以爲二字古通用，可第。又太守之「守」，廷評之「評」，不知古何以作去聲。尚書之「尚」，不知今何以作平聲，或曰尚字避上音，容有之。

姓名謬

《顏氏家訓》曰：「夫學者貴能博聞也，郡國山川、官位族姓、衣服飲食、器皿制度，皆欲根尋得其原本。至於文字，忽不經懷，己身姓名，多或乖舛，縱得不誤，亦未知所由。近世有人爲子制名，兄弟皆山傍立字，而有名峙者，木傍立字，而有名機者，水傍立字，而有名凝者，名儒碩學，此例甚多。」顏公之言如此，近見吾邑一大老，姓蕭，兄弟五人，以宫、商、角、徵、羽爲名，而中貫以應字，是則以蕭爲簫矣。又南劍一少卿蕭九成名韶蕭是蒿草，何能應五音乎？又一友號淹博，不欲言其名。一日，於酒中問余，極是何木，余曰：「但聞極是屋脊之棟，有最甚之義。故四隅稱四極，實不聞是木名。」此友曰：「豈有從木傍而非木者？」余曰：「然則棋、榻、杵、杷、楹、柱、楣、棁盡是木乎？」友大不以爲然。

村老曰：吾聞成化間，有吏建言時事，某給事惡之，以激厲風俗之厲脱寫力，爲大不敬，參送法司問罪，不知厲本古字，《漢書》凡稱風厲、勉厲，皆不從力，此吏亦不能自明。又一給事閲兵部題本，以妓不從女，呼吏笞之。翌旦有不平者，令受笞，吏執韵書以進，乃赧顏慰遣之，此皆不識古字故也。近日，村中一塾師從余借《説苑》，而書劉向作柳向。余戲答以一絶云：「漢家龍種豈凡庸，《説苑》文成似鼎鐘。若使更生爲木邪，宗元何不認華宗。」是蓋道聽途説，知有劉向，未究劉、柳何字，而强作解事。曰：「吾胸中有《説苑》書也。」孟勞豈不爲公子，顓頊豈不誠專嗣也哉。又姪本妻兄弟之女稱，古者諸侯之女嫁於諸侯，以娣姪從。《左傳》所謂姪其從姑是已，今人稱兄弟之子爲姪，不知誤自何時。近來又以姪字從女不雅，改作侄字，不知姪字直一切，與秩、帙音同。侄，敕栗切，與抶、咥音同，又訓牢也，堅也，與兄弟之子何與？狄梁公諫武后，姑姪母子孰親，不聞從立人傍。然稱姪之誤，從來人矣。今隨俗稱呼則可，施之文，不若稱從子、族子爲當，乃姪字斷不當從立人，古今字多有不同，然俱有自來。如皋字，許重叔《説文》云皋字白下從本。亦非本，亦非羊。《東觀漢記》馬援上書云：「成皋縣印，爲白下羊；丞印，四下羊；尉印，白下人，人下羊。一縣長吏，印文不同，恐天下不正者多。」事下大司空，正郡國印章。罰字古從刀，謂持刀詈人。《元命包》改從寸，寸，法也。對，古從口，漢文以多言非誠，去口從士。疊字，古從三日，言決罪三日得宜，新莽以三日大盛，改三田軍。陳爲陳，始於王羲之。形景之影，始於葛稚川。隋本隨，隋文帝以周齊不遑寧處，去走，存隋。《尚書考異》馬乘王首，《開元文字》子在母懷。刀下用，音推；兩點下用，音鹿，今作冉字，非。口在天上爲吴，黄頭小人爲恭。二在天下爲酉，天保爲一大人口八十，甄舒仲爲予舍西土瓦中人。董爲千里草，趙爲小月走，亨爲二一月了，卓爲十日卜，李爲十八子，昌爲二日，運爲軍走。隆化爲降死，三刀爲州，破田爲丑。此皆象形取義，非字書偏傍之法也。故謂爲圖緯云，馬頭人爲長，人持十爲斗，畛則尒有田，地則土乙力，梁武署貞爲與上人，魏武署合爲人一口，此又以字戲也。昔人謂王右軍不識偏傍，今以訛傳訛，甚有止讀偏傍者，可勝數哉？

縣官

里中一富翁，輸資得冠帶，親朋輩醵金錢往賀。向余乞一文，余文中有「縣官不愛名器，以羅天下逸才」句，一里中兒强解事，謂余此翁實走人京師，從吏部乞得劄付，非尋常縣尹所給義民比，奈何以縣官辱之。余欣然爲改「朝廷云。」此兒咤於人：「徐君大魯莽，非我幾成輕薄，得罪某翁。」按《前漢·東平王傳》「今暑熱，縣官年少」，注謂不敢指斥成帝，故謂之縣官。又《霍禹傳》「縣官非我家將軍不得至是」，注謂天子。又《卜式傳》「會渾邪王等降，縣官費衆，貧民大徙，皆仰給縣官」，注皆謂指天子。

村老曰：今人文字，多有相仍襲用而不得其訓故，聊摘一二筆之，以備遺忘。已見弇州《卮言》及《漢雋》者不録，如：耀靈，日也。望舒，月御也。封姨、巽二，俱風神。滕六，雪神。青腰、玉女，霜也。鬱華，奔日之仙，一名鬱儀。結隣，奔月之仙。羲娥，羲謂日，娥謂月也。少海、前星，俱太子。青宫、春宫、東宫，太子宫也。倩，嬌客，婿也。僚婿、友婿、同門婿，今謂之聯衿。冰叟，妻父也。藁砧，夫。細君，妻也。貽厥、友于，子孫兄弟歇後語也。宅相，甥也。玉樓，兩肩。銀海，目也。靈堅，鼻神也，字玉壟。尊章，舅姑也。長喙參軍，猪也，亦名烏金。髯主簿，羊也。又僧作蒸豚詩，謂羊爲氈根。北虜謂牛爲古旃。韓盧、宋鵲，良犬也。白望、青曹，駿狗也。伊尼，鹿也。虞吏，虎也。當路，狼也。夜光、宵燭、照夜青，并螢也。舂鉏，鷺，其行若舂，亦名碧繼翁。催歸，子規也，亦名姊歸。唤起，春鳥。鈎輈格磔，鷓鴣聲。篘尼，野鵲也。郭索，蠏也，亦名無腸公子。魚婢，小魚也。赤鱓公，鯉也。歸昌、長離、鸑鷟，并鳳名。主簿蟲，蝎也。紅叱撥，猫也，亦馬名。白鳥，蚊也。沙蝨，蝦也。蜻蛚，蟋蟀也。孔昇翁，大蜂也。金衣公子，鶯也。緑衣使者，鸚鵡也。孫供奉，猴也。石眉蟲，猿也。元衣督郵，龜也，亦名清江使者。河北從事，鱉也。河伯小吏，烏賊魚也。赤弁丈人，蜻蜓也。蝶之大者曰鳳子車。槮缶將軍、油蒸校尉，鮂也，音市演切，與鱓同，俗作鱔，非。河祇脯，乾魚也。寒具，亦名達婁，即今環餅，南方謂之綫餅。籠餅，饅頭也。鑽籬菜，雞也；水梭花，魚也，并僧家謎語。又謂酒爲般若湯，見《東坡志林》。漢詔以鹽爲食肴之將。蔗飴，沙糖也。蔗亦名飴，蔗亦名都蔗。青州從事，清酒。平原督郵，濁酒。又謂中聖、中賢，中，如字。歡伯、釣詩鈎、掃愁帚，俱酒號。麯米春，亦酒名。酒名甚多，另録別卷。苞蘆魚，鮓也。羊我氏，謂今經義也。羽檄書，亦可稱羽毛書。牛腰，卷名。蒼官，柏。青士，竹也。湖目，蓮花也。荔奴，龍眼也，寫作離支，亦可。絳衣仙子、海山仙人，并離支。石阿醋，石榴也。九列君，柳神也。木芍藥，牡丹也。療愁花、忘憂草，并萱也。銷恨花，千葉桃也。毛穎、管城子、中書君、毛元鋭、毛錐子、尖頭奴，并名筆，亦名不律。陶泓、石虚中、即墨侯，并名研。陳元易、元光、松滋侯，并名墨，亦名隃糜。楮先生、楮知白、好時侯，并名紙，亦名側理。壽光侯、敬元穎，鏡也，亦曰容成侯。莫難、便面、屏面，并扇名，亦曰箑。忘歸、金僕姑，并箭名。青萍、純鈎、湛盧、豪曹、魚腸、巨闕、龍泉、太阿、工市、紫雷、液星、青冥、龍藻、屬鏤、步光、孟勞，并劍名。青犢、漏影，并刀名。渠答，甲也。木上坐，杖也。大黄弩、繁弱，弓也。銀鑿落、金叵羅，飲器也。革華，皮鞋也，亦名下邳侯。水車、飛鳧，皆競渡舟名。倉琅根，宫門銅環。服匿，藏酒甖。鼙婆，琵琶也。軍持，净瓶也。不借，草鞋也。鉢塞，數珠也。裋褐之裋，音豎，今多作短。袪，袖口。袂，袖也。白接籬，襴衫，或曰帥名。半臂，背搭也。田衣，袈裟也。襏襫，蓑衣也。

五方之音

聖人在天子之位，能使天下書同文，不能使天下言同音。故自政謝結繩，教興書契，天粟晝零，市妖夜哭，由來久矣。毋論庖倉所製，萬世遵行，即吴孫休創八字以名其子，霻莔賨舜䡜𥁕寇𤆬，乃灣迄鱙賢莽舉褒擁八音。唐武則天製十八字，曌𠀑埊𡆠𠥱〇𠔭𢘑𤯔□𠡦𠙺𡕀圀𡔈𤣩𥠢𨲢，乃照、天、地、日、月、星、君、臣、人、戴、年、正、載、國、初、證、授、聖十八音。南漢劉龑，自製龑，音儼。雖不行於今時，想當時文移章表中，自應遵奉，故書同文，即非聖人，凡在天子位者，均能約束之，使無異。若夫五方之音，即聖人勢不得不窮。今天下音韵之謬者，無如閩人，即其呼父爲郎罷，已可笑矣。而二音復無正字，正如梵咒中二合三合之類，而收之以鼻音，又用土語讀書唱曲，聽之真同燕雀競噪，令人不復可譯，唯有睁目捧腹而已。粤人亦然。至蘇語，王、黄不辨，已見笑於北人。不知黄爲胡光切，王爲吴光切，胡則華姑切，吴則王姑切。特幾希間耳，不甚謬也。其最謬者，則三、山與珊同叶。侵、青與親同叶。蓋因吴人全是齒音，亦復不辨開口閉口，且無入聲，故庚、青每犯真、文，侵、尋。寒、山每犯監、咸，桓、歡，先、天每犯廉、纖也。然未常無字，如閩人之但有聲也。若松江以水爲矢，以猪爲支，益又甚矣。至於四方音韵，其不正者尤多。如北直山東，以步爲布，以謝爲卸，以鄭爲正，以道爲到，以屋爲烏，以陸爲路，以録爲慮，以閣爲果，無入聲韵故也。入聲内則以緝爲妻，以葉爲夜，以甲爲賈，無閉口字故也。此則與吾蘇無閉口無入聲同，特其音稍胯，收之喉頰間耳。河南人以河南爲渴音可南，以妻弟爲七帝。山西人以聰爲村，無東字韵，江西、湖廣、四川人，以情爲秦，以姓爲信，無清字韵。歙、睦、婺三郡，以蘭爲郎，以心爲星，以親爲青，以人爲仍，無寒、文、侵三字韵。又如去字，山西人爲庫，山東人爲趣去聲，陝西人爲氣，南京人爲可去聲，湖廣人爲處。又山西人以坐爲剉，以青爲妻。陝西人以鹽爲年，以咬爲裹。台、温人以張敞爲槳搶，長年爲槳寧之類，皆因韵學不明，反切各異，清濁殊方，喉、舌、齒、脣、牙五音混雜故也。要而言之，我吴音宜幼女清歌按拍，故南曲委宛清揚，北音宜將軍鐵板歌大江東去，故北曲硬挺直截。今學士大夫，凡爲文章，騷、賦、銘、誄、詩、詞，所斤斤奉若三尺，不敢一字相假者，非沈約四聲韵乎？其金元詞曲、傳奇、樂府，始宗周德清《中原音韵》，特作詞人與歌工集之耳，學士大夫不知也。然二公之韵，大有可商，約之始爲四聲韵也，自詫爲靈均以來未始有睹，抉天地之祕旨，可稱入神。然在當時，已見斥於梁武，受駁於陸厥，後至隋劉臻過陸法言，論及聲韵大要，謂吴楚則傷輕淺，燕趙則傷重濁，秦隴則上聲爲入，梁益則平聲似去。然有音切即寓於字義中者。如之乎切諸也，而已切耳也，如是切爾也，何不切盍也，不可切叵也。至於閭里鄙語，亦有以音切爲呼者，如突鸞爲團，屈陸爲曲，鶻崙爲渾，鶻盧爲壺，忒暾爲大音代，咳洛爲殼。凡此非有師學授受也。天然自成，莫知所以。約所謂入神，殆此類耶。然祁連爲天，故天山爲祁連；穹廬爲居，故名所居爲穹廬，即胡人且然矣，烏用詫爲入神也。元周德清痛恨其訛，欲以中土冶音勝之，而中土之音固自勝也。蓋洛邑天下之中，帝王都會，德清參較方俗，考覈古今，故其製爲《中原音韻》，稍爲折衷，或者以三聲奪四聲病之，然大江以北，并無入聲，悉叶入平、上、去三聲，在在然也。德清之駁沈約也，即約復起，恐無以答。謂靴在戈韻，車、邪、遮、嗟却在靴，不叶車，車却叶麻。元、暄、鴛、言、蹇、焉不叶先，却叶昆、温、門、孫，翻不叶寒、山，却叶魂、痕，其音何以相着。灰不叶揮，杯不叶裨，梅不叶糜，需不叶羸。必呼梅爲埋，雷爲來，方與咍、臺叶，如此呼吸，非鴂舌而何？然此特大略耳。約之病，實不止此。如東、冬一聲也，何分爲二？弇州謂同、戎、弓、中等，其音濁，故屬陽屬東；宗、松、攻、逢等，其音清，故屬陰屬冬。不知東爲多龍切，同爲徒龍切。其清濁陰陽較然，胡得以同入東，且東、冬二字，俱多龍切，安所别乎？况何韻無陰陽，即如三江内，江、邦陰矣，龐、幢非陽乎？又何以不分也？即空同先生亦謂宜分，愚不能得其説。最可笑者，凡、帆二字，入十五咸閉口韻，與衫、嚴同叶，此則即鴂其舌，恐亦不能翻調矣。明興，高帝召儒臣宋濂等諭之，韻學起於江左，殊失正音，有獨用當併爲通用者，如東、冬，清、青之屬；亦有一韻當拆爲二韻者，如虞、模，麻、遮之屬，皆當改正。後纂集成書，大約依三衢毛居正論，凡獨用併爲通用者，如微之與脂，魚之與虞，欣之與諄，青之與清，覃之與咸，尾之與旨，語之與麌，隱之與軫，迥之與静，感之與豏，未之與去，御之與遇，焮之與稕，徑之與勁，勘之與陷，迄之與術，錫之與昔，合之與洽，是也。有一韻拆而爲二，麻字韻自奢字以下，馬字韻自寫字以下，禡字韵自籍字以下是也。又有以《中原雅聲》正考，如冬、鍾第二韵，俱併入東韵，江第三入陽韵，挑出元字等入先韵，翻字、殘字等入删韵之類是也。其字畫大以《説文》爲正，今偏傍點畫舛錯者，并依毛晃正之，如又、攴，母、毋，殳、叉，羙、美之類是也。高帝初立法甚嚴，犯者不赦。然今偏傍點畫之類，唯題奏本用之，他不盡然也。音韵唯御製用之，他不能盡然也。大率吾輩爲唐律絶句，自應用唐韵，爲古體自應用古韵。若夫作曲，則斷斷當從《中原音韵》，一入沈約四聲，如前所拈出數處，不但歌者棘喉，聽者亦自逆耳。試觀元人馬、關、王、鄭諸公雜劇，有是病否？或曰，若然，則「新篁池閣」當作「池果」唱乎？恐笑破人口也。曰，不然，以閣字輕出，而後收之以果，此在凡入聲皆然，不但一閣字，觸類可通，此唯吾友秦季公知之，近唯松陵沈平輿，若張伯起，則純是庚、青、零、丁齒音矣。

藥異名

天狗，人參也。天猪，菖蒲也。天牛，雌黄也。天羊，雄黄也。天鼠，防風也。日精，雲母也。地髓，地黄也。道人頭，蒼耳。茱萸别名秋子。古人謂朮爲山精。兔縷，兔絲也。胡王使者，羌活也。甘草，市語名國老。假君子，牽牛也。含丸使者，花椒也。九日三宫吴，茱萸也。時美中，莳蘿也。魏去疾，阿魏也。骨鯁元君，萆薢也。野父，白頭翁也。玉虚飯，龍腦也。黑龍衣，鼈甲也。沙田髓，黄精也。無聲虎，大黄也。草兵，巴頭也。琥珀孫，松脂也。一寸樓臺，蜂窠也。八月珠，茴香也。吉祥杵，桔梗也。丑寶，牛黄也。化米先生，神麯也。混沌螟蛉，寄生草也。丹山魂，雄黄。青要女，空青。

員帽

部使者王化按浙，一舉人冠員帽入謁，王問曰：「此冠起自何時？」舉人曰：「起自大人乘轎之年。」王大慚，反加禮焉。

村老曰：員帽之制，聞祖宗以畀辟公車者，長途遮陽之用。想即唐之席帽，宋之重戴，乃春元輩欲以自别於生員監生，取以爲本等冠服。三十年前，吾邑春元盡皆用之，郡城獨不然。無論用違其制，亦殊不雅觀，今則吾邑亦用儒巾矣。若夫外官三品用幃轎，餘悉乘馬，祖制也。今之遵制者，唯一典史矣。

蟻子官

京師唯内宫婦人遇轎不下馬，不引避。宋栗菴太宰名纁轉長安街，一老媪面衣不避，隸者誤以爲男子也，呵而引之下。媪露而指太宰面叱曰：「我在京住了五十餘年，這些見了千千萬萬，希罕你這蟻子官。」隸人無如之何，亟前行，媪亦加鞭去。太宰到部，笑語同僚曰：「今日晦氣，空受了老婦人一場大駡。」同僚問故，語以狀，復大笑曰：「這媪眼孔大，一吏部尚書則當得蟻子。」聽者俱失笑。

村老曰：吾邑一富室，以資受閫幕，歸令縫人製袍服，恐其不如式也。諄諄告語曰領當如何，襬當如何。去而復來，一日之間十數叮嚀顧復。既成，取補令綴，語之曰：「若亦識此乎？」縫人曰：「識，此鷺鷥，七品服也。」閫幕曰：「若何便能識，豈亦曾製此耶？」縫人曰：「瞿會元，余主顧也。見會元初授編修歸曾服此，後學士則爲製白鷴服，今侍郎爲製孔雀服，殊燦爛也，故能識。」閫幕捫舌去。

林虞謝好奇

林釴字克相，閩人，爲文好用奇字，令人不識。然字非素習，不過臨時檢《玉篇》中不常見者填入耳。日稍久，或指以問釴，釴亦不識也。武林虞淳熙字德園亦如之，邵武謝申字耳伯，作文學樊宗師，一字不可解，且不可句。人之好奇如此，何異山魈山怪哉！

陳給事

給事名譔永樂時爲給事，奏事聲震朝宁。上令餓數日，奏對如前。上曰：「是天生也？」呼爲「大聲秀才」。已復忤旨，上命爲坎瘞之請，瘞者云：「吾今夕乃爲大甕所苦。」請其故，則罵曰：「叱嗟，汝不知耶？朝廷瘞人當如甕，可令速死。」瘞者從之，遂得屈伸，凡七日不死，釋還故官。此條見《涌幢小品》卷一三《中官祈哀》

王知府

王知府名進昌邑人，洪武初爲寧波知府。堂饌用魚肉，命埋之，號「埋羹太守」。有給事來謁，具茶，給事爲客居間，公大呼撤去，給事慚而退，又號「撤茶太守」。此條見《涌幢小品》卷一三《埋羹撤茶》

韓襄毅

襄毅名雍郡人，巡撫江西，每對庠士稱説《詩》《書》。庠士易之曰：「巡撫千字文秀才，安得稱説《詩》《書》。」公聞之，檄學使送諸生來考，以「律吕調陽」爲論，「閏餘成歲」爲策。

諸生皆不能詳，公曰：「我輩做秀才時，讀了《百家姓》便讀《千字文》，諸生如何連《千字文》也不讀？」士皆愧服。此條見《涌幢小品》卷一三《試諸生》

王御史

神宗四十年，南京御史王萬祚，嚴州人，巡江至我蘇，吾邑有女巫妖婬惑衆，士人擒以獻，其罪甚確。王覽牒忽大怒，坐士人誣，各與杖數十。時盛暑，斃者十餘人。王回京，忽睹群鬼撓之，搏顙叫曰：「這是我不是，我不是。」流血立死。此條見《涌幢小品》卷一三《鬼撓搏顙》

村老曰：太史公曰：「怨毒之於人甚矣哉！」邑有一掾孔□□，舞文殺人甚衆，後入京，以飛過海選北地某縣尉。方飲公堂，酒散入衙，履階即跪下，口稱饒命。家人出掖問故，曰：「某某在此。」皆其平日故殺姓名也。立刻死。又成、弘間，獄吏曹子文每承上官風旨，或受仇家賄囑，欲死其囚。謬先以疾申，不數日輒報死，實殺之也，如此者非一人也。一日，與衆坐獄舍，忽旋風從外來，子文色變神亂，張目若對語，曰：「某人某官所命，某人某家所囑，非我罪也。」語竟而死。又里中一庠士，亦以承望風旨殺一族人。未幾，生一人面瘡於左股，喞喞作聲，似人言語，欲噉彘肉。以少薄肉覆瘡口，痛少止，去肉復痛。後數日肉亦痛矣。始呼天，既呼父母，痛愈加。忽作念曰：「豈某兄祟乎？」痛輒止，復又曰：

「此某人指也。」痛又作。於是連呼「某兄某兄，饒我饒我」，日夜不停，聲徹於外，如此者月餘而死。此余所親睹聞者。

邱司寇

月峯名橓爲人極怪異，不近人情，在省中時，湖廣方巡撫名廉餽之五金，疏發其事，方以此去，人不直之。後居鄉，力却上官饋遺，而多負國稅。有縣令惡其矯，積所却餽遺數十百金，請於兩臺，以抵逋稅，邱大慚。此條見《涌幢小品》卷一三《却饋負稅》

纏足

客有徵及纏足事者，余不能知其所自始，姑應之曰：「纏足上古無聞。俗傳自妲己始，謂妲己乃雉精，足猶未變，故裂帛纏之。」然無所證據，不足信。齊末東昏侯爲潘妃鑿金爲蓮花以貼地，令妃行其上，曰：「此步步生蓮花。」又南唐李後主宫嬪窅娘，纖麗善舞，後主作金蓮高六尺，飾以寶物，鈿帶、纓絡，蓮中作品色瑞蓮，令窅娘以帛繞脚，令纖小屈上作新月狀，此即今之弓足也。則弓足始窅娘矣。然趙飛燕能爲掌上舞，子建賦《洛神》曰「凌波微步」，緑珠香塵無迹曰「步微」，曰「掌上無迹」，則纖細可想，豈模擬今之尺二天然脚乎？

且以今之尺二天然脚行金蓮上，縱十丈花如船藕，不知堪容幾踹。昔吴宫有響屧廊，以楩梓板藉地，西子躡屧而行則有聲。若今尺二之屧，其聲之厲當作何如，胡足傳也。故愚以爲纖足即非始於妲己，亦決不始於窅娘，及讀新都楊用修跋漢《雜事祕辛》中一段，有云：「余常搜考弓足原始不得，及見《祕辛》中『約縑迫襪，收束微如禁中』語，則纏足後漢已自有之。」博洽如用修，亦無定見，何况我輩乎？一日讀田子藝衡《留青日札》，其咏《雙行纏》有句云：「非乏蓮花承，頗厭笋芽縮。知音美自然，絲竹不如肉。」不覺噴飯。此獠村鄙殺風景若是，急取杜牧之詩及王磐詞讀之，始滌喉中之穢。杜詩云：「鈿尺裁量減四分，纖纖玉笥裹輕雲。五陵年少欺他醉，笑把花前出畫帬。」王詞《清江引·咏睡鞋》云：「猩紅軟鞋三寸整。不著地偏乾净。樽前换晚妝，燈下勾春興。幾回把醉人兒輕撥醒。」〔一〕

徐府丞

南京徐府丞文江，郡人，初名申錫，後申文定、王文肅入相，忽去錫字，止名申。爲省中所參，謂兼時行之雙姓，避錫爵之偏名。蓋文定初姓徐，而文肅則名錫爵也。府丞巧於仕宦，故省中以此嘲之。

兩宗伯

瑞州敖宗伯名銑與吴宗伯名山婣家，居相近。敖豪於飲，吴方初度，具冠服過觴之。及門已苦饑矣，吴戲出句欲敖對，對就方具酒，句云：「暖日宜看胸背花。」敖應聲曰：「寒朝最愛頭腦酒。」京師凡冬日客到，以肉及雜味置大甌中，注熱酒觴客，名曰「頭腦酒」，蓋以辟風寒也。吴人謂之「遮頭酒」。此條見《涌幢小品》卷一七《頭腦酒》

張經歷

閩人張萬里字廣陵，嗜酒，遇飲輒狂肆駡坐，醉吐街市中，且行且吐。群犬隨之，張目叱曰：「勿争！吾且盡吐所有與汝。」市人大噱。敏於文，久不第，後得官經歷。

劉滋

濮陽人劉滋，少爲庠士，家貧無以自活。然有心計，去逐什一之利，十餘年致數萬金。家藏白鏹皆鑄大顆，顆四十斤。有劇盜韓某者，使其黨刼之，得劉，劉曰：「若輩利吾財耳。」指示其藏所曰：「任自取。」賊見大顆喜，盡力携之，人不過二顆。既去，劉告家人，亟遠匿，賊且復至。賊復命於韓，韓曰：「此人殺乎？」曰：「未。」曰：「吾輩無噍類矣。」亟命復往殺之，劉已匿，無所得。韓曰：「敗矣。」携兩三顆遁去。既明，鄉人唁劉，劉曰：「財固在也」。告官捕之，不數十里，賊盡獲，金皆如故，獨失韓所携。此條見《涌幢小品》卷九《吴劉心計》

村老曰：吾里中有邱老四者，賊魁也。其伎倆堪與韓匹，其徒甚衆，有庠士從之游者，余識其人，不欲言其名，然已載之爰書矣。一日，令其黨刼海上一巨室，既得一二千金歸，衆各自誇詡其能，邱曰：「請各言其出入發篋之狀。」對次，庠士拍手笑言曰：「若等徒豪舉，何如我快暢，彼有美姝，我得而奸之。」邱嚬蹙曰：「噫！敗此役者必汝矣。吾不願分汝贜矣。」遂去，不復顧。未幾而事發，庠士獨受擒，爰書之醜，至今猶在人口。邱著一書名《胠篋祕訣》，甚奇，余得聞於庠士，戲語之曰：「此暴客《陰符經》也。」後聞此老賊在江陰，夜則聚夥行刼，晝則佯爲雙瞽，爲人推命。三年而人不識，卒以考終。

拆字

京師一術士姓趙名吉六，江右撫州人。善謝石拆字術，人有所叩，隨意書一字，則隨字解拆，吉凶甚驗，名甚譟。余偕邑中兩春元往叩之，時辛丑會場纔畢。兩春元一姓陳，一姓張，俱問前程事，余則欲得家報耳。入其門，趙方課一童子讀《學》《庸》，見我輩去，叱童子去，收書置几上。余指示之曰：「此兩春元，俱大才，赴罷會場，中固其所必然，所不知者名次耳。」陳春元即指其書籤上「庸」字，趙曰：「庸字上半爲庚，庚者更也，更者化也，今庚不成，更何能化乎？且公登第，便當用世，以不成之庚，壓於用上，正恐無所用耳。莫怪直言。」次至張春元，亦指書籤曰「大」字，趙嚬蹙不言。張曰：「但據理直言，何必忌。」趙曰：「依此大字，公亦尚須有待。」余曰：「試言其故。」曰：「移大字上一直置下中，成一不字，故沉吟也。」兩春元大笑，次至余，寫「貝」字，曰：「欲得家信耳。」趙曰：「尚遠，以貝字上目字横轉則爲四字，其四月初八乎？然四八成三十二，三月二十外，當有信。」余深信其言，歸即書而粘之壁，後三月且盡，家信茫然，時從兄廷珍初第，觀工部政，過余。酒中見壁間所識，方共訝家信之難到，忽一人突入，乃兄家紀綱名祥者也。相對一笑，余問家信，云：「在蔣侍御船。我于德州從陸先行，計其程，來月初旬必當抵灣。」至初八，余不待問至，先往灣中候之，蔣船初十始到，則在天津馬堂處擔閣兩日也。兩春元亦下第。後於郡人楊春元玉蒼名大潤座中談及，楊亦聞其名，欲往叩，楊時留京就選，應得有司，而李大冢宰對予名戴與楊之尊人大司馬震涯公名成有舊，已擬湖州司理缺矣。玉蒼書一「湖」字，曰：「就選得此地否？」趙曰：「水中撈月，豈能就乎？且君十口在水月之間，水月陰象也，當必有不安之耗，君不應久留此矣。」玉蒼又書一「柄」字，問曰：「此人在家安否？」蓋時已聞長郎有病故問也。趙曰：「移木傍右一點置左，顯是病字。」玉蒼又書一「席」字，問曰：「即病，無大妨礙乎？」趙曰：「此麻巾也，兆甚凶。」玉蒼不樂起，甫欲出門，而一人闌入，余識其爲常州薛延州，徐儀制嶧陽名希孟客也。時嶧陽偶有小痾，使之來問。薛書一「徐」字，趙曰：「衆人倚一木，不吉孰甚焉。」薛愠見於色，大聲叱曰：「小小風寒耳，便不起耶？」趙呵之曰：「毋怒，當爲君再繳一字。」則書「孟」字，趙前賀曰：「幸甚，無大害。」薛曰：「君言展轉，惑人法也。」拂衣去，不留謝錢。既去，語余輩曰：「此人性急，不與實言，移子一畫置皿上，則上爲了，下爲血，其人血已了矣，不死何待。」嶧陽果三日不汗死。玉蒼家問至，則長郎病劇矣。不及選而歸，其餘所聞甚多奇中。後以占右營佐擊孫光前病，惡其直，以妄言禍福嗾內刑廠監逮之。選歸江右，光前承運庫太監孫順姪也，未幾亦死。

多子

自古稱多男者，漢中山靖王勝，有男女一百人。張耆四十二男子，馮行己兒息二十二人，宋淮南程幹妻茅氏，連八年孿生十六子。我朝慶成王一百子。近時林公名宰辛丑進士，閩人，曾尹常之無錫，生五子，五子各生五子，共二十五人。二十五人生七十人，而女不與。

林尚未滿七十，四代得百人，奇甚。又有船婦，八乳生十六子。

村老曰：我觀《晝墁録》，載張、馮兩公多男之故，云：「耆開窗直廁舍，先以馬合，縱婢隔觀之，從而爲之，罔不成孕。行已每五更以湯沃其下部，日出方罷，無他術。」其言甚異，姑録以資笑。

陸　妓

吴閶潼梓門，有妓姓陸，頗有姿，性亦慧黠，名籍籍儕偶中，一時縉紳士夫悉與昵。每召客，争致之，非陸不歡也。後病瘵，其假母初亦稍爲醫治，湯藥既浸頹，門前冷落，遂厭惡之。病益亟，度不復有生理，乃不俟其絶，藁而置之城址，不復顧，已三日矣。有丐者日棹一舟行丐河滸，適過城下，見藁中蠕蠕動，啓視之則陸也。氣尚屬，抱之入舟，詢其故，始不能言。沃以湯糜，漸能言，語丐者曰：「吾以瘵疾見棄假母，若能憐我，置我舟中，瞑則埋之城下，即九泉不忘若德，幸而生，則願終身事若。」丐如言納之舟中，日以所丐得者飼之。不半載而瘵愈，乃日坐舟尾佐丐操舟，若夫婦然。往來閭閻，有年少某子甲，故陸所歡也。一日張讌河下，客未集，丐舟適就求食，某子甲顧見陸，大驚呼曰：「若非陸氏姬乎？聞汝死久矣，胡猶在也？得非異物耶？」陸曰：「兒人也，勿疑。」甲曰：「爾何以至此？此豈爾所居。」陸絮泣訴其母棄丐收之故。須臾而客畢集，見陸驚喜，無不幸其生存者。邀之過舟，不應。令人督促之，乃曰：「諸君貴人，奈何令丐婦行酒？」客曰：「爾故舊歡，非丐婦也。」陸曰：「昔娼則娼，今丐則丐。昔衣食於娼，今衣食於丐。諸君憐兒，則幸以殘杯餘瀝餉我舟中恩人足矣。何顔復抱琵琶過爾舟道故續歡也。諸君幸毋相迫，迫則問諸水濱矣。」由是諸客不敢違其意，乃相與謀曰：「盍召其假母來，我輩醵金酬丐，彼願既畢，當無辭於我。」須臾而假母至，語之故，驚喜過望，則女呼陸曰：「兒幸亡恙。」陸曰：「身非爾女，爾女城址下飼烏鳶多時矣。」假母曰：「兒勿執迷，兒不過欲酬丐活汝恩耳。今諸公願以十二金償丐，兒即不願再上青樓，諸公豈少外宅精舍，逸汝終身，顧不勝作丐婦乎？」陸曰：「不然。丐，貧也。娼，賤也。昔娼也，而實丐也。今丐也，而匪娼矣。與其爲娼，毋寧爲丐。且汝死我，丐生我，丐實我天，忍背之乎？」仍語丐曰：「有我在，不患無十二金，毋墮彼火坑計中也。」急棹去，某子甲令人迹之，則見其泊舟無人處，淅米炊飯，炊熟，取罐酒少鮭菜置丐前，歡然與之對食。此天啓三年事也。於王阿咸所目睹者。

村老曰：余記陸妓事，而不覺淚簌簌下也，余少時爲人齮齕訐訟，十年不解。兩遇深文吏，羅致幾不免，後得三公立解。三公者，一爲茶陵陳尚書楚石名薦，一爲仁和江都憲纘石名鐸，一爲吾邑翁稽勛兆和名愈祥，三公於余有二天恩，而余涓埃未有以報，徒懷耿耿寸心，蓋江、陳兩公，身在日月之際，稽勛則夭，吾儕小人，安所施其犬馬也？然不勝愧此妓矣。

又曰：或疑漂母一飯，韓王孫報以千金，以爲施輕而報重，設施有過於一飯者，又當如何？余曰：「不然，一飯施於飽飫饜足之時，則誠輕。施於得生失死之際，不啻重矣。千金施於尋常温飽之家，則誠重誠難，施於三齊王分茅胙土之後，可以生人，可以殺人，可以貧人，可以富人之日，不啻輕且易矣。雖然，烏可責之今人哉？」客有謂信陵君曰：「事有不可忘，有不可不忘。公子有德於人，願公子忘之；人有德於公子，願公子毋忘。」嗚呼！使天下盡如客言，則《中山狼傳》可以無作，而張安貧兒惡用鏤臂哉！

周公瑕

周公瑕名天球，吴人，善書。少爲文徵仲獎賞，感之甚。設像中堂，歲時祀如祀先。與王百穀名稚登、張伯起名鳳翼相左，見即避去。無子，子弟之子長康，亦夭無子，以甥邵姓者爲嗣，亦不克終。尚欲增徵召一段。此條見《涌幢小品》卷四《公瑕設像》

【校勘記】

〔一〕任中敏《散曲叢刊》亦收録此曲，然文字稍有不同。《散曲叢刊》本「樽前」作「燈前」，「燈下」作

「被底」，「幾回把醉人兒輕撥醒」作「醉人兒幾回輕撥醒」。謝伯陽主編《全明散曲》（第一卷）亦同。任氏又云：「《雪濤詩話》作『新紅染鞋不落地，能乾净被裹』，末句作『幾番間把醉人兒蹬踢醒』。」

三家村老委談　卷八

海上徐復祚陽初甫編次

葉臺山日本論

論曰：我太祖高皇帝威靈遠播，北暢南洽，獨倭馭之而不馴，綏之而愈貳。東甌、江夏，僇力經營，保障之具，犂然畢舉。顧鉅防隳于平世，疆事弊于匪人，重以匪茹罔懲，包荒太甚，郊關弛禁，虎兕狎游，遂令貢使内訌，姦民外市，紛紜糾結。干戈日尋，毒流海内，十載不靖。祖訓之嚴于絶倭，淵乎卓哉！真萬世之龜鑑矣。仍節録其叛服之略於後。

日本古倭奴國，在東海中，地分五畿七道三島，又附庸國百餘。大者五百里，小者百里。最桀黠，俗喜盜，輕生好殺，每戰必單列緩步，爲蝴蝶陣。前一人揮白扇爲進止，木弓竹矢，以骨爲鏃，刀極剛利，中國不及也。男子魋頭、斷髮，黥面、文身，婦人披髮跣足，間用屨，此其大略也。洪武二年，寇山東、淮南，明年再入，轉掠閩、浙。上遣趙秩諭其王良懷，旋表稱臣入貢，然其爲寇掠自如，瀕海郡縣，迄無寧歲。乃令所在造海舟防倭，嗣復屢貢，以其語謾，并却之。十三年再貢，所奉丞相書倨甚，命錮其使。明年復貢，命禮臣爲檄，數而却之。已復匿兵貢艘中助惟庸，事發，上乃著祖訓示後世，毋與倭通。而命信國公湯和、江夏侯周德興，分行海上，視要害地築城設衛，所摘民爲兵戍之，防禦甚周。倭不得間，小小入，與我軍相勝敗。永樂元年，其王源義道遣使入貢，時我方招來諸島夷，絡繹海上，倭乘之爲欺詐，瀕海復騷。未幾寇遼左，都督劉榮大破之，馘無孑遺。宣德時，遞貢遞掠，備嚴則貢，得間則掠。與之期不遵，我亦取羈縻，示寬大而已。倭益肆無忌，至焚官庾民舍，縛嬰兒竿上，沃以沸湯。卜孕婦男女，剖視賭勝爲樂，慘毒不可言。正德四年，王源義澄遣使宋素卿來貢。素卿者，鄞人朱縞也，逃入倭，有寵于其王，易姓名充使。其族人相與耳目爲奸利，守臣白發之，禮臣恐失外夷心，置不問。素卿厚賂閹瑾，賜飛魚服，遣歸。嘉靖二年，再奉使，至是時，國王源義植孱，諸島爭貢以邀利，大内藝興遣宗設謐道先素卿至，俱留寧波。故事，夷使以先後至爲序，市舶中官賴恩墨素卿財，先素卿，宗設大忿，相讐殺，戕指揮劉錦、袁璡，大掠寧波，奪舟去。巡按御史以聞，禮臣仍右素卿，以給事御史言，乃下素卿獄，論死，没其資，絶貢者十七年。至嘉靖十八年，其王源義晴復貢，乞易勘合，還素卿資，不許。仍申約貢必如期，舟三人百，不者却勿受。夷性婪，違約如故，内地奸豪往往與爲市，不償直，夷索逋急，則恫喝官府以縱寇爲辭，共出則陰泄之。倭速其去且樹德也。如是者久之，倭大恨，言我挾王資而來，不得直，何以歸報，因盤據島中，我亡命無賴及小民迫於貪酷饑寒困苦者，咸相率從亂，東南之禍大作。于是朱紈以巡撫蒞治之，紈日夜飭兵，嚴糾察，上章暴勢豪交通罪，奸謀稍解。紈竟爲豪所中，自殺，賊益猖獗。三十一年，殘浙東，明年犯太倉，破上海、崇明、嘉善諸邑。時王忬爲巡視，忬經略摘發，頗有緒，旋移大同去，李天寵代，將則盧鏜、湯克寬、俞大猷。是時倭至無虛月，屯據柘林、川沙、窪青村、陸涇壩諸處，四出流剽，而柘林賊最劇，鏜戰孟宗堰，大猷戰金山衛，天寵合諸將兵戰烏程縣之窯墩，皆不利。別將李逢時率浙東兵戰新涇橋，小勝，隨大敗。三十三年，張經爲總督，經前總督兩廣，有威惠，計調廣兵禦倭，兵未集而工部侍郎趙文華以禱海至，文華素夤緣大學士嵩，貴幸，頤指經，經自以大臣位其上，自重不爲下，文華屢促出師，經以兵機秘，業已刻師期，不告也。文華遂劾經養寇，并及天寵，詔逮訊。時經已與賊大戰王江涇，破走之，斬首千九百八十有奇。進攻陸涇壩賊，又敗之，斬首二百七十有奇。焚其舟三十餘艘，倭大創。經上疏自理，不聽，竟論死西市。以周琉代經，胡宗憲代天寵，琉未幾去，以楊宜代，屬文華督察其師。倭來者益多，大衆掠江北，焚漕舟，文華盛集兵，戰於陶宅，敗績，遂還朝。應天巡撫曹邦輔再戰再敗，惟蘇松參政任環戰大捷，賊別部自日照登掠贛、榆，自上虞登掠高埠，皆不滿百人，官兵莫能禦。高埠賊轉掠浙西南，直破南陵、溧水，横行數千里，殺傷無算，至蘇州乃滅。諸將大猷等逐賊海上，頗有斬獲，而閩、廣倭大至。三十五年，楊宜罷去，宗憲代，阮鶚代宗憲，文華復出督師。時浙賊惟陳東最强，此下俱别有紀。徐海後至，與之合，參將宗禮率所部河朔兵九百人與戰于崇德，三遇三克，追逾橋，橋陷兵隤，禮死之。賊進圍鶚於桐鄉，鶚固守，不能拔，乃解去。而宗憲欲搆二賊，乃遣人至海所，若爲好語者，東疑之，宗憲則厚賂海，使執東自贖。海許諾，即計擒東及其黨麻葉等百餘人以獻，而自率其衆别營梁莊。官兵遂圍東巢，盡殲其餘黨，進攻海于梁莊。海死，别部據舟山，俞大猷攻之，未下。會夜大雪，大猷督兵進，賊拒戰，敗歸巢，擁栅自固。我兵縱火焚之，斬首百四十餘級，餘悉死巢中，兩浙平。其明年，誅王直。王直者，徽人也，嘯逋海上。能號召諸夷，治大舶，巢五島中，奸商王激、葉宗滿、謝和、王清溪等其集衆，相與署置。倭之來，皆直等導之，宗憲欲招之，乃迎其母妻至杭，供具犒惠甚厚，而先是鄞生員蔣洲者，上書督府，言能説直使禁戢諸夷，毋内犯。宗憲遣洲行，以生員陳可願副之，至五島，直邀入，爲言日本方亂，往無爲也。誠令我輩得自歸，無難倭矣。遂遣養子毛臣同可願還，且白直語，而傳送洲至後島，其島主留洲，稍爲傳諭諸島。居二歲，乃遣僧德陽及夷目四十人隨洲來入貢，直亦許俱至，而宗憲亦遣毛臣歸報直，所以游説百端，至是直乃來。御史王本固疏言不宜招直，異議鬨然。

今直至，覺有異，乃先遣王激入見宗憲，曰：「吾等奉招而來，謂宜信使遠迎，宴犒交至也。今行李不通，而兵陳儼然，公毋誑我乎？」宗憲曰：「國法宜爾，毋我虞也。」與約誓堅苦，直終不信也。曰：「果爾，可遣激歸。」宗憲立遣之，復以指揮夏正爲質。直乃使毛臣、王激守舟，而身入見，頓首言死罪，且陳其與洲戮力狀。宗憲慰藉甚至，令居獄中俟命。疏聞，詔誅直。始宗憲本無意殺直，以本固争之强，議者且謂其受直金，欲貸其死，故宗憲懼不敢爲請。直死，王激、毛臣殺夏正，率餘衆據舟山，征之逾年乃解。三十八年，倭寇江北，分數道入。巡撫李遂馳至如皋，與賊遇白蒲，諸將言宜及其未定擊之，遂曰：「夫戰貴得地，賊方鋭，而我軍未嘗見大敵，即小挫難復矣。」約勒軍中毋得言戰。賊益進，遂策曰：「賊分道入，過如皋，必且合，合則道有三：自泰州逼天長、鳳、泗，即皇陵驚，最要。自黄橋逼瓜、儀，摇南都而梗漕，次之。若從富安而東，海濱荒凉，擄無所得，至廟灣絶矣，乃吾得地也。」於是部諸將防遏，令毋得過天長、瓜、儀，而分兵綴賊後。賊果走廟灣，遂欲以策困之，通政唐順之以視師至，促戰，斬獲甚衆。順之會有他役，釋去，遂益合兵攻圍，賊困甚，欲遁。副使劉景韶督兵焚其舟，賊救舟，我兵水陸攻之，大潰，斬首八百餘級。江北倭悉平，其寇福建者張甚，連攻破寧德、福清、永福諸邑。巡撫阮鶚罷去，王詢、劉燾、游震得相繼撫閩，無尺寸功，宗憲檄參將戚繼光往援。時賊據寧德之横嶼，阻水爲營，路險隘，官軍坐守逾年，莫敢進。繼光軍命嚴，所部用命，至則令軍中人持束草填河進，力戰，大破之。生擒九十餘人，斬首二千六百餘級，焚溺死者無算，奪所擄三千七百餘人歸。乘勝勦福清、牛田倭，又破之。繼光初至，福清邑令及父老請師期，繼光曰：「吾兵疲，且休矣，俟緩圖之。」賊偵者歸告，不爲備。其夜督兵行三十里，黎明破其巢，邑人尚未知出兵也。繼光歸，賊復肆。四十一年，攻陷興化，總兵劉顯去賊一舍，而軍不敢戰。復命繼光往，時賊方巢平海，聞繼光至，欲逃，爲俞大猷所扼，不得出。繼光督軍薄戰，大猷繼之，因風縱火，賊皆靡，巢中無脱者。支黨寇仙游、連江諸處，盡討平之。當是時，微繼光，幾無閩。未幾，廣東倭亦爲官軍所敗，逃至甲子門，將奪舟入海，暴風盡溺，得脱者僅二千餘，留屯海豐。俞大猷就圍之，賊食盡欲走，副總兵湯克寬伏兵待之，賊至伏發，擒斬幾盡，倭患遂息。自東南中倭以來，十餘年間，中外騷擾，財力俱詘，生靈之塗炭已極，倭亦大傷，至盡島不返。隆慶時，海上逋寇曾一本等，復稍稍勾引入犯閩、粤，我亦嚴爲備，旋至旋撲，非如嘉靖之季矣。始倭盛時，議者以市舶罷，夷無所衣食，故反，宜開市如諸番。參將大猷以爲倭與諸番不同，諸番産物多，舶至而徵之，其利厚。倭之市僅一刀一扇，無他産可利也，而又生禍端，國初絶之，今忍開之乎？且倭能苦我者，以我陸而禦之，主客反而勝敗分也，吾以海爲塹，以舟爲家，明風候，嚴約束，來擊去追，倭可創矣。舍此不圖，而輕與之市，爲國家生事，後必悔之。大猷習

海上事，後多用其畫。此條見《國朝獻徵録》卷一二四、《蒼霞草》卷一九

節録范鹿園海寇議

東南海上自來無寇，近年海禁漸弛，貧利之徒，勾引番船，紛然往來，而海寇亦紛然矣。然船各認所主承攬貨物，裝載而還，各自買賣，未嘗爲群也。後因强弱相凌，結黨依附，推一雄强者，以爲船頭，分泊各港，兼行劫掠，亂斯生矣。於是誘日本各島，貧無籍倭奴，籍其强悍，以爲援翼，雖名販貨，俱成大寇。徽州許二住雙嶼港，此海上宿寇所最强者，福建陳思盼住橫港，後許二爲朱都堂名紈引兵破其巢穴，焚其舟艦，將雙嶼港築截，而許二遂遁去。王五峰名直亦徽州人，原在許二部下管櫃者，素有謀勇，領其餘黨住瀝港。有王船主者領番船二十雙至海洋，陳思盼往迎之，約爲一夥，因起謀將王船主殺害，奪領其船。其黨不平，陽輔思盼而潛通五峰。五峰正嫉思盼之厭己，而瀝港往來又必經橫港，慮被邀截，乃潛約慈溪積年衙棍柴德美，令報寧波府，白之海道差發官兵。詗知其駕船出掠未回，又俟其生日飲酒不備，内外合，并殺之。擒其侄陳四并餘賊數十人送官，餘黨悉歸五峰，自是五峰之勢益張，而海上遂無二寇矣。五峰以部船多，乃令毛海峰、徐碧溪、徐元亮等分領之，因而往來海上，四散劫掠，番船出入，無復敢阻，而與販之徒紛錯於蘇、杭，公然無所忌憚矣。守

港諸弁，或饋時鮮，或送酒米，或獻子女，甚有饋紅鞓玉帶五爪蟒袍者。把總張四維因識柴德美而通五峰，見則蛇形俯伏叩首，甘爲僕隸。參、游諸君，爭自結納，歲時饋遺，厚往薄來，法禁之壞，至此極矣。自其破黄巖、屠霩霍而其志益驕，五峰冠紗帽，蟒袍玉帶，金頂黄傘，其頭目俱大帽袍帶，銀頂青傘，侍衛數千人，胄而甲者百，五色旗幟耀日爭輝，早晚闢門舉炮奏鼓吹，一用開府威儀。坐於静海操江亭數月，先稱天下大元帥，后稱静海王，腰斬指揮，殺府知事及百户數人。數月之間，沿海軍民被殺數萬，罪惡滔天，而當事之人，猶務涵容隱諱，嫁言倭奴酋長爲誰，是烏可餙也。至於五峰之眷屬徐碧溪之子，方且陽陽意得，出入往來，略無忌憚，或既擒而復縱，或兄王而弟還。海外物貨，公然搬運至家，無敢正目而視，猶謂國有法乎？至於徐碧溪、毛海峰及碧溪之侄明山，皆親破黄巖而屠霩霍者，一切釋而不問，當事諸公其謂之何？或者曰行法。慮以招募此巽懦之夫，畏忌之説也。必欲法不行而募不招，不幾陶士行所謂遵養時賊乎？又有貧圖賊利，欲變祖宗成法倡爲開市之説者，全無後慮，且不知致亂之原在於法弛，詎由法振哉！吾恐海市一開，全浙危矣。夫勾引者不誅，則海賊之必不可去；縱逞者不正其罪，則黠滑者何所忌而不爲，當事者以爲何如？此條見《玩鹿亭稿》卷五

倭寇記略

嘉靖癸丑四月，崑山爲倭賊所攻圍，都司梁鳳承檄來援，巽懦不敢前，於是賊自四月初七日起至五月廿二日止，圍凡四十有六日。初其攻也，止利鏃遥射迭發，時以佛郎鉛錫銃間之。又數日，則以雲梯無數倚城，至有緣梯近堞者，有持長釘手鈎而上者，俱被殺，賊乃退。又數日，則各背負門扇，或擁木商篺舍，蒙以濡被，隱其下以拒矢石。穴其郛，入於闉，以火藥舊絮焚門，闔門幾敗。城上乃用油罐蓑，裹以火藥，引火爇之，天又轉風助熾，賊於是皆突走，獨焚門者不出。傍一人云：「此樓板有隟，何不撤起灌以熱油沸湯乎？」問其姓名，曰：「我唐勝也。」即如其計，殲六賊焉。又石擊其二大王，最名梟雄者斃之，賊勢乃稍稍引却。於是令城中遍索唐勝，將賞之，訖無其人，咸謂神祇顯化云。今就城立廟祀之，即所稱卜將軍廟者是也。當是時，微唐策，城無幸矣。至五月初九日，張同知以狼兵至，殺賊二十餘人，惜後援不繼，尋有□□之敗。然賊氣已阻，去志決矣。至二十二日，乃退盡，至九月而入吾境。嘉靖三十二年癸丑，倭奴煽亂，猝犯松江、太倉，且入邑境。邑令王蒼野名鈇，字德威，浙之東鄉人，以壬子至，素有才幹。時承平日久，兵不能猝練，乃閲獄簿，得重犯桀黠數人，許立功贖罪。邑故邊海，大豪多藪亡命非奸。先是監司檄令收之，公曰：「招之便」。亡何諸豪踵至，公盡貰其罪，俾隸署中爲爪牙。至是語之曰：「寇且至矣，爾輩何以報我？」咸曰：「願效死。」乃立爲耆長，俾部署良家子弟，得數百人。日夕訓練，而自挽强弓鵲射以教之，試以擊刺，無不應手靡者。邑城自勝國來，其址久圮，議築之，而苦財詘，適富民譚曉争産，獻資四萬，公乃下令鳩工庀財，晨車夕騎，日僕僕畚鍤間，食不遑咽，稍不趨事者，手抶之，甚且馘其耳。蓋僅板三縮，而倭已至福山，時蓋九月終也。或三四或八九，四散刼虜，莫敢誰何。王公曰：「虜且内向薄城，彼見吾樓櫓未立，必攀援上壘，立陷矣，不如逆之，且示有備。」於是立部分其屬，洎鄉縉紳居守，而自率耆民兵逆於尚墅。有主薄李宗昭，廣西人，其蒼頭李安素精悍敢戰，適有賊八人從民家醉飽出，安猝與遇，挾毒弩射，連殪三人。賊見人寡，舞刀來迎，安又挺刀殺二賊，賊鋒已挫，而安忽爲田塍所蹶，被殺。然賊氣大沮，全夥宵遁，安之功也。王公葬安於邑厲壇，至今稱爲李義士墓云。明年爲甲寅，夏四月，倭寇復臨城，焚抗，烟焰冒城，日色爲昏。時城甫完，而賊陰伏其黨城中，厚集其醜，直犯東門，令善泅者浮水而渡。時王公新募打生弩手，俟其半渡，發矢斃之，旋一倭出援死者，矢又中其首。鏃出於背，王公又搜得其所伏黨及爲向導者，親刃而支解之。尸於城上，賊稍却。又明日，大雨，新城四崩，賊乘其崩，復集城下。王公亟呼民補葺缺陷，親頂笠衣蓑，督之，城復完，賊又稍却。王公曰：「賊未得志而却，是懈我也。」倍繕具待之。詰朝，果突至，乃督兵出，間道接戰，斬首數級。賊潰走，掠三丈浦。公馳羽書乞援，備兵使者任復庵名環統苗兵應。會天雨，未戰，猶豫，卜靈棋決之，繇曰：「有客王孫，夜叩我門。以往應之，其福無倫。」是夜公果叩任公門，請昧爽進兵，任喜，遂進戰，大捷。斬首百五十級，生縛七人，溺死無算，城得保全。又明年爲乙卯，倭賊自無錫來，刼關稅巨萬，載二十餘艦，過蘇州，取道齊門，入縣境，欲由華蕩下西湖，過墅橋，經三丈浦，還海上。諜報至，王公曰：「虜乃欲寄徑吾地耶？吾在而坐視其揚揚去，何羞也！」鄉紳有參知錢雲江名泮，字鳴教者，素善射。初賊至，從公登陴，耦而射，相顧沾沾喜。至是力慫恿公躡取其艦，耆民錢班、宋濤輩，又皆淺躁懦夫也，冀邀利，或可濡染，亦力慫恿之。遂急徵兵，乘舸追擊之，而自與參知爲先鋒。賊詗知公計，乃輕舟過險，詭藏其精鋭，而使一二孱弱者當我，公追及於尚塘，伏發襲公舟中，公與參知倉卒登陸力戰，足陷葦淖中，遂遇害。錢亦死，班等及家丁死者五百餘人，唯最黠不前者得脱。翌日，賊揚帆入海去。是日也，日無光，山無色，民無生氣，哀號之聲徹於閭巷。備兵使者任公復提兵至，城乃獲全。事聞，詔贈公太僕寺少卿，蔭一子錦衣衛百户，世襲，建專祠，春秋祀以少牢，子孫遂家於吾邑。參知卹典亦同。

村老曰：聞之長老曰：「是役也，錢君實戎首云。蓋錢君家近三丈浦，懼賊刼掠，故慫恿邑侯出勦，實自衞也。王公屢勝，未免有驕心，兵驕者敗。先民之成訓，信其然歟。然屢年之勝，賊志已懾。二十餘艦之載，厥欲亦飽，特寄徑吾邑，取海道耳。即縱之去，亦不謂怯，公乃倉皇奮劍，陷淖就殞，不亦大可哀哉！時趙文華方銜命視師，擁旄吴門，堞間列卒如林，賊接艫過之，至以所掠火攻具中堞卒，多死，而不聞發一令，加一矢，何耶？甚矣賊臣之誤國也！」又聞王令未遇難前，朔望行香到學，有掌教真雲峯，語及一相士蔣姓者，術頗精。王公云：「可令到縣衙來。」既而待之殊薄，蔣亦嘿然而退，復詣真，真迎問曰：「王公何如？」摇手答曰：「不足道，此人眼上視，于少保流也，且氣色沉滯，禍不遠矣。」真止之曰：「王性簡傲，不足君所耶，何至詛之？」蔣曰：「不然，余今去矣，公必及見之。」越二月而有蕩口之難。又聞顧一江名玉柱，字蠹卿初官京師，嘗赴人席，錢雲江亦與坐。有一主政善相人，數目錢，錢有事先別去。主政問顧曰：「錢有子否？」顧曰：「有，且多。雲江十二子。」主政曰：「然則恐難考終矣。大率人長大無鬚，法應孤。今有子且多，其能免乎？君試記之。」至是與王間及於難。吁！此兩人者，何奇中若此。可見人生定命，必不能逃。又聞慈溪一事，并附此。嘉靖丙辰七月十一日，慈谿縣爲倭賊所破。先是，本縣有王侍御者，善天文，知星氣，每以禍福言於人，十常四五中。至是月之初，言於邑宰曰：「某常望星氣，圍城人當受禍，某亦似難免。」盍備諸，時賊聞尚緩，宰甚迂之。居又三四日，復往告宰曰：「禍迫矣，無備城且陷，毋迂吾言也。」宰曰：「然則當在何時？」曰：「十一日。」時賊已有耗，宰乃聽之。諸凡庫藏獄囚卷宗之類，悉上之府。邑人信而徙者十一二，重遷者多竊笑其安。至初十日，侍御公悉遣諸房眷去，有重貨二櫃，身與二子守之。坐而假寐，天甫明，寇已在城矣。與二子悉被殺，重遷者屠滅無遺。夫人之禍福，患不能前知耳，知之宜可免也，况自知乎？智足以知天，而不資之身卒喪於後時。勢可以圖全，而係戀之心卒累於可欲，豈故自取之耶。抑其數之無可逃也。又聞之長老，三十二年三月朔，日出時，有黑員如日者以百數，與日并麗。日上有物覆之，如月魄，而差小於日，摩蕩閃爍，日爲茫昧，光四漏如綫。時江、浙、建、廣間，無地無年不中倭，屠城邑，殺官長，焚室廬，殺害人民、淫汙婦女無算，流離載道，所在邱墟，迨今天啓四年正月二十八日，日中有黑眚掩覆，日無光，其傍復有數十黑子連綴，纍纍如貫珠。二月初三日，未申時，日傍復有一日，相摩蕩者久之。一日忽墜，不知占候家當作何事應。

又明年丙辰三月，倭賊自太倉界登岸，過吾邑福山港，謀欲來攻。會士兵遺打生弩一張，爲賊所得，數賊并力欲絃之，堅不可上，駭而問人曰：「城上如是者有幾？」其人曰：「奚止數百千。」賊吐舌。遂息意吾邑。西至江陰，圍城積月，殺傷無算，城上備禦竭矣。一日向晚，忽一夫泅水而來，呼城上人速救我，我救汝一城性命。旋有數賊注矢欲發，城上人促下一板蔽之，絚而升。問其説，曰：「有細作九人，匿某所某家，約今中夜竊發。令九人者先誘入城作内應，外則具竹梯乘而登也。」於是選兵往擒，果見九人者結束將發矣。即斬而竿其首，示城上，賊於是氣沮。明日徐引去。萬曆十九年七月初十日，海濱訛傳倭夷入境，城門晝掩，民間倉卒驚怖逃竄，富家大族，争先入城，褰裳涉水，多溺死者。越數日始息，聞之沿海諸縣皆然，不知言所自起。

村老曰：自古稱四夷之獷猂，必曰「北狄」，乃所聞倭奴之敢鬥輕死，有北虜所未嘗有者，姑就余所聞記之。甲寅，崑山城下之戰，一虜酋持雙刀，獨自窺門，城上桀巨石，投中其背，悶欲絶。頃之復蘇，仍又舞刀窺門如故，復中巨石，乃斃。蘇城婁門之戰，一巨酋被鈎刀手破腹出腸，乃奔入一寺中，取榼縛於腹而出戰，我軍意其腰纏也。争向前誅之，解視其縛，則滿榼皆腸臟。劉將軍名顯實應之戰，一賊舞雙刀而來，劉揮刃解其一膊，復戰如故。俄又解其一膊，乃以頭奮觸而來，至絶項乃止。嗚呼！此豈人類也哉。我軍以烏合之衆，懷畏死之心，而欲與相角，宜其所向無前，而奔北者相繼也。其入寇必乘東北風，故每歲清明後至五月，重陽後至十月，常多此風，入寇必於斯時。故防海者以三四五月爲大汛，九十月爲小汛，然自丙辰至今七十年矣，而寂然無警，村老幸生太平之世，含哺擊壤，誰之力哉？

茅鹿門勦徐海始末

徐海之擁諸倭病我東南也，數年於兹矣。至丙辰歲，乃擁衆數萬，焚舟而來。分兵四路，擾我内地，合故柘林賊陳東之衆，先圍乍浦，去掠峽石，越皂林，出烏鎮。時總督胡公名宗憲、提督阮公名鶚俱引兵尾其後，參將宗禮、裨將霍貫道霍乃義官，不知何以稱裨將。俱河朔驍雄，率所部八百人，數與海遇，屢挫其鋒。會一日絶餉道，火藥又盡，空腹之戰，二人俱没。海於是乘勝與陳東圍阮公於桐鄉，勢甚危急，而胡公兵皆畏賊，莫敢援也。會胡公先遣辯士諭王直，直聽之，遣其養子毛海峯款關謝罪，乘機遣諜以其事語海。海聽之，率衆退。陳東聞之亦退，桐鄉之圍始解。海因間遣酋亦輸款，胡公答之甚厚，此海歸心於公之始也。公策海雖暫内附，其中固不可測。於是遣諜各離間諸賊，使相猜忌，不得黨合。因説海，既内附，何不擊他賊以明本心。海諾之，因間擊吴淞江之賊，斬首千餘級，海於是漸就約束矣。輩所載飛魚冠及他器甲數十種，獻諸公，時海以桐鄉之役，爲陳東所忌怨，而海麾下書記葉麻者，最黠悍，胡公謀以次縛之，以死海内向之心。於是説海縛葉麻，葉麻果就縛，而東不可得也。會監督趙公名文華提兵至，胡公遣諜語海曰：「我欲寬若，趙尚書以若罪大不可恕，非縛陳東以贖，事不可解，奈何？」又出葉麻獄中，令詐爲書與東，令反兵賊殺海。故不以遺東而陰泄之於海，海讀其書，流涕，益德公之庇之也。念東薩摩王弟，故帳下書記，於是重賂王弟，詐東代署書記，海是夜乃得東縛之，獻之軍門。葉與東相繼縛，其麾下酋故隸二人者俱洶洶疑懼，海又懼其爲變，凡形迹稍不安者，即又縛之，又百餘人，皆巨酋也，而其勢漸以孤矣。公乘其勢之孤，即又遣諜告曰：「聽我艤舟數十海上，若誘之逐海上艘，吾爲汝合力俘斬以謝趙公，若亦因得以自完。」海從之。合官兵俘斬數十百人，没死者無算，海於是自以功足以報國矣。請東甲入庭謁，諸公皆許之。至其入款也，乃先期一日而來，且胄而入，諸公皆心怒其黠，姑且厚犒遣之去，計不誅之，東南無寧日也。以水保之兵未至，且款之以懈其心，令自擇便地居之。得沈家庄，沈家有東西二庄，説海率所部居東沈家庄，而以西庄居陳東黨，海一一聽命，二黨既離居，而讒間易行矣。詐令陳東遺書其黨，謂海已約官兵夾勦汝輩矣。東黨怒，勒兵至海所，大罵，挺矟亂鬥，衆大囂。官兵諜知，適永保兵俱集。明日乃四面墻合而進，瞰壘下擊，縱炬焚之，海窘，沉河而死。千餘酋搜斬立盡，扣其二侍女，得海死所，取其屍，斬首令軍門。

村老曰：鹿門先生文名滿天下，此記何敢輕置雌黄，獨其敍事支離，如薩摩王弟一段，諜告艤舟一段，庭謁胄入一段，俱含糊不明，豈有所隱諱耶？何色澤之闇晳也？且徐海之勦，此專歸美胡、趙，而史則直以爲阮公之功，多相矛盾。故復據沈越御史所纂《嘉隆聞見》

節略諸公功次於左。

王　忬 大倉人，號思質。

嘉靖三十一年壬子，夏四月，倭破黄巖縣，大掠温、台、寧、紹諸郡邑。時海禁既寬，而舶主土豪益連結倭賈爲奸。徽人王直以亡命走海上，爲舶主渠魁，與其黨徐學、毛勳、徐海、彭□數十人，列兵近洋，築室山隤，乘巨艦爲水砦，出入寇掠，引倭萬餘，破黄巖縣，殺掠甚慘。自舟山、象山，流刼温、台、寧、紹，浙東大震。廷議遣一重臣巡視，乃以都御史王忬巡視浙福海道，假事權得便宜行事，且勦且撫，勿拘條例。以都指揮俞大猷、湯克寬爲浙閩參將，忬乃倚爲心腹，徵狼士兵及各郡桀黠少年分隸諸將，布列瀕海各鎮堡，浙人恃以無恐。次年癸丑，王直復糾漳、廣群盜，勾集各島倭夷，大舉入寇，連艦百餘，蔽海而至。南自台、寧、嘉、湖至蘇、松，迄淮北。濱海數千里，同時告警，俄而攻破浙江昌國衛，屯據凡五日，大猷以舟師攻之始去。既又攻太倉城，不克。分衆四掠，燒燬闗廂公私廬舍，有四十倭突至浙江乍浦，往來平湖、海寧、海鹽諸境，焚僇慘虐，官軍禦之皆敗。凡十六日，竟徜徉奪舟而去。既又兩破松江、上海縣，殺縣丞宋鰲，其首據官衙，號令，餘衆則掠街市，凡七日去。既又破浙江臨山衛，乘勝西犯松陽，知縣羅拱辰禦却之，賊浮海走。俞大猷以舟師邀擊，斬首六十九級。既而圍湯克寬於海鹽，環四門攻之，不克。縱火焚城樓及民屋數百間而去。未幾攻陷乍浦所，拱辰復督兵來援，倭引去，流刼奉化、寧化諸處。克寬追圍於獨山民家，以火爇之，賊半死。而太平府同知陳璋，蘇州府同知任環，復統兵至，斬首千餘級，餘寇出境。倭自閏三月登岸，至七月始旋，留內地凡五月。攻陷郡縣，殺掠焚蕩略盡，百年所稱蕃盛安樂之區，蕭然鬼燐終宵矣。忬嚴於偵刺，凡沿海大猾稱倭內主者，悉繫案覆其家，自是倭奴不復知我虛實。甲寅六月，大同巡撫缺，忬遷去。

張　經 福建人

甲寅秋七月，倭復流刼，自蘇州至嘉善縣，轉趨松江出海。大猷擊敗之於吴淞所，擒七人，斬首二十餘級。賊乃自嘉興屯、採淘港等處，進薄嘉定縣，募兵。參將李逢時與許國以山東民槍手六千人至，與賊遇於新涇橋，逢時麾下先進取之。賊退，據羅店鎮。擊之，禽斬八十餘人。許國恨其背己立功，乃別從間道襲賊，以分逢時功。追至採淘港，伏起，官兵大敗，溺水死者千人，山東兵遂不振。然以北土烏合之兵，驅之南方沮洳之地，固非其宜。於是廷議欲徵狼土兵勦賊，以南京兵部尚書張經嘗總督兩廣，有威惠，爲狼兵所戴服。乙卯正月，勅令以兵部尚書總督直隸浙福軍務，以便宜從事，開府置幕，自辟參佐，經亦慷慨自許，中外忻忻，皆謂寇不足平。四月，廣西田州土官瓦氏引土狼兵應調至，經分隸俞大猷等。時倭據川沙窪、柘林爲巢，新倭復至，趙文華時至松江祀海，欲引狼兵立功以自張，乃厚犒之，激使進勦。至漕涇，遇倭，與戰不勝。頭目鍾寅、黃繼等十四人皆死，復恣刧掠。五月，倭四千餘人突犯嘉興，經分遣參將盧鏜等督狼土兵水陸擊之，賊遂北走平望。副總兵俞大猷以永順宣慰司官舍彭翼等邀擊之，賊奔回王江涇。保靖兵復擊其後，賊大潰。諸軍共擒斬首功二千有奇，餘賊數百奔柘林。東南用兵，此爲第一功云。未幾而逮捕經及參將湯克寬之命下矣，經逮而東南之禍慘不可言。初經至浙，頗驕倨，有府同知張任先爲郎，嗤經，經銜之，及行部至其府，夜令人逾墻出，質明詰責任司兵防不嚴城守，褫衣冠縛而笞之，藩臬府官俱不敢營救。監織内臣聞而馳入止之，任囚首裸跣出，不勝辱，欲縊，知府守之得免。國朝府貳無受笞者，人心稍不予經。時文華挾嵩勢，每事凌經，經自以大臣，儼處其上，不爲屈。文華恚，連疏劾經，謂才足平賊，第以家在閩，恐賊報復，故趦趄縱舍以示德耳。上以經玩寇殃民，遣官校逮捕經、克寬，訊問時，經已破倭於嘉興王江涇，捷聞，兵科奏乞留經平餘倭自効，不聽，經至京，下法司議罪。經自理，言：「倭犯嘉興，即委參將鏜督保靖兵援嘉興，委大猷督永順兵由柳湖間道趨平望，以扼賊路。令克寬引舟師從中擊之，一戰而勝，凡馘斬二千有奇，焚溺死者無算，賊氣遂餒。豈有一毫怠玩之念，自臣涖任方半年，前後俘斬以五千計，惟是智略淺短，不能俄頃掃蕩。此則臣之罪也。」疏入，不報。刑部尚書何鰲竟論經、克寬罪死，繫至十月，與都御史李天寵，兵部員外郎楊繼盛同斬西市。村老曰：吳瑞登曰：「是歲當刑者百人，而決止九人。三良與焉，豈非人心之共忿乎？何鰲掌刑，罪可勝誅哉！」

阮　鶚

丙辰夏五月，倭逼浙省，守臣倉卒闔門，關外民百萬，號哭擁不得入。提學阮鶚適至，手劍開武林門納之。倭亂擁至，鶚發矢斃其一，遂不敢動。事聞，超拜浙江巡撫。時宗憲欲撫賊，文華黨之，嚴世蕃庇焉。鶚抗議主勦，遂共銜鶚，鶚勅未至，倭克乍浦，宗憲遽委代，予羸兵千。鶚卷甲突其圍，敗之，又追擊之嘉興臨平山，又敗之皂林，賊遂圍桐鄉。鶚夜馳入，部署城守，賊百法攻之，不能下。宗憲遣紅牌令行成，鶚發礮碎之，丸書蠟中，責宗憲甚厲。御史趙孔昭、周如年是阮議，疏乞援，宗憲竟不發。死守月餘，徐海中銃彈窮，乃遁沈庄。鶚遂薄之，三戰賊皆敗。時廷議皆謂宜切責宗憲，而專任鶚勦平，上從之曰：「言撫者斬。」於是賊辛五郎等奔蔡其山，鶚趣兵大戰，獲之，黨陳東、麻葉輩以次禽獲。海勢孤，乃退保沈庄，溝栅數重，官兵皆觀望不敢進。鶚大怒曰：「若輩乃不如海之攻桐鄉耶？」檄趣總兵，大猷先已以重兵尾之，由海鹽進圍沈庄，戰寅至酉，海斃，馘之。鶚所部兵自四月戰於觀海，又戰於海寧等處，又戰於仙居，又戰於白馬廟，又戰於乍浦等處，又戰於蔡其山，至沈庄之戰，腹裹賊乃盡，是年六月也。至十二月，鶚與海道王詢、都司戚繼光攻舟山，且拔矣，宗憲兵方至，與文華盡襲爲己功。鶚又建言善後卹死蠲賦撤客兵，言撫者益甘心矣。未幾改鶚專撫福建，浙江事務命宗憲兼理，文華輩撓之也。及行，宗憲盡掣其兵，鶚獨將自選五百人入閩，遇賊於福寧，大戰於連江、福清、海口等處，皆募土著選鋒設奇破之，鶚始終主勦，冒險犯猜，行戰立思，心料手書。所募之兵皆身自饋食，以至成功。宗憲既冒其功，又乘間使世蕃諷所私劾鶚剥民聚怨十罪。鶚方督兵戰於海口，官校就陣前逮去，閩人若喪考妣，攀號者數百萬，既至京，下鎮撫司訊治，過不掩功，罷爲民。

村老曰：此史所書阮公勦賊之功，大略如此，與鹿門先生所記，大相牴牾。桐鄉《三解圍記》，謂王直款關，胡公遣諜語海，海退不言，海中銃彈也。《記》謂款陳東縛麻葉者，宗憲、文華也，不言授首阮公也。《記》謂徐海沉河而死，扣侍女得其屍僇之者，亦宗憲、文華也，不言阮公馘之也。凡《記》中所署置徐、陳離合之故，與辯士下説之詞，設機布械，陽捭陰闔，迹其故智，酷似《水滸傳》中伎倆，曾不足以欺三歲小兒，而可欺桀黠之海若東乎？若果爾，則海若東特土木偶人耳，何難勦而侈以爲胡、趙兩公之方略乎？其侈言胡、趙而遺阮也，豈當時阮公之功盡爲胡趙所掩，故知有胡、趙而不知有阮歟？抑浙人素讋懾胡、趙威勢，雖知之而不敢明言之歟？

任　環 長治人，號復庵〔一〕

癸丑，倭犯蘇、松，應天彭巡撫名黯言太平府同知陳璋、蘇州府同知任環俱諳韜略，令統蘇、松諸郡兵禦倭。時倭犯蘇之閶門，城門閉，民避寇者不得入，繞城號泣。環呼門，門者難之。環復呼曰：「失事有任環在。」乃開門納之，全活萬計。尋與璋擊倭，敗之，斬首千餘級，餘寇出境。陞兵備副使。尋又敗倭於南沙墅，斬首一百餘級。尋又與總兵大猷攻陸涇澳賊，敗之，斬獲甚衆。常熟知縣王鈇死，環統兵至城，乃獲全。時三板沙倭賊奪民船出洋，環督大猷引舟師追擊於馬迹山，擒倭首攤舍賣及賊五十七人，斬首九十七級。是日，倭舟被風飄回者五十人，屯嘉定縣民家。環率兵攻之，不克，乃投火民家爇之，賊盡死。既而環有母喪，巡按周如斗請留以平寇，乃奪情視事，進參政。公每臨陣，輒自署其名於肢體衣裾間，以誓必死。故所向克捷，賊平後，乞歸守制，卒於家，勑建祠蘇州。

胡宗憲 徽州人，號梅林

嘉靖乙卯，趙文華以督察至浙，巡按浙江，御史胡宗憲深結納之。文華欲扶宗憲，宗憲力排浙江巡撫李天寵，欲奪其位，言其嗜酒廢事。流言聞上，天寵被逮繫，論死，而以宗憲代其位，總督直隸浙福。宗憲因大言賊不足平，既見賊勢猖獗，乃遣生員蔣洲、陳可願使倭，誘令來歸。洲還，言遇王直，言我輩昔坐通番禁嚴，以窮自絶，誠令中國貸前罪，得通貢市，願殺賊自効。由是與文華比，而一意主撫，與阮公每事左矣。已而攘阮公、梁庄之功，械麻葉、陳東至京，獻俘論功。加文華少保，宗憲右都御史，各一子錦衣千户，而阮公遂不敍。賊自梁庄捷後，惟舟山殘倭據險結巢，官兵環守之不能克。會夜大雪，宗憲時奉嚴旨勦賊，乃督俞大猷四面攻之。賊悉鋭出殺，狼土官諸軍益進，賊大敗歸巢。官兵積薪草，以棕蓑捲火擲之。賊四散潰，斬首一百四十餘級，餘悉焚死，賊遂平。丁巳三月，王直復糾倭衆六艘，約三千餘人，入寧波岑港，登陸四掠，焚僇慘甚。宗憲方議招納，按兵不擊，而令總兵官盧鏜往來直舟，以鄉曲誘之，謂直來官以都督，置司海上，通五市。直信之，亦言能肅清海波，遂與毛海峯、葉碧川挺身來見。宗憲以賓禮遇，使指揮館主之，給與肩輿出入。復出蔬米酒肉供餽其舟，日費百餘金，且交質爲信，保無他虞。宗憲以狀上，然不敢悉其故，謂是擒獲者，顧其才實足以號召諸倭，乞宥一死。上謂元兇不可赦，宗憲既得旨，乃密檄按察司收繫，尋梟示。又有葉宗滿、王汝賢，皆直黨，宥死，得永戍。然直雖就擒，而三千人無所歸，益恚恨，謂我不足信。撫之，不復來。日散掠浙東、温、台、江北、淮、揚、閩中、嶺表，爲禍更慘。庚申五月，浙、福倭愈熾，部移文趣宗憲進兵勦殺，宗憲泄泄如故。既而寇稍解散，宗憲請稍假以事權，得以爲諸道主，乃進太子太保、兵部尚書，兼都察院右都御史。沿海巡撫諸官，悉聽節制，體統如三邊，即勛臣總兵者，亦由掖門通謁，參拜庭下。壬戌五月，嵩、世蕃敗。十一月，南給事中陸鳳儀等，論劾宗憲欺橫貪淫十大罪：「言潛結海寇王直，欺天冒功，大罪一。奉旨會勦江、閩群盜，偷安不行，違旨玩寇，大罪二。虛張兵數，侵蝕軍需，大罪三。延納贊畫嚴中、茅坤、蔣孝、吕希周、田汝成等，競爲奢僭，靡費無紀，大罪四。扣減織造價值，侵盜誤國，大罪五。遍府驛派解廩給銀兩，縱吏舍騙索廩糧馬匹，流毒驛傳，大罪六。私出把總、千總告身，賣官通賄，大罪七。以杭州衛官廠私餽鄉官，徇私滅公，大罪八。私役官兵送于家，爲門子報怨，大罪九。娶杭州部民洪梗女爲妻，留卒役來任徐子門之妻於督府，宣淫敗度，大罪十。乞將宗憲罷斥，别選才良，以紓南顧之懷。」章下，吏部覆奏，宜置于理，上然之。命遣官校逮繫宗憲，赴京考訊。既而逮至，請旨處分，上曰：「今却加罪，後來誰與我任事，其釋之。」乃落職居家。未幾，宗憲以書抵所親羅龍文，賄求嚴世蕃爲援，書中自擬旨以囑世蕃，會世蕃被罪，未達。仍匿龍文所，及龍文伏誅，巡按御史王汝正奉詔藉其家，得宗憲所與龍文、世蕃書，上疏獻之。因言：「宗憲昔與王直交通，每藉龍文爲内援，諂事世蕃，故事久不發。今蒙恩放歸，不思補過，愈肆猖狂，招集無賴，暴横鄉里，其罪不減於世蕃、龍文。乃二犯已正明刑，宗憲獨以倖免，恐無以服天下心。臣又聞龍文長子六一，素稱大猾，且習通倭，初匿宗憲家，今不知指授何向。使六一得亡走倭，恐江南事又有大可憂者在。」疏下都察院參覆，令逮執宗憲來京，革其子錦衣千户松奇職爲民，令撫按緝捕六一。既而宗憲疏辭歷敍平賊功，并節年獻瑞蒙恩，以致言官忌妒，且訐汝正私受所屬賍，上心憐之，亦下法司并訊。刑部固請將汝正、宗憲互訐事情，行操江都御史勘報，從之。宗憲尋死於獄，詔免勘。

村老曰：胡公開府浙江，自乙卯至壬戌，蓋前後八載，論其功績，止誘王直一節爲可紀，乃其得君之久，别自有故。時上方奉元修以求長生，戊午歲，倭夷以定海縣舟山爲巢穴，邏卒偵探至，偶遇一白鹿，以告公。公遣獵人生得之貢於朝。先是胡公得鹿，命一人衣黄衣，日夕飼飲之，久而益馴。既進上，鹿輒以舌舐上黄衣，上大悦。有御史忠愛之褒，尋又獲白鹿於齊雲山，復獻之。既又獻玉龜、仙芝，屢蒙嘉賞，其結主之知蓋如此。胡公之馴白鹿也，人皆以爲巧，而不知其實祖宋薛翁故智。宣和帝建艮嶽，土石草木，靡不珍異，獨四方所貢珍禽，不能馴擾。有薛翁者，窺帝意，陳言願掌諸禽。乃日集輿衞，建黄屋，效清道警蹕聲，翁口作禽鳴以致其類，而以諸物飼之，久而益習。一日，道君臨幸，諸禽聞清道聲，争先翔集，飛繞簇擁帝輦數萬，翁奏道左曰：「萬歲山瑞禽迎駕。」上顧罔測，大喜，命賚以官。此輩之巧於迎合如此。

又曰：余之記諸公也，非喜談朝事也。余家海上，至今父老猶能談倭事，每色變云。然其言徵之於史多不合，其謂撑東南半壁天者胡公也，次則趙，又次則任。若張，若阮，若王，十不能一二知，何歟？豈胡、趙二公之智足以罔上而愚下歟？非村老所敢言也。尚有中丞朱秋崖者，吴縣人，名紈，字子仁，以都御史撫閩、浙。初海上市舶既罷，番貨至，奸商爲政，多負其債。不償，索之急則投貴官家。番人候久不得食，頗出没爲盗。貴官家欲其亟去，輒以危言撼官府兵之，番人含怨積怒，而并海不逞之徒，迫於貪酷，計畫無俚，則相糾引入番，於是王直、徐海之徒，縱横海上矣。朝廷憂之，紈首被推擇，時嘉靖二十五年也。公往則日夜訓練干掫，嘗言去外夷之盗易，去中國之盗難，去中國之盗易，去中國衣冠之盗難。上章鐫暴，二三貴官家聲勢相依者，咸側目切齒。二十七年四月，公搗倭雙嶼，縱火攻斬，捕首虜過當，擒二酋，燬賊營房巨艦。餘黨趨浯嶼，公前蹙之，夷大敗，悉遁。公又親渡海，至港，議留屯。衆難其險，公不顧，竟築寨而還。賊首王直收合餘燼，復入寇。公督柯喬迹賊至靈官澳，千艑并進，賊覆溺死者甚衆。擒夷王三人，真倭百餘人，皆獰惡異狀。漳人日走往聚觀，諸俘偶語藉藉，公益排根窮治。豪右惡之於朝，遣都給事中杜汝楨即訊，言所斬獲乃滿剌加國人，非真倭也，竟以擅殺去紱。會王聯訐奏，參政朱鴻漸被逮，公疑以爲逮己，飲鴆死。其死也，身無一簪，家無儋石，子孫貧甚，至今人共惜之，然莫有雪其冤者。

馮元成先生常曰：「朱公勇於爲義，譚及政事有蠹蝕，若饑寒著其肢腹，不更不已，即大豪躭躭不顧也。卒被胥原之譖，畢命没齒，然其志顯矣，其功不没矣。使當時不去公，則江南且如覆盂，惡至枯槔薪而溟海波哉！里中父老，言公十年中丞，田不畝闢，家無斗儲，是固衣冠之盜所爲甘心也。世道日非，邪黨傷正，可嘆恨者獨此哉！」

村老曰：此馮元成先生作公小傳如此。萬曆□□年，蘇松巡按□公，曾以公及思質王公同請卹典，王公得請如例，公竟尼不行。蓋公子孫甚微，實不如王氏鼎盛，且有弇州先生爲世文章宗主，易爲力耳。長袖善舞，多財善賈，詎不信歟。然公之功實數倍於王，終恐不可泯也。

趙文華 慈谿人，號蓉江

嘉靖乙卯，大學士嵩言，海寇猖獗，宜遣大臣禱祀東海，以奪其魄。宣布朝廷德意，即令察視賊情，訪求區處長策，因薦工部侍郎文華可用。上從之，乃賜文華印記，令得以密啓言事。文華前爲主事，不檢，出爲鹽運判官，夤緣嵩，復入爲郎。亡何改通政參議，尋擢通政使。日與嵩子世蕃比周，目爲義子。既奉命出，憑寵恣肆，所睚眦立即摧仆。有司望風震慴，奔走供奉，江南爲之困弊。至於牽掣兵機，顛倒功罪，以致紀律大亂，戰士解體，徵兵半天下，而賊勢愈熾，人皆以爲嵩引用匪人之罪云。既陷張經，排李天寵，又以直隸巡撫曹邦輔滸墅關陶宅之捷，已不得與爲恨，謂此寇餘孽，可以易取。遂簡浙兵得四千，約邦輔以直兵會勦。浙兵分三道，直兵分四道，東西并進，賊悉鋭衝，浙兵諸營皆潰，損失軍士千餘人，直兵亦陷賊伏中，死者亦二百餘，賊勢益熾。文華遂委罪邦輔，參之。兵刑兩科參論文華欺罔，大負簡命，上乃申飭文華，令秉公圖効。既又攘王江涇之捷爲己有，又言督兵破倭於周浦等處。捷聞，召還京。上問南寇始末，文華亟欲以宗憲代楊宜。乃言寇起時，苦無兵，今兵集，苦督撫非人，不能調度，請以宗憲代宜。宜遂罷，尋逮邦輔謫戍邊。始文華視師回，言殘寇無幾，旋當蕩平。及丙辰，倭患愈甚，拜書日至。上詰文華，嵩知上覺其欺罔，乃令文華復請視師。自文華再出，所至徵兵集餉，靡費不貲，於是提編繇役，加徵税租，截留漕粟，扣除京帑，迫脅富民，脱釋凶醜，搜括公私金寶圖畫，以百萬計。所徵官士民兵，川、湖、廣、貴、山東、山西、河南北無不罹患，而臨敵不前，遣還不去，往往潛爲盜賊，行者居者，并受其禍。既而掩阮鶚沈庄之捷，遂得召還。既去，而吴越之間始得貼席。未幾論平倭功，加文華少保。然其黷貨殃民，要功僨事，上亦稍聞之。文華再還京，以金二萬兩，金絲床幄一具，饋嚴世蕃。世蕃姬共二十有七人，各金翠髻妝一奩，世蕃以爲薄己，銜之。而文華官大司空，加少保，日驕亢，與世蕃不相容，世蕃思所以中之。上素以文華能任勞，時三殿大工方興，上以屬文華，而欲先建正朝門樓，責成甚急。文華雖慓狡，然實無應卒理劇才，不能以時奉旨。上滋不悦，世蕃乃爲疏草遺文華，使移疾請假。上曰：「今大工方興，司空乃其本職，趙文華既有疾，令回藉養病。」然上既稔知文華罪惡，雖斥去，意猶未平。會其子懌思請假，送親回藉，時上方以聖旦祈典止封，而疾尤所忌，怒曰：「止封限内，乃敢稱病。」于是令司禮監覘視真僞，乃小内豎至，文華箕踞暢飲。内豎曰：「上令我來視疾，君疾云何？」文華狎而戲之曰：「吾第飲酒耳，何疾。」且贈遺復薄。内使嗔之，以實入告。上怒甚，乃以文華江南諸不法事罪狀，示大學士嚴嵩，欲殺之。嵩知爲世蕃所中，恚曰：「吾家心腹，一旦敗亡，何以勸後？」乃具疏申救，伏謁西苑移日，内侍屢偵以聞。上手批曰：「文華卿子也，安得不救？然朕之臣也，以臣欺君，其速殺之。」嵩復具疏伏謁如初，上乃霽顔。手批曰：「慰嵩老，文華放還矣。」嵩方退，乃削藉罷歸，懌思戍邊。文華道卒，或云仰藥死。文華初憑藉嵩資，要結上寵。既以睚眦殺張經，陷李默，及再出，江南人畏之如虎。所至望風媚附，贓賂填溢，與世蕃比周作惡，朝野以目，一旦斥去，中外稱快。

村老曰：王弇州《觚不觚録》云：「趙少保督軍過其家，停餘月，以一日坐臺，兩日坐家，司道守令將帥候謁行禮，每出候客，必用二劊子手立前不移足。胡少保罷官歸績溪鄉居，每入邑，必用鼓吹旗幟前導，謁邑令肩輿至堂皇始下，俱桑梓間怪事也。」

附黄質山敍劉將軍淮上戰功

黄子名姬永避寇金陵，江子民造予談劉將軍名顯淮上之捷。翌日，偕詣將軍幕庭，再拜嘉嘆焉。將軍謝曰：「顯鄙人也，執政者不以爲不肖，使備持矛，顯何功之有？」因命酒，酌數行，請將軍誦之。予請敍之，以備野乘。敍之曰：「嘉靖三十六年夏四月，倭奴寇揚及淮，殘椓州縣，凡十有三。殺一都指揮，所過鞠市爲墟，留都戒嚴。時劉將軍方北上，抵役金山，大司馬張公名經檄將軍守浦口。無何，白司馬曰：『倭奴賦性貪惏，然其欲已厭，必無南志。今引去矣，其在泗州者，需亦去耳，不如擊之便，顯留此無以自効也。』大司馬許之。會御史馬公移書來辟，將軍乘傳謁御史。御史喜，命具饗將軍。將軍曰：『賊在，顯不咽食也，請滅賊，還饗耳。』五月乙卯，率其家卒某甲，疾走東安諜之，得賊艘二十九，賊衆八百。時脅從者聞將軍至，皆散去，人人真倭也。遣將軍謾書，將軍笑曰：『賊易我矣，且歸則志惰，此可斃而待也。』乃伏某甲崗下，躬以四騎薄戰艘，詬之，賊出。將軍叱三騎前，以身殿，斬不前者一人殉。且戰且却，馬中矢駭，將軍下馬抉鏃。賊馳將軍，急躍馬斬馳者。賊至崗下，伏弩發，賊多中弩。然且扶傷而鬥，某甲亦殊死戰，賊却，甲欲逐之。將軍曰：『日旰矣，毋逐。』賊遂揚言焚民舍以怵我。將軍既先自焚，賊縱所俘好女子以蠱我，將軍戒勿犯，悉縛送有司。將軍度夜當雨，謂甲曰：『雨且至，可據高阜以壘。』乃違崗十五里而軍，遣健卒持火器以撓賊。賊徹夜驚，不得寢。厥明丙辰，將軍援桴誓衆，執一幟以令曰：『汝官軍有勇敢殺賊以樹功者，立此幟下。』得三百人，曰：『我前驅，汝爲後勁。』命甲四十人塞隘巷之衝，每巷以五人守，五人列，曰：『賊出，汝踣之。』命某六十人，分四部，散布崗下。曰：『賊潰，汝擊之。』命二巨艘積葦上流，曰：『賊艘汝燔之。』虚壁以張其勢，設疑以分其敵。復令數人升屋譟曰：『賊賊矣，賊敗矣。』以亂其聽，而挫其氣。既誓，乃陣。賊自巷出者，連斬四五人，遂不復出。退告其魁，魁怒。裂冠投袵，左持刀，右執扇，登岸一麾，賊衆蟻進，矢集如雨。將軍單騎遇之，射輒中，中輒殪。賊見將軍一人也，易之，又鼓其鋭來圍將軍，將軍左衝右突，圍弗克合。由是賊氣稍奪。將軍又念不斬其魁，則衆不貳，乃奮臂一呼，馘其前隊二人，直擣其巢。見一賊方指麾其下，突前斫之。鈎其首出賊陣後，賊遂披靡，相怖以目。而所伏又四起，奮擊之，斬若干人，賊遂大潰。還奔舟，舟焚。將軍追至舟所，盡斬之。又禽一魁，名五大王者，斬之，溺水死者無算。淮倭悉平。將軍不胄不介，著青帢白布單衣，身不滿七尺，恂恂儒者耳。及遇敵，提雙刀，眦裂髮指，騰躍起距，矯捷如飛，刀起見刀不見將軍。淮民自河上觀者，咸咄咄曰『神人神人』云。黄子曰：『倭奴犯徼，七年於兹，我軍不戰而覆者多矣。即幸而捷，亦喪十獲一耳。若往歲梁庄、舟山之捷，亦絶罕者。將軍以寡殲衆，而卒不失一，可不謂奇功也哉！』」

村老曰：此世所稱劉草堂將軍也。質山先生此記甚佳，第此云守浦口，而史則言戰於東鄉。又有戚將軍號南塘者，其滅賊之功在直、浙十之二，在閩、廣十之八，至今稱良將者，輒首二將軍云。

【校勘記】

〔一〕「長治」二字原闕，今據《明史》卷二百五補。

三家村老委談　卷九

海上徐復祚陽初甫編次

村老曰：此卷所記，皆時俗所尚，近在耳目几席，乃有終身由之，而不知其故也，故为拈出。然悉在先正載籍中，非敢妄談臆説也。時天啓歲在丁卯夏五月。

賀至節

元日前一日，謂之「除夜」。説者曰：義取除舊布新也。然《太平廣記·盧頊傳》：「是夕冬至，除夜則冬至前一日。」亦謂之除夜矣。不知義何所取。又元日拜賀，以得歲也，然虞俗冬至亦拜賀，或曰周正建子，當始於此。王弇州《卮言》内一條，孟子生於周定王三十七年四月二日，卒于赧王二十六年正月十五日，年八十四。正月十五後之十一月十五日，其日長至，鄒人廢賀。曰鄒人廢賀，則他方不廢，可知。然則賀至之禮，不獨虞俗矣，邇來亦漸廢不行。

花信風

二十四番花信風，冬至起立夏止，梅花起楝花止。小寒，一候梅花，二候山茶，三候水仙。大寒，一候瑞香，二候蘭花，三候山礬。立春，一候迎春，二候櫻桃，三候望春。雨水，一候菜花，二候杏花，三候李花。驚蟄，一候桃花，二候棣唐，三候薔薇。春分，一候海棠，二候梨花，三候木蘭。清明，一候桐花，二候麥花，三候柳花。谷雨，一候牡丹，二候酴醿，三候楝花。初夏，芍藥堪與牡丹鬥勝，吾族人徐髯居邑之西北，善於種植。每年當有百畦，開時爛漫若錦，逞奇炫媚，令觀者目眩神怡，真花中極富貴者，乃不得與桐柳兩花并列于二十四種之中，黄鐘棄而康瓠寶，獨花神也歟哉。

歲首占

東方朔《占書》，歲首八日：一爲雞，二爲犬，三爲豕，四爲羊，五爲牛，六爲馬，七爲人，八爲穀。謂是日晴明，則所主之物育陰晦爲灾。今俗語又益兩日，九爲天，十爲地。

月忌

或問：每月中，凡遇初五、十四、二十三，謂之月忌。凡事俱不敢作，何歟？曰：《洛書·九宫數》也。初一起一宫，二日二宫，三日三宫，四日四宫，初五日，則入中宫。宫宫爲皇極之位，至尊之地。故當避忌，勿犯。至於六日六宫，七日七宫，八日八宫，九日九宫，初十復至一宫。如此循環，數去十四日、二十三日，又入中宫，故稱月忌。此《蠡海録》中甚明。

角張

五角六張，謂五日遇角宿，六日遇張宿，次日兩作，事多不成。唐人忌之，今不忌。

正五九月忌

或問：正五九月不上任，有之乎？曰：然。是在外官皆然，惟京朝官不忌。曰：前代亦然歟？曰：然。我朝第不上任耳，别無他忌。唐人于此三月不行死刑，名三長月。宋人於此，三月食素誦經。曰：不上任，亦有説歟？曰：凡節鎮上任，犒勞將士，屠宰極多，不上任，戒屠宰也。曰：何獨戒此？三月屠宰，餘月不戒。按戴埴《鼠璞》云：「釋氏《智論》：『天帝釋以寶鏡照四大神州，每月一移，察人善惡。』正九月照南贍部州，故茹素不屠宰，不過匿鏡中形耳，荒唐不根如此。食肉輩奉爲蓍蔡，可笑之甚。」我朝不禁屠殺，而五月一切吉慶，若婚嫁之類，停閣不行。命曰「毒月」。

耗磨日

正月十六，古爲之耗磨日。官司不開倉庫，今則不聞有忌。

社

或問社，曰：土地之主也，春事興，故祈農祥事以報功。勾龍爲后土，官能平九土，故以配食。立春後五戊爲社，俗傳社酒能治耳聾，又云社日生人，頭髮鬚眉盡白，俱未必然。

禁火祓禊

古人於冬至後百五日，爲介子推斷火冷食三日。據左史，子推并無被焚事，不知何以有此。太原俗至三月莫敢烟爨，其禁甚嚴，民多不堪。有病死者，極爲可笑。今則絶無禁。

上巳亦毋祓禊事，上巳當作十干之己，如上辛、上戊之類。無用支者，若首午尾卯，則上旬無巳矣。唐時大禁極嚴，以雞毛入灰，有焦者皆罪之。

屠　蘇

或曰：屠蘇先少何也？曰：晉海西問董勛，俗人正日飲酒，先飲小者，何也？勛曰：俗云小者得歲，先酒賀之；老者失歲，故罰后飲。顧况詩云：「不覺老將春共至，更悲携手幾人全。還丹寂寞羞明鏡，手把屠蘇讓少年。」白傅《假内命酒》云「歲酒先拈辭不得，被君推作少年人。」則先少后老，自昔然矣。又問屠蘇之義，曰：屠蘇乃孫思邈所居草庵名。屠，割也；蘇，腐也。思邈居庵中，每歲除夕，遺鄰里藥一帖，令囊浸酒中，至元日，召闔家飲之，不病瘟疫。今人傳其名，而不得其方，但曰「屠蘇」而已。

推閏歌

推閏歌括云：「欲知來歲閏，先算至之餘。更看大小盡，決定不差殊。」謂如來歲合閏，今年冬至后餘日爲率。假如今年十一月二十二日冬至，則本月尚餘八日，來年之閏當在八月。或小盡，止餘七日，則當閏七月。或冬至在上旬，則以望日爲斷，十二日足，則復起一

數矣。此條見《齊東野語》卷一五

節氣歌

推節氣歌括云：「中氣與節氣，但有半月隔。若要知仔細，兩時零五刻。」如正月甲子日子時初刻立春，則數至乙卯日寅時正一刻，爲雨水節。此條見《七修類稿》卷五

立春歌

推立春歌括云：「今歲先知來歲春，但隔五日三時辰。」謂今年是甲子日甲子時立春，則明年合是乙巳日卯時立春。若夫刻數，則用前法推之。此條見《齊東野語》卷一五

二至九歌

古有數九九之説，蓋自至後起，數之九九，則春已分矣。正如至後一百五日爲寒食之類是也。然冬至後九，見《吴下田家志》，人人知之。王弇州《巵言》又有夏至後九，人不盡知，并録之。冬至後云：「一九二九，相唤一作招不出手。三九二十七，樹一作籬頭吹觱篥。四九三十六，夜眠如露宿。五九四十五，太陽當一作開門户。六九五十四，貧兒争氣意。七

九六十三，布衲兩頭擔。八九七十二，貓狗討陰地。九九八十一，籬笆一齊出。」夏至後九云：「一九二九，扇子不離手。三九二十七，冰水甜如蜜。四九三十六，拭汗如洗浴。五九四十五，頭戴黄一作秋葉舞。六九五十四，乘凉入佛寺。七九六十三，床頭尋被單。八九七十二，思量蓋夾被。九九八十一，家家打炭墼。」

神荼

或問：俗人每于除夜書神荼、郁壘貼門扇上，何歟？曰：吾聞之《擴地圖》：「桃都山有大桃樹，盤屈三千里。上有金雞，日照則鳴，下有二人神，一曰神，一曰荼，并執葦索，以伺不祥之鬼，得則殺之。」[一]

浴佛

或問：浴佛何也？曰：佛以周昭王二十四年甲寅四月八日生于母之右肋，生十九歲，于四月八日夜半逾城往靈山入道，六年思道不食，又四月八日成佛。故《荆楚歲時記》云：「楚人以四月八日設齋諸寺，以五色香水浴佛，共作龍華會。」五色香水者，《高僧傳》云：「都梁香爲青色水，鬱金香爲赤色水，丘隆香爲白色水，附子香爲黄色水，安息香爲黑色水。」今此諸香，不但無所從得，且并其名亦罕知者，而徒取污濁穢流褻越大雄氏也，豈不可痛恨哉。又其曰一國若狂，男女混雜，猾尼狡禿，表裹爲奸，不能不追恨于作俑者。又按周之四月八日，夏之二月八日也。不知當從夏建乎，抑從周建乎，何世俗之愚也。

端午

或問：今人多言五月五日生子不利，有諸？曰：此孟嘗君已辨之詳矣。而後來楊救貧十三忌日内，亦言生世若逢此忌，巴巴急急，難度日。世人拘此，遂以爲不利，而實不盡然。除厄中所記齊相國田文，漢大將軍王鳳，太傅胡廣，晉將軍王鎮惡猛孫，文學崔信，明孝紀邁外，又唐肅宗時張伯達，皆以是日生，名五郎，年十五游長安，與李鄴侯友。禄山叛，詣闕上書，補參軍。平賊有功，爲雲居宰。又北齊南陽王綽，宋徽宗俱以是日生，以俗忌，改十月，是日爲天寧節，雖以兇終，然始何以爲帝爲王也。

或又問：人言五日生，人死不腐，有諸？曰：有之。即前北齊南陽王綽被殺，經四百餘日，大殮，顔色毛髮皆如生。人言是日生者，腦不壞。金轉運田特秀字彦實，易縣人，大定十九年進士。所居里名半十，行第五，以五月五日生，小名五兒。年二十五，應鄉府省殿四試，俱第五名。年五十五，以八月十五卒，見《困學雜録》。

盂蘭盆

或問：盂蘭盆會何始？曰：按《盂蘭盆經》：「目蓮以母生餓鬼中，佛令于七月十五日作盂蘭盆，以百味五果著盆中，供養十方大德，而後母得食。」後世因之廣爲華飾，乃至刻木割竹，飴蠟剪彩，模花葉之形，極工妙之巧，設食味于盆，誤甚，可笑。唐代宗以此日于内道場造盂蘭盆，飾以金翠，所費百萬。又設高祖以下七聖神座，幡節龍蓋衣裳之製，各書尊號，以幡上昇出内庭，陳于寺觀。是日排儀仗百僚序，立于光順門以候之。幡花鼓舞，迎於道路，歲以爲常。王縉導之也。按盂蘭，此云救倒懸器，謂目蓮救母饑厄，如解倒懸之具也，不典甚矣。

九日

或問九日登高。曰：按《續齊諧記》：「汝南桓景隨費長房游學累年，長房謂曰：『九月九日，汝家中當有灾，宜令家人各用絳囊盛茱萸以繫臂，登高飲菊花酒，此禍可除。』景如言，舉家登山，及夕還，見雞犬牛羊一時暴死。長房曰：『此可代也。』」九日登高，蓋始於此。然茱萸囊絶無帶者，惟端午則多用彩囊盛雄黄佩於衣裏，且用雄黄磨酒飲之，蓋以蛇虺畏雄黄故，以此辟除也。

蠟

或問：伏臘三伏，見于曆日矣，臘在何日？曰：夏至後，三庚爲伏，冬至後，三成爲臘。臘者，獵也。取禽獸以祭也。

儺

或問儺，曰：《論語疏》云：「逐疫鬼也。」又問：孰爲疫鬼？曰：按《漢舊儀》曰：「昔顓頊氏有三子，死而爲疫母，一居江水爲瘧鬼，一居弱水爲魍魎蜮鬼，一居人宫室區隅，善驚人，爲小鬼。於是歲十二月使方相氏蒙虎皮，黄金四目，玄衣丹裳，執戈盾，帥百隸及童子索室中，以敺之。所以扶陽而抑陰也。」今此禮尚存，但不於除夕，而於新歲，元日起而元宵止。丐户爲之帶面具，衣紅衣，挈黨連群，通宵達曉，家至門至，遍索酒食，醜態百出，名曰跳宵。如同兒戲，恐夫子當此，亦當少弛朝服阼階之敬矣。最可笑者，古儺有二老，人謂之儺翁儺母。今則更而爲竈公竈婆，演其迎妻結婚之狀，百端侮狎。東廚君見之，當不值一捧腹。然亦有可取者，作群鬼猙獰跳梁，各據一隅，以逞其兇悍，而張真人即世界所稱天師出，登壇作法，步罡書符捏訣，冀以攝之。而群鬼愈肆，真人計窮，旋爲所憑附，昏昏若酒夢欲死。須臾鐘馗出，群鬼一見辟易，抱頭四竄，乞死不暇。馗一一收之，而真人始醒。是則可見今真人之無術，不足重也。然是跳宵，吾邑獨尚，他邑不然也。然余在京，除夕在東安門見有百十人鳴鑼擊鼓，執杖踉蹌跳舞，而入詢之，人曰：「此隊舞也。」豈亦是逐疫者也？

漁舟多嬰兒

或問：漁舟未有無嬰兒，此何故哉？余曰：不但有，且必多，是不可曉。然段成式《酉陽雜俎》云：「山氣多男，澤氣多女。」漁舟出没于山澤之間，或者稟其氣歟。按《雜俎》云：「山氣多男，澤氣多女。水氣多瘖，風氣多聾，木氣多傴，石氣多力，險阻氣多癯，暑氣多殘，雲氣多壽，谷氣多痺，丘氣多狂，衍氣多仁，陵氣多貪。」他無所證。余在山東蒙陰鄆城諸處，居民在山谷中，往往有癭在項，詢其故，曰：「山中多澗，飲其水者輒患癭。」豈所得于險阻氣歟？叔夜《養生論》曰：「齒居晉而黄，項處險而癭。」由此推之，漁舟多癭嬰，倘亦山澤氣使然歟？聊識以俟知者。

月影

或問：月中有影，人言有樹曰婆娑。仙人吴剛以過讁，令斫之，隨斫隨合，有諸？曰：天上事豈能懸斷。按《酉陽雜俎·木篇》：「巴陵有寺，僧房床下忽生一木，隨伐隨長，外國僧見之曰：『此婆羅樹也。』」猶悟世間自有一種隨伐隨長之樹，但「婆娑」當作「婆羅」耳。至於吴剛之讁，尤屬茫昧。剛既仙人，犯何不赦之條，一讁萬年，羝乳馬角永不議赦，何天條之酷慘也。南都雨花臺西有一寺，忘其名，前有一樹，余不識，詢之沙彌，曰：「此婆羅也。」未知即《雜俎》中所言否。總之，月中之影，畢竟山河大地者近似。

輪迴

或問輪迴。曰：村老愚陋，不敢言。然聞古虞陳用揚先生之言曰：「佛氏之説曰：『輪迴五道，無有窮也。』謂人出没于生死海中，人可鬼，鬼可人也。如此則一人一鬼，一鬼一人，絶于此，育于彼，攝入鬼籙，曾無逾時，生登民版，惬有定數。既不由世道盛衰爲之鲧耗，亦不由造化合散制其死生，此繆悠不根之至易晰者矣。且復歷世賢聖，今化何人，本家祖宗，更聯姻屬，甚者牛羊犬豕，皆且以爲吾祖而奉之。吁！猥褻極矣。」

命數

或問：世人見人遭際，有貴有賤，有榮有枯，有富有貧，有壽有夭，種種不一。至有什百倍蓰之遠，輒舉而歸之，命與數果然歟？曰：「死生有命，富貴在天」，夫子有是言矣。請以所聞見事實之。《金史》宣宗嘗謂宰臣曰：海陵時有護衛二人私語，一曰：富貴在天。一曰：由君所賜。海陵竊聞之，詔授言由君賜者五品職，意謂誠由君也。詔至，其人已死，竟不及受。又我朝一典史，永嘉張文忠相公里中人也，大計入京，已注老疾例矣。時文忠方以元相秉銓，典史求爲之地。至考日，文忠曰：「某典史，吾職之，其人方壯，胡老也。」呼之上，其人欲示伉俍狀，歷階而趨，失足僕地。文忠笑曰：「果老矣。」人言君相可以造命，此兩人之命，君相所不能造者也。豈非富貴在天乎？宋侯莫陳利用以黄白見寵於太宗，宰相趙普奏其殺人及諸不法事，案得奸狀，詔除名。禁錮商州，初籍其家，俄詔還之。既而宋沉奏，籍利用家得書數紙，多指斥語。太宗大怒，命中使齎殺之。尋又遣使貸其死，後使出，馬旋濘而踣。出濘换馬，比追及，已爲前使誅矣。國朝宋濂謝病家居，太祖偶以薄故，遣使驟騎就其家誅之。既而悔之，復遣騎追赦之。會前使至錢塘江，以雨阻三日，不得渡。後騎追及，得免。兩事禍福甚奇，使微三日之雨，則濂亦爲利用矣。一以馬蹶誅，一以雨阻免，兩事豈非死生有命乎？嗚呼！命在則滹沱冰合，命去則江潮不通。與夫滕閣風送，雷碑顔擊，人生其如命何哉！此等事甚多，筆不勝載。又金張柔爲元帥，燕帥孱赤臺惡之，幽之土室。孱赤臺施帳寢其上，環以甲士，候天明即殺之。孱赤臺夜半暴死，柔乃得免。神廟時劉御史事頗相類，可見人之死生不繫於人也。

地獄

或問：地獄有否？曰：不必徵其有無，只存此名，亦可少警惡人，使知所顧忌。曰：何以必十八重也？曰：釋氏有六根六入三毒之分，緣六根眼、耳、鼻、舌、身、意，因六入色、聲、香、味、觸、發，皆有三毒貪嗔癡之惡業，故三六共成十八之數也。東坡云：「起一殺念，則地獄已具。」能了此義，有無不必問矣。雖然，亦只可化、可善、可惡之人耳。若夫窮凶極惡之徒，即陽世之敲笞磔剮日陳於前，而彼視爲兒戲也。矧身後不可知之地獄哉。然吾觀《唐會要》，貞觀中，遣高表仁持節至倭國。表仁泛海數月方至，路經地獄之門，其上氣色鬱蓊，聞叫號聲、鎚鍛聲，甚可畏懼。然則地獄乃在大海，塵世間非關下界耶。

懺悔

又問：「今人死多請僧徒拜懺，能免地獄否？」吾見某經後載一事，一婦人晝寢，忽見床前地裂，深不可測。俯視見城郭屋宇，恍惚間身墜其中，至殿仰望，有王者坐其上。左右皆牛頭阿旁，王者命以大刀斷其手足，剖割心肺，懸掛之。自踵至頂細剉，血肉如泥。乃揉和成團塊，業風吹之，俄復爲人。方其身被慘毒，而其識神在旁，見屠剥痛苦不可名狀。既省，則身故在榻上，移時始能言。身體餘痛，經月乃定。自後或經歲，或半歲，所見輒如此。一日復然，則聞殿上人謂之曰：『往來長老善秀處，求其懺悔，可以滅罪。』乃謁秀，道故，秀教誦破地獄真言，親爲説法懺滌。自後乃不復睹前事，竟以善終。拜懺之功，亦知之乎？」村老笑曰：「吾聞懺在心，不聞以拜，以闍黎也。子亦知宋曾鳳事乎？鳳，廬陵人，病傷寒，旬餘不解。昏睡中，不覺爲牛所吞，境界陡異，知此身已入牛腹中。於是矍然曰：『身不足惜，如母老何。』因發誓，自此復見天日，當終身不食太牢。悚然驚寤，流汗如雨，病遂良愈。持戒已十年矣，後飲鄰人家，其牛炙甚美，朋舊交勉之，爲之破戒。歸即得疾，復得曩昔之夢，恐懼痛悔，以死自誓，旋復得汗而解。近時徐爵事與此絶類，已見別卷中。以二事觀之，懺悔不在心乎？況今之闍黎，日飲般若湯，啖鑽籬菜，彼方自墜十八重地獄，何暇爲人悔罪懺業哉。

避煞

或問：今俗人死，輒行課算，某日魂當還，輒傾家走匿，謂之躲煞，有所本歟？曰：有之，而實不然也。按《顏氏家訓》云：「偏旁之書，死有歸煞。子孫逃竄，莫肯在家。畫瓦書符，作諸厭勝。喪出之日，門前然火。户外列灰，祓送家鬼。凡如此比，不近有情。」[二]先尚書卒，當避煞。夜，余與先贈公同卧柩旁，熒熒一燈，達旦不寐，絶無影響，何有升屋、上堂、登床、推案之事若世俗云云乎。嗣後連遭先贈公、先宜人之喪，每遇躲煞日期，則舉家侵晨便出，余獨鍵門坐守，而終無所聞睹，則俗忌謬矣。

雷擊　四月二十四日，雷神生日。

或問：雷擊果天誅惡人乎？曰：有之，而未盡然也。一郡人姓周，以采茶爲生，與余善，往來二十餘年，并無纖過。一日，爲友人携至虎丘天王殿飲酒，天色晴皎，酒未半，忽陰雲四起，雷霆繞殿而作。時同坐共七人，獨取周嵌入殿壁而死，足懸地尺許餘。六人無恙，雷之擊人何歲無之，然每聞被擊，輒詢其平日所爲，亦有言善者，亦有言應擊者。獨此君，余所熟識，灼知其無他故，曰「不盡然也」。曾見《張文忠集》中一段云：「雷亦非陰陽搏擊之氣，古雷字，作回，爲龍蛇曲屈之狀。」《易》雷在地中，又雷出地奮。曰在，曰出，明爲有物矣。凡有聲之物，得空更弘，而人項中一竅，乃收聲之處。故雷起平地，其聲迸裂，奮起至空中，則砰輷響震，其勢然也。殆亦蛟龍之類，秉純陽之至精者，隨陽氣之出入，以爲起蟄。且其變化莫測，大則飛騰入虚，小則化爲細物。其蟄也，無處不可藏。或於古樹，或於房屋，或於山巖，秋冬之間，與百蟲而俱蟄。陽氣升騰，亦與百蟲而俱奮。奮則有聲，春陽熙熙，雷聲殷殷。夏陽赤赤，雷聲吰吰。因其時也。其隱隱鍧鍧者，游戲之聲也。磕磕砏砏者，争鬥之聲也。五行，惟火性猛烈酷暴，如銃炮之類，火藥一發，金石皆炸裂。其毒著物，無不爍爛。雷稟陽之純，得火之精，故其起也，在石則裂，在木則折，在屋則毁。其飛騰而有火，光則電，其火氣著物，無不立死。故人畜之死於雷者，皆有焦爛文如符篆，是火氣之所燒灼也。其人物之死者，是偶與雷相植，非雷擊之也。有近之而不傷者，其火毒偶未著身也。北方氣寒，陽氣固藏，故雷發常遲。南方氣暖，陽氣早泄，故多冬雷也。冬天氣暄，草木早萌，蟄蟲亦有出户者，不獨雷也。廣州雷州，四時常雷，遂以爲郡名。炎荒極熱之地，産此物極多，如硫磺火藥，皆産於南方，感氣而生也。由此言之，則謂雷陰陽搏擊之氣，與罰殛有罪云云者，悉臆説也。

問者又曰：昔聞一娼女，爲雷擊死，肋下有朱字云「李林甫以美□毒虐，帝命震死。」〔三〕此亦非天誅歟？曰：余所謂「未盡然」者，謂善人被震爲偶然耳。若夫惡人，幸逃王法，自罹天譴，豈偶植云哉。宋章惇亦被震，背書「賊臣章惇」。然此兩人，初皆曾隸仙籍，凡訟者投牒，必以雷墨雜常墨，多利人。不知雷墨爲何物。雷州之西雷公廟，每大雷雨後，人多於野中拾得黳石，謂之「雷公墨」，光瑩如漆。又玉門之西，有一國，國有山，山上有祠廟。國人歲歲出石碪數千，輸廟中，名曰「霹靂碪」。給霹靂用，春雷出後，碪日減，至秋而盡。霹靂過處，或土木中得楔如斧者，即此物也。與小兒佩戴，能辟驚。與孕婦磨服，爲催生藥。及治瘧，俱有效。

游月宫

或問：張天師引唐明皇游月宫，月宫可至乎？曰：何俚也！彼時無張天師，《逸史》云羅公遠爲唐明皇擲杖，化銀橋至月宫。然亦非也。開元六年八月望，明皇與申天師、洪都客作術，夜游月宫，見一宫府榜曰：「廣寒清虚之府」。下視王城嵯峨若萬里，琉璃之田有素娥十餘人，乘鸞舞于廣進桂樹之下，音樂清麗，遂歸制《霓裳羽衣》之曲。此見之《廣記》中者也。又《開元傳信記》云：「明皇嘗以手指上下按其腹，高力士曰：『豈聖體小不安耶？』上曰：『吾昨夜夢游月宮，諸仙子娛以上清之樂。其曲淒楚動人，吾回以玉笛尋得之，慮忽遺忘，故尋之耳。』力士拜賀，諸奏并求其名。上曰：『此曲名《紫雲回》』，遂載于樂章，刻石太常焉。」按：此則明皇之游月宮，特夢中事耳。又家廷珍觀察令，分宜時得病，晝夜身熱如焚，意必不起。投牒請歸，是夜夢至一所，清涼徹骨，快爽不可言。見有宮殿環瑋壯麗，精光射目。仰視門闕，榜曰：「玉虛洞府。」旋有王者端冕，凝旒自內而出。侍衛森嚴，既登寶座。問庭珍爲誰，庭珍前跪，自疏其名。王者曰：「徐某耶，若何至此？此月宮也，非凡人所宜至。今既到，則洞開後殿，令彼一游。」後殿既開，則見一壇白如玉甕。開筵奏樂，座上皆皇冠、羽衣人，亦有女裝者。樂音流麗，非世間笙笛比。須臾王者來，挽廷珍手，同登壇。群真見王者至，□起迎空。王者曰：「此徐觀察也，來此大有緣。」內一真曰：「知汝有病，亦何所苦？」曰：「苦熱，」王者曰：「取黃玉卮來，與之酒。」侍者手卮酒以畀，睹其形制非常，色如栗肉，內大可容升許。廷珍私念曰：「吾量恐不勝此。」既飲，甘香異常，不覺至盡。王者曰：「能再飲乎？」廷爾曰：「不勝矣。」王者曰：「可惜一紀！」遂醒。而甘香之味尚在口中，經日不散，病遂漸瘳。後十二年，果以觀察使填關中而卒。余嘗有傳奇，托李鄴侯燒梨事，實指此也，想明皇游月宮事當類此。

更點

問：夜漏五五相遞，爲二十五。今初更三點起，五更三點止，何也？曰：古來更漏原二十五，故唐李郢詩：「二十五聲秋夜長」，韓退之詩：「雞三號，更五點」是也。至宋世，國祚長短，讖有「寒在五更頭」之句，宫掖更點，皆去五更後二點。又并初更，去其二，以配之首尾，止二十一點，沿至當時，府州縣以及我朝，皆因之，非古也。然日没至未，起更以前，不禁人行，行者不爲犯夜，五更三點絶，後日未上，謂之昧爽，已許人行，則去之，亦自妙用。

花九錫

羅虬作《花九錫》云：「一曰重頂幄障風，二曰金錯刀剪折，三曰甘泉浸，四曰玉缸貯，五曰雕文臺座安置，六曰書畫伴，七曰艷曲翻，八曰美醑賞，九曰新詩咏。且曰：亦須蘭蕙梅蓮，乃可披襟。若芙蓉躑躅水仙石榴之類，何錫之有？」余惟最愛花，而貧無所得。然必九錫備而後蓄花，則將終身與花神絶矣。請更之：一曰葦席障風，二曰净手剪折，三曰梅花浸，四曰建磁貯，五曰净幾明窗安置，六曰簡帙伴，七曰樵歌牧唱翻，八曰濁醪賞，九曰隨意吟。花神聞之，得毋謂酸丁辱我乎？

信天翁

或問：村老每自稱「信天翁」何歟？曰：此見之楊用修《丹鉛總録》云：「信天翁，鳥名。滇中有之，其鳥嗜魚，而不能捕。俟魚鷹所得偶墜者，拾食之。蘭廷瑞有詩云：『荷錢荇帶緑江空，唼鯉含沙淺草中。波上魚鷹貪未飽，何曾餓殺信天翁。』」余素不善治生，然幸天不絶其禄，得延至今，故以爲况。

投梭

余作《投梭記》，演謝幼輿折齒事。中有王處仲殺周、戴，云歸其罪於王導，大要謂敦之逆，導實陰左右之。與史所記絶不同。村中春社，優人演之。或問余曰：王導江誇，吾宋儒以爲中興賢佐，而子之至詆于辛甋何與？曰：此非余之私言。唐人之笑曰：「秦之亡由商鞅；晉之亡由王導。」至於近代，若劉青田伯温、楊新都用修，俱有論辨。用修之言曰：「王導非純臣也，世徒見晉明帝以大義滅親褒之，而實不然。逆敦簒弑之萌，蓋非一朝一夕之故。及敦至石頭，導不聞有正言規之，而受其司徒之擢。君臣大義，社稷爲重。李懷光將反，而其子璀言于德宗。君子以爲忠孝兩至。導之于敦，非父子比也。而依違其間，坐觀成敗，得爲純臣乎？敦之凶獰，勢已無可奈何。導又在帝左右，而王氏子弟布滿中外。明帝恐導携心内應，故有春秋大義滅親之言，實以安導心而散其黨也。夫大義滅親，石碏是也，碏子從亂，碏手誅之，謂之滅親可也。導之於敦，親非父子，始也不能如李璀，終也不能如石碏，謂之滅親，是欺天下後世矣。敦之叛也，元帝下詔云：『敢有舍王敦姓名而稱大將軍者，軍法從事。』敦既死，導貽王含書猶云「近承大將軍困篤綿綿」。或云已有不諱，故違明詔，而特伸私情。此非敦反，乃導反也。導銜周伯仁，敦既得志，問導曰：「周凱、戴淵當登三司。」而導不答。敦曰：「若不三司，便應令僕。」欲使助己爲亂耳。導當正言爵在朝廷，非臣下所得專賞。及其言應誅，導當正言刑在朝廷，非臣下所得專罰可也。然導豈智不出此哉？假賊手以戕忠臣，其心不止報私怨而已。使敦謀幸成則導能如朱全昱乎？能如司馬孚乎？吾知其不能也。君尊臣卑，如天高地下。成帝幸導宅，嘗拜導妻曹氏，而導儼然受之不辭。及侍中孔坦密表不宜，導聞之怒曰：「王仲弘駑痾耳。」若卞望之嚴嚴，刁玄亮之察察，戴若思之峰矩。當敢爾耶？夫瀕危亡之中，而不失君臣之禮，此趙襄子之所以賞周舍也。導知君臣之義，曾不如周舍乎？其免於春秋無將之誅，幸脱漢代博陸之禍者，由江左之政不綱，而王氏族党大盛。後世猥儒，曲好議論。雖諸葛孔明、宋岳武穆猶加索搬，而無片語疵導。誰謂公論，百年而定哉。蘇峻之反導，棄帝先出奔，獨劉超一人侍帝。及陶侃平峻，導入城，取故節。侃笑曰：「蘇武節，似不如是。」導有慚色。郭默斬，劉首以叛導大俱。勸帝大赦天下，而以默爲西中郎將。自以爲遵養時晦。陶侃曰：「乃導養時賊也。」導在江東遭三大難，而狼狽若此，才略可知，管夷吾之稱，亦溢美矣。

愚以爲侃之譏導，非譏其才略也，直譏其心事也。故《投梭》之作，實祖此以闡揚之。竊以爲千古鐵案，即晉靈之弑董狐，歸獄於盾，不嚴於此。若夫問答之間，影響捏造。此傳奇之體，非此不能成也。劉誠意之論再當查記。

做七

或問：人死每遇七日，則作佛事，謂之做七。歷七七而後止，何歟？曰：人生四十九日而魄全，死亦四十九日而魄散。曰：何以遇七而輒散也？曰：假如人以甲子日死，則數至庚午爲一七，甲，木也，庚，金也，金能克木，午又衝子，謂之天克地衝，故遇七日而散盡。曰：然則做佛事，亦有益歟？曰：此俗尚也，愚夫愚婦之所爲也。今其所爲招魂、解結、齋方、度稿、地獄等事，直兒戲也。止招魂，屈宋有之，亦是楚人尚鬼耳。餘令識人見之，未有不爲抱羞者。而謂有益亡人乎？宋佛印與東坡公，戲曰：「世人怕閻羅，閻羅怕和尚。」坡曰：「怕他恁麼？」印曰：「閻羅有罪過也，要和尚懺悔。」佳謔哉。

宋江

或問：宋江有乎？曰：江以三十六人横行河朔，豈云無也？渠兄弟一百八人，何云三十六也？曰：三十六，正史所載。一百八，施君美或云羅貫中《水滸傳》所載也。當以史爲正。曰：其所至處，無堅不摧也，有諸？曰：此君美因「横行河朔」四字描寫其無敵之狀，不盡然也。曰：江爲押司，有乎？曰：容有之。殺閻婆惜，有乎？曰：亦容有之，非犯不赦，胡以跳而盜也。仗義疏財，有乎？曰：此必自其三十五人揄揚推美誘惑貧民之言，未必有也。且盜以行惠，誼之所不敢出也。梁山泊有乎？曰：泊在山東兖州府鄆城縣，余曾到。四面阻水中，惟一路可入，山頂坦池，圍可數十里。上有天然石座三十六，云是江時所置也。規模雖小，然是一佳窟穴也。征遼有乎？曰：宋方興，金比而爲難於遼，童貫一出，而敗於白溝。旋以童貫、蔡攸統兵十五萬，應金夾攻遼而已，未嘗征遼也。征方臘有乎？曰：有之，而功不出於江也。然則《水滸》謬乎？曰：征遼、征臘，後人增入，不盡君美筆也。即君美之傳《水滸》，意欲供人説唱，聳人觀聽也，原非欲傳信作也。宋江之事可復爲乎？何近來士大夫譽之甚也。曰：比李長者也，比有激之言也，非教人爲江也。江盜魁也，王法所不赦，何可復爲也。朝廷清明，京、貫不作，敢越厥志乎？於是問者捫舌而退。

方臘

又問：方臘何如宋江？曰：臘之勢十倍江，而其流毒百倍江，以三十六人爲盜淮南，轉掠京東，十郡官軍莫敢攖其鋒。然志在劫掠，不有其地，以巨舟十餘據海濱，以爲守，故張叔夜募死士，僅得千人，便能破降之。臘則託左道以惑衆，因朱勔花石之擾，比屋致怨，陰聚貧乏游手之徒，以誅勔爲名。旬日，衆至數萬人，遂陷建德軍今嚴州府，婺、歙、衢、杭、廬等州，勢猖甚。知亳州侯蒙上書，言宋江才必有過人者，不若赦之，使討臘以自贖。江尋爲叔夜所破降，遂與童貫合兵擊臘。時臘深據清溪幫源洞，鳥道縈紆，兩旁峭壁萬仞，諸將莫知所入。王淵裨將韓世忠潛行溪谷，問野婦得徑，即挺身仗戈直前搗其穴，格殺數十人，擒臘及妻及子亳二太子、僞相方肥等五十二人，殺賊七萬餘，其黨皆潰。臘凡破六州五十二縣，戕平民二百餘萬。所掠婦女，自賊洞逃出，裸而縊於林中者，相望百餘里，此方臘之概也。

紙牌

又問：今昆山紙牌，必一一綴以宋江諸人名，亦有説歟？曰：吾不知其故，或是市井中人所見所聞所樂道者。止江等諸人姓氏，故取以配列，恐未有深意。但其設牌微旨，亦自有味。蓋自空没一文，層累而上，至於萬萬貫。又從萬萬貫等而下之，至於空没一文，深得世間盈虚消長之理焉。今人用以博錢，頃刻便有盈虚消息，而沉迷不悟，何歟？

家禽野禽

或問：雞鵝鴨家禽不能飛，其他野禽皆能飛，其故何也？曰：按《蠡海録》云：「家禽皆卵内即生毛，故不能飛。野禽皆出卵生毛，故能飛。」又曰：「家禽雌抱伏，而雄不抱伏，得陰氣多，故不能飛。野禽則雌雄皆抱伏，故能飛。」不特此也，飛禽皆屬陽，故晝飛鳴而夜棲宿，然鳥獨夜飛鳴者。色黑屬陰，從其類也。鸛雀夜飛鳴者，水鳥含陰，從其性也。然雁之爲鳥，古稱爲陽，實陰也。《釋文》曰：「鳥方咮，駢趾，皆陰，而能夜食。」鵝鴨梟鵟盡然，但不能遠飛耳。而雁生北方，秋自北而南，春自南而北。蓋歷七政，所行以順其情。夫秋分以後，循昴、參、觜之位。春分以後，循房、心、尾、箕之位。得乎右轉之氣，實陰。鳥而陽，亦猶十月純陰而稱陽月也。

酒　醋

或問：酒能醉人，烏頭毒乎？曰：烏頭但能惱人，胡能醉人？且惟白酒用烏頭，冬酒則惟椒橘、米麯雜合而成，何嘗用烏頭。曰：然則何以醉人？曰：稻花晝開，麥花夜開，有子平相反之義，故酒能醉人。曰：醋亦米麥所造，何以不醉？曰：酒造於冬至後，得天地純陽之氣。陽主發散，故能走經絡而入腠理。酒飲入口，未嘗停留胃間，遍走百脈，故能令氣息粗，癖痕赤潰，亂人性，能飲者多至斗石不亂，使若停留胃中幾許，大能受如許哉。醋造於夏至之後，得天地純陰之氣，陰主收斂，止蓄，飲多則胃中多停，飲少則少停，并無運化。非惟不能醉人，亦復不能多飲。且造醋亦止用少麯，不若酒之用麯多也。曰：中山酒一飲千日醉，有乎？曰：此雖必無之事，然晉干寶《搜神記》有之：「狄希中山人也，能造千日酒，飲之亦千日醉。時有人姓玄名石，好飲酒。就希求飲，希曰：『我釀未熟，未可與君。』石苦索，希乃以一杯飲之。石曰：『美哉！可更與否？』希曰：『不足君所欲耶，此可千日矣。』石怏怏歸，則醉死。家人不知，而葬之。經三年，希曰：『玄石酒應醒矣。』往問石在，家人曰：『玄石亡來，服已闋矣。』希曰：『此非死也，乃醉也。計至今千日，可以醒矣。』乃命家人鑿塚啓棺看之。石方開目張口，引聲曰：『快哉！』因問希曰：『美哉汝酒！乃能一杯醉我今日高幾許矣。』墓上人皆笑之，被石酒氣衝人鼻中，亦各醉卧三月。」嗚呼！安所得中山酒一石，令我終日昏昏不醒，免開眼睹此苦婆娑世界乎？

拜

或問：拜。曰：《周禮・太祝辨》九拜：一曰稽首，謂頭至地，稽留臣見君之拜。二曰頓首，謂以頭叩地，即舉今平敵相見之拜。三曰空首，謂以兩手拱至地，乃頭至手，所謂拜手也，君答臣之拜。四曰振動，謂頭戰慄變動而拜。五曰吉拜，拜而後稽顙，謂齊衰不杖以下者之拜，即殷之兇拜，而云吉者，對下文兇拜爲輕也。六曰兇拜，稽顙而後拜，即三年之喪拜也。七曰奇拜，謂君答臣一拜。八曰褒拜，褒讀曰報，謂再拜中至重，肅拜至輕，稽首頓首空首爲正，其餘四者，逐事生名。奇拜，朱子以爲先屈一膝，唐人謂之雅拜。又内相相遇，亞一等者，屈一膝，以首叩地，謂之半禮。不知是奇拜否？而釋氏禮佛，五體投地，謂之膜拜。

婦人拜

或問：今男女相見，男子擡即揖，婦人但少屈膝，謂之跪俱兩切福，何歟？曰：吾聞之，朱子謂古者婦人與男子爲禮，皆下拜，每拜以二爲禮。昏禮，婦二拜，夫答一拜，又二拜，夫又答一拜。《少儀》婦人吉事，雖有君賜，肅拜。肅拜但頫下手，今之跪福也。跪以言其頫手屈膝，福則祈祝之詞，猶人臣以壽祝君之意。所以不同男子之拜者，婦人首飾盛多，如副笄六珈之類，自難俯伏地上，故以二拜酬副一拜也。或曰此禮始於則天，謂欲屈男子而伸婦人也。此見之宋祖問而王貽孫答也，未知是否。

命

或問：今人每見窮通壽夭貧富貴賤種種不同，輒曰此命也，如何是命？曰：昔有人問朱晦庵曰：「如何是命？」晦庵曰：「性是也。凡性格不通，不近人情者，薄命之士也。」此見性之與命本通，一而無二。且以人事驗之，性見書喜讀，其命必科目。性喜營生計，其命必豐財貨。作事債戾者，命多罹禍患。所爲狼疾者，命多罹死亡。心慈者，壽命長。心刻者，壽命促。性不奸回，仕途必無蹇滯。性能孝友，子孫必且賢達。此其事應常有十之九可明驗也。

道學

或問：道學應講否？曰：宋陳同甫名亮嘗言於孝宗曰：「今世之所謂儒者，皆自謂得正心誠意之學，實風痺不知痛癢之人也。舉一世安於君父之大仇，方且揚眉袖手，高談性命，不知何者謂之性命。」周公謹名密曰：「世有一種淺陋之士，自視無堪爲進取之計，自附於道學之名，褒衣博帶，危坐澗走。或抄節語録，以資高談；或閉眉合眼，號爲默識。及叩其所學，則古今無所聞知。致其所行，則義利無所分辨。此聖門之大罪人也。」武林講學諸君，日以商量明德爲事，每一聚，輒曰明德如何商量，至以吃飯屙屎，總歸明德。一日午飯，座中適有茹素者，一生便發問曰：「還是吃葷是明德，吃素是明德？」無錫葉玄室名茂才先生在座，笑而應曰：「葷素尚未定。」生曰：「何故未定？」先生曰：「朱夫子原説則有時而昏借作葷。」一座大笑。無錫一鄉先達，文章政事大有名不欲言其姓名，既歸林下，大倡道學，與金壇一士夫共開門户，相集四方門徒，日夕聚講其地，名爲「東林」。一時慕羶之士，無不畢集。蓋不下千人，青衿士得與者，如登龍門。蓋二公雖林居，實遥執朝權，搢紳黜陟，罔不由其口吻所好。雖下位，能立躋貴顯，所惡，則公卿大夫亦不得安其位。自神廟至今，已成一黨局矣。近賴朝廷清明，正人秉政，此等宵人一時剗削，殆無遺類。嘗謂此一舉也，堪與高皇帝廓清海内再造乾坤同功。何幸村老得快睹之，此道學之流弊也。

又聞無錫先達者，有一所喜家人婦，每爲夫人所妒，不得恣意與歡。於是創爲東林書院，聚徒講學，日從講所歸，輒赴此婦處，飲酒淫樂。久之而夫人知，令其子孝廉投牒於縣判，令官賣。先生復令人買置龜山書院旁，復如前往來，幾而夫人又知之，率十數婦女趕至書院。此婦踉蹌避，而案上列杯盤，不及屏也。夫人前批其頰，曰：「好道學先生！好直説，與何人在此飲酒？」先達曰：「生徒。」夫人曰：「明是此妖，何生徒也？」先達指龜山先生像曰：「此是楊先生，最有靈，若是此人，願就楊先生發一誓。」夫人曰：「我正恨此老，此是汝一路人，何能證明？且無此老，有何道學，留之復來。」命諸婦前仆之。數十婢齊推之，像屹不動。乃呼男子數十齊來，亦復不動。先達前解之曰：「神怒矣。可見道學之宜講也。」夫人亦以爲異，乃咄咄去。蓋龜山先生像，塑時原因一楊樹，去其上半，中爲像，留其根以爲座，故非人力所能動也。此道學之梗概也，舉一可知其百千也。在今日，白日中天，魑魅匿影，豈不大快乎哉！

韓　湘

或見演昌黎藍關事戲文，問韓湘事信乎？曰：似是而實不然。湘，字北渚，昌黎兄之孫，長慶三年進士。公之貶潮，集中有《宿會江口示侄孫二首》，則湘固侄孫，非侄也。湘又從行，非邂逅不期之遇也。湘後官終大理丞，何嘗有神仙事？曰：然則今言八仙，内有韓湘子，誰耶？曰：《酉陽雜俎》中載：「韓愈侍郎有疏從子侄自江淮來，年甚少，公令學院中伴子弟，子弟悉爲淩辱。遂爲街西假僧院令讀書。經旬，寺主綱複訴其狂率。公遽令歸，且責曰：『市肆溅類營覔衣食，尚有一事長處，汝所爲如此，竟作何物？』侄拜謝，徐曰：『某有一藝，恨叔不知。』時冬初也，乃指階前牡丹曰：『叔要此花，青紫黄赤，唯命也。』公試之，且給所須。乃以箔圍其四周，不令人窺。入治其根，凡七日。語叔曰：『花發矣。』牡丹本紫，變爲紅、白、紫、緑。每朵有詩一聯：『雲横秦嶺家何在？雪擁藍關馬不前。』公大驚異，侄且辭歸江淮，竟不願仕。」據此，則公自有疏從侄，挾術自售者。又公遺集有《贈族侄》詩云：「擊門者誰子？問言乃吾宗。自言有奇術，神妙知天工。」疑即贈此疏從侄也，獨上虞陳用楊謂花上之句，乃公還朝後述，其初赴潮之詩，非公。侄逆自爲也，則大聵聵。果爾，則此詩落句，又復何謂？唐應德《史纂左編》列湘道門，初不言侄與侄孫也。傳奇中枝梧不足深辨，即無其人，亦不妨矣。然添出蔡中郎之妻趙氏也；登狀元張九成之弟九思也，登探花也；蔣世隆之弟與福也，妻二瑞也，正不必以是訾之。

逍遥樓

或問：國初建逍遥樓，有乎？曰：有。然則教人逍遥，亦聖政歟？曰：非教人逍遥也，蓋以取賭錢者，博弈養禽獸者，游手游食諸不務生理者，拘於樓上，使之逍遥自餓死耳，豈優游自適之謂哉。樓在淮清橋東北，臨河對洞神宫，今之關王廟是其址也。答罷，村老轉念，我村老中安得有此樓萬間哉。祖宗命名，大有深意，即令流徒口外者，其地名曰「安樂州」、「自在州」，可知也。

鴻　門

或見演《鴻門宴》傳奇，曰：沛公于斯時也，岌岌乎殆哉？曰：否，不然。蓋計定而後行者也，行而亡，顧有項伯者爲之奥主耳。羽雖叱吒雷霆，而其腎腸肝膽盡在，於人性獷直而不疑，多愛而不忍。不疑故可以理喻，不忍故可以情動。又，公與羽舊無郤，而新有功。羽既矯殺卿子冠軍，其勢必難再殺公也。況還軍灞上，□若可原封府庫，以待將軍。言又□軟公與留侯，蓋籌之孰矣。故區區持其空質，以罥於不測。而坦分若夷豫兮，若歸計，固足以制。羽嘗自爲去留，羽何能制其短長哉？雖然，王者不死，謂非天不可。

曆　書

或問：曆書有白黑緑碧黄赤紫，何也？曰：吾見《震澤長語》曰此河圖數也。河圖之數，戴九履一。一爲白，九爲紫。左三右七，三爲緣，七爲赤。二四爲肩，二黑，四碧。六八爲足白，故陰陽家一六八爲白，二黑，三緑，四碧，五黄，七赤，九紫。

虹

或問：朱子曰天地之淫氣，然張江陵以爲非。曰：虹，蝃蝀，字從蟲，殆有物爲之，儒者以爲陰陽邪淫之氣，臆説也。沈存中《筆記》「世傳虹能飲澗，信然。熙寧中使契丹，至黑水境永安山下，是時新雨，齊見虹下澗中，余與同行如澗觀之，虹雨頭皆垂澗中，使人過澗，隔虹對立相去數丈，中間如隔綃縠」云云。余又聞一老僧言，渠行山中，而後見一物如大蝦蟇，仰天鼓腹，吐氣遂成虹霓。今世人嘗言氣吐虹霓，固知老僧之言不妄。《月令》四月虹始見，九月虹藏，不見。曰見，曰藏，可知有物。令蛟蜃嘘氣騰空，樓閣人物皆備，海濱人謂之海市。則虹氣與日光雨氣相映而有光，何足異乎？僧所見物如蝦蟆者，蜥蜴耳。

孝子

或問：汝族某邑稱孝子，觀風使者至，輒有花紅之錫，是可以風乎？曰：此以刲股舉也。毁親遺體，無益於親，祇自爲名耳。曾是以爲孝乎？故皇極之世，勿旌，且以父母博名，奚取焉。

風水

或問風水，曰：「此通世之惑，而實必無之事也。」昔人論之詳矣，姑撮諸説以復。羅大經《鶴林玉露》曰：「葬者，藏也。藏者欲人之不得見也。古人所謂卜其宅兆者，乃孝子慈孫之心重親之遺體，使其他日不爲城邑道路溝渠耳。借曰精擇，亦不過欲山水回合，草木茂盛，使親之遺體得安耳。豈籍此以求子孫富貴乎？郭璞謂人乘氣，遺體承蔭。〔四〕説殊不通。夫銅山西崩，靈鐘東應，木花於山，栗芽於室，此乃活氣相感。令枯骨朽腐，不知痛癢，積日累月，化爲朽壤，蕩蕩游塵矣，豈能與生者相感，以致禍福乎？此決無之理也。世之人惑璞之説，有貪吉地未能惬意，至數十年不葬其親者。有既葬，以爲不吉，一掘未已，至三掘四掘者。有因買地致訟，棺未入土，而家即蕭條者。有兄弟數人惑於興此衰彼之説，至骨肉化爲仇讐者。凡此數禍，皆璞之書爲之也。且人之生也，富貴貧賤夭壽賢愚，稟質賦分，各自有定，謂之天命不可改也，豈塚中枯骨所能轉移乎？若如璞之説，上帝之命，反制於一抔之土矣。楊誠齋素不信，嘗謂郭璞精於風水，宜妙選吉地，以福其身，以利其子孫。然璞身不免於戮，而子孫卒以衰微，則是其説已不驗於其身矣。而後世方且誦其遺書，而尊信之，不亦惑乎？又曰：近時京丞相遠，豫章人，崛起寒微，父祖皆火化無墳墓。每寒食，則野祭而已，是豈因風水而貴哉？近時江陵相公之言曰：上古人死則舉而委之於壑，後乃歸而掩之，當其委壑之代人，亦有貴有賤，有縈有枯，有貧有富，有壽有夭，彼無葬地也，是又孰爲之乎？氈裘之骨，親死則棄之於野，經月不視。俟虎狼野獸食盡，以爲送終。西方之俗，盡從火化。彼諸國人亦有貴、有賤、有榮、有枯、有貧、有富、有壽、有殀，又孰爲之乎？今吴越之間，有水葬者，魚鱉之腹，人之丘壟也。彼其子孫，亦有通顯貴盛累世富厚者，是又孰爲之乎？又曰：言堪輿者，推江右曾楊二姓。今江右貴門望族踵相接也，乃二姓之後，未聞有顯者，彼其祖何不求一善地，以自庇其後人乎？又何工於爲人謀，而拙於自爲謀乎？若曰地可遇而不可求，則人亦惟聽之遇而已，又何求爲？宋人倪思文有云：「住場好，不如肚腸好。墳地好，不如心地好。」吾邑前輩錢仁夫詩云：「尋山本不爲親謀，大半多因富貴求。肯信人間好風水，山頭不在在心頭。」空同先生《風水論》云：「陽宅有三十六祥，居家尚理義，一也。子孫耕讀，二也。勤儉，三也。無峻宇雕墻，四也。六婆不入門，五也。無俊僕，六也。每聞紡織，七也。能睦鄰族，八也。早完官稅，九也。庭除灑掃，十也。門多士君子，十一也。閨門嚴肅，十二也。尊師重醫，十三也。宴客有節，無長夜之飲，十四也。不延妓女至家，十五也。不敢暴殄天物，十六也。居喪循禮，十七也。交易分明，十八也。女人不登山入廟，十九也。祭祀必恭必敬，二十也。幼者舉動稟命於家長，二十一也。故舊窮親在座，二十二也。閽人謙婉，二十三也。家僕無鮮衣惡習，二十四也。不喜爭訟，二十五也。不信禱賽，二十六也。不聽婦人言，二十七也。寢興以時，二十八也。不聞嬉笑駡詈，二十九也。婚娶不慕勢，三十也。田宅不求方圓，三十一也。主人有先機遠慮，三十二也。務養元氣，三十三也。座右多格言莊語，三十四也。常畏清議，畏法度，畏陰騭，三十六也。右三十六祥，全者鬼神福之，子孫保之。」不然，速下手，所謂移門換向，趨吉避凶之真訣也。然則生人休咎，果關地理乎哉？〔五〕

彭　祖

顓頊之孫，陸終氏之第三子。母鬼方氏孕十一年而生，姓籛，名鏗。知滋味，善斟雉羹，以事見帝堯。

或問：世傳彭祖壽八百，何以有是永年也？曰：惟能尊生也。吾嘗見彭祖《觀井圖》，冒井以車之輪，以其身絙於大木，而後逡巡倚視焉。足縮縮乎將推而墜也，目煦煦乎欲視而不視也。如此乎，其尊生也。問者曰：曷若置勿視乎？余無以答。

算　命

或問：算命何始？曰：吕才以爲始於司馬季主，沿及後世，臨孝恭有《禄命書》，陶弘景有《三命抄略》。唐人習者頗衆，而張一行、桑道茂、李虚中咸精其書，虚中之後，徐子平尤造其閫奥。今世所得傳星命家，罔不讀其書。大要以五行甲子推人休咎，亦有巧發而奇中者，第非今世覓衣食人立談數語所能辨也。且以甲子干支推人所生歲月，輾轉相配其數，極於七百二十之年月，加以七百二十之時日，其數終於五十一萬八千四百。夫以天下之廣，兆民之衆，林林而生者，不可以數計。日有十二時，未必一時止生一人也。以此觀之，同時而生日不少，何其凶吉之不同哉？吕才有云：「長平坑卒十萬，未應共犯三刑。南陽貴士三千，何必俱當六合。」誠足以破其舛戾矣。三命之説，予不能盡信者此也。此宋景濂《禄命辨》中語景濂又曰：「人之賦氣有厚薄短長，而富貴貧賤壽夭六者，隨之各不能必也。亦非日者之所能測也。□道而修德，服仁而悖義，此吾之所當爲也。不待占者之言而後知之也。予修身矣，倘貧賤如原憲，短命如顔淵，雖晉楚之富，趙孟之貴，彭鏗之壽，有不能及者矣。命則付之於天，道則責成於己。吾之所知者，如斯而已。不然，委命而廢人，白晝攫人之金，而陷於桎梏，則曰我之命當爾也。怠窳偷生，而不嗜學，至老死而無聞，則曰我之命當爾也。剛愎自任，操刃而殺人，柔暗無識，投繯而絶命，則又曰我之命當爾也。」其可乎哉？吁！此難與俗人道也。

報應

或問：積善積惡，上天果一一報應歟？曰：奚論積哉？即舉念間而慶殃隨之矣。請以二事實之。《雙槐歲鈔》云：「高郵一千户者，以公事之淮安，時大風雨，憚於湖行，故往返遵陸。其返也，適沿湖堤，望見一舟覆没。一少年宛轉波濤中，號呼良苦。千户惻然憫之，顧見一漁舟，解其囊金可得十兩，示漁人，曰：『幸往救彼，以此奉酬。』漁人鼓舟往救之，至乃其子也，以省父往淮安也。異哉，某千户之救人也，乃得其子耶。使千户少有吝金之心，即殺其子，不俄頃矣。」

又《金罍子》中記一事，云：「正德壬申七月，大風雨，海溢吾虞，地方沿海，一夕水漲一二丈許。居民房屋漂溺無算，水少定，乃有駕筏撈取資貨，因之致富者。一夫操竿率水滸，適見一女子，年可十七八，再浮再沉而來，手捧一笥，將抵岸，其人顧利其笥，遂推其女子沉之。已，發笥視之，一庚帖也。諦視則爲其所聘妻，而將于歸者。」此人但知殺此女，笥中盡吾有而已，誰意乃殺其妻也耶。世謂積善之慶，則餘鍾其子，天道之敗，則延及其妻。然或有迮而不合，或驗而稍遲，乃救人而適救其子，溺人而適溺其妻，善惡之報，驗於頃刻，一念之間，天道報施，曾亦不爽毫釐。吁！可畏哉。

天理

或問：天理果可恃乎？曰：余少爲人忌嫉，四十年，何日不置身鼎俎。今望七矣，尚幸存無恙，非天理能至是乎？朱子有言，天生天殺天之理也。人豈能殺之，蓋才全則運險爲夷，命在則轉禍爲福。我輩何才之有，所恃者有命在耳。命即理也。乃奸人者，徒憑其勢之無不可爲，顧彼私智於不可如何之域，以陷人害人，而且洋洋咤咤於人曰：「某吾所陷也，吾所害也。」以自張其爪吻，令人不吾犯也。吁！亦惑矣哉。唐顔真卿、張鎰，皆不良死，不知者輒曰：「此盧杞殺之也。」杞雖奸，能自爲天乎？第曰：「二公應死，雖天不能生全之。」可耳。

相

或問相，曰：《荀子・非相篇》闢之無餘力矣，然余觀古之神此術者，若袁天綱、張冏藏、桑道茂、李淳風輩，俱有神識。經其目者，壽夭縈悴，百無一爽。則荀子之言，似未盡然。聊疏一二事如後，以資談助。

武士彠之爲利州都督也，勑召袁天罡詣京師，途徑利州，士彠使相其妻楊氏。天綱曰：「夫人骨格非常，必生貴子。」遍召其子，令相元慶、元爽，曰：「可至刺使，終亦屯否。」見韓國夫人曰：「此女大貴，然不利其夫。」武后時，衣男子服，乳母抱置懷中。天綱見之，大驚，曰：「此郎君神采奐澈，不易知。」試令行走，天綱曰：「日角龍顔，龍睛鳳頭，伏羲之相，貴之極也。」更轉側，視之，又驚曰：「惜是郎君，若是女，當爲天下主。」武后之召入宫，李淳風奏云：「後宫有天子氣」，太宗召宫人閲之，令百人爲一隊。問淳風，淳風云：「在某隊中」。太宗又分爲二隊，淳風云：「在某隊中。」請陛下自擇，太宗不識，欲盡殺之。淳風諫不可，陛下若留，雖皇祚暫缺，而社稷延長。若殺之，當變爲男子，即滅損皇族無遺矣。太宗遂止。

張冏藏善相，與袁天綱齊名。有河東裴某，年五十三，爲三衛卒。豈望官爵，老父奈何謂僕爲貴人。〔六〕老人笑曰：「君自不知耳，從今二十五日，得三品官。」言畢便别，乃張冏藏也。裴至京當番，已二十一日。屬太宗氣疾發動，良醫名藥，服皆無效。坐卧寢食不安，有三衛以上，朝士以下，皆令進方。裴隨例進一方，乳煎蓽撥，一服而疾便愈。勑付中書，便與一品官。宰相逡巡，未便進擬。未幾，太宗氣疾又發，又服蓽撥而差。因問前三衛得何官，中書惶遽奏曰：「未審五品文武官職，故尚未除。」太宗怒曰：「治一天子得活，便不與官，向若治宰相病，可必當日得官矣。」乃特授三品正員京官，拜鴻臚卿，正二十五日也。累遷至本州刺使。

天綱有子客師，傳其父業，嘗與一人同過江，登舟遍視同渡諸人，私語其人曰：「舟中數十人，鼻下皆有黑氣，必有大厄。可且登岸。」俄見一丈夫，神色高朗，跛一足，負擔軀𧓊，亦來登舟。客師見之，語同侶曰：「可以行矣。貴人在内，吾儕無憂矣。」舟至中流，風濤忽起，危懼特甚，終濟焉。詢軀𧓊丈夫，乃婁師德也，後拜相。

唐玄宗御勤政樓，下設百戲，坐安禄山於御座東，肅宗諫曰：「歷觀今古，無臣下與君上同坐閲戲者。」玄宗曰：「渠有異相，我欲禳之，故耳。」又嘗與夜宴，安禄山醉卧，化爲一猪而龍者。左右遽告，帝曰：「渠猪龍，無能爲也。」終不殺之。禄山初爲韓公張仁愿帳下走吏，仁愿嘗洗足，脚下有黑子，禄山竊視之。仁愿顧笑曰：「黑子，吾貴相也。汝竊窺之，豈亦有乎？」禄山曰：「某賤人也，不意兩足皆有之。比將軍者，色黑而加大焉，竟不知其何祥也。」仁愿觀而異之。

國朝袁柳莊珙，亦善相人，曾識文皇帝於市肆群卒中。召爲尚寶卿，一女夫坐法論死，尚寶每相人妻，輒詬曰：「何不相自家女婿。」尚寶曰：「此則女合配刑夫也。」子忠澈能傳其業。

定　數

或問："事有定數，然歟？"曰："然。數既定，不但功名富貴難以强求，即飲啄亦不可强。"唐太府崔潔，在長安與進士陳彤善。陳故善前定數，崔不之信。一日，同往街西尋親，故將出門，陳曰："今日當與君飡鱠於裴晉公亭。"崔笑不應。過天門街，偶逢一人提一鮮魚來餽，崔却忘陳君之言，曰："此去亦是閑事，何如吃鱠。第將遠甚，得一近處方好。"從者曰："裴公亭甚近。"及下馬，方憶陳言，相顧大笑。崔曰："何處得斫手。"陳曰："但假刀砧，當有第一人樂部來。"俄頃，紫衣三四人至亭游者，一人見魚，曰："極是珍鮮，二君莫欲作鱠否？某極善此，當爲君試之。"詰之，乃梨園第一部樂徒也。餘人悉去，此人遂解衣操刀，極其敏妙。鱠將辦，催促具三人箸。陳曰："此爲吾兩人食料，彼不當與。"崔曰："鄙其人耶。"陳曰："非耶，彼自無分耳。"方供至，忽有使人亟呼曰："駕幸龍首池，唤第一部承應。"其人亟携衫帶，踉蹌跳去，不暇言別，崔甚嘆異。兩人飡鱠畢，方欲言歸，陳曰："合有一九品官得與姑少留。"語未既，延陵縣尉李耿至。李，崔姻戚也，以將赴任，特迹至裴公亭言別。時鱠已盡，止有清羹在桌，李即啜之。延陵尉，九品官也。食物之微，冥數已定，况其大者乎。

唐張宣，以户曹掾調授。以家在浙東，意求蕭山宰。忽夢一女子來謁，自言是將來所寧之邑家。宣見之，曰：「妾有十一口，依在貴治有年數矣。今聞明府將至，故來拜謁。」宣問縣名，不對。宣告其族人曰：「且志之。」及後補得湖州安吉縣令，宣以家事不便，將告改。其族人曰：「不然，前夕所夢女子，非安字乎。十一口，非吉字乎。數已分定，改亦何益。」宣悟且笑，曰：「若然，固應有定。」遂受之。及秩滿，又當調，時江淮歲歉，宣移家河南，固求宋亳一官。將移家往，又夢前時女子來謁，曰：「明府又當宰妾邑。」宣曰：「某前已爲夫人之邑，今豈再授乎？」女子曰：「妾自明府罷秩，旋即遷居，今之所止，非舊地。然往者家屬凋喪略盡，今惟三口聚居耳。」言訖辭去，乃選得杭州臨安縣令，三口臨也。

吾蘇陳僖公名鎰韓襄毅公名雍并爲郡庠弟子，未第時，郡守進香城隍廟，二公職當分贊，先期而至。有丐者，私相語曰：「適見城隍迎丞相前導而出，往嘗在此未嘗見也。」二公陰然之。後相繼爲顯官，皆以勛名終。然則享爵禄者，神明已預識於塵埃中矣，豈非定數哉。

自障葉

或見《笑林》中語，得螳螂伺禪，自障葉可隱形，取人物有諸。曰：此雖《笑林》，然《晉書》有之。桓玄嘗以一柳葉紿顧愷之，曰：「此蝗螂所翳葉也，取以自蔽，人不見已。」愷之得之而喜，引葉自蔽。玄就溺焉，愷之信其不見已也，甚用珍之。此愷之所以癡絶也。若吾里中諸强少年，何日不白晝攫人物，惡用障葉爲哉。

醫

或問醫。曰：此猶難言久矣。割皮解肌，結筋搦髓，此俞跗之術也，而俞跗能破背抽腹，截腸斷胃，此華佗之術也，而華佗能之。我吴醫派傳自金藥戴原禮，原禮學於朱彦修，王仲光時尚爲儒，未知醫也。慕而謁焉，因咨學醫之道，原禮曰：「熟讀《素問》耳。」仲光歸而習之，三年與原禮談論，大駭，以爲不如。由是仲光醫名著天下，仲光之後有盛□者，受知於宣廟，爲禮部尚書。由是盛氏業醫，後少和、後和父子俱與余善，擅重名，二和後遂寂無人。沈南亦郡人，術頗精。余於萬曆己亥秋延視病，時有一鄧姓者在坐，意輕南，本壯無疾，謾言求診。南診之曰：「子之疾深矣，其在來歲斯時乎？」既别去，鄧君曰：「醫之好名也，乃欲以無疾爲有疾。」果至來歲而别世。南没而醫道中絶矣，且不知《素問》爲何書矣。無怪乎病者之信禱，而不信醫也。

文

或問文章果有定價乎？何子每有所作，隨而議其後者比比也？曰：此非惡其文也，惡其人也。漢楊惲《貽孫會宗書》云：「君父至尊，親送其終也。有時而既。」蓋惲遭譖矣。侯家居，與朋舊書疏往來，道其生平耳。但不應斥及君父，深言不諱，即欲深文誅之，此兩言亦可當詛咒怨望，致之死矣，又何必曲解南山詩也。其曰：「田彼南山，蕪穢不治，種一傾豆，落而爲萁。」蓋自況其功名迄無建立，故取樂旦夕，更復何意，而讀史者求其説不得，乃曲爲箋解，謂其詞旨別含諷刺，世人之喜於求疵索瘢類如此，無惑乎後世詩獄之紛紛也。

問者曰：子有所作，每爲人所譏，此曷故哉？曰：此亦惡其人也，非惡其文也。然文章亦自無定價。漢長安慶虬之善爲賦，嘗作《清恩賦》，時人不之貴也。乃詑以相如所作，遂大見重於世。晉左太沖作《三都賦》初成，時人互有譏訾，思意不愜，後示張華，華曰：「二京可至三，然君文未重於世，宜以經高名之士。」思因詢求於皇甫謐，謐見之嗟嘆，遂爲作敘。於是先相非貳者，莫不斂衽讚服焉。南梁張率之屬文也，嘗以其向作賦頌二千餘首示虞訥，訥輒詆之，率乃一旦毁之，更爲詩，詑云沈約而示之，訥便句句嗟稱，無字不善。夫同是文章也，以爲虬之思率，則人易之，托虬之於相如，托思之於謐，詑率於約，而人始美之，此非知文者也，此人以耳視者也。唐李華著《吊古戰場文》，竭思研榷，已成，污爲故書，雜置梵書之庋。他日與蕭穎士讀之，稱工，因問今誰可及，穎士曰：「君加精思，便能至矣。」夫將謬華於古之，人而不能□也，此其知文者也，具慧眼者也。非所望於今世之人也，故曰：求解人，亦自不可得。

山神

或問：武廟幸大同，江彬有異志，山神夜號，何靈異也。曰：聖天子行在所至，百靈擁護，理之必然。漢武帝嘗微行造主人家，家有婢，國色，帝悦之，乃留宿與主婢卧。有一書生亦寄宿，善天文。忽見客星將掩帝座，甚逼，書生大驚懼，連呼咄咄，不覺聲高。仍又見一男子操刀，將入户，聞書生聲意，謂爲己故，遂縮足，客星應時而退。如此者數過，帝聞其聲異而問之，書生具述所見。帝乃悟曰：「必此人婿也。將欲肆毒於朕。」乃召期門羽林至，語主人曰：「朕天子也。」擒奴問而嘆服，乃誅之。帝嘆曰：「此蓋天啓書生，以扶朕躬。」乃厚賜焉。

義乳

或見演《義乳》傳奇，問曰：男而湩，有是事乎？曰：此不必求諸理也，然實有是事。李善，李元蒼頭也。建武中疫作，元家相繼死歿，惟孤兒續生，而資財千萬。諸奴婢私議，欲謀殺續分其財産，善傷李氏，而李不能制，乃潛負續逃亡，隱山昜暇界中，親自哺養，乳爲生湩，此見之《漢書》，然不獨李善也。唐元德秀兄子，繈褓喪親，無資得乳媼，德秀自乳之數日，湩流。夫陰陽不同質，豈男子而湩，此理之不可解者。然人之精神安所不至哉？揮戈也，而却日拊膺也，而殞霜悲泣也，而摧城浩嘆也。而決石誼奮於志誠，結於心，即天地爲動，而況近取諸身乎？然則，盲之目，可使復明，誠孝之感也；之脅，可使復合，忠精之佑也。而又何疑於男子湩也？且傳奇之作以奇傳也，不奇胡傳。

逆濠

演《逆濠》問故，曰：宸濠父康王，甚賢，至今洪都人道之。初王無子，嘗于宫中齋禱。一日王午寢，忽夢天狼降宫中，須臾食宫中殆盡，復繞而偪王，王寤，甚惡之。申刻，濠生，其母洪也。洪失愛于王，王命亟殺兒，宫中人環跪而請曰：「憂無子，有子，又棄之耶？」鐘陵王者，康王弟也，狂易，嘗放言淩其兄。至是，亟騎而至曰：「喜王兄之得子也，又聞將殺之，甚善，弟幸多子矣。」康王怒，遽命育之。六月十三日也，及濠年十三，即私幸樂妓，微服而游市中。王覺曰：「符吾夢矣。」鐵鉏砍殺數侍者，縛濠於柱，親鞭之數百，必欲殺之。王春者，臨海人，王甥也，慧而多才，以明經舉于鄉，王素愛之。春馳至，以身蔽濠曰：「殺春。」王不得已，遂舍。後謀逆國除，符夢云。吉水舉人劉養正，頗諳天文，以帝星耀吴頭楚尾，力勸濠反，竟敗。而不知真天子乃龍潛江漢間。

貧

或憐村老貧，突烟常不青，問何以自遣，曰：五臺山有鳥，名「寒號蟲」，四足有肉翅，不能飛，其糞即五靈脂，當盛暑時文采絢爛，乃自鳴曰：「鳳凰不如我」。至深冬嚴寒之際，毛羽脱落，索然如𣪊雛，遂自鳴曰：「得過且過。」問者捧腹。「寒號蟲」事見《南村輟耕録》卷一五

天道

《輟耕録》云：「揚州泰興縣農夫司大者，其里中富人陳氏之佃家也。家貧，不能出租以輸其主，遂以所佃田轉質於他姓。陳氏田旁有李慶四者，亦業佃，潛賂主家兒，謀以少

值，奪司田。司無可奈何，夜持炬火往燒其家，忽聞内有人分娩，司忽念吾所仇者，李某也，何故殺其母子，遂棄火溝中而歸。司既無田可種，乃腐酒以給食，不復乏絶，更自有餘。而李日益貧，更十年李復出所佃田質陳氏，司還用李計復其田。李怒甚，積膏火破盎中，夜抵司家，司妻方就蓐，李猶豫間，聞人啓户，懼事覺，遺火亟走，而司家實不有人。旦得火器塲中，驗器底有『李』字，因悟昔我焚彼家，以其家人産子，不欲焚。今彼焚我家，而我妻亦産子，不被焚。此天也，非人也。持錢五千往李，曰：『昨日小人無狀失禮，兹願少伸謝意，幸毋督過。』李疑，紿以疾。卧不起，强請不已，遂同之酒家。酒半，自起酌酒，勸李曰：『子之孫，某年月日夜子時生，而吾子，亦夜子時生，怨仇之事，慎無復爲。』具白前所仇事，瀝酒爲誓，約爲婚姻，劇飲盡歡。自是李亦不貧，此至正初年事。向使司氏怏怏所欲，未必能復田，縱復田，未必無禍。一念之善，從而兩家子孫皆蒙其利澤，《書》曰：『天道福善禍淫。』又曰：『惟上帝不常。作善，降之百祥。作不善，降之百殃。』嗚呼！天豈遠人哉！天豈遠人哉！此節録陶公文，以補前則《天理》後。

讖

近有人傳讖語云：有道人於鎮江圌山下掘得之，云出自劉青田作，其言支離滉瀁，爲此輩僞造，以惑衆，不必言。然實與《輟耕録》中所載元至正間語略同，并録之，以俟知者。「圖山云，九世悠悠，上帝休，巍巍福地，反洪州。人間若問消磨事，盡在龍蛇上頭。三十八歲算八字，東邊黑水江上流。寅卯起，辰巳止，不在揚淡，淡米不用。皇在日邊出，遥在五年頭，碑出干戈動，東邊血水流。寅卯辰巳，馬人難，鬼神愁。」《輟耕録》云：「至正壬辰春，城平江，於古城基内得一碑，其文云：『三十六，十八子，寅卯年，辰巳止，合收張翌同爲利。不在常，不在揚，切須欸欸細商量。且卜水，莫問米，浮圖倒地莫扶起。修古岸，重開河，軍民拍手笑呵呵。日出屋東頭，鯉魚山上游，星從月裹過，會在午年頭。』右不曉所言何事，姑識之。或者以爲，三十六，四九也。張翌，巳午之交也。今張太尉士誠第行四九，而同首亂者適十八人，豈其然歟？」此見之《輟耕録》，其讖語與今所傳大約相同，若曰出自青田，不應宗儀，已先言之。若曰宗儀在前，不應青田全用其語，其爲妖書惑衆，不辨自明。

國凶

勝國凡宫中晏駕，棺用香柟木，中分爲二，刳肖人形，其廣狹長短，僅足容身而已。殮用貂皮襖，皮帽，其靴襪繫腰盒鉢，俱用白粉皮爲之。殉以金壺瓶二，盞一，碗碟匙箸各一。殮訖，用黄金爲箍四條以束之。輿車用白氈青緣納失失爲簾，覆棹亦以納失失爲之。前行用蒙古巫媪一人，衣新衣，騎馬，牽馬一匹，以黄金飾鞍轡，籠以納失失，謂之「金靈馬」。此見之《輟耕録》。當是蒙古則然，若中國制度，恐不如此。聞椑用梓，故曰「梓宫」。「納失失」亦不知是何物，若今之織成凸起魚鱗花者，殊不足重。

冠制

或問冠制，曰：《藝苑卮言》云：今公侯伯所戴貂蟬冠，一名大冠，一名繇冠，一名建冠，一名籠冠，即古惠文冠。以其爲趙惠文所造也。亦云惠者，蟪也。其冠文輕細如蟬翼，故名，即今之籠巾也。漢侍中常侍，則加金璫，附蟬爲飾，插以貂毛。黄金爲竿，侍中插左，常侍插右。金取剛强百鍊不耗，蟬居高飲，清口在腋下，貂内硬悍而外柔縟，蓋真貌也。今則取絲繩屈曲而上有纓，蟬有三等，國公玉，侯金，伯玳瑁。

今文臣冠即古進賢冠也，然古前高七寸後高三寸，今則后高而前低。梁制：人主始加元服五梁，三公及公侯三梁，卿大夫關内侯千石以上兩梁，餘一梁。今一品七梁，二品六梁，三品五梁，以次而殺至九品雜流一梁。于前綴一小妝金獬豸曰豸冠，内外臺臣戴之。

古者有冠而無巾，非無巾也，蓋巾止以幕，尊罍辰果之用，不加於首也。故六經止言冠，下至於虞人亦以皮冠，野老亦以黄冠，是有簪導方爲冠也。至於罪人，方去其冠，而加黑幪。

漢世之冠，貴者則有通天、遠游、方山之類，武夫則有鵕鸃，閑居則有竹皮、鹿皮之類，皆冠也，以簪貫之。而所謂巾幘，稍稍施於執事賤人之首，如庖人緑幘是也。晉人輕浮，方有接羅、白葛、漉酒之巾，然起於後漢郭林宗折角巾矣，至於近代，反以巾爲禮，而戴冠不巾者爲非禮。又胡服襆頭，乃後魏狄制，及後唐而施長脚同伶優之賤，至於今士大安之，曾莫議其非者。

以至履舄，則古有履，有舄。有履而無靴，故靴不見於經。至趙武靈王作胡服，方變履爲靴，至今用之。政宣間，嘗變靴爲履矣。至高宗，務反政宣之失，仍變履爲靴。冠履二事反，使今之道流得竊其似。神廟時，巾履之制，爲之一變，千態萬狀，極其奇巧。巾有紫薇、紫陽、九華、三臺、福雲、蝶板、荷葉、香葉、菱葉、東坡等名。履則有七十二賢、三山綱綉、如意四季花等制，趨時之異，至此極矣。忠靖冠，世廟所制，極爲端莊，今不甚行。

十二肖

或問：人之生以十二物配十二支，謂之十二生肖，何歟？曰：其説不同，有言取其不全者，如鼠無牙，牛無齒，虎無項，兔無唇，龍無耳，蛇無足，馬無膽，羊無瞳，猴無頂，雞無腎，狗無胃，豬無筋也。然物類之不全者，豈止此哉。仁和郎仁寶，則取其爪足以陰陽分配。如子雖屬陽，上四刻，乃昨夜之陰，下四刻，今日之陽。鼠前足爪象陰，後足五爪象陽也。丑屬陰，牛蹄分也。寅屬陽，虎乃五爪。卯屬陰，兔缺唇，且四爪也。辰屬陽，龍乃五爪。巳屬陰，蛇舌分也。午屬火，馬蹄圓也。未屬陰，羊蹄分也。申猴五爪，酉雞四爪，戌狗五爪，亥猪蹄分也。此雖亦是一説，然他物足爪亦分，豈無如十二物者哉。仁寶又以物性之剛柔健順分配，蓋渺漫不可解。

鐘聲

鐘聲晨昏叩一百八聲者，一歲之義也。蓋年有十二月，二十四氣，七十二候，正得此數。釋氏念珠，亦借此義。見《楞伽經》中《菩薩問》也。

押字

或問花押。曰：古人花押，所以代名，故以名字花而書之，使人不易學，以防僞。凡官府文移，人間書簡，俱有前書名，後止押字，故不得不用名。宋末，士大夫始不用花押，故亦有不用名，而私自爲識者。王荆公作石字圈，多不圓，人識其類反字。近來押字之體，不必皆名，而上下多用一畫，不知何故。或曰取地平天成之意，亦無謂。凡釋褐入官者，皆於吏部堂畫字三日，以驗異時文移之真僞，故京師有賣花字者，隨人意欲，必有宛轉藏頓。此條

見《七修類稿》

張仙

或問：近世無子者，多祀張仙，果何歟？曰：蜀主孟昶，美豐儀，喜獵喜彈。乾德二年，蜀亡，花蕊夫人入宋宫，心嘗念昶，悒悒不敢言。因自畫昶像以祀，宋祖見而問之，夫人曰：「此張仙也，蜀人祀之多子，後遂傳之民。」一日宋祖命夫人作蜀亡詩，夫人曰：「君王城上豎降旗，妾在宫中那得知。四十萬人齊解甲，并無一個是男兒。」宋祖亦不加罪。此世所傳求子張仙也。然張仙固自有真者，名遠霄。五代時游青城山成道。

人中

或問人中。曰：人居天地之中，天氣通於鼻，地氣通於口。天食人以五氣，鼻受之。地食人以五味，口受之。而此穴居中，故曰人中。若曰人有九竅，自人中而上皆雙，自人中而下皆單。一泰卦，則王弇州所謂婦人雙乳，果何屬耶。天以五氣生萬物，氣無嗅味，故風雨露霜自天降者，皆無味也。地以五味養萬物，味有形質，故自地生者，皆有味焉。

鬚髮

或問鬚髮。曰：鬚髮，血之餘也。各有所屬，乃太陽屬心，火火炎上，故上生眉，乃少陽之毛。少陽屬肝，木木多旁枝，故多側生鬚，乃陽明之毛。陽明屬腎，水水流下，故下生。少年墨者，血色黑也。中則變白，白氣色也。老盡變白者，血耗而氣存也。然予所見有年齒同而黑白迥異者，或曰此勞苦安逸之不同也。然亦有勞苦安逸同而黑白迥異者，亦有逸者反白，而勞者反黑者。或又曰此思慮所致也，故謝超宋入地獄而髮白，周興嗣書成而髮白，則思慮之説近理。然亦有父母稟氣使然者，則顧愷之所謂松柏蒲柳之異也。余一族叔爲諸生，三十而頭顱皓然，以其不宜於青衫也。棄去之，然壽至七十有六。

善喻

吴美中瓚以米礱喻天命，蓋以上動下静，運轉不已，則米穀四出，如萬物之生也，隨地之高下，污潔之處而投焉，則如人之有富貴貧賤者矣。又以燈油喻生人，油爲氣，燈芯爲質，燈焰乃精神也。及其照物，則爲才能，其熟者，性也。燈滅而盡落魄降也，烟氣上騰魂升也。油有清濁，燈芯有肥細，乃資賢之美惡耳。

張大帝

或問張大帝出處。按田藝蘅《留青日札》云：「武當人張秉，偶遇仙女，謂曰：『帝以君功在吴分，故遣我爲配生子，以木德王其地。』且約逾年再會。秉如期往，仙女抱幼子歸秉，曰：『當世世相承，血食吴楚。』子名渤，後爲祠山之神。今廣德横山有廟志，云生西漢末，夫人李氏亦有昭妃廟，至今香火甚盛。以二月八日生辰，先一日多風，俗云大帝請客，接客風。後一日必多雨，送客雨也。或又以爲神請其夫人之小姨飲酒，故加以風雨，欲視其足也。可謂褻慢極矣。然風雨甚驗，或又以爲下世吃狗肉，故遇戌，上天風雨遂息，總之皆俚語也。又聞本處殺牛以祭，旋瘞牛於坎，一旦盡空。」此條見《留青日札》卷二八《祠山張大帝》

雙修

《留青日札》曰：「元西番僧伽璉真善秘密法，謂順帝曰：『陛下雖尊居萬乘，富有四海，不過保有見世而已。人生能幾何，當受此秘密大喜樂禪定。』帝習之，名雙修法。又有運氣術，名演揲兒。華言大喜樂，皆房中術也。號所處室曰皆即兀該，華言事事無礙也。今之夫婦雙修法，禍起於此。」此條見《留青日札》卷二八《雙修法》

至今人家老婦衰敗，無所事事，乃結念佛會爲白蓮教，名曰「念佛婆」。傾國成群，老幼美惡，無不入會。淫僧潑道，拜爲乾娘，而淫婦潑妻，又拜僧道爲師爲父，自稱曰弟子。晝夜奸宿淫樂，其丈夫子孫亦有奉佛入夥，不以爲恥。大家婦女雖不出家，而持齋把素，袖藏念珠，口誦佛號，裝供佛像，傾筐倒庪。無子者，誘云某僧能幹，可度一佛種。如磨臍過氣之法，即元之所謂大喜樂、大布施，以身布施者，可勝誅耶。亦有引誘少年師尼與丈夫淫樂者，誠所謂歡喜佛矣。此條見《留青日札》卷二七《念佛婆》

穆廟庚午，妖僧圓曉穿耳纏足，裝爲假師姑，到處哄誘念佛婦人，淫媾甚多。雖富貴之家，不免其汙。神廟中，亦有此事。僧敏庵旋即就擒。此條見《留青日札》卷二七《假師姑》

武廟爲張鋭、張雄、錢寧等蠱惑，引西番僧出入禁内。肅皇始汰洗之，又命武定侯郭勛，大學士李時，禮部尚書夏言入看，大善殿内有金銀鑄像，夷鬼淫褻之態，巨細不下千百餘，金函玉匣藏貯，名爲佛骨、佛頭、佛牙之類，枯朽摧裂，奇離傀儡，亦不下千百片。言請瘞之草野，不得瀆留清禁。以永杜愚惑炫熒之端。佛牙等一切付之於火，金銀銅像，并令煅銷。得旨毁滅，實千古快事。其所爲男女淫褻之像者，名曰歡喜佛。傳聞欲以教太子，蓋慮長於深宫，不知人事故也。此亦類《齊東野語》，姑志之。佛牙，今杭之西湖法相寺有以誘婦女奉禮請觀，不惟獲利，兼以行奸，不足觀也。此條見《留青日札》卷二七《佛牙》

宅制

或問宅有制乎？曰：宅者擇也，擇吉地而營之也。《禮》曰：「儒有一畝之宫。」宅亦可稱宫，今則惟王居稱宫也。唐之屋舍，王公以下，不得施重拱、藻井。重拱者，謂四鋪作、五鋪、六鋪、八鋪作，即今之疊栱也。藻井者，天花板井口内畫以水藻者也。非常參官，不得造抽心舍及施懸魚瓦獸頭及轉角飛仙海馬之類也。乳梁，壓槽方上之短梁也。五品以上，許門作烏頭大門，即綽楔門也。宋之梐枑，即官府門首拒馬叉子也。鴟尾，屋脊雨頭吻獸也。拒鵲者，瓦獸上鐵叉也。今制：官民房屋不許九五間數及歇山、轉角、重檐、重栱、繪畫、藻井、硃紅門窗，其樓房不在重檐之例，而品官皆規則矣。後又奏準，故官之家，曾依品級起造房屋者，除因貪汙黜罷者令改拆外，其能守法奉公，終於本等職事，許令子孫永遠居住。如此，不惟勵仕者廉謹之心，亦表父祖舍宅門蔭子孫之盛典也。見《皇明制書》及《留青日札》。此條見《留青日札》卷一八《宅》

字號

或問：今人稱謂，或以字，或以號，孰爲當？曰：古者子生三月，妻以子見於父，父執子之右手，咳而名之。二十冠，冠而字之，敬其名也。字依乎名，故曰字以表德。自古有名則有字，名不可呼，故每呼字。不但朋友相處，子思稱祖，亦曰仲尼。若夫別號，古人所無，起於寒泉子、樗里子等，至唐李鄴侯始有端居室，且刻爲印記。今則軒亭臺室溪橋山水，罔不見之別號。搢紳士夫猶可曰門人，後輩不敢直呼其字，故姑借山水之名，如伊川先生、濂溪先生是也。若夫與臺皂隸罔不有號，此何説歟。近來士子稍知稱字，頗覺雅馴，字有用雙，有用單者。仲尼、伯魚，雙也。舉陶字隫，顔回字淵，曾點字皙，皆單也。今則純無單者，唐郭令公名子儀，字亦子儀。張睢陽名巡，字亦巡。

琵琶

或問《琵琶》，曰：「高明則誠者，温之永嘉人，春秋中元至正乙酉榜，授處州録事，調浙江閫幕都事，轉江西行臺掾，又轉福建行省都事。方國珍聘置幕下，不行。旅寓明州，以詞曲自娱。因感劉後村之詩『死後是非誰管得，滿村争唱蔡中郎』之句，乃作《琵琶記》。有四王者，以學聞，則誠與之友善，勸之仕。登第，即棄其妻而贅于不花太師家，則誠惡之，故作此記以諷諫。名之曰《琵琶記》者，取其頭上四『王』爲王四云爾；元人呼牛爲不花，故謂之牛太師；而伯喈曾附董卓，乃以之托名也。高皇帝微時，嘗奇此傳。及登極，召則誠，以疾辭。使者以傳進，上覽之，曰：『五經四書，在民間譬諸五穀，不可無。此傳乃珍饈之屬，俎豆之間亦不可少也。』及卒，陸德暘以詩吊之曰：『亂離遭世變，出處嘆才難。墜地文將喪，憂天寢不安。名題前進士，爵署舊郎官。一代儒林傳，真堪入史刊。』又陶南村《説郛》載唐人小説，牛相國僧孺之子敏與同人蔡生邂逅文字交，尋同舉進士，才蔡生，欲以女弟適之。蔡已有妻趙矣，力辭不得。後牛氏與趙處，能卑順自將。后蔡仕至節度副使。牛同，蔡同，趙同，而牛能卑順又同，南村又與東嘉同時，會稽、温州又同省，則《琵琶》之作，必是爲繁，王四云云，以其有四『王』而揣摩之也。要之，傳奇皆是寓言，未有無所爲者，正不必求其人與事以實之也。即今《琵琶》之傳，豈傳其事與人哉？傳其詞耳。詞如《慶壽》之【錦堂月】、《賞月》之【本序】、《剪髮》之【香羅帶】、《吃糠》之【孝順兒】、《寫真》之【三仙橋】、《看真》之【太師引】、《賜燕》之【山花子】、《成親》之【畫眉序】，富艷則春花馥郁，目眩神驚；凄楚則嘯月孤猿，腸摧肝裂；高華則太華峰頭，晴霞結綺；變幻則蜃樓海市，頃刻萬態。他如【四朝元】、【雁魚錦】、【二郎神】等折，委婉篤至，信口説出，略無扭捏，文章至此，真如九天咳唾，非食烟火人所能辦矣。然白璧微瑕，豈能盡掩。尋宮數調，東嘉已自拈出，無庸再議。但詩有詩韻，曲有曲韻，詩韻則沈隱侯之四聲，自唐至今，學人韻士兢兢守如三尺，罔敢逾越；曲韻則周德清之《中原音韻》，元人無不宗之。曲之不可用詩韻，亦猶詩之不敢用曲韻也。假如今有詩人於此，取上平十三元一韻，以『元』、『軒』、『冕』等字與先韻叶，以『昆』、『温』、『門』、『孫』等字與真韻叶，以『煩』、『藩』、『憣』、『潘』等字與寒、删二韻叶，不幾笑破人口乎。何至于曲，而獨可通融假借也。且不用韻又奚難作焉。今以東嘉【瑞鶴仙】一闋言之，首句『火』字，又下『和』字，歌麻韻也。中間馬化下三字，家麻韻也。『日』字，齊微韻也。『旨』字，支思韻也。『也』字，車遮韻也。一闋通止八句，而用五韻。假如今人作一律詩而用此五韻，成何格律乎？吟咀在口，堪聽乎？不堪聽乎？通本不出韻者，寂寂不可多得，『飛絮沾衣』外，『簾幕風柔』止出一韻末句『謀』字，『緑成陰』，『玳筵開處』，『思量那日』，四五套而已矣。若其使事，大有謬處，【叨叨令】末句云『好一似小秦王三跳澗』，【鮑老催】句『畫堂中富貴如金谷』，不應伯喈時已有唐文皇、石季倫也。《賞荷》出内【燒夜香】末句云『捲起簾兒明月正上』，明明是夜景矣，何以下【梁序州】云『晝長人静好清閑，忽被棋聲驚晝眠』？又第四闋内『柳蔭中忽噪新蟬，見流螢飛來庭院』，蟬不應與螢火并出。或人曲護其短，乃曰：『此通一日而言』。此大不通之論。一日之間，自有定序，從早而午，從午而暮，未有早而倏暮，暮又午也。或又以《賞荷》、《賞月》俱非東嘉作，乃朱教諭增入。朱教諭，吾不知其人，《賞荷》之出其手，有之。《賞荷》之『楚天過雨』，雄奇豔麗，千古傑作，非東嘉誰能辦此？《埽松》而後，粗鄙不足觀，其强弩之末力耶？抑真朱教諭所補耶？真狗尾矣。内有伯喈奔喪【朝元令】四闋，調頗叶，吴江沈先生已辨其非矣。故余以爲東嘉之作，斷斷自《埽松》折止，后俱不似其筆。王弇州一代宗匠，文章之無定品者，經其品題，便可折衷，然于詞曲不甚當行。其論《琵琶》也，曰：『則誠所以冠絶諸劇者，不惟琢句之工、使事之美而已。其體貼人情，委曲必盡；描寫物態，彷彿如生；問答之際，了無捏造。所以佳耳。至於腔調微有未諧，譬如見鍾、王迹，不得其合處，當精思以求諧，不當執末以議本也。』夫『作曲先要明腔，後要識譜，切忌有傷于音律』，此丹丘先生之言也。腔調未諧，音律何在？若謂『不當執末以議本』，則將抹殺譜板，全取詞華而已乎？」

何元朗良俊謂施君美《拜月亭》勝于《琵琶》，未爲無見。《拜月亭》宫調極明，平仄極叶，自始至終，無一板一折非當行本色語。此非深于是道者不能解也。弇州乃以「無大學問」爲一短，不知聲律家正不取于宏詞博學也。又以「無風情，無裨風教」爲二短，不知《拜月》風情本自不乏，而風教當就道學先生講求，不當責之騷人墨士也。用修之錦心綉腸，果不如白沙鳶飛魚躍乎？又以「歌演終場，不能使人墜泪」爲三短，不知酒以合歡，歌演以佐酒，必墜泪以爲佳，將《薤歌》、《蒿里》盡侑觴具乎？

《琵琶》、《拜月》而下，《荆釵》以情節關目勝，然純是尾巷俚語，粗鄙之極。而用韵却嚴，本色當行，時離時合。

《香囊》以詩語作曲，處處如烟花風柳。如「花邊柳邊」、「黄昏古驛」、「殘星破暝」、「紅入仙桃」等大套，麗語藻句，刺眼奪魄。然愈藻麗，愈遠本色。《龍泉記》、《五倫全備》，純是措大書袋子語，陳腐臭爛，令人嘔穢，一蟹不如一蟹矣。此後作者輩起，坊刻充棟，而佳者絶無。

徐髯仙霖《柳仙記》，事見《幽怪録》，詞亦古質，然寂寥踐淺，斤兩不足。谷子敬先已有《三度城南柳》，不堪并觀。

李伯華開先《林沖寶劍記》，「按龍泉」闋亦好，餘祇平平。《韓信登壇記》，即《千金記》，本元金志甫《追韓信》來，今《北追》、《點將》全用之。

鄭虚舟若庸，余見其所作《玉玦記》手筆，凡用僻事，往往自爲拈出，今在其從侄學訓繼學處。此記極爲今學士所賞，佳句故自不乏，如「翠被擁雞聲，梨花月痕冷」等，堪與《香囊》伯仲。「賞荷」、「看潮」二大套，亦佳。獨其好填塞故事，未免開餖飣之門，闢堆垛之境，不復知詞中本色爲何物，是虚舟實爲之濫觴矣。乃其用韵，未嘗不守德清之約。虚舟尚有《四節記》，不足觀已。

張伯起先生，余内子世父也，所作傳奇有《紅佛》、《竊符》、《扊扅》、《灌園》、《祝髮》諸種。而《紅拂》最先，本《虬髯客傳》而作，惜其增出徐德言合鏡一段，遂成兩家門，頭腦太多。佳曲甚多，骨肉勻稱，但用吴音，先天、簾讖隨口亂押，開閉罔辨，不復知有周韵矣。最可笑者，弇州先生之許《紅拂》也，曰「《紅拂》有一佳句，曰『愛他風雪耐他寒』」，不知其爲朱希真詞也」云云。余一日過伯起齋中。談次問：「此句用在何處？覓之不得。」伯起笑曰：「王大自看朱希真《紅拂》耳，似未嘗看張伯起《紅拂》也。」相與一笑。近見坊刻李卓吾批點《紅拂》，大要謂：「《紅拂》一婦人耳，而能物色英雄于塵埃中。」是贊《虬髯傳》中紅拂耳，亦未嘗贊張伯起紅拂也。知音之難如此。此外《灌園》亦俊潔，《竊符》亦豪邁，餘不甚行。

自此吴江顧大典有《義乳》、《青衫》、《葛衣》等記，皆伯起流派，操吴音以亂押者也。然峭拔處，各自有可觀，不必求其本色否也。

梅禹金，宣城人，作爲《玉合記》，士林争購之，紙爲之貴。曾寄余，余讀之，不解也。傳奇之體，要在使田畯紅女聞之而陡然喜，悚然懼，若徒逞其博洽，使聞者不解爲何語，何異對驢而彈琴乎？昔翟資政巽喜作才語，雖對使令亦然。有庖者藝頗精，翟每向同官稱之。后稍懈，衆以嘲翟，翟呼使前數之曰：「汝以刀匕微能，數見稱賞，而敢疏熉若此，使衆人以責膳夫之罪，還責汝主，於汝安乎？」左右皆匿笑，而庖者竟不解作何語。余謂：若歌《玉合》於筵前臺畔，無論田畯紅女，即學士大夫，能解作何語者幾人哉！徐彦伯爲文，以「鳳閣」爲「䳺門」，「龍門」爲「虬户」，當時號「澀體」。樊宗師《絳州記》，至不可句讀。文章且不可澀，況樂府出於優伶之口，入于當筵之耳，不遑使反，何暇思維，而可澀乎哉！濫觴于虛舟，決堤于禹金，至近日之《箜篌》而滔滔極矣。禹金旋亦自後悔，作《長命縷》，自謂：「調歸宫矣，韵叶音矣，不必使老嫗都解，而亦不必傲士大夫以所不知。」余尤以爲未盡然也。《玉合記》【榴花泣】第二闋内有句云：「離腸悵觸斷無此。」自音云：「悵，音橙。」不知所出，亦不能解。一日觀山谷詩云：「莫若囂號驚四鄰，推床破面悵觸人。」然後知「悵」當作「振」，從手，音撐，振觸。見《涅槃經》，山谷用之詩，已自僻澀，禹金乃用之作曲。然則三藐、三菩提，盡曲料耶？此體最易驚俗眼，亦最壞曲體，必不可學。

《題紅》，王伯良驥德作。伯良，屠長卿之友，長卿深許可之，謂：「事固奇矣，詞亦斐然。」今觀其詞，使事響於禹金，風格不及伯起，其在季、孟之間乎？獨其結構如搏沙，開闔照應，了無綫索，每於緊處散緩，是又大不如伯起者也。至其自序《題紅》，則曰：「周德清《中原音韵》，元人用之甚嚴，自《拜月》、《伯喈》始決其藩。傳中惟齊微之于支思，先天之于寒山、桓歡，沿襲已久，聊復通用。庚青之于真文，簾先之于先天，間借一二字偶用，他韵不敢混用一字。至北調諸曲，不敢借用，以北體更嚴，存古典刑也。」夫《琵琶》出韵，是誠有之，《拜月》何嘗出韵，且二傳佳處不學，獨學其出韵，此何説也？若曰嚴于北而寬于南，尤屬可笑。曲自有南北，韵亦有南北乎？袁西野有一【清江引】，專誚不用韵作曲者，云：「沈約近來憔悴損，打不開糊塗陣。五言一小詞，四句押三韵。提來到口邊頭煞力子忍。」邑人孫梅錫柚作《琴心記》，亦有讖句。

王雨舟改北《王允連環記》爲南，佳。李日華改《北西廂》爲南，不佳。然其《四景記》亦可觀。陸天池亦有《南西廂》，亦不佳。《明珠》却絶有麗句、麗詞，聞非一手所成，乃兄給事粲亦助之，當不謬，其聲價當在《玉玦》上。沈涅川《雙珠》、《分鞋》，小兒號嗄。

梁伯龍辰魚作《浣紗記》，無論其關目散緩，無骨無筋，全無收攝。即其詞亦出口便俗，一過後便不耐再咀。然其所長，亦自有在，不用春秋以後事，不裝八寶，不多出韵，平仄甚諧，宫調不失，亦近來詞家所難。獨一最可笑者，而人不知，吳、越在當時，稱王久矣，王則車馬、服御、位號、稱呼儼然一天子矣，故有郊臺，有柴望，夫差、勾踐亦儼然不復知有周天王矣，而胥、嚭、種、蠡稱曰「主公」何也？孟子在梁，稱惠王曰「王好戰」，不聞「主公惠王」也，在齊稱宣王曰「今王發政施仁」，不聞「主公宣王」也，此何異三家村童子不知厥父稱呼，而曰「我家老子」也，陋甚矣！

沈光禄璟著作極富，有《雙魚》、《埋劍》、《金錢》、《鴛被》、《義俠》、《紅蕖》等十數種，無不當行。《紅蕖》詞極贍，才極富，然於本色不能不讓他作，蓋先生嚴於法，《紅蕖》時時爲法所拘，遂不復暢。然自是詞家宗匠，不可輕議。至其所著《南北全譜》、《唱曲當知》，訂世人沿襲之非，剷俗師扭揑之腔，令作曲者知所嚮往，皎然詞林指南車也，我輩循之以爲式，庶幾可不失隊耳。

《曇花》、《彩毫》，屠長卿隆先生筆，肥腸滿腦，莽莽滔滔，有資深逢源之趣，無捉襟露肘之失，然又不得以濃鹽赤醬訾之，惜未守沈先生三章耳。

玉茗堂四傳，臨川湯若士顯祖先生作也。其《南柯》、《邯鄲》二傳，本若士臧晉叔懋循先生所作元人彈詞來，晉叔既以彈詞造其端，復爲改正四傳以訂其訛，若士忠臣哉！晉叔最愛余諸傳，逢人便説，且托友人相邀過彼，而余貧老不能往。未幾而晉叔物化，負此知己，痛哉！晉叔不聞有所搆撰，然其刻元人雜劇多至百種，一一手自删定，功亦不在沈先生下矣。

近日袁晉作爲《西樓記》，調唇弄舌，驟聽之亦堪解頤，一過而嚼然矣，音韻宫商，當行本色，了不知爲何物矣。

《彩霞》出一優師所作，曲雖俚，然間架步驟，亦自可觀，較之《西樓》，雖爲彼善，此外非復知矣。

若夫散詞、小令，則家和璧而人隋珠，未易枚舉。試數其人，則周憲王、趙王、劉誠意、王盛寧、楊邃莽、顧未齊、陳大殺、祝希哲、唐伯虎、張伯起、沈青門、王稚欽、李空同、楊用修、王敬夫、康德涵、韓苑洛、金白嶼、楊君謙、常明卿、谷繼宗、何粹夫、王舜絅、王渼陂、王浚川、謝茂秦、陸之裘、陳石亭、何太華、許少華、王辰玉，彼皆海岳英靈，文章巨擘，羽翼大雅，黼黻王猷，正業之外，游戲爲比，或滔滔大篇，或寥寥小令，含金跨元，真所謂種種殊別，新新無已矣。

北詞，晉叔所刻元人百劇及我朝谷子敬《三度城南柳》、《鬧陰司》，賈仲名《度金童玉女》，王子一《劉阮天台》，劉東生《月下老世間配偶》，丹丘先生《燕鶯蜂蝶》、《復落娼》、《烟花判》，俱曾一一勘過。

馬東籬、張小山自應首冠，而王實甫之《西廂》，直欲超而上之。蓋諸公所作，止於四折，而《西廂》則十六折，多寡不同，骨力更陡，此其所以勝也。昔人評者，謂「玉環之浴華清，緑珠之採蓮洛浦」，信不誣也。

后四齣定爲關漢卿所補，其筆力迥出二手，且雅語、俗語、措大語、白撰語層見疊出，至於「馬户」、「屍巾」云云，則真馬户屍巾矣。且《西廂》之妙，正在州橋一夢，似假疑真，乍離乍合，情盡而意無窮，何必金榜題名、洞房花燭而後乃愉快也。丹丘評漢卿曰：「觀其詞語，乃在可上可下之間，蓋所以取者，初爲雜劇之始，故卓以前列。」則王、關之聲價，在當時已自有低昂矣。王弇州取《西廂》「雪浪拍長空」諸語，亦直取其華豔耳，神髓不在是也。語其神，則字字當行，言言本色，可爲南北之冠。王渼陂句「望東華人亂擁，紫羅蘭老盡英雄」，此【水仙子】也，弇州題作【折桂令】，鹵莽可知矣。至於實甫之意，謂元微之通于姑之子而托名張生，是不必核。實甫之傳，本於董解元，解元爲説唱本，與實甫本可稱雙璧。實甫《麗春堂》雜劇，不及《西廂》。

【校勘記】

〔一〕《括地圖》原書已佚。《玉燭寶典》卷一引《括地圖》云：「桃都山有大桃樹，盤屈三千里，上有金雞。日照入，此雞則鳴，於是晨雞悉鳴。下有二神，一名郁，一名壘，并執葦索，以伺不祥之鬼，得而煞之。」此事于《金樓子》、《一切經音義》、《論衡》等書中亦有記載，然文字各有不同。

〔二〕《顔氏家訓·風操》原文「祓送家鬼」下「章斷注連」一語。

〔三〕此句原本有闕文，今所見《閑窗括異志》、《艮齋雜説》均作「李林甫毒虐弄權，帝命震死」。

〔四〕此句爲宋羅大經《鶴林玉露·風水》引郭璞《葬經》中語。原書作「本骸乘氣，遺體受蔭。」

〔五〕南京图书馆藏七卷本篇末有「原鈔本内遺三十五魏管輅始置格盤」一句。

〔六〕此處有闕文。此故事出自《定命録》，原書云：「當夏季番，入京至滻水西店買飯。同坐有一老人謂裴曰：『貴人。』裴因對曰：『某今年五十三，尚爲三衛，豈望官爵，老父奈何謂仆爲貴人。』」

黄廷鑑跋

吾邑陽初先生，爲徐大空公之孫，高才博學，詩歌、傳奇皆有名，嘗仿《輟耕録》作《村老委談》三十六卷，記當代見聞，其大者可資史乘，小者亦足寓勸懲，與陶氏書堪伯仲焉。惜未經刊佈，久而散佚。其後有族孫述曾者，搜訪是書，僅得殘帙數册，即今藏書家所傳《嚴中丞起主倭寇始末》六卷是也。甲子冬，余於郡城坊中得此殘本二册，乃出所傳六卷之外者，繕寫精妙，有柳誠懸筆法，屬花當閣原物，狂喜竟日。暇時擬録副以廣其傳，會照廣閣主人將刊此書，舉以弁之，以此二卷論朝事居多，遂冠諸首，俾藝林中得睹所未見，亦一快事也。時嘉慶戊辰秋七月五日，琴六居士黄廷鑑。

徐述曾跋

公諱復祚，字陽初，號謩竹，晚號三家村老，司空公之孫，比部郎禹江公次子也。書齋曰花當閣，讀書其中。學博才贍，著作甚富，惜後人散失，片紙隻字無復存者，傷何如也。

傳奇若《紅梨記》《投投梭》《宵光劍》，雜劇若《一文錢》《梧桐雨》諸本，尚留人間耳目間。至《委談》三十六卷，大抵記朝廷典故，忠貞邪佞，孝義節烈，高人逸事，仙佛奇縱，豪猾盜賊，倡優乞丐，術數伎巧，與夫街談巷議，善惡果報，可興可觀，無不臚列。近得六卷於友人處，借歸録之，稍存其概。時康熙六十一年，次壬寅正月人日，曾侄孫述曾僅識。

魚元傳跋

徐復祚字陽初，號蓍竹，大司空栻之孫。博學能文，尤工詞曲。錢宗伯題其《小令》，以高則誠爲比。所著傳奇，若《紅梨》《投梭》十數種，皆膾炙人口，又嘗仿陶九成《輟耕録》作《村老委談》三十六卷，《柳南隨筆》載之甚詳。余于辛未夏訪其族孫位之，得七卷，又於他處獲蠹蝕殘《家兒私語》半卷，系花當閣原本。花當，陽初讀書處也。似陽初之才，著述如此之富，落落數十百年，近在一邑，幾不可復見，能無爲之前望興嘆。窮鄉孤坐，抄竟，訂成兩册，遣景光亦以仰前哲也。卷中有訴訕楊忠烈公處，持議既已醜正失人，且修其私釁，亦傷渾厚。後之讀是編者，略其言之或有紕謬，而矜其學之博可也。乾隆十有七年，歲在壬申，中秋魚元傳識于白茅王氏書塾。

曹炎跋

久不得夷堅寓目，心亦勞矣。適虞兄以是書惠視，深獲吾心。點閲一過，書中有似是而非者，妄爲改迄。此所謂愚而好自用也，知己容之否乎？乾隆十九年新秋日曹炎志。

顧葆龢跋

明徐復祚撰，舊題《三家村老委談》，原本三十六卷。陽初此書仿陶南村《輟耕録》而作焉，王東溆《柳南隨筆》載現存者只六卷，而昭文張海鵬刊入《借月山房匯鈔》則有八卷，亦曰《花當閣委談》，張氏板佚，上海陳璜得其殘片，改編《澤古叢鈔》，已無是書之名目矣。書中所紀如《錢侍御》《李賡虞》《吕秀才》《文太史》《茅道人》《徐石林》諸則，或事關懲勸，補《筆疇》《臆乘》之遺聞；或語出新奇，賡《窮怪》《搜神》之續録。所惜曇花一現，未能竹簡千秋。此册雖殘，猶是二卷本菁華所萃，以視罟里瞿氏舊藏不足本者，末卷增出若干，暇日尚當待考也。己未閏七月下澣蘭澤記。

家兒私語

家兒私語序

□□□□□□□□□□□□□□□者不可以無紀也，子孫而不録其先人，是悖德之行也。我徐自南渡而後，其派系悉家乘中。家乘修於尚書公末年成，未及刻。俾我王父尚書公勛猷爛然。顯考贈員外公質行淳備，暨顯妣贈宜人安氏壼政修明，然俱有誌狀備載之矣。惟我贈宜人先妣周氏，實生不肖復祚輩三人，又刑部河南清吏司郎中琨竹先兄，又封宜人先嫂王氏，俱未有誌狀。予年老矣，而琅若玗俱幼，懼其久而懿美益湮也，心怦怦焉。第先妣之棄不肖也，時方十有一歲，其行事不能盡記，聊撮其大略著之篇。然十不一二矣。嘗慨今人誌狀多取嘉言懿行，薈撮成篇，不務淳實，不肖不敢也。故於亡兄狀中有不諧時喙者，亦不盡諱，非翹其過也，務使後人觀者仿佛其欬貌耳。故曰《家兒私語》云。天啓七年八月十二有六日三家村老陽初復祚述。

亡妣周宜人狀

先妣周宜人姓周氏，外舅周翁諱□，别號循用。外姑曰李孺人，其世系不可考，世居吴縣閶門之南濠。累代業醫，然不肯竟學，又好酒，多狹邪游，人有召者，多值其醉，不時赴。故其業不甚售，家遂旁落。晚歲無聊，始以膏藥濟人，人稱爲周膏藥云。無子，李孺人實生我母。我母幼淳厚，以女德著閭里。時府君繼配母黄不宜子，謀置貳焉，而母以德著，得歸府君，年甫十七也（嘉靖三十五年丙辰）。黄母性嚴厲，始猶以嫡之禮加吾母，吾母孝敬慈婉，言動循矩，久而化之，卒以姊妹禮相處。期年而母黄卒，時王父尚書公以南御史建言忤當道，謫浙江布政司都事，身之官而以家政付府君及吾母。吾母天性賢明，知書解事，府君方游庠，鋭志藝業，閫内外事惟吾母是籍。凡錢穀出入，手自記注，醯醢米鹽，親爲劑量。以至親戚慶吊之往來，僮奴衣食之分給，處之秩然，無不得其歡心。尸婆藥婦擯不許入，日持筐與諸婢環坐而緝麻枲，日未旰，吾母必先滿筐，其勤如此。家人有過，務掩蓋之，而密訓之曰：「爾某事過矣，吾不汝彰，彰之應受扶也。」嘗有竊其金飾者，雖知其人，卒隱而不言，其寬厚又如此。及尚書公丁繼王大母張孺人艱歸，吾母偕府君朝夕奉觴上壽，日惕惕，尚書公及浦淑人喜動色曰：「始謂爾年少未諳家政，今乃孝敬如此，吾可盡心官下矣。」丁巳（嘉靖三十六年舉一兒小字福孫，七月而殤。戊午舉伯昌兄，是年王父陞浙江按察司僉事。己未之任，携府君及吾母往。次年庚申，舉不肖復祚於官邸，辛酉歸。壬戌舉聞叔弟，迨甲子，母安來歸，不肖年五歲矣。母安既至，悉取家政而更張之，操持一切，嚴於束溼。吾母以寬，安母以嚴。性行既若冰炭，而宵小輩復各譸張其間，以幸博笑，由是而嫌隙稍開矣。吾母雖順受之，弗與較，而不能無鬱鬱於心。未幾而外舅及外姑相繼卒，先是外舅既無子，而周氏支屬甚鮮，止一族弟，公瑕諱天球亦無子，乃取其嫁沈氏之姊之子文者爲之子，而更以己姓。然此子甚不肖，白晝攫市，黑夜探丸，靡所不至。外舅姑屢戒之，不悛，卒逮死獄中。外舅姑竟以憂死，殯葬之事悉吾母經理之。然自是益侘傺無聊而成瘵疾，咯血不止，時庚午隆慶四年也。越明年，辛未冬十一月十一日，竟不起，易簀之夕，不肖與伯兄同侍側。吾母執手叮嚀曰：「爾父在郡，不及與訣矣。若輩第讀書爲善，事嫡母如事若母，我又奚憾哉。」遂瞑，嗚呼痛哉！距生嘉靖庚子十九年九月初六日，享年纔三十二。始葬虞山北麓之茅塘橋，今同母安祔府君合葬於李墓貴經塘之新阡陌。兄爲刑部員外郎時，適有東宮覃恩，二母俱得誥，贈宜人，實異數云。

亡兄刑部河南清吏司郎中暨敕封亡嫂王氏宜人行略

亡兄諱昌祚，字伯昌，初名昌儒，字文伯，府君塚子也。年十六萬曆元年補博士弟子員。適王父尚書公以少司馬滿三載，考應得蔭叙。府君性簡淡，推以與兄，遂以兄名請改儒爲祚。初授後府都事，陞本府經歷，未幾改太僕寺寺丞，奉命督雲中糧。旋丁府君憂歸，服闋，陞刑部河南司員外郎，旋陞本司郎中。乙巳萬曆三十三年大計歸。其爲郎中也，大司寇董名裕實才之言於選君，欲以湖廣衡州府相畀，而託一中書致意於兄。兄大譟曰：「我資已深，歸德相公，欲以方面相處，我且薄不爲顧，不當得一小小京堂耶？」及大計，董公曰：「是夫薄知府而不爲者也，去之。」兄遂歸，歸五年而難作。難之作也，實是幼弟鼎祚以析箸銜兄而籍口於殺姑，又羅致十二大罪揭之當道。時邑令爲湖廣應山楊大洪，名漣，後以贓敗，搒死詔獄。磣礉少恩人也。爲政喜搏擊，以濟其欲。每以深文舞智御人，少不厭其意，百計曲法誅夷之。嘗以曖昧破袁、錢二士夫家，袁以甲科爲兵部郎中，錢以鄉科爲東平二守。適兄以口語與楊不相能，方欲快心於兄，得鼎祚揭，甚喜，乃授意於一梟紳。此人後亦以贓敗，與楊同拷死詔獄，以空棺歸葬，人以爲花報云。紳亦以連址，故與兄不相能，於是建鼓爲之倡，而一倡百和，凡修三代之隙者，猬起蜂集，而兄遂不良死矣。兄之死也，夫亦敗檢所致乎，以故憐者不勝其快。獨恨鼎祚以人弟而殺兄，以小憾而興大獄，使尚書公聞譽與徐氏家聲一朝而隕，罪通天哉！余曾有書訐鼎祚，送通邑。兄爲人忮懻多欲而又狎匪人，每對人輒盛氣稜稜嶽嶽，鋒利而岸削。既處卑幼，未嘗不淩轢其長上，及小便利則又含垢以趨之，以故都不得宗族鄉黨譽。府君嘗戒之曰：「汝狠而安忍，其難免乎？」然富而能儉，菲衣惡食，終其身未嘗妄用一錢，亦有異乎紈綺子弟鮮衣怒馬，以明得意者。若夫姑之死，謂不由兄不可，若曰兄實戎首，則又未盡得情也。萬曆十九年辛卯，兄將謁選入都，已卜臘月初矣。而十一月十九夜，乃有長姑溺死於宅後河中事。長姑者，嬪於瞿太學，太學爲人戇，易售欺。時有二僉人者，欲搆太學，兄弟且有所不足於府君，乃造帷薄不根語，慫太學聽，太學果信之。夫婦之好，遂不終，勒之歸。姑，王母浦淑人所鍾愛也。王父屢欲裁之以義，以王母庇之而止，遂終其身不與接見。幽之別室，及王父、王母相繼謝去，府君屬安宜人幽之，亦絕不與接見。安宜人又謝去，王宜人主家，始另闢一□於己室之旁，與之接殷勤焉。王宜人者，兄元配，少參笠洲公名嘉言女也。性極狡，以目疾損一眸子，失寵於兄。其平日窺姑之藏金甚厚，王母所私，畀念非發其藏無以□夫志，而非誘之改適，亦何以結姑歡而磬其篋。會有郡少年無賴劉儀，少參公戚也。以丹青糊口，至吾邑。兄以少參公故，置酒款之。嫂故知其人輕薄，善塗飾巾舄，翩翩自好。酒中偕姑於壁後窺之，儀故轻薄，意壁後有人也，益逞其跳宕。時而擊鞠，時而吹簫，按拍度曲，丙夜不已。嫂從旁讚嘆之，燮語姑曰：「姑知此人乎？故都御史劉公裔也。而與吾王有連，新喪偶，今其來覓佳配耳。竊意以姑之貌，必得此等人爲之婿，始稱連璧，彼幺麼勃窣，何足算也。」姑微笑不語，嫂又言姑今纔四十耳，青燈良夜，何時旦乎。且吾兩兄力能得之此生，吾當爲姑力圖之。」姑果心動，於是日夜規劃私奔儀矣。而乘間言之於兄，兄始猶拒之，嫂以危言激之，曰：「吾與若今入京矣，十年五年未可卜，彼所多金，不富他人耶？」兄故多欲，曰：「姑聽汝。」於是誘姑盡出其所藏金，名曰委輸於儀。輸必以夜，凡半月始畢，而不知出之姑室者，入之兄嫂室也。輸既盡，兄嫂潛授計於淩阿周、張翼二奴，令黃金徐森艤舟河下以俟。是爲十一月十九日，乃與姑定計，以是夜宵遁。至晚，風雨大作，嫂以酒餞，談謔淫褻，無所不至。迨三鼓，兄曰：「可行矣。」姑猶豫曰：「不睹三星，乃睹風雨，何不吉也。」兄曰：「弟行此，天公助成好事也。風雨之夜，蒼頭奴出必拗，誰矚目者？機會不可失也。」相携送至中堂廡下，一燈熒熒，則淩阿周、張翼兩人何焉，兄呼而詔之曰：「汝二人好行事，我猶坐守回話。」遂別。二人者挾姑至河滸，窺其身畔似尚有金，乃以手探姑袖，姑叱之曰：「奴大膽，敢以手入吾袖中。」二人厲聲曰：「惡此娘子盡頭處矣，叱者何也？若能出身畔金，盡以相勞，猶可作別計。」姑始悟私奔，紿之也。大呼曰：「天乎！昌祚夫婦殺我。」二人急掩其口，而盡探其金珠，遂擠之於水。姑猶婉轉喊不已，淩阿周舉篙截其項，遂没。比明，以私奔溺死聞於府君，府君曰：「晚矣。」闔宅人悉知此事，誰敢訟言，而外議嘩然起矣。兄知物議不容，亟入京以避之。既行，而議益籍籍於是，有《徐姑傳》，有《殺姑傳》，有《沉姑傳》，不知誰作。或曰兄所從游人也，或曰即前搆瞿太學二僉人也。總之，得其影響而鋪張之耳，即爰書亦然。此則得之兄房婢周女之口，無一繆者。竊以兄嫂此舉，昧天理，蔑王法，即孝子慈孫不能掩其過醜。第爲人弟者，既不掩之，亦毋務彰之。乃鼎祚一揭而喪傾其家，墜先代之令名，波無辜之手足，汙邪屬之他人，僮奴悉更新主。至於今，尚目我輩爲窮奇，爲梼杌，可勝恨哉！故曰：鼎祚之罪通於天矣，謂其得罪於祖宗也，非謂其得罪於兄也。况兄死六年而鼎祚亦惡疾，年才三十有六。死之日，見兄據守床頭，而鼎叩頭乞哀請死。既死而帷薄醜聲不可言盡，孰謂天道遠哉？雖然，殺兄者鼎也，而逢兄之惡者則嫂也。向非嫂之狡，兄未必生此念。而發縱非嫂下手，非淩、張二奴亦未必成此舉，猰貐猘犬萃於一處，亦何滔天之禍不釀成哉。兄生於嘉靖三十七年戊午十一月十一日，卒於萬曆三十七年乙酉九月初二日，享年五十有二，距姑死十有九年矣。嫂生於嘉靖三十六年丁巳□月□日，卒於萬曆四十三年乙卯九月□□日，享年五十有九。與兄合葬於虞山北麓之新阡。子女婚嫁不載，然皆非丘嫂出。

亡兄逸事

兄將誕時，先妣周宜人夢一巨神長丈餘入其室，冠佩甚偉，手一印章畀之，視其文，河南提刑印也。以後兄爲正郎，謂可且得一河南臬司，故堅拒衡州之推，而不知乃刑部河南司也。

兄掌河南司，時甲辰萬曆三十二年冬。一日，出拜客，肩輿中見印綬虯然，磔張若猬，至客門乃復故。及歸，懸綬於室，復張如舉，中簌簌有聲，以手捫之，棖觸若刺。次年，而兄以大計罷歸，吾聞仇咸寧鸞置大將軍印卧室中，半夜有聲如雷，未幾而咸寧死。

乙酉萬曆三十七年元旦，兄晨起，甫出中堂，受兒女行賀。歲禮未畢，忽空中隕一雞籠於中庭，訊之莫知其來。自是歲，兄以鼎祚揭，八月二十□日入請室。八月酉月也，是日爲□酉，至九月初二日自裁，尚屬八月節氣，是日爲□酉，雞爲酉屬。元旦雞籠之墜，豈蒼蒼儆告之歟，亦異矣。

王涵台者名□臣，兄内侄也。以資郎入京謁選，時兄已故。王將發之夕，忽夢兄儼然冠服來拜。王已忘其死，謂兄曰：「姑丈送我乎？」兄曰：「非特送君，聞君入京，特來附舟。」王以舟隘辭，兄曰：「我自栖舟尾，不相妨，汝不必大也。」王怡悟其死，心甚恐。未即答，兄曰：「亡恐，亡所不利於君，兼亦有以報君。明日登舟後，但以一盂飯於舟尾，默呼我而屬之，我即至矣。日間持冥鏹一瓣焚於舟尾，以爲橋梁江津之用，則拜君賜無涯矣。」王許諾遂別。至質明，王登舟，親朋餞送者麇至，入更始罷，散而夢中所諾竟忘之矣。王有所暱童子名三周者，夜半疾發，呻吟間發譫語曰：「爾主食言，許我爾復絶之，何説也？」王謝過曰：「直忘之耳。」亟呼牲醴禱於舟尾。迨天明而童子甦，於是日焚冥錢如戒，及抵下邳，遇颶風，舟幾覆，王急具衣冠，焚香燭默向舟尾祝曰：「姑丈云有以報我，其此時乎？」須臾舟尾若有物躍入水者，舟遂平。及至張家灣，復夢兄來辭，王詰兄來京何故。兄曰：「楊漣罪重而福過大，帝行將殛之，不出二載矣。我此來欲與算賬耳，此都城禁嚴，余不敢入，請從此別，兼謝附舟之誼。」時楊方爲左副都御史，聲勢赫赫，果後二年而難作。

徐胤奎，亦我徐族人也，是爲東六房。兄弟七人，曰：顯節、顯操、胤賓、胤賢、胤奎、胤顯相繼。貞、節、賓、奎俱在學，自恃衣巾，恣肆無賴，橫行鄉里，把持官府。癸卯萬曆三十一年歲，曾結黨毆周太守名一梧，擄其貂裘香爐等物，復用計脱。由是益得志，手自殺人，身親行劫，鄉里畏之，如畏豺虎，稱之曰「七雄」，亦曰「七殺」。七人之中最桀黠無狀者爲奎。兄既爲鼎所陷，入請室，鼎欲一人入刺殺之而難其人，奎請行，第邀重勞。鼎許以事成千金爲酬，而先具二十金爲酒資，奎遂挾刃以入，先以好言撫慰兄，比夜與兄奕，争道，手楸枰提兄，頭目盡裂，兄大呼曰：「爾殺我乎？」奎拔刀前曰：「正爲殺汝而來，然是汝弟旨也，無怨我。」取刀擲去不中，兄遂拾刀自刎，未絶。獄吏前抱持之，叱奎出，兄絶不進飲食者五日死。奎自是與鼎稱莫逆，肥酒大肉，無日不醉飽鼎家，所索金錢無算，然悉入娼樓酒館，隨手輒盡，盡則又索，或不以時至，輒用言挾制之。鼎厭惡之，乃匿其外舅錫山孫少宰家，奎無聊，然腰纏雖索而豪舉之興未艾，於是有劫吴之舉矣。吴豫椿，海濱富室也。而有長者稱，奎偕兄賓弟相往劫之，令同輩舁而入，吴被擒，已盡其室中藏幾千金矣。奎又淫其房婢，不覺所戴紙面具一時失檢脱下，吴見其而私自語曰：「酷似徐三相公。」奎聞之，即用火燎其腹背，鄰有鳴鑼相援者，得不至死。其他劫殷劫馬俱以白晝，里中人盡知之，而莫敢誰何也。無幾何，奎同兄賢弟相俱被江院訪拿。未結，又同兄賓爲熊學院訪拿，前此貞、節、操三人，亦爲馬按院訪拿矣。至丙辰萬曆四十四年歲，奎左股忽患一瘡，正當膝下鼻口，悉具宛肖人形，痛苦異常。日夜號呼，或語之曰：「此人而瘡也，須啖以肉可止痛。」乃取臠肉傅之瘡，咋咋作聲，若噬狀，痛果少止。未幾，傅亦痛矣，或又語之曰：「此業瘡也。吾聞漢袁盎殺鼂錯，盎後身曾患此，得三昧水而愈，今安所得大士法力乎？君生平有不慊心事，盍識諸或哀祈之，可幸釋免。」時奎亦日夜見兄守床頭，乃呼曰「大哥」，痛果少止。又連呼曰「大哥饒我，大哥饒我」，痛大減，於是日夜呼不絶口，歷四十日而死，時七月也。十餘日無收斂之者，尸蟲滿於户外。奎既死，渠兄弟所存者惟賢、相二人，又皆城旦也，焰遂少熄。至癸亥天啓三年，賢與相又同月同日死，而七殺殲矣。宗族鄉黨，凡相會輒慶安枕云。

書丁巳事

兄死後，諸在詞人論死者死，流遣者流遣，即有網漏渠魁，亦走險脱矣。獨居忠一人，鼎祚指稱下手者，故以從而加功論絞。長繫距兄死後十年爲丁巳，刑部主政關公名發奉命，慮江南囚忠，以知其冤者，惟予也。令其妻孥來懇，欲予出證。予曰：「予豈作證人耶？然知爾冤深矣，使出而能白之當道，何惜一屈膝哉？」及對薄關公，詞氣甚怡，謂予曰：「此事余出京時，會有向余言者，似謂已成鐵案。然奉天子璽書來，惟明惟允，始可報稱。昨入境，閲爾兄一案，在詞之人悉已正罪，居忠加功論絞無枉，乃又投牒訴辯稱冤，何也？爾爲我細陳其始末。」予曰：「殺一事，復祚不敢辯，若曰無，何通國之人，萬口一辭也。若曰有，則復祚未嘗與謀，未嘗目擊，何敢以臆對，且懸坐一不赦之罪於同胞兄長也。第以爲此事即萬分實矣，決非爲人弟者所宜出揭，以快私忿者。今兄死矣，名在丹書，事徹宸聽極惡之名。雖孝子慈孫不能湔祓，明公姑置勿問可也。」關公曰：「爾言是，然則居忠加功信乎？」予曰：「以理度之，此必無者。兄果有殺姑之舉，當時蒼頭奴不下百指，豈少拳勇者、智識者？忠彼時年才十三，非有秦舞陽之膽略，胡得便以殺人事屬之？故曰理所必無也。」闕公又首肯曰：「徐鼎祚何人？苦苦執者何故？」余曰：「鼎祚，復祚弟也，而有私恨於忠。忠有姊名曰金細，鼎寵之，然此女曾侍先員外巾舄，且前已納陳濱聘矣。鼎爲孫少宰（名繼皐）婿，將往娶，孫氏來約曰：『必去此女，而後議婚。』鼎不得已，取此女付忠，父詔令匿他所，而以遣出報孫。孫氏復知之，令人竄取去，勒濱領歸。鼎以爲此忠計也，恨之刺骨，故乘此得反，必欲置之死地耳。」闕公曰：「然然。但弟入之而兄出之，得無相戾乎？」曰：「非相戾，實相成也。父有錯，舉孝子猶思克。蓋況弟兄乎？」闕公大悦，戟手言曰：「余豈殺人以媚人者，如天理何？如制書何？」遂署矜疑，及疏請江南所平反者凡三十七案，而此案獨駁，則以楊公時在吏垣也。乃知出京時所屬者爲此公云。

顧大章

大章字伯欽，號塵客，襟宇（名雲程）太常公主器也。爲人陰狹異常，爲蔣侍御之婿。侍御（名以化）雄於資，藏金數十萬，而第宅田園磑碓之屬，甲於一邑，若古玩則可甲江南。侍御有二子，長君名國璠，先侍禦死，無子。次君名國璵，即余妹婿也，少有心疾。侍御死，大章悉罟其資，日夜搬運，閲四十日不止。一應珍寶、古玩、圖畫、酒鎗之類，靡有孑遺。一椽寸土不以與仲君，仲君不敢，與吾妹俱不免饑寒死。邑人憐之，爲之語曰：「侍御姓蔣，死後被搶。」大章既有卓鄭之富，而其智術又足以役鬼驅神，故每以造訪爲事。吴鳴岐，庠士也，又與大章同筆硯，以口語小過觸大章，而致訪至於徐顯貞、顯節、顯操，雖不自檢，然其被訪之由，則亦以口語觸大章也。故人惡之、畏之，比之含沙射人焉。其餘受投獻，戕人陷人若王七海之類，不可勝數。若楊大洪初蒞任時，亦頗寬容，未幾而硶礉刻核，視人命如草菅，悉大章教之也。惡貫既盈，身罹重辟，暴尸於市，犬銜鳥啄，我虞之人，孰不籲天稱快。不意我村老以七十垂死之年，而亦得目睹此廓清景象也。幸矣！

德遠塘

楊公之得内召，實以築蘇州塘叙績也。此塘費至巨萬，破幾大户而成，未嘗有纖益於虞。蓋塘以捍水，吴江以太湖衝激，故須塘以障之。我虞無是也，故未築，不見其常饑。既築，不見其常熟，乃侈以爲禹功命名德遠，而又建生祠其上也。恧矣。

附記癸巳年事

萬曆二十一年癸巳，時伯兄游宦在京，主家秉者爲叔弟聞叔。四月間，余往昆山赴饒宗師名位歲考。二十九日試畢出院，忽奉贈公手書：「昨夜三更時，有暴客入我寢，以利刃相劫，幸我待之安詳，飽所欲去，未嘗加害。牖鑰甚嚴，去來譎詭，是可怪也。汝試畢便歸，治此事。」余讀之不勝駭愕，連夜歸，而盜之主名已得，且聞之官矣。朱明者，聞叔之龍陽也。有江西人王結騌在明家結帽，二十八日見贈公有銀四百八十兩送内，遂以是夜入劫。既送官，時邑主爲餘姚喻齋名集義張公，始亦以禁城失盜干㩻，卒悉被箠撻，既廷鞫，兩人求屏人密語。張公意頓解，令姑監候。越數日，贈公託從兄廷珍名侍聘促令速審，從兄致贈公意，張公大笑不言，既蔓語從兄曰：「爲語令叔而盜自盜也，勿竟，竟則有大不美於上宅。」此事遂寢，而邑中嘩然，謂事出聞叔所主矣。余則謂聞叔平日雖陰狡，劉劭、朱友珪之事，未必爲之。然亦有不能釋然於心者。贈公寢所，極爲深邃，由廳事達中堂，爲門不啻數十重，重有葳蕤鎖，宿廳事中館客及蒼頭廬兒輩不下數十人，近贈公寢所不數武，則聞叔室也，其室中使女亦不下數十輩，今門未啓而賊何以外入？既行劫矣，門之牖如故也，賊又何以内出？出又何往？而館客蒼頭廬兒使女婦及聞叔妻妾毫不覺也，意必有匿之者，而匿者誰也？是夜失去銀四百八十兩，金銀首飾酒器二箱，不爲不多矣，何次日旋追之而毫無獲也？視兩人家空空如也，訊其故，兩人目相瞪而不言也，意必有窟之者，而窟者誰也？一月後，朱明忽爲毛臺所殺，其死甚慘，臺與明同爲聞叔奴，殺其所暱而默無一言，又何也？余因是不能無三至之疑矣。張令公所謂而盜自盜者，蓋已得其情哉。郡人錢簡名希言，聞人也，其作《獪園録》特載此事，名曰《鬼登臺》。豈誤以毛臺之臺爲臺治之臺耶？邑中亦別自有傳，贈公素强無疾，自是寢不能甘，中夜輒起坐，心知之而不欲明言之也。

趙詒琛跋

《家兒私語》一卷，明常熟徐復祚撰。復祚原名篤儒，字陽初，以諸生入國學，工詞曲。著《宵光劍》、《紅梨記》、《投梭記》、《一文錢》、《梧桐雨》等諸劇，《村老委談》三十六卷及此書。其王父名栻，字世寅，號鳳竹。嘉靖丁未進士，官至南京工部尚書。其著述及奏稿未見傳本。父名尚德，贈員外郎。生三子，長昌祚，次即復祚，三鼎祚。此書記載其兄嫂險狠貪欲，以計沈死大歸之姑，及弟出揭暴兄罪，并謀死兄於請室，而鼎祚卒亦以惡疾死，種種離奇詭譎，不可測度。記其亡兄逸事，尤爲神怪，而癸巳年事，近於莫須有。復祚之兄弟，其行如此，當時之戚族亦凶人多而善人少，成人之惡，惟恐不力。而著此《私語》，盡情記載，違孔子父爲子隱，子爲父隱之道，并違《春秋》爲尊者諱之義。而此三子者，實爲無德行之人耳。復祚文筆清順，耐人尋味，而稱外祖爲外舅，外祖母爲外姑，承父之稱，以稱之，可乎？其兄生年及干支亦不符，今更正之。自明迄今，并無刻本。龐君翼霄，虞山儒士也。以鈔本見示，余即録副，三日而畢，付民排印。世之好讀奇書者，必以先睹爲快焉。乙亥辜月昆山趙詒琛識。

明代別集叢刊

徐復祚集

中册

〔明〕徐復祚◎著
譚帆　張玄◎整理

華東師範大學出版社
·上海·

南北詞廣韵選

南北詞廣韵選目録

中原十九韵

十卷　先天
十一卷　蕭豪
十二卷　歌戈
十三卷　家麻
十四卷　車遮
十五卷　庚青
十六卷　尤侯
十七卷
閉口韵　侵尋
十八卷
閉口韵　鹽咸
十九卷
閉口韵　廉纖

南北詞廣韻選　卷一

沈先生有《南詞韻選》，其立法甚嚴，凡不用韻者，詞雖工弗收也。然南詞耳，不及北也；散曲耳，不及傳奇也。余隘之，特爲廣之。獨《琵琶》一記，若拘以韻，入選者能幾何哉？凡世之所膾炙者，悉出入於兩韻、三韻之間，豈能盡割去弗録？是用少假借之。自餘不敢犯先生之約。

東　鐘

○西廂記・鶯鶯聽琴

北〔越調〕【鬥鵪鶉】雲斂晴空，冰輪乍湧。風掃殘紅，香階亂擁。（傍批：只四句興起便入題，佳。）離恨千端，閑愁萬種。夫人那，靡不有初，鮮克有終。他做了影兒裏情郎，我做了個畫兒中愛寵。

【紫花兒序】則落得心兒裏想念，口兒裏閑題，則索向夢兒中相逢。俺娘昨日個大開東閣，我則道怎生般炮鳳烹龍，朦朧。可教我翠袖殷懃捧玉鍾，却不道主人情重。則爲那兄妹排連，因此上魚水難同。

【小桃紅】人間看波，玉容深鎖綉幃中，怕有人搬弄。想嫦娥西没東生有誰共？怨天公，裴航不作游仙夢。這雲似我羅幃數重，只恐怕嫦娥心動，因此上圍住廣寒宫。

【天净沙】莫不是步摇得寶髻玲瓏？（傍批：此二段虚擬。）莫不是裙拖得環珮玎咚？莫不是鐵馬兒檐前驟風？莫不是金鈎雙控，吉玎璫敲響簾櫳？

【調笑令】莫不是梵王宫夜撞鐘？莫不是疏竹瀟瀟曲檻中？莫不是牙尺剪刀聲相送？莫不是漏聲長滴響壺銅？潛身再聽在墻東，元來是近西厢理絲桐。

【秃廝兒】其聲壯似鐵騎刀槍冗冗，（傍批：此段實擬）其聲幽似落花流水溶溶。其聲高似風清月朗鶴唳空。其聲低似聽兒女語，小窗中，喁喁。（眉批：喁，魚容切。）

【聖藥王】他那裏思不窮，我這裏意已通，嬌鸞雛鳳失雌雄。他曲未終，我意轉濃。争奈伯勞飛燕各西東，盡在不言中。

【麻郎兒】這的是令他人耳聰，訴自己情衷。知音者芳心自懂，感懷者斷腸悲痛。

【么】這一篇與本宫始終不同。（眉批：六字三韵。）又不是清夜聞鐘，又不是黄鶴醉翁，又不是泣麟悲鳳。（眉批：鶴，曷各切，入聲。）

【絡絲娘】一字字更長漏永，一聲聲衣寬帶松。别恨離愁，變做一弄。越教人知重。

【東原樂】這的是俺娘的機變，非干妾身脱空。若由得我呵，乞求效鸞鳳。俺娘無夜無明并女工；我若得些兒閑空，怎教你無人處把妾身作誦。

【綿搭絮】虚窗風細，幽室燈紅，都則是一層兒紅紙，幾棍兒疏櫺，兀的不是隔着雲山幾萬重！怎得個人來信息通？便做道十二巫峰，他也曾赴高唐來夢中。

【拙魯速】則見他走將來氣衝衝，怎不教人恨匆匆。諕得人來怕恐。早是不曾轉動，女孩兒家直恁響喉嚨。緊摩弄，索將他攔縱，則恐怕夫人行把我來廝葬送。

【尾聲】則説道夫人時下有唧噥，好共歹不着你落空。不問俺口不應的狠毒娘，怎肯着别離了志誠種。

首章及三章後半首，情真而語俊，雖使温、韋學創，美成、少游潤色，未必能過。【天净沙】以下，「鐵馬」、「疏竹」、「落花」等，俱佳句。【聖藥王】結句妙絶。【麻郎兒】以下，情極婉篤。「翠袖慇勤」句，晏叔原詞，「翠」字作「彩」字。「兒女」句，子瞻聽琴詩。【綿搭絮】中，「虚窗」，今本作「疏簾」，「燈紅」作「燈清」，「幾棍」作「幾棍」，「疏櫺」作「疏欞」，并非。况「清」、「欞」旁出庚青韵，於東、冬不叶，悉從古本改正。

○拜月記

南〔大石調〕【賽觀音】雨兒催，風兒送。嘆一旦家邦盡空。想富貴榮華如夢。哽咽傷心氣填胸。

【前腔】意兒荒，脚兒痛。顫篤速如癡似懵。苦捱着疾忙行動。郊野看看晚雲籠。

【人月圓】途路里，奔走流民擁，膽戰魂飛心驚恐。風吹雨濕衣襟重，止不住雙雙珠泪湧。行不上，惟聞得戰鼓聲振蒼穹。

【前腔】軍馬又來，四下如鐵桶。眼見得京師城壁空。他每趕着無輕縱，人似豺狼馬似龍。遭駈虜，親骨肉甚年何日重逢？

○琵琶記

南〔中吕〕【山花子】玳筵開處游人擁，争看五百名英雄。（傍批：起得雄健。）喜鰲頭一戰有功，荷君恩奏捷詞鋒。（合）太平時車書已同，干戈盡戢文教崇，人間此時魚化龍。留取瓊林，勝景無窮。

【前腔】三千禮樂如泉湧，一筆掃萬丈長虹。看奎光飛纏紫宫，光摇萬玉班中。（合前）

【前腔】青雲路通，一舉能高中。三千水擊飛翀，又何必扶桑掛弓？也强如劍倚崆峒。

（合前）

【前腔】恩深九重，絡繹八珍送，無非翠釜駝峰。看吾皇待賢恁隆，不枉了十年窗下把書攻。

（合前）

【大和佛】寶篆沉烟香噴濃，濃薰羅綺叢。瓊舟銀海，翻動酒鱗紅，一飲盡教空。持杯自覺心先痛。縱有香醪欲飲，難下我喉嚨。他寂寞高堂，菽水誰供奉？俺這裏傳杯喧閧。你休得要，對此歡娱意忡忡。

【舞霓裳】願取群賢盡貞忠，盡貞忠。管取雲臺畫形容，畫形容。時清莫報君恩重，惟有一封書上勸東封。更撰個河清德頌。乾坤正，看玉柱擎天又何用？

【紅綉鞋】猛拚沉醉東風，東風。倩人扶上玉驄，玉驄。歸去路，望畫橋東。花影亂，日曈曨。沸笙歌，引紗籠。

【意不盡】今宵添上繁華夢，明早遥聽清禁鐘。皇恩謝了鵷行豹尾陪侍從。（傍批：結稍弱。）

〇又

南〔黄鐘引〕【傳言玉女】燭影摇紅，簾幕瑞烟浮動，畫堂中珠圍翠擁。妝臺對月，下鸞鶴神仙儀從。玉簫聲裏，一雙鳴鳳。

【女冠子】馬蹄篤速，傳呼齊擁雕轂。宫花帽簇，天香袍染，丈夫得志，佳婿乘龍。妝成聞唤促，又將嬌面重遮，羞蛾輕蹙。這因緣不俗，金榜題名，洞房花燭。

〔黄鐘曲〕【畫眉序】攀桂步蟾宫，豈料絲蘿在喬木。喜畫中今日有女如玉。堪觀處絲幕牽紅，恰正是荷衣穿緑。（合）這回好箇風流婿，偏稱洞房花燭。

【前腔】君子冠天禄，我的門楣稍賢淑。看相輝清潤，瑩然冰玉。光掩映孔雀開屏，花爛漫芙容隱褥。（合前）

【前腔】頻催少膏沐，金鳳斜飛鬢雲矗。已逢他簫史，愧非弄玉。清風引佩下瑶臺。明月照妝成金屋。（合前）

【前腔】湘裙顫六幅，似天上嫦娥降塵俗。喜藍田今日，種成雙玉。風月賽閬苑三千，雲雨笑巫山二六。（合前）

【滴溜子】謾説道因緣事，果諧鳳卜。細思之此事豈吾意欲？有人在高堂孤獨。可惜新人笑語喧，不知舊人哭。兀的東床，難教我坦腹。

【鮑老催】翠眉謾蹙，赤繩已繫夫婦足，芳名已注婚姻牘。空嗟怨，枉嘆息，休推故。（眉批：「推故」一作「催促」，此句該用韵。）畫堂富貴如金谷，（傍批：漢時不應便有金谷。）休戀故鄉生初好，受恩深處親骨肉。

【滴滴金】金猊寶篆香馥郁，銀海瓊舟泛醽醁。輕飛彩袖呈嬌舞，囀鶯喉歌麗曲。歌聲斷續，持觴勸酒人共祝，共祝百年夫婦永睦。

【鮑老催】意深愛篤，文章富貴珠萬斛，天教艷質爲眷屬。似蝶戀花，鳳棲梧，鸞停竹。男兒有書須勤讀，書中自有黃金屋，也自有千鍾粟。

【雙聲子】郎多福，郎多福，看紫綬黃金束。娘分福，娘分福，看花誥文犀軸。兩意篤，兩意篤。豈反覆，豈反覆。似文鸞彩鳳，兩兩相逐。

古本無尾聲。

沈先生曰：此曲以東、鐘韵轉入轂、速等韵。《中州韵》無此音。高先生用之則可耳，後人不可學也。

按：沈隱侯原以東、冬轉入屋、牘，高先生每用詩韵作曲，故每每有未叶處。然此曲詞極贍麗，姑録之。不若前後兩曲之完璧也。

○又

南〔仙吕引〕【天下樂】一片花飛故苑空，隨風飄泊到簾櫳。玉人怪問驚喜夢，只怕東風羞落紅。（眉批：「只怕」，今本作「只想」。）

〔仙吕曲〕【醉扶歸】我有緣結髮曾相共，難道是無緣對面不相逢？我鳳枕鸞衾也和他同，（眉批：和，去聲。）倒憑兔毫繭紙將他動。畢竟一齊分付與東風，把往事也如春夢。

【前腔】彩筆墨潤鸞封重，只爲玉簫聲斷鳳樓空。還是教妾若爲容，怕他爲你難移寵。縱認不得這丹青怕貌不同，他若認我翰墨教心先痛。

時本【醉扶歸】，首句「有緣千里能相會」，次隻首句「詞源倒流三峽水」，下句云「只怕胸中别似一帆風」，兩首句俱不用韵，非。

○荆釵記

南〔雙調曲〕【惜奴嬌】只爲家道貧窮，守荆釵裙布，謹身節用。今爲姻眷，惟恐玷辱門風。空空，愧没房奩來陪奉，望高臺垂憐寵。（合）喜氣濃，悄似仙郎仙女會合仙宫。

【前腔】欣逢，夫婿寬洪，可留心遵守四德三從。勤攻書賦，休得效學飄蓬。重重，運蹇時乖長如夢。謝良媒，開愚懵。（合前）

【黑蟖序】家中，雖忝儒宗。論蘋蘩箕帚，尚未諳通。愧無能，豈宜適事英雄。融融，非獨外有容，必然内有工。（合）喜氣濃，悄似仙郎仙女會合仙宫。

【前腔】愚懞，欲步蟾宫。奈才疏學淺，未得蜚沖。愧無能，豈宜先自乘龍？雍雍，才郎但顯

功，嬌妻擬贈封。（合前）

【錦衣香】夫婿聰，才堪重；婦有容，德堪重。天生美質奇才，彩鸞丹鳳。自慚非是漢梁鴻，何當富室，配着貧窮。妾亦非孟光，奉椿庭適事名公。前世曾歡共，把藍田玉種。夫和婦睦，琴調瑟弄。

【漿水令】恕貧無香醪泛鐘，恕貧無美食獻供。又無湯水飲喉嚨。妝甚喜媒？做甚親送？休相笑，莫忘衝，惟恐外人相譏諷。非缺禮，非缺禮，只爲窘中。凡百事，凡百事，望乞包容。

【尾聲】佳人才子德堪重，更人才又兼出衆，夫妻到老和同。

《荆釵》一記，大率以情節關目勝，不可句求字摘。此闋全用本色，古色蒼然，然未免俚鄙之恨。尾聲尤不成語。較之前三傳諸作，不堪位置矣。

○香囊記　明邵文莊作

【畫眉序】三策獻重瞳，獨佔鰲頭聖恩重。念鯫生何幸，此日登庸。雲程遠方奮鯤鵬，天闕近争來麟鳳。（合）大家同赴瓊林宴，人人在錦綉叢中。

【前腔】才子氣如虹，下筆文源似泉湧。羨難兄難弟，并列儒宗。謾誇他千里神駒，争似你

雙飛靈鳳。（合前）

【前腔】文史勉三冬，經濟才華愧晁董。喜文場一戰，奏捷詞鋒。奮身誇荀氏八龍，覽德羨河東三鳳。（合前）

【前腔】四海樂時雍，聖主垂衣御天統。看堯廷疊見，總是英雄。起賢佐渭水非熊，表嘉瑞岐山鳴鳳。（合前）

【滴溜子】微臣的，微臣的荷蒙聖躬。今日裏，今日裏喜霑異寵。感恩空懷慚悚。協心贊廟謨，賡歌聖宋。期取功名，勒入鼎鐘。

【大和佛】閬苑蓬壺春正濃，宫花壓帽紅。瓊膏玉髓，仙醸瀉黄封，鯨吻吸千鐘。都拼取解下金龜醉春風，醉春風。

【前腔】仙庖異饌傳供奉，無非翠釜駝峰。金屏綉褥，香暖綺羅叢。觴咏且從容。直喫得醉後人扶上青驄，扶上青驄。

【雙聲子】天街晚，天街晚，歸馬緩，黄金鞚。人驟處，人驟處，彩簇引，笙歌擁。明月上，明月上，花影重，花影重。看歡聲鼎沸，笑臉春融。

【餘文】從今更撰賢臣頌，報國丹心務秉忠，願追踪伊吕篷羽夔龍。

○柳仙記 梅 明徐霖仙作

〔南吕〕【懶畫眉】疏影横斜月朦朧，不與浮花浪蕊同。可憐零落一場空。羌管誰教弄，惹起高樓半夜風。

【前腔】日日含英待春融，多少幽情冷淡中。只愁風雪勢來兇，凝結枝頭凍，零落無成負化工。

徐髯仙，諱霖，金陵人。弘正間以詩詞擅名藝苑。武廟南狩時，被薦起，待詔朝夕從游幸。應制編劇詞，頗稱旨，寵遇甚厚。嘗三幸其家，然詞多秘密不傳。兹《柳仙記》，乃《幽怪録》所載及古今所傳神仙奇事。谷子敬亦有《三度城南柳》劇，非必當時供□御製也。

○紅蕖記

〔南吕〕【一江風】一江風，滿眼秋濤横，穩把驚帆控。望晴川，黄鶴樓高，恨太白無留咏。清秋見楚宫，清秋見楚宫，天涯水氣中。這風呵料庶人怎與君王共。（傍批：宋玉語。）

【前腔】信長風，不怕潮頭横，如奔馬須牢控。記巴陵，吴楚乾坤，子美曾高咏。且留歡舊渚宫，留歡舊渚宫，攤錢高浪中。喜新秋結伴容相共。

◯又

〔雙調〕【鎖南枝】談詩派，各不同，知音誰道在粉黛中。相見未從容，恩情已深重。欲訂星前誓，先仗月下翁。去錦雲鄉，把玉雙種。

【前腔】魚和水，恩意同。神交先已在詩句中。教妾若爲容，羞郎太珍重。憐佳婿，失婦翁。是奴夙緣深，善果未全種。

此本四闋，止録生旦二闋，蓋和韵非古，詩家且然，况詞曲乎？未免牽合扭造耳。

◯龍泉記

〔南吕〕【梁州序】黄扉威振，金甌名重，日享千鐘厚俸。受兹多惠，當攄報國精忠。務使追踪伊吕，接武夔龍，無負明王寵。酒杯纔接手，且從容，直見桃花上臉紅。（合）經濟策，昇平頌，向龍墀鳳闕時時諷。爲柱石，作梁棟。

【前腔】玉堂清要，銀章珍重，更喜華夷一統。明良際遇，須傾一寸丹衷。務使致君熙皡，拯世疲癃，萬國來朝貢。荷香清入座，好凉風，直飲到西山落照紅。（合前）

【前腔】二十年迹脱夷戎，八千里心歸皇宋。想故園風景，杳然如夢。且喜位司台鼎，權秉

鈞衡，將相元無種。隔墻頻索酒，碧荷筒，管取東鄰甕底空。（合前）

【前腔】在玉堂學本童蒙，喜金榜名聯昆仲。念才非王佐，德慚天縱。但須心傾葵藿，操守松筠，協力爲時用。還將新换酒，謝東翁，話别匆匆暮景中。（合前）

【節節高】座中一點紅，飲千鍾，腸枯酒瀉如泉湧。芳心動，笑語雄，歡聲鬨。醉來翻訝繁華夢，綺羅叢裏笙歌擁。（合）瑶臺絳燭碧紗籠，玉驄催整黄金鞚。

【前腔】晚來意稍濃，眼朦朧，玉山頽處清狂縱。紅雲擁，落日中，奇峰聳。新荷出水香風送，蕭蕭人影分賓從。（合前）

【尾聲】終朝獻納殊繁冗，宴飲來偷半日功，明早還期拜九重。

詞亦穠艷，但多措大佔畢語。《龍泉》通本皆然。

○吕仙三度城南柳　明谷子敬

〔正宫〕【端正好】不争我三入岳陽城，則又索再出蓬萊洞，跨黄鶴拂兩袖天風。到得世間來不是我塵緣重，則被這花共柳相搬弄。

【滚綉球】柳色濃，花影重。色深沉暮烟偏重，影扶疏曉日方融。柳呵少不得半樹枯半樹榮，花呵一片西一片東。燕剪就亂絲也無用，鶯擲下碎錦也成空。幾曾見柳有千年緑，都則説花無十日紅，枉費春工。

【倘秀才】那里也清陰半空，何處也紅芳萬種，原來昨日今朝事不同。尋舊迹，覓遺踪，空留下故塚。

【滚綉球】後來死了你老太公，怎麼生下你個小業種。樗散材怎能穀做梁作棟？你這片歲寒心不到的似柏如松。另下一枝兒繼你祖宗，那取五株兒做你弟兄。槁木般病形骸更没些沉重。乾柴般瘦身軀，直恁麼龍鐘？枉將你翠眉顰損閑愁甚，空自把青眼睁開不認儂，我須是昔日仙翁。

【脱布衫】則見他烏雲墜蟬鬢鬅鬆，秋波困醉眼朦朧。酒力透冰肌色濃，枕痕印粉腮香重。

【小梁州】爲甚這兩朵桃花上臉紅，須是你本面真容。想着那去年今日此門中，你將我曾迎送，這搭里再相逢。

【么】望着這酒排沙似撞入花胡洞，奈惜花人有信難通。他頻將柳眼窺，你把花心動。若不是年高德重，則道臨老入花叢。

【滚綉球】我待從容飲巨觥，他可慇懃捧玉鐘。出紅妝主人情重，强如列珍饈炰鳳烹龍。尊中酒不空，筵前曲未終。怎消得賢夫婦恁般陪奉。你那小蠻腰敢配不上樊素喉嚨。你看那舞低楊柳樓心月，且聽這歌罷桃花扇底風，倚翠偎紅。

【白鶴子】年光彈指過，世事轉頭空。則管苦戀兩枝春，可怎的不悟三生夢。

【幺】學長生千歲柏，不老萬年松。我將你柳向玉堂栽，花傍瑶池種。

【快活三】少不的葉凋也翠幕傾，花落也錦機空。管取你一般消灑月明中，棲不得鸞和鳳。

【鮑老兒】那其間白雪飄飄灞岸東，飛絮將夕陽弄；紅雨霏霏漢苑中，殘英把春光送。老了錦鶯，愁番粉蝶，怨殺游蜂。芳菲渺渺，韶光苒苒，歲月匆匆。

【煞尾】怕不你霜凝時剛挨得秋，雪飄也怎過冬？覷了這没下稍的枯楊成何用。想你那南柯則是一夢，争如俺桃花依舊笑春風。

通篇於花柳本色，極力描寫，精彩萬倍，如夏雲奇峰，變幻不可測識。至其使成事，用成語，令他人爲之，當不勝粘皮帶骨，而此獨天然一色，略不見有湊泊痕迹，真神筆也。

本韵於明賈仲名《金安壽》内得一佳闋【寄生草】，云：「俺圍珠翠冰綃内，勝蓬萊閬苑中。他淡濛濛半窗明月梨花夢，我謾匆匆滿溪流水天臺夢，你冷瀟瀟一襟清露游仙夢。你昨宵暈烘烘，夜凉醉認蕊珠宫，今朝你煖溶溶曉來悮入桃源洞。」《揚州夢》内佳句云：「這樓快活殺傲人間湖海元龍。」又句云：「我這害酒的渴肚囊，看花的饞眼孔。結下的歡喜緣，可着他願敬重。」又句云：「從今後風雲氣概，都做了陽臺夢，花月恩情，猶高似太華峰。」又句云：「但能勾魚水相逢，琴瑟和同，跳出這柳債花錢面糊桶。」《苦海回頭》内亦得一佳闋【碧玉簫】云：「兩露雖同，不使朽株榮；日月雖公，不到覆盆中。閑情種種，孤飛天外鴻。去國踪，思鄉夢，五溪毒霧霑衣重。」又佳句云：「怪鳥啼處千林擁，哀猿聲裏千山聳。」又句云：「怎能勾生度鬼門關，脱離人鲊甕。」俱可觀。

○玉玦記　明鄭虛舟作

〔南吕〕【懶畫眉】紫薇佳氣鬱葱葱，可怪牛女妖氛燭地紅。只怕晶光一夕隕隆中，又恐怕烽烟動，願得開祥及早逢。

【前腔】安得騎箕賢相佐殷宗，轉禍爲祺羨景公。哲人今在楚江東，争得見賢臣頌，只作湘江一釣翁。

虛舟，余猶及見之。且見其《玉玦記》手筆。凡用僻事，往往自爲拈出。今在其從侄春元繼學處。此記極爲今學士所賞，佳處故自不乏。獨其善用類書，未免開餖飣之門，啓晦塞之路，不能不爲之惜也。記前有自作一序甚佳，今不傳。

○又

〔中吕〕【馬蹄花】雲擾山東，劉項持兵鹿未窮。念我家如墜甑，命比游魚，迹類飄風。不辭血染會稽鋒，肯將名污高堂夢。且休猜逐水浮花，也須知傲雪貞松。

【前腔】毒霧漫空，故國荆扉一夢中。念我身當衣緑，手習流黄，心愧啼紅。就邢融女可全忠，突圍荀灌非無勇。願俱亡不負傾葵，肯偷生去學飛蓬。

○又

〔仙吕入雙調〕【風入松】青藜宵永玉堂空，又金蓮徹送。盤雕賜錦沾恩寵，是鑿壁囊螢曾種。幾曡玉崑崗火中，須還念徙薪功。

【前腔】尚方珍饌給飧饔，盡天廚供奉。追思寄食真如夢，喜充鼎雉膏成用。念不得糟糠婦同，空懷愧禄千鍾。

○又

〔仙吕入雙調〕【五供養】節旄初擁，銅虎承恩，保障山東。反戈驚内訌，玉帳隕元戎。稱臣委質，孤鼠方私榮寵。未抒袁粲志，徒抱伍員忠。閶闔天開，已傳丹鳳。

【前腔】兵戈冗冗，目斷枌榆，謾有新豐。一官方結綬，三載困飛蓬。風塵故國，荆棘空悲丘壠。耦耕慚冀缺，舉案憶梁鴻。爲問柴桑，幾時歸咏。

○五倫記 明丘文莊作

〔中吕〕【漁家傲】起微末忝官侍從，荷聖寵，五年間日近重瞳。今遭罪重，遠論豈敢辭勞冗，心無怨萌。望帝鄉何處雲封，看遠山烟嵐幾重。只聽得何處哀猿野寺鐘。

此闋坊本題作【漁家傲】，按譜甚不合，不知何故，姑存之以俟再考。此闋后尚有一闋，與此闋亦復不合，故剪去之。

○浣紗記　明梁伯龍作

〔中吕〕【普天樂】錦帆開，牙檣動。百花洲，清波湧。蘭舟渡，蘭舟渡，萬紫千紅。鬧花枝浪蝶狂蜂。（合）呀！看前遮後擁，歡情似酒濃。拾翠尋芳來往，來往游遍春風。

【前腔】鬥雞陂弓刀聳，走狗塘軍聲閧。輕裘掛，輕裘掛，花帽蒙茸。輝金鞭玉勒青驄。（合前）

【前腔】姑蘇臺祥雲拱，浣花池清泉瑩。湖光灎，湖光灎，雪浪翻空。見狂洋出没魚龍。（合前）

【前腔】貫魚似宫人寵，綉幃裏效鸞和鳳。拼沉醉，拼沉醉，倚翠偎紅。任年華暮鼓晨鐘。（合前）

○又

〔中吕〕【大環着】感皇天恩重，感皇天恩重，社稷靈通。數載沉淪，一朝澒洞。誰似我兵强將勇，遵海而南，只見大邦朝，小邦納貢。遍寰宇人民喧哄，更瀚海魚龍飛動。歡聲擁，風教崇，看郊藪游麟，闕庭儀鳳。

【越恁好】海甸春風送，海甸春風送，宮殿祥雲籠。從今已後放征馬，戢兵戎。迎周接呂，招顏納孔。浮生似風，光陰倏忽成一弄，十年一覺姑蘇夢。

○連環記 明王雨舟作

〔南呂〕【一江風】綺羅叢，宮樣新妝巧，歌舞時承奉。似芙蓉生在秋江，冷淡霜華重。任東風桃杏濃，桃杏濃，深紅間淺紅，恨無緣不得相隨從。

○又

【二犯朝天子】白玉連環製作工，不解其中意，思轉濃。看他分心眷戀兩和同，嘆成功，受了多少磨礱。兩頭又空，好似冤孽相逢，倩誰來解鬆？倩誰來解鬆？（眉批：沈先生曰：「南曲不聞有【朝天子】，唯北有之，末後五句似【紅衫兒】，但前五句，不知何者是本調，何者是犯調。」）

【前腔】一片西飛一片東，有意晴絲軟，牽落紅。可憐開落任東風，入簾櫳，銀屏錦障瓊宮。失身溷中，沾泥逐水飄蓬。況人無定踪，況人無定踪。

○紅拂記 明張伯起作

〔正宫〕【錦纏道】本待學鶚凌霄，鵬摶遠空。（眉批：亦自豪宕可喜。「本待學鶚凌霄」句傍批：「學」字不用韵，何也？「鵬摶遠空」句傍批：宛然「凌虚」二字。）嘆昔未遭逢，到如今教人泪灑西風。我自有屠龍劍，釣鰲鈎，射雕寶弓。又何須弄毛錐，角技冰蟲。猛可里氣忡忡，這鞭梢兒肯隨人調弄。待功名鑄鼎鐘，方顯得奇才大用，任區區肉眼笑英雄。

【普天樂】謝漁翁相欽重，暫許我仙舟共。汀蘆畔，汀蘆畔，驚起棲鴻。波心里，隱見游龍，似憑虚御風。最堪憐，秋江寂寞芙蓉。

【古輪臺】（眉批：此入中吕。）幸相同，片帆江上掛秋風。可堪驚眼風波裏，南飛烏鵲，繞樹無枝，分明是擇木難容。俯首沉思，轉添惆悵，自慚踪迹久飄蓬。看你儀容俊雅，笑談間氣展霓虹。多管是吹簫伍相，刺船陳孺，題橋司馬，惜别太匆匆。君今去，不知何日再相逢。

【尾聲】風塵奔走徒虚哄，頃刻勞君舟楫功。有日還乘破浪風。

○又

〔仙吕〕【解三醒】想那日琴調瑟弄，嘆中途付與東風。只道今生已作鴛鴦塚，誰承望再睹乘龍。今宵剩把銀釭照，猶恐相逢是夢中。（合）恩山重，把斷弦再續，勝似鸞封。

【前腔】恨當時强移恩寵，爲相思泪染鵑紅。只道高唐永隔行雲夢，誰知道重上巫峰。延平寶劍看重合，洛浦明珠喜再逢。（合前）

伯起先生，余内子世父也。所作傳奇不下五六種，而《紅拂》爲最。原本《虬髯客傳》而作。惜其增出徐德言合鏡一段，遂成兩家門，頭腦覺多，與本傳亦不合。先生常欲改之，余亦慫慂之，而坊刻已行，遂不遑改；縱改之，世亦未必便從其後也。最可笑者，弇州先生之許《紅拂》也，曰「張伯起《紅拂記》有一佳句曰『愛他風雪耐他寒』。不知其爲朱淑真詞也。」云云。余一日過伯起齋中，談次，問此句在何折何闋内，茫無覓處。伯起笑曰：「王大自看朱淑真《紅拂》耳，似未嘗看張伯起《紅拂》也。」相與一笑。近見坊刻有《李卓吾批點紅拂》，大要謂「紅拂一婦人耳，而能物色英雄於塵埃中」。是賞《虬髯傳》中紅拂耳，未嘗賞張伯起紅拂也。知音之難如此。

○竊符記 伯起作

〔中吕〕【山花子】朝陳供帳叨承奉，喜看劍掃長虹。禦强秦一戰有功，拯斯民水火之中。（合）射貪狼扶桑掛弓，花迎喜氣歡笑同。吹笙鼓瑟羅綺叢，卜夜追歡，燭影摇紅。

【前腔】自慚中饋無珍供，雕盤獻鱗脯駝峰。薦馨香胎豹掌熊，勸醇醪暫洗塵容。（合前）

【大和佛】仗義提兵援困窮，似軒岐起疲癃。經年契闊，重叙一杯中，對酒且從容。持杯不覺鄉心動，怎做得酒逢知己飲千鐘。悵回首，雲迷桑梓添悲痛，空辜負主人情重。争趨捧，羨棣萼相輝喜相逢。

【舞霓裳】欣見瓊枝奏膚功，奏膚功。湯沐應加五城封，五城封。深慚負却吾王寵，縱是捷書飛奏有何功。算功過應偏重，休憂悚，大廈將傾賴梁棟。

【尾聲】今朝幸得陪雛鳳，明日還須訪伏龍，敢把簪纓傲素封。

○灌園記　伯起

〔北雙調〕【新水令】路車丹轂駕青驄，舍鋤犁把絲韁來控。草根陳義士，山色老愚公。舊恨重重，禁不住泣游麟悲鳴鳳。

【駐馬聽】南嶺喬松，青青的孤標霜雪中。北邙丘壠，累累的多少繁華夢。猛可地的悼亡淚染杜鵑紅，險些兒偷香手做鴛鴦塚。老人家心性兒兇，虧殺元戎，提起我在烟霞洞。

【沉醉東風】少甚麼顯祖揚宗，少甚麼廣廈高宫，少甚麼駿馬游龍，少甚麼貂蟬貴寵，少甚麼食禄千鐘。那一個憂國的官人能奉公？誰似他抗疏捐生的忠勇？

【雁兒落】賴生全在草莽中，恁負忠貞把綱常控。死灰然徑路通，恁生氣在丘山重。

【得勝令】眼見得馬鬣一丘封，眼見得佳城半畝宫。笑殺那强招賢的將伊送，誰知他被讒言不旋踵。自那日爲傭，抱漢陰三千甕。卧起在蒙茸，誰承望夢高堂十二峰。

【掛玉鈎】算着這貧賤糟糠事體同，既然我不肯做薄情種，怎肯負生死交情社稷功。今日個奠椒漿心先痛，免不得泪珠兒山泉般湧。抵多少狐兔游踪，衹落得山鬼相從。

【七弟兄】他談笑處氣成虹，爲相知屈身參侍從。多少陶鎔，多少磨礱。到如今雲冷山空，衹見這白楊俱已拱。

【收江南】悲泉臺户扃，知旅櫬網蟲，歌蒿里恨無窮。倚着這參天古樹堪樑棟。想當時大廈將傾乏棟隆，轉教人感昔添悲慟。

【梅花酒】呀！幸如今罷戰鋒，幸如今罷戰鋒。喜天山掛弓，劍倚崆峒，歲樂時雍。這都是鐵甲將軍百戰功，方知重豪傑出吾宗。呀！縱存亡事不同，縱存亡事不同。他青蒲上效孤忠，恁黄塵中施英勇。他絶脰在樹枝中，恁揮戈在燕市東。他拚一死振頽風，恁驅千牛用火攻。他似嘗藥古神農，恁似用藥起疲癃。他似山傾西覆銅，恁似洛陽東應鐘。算都是一般功，何須把子推舅犯較雌雄。到如今天長地久屬年豐，士女歡娛萬國同。似吹簫向空，早難道一齊分付與東風。

【尾】我想着當年避難遭磨弄，好一似蛟龍生水魚蝦鬨。雕零了鳳食梧桐，消磨了劍氣芙蓉。摇摇的身心似轉蓬，伴多少夜鶴秋鴻。這帶礪盟應須重，少不得勒銘鼎鐘，好教那簪筆的文人獻一個河清頌。

○白兔記

〔商調〕【金井水紅花】【梧葉兒】沽酒誰家好？前村問牧童，遥指杏花中。【水紅花】好新豐，青簾風動。正好提壺挈榼，那更玩無窮。咱兩個醉春風也囉。【柳摇金】雙雙共出，共出莊門，聽取西郊，樂聲相送。【皂羅袍】（合）和你百年歡笑，兩情正濃。百年偕老，兩情正濃。夫妻正好，又恐如春夢。

【前腔】沙煖鴛鴦睡，銜泥燕子融，楊柳拂簾櫳。雨濛濛，雛鶯舌弄，香襯輪蹄歸去，桃杏漸輕紅。人如在錦屏中也囉。雙雙轉過，轉過疏籬，手撚花枝，插在鏤金釵鳳。（合前）

○玉合記　明梅禹金作

〔黄鐘〕【賞宫花】桃花浪融，風雷百道通。乘流方點額，一躍可成龍。但願泥金飛喜信，應知剖玉遇良工。

【前腔】芙蓉紫宫，春光醉九重。祥雲看五色，女婿近乘龍。已見泥金飛喜信，真教剖璧遇良工。

【黄龍滚】宫袍柳色濃，宫袍柳色濃，烏帽花枝重。簇出神仙，左右飛鸞鳳。天門日拱，香階綉擁。誇得意，馬蹄歸，東風送。

○又

〔黄鐘〕【大聖樂】大羅天蕊榜朣朧，奏芳名禁籍通。凌雲一賦龍顔動，歌湛露荷天工。只今那瓊林賜出黄封重，準備你玉殿新頒紫誥崇。（合）雞鳴可諷，好趁取雞鳴待漏，長樂聞鐘。

【前腔】羨才華錦綉蟠胸，策臨軒過賈董。《簫韶》奏引虞廷風，看咫尺覲重瞳。分明是連枝紅杏依雲種，還效那一點丹葵捧日忠。（合前）

○又

〔仙吕入雙調〕【五供養】棲分隻鳳，奏絶回鸞，迹印飛鴻。縱君難再得，教妾若爲容。聲繁思冗，怎别做琴調瑟弄。水流何日反，花戀舊春叢。（合）對面無緣，百年殘夢。

【前腔】鬟雲乍攏，鏡翠慵窺，趾玉羞籠。浮踪雖浪蕊，薄命嘆飛蓬。中心自懂，怕容易將人斷送。狐冰須聽徹，魚鑰待傳封。（合前）

【玉交枝】畫輪雙控，似銀河星橋路通。卿卿原是多情種，忍拼教你西我東。南山有烏雌失雄，可如紫玉從韓重。（合）誰破得愁城萬重，誰叫得天閽九重。

【前腔】無枝堪共，算都來飄零趁風。涇涇河水歌私咏，誓當心日出曈曈。青鸞飛入合歡宮，怕今生難作鴛鴦塚。（合前）

【川撥棹】詩常諷，記題梅傳故隴。這鮫綃墨透香濃，這鮫綃墨透香濃，帶啼痕絲絲染紅。（合）暫相看疑夢中，待來生尋舊踪。

【前腔】玉合依然寶色融，做賜玦投伊難再逢。肯隨他滿面玲瓏，肯隨他滿面玲瓏。也難將瓊瑶報同。（合前）

【尾聲】清秋古道霜華重，嘆馬足雞聲争送，多少離魂蕭蕭滿碧空。

○長命縷記 禹金

〔南吕〕【香遍滿】流光如夢，看香奩彩絲仍舊封。還記書惟親對捧。雙雙長命同，纖纖素手工。只因你曾牽綉幕紅，到今日相憐重。

【懶畫眉】檐花倒影蕩簾櫳，晝永蕉窗緑暈濃。怕炎威炙損臉芙蓉。你眼慢波含瑩，好受足一枕清凉一扇風。

【東甌令】愁當眼，泪填胸，一旦兵戈來冗冗。夫妻子母生難共，骨肉虚摶控。似伯勞飛去燕西東，離恨晚山濃。

禹金《玉合》出，士林争購之，紙爲之貴久矣。然余實不能解也。傳奇之體，要在使田畯紅女，聞之而躍然喜，悚然懼。若徒逞其博洽，使聞者不解其爲何語，安所取感愴乎？昔翟資政巽，喜作才語，雖對使令亦然。爲中書舍人時，有庖者藝頗精，翟每向同官稱之。後稍懈，衆以嘲翟。翟呼使前，數之曰：「汝以刀匕微能，數見稱賞，而敢疏慢如此，使衆人以責膳夫之罪還責女主，於女安乎？」左右皆匿笑，而庖者竟不解爲何等語。余謂若歌《玉合》於筵前臺畔，無論田畯女紅，即學士大夫，有不瞠目視者能幾何哉？徐彦伯爲文，多求新奇，以鳳閣爲鵷閣，龍門爲虯户，金谷爲銑溪，玉山爲瓊岳，芻狗爲卉犬，竹馬爲筱驂，風牛爲猋犢。好奇者效之，號爲澀體文章。此亦澀體樂府也。文章且不可澀，况樂府出於優伶之口，入於當筵之耳，不遑使反，何暇思維，而可澀乎哉？濫觴於虚舟，决堤於禹金，至近日之《筌篌》而滔滔極矣。若下臧先生嘗言之矣。然謂《玉合》白，終本無一散語，未及其曲也。至於禹金之序《長命縷》，則自言之矣。略曰：「凡天下喫井水處，無不唱《章臺》傳奇者，而勝樂道人方自以宫調之未盡合也，音韵之未盡叶也，意過沉而辭傷煩也。「旁批：亦自知之。」兹作《長命縷》，調皈宫矣，韵諧音矣，意不必使老嫗都解，而亦不必傲士大夫以所不知。詞未嘗不藻繢滿前，而善爲增減，兼參雅俗，遂一洗醲鹽赤醬、厚肉肥皮之近累。故以此爲臺上之歌，清和悲適，聆者潤耳；即以此爲帳中之秘，鮮韶宛篤，覽者驚魂」云云。渠意蓋以失之《玉合》，而以《長命縷》爲桑榆之收也。余則以昔固失矣，今亦未爲得也。

憶昔戊子歲，余過婁江王逸季，逸季館余於弇園之文漪堂。時有和玉生者，玉峰人也，嚮與余有白頭之約，適有家難未果。不期而遇於弇園，喜出望外。主人亦甚喜，出觴豆飲余，甫布席而閽人以一刺進，主人狂奔出延。既入，則儼然禹金先生也。余又喜出望外。時《玉合》新出，禹金挾一册示主人。時主人才名甚譟，然是估畢伎耳，於樂府未有闚也。顧謂余歌之。余不能歌，第就傳中各拈一語爲令行酒，快甚。酒中，有一傖父排闥入，頎然而長，粗鄙特甚，面

□毛矗矗如猬，大類胡賈。主人狎之，余問其姓，主人曰：不用知姓，第呼爲七郎可也。問所長，主人曰：賭□□，無庸問所長矣。問其居址，七郎曰：余父號直淵，善丹青，居在郡城，終不言其姓。余與禹金目笑之。越兩日，各自別去。又半載所，使人特延置和玉生，則適人矣。問適何氏，則向所稱七郎，貌類胡賈者也。余聞之大駭，然未敢謂然。未幾，物色於郡城，果得之於桃花塢。余寓適在塢西，相去不數武而近，得以朝夕偵視之。則所謂七郎者，一無所事事，飲之食之，盡賴和玉生十指以供。茹辛甘苦，毫不屑意。夫和玉生果有意於脱籍，豈無風流調侃、繁華富貴其人，而必此傖父七郎也？余不得其解也。始猶謂其朝入莫出，而今且三十餘年矣，事之不可知有如此。章台柳落於沙吒利手，賴許虞侯而出。今雖有虞侯何益哉！讀禹金《玉合記》，追憶往事，爲之三嘆，因識於此。

丁巳歲，余友章伯敬從皖城歸，手一册惠余，則禹金所作《長命縷》也。詢禹金起居，始知已化爲異物，不覺泫然。吴下以詞出名者，就余所及交者，若鄭虚舟而後，梁伯龍、張伯起、孫禹錫、梅禹金、沈凝庵、顧横宇，今皆次第往矣。可勝痛哉！乃余顛毛亦種種矣。但每以作詞，見疾於人，幾不免於虎吻。夫詞曲，末技耳，上之不能博名高，次後不能圖顯利，不過拾文人唾棄之餘，供酒間謔浪之資，何與世人事，而見疾至是？昔子瞻以詩托諷李定、舒亶輩，指而怨謗君父；王珪直以《咏檜》詩爲不臣，欲服上刑。非宋裕陵神聖，寧有免法？余之作詞，直世棄無聊，假此以磨耗歲月耳，安以托諷，而亦遭李定諸人之螫毒邪？遂爲燒却筆研。既而閲《楚紀》，當肅皇帝幸楚，胡孝思纘宗爲一律記事，其落句云：「穆天八駿空飛電，湘竹英皇泪不磨。」刻之石。後以他事坐罷家居者數載矣，嘗撲一貪令王聯，其人爲户部主事，以不職免，殺人下獄當死，乃指「穆天」、「湘竹」爲怨望咒詛，奏之，捕下獄論死。孝思時將八十矣，了不怖慄，取錦衣獄中杻械之類八，爲詩記之，名《製獄八景》。衆争咎掣其筆，曰：「君正坐詩至此耳，尚何吾毋爲？」孝思澹然咏不輟。曰：「坐詩當死，今不作詩，得免死耶？」人服孝思意氣。因思死生禍福，不宰之譏慝，亦寧關乎口語？固自有天公主之。乃復理鉛槧如故。且禹金、虚舟父子，無讒慝不死耶？

○春蕪記 明

〔仙吕〕【二犯傍妝臺】終日鎖眉峰。嘆凄凉母子，終日影煢煢。憶當時分鳳侣，到今日又龍鐘。闌干愁泪霑叢竹，飄泊生涯泣斷蓬。（合）枉自白茅求吉，紅絲未通。怎能勾門闌女婿近乘龍。

【前腔】無語恨匆匆。嘆椿庭早逝，陟岵痛無窮。拂輕蛾愁損黛，匀香臉怨銷紅。傷心縱是驚啼鳥，繫臂還應護守宫。春光無限，春恨幾重。早難道一齊分付與東風。

【皂羅袍】莫把閑愁悲痛。看烏飛兔走，瞬息西東。聽滿城簫鼓度春風，尋芳且自閑拈弄。休得葳蕤低揭，心愁意慵。且向銀塘緩步，春明日融。百年一似蕉鹿夢。

【香柳娘】出香閨數重，出香閨數重。藥闌花擁，盈盈蓮步香塵動。望名園如畫，望明園如畫，紅雨亂春叢，清陰掩平仲。且乘閑半晌，且乘閑半晌，回首東君，把韶顔偷送。

【尾】香蕪佩服須珍重。看樓臺罨畫夕陽中。明日齋心謁梵宫。

《春蕪記》，悉爲宋大夫玉。襄王之雲雨，宋玉之悲秋，俱是千古極佳事，傳中頗欠發揮，略無足取。且用韵無折不雜，間架開闔，淡然無味。聊録一二不失韵者。

○題紅記 明王驥德作字伯良

〔南吕〕【宜春令】年華去，一瞬中，似飄飄風前斷蓬。東華塵土，枉教殢殺家鄉夢。謾堪憐，嬌女乘鸞，那擇取仙郎跨鳳。（合）且臨春，索唤片時拈弄。

【前腔】金屏閉，綉閣重，護春風紅絲未通。嬌香嫩蕊幾時還，葉夭桃咏。問玄霜何處堪投？指白璧誰家曾種。（合前）

【前腔】塗幽懶，約鬟慵，枉辜他珠圍翠叢。雁行雲渺，縱桃花滿樹成何用。但長教烏鳥同棲，又何必紅鸞葉夢。（合前）

【前腔】窺花榻，抱綺叢，看盈盈嬌鶯在籠。檀痕對鏡，可教長壓雙蛾重。謾愁他璧月難圓，須自有瓊枝催送。（合前）

○又

〔南吕〕【香柳娘】鎖香閨幾重，鎖香閨幾重，鬟雲纔攏，嬌癡尚自牽衣弄。恨風波忽逢，恨風波忽逢，拆散并枝紅，分開合棲鳳。（合）望迢迢紫宫，望迢迢紫宫，雲迷霧籠，空回孤夢。

【前腔】嘆離鸞斷鴻，嘆離鸞斷鴻，不禁倥傯，閨中謾有啼紅送。想妝臺影空，想妝臺影空。

留得唾囪絨，他時伴更永。（合前）

【前腔】叩天閽九重，叩天閽九重，哀腸難控，黄麻一紙誰傳奉。向雙龍禁中，向雙龍禁中，此去渥恩濃，金鈿早承寵。（合前）

【前腔】指雲窗月櫳，指雲窗月櫳，凄凉誰共？緑衣甘作雲霄從。怕花腮玉容，怕花腮玉容，愁絶景陽鐘，闌珊泪痕重。（合前）

《題紅》乃于佑之、韓夫人御溝紅葉事也。王伯良爲屠長卿之友，長卿深許可此傳，謂「事固奇矣，詞亦斐然」。今觀其詞，使事俏於禹金，風格不及伯起，其在季、孟之間乎？獨其結構如摶沙，了無聯屬，亦尠照應。每於喫緊關鍵處嘽緩散慢，無絲理血脈之可尋，是又大不如伯起者也。

王伯良曰：「周德清《中原音韵》，元人用之甚嚴，自《拜月》、《伯喈》始決其藩，傳中唯齊、微、之於支、思，先、天之於寒、山、桓、歡，沿習已久，聊復通用；更、清之於真、文，廉、纖之於先、天，間借一二字，偶用，他韵不敢混用一字。至北調諸曲，不敢借用，以北體更嚴，存古典刑也。」夫詞曲之有《中原韵》，由《選》體之有古韵，近體排絶之有沈約韵也。詩不可越韵，詞曲獨可越乎？若曰自《拜月》、《琵琶》始，二傳之不可及者固多，奈何不思效之，而獨效其出韵，此何説也？若曰嚴於北而寬於南，尤屬可笑。體有南北，韵何嘗有南北乎？周君時特未有南詞耳。假周君而操觚爲之，當又嚴如北耳。所謂爲此道，不得不用此法也。且舍韵而作，又何難焉？

「暗想當年」，亦是元詞，始終無一出韵。

袁西野有一【清江引】小令，專譏不知韵而作曲者。雖真、文韵，附録於此：「沈約近來憔悴損，打不開糊塗陣。五言一小詞，四句押三韵，提來到口邊頭煞力子忍。」亦可爲捧腹之助。但第二字錯用仄聲，改「侯」字何如？（約，入作上，叶沓）。

○曇花記　明屠緯真作

〔南吕〕【香柳娘】想星河路通，想星河路通，巫山有夢。疏簾絳蠟微風動，慕君才蝃蝀，慕君才蝃蝀。羅襪露華濃，輕綃月痕重。（合）恐相逢夢中，恐相逢夢中，銀缸正紅，綉衾初共。

【前腔】羡金蓮步工，羡金蓮步工，月華相送。東鄰好事成窺宋，看柔姿妙容，看柔姿妙容。秋浦落驚鴻，朝陽麗丹鳳。（合前）

緯真才名甚盛，海内實宗師之，執文壇牛耳者三十年。然其不朽事業，固自有在，不在傳奇也。

○張天師

〔仙吕〕【點絳唇】夜色溶溶，桂花風動天香送。萬里長空，誰把銀盤捧？

【混江龍】俺可便疾忙行動，怕的是五雲樓畔日華東。俺如今偷臨凡世，私下天宫。這其間風弄竹聲穿户牖，更那堪月移花影上簾櫳。俺本是冰魂素魄不尋常，要什麼金童玉女相隨從。又没甚幽期密約，止不過游戲雍容。

【油葫蘆】回首瑤臺隔幾重，早來到書院中，怕甚麼人間天上路難通。想當日天孫和董永曾把瓊梭弄。巫娥和宋玉曾做陽臺夢。他若肯早近傍，我也肯緊過從。拼着個賺劉晨笑入桃源洞，到後來天臺山下再相逢。

【天下樂】却不道流出桃花片片紅。嬌也波容，可便將人廝調哄。我則爲報德酬恩要始終，不索你這個呫，那個噥。只你個十八姨口是風。

【鵲踏枝】則見他不惺憽，假朦朧，却待要拄眼睜睛，覓迹尋踪。莫非他錦陣花營，不曾廝共？險教咱風月無功。

【河西後庭花】只道他喜孜孜開笑容，爲甚的顫欽欽添怕恐。不思量携手歸羅帳，刬地要斬妖魔仗劍鋒。似這等怒吀吀，好着我急難陪奉。秀才也，你敢是罵上元的也姓封。

【一半兒】只見他高燒銀燭影摇紅，滿注名香寶鼎中。全不是初見時恁般喬面孔，殷勤的捧金鐘。元來是一半兒妝呆一半兒懂。

【金盞兒】我本待鸞鳳配雌雄，你只想雕鶚起秋風。怎知我月中丹桂非凡種？你問我來年春動有吉和凶？則你那文章千卷富，怕不命運一時通。秀才道來年登虎榜，總不如今夜抱蟾宫。

【醉扶歸】俺和他一去蕊珠宫，同戲百花叢，報恁個二月春雷魚化龍。飲了三杯御酒珍珠甕，四下裏旌旆簇擁。準備着五花驄，緩向天街鞚。

【醉中天】六印掌元戎，七縱顯英雄。向八座氣昂昂列上公，穩請受九重天雨露恩和寵。也不枉了十年間苦功，到今朝享用。是必休忘了，我這報前程仙女淳風。

【賺煞尾】你若有十分志誠心，我怕没九轉丹相送。到來年又怕你八月中秋事冗。這七夕會牛女佳期，可也休賣弄。我則怕六丁神告與天蓬，更怕五更鐘催别匆匆。只落得四眼相看泪珠湧，冗的不三星在東。正照着俺二人情重，一般瀟灑月明中。

譜中載吴昌齡雜劇十種，而此種不載，臧晉叔不知何所本也。

○情詞　元

〔仙吕〕【點絳唇】漏盡銅龍，香消金鳳。花梢弄斜月簾籠，唤起相思夢。（眉批：章法、句法、字法無不佳絶，熟玩之始得。）

【混江龍】綉幃春重，趁東風培養出牡丹叢。流蘇斗帳，龜甲屏風。七寶妝奩明彩鈿，一簾香霧裊薰籠；翠雲半嚲，珠鳳斜鬆。眉字掃楊柳雙彎淺碧，口兒點櫻桃一顆嬌紅。眼如珠光摇秋水，臉如蓮花笑春風。鸞釵插花枝蹀躞，鳳翹懸珠翠玲瓏；胭脂蠟紅膩錦犀合，薔薇露滴注玻璃甕。端詳了艷質，出落的春工。

【油葫蘆】鸞鏡光函百鍊銅，端詳了玉容。似嫦娥出落廣寒宮，襯桃腮巧注鉛華瑩，啓朱唇呵暖蘭膏凍。傅粉呵則太白，施朱則太紅。鬢蟬低嬌怯香雲重，端的是占斷綺羅叢。

【天下樂】半點兒花鈿笑靨中，嬌紅，酒暈濃，天生下没包彈可意種。翰林才咏不成，丹青手畫不同，可知道漢宮最愛寵。

【那吒令】露春纖玉葱，掃眉尖翠峰，清香含玉容。整花枝翠叢，插金釵玉蟲。裩羅衣翠絨，鏤金妝七寶環，玉簪挑雙珠鳳，比西施宜淡宜濃。

【鵲踏枝】你試看翠玲瓏，玉玎瑓。一步一金蓮，一笑一春風。梳洗罷風流有萬種，殢人嬌玉軟香融。

【寄生草】傾城貌，絶代容，弄春情漏泄的秋波送，秋波送搬鬥的春山縱，春山縱勾引的芳心動。鬢花腮粉可人憐，翠衾鴛枕和誰共。

【么】情尤重，意特濃，恰相逢似晉劉晨誤入桃源洞，乍相交似楚巫娥暫赴陽臺夢，害相思似瘦蘭成愁賦香奩咏。你這般玉精神花模樣賽過玉天仙，我則待錦纏頭珠絡索蓋一座花衚衕。

【金盞兒】臉露紅，眼波横。見人羞推整雙頭鳳。柳情花意媚東風。鈿窩兒裏粘曉翠，腮斗兒上暈春紅。包藏着風月約，出落的雨雲踪。

【後庭花】綉床鋪緑剪絨，花房深紅守宮。荳蔻蕊稍頭嫩，絳紗香臂上封。恨匆匆尋些閑空，美甘甘兩意濃，喜孜孜一笑中。

【六么序】幾時得鴛幃裏錦帳中，願心兒折桂乘龍。魚水相逢，琴瑟和同，五百年姻眷交通。順毛兒撲撒上丹山鳳，點春羅一點香嬌迸，鶯雛燕乳共歡寵。鶯花爛漫，雲雨溟濛。

【么】雲鬢鬅鬆，星眼朦朧，錦被重重，羅襪弓弓，粉汗溶溶。那些兒風流受用，兀的不兩意濃。言行功容，四德三從，孟光合配梁鴻。怎教他齊眉舉案勞尊重，俏書生別有家風。金荷燒盡良宵永，憐香惜玉，倚翠偎紅。

【賺尾】花月巧梳妝，脂粉嬌調弄。没亂殺看花眼睛，更那堪心有靈犀一點通。惱春光爛漫嬌慵，莫不是蕊珠宫天上飛瓊。走向瑶臺月下逢，比及他彩燈照夢。且看咱隔墻窺宋，俊龐兒嬌怯海棠風。

康武功深愛此詞，謂：「飽滿非後人可逮，自是元人，自是高出一着。可惜尾中眼睛『睛』字出韵，亦無可奈何。」今觀此詞，綺麗艷冶極矣，而豐神骨格，句句不乏；且有凌駕，有步驟，有開闔，詞情俱到，肉骨兩停，實元詞中極佳不易得者。眼睛「睛」字，意欲改作「孔」字，未知妥否？

【天下樂】内「包彈」，本是「褒彈」。「褒」「包」同音，故誤作「包」。褒者，褒美也；彈者，譏彈也。陳思曰：「僕常好人譏彈其文。」則所謂褒彈者，即褒貶也。沈松陵何所據，而曰：「包待制好彈射人，故曰包彈。」吁！古來好彈射人者，豈獨一希文哉！安得此張打油、胡釘鉸之語也。

○小尉遲 元

〔仙吕〕【點绛唇】似這般對壘交鋒，到頭都總南柯夢。説甚軍功，可兀的與你身兒上元無用。

【混江龍】到如今干戈猶動，則待和大唐家廝殺見雌雄。當甚麼争龍鬥虎，撥蝎撩蜂。則見昏慘慘征塵遮的遍地黑，焰騰騰燎火燒的半天紅。綉旗颭颭，戰鼓鼕鼕，排營搒搒，列陣重重，愁雲靄靄，殺氣濛濛。單看你這一條鞭到處無攔縱，待要扶持社稷，保護疆封。

【油葫蘆】好着我盡在嘻嘻冷笑中，勸着他怎不從？將我口中言看做耳邊風，你是個朽木材怎比他真梁棟？寒鴉兒怎比丹山鳳？劉季真怎比徐茂公？你本是潑泥鰍打夥相隨從，可便乾鬧起一座水晶宫。

【天下樂】可不道將在謀而不在勇，恁將軍枉用功。你道十八般武藝都曉通，賣弄你智量高，氣勢雄。小可如劉黑闥王世充？

【村里迓鼓】那敬德鞭無虚舉，舉無不中。恁便要一撞一衝，怕不遭七擒七縱。倒不如且從容，莫賭鬥，無驚恐。你待要兩陣間，單搦鄂國公，恰便似病羊兒逢着大蟲。

【元和令】這一去少主吉多主兇，則宜止不宜動。可不道箭安弦上慢張弓，方信道緊行無善踪。你這般大驚小怪氣衝衝，早難道軍情事不透風。

【上馬嬌】他將那戰袍披，兵器攻，端的人如虎馬如龍。他若是掿鋼鞭款款把征騘鞚，敢着你轟的呵，一命早丟空。

【游四門】饒你有銀山鐵臂數十重，殺的來人似血衚衕。則他那尉遲敬德敵頭重，你那裏高叫響如鐘，空逞恁好喉嚨。

【勝葫蘆】説甚麽將相王侯元没種。休煩惱你個小先鋒，不争你九里山前厮鬧哄。便要與劉沛公蕩風，我勸恁個韓元帥莫動，則被你羞殺我也蒯文通。

【後庭花】你將一個後老子忒謹恭，倒把一箇親爺來不敬重。我道你是頂天立地的男兒漢，怎做了背祖離宗的牛馬風？我這裏絮叨叨言始終，你則是假惺惺做耳聾，甘落在人彀中。我猛然的覷面容，便思量我那鄂國公。

【柳葉兒】便恰似刀剜我心痛，整整的二十年信息難通，大唐家不想你三軍動。我將你即發送，子父每得相逢。將軍呵，肯分的去出馬争鋒。

【賺煞尾】則要你竭力救冤讎，在意驅兵衆。你盡孝何妨盡忠，虎將門中無犬踪，端的是結束威風。覷了他這英雄，身體儀容，不由我睹物思人泪點紅。他帶着這鐵襆頭把鳶肩來一聳，穿上這皂羅袍將虎腰來那動。分明活脱下一個單鞭奪槊的尉遲恭。

○情詞 明陳大聲作

〔雙調〕【新水令】碧桃花外一聲鐘，綉衾寒喚回春夢。香消金獸冷，花落翠鉼空。雨雨風風，攛斷得病兒重。

【駐馬聽】帶結頻鬆，瘦骨不禁愁冗冗。眉峰難縱，黛娥深鎖恨重重。瑶臺人遠信勞鴻，彩雲聲斷簫閑鳳。惡相思千萬種，百般難把愁來送。

【雁兒落】冷落了春風銅雀宫，間阻了夜雨陽臺夢，闌珊了停雲燕子樓，寂寞了流水桃源洞。

【得勝令】單守着四扇矮屏風，三尺舊絲桐。總費囊中藥，全消鏡裏容。簾櫳，步月無人共。花叢，尋春誰與同？

【川撥棹】恨匆匆，晝偏長，更又永。歌歇梧桐，帳冷芙蓉。酒盡瑶觥，不見了紅圍翠擁。望藍橋無路通。

【七弟兄】落紅舞風，畫欄東，怯餘寒簾簌金鈎控。寄閑情琴在錦囊封，揾啼痕袖濕瓊珠迸。

【梅花酒】減崔嶶，畫裏空，怕曉角昏鐘。恨芳草青驄，怪浪蝶狂蜂。秋來呵江上别，花落也未相逢，又不知吉與凶。含着泪告蒼穹。陪着笑問青銅，側着耳聽歸鴻。緘着口怨東風。

【收江南】呀！懨懨不比舊時同，緑窗針綫費春工，殘雲剩雨自西東。全無有定踪，全無有定蹤，巫山十二總成空。

○咏梅 朱庭玉作

〔大石調〕【青杏子】客里通黃鐘，阿誰道冷落窮冬？玉壺怪得冰澌凍。雲低四野，霜摧萬木，雪老千峰。

【歸塞北】尋梅友，聊轡控青驄。乘興不辭溪路遠，賞心相約晉橋東，臨水見幽叢。

【么】清更雅，裝就道家風。蕾破嫩黃金的礫，枝橫柔碧玉玲瓏，不與杏桃同。

【尾】果爲斯花堪珍重，時復暗香浮動。瀟然鼻觀通，依約羅浮舊時夢。

○雙魚記 明沈平與作

〔商調〕【水紅花】十年書劍任飄蓬，被天公將人搬弄。晴雲如絮惹低空，領春風。游韁雙鞚，好把愁懷撇漾，不必問塵蹤。休言鉛槧竟無功也囉。

【前腔】迢迢驛路向天雄，客途中風光堪咏。飛揚跋扈爲誰雄？怨春風，浮蹤如夢。自古身登樞要，誰念客途窮。此行惟願許登龍也囉。

余向知沈先生有《雙魚》等記，佳於《紅蕖》，而海上尠習曲者無從覓覽。丁巳秋，於王阿咸從道中并《埋劍》寄至。讀之，果勝《紅蕖》不翅倍之。以其漸近清真自然，無甚晦澀生硬耳。第《雙魚》前題曰「吳郡宋幼平編」，似不出先生手筆。豈先生名與宋廣平同，以幼平自命，非黄絹廋辭邪？

元馬東籬有《雷轟薦福碑》雜劇，此記全然祖之。第劇中以爲張灝、張浩，而此記作劉暤、留浩。按《韵瑞》中載此事：范希文守饒州，有書生上謁，自言饑寒。時盛精薦福碑，直千金，范欲爲打千本，紙墨已具，一夕雷轟。當時爲之語曰：有客打碑來薦福，無人騎鶴上揚州。初不言書生名姓，固不知是否張灝，亦不聞劉符郎有此也。今人亦有「時來風送滕王閣，運退雷轟薦福碑」之語。

○埋劍記　前人

〔雙調〕【月上海棠】我是六郡雄，雄文壯武皆足用。被紛華紈袴，久混塵踪。似龍精點淡豐城，如虎氣銷沉丘壠。何日裏，佩服衝星，直倚崆峒。

《埋劍》，爲郭仲翔飛卿而傳也。唐睿宗時，姚雋蠻叛，詔李蒙討之。飛卿爲蒙判官，蒙戰歿，飛卿被執。蠻責厚財乃聽贖。時有吳保安者，字永固，飛卿曾薦掌蒙書記。永固知蠻意在責財也，乃留雋州營贖之，而苦無資，遂力居貨，十年，得縑七百，間關萬倍，奉贖以歸。後保安客死彭山丞，喪不克歸。飛卿往，囊其骨，徒跣負之，歸葬魏州，服衰絰，廬墓三年。飛卿後爲嵐州長史，迎永固子，爲娶而讓以官。此傳篤於友誼，深可爲紛紛輕薄者之戒。且借延陵掛劍事，名之曰「埋劍」，亦極佳。獨增出一珊瑚鞭，後用賣鞭得信，如賣香囊故事，未免拾人剩唾耳。飛卿，代公元振猶子也，當永固營贖飛卿時，代公已物故矣。贖之於代公在位之日易，贖之於物故之後難，此意傳中亦宜一發明之。

南北詞廣韵選　卷二

江　陽

○西廂記・僧房假寓

北〔中吕〕【粉蝶兒】不做周方，埋怨殺法聰和尚。借與我半間兒客舍僧房，與我那可憎才举止處門兒相向。雖不能勾竊玉偷香，且將盼行雲眼睛打當。

【醉春風】往常時見傅粉的委實羞，畫眉的敢是慌；今日呵一見了有情娘，着小生心兒裹癢、癢。迤逗得腸荒，斷送的眼亂，引惹得心忙。

【迎仙客】我則見頭似雪，鬢如霜，面如童，少年得内養；貌堂堂，聲朗朗，頭直上只少一個圓光。恰便似捏塑就的僧伽像。

【石榴花】太師一一問行藏，小生仔細訴衷腸，自來西洛是吾鄉，宦游在四方。寄居在咸陽。

先人拜禮部尚書多名望，五旬上因病身亡。平生正直無偏向，止留下四海一空囊。

【鬥鵪鶉】俺先人甚的是渾俗和光，衠一味風清月朗。小生無意去求官，有心待聽講。量着窮秀才人情則是紙半張，又没甚七青八黄，俺着你説短論長，一任的掂斤播兩。

【上小樓】小生特來見訪，大師何須謙讓。這錢也難買柴薪，不彀齋糧，且備茶湯。你若有主張，對艷妝，將言詞説上，我將你衆和尚死生難忘。

【么】也不要香積廚，枯木堂。遠着南軒，離着東墻，靠着西廂。近主廊，過耳房，都皆停當。你是必休題着老僧方丈。

〔正宫〕【脱布衫】大人家舉止端詳，全没半點兒輕狂。太師行深深拜了，啓朱唇語言的當。

（眉批：【脱布衫】、【小梁州】二調在正宫。）

【小梁州】可喜娘的龐兒淺淡妝，穿一套縞素衣裳；鶻伶淥老不尋常，偷睛望，眼挫里抹張郎。（傍批：連下三眼字而不覺其復，奇之。）

【么】若共多情小姐同鴛帳，怎捨得他疊被鋪床。將小姐央，夫人央，他不令許放，我親自寫與從良。

【本宫快活三】崔家女艷妝，莫不是演撒你個老潔郎？却怎睃趁着你頭上放毫光，打扮的特來晃。（眉批：此又入中吕。）

【朝天子】過得主廊，引入洞房，好事從天降。好模好樣忒莽撞，煩惱怎麼唐三藏？偌大一個宅堂，怎生没箇兒郎，使梅香來説勾當。你在我行、口强，硬抵着頭皮撞。

【四邊静】人間天上，看鸞鸞勝做道場。軟玉温香，休道是相親傍；若能勾湯他一湯，到與人消灾障。

【哨遍】聽説罷心懷悒怏，把一天愁都撮在眉尖上。説夫人節操凛冰霜，不召呼，誰敢輒人中堂？自思想，比及你心兒里畏懼老母親威嚴，你不合臨去也回頭望。待颺下教人怎颺？赤緊的情沾了肺腑，意惹了肝腸。若今生難得有情人，是前世燒了斷頭香。我得時節手掌兒里奇擎，心坎兒里温存，眼皮兒上供養。

【般涉耍孩兒】（眉批：【耍孩兒】惟般涉調有，他調俱轉入，須另起腔。）當初巫山遠隔如天樣，聽説罷又在巫山那廂。業身軀雖立在迴廊，魂靈兒已在他行。本待要安排心事傳幽客，我則怕泄漏春光與乃堂。夫人怕女孩兒春心蕩，怪黄鶯兒作對，怨粉蝶兒成雙。

【四煞】小姐年紀小，性氣剛。張郎倘得相親傍，乍相逢厭見何郎粉，看邂逅偷將韓壽香。纔稱我風流況，成就了會温存嬌婿，怕什麼能拘管親娘。

【三煞】夫人忒慮過，小生豈妄想，郎才女貌合相仿。休待眉兒淺淡思張敞，春色飄零憶阮郎。非是我輕誇奬：他有德言工貌，小生有恭儉温良。

【二煞】想着他眉兒淺淺描，臉兒淡淡妝，粉香膩玉搓胭晃。翠裙鴛綉金蓮小，紅袖鸞銷玉筍長。不想呵其寔强，你撇下半天風韵，我拾得萬種思量。（眉批：撇、拾二字如畫。）

【一煞】院宇深，枕簟凉，一燈孤影摇書幌。縱然酬得今生志，着甚支吾此夜長。睡不着如番掌，少可有一萬聲長吁短嘆，五千遍搗枕搥床。

【煞尾】嬌羞花解語，温柔玉有香，我和他乍相逢記不盡嬌模樣，則索手抵着牙兒慢慢的想。

此闋多用諧謔渾語，捏合入腔，處處精神，言言本色，非大手筆不能作，亦非俗眼所能賞。至於【哨遍】末三句，與【二煞】【一煞】末二句，排偶濃麗極矣，然是注情語耳。若夫「臨去」、「回頭」與「乍相逢」三語，非有萬斛才情不能爲，自是絶代之語。後縱不乏作者，誰能模寫至是？

○拜月記

南〔雙調〕【園林好】纔説起遷都汴梁，鬧炒炒哀聲四方。不忍訴凄凉情况。家所有，盡抛漾；家奴婢，盡逃亡。

【嘉慶子】你一雙子母無所傍，更雨緊風寒勢怎當？心急行程不上。人亂亂，世荒荒，愁慽慽，泪汪汪。

【尹令】那時又無倚仗，當時有親難傍，其時有家難向。他東我西，地亂天荒事怎防？

【品令】逃生士民，在官道驛程傍。天色漸晚，陰雲閤穹蒼。匆匆正往，喊聲如雷響。各各奔走，都向樹林遮障。苟免偷生，瓦解星飛，子離了娘。

【豆葉黄】你一身眼下見在誰行。我隨着箇秀才棲身，他是我的家長。誰爲媒妁？甚人主張？人在那亂離時節，人在那亂離時節，怎選得高門廝對相當。

【三月海棠】你自想，甚年發迹窮形狀？怎凡人貌相，海水升量。非獎，陋巷十年黄卷苦，那時禹門三月桃花浪，一躍龍門便把名揚，管教姓字標金榜。

【五韻美】意兒里想，眼兒里望，望救取東君艷陽，與花柳增芳。全没些可傷，身凛凛如雪上加霜。更没些和氣一味莽，鐵膽銅心，打開鳳凰。（眉批：【五韻美】元在越，可入雙調。）

【二犯六么令】你是娘生父養，故逆親言，心向情郎。我向地獄相救轉到天堂，怎下得撇在没人的店房。若是兩分張，管取潑殘生命亡。（眉批：第一、第二句是【六么令】，下四句不知犯何二調。）

【玉交枝】哀告慈悲岳丈，可憐我伏枕在床。煎藥煮粥將誰伏，等待我三五日時光。全没些好言劈面搶，惡狠狠怒發三千丈，只倚着官高勢强，只倚着官高勢强。

【江兒水】眼見得今朝去，直恁忙。相隨百步，尚且情悒怏。何況我夫妻月餘上，怎下得霎時間如天樣？若要成雙，休指望。一對鴛鴦，生被跌天風浪。

【川撥棹】言相誑，更不將恩義講。無奈何事有參商，無奈何事有參商。父逼女，夫悲婦傷。

（合）苦别離，愁斷腸；兩分離，愁斷腸。
【前腔】男兒贖藥，把衣衫典當償。我覷不得你身體康。料今生怎得成雙，料今生怎得成雙。願死後魂依爾行。（合前）
【前腔】休爲我相思自損傷，緊攻書臨選場。我不道再娶重婚，我不道再娶重婚，你豈可終身守孀。（合前）（眉批：「婚」字宜用韵。）

〇又

南【惜黄花仙子】中都路是本鄉，車駕遷南往，一程程到廣陽，特來相訪。小可敢覆尊丈，有何事廝問？當買物貨請商量，要安下却無妨。若是問尋人，道如何模樣？
【前腔】店名須號招商，少浼勞尊長。有箇秀才姓蔣，三十餘上，住此兩月將傍。正東下轉那廂，從外數第三房。患時病纔無恙，贖藥便回來，想只在前街後巷。

〇琵琶記

南〔正宫引〕【喜遷鶯】終朝思想，但恨在眉頭，人在心上。鳳侣添愁，魚書絶寄，空勞兩處相望。青鏡瘦顔羞照，寶瑟清音絶響。歸夢杳，繞屏山烟樹，那是家鄉。

〔正宫曲〕【雁魚錦】【雁過聲】思量，那日離故鄉。（眉批：「離」，去聲。）記臨歧送別多惆悵，携手共那人不厮放。教他好看承，我爹娘，料他每應不會遺忘。聞知饑與荒，只怕捱不過歲月難存養。若望不見信音，却把誰倚仗。【二犯漁家傲】思量，幼讀文章，論事親爲子須要成模樣。真情未講，怎知道喫盡多魔障？被親强來赴選場，被君强官爲議郎，被婚强傚鸞凰，三被强。衷腸説與誰行，埋怨難禁這兩廂，這壁廂道咱是箇不撑達害羞的喬相識，那壁廂道咱是箇不睹事負心薄倖郎。【二犯漁家燈】悲傷，鷺序鵷行，怎如烏鳥反哺能終養？謾把金章，綰着紫綬，試問斑衣，今在何方？斑衣罷想，縱然歸去，又怕帶麻執杖。只爲雲梯月殿多勞攘，落得泪雨似珠兩鬢霜。【喜漁燈犯】幾回夢裏，忽聞雞唱。忙驚覺，錯呼舊婦，同問寢堂上。待朦朧覺來，依然新人鳳衾和象床。怎不怨香愁玉無心緒？更思想和他攔擋。（眉批：「和」字，唱去聲亦可。）教我，怎不悲傷？俺這裏歡娛夜宿芙蓉帳，他那裏寂寞偏嫌更漏長。【錦纏道犯】謾悒怏，把歡娛都成悶腸。菽水既清凉，我何心，貪着美酒肥羊？悶殺人花燭洞房，愁殺我掛名在金榜。魆地裏自思量，正是在家不敢高聲哭，只恐猿聞也斷腸。

沈先生曰：「後四闋，每闋末二句犯【雁過聲】。」是矣。但「思量」及「悲傷」二闋俱云二犯，而未明言彼一犯是何調。及查「思量」闋，【漁家傲】也。與《荆釵》之「明月蘆花」，《拜月》之「去國愁人」絶不同。「悲傷」闋，【漁家燈】也，與《荆釵》之「若提起舊日根芽」；「幾回」闋，【喜漁燈】也，與散曲之「幾番欲把金錢問」，亦絶不同，不知何也？唯「謾悒怏」

至「自思量」，是【錦纏道】甚明。餘俟識者再訂。

此套是本傳中極佳套數。然其精采處，獨在「幾回」闋數語。如「忽」字、「忙」字、「錯」字、「舊婦」字、「同」字、「朦朧」字，挑剔極佳。

落句「猿聞」是成語，重在斷腸，不重在人與猿也。沈先生以爲必京師有猿而後可，何執礙也。

○又

南〔仙吕引〕【鵲橋仙】披香隨宴，上林游賞，醉後人扶馬上。金蓮花炬照迴廊，正院宇梅梢月上。

〔仙吕曲〕【解三酲】嘆雙親把兒指望，教兒讀古聖文章。似我會讀書的倒把親撇漾，少甚麼不識字的倒得終養。書，我只爲其中自有黄金屋，却教我撇却椿庭萱草堂。還思想，畢竟是文章誤我，我誤爹娘。

【前腔】比似我做了虧心臺館客，倒不如守義終身田舍郎。白頭吟記得不曾忘，緑鬢婦何故在他方？書，我只爲其中有女顔如玉，却教我撇却糟糠妻下堂。還思想，畢竟是文章誤我，我誤妻房。

○又

南〔南吕〕【太師引】細端詳，這是誰筆仗？覷着他，教我心兒好感傷。好似我雙親模樣，怎穿着破損衣裳？道別後容顏無恙，怎這般凄凉形狀？誰來往，直將到洛陽，須知仲尼和陽虎一般龐。

【前腔】這是街坊，誰劣相，砌莊家形衰貌黄。若没箇媳婦來相傍，少不得也這般凄凉。敢是神圖佛像，猛可地小鹿兒心頭撞。丹青匠由他主張，須知漢毛延壽誤王嫱。

二闋共十六句，而十六轉折，揣摩想象，意態無窮。文法似從昌黎《吊田横文》來，真神品也。

按本韵《荆釵》中，唯「窮酸魍魎」與「治家邦」兩套耳。無論「窮酸」套鄙陋不足觀，「治家邦」俗師在在喜唱之，然玄妙觀相逢定非古本，即四曲何嘗有一語足采？是特去之，不欲以魚目溷珠也。

○柳仙記

〔黄鐘〕【春雲怨】月種雲根，是何年棄摘下方，却栽植路傍。經了幾多寒暑，更幾多風霜，須不比衆卉群芳。自然該出土壤，只少人世衣妝。待他時往帝鄉，相逢在蓬萊方丈，回看塵海茫茫。

【三春柳】無非鬼祟與魍魎，止消得符咒歸降，何必真仙親自往。徜難當妖勢强，邪力旺，没來由自惹傍人閒議謗，笑平地生波浪。但望早早回頭，休得懆□。

【醉羅歌】【醉扶歸】此梅枯瘦非凡相，此柳高大有清凉。不度他們到天堂，是我輕撇漾。

【皂羅袍】三尺寶劍匣内有光，一笏金墨籃内有香。與吾道法不相讓。（眉批：此是【仙吕】。）

【排歌】須斟酌，要忖量。算來何苦討乾忙。

【尾聲】也不須言詞抗，管教兩樹夢黄粱，天地之中共久長。

【春雲怨】、【三春柳】，查譜中用散曲「暗想嬌質」與「尋思最怕黄昏」，而與此二闋字句俱無差，但未有板。按《拜月亭》内「聽説罷姓名家鄉」闋後「你啼哭爲何因」三句，舊譜注作【三春柳】，與此句法絶不似，沈先生亦以爲不可曉。

○紅葉記

〔中吕〕【大環着】擁霓旌曉仗，擁霓旌曉仗，身惹爐香。彩鳳鷩傳，紫泥初降。深愧雕蟲伎倆，未解烹鮮，虚負聖明朝，網羅天匠。天廐馬嘶風争爽，宫袍袖凌雲飄颺。歌聲遠，舞袖長，看醉裊吟鞭，曲江池上。

【大和佛】北闕明君歌太康，瓊筵大樂張。時清日永，無事奏巖廊，早晚賦《長楊》。鯫生不敢多謙讓，幸喜分符百里，故國且翱翔。還只慮君門，萬里難瞻望。幸自有雙鳧相傍，應只待十道徵書召循良。

【越恁好】看花歸去，看花歸去，喜孜孜入畫堂。望秦川綺霞，遥對酒平如掌。正梅天晚涼，正梅天晚涼，見玉亭粉香肌，收着艷妝。撲簌簌泪零，冷清清舉案時，憶着孟光。調鞍馬，艤畫船，幾日狂游賞。羡青春茂宰，得意歡暢。

【紅綉鞋】鸞笙鳳管悠揚，悠揚。郭郎鮑老郎當，郎當。遏暮雲，送逸響。翻樂府，演《霓裳》。聽蓮漏，未渠央。

【尾聲】糟糠别後應無恙，貧賤親交不忍忘，怎奈那楚樹秦雲路渺茫。

隊伍嚴整，旌旗華彩。

○龍泉記

〔仙吕入雙調〕【朝元歌】山光水光，祖道離杯晃。花香草香，舉子行色壯。我昔忝同窗，今爲姻黨，正好通家來往。誰料鶚薦鷹揚，臨歧使人愁斷腸。我老緑荷裳，君登白玉堂。

（合）要消離况，除非是百壺春釀，百壺春釀。

【前腔】朝野重重羅網，羈縻雁一行。月冷蘋江，雨深花巷，争似伊慈烏終養。形影相忘，雙雙子母常在傍。還效鳳翱翔，來儀虞舜堂。（合前）

【前腔】三疊陽關慵唱，風牽酒力狂。且挽行裝，留連一晌，使我心煩技癢。便欲觀光，隨君後塵登廟廊。畢竟笑荒唐，難升由也堂。（合前）

【前腔】憶昔趨陪函丈，同游翰墨場。獨繫利名韁，明日天涯，兩鄉馳想。賴有連枝同往，榮獻天王，名題金榜應頡頏。魆地自思量，椿庭萱花堂。（合前）

○又

〔越調〕【憶鶯兒】樵徑長，蠶市荒。霏霏紅霧桃杏場，隱隱緑烟楊柳庄。琴横錦囊，馬蹄紫韁，春情攪亂行人况。（合）意惶惶，回頭翹望，何處是家鄉？

【前腔】花草香，麗日長。游絲裊裊拂地狂，輕擊紛紛糝徑颺。朱門粉墻，竹籬草堂，更紅泉百道垂青障。（合前）

【尾】向斜陽嗟長往，好尋茅店卸行裝，風雨今宵對客床。

○明珠記 明陸天池作

〔南呂〕【紅衲襖】莫不是笑書生貌不揚？莫不是爲嫦娥年未長？莫不是惜花心未許蜂蝶傍？莫不是結彩樓未中綉球香？怕咱兩個年命相妨？恐左右的讒言廝誑？敢則是指望成

名，道我未遂風雲也，直待象簡緋袍入洞房。

【前腔】俺姐姐正青春年齒恰相當，覷解元又風流容貌真絶樣。綉球兒別個怎着傍？好花枝合付與折桂郎。也没甚刑剋相傷，也没甚傍人伎倆。老相公則説中表親難做夫妻也，又道未有前言休妄想。

【前腔】欺負我久飄零湖海旁，欺負我未收成名利場。分明是賴婚姻則把虛言誑，不念我處孤貧父母蚤年亡。你下得浪打鴛鴦，我拚個月滿西廂。我把一封書寄與多情也，結草銜環不敢忘。

【前腔】老相公治家庭，似朝廷有紀綱。老夫人正家法，似官法無輕放。姐姐冰清玉潔，不比鶯鶯莽。侍兒們心慌膽小，做不得紅娘。你便有金玉滿堂，誰替你擔驚受枉？他見了書問出根由也，可不斷送芙蓉一夜霜。

○又

〔雙調〕【江頭金桂】想那日倚窗偷望，翻做深宮兩下殃。那更驛亭留恨，香車好姻緣，惡磨降，不磨障怎見心腸。死生難放，好似藍橋玉杵，擣盡玄霜，玄霜擣成願始償。向燈前細看，向燈前細看，雲英形狀，轉風光。真個巧笑如花貌，嫦娥宮樣妝。

【前腔】我和你雁行兩兩，又結于飛效鳳凰。猛被揭天風浪，打散鴛鴦。苦相思怎相傍，受多少春怨秋傷，緑惆紅悵。好似西廂月下，目斷東墻，東墻月滿始見郎。把裙腰試扣，裙腰試扣，不似舊時模樣，減榮光。真個病入宫腰小，愁隨綉帶長。

【前腔】只道烟迷霧障，誰知雲開月再朗。我有雲愁雨怨，萬種思量。待相逢盡説向，相逢了一笑都忘。兩情揺蕩，好似倩娘香魄，夜逐輕航，恍惚猶疑春夢忙。漸相偎話舊，相偎話舊，真成歡賞。謝仙方，始信續斷多靈藥，還魂有妙香。

【前腔】可憐我椿凋萱喪，更故園桑梓荒。留下柔枝嫩蕊，兩處飄颺。喜今朝花再芳。又恐漏泄春光，鶯猜蝶攘。便做楊家紅拂，改换衣裝，潛踪密迹出帝鄉。向山林深處，山林深處，避些風浪。永成雙，莫負神明力，難將義士忘。

○又

〔仙吕〕【解袍歌】【解三醒】没來由擔萬死爲他尋訪，却把俺美前程一旦都搶。俺這里忍酸含苦忙偷眼，他那里悄低頭把訕臉遮藏。【皂羅袍】一個强鬆羅帶，一個軟貼綉腿。一個眉兒半皺，一個性兒忒慌。只聽得枕邊掉下金釵響。【排歌】流蘇戰，鳳枕忙，斜舒玉臂抱檀郎。奴把今宵樂權讓與前世娘，明朝依舊上奴床。

【前腔】我雖是驢前廝養，論風月也滿意思量。爲甚擔驚受怕相依傍？只圖個好時節拖帶風光。你却喫一看兩，我便食不下腸。你却綉幃香暖，我便凍得半僵。思量情理忒無狀。衾兒薄，夜又長，怎生捱得這凄凉？俺猶自可，他怎當？可憐熬殺小梅香。

○黄孝子

〔正宫〕【山漁燈】二十八年在江湖上，水涉陸馳，途路飄蕩。親遭擄，難覓行藏，徒然涕滂。幾時得遂兒終養，酬烏鳥寸草輝光。如今知他在那廂，乳哺劬勞空思報，役夢斷魂無計償。（合）提將起不由人慘傷。念冬温夏清，誰候端詳。

【前腔】記當初遭磨障，家破人離，一旦俱亡。親遭擄，繫在氈鄉。既生五霜深，虧老深相看養。把居室施作僧堂，周尋走交四方，受盡獐雨蠻烟狀，經幾多猛虎毒蟲險被傷。（合前）

○五倫全備

〔仙吕〕【傍妝臺犯】暮秋光，東籬采采正含芳。玉露瓊蕤佳艷，金風過散寒香。誰能似陶元亮，萬蕊千枝趣自長。鵝鴿白鶯羽黄，開懷相對泛露觴。

【前腔】步晨光，含英霜下露幽芳。何處里金錢小，化蝴蝶滿籬香。喜氣味多甘美，水引盤川飲壽長。金間玉，白間黄，花前歌舞謾行觴。

【前腔】惜年光，乘閑今得擷秋芳。起澤里，花盈地，甘爲下水流香。滄落英，思屈子，雖然離騷意思長。名傳古色佔黄，白衣送酒醉瓊觴。

【前腔】笑春光，羞隨桃李競芬芳。覰柔梗，教玉潤，嗅繁蕊，碎金香。看往古名英輩，品藻詞章文焰長。紅間白紫對黄，繞籬游賞進瓊觴。

方訝沈松陵逐韵换步，不意文莊公已先之。每闋第六句，句法與他【傍妝臺】不同，不知何也？

○浣紗記

〔中吕〕【尾犯序】愁泪溢春江，底事夫妻同渡波浪？怎效烏鳶向沙頭翱翔，悒怏。我拼盡力奔馳灑掃，怕當不過勤勞鞅掌。思量起雲山千里，何日好還鄉？

【前腔】吴門此去在何方？進退兩難空自摧喪。你淡掃蛾眉盡收拾宫妝，惆悵。休還認在秦樓楚館，休還認在香閨綉帳。從今去雕籠深鎖，愁殺兩鴛鴦。

○又

〔大石調〕【念奴嬌序】澄湖萬頃，見花攢錦綉，平鋪十里紅妝。夾岸風來宛轉處，微度衣袂生凉。摇颺，百隊蘭舟，千群畫槳，中流争放採蓮舫。（合）惟願取雙雙繾綣，長學鴛鴦。

【前腔】堪賞，波平似掌，見深處繚繞歌聲，隱隱齊唱。秀面羅裙認不出，緑葉紅花一樣。空想，藕斷難聯，珠圓却碎，無端新刺故牽裳。（合前）

【前腔】相傍，較玉論香，將花方貌，恐花兒慚愧欲深藏。身共影，誰似根共心雙。想象，嬌面偎霞，芳心吸露，清波濺處濕裙襠。（合前）

【前腔】堪傷，斜日銜山，寒鴉歸渡，淹留猶滯水雲鄉。風露冷，怎耐摧頽蓮房。凄凉，共簇心多，分開絲掛，浣沙溪畔在何方？（合前）

【古輪臺】日蒼黄，蘭橈歸去遍船香。秋風吹急寒潮漲，蓮歌争唱。況十里迴塘，正值月兒初上。冷眼端相，可憎模樣，紅裙宜嫁緑衣郎。頓然心癢，恨不得就上牙床。顛鸞倒鳳，隨蜂趁蝶，怎生攔擋。歸路暮雲長，聽空中響，館娃高處奏笙簧。

【前腔】千行，宛轉燈燭輝煌。夾道裏羅綺盤旋，笙歌嘹喨。香霧氤氲，處處麝蘭飄蕩。今夜歡娱，忙投羅帳。看雙雙被底效鸞凰。肯教輕放，趁良宵恣意顛狂。殘香破玉，蹂紅踐翠，只將支吾勉强。鴛瓦散飛霜，銀河朗，娟娟殘月下迴廊。

【尾聲】昏沉醉入洞房。聽野外數聲雞唱。願萬歲千秋樂未央。

此折咏採蓮，亦飽滿可諷。前四闋可稱合作矣。獨【古輪臺】内「恨不得」句太率，而「雙雙被底」與前「顛鸞倒鳳」亦覺稍犯。至「野外數聲雞唱」，洞房内豈聽得野外之雞？意欲改作「聽絳幘雞人三唱」，聊識此。

〇又

〔中吕〕【朝天子】劍氣瞢騰牛斗傍，謾對青燈舞，泣數行。怎能勾館娃深處醉紅妝，笑吴王，當初誰遣到齊邦，却凄凉故鄉，却凄凉故鄉。

【前腔】舞罷中宵入洞房，笑倚東窗下白玉床，看微微殘月下迴廊。伴君王，芙蓉小殿焚香，且風流幾場，且風流幾場。

次闋勝於首闋，首闋少「虞兮虞兮奈爾何」意。吴之亡，亡於釋越，不亡於伐齊。戲爲改之：「笑吴王，當初誰遣放越王，竟種此火殃。」一笑。

〇玉玦記

〔仙吕〕【排歌】好鳥調歌，殘花雨香，鞦韆麗日門墻。可憐飛燕倚新妝，半捲珠簾春恨長。

(合)花源畔，玉洞傍，免教仙犬吠劉郎。瓊樓啓，翠幰張，不知何處是他鄉。

【前腔】薄扇回風，輕塵繞梁，凝雲暗激清商。樂中歌曲斷人腸，鶯囀春林綉陌長。(合前)

【前腔】佩轉鸞裾，釵底鳳梁，曲終初破《霓裳》。暖絲無力自悠揚，轉更郎當舞袖長。

【前腔】寶帳流蘇，金鋪洞房。枕屏雙度鴛鴦。淡雲輕雨拂高唐，免走烏飛不覺長。（合前）

（合前）

〇又

〔仙吕入雙調〕【惜奴嬌】天塹錢塘，瀉滄溟千里濫觴。非忘分洪洚，帶束禹門巖障。遐想，罔向神姦，水伯冰姨，乘波吞浪。（合）凝望，想赤實自流萍，得似楚人曾賞。

【前腔】悲凉，霸業興亡，問何如潮汐，幾番消長？烟波上，磨盡古今英爽。踉蹌，桂棹蒲帆，利舸名舠，繽紛來往。惆悵，念擊檝向中流，那有祖生襟量。

【黑麻序】汪洋，析木扶桑，乍鯨鯢波卷，混迷霄壤。見銀山初合，恍疑蓬閬。神喪，風馳羽旆張，雲屯驃騎驤。影微茫，只見怒賈鴟夷，素甲聿來乘漲。

【前腔】跌宕，沃日湯湯，怕高陵爲谷，倒翻銀潢。這神州百雉，忽驚摇蕩。游漾，柔櫓蟻隊揚，輕身鳥羽翔。且徜徉，不見射弩英雄，玉匣又陳宿莽。

【錦衣香】紫陌長，朱樓敞，綺縠香，珠璣晃。士女王孫，馬蹄車鞅。紛紛七貴競新妝，花生綉芾，月偃明璫。想人間樂事，稱心懷幾多豪放。浮蟻餘春盎，管弦嘹喨。高歌勝集，無邊情況。

【漿水令】儼陽侯倏回肸蠁，望靈潮逡巡已降。高城落日半林黄，汀州澹澹，烟景茫茫。澄秋練，明似掌，遺鈿墮羽紛相向。天街晚，天街晚，歸人鬧攘。紗籠照，紗籠照，巷陌生光。

【尾聲】千金莫惜供醅釀，對景逢時歡暢。來日陰晴未可量。

〇又

〔越調〕【小桃紅】飄風密雪，獨夜空江。浮玉荒寒嶂也，古渡漁燈起，野色正蒼蒼。混霄壤，入微茫，謾説鶴鷺游，驢背吟，羔羊帳也，何似忠臣遥海上。嘆身世顛危，觸景可沾裳。

【下山虎】嵯峨蓮宇，燦爛銀妝。還璧慚無計，宵閑玉堂。學不得李愬功成，倒做袁安卧僵。望遠，思歸憶故鄉心易傷，百感空悲壯。令人斷腸，何况山川非故鄉。

【蠻牌令】湛盧鍔怎能障，樓蘭血濺寒光。勝有孤魂依宿莽。啼落月，嘯清霜，却恨那秦庭環柱，儘羞他博浪逋亡。羨甘陳於湯有光，待陰山還虜名王。

【尾聲】天南故國徒神往，隔盈盈一水正相望，何事折葦難航。

〇又

【庭前柳】歧路正亡羊，喜津口出鳴榔。函關人已去，漢闕道何長。（合）片帆衝巨浪，正彷徨，問何如訪戴行藏。

【前腔】血滓太阿鋩，看腥污髑髏囊。子龍渾義膽，許褚有剛腸。（合前）

○又

〔南呂〕【一江風】凍雲黄，野廟澄江上，風撼潮聲響。嘆孤踪流轉西東，似斷梗隨漂浪。京兆果存亡，雙眉鎖恨長。這花容不似前時樣。

【前腔】到虚窗，鼓角聲悲壯。游徼嚴宵榜。夢難通無定河邊，謾有春閨想。無語泪千行，并州非故鄉。添來白髮三千丈。

【前腔】守共姜，歷盡多磨障，纔解兵戈網。似江梅雪壓冰欺，不改柯條暢。貞白重寒芳，飄零亦自香。羞隨紅紫東風放。

【五更轉】禮碧空，拈黄壤，齋心致懇詳，回生草露昭靈響。南北干戈，相持鷸蚌。鸚鵡籠，翡翠囚，今無恙。鸞釵未合還凝望。生不同衾，死期同葬。

【前腔】夜氣清，天壇爽，虚空轉慧光，沉幽早冀沾明貺。甘雨來蘇，驕陽方亢。兵刃鋒，道路塵，今無恙，家園桃李悲淪喪。縱好他山，不如窮巷。

○玉合記

〔仙吕〕【八聲甘州】三方保障，似群星拱北，睿日當陽。天恩浩蕩，怎做得反戈相向。他噬人乳虎威難抗，似負主飢鷹飽即颺。試詳，少甚麼列土分王。

【前腔】騰驤，兵强馬壯，要親提霜甲，一掃天狼。輔車相仗，况總是楚弓得喪。那氣占沸粉晨空望，月暈圍參夜少光。試量，管教成定霸圖王。

【前腔】忠良，金符玉帳，看妖攙太白，士列中黄。賢勞鞅掌，怕不做鳥盡弓藏。從軍白髮三千丈，報國丹心一寸長。敢當，定須教斬馘擒王。

【前腔】猖狂，陰謀妄想，看鼎魚暫息，幕燕終亡。雲移日蕩，笑當車怒奮螳螂。相持勢已拼鷸蚌，一戰功須净犬羊。誓當，取前茅討賊勤王。

○長命縷

〔商調〕【金索掛梧桐】雲嬌戀鎖窗，月淡窺綃帳。記得年時，少小多憨樣。風波一旦狂，盡飄揚，似没主飛花有底忙。這文章道路誰相傍，怎説得不出閨門女善藏？空惆悵，江流曲似九迴腸。今日個信斷衡陽，夢斷巫陽，更風雨相攔擋。

【浣溪沙】我心意荒，那程途曠，漸看看地老天荒。嬌聲宛轉誰啼向，見一個佳人在道傍偷睛望。去何處，是何鄉更何姓？對咱試説個端詳。

【劉潑帽】痛傷，一謎裏胡塵蕩，這其間子母參商。鴛鴦未合先驚浪，宰一方，那識他存和喪。

【秋夜月】你俊的是龐，俏心兒爭描像。孤身渺渺難憑仗。我與你相依款款還偕往。怕前期莽莽，願歸來兩兩。

【金蓮子】落日黄，昏鴉接翅魚收網。料此去，山遥呵水長。誰爲我倩離魂，向蒼梧，南下渡瀟湘。

○又

〔仙吕入雙調〕【惜奴嬌】南紀中江，儘滔滔日夜，古來今往隨消長，迭换幾朝興喪。蒼茫，三峽春流，九派寒潮，都做千回前浪。遥望，正依約對天門，兩兩黛蛾相向。

【前腔】金湯南北，封疆只一泓，天限儼如屏障。朝廷上喜江左夷吾無恙。忠良，戎服臨波，擊檝中流，丹心猶壯。還望，願從此共朝宗，常與百川東向。

【鬥黑麻】靈長水府汪洋，乍燃犀低照，恐臨幽壤。念袁郎高咏，鎮西曾賞。驚蕩波臣怒未降，江妃粲欲翔。細端詳，只道歌舞淩歊，轉對舊臺惆悵。

【前腔】想象供奉清狂，任宫袍披錦，月浮孤舫。憶金陵紫綺，酒家曾當虛幌。乘馬夢悠揚，騎鯨信渺茫。再評量，且問酒滿瑶尊，玉鏡一輪高朗。

【錦衣香】薦瑶尊，秋懷爽。玩玉輪，秋輝敞。堪聽《白苧》弦歌，玄雲鐃唱，新詞猶進錦衣香。鵝群列陣，魚浦鳴榔。算都來擾攘，更何如投閑高尚。須報君恩貺，運籌帷帳，把羶裘盡掃，金甌安享。

【漿水令】夜冷冷，江空佩響。冷澄澄，波横練光。月明山水共蒼蒼，金風瑟瑟，玉露穰穰。從征士，愁餽餉，寒衣未寄新霜降。明日裏，明日裏，馬蹄車鞅。晨雞促，晨雞促，織烏忙。

【尾】星言夙駕趨天仗，莫負此時歡暢。常記得採石磯頭望帝鄉。

采石上控楚蜀，下扼淮揚，實是雄鎮。此作大能發揮其勝概，第嫌太實，乏玲瓏之趣。梅先生不作常語，固其天性則然。乃曰「《玉合》沉而《長命縷》顯」，吾不信也。

○又

〔中吕〕【撲燈蛾】流銀帶壁釭，流銀帶壁釭，鈎玉褰羅幌。今夕更何年？只是當時猶惘。也魂摇夢想，簸錢響弄舊書窗。問仙源，泛桃飄絳春無恙，今來前度一劉郎。

【前腔】爲歡自此長，爲歡自此長，惜别還追往。乍怯又初憐，把不住心情驚蕩。也沉吟半晌，背燈兒影閃也難藏。怎少得，雲勞雨攘隨年長，不是妾身生晚嫁盧郎。

【尾聲】一枝穠艷春苞養，直等待東風催放，請看嬌滴滴新紅上海棠。

○紅拂記

〔南吕〕【香柳娘】向明月舉觴，向明月舉觴。璇臺虚敞，晴天碧海開秋爽。試新聲奏商，試新聲奏商，離管更調簧，珠喉轉嘹喨。（合）看澄波夜光，看澄波夜光，獨照華堂，偏宜清賞。

【前腔】任嬌娥進觴，任嬌娥進觴，天香飄漾，桂枝疑在青雲上。舞纖腰楚妝，舞纖腰楚妝，踏月轉霓裳，分輝動羅幌。（合前）

【前腔】任吹風墜霜，任吹風墜霜。身披草莽。寒鬬夜度渾無恙，況秋宵正長，況秋宵正長。暫醉白雲鄉，須教洗塵況。（合前）

【前腔】見明月暗傷，見明月暗傷。舊游虚爽，誰懸明鏡青天上？你不須斷腸，你不須斷腸。圓缺謾平章，終須脱塵網。（合前）

〇又

〔商調〕【二郎神】漫悒怏，嘆一雁西飛路渺茫，正鎩羽垂頭無倚仗。浪書空咄咄，幾回迤逗柔腸，那裏有心情來妄想。任冷落梅花孤帳。（合）空相望，似隔河牛女，對面參商。

【前腔】堪傷，秦樓鳳去，簫聲絶響，把花草吴宫成夢想。記盈盈十五，妝成始嫁王昌。嘆回首珠簾塵結網，把伉儷一時撇漾。（合前）

【囀林鶯】看他垂垂偷墮泪兩行，使人驀地心傷。他經年寂寞芙蓉帳，分明我拆散鸞凰。把他青春虚曠，埋没了畫眉張敞。（合）漫思量，忍見這低頭展轉迴腸。

【前腔】聽他言辭多慨慷，想他不甚提防。只是檻猿籠鳥難親傍，料别來消減容光。愁心勞攘，怕眼下風波翻掌。（合前）

【啄木鸝】聞嚴教，自忖量。待尊前强把愁顔放。苦教人棄舊憐新，怎下得義負恩忘。盈盈泪閣秋波泱，重重恨鎖春山上。論兒郎，羅敷空有，謾效野鴛鴦。

【前腔】新詩句，倍慘傷，想啼笑俱難非是謊。算咱每風月襟懷，肯教人雲雨分張。你當初鏡破鸞孤往，管今朝重合妝臺上。謝伊郎，使君有婦，肯傚野鴛鴦。

【黄鶯兒】幾載歷冰霜，喜春回連理芳。債緣勾却三生帳，新愁頓忘，舊約頓償，一朝提挈青雲上。（合）告蒼蒼，願他籌添海屋，福祉似川長。

【前腔】公相度汪洋，續冰弦賴主張。妝樓打疊秋波望，鏡重圓轉光，花重發轉香，這般恩德如天樣。（合前）

◎竊符記

〔六犯清音〕【梁州序】瑶空虚朗，冰輪初上，似寶鏡臨妝。開匣不欣妝束，唯勤一縷心香。【桂枝香】義重誰能比，恩深自不忘。【甘州歌】把讎人首，齒劍鋩，泉臺含笑也徜徉。【醉扶歸】怎做得游魂，結草擒驍將。怎做得傷虺，銜珠發夜光。【皂羅袍】空懷瓊玖，不成報章，臨風不覺添惆悵。【黄鶯兒】擊柔腸，晨昏反側，尸祝是他行。

【九迴腸】【解三酲】你嚴父遇讎身喪，料幽冥切齒難忘。不共天讎隙如天樣，因此上請侍君王。入宫豈得辭勞攘，築室誰知只道傍，空悒怏。【三學士】若不是信陵肝膽壯，有誰人仗義擔當。又不是黄金壽母交聶政，却喜得匕首藏魚答子光。【急三槍】那賢公子名方重，爲君王忌，你有酬報意，機事好深藏。

此折前闋用南吕、仙吕、商調，後闋用仙吕、南吕、雙調雜成者，沈先生以前闋不足法，豈以其宫調錯亂邪？後闋始自伯起先生「一從他春絲牽掛」。【九迴腸】之名，當亦自伯起命之。

前闋第三句「匣」字該用韻。

○灌園記

〔商調〕【集賢賓】秋來景物皆勝賞，偏教宋玉悲傷。身世萍浮誰倚仗，指飛烏暗惜流光。看豐茸草莽，種不就靈芝鬱鬯。空凄愴，何日得奮飛人上？

【黃鶯兒】衣袂動微凉，小山花已送香，東籬漸覺茱萸放。看楓林染霜，聽漁歌夕陽，想登高處處人歡暢。（合）過迴塘，苔菌似展，雲幕正高張。

【前腔】貪耍不成妝，鏡臺前着甚忙，家園肯惜頻來往。隨風稻香，牽衣蔓長，羨鴛鴦睡穩芙蓉帳。（合前）

【簇御林】詞鋒爽，眉宇揚，烱烱雙眸日月光。看來豈是村莊相，莫不是白龍魚服遭羅網？論驪黃，莫教骯髒，須延請入中堂。

【前腔】休多口，謾主張，女孩兒不忖量。須知内言不出也要成模樣，他是外人豈可輕褒獎。請端詳，只宜藏舌，檀口藴丁香。

【琥珀貓兒墜】辭樓下殿，不覺變星霜。邂逅風前黯淡妝，秋波冰鏗費平章。低昂，反教我藏頭露尾，進退彷徨。

【前腔】失林窮鳥，敢學鳳求凰。咫尺還如天一方，目成心許漫論量。微茫，悄一似珮沉落浦，雲散高唐。

【尾】終須打疊明河望，壯志由來百鍊鋼，没來由揉做繞指柔腸。

高華之色，溢於眉睫，金石之聲，利於齒牙，務頭處往往得佳字佳句，即此便是詞之上乘。何必搜奇抉異，牛鬼蛇王，始詫爲過人也。

〇又

〔正宫〕【玉芙蓉】軍威似雲霜，陣勢如波浪。覷燕人捧頭鼠竄殺死扶傷，循環奇正謀猷壯。前後干戈載戚揚，雖宗黨，願儲君無恙，算紀綱東海必明王。

〇又

〔正宫〕【錦纏道】細參詳，這簪兒何緣出洞房。我家法凉如霜，怎容得宋玉在隔墻。爲甚的雲髻上點新妝，倒失落在路傍，好教我急煎煎迸斷剛腸。快説這行藏，多應是桑間濮上，何必更酌量。眼見得淫奔伎倆，醜聲兒免不得外人揚。

【前腔】自恓惶，霎時間露出短長，灾禍起蕭墻。誰却道黄雀窺覘螳螂，巫山雨已斷送神女高唐，蒼梧雲怎遮護帝子英皇。歧路嘆亡羊，怎扭做私情勾當，如今已露贓。這生死但憑家長，又何須牽引到娘行。

【普天樂】拷梅香也難攔擋，既招成也難輕放。女孩兒，女孩兒有甚猖狂，又何必説短論長，還來主張。不思量，平日里不肯提防。

【古輪臺】累萱堂，先扶娘起告爹行。朝英認罪俱虛謊，一身做事獨自承當。自古道人間天上，野館空房，正逢怨曠，因而且效野鴛鴦。他是齊王世子，田爲姓名喚法章。他更名易姓，是儲君宗子，須存模樣。還念老糟糠，他若死，我孤身晚景轉凄凉。

【前腔】助衣糧，即時賫發往他方，若留在此遭譏謗。自甘罪狀但憑發放，憐愛女須寬法網。國聽君王，家憑家長，况伊家尚未立爲王。何得亂吾家法，任私情喬做王章。分開鳳侶，拆散鴛行。是前生業障，燒了斷頭香，惟願你少康一旅早騰驤。

【尾聲】綁他早去沉波浪。斷送芙蓉一夜霜。免教伊玷污門墻。

○題紅記

〔正宫〕【白練序】朱扉敞，謾私出中庭燒夜香。款款地遥禮月妃靈爽。端詳，照兩廂，問誰是題詩薄倖郎？空惆悵，知他司馬，可遂求凰。

【醉太平】思量，流紅誰放？便西廂月底，撇下紅娘。焚香合掌，低聲再祝穹蒼。何妨，教他伯勞飛燕早成雙，省得向翠樓凝望。語無休强，沉吟月下掐損柔腸。

【白練序】難忘女伴行，音塵渺茫。傷情處一川斷蓬飄颺。他鴛鴦已頡頏，不負緘情出尚方。長悲憐，盈盈一水，還隔參商。

【醉太平】休傷，紅絲在想。看眉端春色，已近宫黄。向藍橋覓訪，終須遇着裴航。宫墻無情，流水限天潢，怎容得這片紅游漾。不須悒怏，料天公此處有個商量。

【餘文】金壺漏永傳三響。看柳徑綠蔭如障。又索向翡翠衾中耐夜長。

○曇花記

〔雙調〕【新水令】一朝揮手謝君王，脱朝衣把布袍兒穿上。纔離了歌舞地，早來到水雲鄉。兩袖飄揚，覺耳畔天風響。

【步步嬌】苦海茫茫深千丈，今古皆淪喪，英雄没主張。誰駕慈航，穩載我離波浪。一旦悟無常，神魚跳出青絲網。

【折桂令】出華堂，拜别糟糠，離了青閨，撇了紅妝。還想我沐雨經霜，身披鎖甲，手攬沉槍，博换得玉帶金章。忽然間野服新裝，這纔是猛烈英雄，小可的凡腹難量。

【江兒水】烟水千層碧，雲山一帶蒼。忘機野鳥閑來往，好風吹去蘆花舫，娟娟月照漁竿上。物外年光，別是一般情况。（眉批：「漁竿上」下，少六字一句。）

【雁兒落帶過得勝令】待尋個老衲子薜荔房，怎戀着粉骷髏芙蓉帳。磬聲中薝蔔香，幡影外低曇放。終日里稽首向天王，親眼見玉毫光。參祖師，經威棒，問天醫，借藥方。何妨，衕一味混俗的風魔樣；相當，我且去訪雲門叩石霜。

【僥僥令】金針手内藏，挑出綉鴛鴦。覿面相逢肯廝放，撩撥得兩投機心自想。

【收江南】呀！明説道好筵席定散場，歡樂過轉爲殃。夢甫覺邯鄲一枕熟黄粱，瞥然回首悟無常。脱功名戲場，怎等到身兒衰朽鬢兒蒼。

【園林好】老闍黎知他那廂，病風魔多應是假狂。口吐出金莖蔗漿，頓使我熱心降，頓使我熱心降。

【沽美酒帶過太平令】踹芒鞋走道傍，提托钵乞齋糧，誰識當今侯與王。雖然是侯與王，渾不是舊行藏。舊行藏，改却僧伽樣。潮汐有晨昏消長，烏兔有東西來往。我呵，從此永辭畫堂，遠離故鄉。要歸來，除非是擁幡幢在蓮華座上。

【尾】孤雲野鶴身飄蕩。大地山河纔一掌，便西去恒沙也只半晌。

南北詞無一人獨唱者，此大失體。

〇又

〔商調〕【黄鶯兒】出郭探春陽，帶青樓紫陌長，清空日暖游絲颺。林花薦香，山鶯奏簧，秋千架出垂楊上。委傾筐，城南少婦，羅袂拂柔桑。

【前腔】士女競尋芳，却教儂魂暗傷，笙歌猶記前春賞。衣飄綉襠，騮垂紫繮，如今轉眼成惆悵。別檀郎，名花無主，寂寞度年光。

【前腔】夫婿定興王，剪兇妖立廟廊，功勛圖畫麒麟像。風波飽嘗，烟霞興長，一朝道服飄然往。去何鄉，願求寶炬，好爲照迷方。

【前腔】遠望玉毫光，禮慈容拈戒香，良人汗漫游禽尚。何曾裹糧，蕭條布裳，不知西尋天竺東蓬閬。水雲鄉，渺茫難覓，因此上叩雲堂。

〇又

〔商調〕【山坡羊】暖醺醺春光如釀，碧溶溶波紋微漾。蘸裙邊鋪裀草纖，襯弓彎堤路平如掌。映綺疏，朱樓大道旁。汀州新緑蘼蕪長，何處王孫，天涯惆悵。洋洋，河魴泳水鄉。雙雙，鴛鴦遇野塘。

【前腔】峭層層山圍青嶂，細茸茸麥翻翠浪。試單衫游人漸多，載芳尊車騎紛來往。怕相逢，將身柳外藏。新妝無復當時樣。仙履雲鑲，道衣霞氅。思量，花源隔阮郎。凄凉，佳時負艷陽。

〇又

〔仙吕入雙調〕【步步嬌】紫陌青驄驅輪鞅，處處亭臺敞。平蕪錦翼翔，日射花光，香滿春衫上。便欲解明璫，隔簾一派笙歌響。

【前腔】南陌盈盈聊游賞，徐步還凝望。空門守歲長，夜漏琉璃，何限離人況。春日小徜徉，月痕依舊梅花帳。

【五更轉】（眉批：此是南吕。）浣溪沙西施樣，似羅敷出採桑。瑶臺仙子幢幡降。芍藥牽愁，蘼蕪懷想，漢渚人解佩，要誰承望。爲雲爲雨高唐上。去覓夢里襄王，争得明珠入掌。

【江兒水】郭外人如蟻，輪蹄直恁忙。琳宫半插青霄上，城隅斜刺丹霞傍。杏花微拂青簾颭，無數隱囊步障。喚客當壚，裝點春郊景象。

【園林好】想夫君雕鞍綉裳，侍姬們羅襦錦襠，正此日牙旗列仗。追往事，嘆滄桑。

【玉交枝】雲冠鶴氅，是天人偶來下方。雙成緑萼雲中降。影蹁躚并侍西王，不將脂粉污淡妝，天然丰韵非凡相。更羨他容端貌莊，更敬他人柔意良。

【玉胞肚】琱輿翠帳，大家兒如何素妝。細看他道骨仙姿，時露些豔態嬌龐。我府中粉黛列成行，那得花間二女郎。

【玉山供】天青日朗，看朱户花陰過墻。踏青苔軟印鞋跟，落紅多熏染衣香。城隅薄暮，轉鬧馬蹄車鞅。歸路横塘上，緑微茫，水晴沙暖映垂楊。

【三學士】（眉批：此亦南吕。）西指香臺久相傍，羞言南國明璫。齋心蓮土參開士，何意桑園遇貴郎。好去雲房仍下鎖，雲封户，月在廊。

【解三酲】（眉批：此是仙吕。）走春郊偶來游賞，邂逅仙姝在路傍。一時間迷留没亂神魂蕩，做成桑濮行藏。誰道通家一老堂，携着雙姬叩法王。羞難向，但恭身屈體，待罪娘行。

【川撥棹】休閑想，莫輕彈《陌上桑》。况蓮心已守在空房，况蓮心已守在空房。斷巫雲何如楚襄，羨仙鄉道未量。恨凡夫慾未降。

【人月圓】（眉批：此是大石調。）想寂寞空門歲月長，一盞寒燈一炷香。虧殺他夜雨秋霜，虧殺他夜雨秋霜。鐘罷徑殘漏未央，况良人去渺茫，斷音塵雲水鄉。

【僥僥令】莫登青雀舫，好擊紫騮韁。怎做大道青樓喬劣相，少年行没下場。

此折詞俱流暢，獨宫調錯亂耳。

○彩毫記 明屠緯真作

〔正宮〕【傾杯玉芙蓉】上國名花壓衆芳，亭北開新賞。最可喜人主徵歌，學士揮毫，妃子行觴。薄寒曉護茱萸帳，香氣晴薰翡翠裳。斟佳釀，倩仙人玉掌，更兼那，新翻天樂繞虹梁。

【前腔】鈴索風傳百和香，廣殿雲屏敞。却正好檢點花神，約束封姨，管領東皇。金箋彩筆光千丈，錦瑟瑶笙隊兩行。音嘹喨，借天風送響。惟願取，萬年行樂侍君王。

【玉芙蓉】仙宮寶嵌裝，帝釋珠交網。羡紅雲讓態，絳月輪香。彩旛護景春無恙，瑞蠟留懽夜未央。（合）停歌唱，覓詞人，醉鄉沉沉里，摩挲雙眼掃琳瑯。

【前腔】輕烟幕尚方，暖日浮仙仗。賀昇平帝王欣賞花王，佳人貌比雙成樣，才子胸盤五色腸。（合前）

【雁來紅】憑琱檻，倚綉床。舞花奴，醉索郎。金釵倭墮低羅幌，紅暈桃腮上，衮袖輕揩汗粉香。（合）天青朗，亭臺夕陽，酒重傾，歡無恙。

【前腔】荷憐才，聖度汪。恕微臣，酒態狂。千秋盛事垂天壤，新調清平創，樂府從今隸太常。（合前）

【朱奴兒】準備着巫山斷腸，不争教浥露凝香。群玉瑶臺路渺茫，只落得雲花并想。（合）當筵唱，新詞樂，方待歲歲歌花放。

【前腔】分不得纖腰艷妝，却將比飛燕昭陽。傾國名花兩鬥芳，常帶笑，君王來賞。（合前）

《倩女離魂》內【賞花時】首闋云：「他是個矯帽輕衫小小郎，我是個綉被香裾楚楚娘。恰才貌正相當。俺娘向陽臺路上，高築起一堵雨雲墻。」次闋云：「可待要隔斷巫山窈窕娘，怨女鰥夫廝順當。不爭你使着一片黑心腸。你不拘箝我可到不想，你把我越間阻越思量。」

關漢卿《玉鏡臺》內【六幺序】首闋云：「這女子兀的不消人魂魄，綽人眼光，説神仙那的是天堂？則見脂粉馨香，環佩丁當，藕絲嫩新織仙裳，但風流都在他身上，添分毫便不停當。見他的不動情，你便都休强，則除是鐵石兒郎，也索惱斷柔腸。」次闋云：「我這里端詳，他那模樣，花比腮龐，花不成妝；玉比肌肪，玉不生光。宋玉襄王，想像高唐，止不過魂夢悠揚，朝朝暮暮陽臺上，害得他病在膏肓。若還來此相親傍，怕不就形衰力化，命喪身亡。」

戴善夫《陶學士風光好》內【一枝花】闋云：「我也曾將宣使迎，不似這天臣强，果然易求無價寶，難得有情郎。他多管是鐵石心腸，直恁的難親傍。一鼻凹衠是雪霜。無情的付粉何郎，冷臉的畫眉張敞。」【梁州】闋云：「他則是慣受用玉堂金馬，不思量月户雲窗。則他那古撇心甚的喚做鳴珂巷？空那般衣冠濟楚，狀貌堂堂，却爲甚偏嫌妓女，怕見婆娘？莫不他净了身不辨陰陽？人道這秀才每個個披猖，怎那洞庭湖柳毅傳書，謝家莊崔護謁漿，賈充宅韓壽偷香？想我往常，伎倆，播弄的子弟如翻掌，這個鐵卧單我怎窩藏？我自尋思出這個風流俏智量，須要今夜成雙。」

○玉壺春 元武漢臣作

〔南吕〕【一枝花】每日家春風燕子樓，夜月鳴珂巷。鶯花脂粉社，詩酒綺羅鄉。弄玉團香，助豪氣三千丈，列金釵十二行，我是個翠紅堆傳粉的何郎，花衚衕畫眉的張敞。

【梁州】我去那錦被裏舒頭作耍，紅群中插手難當，争鋒處準備着施謀量。顯吹彈歌舞，論角徵宫商，使心猿意馬，逞舌劍唇槍。着那等嫩鴿雛眼腦着忙，訕杓徠手脚慌張。若是我老把勢展旗幡立馬停驂，着那才俊郎，倒戈甲抱頭縮項，俏勤兒卸袍盔納款投降。這行藏智量，堪做賽兒風月元戎將。善嘲科會波浪，能誤梨園新樂章，我便旋打會新腔。

【牧羊關】見一朵嬌蘭種，似風前睡海棠，好受用也鴛枕牙床。風流盡綉褥羅衾，可喜殺翠屏錦帳。睡濃時素體鮮紅玉，覺來也蕙魄散幽香。眼濛濛如西子春嬌困，汗溶溶似太真般浴罷妝。

【隔尾】看了這四時蘭蕙十分旺，説甚麼一架薔薇滿院香。今日折向書齋玉壺中放。相近着緑窗，勝梨花淡妝。每日價净洗雙眸樂心兒賞。

【賀新郎】我則待簪花殢酒賦詞章，至如我折桂攀蟾，也不似這淺酌低唱。誰想甚禹門三月桃花浪？我則待素蘭風清月朗，比爲官另有一種風光。誰待奪皇家龍虎榜，争如占花叢燕鶯場，待做個梨園開府頭廳相。向花柳營調鼎鼐，風月所理陰陽。

【四塊玉】這壺畫的來玉温潤，這蘭畫的來香飄蕩。看了這玉軟香嬌不尋常，則這個玉生香花解語風流像。端的可便堪畫圖，畫圖來堪題咏，題咏來堪玩賞。

【隔尾】這敲金擊玉辭源響，端稱那玉骨冰肌體段香。畫的來素淡輕盈甚停當。從今後高捲起莫張，做個綉囊兒謹藏。休着那等乾嘸唾，冷眼兒的閑人做話講。

【罵玉郎】這場禍事從天降，奶奶你便付叫唱，咱可便好商量。走將來平白地生波浪，睁着對白眼睛，舒着雙黑爪老，揝着條黄桑棒。

【感皇恩】呀！眼見的打死鴛鴦，拆散鸞皇，則這玉壺生，更和素蘭女，索告你個柳青娘。從今後迎風北苑，早則不待月西廂。直惹的狂蝶覷，野蜂鬧，喜蛛忙。

【採茶歌】素蘭呵，那里也翠珠囊，百忙裏玉螳螂。決撒了高燒銀燭照紅妝，没指望月夜雙歌玉壺腔，空壓殺春風一曲杜韋娘。

【牧羊關】多管是人遭遇，料應來天對當，走將來凍剥剥雪上加霜。這厮待攧斷了俺風月佳期，掀騰了花燭洞房。你又不是判宰府的南柯子，這的是玉壺生小詞章。誰想花柳亭嗚珂巷，撞着你嘴巴巴狠切的娘。

【二煞】我爲戀着春風蘭蕊嬌模樣，早忘了秋日槐花舉子忙。玉壺生拜辭了素蘭香，向着客館空床，獨宿有梅花紙帳。那寂寞，那凄凉，那悲愴，魚沉雁杳兩茫茫，楓落吴江。

【黄鐘尾】再誰供養我荔枝漿、薔薇露、葡萄釀？再誰照顧我應口飯、依時茶、醒酒湯？不是我冷氣虚心厮數量，則要你玉骨冰肌自主張，傲雪欺霜映碧窗，不要你節外生枝有疏放。

別了巫山窈窕娘，愁殺章臺走馬郎。離了嘉禾朋舊黨，斷却蘇州刺史腸，再要相逢莫承望。但提着花前月下共雙雙，便是鐵石人的心肝也索慢慢的想。

○三醉岳陽樓 元馬致遠作

〔仙吕〕【點絳唇】這墨光照文房，取烟在太華頂上仙人掌。更壓着五李三張，入硯松風響。

【混江龍】梭頭琴樣，助吟毫清澈看書窗。恰行過一區道院，早來到幾處齋堂。竹几暗添龍尾潤，布袍常帶麝臍香，早來到洞庭湖畔，百尺樓傍。端的是憑凌雲漢，映帶瀟湘。俺這裏躡飛梯，窮望眼，離人間似有三千丈。則好高歡避暑，王粲思鄉。

【油葫蘆】十二欄干接上蒼，我則怕驚着玉皇。愛殺你直侵北斗迷槽坊。寫着是岳陽樓形勝偏雄壯，更壓着洞庭春好酒新篘響。翠巍巍當楚山，浪滔滔臨漢江。正菊花秋不醉倒陶元亮？怎發付團臍蠏一包黃？

【天下樂】我則待當了環縧醉一場。那裏也清甘滑辣香？但將老先生醉死不要你償。我特來趁晚凉入醉鄉，爭知我仙家日月長。

【那吒令】待和你、喚上參同契的伯陽，你是必廝覷尚懸壺的長房。不爭你供養，招財的杜康，全憑他倚仗。更休說釣錦鱗篘新釀，且留下、邀留他過往經商。

【鵲踏枝】自隋唐，數興亡，料着一片青旗，能有幾日秋光。對四面江山浩蕩，怎消得我幾行兒醉墨淋浪。

【寄生草】説什麽瓊花露，問什麽玉液漿。想鸞鶴只在秋江上，似鯨鯢吸盡銀河浪，飲羔羊醉殺銷金帳。這的是燒猪佛印待東坡，抵多少騎驢魏野逢潘閬。

【么篇】想那等塵俗輩，恰便似糞土墻。王弘探客在籬邊望，青蓮捫月在江心喪，劉伶荷鍤在墳頭葬。我則待朗吟飛過洞庭湖，須不曾摇鞭誤入平康巷。

【後庭花】這墨瘦身軀無四兩，你可便消磨他有幾場。萬事皆如此，浮生空自忙。他一片黑心腸，則在這利名場上，敢糊塗了紙半張。

【金盞兒】據胡床，望瀟湘，有黄鶴對舞仙童唱。主人無量醉何妨。直吃的捲簾邀皓月，再誰想開寄出紅妝。但得一尊留墨客，恰勝兩度夢黄粱。

【醉中天】我見他拄着條過頭仗，恰便似老龍王。你這般曲脊駝腰，來我跟前有甚勾當？我這裏斜倚定闌干望，原來是掛望子門前老楊。你道是埋根千丈，如今絮沾泥，敢洩漏春光？

【憶王孫】亞夫營裏晚天涼，煬帝宫中春晝長。按舞罷楚臺人斷腸，你則是爲春忙。餓得那楚宫女，腰肢一捻香。

【金盞兒】我是吕純陽，度你緑垂楊。你則管伴烟伴雨在溪橋上，舞東風飄蕩弄輕狂。如今人早晨栽下樹，到晚要成凉。則怕你滋生下些小業種，久已後乾撇下你個老孤樁。

【賺煞】似我般抱定墨籃兒，兀的不纔似人模樣。我底根兒把你來看生見長。我家住在白雲縹緲鄉。俺那裏無亂蟬鳴聒噪斜陽。量湖光，不大似半畝方塘。能消得幾遍滄桑。你險做了長亭繫馬樁。合道在章臺路傍，不合道則在灞陵橋上。我着你學取那吕岩前松柏耐風霜。

○陳摶高卧 元馬致遠作

〔雙調〕【新水令】半生不識曉來霜，把五更寒打在老夫頭上。笑他滿朝朱紫貴，怎如我一枕黑甜鄉。揭起那翠巍巍太華山光，似一幅綉幃帳。

【駐馬聽】白酒樽傍，閑望眼金釵十二行。誤了我清風嶺上，不翻身惡睡一千場。您則待泛桃花到處覓劉郎，我委實畫蛾眉不會學張敞。没酌量，出家兒怎受閑麽障。

【步步嬌】折末胡廝纏到晨鐘撞，休想我一點狂心蕩。唤陳摶有甚勾當？命不合遭逢着這夥醉婆娘，乾誤了我晚夕參聖一爐香，更半夜裏觀乾象。

【沉醉東風】這茶呵採的一旗半槍，來從五嶺三鄉。泛一甌瑞雪香，生兩腋松風響，潤不得七碗枯腸。辜負一醉無憂老杜康，誰信您盧仝健忘。

【攪箏琶】你好是輕薄相，我又不寂寞恨更長。乾把那蝶夢驚回，多管胡蘆提害癢。早則是卧破月昏黃，直睡到日出扶桑。慌忙、猛聽得净鞭三下響，又待要顛倒衣裳。

【雁兒落】雖道你官封一字王，位列頭廳相，那裏是有官的我預知，也則是你没眼的天將降。

【川撥棹】恰離高唐，躲巫娥一壁廂。客舍凄凉，仙夢悠揚。只想着邯鄲道上，原來在佳人錦瑟傍。

【七弟兄】這場廝央，不相當。你便有粉白黛緑妝宫樣，茜裙羅襪縷金裳，則我這鐵卧單有甚風流況？

【梅花酒】你可也忒莽撞，則道你燮理陰陽，却惜玉憐香。撮合山錯了眼光，就兒裏我也倉皇。您休使着這智量，俺樂處是天堂。

【收江南】呀！你敢硬將咱道上雨雲場，則待高燒銀燭照紅妝。出家兒心地本清凉，怎禁得鬧攘。便一千年不見，也不思量。

【水仙子】恰纔神游八表放金光，禮拜三清歌玉皇。不爭你拽雙環呀的門闢上，纏殺我也瞎大王，驚的那下三山鶴夢翱翔。俺只待丹鼎内降龍虎，誰教咱錦巢邊宿鳳凰，枉羞殺金殿鴛鴦。

【太平令】現如今山鬼吹燈顯像，野猿掄筆題墻。怕腐爛了芒鞋竹杖，塵没了蒲團紙帳。縱有女娘艷妝洞房，早盹睡殺都堂裏宰相。

【離亭歇指煞】把投林好鳥西風裏放，也强如銜花野鹿深宫裏養。你待要加官賜賞，教俺頭頂紫金冠，手執碧玉簡，身着白鶴氅。昔年舊草庵，今日新方丈。貧道呵，除外别無伎倆。本不是貪名利世間人，則一個樂琴書林下客，絶寵辱山中相。推開名利關，掙脱英雄網，高擔起南山吊窗。常則是烟雨外種蓮花，雲臺上看仙掌。

谷子敬《度城南柳》【新水令】闋云：「恰携的半堤烟雨過瀟湘，有心待栽培九重天上。誰想從朝不見影，到晚要陰凉，重教我立盡斜陽，臨歧處謾凝望。」【駐馬聽】云：「體態輕狂，柳絮隨風空自忙。芳魂飄蕩，桃花逐水爲誰香？你是個人天臺逞大膽莽劉郎，掃蛾眉下毒手喬張敞。賺神女恨襄王，送的下巫峽，你却在陽臺上。」

○夏景　明劉東生作

〔正宫〕【端正好】青藹藹柳陰濃，輕拂拂荷香蕩，小紅亭嫩緑池塘。水晶簾動波紋漾，高捲在金鈎上。

【滚綉球】翠雲亭，青鎖窗，紫藤席，白象床。罩湘裀碧紗鴛帳，夢初回浴罷蘭湯。我這里出綉房，過畫堂。扇輕羅晚風清爽，汗珠消玉骨生凉。將松濤細煮龍團茗，花露濃薰睡鴨香。

別是風光。

【倘秀才】蟬鬢鬅斜簪鳳凰，粉腮淡重匀海棠，翠點眉心半額黄。縷金香串餅，雲錦藕絲裳，添了些晚妝。

【滾綉球】步盈盈羅襪涼，動珊珊環珮響。翠陰中倚闌凝望，浸樓臺雲影天光。小壺天，風月埸，萬花叢，鴛鷺鄉。彩霞收緑雲摇蕩，顫巍巍羽蓋雲幢。蕊珠宫里神仙壂，織錦機頭巧婦忙，淡抹濃妝。

【倘秀才】緑槐陰深深院墻，金井畔低低小房。葵蕚傾心向日光，萱開黄雀嘴，榴簇錦紗囊，正紅稠緑穰。

【賽鴻秋】露滋花，花含露，珍珠輕綴霞綃上。絮粘苔，苔鋪絮，粉錦剪碎絨氈上。柳藏鶯，鶯穿柳，緑絲亂拂金梭上。藻遮魚，魚驚藻，錦鱗雙捧銀盤上。晚霞滴花梢，晴雪飛江上。竹吟風，風篩竹，玉簫聲斷青鸞上。

【脱布衫】白蓮藕味美甘霜，銀絲鱠細縷新薑。玉碗調冰壺蔗漿，荷筒貯碧香春釀。

【小梁州】玳瑁筵前春晝長，錦片也似排場。鳳簫鼉鼓間笙簧，瑶箏上玉柱雁成行，雪兒對舞銀娥唱，按梨園一派宫商。醉眼狂，歡情暢。餘音嘹喨，齊和採蓮腔。

【醉太平】倚雕欄艶妝，拂兩袖天香。猛然驚散錦鴛鴦。俊嬌娥蕩槳，清波小小蘭舟漾。空蒼隱隱銀蟾晃，夕陽渺渺彩雲長，恰宜玩賞。

【貨郎兒尾】紐結丁香，扣鎖鴛鴦，端的是占斷風流窈窕娘。

此套宫商甚諧。

○雙魚記

〔中吕〕【山花子】似君風度真吾黨，繼當年京兆田郎。走紅塵艱辛已嘗，幸蒙恩佐理黄堂。(合)玳筵前紅裙兩行，清詞皓齒歌正揚，燈明酒緑冬夜長。共展歡悰，盡解愁腸。

【前腔】停雲有德空懷想，誰知歷盡風霜。爲奸徒嫌名有妨，險教人客死他鄉。(合前)

【前腔】喬莊怪扮，院本真絶樣。有傳奇隊舞樁樁，見蒼鶻把磕瓜在傍，諕得他副浄倉皇。(合前)

【前腔】仙姬，淺妝垂首含惆悵，似鴉林牢落孤凰。這尊官語言面龐，多應是我故國同鄉。(合前)

○又

〔雙調〕【鎖南枝】我想青樓夢，杜牧狂。瓊花幾時重吐芳？騎鶴事微茫，吹簫重惆悵。庚樓月照武昌，漫同情不同賞。

【前腔】隋堤柳，拂地長。青驄擊將游冶郎。何處紫絲韁，來過麗春巷。游吴楚，返大梁。到此路無媒望乞恕疏放。

沈先生謂【鎖南枝】第四句該用六字句法，以今人喜作五字句與下句相對爲非。而此二闋「騎鶴」與「絲韁」二句俱五字。沈先生又曰：予向來亦蹈此失，今始知非。豈即謂此耶？

○埋劍記

〔雙調〕【三學士】這劍呵，夜夜床頭通肸蠁，料應神物難藏。奈紫花蝕盡芙蓉鍔，赤電空含明月霜。（合）世被主恩常念想，終軍志何日償。

【前腔】你叔父當年白面郎，弱冠早把名揚。汝今壯歲猶藏器，怎顯得男兒當自強。（合前）

【前腔】男子由來志四方。况北堂幸喜安康。忍教虚負封侯骨，只恁追隨年少場。（合前）

南北詞廣韵選　卷三

文　思

○西廂記・錦字傳情

北〔仙吕〕【點絳唇】相國行祠，寄居蕭寺。因喪事，幼女孤兒，將欲從軍死。

【混江龍】謝張生伸志，一封書到便興師。顯得文章有用，足見天地無私。若不是剪草除根半萬賊，險些兒滅門絶户俺一家兒。鶯鶯君瑞，許配雄雌；夫人失信，推託別詞；將婚姻打滅，以兄妹爲之。如今都廢却成親事，一箇價糊塗了胸中錦綉，一箇價泪流濕臉上胭脂。

【油葫蘆】憔悴潘郎鬢有絲，杜韋娘不似舊時，帶圍寬清減了瘦腰肢。一個睡昏昏無意看經史，一個意懸懸不待拈針指。一個絲桐上調弄出離恨譜，一個花牋上删抹成斷腸詩。一個筆下寫幽情，一個弦上傳心事。兩下里都一樣害相思。

【天下樂】方信道才子佳人信有之，紅娘看時，倒有些乖性兒，則怕有情人不遂心也似此。見他害的有些抹媚，我遭着没三思，一納頭安排着憔悴死。

【村里迓鼓】我將這紙窗兒濕破，悄聲兒窺視。多管是和衣兒睡起，你看那羅衫上前襟褶袵。孤眠况味，凄凉活計，無人扶侍。覷了他澀滯氣色，聽了他微弱聲息，看了他黄瘦臉兒。你若不病死，多應是害死。

【元和令】金釵敲門扇兒。我是散相思五瘟使。（眉批：「五瘟使」，一本作「氤氲使」，非。）俺小姐趁着這風清月朗夜深時，使紅娘來探爾。（眉批：爾，坊本作你，非韵。）他至今胭粉未曾施，念到有一千番張殿試。

【上馬嬌】他若是見了這詩，看了這詞，他敢顛倒費神思。這妮子怎敢胡行事，敢嗤嗤的撦做紙條兒。

【勝葫蘆】你個饞窮酸俫没意兒，賣弄你有家私，莫不圖謀你東西來到此？先生的錢物，做紅娘的賞賜，愛了你的金資。

【么】你看人似桃李春風墻外枝，又不比賣俏倚門兒。我雖是個婆娘有氣志。你則合道可憐見小子，隻身獨自，顛倒有個尋思。

【後庭花】我則道拂花箋打稿兒，元來他染霜毫不勾思。先寫下幾句寒温序，後題着五言八句詩。不移時，把花箋錦字，疊做個同心方勝兒。忒聰明，忒三思，忒風流，忒浪子。雖然是假意兒，小可的難辦此。【青歌兒】顛倒寫鴛鴦，鴛鴦兩字；方信道在心，在心爲志。看喜怒其間覷個意兒。放心波學士。我願爲之，并不推辭，自有言詞。則説道：「昨夜里彈琴的那人兒，教傳示。」【寄生草】你將那偷香手，準備着折桂枝。休教淫詞兒污了龍蛇字，藕絲兒縛定鯤鵬翅，黄鶯兒奪了鴻鵠志。休爲翠幃錦帳一佳人，誤了你玉堂金馬三學士。【賺煞尾】沈約病多般，宋玉愁無二，清減了相思樣子。咱爲你兩個眉眼傳情未了時，中心日夜藏之。怎敢因而有美玉於斯，我須教有發落歸着這張紙。憑着我舌尖兒上説詞，更和這簡帖兒里心事，管教那人來探你一遭兒。

嚴儀卿論詩云：「須是本色，須是當行。」詞曲亦然。故涵虚子有所謂「宗匠體」。「紙窗濕破」一闋，相思情事景況，無所不有，可稱當行極矣。「金釵門扇」闋，讀之令人神飛魂絶，【上馬嬌】以下，語語滑稽。至於「隻身獨自」、「昨夜彈琴」二語，縱令淳于鼓吻，東方摇舌，未便到此。「憔悴」一闋，佳致在小對，得力在結語。「筆下」、「弦上」二語若犯重。

○又尺素緘愁

北〔中吕〕【粉蝶兒】從到京師，思量心旦夕如是，向心頭則是横躺着俺那鶯兒。請良醫看診罷，一星星説是。本意待推辭，則被他察虛實不須看視。
【醉春風】他道是醫雜證有方術，治相思無藥餌。你若是知我害相思，我甘心兒爲你死、死。四海無家，一身客寄，半年將至。
【迎仙客】疑怪這噪花枝靈鵲兒，垂簾幕喜蛛兒，正應着短檠上夜來燈爆時。若不是斷腸詞，決定是斷腸詩。寫時節多管情泪如絲，兒不沙怎生血點兒封皮上漬。
【上小樓】這的是堪爲字史，當爲款識。有柳骨顔筋，張旭張顛，羲之獻之。此一時，彼一時，佳人才思，俺鶯鶯世間無二。
【么】俺做經咒般持，符篆般使。高似金章，重似金帛，貴似金資。這上面若簽個押字，使個令史，差個勾使，則是一張忙不及印赴期的咨示。
【滿庭芳】怎不教張生愛你，堪與針工出色，女教爲師。幾多般用意針針是，可索尋思。長共短又没個樣子，窄和寬想像着腰肢，好共歹無人試。想當初做時，用煞了悄心兒。
【白鶴子】這琴，明教我閉門學禁指，留意譜聲詩，調養聖賢心，洗蕩巢由耳。（眉批：巢由比擬，何關本題，曷不用牧犢、子高、相如琴事較切乎？）
【二煞】這玉簪纖長如竹筍，細白似葱枝。温潤有清香，瑩潔無瑕疵。
【三煞】這斑管霜枝曾棲鳳皇時，因甚泪點漬胭脂。當時舜帝慟娥皇，今日淑女思君子。

【四煞】這裏肚手中一葉綿，燈下幾回絲。表出腹中愁，果稱心間事。

【五煞】這鞋襪針脚兒細似蟣子，絹帛兒膩似鵝脂。既知禮不胡行，願足下常如此。

【快活三】冷清清客舍兒，風淅淅雨絲絲。雨兒零，風兒細，夢回時。多少傷心事。

【朝天子】四肢不能動止，急切里盼不到蒲東寺。小夫人别有甚閑傳示？我是個浪子官人，風流學士，怎肯戴殘花折舊枝。自從到此，（眉批：「從」字該用韵。）甚的是閑街市。

【賀聖朝】少甚宰相人家，招婿嬌姿。其間或有個人兒似爾，那里取那温柔，這般才思。想鶯鶯意兒，怎不教人夢想眠思？（眉批：此與上闋【朝天子】俱欠調妥。「其間」云云，尤是累句。）

【耍孩兒】書房中傾倒個藤箱子，向箱子里鋪幾張紙。放時節用意，取包袱休教藤刺兒抓住綿絲。高掛在衣架上怕吹了顔色，若是亂裹在包袱中怕錔了褶兒。當如此，是須愛護，勿得因而。（眉批：此下俱草草，欠整練，關生才盡乎？）

【三煞】恰新婚纔燕爾，爲功名來到此，長長憶念蒲東寺。昨朝愛春風桃李花開夜，今日愁秋雨梧桐葉落時。愁如是，身遥心邇，坐想行思。

【二煞】這天高地厚情，直到海枯石爛時，此時作念何時止？直到燭灰眼下纔無泪，蠶老心中罷却絲。我不比游蕩輕薄子，輕夫婦琴瑟，拆鸞鳳雄雌。

【一煞】不聞黄犬音，難傳紅葉詩，路長不遇梅花使。孤身作客三千里，一日歸心十二時。

憑欄視，聽江聲浩蕩，看山色參差。

【尾聲】憂則憂我在病中，喜則喜你來到此。投至得引魂□卓氏音書至，險將這害鬼病的相如盼望死。

此折詞大都應轉前十七出，然頗少情至語。通前徹後，才得「心頭横躺」一語耳。或愛其「春風秋雨」句，然是白傅詩。「孤身」、「一日」二句亦是成語。「雨零風細」語亦有韵。其餘無足採。

此折詞元在可選不可選之間。第支、思一韵，聲近齊、微、魚、模，《琵琶》諸記，靡不犯之。此折不借一韵，是以收之。

王實甫、關漢卿，俱詞林宗匠。今觀《西廂》後四出，係關所補，其才情學問，曾不堪與王作衙官。設在饗廟，當不免堂廡之隔，惡得并稱曰王、關？丹丘先生之評王也，曰：「如花間美人。」又曰：「鋪叙委婉，深得騷人之致，極有佳句。若玉環之出浴華清，緑珠之採蓮洛浦。」其評關也，曰：「瓊筵醉客。」又曰：「觀其詞語，乃可上可下之才，蓋所以取者，初爲雜劇之始，故卓冠前列。」然則在當時已自有軒輊矣，豈曰王、關乎？

關漢卿有《温太真玉鏡臺》雜劇，甚佳。《金綫池》、《謝天香》亦并可觀。視王實甫之《麗春堂》，難爲伯仲矣。

元人製作之多，無如關漢卿，雜劇有六十餘本。實甫止十三本，《西廂》一記，已獲驪珠矣，又安用多乎？

《琵琶》《拜月》《荆釵》，俱無純用支、思韵者。

○柳仙記

〔中吕〕【駐雲飛】兩鬢絲絲，豈解行來是死屍。休道多兒嗣，休道無心志。嗏，何必日孜孜，攢積家私。歲月消磨，但把墨來試。不省吾言但捻髭。

【前腔】老眼生眵，買你玄霜何所施？自小不識字，老大不知事。嗏，薄業在畬菑。正會耘耔，便是烏龍怎比一黄犉？便不要還錢也拜辭。

【前腔】休逞嬌姿，勾引蜂雄與蝶雌。莫把芳年恃，莫把機心恣。嗏，有美玉於廝，多了瑕疵，玷污終身正與墨相似。不省吾言但捻髭。

【前腔】一樹花枝，壓杏欺桃正及時。真個門如市，恨不身插翅。嗏，非粉亦非脂，枉費言詞，不如我舞罷纏頭就得高人賜。便不要還錢也拜辭。

【前腔】糞土生芝，莫把青春虛度之。非我言相刺，是你緣不至。嗏，何不拜真師，學問相資。素紙糊塗你與墨無二，不省吾言但捻髭。

【前腔】家富嬌兒，頭上花枝照酒卮。看你忒放肆，把我忒輕視。嗏，告你到官司，不和你講賦談詩。理上難容誰是誰不是，便不要還錢也拜辭。

○紅蕖記 明沈吏部作諱璟，號凝庵

〔雙調〕【風入松】你急忙趕去報連枝，道前途怕有參差。將咱言語相傳示，書柬上匆匆些子，説别後曾勞夢思，昨夢里，自嗟咨。

【前腔】鬼神特地遣傳詞，賣一個擁護恩私。鄭郎投得紅牋至，且擊纜莫教輕試。也只是染紅蘭紙，知他因甚用這些兒。

【急三槍】這無端夢，也是你、情如是。况天道遠，枉自被人嗤。

【前腔】若神明助，須自去，將迷途指。又何勞，你恁地意孜孜。

【風入松】鬼神先兆每如斯，且葫蘆提未辨澠淄。到頭没半個落空字，一件件應來無二。早難道偶然云爾，前定數，怎能辭。

【急三槍】人生里，一飲食，都是命爲之。况行船客，轉眼便生死。

【前腔】常言道，人命天來大，休輕視。况爲官者，天怎不與撑支。

【風入松】那時他自有張施，又何須縷縷縈絲。他途中没個人伏侍，你是必小心堅志。過瀟浦長沙在邇，你纔到後，便來兹。

沈先生著作甚富。其爲詞場所最賞者，靡不首屈指《紅蕖》。余不謂然。《紅蕖》詞極贍，才極富。然至當行本色，不能不讓他作。即如【風入松】一折，用韵處不無可恨。如「賣一個擁護恩私」，又「行船客」句、「爲官者」句，俱不成語。蓋此韵最慳，未免爲其所拘耳。下越調較勝，録之。

昔人評劉孔昭賦如疥駱駝，伏而無嫵媚。余謂《紅蕖》亦然。沈先生嚴於法，故時時爲法所拘，不能調暢耳。

○又

〔越調引〕【祝英臺近】雨肥梅，風折筍，時序幾彈指。換緑偎紅，遂了少年志。怎忘掩袂朱顔，迴車青盼，也只爲停雲凝思。

〔越調曲〕【綿打絮】江帆無恙，邂逅那嬌姿。款曲移時，共採芙蕖題瓣兒。又聽新詩，是奴寫向烏絲。留取香奩玉版，當了情詞。誰想到藉手酬還，做了爲政風流今在茲，今在茲。

【前腔】去歲良緣成就，但感明府恩施。誰知你玉樹連枝，曾露出閨中兒女私。謾嗟咨，既是女伴相思，和你軒車同駕，不用推辭。想他們舊日行藏，儒雅風流真我師。

【憶多嬌】乘畫輜，披曉颸。提壺喚起携酒卮，（傍批：爲二鳥名所拘，辭遂不遠。）不怕催婦任所之。（合）翰苑文司，翰苑文司，結果了紅牋半紙。

【前腔】方掩茨，剛點脂。門前剥啄誰在斯？車馬崔衙來到此。（合前）

讀此數闋，益嘆「相國行祠」之不可及，髯仙六【駐雲飛】亦自楚楚可愛。

○玉玦記

〔大石調〕【催拍】仰蒼天照臨罔私，布忱悃神明鑒茲，望雲軿降此，望雲軿降此。他兩個瑚璉青衿，粉澤紅兒，灑酒刑牲，特薦瑶卮。（合）申盟約歃血叢祠。如在上，儼來斯。

【前腔】念妾身蒲質柳姿，羞自逞殘膏棄脂，願婚姻迨時，願婚姻迨時。蘿蔦青春，早附松枝。綉幕紅窗，絶勝牽絲。（合前）

【前腔】彼姝子顔如務施，久繾綣曾無怨咨，心中自思，心中自思。三斛明珠，肯惜高資。江漢朝宗，百折東之。（合前）

【前腔】我東人虹霓吐辭，瑞世寶甘泉紫芝。倘刻意師資，倘刻意師資。談笑風雲，鴻漸臺司。莫爲青蠅，使白璧瑕疵。（合前）

【人月圓】鴻鵠志，久戢衝霄翅。花柳心情渾似紙，黄金散盡相輕視。百丈淵泉難歷試，從今去，須防鈎餌，請自深思。

【前腔】休縱肆，倉卒心携貳，簧口無端生棘刺。胸中禮樂三千字，蛟龍涸轍時不至。從今去，好緘喉舌，且自深思。

本韵索之傳奇中，無不與齊、微混押，絶少純用者，不得不採及於散詞，有元人二套，極佳，遂録於後。

○題情

〔南吕〕【一枝花】鶯穿殘楊柳枝，蟲蠹損薔薇莢。蝶搧乾芍藥粉，蜂蹙斷海棠絲。近花時，白日無清思，清宵有夢思。間阻了洛浦神仙，没亂殺蘇州刺史。

【梁州】俏姻緣别來久矣，俏魂靈夢寢求之。一春多少傷心事，着情疼熱，痛口嗟咨，往來迢遞，始終參差。一封書寫就了情詞，三般兒寄與嬌姿。麝臍薰五花瓣翠羽香鈿，貓睛嵌雙轉軸烏金戒指，獺髓調百和香紫蠟胭脂。念兹在兹，和愁和泪頻傳示，更囑付兩三次。訴不盡心間無限思，倒羞了燕子鶯兒。

【尾聲】無心學寫鍾王字，遣興閑觀李杜詩，風月關情隨人志。酒不到半卮，飯不到半匙，瘦損了青春年子。

康武功深愛此詞，謂其「韵窄而字不重，句高而情更款」。且從前至後，得對處無句不對，無對不穩，絶高手段。惜不知作者姓名，妄謂絶似張小山筆。

○又 元亢文苑作

〔南吕〕【一枝花】春風眼底私，夜月心間事。玉簫鸞鳳曲，金縷鷓鴣詞。燕子鶯兒，殢殺尋芳使。合歡連理枝，我爲你盼望着楚雨湘雲，擔閣了朝經暮史。

【梁州】你爲我堆寶髻羞盤鳳翅，淡朱唇懶注胭脂。東君有意偷窺視。翠鸞尋夢，彩扇題詩；花箋寫恨，錦字傳詞。包藏着無限相思，思量殺可意人兒。幾時得靠窗紗偷轉秋波？

幾時得整雲髻輕舒玉指？幾時得倚東風笑撚花枝？新婚燕爾，到如今抛閃得人獨自。你那點志誠心有誰似？休把那山海盟言作戲詞，相會何時？

【尾】斷腸詞寫就龍蛇字，疊做個同心方勝兒，百拜嬌姿謹傳示。間别了這關心話兒，盡在這殢雨尤雲半張紙。

○閨思　無名氏

〔雙調〕【新水令】枕痕一綫界胭脂，綉幃中可憐獨自。輕盈嬌體態，嫋娜瘦腰肢。謾把顔支，春睡損翠裙袴。

【駐馬聽】無限相思，墨暈兒半烟和泪紙；許多傳示，筆尖兒難寫斷腸詞。他那裏清江一泒腹中思，俺這裏黄河九曲心間事。兩下裏嗟咨，都只爲風流俊雅多才思。

【雁兒落】碧梧閑鸞鳳枝，緑竹綰鴛鴦翅，紫薇空翡翠巢，丹杏老蜂蝶使。

【水仙子】茶不茶，飯不飯，剛捱兩三匙。成不成，就不就，姻緣迤逗死。明不明，暗不暗，惹下些風流事。長不長，短不短，何日止？哭不哭，笑不笑，抹泪揉眵。昏不昏，醒不醒，情如醉。吞不吞，吐不吐，氣似絲。活不活，死不死，爲那人兒。

【川撥棹】若説着那人兒，他有十數般可喜樣兒：杏子眼兒，柳葉眉兒，櫻桃口兒，瓦隴鼻兒，玉粳牙兒，葱枝手兒，更有那窄弓弓些娘脚兒小脚兒剛二指。

【梅花酒】可喜殺髮似烏絲，色勝西施，更軟款柔慈。有元白咏不足，有丹青筆難施。忒煞思，可人志。瘦腰肢，一捻兒。年紀兒，正當時，正當時，效琴瑟，效琴瑟，美嬌姿，美嬌姿，善吟詩，善吟詩，能滿紙，能滿紙，寄情詞，寄情詞。

【收江南】呀！寄情詞，單寫着害相思；害相思，端的是爲那人兒。若見得他時，見他來到此，到此來教他喜孜孜。

【鴛鴦煞】好前程遂却鴻鵠志，潑生涯不入鶯花市。慶喜筵前，共酌金卮。唱道美滿姻緣，新婚燕爾，成就了鸞鳳雄雌，美眷愛皆天賜。相伴着嬌姿，證果風流少年子。

《玉清庵錯送鴛鴦被》，不知作者姓名，有佳闋【油葫蘆】云：「甚風兒吹你個姑姑來到此？荒忙將禮數施。自從我綉鴛鴦幾曾離了綉床時？我着這金綫兒妝出鴛鴦字，我着這緑絨兒分作鴛鴦翅。你看那枝纏着花，花纏着枝，直等的俺成就了百歲姻緣事，恁時節纔添上兩個眼睛兒。」又佳句云：「耽閣了二十一二，好前程不見俺稱心時。」又句云：「熬永夜閑描花樣子，捱日長頻紝綉針兒。」又句云：「瘦形骸削了四肢，小腰身争了半脂，寬掩過羅裙褶，輕鬆了帶圍兒。」

關漢卿《謝天香》内佳句云：「你道是金籠内鸚哥兒能念詩，原來越聰明越不得出籠時，早知道則做個啞猱兒。」

康德涵云：「世稱詩頭曲尾，又稱豹尾，必須急并響亮，含有餘不盡之意。作詞者安得豹尾？滿目皆狗尾耳。况所續者又非貂邪。」德涵所取佳尾十二闋内，劉廷信《南吕・尾》一闋是本韵，云：「雁兒寫西風亂似倉頡字，對南浦愁如宋玉詞。正春陽又秋至，多寒温少傳示，惱人腸聒人耳醉人心墮人志。則被你攔斷出無限相思，偏怎生不寄俺有情分故人書半紙？」此尾固佳，至於前録《西廂》中「沈約病多般」闋，何嘗不絶？

○紅拂記

【琥珀貓兒墜】殘紅零落，苔徑點胭脂。流水飄香不待時，多情空賦斷腸詩。腰肢摇不起一腔春恨，萬縷春絲。

○妓女入道　元無名氏

〔南吕〕【一枝花】風塵素净身，烟月清閑字。鶯花壇上友，歌舞洞中師。積蓋因慈，守一點全真志，扣玄關仗力持。用偎紅倚翠工夫，受惜玉憐香籙旨。

【梁州第七】演步虚經敲檀板，鍊華池净洗胭脂。入山林遠闤闠和街市。不跨鶴超凡小小，不乘鸞得道師師。慣棄俗纏頭紅錦，慣出家買笑金資。風流客普化相思，疏狂士稽首相辭。碧玉簪芙蓉冠新入箇名流，青霞帔逍遥服新裁個樣子，黄金鐘蕊珠經另打個腔兒。念兹，在兹。心中猿意内馬情無二，多財捨有緣施。誰種紅蓮火里枝，朵朵靈芝。

【尾】參禮透朝雲暮雨情如紙，我得斷酒病花愁氣似絲，修養出丰標更誰似？蓬萊山降賜，蟠桃會宴侍，再摘下個神仙度脱爾。

○長命縷

〔正宫〕【朱奴兒】遭胡虜郊原嘯鴟，走男女道塗奔豕。促迫抛離母共兒，刀頭望藁砧懸思。

（合）今來至，天涯此時，愁老見兵戈事。

【前腔】念從來同林共枝，又誰道望門投止。蔬飯藜羹且莫辭，愧兼味盤餐遠市。今來至，天涯此時，愁老見兵戈事。

○張天師斷風花雪月 元吴昌齡作

〔正宫〕【端正好】則被你催逼我兩三番，喝掇得十餘次。我不合暗約通私，怎當那驅邪院一夥天兵至，狠惡的忒如此。

【滚綉球】我只見桃花離了武陵，荷花離了沼沚。菊花也，敢被西風斷送了一秋花事？梅也，兀的不折倒盡這玉骨冰姿？你看那雪天王迸着個冷臉兒，十八姨顯出那惡性子。俺正是聞風而至，則待和桂花仙打一會官司。今日個風花雪月相逢日，抵多少龍虎風雲聚會時，索見天師。

【倘秀才】我爲甚先吐了這招承口詞?常言道明人不做那暗事。則俺這閉月羞花絶代姿,到如今自做出自當之,妝甚的謊子。

【叫聲】見放着證明師,不是胡攀指。誰教你隱藏下這個可喜的女孩兒。

【上小樓】你休伶牙利齒,調三斡四,説人好歹,訐人曖昧,損人行止。你可便道誰做的不是,都揣與廣寒宫宵奔的卓氏。

【石榴花】當日個天臺流水泛胭脂,誰引逗的劉阮至於斯。你可也要推辭,那并頭蓮你不是你過犯公私。想當日陶潛爲你可便辭榮仕,東籬下滿飲金巵。你道你梅花孤潔全終始,我只問孟浩然騎的瘦驢兒。

【鬥鵪鶉】你逼得他大雪里尋伊,險將他逡巡間凍死。偏是你瘦影疏枝,不受那蜂媒蝶使。哎,這一場月色風聲非同造次,你也合三思,休只管説短論長,賣弄殺花兒的這葉子。

【滿庭芳】你也合心中暗思,休只把强言折證,不辨個雄雌。則那風亭月館書名字,可不招伏下親筆情詞。若還你無那風流情思,也枉耽着一個風月的這名兒。你道你便無譏刺,常記得杜少陵吟下詩,可不道風雨夜來時。

【紅綉鞋】你守得個映雪孫康苦志,逼得個袁安雪内横屍。赚得個王子猷山陰雪夜上船時。你道你忒性慢,忒心慈,你則問那藍關前韓退之。

【快活三】你今日雪消也下流澌，花落也顯枯枝。猛想起賈島破風詩，和那煎茶的陶學士。

【鮑老兒】風光好，題成絶妙詞，都則爲月殿霓裳事。端的這雪月風花四件兒，是那個偏無瑕玼。我可也從頭説破，都將付與冷笑孜孜。却不道一般兒根生土長，開花結子，帶葉連枝。

【煞尾】謝真人勘問我赴西池對會詞，拚的個盡場兒訴出俺心間事，都向那蟠桃會上聽仙旨。

○瀟湘雨 元楊顯之作

〔南吕〕【一枝花】不甫能蟾宫折桂枝，金闕蒙宣賜。思量起洞房花燭夜，懊恨殺金榜掛名時。我爲你撇掉了家私，遠遠的尋途次，恨不能五六里安個堠子。看了些灑紅塵秋雨絲絲，更和這透羅衣金風颼颼。

【梁州】我則見舞旋旋飄空敗葉，恰便似紅溜溜血染胭脂。冷颼颼西風了却黄花事。看了些林梢掩映，山勢參差。走的我口乾舌苦，眼暈頭疵。把不住抹泪揉眵，行不上軟弱腰肢。我我我款款的兜定鞋兒，慢慢的按下笠兒，輕輕的拽起裙兒。我想把浪子那廝，你爲官消不得人伏侍。忙殺呵寫不得半張兒紙。我也須有個口頭兒見你時，也索仔細尋思。

【牧羊關】兀的這閑言語甚意思，驀忽地節外生枝。我和他離別了三年，怎肯有半星兒失志。我則道他不肯棄糟糠婦，他元來别尋了個女嬌姿。只待要打滅了窮妻子。呀呀呀暢好是負心的崔甸士。

【隔尾】我則待婦隨夫唱，和你調琴瑟，誰知你再娶停妻。先有個潑賤兒，倒將我横拖豎拽離階址。須記得那時親設下誓詞，你説道不虧心，不虧心，把天地來指。

【哭皇天】則我這脊梁上如刀刺，打得來青間紫。颼颼的兩點下，烘烘的疼半時。怎當他無情、無情的棍子，打得來肉飛筋斷，血濺魂消，通心徹骨，夾腦折肢。直看我一疼來，一疼來一個死。只問你虧心甸士，怎揣與我這無名的罪兒。

【烏夜啼】你這短命賊怎將我胡文刺？迭配去别處官司，世不曾見這等蹺蹊事。哭得我氣噎聲絲，訴不出一肚嗟咨。想天公難道不悲慈？只願你嬌親伯父登時至，兩下里質對個如何是。看你個伶牙利齒，説我甚過犯公私。

【黄鐘煞】休休休，勸君莫把機謀使。現現現，東嶽新添一個速報司。你你你，負心人信有之。咱咱咱，薄命妾自不是。快快快，就今日逐離此。行行行，可憐見只獨自。細細細，心兒里暗忖思。苦苦苦，業身軀怎動止？管管管，少不的在路上停屍。哎喲天那，但不知那搭兒里把我來磨勒死。

《瀟湘雨》末出一【醉太平】小令，亦是本韻，云：「我道你是聰明的卓氏，我道你是俊俏的西施，怎肯便手零脚碎竊金資？這都是崔通的妄指。解下了這金花八寶鳳冠兒，解下了這雲霞五彩帔肩兒，都送與張家小姐妝臺次，我甘心倒做了梅香聽使。」雖詼諧，亦可喜。

○陶學士風光好 元戴善夫作

〔中呂〕【粉蝶兒】一自當時，向烟花簿除豁了名氏。打疊起狂蕩心兒，專等那七香車，五花誥，絕無人至。一路上尋思，莫不他翻悔了這門親事？

【醉春風】我則想學士寄音書，却早是錢王傳令旨。他全然不知俺至，誠心消不得半張兒紙，紙。到今日如今，見時相見，是誰不是？

【迎仙客】我心忽忽入内門，戰兢兢步階址，這里錯行了眼前輕是死。如今我也上丹墀，朝帝子。我暗暗的冷笑孜孜，兀良，抵多少長亭畔迎宣使。

【石榴花】他從去年宣命下京師，韓太守接着時，他則是冷丁丁清耿耿并無私。軒昂氣志，撚斷吟髭。妾身向筵前過盞無遷次，他面皮上刮下冰澌。那妖嬈樂妓勤伏侍，他一件件盡推辭。

【鬥鵪鶉】他見不的妙舞宮腰，聽不的清歌皓齒。袖拂了金杯，手推開玉巵。妾向館驛里別粧個美貌姿。俺兩個相見時，則他那舊性全無，共妾身新婚燕爾。

【上小樓】他許我夫人位次，妾除了烟花名字。再不曾披着帶着，官員衹侯，裙子冠兒。我這些時，甚的是，茶坊酒肆，每日價冷清清爲他守志。

【么】他生的端嚴相貌，尊崇舉止。幾曾見這般眼暗神昏，獐頭鼠目，抹泪揉眵。覷絶時，這君子，其實不是，却怎生没半星兒相似。

【快活三】我向金階下領臺旨，教向百官内暗窺伺。他每都静巉巉齊臻臻顯容姿。我猛可里擡頭視。

【鮑老兒】則見他人叢里疊撲着個幽臉兒，閑别來安樂否陶學士。從頭兒覷百司，那里有這等冷鼻凹的文章士。我爲你離鄉背井，抛家失業，來覓男兒。倒把我不睬不睬，不知不識，相問相思。

【哨遍】對着千乘當今帝子，待教我一星星數説你喬止。我爲你離了官司，再不當夥院家私，便弄針黹。每日價胭憔粉悴，玉減香消，專等你那音書至，今日全無一字。都泪破腮頰，病瘦損腰肢。則這腕兒上慢鬆了的金釧是相知，身兒上寬綽了羅衣是正明師。你這般背約違期，負淑辜恩，怎生意思？

【耍孩兒】我經年獨守冰霜志，指望你封妻蔭子。并不想東風賣俏倚門時，畢罷了彩筆題詩。

再不向泥金扇底歌新曲，白玉堂前舞柘枝。自離了鶯花市，無半星兒點污，一抹兒瑕疵。

【三煞】你那些假古㭨原來是妝謊子，你無誠無信無終始。我道你是鋪眉苫眼真君子。你最是昧己瞞心潑小兒，許下俺調琴瑟，今日似難鳴孤掌，不綫單絲。

【二煞】我忒坎坷，自怨咨，九重天忽有君恩至。正是一灣死水全無浪，也有春風擺動時。不甫能尋着爾。這是他賴親的招狀，親筆的情詞。

【煞尾】公堂上坐着相公，階直下列着武士。我這里盡場兒訴出心間事，拚一頓霜杖兒階前覓個死。

○埋劍記

〔雙調〕【攤破金字令】我想時情太薄，翻覆紛紛是。縱使然諾暫許，終是悠悠行路爾。管鮑當初，定不如此。我把肺肝相示，爲知己死。看來不比輕薄兒，一朝少參差，不將手救之，却又排之，更不垂慈。把從前斷金如故紙。

【夜雨打梧桐】倒不如邯鄲市，游俠兒，節烈使人思。古來時，信陵求士。七十衰翁伏劍，也只爲感恩私。當年孝標曾屬詞，又有翟公嘆息，嘆息一生一死，交情可試。願從茲，閉户把時人遠，終朝獨爾思。

南北詞廣韻選　卷四

齊　微

○西廂記・長亭送别

北〔正宫〕【端正好】碧雲天，黄花地。西風緊，北雁南飛。曉來誰染霜林醉？總是離人泪。

【滚綉球】恨相見得遲，怨歸去得疾。柳絲長玉驄難繫，恨不得倩疏林掛住斜暉。馬兒迍迍行，車兒快快隨。却告了相思迴避，破題兒又早别離。猛聽得一聲去也鬆了金釧，遥望見十里長亭減了玉肌，此恨誰知？

【叨叨令】見安排着車兒馬兒不由人熬熬煎煎氣，有甚心情花兒靨兒打扮得嬌嬌滴滴媚。準備着衾兒枕兒則索昏昏沉沉睡，從今後衫兒袖兒揾做重重疊疊泪。兀的不悶殺人也麽歌，兀的不悶殺人也麽歌，久以後書兒信兒索與我恓恓惶惶的寄。

【脱布衫】下西風黄葉紛飛，染寒烟衰草萋迷。酒席上斜簽着坐的，蹙愁眉死臨侵地。

【小梁州】我見他閣泪汪汪不敢垂，恐怕人知。猛然見了把頭低，長吁氣，推整素羅衣。

【么】雖然久後成佳配，奈時間怎不悲啼。意似癡心如醉，則是昨宵今日，清減了小腰圍。

〔中吕〕【上小樓】（眉批：【上小樓】以下至【四邊静】，俱中吕調。【耍孩兒】又般涉調。）合歡未已，離愁相繼。想着俺前暮私情，昨夜成親，今日别離。我稔知這幾日相思滋味，却元來比别離情更增十倍。（眉批：「别離」，「離」字句，「情」字屬下。）

【么】年少呵輕遠别，情薄呵易棄擲。全不想腿兒相壓，臉兒相偎，手兒相携。你與那崔相國做女婿，妻榮夫貴，但得個并頭蓮，索强如狀元及第。

【滿庭芳】供食太急，須臾對面，頃刻分離。若不是席間子母當迴避，有心待與他舉案齊眉。雖然是厮守得一時半刻，也合着夫妻每共桌而食。眼底凄凉意，尋思起就里，險化做望夫石。

【快活三】將來的酒共食，嘗着似土和泥。假若便是土和泥，也有些土氣息泥滋味。

【朝天子】暖溶溶玉杯，（眉批：杯，一作醅。）白泠泠似水，多半是相思泪。眼面前茶飯怕不待要喫，恨塞滿愁腸胃。只爲蝸角虚名，蠅頭微利，拆鴛鴦在兩下里。一個這壁，一個那壁，一遞一聲長吁氣。

【四邊静】霎時間杯盤狼籍，見車兒投東，馬兒向西，兩處徘徊，落日山横翠。知他今宵宿在那里？有夢也難尋覓。

【耍孩兒】淋漓襟袖啼紅泪，比司馬青衫更濕。伯勞東去燕西飛，未登程先問歸期。雖然眼底人千里，且盡生前酒一杯。未飲心先醉，眼中流血，心内成灰。

【五煞】到京師服水土，趁程途節飲食，順時自保揣身體。荒村雨露宜眠早，野店風霜要起遲。鞍馬秋風里，最難調護，最要扶持。

【四煞】這憂愁訴於誰？相思只自去，老天不管人憔悴。泪添九曲黄河溢，恨壓三峰華嶽低。到晚來悶把西樓倚，見了些夕陽古道，衰柳長堤。

【三煞】笑吟吟一處來，哭啼啼獨自歸。歸家若到羅幃里，昨日個綉衾香煖留春住，今夜箇翠被寒生有夢知。留戀你别無意，（眉批：意一作計，佳。）見據鞍上馬，各泪眼愁眉。

【二煞】你休憂文齊福不齊，則怕你停妻再娶妻。休要一春魚雁無消息，我這里青鸞有信頻須寄，你休得金榜無名誓不歸。此一節君須記，若見了異鄉花草，再休似此處棲遲。

【一煞】青山隔送行，疏林不做美，淡烟暮靄相遮蔽。夕陽古道無人語，禾黍秋風聽馬嘶。爲甚懶上車兒内，來時甚急，去後何遲。

【煞尾】四圍山色中，一鞭殘照裏。遍人間煩惱填胸臆，量這些大小車兒如何載得起？（眉批：大字下略讀。）

實甫《西廂》十六折，無一折不精工。而此折尤瑰瑋精特，麗彩逼人。前三闋以賦體做詞曲，中九首用論體，【耍孩兒】以下，復用賦體。平平實實，奇奇峭峭，泛覽一過，毛髮俱開。如「曉來誰染」三句，「下西風」三句，又「落日山横翠」，又「青山隔送行」五句，又「四圍山色」二句，俱景語之極佳者。如「一聲去也」四句，「柳絲長」五句，「長吁氣」三句，「合歡未已」一闋，又「須臾對面」三句，又【快活三】一闋，又「未登程先問歸期」，又【五煞】、【三煞】，又「異鄉花草」三句，俱情語極佳者。如「蝸角」三句，「眼中流血」二句，「來時甚急」二句，「量這些大」二句，俱俊語之極佳者。奇絶處如登泰嶽觀日出，光芒射目；又如登峨嵋觀積雪，斗壁摩崖，插天而上，而靈光照澈，砭人肺腑。如此伎倆，那得不千古。

「年少呵」一闋，徐文長批云：「僞而俗。」是真癡人前説夢。此何等事，何等時，而講道學乎！或曰：「文長能爲《四聲猿》，乃不能賞此闋，何也？」余笑曰：「文長之《四聲猿》，劉孔昭之《六合賦》也。有《四聲猿》，便當不識王實甫矣。雖然坊間所刻文長《西廂》實是贋筆，乃闤闠內書肆中老學究專以批抹搏酒食者所爲，奈何冤我文長也。」

○拜月記

〔中呂〕【漁家傲】天不念去國愁人助慘淒，淋淋地雨一似盆傾，風如箭急。侍妾從人皆星散，各逃生計。身居處華屋高堂，但尋常珠繞翠圍。那曾經地覆天番受苦危。（眉批：「危」，坊本作「時」，非韻。）

【剔銀燈】迢迢路不知是那里？前途去未審安身在何地。（眉批：「地」，坊本作「處」，非韻。）一點雨問着一行悽惶泪，一陣風對着一聲聲愁氣。雲低，天色傍晚，母子命存亡兀自未知。

【攤破地錦花】綉鞋兒分不得幫和底，一步步提。百忙里褪了跟兒。冒雨蕩風，帶水拖泥。步難移，全没些氣和力。

【麻婆子】路途路途行不慣，心驚膽顫催。地冷地冷行不上，人荒語亂催。年高力弱怎支持？泥滑跌倒在凍田地。款款扶將起，正是心急步行遲。

○又

〔雙調〕【銷金帳】黄昏悄悄，助冷風兒起。想今朝，思向日，曾對這般時節，這般天氣。羊羔美酒，美酒銷金帳里。世亂人荒，遠遠離鄉里。如今怎生，怎生街頭上睡。

【前腔】初更鼓打，哽咽寒角吹。滿懷愁付與誰？遭逢這般磨折，這般別離。鐵心腸打開，打開鸞孤鳳隻。我這里悽惶，他那里難存濟。翻覆怎生，怎生獨自個睡。

【前腔】鼕鼕二鼓，敗葉敲窗急。響樸簌聒悶起，難禁這般蕭索，這般岑寂。骨肉到此，到此伊東我西。去又無門，住又無依倚。傷心怎生，怎生街頭上睡。

【前腔】三更漏轉，寒雁聲嘹嚦。不明滅燈半欹，尋思這般沉疾，這般狼狽。相別到今，到今未知。冷落空房，藥食誰調理？床兒上怎生，怎生獨自個睡。

【前腔】樓頭四鼓，風捲檐鈴碎。略朦朧驚夢回，娘女這般相逢，這般重會。颯然覺來，覺來孩兒那里？多少傷悲，多少縈牽繫。教人怎生，怎生街頭上睡。

【前腔】五更又催，野外疏鐘。遞算通宵，幾嘆息，一似這般煩惱，這般孤悽。一身苟活，苟活成得甚的？俺這里愁煩，那壁廂長吁氣。聽此怎生，怎生獨自個睡。

按本韻《拜月》中尚有「髻雲堆并自驚疑」等套，獨恨其借用支、思，故另録。

《琵琶記》凡支、思，齊、微，魚、模三韻，靡不通借，無純用者。故雖「浪煖桃香」、「長吁氣」等套非不絶佳，不得不抑置別録。

《荊釵》於三韻，亦同《琵琶》。如「長安四月花正飛」、「一從科第鳳鸞飛」等套，縱無雜韻，亦難入選。

○紅蕖記

〔商調〕【字字錦】當初戲水漪，紅袖和烟倚。今朝共錦帆，紫誥分霞珮。自分離，你向甚處藏春，藏春後遇着謁漿人姓崔。曾姨將雛孤鳳，却得榮耀這回。空教杜鵑，杜鵑啼血泪。相逢處且傾杯，相逢處且傾玉杯。看湘山眼底，如眉黛遠色，眉黛遠色。（合）分明畫出娥英昔日，雙雙兩美。重提起多多少少，心心意意，且自各去按圖默會。

【前腔】蘭橈兩下移，椿樹經時毀。寒葩傍晚萱，野蔓纏孤蒂。是和非，幸遇電覽霜威，霜威

下倒把絲蘿結起。猜疑，看花杏園，怕不教人心迷。知他殢誰，殢誰同沉醉。（合前）

【鵲踏枝】鶯和燕競飛飛，蜂和蝶弄輝輝。香風暗度隨羅綺。芳塵動，芳塵動，驛馬兒争馳。天涯路，正萋萋。（合）真個少年人未知，老年人也未知。隴水潺湲，隴道間關，伴着猿聲雁影，何處是鳳闕龍池。

【前腔】青簾下人如蟻，酹東君恐怕春歸。漸滿樹柳綿飛絮矣。隨風颺，隨風颺，渾如旅夢無停滯。争教人隨夢繞天涯。（合前）

【尾聲】迢遥結伴三千里，恨一旦臨歧分袂。他日還來款綉幃。

齊、微韵極寬，而用者極易犯支、思，以沈隱侯詩韵嬈之也。即此折亦直取其用韵之嚴耳，初不以其辭也。「電覽霜威」，是刀筆人諛官長惡談，以當雅詞可乎？沈先生作《南曲全譜》，其持論不翅詞家南、董，而自運乃如此，信乎知行兩途也。大率通記諸作，俱黯淡無色澤，叩其音，中金石者甚尠。蓋意近則跳之乎難辭，辭庸則逃之乎僻事，殊妨詞家本色，不敢貴耳，而依違衆喙也。或曰：沈先生尚有《雙魚》《義俠》等傳，極稱當行，君自未睹其佳者耳。余家貧乏書，實未見此幾種。俟借得覽時，如果佳，便當尸而祝之，何暇惜此老腕也。

〇李亞仙花酒曲江池　元石君寶作

〔仙吕〕【點绛唇】春日遲遲，困人天氣。韶光媚，草色芳菲，遍野均鋪翠。

【混江龍】佳人游戲，鞦韆慵困解羅衣。梨園杏塢，竹徑桃谿，收薄霧暖雲紅罨岫，漲清波新水緑平池。聲恰恰黄鶯唤友，語喃喃紫燕争泥，亂紛紛偷香蝶舞，鬧嚷嚷課蜜蜂飛。士女每香車寶蓋，王孫每玉勒金羈，筵排着龍笙鳳管，酒斟着緑蟻香醅。花步障，綉屏圍，金錯落，錦離披，柳絲絲風軟玉驄驕，水溶溶沙暖鴛鴦睡。一處一個董源圖畫，一步一個杜甫詩題。

【油葫蘆】這的是野樹春紅哨畫眉，我這裏閑行過小谿，我子見梨花影裏睡鳧鷖。將這骨碌碌小車兒碾得蒼苔碎，薄設設汗衫兒惹得游絲細。撒青錢榆英飄，捲白綿柳絮飛。只聽得汪汪犬向雲中吠，是幾家茅屋傍疏籬。

【天下樂】到處東風掛酒旗，寒食清明節令催，見拜掃的村姑每列酒食，看沙三舞一直，笑王笛唱一回，直喫的醉醺醺扶不起。

【那吒令】你傳情向那壁，啓朱櫻語遲，我潛身在這壁，蹴金蓮款移。他凝眸了半日，把春心逗起。他輕將那寶燈蹺，暗把這絲鞭墜，引的人意獐况魄散魂飛。

【鵲踏枝】你休要賣查梨，不誠實，你與我拾得絲鞭，當做良媒。子要你撮合山成就了鸞孤鳳隻，便是五百年該撥定的佳期。

【後庭花煞】我見他俊龐兒堪品題，串幃的更整齊。賽子建文章盛，比潘安容貌美。不索更多疑，真堪托終身之計，效鸞鳳成就了一對兒好夫妻。

此折叙景處如雕瓊鏤冰，光彩奪目。【鵲踏枝】後尚有【醉劉員外】五闋，删去不録。此韵北劇最多，全璧亦罕，間有佳句及佳闋，不忍棄置，故録於後。《玉鏡臺》句云：「人説道誰家女被温嶠娶爲妻，落得個虚名兒則是美。」【粉蝶兒】闋云：「怕不動的鼓樂聲齊，若是女孩兒不諧魚水，我則索自拖拽，這一場出醜揚疾。安排下丹方一味，他若是皺一對雙眉，我則索牙床前跪他一會。」又句云：「則索空閑中偷覷，怎好整頓兒觀窺。」又句云：「盡教温夫人瀽到一兩甕香醪在地，澆到百十個襖子須心回。」

《青衫泪》句云：「冰壺天上下，雲錦樹高低。」又句云：「這江是遞流花草武陵溪，死囚風月藍橋驛，直恁的雁來稀。莫不衡陽移在江州北。」又句云：「生被這四條絃，撥俺在兩下裏。」又句云：「比及楊柳岸秋風唤起，人已過畫橋西。」又句云：「離愁恰似茶烟濕，歸心更比江流急。」又句云：「直趕到五嶺三湘，管教他乾相思九萬里。」又【撥不斷】闋云：「但犯着喫黄齏者不是好東西。想着那引蕭娘寫恨書千里，搬倩女離魂酒一杯，携文君逃走琴三尺。恁秀才每一椿兒不該流遞？」

《倩女離魂》内【近仙客】闋云：「日長也愁更長，紅稀也信亦稀，春歸也奄然人未歸。相别也數十年，相隔着幾萬里。爲數歸期，則那竹院裏刻遍瑯玕翠。」【紅綉鞋】闋云：「去時節楊柳西風秋日，如今又過了梨花暮雨寒食。則兀那龜兒卦無定準，枉央及；喜蛛兒難憑信，靈鵲兒不誠實，燈花兒空報喜。」【普天樂】闋云：「想鬼病最關心，似宿酒迷春睡。繞晴雪楊花陌上，趁東風燕子樓西，抛閃殺我年少人，辜負了這韶華日。早是離愁添縈繫，更那堪景物狼藉。愁心驚一聲鳥啼，薄命趁一春事已，香魂逐一片花飛。」又句云：「眼見的千死千休，折倒的半人半鬼。」又句云：「愁縈遍垂楊古驛絲千縷，泪添滿落日離亭酒一杯。」又句云：「我則道春心滿紙墨淋漓，原來比休書多了個封皮。」

《王粲登樓》内【十二月】闋云：「幾時似賓鴻北歸，倒做了烏鵲南飛。仰羡着投林的倦鳥，堪恨舞甕的醯雞。方信道螢能夜飛，鴻鵠志燕雀争知。」【堯民歌】闋云：「真乃是鶴長鳧短不能齊，雕鶚鸞凰不共棲。挽鹽車騏驥陷淤泥，不遇孫陽未能嘶。只争個遲疾，英雄志不移。試看我有一日登鰲背。」【迎仙客】闋云：「雕檐紅日低，畫棟彩雲飛，十二玉闌天外倚。望中原，思故國。感慨傷悲，一片鄉心碎。」又句云：「劍花羞澀馬空嘶。」又句云：「山林鐘鼎俱無濟，直恁般命矣，幾時得頂天立地居人世，好便似睡夢裏過了三十。」又句云：「怎肯與鳥獸同群，豺狼同列，兒曹同輩？（眉批：「兒曹同輩」，一作「雞鶩同食」，亦好。）兀的不屈沉殺五陵豪氣。」又句云：「恨離愁不趁漢江流，怨身世難同野雲飛。」又句云：「空學得擅天才，無度饑寒計。」又句云：「熬殺人淡飯黄齏，百忙裏尋不着上天梯。」又句云：「鞭蘸乾一江漢水清波漲，馬喫盡二月襄陽緑草齊。」以上四折俱該全録，奈老腕怯書，聊摘其尤佳者，識此以備遺忘。

○龍泉記

〔中吕〕【山花子】貧家稱獻無佳味，終朝煮豆烹葵。喜清風敲退暑威，齊紈頃刻停揮。（合）念良人承歡久違，塵埋五彩萊子衣。裙釵膝下將酒杯，但見怡怡，喜動庭幃。

【前腔】寒門饋膳無甘脆，尋常炊黍蒸藜。喜槐蔭覆屋似帷，不知赤日炎輝。（合前）

【前腔】樓臺倒影池塘里，鴨闌縈繞清漪。聽黄鸝隔葉自啼，雙相斗酒偏宜。（合前）

【前腔】湘波簾動微風起，幽香滿院薔薇。看新篁緑染小池，紅蓮挺出香泥。（合前）

回歸。

○浣紗記

〔仙吕入雙調〕【園林好】告天地神明可窺，告宗廟精靈可推。念勾踐包羞含愧，知甚日得回歸，知甚日得回歸。

【前腔】念生長香閨綉幃，念出入龍棲鳳池。怎禁得流離顛沛，知甚日得回歸，知甚日得回歸。

【江兒水】臣子遭家難，男兒遇數奇。路當險處難迴避，非關不愛親遺體。時危要見臣忠義，暫且受伊拘繫。（合）有日歸來，再渡吴山越水。

【前腔】國破山河在，城傾草樹迷。看縱横白骨郊原蔽。念微臣兒受人民寄，要捐生誓雪君臣恥，暫且將身淹滯。（合前）

【五供養】吴兒醜類，天道虧盈，赫赫昭回。看他多滿溢，不久必摧頽。况有姦邪伯嚭，覆邦家舌尖唇利。忠良應阻隔，國勢定支離。（合）誓造江山，萬民歡會。

【前腔】孤身客邸，回首家山，雲迷會稽，摇摇魂向北，黯黯日平西。看江村桃李，恨無主憑風飄墜，年光愁裏過，環珮夢中歸。（合前）

【玉交枝】一場愁緒，料精誠，江神鑒知。吾王何必多留滯，勸群臣不用凄其。離筵欲散東海磯，別情盡付西江水。（合）掛不住疏林落暉，掛不住疏林落暉。

【前腔】扁舟北濟，痛黎民負荷有誰？念群臣肯久虛君位，當盡心定難持危。他年擊檝過越水限，看剋期仗劍入吴宫裏。（合前）

【川撥棹】英雄泪滴春江波浪底。片帆開，岸草萋萋，岸草萋萋。又何年還歸水湄？（合）渡西陵城郭非，望南雲魂夢飛。

【前腔】我主公莫愁無所依，自愧微軀堪寄安與危。願大夫努力驅馳，願大夫努力驅馳，待歸朝群臣謝伊。（合前）

【尾】別離頃刻悲塵世，有日破吴雪恥。看壯士還家盡錦衣。

○玉玦記

〔仙吕〕【皂羅袍】落子聲遲瑶砌，看身如蜩甲，兀化難移。宣城得守未云奇，淮淝破敵方爲喜。（合）雌雄勝負，兵家怎期？盈虧得喪，天心有機。何妨百萬輸劉毅。

【前腔】再把樗蒲閑理，嘆點籌帝子，作鑒宫闈。馬箠未毁莫言歸，猪奴枉誚尤堪戲。（合前）

【前腔】莫詑咸陽客里，且狂呼博賽，五白稱宜。玉纖深里憶名姬，緋衣馳驟鶩純雉。

（合前）

【前腔】車馬森然成勢，儼鴻溝楚漢，犄角相持。沉機告捷井陘麾，神姦入夢邯鄲騎。

（合前）

四闋潔净精微，聲和調叶，且不用一襯墊字，極是佳作。第純用故事填塞，遂少玲瓏之趣。井陘、邯鄲亦不切象戲。吁！元人之法亡矣，非虚舟作俑而誰？

○又

〔仙吕〕【桂枝香】含情凝睇，天涯無際。心驚黄鳥雙翰，目斷碧雲千里。花時又闌，花時又闌，空有一襟紅泪，愁來難寄，暗沾衣。懊恨清淮水，東流去不回。

【前腔】香枯蘭佩，光沉鈿翠。庭花夜合慵看，砌草忘憂空對。湘江正深，湘江正深，迢迢烟水，無憑緘鯉，杳難期。不信衡陽雁，春來亦解回。

【醉扶歸】恨崔薇常把青鸞委，笑文君空有彩毫題。本圖他駟馬耀門楣，反落得網户蠨蛸起。便爲龍一躍奮天池，忍將我比目雙魚棄。

【前腔】玉釵閑塵土孤鸞翳，羅襦暗泪點綉鴛欹。畫梁間羞睹燕雙棲，荷池内怕有花同蒂。想漁舟誤入武陵迷，把簫聲竟向秦臺廢。

【長拍】鼎沸山河，瓜分邑里，一霎時把太虛蒙翳。九陽厄運，上帝心厭禍黔黎。是處見征旗，滿四郊密匝匝幾多烽燧。國破家亡徒自苦，何地鷦鷯得暫棲。空教人啼做杜鵑，泣嘆此身愁來，孤怯生死難期。

【短拍】洶洶吞鯨，紛紛鬥蟻。奈飄零蕩絮東西，觸景竟成悲。徒有金屏綉幌，怎免得茂林荒隧？爲問干戈清偃，知甚日得回歸。

【尾聲】長天暮紅輪墜，尋枝烏鵲盡南飛，豺虎縱横道路危。

○又

〔正宮引〕【破陣子】殘暑方歸篋扇，新凉乍怯絺衣。故園夢有吟蛩吊，荒館愁應落葉知。旅懷空自悲。

〔正宮曲〕【玉芙蓉】長城五字奇，脱穎毛錐利。困泥途炊徹，冷齏懲艾。牛衣不共空流涕，狗監無媒只噬臍。（合）身淹滯，謾高歌劍鋏。樂道安貧，待時終覓上天梯。

【前腔】新豐客思迷，故國鄉心起。念長房不遇，豈堪縮地。埋龍自惜輝光蔽，失馬難將禍福期。（合前）

【雁來紅】鹽車正可悲，荷孫陽得見知。倘追風電康莊里，蒭秣難忘義。奈李廣未侯真數奇。（合）時還遇，春風馬蹄，向皇都誇得意。

【前腔】念蛟龍久在池，挾風雲會有期。堪爲霖雨乘元氣，枯槁皆沾霈。那時節翁子東歸免見嗤。（合前）

【朱奴兒】若非是綈袍見貽，懸鶉結安得蔽體？但願羔羊試委蛇，早襦袴政成千里。（合）須記取，推食解衣，得志後銜環再歸。

【前腔】愧不腆兼金饋伊。又不是暮夜可畏，腰印能如季子稀，恐擲地賦聲難比。（合前）

羔羊、襦袴以比贈衣，暮夜以比贈金，俱欠切。

〇又

〔中吕〕【剔銀燈】自當日龍門抱恥，怯韋布周南留滯。顛危恨落烟花計，喜三策同登賈誼。（合）含悲相看隕泪，把愁悶從前盡洗。

【前腔】遭厄運王綱廢墜，逐胡馬三秋轉徙。流離分作他鄉鬼，學令女全貞自劓。（合前）

【前腔】江沱賤生何所繫，托脣齒存亡依倚。完名未必論葑菲，也不愧鄭玄家婢。（合前）

【前腔】銜王命山陽戰壘，蹈虎尾幾遭咥噬。一朝撫劍除兇穢，賞介子功高莫比。（合前）

〇寶劍記

〔仙吕入雙調〕【四朝元】關山遥憶，兒夫去不歸。望燕山信斷，瀛海書遲，魚雁無消息。家貧空四壁，家貧空四壁，只見風捲閑簾，香裊空帷，冷落妝臺，蕭條琴瑟，愁思縈如織。嗏！我這裏自思惟，待學姜女尋夫，母老應難棄。兒夫無返期，强梁屢見欺。千言萬語，絮絮叨叨，不知迴避。

【前腔】天明早起，高堂問寢食。恨菱花鏡破，桑榆景逼，母子實狼狽。嘆家私零落，嘆家私零落，賣却金釵，典盡羅衣。湯藥親嘗，躬親菽水，委實的難存濟。嗏！我這裏自傷悲。兒受他重托如山，我怎肯相違背？海深終見底，妾心亦匪石。千愁萬恨，清清冷冷，終朝垂涕。

【前腔】清秋天氣，長空雁到遲。我欲登高望遠，酌彼金罍，只怕霜露沾我衣。見疏林葉落，見疏林葉落，簾捲西風，人在天涯。蹙損春山，望穿秋水，處處催刀尺。嗏！我這裏自支持，又聽得別館寒砧，敲得柔腸碎。才郎身上衣，寒時誰拆洗？千山萬水，迢迢遠遠，怎生相寄？

【前腔】重門深閉，青山日又低。見烏鴉棲樹，牛羊下堤，偏你無歸計。奈夜長人靜，奈夜長人静，只聽得鐵馬錚錚，玉漏遲遲。珊枕空餘，銀缸獨對，展轉難成寐。嗏！我這裏自憂疑，想着無主的兒夫，莫不做了他鄉鬼？你那裏凶與吉，奴這裏怎得知。千思萬想，凄凄慘慘，空流珠泪，空流珠泪。

用韵甚嚴。

○又

【梧桐葉】從別後，信音稀。望斷雁南飛。每日把門兒獨倚，空教泪偷垂。恨只恨朝東逝水，何日得西迴。（合）盼不到關山萬里。

【前腔】離魂逐落花飛，春去也幾時回？好教我癡心望你，終日價蹙愁眉。恨只恨啼鵑樹底，空報道不歸。（合前）

按譜并無【梧桐葉】，止有【梧葉兒】，字句又絶不相同，亦不知當入何宫調。或亦是商調未可知。

○綉襦記

〔越調〕【憶鶯兒】【憶多嬌】雞亂啼，鴨亂飛。野寺晨鐘渡水遲，月小山高天漸低。【黄鶯兒】穿東過西，魂摇思迷。爲何也把門兒閉？好蹺蹊，美人院宇，翻做武陵谿。

○玉合記

〔黄鐘〕【醉花陰】寶閣雕闌鳳城裏，聽一派仙音乍起。鐃鼓奏，管弦催，光皎皎雲日交輝，蓬島般多佳致。願福壽海山齊，眼見得萬方頻送喜。

【畫眉序】車馬羽書遲，將士東歸在。今日正歌揚《杕杜》，酒泛酴醿。丹墀下玉帛星聯，綺席上衣冠雲集。（合）黛眉粉面分行隊，莫惜遇時沉醉。

【喜遷鶯】恰甚的有心無意，打乖兒弄出虚脾。癡也麽迷，没波浪秀才聲氣，把樂以忘憂做不知。遲共疾，俺敢待尋生替死，自古道見哭興悲。

【畫眉序】含笑半含啼，便要藏頭怎遮尾。嘆同林宿鳥，兩處分飛。難抛下剩雨殘雲，空閃得煩天惱地。（合前）

【出隊子】則早辦追風單騎，把幾行書親自題。管引他倩女一魂離，出落俺將軍八面威。呀！準備着筵開花燭喜。

【滴溜子】軍聲哄，軍聲哄，長槍大戟香塵擁，香塵擁。濃妝艷質，看野外霜風正急，呼群大打圍將鷹犬集。走兔奔林，飛鳥絶迹。

【刮地風】呀！這馬兒忽騰騰舉四蹄，懷揣着風月文移，撞轅門似入無人地。早穿過緑水橋西,又經他碧楊樓際,斜刺裏畫棟朱扉。趁着那蜂未窺,蝶未知,把暗香偷遞。你道是巧張羅慣打圍,俺可也見兔兒纔放鷹飛。

【滴滴金】重門暗鎖春歸急,錦樹辭條歲輕擲。香車寶馬相逢地,枉經心,空浪迹。天天鑒識,區區兩心還似一,還似一,百年恩愛了何日?

【四門子】病尉遲刬地臨危勢,召召召召夫人把駿馬騎。這蠅頭錦字交傳遞,可是那廂兒親自題。步兒要高,嗓兒要低,漏東風將流鶯輕唤起。人兒又忙,馬兒又遲,死央殺龍駒做美。

【鮑老催】追思往昔,鮫綃半幅餘泪濕,玲瓏小合餘香積。望箏雁齊,被鴛雙,釵鸞匹。怕銀瓶落井還空汲,金針墜海還空覓。側耳聽,臨風立。

【水仙子】呀呀呀日墜西,早早早似夜静江寒載月歸。我我我破龍城打虎圍,兼兼兼兼領着燕約鶯期。快快快豎起花柳場中旌捷旗,把把把章臺舊壘牢牢砌。看看看柳色尚依依。

【雙聲子】雲和日,雲和日,自去後攀誰及?虚和實,虚和實,敢甚處尋消息。喜共泣,喜共泣,翻倒極,翻倒極,任高燒銀燭,問今何夕?

【尾煞】分付你那雞兒莫淘氣,算新婚不强似遠别多離,俺打合這才子佳人直閃殺你。

刻意修詞,情旨反晦,禹金之短也。君平此事,向曾見有《金魚傳》鈔本,《玉合》大率祖之。其奪歸柳氏折亦用南北。

雖無甚大學問，然覺有一種生氣，讀之能令人毛豎髮指。

○紅拂記

〔越調〕【鬥鵪鶉】走的我汗似湯澆，渾身上下水洗。恰離了亂竄的軍營，急煎煎盼不到大王寨裏。只我這兩隻脚飛騰，一字兒喘息。看亡家，覷敗國，人着箭浪搶身歪，馬中槍驚急裏脚失。

【紫花兒序】焰騰騰火燒了寨柵，浪滔滔水淹營壘。不剌剌馬踏碎城池，英雄猛將，世上無敵。端的一個個貫甲披袍，落可也的氣勢。耀武揚威，擂鼓篩鑼，吶喊搖旗。

【柳營曲】鼓振的那山嶽摧，喊聲也似鬼神悲。蕩征塵番滾滾天日晦，領雄兵迎敵廝殺相持。則聽得高叫一聲似春雷。

【么】孩心裏耀武揚威，陣面上撾鼓奪旗。李將軍冠簪着金獅豸，甲掛着錦唐猊，坐下馬勝似赤狻猊。高麗國那將軍，又不曾言名諱，不使甚別兵器，他使一條方天畫戟。身穿白袍白甲，頭戴着素銀盔，猛見了則是個西方神下世。這一個合扇刀，望着腦蓋上劈。那一個方天戟，不離了軟肋兒裏刺。這一個恨不得扯碎了黃旗，那一個恨不得扢支支、蹬斷了金錢豹尾。

【小沙門】兩員將高施武藝，兩員將比并高低。他兩個棋逢着對手難迴避。兩員將用心機，端的稀奇。

【聖藥王】高麗將，命運低。李將軍福分又催，只他這英雄猛烈世間稀。這一個明晃晃的刀去劈，那一個忽刺刺的箭發疾。咭叮噹相對在半空裏，卒律律迸一萬道火光飛。

【尾聲】只這高麗王逃奔他鄉矣，顧不得金珠寶貝十萬錦江山，管中朝穩坐着盤龍的交椅。

〇春景 元無名氏

〔仙呂〕【點絳唇】花信風微，燕泥雨霽。韶光麗，暖日遲遲，醞釀出游春意。

【混江龍】艷陽天氣，遍園林無處不芳菲。柳條嬝娜，杏錦離披。翠草和烟雛燕語，碧桃凝露彩鸞棲。芍藥粉鉛華淺試，海棠絲絳蠟低垂。翠檻暖香含荳蔻，畫欄暗雪噴荼蘼。小徑嵌金錢石竹，矮屏攢錦帶玫瑰。花撲撲一片錦模糊，暖融融三月春光媚。芳塵滾滾，香霧霏霏。

【油葫蘆】四十里紅香錦綉圍，風日美，香車瑤馬趁晴輝。雕輪輕碾莎茵細，玉鞭亂拂楊花墜。恰轉過氈花磚萬字階，早來到步金沙九曲堤。立東風似覺非人世，却疑是乘彩鳳下瑤池。

【天下樂】十二樓臺擁翠微，高低簾半垂。一處處啓紗窗，列銀屏錦綉幃。花香度門草亭，柳蔭籠拾翠溪，有丹青難下筆。

【那吒令】蝴蝶兒對飛，過葡萄架西，游蜂兒競起，落薔薇徑裏。黄鶯兒亂啼，在櫻桃樹底。鴛鴦戲緑水湄，鸚鵡語金籠内。一聲聲似殢嬌癡。

【鵲踏枝】錦香堆，翠紅圍，纔過了元夜花朝，又早是禁烟寒食。看如此風光景致，儘游人樂令忘歸。

【寄生草】泛曲水蘭舟漾，簇香風彩仗移。錦標收看罷鞦韆戲，翠鬟迎齊奏笙歌沸，玳筵開準備鸞皇配。夜長拚向月中歸，春深莫惜花前醉。

【么】小隊按《霓裳》舞，新腔歌《金縷》低。隨花傍柳春明媚，調絲品竹仙音沸，烹龍炮鳳珍饈備。瑶臺飛下玉天仙，蓮壺幻出風流地。

【後庭花】酒痕香毛帕兒濕，花枝重鬏髻兒低。酒醉後情偏熱，花深處眼着迷。覷吴姬，風流佳麗，粉酥胸白雪肌。黛烟描新月眉，寶釵横雲髻堆，柳腰纖玉一圍。啓朱唇皓齒，齊蕩湘群蓮步遲。

【青歌兒】呀，嬌嚲笑秋波，秋波生媚，安排着雨雲，雨雲情意。翠袖香温手共携。畫閣蘭閨，綉枕羅幃，琴瑟相宜，鸞鳳于飛。是一對美滿好夫妻，風流配。

【賺尾】賞花時，尋芳意，問甚費千金一刻。縱有游絲百尺飛。碧天邊難擊春暉。到明日，綠暗紅稀，不忍聽空林叫的子規。常則是被流鶯喚起，更做到殢紅妝不睡。大古是惜花人愛月夜眠遲。

春詞累百，無如此套肥腸滿腦。如金谷春歸，百花競麗，乍人眼刺，情摇不能自主。近于余阿威齋中睹一春詞，用時詞「昨夜春歸今朝夏」諸樂章，既不知腔，亦不識譜，小兒號嗄，讀之不覺失笑。詢其人，阿威竟不肯言，第曰：「尚有秋、冬二詞在後。」余笑曰：「觀止矣，雖有他詞，不能復觀矣。」

○雨

〔南吕〕【一枝花】潤妖桃灼灼紅，洗芳草茸茸翠。蝶愁搧香粉翅，鶯怕展縷金衣。堪恨堪宜，躭閣釀蜂兒蜜，喜調和燕子泥。游春客怎把芳尋，閑巧女難將翠拾。

【梁州】看一陣陣瑣層巒行雲嶺北，一片片泛桃花流水橋西。醉來時怎卧莎茵地？難登紫陌，怎着羅衣？園亭岑寂，花竹離披。每日家檐滴垂垂，幾曾見麗日遲遲。辛苦殺老樹頭憎婦鳴鳩，凄凉也古墓上催春子規，闌珊了綠陰中舌巧黄鸝。酒杯，食壘，可憐不見春明媚。正合着襄陽小兒輩。笑殺山翁醉似泥，四野雲迷。

【尾聲】叮嚀恁雨師莫打梨花墜，風伯休吹柳絮飛。留待晴明好天氣，穿一領布衣，着一對草履，隨柳依花印香迹。

○好睡妓　元

〔越調〕【鬥鵪鶉】莫不是陳摶的姨姨，莊周的妹妹，宰予的家屬，謝安的親戚。華胥夢裏姻緣，邯鄲道上配匹。兩件兒，試問你，可甚愛月眠遲，惜花早起。

【紫花兒序】西廂底鶯鶯立睡，茶船上小卿着迷，東墻下秀英如癡。真乃是棄生就死，便休想廢寢忘食。除睡人間總不知。正是困人天氣，啼殺流鶯，叫死晨雞。

【么】推着倒鸞交鳳友，倩人扶燕侶鶯儔，合着眼蝶使蜂媒。綉衾未展，玉山先頹。其實倒枕着床是你記得的。胡突了一世，恰便似楚陽臺半死的梅香，蘭昌宮殉葬的奴婢。

【小桃紅】莫不是離魂倩女醉楊妃，是個有覺的平康妓。難道嫦娥不出氣，懵懂的最憐伊。顛鸞倒鳳先及第，直壓的珊瑚枕低。黄金釧碎，平地一聲雷。

【禿廝兒】袄廟火燒着不知，藍橋水淹死合宜，撇纓會上難侍立。纔燭滅，早魂魄昏迷。

【聖藥王】子弟每，作伴的，安排着好夢做夫妻。你也休問誰，我也不答你。陷人坑上被兒裏，挺着塊望夫石。

【尾】對蒼天曾説牙疼誓，直睡到紅日三竿未起。若要戰退睡魔王，除非差三千個追魂大力鬼。

○閨情　元毛舜臣作號雙峰

〔雙調〕【新水令】碧紗窗外曉鶯啼，斷腸聲攪人春睡。魔軍纔遣去，病鬼又相欺。展轉追逼，嘗盡惡滋味。

【駐馬聽】點檢芳菲，花落花開紅雨洗。安排憔悴，樹頭樹底緑雲垂。戈矛難敵恨鋒機，參苓不補愁腸胃。恨和愁甚道理，百般的不準人央及。

【雁兒落】擔閣了迎風待月期，錯誤了捉雨拿雲計。闌珊了憐香惜玉心，翻悔了哄鬼瞞神誓。

【得勝令】這些時消瘦不勝衣，憂悶竟忘食。護短嫌人問，着迷只自知。歡喜，往常間語話甜如蜜。別離，近新來恩情冷似水。

【川撥棹】我則索强支持。狠相思透骨髓，這些時蹙損蛾眉。減削香肌，獨守孤幃，静掩深閨。咫尺間關山萬里，又一春虚度矣。

【七弟兄】一會家暗疑，痛悲，受岑寂。這早晚雕鞍寶馬在誰家繫？到頭美滿且休題。臨行囑付全不記。

【梅花酒】呀，知他是虛共實。憶素手相携，曾熱臉相偎，更寸步相隨。連枝樹該并活，比翼鳥定同棲，不承望輕棄擲。去箭也怎攔回，覆水也怎收拾。斷梗無再生時，破甑無再完日。

【收江南】呀，爲甚麽王孫一去不思歸。天涯芳草怨萋萋，把生綃一幅寫還題。幾度價泪垂，畫中人不似舊崔徽。

絶佳情詞，然似未完者。

○長命縷

【羽調排歌】近甸紅新，遥岑翠微，樓頭兩派湘灕。越王臺上鷓鴣啼，萬古蕭條楚水西。

（合）催耕早，問俗宜，玉壺春酒正堪携。燒銀燭，照黛眉，花開只恐看來遲。

【前腔】日暖蒸桃，風殘落梅。炎方淑氣初回，湘江千里又分歧，一曲長歌楚水西。（合前）

【前腔】象板歌珠，霓裳舞衣。朝朝風日追陪，長堤縈繞水徘徊，楊柳千條盡向西。（合前）

【前腔】偶語黄鸝，雙棲錦雞。幽情蜂蝶先知，九疑山碧楚天低，烟水蒼茫日向西。（合前）

非不字字推敲，然於本色愈遠。

○題紅記

〔雙調〕【新水令】玉堂名姓恰新題，每日家客窗沉醉。當日個杏花紅似錦，如何呵驕馬去如飛，轉眼芳菲。又早是暮秋際。

【駐馬聽】白玉崔嵬，鳳闕雙尖盤紫氣。黄金壯麗，龍城一帶晃朱暉。碧天雲净雁行稀，紅樓風急砧聲碎。這些時孤客邸，早教人鈎引起悲秋意。

【喬牌兒】這御溝曾載顛狂柳絮飛，泛輕薄桃花墜。到如今，蕭蕭紅樹殘陽内，瀉秋聲在禁城裏。

【雁兒落】這詩濕津津墨乍題，清楚楚詩新綴。空費他慘凄凄錦綉腸，多半是滴溜溜胭脂泪。

【得勝令】是嬌滴滴楚王妃，俊孊孊漢宫姬。冷清清描寫宫中怨，恨匆匆消磨心上悲。你癡迷，謾説道千里能相會。我驚疑，這些時傷心知爲誰？

【川撥棹】那宫人俺和你都弄虚脾，知道是假和真張共李。隔着這巫峽高低，湘水東西，空閃下一場憔悴。乾相思難傳示你。

【折桂令】拾霜紅一葉東籬，我也索撮土爲香再拜親題。央你做個鶯燕勾差，烟花信使。風月文移。你須索向莽桃源忙傳符璽，險陽臺急豎旌旗，若能勾成就咱這佳期，我向花柳場中，封你做撮合先魁。

【七弟兄】你豈知這事罕稀，告神祇。若是三生有幸能相會，便天河一脉隔東西。索借道逆波兒流入宫墻内。

【梅花酒】呀！我待臨行囑付伊，你可趁着青堤，認着紅閨，投着朱扉，到溪頭尋舊主，向水面送新題。則説道出城西，遇紫衣，他見了葉痛傷悲。握着管恨迷離，眼巴巴盼佳期，意懸懸夢靈犀。

【收江南】呀！則見碧波中一葉去如飛，恰便似滕王千里順風吹，詞源三峽倒流推。這漁郎可有喜，却怎生急煎煎流入武陵溪。

【鴛鴦煞】想藍橋路上瓊漿水，天臺山下桃花蕊。他一般邂逅相逢終遂于飛，我如今子將這紅葉傳情，新詩做媒。幾時得親近那有情娘，僥倖做風流婿，拚今夜孤棲。向百尺樓頭做個夢兒起。

〇曇花記

〔商調〕【集賢賓】蓮臺寶刹新構起，雲冠嚴净毗尼。瓔珞如來幢蓋裏，看紺髮參差螺髻。曇花旖旎，紅閣外爐烟裊細。（合）天似洗，塵不到竹林鬆几。

【前腔】歌樓舞榭扃不啓，生疏子夜前溪。清梵斜斜陽金磬裏，正水緑霞紅鮮霽。香薰戒體，新學得青蓮半偈。（合前）

【琥珀貓兒墜】莊嚴七寶，木槵對軍持。同向蒲團仰大慈，跏趺未慣整霞衣。休疑，死抱芙蓉，冷落荒陂。

【前腔】香殘日晚，明月伴琉璃。一卷《楞嚴》手自披，迦陵啼過竹林西。堪悲，寂寞龐家，盡向菩提。

○又

〔商調〕【高陽臺】駕霧鞭霆，破山伐廟，蕩掃修羅鬼國。玉節金幢，恭行上帝符籙。麾斥，手提神劍誅邪黨，假饒是犯正條自干天律。那怕你神通六臂，插天雙翼。

【前腔】赫奕，金甲神人，銅頭猛將，密密滿空戈戟。霹靂飛光，妖氛何處逃匿。奸慝，絳闕丹霄頒詔旨，况如來更傳佛敕。早教你驚魂破膽，竄身辟易。

【前腔】堪惜，冥府崇階，神明貴胄，如何不行正直。作橫宣淫，等閑妄逞胸臆。輕擲，把金枝玉葉斷送了，還累你向來名實。想王家娥媌不少，忍奸三尺。

【前腔】女德，他徒卸鉛華，力依三寶，你却要污他白璧。大將藥叉，護法韋馱肯釋。蕩滌，古人知過皆能改，早懲艾今猶可及。還當取吾皇詔旨，量行戒飭。

○又

〔中吕〕【泣顏回】拍手笑嘻嘻，却原來只恁般的，珠藏衣裏。怎教咱踏遍天涯，都無甚奇。把虛空嚼破全沒味，又何須向外馳，求得將來只自家的。

【前腔】休將黄葉止他啼，真金到手暴富貧兒，波消爲水，這纔是煩惱菩提。紅輪放曦，照千山六合開昏翳。忽然間打破疑團，這番來永脱輪回。

【前腔】蓬萊回首隔雲泥，抛他世寶換得摩尼。無成無毁，又何論壽與天齊。將蔬作齏，轉關兒，唾手真容易。再休題鸞鶴東行，且同他龍象西歸。

【古輪臺】霧消釋，瑶天如洗映玻璃，寶王刹現毫端裏，山河大地。湛定水心珠，世界法身無際。石洞曹溪，德山臨濟。這棒喝，一筆不須提，悟時聞喜，把文殊獅子輕揮。風柯月樹，黄花翠竹，青山緑水。種種露禪機，賓頭不語，金針撥處轉瞳迷。

【前腔】虛脾，剗却天界泥犁，還抹撥佛國仙都，纔明真諦。屢劫沉迷，今日顯風光本地。從此撒手懸崖，一絲不繫。鐃他業火煎熬土爲灰，靈明不毁，受風霜徹骨寒威。鐵鞋踏破，羅浮一夜，梅香撲鼻。再拜謝菩提金繩引，大千日月遍浮黎。

【餘文】尋消息，走路歧，比得來工夫不費，此是真歇門中了手日。

此詞極佳，然有幾出韵字，悉爲訂正。

○彩毫記

〔正宫〕【錦纏道】别親知，走天涯，過龍標五溪。鬼國路嶇崎，終日裏霧昏雲鎖烟迷。從此去竹王祠山鬼夜窺火，耕田蠻女春犁。不作數行啼，準備着芒鞋斗笠。霜風吹槲衣，早悟却餘生皆寄，切莫嘆死别與生離。

【前腔】你男兒，值臨分，恥兒女涕洟。兒女們怎不悲啼，直恁的孤身拼得流離。你本是玉堂仙迴翔赤墀，翻做了路傍兒浪蕩天涯。説起痛傷悲。衣履綻憑誰補綴？何人問飽饑三飡飯？又誰收拾更夜來燈火伴孤恓？

【前腔】别親闈，正寒天，風霜慘凄。長路怎相隨，盼天涯，不由人泪雨交順。想此日開醑會，家家燕喜，只吾家抱向隅，遠謫邊陲。孤兒腸欲摧。免不得牽衣執袂。嚴親履禍危，遇的是山精木魅，何日蒙雨露赦金雞。

【前腔】恨臨歧，那讒邪把忠良禁持。怎指着鳳爲鴟，兩下裏南北分飛。你本是老節旄蘇卿海湄，翻做了著《離騷》屈子湘纍。薄命嘆蛾眉，久矣把脂抛粉棄。年年管別離，怎經得許多憔悴。從今去，後會更難期。

【古輪臺】各含悲，出門頃刻是天涯，一生彩筆能爲祟。浮萍踪迹，漂寄乾坤，任憑那造物推移。地冷天荒，山空月黑，前嗥猛虎後熊羆。還是天王明聖，許長流，幸免誅夷。遥想那播遷馮衍，離亭令伯，漂零賈傅，才子數多奇。曾聞道，樂天知命復何疑。

【尾聲】離亭尊酒還須醉，醉後分携總不知，日落河橋去馬嘶。

亦有一二借韵，悉爲訂正。兼字句有長短未叶處，并爲節文録之。康德涵曰：「凡選詞中有拗節、生音、脱句、誤字，必費一番心力，爲之改竄。豈但作詞爲難，選詞亦豈易事哉！」

白仁甫《墻頭馬上》內【油葫蘆】闋云：「我爲甚消瘦春風玉一圍？又不曾染病疾，迎新來寬褪了舊時衣，害的來不疼不痛難醫治，吃了些好茶好飯無滋味。似舟中載倩女魂，天邊盼織女期，這些時困騰騰每日家貪春睡，針綫懶收拾。」【寄生草】闋云：「柳暗青烟密，花殘紅雨飛。這人兒和柳渾相類，花心吹的人心碎，柳眉不轉蛾眉繫。爲甚西園徒恁景狼藉？正是東君不管人憔悴。」又【么篇】闋云：「榆散青錢亂，梅攢翠豆肥。輕輕風趁蝴蝶隊，霏霏雨過蜻蜓戲，融融沙煖鴛鴦睡。落紅踏踐馬蹄塵，殘花醞釀蜂兒蜜。」

《玉壺春》內【新水令】闋云：「不明白硬撞入武陵溪，量你個野蜂兒怎調和蜂蜜？頽氣了惜花春起早，拽摋了愛月夜眠遲。强風情不曉事呆廝，誰着你將錢去買憔悴？」

○雷轟薦福碑 元馬致遠作

〔雙調〕【新水令】往常我望長安心急馬行遲，誰承望坐請了一個狀元及第。恕面生也白象笏，少拜識也紫朝衣。今日個列鼎問食，是當年淡飯黄齏。到今日恰回味。

【駐馬聽】當日個廢寢忘食，鑄鐵硯長分磨劍的水；到今日攀蟾折桂，步金階纔覓着着上天梯。得青春割斷了管寧席，險白頭擲却班超筆。謝罷禮，君恩敕賜平身立。

【雁兒落】都則爲范張雞黍期，今日得龍虎風雲會。你休誇舉薦能，我非得文章力。

【得勝令】都則爲那平地一聲雷，今日對文武兩班齊。想當初在古廟裏題詩句，誰承望老龍王破面皮。其實，驅逼我没存濟。誰知，元來運通時也有發迹。

【落梅風】當日個薦福碑，多謝你老沙彌。倒賠了紙墨，不想那狠乖龍肯分的去碑上起，可早霹靂作粉零麻醉。

【水仙子】枉自有三封書札袖中携，我則索撥盡寒爐一夜灰。眼睁睁現放着傍州例，我則去那菜饅頭拖狗皮。早則兩椿兒送的來路絶人稀。便道揚州牧有意氣，我則怕又做了死病難醫。

【尾聲】則這遠公休結白蓮會，謝安却被蒼生起。成就了宰相薦賢心，纔趁了男兒仗義膽，不争將黄白破了賊漢拖刀計。果報了孫龐刖足冤，解脱了共語禪關意，大都來書生命裏。不争將黄閣玉堂臣，幾乎的做了違宣抗敕鬼。

【水仙子】後尚有四闋，多魯魚帝虎，不録。

○陳摶高卧 元馬致遠作

〔正宫〕【端正好】下雲台，來楓陛，聽不的華山裏鶴呋猿啼。道人非爲蒼生起，只是報聖主招賢意。

【滾綉球】俺本是閑雲自在飛，心情與世違。可又不貪名利，怎生來教天子聞知？是未發迹，卦鋪裏的相識，算着他南面登基。因此上龍庭御寳皇宣詔，賜與我鶴氅金冠碧玉圭，道號希夷。

【倘秀才】俺那裏草舍花欄藥畦，石洞松窗竹几；這玉殿珠樓未爲貴。恁那人間千古事，俺只松下一盤棋，把富貴做浮雲來比。

【滾綉球】不住的使命催，奉御逼；便教咱早趨朝内，則是山野人不知個遠近高低。至禁幃，上風池；近臨寳砌，列鵷鸞簾捲班齊。玉階前風擺龍蛇影，金殿上風吹日月旗，天仗朝衣。

【倘秀才】生不識舞蹈揚塵體例，只打個稽首權充拜禮。願陛下聖壽齊天萬萬歲。如今黄閣功臣在，白髮故人稀，見貧道自喜。

【叨叨令】向華山中已覓下終焉計，怎生都堂内纔傍州例。議公事枉損了元陽氣，理朝綱怕攬了安眠睡。貧道做不得官也麼哥，做不得官也麼哥！不要紫羅袍，則乞黄絪被。

【倘秀才】但睡呵，十萬根更籌轉刻，七八甕銅壺漏水，恨不的生扭殺窗前報曉雞。休想我惜花春起早，愛月夜眠遲，日復一日。

【滚綉球】貧道呵，愛穿的薜荔衣，愛吃的藜藿食；睡時節幕天席地，黑嘍嘍鼻息如雷，二三年唤不起。若在那省部裏，敢每日晝不着卯曆。有句話對聖主先題，貪閑身外全無事，除睡人間總不知，空教人講是論非。

【倘秀才】陛下道君子周而不比，貧道呵，小人窮斯濫矣。俺須索志於道依於仁據於德，本待用賢退不肖，怎倒做舉枉錯諸直，更是不宜。

【滚綉球】三千貫二千石，一品官二品職，只落得故紙上兩行史記，無過是重裀卧列鼎而食。雖然道臣事君以忠，君使臣以禮，這便是死無葬身之地，肯向那雲陽市血染朝衣。本居林下絶名利，不合刬下山來惹是非，不如歸去來兮。

【倘秀才】道有個治家治國，索分個爲人爲己，不患人之不已知。石床綿被暖，瓦鉢菜羹肥，是山人樂矣。

【三煞】身安静宇蟬初蜕，夢繞南華蝶正飛。卧一棍清風，看一輪明月，蓋一片白雲，枕一塊頑石。直睡的陵遷谷變，石爛松枯，物换星移。長則是抱元守一，妙窮理道玄機。

【二煞】雞蟲得失何須計，鵬鷃逍遥各自知。看蟻陣蜂衙，龍争虎鬥，燕去鴻來，兔走烏飛。浮生似争穴聚蟻，光陰似過隙白駒，世人似舞甕醯雞。便博得一官半職，何足算，不堪題。

【煞尾】俺那裏雲間太華烟霞細，鼎内還丹日月遲；山上高眠夢寐稀，殿下朝元劍佩齊。玉闕仙階我曾履，王母蟠桃我曾喫。欲醉不醉酒數杯，上天下天鶴一隻。有客相逢問浮世，無事登臨嘆落暉。危坐談玄講《道德》，静室焚香誦《秋水》，滴露研硃點《周易》，散誕逍遥不拘繫。赴召離山到朝裏，央及陳摶受宣敕。送上都堂入八位，掌管台衡總百揆。御史臺綱索省會，六部當該各詳細，攘攘垓垓不伶俐。是是非非無盡頭，好教我戰戰兢兢睡不美。

○誤入天臺　明王子一作

〔仙吕〕【粉蝶兒】兔走烏飛，搬不盡古今興廢，急回來物换星移。成就了跨鸞交，侣鳳友，五百年姻緣仙契。那時待執手臨歧，倒攬下千相思一場憔悴。

【醉春風】則被這紅灼灼洞中花，碧澄澄溪上水，賺將劉阮入桃源，暢好是美、美。受用他一段繁華，端詳了一班人物，別是個一壺天地。

【迎仙客】下坡如投地阱，驀嶺似上天梯，這的是蝴蝶夢中家萬里。不甫能雨纔收，没揣的風又起。似這般風雨凄凄，早難道遲日江山麗。

【紅綉鞋】見了這三五搭人家稀密，過了這百千重山路高低，那裏也新郎歸去馬如飛。愁的是林深禽語碎，怕的是路遠客行遲。却原來鷓鴣啼烟樹裏。

【醉高歌】望見那蕭蕭古寺投西，行過這泛泛危橋轉北。早來到三家疃上熟游地，這搭兒分明記得。

【普天樂】恰便是幾風霜，多年歲，爲甚麽松杉作洞，花木成蹊？去年將嫩苗鉋土栽，今日見老樹衝天立。見了這景物翻騰非前日，不由人幾千般心下猜疑。修補了頹垣敗壁，整頓了明窗净几，改换了茅舍疏籬。

【石榴花】則見野風吹起紙錢灰，鼕鼕的撾鼓響如雷。原來是當郵父老衆相知，賽牛王社日，擺列着尊罍。到的這柴門前便唤咱兒名諱，他那裏不則聲弄盞傳杯。一個個緊低頭不采佯推醉，這的是人面逐高低。

【鬥鵪鶉】我今日衣錦還鄉，你可便開門倒屣。我如今道姓呼名，你則是嗑牙料嘴。敢道是餔啜之人來撞席，饕餮他酒共食。似恁般妄作胡爲，欺侮咱萍踪浪迹。

【上小樓】則見他一時半刻，使盡了千方百計。喫緊的理不服人，言不合典，話不投機。看不的喬所爲，歹見識，刁天潑地，方信道氣昂昂後生可畏。

【么】真乃是重色不重賢，度人不度己。使的這牛表、沙三、伴哥、王留，唱叫揚疾。走將來手便篳，脚便踢，將咱忤逆，這的是孩兒每孝當竭力。

【滿庭芳】你道我面生可疑，走將來揚威耀武，也合問姓甚名誰。那裏也吐虹霓三千丈英雄氣，全不肯見賢思齊。你道我上天臺狼飡豹食，誰知我入桃源雨約雲期。休得要誇强，會瞞神嚇鬼，大古里人善得人欺。

【十二月】嘆急急光陰似水，看紛紛世事如棋。回首時今來古往，傷心處物是人非。若不是嫦娥月窟，必定是王母瑶池。

【堯民歌】呀！生拆散碧桃花下鳳鸞棲，這的是人生最苦是別離。到做了伯勞飛燕各東西，早難道有情何怕隔年期。傷悲，傷悲，登臨怨落暉，添幾點青衫泪。

【耍孩兒】這的是世間甲子須臾事，方信道洞天深處非人世，包藏着雲踪雨迹。想起臨行時，更將斷腸詩句贈别離，分明是泄露與肉眼愚眉。道花當洞口應長在，水到人間定不回。參透了其中意，是一個神仙境界，錯認做群帶衣食。

【五煞】我受用淡氤氳香噴鵲尾爐，光瀲灩酒傾蕉葉杯。身趔趄佳人錦瑟傍邊立，醉疏狂閑吟夜月詩千首，眼迷希細看春風玉一圍。盼殺我也攙纓會，想殺我也龍肝鳳髓，害殺我也螓首蛾眉。

【四煞】牙床坐步障行，重裀卧列鼎食。不枉了百年三萬六千日，依舊背將寶劍匣中去，再不倒着接籬花下迷。成就了風流婿，匹配了鸞儔鳳友，差排下蝶使蜂媒。

【三煞】他那裏一壺天地寬，兩輪日月遲，不比這彩雲易散琉璃脆。但不知別來仙子今何在，我今後逢着仙翁莫看棋。回首更人世，泰山石爛，滄海塵飛。

【二煞】見如今桃園可整冠，問甚麼瓜田不納履，我和他武陵溪畔曾相識。寂寞了十二欄瑶臺仙子吹簫伴，迢遞了五百里芳草王孫去路迷。闌珊了三千年王母蟠桃會，生疏了日邊飛翠鸞丹鳳，冷落了雲外鳴玉犬金雞。

【尾煞】折末你遶關山千百重，進程途一萬里。我則怕春光去了難尋覓。咱好去，趁這幾瓣桃花半溪水。

○雙魚記

〔大石調〕【催拍】未翻翀天朝羽儀，且徊翔人間路歧。正楊花亂飛，折取長條，難挽金羈。

莫遺浮踪，亂撲輪蹄。（合）雖則是蓮幕堪依，還念取、故山薇。

【前腔】看青雲誰憐布衣，混紅塵偏難遇知。念文公是父執，孔李通家，幼辱提携。管鮑同心，休戀臨歧。（合前）

○又

〔中吕〕【大環着】喜今朝吐氣，喜今朝吐氣，張膽揚眉。抵多少題名狀元及第，芒屩初更賜履，釋褐朝衣。富貴霎時來，恍如隔世。磨鐵硯今方徹底，黄齏菜却纔回味。紅塵裏，青眼稀。險埋没當年五陵豪氣。

【尾聲】今朝龍虎風雲會，都只爲雞黍當年千里期。受過凄凉莫再提。

○埋劍記

〔大石調〕【念奴嬌序】和風布暖，正仙桃蕊綻，西池金母傳杯。真氣東來北斗畔，光映南極星輝。呈瑞，臺曜方高，泰階平久，風雲感會有誰比。（合）重進酒，人間此會，天上應稀。

【前腔】朱邸，春當燕喜。羨金莖露掌，分來甘醴盈器。貯感銜恩，酬報處，黄髮丹心不替。

還擬，家散千金，身留一劍，壯猷元老在彤闈。（合前）

【前腔】高會，只見玉饌八珍，金杯六齊，朱門特地有光輝。還拜祝，願紫極加齡迎禧。名世，黄閣絲綸，黑頭卿相，壽山福地也堪配。（合前）

【前腔】時際，重譯咸賓，調元多暇，自公休沐正委蛇。佳氣擁，恍似披拂仙衣。依稀，鶴駕相過，霓旌前導，羨門方朔共安期。（合前）

【古輪臺】暈初圍，旄頭光指玉關西。長安此際春歸未？胡沙方翳，看白羽星馳，詔遣元戎出製。旗捲秦雲，弓開朔氣，把嗚笳吹浄虜塵迷。烏啼舊壘，一霎時邊日光輝。孔璋草檄，未央捷奏，旂常績紀，麟閣寫容儀。居端揆，太平天子正相倚。

【前腔】追惟，曾把胡騎窮追。常趁此明月關山，笛聲哀唳，秣馬龍堆，還照取移營分隊。抵多少老嫗吹箎，胡兒灑泪。回首相看辦歸計，中宵潛逝，聽凱歌鼙鼓聲齊。天涯静處，銷沉氛祲，皆成光霽。百代容輝，但願喬松體，凌霄聳壑更無虧。

【餘文】停歌袖歇舞衣，將子夜陽春醉殢。却不道一刻千金挽不回。

沈伯時曰：「壽曲最難作。切宜戒壽酒、壽香、老人星、千春百歲之類，須打破舊曲規模，只形容當人事業才能，隱然有祝頌之意方好。」此折爲郭代公慶壽詞，最爲合作。【古輪臺】前有代公白云：「我功名起於輪臺之外，致有今日，可就唱一曲【古輪臺】。」亦甚佳。

《雙魚》《埋劍》，有《紅蕖》之博洽，而流麗過之。今人知賞《紅蕖》而不知賞《雙魚》《埋劍》者何？相者舉肥，盲人可視，信然歟？

○又

〔正宫〕【錦纏道】我平日，不解把赤心自匿。平日地信人直，反托他衣冠大盜與我防賊。不念我先贈與胡威絹匹，又教他多一番阮瑀書檄。腰下鐵三尺，猶剩有交情未失。風雲若借力，何暇把群狐追擊。管縱横豺虎盡滅迹。

○又

〔南吕〕【宜春令】時情薄，古道微。昨論交今朝已携。雷陳膠解，孫龐傾奪紛紛起。守着他能使鬼的錢神，肯倸采故人行的狼狽。誰知這末世頹波，見古人芳軌。

南北詞廣韻選　卷五

魚模

本韻在《西廂記》中第二十出《衣錦還鄉》「一鞭驕馬出皇都」，關漢卿所補，通闋意味索然，故不録。

○琵琶記

北〔正宫引〕【破齊陣】【破陣子頭】翠減祥鸞羅幌，香鎖寶鴨金爐。【齊天樂】楚館雲閑，秦樓月冷，動是離人愁思。【破陣子尾】目斷天涯雲山遠，親在高堂雪鬢疏，緣何書也無？

〔正宫曲〕【風雲會四朝元】【五馬江兒水】春闈催赴，同心帶綰初。嘆陽關聲斷，送别南浦，早已成間阻。【桂枝香】謾羅襟泪漬，謾羅襟泪漬。【柳摇金】和那寶瑟塵埋，錦被羞鋪。寂寞瓊窗，蕭條朱户。【駐雲飛】空把流年度。嗏！瞑子裏自尋思。【一江風】妾意君情一旦如朝露，君行萬里途，妾心萬般苦。【朝元令】君還念妾，迢迢遠遠也索回顧。

【前腔】朱顔非故，緑雲懶去梳。奈畫眉人遠，傳粉郎去，鏡鸞羞自舞。把歸期暗數，把歸期暗數。只見雁杳魚沉，鳳隻鸞孤。緑遍汀洲，又生芳杜，空自思前事。嗏！日近帝王都，芳草斜陽，教我望斷長安路。君身豈蕩子，妾非蕩子婦。其間就裏，千千萬萬，有誰堪訴？

【前腔】輕移蓮步，堂前問舅姑。怕食缺須進，衣綻須補，要行須與扶。奈西山景暮，奈西山景暮，教我倩着誰人，傳語兒夫。你身上輕雲，只怕親歸黄土，我臨别也曾多囑付。嗏！那些個意孜孜，只怕十里紅樓，貪戀着人豪富。雖然忘了奴，也索念父母。無人説與，這凄凄冷冷怎生孤負？

【前腔】文場選士，紛紛才俊徒。少甚鏡分鸞鳳，都要榜登龍虎，偏他將我誤。也不索氣蠱，也不索氣蠱，既受托了蘋蘩，有甚推辭？索性做個孝婦賢妻，也得名書青史，省了些閑凄楚。嗏！俺這裏自支吾，休得污了他名兒，左右與他相回護。你便做腰金與衣紫，須記得釵荆與裙布。一場愁緒，堆堆積積，宋玉難賦。

【四朝元】與【雁魚錦】，俱《琵琶記》中最佳套數。但【雁魚錦】純用江、陽韵，而【四朝元】則以魚、模韵而借用支、思韵。中「思」「漬」「事」「孜」「士」「辭」「史」「紫」等八字，不無微恨，少遜【雁魚錦】。然是有數佳詞，何忍以數字棄而弗録？沈先生欲以「愁緒」易引子中「思」字，果爾，即前八字亦何難易？已操管矣，尋復思之，秦錦雖敝，詎宜綴以絺绤？一笑擲之。

○又

〔雙調〕【步步嬌】只見黄葉飄飄把墳頭覆，厮趕的皆狐兔。怎地松楸漸漸疏，却元來苔把磚封，筍迸泥路。只恐你難保百年墳，憑誰看你三尺土。

【前腔】渡水登山多勞苦，到得這荒村塢。遥觀見一老夫，試問他家，住在何所？趲步向前行，却是一所荒墳墓。

魚、模顯是異聲，定該分爲兩韵。沈隱侯分之而錯出，周德清合之而混叶。故凡用此韵者，未免有鴃舌之恨。至《洪武正韵》，始截然分而爲兩，魚自魚，與居、諸、廬等字叶，模自模，與蘇、芻、無等字叶，而此韵始調。此二闋人知高先生用魚、模韵，而不知其專用模字，不雜一魚韵也。然高先生非偶合也。其後《廬墓》諸闋與【鎖金帳】諸闋俱然，則知非偶合矣。獨攙入支、思太多，故另録。

○拜月記

南〔正宫引〕【侯山月】守正處寒爐，勤苦誦詩書。盼春闈身進踐榮途。索雙親服製，前程未遂，敢仰天呼。

【前腔】樂道安貧巨儒，嗟怨是何如？但孜孜有志效鴻鵠，似藏珍韞匵，韜光隱迹，價待時沽。

〔正宮曲〕【玉芙蓉】胸中書，富五車，筆下句，高千古。鎮朝經暮史，寐晚興夙。擬蟾宮折桂雲梯步，待求官奈何服制拘？教人怨，怨不沾寸祿。（合）望當今聖明天子詔賢書。

【前腔】功名事本在天，（眉批：天字該用韵。）何必心過慮。且從他得失，任取榮枯。爲人只恐身無藝，暫時間未從心所欲。金埋土，也須會離土。（合前）

【刷子序】書齋數椽，良田儘可隨分饘粥，世態紛紛，争如静守閑居。勤劬，藝業學成文武，事皇朝方展訏謨。但有個抱藝懷才，那得他滄海遺珠？

此下尚有一闋，無從查入。

○又

南〔正宮〕【普天樂】叫得我氣全無，哭得我聲難語。兩頭來往到千百步。兄安在？妾是何如？真所謂因旅窮途。須念我爹娘故，我須是一蒂一瓜親兒女，你好割得斷兄妹腸肚。閃下奴家在這里，進無門，退時還又無所。

【小桃紅】大道上，難前去。小路里，權逃伏。遥觀幾架茅檐屋，轉彎環野徑，休辭苦，暫安身，稍避風和雨。多管是村野民居。

○又

南〔南吕〕【五様錦】【臘梅花】因緣將謂是五百年眷屬。十生九死成歡聚。【香羅帶】經艱歷險，幸無虞。也指望否極生泰，禍絶受福。【刮古今】誰知尚有如是苦。【梧葉兒】急浪狂風。【好姐姐】風吹折并根連枝樹，浪打散鴛鴦兩處孤。

此下尚有一闋，恨坊板多訛，不録。《拜月》諸曲應在《琵琶》前。

○荆釵記

南〔正宫〕【玉芙蓉】書堂隱相儒，朝野開賢路，喜明年春闈已招科舉。窗前歲月莫虚度，燈下簡編可卷舒。（合）時不遇，且藏諸韞匵，際會風雲，那時求價待沽諸。

【前腔】懸頭及刺股，掛角并投斧。嘆先賢曾受許多勤苦，六經三史須温故，諸子四書可誦讀。（合前）

【前腔】家私雖富足，心性忒愚魯，向書齋剛學得者也之乎。無才學休想學干禄，有才的便能身掛緑。（合前）

○柳仙記

〔仙吕〕【聚八仙】未具形軀，只爲一槁木，其實虧我度渠。如今身置在蓬壺，得來誰信全不費工夫。憶昔千辛萬苦，踏破鐵鞋全無覓處。

【前腔】蒙换取人模樣改故吾。一霎開聾瞽，這恩難報補。舊恨縱埋三尺土，不過捱他朝暮。便是三十年托生爲婦女，比一身自配合二氣何如？

【拗芝麻】徐行得自娛，看處處、真山真水開畫圖。也須一快睹，丹柯碧葉瑯玕千樹。高下障雲霧，掩映入虚無。看東西兩輪奔走無停也，玉兔與金烏；豈期到此超遷洞府，隔絶泥途。消磨世間今古，終無險阻。

【前腔】省識前生，點雪紅爐。不勞心力講陰符，行遠登高豈敢自誣。蹉跎歲月餘，保我不逾矩。百尺竿頭須進步，未斷前頭路。世態似春花，人情如曉露。盡將羈網破除，從此無差誤。

【尾聲】靈光一點心頭悟，如今踐履是仙區，地位清高隔風雨。

按譜無【聚八仙】名，止有【拗芝麻】，乃《江流》中「崎嶇去路賒」以二闋作一闋，不曾分斷，亦無板，與此字句俱無差。【聚八仙】竟不知當入何調，但前有【金雞叫】，後有【拗芝麻】，俱係仙吕，故冠以仙吕云，姑俟識者辨之。

此曲古色蒼然，非近時作者所能到。

○紅蕖記

〔越調〕【庭前柳】花萼未蕭疏，奈衰柳促征途。飄零同落木，浩蕩欲乘桴。弊廬，鄂渚分雲樹。别後還愁，不食武昌魚。

【前腔】秋野日荒蕪，送客楚山孤。片雲天共侶，永夜月爲徒。故都，一水風烟路，直恁偏勞、張翰苦思鱸。

【前腔】沙白月平鋪，江館雁來初。飛鳴還接翥，行序密銜蘆。況於、骨肉披情愫，没事忙隨、歸燕趕檣烏。

【章臺柳】身似羽，我情似縷。喜年少今開萬卷餘，新詩錦不如。試覷、天上青雲亦卷舒，況時俊滿公車，急回頭看紫泥來處。

【前腔】千里駒，又非一腐儒。奈懶性從來水竹居，今日秋風病欲蘇。隨着寒雨連江夜入湖，且向烟村混舳艫。須有時節得陪鵷鷺。

愈用意愈沉着，亦愈遠此道。此後尚有幾闋，别無佳思，亦尠麗詞，剪去之。

○又

〔商調〕【高陽臺】夜舫新涼，澄潭嘉月，貪看暮景一簇。有物隨流，無端特故相觸。沉没、擎來緑柄供玩賞，是誰採紅蕖一束。那留題柔鋒媚穎，麗姿弱骨。

【前腔】驀忽，事亂關心，風驚過耳，却恐識迷當局。難道刻畫無鹽，翻將西子唐突。休嫌煩瀆，你扁舟此夜獨暢咏，更誰聞與誰披讀。那留題是誰家翰墨，惹君標目？

【前腔】羞縮，重勘風情，還逢月老，怎把雨雲藏蓄。連理萌芽，這詩是合歡文牘。誰卜，歌聲出口自有人入耳，兩相遇許爲骨肉。怎知他妒花風雨，早來相逐。

【前腔】躑躅，啞謎包籠，閟弓彈射，教我心似轉輪翻覆。難道是柯蟻莊蝶，等閑視同蕉鹿。雌伏，雄詞已貴鄴下紙，穩情取石渠天禄。且安排秦樓簫鳳，洞房花燭。

此折乃鄭、崔二子初相見，究問崔生因詩獲婦緣故，寔傳中最喫緊關鍵，須得問答極分明方妙。通篇糊突，覓一警策語不可得。如人行黑屋中，覓一容光之隙不可得。書至此，不覺擲筆睡去，覺而識之。

○度金童玉女 明賈仲名作

〔商調〕【集賢賓】黄梅細絲江上雨，碧沼翠荷舒。受用的是瑪瑙盤蔗漿酪粉，珊瑚枕藤簟紗嚩。黍新包裹裹黄金，蒲細剉紛紛白玉。咏《離騷》歌楚些誰吊古？奪錦標畫槳飛鳧，擊同心長命縷，佩端節赤靈符。

【逍遥樂】蘭湯試浴，納水閣微凉，避風亭倦午。乘竹陰槐影桐疏，疊冰山素羽青奴。剪彩仙子懸艾虎，開南軒奇峰雲布。瓜開金子，膾切銀絲，茶煮瓊腴。

【春閨怨】夫貴妻榮，多來大福，畫堂羅列錦糢糊。妻財子禄前生注。慶有餘，美滿歡娱，配鳳友，對鸞雛。

【雁兒落】賦新詩咏樂府，歌古調達音律。是一朵没包彈嬌柔解語花，是一塊無暇玷温潤生香玉。

【得勝令】簾低簌碧鰕鬚，香細爇紫金爐。霜瓦密鴛鴦甃，雲軒高翡翠鋪。俺同坐着香車，似地長就連枝樹。雙并着騂駒，如膠黏成比目魚。

【賢聖吉】縷金鞓玉兔鶻，七寶嵌紫珊瑚。墨定也似髭髯，撚絨繩打着鬢鬚。皂紗巾珠絡索，錦襖子金較輅。花難比玉不如，卷雲靴跟抹緑，銀盆面膩粉團酥。

【西河後庭花】翠娉婷衠不俗，美嬋娟嬌艷姝。似對月嫦娥并，如臨溪雙洛浦。

【么】他笑呵似秋蓮恰半吐，悲呵似梨花春帶雨。行動似新雁雲邊落，説話似雛鶯枝上語。他醉呵晚風前垂柳翠扶疏，出浴似海棠般擎露。立呵渲丹青仕女圖，坐呵觀世音自在居，睡呵羊脂般臥着美玉。彈呵拂冰弦斷復續，歌呵《白苧》宛意有餘，舞呵彩雲旋掌上珠。

【雙鷹兒】團衫纓珞綴珍珠，綉包髻瀏鵝符。翠鳳鸞翹内妝束，玉搔頭掩鬢梳，喜相逢蟬對舞。

【望遠行】叵奈無端鐵拐使機謀，不知怎生用些道術，將俺那小姐迷惑來去玄都。揣揣揣扯碎俺姻緣薄，忽剌八掘斷俺前程路。空没亂搥胸跌足，揉腮倦語。將一朵并頭蓮磣可可兩分，生拆散俺鶯燕孤，吉玎璫摔碎連環玉。

【梧葉兒】據情理難容恕，論所爲忒狠毒，忍不住我怒氣奮胸脯。一隻手揪着執帶，一隻手揝住道服，兩隻手緊揪捽，咱向明鏡也似官司告去。

【賀聖朝】陡澗高山，險峻崎嶇，教我手荒脚亂無是處。流水横橋，眼暈心虚。蟠巨蟒老樹枯，滲金精猛虎伏。躲避在林莽，掩映我這身軀。

【鳳鸞吟】聽的將金安壽名字呼，我這裏低首拜伏。這搭兒雲水山林是甚去處，是蓬瀛玉宇。得仙居洞府，食仙桃飲瓊漿甘露。硃頂鶴，獻果猿，緑毛龜，銜花鹿，壽長生玉篆丹書。

【牡丹春】嬰兒姹女趣，黄芽白雪枯。被金枷玉鎖緊相拘，將心猿意馬牢拴住。雖然得省悟，回首認當初。

【凉亭樂】迅速光陰過隙駒，恰一夢華胥。烏飛兔走緊相逐，晝夜催寒暑。我本來面目，仙風道骨。爭如俺鼉鼓龍笛兒者刺古，歌鸚鵡，舞鶺鴒。

【小梁州】恰纔東風四友盡喧呼，青紅紫翠錦模糊，又早碧池緑水映紅蕖。承炎暑，又早飄葉曉霜鋪。

【么】正蛩吟清露滋黃菊，便怎生水晶寒雪瑩冰壺？黑暗裏將流年度，早則謾傳籌箸，藏鬮令，說浮圖。

【尾聲】拜辭了翠袖紅裙簇，朱唇皓齒扶。夢回時明月生南浦，向無何深處，步瑤池閬苑到蓬壺。

谷子敬《城南柳》佳闋【混江龍】云：「仙凡有路，全憑足底一雙鳧。翱翔天地，放浪江湖。東訪丹丘西太華，朝游北海暮蒼梧。暫離真境，未混塵俗，覷百年浮世似一夢華胥。信壺裏乾坤廣闊，嘆人間甲子須臾。眨眼間白石已爛，轉頭時滄海重枯。箭也似走乏玉兔，梭也似飛困金烏。看了這短光陰，則不如且入無何去。則我這詩懷浩蕩，醉眼模糊。」【油葫蘆】闋云：「高聳聳雕闌十二曲，接太虛，層梯百尺步雲衢。一會價望齊州則索低頭數，只恐怕近天宮不敢高聲語。這樓襟三江而帶五湖，更對着君山千仞青如許，咱這裏不飲待何如。」【金盞兒】云：「這劍六合砌爲爐，二氣鑄成模。呼的風喚的雨驅的雲霧，屠的龍誅的虎滅的鬼魅，霜鋒如巨闕冰刃勝昆吾。光搖牛斗暗，氣壓鬼神伏。」馬東籬《雷轟薦福碑》云【油葫蘆】闋：「則這斷簡殘編孔聖書，常則是養蠹魚。我向六經中枉下了死工夫。凍殺我也論語篇孟子解毛詩注，餓殺我也尚書云周易傳春秋疏。比及道河出圖洛出書，怎禁那水牛背上喬男女，端的可便定害殺這個漢相如。」又句云：「干受了漏星堂半世活地獄。」又句云：「短檠三尺挑寒雨。」又句云：「寒儒則索村居，教伴哥讀書，牛表描硃。」又句云：「天公歟！小子何辜？黃金誰買《長門賦》？好不直錢也，者也之乎。」又句云：「這廝富則富腹中虛，是一個中選舉的鋤田户。」

又元人《南呂・情詞》一套極佳，惜不知作者姓名。録其【梁州第七】闋云：「我爲他畫閣中倦拈針黹，他爲我曉窗前懶誦詩書。過時不見心憂慮，琴閑雁足，歌歇驪珠。身心恍惚，鬼病揶揄。望夕陽對景嗟吁，倚危樓朝暮躊躇。覷不的水池中一來一往交頸鴛鴦，聽不的疏林外一递一聲啼紅杜宇，看不的畫檐前一上一下門巧蜘蛛。事虛，望孤。蜘蛛絲一絲絲又被風吹去，杜宇聲一聲聲唤不住，鴛鴦對一對對分飛不趁逐。感起我一弄兒嗟吁。」又【尾聲】：「幾時得柔條兒再接上連枝樹，暖水兒重温活比目魚。那些兒着人斷腸處，窗兒外夜雨，枕邊廂泪珠。則我這一點芳心做不得主。」

又商正叔【雙調】佳句云：「鎖閑愁朱扉半掩，約西風綉簾低簌。」又句云：「秋聲兒也是無情物，忽驚迴楚臺人去。酒醒時鸞孤鳳隻，夢回時枕剩衾餘。」又句云：「翠竹響西風，蒼梧戰秋雨。」俱佳。又句云：「五眼雞做了丹山鳳雛，兩頭蛇做了南陽卧龍，三脚貓做了曹宗綉虎。」

○寶劍記

〔商調〕【山坡羊】舉目雲山無數，回首家業何處？只見山危水險，急煎煎跳不出羊腸路。烏亂呼，林深過客疏。形骸瘦盡，眼睁睁生難度。撇下白髮萱親疋倚閭。音書，千里關山半字無；嗟吁，兩地相思一樣苦。

○明珠記

〔黄鐘〕【畫眉序】金巵泛蒲緑，撫景停巵感心曲。嘆千年湘水，此日沉玉。名未泯角黍空傳，人去遠招魂誰續？（合）大家酩酊酬佳節，莫負太平風俗。

【前腔】新篁展修緑，玳瑁筵開畫欄曲。看座排冰島，筩傳蓮玉。見滿眼虎艾争鮮，正西苑龍舟相續。（合前）

【前腔】修眉遠山緑，粉汗流香浸眉曲。自持觴勸酒，皓腕露玉。願白頭長享天年，結彩綫不須人續。（合前）

【前腔】輕盈舞裙緑，獨抱琵琶度新曲。漸鬌偏金鳳，釵横紫玉。掠紈扇乳燕飛來，亂急管新蟬相續。（合前）

【滴溜子】你道是侯門風味不俗，又誰知閭閻幾多不足，日晏未炊饘粥。可惜尊前《白苧歌》，總是蒼生哭。但願君心，化作光明蠟燭。

【鮑老催】繁華輦轂，人人齊唱昇平曲，家家都泛菖蒲粟。休眉皺，且放懷，消清福。人生百歲歡不足，休把愁心惱管弦，頻開笑口傾醽醁。

【滴滴金】上林筍膾光逾玉，南海冰鱗氣猶鬱。玉盤犀筋雲生指，畫堂中，新酒熟，珍饈溢目。嬌歌艷舞相催促，相催促，休教日近青山麓。

【鮑老催】香風亂撲，顛狂粉拍穿金粟，高低玉剪飛屋。把玳筵，近鳴泉，臨喬木。生綃扇兒休揮觸，清風自有涼亭竹，風來也，鬢簌簌。

【雙聲子】弄潮罷，弄潮罷，何處蘭舟逐；採菱歸，採菱歸，兩岸芙蓉緑。日已暮，日已暮，歡未足，歡未足。看月明扶醉，夜涼新浴。

【尾聲】酒剩花殘下金谷，月白風清歸去促。可惜明朝又初六。

◯又

〔南呂〕【賀新郎】漂泊留潭府，荷深恩解衣推食，自知慚負。又荷吹噓登雲路，嬌女肯教同赴。這厚德鐫心銘腑。（合）別後不知何日會，有音書莫惜頻頻付。分袂也，轉凄楚。

【前腔】紅顏自昔多辛苦，似楊花乍依芳樹，又飄南浦。心戀親幃難抛捨，正值寒天秋暮，斷腸處雁聲飛渡。（合前）

◯又

〔南呂〕【三學士】霧縠雲鬟天上女，謫向世路崎嶇。香車碾盡關山月，彈罷琵琶只自吁。日落相將投宿處，黯相對愁不語。

【前腔】老母牽車留不住，相看血染羅襦。藍橋信是神仙宅，不見當年搗藥儒。客枕今宵腸斷處，樓頭雁窗外雨。

【前腔】一自玉階辭聖主，無心更理鉛朱。此身不及流鶯好，長宿昭陽御柳株。莫話羊車當日遇，轉教人流泪珠。

【前腔】草榻竹床炊脱黍，那更枕冷衾餘。大家都是金屋侶，萬種榮華人怎如。也向郵亭捱夜雨，這磨折甚日除。

○又

〔雙調〕【錦堂月】殘臘生姿，朔風弄巧，剪就一天飛絮。光照金尊，掩映素髪堪數。願山中歲月迢遥，似庭下松筠盤踞。（合）歌金縷，看取歲歲開筵，雪天長聚。

【前腔】愁覷，點點梅舒。沉沉春信，寂寞一枝難遇。冷入龍樓，有人目斷宫宇。似今日閟撥紅爐，知甚日同斟緑醑。（合前）

【醉公子】堪取，這淡薄雪花佳處。須不比尋常、覆雲翻雨。貧窶，愧無可承歡，謾把甆盤薦韮葅。齊祝取，願兩下康寧，長醉茅廬。

【僥僥令】金巵傾緑醑，玉屑滿庭除。共江梅照映衰顔好，爛醉倒，花前歸去徐。

【尾】留連雪霽方歸去，把鶴氅蹁躚笑舞。回首朦朧月滿除。

已上四折，唯端陽折佳，餘只平平耳。

○浣紗記

〔正宫〕【玉芙蓉】春風舞鷓鴣，夜月歌鸚鵡。捧霞觴願期萬年歡聚，筵開紫殿千秋樹，壽進紅樓百子圖。（合）休憂慮，料堂堂廟謨，看瞬息間指揮談笑滅東吴。

【前腔】江檣艛舳艫，海雉環樓櫓。諒依山負海尚堪割據，若還有路通伯嚭，不怕無謀退伍胥。（合前）

【前腔】軍聲定有無，國勢推賓主。奈三吴劍客氣如彪虎。只怕金笳出海旗風破，錦帳移營璧月孤。（合前）

○又

〔黄鍾〕【啄木兒】忠良去，國内虚，寂寞朝端誰共語？報親恩須學申生，忍隨追重耳夷吾？向金階披瀝把衷腸訴，人生忍坐視君和父，肯學那碌碌貪生怕死徒。

【前腔】豺狼横，滿路途。奈宴笑盈堂，我獨向隅。微子去，箕子爲奴，較比干諫死何如？看青山有路難歸去。微臣定把身相許，肯愛衰殘血肉軀。

○玉玦記

〔仙吕入雙調〕【步步嬌】客館流鶯啼春去，夢斷愁千緒。花飛故苑空，一片雲山，把人遮住。何處寄雙魚，便緘題愧殺泥金縷。

【前腔】五色日華空成賦，奈苦李無人顧。慚非貴主奴，八翼天門，竟悲歧路。桂玉久難居，怕緇衣染却京華土。

○又

〔仙吕入雙調〕【六幺令】燕姬趙女，小桃花深護幽居。烟霓被服總名姝。調緑綺，待相如。游韁且問章臺路。

【前腔】瓊樓紺宇，稱春風笑語歡呼。金塘秋水映紅蕖。迷下蔡，竟何如？紫騮嘶向平康路。

【前腔】干戈非故，恐田園已就荒蕪。也勝花柳滿皇都。須念取，戒焚如。桂枝莫誤春雲路。

此三小令最有致可喜。獨「戒焚如」三字，覺頭巾氣耳。詞曲忌用經史語，正此類也。

〇玉合記

〔正宮〕【白練序】秋風緊，似綴翮西飛雁影孤，殘生寄只在寶坊蓮宇。凝佇，贈錦書，問別後長條還在無。飄揚處，飛花比雪向風羞舞。

【醉太平】記取，韶華共享，疊蹣跚綉褥，宛轉金鋪。風波霎起，空想舊日歡娛。糢糊，迢迢歸夢半成虛，更誰問畫欄朱户。豈知陌頭桑婦，贏得眼前駐馬躊躇。

【白練序】仙姝，儼畫圖，綃衣綉襦，分明是弄玉暫來天衢。唏嘘，歲已徂，怎望得吹簫引鳳雛。春無主，殘英頓逐，水流東去。

【醉太平】須臾，天涯海角，總閑情到此，不堪分付。枝梧就裏，暫做淡勻輕注。歸歟，怕朱門金鎖護蟾蜍，許誰到百花深處。怎做得舊堂雙燕，差池送別又巢春樹。

【尾聲】縹緲雲歸人間阻，殘燈對影和夢孤。真道是一世生離恨有餘。

○竊符記

〔南吕〕【懶畫眉】驚惶好似聽冰狐，豈解無虞戒不虞，韓城十七總膏腴。争知禍福恒相互，何異藏珠剖腹愚。

【前腔】朝來觀槿感榮枯，獨向閨帷泣向隅，築巢飛燕釜游魚。好似亡猿殃及樹，怎能勾因人愛及烏。

○又

〔南吕〕【羅江怨】春雲亂綺疏，春歸在途。御溝流水落花浮，春絲點點寄銅壺。也金縷拖烟，寂寞扃朱户。西鄰啼鷓鴣，東鄰幕燕雛，恨春歸不帶將愁去。

【前腔】波光映望舒，香芹貫魚。憑闌不語自躊躕，無端搔首更長吁。也露濕瑶階，不穩凌波步。南門人好竽，北門人倚閭，朦朧簾幕無重數。

○紅拂記

〔正宫〕【玉芙蓉】堂堂一丈夫，落落多艱阻，十年來一身進退維谷。失林飛鳥無投處，涸轍窮魚轉困苦。（合）時不遇，向誰行控訴。倘神靈有知，須早啓迷途。

【前腔】奸雄方競逐，社稷將傾覆。待横行須臾，雷擊風馳。掃除氛祲清寰宇，斬戮鯨鯢萬姓蘇。（合前）

○又

〔越調〕【祝英臺】把風塵經歷盡，暗處嘆投珠。悔不抛擲楚弓，棄置吴鈎，門外學吹齊竽。須臾，聽不得鶴唳華亭，又早狗烹錡釜，恨他鄉區區骸骨倩誰收取。

讀伯起詞，雖無甚大頭腦，然結構極精，遣詞極麗，自有一種快人處在牙頰間，如噉哀家梨。若《玉合》等記，不勝聱牙詰曲矣。惜乎老成既往，風流頓盡，欲覓一虎賁卒不可得，不能不追憶我伯起也。

○秋懷 元無名氏

〔黄鐘〕【醉花陰】窗外芭蕉戰秋雨，又添上新愁幾許。珊枕剩綉衾餘，落雁沉魚，眼底知何處。酒醒後細躊躕，一寸柔腸千萬縷。

【喜遷鶯】把離人愁助，鬧西風翠竹蒼梧。消疏，粉墻外霜砧轆轤。一片秋聲厮斷續，不知人心上苦。捱不過追魂鐵馬，更和那索命銅壺。

【出隊子】記柳邊朱户，乍相逢春正初。看一簾花霧暗香浮，愛滿地凉蟾素練鋪，聽四座笙歌細袖舞。

【么篇】想多情豐度，論褒彈事事無。他有那西施妖艷不傾吴，小小風流不姓蘇，巫女精神未遇楚。

【刮地風】看了他閉月羞花天付之，又何須傅粉塗硃。整羅衫款把寒温叙，禮法誰如？甫能勾一番遭遇，便拚下百年歡聚。死生情山海誓永無憂慮，似鸞鳳緊趁逐。畢罷了寄簡傳書，等閑留長就連枝樹，這言辭豈是虚。

【四門子】自别來幾見垂楊緑，悄然的音信疏。瘦影兒伴着夢兒孤，憶分携恁時風景殊。樹影兒沉，日色兒晡，擺列下凄凉隊伍。

【古水仙子】我我我自嘆吁，罷罷罷姻緣簿仍將姓字書。是是是斷雲將楚岫遮攔，敢敢敢桃花把天台截住。來來來生分開比目魚，呀呀呀兩三朝鬼病揶揄。是是是教吹簫月明無伴侶，他他他把六朝金粉收拾去，單單單留下寫恨幾行書。

【尾聲】曾指歸期在春暮，却又早霜冷菰蒲，把燈花影兒終夜卜。

○閑居 元汪元亨

〔南呂〕【一枝花】新栽數畝瓜，舊種千竿竹。不彈三尺劍，靜閱滿床書。詩骨清癯，冷淡淡心何慮，閑夭夭樂有餘。碧梧高彩鳳深棲，滄溟闊鯨鰲隱居。

【梁州】取崖畔枯藤作杖，伐江皋曲木爲廬，主人素得林泉趣。烹茶掃葉，引水通渠。鈎簾待月，俯檻觀魚。恥于求自抱憨愚，厭追陪懶混塵俗。傲慢似去彭澤棄職陶潛，疏散如困夔府豪吟杜甫，清高似老孤山不仕林逋。豈濁，不魯。酸寒緊閉乾坤日，躲風雷看烏兔。靜掩紫扉春日晡，便休題黑漆也似程途。

【黄鐘煞】守茅屋，忘勢利，甘貧何用王侯顧。倒青樽，拼典袴，爛醉頻教婢妾扶。世上炎凉久憎惡，敬於賢，慢於富。罷朝參，儉家務。視肥甘，若鴆蠱，懼功名，似豺虎。咏梅軒，釣菱浦，結樵朋，友漁父。陋繁華，尚雅素，遠雕輪，避朱芾。老妻賢，釀醹醁，老夫狂，唱金縷。課耕男，教織女，推仁愛，給奴僕，頌歌謡，讚明主。儘紅輪，換朝暮，任浮雲，變今古。對猿鶴，做儔侣。喜烟霞，近窗户。但將那老鳩巢懷抱放寬舒，一任教競蠅血兒曹謾欺侮。

【尾】學不的睡不安蒼慌拔劍雞窗下舞，趕不上時未遇抖擻彈冠仕途上趨，秉一段鐵石心腸愈堅固。折莫你趙平原誘英雄計謀，齊孟嘗待賢良肚腹，賺不去狗盜雞鳴類兒數。

○方外觀 元

〔南吕〕【一枝花】蜀道難長懷李太白，廬山高每羨歐陽叔。江曲折還詢郭景純，海週遭曾問木玄虚。大剛來混一皇輿，萬里神游去，何須覓坦途，脚到時選勝尋幽，眼落處興今慨古。

【梁州】圖得個風月情長沾肺腑，贏得些是非名不到襟裾。分明記得經行處。躡蒼梧銜飛彩鳳，扣扶桑撼動金烏，登雁宕潛驚木客，涉龍門叱起天吴。又不比悠悠泛一葉黄蘆，飄飄跨兩足白鳧。散誕似李元真松陰内干禄求名，逍遥似趙師雄梅花下開樽按舞，廓落似淳于棼槐柯上架室安居。遮莫五湖，四瀆。釣竿直拂珊瑚樹，天地闊渺無路。撞入仙翁白玉壺，知他是紫府也那清都。

【尾聲】濕淋浸滿身香露侵毛骨，咭叮噹過耳清飈響珮琚，驀然的掙破雙眸了然悟，尚兀自爐烟馥鬱，燈火恍惚，不覺的月在梧桐畫闌曲。

○田老齋 元無名氏

〔南吕〕【一枝花】樹當軒作翠屏，月到簾爲銀燭。柳綿舒白罽氈，苔茵展翠絨毯。四壁蕭疏，若得瑯玕護，何須蘿蔓鋪。聽了些雨打窗下芭蕉，看了些日照盤中苜蓿。

【梁州】破陸簌漏雨時疲童灑掃，奄剌答赤雙脚老婢供廚。主人自得其中趣。隔墻貰酒，鑿壁觀書。拾薪煑茗，賃圃栽蔬。雀堪羅忙煞蛛蜘，鼠無糧閑煞狸奴。寂寞似萊蕪縣范史雲琴堂，虚敞似臨邛市馬相如酒罏，瀟灑似錦官城子美茅廬。坦然自足。刬地裏撥灰吟出驚人句。想石崇在金谷，止不過錦幛春藏醉緑珠，今日何如？

【尾聲】送將窮鬼出門去，描取錢神入畫圖。但能勾半點兒陽和到喬木，管城子進取，孔方兄做主，翻蓋做十二瑶臺列歌舞。

○雲巢 元無名氏

〔南呂〕【一枝花】攬將天上雲，占却山頭樹。樹頭雲靉靆，雲底樹扶疏。從此歸歟，混沌安心素，微茫隔世途。既然以天地爲家，甘分與林泉做主。

【梁州】門徑窄何須绰楔，棟梁低不用欂櫨。道人自有安排處，疏疏結構，巧巧枝梧。寬如舴艋，小若屠蘇。但知變化須臾，還看聚散何如。雲生也四壁糊糢，雲定也一團蓊鬱，雲收也萬象空虚。羨乎笑乎。方信道白雲本是無心物。誰把此中趣，淡淡濃濃寫作圖，暢不塵俗。

【尾聲】聽琴鶴至分床宿，送果猿來借榻居，絶勝當年老巢父。怡然自娱，恬然自足，再不想從龍化甘雨。

○心遠軒

〔南吕〕【一枝花】不從方外游，且向塵中住。但能通大道，何必厭亨衢。吾愛吾廬，選得陶詩句，楣間籀字書。黄庭静玩之無窮，靈源溢探之不足。

【梁州】七竅連八荒廣漠，一簾隔萬里空虚。誰不知方寸地無多物。玄參黄老，易論程朱。詩敲怪險，棋較贏輸。不聞滿耳喧呼，只宜竟日踟趺。恰枕肱悠悠夢繞華胥，不動脚忽忽神游洛浦，纔合眼飄飄身在蓬壺。本無間阻。山林城市俱同路，解得到此中趣。便覺平生百慮疏，遐邇何如。

【尾聲】光風轉蕙春生户，幽草生香月到除，不離團標兩三步。休道星躔月窟，遮莫天關地軸，垂拱之間在環堵。

元人於本調本韵尚多佳套，不能盡録，録其尤者。《咏自娱》句云：「菊花枕滿頭，香霧氤氲，梅花帳滿面香風馥鬱，蘆花被滿身香雪糢糊。」又句云：「清溪道士爲賓主，東里先生問起居。」《咏雲山圖》云：「青隱隱渾疑太華，白茫茫錯認蓬壺。黑黯黯難吴越，緑迢迢不辨衡廬。雲連山遠近相逐，山連雲上下相續。可知道陸士衡醖釀做文章，王摩詰收拾在肺腑，狄梁公迤逗出嗟吁。」《咏春思》【罵玉郎】闋云：「剛叫道才郎身去心休去，好教我愁似海泪如珠，樽前無計留君住。魂飛在離恨天，身落在寂寞所，情遞入相思鋪。」又【尾聲】云：「你去呵江河中須要尋一個彩船兒渡，宿卧處多將些厚褥來鋪。起時節遲些兒起，住時節早些兒住。茶飯上誰親哺？宿卧處誰蓋袱？宿時節揀一答老實的店房兒宿。」又《秋景》句云：「枯荷缺處添黄，衰柳凋時減緑，山楓老也塗朱。亂紛紛殘花病菊，滴溜溜敗葉凋梧。疏剌剌風摇翠竹，淅零零雨灑荒蒲。」又句云：「半成不就夢兒回，半明不滅燈兒暗，半死不活影兒孤。」又【採茶歌】闋云：「雁兒往時盼程途，奔江湖，且是娘悲悲切切鬧喧呼。今夜毛團爲甚不言語？莫不是那答兒錯下了斷腸書？」又《春游》句云：「芳草烟翠錦籠紗，梨花月瓊林捧玉，楊柳露緑綫穿珠。」又句云：「緑楊影裏鳩鳴婦，紅杏枝頭燕引雛。」俱可觀。

○題紅記

〔仙吕入雙調〕【惜奴嬌】霜仗雲輿，向春風遥指，禁園深處。青旂度，幾拂柳宫花嶼。凝竚，繞樹游絲，撲馬飛英，繽紛盈路。堪賦，想鑾輅，自行春不是，漢濱閑步。

【前腔】縈紆綉嶂金渠，看香雲片片，儼盤丹霧。穿花誤，驚逗幾梢紅雨。何處，拾翠芳洲，鬥草青林，舊溪，游女聽訴。揔笑語、向春園羞唱，後庭瓊樹。

【鬥寶蟾】千株緑葉扶疏，似亭亭翠蓋幾重，環護羨提筐東郭宿瘤齊女。記取東窗挑錦書，西垣補衷圖。謾躊躇，可憶金剪新裁，曉進赭黄衣處。

【前腔】長吁故苑蘼蕪，挽長條慾折，泪痕偷注。望平林一帶，緑蔭如許。羞睹交交黄鳥，哦呼翩翩紫燕徂。恨模糊，揔得機杼成章，免不得又傷紈素。

【錦衣香】五色車，雙鸞馭；百隊伍，千群扈；看罨畫重重，紅泉翠塢。杏花西日照鳴騶，群翻翡翠，鞭裊珊瑚。向平沙軟路，結輕裙相牽伴侣。顧影憐還妒，愁雲夢雨，徵歌選色，年年年春緒。

【漿水令】望春臺，風光非故，凝碧池鶯花已逋。石鯨鱗甲謾菰蒲，歌傳黄鵠，棹引青鳧。春歸去，誰是主，銀塘曲曲迷芳杜。回鑾處，回鑾處，花明寶炬。還宫暮，還宫暮，月照金鋪。

【尾聲】從教節令催桑扈，又是春風一度，願杼軸年年祝聖圖。

亦覺肉勝。然是皇后親蠶，不妨敷腴綺麗。「錦衣香内鳴騶」，騶，音趨。《禮》云：「車驅而騶。」

○葛衣記

〔正宫〕【玉芙蓉】牙璋擁節符，玉塞鳴笳鼓，荷皇恩三錫四牡。馳驅，半生憂國腰圍減，萬里提兵膽氣粗。（合）酬明主把前綏還换，管教取狼烟一掃浄妖狐。

【前腔】龍沙列陣圖，虎帳臨邊戍。看桓桓節鎮，電閃風驅。連雲徂甲春雲麗却月，旌旗夜月孤。（合前）

○曇花記

【六犯宮詞】岧嶤畫閣，玲瓏綉户。何限金沙鋪路，交光涉入，罘罳帝網明珠。祇樹千行直，蓮花九品舒。疏枝亞，碧蕊敷，莊嚴真不數天都。堪羡八功德水涵金鏡，又有七寶池波湛玉壺。巍巍窣堵，神飆自扶，香臺處處紅雲護。嵌珊瑚，硨磲瑪瑙，光射月輪孤。

【前腔】瓊林花繞，香渠流注。三聖常居净土，金身丈六，無非本性毗盧。螺髻垂瓔珞，雲衣映綺疏。霞幢覆，寶座趺，靈光處處現真如。你聽潮音鐘磬聲能發，誦佛號頻伽鳥自呼。金鎞妙義，瑯函梵書，玄津寶筏人皆度。地清虚，三灾五濁，全不到精廬。

○彩毫記

〔黄鐘〕【畫眉序】金飆動華屋，西望驪山亂雲矗。漸潭澄秋水，露凉宵燭。傾玉椀紫泛香萸，媚綉户黄垂叢菊。（合）殿庭喜遇登高會，爽氣乍侵醽醁。

【前腔】秋風響簾軸，金井梧飛俟蟲促。看雁寒箏柱，應弦商曲。釵鈿冷髻嚲青螺，羅縠映膚鮮紅玉。（合前）

【滴溜子】秋色好，秋色好，澹遠山似沐；佳人好，佳人好，溜臉波可掬。鼎沸笙歌相逐，《凉州》聲遏雲，蒲萄熟。風露瑶臺，肌生銀粟。

【鮑老催】霜紅艷目，芙蓉十丈高於屋，琉璃千頃臨妝束。看仙妃倚半酣，歌俏襹。猛拚日暝蘭膏續，喧天羯鼓停絲竹，夜漏催杯行速。

【雙聲子】花氈上，花氈上，一捻弓彎蹴。珠簾内，珠簾内，十隊紅妝簇。賞已遍，賞已遍；恩盡沐，恩盡沐。盼紅輪西嶺，素蟾東麓。

【尾聲】名花傾國争馥鬱，盡老今生看不足，永樂昇平醉金屋。

○伍員吹簫 元李壽卿作

〔南吕〕【一枝花】撲碌碌撞開門外軍，不剌剌殺出城邊路。緊防弦上箭，又則怕失却掌中珠。仔細躊躇，俺父兄都身故，又把咱一命圖。泪沾灑四野征塵，氣吁成半天毒霧。

【梁州第七】則願得斫不折俺匣中寶劍，則願得走不乏這胯下龍駒。憑着俺這湛盧槍搠下功勞簿。則見盔纓慘淡，袍錦糢糊。想當日筵前鬥寶，暗裏埋伏，脱臨潼都是俺的機謀，向雲陽早壞了俺的親族。我、我、我舉什麽千鈞鼎惡識了西秦；是、是、是到如今一口氣羞歸南楚；來、來、來只不如片帆風飛過東吴。我這裏悄悄嘆吁，敢命兒裏合受奔波苦？世做的背時序，且一半惺惺一半愚，説甚當初。

【牧羊關】謝得你個少女心兒善，怎知我是正人膽底虛。緩急間須要你支吾，可憐我孤身的躲難逃灾，更一家兒銜冤負屈。今日個告殘漿休漏泄，也則怕有軍士緊追逐。怎忘得金瀨上浣紗女，救了走樊城伍子胥。

【罵玉郎】他生來野水荒村住，又不曾讀甚古人書，怎肯爲英雄甘把紅顔没？久已後索與他蓋一所設像的祠，建一統紀節的碑，這便是我表一點酬恩的處。

【哭皇天】你本是滄江上烟波侶，能念我蘆葦中飢餓夫。這劍似半潭秋水寒，一片月光浮。我本待實心兒送與，待不與大恩難報，待與來禮意輕疏。他道俺報冤讐，報冤讐有用處。則怕我久已後多忘，忽心中記取。

【烏夜啼】這一場又自刎了個漁父，不由我不掩面嗟吁。漁翁也，再不見落霞低伴孤飛鶩。你可爲甚生撇鄉閭，死葬江湖？從今後半瓶濁酒有誰沽，抛下這一江野水無人渡。芳草洲，垂楊路，無人攀話，閑殺樵夫。

【煞尾】我劍砍的這江邊蘆葦權遮護，你向那水國龍宫且暫居。急回來滅了楚，那其間到此處，拜你個没半面的恩烈丈夫。我怕不待忍住忍不住痛，只爲我斷送了你這漁翁，和那一個抱石投江的浣紗女。

嘗嘆子胥一逋亡餓夫耳，而浣紗女與漁父邂逅之頃，非有相知之素，何以争爲之死，不暇顧問哉？蓋直道之在人，是是非非，不容泯滅。子胥遭無極之讒，見怒時王，奢、尚橫死，顛沛假命，見者腐心，聞者酸鼻。及其乞食之時，飢餓已極，大江在前，追者在後，呼吸存亡，風聲鶴唳，盡是疑端。其不能不諄諄於浣紗女、漁父之囑，勢也，豈慮其以死自明哉！昔魏齊竄死，虞卿解印；季布逃亡，朱家甘罪。見義不爲，古人所羞。東海張儉亡命，因迫望門投止，而當世重其名行，破家相容。其所經歷，伏重誅者以十數，連引收考者布滿天下，宗親并皆殄滅，郡邑爲之殘破。孔氏一門，兄弟母子争爲之死。是非直道在人，孰迫之而使然哉！雖然，是胡可責之今人哉。古人重義，故之死而不顧；今人惟利是視，利盡，則今日肺膽，明朝胡越矣，可望其捐城委爵，破族屠身乎？讀《伍員吹簫》劇，爲之三嘆。

此是千古奇事，而壽卿之詞殊不稱。余嘗至金瀨之旁，巋然一廟，則浣紗女祠也。中有李青蓮碑記甚妙。壽卿豈未之見耶？【烏夜啼】内「芳草洲垂楊路下」，極好描寫。其悲痛憐惜之臆，乃曰「無人攀話，閑殺樵夫」。斯何時而暇與樵夫作計哉！丹丘先生評其詞「如洞天春曉」，又曰：「雍容典雅，變化幽玄，造語不凡。非神仙中人，不能致此。」壽卿所作雜劇有十種，余所見止此，殊覺過情。或他作不然也。

【尾】中「忍不住痛，只爲我斷送了你這漁翁和那一個抱石投江的浣紗女。」淡然無味，亦收不定。尾貴有涵蓄，欲盡不盡方妙。宜乎康德涵深嘆合作之尠也。

○賺蒯通　元

〔仙吕〕【點绛唇】只爲焚典坑儒，煩刑重賦，人心怒。共逐秦鹿，扶立了英明主。

【混江龍】想我張良未遇，也則是秦世避人夫。甫平了劉家天下，纔得做大漢司徒。則今日封侯得這陳留邑，索强如少年逃難下邳初。我也曾熟讀了黄公略法，勤習了吕望韜書。佐高皇南征北討，坐帷幄運籌謀。傍秋風楚歌唱徹，早吹散垓下軍卒。笑重瞳有千般英勇，怎出俺十面埋伏？逼得他無顏敢再向東吴，烏江邊自刎也是天之數。全賴一人有慶，纔得四海無虞。

【油葫蘆】想當日共起亡秦將天下取，都是咱文武。誰敢和項王交馬決贏輸？若是韓淮陰不肯辭西楚，漢高皇怕不悶死在巴蜀。因此上我張良摻一紙書，你個蕭丞相三薦舉。將元戎百萬壇臺築，可不道君子斷其初。

【天下樂】現如今百二山河壯帝居，他也望遷除，倒將他劍下誅，可不道舉枉錯直民不服。老夫不是廝賣弄，丞相想你也須自啻付，端的是誰推翻楚項羽。

【那吒令】你起初時要他，便推輪捧轂；後來時怕他，慌封侯躡足。到今日忌他，便將他殺身也那滅族。他立下十大功，合清受萬鍾禄，恁將他百樣妝誣。

【鵲踏枝】他擊陳餘有權術，擒夏悦用機謀。他可便堰住淮河，夜斬龍且，將魏豹智擄，將齊王力取，論功勞今古全無。

【寄生草】九里山按形勢，八卦陣列士卒。虧殺俺韓元帥，自把先鋒做。遣五侯趕到合休處，賺重瞳走入陰陵路。遮莫他烏騅能突數重圍，怎當的烏江那日無船渡。

【金盞兒】我從今見盈虛，識乘除。總不如隱山林，棄鐘鼎，倒可也無榮辱。拜辭了龍樓鳳閣，去守蝸廬。甘心兒追四皓，回首也嘆三閭。誰待要門排雙畫戟，户列八椒圖。

【賺尾煞】我如今跳出是非場，抹撥了功名簿。只待要修仙辟穀，倒是俺散誕逍遥一願足。再休題玉帶金魚，細躊躇，究竟何如，則俺這後車怎不誡前車。眼見得三齊王受屈，因此上子房公歸去，一任太平天子百靈扶。

○埋劍記

〔仙吕〕【月雲高】數年積貯，縑帛頗饒裕。若不是楊都護，如何能就緒。此去携取文憑，料没有甚攔阻。他既已來納款，不信道驕如故。羞教我記室年來筆硯疏，落得低頭泣湛盧。

【前腔】丈夫相許，豈類小兒女。須要將然諾踐，肯將盟約負。説甚妻兒，空將我壯心阻。他那裏自相依傍，我這裏也不遑顧。却不道仗義心堅財自疏，肯守着妻孥做覓利徒？

南北詞廣韻選　卷六

皆　來

○西厢記・月下佳期

北〔仙吕〕【點絳唇】竚立閑階，夜深香靄横金界。瀟灑書齋，悶殺讀書客。

【混江龍】彩雲何在，月明如水浸樓臺。僧居禪室，鴉躁庭槐。風弄竹聲則道金珮響；月移花影疑是玉人來。意懸懸業眼，急攘攘情懷，身心一片，無處安排；則索呆打孩倚定門兒待。越越的青鸞信杳，黄犬音乖。

【油葫蘆】情思昏昏眼倦開，單枕側，夢魂飛入楚陽臺。早知道無明無夜因他害，想當初不如不遇傾城色。人有過，必自責，勿憚改。（眉批：按譜「勿憚改」上少三字一句。）我却待賢賢易色將心戒，怎禁他兜的上心來。

【天下樂】我則索倚空門兒手托腮，好着我難猜。來也那不來？夫人行料應難離側。望得人眼欲穿，想得人心越窄，多管是冤家不自在。

【那吒令】他若是肯來，早離了貴宅；他若是到來，便春生敝齋；他若是不來，似石沉大海。數着脚步兒行，倚定窗欞兒待，寄語多才。

【鵲踏枝】恁的般惡搶白，并不曾記心懷；撥得個意轉心回，夜去明來。空調眼色經今半載，這其間委實難捱。

【寄生草】安排着害，準備着擡。想着這異鄉身强把茶湯捱，則爲這可憎才熬得心腸耐，辦一片志誠心留得形骸在。試着那司天臺打算半年愁，端的是太平車約有十餘載。

【村裏迓鼓】猛見他可憎模樣，早醫可九分不快。先前見責，誰承望今宵歡愛。着小姐這般用心，不才張珙，合當跪拜。小生無宋玉般容，潘安般貌，子建般才。（眉批：「自建才」下少三字三句。）姐姐，你則是可憐見爲人在客。

【元和令】綉鞋兒剛半折，柳腰兒勾一搦，羞答答不肯把頭擡，只將鴛枕捱。雲鬟仿佛墜金釵，偏宜鬏髻兒歪。

【上馬嬌】我將這紐扣兒鬆，縷帶兒解；蘭麝散幽齋。不良會把人禁害，（眉批：「禁害」下少三字一句。）哈，怎的不回過臉兒來。

【勝葫蘆】我這裏軟玉温香抱滿懷。呀，劉阮到天臺，春至人間花弄色。將柳腰款擺，花心輕拆，露滴牡丹開。

【么】但蘸着些兒麻上來，魚水得和諧，嫩蕊嬌香蝶恣採。半推半就，又驚又愛，檀口揾香腮。

【後庭花】春羅元瑩白，早見紅香點嫩色。燈下偷睛覷，胸前着肉揣。暢奇哉，渾身通泰，不知春從何處來。無能的張秀才，孤身西洛客，自從逢稔色，思量的不下懷；憂愁因間隔，相思無擺劃，謝芳卿不見責。

【柳葉兒】我將你做心肝兒般看待，斷不辜負小姐清白。忘餐廢寢舒心害，若不是真心耐，志誠捱，怎能勾這相思苦盡甘來。

【青歌兒】成就了今宵今宵歡愛，魂飛在九霄九霄雲外。投至得見你個多情小奶奶，憔悴形骸，瘦似麻秸。今夜和諧，猶自疑猜。露滴香埃，風静閑階，月射書齋，雲鎖陽臺；審問明白，只疑是昨夜夢中來，愁無奈。

【寄生草】多丰韵，忒稔色。乍時相見教人害，霎時不見教人怪，些兒得見教人愛。今宵同會碧紗廚，何時再解香羅帶。

【賺煞尾】春意透酥胸，春色横眉黛，賤却人間玉帛。杏臉桃腮，襯着月色，嬌滴滴越顯紅白。下香階，款步蒼苔，動人處弓鞋鳳頭窄。嘆鯫生不才，謝多嬌錯愛。是必破工夫明夜早些〻來。

此折多峭筆，多俊調，而其精采焕發，處處似片霞散錦，勺水興波。至於見成話信口吐出，輕描淡抹，靡不入神，真詞場中射雕手也。【那吒令】一闋，描寫密約時揣摩沉吟情事，無一語不入骨。而「數着脚步兒行」尤爲奇絶。他如「彩雲何在」六句，景語之極佳者。又「身心一片」二句，又「兜的上心來」，又「夫人行料應難離揣」，又「可憐見爲人在客」，又「羞答答不肯把頭擡」，又「怎的不回過臉兒來」，又「半推半就，又驚又愛」，又「不知春從何處來」，又「只疑是昨夜夢中來，愁無奈」，又「乍時」三句，又「下香階」三句，又結句，俱情語之極佳者。點綴呼應，亂墜天花，令人不暇應接，直亦令人無能名狀其神駿。

◯拜月記

〔商調〕【山坡羊】翠巍巍雲山一帶，碧澄澄寒波幾派？深密密烟林數簇，滴溜溜黄葉都飄敗。一兩陣風，聽得三五聲過雁哀。傷情對景愁無奈，回首家鄉，珠泪滿腮。情懷，急煎煎悶似海。形骸，骨巖巖瘦似柴。

【水紅花】憶昔歌舞宴樓臺，會金釵，歡娛難再。思之詩酒看書齋，命多灾，風光難再。母親知他何處？尊父阻隔天涯，不能勾千里故人來也囉。

【梧桐花】徙黎民，遷臣宰，國主蒙塵尚遠邁。雕闌玉砌今何在？想畫閣蘭堂那樣安排，都做了草舍茅檐這境界。怎教人還得盡恓惶債。

【水紅花】路滑霜重步愁擡。小弓鞋，其實難捱。家亡國破更時乖。這場灾，冰消瓦解，否極何時生泰？苦盡更甜來，只除是枯木上再花開也囉。

○琵琶記

〔南吕〕【紅衲襖】你喫的是煮猩唇和那燒豹胎，穿的是紫羅襴，繫的是白玉帶。五花頭踏在你馬前擺，三檐傘兒在你頭上蓋。你本是草廬中窮秀才，如今做了漢朝中樑棟材。有甚不足，只管鎖了眉頭也，唧唧噥噥不放懷。

【前腔】我穿着紫羅襴，倒拘束的不自在。穿的皂朝靴怎敢胡去踹。口裏喫幾口荒張張要辦事的忙茶飯，手里拿着個戰競競怕犯法的愁酒杯。倒不如嚴子陵登釣臺，怎做得揚子雲閣上灾。只管待漏隨朝，可不誤了秋月春花也，枉干碌碌頭又白。

【前腔】莫不是丈人行性氣乖，莫不是妾跟前缺管待；莫不是畫堂中少了三千客，莫不是綉屏前少了十二釵。這話兒教人怎猜，這意兒教人怎解，敢只是楚館秦樓，有個得意人兒也，悶懨懨不放懷。

【前腔】有個人人在天一涯，只落得臉銷紅眉鎖黛。我本是傷秋宋玉無聊賴，有甚心情賦着閑楚臺。三分話兒也只恁猜，一片心兒也只恁解，你休纏得我無言，若還提那籌兒也，鎮撲簌簌珠淚滿腮。

○又

南〔仙呂〕【風入松】不須提起蔡伯喈，説着他每哏歹。（傍批：哏，呵金切。）他中狀元做官六七載，撇父母抛妻不采。只兀的這墫頭土堆，（眉批：堆，沈韵。）是他雙親的在此中埋。

【前腔】一從他別後遇荒灾，更無人依賴。虧他媳婦相看待，把衣服和釵梳都解。他魆地裏把糟糠自捱，公婆的倒疑猜。他公婆的親看見，雙雙死，無錢送，剪頭髮賣買棺材。他去空山裏把裙包土，血流指，感得神明助，與他築墳臺。

【前腔】他如今直往帝都來，彈着琵琶做乞丐。叫他不應魂何在，空教我珠淚盈腮。這三不孝逆天罪大，空設醮，枉修齋。你如今便回，説張老的道與蔡伯喈。道你拜別人爹娘好美哉，親爹娘死不值你一拜。

【前腔】他元來也只是無奈，似鬼使神差。這是三不從把他廝禁害，三不孝亦非其責。（眉批：「責」，坊本作「罪」，非韵，從古本。）只他爹娘的福薄命該，（眉批：「命該」，一作「命乖」。）人生裏都是命安排。

沈先生曰：「細察舊曲，凡【風入松】或一曲，或二曲，其後必帶二段，今人謂之「急三槍」。未知是否，未敢遽題其名也。末後一曲則止用【風入松】，更不帶此二段，不知何故。」或題作【風入松犯】。

○荆釵記

南〔南吕〕【懶畫眉】紫簫聲斷彩雲霾，膩粉蒙香玉鏡臺，燈前孤幌冷書齋。血衫難挽仙裾返，造化能移泰岳來。

【前腔】荆釵博你鳳頭釵，義重生輕托綉鞋，一回思想一回哀，鳳帷猶在人何在？我息婦，可陰佑雙親到此來。

此二闋亦可無選。第求全璧於《荆釵記》中，良不易得。

○紅蕖記

〔南吕〕【五更轉】那紅蕖呵想嬌艷，含情採。料應他欲寄懷，和枝和葉都付伊擔帶。故觸輕舟，心兒先解。浪已平，風又息，塵如灑。銀蟾三五，圓滿光無礙。更遇着解事江流，送得不尷不尬。

【劉潑帽】道伊有空也誰留在，道無情又似天巧安排。芳馨空染得懷中揣，怕瘦骨骸，這艷質誰勝戴。

【東甌令】也是你桃花運，命中該。生扭做胡麻枉自揣，藕絲兒慣惹縈牽債，蓮心苦如何捱。一似潘娘脱瓣褸金鞋，剛映六郎腮。

【金蓮子】我是小秀才，風流性格偏難改。辦一片誠心且捱，怎做得問迷津，遇仙的劉阮到天台。

【尾聲】你好供養他燒香拜，何時笑把并頭栽？這是醸醞相思的軟玉胎。

〇又

〔南吕〕【綉帶兒】詩中語教伊怎解，藏着恁般機械。誰撇下一把芙蕖，却倚傍片舫江涯。疑猜，他寫道七月七日採，字畫内有許多情態。同行的須有魏林，只除是會人意的江流方解。

【前腔】奇哉，這紅蕖東蒙君盼睞，是奴手自留在。比及我聽得一首新詞，却又寫君家半夜情懷。駑駘，虎皮羊質不自揣，要欺占燕鶯花寨，這詩句他道自裁。若不是解詩意的争些被謀賴。

【太師引】悶似山愁如海，只爲一篇詩結了個恨胎。從此後把相思撇漾，這相逢是命運安排。一言謝得娘慷慨，想姻緣薄兩下裏難揩。又還愁鸞儔已諧，須負了我鳳幃鴛被的情債。

【前腔】你意兒直恁難分擺。念藍田雙玉未裁。聽説罷私心歡慶，這好事百無妨礙。才郎自是折桂客，須把你做國香看待，一諾後終身不改，休間阻他夫妻百歲的恩愛。

【瑣窗寒】這孤幃春色難捱，也是紅鸞數未該。尚連絲帶藕，兩下分開。高荷出水，全憑遮蓋。做花神暫時擔帶。兩腮撲堆着萬種可憎材，可知道打動乖乖。

【前腔】這姻緣鬼使神差，曾把蓮心并蒂埋。向花房葉底，露出根荄。喜慈親做美，把金枝相貸。算錦片前程難買。看小齋似桃花澗水滿天台，待教仙客重來。

描寫處，神情尚欠相傳。

○浣紗記

〔雙調〕【錦堂月】臺殿風微。山河氣轉，欣逢運開時泰。深荷驅馳，長風頓掃陰霾。受羈囚既歷艱難，誓雪恥肯坐觀成敗？（合）愁城解，須待戀乘機，速圖休懈。

【前腔】江外，三載歸來。親遭困苦，雙眉尚蹙羞開。深荷群臣，同將社稷擔戴。試看取今日纖軀，渾不似舊時嬌態。（合前）

【前腔】時乖，歲月難捱。殘軀未死，幸喜舌尖猶在。深荷扶危，安然物阜民懷。既擡頭見前轍曾傾，須留意鑒後車當戒。（合前）

【前腔】庸才，自愧駑駘。親承顧托，未曾報答涓埃。深荷持顛，豺虎窟中脱械，須猛省君擊臣囚，休便認民安國泰。（合前）

【醉公子】無奈，這深恥車兒難載。誓苦志勞心，莫貪歡愛。須待，會霧散雲飛，海日瞳瞳萬里開。（合）看奏凱，遍萬歲山呼月殿雲階。

【前腔】不揣要奮迅名揚四海，把吴宫踏破，易如歷塊。慷慨，定仗劍長驅，戰勝三吴歸去來。（合前）

【僥僥令】須尋傾國色，送上陷人胎。看取晝夜荒淫渾無賴，奸佞進忠良應受灾。

【前腔】纖腰牽翠帶，高髻醉金釵。管取國破家亡人何在，和你同上姑蘇百尺臺。

【尾聲】威加四遠聲名大，遍海宇恩波無外。那時節方信江東有梁棟材。

卧薪嘗膽，字詞中亦宜點出。

○玉玦記

〔南吕〕【鎖窗郎】想禡牙昔日登臺。指河朔夜渡淮。五兵超乘，萬纛齊開。鷹揚虎旅，功兼收蔡。（合）喜今朝桓桓天討靖邊塞，論爵賞，遲封拜。

【前腔】把蒼生命墮顛崖，搆戎狄爲亂階。移山堪誚，愚叟癡騃。吠堯跖狗，鼎烹難貸。

（合前）

【前腔】喜令公文武全才，屈群力無貳猜。風霆迅擊，掃蕩氛霾。射天蓬矢，鴟鴞先鎩。

（合前）

【前腔】似窮猿押虎銜哀，悔失策招禍災。雌雄蜀壠，一覺南槐。圖王伯業，而今安在？

（合前）

自沈約以開來與回杯同押，遂令詞家亦祖之，故純用本韻者絶少。

《王粲登樓》內【端正好】闋云：「則有分鞭驟馬催行色，拂西風滿面塵埃。想昨朝風送烟波側，今日個落日在青山外。」又佳句云：「我比那買官的省些玉帛，似俺這求仕的費了草鞋，赤緊的好難尋紫袍金帶。」又有并嘲子弟妓女【雙調】，或云袁西野作，【新水令】闋云：「戰風情謀略巧安排，打不破柳營花寨。無風聞樹響，不雨見花開。指着庭槐，黃襖兒穿不敗。」【駐馬聽】闋云：「你便有大手雄才，寶劍金貂索自解，他生的柳眉花額寶釵金鳳向人歪，咬文嚼字善詼諧，輕歌妙舞多嬌態。這風流都待買，無錢呵枉結下相思債。」又句云「老虔婆平地起高臺，小妮子背後捏泥胎。」又句云：「花街，絆脚索陽不壞；章臺，漫天套怎地解。」又句云：「無錢呵不禮之焉，錢少呵答應而已，錢多呵有理乎哉。」又《兩人夸乘》【朝天子】闋云：「買乖賣乖，各自有乖名兒在，使乖乖處最難猜。肯把乖來壞？乖賣與乖人，忒乖了誰買？買乖的必定乖。你説道你乖，我説道我乖，只怕乖乖惹得乖乖怪。」俱佳。

○憶所見

〔雙調〕【夜行船】缺月風簾碎影篩，碧紗幮酒乍醒來。霧鬟雲鬢，柳腰花面，多情恁時安在。

【風入松】杏花深處小亭臺，猶作夢魂猜。東風邂逅逢嬌態，麝蘭散滿香階。羅襪凌波半窄，春衫可體新裁。

【落梅風】眉尖上眼挫側，先留下幾分恩愛。怕人瞧背地裏佯不採，除行過玉闌干外。

【胡十八】不下懷，自驚怪，悲間阻，想和諧，巫山依舊楚雲埋。雁書又乖，魚箋倦裁，一身無限愁，十日九番害。

【撥不斷】細裁劃，命合該，姻緣頃刻多成敗。鬼病千般強打捱，凄凉萬種難擔戴，幾曾得片時兒輕快。

【離亭宴煞】楚陽臺步步荆榛隘，擔閣下兩廂情色。相思卷何年結束，糊突謎甚日明白。傳示你權寧耐，切莫把鯫生見責。是送暖的意兒虛，非偷香的性兒歹。

○豪放

〔正宫〕【端正好】翠紅鄉鶯花寨，佔春風歌舞樓臺。酒腸寬嫌殺金杯窄，會受用文章伯。

【滚綉球】都將玉與帛，换做酒共色，儘教咱百年歡愛，管甚麽萬貫資財。鬢髮白，容貌改，物和人知他誰在，青春去再不回來。一任教佳人宛轉歌金縷，醉客佯狂飲綉鞋，便是英才。

【倘秀才】雖無那奪利争名手策，殢酒簪花氣概，風月所施呈七步才。花營中將愁解，酒部内把頭擡，快哉。

【醉太平】會三千劍客，列十二金釵。綺羅叢裏玳筵開，俊嬌娥侍側。金蓮款步香塵陌，春葱慢折花枝帶，玉簪斜插鬢雲歪，是風流膩色。

【尾】香焚寶鼎沉烟靄，酒泛金杯浮琥珀。銀燭輝煌那光彩，翠袖慇懃捧玉臺。對舞春風翠盤窄，合唱笙簫音呂諧。一對佳人醉扶策，兩個紗籠引下階，快活煞長安少年客。

〇玉合记

〔越調〕【錦搭絮】夢魂無賴，山枕印紅腮。顧影徘徊，片月寒生玉镜臺。拭纖埃，粉膩輕揩，則見你鬢雲光繞，怕溜金釵。便做道翠黛重描，那兩道春愁掃不開。

【前腔】冰紈舒彩，巧趁身裁。畫約香煤，拂袖花穠誤蝶來。步瑶階，淺印蒼苔。則見那一鈎羅襪，半露弓鞋。便做道錦帶圍寬，我半點春心鎖不開。

〇題紅記

〔中吕〕【榴花泣】三年書劍，今日始歸來，東窗下一尊開。春園恰剪得雨蔬纔，且休辭一醉蕭齋。你是金閨妙才，向春闈可奪取紅標快。但教伊早换青袍，我何須久戀黄揌。

【前腔】洛陽千里曾是看花來，人别去雁鴻乘歸來。紅葉又翻階，喜蒲萄春釀重開。蛾眉可哀望長門，難睹新妝再。且堪憐絲髮飄簫，更休教抱恨金釵。

○又

【寄生草】喜夜色空中盡見，晨光陌上開。雲端捧出臙脂塊，林梢迸破芙蓉魄，樓頭蹴起流蘇額。看羅敷雙黛上頭居，正使君千騎東方騖。

【么】飲緑水長城塹，望黄金駿馬臺。銀鬃細剪并刀快，金鞍低壓春流隘，玉鞭驕閃桃花霎。看翠蹄輕削玉門西，教紅塵迸斷榆關外。

【么】看城上烏棲處，正新妝九子來。啁啾聲亂紅霞外，差池影散青林隔，繽紛群繞朱樓側。但哀啼莫向五更霜，怕離情正惱雙眉黛。

此三闋，首闋賦《日出東南隅》，次賦《飲馬長城窟》，末賦《烏生八九子》，俱樂府題，恐於傳奇無當。

○彩毫記

〔仙吕入雙調〕【玉交枝】璽書遠賫，遇明王搜求草萊。北山松桂應增色，還令猿鶴疑猜。布衣那有經濟才，怕朝紳難改疏狂態。（合）怎忍撇青蘿紫苔，怎忍别朝霞暮靄。

【前腔】君王心愛，要張羅冥鴻下來。十年流落棲江海，忍教寶劍沉埋。豫章此時收異才，豐城一旦生光彩。（合前）

○靈寶刀 明陳與郊作

〔南呂〕【紅衲襖】敢待要走瑤池脱綉鞋？敢待要上天堂誆玉帶？敢待要三千里外邀跨鶴客？敢待要十二樓前搆飛鳳臺？憑着咱心性乖，傍着伊聲價擡。須當要見景生情也，不怕蟠桃不摘來。

【前腔】單要你向京華將雁字揣，單要你托平康求鳳詔裁。半紙招安到蓼花寨，一天雨露向烟水篩。不才兄，放下懷。太平筵，當下擺。却纔完義膽忠肝也，屈指歸期把望眼揩。

先生諱與郊，浙人。《靈寶刀》，改《寶劍記》也，頗有佳處。此首闕似大言體，録之。

○墻頭馬上 元白仁甫撰

〔南呂〕【一枝花】睡魔纏繳慌，別恨禁持煞。離魂隨夢去，好事幾時來。一見多才。口兒裏念，心兒裏愛。合是姻緣薄上該。則爲畫眉的張敞風流，擲果的潘郎稔色。

【梁州】早是抱閑怨時乖運蹇，又添這害相思月值年灾。天若知道和天也害。幾時得月離海嶠，才則是日轉申牌。怕露驚宿鳥，風弄庭槐。看銀河斜映瑶階，都不動纖細塵埃。月也你本細如弓，一半兒蟾蜍，却休明如鏡照三千世界，冷如冰浸十二瑶臺。金爐瑞靄，把剔團圞明月深深拜。方便我無妨礙。拜你個嫦娥不妒色。你且放半雾兒霧鎖雲埋。

【牧羊關】待月簾微簌，迎風户半開。你看這場風月規劃。就着這風送花香，雲籠月色。你道爲甚着你個丫鬟迎少俊，我則怕似趙杲送曾哀。你道方徑直如綫，我道侯門深似海。

【罵玉郎】相逢正是花溪側，也須穿短巷過長街。又不比秦樓夜謙金釵客，這的擔着利害，把你那小性格且寧耐。

【感皇恩】咱這大院深宅，幽砌閑階。不比摻琴堂，沽酒舍，讀書齋。教你輕分翠竹，款步蒼苔。休驚起庭鴉，喧鄰犬吠，怕院公來。

【採茶歌】把粉墻兒捱，角門兒開，等夫人燒罷夜香來。月色朦朧天色晚，鼓聲纔動角聲哀。

【隔尾】我推粘翠靨遮宫額，怕綽起羅群露綉鞋。忙忙扯的鴛鴦被兒蓋，翠冠兒懶摘，畫屏兒緊挨。是他撒滯殢，把香羅帶兒解。

【紅芍藥】他承宣馳驛奉官差，來這裏和買花栽。又不是瀛洲方丈接蓬萊，遠上天台。比畫眉郎多氣概，驟青驄踏斷章臺。枉罵他偷寒送暖小奴才，當面搶白。

【菩薩梁州】是這墻頭擲果裙釵，馬上摇鞭狂客。説與你個聰明的奶奶，送春情眼去眉來。

女娘家直恁性兒乖，我待捨殘生還却鴛鴦債，謀成不謀敗。今日且停嗔過後改，怎做的姦盜拿獲。

【牧羊關】龍虎也招了儒士，神仙也聘與秀才，何况咱是濁骨凡胎。一個劉向題倒西嶽靈祠，一個張生煮滚東洋大海。却待要宴瑶池七夕會，便銀漢水兩分開。委實這烏鵲橋邊女，捨不的斗牛星畔客。

【三煞】不肯教一床錦被權遮蓋，可不道九里山前大會垓，綉房裏血泊浸尸骸。解下裙釵和摟帶，爲你逼的我緊索自傷殘害，顛倒把你娘來賴。你則是捨的孩兒落的摔，致命圖財。

【二煞】我怎肯掩殘粉泪横眉黛，倚定門兒手托腮，山長水遠幾時來。且休説度歲經年，只一夜冰消瓦解。恁時節知和尚在也鉢盂在。憑着他滿腹文章七步才，管日轉千階。

【黄鐘尾】他折一枝丹桂群儒駭，怎肯十謁朱門九不開。不是我敢爲非敢作歹，他實有風情有手策。你也會圖成會分解，我也肯過從肯耽待。便鎖在空房，嫁在鄉外。你道父母年高老邁，那裏有女孩兒共爺娘相守到頭白？女孩兒是你十五年寄居的堂上客。

○龐居士誤放來生債 元

〔越調〕【鬥鵪鶉】我棄了千百頃良田，便是把金枷來自解。沉了萬餘錠金銀，便是把玉鎖來自開。玳瑁珊瑚，硨磲琥珀，你當初生處生，今日可便來處來。再不做天北經商，和那江南賈客。

【紫花兒序】愁的是更籌漏箭，怕的是暮鼓晨鐘，倦的是紫陌黄埃。大剛來光陰迅速，怎教我不心意裁劃，早早的安排，把我這一寸心田無掛礙。生死事，笑你世人不解，則願的一陣西風送上我三島蓬萊。

【天净沙】有如那花正開風卸風篩，月初圓雲暗雲埋，跳不出這塵寰世界。我覷了委實癡騃，只當裝卸了一船兒横禍飛灾。

【鬼三台】也非關胸襟，將金寶當做土塊，我只待跳出塵寰得自在。恁道是白髮嘆吾儕，我道是今番暢快哉。趁着這風力軟水横天地窄，帆力穩影吞雪浪開。這便是風送王勃，赴洪都的命彩。

【紫花兒序】我不比越范蠡駕扁舟游五湖烟浪，我不比晉石崇送窮船葬萬頃波瀾，我不比漢張騫泛浮槎探九曜星臺。我則見水摇天瀉混元一派天連水，無半點兒纖埃。我爲甚喜笑盈腮，待着他水晶宫裏老龍王放一會兒解，快殺那魚鱉和這蝦蟹。覷了這萬丈風濤，兀的不險似那百尺樓臺。

【憑欄人】天際殘霞幾縷裁，水映天心有如那霞襯着彩。恰纔個船隨着海岸開，抵多少烟波風送客。

【賽兒令】我則見雪浪湧似山排，可怎生又風恬水平雲霧靄。難道是積羽沉舟，這金銀呵反爲輕裁。心兒裏好疑猜。

【么篇】爲甚麼這番滾滾海藏裏不沉埋？他本是虛飄飄世上浮財。我和你發虔心禱上蒼，近岸口跪蒼苔。拜拜拜，直拜到月上海門開。

【金芙蕖】我則聽得霹靂響驚魂喪魄，諕的我四口兒無顔落色。我則見雲靉靆空中亂擺，恰便似千百面征鼙奏凱。

【調笑令】我可便自來幾曾該，抵多少一夜西風透滿懷。諕得那嬌兒和幼女愁無奈，我向前來怎生遮蓋，我則見布彤雲黯黯遮了日色。霎時間四野陰霾。

【禿厮兒】赤歷歷電光掣一天火塊，吸力力雷霆震半壁崩崖。俺這裏輕身向前將海岸踹，你還耽着鬼魂胎，哀哉。

【聖藥王】吹的我頭怎擡，刮的我眼倦開。又不比入山推出白雲來。漸的呵風力衰，忽的呵雲亂擺。只要你沉了咱錦帆舟檝共資財，做的個一去不回來。

【收尾】誰不知龐居士誤放了來生債，我則待顯名兒千年萬載。你便積攢下高北斗殺身的錢，可也填不滿這東洋是北海。

○薦福碑

〔中吕〕【粉蝶兒】千里而來，早則波興闌了子猷訪戴，乾賠了對踐紅塵踏路的芒鞋。則俺那饒州公范學士，故人安在？不争你日轉千階，我便是第三番又劫着空寨。

【醉春風】行殺我也客路遠如天，悶殺我也侯門深似海。趁着這木魚聲，每日上堂齋；秀才也，更甚麽客客？謝長老慈悲，爲小生貧困，將來做上賓看待。

【石榴花】小生可便等三年一度選場開，守村院看書齋。不想俺那月明千里故人來，他見我困在萬丈塵埃。倚仗他三封書，還了我饑寒債。先妨殺一個洛陽的員外，遶黄州早則無妨礙，半路裏先引一個旋風來。

【鬥鵪鶉】則爲他財散人離，閃的我天寬地窄。抵死要禮下於人，又不會巧言令色。況兼今日十謁朱門九不開。休道有七步才，他每道十二金釵，强似養三千劍客。

【普天樂】謝吾師，傾心愛，有田父意氣，趙勝胸懷。打一統法帖碑，去向京師賣。到處書生都相待，誰肯學有朋自遠方來。那裏去鳴時麟鳳，都是些喧檐燕雀，當路的狼豺。

【紅綉鞋】本是金色清凉境界，霎時間做了黄公水墨樓臺。多管是角木蛟當直聖親差，把黄河移得至，東海取將來，抵多少滕王風送客。

【上小樓】這雨水平常有來，不似今番忒煞。這雨非爲秋霖，不是甘澤，遮莫是箭桿雨，過雲雨，可更淋漓辰霤，看怎生飄麥。

【么】振乾坤雷鼓鳴，走金蛇電影開。他那裏撼嶺巴山，攪海翻江，倒樹摧崖。這孽畜，便做道神通廣大，也不合佛頂上大驚小怪。

【滿庭芳】粉碎了閻浮世界，今年是九龍治水，少不的珠露成灾。將一統丈三碑，霹靂做石頭塊，則好與婦女搥帛。把似你便逞頭角欺負俺秀才，把似有爪牙近取了澹臺，周處也曾除三害。我若得魏征劍來，我可也敢驅上斬龍臺。

【快活三】你不去五臺山裏且逃乖，乾把個梵王宮密雲埋。則待要倒天河淹没了講經臺，那裏取日月光琉璃界。

【鮑老兒】當日個七女思凡，卷着俺這秀才，那雲間可不霹碎了天靈蓋。古廟裏題詩，是我罵來。我不曾學煮海張生怪。腹懷錦綉，劍揮星斗，胸捲江淮，饒你衝開海嶽，磨昏日月，崩蹋山崖。

【十二月】倒不如做鉏麑觸槐，拚捨了土木形骸。想吾豈匏瓜也哉，好着我無處安排。再休題三封書與我添些兒氣概，怎知道救不得月值年灾。

【堯民歌】做了場蒺藜沙上野花開。但占着龍虎榜，誰思量這遠鄉牌。那裏是揚州車馬五侯宅，今日個洛陽花酒一齊來。哀也波哉，西風動客懷，空着我流落在天涯外。
【耍孩兒】更怕我東南倦上紅塵陌，空惹得行人賽色。可不騎鶴人枉沉埋，把着個顔回瓢叫化的回來。未曾結廬山長老白蓮社，正遇着東海龍王大會垓。他共我冤讎大，將這座藥師佛海會，都變做趙太祖凶宅。
【三煞】若不是八金剛護寺門，險些兒四天王值水灾。偏這尊龍不受佛家戒。恰纔禪燈老衲開青眼，可又早薦福碑文卧緑苔。空悲嘆，他風雲已遂，我日月難捱。
【二煞】雖然相公回百姓安，則怕小生行雨又來，也是我曾經蛇咬多驚怪。我則見一株松影横僧舍，錯認做千尺蒼龍認殿階，真無奈。今日個青龍臨喜，問甚麽白虎傷財。
【煞尾】相公文章欺董仲舒，詩才過李太白。則爲三封書賫發我做十年客，你則休教八輔相葫蘆提了俺萬言策。

○玉壺春

〔中吕〕【粉蝶兒】則爲我夜去明來，没來由惹一場大驚小怪。我不合占着柳陌花街，惹的那個言這個語，如何忍奈。我拜辭了舞榭歌臺，赤緊的還不徹花冤酒債。
【醉春風】情分重如山，相思深似海。他心我意兩相同，着小生如何便改，改？想着俺懷抱兒恩情，枕頭兒上恩意，被窩兒裏恩愛。

【迎仙客】謝姨姨，肯憐才，則你是洛伽仙救苦的歡自在。問什麼撞着喪門，逢着吊客。更怕甚月值年灾，拼死在鶯花寨。

【紅綉鞋】若瞞過了老虔婆，賺離了門外漢，是將俺那望夫石攛下山來。你個忒聰明肯做美的姨姨，好自裁劃。你道他風流剛二八，我俊雅未頭白，我則怕兀那青春不再來。

【滿庭芳】端詳了艷色，春生杏臉，笑入蓮腮。我本待秦樓夜訪金釵客，我與你審問個明白。因甚上不插帶犀梳鳳釵，懶親傍寶鏡鸞臺？爲甚麼雲鬟鬆了金頰，不由我轉猜，端的爲誰來？

【石榴花】你道是箏閑玉雁懶鋪排，琴被暗塵埋。休道你那緑窗前針指不曾拈，便小生也土蝕了硯臺，揪撇下詩才。你爲我病懨懨攙過裙兒帶，我爲你沈腰寬減盡了形骸。你怕咱問時休放解，告姨姨則借過那鏡兒來。

【鬥鵪鶉】你便似淡描的洛浦神仙，我勝似泥塑的投江太白。你可便休疑我心腸，莫尋咱罪責。赤緊的十謁朱門九不開，可着我怎刬劃？老虔婆虎視着蘭房，小生呵，怎能勾龍歸大海。

【快活三】那虔婆恨不的豎起條金斗街，險化做楚陽臺。將一朵并頭蓮生磕察兩分開，刀割斷合歡帶。

【鮑老兒】破鼻凹寒森森掃下雪來，冷臉似冬凌塊。歹鬥毛齊眼睛向下排，是個敲人腦的活妖怪。動不動神頭鬼臉，投河奔井，拽巷邏街，將舌騙口，花言巧語，指皂爲白。

【十二月】諕得他失顔落色，驚的他手脚難擡。那裏是先憂後喜，再沒些苦盡甘來。那裏怕邏惹着這囊揣的這秀才，兀良我則怕生諕殺軟弱的群釵。

【堯民歌】俺可甚洛陽花酒一時來，也做場蒺藜沙上野花開。不能勾誤隨流水泛天台，則有分今宵無夢到陽臺。哀哉，多應命裏該。便撞見，何妨何礙。

【上小樓】覷不的千般像態，十分叵耐。走將來摔碎瑶琴，擊破菱花，拆散金釵。扳下頦，撞腦袋，自行殘害，聽不的他死聲啕氣惡叉白賴。

【么】恕生面咱雙秀才，告迴避波孫宰。你也索典田賣地，棄子休妻，送米供柴。則你那本性難移，山河易改，雄心猶在，但來的一個個不捨的、現將錢便賣。

【耍孩兒】這廝村則村，到會做腤臢態。向兔窩兒裏呈言獻策，遮莫你羊羢紬要有數十車，待禁的幾場兒日炙風篩。準備着一條脊骨捱那黄桑棒，安排着八片天靈撞翠崖，則你那本錢兒光州買了滑州賣，但行處與村郎作伴，怎好共那鸞鳳和諧。

【四煞】則有分剔騰的泥毬兒換了你眼睛，便做想歡喜的手帕兒兜着下頦。一弄兒打扮的實難賽，大信袋滴溜着三山骨，硬布衫攔截斷十字街。細端詳語音兒是個山西客，帶着個高一尺和頂子齊眉的氈帽，穿一對連底兒重十斤壯乳的麻鞋。

【三煞】你雖有萬貫才，爭如俺七步才。兩件兒那一件聲名大？你那財常踏着虎口去紅塵中走，我這才但跳過龍門向金殿上排。你休要嘴兒尖舌兒快，這虔婆怕不口甜如蜜鉢，他可敢心苦似黃蘗。

【二煞】他饑寒守自然，我清貧甘分捱。他守我那紫羅襴，白象簡，黃金帶，我直着駟馬車鼎沸這座鶯花陣，我將着五花誥與他開除了那面烟月牌。常言道老實的終須在，我便是桑樞甕牖，他也情願的布襖荆釵。

【煞尾】慚愧也老虔婆業礶兒滿，小杓徠死限該。將你拷一百流逐三千里外，你落的個屍首全完大古里是彩。

○雙魚記

〔南吕〕【宜春令】千餘里乘興而來，乾陪了踐紅塵一雙布鞋。故人安在，子猷歸棹何時買？不爭他日轉千階，教我第三番又劫個空寨。難禁、那世態似雲，悶懷如海。

【前腔】鈎簾處秋色來，罷鳴鐘剛剛散齋。貴卿何在？我是汴京劉皡，則此依香界。盼殺人客路如天，閃殺人侯門如海。休憂、我自把伊，做上賓看待。

○又

〔南吕〕【綉帶兒】只爲多半載爲人在，客斷送得恁般尷尬。我先人曾拜參知。十年前已痛掩泉臺。傷懷，暫依岳父邢邑宰。尚荏苒未償情債。邢明府今安在哉？莫不是學韋皋的當時狂態。

【前腔】時乖，遇文留守在天雄境界，把我通家年少禁害。教我空自守客館孤燈，待他靖亂回來。多灾、外翁之任逢暴客，我荆婦并遭殘害。那文留守還朝又别差，恨殺那不睹事的村夫無賴。

【太師引】將悶懷你且權分擺。論炎凉世態有自來。只怨着五行不順，兩三番指望常乖。誰知路遇江夏宰，就是不睹事的往日裏喬才。你和他有舊嫌在懷，却不道冤家的途路偏窄。

【前腔】他與咱名姓應難改，又誰知無端見猜。文相國將咱推薦，他却去冒領封拜。又差人殺害教我難布擺。差人的把我一天遮蓋。餘生在，尚不知自揣，還不了饑寒勞役的孽債。

○又

〔中吕〕【普天樂】把如來金色清凉界，做了墨水的恒沙海。我又不曾將幾多麥曬，從他把高鳳安排。呀，這一響似把乾坤擘，那龍神做千般的神通大。不争他今夜驟雨爲灾，明日呵，怎把碑文來布擺？這晨鐘夜榻，宿債還在。

此改馬東籬《薦福碑》第三折。

○埋劍記

〔南吕〕【香遍滿】自來良藥，雖則是苦呵却會把病解。休説道是病難醫就不將藥買。這良醫妙劑，可解得目下灾。息婦自合奉湯藥，且休怨苦，兒不在。

【前腔】他悶容隨改，奴却自背人心暗揣。早難道喫了灾隨解。既不嫌味惡，盡喫也無甚礙。且休得要掙雙眸，眼見你，兒不在。

南北詞廣韻選　卷七

真文

○西廂記・白馬解圍

北〔仙吕〕【八聲甘州】懨懨瘦損，早是多愁，那更殘春。羅衣寬褪，能消幾個黄昏？風裊篆烟不捲簾，雨打梨花深閉門。無語憑闌干，目斷行雲。

【混江龍】落紅成陣，風飄萬點正愁人。池塘夢曉，闌檻辭春。蝶粉輕沾飛絮雪，燕泥香惹落花塵；繫春心情短柳絲長，隔花陰人遠天涯近。香銷了六朝金粉，清減了三楚精神。

【油葫蘆】翠被生寒壓綉裀，休將蘭麝薰；便將蘭麝薰盡，則索自温存。昨宵個錦囊佳製明勾引，今日個玉堂人物難親近。這些時卧又不安，坐又不穩，登臨不快，閑行又悶。鎮日價情思睡昏昏。

【天下樂】則索搨伏定鮫綃枕頭兒上盹。但出閨門，影兒般不離身。這些時直恁般堤備着人，小梅香伏侍的勤，老夫人拘擊的緊，則怕女孩兒折了氣分。

【那吒令】往常但見一個客人，厭得倒褪。若見一個外人，氳得早嗔。從見了那人，兜的便親。想着昨夜詩依前韵，酬和得清新。

【鵲踏枝】吟的字兒真，念得句兒勻。咏月新詩，强似織錦回文。誰做針兒將綫引，向東鄰通個慇懃。

【寄生草】想着風流客旖旎人，臉兒清秀身兒韵，性兒温克情兒順。不由人口兒裏作念心裏印。恁的般一天星斗煥文章，怎生教十年窗下無人問。

【六么序】聽説罷魂離殼，現放着禍滅身，袖稍兒揾不住啼痕。好着我去住無因，進退無門，可着俺那蝸兒裏人急偎親。孤孀子母無投奔，赤緊的先亡過了有福之人。耳邊廂金鼓連天振，征雲冉冉，土雨紛紛。

【么】那廝每風聞胡云，（眉批：句首六字三韵，但與本調欠合。）道我眉黛青顰蓮臉生春，恰便似傾國傾城的太真。兀的不送了三百僧人半萬賊軍，一霎兒剪草除根。那廝每於家爲國無忠信，恣情的擄掠人民，便將天宫般蓋造焚燒盡。那裏是諸葛孔明，一瞇裏博望燒屯。（眉批：「一瞇里」，坊本作「便待要」，非。）

【後庭花】第一來免摧殘老太君，第二來免堂殿作灰燼。第三來諸僧無事得安存，第四來先君靈柩穩。第五來歡郎雖是未成人，須也是崔家後胤。鶯鶯若惜己身，不行從亂軍。諸僧污血痕，伽藍火内焚，先靈爲細塵。斷絶了愛弟親，割開了慈母恩。

【柳葉兒】將俺一家兒不留齠齔，待從軍又怕辱没了家門。到不如白練套頭兒尋個自盡。將我輿櫬，獻與賊人，你也須得個遠害全身。

【青哥兒】母親且與我鶯鶯主分，（眉批：「主分」，坊本作「主忿」，不明。一作「生分」，音奮，亦欠明，從古改。）對傍人一言難盡。是必休愛惜鶯鶯這身。不揀何人，建立功勛。殺退賊軍，掃蕩妖氛。倒陪家門，情願與英雄結婚姻，成秦晉。

【賺煞尾】諸僧伴各逃生，衆家眷誰偢問，難得他不相識横枝兒着緊。非是書生多議論，也堤防着玉石俱焚。雖然是不關親，可憐咱命在逡巡，濟不濟權將這個秀才來儘。果若有出師的表文、嚇蠻的書信，（眉批：徐文長欲改「嚇蠻」爲「下燕」，甚佳。）（傍批：世傳太白醉書嚇蠻書。）則願得筆尖兒横掃了五千人。

雲間何孔目元朗首賞此折，謂是《西廂》之冠，徐文長不謂爲然。然通篇入得閑冷，接得緊峭，叙得完整。首二闋如初花媚日，若柳梳風，自有一種依約態度。而「繫春心」四句，秀異之色，侵人眉宇。「翠被」下，歷歷寫出心事，糊塗不糊塗，明白不明白。【六么序】以下，叙事中忽入議論，議論又忽入叙事，自設自難，且迷且悟，亦信亦疑，層見疊出，宛如互答章法，從白傳《琵琶行》中來。雖未必冠十六折，然亦未易是關君所能仿佛也。「風飄」句，成語也，而先之以「落紅成陣」；第十三折中「月明如水」，成句也，而先之以「彩雲何在」。益見此老錘爐之工。

○鄭恒求配

關漢卿補第十九出亦是本韵，然多引措大語，意淺詞俚，幾於罵坐，無甚可采。實開後人鄙俗門户，宜爲金在衡、顧玄緯所棄去也。

玄緯又云：「記尾二篇，多不雅馴，覺犁牛群虎，武夫混玉，偷韓壽下風頭香，何郎右璧廂粉，不妨排調之妙。」

○拜月記

南〔越調〕【章臺柳】情既緊，言又窘，我斟量非奸是盜倫。逃身潛地奔，無故入人家有甚事因？休得要逞花唇，稍虚詞，送有司推訊。

【前腔】我將冤苦陳，教君不忍聞。念興福生來女直人。身充忠孝君。爲父直諫遷都阻佞臣，齠齔的不留存，誅戮盡，只餘我苟活逃遁。

【醉娘子】我聽言，此情實爲可憫。看他貌英雄出輩，你不嫌秀士貧，和你弟兄相識認。他時須記取今危困。

【前腔】死中再生，敢忘大恩？既爲兄，休謙遜。休道百拜受不穩，受兄弟千拜何勞頓？誰肯把我負屈銜冤問？

【雁過南樓】此間難容汝身，但人知彼此遭迍。無物贈君，些少鏒銀，休嫌少望留休哂。莫辭苦辛，暮行朝穩，更名姓向外州他郡。

【前腔】拜别方欲離門，猛回身又還忍忖。特有少稟，欲言又忍。姓和名小人敢問？無他效芹，略得進身，犬馬報不做半米兒生分。

【山麻秸】你去渡關津，怕人盤問，又没個官司文憑脚引。此行何處能安頓？驀忽地怕有便人，寄取一封平安書信。

【前腔】兄長言，極明論。行遍軍州，立賞明文。世没個男兒，有誰投奔？一片心，何處堪伸。願蒼天鑒我忠直，不陷良人。

【尾聲】埋名避禍捱時運，滿望取皇家赦恩，罪大彌天許自新。

〇又

南〔中吕〕【粉孩兒】匆匆的離皇朝心不穩，棄家私老小，去得安忍？只知國難識大臣，不堤防萬馬千軍。犯都城君去民逃，常言道龍門魚損。

〔正宫〕【福馬郎】那時風寒雨又緊，正行裏喊聲如雷震。無處隱，急向林榔中走，道途上奔。其時亂紛紛，身難保，命難存。

〔本調〕【紅芍藥】兵擾攘，阻隔關津。思量着，役夢勞魂。眼見得家中受危困，望吾鄉，有家難迸。孩兒，歷盡苦共辛，娘逢人便將言問。只愁伊舉目無親，父子每何處廝認。

【耍孩兒】我有一言説不盡。向日招商店，肯分地撞着家尊。我尋思他眼盼盼人遠天涯近。爲甚的那璧千般恨。休只管叨叨問。

【會河陽】有甚争差，且息怒嗔，閑言閑語總休論。賤妾不避責罰，將片言語陳，難得見今朝分。甚日除得我心閑悶，甚時除得我眉尖恨。

【縷縷金】教整備展芳樽，今日團圞會，盡歡欣。怕驛館人來往，其實不穩。到南京見遇聖明君，那時好會嘉賓。

【越恁好】辦集船隻，辦集船隻，指日達國門。漸行漸遠，親兄長知他死和存。愁人見説愁更新。欲言又忍，心兒裏痛點點如剜刃；眼兒裏泪滴滴如珠揾。

【紅綉鞋】畫船已在河濱，河濱。不勞馬足車輪，車輪。離孟津，望前進，風力順，水程緊，咫尺是汴城闉。

○琵琶記

南〔中吕引〕【滿庭芳】飛絮沾衣，殘花隨馬，輕寒輕暖芳辰。江山風物，偏動別離人。回首高堂漸遠，嘆當時恩愛輕分。傷情處，數聲杜宇，客泪滿衣巾。

【前腔】萋萋芳草色，故園人望，目斷王孫。謾憔悴郵亭，誰與温存。聞道洛陽近也，又還隔幾座城闉。澆愁悶，解衣沽酒，同醉杏花村。

〔仙吕曲〕【甘州歌】【八聲甘州】衷腸悶損，嘆路途千里，日日思親。青梅如豆，難寄隴頭音信。高堂已添雙鬢雪，客路空瞻一片雲。【排歌】途中味，客裏身，争如流水蘸柴門。休回首，欲斷魂，數聲啼鳥不堪聞。

【前腔】風光正暮春，便縱然勞役，何必愁悶。緑陰紅雨，征袍上染惹芳塵。雲梯月殿圓貴顯，水宿風餐莫厭貧。乘桃浪，躍錦鱗，一聲雷動過龍門。榮歸去，緑綬新，休教妻嫂笑蘇秦。

【前腔】誰家近水濱，見畫橋烟柳，朱門隱隱。鞦韆影裏，墻頭上半出紅粉。（眉批：「半」，坊本作「露」，「半」字佳。）他無情笑語聲漸杳，不道惱殺多情墻外人。思鄉遠，愁路貧，肯如十度謁侯門。行看取，朝紫宸，鳳池鰲禁聽絲綸。

【前腔】遥望霧靄紛，（眉批：「望」，平聲。）想洛陽宫闕，行行將近。程途勞倦，欲待共飲芳樽。垂楊瘦馬莫暫停，只見古樹昏鴉棲漸盡。天將暝，日已曛，一聲殘角斷樵門。尋宿處，行步緊，前村燈火已黄昏。

【餘文】向人家忙投奔，解鞍沽酒共論文，今夜雨打梨花深閉門。

○又

南（南吕）【香羅帶】一從鸞鳳分，誰梳鬢雲，妝臺不臨生暗塵。那更釵梳首飾典無存，也是我耽閣你度青春。如今又剪你資送老親。剪髮傷情，也只怨着結髮薄倖人。

【前腔】思量薄倖人，孤奴此身。欲剪未剪，教我珠泪零。我當初早披剃入空門，也做個尼姑去，今日免艱辛。珠圍翠簇蘭麝薰，（眉批：「簇」，一作「擁」。）我的身死兀自無埋處，説甚頭髮愚婦人。

【前腔】堪憐愚婦人，單身又貧。開口告人羞怎忍。金刀下處應心疼，也却將堆鴉髻舞鸞鬢；與烏鳥報答白髮親。教人道霧鬢雲鬟女，斷送他霜鬟雪鬢人。（曲末紅筆小字注：「白髮」或作「鶴發」，白與烏相應，鶴與鴉、鸞鳥相應，皆通。）

既云「堆鴉髻舞鸞鬢」，又云「白髮」；既云「霧鬢雲鬟」，又云「霜鬟雪鬢」，不厭重復。高先生换骨手也。使他人爲之，不勝疊床架屋矣。

○又

南〔仙呂〕【月雲高】【月兒高】路途勞頓，行行甚時近。未到得洛陽城，那盤纏使盡。回首孤墳，空教我泪珠隕。（眉批：「泪珠隕」，坊本盡作「望孤影」，出韵，非，從古本。）他那裏，誰偢采，俺這裏，將誰投逩。【渡江雲】正是西出陽關無故人，須信道家貧不是貧。【前腔】暗中思忖，此去好無準。只怕他身榮貴，把咱不認。若是他不瞧，（眉批：「他不瞧」，或作「他不偢采」。）可不空教我受艱辛。他未必忘恩義，我這裏自閑評論。他須記一夜夫妻百夜恩，怎做得區區陌路人。【前腔】他在廟堂深隱，奴身怎生進。他在駟馬高車上，我又難將他認。來到他跟前，只提起他二親真。又怕消瘦龐兒，猶難十分信。他不到得非親却是親，我自須防人不仁。

許多轉摺，許多參錯，揣情決策，縱横變化，絶奇文筆也。

○香囊記

〔越調〕【小桃紅】平砂斷磧，落日荒雲。舉目愁無盡也，只見枯蓮底，白骨亂紛紛。總今古戰争人，知他是趙和燕、魏和秦、齊和晉也，歲久天荒無可問。看那孤兔縱横，烏鴉滿荆榛。

【下山虎】野花如綉，野草如茵。無限傷心事，教人怎不斷魂。説甚麽螻蟻何疏，烏鳶甚親，新鬼銜冤舊鬼呻。敝形成灰燼，惟有陰風吹野燐。慘霧愁烟起，白日易昏。剩水殘山秋後春。

【蠻牌令】看骸骨怎生認，知何地喪兄身。萬里覊魂招不返，空落得泪沾巾。念骨肉顛連無告，只須將薄羹來陳。酹椒觴把哀情少伸，望尊魂來享慇懃。

【尾聲】天涯不得歸旅櫬，兄和弟永作死生分，腸斷哀猿不忍聞。

○又

〔仙吕〕【解三醒】念孩兒幼承母訓，習詩書禮儀之文。天涯彩衣思報本，空含泪，望孤雲。歸遲恐懷風木恨，不得高堂終養親。還思忖，總然是天長地久，怎負親恩。

【前腔】七志六經曾解讀，二典三謨如未聞。他鄉錦衣思補衮，空回首，望楓宸。孤忠自持臣子分，不得當朝親事君。還思忖，總然天高日遠，怎負君恩。

○又

〔黄鐘〕【啄木兒】乞垂憫聽訴因，自古道儒爲席上珍。念宋弘自有荆妻，嘆王蠋元是齊臣。古人豈將名節損，昭昭史書垂不泯。我怎肯背義忘恩絶大倫。

【前腔】休推阻，略具陳。嘆浮世光陰真一瞬。順時變須羨相如，死臣節空笑辛賓。王庭美人諧秦晉，他刑驅勢迫宜隨順，莫負殷勤冰上人。

【三段子】緬懷帝閽，料蘇卿終淹虜塵，引刀自刎。料田横終擯棄身，只怕他無情虜酋心懷忿。把伊棄戮成齏粉，這段良緣翻成禍釁。

【前腔】任他怒嗔，我何須應承此姻。任伊笑哂，我赤心孤忠自存。也不怕嬰鋒刃，伊家莫把言相窘。子道臣忠須當兩盡。

○柳仙記

〔中吕〕【好事近】伉儷兩情真，擬向鹿門歸隱。吾持門户，伊當整肅閨閫。家常飽暖，便休貪富貴嫌貧窘。但清閑遇遣朝昏，不昧寸心爲本。

【千秋歲】恰歡欣，料得無生憤。蒙憐念，敢不恭倴箕帚蘋蘩？我豈肯忘却施鞶之訓？如飛燕情無盡，來往向雕梁綉幕相親相近。君美過周公瑾，愧無鹽爲配，刻畫脂粉。

【越恁好】謾多謙遜，謾多謙遜。是天緣締結朱陳，把瑶琴整頓，按金徽，扭玉軫。我山野小民，山野小民，料不將從官肉歸遺細君。你當體此情，切莫學會稽婦，輕我負薪。衡茅下，草澤中，唯有貧安穩，且捱過歲月，守耐時運。

【紅綉鞋】我不厭荆釵布裙、布裙，你休辭疏渠執畚、執畚。須算量，要思忖。君男子，我婦人，留好樣，與兒孫；留好樣，與兒孫。

【尾聲】此情美滿無虧損，幸得爲人又轉輪，百年一瞬，任取紅塵自翻滚。

首闋是【泣顔回】，非【好事近】。中二闋，按譜俱有不同處。此是梅、柳初爲夫婦，兩相對答之詞，極真極古。

○紅蕖記

〔南吕〕【春鎖窗】黄金散，白髮新。上青霄休忘故人。碧雲飛盡，風摇翠竹空相引。終不然做烏有先生，早孤負紫荆情分。苦辛，燈明酒緑好相親。蒼頭可是應門。（小字注：「庭」，平聲。）

【前腔】懷姜被，隔孟鄰。范張期應同古人。只怕阮生途困，到門題鳳把稽康窘。羡南昌仙尉韶顔，嘆京兆拾遺斑鬢。與君，由來谷口舊相親，豈同西第留賓。

此後尚有【針綫箱】等四闋，益沉晦，去之。

嘗戲評此二闋，首闋似染坊中日記賬，五色俱全；次闋似點鬼簿，陳人都起。不覺失笑。

○又

〔商調〕【二郎神】誰相憫，向重泉把沉淪垂訊。羞答答兜的相狎近，只爲遭逢狹路，難將冷眼酬恩。他那裏橫波猶着緊，（眉批：「波」字，改「枝」字佳。）怎教我遺親忘本。去無門，欲住時、又不能傍着個親人。

【前腔】休顰，你雙親既老，况存亡未準，且自把鮫宮雙淚揾。怕紅綃誤染，翻成玉臂珠痕。誰把海外神香返麗魂，又誰任冰人勞頓。你細評論，須不比尋常世人婚姻。

【鶯啼序】幾多奇事欲訴君，况承詢問難隱。爲君家哀誄酸辛，更因你恩義推分。送行的是清源上仙，曲赦的是龍宮明訓。我羞自哂，少不得動人脣吻。

【前腔】向來不遇知己伸，喜三詩得入題品。第一篇通與慇勤，水神却爲傳信。他也應知人間鄭郎，你不枉了閨房才俊。我難自忍，等不得謝媒合巹。

【啄木兒】（眉批：此以下轉入黄鐘。）心先允，敢愛身，只爲媒妁之言猶未儘。念雙親初棄遺孤，忍一時割痛成婚。况乘人難中你名不順，傷君義聲我終遺恨。野合匆匆教人笑妾奔。

【前腔】蒙相許，敢再陳。水底良緣是宿世因。你爹娘在洞府逍遥，也盼着你花燭繽紛，可憐見咱魂銷盡。知恩報恩情難混。難道轉眼忘情意未真。

【滴溜子】甄家女，甄家女，權爲洛身。逢交甫，逢交甫，重游漢濱。從此和諧秦晉，休將往事縈。憔悴損，把緑蟻青燈，空對絳唇。

【鮑老催】甆罌瓦盆，金尊玉斝一樣春，歡情添取千萬分。我量本窄，謾央求，休廝渾。婦酬夫勸無勞遜。良時吉日歡何靳。也只索相隨趁。

【滴溜子】歡娱夜，歡娱夜，休生怨嗔。從前日，從前日，兩人意肯。非是故添愁悶，念奴方有家，痛教親先殞。十八載深恩，空灑遍湘筠。

【鮑老催】陽臺雨雲，安排送入鴛被温。你含羞正喜銀燭昏。怎禁得，多軟款，相挨櫬。一似櫻桃蘸水紅難褪，芙容帶雨姿偏嫩。這錦陣難逃遁。

【尾聲】怎當他流波斜送些兒韵，饞眼燈前盼睞頻。且向甜軟鄉中住幾旬。

此折不俚不雅，不淺不深，方是當行大手段。實本傳中第一義也。但死而後生，且少幾句嬌怯語，生少幾句憐惜話。「甄家女」二句極俊雅，獨「身」字不若竟用「神」字佳；「錦陣難逃遁」句亦俊。「挨櫬」，不若「幫櫬」妥。

○龍泉記

〔仙吕〕【排歌】醜婦烹葵，山童採芹，行厨幾味盤飧，尊浮緑蟻味應醇，絶勝田家老瓦盆。

（合）官衙冷，旅邸貧，慚無盛饌款嘉賓。情方恰，日未醺，當杯入手莫辭貧。

【前腔】行幕張筵，他鄉會親，山肴野蔌兼陳。相逢萍水且相親，肯惜松花甕底春。（合前）

【前腔】遠道亡夫，遐荒滯身，真如涸轍窮鱗。天教得遇至親人，却把離情仔細論。（合）瓊漿醽，玉饌新，綉筵賓從集如雲。情懷好，意味真，樽前笑語藹春温。（合前）

【前腔】女德無慚，冤情已伸。華堂宴飲欣欣。再烹鱗脯與猩唇，急管繁弦不忍聽。

○明珠記

〔越調〕【小桃紅】飄零艱窘，邂逅宗親。一見渾如故也，贈與佳人，暫寬心下恨。聊伴旅中身，縱然山有崩，海有枯，你的恩無盡也，此心何日泯。今日成秦晉，白首歡娱莫負恩。

【下山虎】舞衣歌扇，回首成塵，漂泊無人問。誰知得入貴門，羞重整舊家珠翠，亦何顏奉事新人。一似烏鴉入鳳群。莫把凡花哂，瓜葛有因，一晌東園桃李春。

【蠻牌令】衰老没親人，螟蛉女，掌中珍。郎須好看待，休當做等閑人，悄一似章臺楊柳，出侯門再遇芳春。對銀燈各斷魂，恍惚洋如夢裏相親。

【尾聲】齊眉結髮無音信，向燈前且把悶懷伸，雪鬢霜鬟也靠君。

○又

〔南呂〕【宜春令】承尊問，敢訴陳，念卑人早亡二親。荷蒙妗舅，十年撫養恩情盡。垂髫時分，膝下同嬉竹馬群，當年許成秦晉。

【白練序】艱辛，再三懇，無奈東君阻舊姻。將成就，驀遇兵戈逃奔。忠臣受屈憤，母女深宮禁此身。金籠困，一雙鸚鵡，兩地傷春。

【醉太平】佳人，差去皇陵掃汛。郵亭邂逅，對面難親。雲箋錦句，細寫心中芳恨。勞神，渭橋瞥見暫停輪。奈耳目紛紜難近，更兩行秦樹，重遮淚眼，枉添新悶。

【白練序】慇懃，訴衷悃，稱説明公姓字真。高風震，胸中經緯如神。因此上山村奉事勤，感荷年來骨肉恩。心長忖，未知成敗，欲言還忍。

【醉太平】長門，望眼頻頻。指望藉伊好計，再結佳姻。你好把偷天巧手，折取上林春信。憑君，勾將織女下天津，引姮娥離却水晶宮闕。望伊垂憫，休生退步，莫辭勞頓。

【餘音】你義勇從來四海聞，這姻緣在君方寸，休得臨時想脱身。

此折首闋，坊本刻作【宜春令】，而「垂髫」二句殊不類。「當年」句亦少四字，俗師遂改作「垂髫時竹馬同嬉，年相若貌亦相似」，不知「似」字當用韵者，真文中寧有「似」字乎？强欲紐作【宜春令】，故「當年」下，亦添出「親口」二字。竊意天池先生才高一世，著作極多，豈一【宜春令】而不知字句音律乎？是必犯他調者，一時不能查出，姑識此。

○浣紗記

（中吕）【山花子】英雄氣壓江南郡，心胸湖海平吞。笑鯨鯢望風遠奔，羨威名列國稱尊。（合）上高臺看山河鼎新，稱觴兩班武共文，從教千載祝聖君，共享恩波，海半同春。

【前腔】江關未熄烽和燼，念比鄰社稷猶存。他運雖衰國還有人，豈宜削草留根。（合前）

【前腔】笙歌擁入花游陣，唯當醉倒紅裙。報深讐志願已伸，又何須議論紛紜。（合前）

【大和佛】寶殿嵯峨對紫宸，簾櫳映碧雲。恩沾畿甸，淑氣散千門，窮海看來賓。他們未必真謙遜，偶爾時乖運蹇，勉强暫稱臣。終有日飢虎隨人，欲避難逃奔。你何故出言不順，休得要對此歡娱便生嗔。

【舞霓裳】看取他邦盡臣鄰，盡臣鄰。管取邊疆盡尊親，盡尊親。吾王莫聽姦臣引，只恐蕭墻變起禍臨身。笑老朽不知安分，休錯認，看縷縷秋霜遍衰鬢。

【紅綉鞋】錦筵香霧氤氳，氤氳。華堂歌舞繽紛，繽紛。珠翠擁，暮雲屯；燈火亂，曉星昏。洞房深處醉横陳，醉横陳。

【尾聲】雞人夜午蓮籌進，誰似我無顔常近，羞殺多言是伍員。

○又

〔仙吕入雙調〕【二犯江兒水】聽縹緲香喉清俊，似珍珠盤内滚。向秦樓楚館綺席華茵，見鶯聲風外緊，裊裊起芳塵，亭亭住彩雲，雙黛愁顰，兩眼波横。羨清歌入妙品，難消受花間數巡。怎禁得燈前常近，一聲聲怨分離欲斷魂。

【前腔】軟款款羅衣寬褪，輕盈真瘦損。向風前裊裊月底紛紛，看婆娑歌吹引。一捻小腰身，蹁躚掌上人，乍進慇懃，欲退逡巡。趁金蓮移步穩，香馥馥風開綉裙，青簇簇花籠蟬鬢，軟迷離似陽臺一片雲。

○玉玦記

〔黄鐘〕【二犯三段子】【三段子】繩樞賤貧，分柴桑終淹此身。一朝發軔，向楓陛躬逢湛恩。康莊逸乏驊騮迅，平生伏櫪堪紓忿。【鮑老催】看文章似五色絲，天機暈，十年窗下無人問。【節節高】（合）聲名一日天下聞，男兒到此真豪俊。

【前腔】藏珠席珍，際亨嘉堪爲鳳麟。拔茅彙進，奉天語方傳帝閽。神魚燒尾轟雷奮，從前謝却泥沙困。看頭顱異，清路塵，依龍衮，還抒經濟胸中藴。（合前）

【節節高】（眉批：此二闋入南吕。）宫袍柳色醇，照青春，玉驄蹀躞香街穩。姮娥近，綺綉圍，簫聲引，紅樓十二歡聲震。馬蹄得意花飛襯。（合）箎羽夔龍贊明良，雍容載歌賡堯舜。

【前腔】紅綾御餅新，薦芳芬。八珍異饌天府進，芝封印，玉笱英，泥金信。巍巍雁塔榮光峻，玉階今許聯方寸。（合前）

【餘文】他年佩取黄金印。看宇宙崇功還振。始信文章可立身。

首二闋坊本刻作【二犯鮑老催】，細查前六句，明是【三段子】，止「文章似」四句是【鮑老催】，故訂爲【二犯三段子】。「長安得意花如錦」，「錦」字出韵，特爲改之。毋誚我點金作鐵也。

〇又

（仙吕）【月雲高】彩鸞凋盡，羅衣久寬褪，秋晚隋堤柳，慚咏黄金嫩。曲局雙鬟，紅銷頰邊粉。昨日專房寵，今日誰來存問。野草閑花争較春，落盡東風無主人。

【前腔】鬼神難信，驚魂已先引。伯有今爲厲，二豎還來釁。恨我無情，誰將肯憐憫。滿目鴛鴦伴，若個堪教同殯，一似蠶老絲空難愛身，到底辛勤只爲人。

○長命縷

〔仙吕〕【寄生草】俺是個花衚衕，齊天聖，竹林廟顯道神。畫堂中遁甲迷魂陣，酒筵前法水連雲噴，枕邊廂信砲驚雷震。他行囊寶鈔是劫財年，俺家私銅斗是招錢運。

【解三酲】意懨懨誰來盤問，口喃喃忒殺酸辛。平空脱白原無準，向錢孔要安身。你心勞夜計千條盡，行短天教一世貧（合）嚴重訓也難道衿，鞶之戒母命當遵。

【寄生草】眼見得誰豪爽，耳聞得甚率真。死綿纏道不的他淹潤，扭歪斜道不的多風韵，打虚脾道不的曾幫襯。撇幾枝如葱似蒜草茅團，塗一篇半烏帶黑烟煤囤。

【解三酲】似幾道分營列鎮，料無過倚市迎門。芳心未許狂蜂引，任桃李自争春。畫不就蒼梧雲影湘妃恨，寫不出緑掛無殘望帝魂。（合前）

【寄生草】這些話訕老能，誇己浪包婁不着人。東挪西借來敢混，咬文嚼字來空佯裝風。使酒來乘憤，做官腔李府轉張衙慣沙村熱，面尋生分。

【解三酲】鬼糊塗把人評論，没掂三播兩稱斤。門庭統鏝誰堪信，多决撒枉慇勤。休指望佳人有意郎君俊，直落得紅粉無情浪子村。

先人常談，與六院市語，切當處雖不妨點綴一二。似此連篇疊見，便令人厭看欲噦。禹金此詞，真所謂驢非驢，馬非馬，龜茲王乃羸也。禹金乃以訾章丘《寶劍》，人苦不自知，信哉。

○紅拂記

〔仙吕入雙調〕【風入松】昨朝靈右暫棲身，向酒家瞥見佳人。是侯門侍女私投奔。能鑑别追隨豪俊。對酒間與他盤桓數巡，傾蓋處便相親。

【前腔】雙眸炯炯貫星辰，更談兵説劍如神。他道太原年少真英俊，已約定同來詢問。待他來同尋故人，須一見辨虛真。

【前腔】朝來霜色太侵人，早連鑣來到河濱。驅馳道路何須問。他形奇古非同凡品。我如今同尋故人，待一見辨虛真。

清脱之甚，如其謦欬，如其豐神。

○竊符記

【朝天子】環堵蕭然絶四鄰，似五月披裘者，獨負薪。敝衣百結歷冬春，任懸鶉，肯教溝壑吾身。自甘心食貧，自甘心食貧。

【前腔】想伊尹幡然出有莘，也只爲勤勤聘，五就殷。渭川當日便投綸，作周賓，比逾垣閉户潔身。那勛名豈等倫，那勛名豈等倫。

〔仙呂〕【望吾鄉】虛左迎賓，和鑾滿耳聞。寧辭結駟親持靷，自昔蒲輪招幽隱。里閈須存問。求賢俊，邀逸民，頃刻夷門近。

【前腔】俎豆粗陳，惟需席上珍。回車振策驅燕駿，率爾相邀承金允。索友當承順。遇閭巷，訪隱淪，咫尺屠間近。

【二犯傍妝臺】偶爾赴招尋，同車執轡是信陵君。他趁花辰開新賞，陳綺席宴佳賓。不追陪朱履筵前客，偏迓我龐眉物外人。（合）枉車相過，暫時曳輪，須教談笑出風塵。

【前腔】任俠老荊榛，蒼天偏困鼓刀身。你念蒸豚當有答，我慚熱血濺無因。只落得朝劉殘毀鬣俱剪，夜戮貪婪牙并殰。（合前）

○灌園記

〔南呂〕【懶畫眉】蜂媒蝶使簇花神，握雨携雲自苦辛，須知寒谷已生春。想他芳菲零亂紅香褪，和葉和花付與人。

【前腔】原來是低枝抓住石榴裙，驚得我手顫心慌汗滿身。回頭顧影恍疑人，寒酸受凍應難忍。尚兀自雨打梨花深閉門。

【前腔】夢中雲雨覺來真，誰道明河不可親。同心結就帶羅新，又還愁別後難親近，携手臨岐各損神。

【前腔】看他羞蛾凝翠轉生春，蝶粉蜂黄褪幾分。千金一刻果然真，鸞釵半嚲籠蟬鬢，今夜裏受怕擔驚是小賤人。

【前腔】盈盈羅襪步生塵，喜得睡穩金鈴不吠人。看他低回朱户悄捱身。幾時得戲魚波上尋芳信，定許漁郎來問津。

○閨情 元

〔雙調〕【新水令】枕痕一綫玉生春，未惺憁眼波嬌困。別離纔幾日，消瘦勾十分。杜宇愁聞，無端事擊方寸。

【駐馬聽】寡宿孤辰，歲晚佳期猶未準。舊愁新恨，鏡中眉黛鎮常顰。一庭芳草翠鋪茵，半簾花雨紅成陣。雨聲潺，風力勁，韶華即漸消磨盡。

【喬牌兒】綉針兒怕待親，腮斗兒粉香褪。鶯慵燕懶清明近，把閑情相逗引。

【雁兒落】被兒冷龍涎不索薰，人兒遠龜卦何須問？路兒阻魚箋斷往來，心兒邪鵲語難憑信。

【得勝令】靜巉巉團扇掩歌塵，磣可可羅帕漬啼痕。急煎煎永夜難成夢，孤另另斜陽半掩門。打疊起殷勤，不索向心中印。折挫了精神，風流病不離身。

【甜水令】這些時情思昏沉，姻緣間阻，相思徒峻。樓上把闌凭，見了些水繞愁城，樹列愁幃，山排愁陣，幾般兒對付離人。

【折桂令】楚陽臺剩雨殘雲，忘不了私語叮嚀，往事紛紜。寂寞蘭堂，蕭條錦瑟，辜負芳樽。金花誥七香車前程未穩，紫香囊五言詩舊物空存。醒也銷魂，醉也銷魂。怯殘春又是殘春，怕黄昏又到黄昏。

【離亭宴歇拍煞】多情較遠天涯近，東皇易老芳菲盡。無言自忖，難改悔志誠心，怎消磨生死誓？强打捱凄凉運。留連宋玉才，迷戀潘安俊。行思坐盹，免不得侍兒嘲，遵不得嚴母訓，顧不得傍人論。榮華自有時，恩愛終無分，枉了把形骸病損。他謊話兒賺韓香，我癡心兒憶何粉。

○閨情 元

〔雙調〕【新水令】梨花夜雨未開門，日遲遲緑窗人困。鏡緘鸞未起，香盡鴨猶温。半晌擡身，舒玉筍整蟬鬢。

【駐馬聽】春意猶昏，楊柳青牽綿正滚；香腮微印，海棠横界綫留痕。目前青暖物華新，意中人遠天涯近。怨未伸，枝頭春色三分褪。

【喬牌兒】靈龜無定準，喜鵲兒少憑信。倚闌無語憾憾悶，一春愁憔悴損。

【雁兒落】齊臻臻光消寶髻雲，寬綽綽瘦掩羅衫褃。碧幽幽天高雁少書，緑湛湛水闊無魚信。

【得勝令】愁戚戚蕭索對清晨，情脉脉冷落坐黄昏。悄促促翠掩合歡帳，濕津津紅銷拭泪巾。清黯黯銷魂，烟淡淡草際遥天盡。昏慘慘傷神，夜迢迢花殘過雨頻。

【沽美酒】江分平緑草茵，門半掩翠苔痕。悄悄閑庭不見人，無言自哂，空目斷楚臺雲。

【太平令】怪則怪鸞鳳生分，惱則惱鶯燕争春。恨則恨心中有刃，悔則悔言而無信。想這廝背恩，負恩，説着後一言難盡。

【水仙子】氣吁鸞影寶奩昏，愁蹙蛾眉翠黛分。情隨雁足青霄近，倚朱扉欲斷魂。能消得幾個青春？恰透風光一陣。春來度盡花容數本，春去也人瘦三分。

【折桂令】春去也人瘦三分，妝減了半面風流，衣鬆了一捻精神。步紅塵愁踏紅芳，上綉榻愁拈綉帖，倚朱扉愁盼朱輪。海棠困琴閑玉軫，石榴皺睡損羅裙。愁思昏昏，人事紛紛；眼底親親，心上人人。

【尾】來時跪膝兒在床前問，將那廝謊舌頭裙刀兒碎剜。先將他抛閃去的罪名兒一件件招，後把受用過淒凉一星星證了本。

○金陵漁隱 元

〔南吕〕【一枝花】不沽朝野名，甘守烟波分。斜風新箬笠，細雨舊絲綸。志訪玄真，家與秦淮近，清時容釣隱。看不盡緑水悠悠，迴避了紅塵滚滚。

【梁州】結交些魚蝦伴侣，搭識上鷗鷺親鄰。忘機怕與兒曹混。尋了些六朝佳磧，吊了些千古英魂。悲了些陳宫禾黍，嘆了些梁殿荆榛。本是個虚飄飄天地閑人，樂陶陶江漢逸民。有時舉棹近白鷺洲笑採青蘋，有時推篷向朱雀橋閑看晚雲；有時挽船在烏衣巷獨步斜曛；有時滿身衣襟爽透荷香潤。旋折來柳條嫩，穿得鮮鮮出網鱗，歸去黄昏。

【罵玉郎】一篝燈半篘佳醖，身趔趄，醉醺醺，高歌細和滄浪韻。全不受利名拘，那里將興亡記？把甚麽榮枯問？

【感皇恩】守着這蕭索江濱，冷淡柴門。凉露濕蓑衣，清風生酒斝，明月照盤飧。樵夫野叟，相近相親。昨日離石頭城，今朝在桃葉渡，明日又杏花村。

【採茶歌】山妻也最甘貧，稚子也頗通文，無憂無慮度朝昏。但得年年生意好，武陵何用訪秦人？

【尾】茫茫烟水無窮盡，泛泛萍踪少定根。爲甚生平怕求進？想王侯大勛，博漁樵一哂，争似我一葉江湖釣船穩。

○題紅記

〔商調〕【二郎神】清秋近，這些時看腰肢瘦盡。嘆風雨，羊車無定準。凄凉，金屋阿嬌，難賦《長門》。紈扇羞裁明月韵。誰待去摧殘胭粉，漫傷神。儘憑他，愁腸斷送青春。

【前腔】休顰，便長門寂寞也須耐忍。怕取次摧殘花蕊嫩，他看花不語爲難忘舊日君恩。猶勝琵琶千古恨，枉自損傾城嬌俊。且温存，料此去承恩，只在朝昏。

【囀林鶯】花前風颭金縷群，偷閑暫出宫門。見樓閣參差雲霧隱，揔葱佳氣氤氲，銅溝暗引，望咫尺恩波相近。碧沄沄似銀河一帶内苑初分。

【前腔】荷花一片鋪錦雲，紅花落盡猶存。兩岸芙蓉風色緊。瀉金沙百折如奔，宫前滚滚，羞自把年光流盡。怨東君，便宫門咫尺也沾灑難均。

【啼鶯兒】御林紅樹交水濱，是丹楓乍經霜隕。忽西風暗度籬根，紛紛飄墮成陣。便教他青娥剪裁也，填不出這胭脂嬌暈。謾懷春，柔情千點借你寄殷勤。

【前腔】看枝頭紅葉一瓣春。他無情可會調引。便憑他千樹羅紋，空傳一段春恨。怕桃源難逢阮郎，枉費你錦腸千寸。倩波神，當胡麻一器浮出武陵津。

【黄鶯兒】紅袖拂苔痕，蘸霜毫搆思新。强將翰墨傳芳信。他曾酬麗情，他曾逢主恩。寫春愁，拚把這霜紅儘。謝殷勤，好將心事寄與有情人。

【前腔】彩筆寫回文，點蠅頭草又真。恰正是錦囊佳製明勾引，應教斷意空勞費神。願風姨水伯齊幫襯。聽姻緣簿里全仗你做冰人。

【簇御林】我是悲秋客、腸斷人，寄愁心出禁門。你向溪頭通個桃源信，若逢人且把真名隱。枉傷神，無情流水那討個音塵。

【前腔】你心中泪、夢里人，這相思假共真。休做了水流花謝無憑準。休得要一春魚雁無音信。若遇俊郎，君得諧秦晉，再拜謝媒人。

【尾聲】新詩一葉隨流迅，寫不盡滿懷春恨，拚取月冷黄昏深閉門。

○葛衣記 明顧衡宇作

〔商調〕【梧桐樹】瑶臺素雪消翠幕，瓊枝印天意衝寒早爲春。傳信看芳姿，映緑酯絳萼添紅暈。青子催期翻惹人孤悶，調和鼎鼐君休問。

【東甌令】看香含潤玉生温，孤格清標如故人。歲寒松柏宜同韵，休把繁英混黄昏。東閣舊相親，他寂寞向誰論。

【大聖樂】傲冰雪分外精神，把鉛華都洗盡。蜂媒蝶使難親近，甘冷淡厭塵氛。俺這里折來驛使誰緘恨。他那裏夢隔姑仙欲斷魂。雨凄風緊怕沾泥落溷，易消丰韵。

【解三酲】散瓊葩似壽陽妝粉，沁芳痕比荀令清芬。天寒袂薄香魂冷，拼沉醉暖閣重裀。又早是玉鱗寂寂飛斜月，還堪戀素影，亭亭帶夕曛。難消恨，怪無情，鄰笛吹斷江雲。

【尾聲】憑闌謾把東君訊，管群芳次第領韶春，羞見那弱柳抽絲織翠顰。

顧學憲大典，吴江人。所作《葛衣》《青衫》等記。此咏梅套甚佳，堪與「窺青眼」咏柳曲并傳。獨通傳中諸曲，無不出韵，故鮮妍處極多，而入選甚少。獨怪沈先生與顧先生同是吴江人，生又同時，又同有詞曲之癖，沈最嚴於韵，不與顧言之，何也？顧與張伯起先生亦最厚，豈其箕裘伯起而弁髦詞隱也邪？

○曇花記

〔仙吕入雙調〕【園林好】辭榮去子母休得要怨嗔。辭榮去尋師問津。思量起流光何迅，我怎肯戀紅塵，我怎肯戀紅塵。

【前腔】君本是天朝貴臣，怎做得雲游道人。平白地飄零一瞬，好教我痛傷神。

【江兒水】頃刻添離緒，低頭掩泪痕。無端饒舌把闍黎恨，花言暗地裏將人引。漁翁釣罷金鈎褪，骨肉如何投奔。（合）悔去尋春，須信歡爲禍本。

【前腔】堂上歌鐘在，階前萊彩新，一朝分手把天涯問。遼陽路遠難通信，鶴歸千載無憑準，父子恩深怎忍。（合前）

【五供養】鐘鳴漏盡，轉眼衰殘鬢髮如銀。萬緣俱是假，一法幾曾真。從今前去雲水間，東西休論。流沙應有路，弱水豈無垠。（合）縱使歸來，怕道容難認。

【前腔】君無出門，俺娘兒倚傍何人。一生逢泰運，此日遇災屯。你飄飄此身，何處去風霜凄緊。旅邸誰爲伴，衣冷倩誰温？（合前）

【玉交枝】心中暗忖，盼天涯已在脚跟。佳人薄命應先隕，從兹眉黛羞匀。君今脱身歸白雲，妾寧易主調紅粉。（合）最可憐生前永分，最可憐别後斷魂。

【前腔】烟姿霞韵，也應知生來往因。把金章紫綬看塵坌，霎時剖愛分恩。如今出門行采真，他年度世難尋問。（合前）

【前腔】孤身前進，怎生禁凄凉路貧。把雄資鉅萬都拋盡，一家陌上遺塵。衣間竇珠妾自紉，眼中紅泪如泉滚。（合前）

【前腔】西方奇品，看曇花婆娑映人。一枝手插留幡信，願東皇暗長靈根。從此百花皆有

神，況兼諸佛來相印。（合前）

【川撥棹】君行緊，一家人俱哭損。但願得果證三身，但願得果證三身，早歸來曇花正春。

（合）怎教人不愴神，便途人寧忍聞。

【前腔】從此羅衣空疊塵，從此薰籠香不焚。急面君王將此情陳，急面君王將此情陳，把玉帶貂蟬還與君。（合前）

【餘文】封王敗將懸金印，徒然問山林遠遁，始信英雄自不群。

○又

〔正宮〕【錦纏道】我本是大丈夫回頭采真，（傍批：「是」字該韵，伯起「本待學」誤之也。）行萬里只孤身，出門來已將性命浮雲。俺也曾扶王室，定江山，掃清虜塵，那怕你逞兇威妖鬼魔神。浩氣塞乾坤，這頭顱兒屬英雄數盡。丹心耿耿存，拼七尺何妨齏粉，肯無端俯首作魔民。

【普天樂】盼師尊潼關近，望不得雲端信，這是我命合遭屯。願捨我水泡波痕，作青天鬼燐，單保得靈臺一點無塵。

【古輪臺】（眉批：此是中吕。）任魔人，總然一死又何分。烹當五鼎，男兒事陰陽熾炭，大治洪爐，分明是釜底游鱗。頭斬春風，吹光割水，緣知四大本非真。也强似熬煎慾火，竭脂膏翠黛紅裙。還想那金槍迦老，刎頭獅子，宿冤安世難至豈無因。從今去蓮花一路涅槃門。
【尾聲】形骸糜爛何須恨，燒却虛空幻影塵，纔證毗盧不壞身。

【古輪臺】內「燒炭」，「炭」字該用韻。

○彩毫記

〔正宮〕【錦纏道】天寒白屋貧，幽居無四鄰。蠅鬚聊自鵠棲穩。幸不到風塵。似漢皓能逃漢，秦娥解避秦。不通津，漁郎能問，那有胡麻流出，桑柘自成村。看千峰雲散晚天曛，正孤輪雪霽，寒潭印門，連枯草紅殘燒痕。窗窺古道，青昏野燐。東寺餘禪衲，西菴隔女真。悲荒徼，盼遠人，夷歌蠻語不堪聞。愁絶夢中身。

【前腔】雙蛾減黛痕，孤鸞掩鏡塵。舞鸞香氣消風韻。只自守荊裙，抱甕斛，寒澗提筐拾野薪。步邅迍，弓鞋幫褪，錦瑟繁華隔世，無夢到行雲。願得如毛女鍊輕身，好長隨王母幢幡引。三漿味美，醍醐最醇，六銖衣薄，明霞可紉。白鶴留仙訣，金雞望主恩。牂牁道，灘水濱，天涯迢遞暗傷神。華表問歸人。

石君寶《曲江池》內【一枝花】闋云：「俺娘眼上帶一對乖，心內藏十分狠。臉上生歹鬥毛，手內有握刀紋。狠的來世上絶倫，下死手無分寸。眼又尖手又緊，他拳起處又早着昏。那郎君呵，不帶傷必然內損。」【梁州】闋云：「恁便是喫人腦的風流太歲，剥人皮的娘子喪門，油頭粉面敲人棍。笑裏刀剮皮割肉，綿裏針剔髓挑筋。娘使盡虚心冷氣，女着些帶耍連真。總饒你便通天徹地的郎君，也不勾三朝五日遭瘟。則俺那愛錢娘扮出個兇神，賣笑女伴了些死人，有情郎便是那冤魂。俺娘親錢鈔緊，女心裏憎惡娘親近。娘愛的女不順，娘愛的郎君個個村。女愛的却無銀。」三関寫勾欄，情態逼真。

○陳摶高卧　元馬東籬

〔南吕〕【一枝花】往常我讀書求進身，學劍隨時混。文能匡社稷，武可定乾坤。豪氣凌雲，似莘野商伊尹，佐成湯救萬民；掃蕩了海内烽塵，早扶策溝中愁困。

【梁州第七】自逢着買卦的潛龍帝王，饒了個算命的開國功臣，即時拂袖歸山隱。全不管人間甲子，單則守洞裏庚申。降伏盡嬰兒奼女，修鍊成丹汞黄銀。思飄飄出世離群，樂陶陶禮聖參真。想他那亂攘攘紅塵内争利的愚人，更和那鬧垓垓黄閣上爲官的貴人，争如這閑摇摇華山中得道的仙人。一身駕雲，九垓八表神游盡，覷浮世暗中哂。坐看蟠桃幾度春，歲月常新。

【隔尾】則與這高山流水同風韵，野草閑花非近鄰，滿地白雲掃不盡。你與我緊關上洞門，休放入客人，我待静倚蒲團自在盹。

【牧羊關】恰才游仙闕，謁帝閽，驚的我跨黄鶴飛下天門。爲甚的玉節忙持，金鐘撞緊。又不是紙窗明覺曉，布被暖知春。驚的那夢莊周蝶飛去，尚古自炊黄粱鍋未滾。

【紅芍藥】開基創業聖明君，舜德堯仁；玉帛萬國盡來尊，一統乾坤。眼見得滅狼烟，息戰氛，早則是澤及黎民。又待要招賢納士禮殷勤，幣帛降玄纁。

【菩薩梁州】特遣天臣，把賢良訪問；當今至尊，重酬勞賣卦山人。雖然前言不忘是君恩，争奈我烟霞不憶風雷信，琴鶴自有林泉分。想名利有時盡，乞的田園自在身，怎肯再入紅塵。

【隔尾】俺只待下棋白日閑消困，高枕清風睡殺人。世事無由惱方寸，則除你個繼恩使臣，方便向君王行奏得準。

【牧羊關】既然海岳歸明主，敢承巢由作外臣，怎望您吊千年高塚麒麟。待要老去攀龍，則不如閑來卧雲。試看蓬萊尋藥客，商嶺採芝人。天下已歸漢，山中猶避秦。

【賀新郎】我往常雞鳴舞劍學劉琨，看三卷天書，演八門五遁。我也曾遍游諸國占時運，則爲賣卦處逢着聖君，以此入山來專意修真。看猿鶴知導引，觀山水爽精神，大都來性于遠、習于近。則這黄冠野服一道士，伴着清風明月兩閑人。

【牧羊關】則你這一身拜將懸金印，萬里封侯守玉門；現如今際明良千載風雲，怎學的河上仙翁，關門令尹？可不見朝中隨聖主，却甚的林下訪閑人。既受了雨露九天恩，怎還想雲霞三市隱？

【哭皇天】酒醉漢難朝覲，睡魔王怎做的宰臣？穿着這紫羅袍似酒布袋，執着這白象笏似睡餛飩。若做官後每日價行眠立盹、休休休枉笑殺凌烟閣上人。有這般疏庸愚鈍，寡見孤聞。

【烏夜啼】幸然法正天心順，索甚我横枝兒治國安民？我則有住山緣，那有爲官分。樂道安貧，誰羡畫戟朱門？丹砂好鍊養閑身，黄金不鑄封侯印。我其實戴不的幞頭緊，穿不的朝衣坌。倒不如我這拂黄塵的布袍，灑渾酒的綸巾。

【黄鐘煞】也不索雕輪冉冉登程進，也不索駿馬駸駸踐路塵。既然是聖旨緊，請將軍休固懇，儘教山列着屏，草展着裀，鶴看着家，雲鎖着門。只消得順天風坐一片白雲，煞强似你那宣使乘的紫藤兜轎穩。

○黄粱夢 東籬

〔仙吕〕【點绛唇】混沌初分，生人厮悃。誰持論，旋轉乾坤？這都是太上傳心印。

【混江龍】當日個曾逢關尹，至今遺下五千文。大剛來玄虛爲本，清净爲門。雖然是草舍茅檐一道士，伴着這清風明月兩閑人。也不知甚的秋，甚的春，甚的漢，甚的秦，長則是習疏狂、耽懶散，佯妝鈍，把些個人間富貴，都做了眼底浮雲。

【油葫蘆】莫厭追歡笑語頻，但開懷好會賓，尋思離亂好傷神。俺閑遥遥獨自林泉隱，您虚飄飄半紙功名進。你看紫塞軍，黄閣臣，幾時得個安閑分，怎如我物外自由身。

【天下樂】得到清平有幾人，何不早抽身，出世塵。儘白雲滿谿鎖洞門，將一函經手自繙，一爐香手自焚。清閑真道本。

【金盞兒】上崐崘，摘星辰，覷東洋海則是一掬寒泉滚，泰山一捻細微塵。天高三二寸，地厚一魚鱗，擡頭天外覷，無我一般人。

【後庭花】我驅的是六丁六甲神，七星七曜君。食紫芝草千年壽，看碧桃花幾度春。常則是醉醺醺，高談深論，來往的盡是天上人。

【醉中天】俺那裏自潑村醪嫩，自斬野花新。獨對青山酒一尊，閑將那朱頂仙鶴引。醉歸去松陰滿身，冷然風韻，鐵笛聲吹斷雲根。

【金盞兒】俺那裏地無塵，草長春，四時花發常嬌嫩。更那翠屏般山色對柴門，雨滋松棕葉潤，露養藥苗新。想野猿啼古樹，看流水繞孤村。

【醉雁兒】你有那出世超凡神仙分，擊一條一抹絛，帶一頂九陽巾。君，敢着你做仙人。

【後庭花】酒戀清香疾病因，色變荒淫患難根；財貪富貴傷殘命，氣競剛强損陷身。這四件兒不饒人。你若將他斷盡，便神仙有幾分。

【醉中天】假饒你手段欺韓信，舌辯賽蘇秦，到底來功名由命不由人，也未必能拿準。只不如苦志修行謹慎，早圖個靈丹腹孕，索强似你跨青驢躑躅風塵。

【一半兒】如今人宜假不宜真，則敬衣衫不敬人。題起修行耳怕聞，直恁的没精神，一半兒應承一半兒盹。

【金盞兒】比及你米淘了塵，水燒的滾，我教這一顆米内藏時運，半升鐺底煮乾坤。投至得黄粱炊未熟，他清夢思猶昏，教他山川重改换，日月一番新。

【賺煞】羽衣新，霓旌迅，有十二金童接引。萬里天風歸路穩，向蓬萊頂上朝真。笑欣欣，袖拂白雲，宴罷瑶池酒半醺。争奈你個唐吕巖性蠢，偏不肯受漢鐘離教訓，則又索跨青鸞飛上九天門。

○雙魚記

〔中吕〕【玉芙蓉】家聲庶已存，儒術誠難奮。抱文章逢人，開口誰親。青袍似草埋塵坌，彩筆生花托夢魂。（合）空含哂，又誰能辨假真。任從他，幾時恩列泣珠人。

【前腔】我門庭畏客頻，世路交知盡。謝仁兄不鄙，枉問衡門。從教車馬嫌棲隱，自有鶯花不棄貧。（合前）

【前腔】風花酌酒頻，山水彈琴盡。看他時白頭，交誼如新。須知杏苑先傳信，莫恨花時不稱貧。（合前）

○埋劍記

〔南吕〕【奈子花】嘆青袍誤我青春，肯教他埋没終身。不如三河少年，良家六郡，圖一個建牙分閫。須信，避不得戰塵勞頓。

【前腔】你年來命運邅迍，且安心困守荆榛。蘇秦昔年，要圖金印，落得個黑貂裘損。須信，分已定枉然勞頓。

○又

〔雙調〕【風入松】只是可憐謀勇郭參軍，連累教他受窘。全軍覆敗懷孤墳，猶轉戰欲將身殉。援兵絶空擔苦辛。被生擒去，不知死和存。

【前腔】生離死别一朝分，恨元戎起釁，不能從諫輕兵進，做得個兇門專閫。他却自全驅遠奔，教參佐受灾迍。

【急三槍】他和我，曾認義，相隨趁。做兄和弟，兩情親。

【前腔】他薦我，掌書記，隨征進。因我行期緩，暫離群。

【風入松】原來也是幕中人，恕我一時難認。參軍既是相親近，須索要將他着緊。向姚州與楊公細論。把他相救援，出沉淪。

【急三槍】那姚州外，如鐵桶，被蠻兵困。我持孤劍，怎得進重闉？

【前腔】那南蠻將，纔得勝，便還鄉郡。姚州地，今不阻行人。

【風入松】如今便往見楊君，似包胥爲楚干秦。舉頭西笑長安近，怎辭得奔波塵坌。霍驃姚當時有云，胡未滅，何暇問家門。

此折詞純用本色，如行雲流水，與《紅蕖》諸詞，若出二手。

南北詞廣韵選　卷八

寒　山

○西厢記・妝臺窺簡

北〔中吕〕【粉蝶兒】風静簾閑，繞紗窗麝蘭香散，啓朱扉摇響雙環。絳臺高，金荷小，銀釭猶燦。比及將暖帳輕彈，先揭起梅紅羅軟簾輕看。

【醉春風】則見他釵嚲玉斜横，髻偏雲亂挽。日高猶自不明眸，暢好是懶、懶。半晌擡身，幾回搔耳，一聲長嘆。

【普天樂】晚妝殘，烏雲嚲，輕勻了粉臉，亂挽起雲鬟。將簡帖兒拈，把妝盒兒按，拆開封皮孜孜看，顛來倒去不害心煩。則見他厭的扢皺了眉黛。忽的低垂了粉頸，氲的改變了朱顔。（眉批：「忽的」句，自想此事，明言之邪，抑瞞却也。「氲的」句，畢竟自不認錯。）

【快活三】分明是你過犯，没來由把我摧殘；使別人顛倒惡心煩，你不慣，誰曾慣？

【朝天子】張生近間面顔，瘦得來實難看。不思量茶飯，怕見動憚；曉夜將佳期盼，廢寢忘餐。黄昏清旦，望東墻淹泪眼。病患、要安，則除是出幾點風流汗。

【四邊静】怕人家調犯，早共晚夫人見些破綻，你我何安。問甚遭危難。咱則攛斷得上竿，掇了梯兒看。

【脱布衫】（眉批：王實甫常以正宫内【脱布衫】【小梁州】入中吕。）小孩兒家口没遮攔，一謎裏言語傷殘。把似你使性子，將人欺謾；那秀才，做多少好人家風範。

【小梁州】他爲你夢裏成雙覺後單，廢寢忘餐。羅衣不耐五更寒，愁無限，寂寞泪闌干。

【么】似這等辰勾月空把佳期盼，（眉批：《辰勾月》是院本傳奇，元人吴昌齡撰，托陳世英感月精事，舊解謬。）我將這角門兒世不曾牢拴，則願得做夫妻無危難。我向筵席頭上整扮，我做個縫了口的撮合山。

【石榴花】當日個晚妝樓上杏花殘，猶自怯衣單，那一片聽琴心清露月明間。昨日個向晚，不怕春寒，幾乎險被先生嫚，（眉批：「嫚」，坊本作「賺」，作「撰」，俱非。）那其間豈不胡顔。爲一個不酸不醋風魔漢，隔墻兒險化做望夫山。

【鬥鵪鶉】你用心兒撥雨撩雲，我好意兒傳書寄簡。不肯搜自己狂爲，則待覓別人破綻。受艾焙權時忍這番，暢好是奸。對人前巧語花言，背地裏愁眉泪眼。

【上小樓】這的是先生命限，須不是紅娘違慢。那簡帖兒到做了你的招伏，他的勾頭，我的公案。若不覷面顏，厮顧盼，擔饒輕慢，争些兒把紅娘托犯。

【么】從今後相見少，會面難。月暗西廂，鳳去秦樓，雲斂巫山。你也赳，我也赳；（眉批：「赳」，冷淡意。）請先生休赳，早尋個酒闌人散。

【滿庭芳】你休要呆裏撒奸，若待要恩情美滿，定教我骨肉摧殘。老夫人手掿着檀棍兒摩挲看，麄麻綫怎透針關。直待教拄着拐幫閑鑽懶，縫合唇送暖偷寒。消息兒踏着泛；（眉批：「着泛」，坊本作「定犯」，欠明。）禁不得你甜話兒熱攛，好教人兩下裏做人難。

【耍孩兒】幾曾見寄書的瞞着魚雁，小則小心腸兒轉關。寫着道西廂待月等更闌，跳東墻女「字」邊「干」。元來那詩句兒裏包籠着三梗棗，簡帖兒裏埋伏着九里山。着緊處將人慢，您會雲雨鬧中取静，我寄音書忙裏偷閑。

【三煞】紙光明玉板，字香噴麝蘭，行兒邊湮透的非春汗。一緘情泪紅猶濕，滿紙春心墨未乾。從今後休疑難，放心波玉堂學士，穩情取金雀丫鬟。

【二煞】他人行別樣親，俺跟前取次看。便做道孟光接了梁鴻案。別人行甜言美語三冬暖，我跟前惡語傷人六月寒。我回着頭兒看，看你離魂倩女，怎發付擲果潘安。

【一煞】隔墻花又低，迎風户半拴，偷香手段今番按。怕墻高怎把龍門跳，嫌花密難將仙桂攀。放心去，休辭憚；若不去呵，望穿他盈盈秋水，蹙損了淡淡春山。

【尾聲】你雖然去兩遭，我敢道不如這番。隔墻酬和都胡侃，證果的是今番這一簡。

此折首三闋寫困鬱之狀，宛然春愁模樣。【快活三】以下，正是深閨兒女媟褻之詞。【上小樓】以下三闋，謔浪甚妙。【耍孩兒】五闋駢言偶語，雜以訕笑，正自斐然。「日高猶自不明眸」五句，又「出幾點風流汗」，又【小梁州】一闋，非詞家之俊語乎？又「你不慣誰曾慣」，又「你的招伏」三句，又「拄拐」、「合唇」二句，又「墻高」、「花密」二句，非滑稽之妙境乎？又「一緘」、「滿紙」二句，非詩家之麗對乎？始極言傳書之危苦，好事之難諧，令其人觖望無措，然後示以答柬，而輕輕以「幾曾見寄書的瞞着魚雁」一句承之，不疾不徐，似喜似謄，文章至此，真有化工在手之妙。劉輪削堊，胡能喻此？

○拜月記

南〔大石引〕【東風第一枝】宫日添長，壺冰結滿，（脚批：「滿」，不用韵。）仲冬天氣嚴寒。綉工閑却金針，紅爐暖，畫閣人閑。金爐香裊，麗曲趁舞袖弓彎。

〔大石曲〕【催拍】受君恩，身居從班。食君禄，爭敢避難？此行非同小看，非同小看。緝探上京虛實，便往邊關。漠漠平沙，路遠天寒。（合）一别後涉水登山。今日去，甚時還？

【前腔】氣力衰，行艱步難，怎驅馳揮鞭跨鞍？愁只愁路裏，只愁路裏，難禁冒雨蒙霜。躍涉勞煩，誰奉興居？暮宿朝飧。（合前）

【前腔】去難留，愁擎鳳盞。愛情深，重掩泪眼。休憂慮放懷，休憂慮放懷，堂上老母孤單，小心相看。娘女家中，怎免愁煩？（合前）

【前腔】軍限緊，休作等閑。報國家，忠心似丹。稍遲延半晌，稍遲延半晌。尋思止得些時，面覿尊顔。子父睽離，霧阻雲攔。（合前）

【一撮棹】今日去，便馳驛離鄉關。朝廷命，疾登程，怕遲晚。兵南進，興戈甲，取江山。遭離亂，家無主，怎逃難？士馬侵邊緊，兩三月便回還。專心望，望佳音，報平安。

按本韵《琵琶》中盡出入於桓歡、先天兩韵中，絶無純押韵者，故别録，不欲混此。

○荆釵記

〔雙調〕【錦堂月】華髮斑斑，韶光荏苒，雙親幸喜平安。慶此良辰，人人對景歡顔。畫堂中寶篆香銷，玉盞内流霞光泛。（合）齊祝贊，願福如東海，壽比南山。

【前腔】筵間，綉幕圍環，奇珍擺列，渾如洞廟仙寰。美食嘉餚，堪并鳳髓龍肝。簪翠竹同樂同歡，飲緑醑高歌齊讚。（合前）

【前腔】堪嘆，雪染雲鬢，霞銷杏臉，朱顔去不回還。椿老萱衰，只恐雨僽風僝。但只願無損無傷，咱共你何憂何患。（合前）

【前腔】幽閑，食可加餐。官無事擾，情懷并没愁煩。人老花殘，於心尚有相關。待招賢百歲姻親，承繼我一脈根蔓。（合前）

【醉公子】非慳，診治家千難萬難。休只管喫得甕盡杯乾。今番慶生席面，難做尋常一例看。（合）重换盞，直飲到月轉花梢，影上闌干。（眉批：鄙俗。）

【前腔】仙班，滿座間人閑事罕。慶眉壽華筵，正宜疏散。歡宴，秖侯樂人，品竹彈絲敲象板。（合前）

【僥僥令】銀臺燒絳蠟，寶鼎噴沉檀，望乞蒼穹無灾患。（合）骨肉永團圓，保歲寒。

【前腔】炎凉多反覆，日月易循環。但願歲歲年年如今旦。（合前）

【尾聲】玉人彈唱聲聲謾，露春纖把錦箏低按，曲罷酒闌人散。

看《荆釵》不宜過刻，第取其調諧意古可也。

○唐明皇秋夜梧桐雨　元白仁甫作

北〔中吕〕【粉蝶兒】天淡云閑，寫長空數行征雁。御園中夏景初殘，柳添黄，荷減翠，秋蓮脱瓣。坐近雕闌，噴清香玉簪初綻。

【叫聲】共妃子喜憑闌，等閑，等閑，趁嘉辰排嘉饌。酒注嫩鵞黄，茶點鷓鴣斑。

【醉春風】酒光泛紫金鐘，茶香浮碧玉盞。沉香亭畔晚涼多，親自與你揀，揀。粉黛濃妝，管弦齊列，綺羅相間。

【迎仙客】香馥馥味正甘，（眉批：「甘」字去聲始叶。）嬌滴滴色猶丹，恰便似九重天謫來人世間。取時難，得後艱。可惜不生長在長安，因此上驛使把紅塵犯。

【紅綉鞋】則不向金盤光燦，也宜將翠袖擎看，恰便似絳紗囊罩定水晶寒。一霎兒寡人醒醉眼，妃子暈嬌顔，這便是物稀人見罕。

【快活三】囑付那仙音院莫要怠慢，上膳局快迭辦。把大真妃簇捧定在翠盤間，能結束，宜宫扮。

【鮑老兒】雙蹙起泥金袖挽，把月殿裏霓裳按，鄭觀音琵琶整備彈，早搭上鮫綃襻。寧王玉笛，花奴羯鼓，韵美聲繁。壽王錦瑟，梅妃玉笛，嘹喨循環。

【古鮑老】磕剌剌撒開紫檀，見黄旛綽向前手拈板。低低的叫聲玉環，太真妃笑時花近眼。紅牙箸趁五音，擊着梧桐按，嫩枝柯猶未乾，更帶着瑶琴聲範。卿你則索出幾點瓊珠汗。

【紅芍藥】腰鼓聲乾，羅襪弓彎，玉佩丁東響珊珊，即漸的舞嚲雲鬟。施逞蜂腰瘦，燕體翻，兩袖香風拂散。親捧鐘玉露甘寒，你可也莫得留殘，直喫得夜静更闌。

【剔銀燈】止不過報説道天昏日晚，也合覷一個遲疾緊慢。等不得俺筵上笙歌散，走將來氣丕丕冒突尊顔。過來波齊管仲鄭子産，偃忠孝龍逢比干。

【蔓菁菜】險些兒荒殺你個周公旦。你道黍貪歌舞樂吹彈。暢好是占奸，早難道羽扇綸巾談笑間，那裏也破强虜三十萬。

【滿庭芳】空列着文武兩班，烏靴象簡，金紫羅襴。内中没討個英雄漢，掃蕩塵寰。慣縱的無從禄山，没揣的撞過潼關，先敗了哥舒翰。疑怪昨宵向晚，不見烽火報長安。

【普天樂】恨無窮，愁無限。争奈倉卒之間，避不得驀嶺登山。鑾駕遷，成都盼。更那堪滻水西飛雁，一聲聲送上雕鞍。傷心故國，西風渭水，落日長安。

【尾聲】端詳你上馬嬌，怎支吾蜀道難。則這些嵯峨巘崙連雲棧，你從來怎慣，幾程兒捱得過鬼門關。

○月下追韓信 元金志甫作或云費唐臣作

〔雙調〕【新水令】恨天涯流落客孤單。（眉批：首句坊本作「孤寒」，犯下「斗牛寒」，從古本。）嘆英雄半生虚幻。坐下馬空踏遍山色暖，背上劍枉射的斗牛寒。忿塞天地之間，雲遮斷玉砌雕闌，按不住浩然氣透霄漢。

【駐馬聽】回首青山，拍拍離愁滿戰鞍；舉頭新雁，呀呀哀怨半天寒。只指望龍投大海駕天關，剗的教君騎贏馬連雲棧。覷英雄如等閑，無端世上蒼生眼。

【沉醉東風】幹功名千難萬難，求身事兩次三番。當時依楚王，今日别炎漢，不覺的赧色羞顔。對着這月朗星輝把劍彈。（夾批：「星輝」，坊本作「回頭」。）揾不住英雄泪眼。

【雁兒落】丞相將咱不住趕，韓信索把程途盼。爲甚麽恰相逢便噤聲，非是我有意相輕慢。

【得勝令】呀，我又怕叉手告人難，因此懶下寶雕鞍。説與漢天子休心困，量這楚重瞳怎掛眼。雕鞍，向落日夕陽岸。綸竿，我待釣西風渭水寒。

【掛玉鈎】我怎肯一事無成兩鬢斑。既然你不用俺這英雄漢，因此上鐵甲將軍夜過關。你莫不爲馬來將人盼，既不爲馬來有甚别公幹？你着我輔佐江山，保奏的掛印登壇。

【川撥棹】半夜裏恰回還，抵多少夕陽歸去懶。澗水潺潺，珂珮珊珊。冷清清夜静水寒，這的是漢翁江上晚。

【七弟兄】脚踏着跳板，手執定釣竿，不住的把船攀，見沙鷗驚起蘆花岸。忒楞楞飛過蓼花灘，似禹門浪汲桃花泛。（夾注：「泛」字，若依沈韵，當閉口，不知如何押；下「泛」字亦然。）

【梅花酒】呀，雖然暮景殘，恰夜静更闌。對緑水青山，正天淡云閑。明滴溜銀蟾出海山，光燦爛玉兔照天關。撑開船，掛起帆。俺紅塵中受塗炭，您緑波中覓衣飯。俺乘駿馬懼登山，您駕孤舟怕逢灘。俺錦征袍怯衣單，您緑蓑衣不曾乾。枉守定水潺潺，干熬的鬢斑斑。

不能勾紫羅襴，空執定釣魚竿，咱都不到這期間。

【收江南】呀，這的是烟波名利大家難。抵多少五更朝外馬嘶寒，對一天星斗跨征鞍。我爲甚倦怛，算來名利不如閑。（眉批：「我爲甚倦怛」，坊本作「非是倦談」，可笑。）

【尾聲】我想着豪傑自古多磨難，恰便似蛟龍未濟逢乾旱。塵埋了戰策兵書，消磨了鐵甲連環。爲半紙功名費往還，似這等涉水登山，休休休空長嘆。

武功康德涵深賞此折，末記云：「此套元刻有【水仙子】、【夜行船】，亦只平常。有尾聲，他刻皆不載，予爲之删其前而續其尾。」

此折今載《千金記》內，坊板既多亥豕，而俗師傳唱，率意改之，幾不可解。如首闋：「山色暖」，改「暖」作「熊」；三闋「赧色羞顔」改作「皓首蒼顔」；四闋「有意」改作「不言語」；五闋「説與那漢天子休心困」，「與」改作「着」，「休」改作「尢」；七闋「歸去懶」，改「懶」作「晚」；十闋「倦怛」已拈出。尾聲中又多增數語，雜亂無序，今悉從康武功本正之。

《千金》一名《登壇》，明李方麓作。

○香囊記

〔正宮〕【劃鍬兒】魚竿釣罷菰蒲岸，扁舟泊在蓼花灘，濯足楚江，晚時過杏壇。（合）相逢此間，傳杯弄盞，那管世途風波滿眼。

【前腔】山盂半杓胡麻飯，仙瓢數粒九華丹。從教白石爛，滄溟水乾。（合前）

後二闋出韵，去之。

○紅蕖記

〔雙調〕【步步嬌】雲盡湘潭空江晚，客棹天涯返。汀蘆絮又寒，斷送昨日秋鴻，今日寒雁。只隔一宵間，把羈人展轉忙催趲。

【忒忒令】記迴步叢祠醮壇，有少俊背人流盼。天臺路口，只少胡麻爲飯，奈平白地阻巫山。那些時，消受的是我傳情俊眼。

【沉醉東風】覷花容秀色可餐，兀自鎮朝昏把伊貪看。況遇着俊潘安，見伊家風範，怎教他不步隨心絆。不知是伊命慳，是他分慳，眼睁睁對面參差了這番。

【園林好】人世上浮名是閑。求名客徑時未還，爲只爲紅絲牽綰。休獨自倚朱闌，知何處黛眉殘。

【尹令】我剛惹得風流運限，只道是没人窺瞷。那時有何疏綻，被伊把奴拖犯。若漏泄風光，怕帶葉連枝各有幹。

【品令】你秋波映人，蘸得他眼兒乾。春情飛動，此時倩誰攔。非奴敢訕，愛看伊嬌赧。況和伊一樣，做女子羞人挑泛。莫把我衷腸，比作無心雲水看。

【豆葉黄】恨相依作伴，兒女家癡頑。不做美一瞇惺忪，不做美一瞇惺忪，全不顧他人心懶。我猛思輕涉，把并頭蕊攀。又只怕説咱們情雜，又只怕説咱們情雜，怎消得饞涎，免得心兒緊拴。

【五供養】你覷那風魔忒罕，我欲避還憐，欲看羞顔。只恐荻花頭頓白，楓葉泪成丹。愁苗自産，更不被霜威相扞。君還相訪易，奴爲出來難。挫過花星，似浪萍分散。

【玉交枝】一聲嗟惋，料應添柔腸幾彎。知他也無奈連雲棧，枉相思不斷如環。縱秀才們大膽性偏儇，想女郎們弱質何曾慣。怕他行初心易殫，怕伊家失身難挽。

【月上海棠】恨怎删，舊詞惹起新枝蔓。念佳人何在？漫泳湘蘭。這些兒短賦長吟，抵多少傳書寄柬。這是青玉案，那人兒怎能彀答贈琅玕。

【江兒水】惜别心能醉，聞歌意未闌。行吟的應也憐長嘆，料他眼底愁悰儹，全憑句裏情絲襻。似孤雁呼群江垾，不肯停棲，細把寒枝都揀。

【川撥棹】他真狂誕，夜將分、歌再反。這詞兒語意相關，這詞兒語意相關，我鐵心腸猶將泪彈。但思量跨鳳翰，又何須逐鹿躡。

【尾聲】題詩一字愁千萬，奈好事自多磨難，留取他年作案翻。

此等詞俱在可選不可選之間。但查聲音相近諸韵，自元人北詞而外，如寒、山未有不混桓、歡，甚且旁入先、天，齊、微未有不混支、思，甚且旁入魚、模者，故姑録之以爲式，實非以其辭也。下【朱奴兒】及桓、歡韵内【梁州序】俱然。

○又

〔正宫〕【朱奴兒】嘆遲暮親朋半殘，爲吾弟怎避勞煩。江上扁舟時往還，怕什麼春寒日晚。（合）覷南歸雁，蕭蕭影單，又感起離人嘆。

【前腔】纔昨夜脱得水灘，今重向蓬底彎跧。名利從來輸與閑，况没事謾勞往返。（合前）

寒、山，桓、歡二韵，傳奇中純用者絶少，故又於北劇内録其佳闋佳句。如元戴善夫《陶學士醉寫風光好》内【點绛唇】闋云：「憑着我霧鬢雲鬟，黛眉星眼，尋衣飯。則向這酒舍詩壇，多少家喬公案。」又【混江龍】闋云：「悲歡聚散，一年間到有百千番。恰東樓歡宴，早西出陽關。兀的俺引客招勤烟月牌，便是賣笑求食望夫山。迎新送舊，執盞擎餐，這些時心實憚。怕的是羅紈錦破，鶯老花殘。」又句云：「也曾把有魂靈的郎君常放番，但來的和土鏟。饒你便會撒奸徹骨慳，則俺這女娘每寄信的鴛鴦簡，便是招子弟的引魂旛。常教他一縷兒頑涎涇不乾。」又句云：「看他冷丁丁沉默默是個無情漢，冬凌霜雪都堆在兩眉間。恰便似頭顱上掛着紫塞，鼻凹里倘着藍關。」又句云：「這壁見退後來早心怒，那壁見向前去又惡心煩。好教我左右没是處，來往做人難。」又句云：「放着滿眼芳菲縱心兒拣。」俱佳。《琵琶》之「新篁池閣」，《明珠》之「月眉攢，雲袖嚲」，詞非不極佳，俱以雜用三韵不録。信乎！作詞之不可不嚴於韵也。

又元劇《岳陽樓》内【一枝花】闋云：「猶兀自騎着個大肚驢，喫幾頓黄粱飯。今日個有緣游閬苑，可正是無夢到邯鄲。休笑我行步艱難，無症候妝些殘患。如今便岳陽樓來了兩番，空聽得江水潺潺，洗不净愚眉肉眼。」【梁州第七】闋云：「我爲甚不帶酒佯裝做醉漢？可便點頭來會盡人間。休笑我形骸土木腌臢扮，强如紫綬，勝似白襴。袖藏着寶劍，腹隱着金丹。消磨盡緑鬢朱顔，恰離了雲幌星壇。早來到緑依依採靈芝徐福蓬萊，恰行過高聳聳卧仙臺陳摶華山，又過了翠巍巍老子函關。片帆、只彎、此間，正江樓茶罷人初散。則你這郭上灶喫人讚，則俺這乞化先生左右難，來尋你下榻陳蕃。」【賀新郎】闋云：「你看那龍争虎鬥舊江山，我笑那曹操雄奸，哭的是霸王好漢。爲興亡笑罷還悲嘆，不覺的斜陽又晚，想咱這百年人則在這撚指中間。空聽得樓下茶客鬧，争似江上野鷗閑。百年人光景皆虚幻。我覷你一株金綫柳，猶兀自閑憑着十二玉闌干。」又句云：「早學得嚴子陵隱在釣魚灘，管甚麼張子房燒了連雲棧。」

○浣紗記

〔雙調〕【鎖南枝】遭身困，值命艱，家亡國破社稷殘。一婦受饑寒，孤臣罹災患。鄉關路，山上山，怕擡頭看北來雁。

【前腔】英雄泪，休浪彈，雲鴻暫時鎩羽翰。有日定翩翻，長鳴上霄漢。丈夫志，游子顔；要峥嶸，莫悲嘆。

○寶劍記

〔仙吕〕【甘州歌】征輪莫挽，嘆家私傾敗，骨肉摧殘。山藏歧路，更聞流水潺湲。空憐去國王粲苦，誰念無家范叔寒？離悲懶，行路難，斷腸聲裏嘆陽關。添新恨，改舊顔，相思不斷似連環。

【前腔】雞鳴客度關。望寒蟾將没，曉星猶燦。曾提軍務，當此際奔走朝班。何年再得瞻帝闕？無福重登拜將壇。鄉心切，客思煩，消愁莫放酒杯乾。知音少，同志難，高山流水莫輕彈。

【前腔】豪游興已闌。想當年承乏，亦曾直諫。聲聞朝野，因此上觸忤權奸。簾前流影真要惜，世上浮名總是閑。何須慮，直放寬，此行休道不生還。心猶壯，髮尚黫，劍光還射斗牛寒。

【前腔】霜凋葉正丹。見投林宿鳥，排空征雁。江村蕭索，那堪途路艱難？樽中緑醑頓自暖，路上黄花却耐寒。秋將暮，歲欲殘，白蘋紅蓼滿江干。風聲息，月影單，漁燈閃閃閉紫關。

【尾聲】投宿處休遲慢，旅邸淹留兩鬢斑，暫避今宵風雨寒。

第四闋既云「秋將暮」，下便云「歲欲殘」，不通。

○送友歸吴 元

〔雙調〕【夜行船】驛路西風冷綉鞍，離情秋色相關。鴻雁啼寒，楓林染泪，攔斷旅情無限。

【風入松】丈夫雙泪不輕彈，都付酒杯間。蘇臺景物非虚誕，年前倚棹曾看。野水河邊蕭寺，亂雲馬首吴山。

【新水令】君行那與利名干？縱疏狂柳羈花絆。何曾畏，道途難？往日今番，江海上浪游慣。

【喬牌兒】劍横腰秋水寒，袍奪目曉霞燦。虹霓膽氣沖霄漢，笑談間人見罕。

【離亭宴煞】束裝預喜蒼頭辦，分襟無奈驪駒趲。客易去，何重返？見月客窗思，問程村居宿，阻雨山家飯。傳情字莫違，買醉金宜散。千古事毋勞吊挽。闔閭墓野花埋，館娃宫淡烟晚。

○閨情 元

〔雙調〕【新水令】枕痕一綫粉香殘，寶釵横緑雲低挽。妝慵鸞鏡掩，人去鳳衾單。悶倚欄干，無語幾長嘆。

【駐馬聽】蝶懲蜂潺，芳草天涯春事晚。鶯慵燕懶，杏花簾幕雨聲寒。秦樓寂寞玉簫閑，楚臺容易朝雲散。乍離别經這番，恁般懊惱誰曾慣。

【喬牌兒】行時思坐不安，所事兒怕干犯。多情反受風流難，舊愁積，新恨儹。

【雁兒落】翠減了修眉柳葉彎，香消了嬌臉桃花瓣。寬褪了纖腰翡翠裙，鬆綽了縷帶銷金襻。

【得勝令】自從那花底唱陽關，柳下送征鞍，經了些夜月孤幃靜，望不見天涯一雁還。看看，業眼兒熬清旦；潸潸，泪珠兒落夜闌。

【甜水令】常記得白雪輕謳，金杯滿泛，紅牙低按，私語燭花殘。到如今好夢全無，佳期易阻，相思成患，平白地廢寢忘餐。

【折桂令】望藍橋遠似三山，烟水微茫，道路艱難。瓶墜簪折，風酸月苦，雨澀雲慳。長攙攙連枝樹柔條盡剷，磣可可比目魚活水將乾。他性格奸頑，不寄平安。章臺柳恣意留連，蟾宮桂未許躋攀。

【隨煞】怕的是無情歲月相催趲，容易去何年重返。賈充宅韓掾見應難，天台路劉郎到來晚。

○思情 元

〔中呂〕【粉蝶兒】花落春殘，舞東風亂紅飄散，黛眉顰寶鏗空閑。似這般苦相思，活地獄，幾曾經慣。隔天涯何處雕鞍，望關河杳無魚雁。

【醉春風】粉臉帶𪬡憔，香魂和夢返。一天風月冷陽關，暢好是懶、懶。看了這鎖徑蒼苔，撲簾柳絮，繞欄花瓣。

【迎仙客】淹泪眼，鎖愁顔，青絲半堆雲亂挽。我則道歇秋千，閑晝板。不能勾遣興消煩，則落的一口兒長吁嘆。

【紅綉鞋】盼子盼佳期枉盼，難應難要見應難，信音慳端的是信音慳。駡子駡誰行駡，還子還幾時還，捱子捱捱不得懨懨紅日晚。

【十二月】鶯慵燕懶，鳳隻鸞單。似這般雲酸雨澀，端的是蝶亂蜂煩。霎時香消篆冷，捱不過夜静更闌。

【堯民歌】呀，好着我月下聞箏綉衣寒，吹簫臺上彩雲殘。香羅猶帶泪痕斑。琵琶塵暗不曾彈。愁煩，朱門緊閉關，風弄的銀缸燦。

【耍孩兒】金針綉作皆疏懶，方勝同心勸挽。迴文織錦斷腸詩，無青鸞寄不到雲間。屏間孔雀金翎斷，衾剩鴛鴦翠羽寒。倚枕春魂散，夢中喚覺，萬水千山。

【尾聲】離恨多相思罕，相逢使不得嬌癡扮，只除是錦被朦朧再合眼。

○贈妓李素蓮 元

〔南吕〕【一枝花】瑶池淡粉妝，玉井清香散，浦陀冰肌嫩，太液雪膚寒，霧鬢雲鬟。觀音海波中現，周濂溪月下看，引的那陶淵明歸去心遲遠，法師修行意懶。

【梁州】本是個仙景界生來麗質，休猜做汙泥溝長出嬌顔，婷婷娜娜多風範。容華清致，衣袂翩翻，蜂黄乍褪，蝶粉纔乾，是何年落境思凡，怎生來降謫人間。看了伊舞態如受東風紫燕輕盈，歌謳似迎曉日黄鶯睍睆，語音同下青雲，彩鳳幽閑幾番。自揀生雜劇便敢迭生扮，傍花來揭簾看，錯認做一朵能行玉牡丹，環珮珊珊。

【餘音】子見他微開檀口新詞唱，半露春纖古瑟彈，笑倩紅牙板輕按。向池亭倚闌，就畫船手扳，每日家手掌兒上敢擎那稀罕。

中多湊語，不切素蓮題，亦以韵選耳。

○硃砂擔 東嶽太尉到森羅殿對案 元

〔正宫〕【端正好】我將這帶鞓攙，唐巾按，舞蹁蹮兩袖風翻。我則見霜林颯颯秋天晚，覺一陣冷氣侵霄漢。

【滾綉球】你道爲甚森森的透骨寒？却元來是茫茫的雲霧繁，遮斷得紅塵無限，剛則見衰草斑斑，兀的不是地府間，黑水灣？早來到奈河兩岸，兀的不是劍樹刀山？兩隻眼緊把冤魂來覷，一隻手輕將鬼力搬，何處蹣跚。

【倘秀才】摩弄的這玉帶上精光燦爛，拂綽了羅襴上衣紋可便直坦，我與你登澀道漆林林過曲欄。我也曾坐觀十萬里，日赴九千壇，我沉吟了幾番。

【呆骨朵】我將那唾津兒潤破窗兒盼。我探着手將小鬼揪翻。三吊脚捉腰，兩個指可便搯眼。只一拳直打的他天靈爛，這一回倒做的我渾身汗。我正待劈頭毛廝扯搻，不争你攀肐膊强拆散。

【倘秀才】見地曹手捧着温凉玉盞，我這裏忙擎起花紋象簡。我和你間別來早已數載間。絶音信，少平安，今日得見面顔。

【伴讀書】撿生死輪迴案，是誰人把天條捍？我奉着玉帝天符非輕慢，將是非曲直分明看。從頭兒報應真稀罕，這的是天數要循環。

【笑和尚】你將文卷細細繙，我將卓面輕輕按，是小字兒疊千萬。要一行行親過眼，便一字字莫推殘，我一件件從公幹。

【醉太平】你道他是鷹鸇羽翰，狼虎心肝，這幾年你業在陽間，全没些忌憚。王文用在明晃晃刀頭上遭危難，王從道在黑洞洞井底下何時旦，還將他那花朵朵媳婦兒只待要强姦，有這許多的罪犯。

【煞尾】則我這硬邦邦指爪將那廝頭稍來挽，粗滚滚麻繩將那廝脖項來拴。丢天靈剪手腕，着凌遲受磨難，那怕他潑頑皮綽號做鐵幡竿。只消我這一對兒攔關，把那廝死狗也似拖將來直着見了您眼。

備韵。

○王粲登樓 元鄭德輝作

〔仙吕〕【點絳唇】早是我家業凋殘，少年可慣，被人輕慢，似翻覆波瀾，貧賤非吾患。

【混江龍】我與人秋毫無犯。則爲我氣昂昂惧得鬢斑斑，久居在簞瓢陋巷風雪柴關。窮不窮甑有蛛絲塵網亂。窘不窘爐無烟火酒瓶乾。刬地在天涯流落，海角飄零，中年已過，百事無成，捱不出傷官破祖窮愁限。多則在閭閻之下，眉睫之間。

【油葫蘆】小二哥休笑書生膽氣寒，看承的如等閑。則俺這湫裘常怯曉霜殘，端的可便有人把我做兒曹看。堪恨無端一郡蒼生眼。我量寬如東大海，志高如西華山。則爲我五行差没亂的難迭辦，怎能勾青瑣點朝班。

【天下樂】因此上時復挑燈把劍彈，酸也波寒，怎掛眼，只待去論黄數黑在筆硯間。你着我教蒙童數子頑。我則待輔皇朝萬姓安。你可便枉將人做一例看。

【那吒令】我怎肯空隱在嚴子陵釣灘，怎肯甘老在班定遠玉關。則待大走上韓元帥將壇。我雖貧呵樂有餘，便賤呵非無憚，可難道脱不得二字饑寒？

【鵲踏枝】赤緊的世途難，主人慳，那裏也握髮周下榻陳蕃。這世裏凍餓死閑居的范丹，兀的不憂愁殺高卧袁安。

【寄生草】伊尹曾埋没在耕鋤内，傅説也劬勞在版築間，有甯戚空嗟白石爛，有太公垂釣磻溪岸，有靈輙誰濟桑間飯。哀哉堪恨小人儒，嗚呼不識俺英雄漢。

【六么序】我投奔你爲東道主，倚仗你似泰山。剗的是驚弓鳥葉冷枝寒。好教我鏡裏羞看，劍匣空彈。前程事非易非難，想蟄龍奮起非爲晚。赤緊的待春雷震動天關，有一日夢飛熊得志扶炎漢。纔結果桑樞甕牖，平步上玉砌雕欄。

【么篇】要見天顔，列在鵷班，書嚇南蠻，威鎮諸藩，整頓江山，外鎮邊關，内剪奸頑。有一日金帶羅襴，烏靴象簡，那其間難道不着眼相看。如今個旅邸身閑，塵土衣單，躭着饑寒，偏没循環。只落得不平氣都付與臨風嘆，恨塞滿天地之間。想漫漫長夜何時旦，怎能勾斬蛟北海，射虎南山。

【金盞兒】雖然道屈不知己不愁煩，不知伸於知己恰是甚時間。只落得一天怨氣心中儹，空教我趨前退後兩三番。又不是絕糧陳蔡地，又不是餓死首陽山，只不如掛冠歸去好，也免得叉手告人難。

【賺煞】我持翰墨謁荆王，展羽翼騰霄漢。夢先到襄陽峴山，楚天闊争如蜀道難。我得了這白金駿馬雕鞍，則願的在途間人馬平安，穩情取峥嶸見您的眼。我略别你個放魚的子産。你休笑我屠龍的王粲。你看我錦衣含笑入長安。

◯雙魚記

〔黄鐘〕【獅子序】蒙清問，增赧顔，念微軀，非是他楊家玉環。本中州閥閲，落了淮甸構欄。若問我奮迹處的故産，須從河洛間，問神州、望長安，追尋閭閈。我嚴父剖符百里，需次居閑。

【太平歌】補任曲周尹，盡室理征鞍。誰想我遇了妖民俱死難。羞殺人苟活餘生在，那些個生死同憂患。指望從容扶櫬葬家山，却教我漂泊幾時還。

【賞宫花】爲遭逢巨奸，我孤身在轉販間。我雅慕羅敷操，你休做李娃看。去去不知游子信，只落得朝朝空上望夫山。

【降黄龍】羞顔，尚鳳弱鸞孱。他小字符郎，是我舅家枝蔓。劉公逝矣，我邢門氏族、也不是孤寒。你休煩，縱使他淪没，怎淪没夫妻義海恩山。討得他死生實信，便死也心安。

【大聖樂】休將風化摧殘，望恩慈擡貴眼。你須護持奴守良人範，終不然自相犯。休道是吴姬緩舞留君醉，便做了隨意青楓白露寒。便有千磨百難，怎將奴三貞九烈的志趣相挽。

〇又

〔南吕〕【鎖窗郎】有誰憐范叔孤寒，感臺衡拂拭看。無枝夜鵲，寄迹偷安。將鶵彩鳳，恐罹憂患。（合）謾學他登樓懷土魏王粲，空作賦，鎮長嘆。

【前腔】我恩官義膽忠肝，看除兇奏凱還。曲周此去，不阻間關。暫時牢落，休教輕慢。

〇埋劍記

〔南吕〕【白練序】我不是思悲王粲，作賦《登樓》嘆路難。也只爲儒冠困人心懶，霄漢限九關。不如投筆去從戎登將壇，紓國難，策功紫塞，著名青簡。

【前腔】相看，把臂間，握出肺肝。關情處把英雄淚珠偷彈。征蠻佐史繁，求一個通才記室難。相逢晚，先把金蘭契結，却向戟門推挽。

○又

〔南吕〕【紅芍藥】一旦被恩榮，九重正宵旰，須信主憂臣辱怎偷安。况王貢又將冠彈。關山，關山路兒今在眼，休説那别離不慣，也休説算來名利不如閑。須急解邊患。

【前腔】半世萍踪輕浮泛，今朝遇青盼。還依大樹棲息一枝安，功名或起行間。雕鞍，雕鞍詰朝别裹閈，且休把刀鐶頻看。却不道秦時明月漢時關，做班定遠榮還。

【搗白練】鷫鸘膏，龍光燦，好周防形隻影單。幾向匣中偷看，問誰懷不平，何處危難？

【前腔】願努力，加餐飯。向長途休教意懶。共把祖生師範。乘時着鞭，莫避危難。

【尾聲】遭逢建立時非晚，親從新侯定八蠻。莫遣沙場匹馬還。

南北詞廣韻選　卷九

桓　歡

◯紅蕖記

〔南吕〕【梁州序】鮫宫長夜，龍堆不暖，只與湘靈爲伴。秦樓月下，空聞弄玉乘鸞。想那千年龜鶴，旦夕蜉蝣，修短應難算。把烏鳥哀情且自暫時寬，看鳳侣新諧此日歡。悲共喜，意相半。

【前腔】只爲塵勞恩怨，交情冷暖，羞與時人結伴。誰將神語，朦朧又寄青鸞。想那元君夢裏，黄石書中，自古應無算。把錦綉詩腸且對酒杯寛，你何事含顰不盡歡。疑與信，意相半。

【前腔】想昨朝恩愛都拚，誰信道龍神掌管。算不逢磨難，也不得團圞。只怕朱顔不再，緑鬢難留，易逐韶光换。若有朱門先達笑彈冠，你莫戀衡門賦考槃。從與否，意相半。

【前腔】把雲霄事業輕拚，總烟月權衡都管。願人間情債，都似你我團圞。只怕青山無主，青簡難垂，何日把青衫换。半世浮名已自誤儒冠，且向山中學考槃。出與處，意相半。

【大聖樂】羡才郎容鬢如潘，這孤衾今夜暖。安排小閣凝香幔，行樂事，幾多般。須不比韋娘高髻妝偏巧，肯學京兆蹔眉畫未完。（合）歡娱不盡，縱迢迢寒夜，還道漏聲猶短。

【前腔】羡金蓮步步如潘，向鴛衾偏自暖。春生百子流蘇幔，勾引出，興多般。莫笑我匆忙合巹情容易，只要偕老于飛願始完。（合前）

【金錢花】人生得意多端，多端。無如尊酒盤桓，盤桓。況郎才女貌總堪觀，行對對，坐團團，燈燦燦，夜漫漫。

【前腔】大人解放眉攢，眉攢。新人莫恨寒酸，寒酸。小登科後去求官。辭豹隱，起龍蟠，瞻玉陛，拜金鑾。

【尾聲】華筵未撤烟光亂，總散入笙歌笑懽。今夜歡情兩不瞞。

前四闋，沈先生所謂【梁州序】本調，與《荆釵》之「家私迭等」同，而以《琵琶》中「新篁池閣」改作【梁州新郎】。蓋以「金縷唱」合頭是犯【賀新郎】，故以「新郎」二字别之。似矣，獨不思「清世界幾人見」六字，獨非【賀新郎】乎？與「家私迭等」中「休得要恁執性」何所别，而奈何于「家私迭等」闋，便去「新郎」二字也？請仍舊名，以【古梁州】别之何如？至於「晝長人困」句，去「也」字一板，自是卓見，俗師不可不知。

○香綿　元

〔南吕〕【一枝花】梨雲夢渺漫，柳絮春零亂。輕盈憐魯縞，皎潔勝齊紈。霧靄雕盤，韓壽衣沾爨，風流引俊潘。蜘蛛絲曉掛雕檐，蝴蝶粉時飄謝館。（附注：「沾爨」二字不明，疑誤。）

【梁州】撚纖縷絡成紬段，擘輕絨織就絲鞶。温柔堪作飛瓊伴。枝牽連理，扣扭合歡。明如雪塊，滑似蘇團。納儒衣蔽盡寒酸，做道袍睡殺陳摶。逐歌塵微颺梁端，題彩扇輕拈翠管，傍妝臺亂拂青鸞。頓覺，放短。絲來綫去相縈絆，摶不開挽不斷。若比蘆花一例看，人眼難瞞。

【尾聲】揭鸑脂鋪錦被鴛鴦交頸三千段，分匱套辦妝奩翡翠籠歡一萬端，遮莫是黑雪烏風夜將半。將着這幾般，向床兒上垜滿，用意温存正睡得暖。

桓、歡韵甚少，姑録之。

他韵詞有佳極而不録者，以韵雜也。唯桓、歡、寒、山、支、思及三閉口，有則輒録，不復計其詞之工拙。作詞者可益浪用韵乎哉。

○埋劍記

〔正宫〕【玉芙蓉】將軍禮数寬，客子離筵短。縱剛腸似鐵，愁思難剜。從軍擾攘驅鵝鸛，勝似隱几蕭條戴鶡冠。（合）春光短，沸軍聲笑讙。更紛紛風吹旌旆下雲端。

【前腔】高歌捧玉盤，法酒排金盌。及良時盟神，酹纛騰歡。南征道路通蠻爨，北闕威儀想漢官。（合前）

南北詞廣韻選　卷十

先天

○西廂記·佛殿奇逢

〔北仙吕〕【點絳唇】游藝中原，脚根無綫，如蓬轉。望眼連天，日近長安遠。

【混江龍】向詩書經傳，蠹魚似不出費鑽研。將棘圍守暖，把鐵硯磨穿。投至得雲路鵬程九萬里，先受了雪窗螢火二十年。才高難入俗人機，時乖不遂男兒願。空雕蟲篆刻，綴斷簡殘編。

【油葫蘆】九曲風濤何處顯，則除是此地偏。這河帶齊梁分秦晉隘幽燕。雪浪拍長空天際秋雲捲，竹索纜浮橋水上蒼龍偃。東西潰九州，南北串百川。歸舟緊不緊如何見？却便似弩箭乍離弦。（眉批：「雪浪」四句應作二句讀。）

【天下樂】疑是銀河落九天。高源，雲外懸。入東洋不離此徑穿。滋洛陽千種花，潤梁園萬頃田，也曾泛浮槎到日月邊。（眉批：「高源」坊本作「淵泉」。）

【村裏迓鼓】隨喜了上方佛殿，早來到下方僧院。行過廚房近西，法堂北，鐘樓前面。游了洞房，登了寶塔，將回廊繞遍。數了羅漢，參了菩薩，拜了聖賢。呀！正撞着五百年前風流業冤。

【元和令】顛不剌的見了萬千，似這般可喜娘臉兒罕曾見。則着人眼花繚亂口難言，魂靈兒飛在半天。他那裏盡人調戲嚲着香肩，只將花笑捻。（眉批：「顛不剌」，一云美玉，一云美寶，一又云美人名，未知孰是。「不剌」二字北人説話多帶，用作語助辭。）

【上馬嬌】這的是兜率宮，休猜做離恨天。呀，誰想着寺裏遇神仙。我見他宜嗔宜喜春風面，偏、宜貼翠花鈿。

【勝葫蘆】你看他宮樣眉兒新月偃，侵入鬢雲邊。未語人前先靦腆，櫻桃紅綻，玉粳白露，半晌恰纔言。

【么】恰便似嚦嚦鶯聲花外囀，行一步可人憐。解舞腰肢嬌又軟，千般裊娜，萬般旖旎，似垂柳晚風前。

【後庭花】若不是襯殘紅芳徑軟，怎顯得步香塵底樣淺。且休題眼角留情處，則這脚踪兒將心事傳。見他慢俄延，投至到櫳門兒前面，剛挪了一步遠。剛剛的打個照面，風魔了張解元。神仙歸洞天，空餘楊柳烟，只聞得鳥雀喧。

【柳葉兒】呀，門掩着梨花深院，粉墻兒高似青天。恨天，不與人行方便。好着我難消遣，端的是怎留連。兀的不引了人意馬心猿？（眉批：去一「行」字，雅俗自別。）

【寄生草】蘭麝香仍在，佩環聲漸遠。東風摇曳垂楊綫，游絲牽惹桃花片，珠簾掩映芙蓉面。你道是河中開府相公家，我道是海南水月觀音院。

【賺煞尾】餓眼望將穿，饞口涎空咽。從今後透骨髓相思病演，怎當他臨去秋波那一轉。便是鐵石人也意惹情牽。近庭軒，花柳依然，日午當庭塔影圓。春光在眼前，争奈玉人不見，將一座梵王宫疑是武陵源。

此折爲《西廂》首倡，如衣裳之有要領，時文之有破題，策表之有冒頭也。故篇中處處埋伏後十五折情節，如「粉墻」句便爲跳墻張本，「透骨髓」句便爲問病送方張本。總之，從「正撞着五百年風流業冤」生出來。故此一句爲本折片言居要句，亦通本之吃緊句也。寥天之一，不知從何處生出來，謂之頂門一針可，謂之單槍直入亦可，謂之開口見咽亦可。佛家所謂方丈室供諸天寶相，諸天寶相不多，方丈不小。此文章家極妙法門，而覽者不賞。至坊本概評之曰「淒語」，至「鐵石」句亦作此評，不知「秋波一轉」下，捨此句更當如何承起？所謂求解人不可得也。若論通折，首四闋豪邁之極，而「雪浪」二句，「滋洛陽」二句，尤極瑰瑋。【元和令】以下，描寫容姿，千古以下，宛宛鶯鶯在目；而「盡人調戲」三句，「宜嗔宜喜」、「未語人前」句，「半晌却纔言」句，「解舞腰肢」四句，尤登神品；【後庭花】

以下，「眼角留情」、「脚踪傳心」、「神仙歸洞天」三語，「東風搖曳」、「臨去秋波」等句，至矣哉！其情境之悉合也，其趣之橫溢而不可遏也。昔人見弱柳依風，便思張緒、玄度，余每讀此記，亦輒思實甫當年風流，當亦不減。

王弇州於此折知賞「雪浪」、「滋洛陽」、「東風搖曳」數語，終是得其皮毛。弇州此道實有未解，觀其論務頭數語可見。

○拜月記

〔仙吕〕【上馬踢】干戈動地來，車駕遷都汴。兒夫離帝京，路遥人又遠。軍馬臨城，無計將身免，這苦怎言？禍不單行，中路兒不見。

【月兒高】喊殺連天，骨肉怎相戀？自昔人曾道，人離鄉賤。到得今朝平安幸非淺。是則是身狼狽，眼前受迍邅。

【蠻江令】煩惱都歷遍，憂愁怎脱免？眼兒哭得損，脚兒行得倦。五里十里，一日過如年。但願前途去，早早逢親眷。

【凉草蟲】勁風寒四合，暮烟昏亂捲。同雲布，晚天變，只愁那長空舞絮綿。去心如箭，旅舍全無，今宵何處安眠？

本韵《琵琶》中絶少純押者，如「春夢斷」與「閑庭槐影」等，俱極佳套數，以韵雜，不得不抑置别録。因嘆全璧之難。

○荆釵記

〔仙吕〕【二犯傍妝臺】【傍妝臺頭】意懸懸，倚門終日，望得眼兒穿。自他赴選歷鏖戰，杳無個信音傳。【八聲甘州】多應他在京得中選，因此無暇修書返故園。【皂羅袍】他既登金榜，怎不錦旋？【傍妝臺尾】教人心下轉縈牽。

【前腔】何勞憂慮恁拳拳，且把愁懷暫展，免熬煎。雖眼下人不見，終有日再團圓。愁只愁命乖福分淺，又恐怕客邸淹留疾病纏。死生有命，富貴在天，不須終日泪漣漣。

○香囊記

〔雙調〕【朝元歌】花邊柳邊，燕外晴絲卷。山前水前，馬上東風軟。自嘆行踪有如蓬轉，盼望家鄉留戀。雁素魚箋，離愁滿懷誰與傳？日短北堂萱，空勞魂夢牽。（合）洛陽遥遠，幾時上九重金殿？

【前腔】十載青燈黄卷，螢窗苦勉旃。雪案費精研，指望榮親姓揚名顯。試向文場鏖戰，禮樂三千，英雄五百争後先。快着祖生鞭，行瞻尺五天。（合前）

【前腔】携取琴書筆硯，行裝只半肩，客計甚蕭然。水宿風餐，怎生消遣？天晚長途人倦。

芳草芊綿，王孫豈不思故園。看落日下平川，歸人争渡喧。（合前）

【前腔】滾滾紅塵拂面，東風花滿烟，春事正暄妍。對此韶華，且宜游衍。誰道人離鄉賤？寶瑟青氈，行囊盡餘沽酒錢。何處卸行鑣，向長安都市眠。（合前）

沈先生訂正此當作「朝元令」，而舊刻本「令」作「歌」，姑仍之。譜中并無「朝元歌」，止有「朝天歌」；沈先生又以《荆釵》之「騰騰曉行」其第三、第四格换頭與第二不同，便以爲遠過於《香囊》，不知此何足以定優劣也？《香囊》一體四隻，何嘗不佳？沈先生不喜《香囊》，而不能訾其「花邊柳邊」之折，便以體格非之，亦太甚矣。「燕外」句，元是杜詩。舊傳得此苦無佳對，後忽於馬上得「東風」句，不覺喜而墜地。行路曲，如「飛絮沾衣」與「花邊柳邊」，可無置喙矣。

○柳仙記

〔南吕〕【孤飛雁】恰纔辭却通明殿，便駕起羽車飈輦。望洞庭疾去身如箭，十萬里不爲遠。吾將度脱，汝可超遷。换除草木叢中面，定做昆侖頂上仙。（合）有緣，料此行不是徒然。

【前腔】浮生如露亦如電，生與死誰人能免？何况他草木形微賤，榮枯似指一撚。事須驗實，道莫輕傳。程期指日當酬願，功形彌天可盡言。（合前）

○呂洞賓三度城南柳　明谷子敬作

〔南吕〕【一枝花】蠅頭利不貪，蝸角名難戀。行藏全在我，得失總由天。甘老江邊，富貴非吾愿，清閑守自然。學子陵遁迹嚴灘，似吕望韜光渭川。

【梁州】雖是個不識字烟波釣叟，却做了不思凡風月神仙。盡他世事云千變。實丕丕林泉有分，虚飄飄鐘鼎無緣。想着那鬧吵吵東華門外，怎迭得静巉巉西塞山前。脚縱兒不上淩烟，夢魂兒則想江邊。覷了那忘生舍死將軍過虎豹關中，無榮無辱的朝士擁麒麟殿前。争如俺没憂没愁的儂家住鸚鵡洲邊，苟延，數年。我其實怕見紅塵面，雲林遥市朝遠。遮莫你天子呼來不上船，飲興滔然。

【隔尾】旋沽村酒家家賤，自釣鱸魚個個鮮。醉與樵夫講些經傳，春秋有幾年，漢唐事幾篇？端的是誰是誰非，憑着嘴細敷衍。

【牧羊關】恰纔共野老清晨飲，因此伴沙鷗白晝眠。覺來時怎生這釣魚船不見？這其間黄蘆岸潮平，白蘋渡水淺。莫不在紅蓼花新灘下，莫不在緑楊樹古堤邊？則見那人影裏牽回棹，原來是柳蔭中纜住船。

【隔尾】見一個龐眉老叟行在前面，見一個絶色佳人挨着後肩，恰渡過芳洲早望不見。多管在竹林寺邊，桃花塢前，便趁着東風敢去不遠。
【牧羊關】這去處管七十二福地，轄三十六洞天。這河與弱水相連，山號昆侖，地名閬苑。須不是繫馬郵亭畔，送客渭城邊。則你那汴河堤有程三百，離您那灞陵橋有路八千。
【罵玉郎】覷了這瓊花頃刻飄揚遍，銀海島玉山川，滄波萬頃明如練。龍鱗般雲外飄，鵝毛般江上剪，蝶翅般風中旋。
【感皇恩】可早漫地漫天，更撲頭撲面。雪擁就浪千堆，雪裁成花六出，雪壓得柳三眠。你這般愁風怕雪，爲甚的帶雨拖烟？你索拳雙足瞑雙目聳雙肩。
【採茶歌】他將我緑蓑穿，他把那櫓繩牽，兀的是柳絲摇曳晚風前。那裏是雪片紛紛大如手，須是楊花滾滾亂如綿。
【哭皇天】誰着你鎖鴛鴦繫不緊垂楊綫，今可去覓鸞膠續斷弦。遮莫你上碧霄，一任你下黄泉，赤緊的天高地遠。你便柔腸百結，巧計千般，渾身是眼，可也尋不見花枝兒般美少年。枉將你腰肢擺困，且將你眉頭放展。
【烏夜啼】見放着一條捷徑疾如箭，索甚么指路金鞭，管教得見你那春風面。行處休俄延，坐處莫連。要問時則問那昔年劉阮洞中猿，待尋呵再休尋舊時王謝堂前燕。那裏白玉樓黄金殿，休看做亞夫營里，陶令門前。

【賀新郎】那荅兒別是一重天，盡都是翠柏林巒，那裏取緑楊庭院。數聲鶴唳呵不比那兩個黄鸝囀。縱有那驚俗客雲間吠犬，須無那聒行人風外鳴蟬。你休錯認做章臺路，管取你誤入武陵源。那裏有碧桃千樹都開遍，你去那叢中尋配偶，便是花裏遇神仙。

【煞尾】天寬呵無由得遇青鸞便，地闊也有信難憑錦鯉傳。也不索登長空臨巨淵，過重山涉大川，只隔得一片白雲便相見。天涯在你目前，海角在你足邊，不比你那送行處西出陽關路兒遠。

此谷子敬得意作也。柳精遇吕仙而得度，遇子敬而得傳，幸哉，不朽矣！徐髯仙所作《柳仙傳》，即是一事。

《李太白匹配金錢記》，喬夢符作，不能盡録，聊録其佳闋佳句。【端正好】闋云：「武陵溪，韓王殿，須没這五十文足色金錢。若金錢博得成姻眷，抵多少流出桃花片。」【滚綉毬】闋云：「咱兩個廝顧戀，相離的不甚遠。轉過那粉墻東，可早玉人兒不見。似隔着蓬萊弱水三千，空有流相思晝橋水，鎖春愁楊柳烟。對着的都是些嘴古都乳鶯嬌燕，我這裏問東風桃李無言。空着我烘騰醉眼迷芳草，惱亂春心恨杜鵑，無計留連。」又句云：「我本是花一攢、錦一簇芙蓉亭有室的雙飛燕，都變做了山一帶、水一派竹林寺無情的并蒂蓮。愁如綫，泪如泉。心忙煞，眼望穿，怎做得無緣又有緣。花也有重開月也有圓，山也有相逢石也有穿，須覓取鸞膠續斷弦。」又【滚綉毬】闋云：「那裏有刺了臂的王仲宣，黥了額的司馬遷？那裏有警迹人的賈誼、子建？那裏有老而不死是爲賊的顔淵？一個直不疑誣金在同舍郎，一個晉畢卓盜酒在瓦甕邊，一個韓壽曾偷香在賈充宅院，一個漢匡衡曾將鄰家墻壁鑿穿。那裏有偷瓜盜果韓元帥？那裏有鑽穴逾墻閔子騫？小生也負屈銜冤。」

《兩世姻緣》內【哪吒令】闋亦佳，云：「見一面半面，棄茶船米船，着一拳半拳，毀山田水田，待一年半年，賣南園北園。我看他白玉妝了翡翠樓，黃金壘了鴛鴦殿，珍珠砌了流水桃源。」又句云：「浪包嘍難注烟花選，哨禽兒怎入鶯花傳？賺郎君不索桃花片。」又句云：「老妖精曾炒鬧了蟠桃宴，巧舌頭曾聒噪了森羅殿，黃桑棒曾磨倒了悲田院。」又句云：「渭河邊倚畫船，洛陽城啼杜鵑。最苦是相思病，極高的離恨天。空教我泪漣漣，凄凉殺花間鶯燕。散東風榆莢錢，鎖春愁楊柳烟，斷腸在過雁前，銷魂向落照邊。」

《曲江池》內佳句云：「做虔婆的把千斤斧劈開腦袋，做小娘的將九股索套住喉咽。」又云：「玉粳牙休兜上野狐涎。」又句云：「鐵銚盤少去煎，銅磨笴再休轉，紙湯瓶不須紈扇，好將那水塌房皮解庫關門的完全。」

《玉壺春》內咏春【寄生草】闋亦豔麗，云：「此春萬萬首詩難盡，此景千千筆劃不全。日暄暄芳草汀晴沙正暖鴛鴦戀，露涓涓楊柳樓柔絲困擺黃金綫，風飄飄杏花村粉墻亂落胭脂片，意默默玉闌干搧粉翅飛倦採香蜂，急煎煎翠池塘展烏衣忙殺銜泥燕。」俱極佳。

○龍泉記

〔越調〕【祝英臺】向新年，三五夜隨俗把柑傳。父子至親，兄弟情真，珠履底用三千。堪憐，六街九陌塵香，火樹星橋光炫。（合）鳳城中，今夜鼇山高建。

【前腔】家眷，都在晝錦堂中，同會綺羅筵。只聽門外寶車，軋軋軔軔，南去北來綿綿。金蓮，熒煌萬斛珠璣，不道玉兔光滿。（合前）

【前腔】欣羡，雪消殘風澹蕩，明月似人圓。燭瑩寶燈，香爇銀爐，金屋玉人如仙。豐年，家家院落笙歌，處處樓臺釵釧。（合前）

【前腔】歡宴，一家骨肉團圓，安得夜如年。鳳管并鳴，鼉鼓頻敲，蓮燭百枝高燃。留連，只愁酒盡金壺，那管更催銀箭。（合前）

○五倫全備

〔仙吕〕【望吾鄉】萬卉争妍，時光直禁烟，繁華滿目宜消遣。可憐出爲鶯梭小陌鞏，香塵軟。

【排歌】（下同）移蓮步，整翠鈿，只恐傍人見。

【傍妝臺犯】過花前，誰家庭院笑聲喧。携仕女，邀同伴。登畫板，戲鞦千。誰能似你我芳心歡。携素手，閑行遍。

【解三酲犯】出香閨整時游演，見花間浪蝶翩躚。【望吾鄉】（下同）花敷錦柳蟬烟，但覺雙眸眩。

【解三酲犯】青春去也嗟難斷，休辜負豔陽天。折取花枝來笑撚，端的是花羞玉貌妍。芹泥暖，飛燕剪，來往真堪羡。

【掉角兒犯】睹游絲飛纏翠鈿，困人天，暖風輕扇。暫停針，慵刺綉鴛。聽黄鸝巧聲頻囀，并香肩，摇紈扇，鬢雲偏。津津汗濕露生面，花茵細柳帶烟，攧斷春情倦。

○明珠記

〔正宫〕【刷子序犯】【刷子序】追想錦堂别，風波霎時驚散雙鴛。記金谷繁華，空見芳草芊芊。誰憐，羅袖冷西郊游輦，鞦韆閉東風庭院。【玉芙蓉】披香小殿鎖嬋娟，綉窗重會是何年？

【山漁燈犯】【山漁燈】畫闌前，曾相見。黯澹秋波，密地偷轉。身材小綽約飛仙，風神朗徹，翠翹雙墮宫妝淺。今何處遠隔天邊，心牽在長門晝眠。空羨溝水流紅怨，枉信邊衣匿翠箋。桃花面，料雙蛾未展。【玉芙蓉】倚危樓有書無雁倩誰傳？

【普天樂犯】【普天樂】想掖庭，多凄怨。何日返，前春燕？笑寒鴉先占修枝，嗟孤鳳未獲高騫。魂轉故國長留戀，幸喜新知暫歡宴。願鸞膠續鵾絃，明珠還自宛然。【玉芙蓉】更雙雙百年偕老永團圓。

【朱奴兒犯】【朱奴兒】泪還滿紅蠟更爇，絲已斷碧蠶成繭。楚岫神仙佩環遠，空留下侍姬消遣。多嬌倩，願雙翔霧烟。【玉芙蓉】效飛瓊引將王母下瑶天。

【餘文】攜花燭解翠鈿，俺這裏芳情繾綣，莫負深宫宿世緣。

此非天池陸先生筆也，乃粱伯龍補入第二十齣《采蘋花燭》後者。生、貼此一叙自不可缺，才情亦足相當。坊間近刻亦已攙入矣。第有兩三出韵處，予爲訂正，録之。

第二闋原作【虞美人犯】，第四闋作【針綫箱犯】，悉從沈先生譜改正。

○又

【玉連環】聞説滄江多隱地，隱地須無横禍纏。禍纏，迷戀。迷戀繁華，多少冤牽，冤牽。早知今日，江上持竿。持竿，江上無人怨。

此非詞選也。此體不多見，故收之。「竿」出韵。

○浣紗記

〔仙吕〕【甘州歌】稽山路遠，嘆長亭縹緲，芳草芊芊。天涯游子，堪笑黑貂裘换。英雄偃蹇非昔日，風景依稀似往年。春歸去，客在先，每逢花發想家園。江南地，海北天，斷腸回首各風烟。

【前腔】東歸路幾千，看雲山何處，是舊家庭院。緑憔紅悴，風鬟零落花鈿。釵荆釵裙布淹異域，翠舞珠歌憶少年。青山外，緑水前，遥看官道直如絃。聞鶗鴂，聽杜鵑，家山應在白雲邊。

【前腔】錢塘雲水連，見片帆東渡，順流如箭。江山依舊，只有世故推遷。酸辛須記嘗糞恥，勞苦休忘養馬年。浮苦海，涉大川，千重浪裏得回船。身雖辱，志愈堅，虎頭燕頷豈徒然。

【前腔】人民幸保全，奈國家大事，未能諳練。鞠躬竭力，惟恐有負拳拳。追思往事皆有命，忽漫相逢各問年。鴻偏遠，信不傳，中間消息兩茫然。笙歌擁，旌旆懸，百官今日再朝天。

【尾聲】向金門朝玉殿，闔城黎庶盡喧闐，願聖主從今億萬年。

〇又

〔黄鐘〕【黄鶯兒】夙恨實難言，記三年苦萬千，歸來羞見群臣面。幽谷未遷，寒灰怎燃？棲遲未了平生願。仗嬋娟，中間就里要雪百年冤。

【前腔】飄蕩去無邊，恨東風斷紙鳶，三年纔轉羞殺梁間燕。鬢鬢盡鬈，手足尚胼，漂流南浦一似桃花片。望當先，國家大事全賴爾周旋。

【簇御林】群臣奮未敢前，待先行便上絃。你風花隊裏去收飛箭，强似兵馬親征戰。要心專，立功異國，四海姓名傳。

【前腔】裙釵志亦頗堅，背鄉關殊可憐，蒙君王重托須黽勉。捐生報主心不變。泪漣漣，天南地北，相見是何年？

○又

〔黄鐘〕【獅子序】頻年見國勢顛，怕恩情離間，雖知未言。終豈可坐視，不到親前。若論那廢興的運轉，方將墮社稷，别宗靈，離山川，荒凉宫殿。眼見此身做鬼，兀自恬然。

【太平歌】迷花酒，不料已衰年。不想道它那含忿怨，三江中兕甲能挑戰，六千人君子攻飛箭。只向館娃宫裏去做家園，準備殺聲喧。

【賞宫花】心兒怎偏，齊邦路更懸，總是親得勝，終要受迍邅。偃蹇，不通來去信，却不隔了江東勾踐路三千。

【降黄龍】他是鷹鸇，執柄當權，賦性奸邪，害良殘善。他是前朝大老，若説他丹心堪對蒼天。堪憐，它有兒投托，要投托孩兒的孤身是何年！只怕南軍易來，北軍難轉。

【大聖樂】兵家事深奥難轉，這機謀在一着先。若乘風弄楫渾忘遠，逆浪裏怎回船？兒須是爹爹兒子應從教，難道他是個閑人反受言。此事非容易也！拼孤身報國，命喪黄泉。

常戲評伯龍、虚舟二公詞：伯龍如南方人作漢語，非不咬嚼而時露蠻鴂；虚舟如宋人刻楮葉，極其雕鏤，三年始成，而終乏天然之趣。孰謂詞曲易言也。

此折首闋「做鬼」二字，豈宜言之君父之前？次闋「做家園」，亦極可笑。

○玉玦記

〔中吕〕【山花子】若耶溪上春風面，傾城一笑嬌然。水沉微霓裳乍搴，江妃羅襪蹁蹮。（合）比名花青娥少年，千鐘美酒供笑喧。紅顔萎謝空自憐，不信天臺別有神仙。

【前腔】六郎玉貌悲游輦，亭亭翠蓋田田。走驪珠圓明露旋，鮫人夜泣重淵。（合前）

【前腔】風回沼邊，忽度桃花扇，冷香飛上詩篇。翦黄金葳蕤鬥姸，玉奴徐步階前。（合前）

【前腔】宸游畫旃，太液新妝遍，宫衣巧妒雙鴛。反魂香誰留可憐，還看解語嬋娟。（合前）

○又

〔中吕〕【駐雲飛】緩控金鑣，烟靄龍城日暮天。水净流螢軟，樹密昏鴉戰。嗏，黄鳥羽翩翩。尋芳游衍，宿穩花枝，已忘危巢戀。（合）明日重鋪歌舞筵。

【前腔】魚鎖方傳，宵柝重城玉漏綿。燈火樊城遠，星斗明河轉。嗏，牛渚思空懸，相看清淺。烏鵲難憑，只恐佳期變。（合前）

此折前有丑唱【麻婆子】葉兒甚佳，云：「有錢有錢人争羡，猗頓與我使半年。有才有才人争羡，曹植見我走一邊。天生我好心偏，囊空不貯一文錢。腹中墨水無半點，和你貧富賢愚總妄言。」

○長命縷

〔仙吕入雙調〕【園林好】念三極皇輿播遷，喜千里戎車赴援。真道是齊心同願，（合）期指日復中原，期指日復中原。

【前腔】泛萍流孤臣海邊，依蓮幕中軍仗前，討借箸前籌堪見。（合前）

【五供養】澄江如練，一片秋光殺氣相連。幕中多秘畫，帳下擁兵權。他自築臺修堰，要乘機憑陵畿甸。令行休畏首，士勇奮空拳，決勝須臾大家歡宴。

【玉交枝】聞言稱善，把長髯臨風笑掀。猛拚熱血征袍濺，共諸君戮力周旋。胡纓千騎齊控絃，綸巾一羽輕揮扇。待痛飲黄龍，甚年，試奪取金人祭天。

【川撥棹】妖氛殄，把干戈來盡偃。那其間取自虞淵，那其間取自虞淵。向燕然高名細鐫。問中興誰可傳，看中朝賞定延。

【尾聲】告身錢帛頒金殿，端的君恩非淺，願逐將軍取右賢。

○暮春閨思

〔雙調〕【新水令】落紅滿地暮春天，另一番蝶愁蜂怨。愁切切，恨綿綿。待要團圓，除非夢中見。

【駐馬聽】小小亭軒，燕子來時簾未捲。幽幽庭院，杜鵑啼處月空圓。金釵撥盡玉爐烟，香塵漬滿琵琶面。誰共言？何時枕匾黃金釧？

【喬牌兒】日高兀自眠，病體猶嫌倦。細將往事思量遍，越無心整翠鈿。

【梅花酒】鸞釵斷，鳳髻偏，殢殘妝泪痕滿面。隔紗窗悄聲兒喚玉蓮，那人兒敢有些乂變。

【離亭宴煞】桃腮搵濕胭脂淺，榴裙摺皺香羅軟，這相思教人怎遣？分開翡翠巢，掂損玉螳螂，空鎖鴛鴦殿。十分病怎禁兩葉眉難展？有愁煩萬千。羞栽并頭蓮，懶整合歡帶，怕見雙飛燕。情書附錦鱗，佳音憑黃犬，何處風流少年？我欲待將魂魄夢中尋，則恐怕那陽臺路兒遠。

伯起《紅拂》、《竊符》、《灌園》諸傳中，本韵佳曲甚多。第無不犯他韵者，遂不得一選，惜哉！《灌園》中「嬌娥心性偏」與「生怕倚闌干」二套，極不能捨，意欲稍改之而未暇，或附别録可也。

○題紅記

〔南吕〕【一江風】恨芳年，早閉春風面，轉眼流光變。望家園，舊日鶯花，一片紅雲遠。青銅照可憐，青銅照可憐。啼痕點袖斑，嘆東歸不及梁間燕。（「斑」字出韵。）

【前腔】困人天曉起梳妝倦，强自拈針綫。向窗前剪彩鋪絨，綉朵芙蓉倩。花頭謾自鮮，花頭謾自鮮。花心空自妍，紝金針幾許傷春怨。

○朱買臣 元

〔雙調〕【新水令】往常我破衫粗襖煞曾穿，今日個紫羅襴恕咱生面。對着這烟波漁父國，還想起風雪酒家天。見了些靄靄雲烟，我則索映着堤邊聳雙肩，尚兀自心驚戰。

【川撥棹】我則待打張千，原來是同道人楊孝先。俺也曾合夥分錢，共起同眠，間别來隔歲經年。還靠着打柴薪爲過遣，怎這般時運蹇？

【七弟兄】這是那一家宅眷？穩便。請起波玉天仙。去年時爲甚耽疾怨？覷絶時不由我怒沖天，今日價咱兩個重相見。

【梅花酒】呀，做多少假靦腆，咱須是夙世姻緣。今世纏綿，可怎生就待不到來年？當初你要休離我便休離，你今日呵要團圓我不團圓。你道你正青春正少年，好描條好眉面。善裁剪善針綫，無兒女可廝牽連，别嫁娶個大官員。

【收江南】去波徠更怕你捨不的我銅斗兒好家緣，孟姜女不索你便泪漣漣，殢人情使不着你野狐涎。非是我自專，你把長城哭倒聖人宣。

【雁兒落】恁個卓王孫不重賢，搬調的文君女嫌貧賤。逼相如索了休，可又對蒼天曾罰願？

【得勝令】你明對着衆人言，還待要强留連。你想着富貴重完聚，何不飢寒守自然？你道便做鬼到黄泉，咱兩個麻綫道兒上不相見。各辦着心堅，可也對蒼天曾發願？

【甜水令】折莫你便奔井投河，自推自跌，自埋自怨！便央及煞俺也不相憐。折莫你便一來一往，一上一下，將咱解勸，總蓋不過你這前愆。

【折桂令】從來你打漁人會順水推船，想着那凜冽寒風大雪漫天。身上無衣肚中無食懷内無錢。你怕甚捨不得我南莊北園，撇不了我東閣西軒。我只今陸也無田，水也無船。則除這紫綬金章，依還是赤手空拳。

【落梅風】也不索將咱勸，還須是聽我言。你將一盆水放在當面，請你個玉天仙任從那裏瀽。直等的收完時再成姻眷。

【沽美酒】我只是你潑無徒心太偏，元來是姜太公使機變，不釣魚兒只釣賢。你可便施恩在我前，暗齎發與盤纏。

【太平令】打漁人言如釣綫，道的我羞荅荅閉口無言。明明的這關節有何難見，險些把一家兒恩多成怨。我如今意轉，性轉，也是他運轉。呀，不獨是爲尊兄做些顔面。

【鴛鴦煞尾】方知是明皇日月光還偏，天恩雨露霑非淺。道我禄薄官卑，歲加二千。昔日窮交，都皆賜田。便是妻子何緣，早遂了團圓願。倒與他後世流傳，道這風雪漁樵也只落的做一場故事兒演。

○雙魚記

〔商調〕【黄鶯兒】良璧産藍田，倩良工妙手鐫，似鰜鰜比目緣非淺。願他金魚在懸，荆玉比肩，桃花浪暖迎頭變。漫縈牽，素書怎寄，形影自相憐。

【前腔】你心在阿誰邊？看你那玉魚兒怎護前。百忙中却把芳情顯，伊若漏言，人或妄傳。教我女孩兒家何處藏嬌面？敢輕宣，你得魚以後，休得便忘筌。

【簇御林】他家星散，身瓦全。想文章，未有權。龍頭空自臨淵羡，恐辱抹了金屏選。願天天，須教緑鬢，早晚中青錢。

【前腔】你紅鸞近，看彩鳳聯。算花神，漸有權。愁端好把金刀剪，休教我玉體鬆金釧。願椿萱，天長地久，張主百年緣。

○埋劍記

〔黄鐘〕【啄木兒】家貧蹇，兒幼年，萬里長征何日轉？撇下俺母子凄凉。况值着逆旅迍邅，盼不到雁書幾時乘風便，捱不了客途畏人思鄉遠。且休誇幕中三語椽。

【前腔】我交期定，客興偏，説不得追隨塵路遠。大丈夫將泪眼酬恩，肯把那鐵心空軟。假如在京偶然遭風眩，三朝五日不發汗，却不道病死争如能死邊。

【三段子】你更無宛轉，出行時胡言浪言。只怕去也枉然，那時節呼天怨天。但將好言頻相勸，蒼天倘若從人願，那時紫誥香車却不貴顯。

【歸朝歡】成和否，成和否，此志甚堅。心匪石如何可轉。家和國，家和國，未能兩全。你娘兒相倚傍隨時的過遣，譬如漢臣泛槎把寰區徧。人生遠别應難免，須有個名遂身歸破賊年。

○又

〔仙吕〕【解三酲】做傭奴豈吾所願，屈沉殺滿腹煩冤。想那自髠鉗的季布甘卑賤，又有個高漸離擊筑迍邅。今日我夷方獨掩牛衣泣，又只恐豐劍空將龍氣懸。愁難展，怎學得傭舂廡下，舉案親前。

【前腔】他吐膽傾心真劍俠，早雖道裹足藏頭不着鞭。我做了百里奚爵禄無心戀，怎做得北海上把雁書傳。只爲那時危兵甲黄塵裏，撇下你日短桑榆白髮前。要把蠻兵翦，只除是廉頗將趙，李牧行邊。

〇又

〔仙吕〕【太師引】見群猿跳舞當人面，料應他聞我衷情也慘然。猛可裏招摇歡抃，怎圖他異類相援。爲學劍喫人凌賤，枉自説剛腸百煉。他也來將人死纏。却怎的擎拳曲跽似相憐。

【前腔】敢是蹺攀依絶巘，要咱行、前行到窟邊。只恐那山程不便，解人意指着巖前。苦赤日炎炎天力倦，圖得個半霎兒身安便。我争如你逍遥自然。聊做個狙公賦芧且從權。

南北詞廣韵選　卷十一

蕭　豪

○西廂記·齋壇鬧會

〔北雙調〕【新水令】梵王宫殿月輪高，碧琉璃瑞烟籠罩。香烟雲蓋結，諷咒海波潮。幡影飄飖，諸檀越盡來到。

【駐馬聽】法鼓金鐸，二月春雷響殿角；鐘聲佛號，半天風雨灑松梢。侯門不許老僧敲，紗窗外定有紅娘報。害相思的饞眼腦，見他須看十分飽。

【沉醉東風】惟願存在的人間壽高，亡化的天上逍遥。爲曾祖父先靈，禮佛法僧三寶。焚名香暗中禱告，則願得梅香休劣夫人休焦犬兒休惡。早成就幽期密約。（眉批：「梅香」三句，止該八字，多四字。）

【雁兒落】我則道這玉天仙離了碧霄，元來是可意種來清醮。小子多愁多病身，怎當他傾國傾城貌。

【得勝令】恰便似檀口點櫻桃，粉鼻倚瓊瑶。淡白梨花面，輕盈楊柳腰。妖嬈，滿面兒撲堆着俏。苗條，一團兒衠是嬌。

【喬牌兒】大師年紀老，法座上也凝眺；舉名的班首癡呆了，覷着法聰頭做金磬敲。

【甜水令】老的小的，村的俏的，没顛没倒，勝似鬧元宵。稔色人兒，可意冤家，怕人知道，看時節泪眼偷瞧。

【折桂令】着小生迷留没亂，心癢難撓。哭聲兒似鶯囀喬林，泪珠兒似露滴花梢。大師也難學，把一個發慈悲的臉兒朦着。擊磬的頭陀懊惱，添香的行者心焦。燭影風摇，香靄云飄。貪看鶯鶯，燭滅香消。

【錦上花】外像兒風流，青春年少；内性兒聰明，冠世才學。扭捏着身兒百般做作，來往向人前賣弄些俊俏。黄昏這一回，白日那一覺，窗兒外那會鑊鐸，到晚來向書幃里比及睡着，千萬聲長吁捱不到曉。（眉批：「睡著」下少四字一句。）

【碧玉簫】情引眉梢，心緒我知道；愁種心苗，情思你猜着。暢懊惱，響鐺鐺雲板敲。行者又嚎，沙彌又哨，恁須不奪人之好。（眉批：「猜」字下少三字一句，「敲」字下少三字一句。）

【離亭宴煞】有心争奈無心好，多情却被無情惱。勞攘了一宵，月兒沉鐘兒響雞兒叫。唱道是玉人歸去得疾好事收拾得早，道場畢諸人散了。酩子里各歸家，葫蘆提鬧到曉。

詞曲中唯詼諧語最難人，唯實甫處處以詼諧解紛，真口吐鳳而筆生花。此折如【喬牌兒】等三闋，無中生有，讀其詞而追想當日光景，不堪令人絶倒乎？至於首闋「香烟」二句，次闋「法鼓」四句，對既精工，詞復雄陡。「暗中祝禱」之挑剔，「鶯囀喬林」之模寫，「怕人知道」之揣摩，神來矣，神來矣，伎至是乎！

○拜月記

〔黄鐘〕【絳都春】擔煩受惱，豈容易共伊得到今朝。有分憂愁，無緣恩愛何時了？他那裏長吁短嘆我也心自曉。你有甚真情深奥？只爲這禮法所制，人非土木，待説來難道。

【降黄龍】宦室門楣，寒士尋常，望若雲霄。爲時移事遷，地覆天翻，君去民逃。多嬌，此時相見，料應我和你因緣非小。做夫妻相呼廝唤，怎生恁消。

【前腔】何勞，獎譽過高。昔日榮華，眼前窮暴。身無所倚，幸遇君家，危途相保。英豪，念孤恤寡，再生之恩容報。久以後銜環結草，敢忘分毫。

【前腔】聽告，你身到行朝。與父母團圞，再同歡笑。你在深沉院宇，要見時除非，是夢魂來到。你去攀高，選擇佳婿，卑人命蹇願望相招。這夫妻一對，枉教路人稱好。

【前腔】休焦，所許前詞，侍枕之私，敢惜微渺。怕仁人累德，娶而不告，朋友相嘲。從教，整冠李下，嫌疑之際定須分曉。那時亂軍中遭驅被擄，怎全節操？

【黄龍衮】不肯賦情薄，不肯賦情薄，隨順教人笑。空使我意沉吟，眉留没亂羞難道。看他喜時模樣，愁時容貌，燈兒下，越覷着越俌俏。

【前腔】才郎意堅牢，才郎意堅牢，賤妾雖推調。只恐容易間，把恩情心事都忘了。海誓山盟，神天須表。辦至誠，圖久遠同偕老。

【尾聲】恩情豈比閑花草，往常間恨更長寂寥，今夜只愁天易曉。

【黄龍衮】前有【撲燈蛾】三闋亦佳，以其别出中吕調也，剪去之。

○琵琶記

〔黄鐘引〕【點絳唇】月淡星稀，建章宫裏千門曉。御爐烟裊，隱隱鳴梢杳。

【前腔】忽憶年時，問寢高堂早。雞鳴了，悶縈懷抱，此際愁多少？

〔黄鐘曲〕【啄木兒】親衰老，妻幼嬌，萬里關山音信杳。他那裏舉目凄凄，俺這裏回首迢迢。他那裏望得眼穿兒不到，俺這裏哭得泪乾親難保。閃殺人麽一封丹鳳詔。

【前腔】何須慮，不用焦，人世上離多歡會少。大丈夫當萬里封侯，肯守着故園空老？畢竟事君事親一般道，人生怎全忠和孝，却不見母死王陵歸漢朝。

【三段子】這懷怎剖？望丹墀天高聽高。這苦怎逃？望白雲山遥路遥。你做官與親添榮耀，高堂管取加封號。改換門閭，偏不是好？

【歸朝歡】寃家的，寃家的，苦苦見招。俺息婦埋寃怎了？饑荒歲，饑荒歲，怕他怎熬？俺爹娘怕不做溝渠中餓殍？譬如四方戰爭多征調，從軍遠戍沙場草，也只爲國忘家怎憚勞。

○又

〔南吕〕【二犯五更轉】【香遍滿】把土泥獨抱，麻裙裹來難打熬。空山静寂無人吊，但我情真實切，到此不憚勞。【五更轉】何曾見葬親兒不到？又道是三匝圍喪，那些個卜其宅兆，思量起是老親合顛倒。你圖他折桂看花早，不想自把一身，送在白楊衰草。【賀新郎】謾自苦，這苦憑誰告？

【前腔】我只憑十爪，如何能彀壙土高？只見鮮血淋漓濕衣襖。我形衰力倦，死也只這遭。骨頭葬處，任他血流好。此喚做骨血之親，也教人稱道，教人道趙五娘親行孝。心窮力盡形枯槁，只有這點鮮血，到如今也出了。只怕壙成後，我的身難保。

二闋俱有佳思，佳句亦自不乏。獨恨其邊幅少狹，斤兩欠足。「形衰力倦」與下「心窮力盡」句，微覺犯重複。尚有「寃苦知多少」闋，去之。

○又

〔越調〕【憶多嬌】他魂渺漠，我没倚着。程途萬里教我懷夜壑，此去孤墳望公公看着。（合）舉目蕭索，舉目蕭索，滿眼盈盈泪落。

【前腔】承委託，當領略。孤墳看守決不爽約，只願你途中身安樂。（合前）

【鬥黑麻】奴深謝公公，便辱許諾。從來的深恩，怎敢忘却？只怕途路遠，體怯弱。病染孤身，衰力倦脚。（合）孤墳寂莫，路途滋味惡。兩處堪悲，兩處堪悲，萬愁怎摸？

【前腔】伊夫婿多應是，貴官顯爵。伊家去須當，審個好惡。似這般喬打扮，他怎只覺？一貴一貧，怕他將錯就錯。（合前）

○香囊記

〔雙調〕【錦堂月】紅入仙桃，青歸御柳，鶯啼上林春早。簾卷東風，羅襟曉寒猶峭。喜仙姑書附青鸞，念慈母恩同烏鳥。（合）風光好，但願人景長春，醉游蓬島。

【前腔】難報，母氏劬勞。親恩罔極，只願壽比松喬。定省晨昏，連枝尚有兄嫂。喜春風棠

棣聯芳，娛晚景松筠同操。（合前）

【前腔】祈禱，親壽彌高。童顔自若，春色故偏萱草。蘭茝生馨，青蓮已見龜巢。喜一門和氣如春，總萬兩黄金非寶。（合前）

【前腔】垂老，素髮飄蕭。朱顔委謝，不復鏡中年少。教子成名，只指望異日封褒。喜十年雪案螢囊，换五色金花鸞誥。（合前）

【醉公子】難效，那閔損與曾參子道。且竭力承顔，盡心行孝。論討，看古往今來，耿耿名從青史標。（合）祈禱考，願鶴算綿綿，福海滔滔。

【前腔】聽告，論爲子事親當顯耀。但親在高堂，怎敢遠游相拋？從教，奮萬里鵬程，莫學區區兒女曹。（合前）

【僥僥令】檐花明綉褉，庭草亂青袍。但見兩兩仙童歌金縷，玉女奏雲璈，舞楚腰。

【前腔】銀缸燃鳳腦，玉碗送羊羔。一任銅壺催更箭，明月送清宵，轉斗杓。

【十二時】得歡笑處須歡笑，想來日陰晴難料，萬事莫縈懷抱。

○又

〔商調〕【集賢賓】黄昏古驛人静悄，坐來寒氣蕭蕭。破壁殘燈和雨照，惟瘦影孤形相吊。容顏易槁，何日里得寬懷抱。心似擣，爲子婦離愁多少。

【前腔】初更畫角聲裊裊，聽敲窗亂葉風飄。月暗江天孤雁叫，嘆絶塞音書難到。西堂夢杳，吟不就池塘春草。心似擣，爲手足離愁多少。

【鶯啼序】樓頭戍鼓方二敲，冷風颭面猶峭。受飢寒這苦難熬，此身無所依靠。正四方干戈戰争，况滿路豺狼紛繞。心似擣，爲骨肉離愁多少。

【前腔】三更漏點出麗樵，中宵魂夢顛倒。嘆一家瓦解冰消，也知生死難料。兵燹荒忙走奔，奈客路遭逢强暴。心似擣，爲子婦離愁多少。

【琥珀貓兒墜】四更時分，歸夢已驚覺。野店雞聲何太早，高堂親鬢嘆衰老。（合）煩惱，怎能勾骨肉團圓，母子相保。

【前腔】五更將盡庭樹野烏噪，月淡霜濃天漸曉，征夫催起正喧鬧。（合前）

○又

〔黄鐘〕【畫眉序】風雪掩衡茅，窮巷何人問幽悄。喜樽盈臘蟻，俎有山肴。昔曾向江左分鑣，休問取山陰回棹。（合）苦寒天氣同杯酒，無事且開懷抱。

【前腔】旅泊過終朝，荏苒風塵幾時了。在窮途青眼，賴有同袍。想天意憔悴荆花，怪雪色

色侵凌萱草。（合前）

【前腔】雲氣掩重霄，曠野江空絶飛鳥。看群山失翠，總是瓊瑶。三白應歲事占祥，六出喜天公施巧。（合前）

【前腔】終日困蓬蒿，涸轍餘生嘆枯槁。念鄉園何處，骨肉蕭條。紫塞外游子牽愁，青鏡裏流年催老。（合前）

【撲燈蛾】荷蒙頻寵招，懷恩怎生報。重感故人意，對酒且須傾倒也，念離多會少。論友朋親義似同胞，總然是范張管鮑。這情深契厚，不啻死生交。（眉批：此入中吕。）

【意不盡】寸腸莫爲閑愁攪，且對景歡歌酣笑，憑取清尊破寂寥。

○柳仙記

〔仙吕入雙調〕【攤破金字令】銜冤負屈，萬苦憑誰告？忘生舍死，一命真難保。偶遇恩人，苟活微杪。渾似和風甘露，潤澤枯槁。這恩仰若天様高。奴苦已能逃，夫身又得饒。魚放波濤，鳥入窩巢。銘刻在心天可表。

【夜雨打梧桐】一貌嬌，暫爾受煎熬。命該遭，不能推掉。我有自須周濟，豈敢矜嬌？浮財似湯雪上澆，愧生涯淡薄。助伊輕少，不須言報。做相交，名姓何須問？則要你心腸記得牢。

【金水令】堪嘆世人貪吝不能拔一毛，如此輕財閨秀賽過爾曹。你心腸真個好，諒冥中鑒察，天道昭昭。教你一家温飽，福禄滔滔。滴水也知難得消。

前有【海棠春】一引亦佳，失寫，補入：「雞聲未斷鐘聲到，兩般兒消磨昏曉。浮世空纏繞，大限催來怎躲，不見經霜枯草？」

按譜云：此調首二闋前九句是【淘金令】頭，後五句不知何調；第二闋後三句似【桂枝香】，前亦不知何調；第三闋前五句是【五馬江兒水】，後五句不知何調。或又于此曲後合前「奴苦已能逃」五句，亦不知是否。譜中所取乃《彩樓》内「紅妝艷質」，今收尤侯韵中。

○又

〔南吕〕【番竹馬】遠招十洲三島，群仙降臨，衆聖來朝。霓旌羽扇，雖鎮飄摇。飛下一雙青鳥，賀純陽度兩個人來到。非柳怪，豈梅妖，今該列職仙曹。料修積陰功，前生非小，似南山秋色做知交，氣勢兩相高。擬明朝瑶池會上，同啖取幾個仙桃。

【薄媚衮】我須是木質土行，豈想朝聞道。縱得做人，尚自一身業債甚時了。不遇真仙，堤岸上，溪橋畔，没下梢。零落西風，只如腐草。

【前腔】仙風道骨，不分伊埋没你泥窖。我實憫伊，先點化爲男女换胎胞。伊實有緣，如酒醒，似夢覺，在這遭。一旦飛昇，同入紫霄。

「縱得做人」與「不遇真仙」二句，俱迭唱一句亦可。

○紅蕖記

〔正宮引〕【破齊陣】萬種風流難按，千重波浪偏高。昨晚傳情，今朝望遠，歡恨一時都到。底事朱顏輕分捨，悔殺紅絲不繫牢。從今生死拋。

〔正宮曲〕【白練序】秋江渺，見隱隱橫波映翠翹，簾影下引惹麗情多少。休道望眼勞，向此際應將魂自招。縈懷抱，吹來一縷口脂香繞。

【醉太平】嚬笑，雙尖秀聳，畫眉新襯出、千種妖嬈。佳期暫阻，綉裙兒掩過周遭。誰教，風流證候到纖腰，險羞殺沈郎輕妙。雨窗烟釣，愁絕晚風、野水平橋。（眉批：「妙」字改「俏」何如？）

【白練序】揮毫，綺句挑，芳心暗邀。回身處、欲放出幾聲鶯嬌，情搖背影瞧。到此際應無魂可銷。誰相攬，東君做出養花圈套。

【醉太平】蘭橈，忙催夜發，陽關萬遍、難教迴棹。同行共止，平白裏不來廝叫。無聊，休言生死各蓬飄，早愁那別離消耗。夢回清曉，猶認去時、落月平潮。

此詞頗妙。然是散曲體，不是傳奇體，以乏本色語耳。大率作傳奇，于本傳吃緊要旨，須一步一回頭；散曲則橫說豎說，無所不可，要在濃纖豔麗而已。

○又

〔商調〕【金絡索】【金梧桐】誰不慕富豪，你偏自貪窮暴。故逆娘言，却不想在室從親教。我拼着苦柏心，【東甌令】要你覓甜桃，須不是糖口虛脾誤爾曹。他那隔墻花强把閑藤繞。【針綫箱】你這道旁李何時得苦味消？【解三醒】圖花誥，【懶畫眉】且做個文王下馬拜荆條，【寄生草】休得再樣妝喬。元不是作樣妝喬，拼打死你個家生哨。（哨，梢去聲。）

【前腔】嚴威姑恕饒，約略聽哀禱。一馬一鞍，記得常言好。是你當初親許諾，鳳鸞交，怎做得龜卦羊腸變了爻。你便是侵凌雪色還萱草，我豈肯漏洩春光似柳條。難猜料，讀書人終不負題橋。須知道人怨聲高。說甚麼人怨聲高，我拼個死看你將誰靠。

此二闋才是本色。然「文王下馬」句，亦未免犯太文語之戒；第二闋「侵凌雪色」二句，爲顯用成語，反使辭義欠暢。後尚有四闋，俱剪去。

「家生哨」，謂忤逆而外向也。

○龍泉記

〔商調〕【山坡羊】聲哀哀狼呼猿嘯，角嗚嗚胡笳羌調。石巖巖危巒險坡，烟騰騰砂磧燒軍灶。恨此宵，隻身悲遠道，英雄志氣都消耗。緑髮朱顏，也應枯槁。（合）無聊，恨漫漫，心自焦。悲號，身飄飄，魂欲銷。

【前腔】影煢煢無依無靠，怨沖沖身棲荒草。泪盈盈孤燈照身，心切切魆地裏傷懷抱。命怎逃，可憐花月老，敢做了投崖竇氏全節操，定奏朝廷，與伊旌表。（合前）

○又

〔仙吕入雙調〕【惜奴嬌】露蕊霜苞，愛黄黄白白，色逞妖嬈。繁華處紅紫相輝相耀。難描，秋色千般，可見造化安排工巧。錦袍，沾惹著十分香，却訝御爐烟繞。

【前腔】金飈，吹入東籬，見金錢滿地，富有余饒。相看處頻把霞觴傾倒。逍遥，蔗境風光，也應强似五陵年少。時到，不用羯鼓高敲，一夜滿籬開了。

【鬥寶蟾】登高，不必龍山，看吾家自有、十洲三島。把繁枝茂蕊，滿簪烏帽。笑傲，不知身世老，番訝乾坤小。樂陶陶，須信人生七十，古稀非夭。

【前腔】今朝，節屆重陽，喜無風無雨，滿開懷抱。看人如菊瘦，形貌似花還好。擾擾，離多歡會少，難逢開口笑。進香醪，須知寸陰當競，尺璧非寶。

【錦衣香】酒滿瓢，重傾倒，酒興豪，歌高調。熙養天和，安貧樂道，襟懷灑落氣囂囂。浮雲世故，豈必勞勞。這桑榆暮景，好風光能有多少？佳節休虚度，及時歡笑。須知明日，陰晴難料。

【漿水令】想人生如塵棲弱草，嘆秋霜易染鬢毛。花前莫惜緑葡萄，也何須池酒丘糟。清狂縱風落帽，孟嘉覆轍吾重蹈。山和水，山和水，盡供笑傲。留餘興，留餘興，待明朝。

此下尚有一尾聲，以其宋頭巾氣也，特剪去之。曲中平仄多有未叶處，未及勘正。「孟嘉」句，惡言「覆轍」二字，戲爲改作「孟嘉傲涎吾能效」，聊爲孟公吐氣。

〇五倫全備

〔正宫〕【傾杯玉芙蓉】步躡雲霄際聖朝，叨沐恩光浩。不負成十載寒窗，映雪囊螢，刺股懸頭，繼晷焚膏。一官幸喜居清要，直諫盡忠佐聖朝。（合）分别去，爲功名擾擾。望白雲縹緲親舍路途遥。

【前腔】如今臨郡城撫字勞，四遠敷名教。痛憶煎幃，對景傷心，萬種離情鬱縈懷抱。車輪

五馬添榮耀，千里桑麻雨露饒。（合前）

【普天樂】短長亭，崎嶇道。雨初晴風光好。唱驪駒別灑初巡，執手話別難拋。喜登廊廟，鵬程萬里終須到。當養民直諫，休辭定有青史名標。

【朱奴兒犯】趲長途只宜在早，欽限迫豈容遲到。叨君厚禄當思報，離鄉井敢憚劬勞。望紅日漸沉遥，見投林作對晴鴉聲韵高。痛憶親年邁不堪回首路迢遥。

【尾】忠孝情縈懷抱，被蝸角蠅頭頓老，離恨有許多難消。

第二闋首句坊本作「撫字勤」，非韵，意必「動」字之誤，輒改之。

○千金記

〔中吕〕【馱環著】擺鸞旗擁道，擺鸞旗擁道，鼉鼓轟敲。馬隊紛紜，步卒喧噪，驃騎軍營四繞。送出轅門，争看紫泥封，五花官誥。齊喝彩攔街歡笑，似萬丈龍門高跳。（合）聲名好，爵位高。看破敵功成，羽書飛報。

【合笙】把秦灰净掃，將勇兵驍。平齊定魏收楚趙，燕境風靡振枯槁，方顯謀猷妙。功勛立早，衣緋羅紫綬官品要。山河可保，看青史丹書姓字標。仰瞻天表，沉烟頓消。馳車驟馬紛紜繞，争誇大將英豪。金鼓聞闐鬧，凱奏昇平調。

【越恁好】吾王登大寶,吾王登大寶,臣子佐唐堯。文功武烈,誇伊吕,滅尤巢。除兇雪恥銜環結草,黄金在腰。鋒芒白刃吾當道,安危各秉松筠操。
【尾】築壇拜將從來少,跨海擎天思報,赤膽忠心佐漢朝。

〇明珠記

〔北仙吕〕【後庭花煞】解下了惹閑愁青錦袍,除下了起飛灾烏紗帽。只爲那虚飃飃淩烟閣,送上了顫危危跨海橋。算到了是非窠玉殿高,總不如安樂窠茅屋好,每日價對明月吹洞簫。弄春風醉碧桃,向山中睡得牢。喜人間事不到,龍争虎鬥都休料。床頭留得琴樽在,門外由他雨雪飄,只落得無煩惱。免受他塵埃縛住,一任我雲海逍遥。

〇又

〔商調〕【二郎神】良宵杳,爲愁多睡來還覺,手攬寒衾風料峭。徘徊燈側,下階閑步無聊。只見慘澹中庭新月小,畫屏閑餘香猶裊。漏聲高,正三更驛庭人静寥寥。
【前腔】偷瞧,朱簾輕揭,金玲聲小。一縷茶烟香繚繞。青衣執爨,分明舊日丰標。悄語低聲問分曉,果然是萍水相遭。郎年少,自分離孤身何處飄飖?

【囀林鶯】難中薄祿權倚靠，知他未遂雲霄。鷦鷯已占枝頭早，孤鸞拘鎖何日得歸巢。檀郎安否？怕相思瘦損潘安貌。志氣好，千般折挫風月未全消。

【前腔】雙珠依舊成對好，我兩人還是蓬漂。眼前欲見何由到？驛亭咫尺翻做楚天遥。楚天猶小，着不得一腔煩惱。枉心焦，芳情自解怎説與伊曹？

【啄木鳥】舒鸞繭，展兔毫，蚊脚蠅頭隨意掃。只怕我萬恨千愁，假饒會面難消。寫向鸞箋怎得了？縱有丹青别様巧，畢竟衷腸事怎描？只落得泪痕交。

【前腔】書裁就，燈再挑，錦袋重封花押巧。傳示他好自支持，休爲我長皺眉梢。爲説漢宫人未老。怨粉愁香憔悴倒，寂寞園陵歲月遥，雲雨隔藍橋。

【黄鶯兒】連日受劬勞，怯風霜，心膽摇。昨宵不睡捱到曉。思家路遥，思親壽高，因此上驀然愁絶懵騰倒。謝多嬌，相將救取，免死向荒郊。

【前腔】人世水中泡，受皇恩，福怎消。何須苦憶家鄉好？慈幃乍抛，相逢不遥，寬心莫把閑愁惱。曙光高，馬嘶人起，梳洗上星軺。

第二闋内「果然是萍水相遭」，坊本刻作「相逢」，不知此句應用韵，觀前闋「餘音猶裊」，可知定爲「遭」字之誤。

○又

〔北雙調〕【新水令】道人家在碧雲梢，白玉樓好山環繞。探梅開竹户，採木渡溪橋。兩袖飄飖，唱一曲清真調。

【北駐馬聽】丹壑風高，低舞松枝動鶴巢。蒼林月皎，細消殘雪點寒袍。步虚輕躡彩虹腰，回頭指點滄溟小。散步逍遥，一聲漁鼓千山曉。

【南風入松】五雲樓閣鬱岧嶢，聽玉珮頻摇，仙翁兩兩承鸞到。整衣冠拜倒在山坳，怎辭得沾濕霜花露草。

【北滴滴金】咱兩個是雲海浮沉，烟巒笑傲，猿鳥嬉遨。又没甚奇術動賢豪。若不是病眼昏花，敢則是老年衰憊，却怎的狂言顛倒？硬把咱做仙人叫。

【南風入松】見你神清骨秀氣飄蕭，休得假推掉。平生苦覓金光草，没真師枉自劬勞。今日裏幸然尋著，怎不識雲態度鶴丰標。

【北水仙子】莫不是貪生願取壽齡高？莫不是慕貴還求禄位迢？莫不是厭貧要覓金和寶？你則是禮真師求妙道？却元來是覓靈丹遠訪蓬茅。俺這裏有化鐵石成金藥，起死屍續命膠，仔細説進退根苗。

【南風入松】昔年曾侍紫宸朝，怕的是富貴塵囂。采芝久向青山老，則爲惹閑情結下兒曹。許他向深宮拈花弄草，敢求取麟角劑成就他鳳鸞交。

【北折桂令】你元來是蓋世英豪，怎不早離形辨道？兀自受慾火煎熬。你須知臭腐形骸冤仇骨肉也則須拋，却戀他酒杯來往兒女風騷。試看咱洞中仙侶天府群僚，每日價携手上青霄，逐隊醉蟠桃。機心化盡，俗念都消。

【南風入松】世情争似道情高，向金石契填招。一言駟馬追不到，替他們噴火吞刀。了却冤家煩惱，那時來瀛海訪松喬。

【北殿前歡】這丸膠，鳳脂麟角兩和調，仙翁金鼎親成造。混入香醪，入口俏魂消。三日後還驚覺，管百年隨唱，一旦成交。

【南風入松】相思有藥真神妙，也不用赤繩繫繞。管教一對團圓好，恩情擔總是他挑。這書生福分非小，直教兩仙叟便與成交。

【北雁兒落】試看那苦海底波濤惡，争似咱碧天邊雲月好。早撇却有貪嗔人世累，來同受無榮辱山中樂。

【南風入松】留連不忍出林皋，嘆仙俗難遭。這回又入人圈套，知甚日天路相邀？怕桃源萬花深杳，空目斷楚山遥。

【北離亭宴歇拍煞】人生七十從來少，又憂愁風雨相纏繞。欲遂五嶽游，直待得婚完嫁了。怕蹉過少年朝，偷閑處頻把金樽倒，何苦去長對牙籌較？縱不能辭家訪丹砂，也合自載酒看花鳥，與良朋同歡笑。你道是富貴一時求，竟不是人生八字定枉勞。你巧做千年調，猛推開戲偶場，單揭起彌天罩。試看九泉下一滴何曾到？一任伊孔方兄滿前堆，只怕他閻羅老訂名召。

此下尚有【清江引】一闋，大是蛇足，去之。南無【清江引】，北則有之，用於【煞尾】後，非體也。

○又

〔商調〕【集賢賓】陰陰一去無分曉，香魂黯魄飄飖。驀地雙睛開閃了，是誰扶又是誰廝叫？莫不是夢魂顛倒？事湊巧，親骨肉一齊都到。

【前腔】金樽御酒催人老，當時玉碎花銷。重臨陽世真難料，敢則是仙方相療？宮闈深杳，甚計策脱身出來了？低聲告，我耳邊廂怎禁聒噪。

【鶯啼序】驛中錦字説根苗，押衙隱在荒郊。改衣裝與塞鴻同造，輸心做盡卑小。經一年交結知心，到近日方談分曉。他聽説了，只低頭暗中計較。

【前腔】他去茅山買得續命膠，又假傳聖旨一道。把采蘋裝做官僚，道尚書已行誅剿。賜多嬌藥酒一樽，把玉山等閑推倒。他又裝村老，把明珠贖尸擡離陵廟。【貓兒墜】英雄義士，施恩不求報。他又具下行裝與金寶，教伊夫婦去他鄉好。不要，一時裹別却東人，采藥求道。【前腔】姻緣斷絶，今生永無靠。得他巧計奇謀成就了，恩如山海將何報？堪笑，自古來好事多磨，到底諧老。

粘皮帶肉，若有蛻骨手段，決不爲此。後有一【畫眉不盡】尾，益不成語，去之。

○浣紗記

〔中吕〕【榴花泣】【石榴花】千年基業王氣鬱岧嶢，平生志在雲霄，誰知倏忽便蕭條。只見城池宫闕都作白烟消。【泣顔回】閑花野草，看荒郊麋鹿游殘照。走狗塘捲却旌旗，鬥雞陂折盡弓刀。【前腔】蘇臺不見想起那多嬌，同月夕伴花朝。清歌妙舞醉鮫綃，而今何處虚度可憐宵？游魂縹緲，洞房深何日還重到？浣花池碧草凄凄，採蓮涇緑水滔滔。

〇玉玦記

〔商調〕【集賢賓】青歸柳葉顰尚小，春容漸入庭臯。綺羅餘寒猶料峭，看映日檐花迎笑。朱門靜悄，簾幕上紅塵不到。（合）琴瑟好，何處是玉京瑶島？

【前腔】彤光影徹芳砌曉，幽禽獨語紅條。飛去花枝空嫋嫋，正粉蝶黄蜂争鬧。娥眉淡掃，似窈窕河洲匹鳥。（合前）

【琥珀貓兒墜】尋芳車馬，應已遍西郊。處處吹笙醉碧桃，紅樓十二倚春嬌。明朝，好趁佳辰，辦取游鑣。

【前腔】韶華逝水，屈始在春宵。蠹簡螢窗莫憚勞，董帷經史夜焚膏。明朝，好趁天風，直上青霄。

【簇御林】君才氣，倚馬豪。吐虹霓，星斗高。荆山何事空懷寶，振奮香再把箕裘紹。（合）免游遨，驅車上國，雲水路迢遥。

【前腔】司唐制，珥漢貂。料天池，有鳳毛。泥封方下徵賢詔，絶南溟未許神魚誚。（合前）

○又

〔黄鐘〕【賞宫花】鑾輿望遥，攙槍照夜高。枕戈圖國計，擐征袍。（合）拜爵可期班定遠，成功不數霍驃姚。

【前腔】宫墻野蒿，咸陽王氣消。一射聊城箭，耻兒曹。（合前）

○又

〔黄鐘〕【降黄龍】銜命趨朝，天限長江，幾重雲嶠。干戈滿地，犯虎狼得藉，武林京兆。蕭條，翠華游幸，正返鐘山旗旐。已銘功旂常彝鼎，寵封將到。

【前腔】迢遥，子獨賢勞。草昧風塵，信由天造。星軺遄往，念幾番役役，委遲周道。還教，倒戈攻北，蹀血東蒙原草。喜清宵月明刁斗，四郊寧好。

○又

【降黄龍】遭遇皇朝，國步艱難，犬羊紛擾。衡茅下賤，痛坂疆割裂，恨縈懷抱。（合）難饒，毁夷宗社，不共戴天須報。整戎旃勤王倡義，早成忠孝。

【前腔】功高，已格璇霄，一面金湯，儼然堪保。黎民安堵，漢官儀復睹，口碑盈道。（合前）

【黃龍滾】雙環赤鳳刀，五彩回鸞誥。寵錫榮加，版屋增光耀。（合）胡塵蕩掃，中華再造。盟帶礪，勒鼎鐘，登廊朝。

【前腔】冠裳憤未消，葵藿誠難效。紅日重扶，率土窮臨照。（合前）

【尾聲】微軀莫惜沙場老，看破竹先聲傳譟，辦取忠真荅聖朝。

○又

〔南呂〕【宜春令】憶當年汗馬勞，矢石間功成建旄。維藩隆委，猶慚頗牧營邊徼。掃寇讎玉輅重歸，奠邦家金甌還保。（合）方顯事君以忠，史書垂耀。

【前腔】遍江淮秋已高，亂悲笳邊風怒號。胡兒鐵騎，莫教牧馬沙場草。立戰功須要搴旗，壯軍聲何妨增竈。（合前）

○又

〔南呂〕【梁州序】龍盤皇國，霞開清廟，葉滿空官馳道。甘泉宸駕，鸞旂遠簇江皋。那有血沾毳紹，擔荷桓康，負恥終難效。玉門拼白首，老班超，直取扶桑銅柱標。（合）圖死戰，靖群盜。君恩誓却捐軀報，社稷植忠孝。

【前腔】登壇名將，專征元老，帷幄從容談笑。謀謨先定，胸中已失蕭曹。試看亞夫營壘，光弼旌旗，武略由來少。漢家應只數，霍驃姚，一寸心懸日月高。（合前）

【前腔】擬掀天獨樹勛勞，奈溘露先逢殘暴。但荆榛荒塚，斷猿啼嘯。空有新亭悲憤，入廟孤忠，白刃誠甘蹈。一封天子詔，下丹霄，結束征車換黑貂。（合前）

【前腔】建保釐東土旟旐，膺寵眷西征裘帽。這桓桓神武，并驅方召。謾有圍碁別墅，咏月高樓，國事縈懷抱。山河兵革裏，羽書交，折戟沉沙鐵未銷。（合前）

首闋桓康，蕭齊將，有膂力，病虐者圖其像厭之。帝時有所怒，左右輒付康拉殺之。時人爲之語曰：莫𫐄張，付桓康。用之此處殊不類。而且曰「擔荷桓康」，不知所擔荷者何事。虚舟喜用僻事，欲人不知，竟不顧其切與否也。嵇侍中應羞之爲伍矣。

○玉合記

〔中吕〕【好事近】縹緲五雲高，萬點龍鱗飛耀。翠華臨幸，都人共瞻天表。攀花踐草輾宮車，處處雷霆繞。御離宮漢寢椒塗，開別院曲江蓬島。

【前腔】神皋，麗色破花朝。儘游處綺薄珠叢春早。籠絲串轡，都來五家争巧。風流隊裹簇歌塵，暗逐衣香裊。望函關紫氣經天，對秦川緑波縈繞。

【千秋歲】護妖韶，匝路春先到，一片片紅凝青了。鳳吹鑾輿，鳳吹鑾輿，隱約那半面芙蓉花貌。霓裳奏，雲光耀，海棠伴香魂輕俏。并輦招摇，好似鴛鴦碧沼，翡翠蘭苕。

【前腔】索春饒，看掩映長楊道，急穰穰來去多少。百寶闌前，百寶闌前，争窺翠匐紅蕖光照。花心動，黄蜂鬧，草色引青驄頻躍。綺宴酲猶惱，更紛綸象筋，縷切鑾刀。

【越恁好】綺羅深處，綺羅深處，約翩翩拂袖招。一群兒鬧咳齊打哄嬌還小。忽錚錚射毛，忽錚錚射毛。聽嗶崩崩琵琶兒撥著紫槽，吉支支笛兒鼓鼕鼕羯鼓兒間著玉簫。凌波曲得寶詞譜入梨園了，遇良辰美景趁取年少。

【前腔】醖寒仍勒暖，醖寒仍勒暖，漸融融雨點消。柘枝兒呀光花作帽綉纏腰。顫巍巍錦標，顫巍巍錦標。見翠亭亭戴竿兒挺著細腰，皎團團月光兒艷騰騰火蛾兒簇著絳綃。遺朱履墮翠翹御道烟花繞，近天顔有喜莫惜歡笑。

【紅綉鞋】羡太平天子風騷，風騷。看大家極樂逍遥，逍遥。逐烏棲，咏魚藻。珠斗直，卿雲飄。斟聖酒，進仙韶。

【前腔】握雨携雲妖嬈，妖嬈。青繒彩纛飄蕭，飄蕭。縷鯨飛，影蛾照。金波麗，爟火燒。歸月殿，駕虹橋。

【尾聲】蓮壺漏促星榆燿，願萬歲千秋燭調。屏缸膩曉，只恐春寒花睡了。

止因不知「本色」二字爲詞中何物，所以愈修詞題旨愈失，愈濃郁天真愈遠。近新來作詞者鈞坐此病，不獨禹金爲然也。

【千秋歲】第二闋内「綺宴醒猶惱」，是何句法？

○又

〔南吕〕【懶畫眉】緑鬟雲散裊金翹，雙釧寒生玉粟嬌。畫簾高軸望春遥。花源怕有漁郎棹，檢點流波莫泛桃。

【前腔】紫騮珠勒驟西郊，緑水回通宛轉橋。玉人何處教吹簫。雕欄十二春寒峭，一笑東風放碧桃。

【前腔】金鈴小犬吠哰哰，莫不是風送花陰隔院摇。兒家樓閣倚重霄。縱瑶池有路無青鳥，錯認三偷阿母桃。

【前腔】可憐人度可憐宵，柔韵香魂付寂寥。冰心那肯逐春消。夜行多露愁霑草，難道瓊瑶報木桃。

〇又

【朝天子】日暮江城未可邀，笑倚東窗下，眼色嬌。就中閑處暗相招，繫心苗，誰禁曉夜魂搖？逐驚花亂飄，逐驚花亂飄。

〇又

〔仙吕入雙調〕【二犯江兒水】聽百囀歌喉清俏，似啼鶯風外曉。要脣朱不動，黛綠輕挑，掩桃花團扇小。白雪調須高，幽蘭曲自操。聲振林皋，響入雲霄，恰正是羡驪珠一串巧。繞華堂梁塵暗消，圖得個當筵歡笑，最宜人是悠揚逸韵飄。

〇又

〔正宫〕【傾杯玉芙蓉】玉輅重歸萬國朝，逆節張天討。誰做得痛哭包胥，狙擊留侯，出塞驃姚。傳聞晉水興龍詔，空負邊塵汗馬勞。還長嘯，這丹心自老，可能無意向漁樵。

【前腔】坐鎮軍聲壯海濤，賜履猶堪表。儘着你撫臂淄青，扼吭江淮，舉足燕遼。好將馬革孤忠效，莫學鴟夷萬里逃。還長嘯，把中原汛掃，聽夷歌幾處起漁樵。

首闋「留侯」下，次闋「江淮」下，俱還該有四字一句。

○又

〔正宮〕【玉芙蓉】柔香蕙性調，膩玉蘭芽小。看輕留鬟綰，弱映生綃。喬郎慣處兜郎笑，得恁憨時護恁驕。（合）章臺杳，問青青柳梢，怕則怕有人攀折最長條。

【前腔】難將玉筯消，兀少瓊書報。做長征不返，短行無聊。庭花月冷將鶯老，野樹春殘只燕巢。（合前）

【雁來紅】浮雲散白日高，計游程歲月遥。夕烽雲外傳光小，西望空城笑。嘆人事音書漫寂寥。（合）虚年少，何時大刀。鏡常圓，人孤照。

【前腔】他比芳蕓綴露翹，你倚扶桑界日標。自天涯春動王孫草，車馬關山道。想便入空房守寂寥。（合前）

【朱奴兒】聊仗取黄金用饒，休猜做紫陌心挑。匹練裁囊動彩毫，也不是白頭風調。（合）如花貌，纖纖細腰，須想像尋音耗。

【前腔】算不少魂飛夢摇，也多爲粉悴胭憔。做青鳥銜書海路遥，應直上玉京瑶島。

此折乃君平通訊柳姬，千里緘書，略無寒燠，深至語一刬浮談可厭。至於【玉芙蓉】内「輕鬟」四句，【雁來紅】内「芳芸」

二句，尤極做作可厭。【朱奴兒】内「紫陌心挑」，是用秋胡事也，以「紫陌」字换却秋胡，并隱却採桑字面，不過欲人難猜耳，何異「宵寐匪寧」、「札闥洪庥」乎？

○又

〔仙吕羽調〕【排歌】霽雪長途，江梅野橋，馬蹄遍踏瓊瑶。暫依冰樹識清標，細翦天花下紫霄。因風起，向日消，貴人頭上不曾饒。星冠映，鶴氅飄，琳宫初罷玉宸朝。

【前腔】雪斷空林，冰開暗潮，相逢倚棹江皋。夜承剡水放輕舠，絶勝騎驢上灞橋。瑶京近，玉闕高，誰歌黄竹和仙韶？銀杯覆，縞帶摇，恩光初散紫宸朝。

此自是雪中行路曲耳，于韓生、柳姬些娘事？移之他本，亦何不可？至於「因風起」對「向日消」，「銀杯覆」對「縞帶摇」，是又從三家村老塾師龍頭對類中抄下。

○長命縷記

〔正宫〕【傾杯玉芙蓉】弱態春纖不耐摇，緩簇花藤轎。早已曾追薦亡靈，保佑尊慈，他緇衆先回，把紅袖相招。閑行休喝松間道，清宴還移竹裏庖。歡聲譟，看衣裳顛倒，故人猶自戀綈袍。

【玉芙蓉】容將白璧操，尚少黄金報。勸你把鶯兒打散，鴇母歸巢。休誇錢樹時來暴，縱賜銅山福易消。從良好，做門高户高，那裏是鴛鴦金殿鎖妖嬈。

【前腔】牽羅喜附喬，完璧還歸趙。把瓊巵飲滿，玉山推倒。美夫妻共享榮華早，舊姊妹難忘貧賤交。從良好，做門高户高，知道是誰能伴鳳上雲霄。

俗而枯，了無情趣，了無色澤，僅得「閑行休喝」二語。然出自旦口殊不稱。【玉芙蓉】内「休夸錢樹時來暴」，「暴」謂暴富也，剪去富字，便不成語，可笑。

○紅拂記

〔南吕〕【一江風】路迢迢，霜徑迷荒草，險似王陽道。近前村曙色將開，又聽金雞報。盤山渡板橋，盤山渡板橋，宵征不憚勞。穿林早是人家到。

【前腔】翠雲撩，一半塵埋了。膏沐香猶繞，斂修蛾不倩郎描。不貼花鈿小，不降脂粉調，不將脂粉調。村妝别樣嬌，還怕光輝易惹人猜料。

【前腔】那多嬌，窣地香雲繞，一室榮光耀。意優閑禮度從容，似得閨中教。何緣到草茅？何緣到草茅？試語良人道。相逢何必曾相好。

昔人云：道得眼前句，便似會家吟。此詞是也。皖城、松陵不無少遜。

○又

〔南吕〕【梁州序】衝風度夜，披星乘曉。取酒烹羔自勞。何期相遇，片言契結同袍。我自向驪龍頷下，猛虎穴中，透得個機關巧。他在侯門花月隊，鬥丰標，金屋曾經貯阿嬌。（合）相盼處憐同調，鵲橋偷度偕歡好，今避地肯辭勞。

【前腔】看你胸襟灑落，儀容窈窕。自合雙飛雙宿，姻緣分定，相逢千里非遥。多感你好逑君子，擇婿佳人，一見相傾倒。好似秦樓乘鳳，去弄瓊簫，那銅雀焉能鎖二喬？（合前）（夾批：宿字該用韵）

【前腔】這是負心人行短才喬，轉眼處把人嘲誚。更爛翻寸舌，易起波濤。果是腹中懷劍，笑裏藏刀，對面情難料。十年今始得，肯相饒？斷首刳心絶獍梟。（合）相邂逅憐同調，聊當下酒供談笑，君莫惜醉村醪。

【前腔】羡君家氣概雄豪，少年場如君絶少。更報仇雪耻，義比山高。分明是置鉛擊筑，魚腹藏刀，狙擊沙中巧。太山輕一擲，等鴻毛，願結今生刎頸交。（合前）

【節節高】風塵暗四郊，奮英豪，斬蛇逐鹿誰能料？祥光繞，紫氣昭，分星耀，個中定有連成寶，青雲有路怕人先到。（合）多管塵埃有真人，須教物色知分曉。

【前腔】侯門一俊髦，挺英標，龍韜豹略曾探討。年方少，氣正豪，心猶小。招賢下士人争道，芳名那更流傳早。（合前）

【尾聲】奇踪秘迹人難料，草草相逢訂久要，明日汾陽會不遥。

○又

〔越調〕【綿搭絮】暗憐花貌，孤枕度良宵。曉起尋歡，女伴潛踪轉寂寥。憶花朝拾翠相邀，何事戀着年少。一旦輕抛，想是難禁春心，不耐冰絃月下挑。

【前腔】釵行分散，獨坐更無聊。似我鳳去臺空，枉自傷心折大刀。想鸞交，音問寥寥。只合藍橋中斷，祆廟延燒。怎比得奔月姮娥，悵望天香雲外飄。

○竊符記

〔正宫〕【端正好】兵行滾雪濤，令出如風掃。聽驕嘶汗血，競走蒲梢。風驅電掣期存趙，并力兼行不憚勞。（合）齊發號，命軍中鼓譟，破强敵，功名須見起龍韜。

【前腔】參横偃月刀，臝箠旋風砲，覷孤城勢如卵累危巢。後軍探卒忙忙報，前路征塵漸漸高。（合前）

【前腔】光生雲錦袍，血濺團花襖，把髑髏都付太白旗梟。六軍退舍逢天討，八柱將傾仗海鰲。承迅掃，聽歡聲載道，總身先負矢敢辭勞。

【前腔】披星挺節旄，疾走邯鄲道，到軍門聞得奏凱聲高。因君越境勞征討，行間備羽毛。承恩詔，責顔自效，遣馳驅幕下敢辭勞？

○又

〔仙吕〕【解三醒】那如姬不煩嚴拷，把過犯都自承。想已拼一死將恩報，幸永巷鎖寂寥。一番雄辯如嘭嚬笑，把我萬死微軀免罪條。他曾道：把千金七尺付與并刀。

【前腔】聽伊言使人驚悼，竟生死一别魂銷。玉山已爲知音倒，流水調有誰調？微功隆幸能存趙，負罪何顔歸本朝。喜得你剛來到，把全軍尺藉盡付伊曹。

【前腔】想朱亥人中矯矯，終不然避死逋逃。吾須報與侯生道，方顯得死生交。貂璫難按千軍竈。我豪傑寧辭三尺條，君留趙，任挺身歸國，不畏波濤。

○又

〔仙吕〕【醉扶歸】一丘三尺迷荒草，九原難把旅魂招。料依冥漠自逍遥，不知何日歸華表。

香生俠骨未全銷，一任白楊蕭瑟青山老。

○又

〔越調〕【小桃紅】旋師河外，奏凱梁郊。故里相將到也，轉覺鄉心切，翻嫌路途遥。早驅車過林皋，見幾處塚累累。掩松門，臨長道也，却是故友佳城棲宿草。看樹上舞猿猱，泉下愴蒿蒿。

【下山虎】自從分袂，倖免刑條，收葬俟生後，早已脱身市朝。不願名掛金貂，自合身依石交。鸞鳳鴟鴞豈并巢，自有榮名竇，祇覺窮鄉是樂郊。哭把墳頭掃，奠伊桂椒，看俎上馨香列少牢。

【蠻牌令】你輕身將知己報，一死爲吾曹。一死一生心不改，果然是死生交。念無忘十年客趙，喜今日戰勝還朝。償心許掛劍樹梢，望魂來楚些頻招。

【尾聲】仙踪髣髴歸蓬島，愁何限一脈紙錢飄，嗚咽處疑聽洞壑吹簫。

○灌園記

〔南吕〕【太師引】困蓬蒿這磨折何時了？歸期杳愁添大刀。驚雁斷竟無音耗，嘆巢林翻做鶺鴒。千縷愁苦縈懷抱，受飢寒一身難保。埋没了龍泉豹韜，枉蹉跎歲月一死鴻毛。

【前腔】無端邂逅情牽繞，没來由心旌動摇。怕不會好逑窈窕，愁甚麽琴瑟和調。到如今寂寥枯槁，怎比得五陵年少。料難諧鸞儔鳳交，枉教人孤幃夢斷魂勞。

此二闋情最婉篤，詞最流麗。獨第二闋「五陵年少」句，按五陵，漢高、惠、景、武、昭諸帝陵也，不應法章時便已有之。當時曾與伯起言之，伯起亦深以余言爲然，而坊板已行，不遑改也。

○又

〔仙吕〕【桂枝香】看他魁梧相貌，軒昂儀表。只合去奮翮扶摇，爲甚似敗翎孤鳥？淹留草茅，淹留草茅。行藏難料，多管是迷邦懷寶。這綈袍，且禦寒威早，還須奪錦標。

【前腔】清霜嶛峭，號寒徹曉。正砧聲白帝城高，奈羈旅玉關人老。途窮敝貂，途窮敝貂。朔風盈抱，有誰知道。這綈袍，恰稱腰圍小，想含情寄剪刀。

【大讶鼓】多嬌，爲爾曹。針針綫綫，手自勤勞。從今不必燒祆廟，管取銀河渡鵲橋。（合）這段良緣如漆似膠。

【前腔】妖嬈，解珮要。蘭心蕙性，嫩蕊柔條。瑶池已報三青鳥，緱嶺應須弄玉簫。（合前）

【尾聲】客來三徑須頻掃，今夜寒螿伴寂寥，怕夢飛不到楚館迢遥。

○惜春 元

〔南吕〕【一枝花】春雲畫閣低，梅瓣瓊瑶落。曉光浮緑野，草色翠盈郊。鶯語搬調，斷送風光好。隔墻聲兀自巧，道游人莫惜千金，春色漸三分過了。

【梁州】海棠睡嬌容似醉，柳風輕緑綫如繅，輪蹄輾破青青草。酒家何處，沽旆招摇。畫船無數，無袖飄飖。風流殺鳳管鸞簫，多情煞翠髻雲翹。梨花院愛月眠遲，杏花樓惜花起早，桃花塢覓句相嘲。鬢角二毛，曉來鏡裏都知道，忽忽的又過了年少。苦雨驟風昨夜惡，恐一片花飄。

【尾】緑陰繁漸漸春光老，玉壺暖遲遲夜月高。九十日光陰能有幾日笑。朱簾放下着，綉幕低垂着，休教那攪春夢的呢喃燕來了。

○題紅記

〔仙吕入雙調〕【二犯江兒水】看百尺紅樓春早，紗窗人静悄。聽鶯啼葉底、燕語花梢，爇幽蘭雙篆裊。款款嚲金翹，亭亭掩彩綃。粉黛羞調，針綫慵挑。下香階弓瓣小。禁不得纖纖細腰，消不得婷婷花貌。枉教人背東風結柳條。

○又

【芙蓉紅】【玉芙蓉】奎光麗紫霄，文運開清昊。喜春風得意杏園人少，一朝霧露騰文豹。此日風雷起巨鼇。（合）【朱奴兒】瓊林好，花嫣柳嬌，綺羅圍絲竹導。

【前腔】爐香彌錦袍，花影低烏帽。看紅樓十里，幾人調笑。金鶯催處春還早，玉勒嘶來馬正驕。（合前）

【前腔】宮花剪彩綃，鹵簿傳來葆。問嫦娥何處，綠雲圍繞。玉山任取花前倒，彩筆從教月下抛。

【前腔】金宮綠霧消，柳巷紅泥淖。擁神仙一簇，共來蓬島。文移北斗朱躔耀，詔下西清紫氣饒。（合前）

【三段鮑老催】桃花浪高，看神魚争掀怒濤。泥金信遥，喜青禽新傳迅飈。丹霞照上三清道，青雲崛起雙都妙。彤庭對綠字，題紅牋掃曲江，此際春多少。大鵬今日摶九霄，扶摇一任榆鳩笑。

【節節高】金屏履舄，交瀉春醪。八珍賜出天廚巧，瓊籤報寶蓋飄。銀笙繞，朱闌嬌，護缸花小紅茵暗。引歌塵裊，恰信人登大羅天，當筵莫惜争歡笑。

【雙聲子】昇平調，昇平調，霓裳度行雲緲。長安道，長安道，旌節引叢花鬧。明月照，明月照，金闕高，金闕高。見龍葱歸路，燭影飄摇。

【意不盡】文章已葉生花，兆看名姓。碧紗籠罩，辦取丹心翊聖朝。

○又

〔越調〕【鬥鵪鶉】騎一匹閃電龍駒，穿一領團花綉襖。恰來傳敵壘軍情，早望見轅門旗號。濕津津汗透重裘，忽律律風生雙勒。準備按着刀、曲着腰，喘吁吁叩首階前，急忙忙向將軍通報。

【紫花兒序】他那裏密攢攢排着戈戟，亂紛紛豎着旌旗，明晃晃列着弓刀，昏慘慘征塵四起，撲鼕鼕戰鼓齊敲。黄巢他百萬雄兵一時到，聽震轟轟一聲響砲。便子待紅閃閃開着門旗，不剌剌兩馬相交。

【寨兒令】他下東都赤力力山嶽摇，破潼關砂磕磕鬼神嚎。由你梅花垛城千尺高，他火攻的赤炎炎樓櫓齊燒，水淹的白茫茫村落都漂，做得個撲騰騰殺氣黯青霄。他擄紅妝三停來挾斷宮腰，掠嬰兒大都來貫在槍梢。謾説道池魚愁失火，真個是春燕不歸巢，鬧垓垓殺過灞陵橋。

【禿廝兒】穿的是紅灼灼盤龍錦袍，使的是爛輝輝偃月鋼刀。猛彪彪結束似活神道，坐下烏騅馬，控着紫金鑣，一刺里咆哮。

【聖藥王】他待要填禁濠燒御橋，借一領赭黃龍衮坐唐朝。因此上殺得來惡狠狠陣頭高。

【尾聲】遮莫你長蛇封豕争紛擾，止不過風捲殘雲一掃。且將這幾貫犒軍錢，買得個醉醺醺脱征衣睡到曉。

○又

〔中吕〕【山花子】一麾乍奉金門詔，提戈入衛王朝。喜前軍高懸，白旄漢地已僇長蛟。（合）荷王靈旋師斗杓，神京鞏固不動摇。捷書畫飛羽騎交，今日功成不數驃姚。

【前腔】都城紫氣千重繞，風塵一掃都消。卸東征團花戰袍，憑將戈甲長韜。（合前）

【前腔】轅門日落秋風嫋，千群班馬蕭蕭。聽嗚嗚梅花調高，角聲吹斷清宵。（合前）

【黄龍滚】雲霄下節旄，雲霄下節旄。閶闔傳裘帽，回首楓宸咫尺龍光耀，班師近徼，獻俘清廟。還看取，還看取，覲帝庭瞻天表。

【尾聲】天涯盡處無征討，日月還將水氣消，看海宇千秋鞏聖朝。

○葛衣記

〔雙調〕【新水令】想益州當日論絶交，到如今幾場堪笑。范張何款款，班尹任陶陶。競毛羽錐刀，怎比得草蟲鳴雕虎嘯。

【步步嬌】舊約新盟都休道，萬事渾難料。雄心病裏消，着甚來由把人奚落。白髮已蕭蕭，乖張兒女難倚靠。

【折桂令】莽賓客自把門敲，他獨坐空齋憑几無聊。記當初山澤游遨，到如今踪迹參商。只爲家道肥磽，生察察轉眼朱蕭，急煎煎翻手波濤，鑑昭昭不漏分毫。因此上雙眼糊塗，怎做得擊筑名高。

【江兒水】聽説話添焦躁，何人把我嘲？應門人呼唤都不到，久無佳客相顛倒。惡賓何事相譏誚？快把門開看分曉，有甚人敲？好一似劉郎聲調。

【雁兒落帶得勝令】還虧你認得咱是劉孝標，竟不念任産升墳宿草。把司馬子一旦兒抛，穀臣兒都丢了。藐諸孤夕且不謀朝，貧相如緣分薄。育祖珽機關巧，猶兀自强妝喬。難敲，孟嘗門深閉着難敲；翟公門可羅雀。

【僥僥令】舊嫌捐棄朿，新喜近夭桃。弱息依然如再造，願續前盟把箕帚操。

【收江南】呀，料伊家情願續鸞膠，怕他們未肯渡鵲橋。我也願效些兒冰上勞，只怕又羞慚了月下老。後生家氣豪，後生家氣豪，怎肯將一雙鸞鳳相鴟梟。

【園林好】念老妻不忘久要，念小女貞節自操。更須念病夫眼眊，好撮合死生交，好撮合死生交。

【沽美酒帶太平令】不須要絮叨叨，須成就恁兒曹。想坦腹義之不計較，伊衛玠我能叨。非意相干廢遺了，把怨恨做成歡樂。趙元叔不須窮討，嵇叔夜慢來聒噪勢交。更有那談交賄交，與窮交量交。呀，都付與少文清哨。

【尾】佳期須卜紅鸞照，節義還應彩鳳褒，不羨秦樓弄玉簫。

【收江南】內，查譜，多「只怕又羞慚了月下老」一句。

○曇華記

〔黃鐘〕【降黃龍】雲外逍遥，地北天南，游縱皆到。門庭冰冷，幸吾兒新拜五侯綸誥。明朝，謝恩北闕，好去彤墀徼道。須勉圖顯親報主，承家忠孝。

【前腔】劬勞，屢葉金貂。黃石遺編，赤松無耗。承家開國，念親恩主德總來難報。須教，枕戈汗馬，努力塞雲邊草。幾時得功成大漠，鶴歸華表。

【前腔】岧嶤，日麗丹霄。夫婿朝回，御爐香繞。東方千騎，看鬑鬑白晳人都道好。還教，秉忠竭節，不負金裝衮帽。好追踪辟疆傳祚，留侯不老。

【前腔】蕭條，户網蠨蛸。看鳳雛龍種，郎君清妙。恩波優渥，拜何家驃騎，門閭重耀。靈苗，曇花正盛，相映階庭芝草。願函關真人紫氣，歸來須早。

【黄龍滾】琱弓犀革弢，琱弓犀革弢，寶劍龍紋鞘。舊日櫜鞬，部曲還來到。（合）紅雲天表，朱旗日照。榮簪笏，寵林壑，加封號。

【前腔】麒麟通袖袍，麒麟通袖袍，鸞鳳泥金誥。羅雀門前，朱履今重到。（合前）

【尾聲】仙郎結束登廊廟，轉念慈親修道，依舊蓮花伴寂寥。

○又

〔正宫〕【玉芙蓉】罡風兩鬢飄，灝氣雙臚耀，耳氤氲忽聽一派笙簫。罘罳玉宇瓊香罩，羃歷金床寶扇高。塵不到，信清虚穹昊。咫尺間，看群靈來往擁雲璈。

【前腔】丹幢彩女飄，絳節芝童導，驀然來殿前香案清曹。琅書寶字祥光繞，玉版幖緗祕檢弢。誰能道？信清都玄奥。天榜中，問班行何處列吾曹。

○又

〔仙吕〕【混江龍】你道是王侯位高，千年胙土錫分茅。真個是堂迎珠履，户擁旌旄。帳下義兒懸玉帶，襁中孺子插金貂。響一派烏烏遏雲璈，列兩行楚楚如花貌。受用的晝添桂釀，夜續蘭膏。

【油葫蘆】只道是富貴黄金鑄得牢，又誰知一旦抛，須臾少壯成衰老。身兒上紫綬雖堪貴，頭兒上白髮不曾饒。悲來有今夜，運去没明朝。恩情那得戀，歌舞爲誰嬌。榮華謝桃李，憔悴掩蓬蒿。恨無情抔土，斷送幾英豪？今古誰逃？

【天下樂】當日功名仗寶刀，掙爵土與兒曹。到頭來湯雪消，從此後枉持杯向墳上澆。冷落了宛轉吴謡，消停了娉婷楚腰，又何須銅爵臺上妓進膳昏朝。

【節節高】抱負了經綸經綸才調，只不曾悟禪悟禪開道。偌大英雄正好，得意時無常來到。撇了夫人，覷了愛妾，將兒孫囑着。捨了金寶，撇了愛寵，辭了聖朝，獨自個苦伶仃向黄泉路跑。

【元和令】這兩個分明孽妖，直害得人眼光落。準備着管弦夜夜與朝朝，儘人前賣弄俊嬌。有一日水流花謝，粉褪香消，你風情那裏討。

【上馬嬌】大王你是個大丈夫，怎迷戀兒女曹？只逞着目下莽雄豪。却等閑忘却來時道，怎不覓舊根苗。

【勝葫蘆】但只看古塚新墳侵野潦，有多少貴官僚？早見狐狸穿墓道，珠襦玉柙，桐棺瓦器，一樣草蕭蕭。

【么篇】料此際錦席華堂燈燭耀，待歸去好良宵，綽約金屏珠翠繞。歌開檀口，弦調纖指，河漢轉星杓。

【後庭花】只愛着錦堂春風景好，那裏管月華沉天色曉。假饒千載常如是，也便儘風流將擔子挑。不逍遥，猛可裏做水痕兒微泡。戲棚兒收拾早，弄虚脾猢猻圈套。有幾個夜與朝，報閻王柬帖兒招。形骸瘦鬢髮焦，一場兒没下梢。

【柳葉兒】你笑我自家不照，恁醺醺終日酕醄。妝喬做喬，怎便肯洩真消耗。待梅香噴雪光消，那時節纔和你説不醉的心苗。

【寄生草】三花樹開應遍，九蓮臺路不杳。把僧伽换却烏紗帽，雲衣瓔珞香烟罩，金沙細路幢幡導。只這個天官七寶佛莊嚴，煞似王家五等官封號。

【尾聲】蠹蝕桂花凋，鼠嚙枯藤倒。便從此撒手回頭欠早，莫等到席冷筵殘人散了。一沉苦海中永劫難撈，但靈消誰認皮毛？鬼窟翻身知幾遭。平生意氣豪，只争一些兒不到，這時節那裏討貴王公官品兒高。

○彩毫記

〔雙調〕【新水令】半空隱隱駕銀橋，步罡風陡生寒峭。仙人衣袂濕，宮女珮環摇。雉尾俄高，早不覺寥天杳。

【步步嬌】瓊樓玉宇光籠罩，頃刻飛身到。星河逼絳霄，殿署清虚，金書朗耀。塵念霎時消，雙眸閃爍神魂掉。

【折桂令】碧琉璃冷浸霞標，只見桂樹扶疏，合殿飄香。有幾個仙女婆娑素袖蕭騷。裂青天叫雲玉笛，散瑶臺泣露瓊簫。蜕盡炎囂，颯爾神超，煞强似濯魄冰壺，換骨佺喬。

【江兒水】侍女紛相見，姮娥不可邀。綺疏貝闕霞光繞，珠幢綉蓋香烟裊。玄文秘檢弢深奥，何處參求道妙？自愧凡胎，身泥蓮花泥淖。（上「泥」去聲。）

【雁兒落帶凱歌回】尚自隔紅雲帝座遥，却不見赤縣神州小。爲甚這孤輪奔馳日夜勞，虧殺你把大地山河照。堪羡這守清虚愛寂寥，疊鴛衾閑鳳翹。恥贈銀條脱，羞將金步摇。説甚麽捐佩填橋，靈光保得長明皎。萬裏秋毫，早則個輕身慾界超。（眉批：「輪」字，改去聲方叶。）

【僥僥令】人間曾不信，天路坐相邀。只素女白鸞長不老，又那裏記春秋限暮朝。

【收江南】呀，誰没有升天的羽翼呵，向碧落好游遨。都只爲塵凡火宅不能抛，這清凉世界轉迢遥。駕天風海濤，駕天風海濤，何處望下方宫殿鬱岧嶢。

【園林好】聽宫娥霓裳調高，是仙音凡夫怎操？暢好度玲瓏腔調，聊記取入簫韶，删下里，整雲璈。

【沽美酒帶太平令】五雲車靈旆飄，七寶宫鸞輿到，回思塵世真堪悼。歲月流容顔槁；且別去玉京瑶島。怎當得風露寒宵？早則求長生大道，但轉盼月華西了。恁呵休等到銀蟾没夜，金烏向曉，呀，再來游只怕天漢無橋。

緯真之才，非末學所敢議。但詞家一要知腔，二要識譜，此二事尚欠明，故此折平仄欠叶處甚多，一一爲訂。獨【沽美酒】闋與【凱歌回】末二句仍舊，恐不便于歌也。此後尚有【清江引】一闋，特爲抹却。【凱歌回】即【得勝令】。【凱歌回】即【得勝令】。

○又

〔南吕〕【一枝花】我本是山林物外豪，管領着風月閑中調。出落我丹山飛彩鳳，安排着滄海釣神鰲。莫怪俺這輕落，且喜將日月籠兒跳，等閑間把烟霞擔子挑。終日價與緑酒爲鄰，不眨眼報道黄花綻了。

【梁州第七】我有時向王侯門銜杯潦倒，有時向田父老插杖逍遥。樂樂樂，那月明蕩入蘆花棹。受用的風生浦口露滿蓬梢，受用的凫雛雁子蘭筍菰苗。舴艋兒夜泊溪橋，襏襫兒冷掛山椒。準備着沽酒錢村店歌樓，尋客伴綉裙花襖，殢客人玉管金簫。任星高月曉，兩眉端不掛閑煩惱。直待把公侯藐，乾坤傲。永不踏紅塵向市朝，真唤做聖世漁樵。

【牧羊關】怎知道歡過後愁還到，福窮時禍更招，一霎時送將來羅網難逃。陪伴他虎穴龍巢，掇賺我羊腸鳥道。怕的是龜亡還爲殼，愁則愁翠死却因毛。走入是非場終朝有，進一步風波平地高。

【四塊玉】恩情化作讐，大怒藏嘻笑。昨日價酒杯來往逞風騷，把人兒愛惜如珍寶。頃刻裏變浮雲，頃刻裏同蒿草，早覷破這相逢没下梢。

【哭皇天】好好好，急忙裏收繮早，猛回頭浪花中拿將舵牢。常言道人情初見應須好，苦殺人從前恩義總難消。我則收一副頭覷來保，待還尋當時茅屋舊日魚竿，桃花流水桂樹山坳，虚飄飄一往孤雲不可招。莫苦問山人踪迹，怎便説雲水根苗？

【烏夜啼】苦苦的要問我真消耗，我只得一筆兒從實供招也。有名字曾達在聖明朝，蒙寵眷强起應君王召。我如今也不論官僚，也不計漁樵。非是我人前賣弄忒裝喬，也只是相逢狹路難推調。莫浪言跨馬高，總不及騎驢好。小可的踏穿烟嶠，控上雲霄。

【尾聲】平生落拓真堪笑，此日疏狂罪怎逃？一筆分明盡供了。策蹇華山遥，又恐山靈惱。明日的徒步雲臺，把洞天繞。

此屠先生爰書也。先生才高名盛，爲時所忌，登仕無幾，輒以罣誤被斥，躑躅吴越間，聲酒自放，憔悴以死，何異青蓮之迍邅乎？《彩毫》之作，意在斯歟？吴渤海之鯨嘗語先生曰："青蓮千載後，金粟是何人？"先生笑而不答，意可想矣。雖然，青蓮之遭華令，未爲窮也。若我明姚恭靖之遭長州尉，魏太宰之遭蕭山尉，則被辱矣。然猶可言矣。至於盧柟之遭濬令，顧璘之遭王令，幾服斧質，慘不可言矣。因思古來文士，無不見忌于時，未暇論屈平、孫臏，即蔡伯喈、孔文舉、楊德祖、薛道衡輩，俱以才名見忌，至不得其死。石季倫云："天下殺英雄，卿亦何爲爾？"潘安仁云："俊士填溝壑，餘波來及人。"杜少陵云："世人皆欲殺，吾意獨憐才。"每讀至此，爲之掩泪。許生棐曰："擘書覆瓿，裂史黏窗，誰不惜之？士厄窮途，落冤穽，聞者不憐，遇者不顧，聽其死生，是賢紙上之草，仇腹中之文矣。哀哉，不倒置乎！"昔章仇劍南兼瓊爲陳拾遺雪獄，高侍卿適爲王江寧申冤，足爲藝林立幟。近則張大司馬佳胤出盧次楩柟于濬獄，康德涵出李獻吉夢陽于制獄，大快人意。夫携魚上砧，送蟹入釜，尚猶惻然，及坑才陷藝，唯恐不深，是何不忍于細，而忍于大乎？不忍于蠢蠢之物，而忍于斐斐之英乎？太白一生失着，唯不辭永王璘聘耳。然能識汾陽于躓蹶中而生全之，唐之宗社，卒賴斯人以安，功過不相準邪？

〇匹配金錢記 元喬夢符作

〔雙調〕【新水令】步蟾宫平地上青霄，脚平登禹門一躍。簪花宫帽側，挽轡玉驄驕。金榜名標，誰倩受五花誥。

【沉醉東風】也不索頻頻的樓前動樂，誰和恁臺上吹簫。紫絲鞭手内擎，綉球兒身邊落，我只當做亂下風雹。寄與他多情女豔嬌，你着他别尋一個前程倒好。

【喬牌兒】你個賀知章狂落保，不是這韓飛卿性格拗。想着那俏人兒曾受爺噪暴，休將漢相如錯送了。

【水仙子】他待生拆開碧桃花下鸞鳳交，火燒了俺白玉樓頭翡翠巢。他道我春風得意長安道，迎頭兒將女婿招。一任他官人每棒又千條，小姐你便權休怪，梅香你便且莫焦。今日可便輪到我妝么。

【雁兒落】今日個畫堂中設酒肴，花燭下同喧笑。高擎合巹杯，齊動合歡樂。

【得勝令】呀，若不是前世宿緣招，焉能勾玉杵會藍橋。我個賀學士休譏誚，我如今爲新人當拜倒。你也恃不得官高，動不動將咱吊。我也賭不得心高，早兩遭兒折了腰。

【沽美酒】你道我韓飛卿意氣豪，柳夫人緣分巧，誰承望恩賜黄金偏不少，越顯得風流京兆，將眉黛好重描。

【太平令】這都是五十文開元通寶，成就了美夫妻三月桃夭。從今後一生榮耀，雙雙的齊眉到老。想草茅遇遭聖朝，呀，知甚日把隆恩報？

○秋葉梧桐雨 元白仁甫撰

〔正宫〕【端正好】自從幸西川還京兆，甚的是月夜花朝。這半年來白髮添多少，怎打疊愁容貌？

【么】瘦巖巖不避群臣笑，玉叉兒將畫軸高挑。荔枝花果香檀卓，覷了傷懷抱。

【滚綉球】險些兒把我氣衝倒，身謾靠，把太真妃放聲高叫。叫不應雨泪嚎咷。這待詔手段高，畫的來没半星兒差錯。雖然是快染能描，畫不出沉香亭畔迴鸞舞，花萼樓前上馬嬌。一段兒妖嬈。

【倘秀才】常記得千秋節華清宫宴樂，七夕會長生殿乞巧。誓願學連理枝比翼鳥，誰想你乘彩鳳返丹霄，命夭。

【呆骨朵】寡人有心待蓋一座楊妃廟，争奈無權柄謝位辭朝。則俺這孤辰限難熬，更打着離恨天最高。在生時同衾枕，不能勾死後也同棺槨。誰承望馬嵬坡塵土中，把一朵海棠花零落了。

【白鶴子】那身離殿宇，信步下亭皋。見楊柳裊翠藍絲，芙蓉拆胭脂萼。

【么】見芙蓉懷嬌臉，遇楊柳憶纖腰。依舊的兩般兒點綴上陽宫，他管一靈兒瀟灑長安道。

【么】常記得碧梧桐陰下立，紅牙箸手中敲。他笑整縷金衣，舞按霓裳樂。

【么】到如今翠盤中荒草滿，芳樹下暗香消。空對井梧陰，不見傾城貌。
【倘秀才】本待閑散心追歡取樂，倒惹得感舊恨天荒地老。怏怏歸來鳳幃悄，甚法兒捱過今宵？懊惱！
【芙蓉花】淡氤氳串烟裊，昏慘刺銀燈照。玉漏迢迢，纔是初更報。暗覷清宵，盼夢裏他來到。却不道口是心苗，不住的頻頻叫。
【伴讀書】一會家心焦懆，四壁廂秋蟲鬧。忽見掀簾西風惡，遥觀滿地陰雲罩。俺這裏披衣悶把圍屏靠，業眼難交。
【笑和尚】原來是滴溜溜繞閑階敗葉飄，疏刺刺刷落葉被西風掃，忽魯魯風閃得銀燈兒爆。廝琅琅鳴殿鐸，撲簌簌動朱箔，吉丁東玉馬兒向檐間鬧。
【倘秀才】悶打孩和衣卧倒，軟兀刺方纔睡着。忽見青衣走來報，道太真妃將寡人邀，宴樂。
【雙鴛鴦】斜軃翠鸞翹，渾一似出浴的舊丰標，映著雲屏一半兒嬌。好夢將成還驚覺，半襟情泪濕鮫綃。
【蠻姑兒】懊惱，窨約。驚我來的又不是樓頭過雁，砌下寒蛩，檐前玉馬，架上金雞，是兀那窗兒外梧桐上雨瀟瀟。一聲聲灑殘葉，一點點滴寒梢，把愁人定虐。
【滚綉球】這雨呵又不是救旱苗，潤枯草。灑開花萼，誰望道秋雨如膏。向青翠條，碧玉梢。

碎聲兒必剥，增百十倍歇和芭蕉。子管徠珠聯玉散飄千顆，平白地瀽甕番盆下一宵，惹的人心焦。

【叨叨令】一會價緊呵似玉盤中萬顆香珠落，一會價響呵似玳筵前幾簇笙歌鬧。一會價清呵似翠巖頭一派寒泉瀑，一會價猛呵似綉旗下數面征鼙操。兀的不惱殺人也麼哥，兀的不惱殺人也麼哥，則被他諸般兒緊緊相聒噪。

【倘秀才】一陣陣打梧桐葉凋，一點點滴人心碎了。枉着金井銀床緊圍繞，只好把潑枝葉做柴燒，鋸倒。

【滾綉球】長生殿那一宵，轉迴廊説誓約，不合對梧桐并肩斜靠，儘言詞絮絮叨叨。沉香亭那一朝，按霓裳舞六幺。紅牙箸擊成腔調，亂宫商鬧鬧吵吵。是兀那當時歡會栽排下，今日凄涼厮湊着，暗地量度。

【三煞】潤濛濛楊柳雨，凄凄院宇侵簾幕。細絲絲梅子雨，妝點江干滿樓閣。杏花雨紅濕闌干，梨花雨玉容寂寞。荷花雨翠蓋翩翩，豆花雨緑葉瀟條。都不似你驚魂破夢，助恨添愁，徹夜連宵。莫不是水仙弄嬌，蘸楊柳灑風飄？

【二煞】淙淙似噴泉瑞獸臨雙沼，刷刷似食葉春蠶散滿箔。亂灑瓊階水傳宫漏，飛上雕檐酒滴新槽。直下的更殘漏斷，枕冷衾寒，燭滅香消。可知道夏天不覺，把高鳳麥來漂。

【黄鐘煞】順西風低把紗窗哨，送寒氣頻將綉户敲。莫不是老天故把愁人攪？度鈴聲響棧道，似花奴羯鼓調，如伯牙水仙操。洗黄花潤籬落，漬蒼苔倒墻角。渲湖山漱石竅，浸枯荷溢池沼。沾殘蝶粉漸消，灑流螢焰不着。緑窗前促織叫，聲近似雁影高。催鄰砧處處搗，助新涼分外早。斟量來這一宵，雨和人緊廝熬。伴銅壺點點敲，雨更多泪不少。雨濕寒梢，泪染龍袍。不肯相饒，共隔着一樹梧桐直滴到曉。

悲歌慷慨，令人欲絶。寫雨處尤覺神王。楊顯之《瀟湘雨》殊不能及。

此《梧桐雨》第四折也。或謂元取士有填詞科，若今括帖然，取給風檐寸晷之下，故一時名士，雖馬致遠、喬夢符輩，至第四折往往强弩之末。若此折越更陡健，何云弱乎？若下臧先生所以置不謂然也。獨康德涵知選仁甫中吕折而竟遺此，竊所不解。

○倩女離魂　元鄭德輝作

〔仙吕〕【點絳唇】捱徹涼宵，颯然驚覺，紗窗曉。落葉蕭蕭，滿地無人掃。

【混江龍】可正是暮秋天道，儘收拾心事上眉梢。鏡臺何曾攬照，綉針兒不待拈着。常恨夜坐窗前燭影昏，一任晚妝樓上月兒高。俺本是承鸞艷質，他須有中雀丰標。苦被煞尊堂間阻，爭把俺情意輕拋。空悮了幽期密約，虚過了月夕花朝。無緣配合，有分煎熬。情默默難解自無聊，病懨懨則怕娘知道。窺之遠天寬地窄，染之重夢斷魂勞。

【油葫蘆】他不病倒，敢消瘦了，被拘箝的不忿心教我怎動脚。雖不是路迢迢，早隨着雲渺渺，泪灑做雨瀟瀟。不能勾傍闌干數曲湖山靠，恰便似望天涯一點青山小。他多管是意不平自發揚，心不遂閑綴作。十分的賣風騷，顯秀麗，誇才調。我這裏詳句法看揮毫。

【天下樂】只道他讀書人志氣高，元來這凄凉甚日了？想俺這孤男寡女忒命薄。我安排着鴛鴦宿錦被香，他盼望着鸞鳳鳴琴瑟調，怎做得蝴蝶飛錦樹繞。

【那吒令】我一年一日過了團圓日較少，三十三天覷了離恨天最高，四百四病害了相思病怎熬？千里將鳳闕攀，一舉把龍門跳，接絲鞭總是妖嬈。

【鵲踏枝】據胸次那英豪，論人品更清高。他管跳出黄塵走上青霄，又不比鬧清曉茅檐燕雀，是掣風濤混海鯨鰲。

【寄生草】他拂素楮鵝溪繭，蘸中山玉兔毫。不弱如駱賓王夜作論天表，也不讓李太白醉寫平蠻稿，也不比漢相如病受徵賢詔。他辛勤十年書劍洛陽城，决峥嵘一朝冠蓋長安道。

【村裏迓鼓】則他這渭城朝雨，洛陽殘照。雖不唱陽關曲本，今日來祖送長安年少。兀的不取次棄捨，等閑抛掉，因而零落。恰楚澤深，秦關杳，泰華高。嘆人生離多會少。

【元和令】杯中酒和泪酌，心間事對伊道。似長亭折柳贈柔條，哥哥你休有上梢没下梢。從今虛度可憐宵，奈離愁不了。

【上馬嬌】竹窗外響翠梢，苔砌下深緑草，書舍頓蕭條。故園悄悄無人到，恨怎消，此際最難熬。

【游四門】抵多少彩雲聲斷紫鸞簫，今夕何處繫蘭橈？片帆休遮西風惡，雪捲浪淘淘。岸影高，千里水雲飄。

【勝葫蘆】休做了冥鴻惜羽毛。常言道好事不堅牢，你身去休教心去了。對郎君低告，恰梅香報道，恐怕母親焦。

【後庭花】我這裏翠簾車先控着，他那裏黄金鐙懶去挑。我泪濕香羅袖，他鞭垂碧玉梢。望迢迢恨堆滿西風古道，想急煎煎人多情人去了，和青湛湛天有情天亦老。俺氣氲氲喟然聲不定交，助疏剌剌動羈懷風亂掃。滴撲簌簌界殘妝粉泪抛，灑細濛濛浥香塵暮雨飄。

【柳葉兒】見淅零零滿江干樓閣，我各剌剌坐車兒懶過溪橋，他矻蹬蹬馬蹄兒倦上皇州道。我一望望傷懷抱，他一步步待迴鑣，早一程程水遠山遥。

【賺煞】從今後只合題恨寫芭蕉，不索占夢揲蓍草。有甚心腸更珠圍翠繞。我這一點真情魂縹緲，他去後不離了前後週遭。廝隨着，司馬題橋，也不指望駟馬高車顯榮耀。不爭把瓊姬棄却，比及盼子高來到，早辜負了碧桃花下鸞鳳交。

【天下樂】內疑有錯誤，恨不能正，姑從臧晉叔本録之。

南北詞廣韵選　卷十二

歌　戈

○西廂記・夫人停婚

〔雙調〕【五供養】若不是張解元識人多，别一個怎退干戈？排着酒果，列着笙歌。篆烟微，花香細，散滿東風簾幕。救了咱全家禍，殷勤呵正禮，欽敬呵當合。

【新水令】恰才碧紗窗下畫雙蛾，拂拭了羅衣上粉香浮污，將指尖兒輕輕的貼了鈿窩。若不是驚覺人呵，猶壓着綉衾卧。

【么】没查没利謊僂儸，道我宜梳妝的臉兒吹彈的破。你那裏休聒，不當一個信口開河。知他命福如何？我做一個夫人也做得過。

【喬木查】我相思爲他，他相思爲我，從今後兩下裏相思都較可。酬賀間理當酬賀，俺母親也好心多。

【攪箏琶】他怕我做陪錢貨，兩當一便成合。據着他舉將除賊，也消得家緣過活。費了甚一股，那便結絲蘿。休波，省人情的奶奶忒慮過，恐怕張羅。

【慶宣和】門兒外，簾兒前，將小脚兒挪。我却待目轉秋波，誰想那識空便的靈心兒早瞧破。唬得我倒躲，倒躲。（眉批：諕，吁嫁切。）

【雁兒落】唬得我荊棘刺怎動挪，死没騰無回豁。措支剌没對答，軟兀剌難存坐。

【得勝令】誰承望即即世世老婆婆，着鶯鶯做妹妹拜哥哥。白茫茫溢起藍橋水，熖騰騰點着祆廟火。碧澄澄清波，撲剌剌將比目魚分破。急穰穰因何，扢搊搊把雙眉鎖納合。（眉批：扢搊搊，一作骨𩭹𩭹。）

【甜水令】我這裏粉頸低垂，蛾眉顰蹙，芳心無那。俺可甚相見話偏多。星眼朦朧，檀口嗟咨，攧窨不過。這席面兒暢好是烏合。

【折桂令】他其實咽不下玉液金波。誰承望月底西廂，變做夢裏南柯。泪眼偷淹，酩子里揾濕了香羅。他那裏眼倦開軟癱做一垜，我這裏手難擡稱不起肩窩。病染沉疴，勢甚難活。則被你送了人呵，當甚嘍囉。

【月上海棠】而今煩惱猶閑可，久後思量怎奈何？有意訴衷腸，争奈母親側坐。成抛躲，咫尺間如間闊。

【么】一杯悶酒尊前過，低首無言自摧挫。不甚醉顔酡，可早嫌玻璃盞大，酒上心來較可。

【喬牌兒】老夫人轉關兒没定奪，啞謎兒怎猜破；黑閣落甜話兒將人和，請將來着人不快活。（眉批：「黑閣落」，猶平地無人處。）

【清江引】佳人自來多命薄，秀才每從來懦。悶殺没頭鵞，撇下陪錢貨，下場頭那些兒發付我。

【殿前歡】恰才個笑呵呵，都做了江州司馬泪痕多。不是一封書將半萬賊兵破，俺一家兒怎得存活？他不想結姻緣想甚麼。到如今難捉摸。老夫人謊倒天來大，當日成也是恁個母親，今日敗也是恁個蕭何。

【離亭宴帶歇拍煞】從今後玉容寂寞梨花朵，胭脂淺淡櫻桃顆，這相思何時是可？昏鄧鄧黑海來深，白茫茫陸地來厚，碧悠悠青天般闊。太行山般高仰望，東洋海般深思渴。毒害的恁麼。將顫巍巍雙頭花蕊搓，香馥馥同心縷帶割，長攙攙連理瓊枝挫。白頭娘不負荷，青春女成擔閣，將俺那錦片也似前程蹬脱。俺娘把甜話兒落空了他，虚名兒誤賺了我。

此折俱用襯墊虚詞作結構，點綴提綴，靈通圓妙。如「兩下裏相思都較可」，則以「從今後」三字領之；斯時意興匆匆，自謂姻緣萬無一失，不意做妹妹哥哥也，故以「誰承望」三字領之。姻緣既無望，則相思當再起，故以「而今」、「久後」四字點醒，而以「恰纔個笑呵呵，都做了泪痕多」結之，仍用「從今後」三字喚起相思模樣。處處着力，處處針綫，正如天馬行空，神龍戲海，無從而睹其踪迹也。若夫「碧紗窗」一闋，描寫嬌養喬態；「粉頸低垂」及「眼倦開」，曲罄幽情；「門兒外」句，俏極飄舉；「玉容寂寞」三句，偏工麗對，尤一篇之警策。

○柳仙記

〔仙吕入雙調〕【三棒鼓】秋楓葉落洞庭波，何幸江海相逢也，客恨最多。衰年捱他窮途困，我没奈何。且自暢飲高歌也，一時快活。

○又

〔商調〕【水紅花】日來月往不停梭，易消磨。把人折墮，執迷一似害風魔。語差訛，參他不破。死限看看輪到，尚不肯省奔波。（合）只落得笑呵呵也囉。

【前腔】東奔西走繞山坡，步難拖。且行且坐，無由縮地欲如何？枉蹉跎，風餐水卧。但見嬌妻一面，便拼得見閻羅。（合前）

○紅蕖記

〔南吕〕【三换頭】只爲名韁利鎖，煩惱比天來大。念家鄉緲緲，我豈不料過。也是没奈何，又不曾把甜話兒、落空了他。爲甚着緊處將人慢，轉關兒没定奪？好着我難猜，未知道今宵在何處泊？

【前腔】你休憂怨憶，漫把泪珠偷墮。這些時魂驚夢怯，又不是路生行未多，又不是芳心無那。險些兒把錦片也似前程蹬脱。雖唬得心驚怖，不到得翻成一丈波。好着我難猜，未知道今宵在何處泊？

二闋俱集舊曲句以成，録之以備一體，非必盡以辭佳也。

○又

〔黄鐘引〕【鳳皇閣】男兒未遇，恨殺青袍誤我。飯牛白石枉悲歌。苦被鹽車困驥，朱顔虚過，抱赤心雙眉暗鎖。

【前腔】紅鸞未照，射雀金屏慣左。知他何處附絲蘿。都上心來廝湊合，憑誰剖破？只淺酌長吟較可。

〔黄鐘曲〕【漁父第一】雖則是仕途多坷，且安排客懷漸妥。聽欸乃聲相和，見浪鷗上下帶起珠顆。迴湍曲岸輕扶舵，恐驚起鴛鴦睡淺莎。芙蕖出水雙頭朵，似笑孤眠錦被窩。錦被中，漫抱膝，苦吟高卧。歡日少，只覺去之日苦多。怎禁他，水東流、兩輪西墮。把白苧窄衫半鞸，喜遥山對酒片片青蓮大。怕明鏡催人看看緑鬢皤。莫爲閑愁自摧剉，便愁絶又如何。

【刮地風】無數君山明月舸，都遥拜舜妃玉座。湘潭此去逢漁夥，尚識當時醉尉麽？風帆疾似梭，鄰舟相賀。想人生，利和名，婚姻事結果。時來却如輕棹過，任教目下蹉跎。

【三段子】怎解怎脱，這虚名將人調唆。自量自度，這情緣將人網羅。眉峰寸許些兒箇，堆堆積積難擔荷。把宋玉情懷，暫時抛躱。

【歸朝歡】英豪的，英豪的，有志未磨，念枳棘豈鸞皇所托。傷秋客，傷秋客，仰天笑呵。念冥鴻，豈燕雀所能折剉。只因路途慣經身偏惰，投人千里心先懦。倒不如早脱青袍掛緑簑。

○又

〔雙調〕【好事近】風日景清和，常言對酒當歌。況尋花覓柳，不意已成絲蘿。你差譌，自是花神無那，我這枝和葉又不長在鳴珂。筵前看嬌紅一朵，認做了亭亭出水、緑柄新荷。

【千秋歲】望銀河牛女緣何事，尚盈盈兩下抛躱。從此經年，從此經年，但願得靈鵲填橋相賀。郎須是英賢佐，女非是陪錢貨。共把風流鎖，儘今生受用，玉擁香窩。

【普天樂】女娘們多柔懦。我自牢把船兒舵。如今做，如今做成也蕭何，終難道驀地張羅？情多話多，謾愁他自來好事多磨。

【古輪臺】俊嬌娥，從今招得俏哥哥。誰知一點紅蕖瓣，天來福大。試數人間，少甚麼坎坷蹉跎，也有紅粉無情，也有美人薄命，也有娘親平地起風波，把鴛鴦分破，有疏狂薄倖喬才，轉眼將人間闊。争似佳人才子，盟深誓重，山海怎能挪。待香名播，大登科後小登科。

【尾聲】芸窗且自勤功課，料此後相思較可。準備着花燭同歸錦綉窠。

此韵純用者最少，即元劇三、四種亦無足取。記有時詞北【山坡羊】二闋，雖非傳奇，亦非整套，然其詞極佳，特附録此，便覽觀焉。其一云：「傻酸角我的哥，和塊黄泥兒捏咱兩個。捏一個兒你，捏一個兒我，捏的來一似活托，捏的來同床上歇卧。將泥人兒摔碎，着水兒重和過，再捏一個你，再捏一個我，哥哥身上也有妹妹，妹妹身上也有哥哥。」又一云：「你情性兒隨風倒舵，你識見兒指山賣磨。這幾日無一個踪影，你在誰個家裏把牙兒嗑？進門來床兒前快與我雙膝兒跪着，免得我下去採你的耳朵。動一動就教你死，那一那惹下個天來大禍。你好似負桂英王魁也，更在王魁頭上壘一個兒窩。哥哥，一心里愛他一心里愛我，婆婆，一頭兒放水一頭兒放火。」兩闋句讀長短多少俱未勘。

○浣紗記

〔越調〕【綿搭絮】東風無賴又送一春過，好事蹉跎。贏得懨懨春病多，髻兒矬，病在心窩。爲你香消玉減，蹙損雙蛾。難道賣俏行奸，認我做桃花墻外柯。

【前腔】終朝懸念信遠音訛，好事多磨。轉眼光陰一擲梭，定如何，成敗由他。未必言而無信，更起風波。有一日弄假成真，烏鵲填橋催渡河，烏鵲填橋催渡河。

復揀得元詞《村田樂》一套，其形容田家景象，可稱逼真。第惜不知作者爲誰，用韵又極穩妥，必是馬、鄭諸公之筆。節録于後。【滾綉球】闋云：「嘆光陰疾似梭，想人生能幾何？轉回頭百年已過，急回首兩鬢斑皤。光陰轉眼，那日光彈指過。送了些干峥嶸苟貪圖貧呆貨，有兩句古詩兒你自評跋。俺如今相隨故友年年少，你看那郊外新墳歲歲多，一枕南柯。」又【滾綉球】闋云：「則不如種山田一兩坨，栽桑麻數百棵。驅丁奴使牛種播，住幾間無憂愁草苫莊窠。墾土將犁耙拖，趁時將黍豆割。養春蠶葉桑忙剉，看山妻上布織梭。醜三姑緊緊將綿花紡，村大姐慌慌將麻綫搓，一弄兒農家家活。」又【倘秀才】闋云：「閑時節疏林外磁甌瓦鉢，剩摘下些生桃硬果，晚趁斜陽景物多。聽水聲流浪急，觀山色嶺嵯峨，與俺那莊農會合。」又【滾綉球】：「聽張撇古唱會詞，看李村哥打會訛，挺王留訕牙閑嗑，李太公信口開合。趙牛表躧會橇，史牛斤嘲會歌，强沙三舞會兒曲破。俺這裏雖無那玉液金波，瓦盆中濁酒連糟，飯桌兒上生瓜帶梗割，直吃得樂樂酡酡。」【倘秀才】云：「若還是無酒時渾醅再醱，無按時摘幾個生茄兒醬抹，直吃的醉如泥任脚搓。舉頭山隱隱，擱手笑呵呵，倒大來快活。」【塞鴻秋】云：「醉時節笑引兒孫和，醉時節麥場上閑突磨。醉時節轆軸上喬衙坐，醉時節納被蒙頭卧。酒醒覺來時直睡到參星錯，不聽得五更人馬街頭過。」【耍孩兒】云：「收成時黍豆盈倉垛，年終來不缺了半合。耕奴織婢忙篩簸，把柴門緊緊扃合。早晨間豆粥吃三碗，到晚來韲湯做一鍋。暖炕上隨時坐，守着俺山妻稚子，餵養些孳畜驢騾。」【五煞】云：「到春來緑依依柳吐烟，紅潑潑桃噴火。粉蝶兒來往穿花過，黄鶯出谷尋新柳，紫燕歸巢覓就窠。時雨降天公賀，慶春澤齊敲社鼓，賽牛王共擊銅鑼。」【四煞】「到夏來玩野塘十里長，賞紅蓮百步闊。青浦翠蓋紅蓮破，雖無彩舟畫舫游池沼，也有短棹溪艇泛淺波。故友來相賀，繞溪邊活魚旋打，沿村務濁酒頻那。」【三煞】「至秋來碧天雁幾行，黄花開數朵，滿川紅葉胭脂抹。青山隱隱連顛嶺，緑水漪漪渲碧波。新藕連根剉。紫團蟹味欺錦鯉，嫩黄雞肥勝白鵝。」【二煞】「到冬來朔風遍地颳，彤雲密佈合，紛紛雪片錢來大。須臾霄漢飄白蕊，咫尺空中舞玉蛾。冬景堪酬和。茅庵下寒梅雪戰，矮窗前瘦竹鳴珂。」此詞押韵，無一不佳；田居之樂，描寫已盡。定是東籬、實甫之流，惜不知其姓字。

又有二謔詞深有致。一《咏瘧》【叨叨令】云：「熱時節熱的在蒸籠里坐，冷時節冷的去冰凌上卧。顫時節顫的牙關錯，疼時節疼的天靈破。兀的不害殺人也麽哥，兀的不害殺人也麽哥。寒來暑往都經過。」又《暑夜》【寨兒令】云：「二鼓過，戰睡魔，翻來覆去没奈何，狗蚤成羅，壁虱成窩，蚊子似篩鑼，兩隻手如切如磋，兩隻脚如琢如磨。渾身上都咬破，一雙眼幾曾合。哥，難道説安樂值錢多。」

○西湖 元

〔北中吕〕【粉蝶兒】描不上小扇輕羅，恰便似真蓬萊賽他不過。雖然是比不得百二山河，一壁厢嵌平堤連緑野，端的有亭臺百座。自羽化東坡，逋仙詩有誰酬和？

【泣顔回】謾説鳳皇坡，怎比繁華江左。無窮千古，真個是聖迹極多。烟籠霧鎖，繞六橋翠嶂如螺挫。青藹藹山抹揉藍，碧澄澄水泛金波。

【石榴花】俺則見採蓮人和採蓮歌，端的是勝景賽其他。則這遠峰倒影蘸着清波，晴嵐翠鎖，怪石嵯峨。俺則見沙鷗數點湖光破，咿咿啞啞櫓聲吹過。俺則見女嬌羞倚定雕欄坐，恰便似寶鏡對嫦娥。

【泣顔回】緣何樂事賞心多？詩朋酒友吟哦。花醲酒釅，破除萬事無過。嬉游玩賞，對清風明月安然坐。任他春夏秋冬，適興四時皆可。

【鬥鵪鶉】鬧嚷嚷急管繁弦，齊臻臻蘭橈畫舸，嬌滴滴粉黛相連，顫巍巍翠雲萬朵。端的是洗古磨今錦綉窩，你不信是覷波，綠依依楊柳千株，紅馥馥芙蕖萬朵。

【撲燈蛾犯】清風送蕙香，月穿岫雲破。清湛湛水光浮嵐碧，響瑲瑲晚鐘敲破。嗚咽咽猿啼古嶺，見對對鴛鴦戲清波。迢迢似漁舟釣艇，碧澄澄滿船雨笠共烟蓑。

【上小樓】密匝匝那一窩，疏剌剌這幾顆。俺這裏對着晴巒，倚着青山，湛着清波。微雨初收，微烟初散，微風初過。再休題淡妝濃抹。

【撲燈蛾】疊疊層樓，簇簇奇花異果。遠遠綠莎茵，茸茸的芳草陂，忔蹬蹬馬蹄踏破。隱隱似長橋跨坡，細裊裊綠柳金波。迢迢似漁舟釣艇，碧澄澄滿船雨笠共烟蓑。

【餘音】陰晴昏晝皆行樂，古往今來吟咏多，雪月風花事事可。

○夏賞 元

〔黄鐘〕【醉花陰】楊柳横塘淡烟鎖，嬌滴滴芙蕖萬朵。微雨過，晚凉多。蟬咽庭柯，午夢方驚破。重洗盞，泛金波，細細南薰透輕葛。

【喜遷鶯】少年行樂，好光陰暗裹過。量度，想歡會人生幾何？六代遺宫草樹多，眼見的都證果。江山依舊，人物消磨。

【出隊子】與知音幾個，得清閑非小可。折莫你重裀列鼎更如何，積玉堆金待怎麽，則待把利鎖名韁都蹬脱。

【刮地風】有時節放一個小小的蘭舟隨處泊，買娉婷二八秦娥。碧荷筒旋折傾香糯，痛飲狂歌，直喫的雕盤上彩雲零落。羅帕上酒痕湮污，花一攢錦一抹仙人滿座。小壺天風月窩，不受禮法兒拘縛。紫檀槽一曲笙歌好，吹撥喜宫商樂韵和。

【四門子】玉山頹纖手雙扶過，困騰騰眼待合。將象管來拈，把好句來哦，撚吟髭半將衫袖彈。撒一會沁，打一會睃；要認得周郎是我。

【古水仙子】來來來自忖度，罷罷罷恐青鏡流年兩鬢皤。將將將愁布袋丟開，把把把悶葫蘆摔破。呀呀呀落些兒閑快活，休休休走紅塵萬丈風波。喜喜喜縱疏狂醉中天地闊，我我我不干求到底無灾禍，他他他進步是非多。

【尾聲】非是我殢酒淹花性慵惰，怕的是日月飛梭，一任教不知機世人嫉妒我。

○題紅記

〔仙呂〕【點絳唇】鐵馬金戈，問甚堅城百座。蹴着靴尖破，看宮闕嵯峨，消不的三月咸陽火。

【混江龍】則俺這黃金細鎖，爛輝輝片甲水新磨。抵多少青雲華袞，白玉鳴珂。想待漏朝朝趨北闕？似挑燈夜夜夢南柯。恰投將觚槧，撇却吟哦。把銀鞍拂拭，寶劍摩挲，看旗懸太白，聽鼓奏靈鼉。指秦中墳壘，笑垓下悲歌。待兵銷金狄，早棘没銅駝。乍飛旌素滻，已飲馬黃河。喜風高刁斗，謾星耀盤陀。對花明玉帳，更酒滿金螺。引行行紅袖，列隊隊青蛾。怕青春有盡，恐白日無多。但按兜鍪擁着高牙坐。且狂歌休厭，痛飲無何。

「盤陀」，馬上飾也。杜詩：「星躔寶校金盤陀」。

○曇花記

〔南呂〕【懶畫眉】冥冥地府遍經過，晝夜衆生苦折磨，愚帆癡網自張羅。欲將盡置蓮華座，争奈迷情不了何。

【前腔】刀山劍樹與灰河，羅刹阿旁來往多，悲心不忍再經過。凡夫好把無明破，回首天宮只刹那。

【前腔】茫茫苦海萬層波，多爲生前墮愛河，蒙師指我退群魔。假饒不早離繮鎖，難免無常此處過。

○又

〔仙呂〕【醉羅歌】美好美好能爲禍，老醜老醜不招魔。嘆西施綽約似仙娥，傅粉薰香坐。朱顔緑鬢，堆雅擁螺。耶溪笠澤，殘陽逝波。一堆膿血紅羅裹。釵綉蝕，骨嵯峨，吴王泉下可知麽？

【前腔】喑啞喑啞諸侯奪，叱咤叱咤萬夫挫。倚英雄赤手割山河，自取彭城坐。青絲叵匝，黄金叵羅。健兒送酒，虞姬進歌。一朝兵敗烏江左。雄心盡，壯志磨，拔山舉鼎尚能麽？

【前腔】史雲史雲貧無那，季倫季倫金作窩。皇天分得不均何，司命權應錯。山莊水碓，田園占多。香塵步障，王侯怎過？悲來身死家仍破。容瘦損，鬢摩挲，黄金去也再來麽？

○彩毫記

〔仙呂入雙調〕【柳摇金】春山紫邐，清湖緑波，野鶩點汀莎。問路逢津卒，隨風送棹歌。何意入利名繮鎖，惆悵别烟蘿。望長安日下，浮雲奈何。（合）禁門金闕，清漏銀河。金闕銀河，新拜鈎陳御座。

【前腔】君才王佐，文成綺羅，豈肯老岩阿。補袞陳言入，抽筆應制多。好去侍龍池畫舸，輦路鳳皇坡。葉卿雲有爛，虞庭載歌。（合前）

○賺蒯通

〔越調〕【鬥鵪鶉】每日點火般調和，使孟婆説合。擬着罏姑姑爲媒，待教狠媽媽嫁我。休笑我面色腌臢，形容兒猥瑣。木鞋子踏做粉泥，鐵單褲倒做黑褐。我將這瓦腿繃牢拴，磁頭巾再裹。

【紫花兒序】穿上這沙魚皮襖子，繫着這白象牙絛兒，提着這總甸子包合。俺丈人是土地，姑夫是閻羅，姐姐是月裏嫦娥。俺爺是顯道神，俺娘是個木伴哥。這廝推我一個敦坐，告與我那元始天尊，更和那熾盛光佛。

【小桃紅】哎，你這些小兒每街上鬧鑊鐸，則顧得碾得娘没一個。趕着我後巷前街打趄磨，我也不是善婆婆。我將懷中乾餅頻頻摸，我與那相識每會合。賓朋每同坐，都是些羊兄弟狗哥哥。

【金蕉葉】元帥你好似披麻救火，蒯徹也不學那般人隨風倒舵。事急也辭身湧脱，今日個慌蹬斷名繮利鎖。

【鬼三台】夜深也咱獨坐，誰想道人瞧破。呀，早將我這佯狂敗脱。便死也待如何，我有甚捨不的蘭堂畫閣？一任他利名相定奪。我死呵一任入鼎鍋，你你你，休則管掀揚也波搬唆。

【調笑令】他他他做事兒太過，誰免的没風波？呀，常言道點點滴滴不移蹉。想着梁大王破楚功勞大，更和那九江王十分的驍果。也全虧殺俺韓元帥智量多，端的是那一個替你掃蕩干戈。

【禿廝兒】我爲甚呆鄧鄧把衣裳袒裸，亂蓬蓬把鬢髮婆娑。白日裏叫吖吖信口自嘲歌。到晚來向羊圈裏，且存活，消磨。

【聖藥王】你待胡扯撮，强領掇，是俺蒯文通故意作風魔。須不是我忒口多，忒意多，也只爲誰人立起這山河？做一枕夢南柯。

【收尾】想着他開疆展土將君王佐，這的是收園結果。當日個未央宮枉圖了他，今日個漢蕭何又覷着我。

《賺蒯通》，明淮陰侯不反也，大旨甚佳。查丹丘先生「古今無名氏雜劇」一百一十本，而此在其中。然語多剽擬，詞欠宏肆。愚以爲决非元人手筆也。

南北詞廣韻選　卷十三

家　麻

○西廂記・乘夜逾墻

〔雙調〕【新水令】晚風寒峭逗窗紗，控金鈎綉簾不掛。門闌凝暮靄，樓角斂殘霞。恰對菱花，樓上晚妝罷。

【駐馬聽】不近喧嘩，嫩緑池塘藏睡鴨；自然幽雅，淡黄楊柳帶棲鴉。金蓮蹴損牡丹芽，玉簪抓住荼蘼架。夜凉苔徑滑，露珠兒濕透凌波襪。

【喬牌兒】自從日初時想月華，捱一刻似一夏。柳梢斜日遲遲下，好教賢聖打。

【攪箏琶】打扮的身子兒乍，準備着雲雨會巫峽。只爲這燕侶鶯儔，鎖不住心猿意馬。那生兩三來日水米不粘牙。因姐姐閉月羞花，真假這其間性兒難按納，一地裏胡拿。

【沉醉東風】我則道槐影風摇暮鴉，元來是玉人帽側烏紗。一個潛身曲檻邊，一個背立湖山下。那裏叙寒温，并不曾打話。便做道摟得慌呵，你也索覷咱，多管是餓得你個窮神眼花。

【喬牌兒】你看那淡雲籠月華，似紅紙護銀蠟；柳絲花朵垂楊下，緑莎茵鋪着綉榻。

【甜水令】良夜迢迢，閑庭寂静，花枝低亞。他是女孩兒家，你索將性兒温存，話兒摩弄，意兒浹洽。休猜做敗柳殘花。

【折桂令】他是個嬌滴滴美玉無瑕，粉臉生春，雲鬢堆鴉。恁般的受怕擔驚，又不圖甚浪酒閑茶。則那夾被兒時當奮發，指頭兒告了消乏。打疊起嗟呀，畢罷了牽掛，收拾了憂愁，準備着撑達。

【錦上花】爲甚媒人，心無驚怕？赤緊的夫妻，意不争差。我這裏躡足潛踪，悄地聽咱。一個羞慚，一個怒發。張生無一言，呀，鶯鶯變了卦。一個悄悄冥冥，一個絮絮苔苔。却早禁住隋何，迸住陸賈，叉手躬身，裝聾做啞。

【清江引】没人處則會閑磕牙，就裏空奸詐。怎想湖山邊，不記西廂下。香美娘分破花木瓜。

【雁兒落】不是俺一家兒喬坐衙，説幾句衷腸話。則道你文學海樣深，誰知你色膽天來大。

【得勝令】誰着你黄夜入人家？非奸做賊拿。你是折桂客，做了偷花漢；不想去跳龍門，學騙馬。謝小姐賢達，看我面推情罷。若到官司詳察，準備着精皮膚喫頓打。

【離亭宴帶歇拍煞】再休題春宵一刻千金價，準備着寒窗更守十年寡。猜詩謎的社家。㑳拍了迎風户半開，山障了隔墻花影動，緑慘了待月西廂下。你將何郎膩粉搽，他自把張敞眉兒畫。强風情措大，晴乾了尤雲殢雨心，悔過了竊玉偷香膽，删抹了倚翠偎紅話。淫詞兒早則休，簡帖兒從今罷。尚兀自參不透風流調法。從今後悔罪卓文君，你與我學去波漢司馬。

此折妙在安放。首三闋以綴景婉麗爲工。【駐馬聽】闋，尤爲佳勝。其前四句，與賀方回詞不妨并傳。而「不近喧嘩」與「自然幽雅」八字，尤爲賀詞襯起，妙不可言。至於一闋中，曰楊柳，曰牡丹，曰荼蘼，曰苔徑，使他人爲之，不勝堆垛矣，此老不覺，是化工也，非畫筆也。【沉醉東風】闋，可謂景中人、人中景；「摟得慌」三句，情趣盎溢。【喬牌兒】「紅紙」、「緑莎茵」，兩喻俱工；「性兒温存」四句，幫襯語，入個中三昧矣。【錦上花】一闋，嬉笑怒罵，盡是文章乎？【清江引】「香美娘」是排兒名。「花木瓜」，木瓜之花者，看得吃不得也；即如諺所謂描金石炮，好看而無所用。【雁兒落】闋，一面責備，一面出脱；「文學海洋深」五字，暗暗聳動鶯鶯。總之，爲生解圍。余戲謂極善説分上者也。「騙馬」，或謂北人以哄婦人爲騙馬，未知是否？「精皮膚」句，妙謔。文勢至此，情詞兩竭矣。而【離亭煞】「再休題」三句，陡健突起，真有萬鈞力。且句句就生語番出：「猜詩謎」句，是呼生之詞；因生以杜家自命，故亦以杜家謔之。㑳拍下一連十四句，一句緊一句，氣味沉雄，絶類魏武樂府。

○拜月亭

〔仙吕〕【醉羅歌】【醉扶歸】那日那日離都下，流落流落在天涯。畫影圖形遍挨查，到處都張掛。【皂羅袍】草爲茵褥，橋爲住家。山花當飯，溪流當茶。那些個一刻千金價。【排歌】兵戈擾，道路賒，幾番回首望京華。

○荆釵記

〔中吕〕【榴花泣】【石榴花】覷着你花容月貌勝嬌娃，忍將身命掩黄沙。幸逢公相救伊家，似撥雲見日，枯樹再開花。【泣顔回】貞潔可誇，恁捐生就死令人訝。你萱堂怎不詳察，却不道有傷風化。

【漁家燈】若提起舊日根芽，不由人兩泪如麻。恨只恨一紙讒書，搬鬥得母親叱咤。他見差，逼勒汝身重嫁。那些個一鞍一馬，這書札今日遣發，管成就鸞孤鳳寡。

【前腔】今日裏相别離舍，明日到海角天涯。一心待傳遞佳音，不憚著途路波查。你見他且只説三分話，猶恐怕别娶渾家。把閑話一筆勾罷，回來後知真辨假。

此折前尚有「守官入水」一闋，俱措大爛書袋中語，剪去之。

沈先生曰：「此調後三句與【剔銀燈】同，但前六句又不似【漁家傲】，不知何也。」

○又

〔南仙吕〕【八聲甘州】春深離故家，嘆衰年倦體，奔走天涯。一鞭行色，遥指剩水殘霞。墻頭嫩柳籬畔花，見古樹枯藤棲暮鴉。嗟呀，遍長途觸目桑麻。

【前腔】呀呀，幽禽聚遠沙，對平疇禾黍宛似蒹葭。江上如畫，無限野草閑花。旗亭小橋景最佳，見竹鎖溪邊三兩家。漁槎，弄新腔一笛堪誇。

【解三酲】爲當初被人謊詐，把家書暗地套寫，致吾兒一命喪在黄泉下。受多少苦波查，今日幸得佳婿來迎他，又還愁逆旅淹留人事賒。（合）空嗟呀，自恨命薄難苦怨他。（眉批：「套」字，平聲乃叶。）

【前腔】步徐徐水邊林下，路迢迢野田禾稼，景蕭蕭疏林暮靄斜陽掛。聞鼓吹，鬧鳴蛙，一經古道西風鞭瘦馬。謾回首，盼想家山泪似麻。（合前）

○玉簫兩世姻緣　第三出　元喬夢符作

〔北越調〕【鬥鵪鶉】翡翠窗紗，鴛鴦碧瓦，孔雀銀屏，芙蓉綉榻。幕捲輕綃，香焚睡鴨。燈上上，簾下下，這的是南省尚書，東床駙馬。

【紫花兒序】帳前軍朱衣畫戟，門下士錦帶吳鉤，座上客綉帽宮花。按教坊歌舞，依内苑奢華。板撒紅牙，一派簫韶準備下。立兩行美人如畫，粉面銀筝，玉手琵琶。

【金蕉葉】銀燭明燒絳蠟，纖手高擎玉斝。我見他舉止處堂堂俊雅，我去那燈兒下孜孜的覷咱。

【調笑令】這生那裏也曾見他，莫不是我眼睛花？手抵着牙兒試想咱，不由人心兒裏常牽掛。莫不是五百年歡喜冤家？何處垂楊曾繫馬，只疑是夢兒中雲雨巫峽。

【小桃紅】玉簫吹徹碧桃花，一刻千金價。背影裏斜將眼稍抹，唬的我臉烘霞。酒杯嫌殺春風凹，玉簫年方二八，未嘗招嫁。俺主人培養出牡丹芽。

【鬼三台】他説幾句凄凉話，我泪不做行兒下。兜的唤回這心猿意馬。我是朵嬌滴滴洛陽花。呀，險些露出風流話欛。這言詞道要不是要，這公事道假不是假。他那裏拔樹尋根，我這裏指鹿道馬。

【禿廝兒】我勸他似水裏納瓜，你看覷咱似鏡裏觀花。便做道書生自來情性傻，怎生調戲他好人家的嬌娃。

【聖藥王】怎按納，難救荅，公孫弘東閣鬧喧嘩。散了玳瑁筵，漾了鸚鵡斝。踢翻銀燭絳籠紗，怒扯三尺劍離匣。

【麻郎兒】他領着金戈鐵甲，簇擁着鼓吹鳴笳。他雖是違條犯法，咱無甚勢劍銅鍘。

【么】怎麼性大便殺他？有罪呵御街前吃幾金瓜。他如今百十萬軍權柄把，建奇功收伏了西夏。

【絡絲娘】不争你舞劍的田文意差，怪的那絶纓會將軍怒髮。那裏娶息婦郎君廝暗詭？也合倩個官媒打話。

【東原樂】俺家裏酒色春無價，休胡説生香玉有瑕。他丈人是萬萬歲君王當今駕，這的是玉葉金枝宰相衙。你這般廝踏踏，惡狠狠在碧油幢下。（眉批：【東原樂】止該「碧油幢下」止。）論文呵有周公禮法，論武呵代天子征伐。不學雲間翔鳳，好便似井底鳴蛙。你這般摇旗吶喊，簸土揚沙。趄趄磨磨，叫叫喳喳。耀武揚威待怎麼，將北海尊罍做了花木瓜。賣弄你那搊吒，若是指一指該萬剮。（眉批：此必是另一闋，當再考。）

【尾】從來秀才每色膽天來大，險把個小膽兒文君諕殺。且息怒忒火性卓文孫，早噤聲强風情漢司馬。

○柳仙記

〔越調〕【祝英臺】採先春，煎活火，清苦是生涯。迷品獨高，興味争奇，名稱桂實天葩。非詩，須知瀹洗花甆，不比淋漓杯斝。（合）管飲此，煩悶一時消化。
【前腔】堪詫，小龍團尖雀舌，擇取雨前芽。滿面雪花，成餅雲腴，絶勝酒泛流霞。無加，不但滋味清香，更得東君幽雅。（合前）

○紅蕖記

〔正宮〕【錦纏道】問生涯，做鹽商在江湖泛槎。漂泊水爲家，又何曾傷人害物，有甚違法，怎堤防行船走馬。到此際好難禁架，只得忍波查。階前拜懇，禮慈釋放咱。日照泉臺上，似春回枯樹再開花。
【前腔】正含葩，鬭雙鬟初堆鬢鴉。羞臉欲生霞，向神前銜哀苦告，願與詳察。死生關非同當耍，念父母未完婚嫁。倘薄命有折罰，願將奴抵罪，從教釋放他。幸對高臺鏡，似秋來缺月又垂華。
【前腔】住長沙，尉湘潭今辭縣衙。客路遇嬌娃，霎時間珠沉玉碎，淚湧如麻。笑癡心求神打瓦，尚指望麗魂不化，永夜酹江窪。詞成楚些，哀情猶未達。多少青衫意，似江州司馬聽琵琶。
【前腔】漫爭嘩，爲紅綃鉗咱齒牙。這巴臂被人拿，自不合迷留没亂，引惹萌芽。可憐奴情

常記守宫砂。真罪假，做下了熱心閑話。今世已决撒，願神明做主，把來生緣分洽。臂上情絲在，似秦人

○李太白匹配金錢記 元喬夢符作

〔仙吕〕【點絳唇】則我這琴劍生涯，幾年窗下，學班馬。吾豈匏瓜，指望一舉登科甲。

【混江龍】博得個名揚天下，宴瓊林、飲御酒、插宫花。有一相珷玞石待價，斗筲器矜誇。見如今洞庭湖撑番了范蠡船，東陵門鋤荒了邵平瓜。想當日楚屈原假惺惺醉倒步兵廚，晉謝安黑嘍嘍盹睡在葫蘆架。似這等秀才，怎消得軒車駟馬，大纛高牙。

【油葫蘆】我則見翠擁紅遮錦綉楇，六宫人忙并殺。誰不知開元館里好奢華，比及那翠盤香冷霓裳罷，可又早紅牙聲歇在梧桐下。投至到華清宫初出池，花蕚樓扶上馬，則他是殢風流天寶君王駕，簇擁着嬌滴滴海棠花。

【天下樂】可又早鳳舞龍飛也那出翠華，則這諠也波嘩，端的是景物佳。更和那蕩春風禁城百萬家。似神仙下碧霄，聽簫韶隔彩霞，人道那蓬萊山則是假。

【寄生草】恰便似生香玉，解語花。則見他整雲鬟掩映在荼蘼架，蕩湘裙見凌波襪，露春纖笑撚香羅帕。那姐姐怕不龎兒俊俏可人憎，知他眉兒淡了交誰畫？

【金盞兒】這嬌娃，是誰家？尋褒談覓破綻敢則無纖掐。似軸美人圖畫，畫出來怎如他？恰便似嫦娥離月殿，神女出巫峽。韓飛卿，雖不能朝雲拼莫雨，也强似流水泛桃花。

【後庭花】看他指纖長鋪玉甲，鬐嵯峨堆紺髮。可便似舞困三眠柳，端的是春風恰破瓜。我見他簇雙鴉，將柳梢兒斜抹，美孜孜可喜煞，不由人心兒裏顧戀他。

【青哥兒】端的是堪描，堪描堪畫也不弱美玉，美玉無瑕。可喜娘的龐兒忚逗煞，見了美貌冤家。則要步步行踏，連坐同榻，語笑諠嘩。我情願受些波查，但能勾成就了風風流流、歡歡喜喜、標標致致女嬌娃，便死也甘心罷！

【金盞兒】紫燕兒畫檐外漫嘈囃，黄鶯兒柳梢上休呱哳。蜜蜂兒只恁的你可也無閑暇，蝴蝶兒少罪我把你厮央咱。黄鶯兒你尋友處迷了伴侶，紫燕兒怕你銜泥處老了生涯。蝴蝶兒怕你怯春寒花内宿，蜜蜂兒則又怕遲了你日暮樹邊衙。

【醉中天】他送春情便把金釵畝，傳芳信疑把綉鞋踏。這搭兒恰便似阻隔着巫山天一涯，則見他猛探身在車兒下。則怕人瞧見做風流話欛。我這裏拾收手帕，這姐姐須不是尋常百姓家。

【尾聲】這信物斷送了客多愁，這信物欲買春無價。這的是有巴程的姻緣天賜下，折末你有勢劍同鍘，哥恁韓飛卿也不怕。你道是暮殘霞淡烟籠瀲鵝汀沙，落日平林噪晚鴉。小姐你不合把金錢兒漾下，將我那五百載姻緣牽掛，我只要尋見那多情多緒俏冤家。

此折前數闋極佳，後亦不免强弩之末。

《秋夜梧桐雨》第二折「幸蜀」前三闋最佳，附録于此。【新水令】云：「五方旗招颭日邊霞，冷清清半張鑾駕。鞭倦裊，鐙慵踏，回首京華，一步步放不下。」【駐馬聽】云：「隱隱天涯，剩水殘山五六搭。蕭蕭林下，壞垣破屋兩三家。秦川遠樹霧昏花，灞橋衰柳風瀟灑。煞不如碧窗紗，晨光閃爍鴛鴦瓦。」【沉醉東風】云：「父老每忠言聽納，教小儲君專任征伐。你也合分取些社稷憂，怎好任別人把江山霸？將這顆傳國寶你行留下，剿除了賊徒救了國家，更避甚稱孤道寡。」

《詩酒揚州夢》第三折佳句云：「平壓盡越女吴娃。從頭髻至鞋襪，覓包彈無半掐。」又句云：「受用些成頓段暮雲朝雨，拜辭了有拘束玉堂金馬，快活煞無程期秋月春花。」又句云：「錦機織就傳情帕，翠沼栽成并蒂花。」又句云：「行一步百樣嬌，笑一聲萬種妖，歌一曲千金價。」

《倩女幽魂》第二折内佳闋【斗鵪鶉】云：「人去陽臺，雲歸楚峽。不争他江上停舟，幾時得門庭過馬？悄悄冥冥，瀟瀟灑灑。我這裏踏岸沙，步月華。覷着這萬水千山，都只在一時半霎。」又句云：「想倩女心間離恨，趕王生柳外蘭舟，似盼張騫天上浮槎。」

《竹塢聽琴》第二折内佳闋【上小樓】云：「枉將那計謀用煞，抓不盡棋中奸詐。總不過是蝸角虚名，蠅頭微利，蟻陣蜂衙。放着一片打劫的心，則與人争高論下，直待揭局兒死時才罷。」

《灌夫罵座》，不知誰作，决非元詞，亦得一【那吒令】闋云：「想當日放衙，坐諸生絳紗。三千人一答，比孟嘗君不差。到如今掃榻，没人來吃茶。果然是世情兒争冷暖，人面也著高下，盡别抱琵琶。」又句云：「若要上林里求棲樹，到不如杜陵東學種瓜。俺自到城邊較射扶桑掛，俺自向爐邊縱飲蘭陵酢，俺自去枕邊穩放槐南假。」

○玉玦記

〔中呂〕【石榴花】尤雲殢雨，堪笑似飛霞。愁緒起，亂如麻。門庭誶語鎮喧嘩，料今生難倚蒹葭。我是梁園豔葩，恨彩幡無力與東風嫁。也空教碧玉多情，恐明朝又屬豪家。

【前腔】嬌紅嫣紫，貪看洛陽花。膠與漆，似摶沙。毫釐千里定誰差，也空勞夢繞琵琶。豪腴可誇，想燎毛已被傍人詫。悔當初錯認仙源，使劉郎歸去無家。

【泣顏回】填臆氣交加，子陽真井底之蛙。金屏幽雅，怎終教彩鳳隨鴉？休如艾豭，便糊塗不肯相干罷。也須知王謝堂前燕，應歸百姓人家。

【前腔】嗟呀，使我失光華。身依井閈，迹類天涯。人消物化，悵黃臺抱蔓無瓜。鞭策可加，論傭奴怎敢辭嗔罵？想何如季布雖歸也，髡鉗自賣朱家。

此四闋深爲時所賞可。然細玩之，得四「家」字押脚勝耳，餘多可議。如三闋「填臆」句，何其醜粗。「子陽」亦擬非其倫。「艾豭」出左氏，以之比鴇子則可，其可比晳喜乎？至於第四闋「黃臺」句，尤其可笑。李鄴侯諫廢太子誦黃臺瓜詩云：「一摘瓜尚好，再摘令瓜稀；三摘猶自可，四摘抱蔓歸。」未聞晳喜有子爲李媪所戕，而云「抱蔓無歸」，何紕繆之甚也。大率虛舟病坐好填塞故事，其駴俗眼以此，其壞詞體亦以此。

○春夜歸思 元無名氏

〔南北北中吕〕【粉蝶兒】三弄梅花，戍樓中角聲吹罷。月輪兒斜映窗紗。托香腮，湮泪眼，一簪燈下。輾轉嗟呀，耳邊言都做了一場閑話。

【南泣顏回】薄倖忒情雜，不比尋常戲耍。出門容易，而今海角天涯。歸期歲晚，轉頭來過了春和夏。去時節霜老芙蓉，却又早水冷蒹葭。

【北石榴花】我只向緑窗前斷送下好年華，許多時脂粉不曾搽。九回腸翻倒的越窄狹，幾乎害鬼病增加。一會家告蒼穹問個龜兒卦，不明白甲乙交叉。猛然間撚起香羅帕，肯分的一朵并頭花。

【南泣顏回】奸猾，心性忒難拿。瞞人利齒伶牙，悠揚不定，猶如風裏楊花。千思萬想，恁從來色膽天來大。恐習學竊玉偷香，唐突了相府高衙。

【北門鵪鶉】惡離别動歲經年，又不比些時暫霎。恨壓損眉黛雙彎，瘦減盡腰肢一搦。我這裏暮暮朝朝想念他，他何曾記掛咱。不能勾碧漢乘鸞，只落的垂楊繫馬。

【南撲燈蛾】恩情如搦沙，清苦似嚼蠟。知他在那裏偎笑臉，虚擔着許多驚怕。也不須尋消問息，到頭來終有個還家。風流罪招由細押，一樁樁一件件細詳察。

【北上小樓】我自來無玷瑕，他從來知禮法。平白地受盡淒凉，擔些叱咤，遭些折罰。眼見得漏澀銅龍，聲喧鐵馬，香消金鴨。我這裏最難熬暮冬殘蠟。

【南撲燈蛾】風兒颼颼亂颭，雪兒紛紛密灑。淒淒的鳳枕單，沉沉的鴛帳冷，薄薄的綉衾寒壓。灼灼的銀缸爆花，嗚嗚的城上吹笳。鼕鼕的殘更正打，呀呀的曉天啼散樹頭鴉。

【尾】文君再把香車駕，只恐琴心調弄差，反與相如做話靶。

又《題小脚》【一枝花】闋，亦不知作者爲誰，云：「香纏疊雪紗，錦襯凌波襪。底裁楊柳葉，尖蹙牡丹芽。行過堤沙，印下對相思卦。窄弓弓可喜殺，鳳頭兒不勾輕拿，虎口里剛剛半扎。」又佳句云：「偏宜向紫霄宮里把青鸞跨，花萼樓前將寶蹬踏，畫板鞦韆把彩繩兒壓。」又《咏鞦韆》佳句云：「翠帶舞低風外柳，絳裙驚落雨前霞。」又句云：「玉纖高舉彩繩輕製，畫板雙蹬。」

又，濟南劉天民函山，以副使罷官，一小令甚佳，不記何調，云：「這功名要怎麼？生被他迤逗煞。從來無有半點兒差，平白里結下個大疙瘩。天和地是個傻瓜，鬼和神是個啞吧。張果老跌下驢，孫伯陽落下馬。」

〇玉合記

〔中呂〕【駐雲飛】玉樹瓊葩，帝苑春來第一家。朱果壘壘亞，荷葉些些大。嗏，何物叫喳喳，把青梅閑打。縱有烏鵲填橋，織女還空踏，誰是牛郎誰是他？

【駐馬聽】下直金華，紫馬春殘踏落花。只見星移閣道，月轉勾欄，日動囪紗。流波入鬢向人誇，遠山眉黛邀郎畫。試約裙釵，背人深處妝初罷。

【前腔】景湛清華，問訊風吹到楝花。可是南薰漸引，嫩紫輕淹，慢緑交加。低穿花洞翠翹差。半褰蘿薜絺衣掛，晝永無嘩，困人天氣鶯啼罷。

○又

〔羽調〕【勝如花】清和近，紫塞遥，一路烟花飄灑。道參軍妙算前籌，管成功先聲震瓦。贈玉劍蓮花樁靶。（合）理愁悰紛然似麻，問來期還當及瓜。白草黄沙，指長安日下。盼不到片心無那，好翩翩結束辭家，好翩翩結束辭家。

【前腔】連枝樹，并蒂花，襯着風流俊雅。是誰家蕩子從軍，虚撇下嫦娥守寡。贈泪點傳情羅帕。（合前）

○又

〔中吕〕【榴花泣】陽關一曲，幽恨寫琵琶。和泪雨注流霞，魂隨芳草繞天涯。似東西溝水争差，纏聯歲華，怕游絲到處將春罥掛閃孤眠帳額芙蓉，可重逢人面桃花。

【前腔】關山一曲，萬里輕艖。看折柳聽吹笳，離腸棖觸斷無些。怎支吾一捻香娃，紅顔自嗟，怕行雲早趁東風化。倘相逢肯咏蘼蕪，或歸來好覓菱花。（眉批：山谷詩云：莫若嚻號驚四鄰，推床破面棖觸人。）

【尾聲】臨邛駟馬高車駕，看諭蜀争傳司馬，拚白首文君不怨他。

此折尚有【急板令】諸曲，借車遮韵太多，特剪去。此亦有一二借韵，悉爲改正。「棖觸」二字欠明。棖音橙，恐非當。必是「振觸」，見《涅槃經》，音撐。

○灌園記

〔商調〕【金索掛梧桐】爹行有甚差，家法難寬假。我徑路無媒須被傍人吒，只因痛惜他。困泥沙，一旦輕身如落花。得成比目何辭死，也只是女子生而願有家。（合）將迎迓，喜孜孜同上七香車。從今後打疊嗟呀，從今後打疊嗟呀，管諧老無牽掛。

【前腔】娘行有甚差，擇配須撑達。如今夫貴妻榮落得成嘉話，誰知挈帶咱。受榮華，似拔宅飛昇凌紫霞。當初擔驚受怕茅檐下，今日佩玉鳴鑾上將家。（合前）

【前腔】爹行埋怨咱，不道女大還須嫁。我待送你到臨淄争奈爹叱咤，憑他道玉有瑕。我自堪誇，補缺回天似女媧。千金作聘無雙價，萬乘于歸第一家。（合前）

○閨憶

〔正宮〕【刷子序犯】雲雨阻巫峽，傷情斷腸，人在天涯。奈錦字無憑，虛度荏苒韶華。嗟呀，春晝永朱扉低亞，東風静湘簾閑掛。黛眉懶畫，鞾宮鴉，鬢邊斜插小桃花。

【山漁燈犯】燕將雛，逢初夏，夢轉華胥，風弄檐馬。閑扃了刺綉窗紗。香銷寶鴨，那人在何處貪歡耍。空辜負沉李浮瓜。寂寞，厭池塘鬧蛙。庭院日長誰憐我，枕簟上夜凉不見了他。多嬌姹，愛風流俊雅。倚闌干，猛思容貌勝荷花。

【普天樂犯】景凄凉，人瀟灑，何日把青鸞跨。怨薄情空寄鸞箋，相思句盡續琵琶。彈粉泪濕香羅帕，暗數歸期在夕陽下。動離情征雁呀呀，無奈心事轉加。對西風，病容消瘦似黄花。

【朱奴兒犯】漸迤邐寒侵綉榻，早頃刻雪迷了鴛瓦。自恨今生分緣寡，紅爐畔共誰閑話？話啼罷，托香腮悶加。膽瓶中，懶添雪水浸梅花。

首闋【刷子序】，一名【汲煞尾】；次闋舊作【虞美人】，又作【漁家傲】，俱非。末闋「話啼」出元詞，話音添。四末句俱犯【玉芙蓉】，唯首闋「黛眉」四字，亦當作【玉芙蓉】唱，板當點在「懶」字頭及「畫」字底；今俗師俱點在「黛」字、「畫」字頭，俱非。

○春蕪記

〔中呂〕【泣顔回】金屋遍奢華，列瓊筵滿引流霞。博山龍麝，把銀缸遍插名花。非是我驕矜自誇，喜今宵一刻千金價。倘仙姬肯度塵凡，又何須更覓胡麻。

【前腔】堪誇，似錦上更添花，須知彩鳳怎肯隨鴉。笑狂生低下，也空勞受盡波查。閑庭月華，想金蓮款款凌波駕。聽高樓玉漏沉沉，啓重門望眼巴巴。

《春蕪記》，不知誰作，筆亦頗清，但無不出韵者，此二闋亦爲改二韵。

○題紅記

〔南吕〕【綉帶兒】漫説道青春裘馬，向長安特地採花。爲相思新别溪頭，更來尋舊約天涯。嗟呀，想聯床風雨他年話，又幾夜朦朧燭下。若終教附得蒹葭，也不負相期一時聲價。

【前腔】歡洽，自那日分飛洛下，長恨地遠春遐。這些時信阻飛鴻，幾教人望斷殘花。喜君家今朝草堂來枉駕，且謾下陳蕃懸榻。待新來聯踏紅霞，看龍劍平津一雙同化。

○漢宮秋　元馬致遠作

〔仙吕〕【點絳唇】車碾殘花，玉人月下，吹簫罷。是一個未遇宫娃，幾度添白髮。

【混江龍】料必他珠簾不掛，望昭陽一步一天涯。疑了些無風竹影，恨了些有月窗紗。他每見絃管聲中巡玉輦，恰便似斗牛星畔盼浮槎。是誰人更闌倚檻彈出琵琶？莫待要忙傳聖旨報與他家。我則怕乍蒙恩把不定心兒怕，驚起宫槐宿鳥庭樹棲鴉。

【油葫蘆】恕無罪，吾當親問咱。這裏屬那位下？休怪我不曾來往乍行踏。我特來填還你泪揾濕鮫綃帕，温和你露冷透凌波襪。天生下這豔姿，合是我寵幸他。今宵畫燭銀臺下，剥碌碌管喜信爆燈花。

【天下樂】這燭也弄精神射絳紗。卿家，你覷咱，則他那瘦巖巖影兒可喜殺。迎頭兒稱妾身，萬口兒呼陛下，必不是尋常百姓家。

【醉中天】將兩葉賽宫樣眉兒畫，把一個宜梳裹臉兒搽；額角香鈿貼翠花，一笑有傾城價。若是吴夫差姑蘇臺上見他，那西施半籌也不納，更敢早十年敗國亡家。

【金盞兒】看他眉掃黛，鬢堆鴉，腰弄柳，臉舒霞。那昭陽到處難安插，誰問你一犁兩壩做生涯。也是你君恩留枕簟，天教雨露潤桑麻。既不沙俺江山千萬里，直尋到茅舍兩三家。

【醉扶歸】我則問那待詔別無話，却怎麼這顏色不加搽？點得這一寸秋波玉有瑕。端的卿眇目，他雙瞎？便宜的八百姻嬌比并他，也未必强如恁娘娘帶破綻丹青畫。

【金盞兒】恁便晨挑菜，夜看瓜，春種穀，夏澆麻。情取棘針門粉壁上除了差法，你向正陽門裏嫁的不村沙。俺官職頗高如村社長，這宅院剛大似縣官衙。謝天地可憐窮女婿，再誰敢欺負俺丈人家。

【賺煞】且盡此宵情，休問明朝話。到明日，多管是醉卧在昭陽御榻。休煩惱，吾當且是耍，鬥卿來便當真假。恰纔慣輦路兒熟滑，怎下的真個長門再不踏？明夜裏西宫閣下，你是必俏聲兒接駕，我則怕六宫人攀例撥琵琶。

後【金盞兒】曲不成語，氣脈亦覺散慢。

○誤入天臺 明王子一撰

〔仙吕〕【點絳唇】嘯傲烟霞，寸心不把名牽掛。暗裏年華，青鏡添白髮。

【混江龍】山間林下，伴藥爐經卷老生涯。眼不見車塵馬足，夢不到蟻陣蜂衙。閑來時静掃白雲尋瑞草，悶來時自鋤明月種梅花。不慣去上書北闕，待漏東華。棘闈射策，薇省宣麻；捐軀爲國，僇力忘家。怕斬身鋼劍，碎腦金瓜。羡歸湖范蠡，嘆酒欒巴。嘆鶤鵬掩翅，狼虎磨牙。慌慌秦宫鹿走，凄凄漢苑啼鴉。嗚呼越邦勾踐，哀哉吴國夫差，自吊屈原湘水，每懷賈誼長沙。延殘喘車服不御，養終年斧鉞無加。盼庭柯乃瞻衡宇，狎麋鹿而友魚蝦。携閑客登山採藥，呼村童汲水烹茶。驚戰討駭征伐，逃塵冗避紛華，棄富貴就貧乏。學聖賢洗滌了是非心，共漁樵講論會興亡話。羨殺那知禍福失馬，堪笑他問公私晉惠聞蛙。

【油葫蘆】一上天臺石徑滑，踐翠霞則見這竹籬茅舍兩三家，聽得那夕陽杜宇啼聲煞。這時節春風桃李花開罷，我雖不伴長沮事耦耜，學鳩夷理釣槎。常則是杖頭三百青錢掛，抵多少坐三日縣官衙。

【天下樂】也算個閑趁東風數落花，榮華，誰戀他。敢則是瓦盆邊幾場沉醉殺。快清風袍袖寬，捲紅塵路徑狹，便休題相逢不下馬。

【那吒令】朝廷内怨煞，薦賢的叔牙。林泉下傲煞，操琴的伯牙。磻谿上老煞，釣魚的子牙。人情似啖馬肝，世事如嚼蜂蠟，嘆紛紛塵事摶沙。

【鵲踏枝】遠奢華，近清佳。火鍊丹砂，水煮黄芽。牢拴住心猿意馬，急鬆開利鎖名枷。

【寄生草】我情願棄軒冕離人世，傍泉石度歲華。一任他英雄并起圖王霸，烟塵并起興戈甲，異端并起傷風化。我和你韜光晦迹老山中，那裏想齊家治國平天下。

【么】去去山無盡，行行路轉差。則見白雲漸漸迷高下，不由咱寸心悄悄兢驚怕。見一個村翁遠遠來迎迓，我這裏爲迷山路問樵夫，抵多少因過竹院逢僧話。

【醉中天】信脚山之下，洗耳水之涯。正失路迷踪没亂煞，抵多少買得龜兒卦。我是個不求仕東莊措大，休覷做半籌不掛，繫不食吾豈匏瓜。

【金盞兒】你問我甚根芽，甚生涯。我那裏看家猿鶴年高大，當門松檜樹槎枒。常則是道書堆玉案，仙帔疊青霞。我是山中閑宰相，林下野人家。

【後庭花】并不想有軒車有駟馬，我則願無根椽無片瓦。出來的一品職千鍾禄，那裏有六韜書三略法。他都是井中蛙，妄稱尊大。比周公不握髮，比陳蕃不下榻。空結實花木瓜，費琢磨水晶塔。斗筲器不久乏，糞土墻容易塌。兒童見驚訝煞，識者論不足誇。

【青歌兒】空一帶江山江山如畫，止不過飯囊飯囊衣架。塞滿長安亂似麻，每日價出入公衙。省院行踏，大纛高牙，宰相頭答。人物不撐達，服色倒奢華。心行更奸猾，舉止少謙洽。紛紛擾擾由他，多多少少欺咱。言言語語參雜，是是非非交加。因此上不事王侯不求聞達，隱姓埋名做莊家學耕稼。

【賺煞】投至得山裏採芝回，早難道江上踏青罷。眼見得這路迢遥芒鞋邋遢，抵多少古道西風鞭瘦馬，嘆明朝回首天涯。謾嗟呀，那裏也出入通達，不覺的枯木寒烟噪晚鴉。望青山那搭，紅輪直下，兀那白雲深處有人家。

○昊天塔　楊景元

〔中吕〕【粉蝶兒】這些時無處征伐，我去那界河邊恰纔巡邏罷，我待要一個個活捉生拿。涌彪軀，舒猿臂，肝横膽乍。也不索將武藝盤咱，回頭兒只看咱披掛。

【醉春風】比及你架上掇雕鞍，槽頭牽戰馬。宣花斧鉞手中擔，覷敵軍似耍、耍。萬騎交馳，兩軍相見，咱手裏半籌不納。

【紅綉鞋】往常時無我處不喜歡説話，今日個見我來低着頭無語嗟呀，有甚麼機密事孟良也合知麽？一個將眼角覷，一個將脚尖踏，好着我半合兒傒倖殺。

【石榴花】莫不是大遼軍馬厮踏踏？我與你火速的便去争殺。莫不是王樞密搬弄着宋官家？我與你疾忙鞁馬，便赴京華。莫不是佘太君有人相欺壓？則除是趙玄壇威力無加，纔敢把虎頭來料虎鬚來抹。我與你親自把賊徒拿。

【鬥鵪鶉】他須不是布霧的蚩尤，又不是飛天的夜叉。恁便藏在雲中，躲在地下，我也翻過乾坤若見他。説那厮能變化，俺呵喝一喝骨碌碌海沸山崩，瞅一瞅赤力力的天摧地塌。

【上小樓】恁着我這燒天火把，問甚麽經文佛法。我大踏步踹入僧房，拿住和尚，揝定袈裟。我氣性差，忿怒發。拖離禪榻，我敢滴溜撲將腦袋兒擲在殿階且下。

【么】胸脯上脚去蹬，面門上手去抓。憑着我蘸金巨斧，乞抽扢叉砍他鼻凹。問甚麼惡菩薩，狠那吒，金剛荅話。我直着釋迦佛也整理不下。

【耍孩兒】則我這慌忙不用別兵甲，輕輕將衣服來拽扎。覷他千軍萬馬只做癩蛤蟆，施逞會莽撞拳法。我脊梁邊穩把葫蘆放，頑石上擂擂的將斧刃擦。但撞着無干罷，直殺的他似芟蒲刈葦，截瓠開瓜。

【三煞】準備着迎魂一首旛，安靈幾朵花，衆兒郎盡把麻衣搭。緊拴將亡父馳喪馬，牢背着親爺的灰骨匣。孝名兒傳天下，説甚的孟宗哭筍，袁孝拖笆。

【二煞】門環用手摇，門桯使脚踏，則爲那老令公骨子浮屠掛。石攢來的柱礎和泥掇，銅鑄下的旛杆就地拔。那愁他四天王緊向山門把，我呵顯出些扶碑的手段，舉鼎的村沙。

【煞尾】火輪左手拿，管心右手掐。我摇一摇撼兩撼廝琅琅震動琉璃瓦，兀良，我與你直推倒了這一座玲瓏舍利塔。

南北詞廣韵選　卷十四

車遮

○西廂記·草橋驚夢

〔北雙調〕【新水令】望蒲東蕭寺暮雲遮，慘離情半林黄葉。馬遲人意懶，風急雁行斜。離恨重疊，破題兒第一夜。

【步步嬌】昨夜個翠被香濃薰蘭麝，欹珊枕把身軀趄。臉兒厮揾者，仔細端詳，可憎的别。鋪雲鬢玉梳斜，恰似半吐初生月。（眉批：趄，千□切，音且，去聲；身斜也。）

【落梅風】旅館欹單枕，秋蛩鳴四野，助人愁紙窗兒風裂。乍孤眠被兒薄又怯，冷清清幾時温熱！

【喬木查】走荒郊曠野，把不住心嬌怯，喘吁吁難將兩氣接。疾忙趕上者，打草驚蛇。

【攬箏琶】他把我心腸搯，因此上不避路途賖。瞞過能拘管夫人，穩住俺廝齊攢侍妾。想着他臨上馬痛傷嗟，哭得我似癡呆。不是我心邪，自別離已後，到日初斜，愁得來陡峻，瘦得來唓嗻。則離得半個日頭，却早寬掩過翠裙三四摺，誰曾經這般磨滅？（眉批：磨，入聲。）

【錦上花】有限姻緣，方纔寧貼，無奈功名，使人離別。害不倒的愁懷，却才較些；掉不下的思量，如今又也。清霜净碧波，白露下黄葉。下下高高，道路回折；四野風來，左右亂踅。我這裏奔馳，他何處困歇？（眉批：掉，徒□切，音□。）（眉批：踅，寺□切。音□，入聲。）

【清江引】呆荅孩店房兒裏没話説，悶對如年夜。暮雨翠寒蛩，曉風吹殘月，今宵酒醒何處也？

【慶宣和】是人呵疾忙快分説，是鬼呵速滅。聽説罷將香羅袖兒拽，却元來是姐姐、姐姐。（眉批：拽，延結切。）

【喬牌兒】你爲人須爲徹，將衣袂不藉。綉鞋兒被露水泥沾惹，脚心兒管踏破也。（藉：音寂。「脚心兒管踏破也」小字注：管一作敢，亦可。）

【甜水令】想着你廢寢忘餐，香消玉減，花開花謝，猶自較争些。便枕冷衾寒，鳳隻鸞孤，月圓雲遮，尋思來有甚傷嗟。（眉批：些，寫平聲。）

【折桂令】想人生最苦離別，可憐見千里關山，獨自跋涉。似這般割肚牽腸，到不如義斷恩絶。雖然是一時間花殘月缺，休當作瓶墜簪折。不戀驕奢只羨豪傑；生則同衾，死則共穴。

【水仙子】硬圍着普救寺下鍬钁，强當住咽喉仗劍鉞。賊心腸饞眼腦天生得劣。休言語，靠後些！杜將軍你知他是英傑，覷一覷着你爲了醢醬，指一指化做膋血。騎着匹白馬來也。（眉批：鍬，此遥切，悄平聲；钁，其月切，音掘。）（眉批：膋音聊，腸開□。又夾注：膋，俗本作「莤」，非。莤有二，音咏，酌酒也；音□，酗酒也。了無相涉。）

【雁兒落】綠依依墻高柳半遮，静悄悄門掩清秋夜，疏剌剌林梢落葉風，昏慘慘雲際穿窗月。

【得勝令】驚覺我的是顫巍巍竹影走龍蛇，原來是虚飄飄莊周夢蝴蝶，絮叨叨促織兒無休歇，韵悠悠砧聲兒不斷絶。痛煞煞傷别，急煎煎好夢兒應難捨；冷清清咨嗟，嬌滴滴玉人兒何處也？

【鴛鴦煞】柳絲長咫尺情牽惹，水聲幽彷佛人嗚咽。斜月殘燈，半明不滅。唱道是舊恨連緜，新愁鬱結；恨塞離愁，滿肺腑難淘瀉。除紙筆代喉舌，千種思量對誰説！

此折是一部小《西廂》，亦是一部小《莊子》。其關節曾不足爲通傳有無重輕，然不得此，則已前十五齣便索然矣。畫家能畫形，不能畫影，終非神筆。此則畫影手也。顧長康畫裴叔則，頰上益三毛，曰：裴有識具，正此是其識具。看畫者尋之，定覺益三毛如有神明，殊勝未安時。頰不必有毛也，益之而反勝，知此而後可以語文。《草橋驚夢》，益毛手也。寧非千載傑思乎？首闋叙旅人景况，「暮雲遮」三字最有味；「馬遲」二句尤俊爽可喜。【步步嬌】闋叙昨宵歡愛，【落梅風】闋寫今夜凄凉，兩處相形，大堪泪下。「助人愁」三句，奇麗刺目。【喬木查】二闋，純是空中佈景，而寫情益真益盡。獨【攪箏琶】闋，按譜既不同，即以本傳第七齣之「他怕我是陪錢貨」，與第十一齣之「打扮的身子兒詐」較之，亦不合，斷然是兩闋，而失去一排名也。金白嶼求其説而不得，便欲裁去「愁得來陡峻」四句，成何文氣？刻去之亦不合譜乎？「寬掩翠裙」句，奇逸可賞。【錦上花】一闋，字字奇絶。前八句每四句一對，譜中所謂連璧對也；亂而不亂，整而不整，是直以文爲游戲矣。【清江引】「暮雨」、「曉風」，舉盡日之光景；「今宵」句，柳耆卿詞。此一段是旅境。【慶宣和】四闋，宛似夢中模糊之語；「却元來是姐姐」，尤妙入神。凡夢中多由因想而來。普救之圍，杜將軍之救，皆往事也，亦心事也，即夢中亦不能忘，故以【水仙子】一闋演入之，可謂奇幻之極。且恍惚搶攘之狀，描寫無遺。此一段是夢境。【雁兒落】二闋，摹寫夢覺亡聊之景，令人凄斷。下疊字無一不響。「玉人何處」一結，尤是老手。譬之廟堂之上，衆樂齊舉，翕如競奏，而玉磬一擊，繁聲盡斂。此第三段是覺境。尾中「舊恨」、「新愁」，又爲後日張本。總之，此一折也，謂之空中景可也，謂之隔墻花亦可也，已無不盡之情。區區及第，何與人毛髮事，而漢卿必欲爲蛇足，爲狗尾乎？讀《西廂》至此，不能不斂衽服膺吾實甫。

嘗戲謂董解元之有王實甫，文、武之有姬旦也；王實甫之有李日華，司馬子長之有褚先生也。

○拜月記

〔南南吕〕【青衲襖】幾時得煩惱絶，幾時得離恨徹。本待散悶閑行到臺榭，傷情對景教我腸寸結。悶懷些兒，待撇下爭忍撇，待割捨難割捨。沈吟倚遍欄干，萬感情切，都分付長嘆嗟。

【紅衲襖】綉裙兒寬褪了褶，爲傷春憔悴些。近日龐兒成勞怯，這些時又不曾傷夏月。姊妹們非見邪，斟量你不爲别。多應爲把姐夫來縈牽别，無甚話兒説。【青衲襖】你把濫名兒將咱引惹，直恁的情性乖心意劣。女孩兒家多口共饒舌，要妝衣滿篋，要食珍羞則盛設。和你寬打周折，到父親行先去説，説你小鬼頭春心動也。【紅衲襖】我特地錯賭别，望高擡貴手饒過些。一句話兒傷了賢姐姐。瑞蓮甘痛快，姐姐閑要歇。小的每先去也，只管在此閒行，忘收了針綫帖。

○又

〔南商調引〕【二郎神慢】拜星月，寶鼎中名香滿爇。願拋閃下男兒疾較些，得再睹同歡同悦。悄悄輕將衣袂拽，却不道小鬼頭春心動也。那喬怯，只見他無言俯首，紅滿腮頰。〔商調曲〕【鶯集御林春】【鶯啼序】恰纔的亂掩胡遮，到如今漏泄。【集賢賓】姊妹每心腸休間别，夫妻每莫不有些週折。教我難推怎阻？【簇御林】我一星星對伊仔細從頭説。【三春柳】姓蔣世隆名，中都路是家，是我男兒受儒業。【前腔】聽説罷姓名家鄉，那情苦意切。悶海愁山將我心上擻，不由人泪珠流血。我恓惶是正理，只合此愁休對愁人説。你啼哭爲何因？莫非是我男兒舊妻妾？

【前腔】他須是瑞蓮親兒，爲軍馬犯闕，散失忙尋相應者，那時節只争個字兒差迭。比着先前又親，自今越更着疼熱。休隨着我跟脚，但只做我男兒那枝葉。

【前腔】我須是你妹妹姑姑，你是我嫂嫂又是姐姐。未審家兒和你因甚別，兩分離是何時節？正遇寒冬冷月，恨爹爹把我折散在招商舍。思量起痛酸辛，耽疾染病，是我男兒教我怎割捨？

【四犯黄鶯兒】【黄鶯兒】他直恁太情切，你十分忒軟怯，眼睁睁怎忍相拋撇？枉自嘆嗟，無可計設。【簇御林】當不過他搶來推去望前扯。【沉醉東風】意似虺蛇，性似蝎螫，【畫眉序】一言如何訴説？

【前腔】流水也似馬和車，頃刻間途路賒，他在窮途困旅應難捨。囊篋又竭，藥食又缺。他那裏悶懨懨難捱如年夜。寶鏡分破，玉簪跌折，甚日重圓再接？

【尾聲】自從别後信音絶，這些時魂驚夢怯，莫不爲煩惱憂愁將人斷送也？

首闋作引，從沈先生論也。其言「凡引皆作慢」，良是。「姓蔣，世隆名」三句，今人唱多一板，是不知「是我男兒」四字應帶過也。「意似虺蛇」二句，今人以爲犯【皂羅袍】；論唱法，又似【沉醉東風】「爲爹泪漣」二句，然不同調，未知是否。又「搶來」句與「黄鶯兒」有何别？不敢强解。

《西廂》之草橋，《拜月》之拜月，二記之精神，悉萃於此。其才力鈞，結構鈞，用韵亦鈞。然有不同者，草橋折如蜃氣結樓，高華絢目，而不能核其起滅；又如天馬脱羈，横絶四海。拜月如孤猿嘯月，澈人心膽。總之，非食烟火人所能作也。《琵琶記》中凡歌戈、家麻、車遮三韵，靡不通用，出之唇吻間，殊不耐聽。自非韵雜，則「容瀟灑」一折，豈不與「拜新月」相儷哉！惜哉，高先生以尋宫調爲末節也。

○香囊記

〔南吕〕【東甌令】我懷忠憤，你困顛越，密事藏機休漏泄。君危友辱心何忍，恩義兩相結。嚴顔之首杲卿舌，清操厲冰雪。

【前腔】你言忠信，氣英傑，視死如歸心似鐵。公孫豈爲程嬰劂，忠義兩能竭。懷恩無語自悲咽，心事與誰説？

【四邊静】中原路阻音塵絶，兵戈正騷屑。戀國更思親，歸心大刀折。（合）忠言剴切，忍輕離别。荒草漫龍沙，誰收侍中血？（眉批：此下入正宫。）

【前腔】孤臣此恨何由滅，甘心死縲紲。白日貫長虹，天應眷忠烈。（合前）

【前腔】銜恩飲義衷腸熱，情深怎抛撇。梟雁兩分飛，從今死生訣。（合）燕歌慘切，故人握别。泣把李陵衣，相看泪成血。

【前腔】英雄壯志吞胡羯，今當盡臣節。寄與聖明君，無由拜金闕。（合前）

○柳仙記

〔黃鐘〕【恨更長】世上人，忒脚趄踢。扮那些蝶意蜂情，不能割捨，豈知就裏毒似蛇。明知故犯太隨邪，容易見花開謝。恁癡呆，如啖蔗，咬盡甜頭滋味别。

【天仙子】昨過北邙興感嗟，見個骷髏横草野。料他生世逞粗豪，無明夜，貪嬌冶。到此一身都棄也。

【前腔】須知此生是傳舍，何苦行藏忒苟且。面皮之下是骷髏，空描寫，休脱卸。大限來時天不赦。

按：此二樂章，譜中所收者，【恨更長】乃散曲之「這悶懷和誰論」；【天仙子】則詩餘中「水調數聲持酒聽」，宋張三影所作，俱不知板，其字句與此折毫不若。第【天仙子】譜中以五句作一闋，而髯仙以十句總一闋。今中分之，前後字句兩停，用韻俱合，其爲兩闋亡疑。獨沈先生以爲當作引子唱，而髯仙列于【恨更長】之後。豈有過曲在前，引子在後者乎？且【恨更長】之前已有【玩仙燈】引子矣，此後别無他曲，其爲過曲亦亡疑。髯仙于此道極精，未可輕于訾議。沈先生想未見《柳仙記》耳，見則當不采及詩餘也。

○紅蕖記

〔仙吕〕【醉羅歌】春盡春盡花俱謝，雲擁雲擁月全遮。對月看花謾咨嗟，總難把桑榆借。椿庭誰伴，松耶柏耶？蘭閨想像，非耶是耶？休教憶得心兒趄。沉江恨，空自結，鯨波千丈再難涉。

濟南劉天民函山作一【叨叨令】極佳，記此備覽：「只爲着舌頭尖口嘴多弄的你聲名裂，脖子强腰肢挺搬的你脚跟趄。眼目空手策高擠得你官階劣，面貌衰容顔改枉把你髫鬓鑷。兀的不惱殺人也麼哥，兀的不惱殺人也麼哥。再休題心性靈機關大情腸熱。」

○浣紗記

〔黄鐘〕【畫眉序】高會玳筵列，殿閣風來散炎熱。問今朝此酒，爲何而設？休忘却今日辭吴，須要記那年棲越。（合）送君酩酊須沉醉，莫負太平時節。

【前腔】微臣忍輕别，回首依依戀宫闕。念罪深惡重，頓蒙分雪。受恩波若比北海汪洋，願躋壽域似南山高絶。（合前）

【前腔】珠翠揔銷歇，歲月空餘綉裙褶。奈别情無限，泪珠流血。避炎來似北地賓鴻，趁風去作東鄰蝴蝶。（合前）

【前腔】歸去轉凄切，生死深恩要銜結。看諸侯誰肯繼亡存滅？并含風既作當砌芝蘭，同受露莫認隔墻枝葉。（合前）

【滴溜子】今日裏，今日裏把行裝打疊。從今去，從今去旅懷頓撇。雖是路途跋涉，莫忘教誨恩將忠義竭，貢獻年年休得要缺。

【鮑老催】遍城鬧熱，笙歌簇擁歡聲徹。鸞車雜沓香塵絶，看紅樓十里中朱簾揭。盡道越王義氣多歡悦，夫人容貌還嬌怯，范大夫真英烈。

【雙聲子】旌旗列，旌旗列，盡道是雲重疊。燈毬接，燈毬接，錯認是星明滅。歸路折，歸路折，風景别，風景别，看千門羅綺，九逵風月。

【尾聲】氣吞宇宙真豪傑，誰似我崔嵬功業。便似再出世桓文也讓些⼆。

○玉玦記

〔越調〕【憶多嬌】身隕越，家破滅，無暇白璧安肯涅，效北海纍臣甘氈雪。（合）死殉全節，死殉全節，看取虞姬劍血。

【鬥黑麻】東帛玄雲，知難再結。恨墮馬妖妝，污人齒頰。頭須斷，髮先截。白首無期，與君共穴。（合）衷腸義結，鼎烹甘自決。忍恥輕身，忍恥輕身，直待山枯海竭。

【憶多嬌】言剴切，心斷絶。捐軀有志堅比鐵，拼青塚孤魂悲沙月。（合前）死殉全節。

【鬥黑麻】玉貌芳姿，愁來又别。忍沐首膏唇，爲容取悦。眉羞嫵，目堪抉。九地逢君，赧顔厚頰。（合前）衷腸義結。

○又

〔北商調〕【醋葫蘆】饒你有黄金盛滿車，到得來似湯澆雪。誰教你有錢時全不想没時節，你貪着鳳枕鸞衾錦綉疊。换得個鶉衣百結，這的是下場頭受用好豪傑。

【么】你則與荷鍤劉伶争覺些，每日價躭圖麯糵。誰知道慇懃呵杯酒有弓蛇，只索向海藏龍宫尋地穴。便是你高封馬鬣，不枉了風流浪子自差别。

○春思 元無名氏

〔南吕〕【一枝花】嫩寒生花底風，清影弄簾間月。亂紅撲窗外雨，香絮滚樹頭雪。景物奇絶，誰不道富貴千金夜，翻做了凄凉三月節。懷故人萬里離别，負東君一番豔冶。

【梁州】相思鬼皮膚里打劫，睡魔神眼睫上盤趄。恰正是多情自作風流孽。錦鴛翎强扯，丹鳳翅生撧；并頭蓮揉碎，合歡樹扳折。升仙橋閃却車軏，武陵溪下了椿橛。聲沉佩玉玎璫，塵滿釵金蹀躞，香殘褥錦重疊。想者，覷者。冷清清落下讀書舍，越間闊，越情熱。你便是一寸柔腸一寸鐵，索也害的癡呆。

【尾】本待向楚王宮覓半紙剩雨殘雲赦，怎下的海神廟告一道追魂索命牒。不是俺怪膽兒年來太薄劣，將枕邊話兒説，把被窩兒里賺啜，都寫在慇懃問安帖。

○盼望 元無名氏

〔南吕〕【一枝花】難摘鏡裏花，怎撈江心月。空聞三足烏，不識兩頭蛇。四件情節，堪比虚疼熱。聽叮嚀仔細説，謊恩情如炭火上消冰，虚疼熱似滚湯中化雪。

【梁州】情濃時熱烘烘買笑追歡，興闌也冷冰冰意斷恩絶。不由我蘸霜毫搜巧句閑編捏。怎當他老虔婆撒褪，小猱兒裝呆，村姨夫强買，俏子弟干趄。運去也花神照左和右緑映紅遮，命通時福星臨前和後富貴驕奢。再休題眼角泪一哭一個昏迷，舌尖話一説一個軟怯，手梢情一撲一個乜斜。今番，記者。我去那海神前告一紙殢雨尤雲赦。你想道再相會，再歡悦，折末你倒貼鴉青全放賒，也索離别。

【尾】曉行藏知起倒翻身跳出鴛鴦社，能進退識高低大步衝開狼虎穴。想人兒性薄劣，再休寄陷郎君的緘帖。賺孤老的話啜，則今番辭了鶯花路兒也。

又元人詞有佳句云：「生被那醫不活害不死病乜斜，把不住拿不定恨轉趄，抬不起放不倒身瘦怯。」又句云：「空將那辨吉凶蓍草數番揲，無靈驗羊腸幾遍結，托幽思花箋不須寫。」又句云：「看不得的花開花卸，見不的燈昏燈滅，捱不的無明無夜。」俱佳。

◯警世 元馬東籬作

〔雙調〕【夜行船】百歲光陰一夢蝶，重回首往事堪嗟。昨日春來，今朝花謝，急發盞夜闌燈滅。

【喬木查】秦宮漢闕，都做了衰草牛羊野，一恁漁樵没話説。縱荒墳横斷碑，不辨龍蛇。

【慶宣和】投至狐踪與兔穴，多少豪傑。鼎足三分半腰折，魏耶？晉耶？

【落梅風】天教富，不待奢，無多時好天良夜。看財奴硬將心似鐵，空辜負錦堂風月。

【風入松】眼前紅日又西斜，疾似下坡車。曉來鏡里添白雪，上床和鞋履相别。休笑巢鳩計拙，葫蘆提一樣裝呆。

【撥不斷】名利竭，是非絶，紅塵不向門前惹，緑樹便宜屋角遮，青山正補墻頭缺，竹籬茅舍。

【離亭宴帶歇拍煞】蛩吟一覺纔寧帖，雞鳴萬事無休歇。争名奪利，何年是徹？密匝匝蟻排兵，亂紛紛蜂釀蜜，急攘攘蠅争血。裴公緑野堂，陶令白蓮社，愛秋來那些。和露摘黄花，帶霜烹紫蟹，煮酒燒紅葉。人生有限杯，幾個登高節？囑付頑童記者，便北海探吾來，道東籬醉了也。

《玉玦》内馮五郎入馬折用東籬此曲，改入南腔，録後。

〔商調〕【集賢賓】光陰百歲如夢蝶，回首往事堪嗟。昨日春來花又謝，急發盞夜闌燈滅。秦宫漢闕，但衰草牛羊平野。（合）無話説，儘廢了漁樵周折。

【前腔】荒墳廢塚餘斷碣，縱横不辨龍蛇。投至得狐踪與兔穴，問多少英雄豪傑，魏耶？晉耶？恨鼎足三朝分裂。（合前）

【鶯啼序】天教伊富莫太奢，無多好天良夜。富家郎直恁鐵心，空辜錦堂風月。轉眼間紅輪又西，青鏡裏朝添白雪。（合）鳩計拙，葫蘆提且教裝呆。

【前腔】人生迅疾坡走車，上床鞋履相别。喜紅塵不到門前，青山正補墻缺，又屋角偏遮緑蔭，雅稱我竹籬茅舍。（合前）

【琥珀貓兒墜】晚蛩吟罷，一覺甫寧帖，萬事雞鳴無罷歇。争名奪利，幾時徹？（合）差迭，攘攘蜂衙蟻兵蠅血。

【前腔】裴公緑野，陶令白蓮社，愛殺黄花秋那些，帶霜紫蟹煮紅葉。歡悦，幾個登高酒杯時節？

【尾聲】莫教北海來清夜，囑付頑童記者，爲道東籬醉了也。

東籬先生之作，周德清以爲古今絶唱，取以爲式。且謂其無重押，無襯墊字，非尋常作者可及。虚舟取以改入南腔，亦甚佳，略無牽合扭造痕迹，不妨并美。大江以南歌者每不便于北調，故非改南不傳。獨以此爲馮五郎入馬之曲，殊無爲。

李生日華，取《北西廂》改爲《南西廂》。雖便于唱，而强扭入腔，往往齟牙棘吻。長句不能約之使短，雖數十字必欲攙搶以赴板；短句不能演之使長，必欲促板以應字，而曲之體幾壞盡矣。俗師反欲歌之，可笑。

○玉合記

〔越調〕【憶多嬌】看你容滿月，膚勝雪。芙蓉帳冷單枕怯，空使泪染桃花雙袖浥。（合）試聽啼鴂，試聽啼鴂，轉眼芳菲易歇。

【鬥黑麻】我夢斷秦樓，空瞻漢月。嘆古道咸陽，音塵永絶。難相見，易相别。你要撥柳撩花，有甚連枝帶葉。（合）中懷耿烈，海山盟舊設。破鏡難圓，破鏡難圓，寶簪墜折。

【憶多嬌】看他恨轉結，我中更熱。翠鈿含情羞再帖，御水空教題紅葉。（合前試聽）

【鬥黑麻】翠鎖修蛾，紅潮印頰。便日侍瓊窗，春裁彩纈。愁不定，計潛設。若要玉杵邀盟，就把金篦刺血。（合前中懷）

「玉杵」二語可笑。

〇又

〔商調〕【高陽臺】幻世投簪，浮名脱屣，黄塵碧海相絶。九地横流，崐崘砥柱將折。須涉，褰裳濡足休遲也，早難道視同秦越。待功成還辭赤社，更歸丹穴。

【前腔】差別，玉女擎漿，天神對博，洞裏幾番日月。唤醒黄粱，如何又迷蝴蝶。朝列，蠅營蟻聚還競擾，這餘羶怎腥牙頬。算自有峰頭玉版，鼎中金屑。

【前腔】從别，月露光陰，風塵勞攘，朱顔鏡裏飛雪。揭地掀天，昆明那辨灰劫。虚設，懸魚掛紫空在眼，漫回首五雲雙闕。願隨他升天雞犬，怕做送春鶗鴂。

【前腔】英烈，半世雄心，一腔熱血。腰間寶劍光爍。况你玉質金相，邊庭正看彈壓。功業，封侯萬里君自取，問頳當漢時掀揭。還相待重扶神鼎，再傳仙訣。

【尾聲】歡逢一旦成悲别，再把仙緣雲外結，只恐路繞天臺空萬疊。

此在禹金詞中，堪稱彼善。故有脱韵，不憚改正，録之。

〇長命縷

〔商調〕【二郎神】東風怯，好花兒被餘寒挫折，我一片冰魂翻火熱。年時按納，今番却漏些些。有甚連枝還帶葉，到使得心旌搖拽。忒喬劣，我男兒多幸也，和他一樣奢遮。

【前腔】輕躡，向房櫳暗扣，簾旌半揭。正夢入梨花雲幾疊。隨呼乍應，是耶尚恐非耶。叫着哥哥誰姐姐，做語四言三差迭。我忒饒舌，你男兒何處敢和他一樣奢遮。

【鶯集御林春】不是我弄巧推呆，且做三分話説。中表的夫妻是親骨血，聘温家鏡臺光歇。爲着兵戈間阻，一程程半途子母相抛捨。也姓單諱飛英，東京裏住居與昨日的官人不甚大分别。

【前腔】常怪你那般愁煩，原來爲難捨這節。四目相成和伊雙意協，況多同姓名鄉社。我心疑是偶然，只恐向鬼門空把金錢跌。誰信我逗芳魂，也趁南枝早春泄。

【四犯黄鶯兒】少小儘驕奢，苦飄零歲月賒，錦堂春怎捱到秦樓夜。我怕的夭邪，瘦的啤嗻，拼兩鬢直等盈頭雪。水流花謝，雲濃月缺，待再開重圓花月。

【前腔】時疾一似下坡車，莫臨風自怨嗟，守凄凉限滿填歡悦。愁腸暗結，斷頭怎接？縱春蠶到死絲難絶。坐時休撇，行時緊挈，提起籌兒事決。

【尾】喜窩兒紅滿你雙腮頰，多應是喬妝假設，可憐我身在污泥將人提掇者。

禹金之學《拜月》，其猶文中子之學《論語》乎？（又紅筆小字雙行注：愈似愈遠。）

○紅拂記

〔南北北雙調〕【新水令】一鞭殘角斗橫斜，猛回頭壯心猶熱。帝星明復隱，王氣見還滅。謾自饒舌，打疊起經綸手霸王業。

【步步嬌】逶迤山經迷黄葉，雁外流霜月。迢迢去路賒，地北天南夢魂飛越。無端車馬嘆馳驅，從征又與家鄉别。

【折桂令】坐談間早辨龍蛇，把袖裏乾坤做夢裏蝴蝶。狠的人海沸山裂，不奈支頰，空趺雙靴。祇因爲自認做豐沛豪傑，因此上小覷了韓彭功烈。所事撐達，與他爭甚麼鳳食鸞棲，我自向碧梧中别尋支節。

【江兒水】摇落長途里，西風分外冽。秦娥夢斷秦樓月，樂游原上清秋節。咸陽古道音塵絶，柳色年年傷别，西望長安，那裏是雲中宫闕。

【雁兒落帶過得勝令】空打熬的計團圞把我機關設，空磨礱的事完成把我心腸竭。誰知道遇敵劫，把利名韁收不迭。怎肯造赤眉業，怎肯蹈烏江轍。休説，早覷了上場頭一盤兒折興滅，咱若是不識時幾送了也。

【僥僥令】裙釵應有限，豪傑謾咨嗟。偌大江山都抛捨，又何必絮叨叨多話説。

【收江南】呀，到頭來免受顛蹶，算不如早明決。早知拿雲握霧手嘆摧折。待學東陵種瓜，祇教人垂頭無語自悲咽。

【園林好】車盤桓雕輪謾拽，馬迍邅瀧蹄似蹶。成和敗不牢著揲，愁心緒亂山遮，堆鴉髻點霜雪。

【沽美酒帶太平令】行過處鬼門涉，巴前路九嶷遮。隱隱波濤似捲雪，望洋心空切。變桑田幾多歲月，祖龍橋舊基磨滅。淘不净我心性薄劣，洗不清我面皮紅熱。傷嗟痛嗟，若不自寧帖，那紛争幾時休歇。

【尾】層層蜃市成宫闕，仔細看來都幻也，空使心機催鬢雪。

○春日即事 元

〔南吕〕【一枝花】草堂外嵐光映日妍，粉墻邊梅蕊衝寒謝。小沼上緑波隨雨漲，畫闌前新柳受風斜。春意奇絶，老眼偏歡悦，閑情且打疊。散床頭有限黄金，怕鏡裏無情白雪。

【梁州】裁漉酒籠頭紗幘，製踏青可脚烏靴。與知音三五詞林社，超群灑落，異衆豪傑。厭談名利，不尚驕奢。喜的是一村村徑路曲折，愛的是一程程風景全别。買花錢滴溜溜杖上挑着，沽酒店鬧吵吵橋邊問也，載詩囊脹膨膨驢背上馱着。看了這些，那些，翠屏錦帳參差列。尋疏籬覓茅舍，隨定狂蜂與浪蝶，任意跋涉。

【尾】醉依芳草須拚藉，笑對青山不忍别。殘角江樓正嗚咽，却早鴉歸古堞。烟迷緑野，堪付與王維畫圖中寫。

○傷秋 元

〔越調〕【鬥鵪鶉】緑柳凋殘，黄花放徹。塞雁聲悲，寒蛩吟切。舊恨千端，新愁萬疊。正美滿，忍見别。雨歇雲收，花殘月缺。

【紫花兒序】支楞的瑶琴絃斷，撲通的井墜銀瓶，繫玎的碧玉簪折。臨行携手，不忍輕别。傷嗟，目斷雲山千萬疊。最苦離别，鴛被空舒，鳳枕虚設。

【調笑令】把愁眉暗結，最苦是離别。呀，不思量除非心似鐵。冷清清挫下西樓月，又聽的戍樓上畫角嗚咽。秦樓數聲砧韵切，我和這粗心腸越不寧帖。

【禿廝兒】正歡娱誰知間隔，纔美滿又早離缺。咱兩個雲期雨約難棄捨，似團圞一輪明月，又被雲遮。

【聖藥王】好着我恨萬結，愁萬疊，滿懷離恨對誰説。成間别，時運拙，氣長吁多似篆烟蹉，和絳蠟也流血。

【尾聲】受凄涼時捱明夜，把受過的凄涼記者。來時節一句句枕頭兒上言，一星星被窩兒裏説。

詞意俱多重復，才得【聖藥王】內「氣長吁」兩語耳。

○離恨 元

〔越調〕【鬥鵪鶉】送玉傳香，撩蜂撥蝎。病枕愁衾，尋毒覓螫。擲悶果的心勞，畫顰眉的手拙。恨嶽高，泪海竭。難憑準鵲驗龜靈，没定準魚封雁帖。

【紫花兒序】莫不是金華字減消了官誥，芙蓉翠低小了雲冠，鮫綃蓋乍窄了香車。悶弓兒常拽，愁窖兒頻掘。傷嗟，一納頭相思害不徹。赤緊的俏心兒先熱，無倒斷暮雨朝雲，無拘束粉祟胭邪。

【小桃紅】錦箋和泪寄離別，好事成抛撇。恨殺梅香性偏劣，閉喉舌，今番瘦損羅裙褶。他把那游蜂兒蜜劫，粉蝶兒香卸，生撅的風月擔兒折。

【金蕉葉】我則見春雨過殘花亂趄，芳塵靜珠簾驟揭。綉幃悄銀缸半滅，冰弦斷瑶琴乍歇。

【調笑令】我恰待睡些，不寧帖，熏金爐引夢賖。破題兒告一紙相思赦，楚巫娥不順關截。恰相逢陡恁般廝間別，望陽關水遠山疊。

【禿厮兒】啼杜宇枝頭泪血，驚莊周枕上殘蝶，追魂數聲檐外鐵。這凄凉幾時絶，堪嗟。

【聖藥王】伴着這燈影昏，月影斜，隔紗窗花影亂重疊。鐘韵凄，鼓韵切，聽樓頭角韵尚悠噎，似這般離恨怎攔遮？

【麻郎兒】病沉也相思賭撇，愁深也沈約搬舌。薄設設青銅鏡缺，顫巍巍連理枝截。

【么篇】好着我想者，念者，怎捨？心兒裏似醉如癡。辜負了星前誓設，冷落了神前香爇。

【絡絲娘】心頭事十强九怯，眉尖恨千結萬結。盼的團圓向明月，空立遍露零花謝。

【尾】悶懨懨好似如年夜，常記的相思那些。題起那眉尖恨恰舒開，心兒疼又到也。

如此大套，無一字不佳，無一韵不妥，真神品也。惜不知作者姓名，酷似馬東籬口吻。機運彀中，趣游局外，弄丸手也。三復之，不能去手。

世稱「暗想當年」套，以其韵險才博，遂爲情詞之冠。視此闋，不知誰當伯仲。

◯離恨 元

〔仙吕入雙調〕【步步嬌】暗想當年，羅帕上把新詩曾寫，偷綰下鴛鴦結。他那裏心猿乖，我這裏意馬劣。都將那軟玉嬌香，嫩枝柔葉。琴瑟正和叶，不覺的花影轉過梧桐月。

【沉醉東風】一團嬌冰肌瘦怯，半含羞翠鈿輕貼。微笑對人悄説，休負了今宵月。等閑間將海棠偷折，山盟共設，不許暫時少撇。若有個負心的，教他隨燈兒便滅。

【忒忒令】他殷勤將春心漏泄，我風流寸心中熱。因此上楚雲深鎖黄金闕，休把佳期暫歇。燕山截，湘江竭，斷魚封雁帖。

【好姐姐】自別逢時遇節，冷淡了風花雪月。奈愁腸萬結，怎禁窗外鐵無休歇，一似佩環摇明月，又被西風將錦帳揭。

【桃紅菊】渭城人肌膚瘦怯，楚天秋應難并疊。停勒了畫眉郎京尹，停勒了畫眉郎京尹，補填了河陽令滿缺。

【園林好】也傷我連枝帶葉，致令的狂蜂浪蝶，鬧炒起歌臺舞榭。回首處，楚雲遮；堪嘆處，彩雲睽。

【川撥棹】成吴越，怎禁他巧言搬鬥喋。平白地送暖偷寒，平白地送暖偷寒，猛可的搬脣递舌。水晶丸不住撇，點鋼鍬一味鐝。

【錦衣香】他將楚館焚，秦樓拽。洛浦填，涇河截。梅家莊水罐湯瓶，打爲磁屑。賈充宅守定粉墻缺，武陵溪澗，花兒釘了椿橛。楚襄王夢驚回者，漢相如趕翻車轍。深鎖芙蓉闕，紫簫吹裂，碧桃花下鳳皇，將翎毛生扯。

【漿水令】響噹噹菱花鏡碎跌，支楞楞瑶琴絃斷絶，革支支同心綰帶扯，擊叮噹寶簪兒墜折。

採蓮人偏把并頭折，比目魚將就池中冷水燒熱。連枝樹生斫折，打撈起御水流紅葉。藍橋下翻滚滚波濤捲雪，祅神廟焰騰騰火走金蛇。

【尾聲】饒君巧把機謀設，止不住負心薄劣，夢兒裏若見他俺與他分説。

此套今人唱，尚有【豆葉黄】一闋云：「嘆嗟歡娱事能幾些，痛切，相思病無了絶。朋友每知疼熱，負心的早回寧帖。待捨，想着你嬌豔模樣教我怎生樣捨？待撇，想着你至誠心教我怎生樣撇？」按：《雍熙樂府》中無此闋，且與《拜月》内「一身眼下見在誰行」，字句絶不同，定是後人增入，故不録。但樂府以【桃紅菊】與【園林好】合爲一闋，按譜，【桃紅菊】止五句，「也傷我」爲【園林好】無疑。樂府本一南一北，查北詞中，語多重復，「簫聲唤起」闋，已收入南譜，亦疑是後人增入，故不録。

○靈寶刀

〔仙吕入雙調〕【二犯江兒水】這兩日梅花香射，幽幽透白氎。與清風相傍，霽月相遮，比幽人不較些。不羡他結子謾心熱，横窗笑影斜。還笑你輸與筠耶，輸却松耶。并不將詩客惹，謾看去鄉愁怎疊。怕説到羅浮清夜，縱題著隴頭書，驛使賒。

此陳先生取章丘《寶劍》中「梅花清瘦」，改作者也。比擬纏擾，遣詞澀滯。不意羅浮美人，遭此毒劫。

〔雙調〕【折桂令】猛驚回一枕蝴蝶，賢相無聞，逆黨堪嗟。緣木求魚，守株待兔，打草驚蛇。亂紛紛蠅蚊競血，惡狠狠螻蟻争穴。一個豪傑，一個奸邪。且做癡呆，且做乜斜。

○寶劍記

○龐涓夜走馬陵道　元

〔中吕〕【粉蝶兒】打一輪皂蓋輕車，按天書把三軍擺設，誰識俺陣似長蛇？端的個角生風，旗掣電，弓彎秋月。喊一聲海沸山裂，管殺他衆兒郎不能相借。

【醉春風】我將這烏龍墨恰研濃，紫兔毫深蘸徹。道不離此處斬龐涓，我親自寫、寫。一來是孫臏的機謀，二來是主公的福分，第三來單注著那人合滅。

【石榴花】笑龐涓敢逞盡十分劣，逐定咱不相撇，争知是馬陵道上有攔截？山崖斗絶，樹林稠疊。萬張强弩齊攢射，敢立化了一堆鮮血。總便有三頭六臂天生别，到其間怎好藏遮。

【鬥鵪鶉】俺和他同堂友至契至交，須不是被傍人廝間廝諜。俺可也爲甚麼相賊相殘？都是他平日裏自作自孽。他把切骨的寃讐死也似結，怎教俺便忘了者。俺如今拚的個不做不休，這是至誠心爲人爲徹。

【上小樓】兀的燈焰又昏，月影又斜。則見他緊鞚征騎，左右盤旋，不得寧貼。他覷一回，望一回，腸慌腹熱。怎知人和馬死在今夜？

【幺】他那裏語未絶，俺這裏箭早拽。則見他驀澗穿林，鑽天入地，急切難迭。脚趔趄，眼乜斜，恰便似酒酣時節。龐涓也休猜做楊柳岸曉風殘月。

【快活三】俺把心中事明訴説，恁把詩中句細披閲。大古來有甚費周折，多咱是恁勾魂帖。

【朝天子】我可也不爲别，是你親曾把誓設。正應着唾是命隨燈滅。龐涓你既作了這業，又何必恁怯？枉了也參拜無休歇，哎則你個臉兒假熱心兒似鐵，忍下的眼睁睁把我雙足刖。你如今死也，再休想放捨，恰便似水底撈明月。

【十二月】他那裏自推自跌，從今後義斷恩絶。你道是同心共膽，還待要騙口張舌。只問你三回兩歇，怎送的我二足雙瘸？

【堯民歌】你道是若拿住活剁做兩三截，今日個馬陵道上把大冤雪。我劍鋒親把樹皮揭，寫着道今夜裏此處斬豪傑。傷也波嗟，我和你從今便永訣。恁要饒呵則除是半空中滴溜溜飛下一紙郊天赦。

【煞尾】再言語割了這廝口，再言語截了這廝舌。將那一顆驢頭慢慢鋼刀切，纔把我刖足的冤讐報了也。

○墻頭馬上　元　白仁甫作

〔雙調〕【新水令】數年一枕夢莊蝶，過了些不明白好天良夜。想父母關山途路遠，魚雁音信絶。感嘆咨嗟，甚日得離書舍。

【駐馬聽】憑着男子豪傑，平步上萬里龍庭雙鳳闕。妻兒貞烈，合該得五花官誥七香車。也强如帶滿頭花，向午門左右把狀元接。掛拖地錦兩頭來往交媒謝，今日個換别，成就了一天錦綉佳風月。

【喬牌兒】當攔的便去攔，我把你個院公謝。想昨日被棘針都把衣袂扯，將孩兒指尖兒都搯破也。

【么】便將毬棒兒撇，不把膽瓶藉。你哥哥這其間未是他來時節，怎抵死的要去接。

【豆葉兒】接不着你哥哥，正撞見你爺爺。魄散魂消，腸慌腹熱，手脚麞狂去不迭。相公把拄杖掂詳，院公把掃帚支吾，孩兒把衣袂掀拽。

【掛玉鈎】小業種把攏門掩上些，道不的跳天撅地十分劣。被老相公親向園中撞見者，唬得我死臨侵難分説。氳氳的臉上羞，撲撲的心頭怯。喘似雷轟，烈似風車。

【沽美酒】本是好人家女豔冶，便待要興詞訟發文牒，送到官司遭痛決。人心非鐵，逢赦不該赦？

【太平令】隨漢走怎説三貞九烈，勘奸情八棒十挾。誰識他歌臺舞榭，甚的是茶房酒舍。相公便把賤妾拷折，下截，并不是風塵烟月。

【川撥棹】賽靈輒，蒯文通李左車，都不似季布喉舌，王伯當尸疊。更做道向人處無過背説，是和非須辨别。

【七弟兄】是那些，劣撇，痛傷嗟。時乖運蹇遭磨滅，冰清玉潔肯隨邪？怎生的拆開連理同心結。

【梅花酒】他毒腸狠切，丈夫又軟揣些些。相公又惡噷噷乖劣，夫人又叫丫丫似蝎蜇。你不去望夫石變化身，築墳臺上立統碑碣。待教我慢慚慚，愁萬縷悶千疊。心似醉意如呆眼似瞎手如瘸，輕掂掇慢拿捏。

【收江南】呀！吉叮噹掂做了兩三截，有鸞膠難續玉簪折，則這夫妻兒女兩離别。總是我業徹，也强如參辰日月不交接。

【雁兒落】似陷人坑千丈穴，勝滚浪千堆雪。恰纔石頭上損玉簪，又教我水底撈明月。

【得勝令】冰絃斷更情絶，銀瓶墜永離别。把幾口兒分兩處，誰更待雙輪碾四轍？戀酒色淫邪，那犯七出的應拼舍。享富貴豪奢，這守三從的誰似妾？

【沉醉東風】夢驚破情緣萬結，路迢遥烟水千疊。常言道有親娘有後爺，無親娘無疼熱。他要送我官司逞盡豪傑。多謝你把一雙幼女癡兒好覷者，我待便拖拖去也。

【甜水令】端端共重陽，他須是你裴家枝葉。孩兒也啼哭的似癡呆，這須是我子母情腸，厮牽厮惹。兀的不痛殺人也！

【折桂令】果然是人生最苦是離别，方信道花發風篩，月滿雲遮。誰更望倒鳳顛鸞，撩蜂剔蝎，打草驚蛇？壞了咱墻頭馬上傳情簡帖，拆開咱柳陰中鶯燕蜂蝶。兒也咨嗟，女又攔截。既瓶墜簪折，咱義斷恩絶。

【鴛鴦煞】休把似殘花敗柳冤仇結，我與你生男長女填還徹。指望生則同衾，死則共穴。唱道題柱胸襟，當壚的志節。也是前世前緣，今生今業。少俊呵與你乾駕了會香車，把這個没氣性的文君送了也。

明代別集叢刊

徐復祚集

下册

〔明〕徐復祚◎著
譚帆 張玄◎整理

華東師範大學出版社
·上海·

南北詞廣韻選　卷十五

庚　青

○西廂記・墻角聯吟

北〔越調〕【鬥鵪鶉】玉宇無塵，銀河瀉影；月色横空，花陰滿庭；羅袂生寒，芳心自警。側着耳朵兒聽，躡着脚步兒行；悄悄冥冥，潛潛等等。

【紫花兒序】等待那齊齊整整，裊裊婷婷，姐姐鶯鶯。一更之後，萬籟無聲，直至鶯庭。若是回廊下没揣的見俺可憎，將他來緊緊的摟定；則問你會少離多，有影無形。（眉批：没揣，猶云不意中。）

【金蕉葉】猛聽得角門兒呀的一聲，風過處花香細生。踮着脚尖兒仔細定睛，比及我初見時龐兒越整。

【調笑令】我這裏甫能、見娉婷，比着月殿裏嫦娥也不恁般爭。遮遮掩掩穿芳徑，料應來小脚兒難行。可喜娘的臉兒百媚生，兀的不引了人魂靈。

【小桃紅】夜深香靄散空庭，簾幕東風静。拜罷也斜將曲欄憑，長吁了兩三聲。剔團圞明月如懸鏡。又不見輕雲薄霧，都則是香烟人氣，兩般兒氤氳不分明。

【禿廝兒】早是那臉兒上撲對著可憎，那堪心兒裏埋没着聰明。他把新詩和得忒應聲，一字字，訴真情，堪聽。

【聖藥王】語句清，音律輕，小名兒不枉唤作鶯鶯。他若是和小生、廝覷定，隔墻兒酬和到天明。方信道惺惺自古惜惺惺。

【麻郎兒】我拽起羅衫欲行，他陪着笑臉相迎。不做美的紅娘忒淺情，便做道謹依來命。

【么】我忽聽一聲猛驚。元來是撲刺刺宿鳥飛騰，顫巍巍花梢弄影，亂紛紛落紅滿徑。

【絡絲娘】空撇下碧澄澄蒼苔露冷，明皎皎花篩月影。白日凄凉枉耽病，今夜枉把相思再整。

【東原乐】簾垂下，户已扃。却纔個悄悄的相問，他那裏低低應。月朗風清恰二更，廝傒倖他無緣小生薄命。

【綿搭絮】恰尋歸路，佇立空庭，竹稍風擺，斗柄雲横。今夜凄凉有四星，他不瞅人待怎生。雖然是眼傳情，咱兩個口不言心自省。

【拙魯速】對着盞碧熒熒短檠燈，倚着扇冷清清舊幃屏。燈兒又不明，夢兒又不成。窗兒外淅零零風兒透疏櫺，忒楞楞紙條兒鳴。枕頭兒上孤另，被窩兒裏寂靜。你便是鐵石人，鐵石人也動情。

【么】怨不能恨不成，坐不安睡不寧。有一日柳遮花映，霧帳雲屏。夜闌人靜，海誓山盟。恁時節風流嘉慶，錦片也似前程。美滿恩情，咱兩個華堂春自生。

【尾聲】一天好事從今定，一首詩分明照證。再不向青瑣闥夢兒中尋，則去那碧桃花樹兒下等。

語景，則「玉宇無塵」四句，「夜深香靄」二句，「撲刺刺」三句，「碧澄澄」二句，又【拙魯速】一闋；語致，則「風過處」三句，「遮遮掩掩穿芳徑」二句，「拜罷也」二句；語態，則「臉兒上撲堆着可憎」二句；語情，則「香烟人氣」二句，俱精絕。「蒼苔露冷」，頗稱凄切。「相思再整」，亦有照應。「酬和天明」，繾綣貪羨，三復更奇。

「怨不能」闋，凄涼時想快樂境界，人情類然。

【斗鵪鶉】首句該用韻，「塵」字非韻。

○又·紅娘請宴

北〔中吕〕【粉蝶兒】半萬賊兵，捲浮雲片時掃净，俺一家兒死裏逃生。舒心的列仙靈，陳水陸，張君瑞合當欽敬。當日所望無成，誰承望一椷書倒爲了媒證。

【醉春風】今日東閣帶烟開，煞强如西廂和月等。薄衾單枕有人温，早則不冷、冷。受用些寶鼎香濃，綉簾風細，緑窗人静。（眉批：「温」字元不用韵，非借押。）

【脱布衫】幽僻處可有人行，點蒼苔白露冷冷。隔窗兒咳嗽了一聲，他啓朱扉急來答應。（眉批：【脱布衫】【小梁州】二調在正宫。）

【小梁州】則見他叉手忙將禮數迎，我這裏剛道個萬福，先生。烏紗小帽耀人明，白襴净，角帶閂黄鞓。

【么】衣冠濟處龐兒整，可知引動俺鶯鶯。據相貌，憑才性，我從來心硬，一見也留情。

【上小樓】請字兒不曾出聲，去字兒連忙答應；可早鶯鶯跟前，姐姐呼之，喏喏連聲。秀才每聞道請，恰便似聽將軍嚴令，和那五臟神願隨鞭鐙。（眉批：「令」字下，少四字一句。）

【么】第一來爲壓驚，第二來爲謝承。不請街坊，不會親鄰，不受人情。避衆僧，請老兄，和鶯鶯匹娉。則見他歡天喜地，謹依來命。（眉批：「鄰」字不用韵。）（曲末小字批注：「避衆僧」句該四字。）

【滿庭芳】來回顧影，文魔秀士，風欠酸丁。下工夫將額顱十分掙，遲和疾擦倒蒼蠅。光油油耀花人眼睛，酸溜溜螫得牙疼。茶飯已安排定，淘下陳倉米數升，煠下七八碗軟蔓菁。

【快活三】咱人一事精百事精，一無成百無成。世間草木本無情，猶有相肩并。

【朝天子】休道是這生，年紀後生，恰學害相思病。天生聰俊，打扮得素净，奈夜夜成孤另。才子多情，佳人薄倖，兀的不擔閣了人性命。誰無一個信行，誰無一個志誠，恁兩個今夜親折證。

【四邊静】今宵歡慶，軟弱鶯鶯何曾慣經。你索款款輕輕，燈下交鴛頸。端詳可憎，好煞人無乾净。（眉批：「何曾」，一作可曾，佳。）

【耍孩兒】俺那裏落紅滿地胭脂冷，休孤負良辰美景。夫人遣妾莫消停，先生勿得推稱。準備着鴛鴦夜月銷金帳，孔雀春風軟玉屏。樂奏合歡令，有鳳簫象板，錦瑟鸞笙。

【三煞】聘財斷不争，婚姻事有成，新婚燕爾安排慶。你明博得跨鳳乘鸞客，到晚來卧看牽牛織女星。休傒倖，不要你半絲兒紅綫，成就了一世前程。

【二煞】憑着你滅寇功，舉將能，兩般兒功效如紅定。爲甚俺鶯娘心下十分順，都則爲君瑞胸中百萬兵。越顯得文風盛，受用足珠圍翠繞，結果了黄卷熒燈。（眉批：「順」字不用韵。）

【一煞】夫人只一家，老兄無伴等，爲嫌繁冗尋幽静。單請你有恩有義閑中客，迴避了無是無非窗下僧。夫人命，道足下莫須推託，和賤妾即便隨行。

【煞尾】先生休作謙，夫人專意等。常言道「恭敬不如從命」，休使紅娘再來請。

此折極好生發。夫人欲毁盟，不直教人去辭，或贈以金帛，乃請來赴宴，癡心男子，豈不喜出望外！故篇中極力摹寫，如「寶鼎香濃」三句，「四邊静」闋，「耍孩兒」四闋，言今日之歡慶，正爲下文觖望張本。處處科諢，言言俊雅，【上小樓】闋，詼諧極矣。「來回」闋，分明寫出一傻角兒顧影自好情狀。「今宵歡慶」闋，周德清云：「務頭在第二句及尾。『可曾』，俊語也。」落句亦收得住。此下有生白數語，亦極佳可觀。「勿得推稱」與後「莫須推托」，稍重復。

○拜月記

〔仙吕〕【羽調排歌】黯黯雲迷，寒天暮景，區區水涉山登。蕭蕭黄葉舞風輕，這樣愁煩不慣經。不忍聽，不美聽，聽得胡笳野外兩三聲。（合）風力勁，天氣冷，一程分做兩程行。

【前腔】只見數點寒鴉，投林亂鳴，晚烟宿霧冥冥。迢迢古岸水澄澄，野渡无人舟自横。不忍聽，不美聽，聽得孤鴻天外兩三聲。（合前）

【三疊排歌】（眉批：又名【道合排歌】）前路梗，行步生，那更天將暝。憂心戰兢兢，傷情泪盈盈。那些兒凄惨，那些兒寂寞，清風明月最關情。無人來往冷清清，叫地不聞天怎應？（眉批：「應」，平聲。）不忍聽，不美聽，聽得疏鐘山外兩三聲。（合前）

【前腔】忽地明，一盞燈，遥望茅檐迥。不須意兒驚，休得慢騰騰。休辭迢遞，望明前進，遠臨彼地叩紫扃。今宵村舍暫消停，誤却山城長短更。不忍聽，不美聽，聽得寒砧林外兩三

聲。（合前）

【尾聲】得安寧，天之幸，一夕安眠到天明，免使狼藉遑遑登路程。

○琵琶記

〔大石調引〕【念奴嬌】楚天過雨，正波澄木落，秋容光净。誰駕玉輪來海底，碾破琉璃千頃。環珮風清，笙歌露冷，人在清虛境。真珠簾捲，小樓無限佳興。

〔大石調曲〕【本序】長空萬里，見嬋娟可愛，全無一點纖凝。十二欄干光滿處，凉浸珠箔銀屏。偏稱，身在瑶臺，笑斟玉斝，人生幾見此佳景？（合）惟願取年年此夜，人月雙清。

【前腔】孤影，南枝乍冷。見烏鵲縹緲，驚飛棲止不定。萬點蒼山，何處是修竹吾廬三徑？追省，丹桂曾攀，嫦娥相愛，故人千里謾同情。（合前）

【前腔】光瑩，我欲吹斷玉簫，驂鸞歸去，不知風露冷瑶京。環珮濕，似月下歸來飛瓊。那更，香霧雲鬟，清輝玉臂，廣寒仙子也堪并。（合前）（眉批：瑩，縈定切。）（眉批：瓊，渠營切。）

【前腔】愁聽，吹笛關山，敲砧門巷，月中都是斷腸聲。人去遠，幾見明月虧盈。惟應，邊塞征人，深閨思婦，怪他偏向別離明。（合前）

〔中吕曲〕【古輪臺】峭寒生，鴛鴦瓦冷玉壺冰，闌干露濕人猶憑，貪看玉鏡。况萬里清冥，皓彩十分端正。三五良宵，此時獨勝。把清光都付與酒杯傾，從教酩酊，拚夜深沉醉還醒。酒闌綺席，漏催銀箭，香銷金鼎。斗轉與參横，銀河耿，轆轤聲已斷金井。

【前腔】閑評，月有圓缺與陰晴，人世有離合悲歡，從來不定。深院閑庭，處處有清光相映。也有得意人人，兩情暢咏。也有獨守長門伴孤另，君恩不幸。有廣寒仙子娉婷，孤眠長夜，如何捱得更闌寂静？此身果無憑。但願人長永，小樓玩月共同登。（眉批：「咏」，爲命切。）（眉批：「永」，于憬切。）

【餘文】聲哀訴促織鳴，俺這裏歡娱未罄，却笑他幾處寒衣織未成。

〇又

〔中吕引〕【尾犯】懊恨别離輕，悲豈斷絃，愁非分鏡。只慮高堂，似風燭不定。腸已斷欲離未忍，泪難收無言自零。空留戀，天涯海角，只在須臾頃。

〔中吕曲〕【尾犯序】無限别離情，兩月夫妻，一旦孤另。此去經年，望迢迢玉京。思省，奴不慮山遥路遠，奴不慮衾寒枕冷。奴只慮，公婆没主一旦冷清清。

【前腔】何曾，想着那功名？欲盡子情，難拒親命。年老爹娘，望伊家看承。畢竟，你休怨朝雲暮雨，只得暫替着我冬温夏清。思量起，如何教我割捨得眼睁睁。

【前腔】儒衣纔换青，快着歸鞭，早辦回程。十里紅樓，休重娶娉婷。叮嚀，不念我芙蓉帳冷，也思親桑榆暮景。親囑付，知伊記否空自語惺惺。

【前腔】寬心須待等，我肯戀花柳，甘爲萍梗？只怕萬里關山，那更音信難憑。須聽，我没奈何分情破愛，誰下得做虧心短行？從今去，相思兩處一樣泪盈盈。（曲末小字批注：此折該在大石調前。）

○荆釵記

〔商調〕【黄鶯兒】半世守孤燈，鎮朝昏幾泪零。到今猶在凄凉景，寒門似冰，衰鬢似星。爲只爲早年不幸分鸞影。細論評，黄金滿篋，不如教子一經。

此闋後尚三闋，韵雜不録。

○又

〔羽調〕【勝如花】辭親去，别泪零，豈料登山驀嶺。只因他寄簡傳書，致令人離鄉背井。未知道何日歡慶，愁只愁一程兩程，况不聞長亭短亭。暮止朝行趲長途曲徑，休辭憚躍涉奔競。願身安早到京城，願身安早到京城。

此闋下尚有三闋，韵雜亂俚，不録。

○又

〔南吕〕【刮鼓令】從别後到京，慮萱堂當暮景。幸喜得今朝重會，又緣何愁悶縈？莫不是我家荆，看承母親不志誠？分明説與俺兒聽，怎生不與共登程？

【前腔】心中自三省，轉教人愁悶增。你媳婦多灾多病，况親家兩鬢星。家務事要支撑，教他怎生離鄉背井？待你饒州之任稍留停，先令人送我到京城。

【前腔】當初待啓程，到臨歧成畫餅。若説起投江一事，恐嚇恩官心戰驚。途路上少曾經，當不得許多高山峻嶺，餐風宿水怕勞形，因此上留住在家庭。

【前腔】端詳那李成，語言中尤未明。那就裏分明説破，免孩兒疑慮生。因甚變顔情？長吁短嘆珠泪零。袖兒裏脱下孝頭繩，莫不是俺兒媳婦喪幽冥？

○又

〔仙吕〕【二犯桂枝香】【桂枝香頭】侯門修聘，司空執證。才郎千里專城，月老三台華省。【四時花】須聽，文鵷雅宜作對行，賓鴻可憐獨自鳴。趁七夕會雙星。【皂羅袍】藍橋路近，瓊漿正馨。雲英貌美，裴航歲青。【桂枝香尾】正是神仙府，何須上玉京？

【前腔】紅顔薄命，粉郎多眚。清風千古虚名，圓月中天瑞影。傷情，梅經霜雪花不零。松逢歲寒色倍青。歷百折顯堅貞。閨妝凝静，韶華褪馨。塵迷鸞鏡，针閑綉綳。白玉緇難涅，甘泉到底清。

○香囊記

〔南吕〕【三學士】只得含情從母命，早辦行李登程。事親未得榮三釜，教子空勞授一經。

（合）但願錦衣歸定省，忠和孝兩盡情。

【前腔】暫脱斑衣事遠行，免不得戴月披星。倚門他日休思子，仗劍明朝又逐兄。（合前）

【前腔】親在高堂當暮景，甘旨我自應承。妾身已受蘋蘩托，婦道須傾葵藿誠。（合前）

【前腔】半世孤燈形共影，爲汝等多少勞縈。若非一舉登科日，怎顯得三遷教子名。（合前）

○又

〔仙吕入雙調〕【江頭金桂】爲學本希賢希聖，幸遭逢起一經。誰想權臣當路，操弄國柄，把忠良牢陷穽。因此疏奏承明，要除邪佞。却被奸謀謫貶，遠塞監兵。飄飄置身一羽輕。謾尤人怨己，謾尤人怨己，榮枯有命。論人生，須信弱草棲塵坌，留取丹心照汗青。

【前腔】你自負胸中耿耿，况龍頭屬老成。自古道爲人臣子，當盡忠鯁。怎辭烹五鼎？你既身在朝廷，敢圖家慶？只得向黄雲白草，萬里邊庭，把諸番虜塵都掃凈。看呼韓稽顙，看呼韓稽顙，單于繫頸。樹勛名，也知蘇武能持節，須信終軍會請纓。

【前腔】我一身似流萍漂梗，又向遐荒事遠行。回首孤雲何處，空念鄉井。幾時得歸定省？只愁他鶴髮星星，漸入榆景。最苦天涯兄弟，執手叮嚀，吞聲更將别泪零。嘆人生聚散，嘆人生聚散，行藏不定。謾憑陵，你只道蓬迹隨風轉，我自信葵心向日傾。

【前腔】想當日難違親命，携書上帝京。誰道掛名金榜，遭此不幸。俾儒臣習戰征。向九萬鵬程，雁鴻分影。試看鶺鴒原上，兩兩飛鳴，顧瞻急難無限情。嘆西堂夢杳，嘆西堂夢杳，姜肱被冷。弟和兄，本爲月殿攀雙桂，翻作風波逐雨萍。

〇又

〔中吕引〕【滿庭芳】客夢闌珊，鄉心迢遞，懵騰騰似被餘酲。風沙吹鬢，月冷曉霜清。十載淹留邊地，嘆征裘染盡膻腥。重回首，帝城何處，詣闕請長纓。

〔仙吕〕【甘州歌】殘星破暝，想夜寒關隘未有雞聲。歸心如箭，怎憚路途馳騁。丹心尚存青鬢改，持節還鄉悲子卿。瞻親舍，脱虜庭，遥隨星斗向南征。趨王命，返帝京，腰横長劍氣崢嶸。

【前腔】東方日未生，見破雲殘月尚隨人影。愁烟霏霧，一望裏野色冥冥。高臺望鄉空在眼，降虜當年羞李陵。思鄉念，游宦情，哀鴻過處旅魂驚。雄心老，客鬢星，何時飛舄拜朝廷。

【前腔】川原一望平，在路途何意顧瞻風景。陰山閑静，難禁這爽氣嚴凝。空憐漢妃孤塜在，草色經寒尤自青。風塵認，霜露征，驂騑馳驟駱駝輕。狼烽堠，驃騎營，貔貅彪虎怎留停？

【前腔】胡笳幾處鳴，又數聲譙角嗚嗚相應。旌旗成陣，愁遇着邏騎游兵。丹衷不比尋常輩，鐵柱題名節匪輕。登山障，涉水程，千山纔過萬山迎。胡塵暗，獵火明，愁雲低鎖漢長城。

【尾聲】嘆飛蓬何時定，思親戀國泪同傾，迢遞關河思不寧。

○柳仙記

〔南吕〕【解連環】風定波澄，正長天遠水相映，如銀海透徹分明。（合）瀛洲景好，借將來比洞庭，還只恐地無兩勝。

【前腔】簇翠攢青，看層巒疊嶂相并，如螺髻挽就盤成。（合前）

〇又

〔仙吕〕【皂羅袍】恰值東皇司令，喜陽和初動，物侯偏驚。飛飛紫燕逐黄鶯，紛紛翠柳兼紅杏。（合）翰林才思，賦不可成，丹青手段，畫不可成。是誰妝點蓬萊景？

【前腔】三伏炎威絶勝，似難禁熾火，想踏層冰。緑陰千樹送蟬鳴，清波萬頃呈魚泳。

（合前）

【前腔】偏愛秋光幽净，看長林漠漠，遠水澄澄。青山峭拔聳千層，黄花瘦削開三徑。

（合前）

【前腔】滕六正摻權柄，訝郊原積粉，城郭飛瓊。江梅萬點似珠擎，山茶數朵如丹映。

（合前）

〇又

〔仙吕〕【望吾鄉】翠羽身輕，今非舊日形。問家已是雲横嶺。啖松食柏非勉强，要喫苦，全真性。（合）如睡覺，似醉醒，避煩擾，尋清靜。

【傍妝臺犯】住蓬瀛，再不見咸陽宮殿，三月火騰騰，纔過眼朝霞起，更回首暮雲生。絶鶯燕閑來往，製猿馬狂奔競。（合前）

【解三醒犯】粘壁蝸教他不領，撲燈蛾勸他不省。豈知身害膏肓病，猶貪利，尚争名。一任拿龍捉虎雄心逞，怎免得牽犬東門逐兔驚。（合前）

【調角兒序犯】也不管誰該戰争，也不管誰該吞并。也不管誰該廢傾，也不管誰該强盛。出禍坑，離機穽，結仙盟，長門永巷無憑證。（合前）

【尾聲】得長生實爲天幸，一般瀟灑月兒明，楚塚依然對漢陵。

○紅蕖記

（仙吕入雙調）【朝元歌】《銅鞮》幾聲，峴首愁陰醒。楊枝有情，楚館纖腰冷。岸遠沙迴，鷺群鷗影，萬里三湘雲暝。風雨人行，似游魚刺撥常自驚。何處問平生，乾坤水上萍。（合）休嗟榆景，且笑把佩蘭相贈。（眉批：沈先生已訂此當作【朝元令】，而此復作歌，何也？）

【前腔】客舫乘風相競，飄飄五兩輕。帆掛落霞明，人在壺天，清虚靈境。翠荇文鴛相映，并浴幽汀，連娟喜聞接翅鳴。江與放船清，遥天雨外晴。（合前）

○又

〔商調〕【四时花】春態暗關情，這眉間恨心間事，特地難平。卿卿，淩波步懶心自迎，低鬟斂眉含笑驚。坐來時百媚生，彈垂羅袖，軟玉半傾。針將綫引不住停，恍惚見赤繩，促急里憑誰拴定？却又是竿影帶影，絲影手影香影。

【前腔】睡起不勝情，見舟中客把胸中悶、一霎都平。憐卿，憑欄眉語神暗迎，我嬌多幾番魂似驚。不由人愁又生，有心和你，將肺腑盡傾。只怕風帆霧槳不暫停，合夜彷佛對玉繩，怎將似雙星期定。趁雲影漢影，山影水影船影。

【集賢賓】他嚴妝嫩臉花正明，向薄綺疏櫺，潮落波平開晚鏡。看垂鈎纖手偏輕，似紅蕖露冷。秋色共長江相映，我專意等，願你爲交甫解佩投瓊。（眉批：爲，去聲）

【前腔】雖是其中詞義不甚明，想説着我坐對窗櫺，一似奇葩臨寶鏡。你這偷花手段須輕，今夜江空月冷，怕甚麼漁燈相映。我愁坐等，怎做得輕舉飛瓊。

【簇御林】把漁磯畔，當雀屏。七言詩，願結百歲盟，紅綃料比牽絲勝。何用把冰人倩，覷娉婷。魂迷色動，應解惜惺惺。

【前腔】雖没有芙蓉褥，雲母屏。這紅牋，已訂玉版盟，含情疊做同心勝。何用把雙魚倩，愧娉婷。只有蘭襟蕙性，脈脈自惺惺。

〔緩調〕【黄鶯兒】他早是目先成，便將人新句賡。只是語含糊未吐風流性。觸輕舟乍聽，訝江流有聲。喜只喜紅葉二字剛相應，這俏魂靈。争如倩女，千里逐郎行。

【前腔】撲通通井底墜銀瓶，側楞楞斷了碧玉箏，并頭蓮磣可可摧纖柄。廝瑯瑯偷香處掛鈴，疏刺刺雕鞍撒鎖鞓。眼睜睜折散鴛鴦頸。美前程，把嬌紅繫定，點點似守宫凝。

此齣爲傳中最關目處，詞亦好，牽强處亦時有之。沈先生病在以次闋步前闋韵，故往往急於得令，不得不扭合其詞，且并其意而病之矣。至於「嚴妝嫩臉」四字，尤屬可笑。以嫩臉贊美人，已醜坌矣，况可冠以「嚴妝」乎？十「影」尤駭，張子野三影便能不朽，沈先生乃欲七倍勝之邪？

北詞如《玉鏡臺》、《揚州夢》、《兩世姻緣》等劇，俱是此韵，不能悉録，聊録其佳句、佳闋。《玉鏡臺》第二折内有句云：「掿着春纖算有幸。」又云：「似這等酥密般搶白，折莫發作半生？我也忍得四星。」又云：「做一頭海來深不本分，使一場天來大昧前程。」又云：「不藉妝顔色花難并，宜環佩腰肢柳笑輕。一對不倒踏窄小金蓮尚古自剩。天公忒也忒世情，怎教他獨佔人家第一等？」《揚州夢》第四折有句云：「向着酒葫蘆着淹不曾醒，但説着花衚衕我可早願隨鞭鐙。」又云：「喜的是楚腰纖細掌中擎，愛的是一派笙歌醉後聽。你個孟嘗君妒色獨强性，靠損了春風軟玉屏，戲金釵唬嚇了冠纓。」【沉醉東風】闋云：「休想道唯吾獨醒屈平，則待學衆人皆醉劉伶。澆除了湖海愁，洗滌了風雲興。怕孤負月朗風清，因此上落魄江湖載酒行，糊塗了黄粱夢境。」《兩世姻緣》首闋【集賢賓】云：「隔紗窗日高花弄影，聽何處囀流鶯。虚飄飄半衾幽夢，困騰騰一枕春酲。趁着那游絲兒恰飛過竹塢桃溪，隨着這蝴蝶兒又來到月榭風亭。覺來時倚着這翠雲十二屏，恍惚似啜露飛螢。寸腸千萬結，長嘆兩三聲。」【逍遥樂】闋云：「猶古自身心不定，倚遍危樓望不見長安帝京。何處也薄情，多應戀金屋銀屏。想則想于咱不志誠，空設下磣磕磕海誓山盟。吃緊的關河又遠，歲月如流，魚雁無憑。」【上馬嬌】：「我覷不的雁行弦斷卧瑶箏，鳳嘴聲殘冷玉笙，獸面烟消閑翠鼎。門半掩悄悄冥冥，斷腸人和泪夢初醒。」

○龍泉記

〔越調〕【小桃紅】愁雲慘淡山雨新暗，古道泥猶濘也。可奈弓鞋小勉强奔前程。心凄愴泪盈盈，怎當得路迢遥石峻嶒，陰風冷也。得失窮通皆有命，任骸骨付蒿萊萬古恨冥冥。【山下虎】行行且止，止復行行。無奈程途險，教人怎不泪零？最可憐白髮高堂，和那天涯弟兄，不審安危與死生。樹林中來人影，隔崦遥聞雞犬聲。去去人家近，可問路程，黄葉青山落照明。（夾批：近，借韵）

○又

〔仙吕入雙調〕【柳摇金】湖開銀鏡，山圍錦屏，舟在畫中行。閗鴨隨潮亂，飛鷗落水輕。何處是吴山淞水，翹首暮雲横。行踪未定，渾如海萍。（合）江清水碧，水碧沙明，照見倚橈人影。

【前腔】烟波千頃，鷺鷀滿汀，潮落石稜稜。頃刻風未便，雲帆百里程。忽聽得人家雞犬，背水有孤城。見魚鹽入市，商人沸騰。（合前）

【前腔】奴歸鄉井，郎之帝京，江樹遠含情。歧路隨山轉，柴門臨水扃。遠遠見雲旌風旆，驛館候人迎。念我裙釵，也叨此榮。（合前）

【前腔】中流畫艇，咿啞櫓聲，驚散野鷗盟。遠水連天白，遥山隔岸青。見蘆花灣裏，落日照魚層。喜雲收霧斂，天開晚晴。（合前）

○明珠記

〔仙吕入雙調〕【朝元令】風回楚城，五月黄梅景。烟浮帝京，千里紅塵永。自挈圖書，遠辭鄉井。重念渭陽恩，幸欲叙生平。南風細吹雙轂輕。裊裊柳條青，依依游子情。（合）迢遥華省，客凝望楚天雲冷，楚天雲冷。

【前腔】才子名高鄢郢，風流蓋世情，文采照三京。試問時流，有誰堪并？莫向蓬蒿延頸，有日飛騰，摶風兩翅九萬程。重振舊家聲，依然故里榮。（合前）

【前腔】斜日柘林風静，征人汗滿纓，田父正躬耕。對此艱難，迷心重醒。何處凉亭酩酊，散

髮層冰？人生揔爲名利縈。瀟灑羡嚴陵，滄江弄釣罾。（合前）

【前腔】縹緲紅雲墜影，荆山暑氣清，斜日槿花明。舉目黄沙，悶人時景。何處猿啼深嶺，腸斷三聲？回頭故鄉初一程。緩轡話離情，凄凄芳草生。（合前）

○又

【七犯玲瓏】【香羅帶】秋雲淡淡横，凄凉父子情，回頭枉望斷孤雲影。【梧葉兒】冷落彩衣輕，他平昔英雄志，翻成憔悴形。【水紅花】嘆人生，前程不定。萬里雲霄得意，一旦網羅嬰。【皂羅袍】恨浮塵偏掩日光晶，想春風何日吹枯梗？囚鸞檻鳳，人意怎平。飛霜下雹，天心自明。【桂枝香】耿耿孤忠在，悠悠怨氣騰。【排歌】心空切，救不能，夢魂長繞夏臺城。

【黄鶯兒】怎得似緹縈？（眉批：「雹」，借作去聲。）

【前腔】秋花點點馨，添人憶遠情。當年折桂客多豪興，到今日桂飄零。他也飄零在天涯路，存亡信未憑。憶賢甥，風流玉瑩。從幼嬉游繞膝，一旦受伶俜。想饑寒何處度餘生？怕時乖陷入兵戈境。功名有分，雲程未勝。琴書無恙，春闈早登。何日重相見，還須續舊盟。關山冷，雨雪清。生來富貴幾曾經，彈鋏向誰庭？

【前腔】秋梧颯颯鳴，偏傷慈母情。便逢着春花也添愁症，怎禁聽落梧聲。怕他傷心劇，假歡顔順承。泪偷傾，悄聲温清，争奈西山薄日，不肯爲人停。怪萱花不耐雪侵凌，恨西風偏撼殘燈影。全家遭難，猿愁鶴驚。故園無主，松摧氣零。説着傍人慘，教他泪怎不傾？深宫杳，綉户扃。何年鸚鵡脱金鈴，古鏡得重明？

【前腔】秋荷片片擎，渾如弱女情。西風把紅艷都吹浄，冷落小池萍。裊裊嬌羞態，怎禁風浪撑？痛娉婷，膩腮香頸。只合深藏畫閣，早逐風和鳴。怎教人寂寞守孤燈，盼羊車不到蒼苔徑。上林春信，望斷雁翎。小窗明月，吹徹鳳笙。迢遞秦樓約，淋漓湘竹凝。臨愁鏡，倚悶屏。畫眉無處覓張卿，只落得烟靄隔重城。

此四闋亦清，但覺情思易竭，底里盡窺耳。若以明珠本色字面在内點綴，便應不至空疏若此。其一二脱韵處，已悉爲攛去矣。

詞隱先生曰：「此調舊譜所無，創自祝希哲，但【梧葉兒】三句全不似，不知何故？又將商調與仙吕相出入，亦非體。」

按：沈先生以此收入附録，故余亦不敢妄置何宫調。雖然，希哲「新紅上海棠」，故自佳也。

○浣紗記

〔正宫〕【朱奴兒】念國土連年戰争，爲宗社勉爾行成。忍耻含羞送子行，須委曲順從强硬。（合）承君命，遨游虜庭，何日見烽烟静。

【前腔】遭國難常將命輕，趨王事焉敢留停？今辭君到彼營，料舌劍必然全勝。（合前）

【前腔】悲相送天高日晶，臨兵刃誰肯孤征？試聽青萍匣底鳴，看忠義長虹直耿。（合前）

○又

〔南吕〕【金落索】三年曾結盟，百歲圖歡慶。記得溪邊，兩下親折證。聞君滯此身，在吴庭，害得心兒徹夜疼。溪紗一縷曾相訂，何事兒郎忒短情？我真薄命，天涯海角未曾經，那時節異國飄零。音信無憑，落在深深井。（紅筆小字注：「身」字不用韵。）

【前腔】別來歲月更，兩下成孤另。我日夜關心，奈人遠天涯近。區區負此盟，愧平生，誰料頻年國勢傾。無端又害出多嬌病，羞殺我一事無成兩鬢星。奉君王命，江東百姓全是賴卿卿。望伊家及早登程，不必留停，婚姻事皆前定。（紅筆小字注：「盟」字不必韵。）

○又

〔南吕〕【三换頭】孤身隻影，未識王家行徑。况天南地北，路途誰慣經？未往先戰驚，這其間只是我不合來溪邊獨行。羞殺人兒也，浣紗誰聘問？敬謝君家，這樣婚姻緣莫作成。

【前腔】鑾車奉迎，笙歌迭進。王都近也，看歡聲遍城。此去一生歡慶，這壁廂只得把那壁廂暫時承領。况且君王望，緊行莫住停。奉告娘行，這段姻親真作成。

○又

〔南吕〕【梁州序】三邦齊會，一時同姓，最喜親盟折證。年年修職，及時貢獻王庭。但願皇圖萬載，列國千秋，壽并南山永。車書今一統，盡澄清，會看周公禮樂興。（合）劍履肅，冠裳映，看兄酧弟唱能恭敬。躋化域，共歡慶。

【前腔】黄花時候，清秋風景，勁翮長共馳騁。蘇臺縹緲，堪憐塞雁孤征。羞見銜蘆北度，避弋南征，不受些兒驚。此身如隻侶失群鳴，看聳翼翱翔到海溟。（合前）

此下尚有【節節高】、【尾聲】，有出韵，不録。「勁翮」句似指雁，不應在「黄花清秋」下，便無着落。

○玉玦記

〔南吕〕【三學士】閬閬蟬聯知有幸，扶摇好薦鵬程。當思貽轂三槐在，莫負還鄉駟馬行。（合）飲餞臨期心耿耿，歸來後喜氣生。

【前腔】青鏡孤鸞愁舞影。書封雁足難憑。憐予尚惜牽衣别，慰子終當珮印行。（合前）

【前腔】待價藏珠未可輕，一朝持獻明廷。碧山肯爲移文恥，白馬終看奉詔行。（合前）

○又

〔南吕〕【香柳娘】念匆匆遠行，念匆匆遠行。含悲自省，天涯已在須臾頃。我愁煩倍增，我愁煩倍增。鴻迹等浮萍，銀瓶怯修綆。（合）聽陽關泪傾，聽陽關泪傾，殷勤渭城，不堪孤另。

【前腔】想凄凉怎生，想凄凉怎生？綺羅春静，枕花紅泣鴛鴦并。怕清宵漏永，怕清宵漏永。綉被擁雞聲，梨花月痕冷。（合前）

【前腔】把金韉乍整，把金韉乍整。滿前孤興，馬蹄香散飛花徑。聽嚶嚶鳥鳴，聽嚶嚶鳥鳴。芳草最關情，萋萋織烟暝。（合）想臨安玉京，想臨安玉京，雙龍紫庭，紅雲遮映。

【前腔】嘆驅馳未寧，嘆驅馳未寧。蒼蒼暮景，垂楊古渡黄塵迥。望炊烟已青，望炊烟已青。樵斧隔林聲，斜春半村影。（合前）

○又

〔雙調〕【錦堂月】舞架紅英，翻階翠葆，修篁數枝相映。小靨圓荷，池塘乍弄初晴。桃花暖春駐瑶池桐，葉暗晝長金井。（合）延麗景，但歌徹南飛，共酬佳興。

【前腔】堪并，岱嶽峥嶸，駢來五福，遐齡已見川增。萼緑飛瓊，相將駐顔同永。蓬壺上鶴駕

齊翻，綉幌内鸞篦初整。（合前）

【前腔】歡慶，金屋娉婷，紅顔慢笑，芳妍可妒雙成。青鬢流年，花滿玉臺明鏡。舞《霓裳》時度雲和，歌寶扇重尋月影。（合前）

【前腔】思省，花月浮生，歌臺舞榭，猶憶少年馳騁。暮去朝來，真如覆塵難憑。青陰重巫峽春歸，黄葉慘潯陽秋冷。（合前）

【醉公子】欣幸，這淑女芳年鼎盛。且莫惜黄金，更羞囊罄。畢竟，誓白首同歸，比翼鶼鶼效此生。（合）拚酩酊，算此樂人間，不減登瀛。

【前腔】須聽，論衣紫腰金有命。信閑處光陰，隙駒難定。那更，怕堅閉愁城，攻破時教仗酒兵。（合前）

【僥僥令】檐牙斜日暝。簾頞晚風輕。看湖上好風峰一帶清來迥，新月上山城，天際明。

【前腔】蓮花紅燭影，鐵撥紫槽聲。一任履舄交加喧争競，香霧轉冥冥，雲錦屏。

【尾聲】王侯佳第多鐘鼎，念此日風流還勝，但只恐素髮盈盈。

◯又

〔仙吕〕【甘州歌】東南勝景，控武林都會，亘古名城。瓊田玉界，隱約碧澄千頃。雲連竺寺三天境，路轉松濤九里聲。浮塵斷，宿雨晴，蘭皋衡渚杳然青。紅芳盡，緑蔭榮，動人香艷一枝明。

【前腔】烟霞最上層，又飛來何處？峭峰高并。樓臺鐘磬，天風引落南屏。游人尚識呼猿洞，鳴鳥空依放鶴亭。丘樊繞，蘿薜縈，短檐茅屋酒旗青。金瓦小，羅袂輕，雕鞍玉勒照花明。

【前腔】重湖入望平，似西施眉黛，倒涵山影。六橋陳迹，猶傳白傅高情。逋仙嶼中梅已老，蘇小堤邊柳自生。菱歌起，漁唱停，片鷗飛破水痕青。紅衣婣，翠蓋擎，隔花人語綺羅明。

【前腔】樓船載酒行，驟鴛鴦驚起，雙飛明鏡。朝雲何處，空憐草宿寒坰。石邊欲覓三生話，閣上誰題四照名？吴宫渚，越樹傾，伯圖零落暮山青。釵金冷，塵玉横，唾花香漬舞衫明。

【尾聲】惜芳辰，眈餘景。西陵先有月華生，好向津頭問去程。

此詞甚佳。有西湖，便合有此詞。四「青」字，四「明」字，亦甚俊。白璧微瑕，在結語收不住耳。

○又

〔商調〕【山坡羊】夜迢迢圜扉人静，氣蕭蕭桁楊秋冷。霧濛濛月輪半明，昏慘慘照我形和影。旅雁征，嘹嘹入塞聲。長安蕩子居無定，怕泪血共緘素帛行。（合）浮生，冬來薄似冰。

離情，秋來葉又零。

【前腔】恨綿綿鸞分青鏡，怨悠悠瓶沉深井。語凄凄閑階候蟲，幽寂寂一室如懸磬。魂暗驚，誰家砧杵嗚？天涯正切無衣咏，肯信寒衣織不成。（合前）

○又

〔商調〕【二郎神】罹灾眚，嘆三年把身拘坎穽。念修短榮枯皆已定，要成仁取義，鴻毛視死何輕。刎頸投崖心耿耿，誰待去偷全首領？烈錚錚，史書上教人永播芳聲。

【囀林鶯】和伊結髮同死生。存亡尚自難明。在九地黄壚須待等。只怕似從前玉玦無憑，真成薄命。也落得個不虧名行。泪盈盈，料此身終天抱恨幽冥。

【啼鶯兒】魚腸出匣風雨嗚，雄雌躍冶曾并。奈一朝分影豐城也，還同我孤另。便鐲鏤沾濡血痕。要學你心腸剛硬。想青萍，高懸宰樹，何處是玄扃？

【御林鶯】摻持久，卧起并。幸無他豹虎攖，不堪長别添悲哽。將成令名，須拚此生。蜉蝣那得延俄頃。恨難平，山頭化石，只作望夫形。

【黄鶯兒】冥漠有歸程，向溝渠甘自經，瓦全争願圖僥倖。花開雨晴，雲收月明，似秦生破械天心應。（合）謝明靈，精神感格，從此是餘生。

【前腔】長夜若爲明，頓教人涕滿膺，三年縲紲相依憑。鏡分可并，珠還有徵，想河神不爲瓊纓請。（合前）

○又

（黄鐘引）【女冠子】鷫鸘裘冷，凄風淡日邊城。破壘殘營，黄沙白草，但聞斷角悲笳相應。彤庭今得請，更喜方叔桓桓，千里提兵。爲看宣威神武，閫外一聲將軍嚴令。

（南吕）【奈子花】統熊羆萬騎天兵，度山川古磧分營。藏機蓄鋭，殲夷梟獍，張九伐廟謨先定。（合）須聽，把功業早銘鐘鼎。

【前腔】看雕戈鏤甲峥嶸，盡搴旗斬將豪英。腥膻群醜，一朝勘定，試七擒運籌决勝。（合前）

【節節高】天河洗甲兵，蠢蠻荆，長蛇封豕空馳騁。銜王命，討不庭，歸侵境，岱山哀哭無苛政。（合）捷書先奏未央宫，他年麟閣揚名姓。（紅筆小字注：「岱山」句無爲。）

【前腔】終軍憤未平，請長纓。盧龍已擊單于頸，遷商鼎，鞭楚平，城鄢郢，除兇雪恥功全盛。（合前）

【前腔】戎車甫載征，儼雷霆。徐方枕奠淮夷静，瘦癃拯。黎庶寧，衣冠幸，漢家營壘旌麾

正。（合前）

○又

〔仙吕入雙調〕【玉抱肚】蜂媒曾訂，恨花期屢作變更。喜扁舟已逐鴟夷，且休論越敗吴成。（合）心中自省，人生大夢信無憑，蠻觸徒然有戰争。

【前腔】狙奴徒逞，問囊空可得再盈？怕辜他玉杵先投，使藍橋早睹雲英。（合前）

【前腔】鶯期纔整，爲新歡已失舊盟。看長條攀折他人，想韓郎空賦青青。（合前）

【前腔】狐疑難定，管教他聽徹層冰。算玉車得解重圍，也堪旌紀信功成。

四小令極俊潔可喜。獨「心中自省」三句合頭無爲。

○又

〔仙吕入雙調〕【園林好】念昔日魚龍未明，論物色塵埃可輕。引手直從淵穽。懷厚德，敢忘情？懷厚德，敢忘情？

【前腔】厭藜藿曾同釜鐺，飽公餗今餘豆登。始信榮枯有定。都將相，拜公卿。都將相，拜公卿。

【川撥棹】嘆義俠真堪敬，愧炎凉生俄頃。自銜恩骨鏤心銘，自銜恩骨鏤心銘，元振從今有令聲。（合）這相逢眼倍青，這相逢眼倍青。

【前腔】好學成都駟馬行，看列戟門墻光彩生。念一家寥落晨星，念一家寥落晨星，怕彭澤歸無稚子迎。越教人百感增，越教人百感增。

【尾聲】懷鄉國，滯帝京，想潘岳愁顔難整，白髮新添四五莖。

郭元振資財四十萬與人治喪，無所悋，用此亦欠切。

○玉合記

〔北雙調〕【新水令】一生塵土夢初醒，幾年來隱名留姓。烏飛和兔走，虎鬥與龍爭。誰是惺惺，百忙裏難題省。

【南前腔】曉帳沉沉茱萸冷，鳥喚東風醒，香肩并影行。一抹生烟，柳昏花冥，何處把車停。試看人在瑶華鏡。

【北折桂令】則空憐一事無成，儘家緣一諾都傾，穩趁着一介書生。今日這綉户銀屏，鵶青獸錦，婢織奴耕，一任你支分管領。伴他們嬝娜娉婷，早成個錦片前程。俺可便無錢斷酒，折莫也垂老修行。

【南江水兒】一片英雄氣，三年客旅情，疏財仗義交曾訂。騎來匹練穿花影，偎將雙袖臨妝靚，况復傾家相贈。三匝堪棲，到教你南枝孤另。

【北雁兒落帶得勝令】俺也曾脚蹬將日窟平，俺也曾手撼得天關應，俺也曾指山河帶礪盟，俺也曾驅虎豹風雷令。到頭來長揖謝公卿，暗妝孤花柳情。打滅下𪊲豪性，做幽居不用名。盈盈，漸白髮飄明鏡。泠泠，我則待駕鸞驂上玉京。

【南僥僥令】佳期空自定，别恨轉多縈。縱有日相邀雲路迥，料環珮只空歸月下聲。

【北收江南】呀！你子道環珮只空歸月下聲，誰持會到蓬瀛。可知那飛梭日月一棋枰，更茫茫欲海幾千層。俺虚飄飄此行，虚飄飄此行，甚的是東風回首不堪情。

【南園林好】聽金雞雲中共鳴，看青鸞筵頭共行。願傍着蓬山芝嶺，隨子晉學吹笙。搗靈藥免長生。

【北沽美酒帶太平令】蓮峰矗紫閣横，蓮峰矗紫閣横，仙露掌白雲庭。杯酒殷勤唱渭城，疊陽關送行，正垂柳怨青青。早除却花魔酒病，慣聞他鶴唳猨聲。守清夜藥爐丹鼎，張碧落粉圖霞帳。你呵！若問俺今生，試聽一待滿千齡再經，呀！怕難尋舊家門徑。

【南尾】風花聚散真無定。憶歲歲王孫草色青。空擲下千金結客名。

○灌園記

〔仙吕〕【八聲甘州】嬴瓶斷綆，念當年先已委質齊廷。只爲諫王不聽，因此上退歸鄉井。餘年幸得全首領，難比幡然莘野耕。浮生，與清風皓月，久已忘形。

【前腔】要屠城，心中自省，没來由爲我害及生靈。存亡天定，又何須刼以强兵。須知溝壑甘自經，一死還留千載名。權衡，把平生事業，付與結纓。

○長命縷

〔仙吕入雙調〕【朝元歌】春殘廣陵，細柳隋堤冷。烟迷秣陵，芳草吴宫暝。漸遠秦京，驟遷周鼎。可惜衣冠空領，江漢長征，臨流欲濟無限情。瓜蔓水初生，梅黄雨乍晴。（合）帝星耿耿，試南望五雲光映。

【前腔】這是雪消巴嶺，江流繞石城，宛在鏡中行。岸闊潮平，帆開風正。遥憶綺霞餘咏，璧月停聲，江山六代多戰争。峰寫翠蛾横，洲驕白鷺明。（合前）

此等詞于禹金傳中不可多得。然「秦京」、「周鼎」，「漸遠」、「驟遷」，俱不相黏屬。

○弈棋 元

〔南吕〕【一枝花】黄金罷酒籌，彩筆停詩興。青雲盈座榻，紅日滿檐楹。閑展楸枰，初布勢求全勝，後分途起戰争。保無虞端可藏機，觀有釁方堪入境。

【梁州】響錚錚交鋒遞子，密匝匝彼此排兵。王質斧爛腰間柄。機深脱骨，智淺逢征。堅牢正走，取敗斜行。勢將頹鋭意侵陵，局已勝專保求生。兩家持各指鴻溝，幾番詐宵奔馬陵，數重圍夜遁平城。猛聽，一聲，盤中子落將軍令。黑白滿勢難定，緊緊收拾未見贏，怎敢消停。

【尾】壯如楚羽來扛鼎，險似韓侯出井陘。低昂豈敢輕相應，切勿食餌兵，更休圖小成。細看來孫武權謀，其實的細相等。

袁西野有敗奕詞極佳，當與此參看。録齊微韵中。

元詞中又得《離恨》一【尾聲】甚佳，云：「痛恨西風太薄幸，透窗紗吹滅銀燈。到少了伴人愁瘦身軀憔悴影。」大率【尾聲】最難于緊峭，世人作詞至此，每每忽之，何也？

○彩毫記

〔南呂〕【梁州序】菰雲閉霽，蘋風薦冷，一碧微茫萬頃。玉簫金管，長天月落沙明。只見晚山如黛，遠水拖藍，平展玻璃鏡。隨流飛，一棹畫中行，夾岸峰巒個個迎。（合）清瀨轉，紅妝映。鴛鴦鸂鶒鷺難定，論泛賞此回勝。

【前腔】瑶空入暮，銀蟾破暝，天上樓船坐迥。蒹葭蕭颯，冷風徐度歌聲。只見帆低鶴鸛，笛起魚龍，潭影涵深靚。錦袍仙子降下神京，兩腋飄飄羽翼輕。（合前）

【前腔】曲闌珊歌扇初停，影蹁躚舞群重整。羨驚鴻出浦，落雁投汀。真個是采珠洛水，解佩江皋，神女羞堪并。何當塵土質伴仙卿，疑踏金鰲背上行。（合前）

【前腔】二神姬鼓瑟湘陵，兩仙郎吹簫緱嶺。任光生若木，香掩芳蘅。亦何妨縱觀都市，人隘耶溪，千古風流盛。遥空凝紺，碧月華生，紅閣含烟夜氣清。（合前）

【節節高】仙槎接漢平，傍疏星，晚天如洗浮黎静。銀箏冷，珠斗横，金尊罄。羅衣不耐江風勁，玉人寒粟膚逾瑩。（合）便欲同爲上清游，白鸞黄鵠堪乘興。

【前腔】波間月更明，跨長鯨，捉來兔魄冰壺映。龍笙應，鼉鼓鳴，蛟宫静。懷沙肯作靈均醒，廣漢還許仙音聽。（合前）

【尾聲】天狼照夜妖氛盛，落江湖且占客星，誰識磯頭垂釣情。

○又

〔仙吕入雙調〕【步步嬌】鈿合秋光釵痕冷，金屋蒙恩幸。銀河指二星，并蒂花開，合歡衾整。璧月照深盟，芙蓉香傍鴛鴦暝。

【五更轉】自入宫，臨鸞鏡，荷君王，宿世情。三千粉黛悲孤影，多少紈扇興歌，空懷金井。最可憐夜欲闌雕欄憑。名花宿酒，人初醒。斜倚七寶床邊，猶憶沉香風景。〔眉批：此是【南吕】〕。

【江兒水】才子登金殿，酕醄帶宿醒，彩毫光與名花映。昭陽飛燕新妝并，玻璃酌酒聊相命。何物含沙射影，一出神京，展轉飄零萍梗。

【玉交枝】弦歌厭聽，久相思君王志誠。豈無粉黛娛衰景，料不忘海誓山盟。玉京仙館雖注名，金屏舊約還重訂。藕絲牽今生正縈，葛藤纏來生不定。

【玉山供】胡塵怎驚，整鑾輿倉皇出城。諜軍聲白羽争喧，掩啼痕紅袖俄頃。香殘玉碎，羅襪飄沉。峻嶺古道風烟冷，草花平，啼鵑夜夜月華明。

【解三醒】謫人間原從仙境，謝塵寰復返瑶京。上清嗔我行多眚，罰教來給使蓬瀛。提罌松下蚪丹井，摻帚花前掃落英。堪悲省，這是我塵心不斷，靈骨難成。（眉批：此是【仙呂】。）

【三學士】玉環恩賜吾小名，今將去堪爲信憑。珮環曾説多交甫，條脱應知增許卿。好與情人寬晚景，休爲我長泪零。（眉批：此是【南吕】。）

【園林好】想君王年來鬢星，在人間無多暮齡。受何限風流歡慶，好回首辨前程，好回首辨前程。

【僥僥令】愛河波萬頃，慾海浪千層。似君妾相思天地永，怎能勾斷因緣，出死生？斷因緣，出死生？

【尾聲】雙星會合期難定，歲歲年年絆此情，只虧殺姮娥無伴萬古凄清。

宫調錯亂，緯真慣用之，何也？豈爲「昨夜春歸」散曲所誤邪？結句亦無力。

○李亞仙曲江池 元石君寶

〔中吕〕【粉蝶兒】月館風亭，則爲這虔婆上樑不正，這些時消疏了燕燕鶯鶯。風月所得清白，雨雲鄉無粘帶，烟花寨耳根清净。問亞仙今世今生，則除是鄭元和可便了深達命。

【醉春風】咱這裏温水浸瓊花，尚兀自冰澌生玉鼎。似這等揚風攪雪没休時，他怎不冷，冷。你去那出殯處跟尋，起喪處訪問，下棺處打聽。

【十二月】遍乾坤冬寒暮景，寰宇内糝玉篩瓊。長街上陰風凜冽，頭直上冷氣嚴凝。又不曾虧負了蕭娘的性命，隨同姓你又不同名。

【堯民歌】你本是鄭元和也上酷寒亭，俺娘那茅茨火熬煎殺紙湯瓶。捉的那錦鴛鴦苦死要拆翎，打的那比目魚切鱠尚嫌腥。他便天生天生愛鈔精，爭甚虔婆每一個個傳槽病。

【滿庭芳】怎不教元和猛驚，那裏是虔婆到也，分明是子弟灾星。這一場唱叫無乾凈，死去波好好先生。你便拿住風月所和奸，檢着樂章律依法施行。常拚着枷梢上釘長釘，你可問臨川縣令，可不道惺惺自古惜惺惺。

【耍孩兒】雖不曾把黄金堆到北斗杓兒柄，也做得過家私迭等。只爲你虚心假意會勞承，賺的他囊橐如冰。有錢便有一家兒簇捧做胸前肉，没錢呵半合兒憎嫌做眼肉釘。早把倒宅計安排定，只爲些蠅頭微利蹬脱我錦片前程。

【三煞】賣弄甚錦綉幃翡翠屏，則他這瓦罐兒早打破在你胭脂井。他便能飛也飛不出千重網，會跳也跳不過萬丈坑。鄭元和親身證，你若將他趕離後院，少不得我也哭倒長城。

【二煞】我和他埋時一處埋，生時一處生，任憑恁惡叉白賴尋爭競。常拚個同歸青塚抛金縷，更休想重上紅樓理玉箏。非是我誇清正，只爲他星前月下，親曾設海誓山盟。

【尾煞】我比那謝天香名字真，他比那柳耆卿也斤兩平。折莫你將定盤星生扭做加三硬。

你待要我賣笑求食，好將我來慢慢的等。

○陳摶高卧　東籬

〔仙吕〕【點絳唇】定死知生，指迷歸正，皆神應。蓍插方瓶，香爇雷文鼎。

【混江龍】開壇講命，六爻搜盡鬼神驚。傳聖人清高道業，指君子暗昧前程。袍袖拂開八卦圖，掌中躔度一天星。也不論冠婚宅葬，也不論出入經營，但有那辨吉凶問枯榮，買卦的心尊敬，我也則全憑聖典，不順人情。

【油葫蘆】古聖傳留周易經，有幾人能窮究的精？誦讀如坐井，不能明。伏羲以上無人定，仲尼之下誰人省。俺下的數又真，傳的課又靈。待要避兇趨吉知天命，試來簾下問君平。

【天下樂】憑着八字從頭斷一生，丁寧，不教差半星。論旺氣相死囚憑五行。似這般暗奪鬼神機，豫知天地情，堪教高士聽。

【醉中天】我等你呵似投吴文整，你尋我呵似覓吕先生。教我空踏斷草鞋雙帶鞓，你君臣每元來在這搭兒相隨定。這五代史裏胡厮殺不曾住程，休休則管埋名隱姓，却教誰救那苦懨懨天下生靈？

【後庭花】這命乾是丙丁戊己庚，乾元亨利貞。正是一字連珠格，三重坐禄星。你休道俺不着情，不應後我敢罰銀十錠，未酬勞先早陪了幾瓶。

【金盞兒】到這戍字上呵水成形，火長生，避乘龍大小運今年并。後交的丙辰一運大峥嶸。日犯空亡爲將相，時逢禄馬作公卿。你是南方赤帝子，上應北極紫微星。

【後庭花】黄河一旦清，東方日已明。有興處飲醁醑千鍾醉，没人處倒山呼萬歲聲。貧道呵，索是失逢迎。遇着這開基真命，拼今朝醉不醒。

【金盞兒】那汴梁左關陝，右徐青，背懷孟，附襄荆；用兵的形勢連着唐、鄧，太行天險壯神京。江山埋旺氣，草木助威靈。欲尋那四百年興龍地，除是這八十里卧牛城。

【醉中天】你是五霸諸侯命，一品大臣名，乾打哄胡廝噥過了半生。注定你不帶破多殘病，命中有愁甚眼睛？兀那明朗朗群星雖盛，怎如恁孤月偏明。

【金盞兒】投到我石枕上夢魂清，布袍底白雲生。但睡呵一年半載没乾浄，則看恁朝臺暮省干功名。我睡呵黑甜甜倒身如酒醉，忽嘍嘍鼾睡似雷鳴。誰理會的五更朝馬動，三唱曉雞聲。

【賺煞】治世聖人生，指日乾坤定。何須把山野陳摶拜請。若久後休忘了這青眼相看應弟兄，不索重酬勞賣卦先生。從今後罷刀兵，四海澄清，且放閑人看太平。我又不似出師的孔明，休官的陶令，則待學釣魚臺下老嚴陵。

○凍蘇秦 元

〔仙吕〕【點绛唇】我又不會下賤營生，特的來上朝取應。離鄉井，感的這時氣天行，早是我身耽病。

【混江龍】俺把指尖兒掐定，整整的二十年窗下學窮經。苦了我也青燈黄卷，悮殺人也白馬紅纓。本待做大鵬鳥高摶九萬里，却被這惡西風先摧折了六梢翎。端的是雲霄有路難僥倖，把我在紅塵埋没，幾時得青史上標名？

【油葫蘆】難道我不想功名只這等？但有盤纏便進程。我可也心高氣傲惹人憎，因此上空囊那討一文剩，只落的孤身干受十分冷。昨日個風乍起，今日個雪飄零。則我這領破藍衫剛有那一條圐圇領，那夜裏不長嘆到二三更？

【天下樂】可正是酒冷燈昏夢不成，則我這孤形土炕冷，兀的不着我翻來覆去直到明。且休説冰斷我肚腸，争些兒凍出我眼睛。哎，抵多少畫堂春自生。

【元和令】你道我滿胸中文學精，又道我有才華會施逞。可不道黄河有日也澄清，偏則是我五星，直恁般時乖運蹇不通亨，覷功名如畫餅。

【上馬嬌】那一個不把我欺，不把我凌？這都是冷暖世人情。直待將牙爪安排定，驚，方知道畫虎恁時成。

【後庭花】他他他滄海將升斗傾，泰山將等秤稱。鰲魚向池中養，鳳皇在籠内盛。我只今眼睁睁，捱盡了十分蹭蹬。待要去做庄農又怕悮了九經，做經商又没個本領。往前去賺入坑，往後來褪入井，兩下里怎據憑？折磨俺過一生。

【青哥兒】也是我那前程、前程不定，百忙里揣摩、揣摩踪影，還説甚有志的從來竟成。想當初伊尹在莘野躬耕，傳説版築勞形，憑驢彈鋏知名，甯戚扣角歌聲，孫臏足趾遭刑，百里奚陪嫁秦庭。這都自古豪英，個個白衣公卿。蘇秦也是書生，偏我半生飄零，一世不得峥嶸。都則爲命兒里注定在前生。我待和誰争競？

【賺尾聲】打滅了腹中饑，掙脱了身邊冷。謝長者將咱厚贈，免的我流落窮途涕泪零，只今日便索長行。看鯫生，黄榜高登，博一個千萬人中第一名。我將這星辰再整，乾坤來扶定。我則索去那虎狼叢里覓前程。

讀《凍蘇秦》，不覺泫然泪下。天之困厄文人也，其何如哉！

南北詞廣韻選　卷十六

尤侯

○西廂記·堂前巧辯

〔越調〕【鬥鵪鶉】則着你夜去明來，到有個天長地久。不爭你握雨携雲，常使我提心在口。則合帶月披星，誰着你停眠整宿？老夫人心緒多，情性㑳。使不着我巧語花言，將没作有。

【紫花兒序】老夫人猜那窮酸做了新婿，小姐做了嬌妻，小賤人做了牽頭。俺小姐這些時春山低翠，秋水凝眸。别樣的都休，試把你裙帶兒拴紐門兒扣，比着你舊時肥瘦，出落的精神，别樣的風流。

【金蕉葉】我着你去處行監坐守，誰着你迤逗的胡行亂走？問着這些兒如何訴休？我便索與他個知情犯由。

【調笑令】你綉幃里綢繆，倒鳳顛鸞百事有。我在窗兒外幾曾家輕咳嗽，立蒼苔將綉鞋兒湮透。今日個嫩皮膚倒將粗棍抽。俺這通慇懃的着甚來由？

【鬼三台】夜坐時停了針綉。共姐姐閑窮究，説張生哥哥病久。咱兩個背着夫人，向書房問候。道夫人事已休，將恩變爲讐，着小生半道喜變做憂。他道紅娘你且先行，教小姐權時落後。

【禿廝兒】我則道神針法灸，誰承望燕侶鸞儔。他兩個經今月餘則是一處宿，何須一一問緣由？

【聖藥王】我每不識憂，不識愁，一雙心意兩相投。夫人得好休，便得休，其間何必苦追求？可不是女大不中留。

【麻郎兒】秀才是文章魁首，姐姐是仕女班頭。一個通徹三教九流，一個曉盡描鸞刺綉。

【么】世有便休罷手，大恩人怎做敵頭？啓白馬將軍故友，斬飛虎叛賊草寇。

【絡絲娘】不争和張解元參辰卯酉，便是與崔相國出乖露醜。到底干連着自己骨肉，夫人索窮究。

【小桃紅】當夜個月明纔上柳梢頭，却早人約黄昏後。羞的我腦背後將牙兒襯着衫兒袖。猛凝眸，看時節則見鞋底尖兒瘦。一個恣情的不休，一個啞聲兒廝耨。呸！那其間可怎生不害半星兒羞？

【么】既然泄漏怎干休？是我先投首。俺家裏陪酒陪茶到擱就，你休愁，何須約定通媒媾。我做了個部署不收，你元來苗而不秀。呸！你個銀樣鑞槍頭。

【東原樂】相思事，一筆勾，早則展放從前眉兒皺。美愛幽歡恰動頭，既能彀，兀的般可喜娘龐兒要人消受。

【收尾】來時節畫堂簫鼓鳴春晝，列着一對兒鸞交鳳友。那其間纔受你説媒紅，方喫你謝親酒。

每讀《西廂》至此齣，未嘗不爲生、鶯兩人危之，謂此事定決撒了矣。及讀至「夜坐時」闋，不覺頤爲之解。「先行」、「落後」兩語，是姦情事極佳招伏。【禿廝兒】二闋，斬截痛快。「文章魁首」，著其才伎之相匹，利誘之也；「世有便休」，追其恩誼之當報，理諭之也；「參辰卯酉」，見事勢決當遂成之，勢禁之也。至「到底干連自己骨肉」句，則不能不竦然動容，剔然改慮，而爲之心折矣。譚言微中，可以解紛，信然歟？「月明才上」闋，文勢如決溜，是埋冤，是調戲。至「那其間」句，詼諧極矣。【調笑令】中「窗兒外」二句，亦極盡當時景況。而首闋純有常語入腔，殊覺斐然。

○又　泥金報捷

〔商調〕【集賢賓】雖離了眼前悶，却又早心上有；不甫能離了心上，又早眉頭。忘了依然還又，惡相思無了無休。大都來一寸眉峰，怎當他許多顰皺？新愁近來接着舊愁，廝混了難分新舊。舊愁似太行山隱隱，新愁似天塹水悠悠。

【逍遥樂】曾經消瘦，每遍猶閑，這番最陡。何處忘憂？看時節獨上妝樓，手捲珠簾上玉鈎，空目斷山明水秀。見蒼烟迷樹，衰草連天，野渡横舟。

【掛金索】裙染榴花，睡損胭脂皺；紐結丁香，掩過芙蓉扣；綫脱珍珠，泪濕香羅袖；楊柳眉顰，人比黄花瘦。

【金菊香】早是我只因他去減了風流，不争你寄得書來又與我添些證候。説來的話兒不應口，無語低頭，書在手，泪凝眸。

【醋葫蘆】我這裏開時和泪開，他那裏修時和泪修。多管閣着筆尖兒未寫先泪流，寄來書泪點兒兀自有。我將這新痕把舊痕湮透，這的是一重愁翻做兩重愁。

【么】當日向西廂月底潛，今日再瓊林宴上搊。誰承望跳東墻脚步兒占了鼇頭，惜花心養成折桂手，脂粉叢里包藏着錦綉。從今後晚妝樓改做了至公樓。

【梧葉兒】這汗衫他若是和衣卧，便是和我一處宿。但黏着他皮肉，不信不想我温柔。這裏肚常不離前後，守着他左右，緊緊的繫在心頭。這襪兒拘管他胡行亂走。

【後庭花】當時五言詩緊趁逐，後來因七絃琴成配偶。他怎肯冷落詩中意，我則怕生疏絃上手。這簪我須有個緣由，他如今功成名就，則怕他撇人在腦背後。這斑管湘江兩岸秋，當日娥皇因虞舜愁，今日鶯鶯爲君瑞憂。這九疑山下，竹共香羅衫袖口。（眉批：【後庭花】二闋入仙吕。）

【青歌兒】都一般啼痕啼痕濕透。這泪斑宛然宛然依舊。萬種情緣一樣愁，涕泪交流，怨慕誰尤。對學士叮嚀説緣由，休忘舊。

【醋葫蘆】你逐宵野店上宿，休將包袱做枕頭，怕油脂展污了恐難收。倘或水浸雨濕休便扭，我則怕乾時節熨不開了褶皺。一樁樁一件件仔細收留。

【金菊花】書封雁足此時修，情繫人心早晚休。長安望來天際頭，倚遍西樓人不見，水空流。

【浪裏來煞】他那裏爲我愁，我這裏因他瘦。臨行時掇賺我的巧舌頭，指歸期約定九月九。不覺過了小春時候，到如今悔教夫婿覓封侯。

首二闋俊俏婉麗，善寫怨女心曲。「心上」、「眉頭」、「這番最陡」，即情語之妙；「山明水秀」、「蒼烟」、「衰草」，即景語之妙。【掛金索】一闋，于描情之中，務裁艷句，雖爲王元美所賞，然是餖飣之詞，殊欠自然。「西廂月底」之下，悉是湊砌語，底裏易竭，邊幅亦窘。大抵此一闋也，漢卿非不竭蹶□擬實甫，而愈擬愈失，愈近愈遠，愈似愈非，不但學問之淺深，亦由天資之利頓。蓋實甫秀而麗，漢卿質而俗；實甫握珠吐璣，滔滔莽莽，漢卿摶沙弄泥，復傷率易。王元美評邊庭實詩，謂如五陵裘馬，千金少年，吾藉以評實甫。其評楊用修文，如繒彩作花，無種種生氣，吾藉以評漢卿。然元美于此道殊憒憒，故【掛金索】一曲，遂能博賞，不知此但睹其皮毛耳。試咀之，神理索然，如摇鞞鐸。故漢卿所補四折，止録其二，餘悉爲彼藏拙。不知我者以我爲詞家之商君，知我者以我爲九方歅也。

【醋葫蘆・幺篇】內「晚妝樓改作至公樓」，是成何語？可笑。

「眉頭」、「心上」，詩餘：「今朝眼底，明朝心上，後日眉頭」；又李易安詞：「才下眉頭，又上心頭」。「人比黃花瘦」，亦易安詞；「新啼痕間舊啼痕」，秦少游詞；「悔教夫婿覓封侯」，王龍標詩。董玄宰評書云：「右軍如龍，北海如象。」書畢，不覺失笑。總之，《西廂》止該至「草橋驚夢」折止。作一過墻枝看可也，惡用引繩批根乎？

○琵琶記

〔雙調引〕【寶鼎現】小門深巷，春到芳草，人家清晝。人老去星星非故，春又來年年依舊。最喜今朝新酒熟，滿目花開似綉。願歲歲年年，人在花下，常斟春酒。

〔雙調曲〕【錦堂月】【畫錦堂】簾幕風柔，庭闈晝永，朝來峭寒輕透。人在高堂，一喜又還一憂。惟願取百歲椿萱，長似他三春花柳。（合）【月上海棠】酌春酒，看取花下高歌，共祝眉壽。

【前腔】輻輳，獲配鸞儔。深慚燕爾，持杯自覺嬌羞。怕難主蘋蘩，不堪侍奉箕帚。惟願取偕老夫妻，長侍奉暮年姑舅。（合前）

【前腔】還愁，白髮蒙頭。紅英滿眼，心驚去年時候。只恐時光，催人去也難留。惟願取黃卷青燈，及早換金章紫綬。（合前）

【前腔】還憂，松竹門幽。桑榆暮景，明年知他健否安否？嘆蘭玉蕭條，一朵桂花難茂。惟

願取連理芳年，得早遂孫枝榮秀。（合前）

【醉公子】回首，嘆瞬息烏飛兔走。喜爹媽雙全，謝天相祐。不謬，更清談安閑，樂事如今誰更有？（合）相慶處，但酌酒高歌，共祝眉壽。

【前腔】卑陋，論做人光前耀後。勸我兒青雲，萬里馳驟。聽剖，真樂在田園，何必當今公與侯。（合前）

【僥僥令】春花明彩袖，春酒滿金甌。但願歲歲年年人長在，父母共夫妻相勸酬。

【前腔】夫妻長廝守，父母願長久。坐對兩山排闥青來好，看將一水護田疇，緑繞流。

【尾聲】山青水緑還依舊，嘆人生青春難又，惟有快活是良籌。

此慶壽之鼻祖也。今人作傳奇者，不論關目若何，第二出十九慶壽，遂成惡套，令人欲噦。不知《琵琶》之用慶壽者，要見父母年俱八十，伯喈遠宦爲非耳，豈泛泛以無所關係者湊出數乎？不獨慶壽爲然。《琵琶》有逼試，則亦有逼試；有行路，則亦有行路；若似乎一定不可易者。此何説也！況壽詞純用頭巾祥瑞語，湊成一片，全無本色切題語，即以甲本移之乙本，亦無不可。可笑可厭。此折四用「惟願取」，無不本色。又「心驚去年」與「明年知他」等句，俱有關鍵。「卑陋」一闋，外、净矛盾，大旨已略可睹矣。故觀「慶壽」，未嘗不恨高先生之作俑；讀壽詞，又未嘗不服高先生之獨詣也。落句「良籌」，俗本俱作「謀」，出韻，不敢從。第沿習已久，必有議其非者。（紅筆小字注：謀，忙逋切，與謨同音，在魚模韻。）

○又

〔越調引〕【祝英臺近】緑成陰，紅似雨，春事已無有。聞説西郊，車馬尚馳驟。怎如柳絮簾櫳，梨花庭院，好天氣清明時候。

〔越調曲〕【祝英臺】把幾分春，三月景，分付與東流。啼老杜鵑，飛盡紅英，端不爲春閑愁。休休，婦人家不出閨門，怎去尋花穿柳？把花貌誰肯因春消瘦。

【前腔】春晝，只見燕雙飛蝶引對，鶯語似求友。那更柳外畫輪，花底雕鞍，都是少年閑游。難守，空房清冷無人，也待尋一佳偶。這般説，我的終身休配鸞儔。

【前腔】知否，我爲何不捲珠簾，獨坐愛清幽？縱有千斛悶懷，百種春愁，難上我的眉頭。休憂，任他春色年年，我的芳心依舊。這文君，可不擔閣了相如琴奏？

【前腔】今後，方信你徹底澄清，我好没來由。想像暮雲，分付東風，情到不堪回首。聽剖，你是蕊宫瓊苑神仙，不比塵凡相誘。謹隨侍，窗下拈針挑綉。

「春晝」闋内「空房」，坊本俱作「綉房」，「空」字應下「清冷」爲勝。但第一闋「婦人」、第三「任他」、第四「蕊宫」，俱用仄聲發調，則「綉房」當兩存之。

引子當作「祝英台慢」，近詞過曲也。

○又

〔越調曲〕【犯胡兵】囊無半點挑藥費，良醫怎求？縱然救得目前，飯食何處有？料應難到後。謾説道有病遇良醫，饑荒怎救？

【前腔】百愁萬苦千生受，裝成這症候。縱然救得目前，怎免得憂與愁？料應不會久，除非是子孝父心寬，方纔可救。

○又

〔雙調曲〕【三仙橋】一從他每死後，要相逢不能彀。除非夢裏，暫時略聚首。若要描，描不就，暗想像教我未寫先淚流。寫寫不出他苦心頭，描描不出他饑症候，畫畫不出他望孩兒的睁睁兩眸。只畫得他髮颼颼，和那衣衫弊垢。若畫做好容顔，須不是趙五娘的姑舅。

【前腔】我待畫你個龐兒帶厚，你可又饑荒消瘦。我待畫你個龐兒舒展，你自來眉恁皺。若畫出來真是醜，那更我心憂，也做不出他歡容笑口。只見他兩月稍優游，他其餘都是愁，我只記得他形衰貌朽。便做他孩兒收，也認不得是當初父母。縱認不得是蔡伯喈往日爹娘，須認得是趙五娘近日來的姑舅。

【前腔】非是奴尋夫遠游，只怕你公婆絶後。奴見夫便回，此行安敢久。路途中奴怎走？望公婆相保佑。我出外州，他尚兀自没人看守，如何來相保佑？只怕奴去後，冷清清有誰來祭祝？縱使遇春秋，一陌銀錢怎有？你生是受凍餒的公婆，死做個絶祭祀的姑舅。

第二闋「父母」，「母」字用沈韻，權作「粦」上聲唱，若依沈先生作「模」上聲，則不叶矣。第三闋「誰來祭祝」，坊本作「誰來拜掃」，非。

語語述，語語翻，有境必窮，有造必詣，高先生真神筆哉！

○荆釵記

〔仙吕〕【排歌】位逼三臺，功高五侯，知機養浩林丘。丹衷常運濟時猷，老髮猶懷許國憂。（合）白蘋長，碧荇流，錦江波細穩仙舟。談心曲，逐宦游，晚山青處白雲收。

【前腔】都憲宣權百司受，糾佇看名覆金甌。慚予落魄老林丘，羨爾威名播九州。（合前）

【前腔】位正黄堂，車牽絳騶。堂堂五馬諸侯，朋簪邂逅合江頭，笑出荆釵當酒籌。（合前）

【前腔】一見荆釵，令人暗愁。事物固有相侔，吾家舊物倩誰收？欲問前由空淚流。（合前）

【尾聲】見荆釵眉兒皺，吾家此物爲誰收？可得問其顛末否？

○柳仙記

〔中吕〕【駐馬聽】你道年少風流，却不道堤畔垂楊不耐秋。空有千間廣廈，萬頃良田，怎免三尺荒丘？豈知紅粉是冤讐，不如這劍墨爲朋友。早早知休，無常限到誰來救？

【前腔】話不相投，笑你空擔杞國憂。教我形如餓莩，言若風魔，身似拘囚。緣何受此一生愁，不如減了十年壽。怎得長留，孔顔盜跖今何有？

○紅蕖記

〔仙吕〕【八聲甘州】只是我英雄不自由，把青春緑鬢且付滄洲。塵生霜管，誰憐寒膩貂裘。雖是迴車阮生應慟哭，難道是傅粉何郎不解愁。孤舟，且自共閑雲潭影悠悠。

【前腔】綢繆，無心憶舊游，似半江帆影始見分流。覷這雲迷客路，重湖月隱鄉樓。幾年垂翅空自老，試看今日先鞭不滯留。歸舟，也自共天涯別恨悠悠。

此後尚有【排歌】二闋，中有句云：「乾坤遠，日夜浮。」按：浮，房逋切，收魚模韵中，當作扶唱。沈先生極嚴于用韵，而自犯之，何也？

詩韵浮、謀俱收尤侯韵，中原韵俱收魚模。

○又

〔中呂〕【漁家傲】斟家釀把袂殷勤送遠游，休憂着蕙帳秋空，榛亭夜幽。此行願取攀仙桂，向杏園馳驟。君才似霧豹淵龍，看乘時雲滃電流，豈學他執手臨歧，臨歧時苦逗留。【會河陽】折盡衰楊，難拴紫騮，一鞭初上帝王州。爲何强揾情珠，笑彈蒯緱，恥游子顏兒厚。莫教因我眉峰皺，莫教因我把腰肢瘦。【攤破地錦花】你這離憂，遥指着君山岫。一點點愁，剛抵着漢水悠悠。及早成名，晝錦夷猶，莫淹留，似泛泛一輕鷗。【麻婆子】客途客途須自保，怕蒙塵季子裘。故里故里頻凝望，怕雲遮弄玉樓。好教夫婿覓封侯。他日看取泪痕袖。莫忘莫忘生分手，心折大刀頭。

○彩樓記

〔仙吕入雙調〕【攤破金字令】紅妝豔質，今日多僝僽。家鄉縹緲，對景空回首。懊恨爹娘、下得毒手。把奴推出門兒，做場出醜，如今到此不自由，金風冷颼颼，寒蛩泣暮秋。月掛銀鈎，雁過南樓。燈冷落，獨自守。

【夜雨打梧桐】梧桐樹，一葉秋，寂寞幾時休？轉添愁，又是黄昏時候。草木凋零將盡，不覺恨鎖眉頭，娘行漫將珠泪流。嘆奴家命薄，命薄天還知否？和天也瘦。恨悠悠，一似湘江水，涓涓不倒流。

【金水令】憶昔繁華如夢，無心憶舊游。盡老百年歡笑，同效鸞儔。共伊家諧鳳偶。感娘子志誠，兩意相投。共你雙雙廝守，盡老綢繆，天長地久不暫休。（合）（「金風冷颼颼」五句）

○杜牧之詩酒揚州夢 元喬夢符作

〔仙呂〕【點絳唇】錦纜龍舟，可憐空有隋堤柳。千古閑愁，怕春老，瓊花瘦。

【混江龍】江山如舊，憶昔繁華古揚州。三分明月，十里紅樓。緑水朱樑品玉簫，珠簾綉幕上金鈎。淮南無比景，天下最高樓。罷干戈無士馬太平之世，省刑罰薄税斂富貴之秋。列一百二十行經商貨賣，潤八萬四千户人物風流。平山堂觀音閣閑花野草，九曲池小金山浴鷺眠鷗。猪市街馬市街如龍馬聚，天寧寺咸寧寺似蟻人稠。文章客傲王侯峩冠博帶，豪傑士蕩塵埃肥馬輕裘。茶坊内泛松風香酥鳳髓，酒樓上歌桂月檀板鶯喉。接前廳通後閣馬蹄階砌，盡雕欄穿玉户龜背毬樓。金盤露瓊花露釀成佳酒，大官羊柳蒸羊饌列珍饈。看官場慣軃袖垂肩蹴踘，喜教坊善清謳妙舞俳優。一個個着輕紗籠異錦，齊臻臻按冬夏與春秋。理繁絃吹急管，鬧炒炒無昏晝。棄萬兩赤資資黃金買笑，拼百段大設設紅錦纏頭。

【油葫蘆】月底籠燈花下游，閑將佳興酬，綺羅叢封我做醉鄉侯。酌幾杯錦橙漿洗净談天口，折一枝碧桃春占定拿雲手。打迭起翰林中猛性子挺，拽扎起太學内體樣兒㑳。趁着這錦封未剖香先透，渴時節吸盡廣陵秋。

【天下樂】端的是一醉能消萬古愁，醒來時三杯扶起頭。我向那紅裙隊裏奪了一籌，看花呵致成癥候。飲酒呵暢了極喉，我則待勝簪花常殢酒。

【那吒令】倒金瓶鳳頭，捧瓊漿玉甌。蹴金蓮鳳頭，并凌波玉鈎。整金釵鳳頭，露春纖玉手。天有情天亦老，春有意春須瘦，雲無心雲也生愁。

【鵲踏枝】花比他不風流，玉比他不温柔。端的是鶯也消魂，燕也含羞。蜂與蝶花間四友，呆荅孩都歇在荳蔻稍頭。

【寄生草】我央了十個千歲，他剛咽了三個半口。險污了内家妝束紅鴛袖。越顯得宮腰嫋娜纖如柳，添上些芙蓉顏色嬌皮肉。白處似梨花擎露粉酥凝，紅處似海棠過雨胭脂透。

【么】磨鐵角烏犀冷，點霜毫玉兔秋。對明窗滄海龍蛇走，蘸金星端硯雲烟透，拂銀箋湘水玻璃皺。比及賞吴宮花草二十年，先索費翰林風月三千首。

【後庭花】他那裏答應的語話投，我這裏笑談的局面熟。準備着夜月携紅袖，不覺的春風倒玉甌。怎生下我咽喉，勞你個田文生受。志昂昂包今古贍宇宙，氣騰騰吐虹霓貫斗牛。袖飄飄拂紅雲登鳳樓，興悠悠駕蒼龍遍九州。嬌滴滴賞瓊花雙玉頭，風颼颼游廣寒八月秋。樂陶陶倩春風散客愁，濕浸浸錦橙漿潤紫裘。急煎煎把韦娘不自由，虚飄飄恨彩雲容易收，香馥馥斟一杯花露酒。

【青哥兒】休央及偷香偷香韓壽，怕驚回兩行兩行紅袖。感謝多情禮數周，我是個放浪江海儒流，傲慢宰相王侯。既然賓主相酬，閑叙筆硯交游。對酒綢繆，交錯觥籌。銀甲輕搊，金縷低謳。則爲他倚着雲兜，我控着驊騮。羞似有冤讐，又不是司馬江州，商婦蘭舟。烟水悠悠，楓葉颼颼。沙渚汀洲，宿鷺眠鷗。話不相投，心去難留。不争我撥琵琶楚江頭，愁泪濕了春衫袖。

【煞尾】比及客散錦堂中，準備人約黄昏後。他不比尋常間墻花路柳，我怎肯甘心兒罷休，强風情酒病花愁。你的話釣詩鈎，我醉則醉常在心頭，掃愁帚争如奉箕帚。折莫你鬢角邊霜華漸稠，衫袖上酒痕依舊，可正是風流到老也風流。

康武功曰：趙松雪至揚州，有爲其樓索對語者，即席書一聯云：「春風閬苑三千客，夜月揚州十二樓。」主乃撤席間銀器充贈。篇中【混江龍】正推演此意。

○千金記

〔正宫〕【錦纏道】把英雄都付與淮河水流，髮豎睁雙眸，禍來時教人平白無由。我自志排雲氣沖斗牛，難道與煞無徒惡少成仇？今日且含羞，我胸中自有森羅甲胄。從龍奮九州，管教他在車前伏首，計男兒談笑覓封侯。（旁批：「雄」字當用韵。）

○浣紗記

〔商調〕【二郎神】休回首，笑三年尚姻緣拖逗。悔邂逅溪邊相許謬，蹉跎到此，前言盡付東流。爲甚心兒常病疚，恨相見後更添消瘦。嘆淹流，總夢到家山怕渡溪頭。

【前腔】羈囚，親遭困辱，身多掣肘。因此姻親還未就，誰知變起，連年國難相糾。致今日輕拋分素手，空恩愛未曾消瘦。謾追求，自别後從頭説向原由。

【囀林鶯】懨懨弱息似風外柳，問君今向誰投？笑馳騁千里去尋婚媾，向他人强笑堪羞。况參前退後，更勉强應承可醜。路悠悠，摧殘異國骸骨倩誰收？

【前腔】卑人一言你聽細剖，這姻緣分定難籌。你暫時拋閃休僝僽，看天河織女牽牛。明年時候，定烏鵲橋邊相守。莫添愁，腰肢瘦削况是不禁秋。

【鶯啼序】君王恩義欲報酬，怎辭途路奔走？但孤身愚昧纖柔，未能機巧參透。强支吾去閑中着忙，待勉力到機邊尋彀。花共酒，怕不得笑傳人口。

【前腔】卿卿聰慧誰匹儔？精神應會抖擻。切莫要露尾藏頭，迷君不論昏晝。向花營暗撐，遇錦陣心兵休漏。成共否，要竭力將没作有。

【琥珀貓兒墜】秋江渡處，落葉冷颼颼。何日重歸到渡頭？遥看孤雁下汀洲。啾啾，想亦爲死别分離，正值三秋。

【前腔】片帆北去，愁殺是扁舟。自料分飛應不久，蘇臺高處莫登樓。怕凝眸，望不斷滿目家山，疊疊離愁。

【尾聲】卑人北岸專相候，這相逢何時還又？莫學逝水東流不轉頭。

◯又

〔正宫〕【雁過聲】追思浣紗溪上游，笑無端邂逅求婚媾。展轉料那人不虚謬，聽他親説與我緣由。料他們應不便干休，癡心認好逑。只道斷然的到底成佳偶，我爲諳練性兒况且年紀幼。（眉批：雁魚錦。）

【二犯漁家傲】堪羞，歲月遲留。竟病心凄楚，整日見添憔瘦。停花滯柳，怎知道日漸成拖逗。問君早鄰國被幽，問臣早他邦被囚，問城池早半荒丘。多掣肘，孤身遂爾漂流，姻親誰知掛兩頭。那壁廂認咱是個路途間霎時的閑相識，這壁廂認咱是個綉帳内百年鸞鳳儔。

【二犯漁家燈】今投，異國仇讐，明知勉强也要親承受。乍掩鴛幃，疑卧虎帳，但帶鸞冠，如罩兜鍪。溪紗在手，那人何處？空鎖翠眉依舊。只爲那三年故主親出醜，落得兩點春山不斷愁。

【喜漁燈犯】幾回暗裏做成機彀，一心要迎新送舊。專待等時候，又還愁。夜寒無魚，滿船月明空下鈎。贏得雲山萬疊家何在，况滿目敗荷衰柳，教我怎上危樓？他這裏窮兵北度中原馬，何日得報怨南飛湖上舟。

【錦纏道犯】謾回首，這場功終須要收。但促急未能酬，笑遷延羞睹織女牽牛。斷魂尋行春匹儔，歸夢繞浣沙溪口，俺這裏自追求。正是傷心一似錢唐水，終到西陵古渡頭。

刻劃無鹽，益增西子之美。

梁長于此記之末，有范蠡扁舟一折，用雙調南北詞。後【錦衣香】、【漿水令】乃楊鐵崖所作，雖有出韵，然是極佳之詞。近見坊刻，不知何人易去矣，都不成語。可笑。因憶元范子安有范蠡歸湖詞，與新易者俱用尤侯韵。若欲去梁詞，不若竟用子安詞也。因節録于後。【新水令】：「越王臺無道似摘星樓，少不的又一場武王伐紂。兵交吴越境，月滿洞庭秋。賺的歸休，拂破布袍袖。」【駐馬聽】：「楚尾吴頭，雪浪雲濤萬頃秋。家前院後，烟蓑雨笠一扁舟。往常我强兵富國霸諸侯，到如今山妻稚子都三口。任去留，五湖明月常相守。」【沉醉東風】云：「黃蘆岸白蘋渡口，綠楊堤紅蓼灘頭。雖無刎頸交，却有忘機友。點秋江白鷺沙鷗，傲殺人間萬户侯。不識字的烟波釣叟。」【撥不斷】云：「蟹劈紫石榴，橙剖軟金甌，釣得這錦鱗來活納入青蒲簍。緑蟻香浮斑竹篘，紅姜細切白蓮藕。醉後呵直睡到烟寺鐘響魚浦榔鳴江村月落海窟潮來，才是我酒醒時候。」【慶東原】云：「鑄我做黄金像，養我在白玉樓，不合鍊金鎔早准了西施奏。往常我談天來，今日個閉口。往常我拿雲來，今日個袖手。往常昂首來，今日抽頭。費糧食衆軍驕，薄税斂黎民瘦。」【雁兒落】云：「疑怪這游魚兒不上鈎，却元來腦背後蛟龍鬥。不如俺歸湖有見識，眼睁睁見死無人救。」【得勝令】云：「輕撥轉釣魚舟，看了這霜降水痕收。一任教西施喚，再休想搬回壯士頭。休休，非熊兆文王候，則不如垂鈎，釣西風渭水秋。」

梁長知用鐵笛道人詞，而不知用子安此詞，亦所不解。

又有一市井豔詞【山坡羊】亦甚佳。云：「熨斗兒熨不展眉間褶皺，竹掤兒掤不開面皮黄瘦。順水船兒撑不過相思黑海，千里馬兒也撞不出四下里牢籠扣。俺如今吞了倒須鈎，吐不的咽不的何時罷休？奴爲你夢魂里搗破了被角，醒來不見空拖逗。泪道也有千行嘜，恰便似長江不斷流。休休，閻羅王派俺是風月場行頭。羞羞，夜叉婆道你是花柳營對手。」

○連環記

〔商調〕【二郎神】朝雨後，看海棠似胭脂濕透，笑眷戀花心蝴蝶瘦。繁華庭院，春來錦簇香稠。檀板金尊雙勸酒，好風光怎生能勾。（合）慕什麽仙游，羡人家自有丹丘。

【前腔】清謳，珠璣落唾，櫻桃小口。聽響遏行雲音歡奏，且及時爲樂，浮生此外何求。傲殺

長安公與侯，高尚志節君知否？（合前）

【集賢賓】無瑕白璧真罕有，冰肌潤澤温柔。宛轉連環雙扣扭，這圈套誰能分剖。姻緣輻輳，真個是陰陽交媾。（合）東西就，圓活處兩通情竇。

【前腔】連環細玩難釋手，教人背地含羞。此話分明求配偶，樂琴瑟便抛箕帚。沉吟差謬，久以後自知機彀。（合前）

【琥珀貓兒墜】錦茵蹙皺，羅襪步香勾。裊娜腰肢舞不休，三眠宫柳午風柔。（合）進酒，直飲到月轉花稍，漏出譙樓。

【前腔】輕翻彩袖，舞罷錦纏頭，笑整雲鬟照碧流，鈿蟬零落倩誰收？

【尾聲】玉山自倒扶紅袖，思沉沉非關殢酒，端只爲憂國憂民志未酬。

○玉玦記

〔南吕〕【羅江怨】盈盈陌上頭，桑枝正柔。遠揚未伐言采劉，徘徊樹底自含羞也。無奈樛枝，黄鳥聲求友。蕭郎事遠游，蕭郎事遠游，怕忘了秋胡偶。

【前腔】蠶饑葉未稠，忡忡隱憂。傾筐欲暨遵道周，攀條還樹更移鈎也。鬢亂釵横，怎顧飛蓬首？羅紈恣冶游，羅紈恣冶游，却教愧殺癭瘤偶。

【香遍滿】采來盈掬，沃若露未收。蘮簇將成候，願萬縷長絲，似妾心中有。把迴文錦字，杼柚還織愁。怕貂裘敝損，羞見機中偶。

【前腔】野陰舒蓋，采掇不少留。豈恤難再茂，想洞口桃花，緑葉曾攀否？恨春風惱亂，破萼争未休。把六郎殢却，空賺了邯鄲偶。

採桑四闋，極俊麗可喜，獨恨四結句押四「婦」字，是詩韵。余不忍棄其詞，爲改「偶」字，非得已也。終不若「婦」字妥。

按：此齣虚舟止此四闋，前一【薄幸】引子，近見坊刻于【香遍滿】後增【好姐姐】【香柳娘】【尾聲】各一闋，語意重復，真狗尾也。【好姐姐】亦是仙吕入雙調，非南吕也。僅得一句云：「低處相扳雲鬢兜。」

○玉合記

〔仙吕〕【醉扶歸】嘆西歸難把秦烏守，向南棲空教越鳥留。隔園桃枉却要攀頭，道傍李料不能甘口。更長安花落送春愁，正風風雨雨清明候。

「南棲」句，以選詩有「越鳥巢南枝」也。如此用法，竊所未解。第三句爲欲對「苦李」，不勝牽强。

○又

〔商調〕【二郎神】分飛久，記當年在紅樓刺綉，立馬長楊相邂逅。將雲做雨，拈成一段風流。

總百歲無多常廝守，誰待別離僝僽？甚封侯，悔輕教夫婿浪卜刀頭。

【前腔】休休，雖難到眼，如何下口？也未必他心能念舊。佳人薄命，金鈿碧海虛投。我要死裏尋生閑着手，向空門暗藏機彀。鏡奩收，真道是無端禍到臨頭。

【囀林鶯】章臺何處尋畫樓？碧雲天外悠悠。問青青今日那還又，怕他人再折春柔。縱使長條似舊，怎猜做陌頭垂柳。枉追求，楚王宮裏，腰細漸驚秋。

【前腔】東方千騎居上頭，望長安不見人愁。投至得家書烽火後，把囊金特地相投。權做清齋生受，終有日鋪糜同守。且寬憂，隨陽孤雁，歸路及清秋。

【啄木鸝】含新怨，理舊愁，打併鮫綃詩一首。便做道織錦回文，這千絲萬縷難抽。看芳菲節變蕭森候，做洛陽一葉隨風透。倩誰收？寒波九曲，還是寄鱗游。

【前腔】煢煢鬼，泛泛鷗，夢斷雙蛾春後柳。怕桃源悮却仙郎，教他早辨歸舟。你心兵緊按休交鬥，那禪鋒好秘休輕漏。肯淹留，洛陽雖好，不爲看花游。

【尾】休爲我躭消瘦，道閨中少婦不曾愁。管取衣錦歸來當晝游。

可惜才華，全部不知作法。似一片頑氈，雜亂不知頭緒。又似暴富貧兒，尚不曉着衣吃飯。

○紅拂記

〔中吕〕【駐馬聽】玉筍金鞲，揮塵風前亂攪愁。欲待拂除烟霧，拭却塵埃，打滅蜉蝣。春絲未許障紅樓，簾櫳净掃窺牛斗。若問緣由，誰能解得就中機彀？

【前腔】鳳去秦樓，一段相思半面羞。只爲青鸞罷舞，金鵲驚飛，缺月含愁。妝臺懶整玉搔頭，水晶簾舊約空回首。若問緣由，不知何日重諧佳偶。

○竊符記

〔南吕〕【大師引】謾追求，此意難參透。莫不是我禮文未周，爲甚的把人落後？不合這般相酬。敢疑我盡言難受，直恁的三緘其口。也只怕明珠暗投，須知是深山窮壑有藏舟。

【前腔】多君不鄙頻加厚，早難道莫展一籌。若得符兵權在手，他感你爲伊父報仇。在公子誠一開口，管目前事機成就。五霸伐須知坐收，又何須區區求劍刻行舟。

○又

〔仙吕入雙調〕【風雲會四朝元】啼殘紅袖，新來懶上樓。嘆迢迢遠道，匆匆分手，傷離今已久。奈參商卯酉，奈參商卯酉，緑綺塵埋，青鳥飛悠。不解悲秋，非干病酒，別自成消瘦。休，執友且死吳鈎，況夫唱妻隨，怎怨得閑僝僽。妾心牽蒯緱，君行莫回首。你全恩仗義，扶危救困，怎生迤逗，怎生迤逗。

【前腔】想他蛾眉顰皺，珠簾不上鈎。臂鬆金釧，脂封宮守，芳香褪紅藕。便權時落後，便權時落後，也索吹徹參差，彈罷箜篌。倚檻支頤，巡檐搔首，泪比銅臺漏。休，永巷類羈囚，花也含羞，總是愁時候。王姬本貴游，臣妾自非偶。他還寂寞，妾身凄楚，自應消受，自應消受。

【單調風雲會】控簾鈎，把遠信傳閨秀，想翡翠思珍偶。嗏，功烈冠諸侯，無出其右。爲矯制興師，未必君王宥。只落得聲名溢九州，怎免得風霜典客裘。

【前腔】枉凝眸，形影仍爲偶，這功罪誰分剖。嗏，異域嘆淹留，授衣時候。只道歡迎，離別還依舊。想千里歸心不自由，飄泊王孫似海鷗。

○重九　明陳大聲作

〔南呂〕【一枝花】天空碧水澄，木落青山瘦。籬寒黃菊晚，甕暖醁醅熟。歲月如流，纔過了中秋後，又重陽九月九。染秋容紅蓼丹楓，添秋色殘荷敗柳。

【梁州】散孤悶閑尋野寺，快離懷遠眺江。憑高一覽江山秀。山形北拱，水勢東流。綿綿極浦，滚滚滄州。白鷺洲一水悠悠，鳳皇臺白鳥啾啾。覓得根羊叔子軟琅璫情帶垂腰，借得條葛仙翁瘦曲律青藜在手，尋得個孟參軍厭荅刺破帽籠頭。放開笑口，對西風滿把黄花嗅。聳吟肩骋吟袖，自把陶詩細和酬，景物窮搜。

【罵玉郎】風光厮把人迤逗，携樽俎約朋儔。江鄉禾黍秋成後。剖金橙味尚酸，薦黄雞膘正肥，擘紫蟹黄初溜。

【感皇恩】到大來心上無憂，身外無求。管甚麽三略法立興了周，一聲歌平散了楚，萬言策坐安了劉。趁着天晴氣爽，雨霽雲收。逢僧舍，過酒樓，便遲留。

【採茶歌】見鷗鷺泛中流，正鴻雁起平洲，牧童横笛倒騎牛。看了這錦綉川原紅樹晚，端的是一年好景讓三秋。

【尾】一個向東華鐘鼓常聽漏，一個爲南國蒓鱸便駕舟。兩般兒我參透，干功名枉生受，得清閑怎能勾。遇晴明好時候，與村翁共林叟，登高臺涉遠岫。酒腸寬詩骨瘦，到老雙眉不曾皺。款段馬犯紅塵不熟，粗布袍見時人怕醜。只慣向傍水沿山路兒上走。

○秋思

〔雙調〕【新水令】桂花凉露楚天秋，瘦廉纖去年時候。詩題紅葉懶，鏡拂翠鸞愁。怕近妝樓，薄羅衣晚風透。

【駐馬聽】凉思颼颼，龍腦烟消閑玉斗。秋容陡陡，雁行風急斷銀鈎。寂寞影對碧桐愁，懨煎人比黄花瘦。懶凝眸，一天恨壓雙眉皺。

【喬牌兒】泪掩羅袖口，鬢鬆寶釵溜。逼人愁思捱昏晝，天長和地久。

【雁兒落】喜蛛兒絲慢溜，靈鵲兒聲遥受。夢魂兒九遍尋，名字兒三番咒。

【得勝令】揉眼泪把書修，停心事整箏搊。門半掩紅燈夜，床空閑翠被秋。嬌羞，閃不掉相思扣。綢繆，掙不脱恩愛鞲。

【沽美酒帶太平令】害的我瘦難禁珠臂鞲，因壓損玉搔頭。十二簾櫳不上鈎，非關是病酒，鎮日家苦僝僽。相約在清明左右，却又早重陽前後。他那裏花成蜜就，我這裏緑消紅瘦。這憂，那愁，怎休。心和口自家窮究。

【水仙子】麝臍煤淡遠山秋，獺髓朱匀滿鏡愁，鴛鴦被冷纖羅皺。數歸期泪暗流，惱愁懷萬緒千頭。入綉户窺人霜月，敲綉榻牽情露竹，滴銅龍索命更籌。

【折桂令】滴銅龍索命更籌，化鴛鴦妄想韓憑，變蝴蝶怎做莊周。叫不絶露井蛩螿，絮不斷寒階蟋蟀，卧不安熱地蜒蚰。凄涼恨相關節一星星廝守，相思夢廝迴避一處處空投。俺念他綫紝針頭，他戀俺高占鰲頭。不甫能放下眉頭，却又早掛在心頭。

【尾聲】來時節準備着閑争鬥，玉纖手迎門便兜。雖抓不着負情背恩的心，也攧綻他脱空賺人的口。

○題紅記

〔商調〕【山坡羊】冷凄凄清霜時候，悶懨懨愁懷依舊。怨嘹嘹紗窗雁來，恨悠悠撚指重陽又。空教我泪暗流，似珍珠脱綫頭，盈盈點污羅衫袖。這一捻身軀儘他消瘦，清秋，今日紅妝人也羞。難酬，明日黄花蝶也愁。

【前腔】眼睁睁在鴛鴦浦口，意懸懸對西風迎候。只道虚飄飄斷絶信音，誰承望喜孜孜今日相逢又向這溝水頭。殷勤和泪收，新詩幾字成逌逗。天上人間那些邂逅。東流，今日仙郎可姓劉。西樓，今夜新添一段愁。

【前腔】誰着你拈花弄柳，做得個鶯儔蝶偢。知他是無情有情，百忙裏故意相挑逗。這一葉秋，須將在意收。姻緣湊巧從來有定，不負這倒送霜紅水一溝。休休，不是冤家不聚頭。

悠悠，一種相思兩處愁。

【前腔】這詩媒端詳非偶，這姻緣終須成就。你做個符牌兒挑在鬢邊，做個香囊兒緊繫在群腰後。兩意投，恨隔着湘江兩岸秋。無情則許無情受，好處收來好處收。徘徊，一半徘徊一半羞。凝眸，一字風流一字愁。

○又

〔仙呂入雙調〕【步步嬌】雪鬢霜鬟春非舊，歸計成迤逗。難消兒女愁，兩處淒凉，一般僝僽。回首舊家秋，眼睜睜隔斷宮門又。

【前腔】曉色初傳金門，漏定把封書奏。匆匆去與留，此際傳宣怕又還虛謬。聽花外轡鳴騶，想朝班已散歸清晝。

【玉交枝】經春消瘦，恨懨懨捱殘暮秋。閉深宮日日是愁時候，盼親庭兩泪空流。他三千粉黛居上頭，恩波不到閑花柳。（合）喜今朝生還故丘，謝蒼天真成輻輳。

【前腔】愁心難剖，嘆經年晨昏倚樓。望宮門泪點拋紅豆，叩天閽欲見無由，只道你曾沾雨露金殿頭，誰知閑殺雙蛾秀。（合前）

【前腔】隨朝白首分投閑，做東陵故侯。又誰知聖主恩隆厚，放紅妝特地相酬。休嗟金屋多

逗遛，我衰年得汝還消受。（合前）

【前腔】凄凉同守，護持他纖纖蕊頭。喜春風豆蔻紅依舊，把從前幽怨都勾。他芳年窈窕恰好逑，趁青春早配鴛鴦偶。（合前）

○又

〔仙吕入雙調〕【玉蘭花】昨宵織女會牽牛，些個事謾追求。記雙葉從分溪口，落花曾遣逐東流。浮萍海水相逢又，還做個燈前和酬，將春色暗中偷。

【前腔】丹楓千樹正傷秋，曾題片葉付東流。又拾得新詩一首，夜來雙玉會床頭，也知都是天緣輳。這的是宫中唱酬，唤取問緣由。

此伯良新創體，末二句絶似【風入松】，未知是否。

○曇花記

〔黄鐘〕【畫眉序】勝日好郊游，一帶山川錯如綉。看霞紅樓閣，水緑汀洲。虹梁照縹緲仙都，鴛瓦映参差雲構。（合）麗人齊門春風面，家家上綉户簾鈎。

【前腔】玉勒傍銀彄，笑促金鞭怯纖手。道蓮生寶凳，别様風流。青山遠黛色初匀，野水净

瀫紋微皺。(合前)

【前腔】柳外繫驊騮,一曲清歌一尊酒。喜妖童嬌女,錦瑟箜篌。園林繞宛轉銀塘,亭榭嵌玲瓏巖岫。(合前)

【前腔】含笑復含笑,無奈人來疾回首。儘頻看約指,佯整搔頭。雕鞍上暖日融和,香襪裏汗珠湮透。(合前)

【滴溜子】風日好,風日好,共成勝游。人生裏,人生裏,歡娱不久。名姓史書儻有。現前未老身,頻開笑口。不掛無端世上憂。

【鮑老催】車馳馬驟,王孫行處人烟輳。鳳簫細續鸞笙奏。嘆英雄回首,中藏機彀。試問燕秦丘隴何人守?韓彭俎醢君知否?這盛衰須參透。

【雙聲子】郊西路,郊西路,桑葉亂羅敷首。城南騎,城南騎,柳絲拂王孫袖。人如織,人如織,擁道周,擁道周。看樓前蹴踘,萬裏藏鈎。

【餘文】風光歲歲還依舊,青鬢俄驚又白頭,便是明日陰晴也未可籌。

○彩毫記

〔中吕〕【榴花泣】朝班初散并馬出銅溝,過紫陌醉紅樓。雲和一曲倚箜篌,占長安我輩風流。心中隱憂，看五侯甲第連鴛甃。總難提赤鳳宮中，且相將緑蟻壚頭。

【前腔】家臨鏡水吾意托仙游，人易老歲何遒。蒼茫千頃一漁舟，暫徜徉手拍杯浮。花陰過樓，見垂楊罨畫移清晝。儘歡娛綉襪行春，奈凄涼紈扇知秋。

【前腔】昇平海宇家國嘆金甌，呈趙舞發吳謳。風姨月姊競温柔，殢君王禍水難收。華戎怎侔？想胡雛大笑東門後。把年華且付沉酣，寄清狂幸有糟丘。

【前腔】蕭然布衲不掛帝王憂，馴野鹿狎沙鷗。朱門華屋偶來游，喜無拘傲盡王侯。新醪細篘，似松風颯颯和山溜。任人間萬事空勞，了吾生一醉何求。

〇又

〔羽調〕【勝如花】宜春苑，花萼樓，正對南山龍首。召顛官屢奉鑾輿，倚宮妃頻傾珠斗，競整頓歌喉舞袖。（合）指攏絃春寒玉彄，步生蓮花挑鳳頭。轉盼迴眸，閃秋波欲溜。斜帶著遠山微皺，動君王一曲梁州，動君王一曲梁州。

【前腔】陽阿舞，激楚謳，雙趁纖腰檀口。嫋亭亭扇落桃花，寒俏俏樓低楊柳，直坐到酒闌時候。（合前）

○金錢記　喬夢符

〔中吕〕【粉蝶兒】心緒悠悠，不明白這場迤逗，迤逗的遲和疾命掩黄丘。休道是接連枝，諧比翼，甚時得天緣輻輳？但能勾及早承頭，害則害甘心兒爲他僝僽。

【醉春風】這些時遣興不成詩，每日間消愁只對酒。夢魂中無處覓行雲，俺那人這宅院裏敢有有。即漸的病患將成，飲食少進，剗地似水泄般不漏。

【迎仙客】穩稱身玉壓腰，高梳髻玉搔頭。則見他背東風佯不睬，餉者取襪如鈎，受用了腰似柳。我見他欲語含羞，半掩着泥金袖。

【白鶴子】這搭兒裏廝撞着，俺兩個便意相投。我見他恰行過牡丹亭，又轉過芍藥圃、薔薇後。

【么】風月心何日遂，雲雨意幾時休。休怪的是花梢上乳鶯啼，恨的是檐馬兒東風驟。

【普天樂】悶倚遍這翠屏山，香燼在泥金獸。妝鏡裏青鸞腸斷，銀箏上實雁横秋。斗帳掩篆烟濃，深被擁紅雲皺。雨打梨花黄昏後，難道他偏不念這個儒流。題詩呵閑吟在緑窗，回詩呵羞臨粉墻，待月呵獨坐南樓。

【紅綉鞋】錢也我自道你有姻緣成就，錢也誰承望你無倒斷阻隔綢繆。那曾將十萬貫腰纏着上揚州。我還不了風流債，乾買下斷腸愁。錢也則俺這眼中人何處有？

【石榴花】這的是葡萄新釀出凉州，他那裏滿捧着紫金甌。端的濃如春色酒如油，我則怕醉了時又迷入畫閣重樓。端的是錦封未拆香先透，方知道汝陽王口角涎流。那裏有翰林風月三千首，枉了也掃愁帚釣詩鈎。

【鬥鵪鶉】掃愁帚掃不了我鬱悶情懷，釣詩鈎釣不了我風流癥候。小生也不敢推辭，索勉强勉强的到口。怕不待酒醉春風散客愁，似長江淹淹的不斷流。小生也不爲思鄉那干病酒。

【上小樓】看了他這簾垂玉鈎，那更香添金獸。每日價滿卓杯盤，諸般肴饌，百味珍羞。知他是怎生來寬俺過春衫羅袖，正不知爲何的恁般消瘦。

【么篇】我怕没經天緯地才，拿雲握霧手。穩情取步入蟾宫，跳過龍門，占了鰲頭。愁的是花發東墻，月暗西廂，雲迷楚岫。便不做那狀元郎可也不曾眉皺。

【滿庭芳】好着我便趨前叹退後，這的是俺先人遺念，祖上傳留。他道是開元通寶誰能勾，奉皇宣賜與公侯。都只爲掉罨子鸞交鳳友，到做了脱梢兒燕侣鶯儔。相公你休窮究，説着呵出乖露醜，題起來風雨替花愁。

【耍孩兒】幾曾見偷香庭院裏拿了韓壽，擲果的雲陽内斬首。香車私走的卓文君，就昇仙橋剮做骷髏。哎險也波漢相如滌器臨邛市，秦弄玉吹簫跨鳳樓。動不動君王行奏。本是些風花雪月，都做了笞杖徒流。

【煞尾】準備着迎親慶喜筵，安排着攔門慶賀酒。我來折你信曉風春日觀音柳，道不的錯分付了風流畫眉的手。

南北詞廣韻選　卷十七

侵尋

○西廂記·倩紅問病

〔越調〕【鬥鵪鶉】則爲你彩筆題詩，回文織錦。送得人卧枕着床，忘飡廢寢。折倒得鬢似愁潘，腰如病沈。恨已深，病已沉。昨夜個熱臉兒對面搶白，今日個冷句兒將人厮侵。

【紫花兒序】把似你休倚着櫳門兒待月，依着韵脚兒聯詩，側着耳朵兒聽琴。怒時節把一個書生來迭噉，歡時節將一個侍妾來逼臨。難禁，好着我似綫脚兒般慇懃不離了針。從今後教他一任，將人的義海恩山，都做了遠水遥岑。

【天净沙】心不存學海文林，夢不離柳影花陰，則去那竊玉偷香上用心。又不曾得甚，自從海棠開想到如今。

【調笑令】我這裏自審，這病爲邪淫，尸骨嵓嵓鬼暗侵。更做道秀才每從來恁，似這般干相思好撒哏。功名上早則不遂心，婚姻上更返吟復吟。

【小桃紅】桂花摇影夜深沉，醋酸當歸浸。面靠着湖山背陰裏窨，這方兒最難尋。一服兩服令人恁。忌的是知母未寢，怕的是紅娘撒心，穩情取使君子一星兒參。

【鬼三台】足下其實啉，休裝唔。笑你個風魔的翰林，無處問佳音，向簡帖兒上計稟。得了個紙條兒當做回文錦，若見玉天仙怎生軟廝禁？俺小姐忘恩，赤緊的僂人負心。（眉批：「啉」，唔唔切，「唔」，他口切）

【禿廝兒】身卧着一條布衾，頭枕着三尺瑶琴。他來時怎生和你一處寢？凍得來戰戰兢兢，說甚知音？

【聖藥王】果若你有心，他有心，昨日鞦韆院半夜深沉。花有陰，月有陰，春宵一刻值千金。何須詩對會家吟？

【東原樂】俺那鴛鴦枕，翡翠衾，便遂殺人心。如何肯賃？到如你不解脱和衣兒更怕甚？不强如手執定指尖兒恁。倘或成親，到大來福蔭。

【綿搭絮】他眉鎖遠山青翠，眼横秋水漓淋。體若凝酥，腰如嫩柳，俊的是龐兒俏的是心。體態温柔性格兒沉，雖不會法灸神針，猶勝似救苦救難觀世音。

【么】口兒裏慢沉吟，夢兒裏苦追尋。往事已沉，只言目今，今夜相逢管教恁。不圖你白璧黃金，則要你滿頭花拖地錦。（眉批：「管教恁」下，少前「體態温柔」七字一句）【收尾】雖然是老夫人曉夜將門禁，好共歹須教你稱心。來時節肯不肯怎由他，見時節親不親盡在您。

崔家紅娘，原非盧家赤脚，嘴尖舌快，頭頂上安眼。張先生不合與他賃鋪蓋，撥動他嘲謔念頭。既曰「布衾」、「瑶琴」，又曰「鴛鴦」、「翡翠」，已足相形矣，而猶未也。至「凍得來戰戰兢兢」，又「不解脱和衣兒更怕甚」，窮措大寒酸景象，被他一口説盡。

【調笑令】末句，星家以年頭爲伏吟，對宫無返吟，云返吟伏吟涕泪淫淫。「乾相思好撒唔」，古本作「撒哏」，猶言使狠也；「干」字還該作「乾」。【鬼三台】内，「啉」訓貪；或云：開口爲啉，欠通。「唔」訓撒，「休妝唔」，猶云勿决撒也。「得了個紙條兒當做回文錦」，下五字坊本作「恁般綿裹針」，不若古本佳；獨犯首闋第二句，姑兩存之。【綿搭絮】坊本作「眉黛遠山鋪翠，眼横秋水無塵」，「塵」字出韵，從古本訂正。

○琵琶記

〔雙調〕【江頭金桂】【五馬江兒水】怪得你終朝攧窨，只道你緣何愁悶。你教咱猜着啞謎，爲你沉吟，那籌兒没處尋。【柳搖金】我和你共枕同寢，瞞我則甚？你自撇了爹娘媳婦，屢換光陰，他那裏須怨着你没信音。【桂枝香】笑伊家短行，笑伊家短行，無情忒甚。到如今，兀自道且説三分話，不肯全抛一片心。

【前腔】非是我聲吞氣飲，只爲你爹行勢逼臨。怕他知我要歸去，將你廝禁，要説又將口噤。我待解朝簪，再圖鄉任。他不提防着我，須遣我到家林，和你雙雙兩人歸晝錦。嘆雙親老景，嘆雙親老景，存亡不審。只怕雁沓魚沉，又不是烽火連三月，真個家書抵萬金。

○荆釵記

〔正宫〕【漁家傲】莫不是明月蘆花没處尋？莫不是舊日王魁，嫌遞萬金？莫非忘了奴半載同衾枕？莫非是不曾來之任？欲語不言知他是怎，那裏是全抛一片心。

後一闋有出韵，不録。

○香囊記

〔南吕〕【瑣寒窗】守孤幃幾度泪沾襟，二十餘年喪藁砧。把詩書教子，每苦難任。終宵耿耿，何曾安枕，那愁他罄囊虚廩。（合）古今唯有孟母與曾參，這般賢孝堪欽。

【前腔】聽雞鳴妝鏡慵臨，痞寐常懷父母心。恐西山日近，老景加侵。躬摻井臼，還勞織紉。向晨昏怎辭興寢。（合前）

【前腔】論爲學須惜分陰，瞬息風檐歲月駸。奉慈親强效，扇枕温衾。見心只恐，春秋高甚。那戀着黄衣錦。（合前）

○柳仙記

〔大石調〕【催拍】愛寒梅披洗素襟，怪頑柳留戀翠陰。須得純陽用心，務要璞中鑿玉，沙裏淘金。道法仙機，莫漫消沉。這意思便似携琴，須有日遇知音。（眉批：此闋平仄多不叶。）

《柳仙記》，大率本谷子敬《三度城南柳》劇來。其開闔關鍵，略無足取。第其詞頗蒼古，樂章亦多有他傳奇所無者，故不憚録之，以備譜之所遺。髯仙著作極富，惜少傳者。此記盡洗鉛華，獨存本色，恐難入時人眼也。

○紅蕖記

〔中吕〕【尾犯序】羞恨不能禁，悔殺前番無故攧窨。兒女情投，怕爹娘逼臨。追諗，都只爲山盟誓海，抛閃下温衾扇枕。兒今去，人間水底消息兩沉沉。

【前腔】誰能、海底去撈針，豈料我兒重脱深浸。牛女佳期，恨爹娘商參。休恁，忘水府恩山義海，戀人世餘衾剩枕。兒今去，應知法網莫犯此森森。

【前腔】孩提從到今，愛惜真如掌上奇琛。一旦相抛，怎不教爹媽傷心。沾襟，阻隔着愁山悶海，不見你鴛衾鳳枕。兒今去，爲親祈禱莫使久陰陰。

此折以備韵存。

○蕭淑蘭情寄菩薩蠻 元賈仲名作

〔雙調〕【五供養】肌削玉，釧鬆金，陡恁的悶廣愁深。空着我干忍羞，枉留心。爲我自己輕浮，不能檢束，正好教他撒沁。則索咬定牙兒喑。這文君待駕車，誰承望司馬抛琴。

【落梅風】離魂魄，似矢心，思昏沉、悶圍愁侵。白日裏忘餐夜廢寢，自尋思不知因甚。

【喬牌兒】嫂嫂待將咱病審，我無語似病噙。是前日打秋千鬥草處無拘禁，脱衣眠時敢被風侵。

【折桂令】到如今茶不茶飯不飯心内陰陰，有時節透頂炎炎，有時節徹骨滲滲。頭眩旋旋，眼昏暗暗，身倦沉沉。一會家發增寒脾神凛凛，一會價添潮熱冷汗淫淫。時深也難灸難針，心疼也難忍難禁。人問時難訴難分，茶飯上莫想莫尋。

【慶宣和】信步謾將花徑臨，掩映着柳影花陰。害的我瘦骨岩岩死臨侵，端的是爲您，爲您。

【殿前歡】這生好不知音，虚度了春宵一刻價千金。空閑了瑣窗朱户鴛鴦枕，翡翠羅衾。早則麼韓吏部李翰林，一任教他恁。誰想你睡夢裏也將人冷侵，据折了玉簪，摔碎了瑶琴。

【雁兒落】把西興路黄犬尋，南浦送青鸞任。信手的聯成斷腸詞，抵多少織就回文錦。

【得勝令】早難道詩對會家吟，他全没些惜花心。點勾般圈紅問，描朱似刷畫兒淋。表數句佳音，字字胭脂滲。書兩字泥金，行行血泪侵。

【鴛鴦煞】病淹煎苦被東風禁，泪連綿惟把春衫滲。飯不湯匙，綉不拈針。暢道閨思添多，愁懷轉深。烟冷龍沉，銀蠟銷紅淋。暗起那狠切毒心，好着我半晌沉吟、到替他磣。

此亦録以備韵，《蕭淑蘭》四折三用閉口險韵，然似廉、纖韵較勝。

○明珠記

【罵玉郎】心上人兒掌上金，翻做波間月，海底針。紅顔皓齒暗消沉，没回音，怨悠悠血染羅襟。怕香骨怎禁，怕香骨怎禁，怎禁雨打霜侵？怕芳魂怎尋，怕芳魂怎尋，度不得萬水千岑。猛拚棄此身同鴆，早落得一處，早落得一處，化爲蝴蝶，并宿花陰。自甘心，也强如獨眠孤枕。斷腸處，盼不到蕊宫椒寢。

【前腔】憶昔嬉游翰墨林，暗裏抛紅豆，打翠禽。雙雙拍手繞花陰，墜銀簪，有時節避暑溪潯。有時節對明月撫琴，對明月撫琴，有時節玩雪微吟。看紅顔翠襟，看紅顔翠襟，真個是一對兒美玉精金。畫堂中往來無禁，你爹憐母惜，你爹憐母惜，當時許下，偕老鴛衾。到如今，用盡了百計千心。只落得，泪珠兒羅衫濕浸。

按：【罵玉郎】，譜中所不載，唯北《太和正音》有之，字句略不同。他傳奇中亦不多見。止《南西廂》內有之。天池與日華同時，日華何足法，而天池乃祖之耶？當別自有本耳。

○浣紗記

〔南吕〕【宜春令】千年恨數載心，積深仇棲遲到今。勞身焦思，似踏春冰心常凜。喜今日糧足兵强，肯終歲聲吞氣飲？我這衷腸，二位大夫須審。

【前腔】須多料當細斟，奈天時今還未臨。人民雖衆，未曾遍受君王蔭。況我家計術還疏，料他們驕奢不甚。又況忠良未死，我詎能安枕？

○又

〔南吕〕【綉帶兒】清秋轉又西風凜凜，誰料鬢絲相尋？終不然任歲月奔馳，肯將那志氣消沉。閑斟，天時人事臣已審，怕苟且機關先滲。窺天道昭昭禍淫，料滿溢招灾宴安生鴆。

【前腔】讐深，青衫袖重重泪沁，三載苦自擷窨。可不干費了數載勤勞，枉捱過半世光陰。關心，主公羞愧親見恁，敢淹滯不將身任？歡星象興隆自今，料氣運迴旋終符圖讖。

四闋是書生不得志語，殊乏先主撫髀氣概。

○竊符記

〔雙調〕【鎖南枝】我空有烏獲勇，豫讓心，明珠自憐海底沉。從結客到如今，游揚獨勞恁。那賢公子，每見臨。幾欲報他恩，口還噤。

【前腔】他把兵革袵，爲信義深，欲圖救趙拚被擒。不道勍敵勢如林，長戈謾勞枕。我將他前謀寢，後計尋。倘有用君時，須好承任。

吴人絶無閉口音，此二小令獨楚楚，故録之。

○灌園記

〔仙侶〕【解三酲】想往日鳳樓鶴禁，列兩行寶珥瑶簪。繁陰翳日流霞浸，湘簟冷永日披襟。到如今舊家庭院苔茵静，旅館疏櫺草色侵。（合）空悲喑，而今憔悴，虚費光陰。

【前腔】同患難相拋何磣，任故園歸計侵尋。自朱門解組青山寢，把勛業付烟林。只見古臺斷嶺殘霞影，只聽得野戍荒城哀角音。（合前）

○曇花記

〔大石調〕【催拍】念良人長懷道心，棄妻子從師遠尋。凄凉到今，凄凉到今。一逐浮踪，十載無音。忽報仙姿，再返雲林。（合）明日裏幢蓋來臨，開法界，聽潮音。

【前腔】訪庭幃山長水深，無覓處他鄉泪淋。天憐苦忱，天憐苦忱。鶴使雲中，遠送歸音。已頂霞冠，永脱朝簪。（合前）

【前腔】嘆高堂棲遲遠岑，盼晨昏憐予藁砧。啼痕滿襟，啼痕滿襟。書報華陽，劍返津鐔。無恙家園，松竹陰森。（合前）

【前腔】閉妝臺塵蒙素琴，守空房香消冷衾。白頭罷吟，白頭罷吟。靈骨初成，道行堪欽。已證尼珠，誰度金針。（合前）

【前腔】拚殘軀迢迢遠尋，幸邊關相逢痛心。牽衣捉衿，牽衣捉衿。親囑歸來，指日園林。不道家中，已有佳音。（合前）

南北詞廣韵選　卷十八

鹽　咸

◯西廂記・白馬解圍

〔正宮〕【端正好】不念法華經，不禮梁皇懺，颩了僧伽帽，袒下褊紅衫。殺人心逗起英雄膽，兩隻手把烏龍尾鋼椽揝。

【滾綉球】非是我貪，不是我敢，知他怎生喚做打參，大踏步直殺出虎窟龍潭。非是我攙，不是我攬，這些時喫菜饅頭委實的口淡，五千人也不索炙煎燂。腔子里熱血權消渴，肺腑内生脂且解饞，有甚腌臢。（眉批：「燂」，音淡。）

【叨叨令】恁將那浮沙羹寬片粉添些雜糝，碎黄虀爛豆腐休調淡。萬餘斤黑麵從教暗，我將五千人做一頓饅頭餡。是必休誤了也麽哥，是必休悮了也麽哥，包殘餘肉把青鹽蘸。

【倘秀才】你那裏問小僧敢也那不敢，我這裏啓大師用咱也不用咱。飛虎將聲名播斗南，那廝能淫欲，會貪婪，誠何以堪。

【滾綉球】我經文也不會談，逃禪也懶去參。戒刀頭近新來鋼蘸，鐵棒上無半星兒土漬塵含。別的僧不僧俗不俗女不女男不男，則會齋得飽去僧房里胡掩，那裏管焚燒了兜率也似伽藍。您那裏善文能武人千里，盡在這濟困扶危書一緘，有勇無慚。

【白鶴子】着幾個小沙彌把幢幡寶蓋擎，壯行者將捍棒鑊叉擔。您這壁列陣脚把衆僧安，我那裏撞釘子把賊兵探。

【二煞】遠的破開步將鐵棒颩，近的順着手把戒刀釤。有小的提起來將脚尖蹔，有大的扳下來把骷髏鍖。

【一煞】瞇一瞇古都都翻了海波，滉一滉廝琅琅振動山巖。脚踏的赤力力地軸搖，手攀的忽剌剌天關撼。

【耍孩兒】我從來駁駁劣劣，世不曾忐忐忑忑，打熬成不厭天生敢。我從來斬釘截鐵常居一，不似您惹草粘花沒掂三。劣性子人皆慘，捨着命提刀仗劍，更何曾勒馬停驂。

【一煞】我從來欺硬怕軟，喫苦不甘，休只因親事胡撲俺。若是杜將軍不把干戈退，張解元干將風月擔，你休將不志誠的言詞賺。倘或紕繆，倒大羞慚。

【煞尾】您與我助威風擂幾聲鼓，仗佛刀吶一聲喊。綉旗下遥見英雄俺，教您半萬賊兵唬破膽。

惠明此氣概，堪與戰鉅鹿之西楚王，撞鴻門之樊將軍而三之。實甫此文，亦堪爲鉅鹿、鴻門二段《史記》之續。其勇往直前之氣，直令河可馮，虎可暴，千載而下，讀之凜凜有生氣。且通篇以險韵成文，無一不妥。其構詞也，不襲前哲一語，往藉一字，純以本色獨運，真奇觀也。嘗疑實甫風流藴藉士，能爲軟語，當必不能爲壯語，讀此，豈不令人心折？安得銅將軍鐵綽板，奏之酒酣耳熱之際，一鼓我衰颯之氣，而紓我塊壘不平之憤也。

【白鶴子】内「壯行者」句，極是佳謔。【耍孩兒・一煞】内，末三句甚難解。蓋因坊本以「你休將」三字，訛作「我將你」，遂至不通。今從古本。

○紅蕖記

〔正宫〕【刷子序犯玉芙蓉】追悔已無及，不合那時承認貪婪。念膝下初離，猶自展轉嬌憨。那堪，魂夢裏縈心懸膽，風濤外目摇神撼。今日謝天俯鑒，免教他九疑愁絶鎖烟嵐。

【雁過聲】腌臢夜寒晝慘。無邊苦灰心自甘。終年菱芡捱清淡，都是泣江州舊青衫。問那時什物猶鎖空函，空遺留也倦覽。憑伊賣取换粱皇饡，也教咱受陰功不盡感。

【傾杯序】深慚，返哺情枉自談，嘆色養終遺憾。你冷要温衾，曉思晨省，晚對空帷，誰與相探。苦愁多悶冗，海枯天老，霧迷雲黯。幾時能勾洞穿江底出江南？

【山桃花】你玉肌消冰姿減，枉自把鮫珠蘸。親居洞府又無推勘，兒還人世又離軻轗，婿今榮貴又非啜賺。猛思量愁你促整歸驂。

【一撮棹】重離别，何日再來參。怕傷兒意强將我泪珠含。一似雙白鶴，衡岳頂送蘇躭。分携處，回步又喃喃。分襟了，把斑衣又重攬。腸斷也，抵多少折柳正毿毿。

此亦存以備韵。通折五闋，無一闋佳，無一韵妥，纏搪澀滯，通而不通。大率沈先生詞，意近則求艱于辭，意遠則不復故理，乃其不用意者反得之，後韵【剔銀燈】是也。

此詞前後俱元詞，置之中間，可謂前慚實甫，後愧君寶、仲名。

○花酒曲江池 元石君寶作

〔黃鐘〕【醉花陰】好教我怨綠愁紅自傷感，没揣的情慳意慘。寬掩過越羅衫，雲鬟髧鬖，陡恁的腰圍減。

【喜遷鶯】禁不得這羞慚，似這般無邊岸的閑愁猶自攬。將人虛賺，真毒害忒貪婪。行監，全不放半米兒憨。起萬頃風波將子弟淹，忒大膽。端的是填不盡業海，塞不滿孛藍。

【出隊子】你要我依前餘濫，潑風塵再不堪。解不開玉柙床匝匝忒牢緘，撞不出花柳陣昏昏實是慘，撇不下風月檐沉沉怎地擔。

【刮地風】子被你歡喜冤家迤逗煞咱情理難諳，則爲你多風鑑急回頭春色過三。楚陽臺碧峯雲暗，桃源渡緑波清湛。間阻多，遮閉嵌，百忙裏意中人不知着淹。情又攲眼又饞，尚古自把風流話來攬。

【四門子】得團圓到死心無憾，捱虀鹽儘自甘。老尊堂省可里將人陷，假虚脾好話攙。你如今穿綉衣，戴玉簪，這家私似錦窩鋪苫。向此時，索自參，送得他無錢爲俺。

【水仙子】竹林寺遠，向南山坎滑滑察察步怎堪。將水面上扁舟，忽刺刺收拾了棕纜。又子待短局促鞴騂騮整了轡銜，疏刺沙起霜風颭散晴嵐，軟兀刺綉鞍兒身半探。我子見淅零零細雨連天暗，響潺潺野水落清潭。

【寨兒令】尷尷尬尬，直恁的所事多腌，眼盼着長途静巉巉。自摧攧，自傷感。自寂寞，自清淡。

【神仗兒】誰想他連理樹可擦地便釤，并頭蓮忽剌的便淹。將一對美滿夫妻，甜甜紺紺。送來的飄飄蕩蕩，抛家失業，被人胡㕥。只落得破藍衫。

【尾聲】你將這一世兒姻緣再重勘，聽不得他篤篤喃喃，你這透骨髓的恩情都只爲俺。

○蕭淑蘭情寄菩薩蠻 元賈仲名作

〔越調〕【耍三台】姐姐命親分付，爲張秀才丁寧使俺。你穩放着個先憂後喜，我空懷着個有苦無甘。煩惱這場非是攬，惡風聲委實心慘。則爲他粉悴胭憔，端的是香消玉減。

【紫花兒序】姐姐怕不心勞意攘，哥哥又不性躁情乖，嫂嫂可要坐守行監。他如今看看衣褪，漸漸裙攙。春衫，雙袖漫漫將泪掩。不明不暗，幾時配上金釵，接上瓊簪。

【小桃紅】九經三史煞曾諳，習典故觀通鑒。課賦吟詩識個明暗，臨帖寫字知個濃淡。把古今博覽，將前人比勘，禮易細詳參。

【金蕉葉】衠一味詩魔酒酣，引不動狂心怪膽。聖人言，不孝有三，絶子嗣無後怎敢。

【鬼三台】我着些言語來探，將他來賺，他那裏急截苦緊攙。秀才每自古眼饞，不似這生忒銅心鐵膽。你個顔叔子秉燭真個堪，柳下惠想閑没店三。酸溜溜魯論齊論，醋滴滴周南召南。

【調笑令】説的我面慘，轉羞慚，你爲甚不通書一緘。等閑誰故故摇撼，赤緊的張横渠不肯貪婪。望公侯宰輔伯子男，氣昂昂闊論高談。

【禿厮兒】俺那崔氏女正紅愁緑慘，你個張君瑞待面北眉南。着我老紅娘將兩下裏奈怕擔，請先生，省言劖，喃喃。

【聖藥王】一迷裏口似潑釤，怎撲掩，那裏肯因而不比且包含。本待成就您，顛倒連累咱。唬的我手脚亂似癡憨，着你尋虎窟覓龍潭。

【絡絲娘】將韓王殿忽然火炎，藍橋驛平空水淹。人面前古怪剛直假撇減，背地裏荒淫愚濫。

【雪里梅】空着我逐逐與躭躭，早則罷暮四與朝三。這生性狠情毒，老身驚心戰膽。姐姐你敢病感愁添。

【收尾】請學士權且寧時暫，何必你高聲怒喊。直待教兄嫂逼臨了他，着主人公葬送了俺。

○閨恨 元無名氏

〔黄鐘〕【醉花陰】歲月匆匆易傷感，觸目處緑愁紅慘。楊柳嫩海棠酣，景物魖魆，離恨何時減？紫燕又呢喃，來往風前如訴俺。

【喜遷鶯】關河邊站，漾離懷野水柔藍。晴嵐，亂峰玉龕。看一片白雲鎖翠巖，寫不勾詩半緘。愁結成濛濛曉霧，泪滴就點點春潭。

【出隊子】則被這薄情攧賺，不明白事怎諳。㦬㦬的緑雲鬆𩮀墜簪，瘦怯怯玉體香消褪，薄設設翠被生寒侵卧毯。

【刮地風】不覺的滾滾楊花簾外糝，却又早春老江南。問東君未語心先撼，信斷音緘。只見他願禱經函，鸞鏡缺何時開勘，鳳釵折甚日重簪？連理分被刀砍，不由人夢斷春酣。恨薄倖陡恁的將名利貪，心如醉意似憨。

【四門子】約重陽回首無停暫，到如今二月三。偷香的膽誰人更敢？實丕丕已將風月擔。據着你言語又詁，才貌又堪，則將那鶯花占攬。

【古水仙子】他他他殢紅妝事已憨，是是是棄了千金覓笑談。呀呀呀翠紅鄉無倒斷歡娛，看看看琉璃井有一日坑陷。恁恁恁瘦身軀儘意貪，罷罷罷説來的話兒虛又讒，來來來瞞不過上蒼清湛湛。休休休虧心的自有神明鑒，我我我顛不剌情理忒難甘。

【寨兒令】偏咱偏咱，憔悴癥忒恁腌，滿懷愁端的爲誰躭？銜冤去投海廣，無計去問巫咸。自嘆息，自包含。

【神仗兒】黑漫漫相思海，忽剌的更淹。翠巍巍離恨天，没揣的又險。最苦是黄昏，月又斜燈兒慘。孤幃裏悄悄愁成暗，只落得枕上泪痕攙。

【尾聲】才郎直恁忒漁濫，設下誓神靈怎甘？哎你個再出世的狠王魁怎下的辜負俺。

此亦以韵慳得選。

又元人咏閑居南吕中【梁州】闋云：「流水繞一村桑柘，亂山圍四壁烟嵐，顛峰倒影澄波蘸，遥岑疊翠，遠水揉藍。鳶飛鷺落，魚躍深潭。偃怡場水府山岩，安樂窩土洞石龕。景不嫌物少人稀，食不厭茶渾酒淡。家不離水北山南，有何不堪？籃輿至水輕舟濫，稼穡外得時暫。閑飲漁樵酒半酣，闊論高談。」又佳句云：「乾坤向漁父波中淹，日月在樵夫肩上擔。」又句云：「潦倒終身無憾，晦迹韜光繭内蠶。」

南北詞廣韻選 卷十九

廉 纖

○紅蕖記

〔中吕〕【剔銀燈】今日裏靈鵲噪檐。深閨内何來雙漸?從今願得陪鉛槧,把錦綉排場都占。元來全憑遮掩,快將你懸河口鉗。

【前腔】丫頭們全没些羞臉,平白地將咱來污玷。只因賤婢多嬌豔,且自把拳頭收斂。重來須教他檢點,再不改先教鬢撏。

【前腔】非是我花言虚諂。莫孤負流霞瀲灩。官人若不將咱厭,我决不肯把郎拋閃。勸娘行須將鬢染,這等花嘴臉休得太忺。

余選詞于《紅蕖》獨多,非愛其詞也。沈先生部伍甚嚴,用韵亦慎,且十九韵皆備。今人作傳奇,俱不肯備韵。無論監、咸，廉、纖，每每混押；即三閉口韵，往往以侵尋與真、文，庚、青通用，以監、咸，廉、纖與寒、山，桓、歡，先、天通用。作者不知辨别，歌者訛以傳訛，遂令開閉混淆，詞韵不講。然則沈先生之《紅蕖》又寧非傳奇中之白眉乎？姑識此于末韵，以告後之作詞者，知謹于用韵云。

○蕭淑蘭

〔仙吕〕【八聲甘州】傷春病染，鬱悶沉沉，鬼病懨懨。相思即漸，碧窗唾漬稠粘。幾縷柔絲空繫情，滿院楊花不捲簾。鬢嚲楚雲鬆，懶對鏡妝奩。

【混江龍】曉來情厭，收拾心事上眉尖。把金錢暗卜，龜卦時占。杏臉粉消烟淡淡，柳腰香褪玉纖纖。料應也是前生欠，因無爹媽，有失拘鈐。

【油葫蘆】這些時斗帳春寒起未忺，睡不甜，任教曉日壓重檐。將他那模樣兒心坎上頻頻墊，名字兒口角頭時時念。想他性格兒沉，語話兒謙。綉床無意閑攀占，懶把彩絨撏。

【天下樂】我如今紝得金針却倒拈，牙尖，抵玉纖。羅帕上泪痕千萬點。恐梅香冷句兒詀，怕奶娘閑話兒簽，我則索强支吾陪笑臉。

【那吒令】向湖山緊闞，惹游絲滿臉，惹游絲滿臉。驚飛花亂颭，驚飛花亂颭，蕩殘紅數點。我忙將迎情欲親，他頭不擡身微欠，那裏是君子謙謙？

【鵲踏枝】則見他怒盈腮，那裏也笑掀髯。顯出些外貌威嚴，内性清廉。他避我遮遮掩掩，抵多少等等潛潛。

【寄生草】煩惱怎麼陶學士蘇子瞻?·改不了强支撇醋饑寒臉，斷不了詩云子曰酸風欠，離不了之乎者也腌窮儉。想你也夢不到翔龍飛鳳五雲樓，心不忘鳴雞犬三家店。

【金盞兒】這生不心歡，到心慊。早則騰騰烈火飛紅焰，將姻緣簿親檢自撕撏。得咱這香腮容共貼，玉體肯相沾。怕甚麼當家尊嫂惡，恩養劣威嚴。

【後庭花】你道女孩兒家休弄險，你讀書人不會諂。爲非事無行止，見家兄有甚臉。不索你話兒呫，你須惡厭，不由我腮斗兒上添笑靨。

【醉中天】怕甚麼你母舌兒塹，梅香嘴兒尖。恐早晚根前冷句兒添，便知道也難憑驗。家醜事必然羞掩，放心波風流雙漸。早則麼懶折腰的歸去陶潛。

【賺煞】秀才每難托志誠心，好喫開荒劍。一條擔兩下裏脱尖，有多少胡講歪談心口拈，喬文談拗恥拘廉。則好教餓的來瘦厭厭，肚皮廉苦，恁時節家菜不甜野菜甜。他怎消得俺嬌滴滴桃腮杏臉，香馥馥玉温花塹，則好去破窯中風雪斷虀鹽。

○有懷 元無名氏

〔商調〕【集賢賓】夜深沉畫堂門半掩，正明月轉雕檐。響珊珊竹聲幽院，顫巍巍花影重簾。酒纔醒幽思沉沉，漏初分良夜厭厭。早秋天萬般愁悶添，更凄凉風景相兼。舊愁深肺腑，新恨上眉尖。

【逍遥樂】玉容嬌豔，記當時柳畫宫眉，花明笑靨。儘歡娱無甚拘鈐，似于飛燕燕鶼鶼。名利驅人成棄閃，走天涯旅邸頓淹。腸如綫結，心如錐刺，肉似刀簽。

【金菊香】神鴉靈鵲不須占，蓍草金錢徒自檢，燈花喜蛛都是諂。無准信龜卦神籤，更那堪半衾幽夢睡初忺。

【么】鳳皇翅活不剌手中撏，鴛鴦彈圓滴滴石上掂，翡翠羽毛惡支沙泥内染。連理枝雪虐霜嚴，好花開處雨纖纖。

【醋葫蘆】彩雲深白雁稀，碧波冷錦鱗潛。素書銀字不曾瞻，隔雲山萬重天路險。舊恩情不堪追念，都做了鏡中花影水中鹽。

【么】擇兔毫斑管拈，灑鸞箋香墨染。寫平安端肅更謙謙，訴離懷半緘情越歉。從别後絶無瑕玷，封皮兒上兩行情泪帶愁粘。

【尾】則要你守香閨記舊盟，不要你揾香羅掩泪點。指歸期七月免猜嫌，果誠實見時只在苒。憑着我畫眉萬劄，恁時節小紅樓上對妝奩。

○春思 元無名氏

〔黄鐘〕【醉花陰】羞對鶯花緑窗掩，憔悴損桃腮杏臉。終日價病懨懨，無限春愁，都被離人占。陽臺路少拘鉗，行暮雨巫娥先被閃。

【喜遷鶯】想殺我詩書琴劍，金錢卦占了重占。鵲噪雕檐，幾曾靈驗？忘不了别時節語話甜，因此上鬼病染。寂寞了銀屏錦帳，辜負了綉幕珠簾。

【出隊子】這些時恩乖情閃，老萱親拘孿。困騰騰情思鎖眉尖，眼盼盼佳期掐玉纖，恨綿綿相思流泪點。

【刮地風】絮叨叨言詞都是諂，可不道君子謙謙。玉容減盡梨花豔，碧玉簪掂，金鳳翎挦；愁深似九重天塹，命薄如五更燈焰。茶不湯，飯不拈，病成即漸。那裏也文章蘇子瞻，原來是無伎倆江淹。

【四門子】想今生料得難相占，我和他九泉下熱廝粘。慢騰騰搧動描金鞊，跎蹬蹬踐紅塵駿馬兒忺。一會家愁，一會家呫，撲簌簌兩行珠泪點。一會家愁，一會家呫，我這裏行行作念。

【古水仙子】呀呀呀，裊絲鞭瞬目瞻；哎哎哎，離魂似隨風雲冉冉。一重重高聳聳崖巖，一處處冷清清客店，風颼颼酒旗兒急颭。他他他多應是透骨髓情黏，我我我盡今生受苦何曾厭。是是是相思病嶮峻如刀劍，休休休恩情似水中鹽。

【尾聲】忽的人來猛驚閃，離魂逐一點明蟾，雲窗下夢回門半掩。

又元詞【滾綉球】闋云：「溜秋波情意忺，并香肩語話兒甜。你爲我鴛鴦債此生少欠，我爲你歲月擔盡力拈黏。我因你魚書兒修了又修，你爲我龜卦兒占了又占。想則想争想似更風流苦年雙漸，猜則猜休猜做没出豁今日江淹。則爲這蠅頭蝸角頻勾引，非干是鳳友鸞交厮棄嫌，辜負了等等潛潛。」又句云：「莫説道喚不醒呆莊周蝴蝶夢甜，怎知道醫不可癡情女揶揄病染？休猜俺山海恩情似水底鹽。」

又句云：「綉房中歲月但躭，描不就杏花梢孔雀翠相攙，剪不成撲柳絮蝴蝶粉亂糝，畫不成啄稻穗的鶺鴒嘴細喒。」

○長命縷

〔南吕〕【三换頭】只爲狼烽拋閃，誤落鶯花坑塹。况伊南我北，只將意夢淹。早已分鳳占，又其間鎮日爲子母攢眉顰兩尖。喜女婿乘龍也，雀屏祥已驗。（合）這聚散欣悲，算歷盡鹹酸和苦甜。

【前腔】新歡乍沾，舊歡非厭。是賢妻意也，把金釵數添。多少蘭芬花豔，再其間恐怕似游絲遇春多染。看夜色銷臺燭，春沽問市帘。

以韵録。

紅梨記

忍辱頭陀跋

《閑中鼓吹》，泰峰郁先生所作也。中載趙伯疇事甚悉。庚戌長夏，展玩間輒感余心，特爲譜諸聲歌。及閲古劇，亦傳此一段事，雖稍有抵牾，要之不爲無本。或疑兩生未嘗覿面，那至思慕乃爾？余曰：「不然，自古憐才之主，何必相識？漢武思馬卿，孟德贖文姬，豈有生平之誼邪？」或又訾其是非顛倒，閃爍挻攛，類《齊諧》之志怪，非莊士之雅譚。余又曰：「不然。問埜丈人謂之田父，河上姹女謂之婦人，當世之是非真假，孰能辨之？正亦何須屑屑辨也。觀《紅梨》者，請作如是觀。」

萬曆歲在辛亥孟秋中元日，書於實恩堂之東偏，忍辱頭陀纂。

傳中排名犯處開明在後

第二齣

【朱奴兒犯】「相偎抱」三句【玉芙蓉】

第十九齣

【園林好】「且來到」下犯【沈醉東風】【沈醉東風】「還自省」下犯【月上海棠】【月上海棠】「異香滿庭」下犯【沈醉東風】【好姐姐】「狂粉蝶」下犯【六幺令】【江兒水】「靦羞慚」下犯【川撥棹】【五供養】「雞黍」下犯【月上海棠】【玉交枝】「怎得他」下犯【川撥棹】【川撥棹】「擁着孤衾」下犯【哓哓令】

第二十一齣

【鷺花皁】前五句、【黄鶯兒】「意難忘」三字、【水紅花】「剛笑」二句、【賞宮花】「偏稱」五句、【皁羅袍】「貓兒隊」前四句、【貓兒墜】「又願得」下出隊子

第二十九齣

【太師引】末句犯【刮鼓令】，第二闋同　【醉太師】前俱【醉太平】，「因何嘈囃」下犯【太師引】　【綉太平】前俱【綉帶兒】，「杯盤」下犯【醉太平】

新鐫趙狀元三錯認紅梨記　卷上

洛誦生次傳　無奇甫校閲
陽初子填辭　㲈夷君壽梓

第一齣　薈指

【瑶輪第五曲】華堂開，玳筵列。尊俎雖陳，主賓未浹。且將行酒付優伶，喜轉眼間悲懽聚別。也非關朝家事業，也非關市曹瑣屑。打點笑口頻開，此夜只譚風月。論賣文，生涯拙。豈是誇多，何曾鬥捷。從來抱膝便長吟，覺一霎時壯心暫折。也無甚搬枝運節，也無甚陽秋衮鉞。若還見者吹毛，甘罵老奴饒舌。

（照常向内問答訖白）

【瑶輪第六曲】謝女佳人，趙郎才子，天然分付成雙。奈王黼勒取，拆散兩鴛鴦。正遇胡人圍汴，徵歌妓，送入金邦。賴有花婆女俠，設謀竄取，潛地往他鄉。才子彷徨，佳人淪落，此際實堪傷。幸錢君作宰，留寓在衙旁。却慮功名未就，改名姓，潛結鸞凰。又賴花婆勸駕，登龍歸娶，花燭影摇光。

題目　俊風流趙狀元三錯認，　喬紅梨謝素秋兩花陣。
　　　雍丘宰生扭就鳳鸞交，　賣花婆計掇賺龍頭儁。

第二齣　詩要

【破齊陣】（生扮趙汝州上）文采南金比色，詞華北斗方高。太白星精，義山浪子，誰似風流俠少？天上玉蜍欣獨佔，河中匹鳥恨難招，何時琴瑟調。

〔鷓鴣天〕紫雲垂耀是神京，走馬揮鞭意氣生。李賀齊名時譽在，曹劉割席世人驚。空冀駿，戮長鯨。行看奏對入延英。但令姓字先群彦，始信才華擅二京。小生姓趙，名汝州，表字伯疇，山東濟南郡淄川人也。先人趙幾，拜刑部尚書，不幸早年身喪。遺經在笥，桮棬未忘。小生幼有慧質，長多俠思，年方二十二歲，忝中本省解元。今來會試到京，憑着我胸中學問足三冬，口内詞鋒傾五岳，視一第如拾芥耳，何足挂意。但恨花星未耀，鸞運尚慳。自古才子，必擇佳人，是以交甫鍾情于解佩，陳思作賦于感甄。如小生之風流才調，必得天下第一個佳人，方稱合璧。向來聞得人言云：「男中趙伯疇，女中謝素秋。」（笑介）不知素秋怎麼樣一個女子，就堪與小生作對？一向問人，并無識者，昨入京來，纔知是教坊妓女，説道果然天姿國色，絶代無雙。小生連連去訪，不意今上預借元宵，在大内承直，尚未得會，心上且是放不下。有個同窗朋友錢孟博，乃雍丘縣令，朝覲來此，與小生同寓。不免請他出來，再去訪素秋走一遭，錢

兄快來。（外扮錢濟之上）

【前腔】看盡河陽花錦，來聽上苑鶯嬌。閭裏燈光，天邊雪月，欣逢預放元宵。百斛春醪那借取，三齊豪客未須招。渾忘鄉思搖。

下官錢濟之，字孟博，官拜雍丘令。今來朝覲，幸與故友趙伯疇同寓在此。（見介）呀，伯疇兄拜揖。（生）孟博兄拜揖。孟博，我同你訪謝素秋去。（外笑介）伯疇，我道你有要緊説話，請我出來，原來又是訪謝素秋。一個女子，日日挂在念頭上，敢是你心偏了？前日兩次訪他，俱不得遇。風塵中人，知他真不在家，還是故意回你？（生）天下那有不愛才子的佳人？（外）好笑。你又不曾見他，那知他佳不佳？（生）文王寤寐而求，未聞先見淑女；相如援琴而鼓，何曾預識文君？謝素秋雖不曾見，人言決不虛謬。（外）人言若何？（生）道是「男中趙伯疇，女中謝素秋」。堪與小生同説，一定有些不同處。（外笑介）好一個乾相思的對頭。不要作癲，同你街坊上看燈去。（生）燈有甚好看。

【玉芙蓉】咸陽寂寞宵，擁膝傷懷抱。恨無媒徑路，草自蕭蕭。玉樓未許諧蕭史，金屋何妨佇阿嬌。教人惱，惱的是孤鸞星永照，最堪憐黃昏落葉響瀟瀟。（外）

【前腔】你青雲志正驕，紅粉何足道。喜春風得意，正在今朝。豈可爲鶯儔燕侶三春約，忘却你鵬路鶤程萬里遥。（生笑介）功名怕不到手？所難得者佳人耳。孟博兄，不要敗興，不要道學。（外）非執拗。那壁廂是墻花路草，怎比得日邊紅杏倚雲高。

（丑扮平頭上）傳却玉樓信，來投金馬門。小人是東院子謝家平頭。俺姐姐差送書與趙解元，一路問來，説道下處在此，不免問聲。（問介內答）正是。（丑入磕頭）（生）誰家差來的？（丑）小人是東院謝家平頭。俺姐姐蒙相公下顧，因在內府上直，兩次不曾相接，特着小人來拜上。（生）可曾説教我來麼？（丑）正是教請相公來。今日是十八日，燈事已了，明日姐姐一定回家，教請相公早早來了。兼有一書在此。（生喜介）孟博兄，你説風塵中人，我説佳人定愛才子，今却如何？快取書來。（拆看介）元來是一首詩：「倚窗閑瑣去看花，辜負郎君白鼻騧。悵恨欲知深幾許，碧雲重疊暮山斜。」孟博兄，天下有這樣一個女子，怎教小弟不想。（外）詩思到也清新，明日同兄去便了。（丑）小人就要回俺姐姐，就求相公回書。（外）伯疇，你也作一絶答他便了。（生）小弟正欲如此。（作寫介）「主人應悵客空還，寄與封書有泪斑。但得卷葹心不死，碧雲能隔幾重山。」平頭，你先去回覆姐姐，小生明日一定早來。（丑）傳將芳信去，報與玉人知。（下）（生外吊，生）

【傾杯序】多嬌，勝道韞，過薛濤。更八法，能奇妙。小弟若得此人同偕伉儷呵，也强如蟾宮穩步，龍門高跳。鳳池容與，鰲禁逍遥。但只恐東墻花落，西廂月冷，巫岫雲高。那時節呵就狀元及第也徒勞。（外）

【朱奴兒犯】伯疇，你不害癲麼？看你整備着烏紗小帽，皂朝靴窄窄鮮好。稱體新衣袖寬綽，會親符、會親符排了百道。（生接）快活快活。那時節相偎抱，醉春風碧桃，任流蘇帳暖可憐宵。（外）

【尾聲】則怕歡娱極處生煩惱。（生）孟博兄，準備下扶頭錢鈔。怎能够偷一會兒更籌須臾的天便曉。

集　身在仙宮第幾重，　未知何日得相從。

唐　何時最是思君處，月入斜窗曉寺鐘。

第三齣　豪宴

【西地錦】（小净扮王黼上）皓月金門午夜，和風玉殿先春。内庭曲宴及詞臣，誰似我天顏常近。

臘底陽生月正晴，士民游樂慶升平。熙熙萬象融和裏，共沐恩光賀聖明。下官姓王，名黼，字將明，開封祥符人也。官拜太傅，封楚國公。下官性頗黠慧，又善口辯。遭遇聖上，寵冠群僚。身雖三公，位居元宰。深宮曲宴，無不陪扈。下官又故爲諧謔，獻笑取悦。聖上呼我爲小王太傅，我就稱聖上爲太上道君。一日聖上站在墻邊，要上墻去，奈無梯子。我就把兩臂承聖足而起，大聲叫道：「好個扒墻天子！」聖上大笑説：「全虧你築岩宰相！」目今海内又安，朝廷無事，我就上一本，説今冬天氣和暖，正該及時爲樂。就此十二月，令民間搭造燈棚，名曰預借元宵。聖上大喜，設宴在内庭，特令下官陪侍，因此一連數日不得回家。似此君臣契合，多虧父子情深。我王黼自從拜太尉梁師成爲父，仗他在聖上面前贊揚，遂有今日。昨日太尉説要到我家看燈。當直的，太尉爺就是你老老爺，筵席須要十分齊整。（雜介，小净）我且問你，昨日大内承幸的教坊女樂頭兒，叫甚名字？（雜）名喚謝素秋。（小净）今日在我府中答應麽？（雜）伺候多時了。（小净）起在一邊。我府中歌童舞女雖多，端没有這妮子娉婷裊娜。我要他進我府中，亦有何難。且待宴過了太尉，再作道理。叫打差官快去打聽，太尉爺出朝，急來通報。（暫下）（副净扮内官梁師成上）

【前腔】寶炬騰輝三島，鸞笙叶氣千門。御香滿袖散氤氳，但願得常依龍衮。

紫宸朝罷侍鵷班，詔賜宫刀白玉環。宦曜自來垂上象，貂璫獨喜近龍顔。下官太尉梁師成，性善柔媚，言多甘悦。出入宫寢三十餘年，歷践台司二十餘任。都人目爲隱相，天子唤作可兒。宫掖巡游，常向髀間循絳繫；殿頭宣拜，每將口語代黄麻。將相公卿，個個稱門生故吏；後妃嬪御，人人呼尚父元公。以此賄賂如山，門庭成市，從我者驟加官爵，違我者立見誅夷。兒童已賜緋衣，廝養半登黄甲。大兒王黼，開應奉局於都下，月錢何止萬緡；小兒朱勔，總花石綱於蘇州，歲輸不下億計。（笑介）果然財可通神，真個威堪震主。連日内庭侍宴，不曾回家。昨日與王黼兒約去看燈。叫左右打執事，看王丞相去。（雜）燈火明龍閣，笙歌滿鳳城。侯門多富貴，綺席彩雲迎。稟爺，已到王丞相府前了。（小净上跪接）孩兒王黼，迎接恩府大人。（副净扶進）王黼兒生受你。（小净起揖）恩府大人拜揖。（副净笑）好一個預借元宵的本，虧你想得到，聖上也喜歡得緊。自從建了艮嶽，聖上日日在内游賞。不想時遇隆冬，百卉凋傷。車駕久不臨幸，在大内閑坐不過，見了你的本，不覺喜動天顔。（小净）這都是恩府大人提携。（副净）王黼兒，我教道你。大凡官家，不要容他閑。常則是把些聲色貨利，打哄日子過去，他就不想到政事上邊。左班那些秀才官兒，便有言也不相入了。（小净）多謝恩府大人指教。（副净）叫孩兒們，今日我在此看燈，那些御前承幸妓樂，都齊在這裏麽？（雜）稟爺，五花爨弄三百名，搬演雜劇三百名，駕前吹鼓十八部，教坊妓女百二十人，都齊在此伺候。（副净）王黼兒，我連日困於酒食，就是這些院本雜劇，也誰耐煩看他。都打發去，只留教坊妓女在此送酒。（小净遞酒介）（奏樂畢）（衆）

【香柳娘】喜燈月競新，喜燈月競新。寒威乍損，想梅花已漏江南信。看鰲山切雲，看鰲山切雲。青禁玉樓鄰，彤帷絳河近。（合）判行樂及辰，判行樂及辰。只恐怕後月今宵，陰晴無準。（副净）

【前腔】慶民安物殷，慶民安物殷。太平景運，歡娱剩把良宵盡。任參横斗分，任參横斗分。恣意倒金尊。流光一回瞬。（合前）

（小净）恩府大人，教坊妓女有個謝素秋，到也生得停當。（對旦介）過來見了太尉爺。（旦見介）（副净看介）果然生得好。要丞相爺喜歡，你造化到了。孩兒們，討個元寶賞他。起來送酒，就唱一曲。（旦謝起送酒）

【前腔】念青樓寄身，念青樓寄身，柳嬌桃嫩，生憎羅綺烟花陣。怪雙蛾屢嚬，怪雙蛾屢嚬。處處落花痕，年年送春恨。（合前小净）

【前腔】聽歌聲佚塵，聽歌聲佚塵。朱脣微揾，聲聲調出凉州韵。更香潤玉温，更香潤玉温，似蘭蕙絶塵氛，繁英豈堪混。（合前）

（副净）酒多了，連日困倦，孩兒們，回府去罷。笙歌歸院落，燈火下樓臺。明日扶殘醉，重尋翠羽來。（小净送副净下，小净吊）謝素秋過來。我愛你體態輕盈，歌喉宛轉。我府中歌舞雖多，却没有你這般顔色。你住我府中罷，我另眼看覷你。（旦）念素秋章臺陋質，永巷庸流，只堪賣酒當壚，難入瓊樓玉館。况且老爺貴府，無數佳冶麗人，豈少賤妾一輩？（小净）這妮子，你不見麽？

【前腔】這繁華絶倫，這繁華絶倫。三千黛粉，六宫顔色誰堪遜？不是少你一個，只是我愛你，你若進我府中，我把你做掌中玉珍，做掌中玉珍。（作摟旦，旦避小净）心坎兒裏温存，肺肝兒般幫襯。（合前旦跪小净扶起介）

【前腔】愧烟花户門，愧烟花户門。風塵陋品，豈堪與王公貴戚相廝溷？況有無數絳裙，有無數絳裙，薦夕總橫陳，東鄰豈足問。（合前）

（小净怒介）哇！這賤人！我到有心擡舉你，你却句句遠我。我如今把你拘在府中，不怕你走上天去。花婆那裏？（老旦扮花婆上）本賣花爲生，翻因花作祟。日間花裏行，夜間花裏睡。花婆磕爺頭。（小净）花婆，你把這賤人去牢禁在府後静房裏，有呼唤纔許放出。（老旦）曉得。只是府中插戴的時鮮花朵，日日是小婦人採辦。（小净）我另遣人便了。

集唐　別夢依依到謝家，名珪似玉净無瑕。
　　　東風堪賞還堪恨，落盡溪頭白玉花。（小净下）

第四齣　羈迹

（旦、老旦吊場）（老旦）素娘請到後邊去。（旦走介，老旦）這是老婢的卧房，你只在此坐坐罷。（旦）

【尾犯引】花落任西東，似柳絮風飄，芙蓉霜送。栽却愁苗，耘成恨種。（老旦）素娘。看你翠蛾蹙遠山黛擁，紅泪流秋水霞籠。（合）聽殘漏聲聲聒耳，月落燕樓空。

（老旦）〔南鄉子〕萬籟寂無聲，殘角嗚嗚近五更。香斷燈昏眠未穩，凄清。只有霜華伴月明。（旦）應是夜寒凝，惱得梅花睡不成。我念梅花花念我，關情，獨立檐牙倚玉櫺。（老旦）素娘，我們向來也聞你的芳名，只是無由見面。今日之事，怎麽樣起？（旦）你家老爺生要奴家進府，奴家不從，以此發惱。（老旦）原來如此。素娘，你好不見幾，我老爺官居極品，勢焰薰天，官家尚然拱手，朝臣孰不低眉？你是女流，到要與他抗拒。況且府中富貴，天家不如，你若進來，自然得寵。那些兒虧負了你，苦死不肯相從？（旦）人各有志，豈可以勢相迫。（老旦）不從他由你，只怕這頭門進得來，出不去哩！（旦）他若再來相迫，我拼得一死便了。

【尾犯序】此夜恨無窮，似別鶴孤鴻，檻鸞囚鳳。（老旦）你有何心事，就對老婢説也不妨。（旦）我有無限衷腸，欲訴何從？悲慟。惹禍的是花容月貌，賺人的是雲魂雨夢。從今後，似提籃打水，落得一場空。

【榴花泣】（老旦）素娘，你無端何故恨匆匆？似你這月作態、玉爲容，正合在綺羅叢裏承恩寵，送年華暮鼓晨鐘。素娘，莫怪老婢説你，娼家有甚好行徑？風雲轉蓬，倚市門調笑將人哄。休只認酒釃花醲，瞬眼間就興盡杯空。

【漁家傲】（旦）我豈戀換羽移宫，奈女蘿怎倚孤松？就是我輩從良，須要擇人而事。（老旦）若要擇人，那裏有我老爺這樣對頭？（旦低）咳，花婆花婆。他只是俗子村夫，難管領秋月春風。（背）早上差平頭去約趙伯疇，他有詩來，約我明日相會。誰想監禁在此，多分又成虛話了。看他詩中字字芳心懂，怎割捨風流業種？「男中趙伯疇，女中謝素秋」，不知向來何故有此言語？想我兩人才貌呵相同。故教人作頌。只愁緣分淺，到底成空。

【尾】通宵聒絮多驚動。（老旦）素娘你何事癡迷不信從？可不道得喪悲歡總是空。

集　夜思千重戀舊游，無窮歸思滿東流。

唐　窗殘夜月人何在，深鎖春光一院愁。

第五齣　胡擾

【點絳唇】（净扮斡離不上）紫塞青烟，玄菟白草。朝那道，劣馬嘶驕，眼底中原小。漢水連天霜草平，野駝尋水磧中鳴。隴頭風急雁不下，沙場苦戰多流星。咱家大金丞相斡離不是也。自從大宋與咱家盟約，并力攻遼，還他燕雲十六州以償用兵之資。不意王黼倍約，納我叛人張瑴，爲此提兵到此。吾想宋室君臣，偷安旦夕，方且預借元宵。咱家連夜渡河而來，剋定日期，要在元旦左右，打破汴城，務要慶賞真元宵。好快活也！把都兒們那裏？（雜扮四卒上）進軍黄河南，窮寇勢將變。日落沙塵昏，背河更一戰。（見介）（净）把都兒們！自從咱渡河而南，如入無人之境。這些百姓，抱頭鼠竄，紛紛逃躲。此去汴京不遠，眼見得破在旦夕，須要并力殺上前去。待剋城之日，大開府庫，把金帛重賞你們。就此拔寨前進。（雜介，净）

【清江引】紛紛鐵騎如雲繞，塞滿關山道。弓隨月影彎，劍逐霜光耀。看指日間，破京城如電掃。

（雜）稟爺，已到汴京城下了。（净）把都兒們！且不要近城，只遠遠四下圍定，待明日造起雲梯，看了城中動静，再作道理。（雜走圍）

【前腔】漫漫血戰何時了？直向中原擣。破竹已成功，幕燕真堪笑。直待到京城賞元宵，纔

開懷抱。（走下）

第六齣　赴約

【宜春令】（生上）風月性，雲雨腸，自生成花狂柳狂。新詞楚楚，俏名兒堪與秋娘抗。蘇小小才貌相當，呂雙雙風流不讓。拚醉佳人錦瑟，翠屏朱幌。

日昃鳴珂動，花連綉户春。盤龍玉臺鏡，惟待畫眉人。小生爲有謝素秋之約，昨晚一夜睡不安穩。巴得天明，便起來梳洗，如今已打扮得齊整。除下舊巾幘，換套新衣裳，果然停當。只是怎得錢兄出來？不免催他去。錢兄起身未？

（外應上）來也。

【前腔】鄉心切，旅夢長。（生）錢兄快來。（外）是何人催促恁忙？（見介）呀！伯疇，你衣衫停當，匆匆挈伴將何往？（生）孟博，你又忘了，謝素秋約我今日相會。（外笑）何乃太早？（生）小弟以爲遲矣。探花信浥露何妨？護花神遇風須障。（外笑）你似游蜂粉牽香惹，鎮日顛狂。

（生）不是。昨日他内府完事，一定早回。今日我們早去，也見得有些志誠。（外笑）好一個老實社家子弟！既如此，就請同行。（同走）

【前腔】（生）韋娘面，刺史腸。兩相逢迷留怎當？芳心密意，相偎相靠從前講。（外）伯疇，此間已是他家，想還未歸。你看雕欄畔鸚鵡聲喧，畫檐邊蛛蜘塵網。（生）真像個不曾到家的。不見銀箏抛却，玉臺閑放。

天氣尚早，既不在家，我們在此坐待一回。（丑上）院鎖春風楊柳，門深夜雨梨花。未許情諧琴瑟，空勞夢繞琵琶。小人謝家平頭，今早去候姐姐，不想被王丞相拘留在府，只得獨自回來。呀！家中到有人坐在此，不知那個？（見介）原來是趙相公、錢老爺。（生外）平頭，姐姐回來了麼？（丑）不要説起。姐姐在内府承應已完，昨日到王丞相府去，不想被他囚禁，不放回來。小人今早去候，没處問個消息，以此只得自回。（生、外駭）爲甚麼囚禁他？（丑）

【前腔】只爲花容麗，玉貌揚。那王丞相呵，死臨侵邀求鳳凰。（生、外）你姐姐從也不從？（丑）便是抵死不從。不從。（生笑）這纔像個素秋。（丑）王丞相因姐姐不從，就發惱起來。把温存情況，變做了瞞神謊鬼喬模樣。把我姐姐監禁在府後什麼静房裏頭，昏騰騰楚岫雲遮，黑漫漫陽臺路障。一似籠囚鸚鵡，浪打鴛鴦。

（生）原來如此。我那素秋，你怎得個出頭日子！孟博，我與你計較去救他也好。（外）王黼的威勢，天子尚且畏他。他把一個妓女藏在府裏，你我兩個措大，便思量救他，也太迂闊了。素秋既不在，我們且到下處去，等他回了再來。（生）既然到此，且耐心坐等一回。或且放得回來，也未可知。（外）我有朋友在南薰門外，向欲訪他，此去却近。兄只在此等，我去訪了他，來與你同回下處去，何如？（生）使得。兄去就來。（丑）小人也再去王丞相府前去打聽，若有下落，快來報與相公。（生）説得是。我只在此等你。（外）蓬蓽存寒士。（丑）朱門訪玉人。（同下）（生吊

【普天樂】只指望撩雲撥雨巫山嶂，誰知道烟迷霧鎖陽臺上。想姻緣簿空挂虚名，離恨債實

受賠償。想杜牧是我前生樣。只合守蓬窗茅屋梅花帳。素秋素秋，我想你此時呵，托香腮悶倚迴廊，斷難穿，泪珠千丈。只落得兩邊恩愛，做了兩地彷徨。

【錦纏道】咳！王黼王黼，笑村郎，强風流攀花隔墻，錯認做楚襄王，全没有半星兒惜玉憐香。我這裏相思塹，危如石梁。他那裏愁悶城，堅若金湯。磨勒在何方？那沙叱利又十分威壯。如何更酌量？眼見得石沈山障。怨只怨孤辰寡宿命相妨。

【山桃紅】撓不着心中癢，嚥不下尊前釀。謊歌郎奪了平康巷，花衚衕添了勾魂將，温柔鄉湧出瞿塘浪。眼睁睁教我意惹腸慌。

等這半日，錢兒也不來，平頭也不來。天色已晚，且到下處去，明日再來，或且有些好消息也未可知。

【尾】休言好事從天降，着甚支吾此夜長，羞殺我畫不就眉兒漢張敞。

集　一寸相思一寸灰，野塘晴暖獨徘徊。

唐　行人杳杳看西月，肯信愁腸日九迴。

第七齣　請成

【紅綉鞋】（净扮斡離不引軍上）神兵席捲長驅，長驅，軍聲鬼哭神呼，神呼。圍城邑，禁樵蘇。如拉朽，似摧枯。（合）看直擣混輿圖。看直搗混輿圖。

咱家大金丞相斡離不是也。自從提兵來此，與中原交戰，一敗張轂于燕山，再敗郭藥師于白河，遂乘勢直抵汴京，緊緊圍住。城中十分危急，道君皇帝讓位東奔，新皇帝初登大寶，膽怯心寒。前日遣趙良嗣來議和，就講歲幣二百萬之外，新增百萬。尊咱家爲伯，彼家爲姪，但求退兵。咱對他説，京城破在頃刻，咱以少帝之故，斂兵不攻，欲存趙氏宗社耳。今若議和，歲幣不要説起，當輸犒師之物。金五百萬兩，銀五千萬兩，牛馬萬頭，表段五萬匹，以宰相親王爲質，送大軍過河。一一如議，咱就退兵。若還一字不依，莫怪三軍囉唕，又要王黼賊臣親詣軍前發落。趙良嗣諾諾而退，想今日一定來也，把都兒們，大聲高叫，着宋國大臣速赴軍前議事。（雜應、叫介）（小净扮王黼引小軍持物上）敗國亡家且莫論，兒啼女哭不堪聞。早知今日多辛苦，悔不當初做好人。我王黼平日只曉得獻媚取容，那知他軍國大計。不想大金斡離不丞相，提兵渡河，勢如破竹，把一個汴京城緊緊圍住，内外不通，又怪我納彼叛臣，勒要到軍前發落。我想此人比不得道君皇帝，不是好惹的。此去凶多吉少，爲此被我通同梁太尉，盜得一顆傳國璽，又將内庫黄金一百萬，白銀二百萬，前去送與他。再着些花言巧語，或且饒得我過，也不可知。全仗祖宗陰護佑，還祈天地默扶持。此間已是轅門前，你看戈戟如林，刀槍似雪，旌旗耀日，殺氣横天，好怕人也。且就此俯伏咱。（俯伏介，净）轅門外俯伏的什麼人？（小净）宋國下臣王黼，死罪死罪。（净）就是王黼麽？掷進來！（雜掷進介，净）王黼，你這賊臣，欺君誤國，恃勢殃民，把一個趙氏江山弄得如此！你尚且違我盟誓，納我叛臣，今日天兵到來，死在旦夕，更有何辭，還來見我？（小净）王黼自知罪重惡極，萬死無逃，只是尚有一言，再祈俯納。（净）有言盡着你説。（小净）道君皇帝出奔之時，事出倥傯，遺下傳國璽一顆，乃歷代受命符璽，却是王黼收得，今特將來獻上丞相，以爲受命混一之兆。再有王黼向趲家私，黄金一百萬兩，白金二百萬兩，以爲犒賞三軍之資。總在轅門，未敢擅入。（净）京城破日，這些玉璽金銀，怕不是咱家的，誰要你來先獻？不過是逃死的奸計。（小净）丞相要殺王黼，正如孤豚腐鼠，一刀斧手之事耳。但若丞相留得王黼狗命，待王黼回去主張宋家事體，凡丞相所須，何不如意，丞相請自三思。（浄背）到也説得有理，這樣人殺他也没用。（對）放了掷。玉璽金銀，傳令收進。（小浄謝起復跪）（浄）且起來把城中光景説一遍。（小浄）

【瑣寒窗】汴京城富貴難言，千里春風奏管弦。奈君臣苟且，偷樂流年。豈意天兵吊伐，長驅席捲。今日呵，只落得鳥啼花怨。（合）堪憐。析骸易子哭聲喧，繁華一旦都捐。

（浄）宫殿不曾動麽？（小浄）

【前腔】蕊珠宫已作飛烟，雲篆天書迹邈然。更宣和離黍，夜月空懸。奎章閣畔，盛集烏鳶，絳霄宫遍生苔蘚。（合前）

（浄）艮嶽無恙麽？（小浄）

【前腔】艮嶽在御宅東偏，别是神仙一洞天。有卿雲列岫，龍躍諸軒。奇花異石，海輪陸輦。到今來樹頭巢燕。

（合前浄）我聞汴京城富貴，欲來看賞元宵。依你説來，這等蕭條景象，就打破也是空城，要他何用？（小浄）要這空城委實没用，王黼到有一計在此。（浄）你就説。（小浄）丞相只頓兵城下，聲言攻打，把城中玉帛子女盡行括取，然後勒要二帝親赴軍前議和。那時挾之而往，則中原之土地，丞相之土地；中原之人民，丞相之人民矣。又何求而不得哉？若只留戀空城，寬假二帝，竊恐勤王兵集，天下事未可知矣。丞相聽稟。

【前腔】汴京城王氣蕭然，萬户凄凉盡倒懸。不見門生荊棘，突少炊烟。驢游禁掖，狐登寶殿。臻蓬蓬歌聲凄怨。丞相，你但聲言增還歲幣便師旋，要主人翁親赴軍前。

(净)好計好計。原來你是個知趣的人，一向怪差了。太傅，我也有句話對你講。我大軍凡到之處，齠齔不留，你城中也住不穩。你原是祥符人，今番進城，速速把家資整理，回到家去。待我剋城之後，逶迤而南，取你來軍前聽用。你是有恩與我的，少不得還你個大大官做。(小净拜謝)多謝丞相指迷。(净)還有一事，聞得你家女妓最多，快選上好的送幾百名到軍前消遣。(小净背)前日正受了謝素秋那婆娘的氣，如今把他送來，出這口氣。(對)有個妓女，名唤謝素秋，歌舞絶倫。待王黼回去，就送他一班兒到軍前聽用，王黼就此告回了。(净)請回罷。

杜　箭入昭陽殿，笳吟細柳營。

句　内人紅袖泣，王子白衣行。

第八齣　脱禁

【月雲高】(旦上)霧昏塵暗，世事多傷感。鎮日愁雲結，徹夜妖星撼。王黼王黼。你把我坐守行監，磣可可忒漁濫。(内作喊介)忽聽得軍聲喊，逗落了佳人膽。咳！不要説奴家，就是官家，這時候呵，也躑躅荒郊没掂三，翠輦空山飽瘴嵐。

我生之初尚無爲，我生之後宋祚衰。狼烟四起兮沸鼓鼙，鋒鏑成林兮盛旌旗。人民塗炭兮城郭非，孤身淪落兮紅顔隳。山可平兮海可竭，妾怨苦兮無窮期。奴家謝素秋，自被王黼囚禁在此，不意金兵壓境，京城危在旦夕。咳！一個金甌無缺的天下，被兩三個賊臣弄得至此。王黼連日被金兵押在軍前，我欲待竟自回去，一來恐怕他追趕；二來城門緊閉，便要回去，也無計出城，只得且在此等個機會而行。花婆今早出去打聽消息，待他回來，與他計議。前日趙伯疇約我相會，又是月餘。這等亂離，多應會試不成，不知還在京城否？又不知後日得會面否？好愁悶人也。

【前腔】緑愁紅慘，薄命多迍轗。我和你會面艱如許，姻緣事如何勘？說將來才貌相堪，生察察因人陷。我被那紅顔誤，他被那青衫賺。正是兩地相思一樣擔，百歲良緣百滯淹。

（老旦上）竈突已炎上，燕雀猶未知。素娘在那裏？素娘你還不知。（旦）花婆爲甚這等慌張？（老旦）

【不是路】虜勢難支，故國飄零事已非。你看軍聲沸，汴京破在須臾矣。（旦）官家如何？（老旦）道君的東奔建業多狼狽，結綺臨春萬户灰。（旦）你老爺到軍前如何？（老旦）老婢到把要緊説話忘了。老爺到彼呵，魂驚悸，軍前勒取謳歌妓。聞得首名是你，首名是你。（旦慌哭介）

【前腔】聽説驚疑。我本是月户雲窗嬌媚姿，身柔脆，豈堪嫁作豺狼配？淚交頤，今朝寶瑟拋珠袂。明日金槍卧鐵衣，悲笳裏，聲聲斷送朱顔顇。定做異鄉寃鬼，異鄉寃鬼。

花婆，事已危迫，萬望你定一計救我則個。（老旦）素娘，老婢一向要對你説些衷腸話，不知你心事，不好説得。老婢原不是王府裏人，向在長安城中賣花爲生。莫説王公貴戚，就是三宫六院，也都廝認。爲是朝夕送花朵到王府裏來，王丞相好意相留，不好恝然而去。只是每常看他行事，後日必有大禍，因此老婢也無心要住在此。他前日把你囚禁，我那時就有意要放你，未得其便。如今金兵壓境，他自己也顧不全，這座冰山能消幾個風吹日炙？你我不就此時脱身，更待何時？此間府中門路，我都識熟，不怕不出。只是出門之後，投到何處去好？（旦）回家去何如？（老旦）金兵拘刷女妓，你是頭兒，若回家去，可不在此待拿？（旦）到趙伯疇家去何如？（老旦）他是什麼人？（旦）是山東解元，會試到此。（老旦）會試舉人，不過一間兩間下處，怎藏得你？老婢有個孩兒，現充守新蔡門軍士。聞得金兵專打南薰門，新蔡門賊兵却少。我們就此出去，到孩兒家住下，尋個方便，溜出城去，自有脱身之所。事不宜遲，就此去罷。（老旦同走）（旦）

【皁角兒】慨西風横沾泪臆，感東君殷勤周庇。千般恨憑誰訴題？總嬋娟誤人非細。但只見野棠春玉塵委，原上草青血化，物是人非。（合）凄凉鼓吹，寂寞舞衣，從今後舊時堂燕，更傍誰飛？（老旦）

【前腔】百年事不勝痛悲，樂游原霎時塵翳。勸娘行不用凄其，紅顔命自來憔悴。今日與你脱去此難還好，若還解送金虜。好一似抱琵琶彈馬上，奏胡笳穹廬帳，抛擲誰知？

（合前老旦）且喜已到新蔡門，此處已是孩兒家裏。（叫介内答）不在家，在城上守把。（老旦）素娘，天色晚了，城上緊急，出去不得，且待明早覷便而行。（旦）是如此。

集　又見秦城换物華，　豈宜重問後庭花。
唐　于今抛擲長街裏，　莫怨東風當自嗟。（宋・歐陽文忠）

第九齣　獻妓

（小净便服上）當年志氣粗豪，叱吒山岳動摇。天子視如狎友，宰相則當兒曹。豈意達虜臨境，南人日夜號咷。區區親齎金帛，前去行成討饒。那斡離不就如閻羅天子，軍士每個個是木客山魈。被我逞着口中三寸，等閑免了頸上一刀。誰管他山河破壞，誰管他宫闕焚燒。這叫做慷他人之慨，風自己之騷。我王黼平日氣概，天子不怕，不意見了金丞相，軟做一堆。全虧這嘴頭子説了幾句，他就道我知趣，教我速速回家，後日自有重用。又討我家歌妓，我正受了謝素秋那婆娘的氣，被我就指他的名兒報去。我如今回來，打發他們起身，收拾了家資，回祥符去，再作道理。從來狡兔營三窟，畢竟饑鷹飽一颺。來到此間，已是本府，只索進去，快唤謝素秋出來，打發他去。掌家的在那裏？快與我唤謝素秋出來！（内答）謝素秋昨晚逃去了。（小净）花婆那裏？（内答）也去了。（小净慌介）罷了罷了。怎麽好？昨日已報過他名，如今逃了，教我那裏追尋？也罷，只就這些妓女中，揀個俊俏的冒做謝素秋解去。只要册子上開他做頭便了。打差官那裏？（丑扮打差官上）寄語當路人，莫將國事誤。可憐中華女，嫁作胡人婦。打差官磕爺頭。（小净）打差官，我府中有歌妓一百二十名，爲頭的叫做謝素秋，你可造成花名文册，解送到大金斡離丞相處聽用，不可有誤，就傳上丞相爺。

【玉山頽】名姬全部，特遣助春風燕幕。看他籠玉笋翠袖長垂，步金蓮絳裙輕舉。是瑶臺仙侶，個個向群玉山頭勾取。你説俺爺多多拜上丞相。盼望黄龍府，目煩盱，不能親到效區區。

【前腔】（丑應，背）你掠取民間子女，教歌舞，指望朝歡暮娱。誰知把傾國名姝，反做了喪家逋虜。咳！衆歌妓，衆歌妓。你就是銜杯舞馬，肯向凝碧池頭迴顧？（對净拜）拜别恩官去。（小净）你快去，不要擔誤了公事。（丑）敢趦趄？（出介）秦樓此夕夢魂迂。

（下小净）打差官已去，且唤掌家出來，收拾回去。掌家的那裏？（末扮掌家上）福兮禍所伏，禍兮福所依。試看檐頭水，點滴不差移。掌家的磕爺頭。（小净）掌家的，你曉得麼？金人聲勢甚盛，宋室亡形已彰。我昨蒙斡離丞相美意，教我且回家去。等他剋了京城，漸至河南，便來召我重用。你如今把家資盡數把車兒裝上，先押出新蔡門去，到陳橋驛相等，我隨後就來了。只在驛前相會同行，不可有誤。（末）門上緊急，倘或盤問，如何？（小净）説是我的車輛，誰敢攔阻！（末）這許多東西，那裏討得許多車子？況且小的一人，恐怕照顧不及。（小净）也罷，就傳我令去新蔡門，撥三千守城軍士護送你到驛便了。（末傳）王丞相有令，新蔡門點三千軍士聽用！（内應小净）你此去非通小可，須要小心。

【三學士】他那裏長勝雄兵如虓虎，況纍纍千乘輜車。（末）朝廷待老爺這等恩深，老爺何忍棄之而去？（小净）你謾説朝中日近恩還重，我只怕陣上雲高勢却孤。（合）但願長途無嶮岨，平安去返故廬。（末）

【前腔】我想你富貴榮華誰與伍，闇然消歇無餘。從來高處須防跌，始信康莊即畏途。（合前）

（雜扮軍士四名上）新蔡門守城軍士三千名，聽候爺發落。（小净）軍士每，我打發家人回去，着你每護送至陳橋驛。須要小心，違者軍法！（雜應）

集　莫遣黄金謾作堆，五陵松柏使人哀。
唐　奸邪用法元非法，往事空成半醉來。

第十齣　出關

【六么令】（旦、老旦同上）山河頓改，陣雲迷殺氣横排。霜寒鼓死哭聲哀，衝風起帶星來。瘦腰肢戰怯難禁害，瘦腰肢戰怯難禁害。

（旦）花婆，天已明矣，怎麼擺布出城便好？（老旦）素娘，我家孩兒昨晚被王黼差押家資到陳橋驛去，門上并無一人相認。我與你只在此等候，看有人出城，尋個計較混去。如今且不要忙，你還坐在裏頭，我去外邊打聽，若有機會，就來報你。（旦介同）正是：寧爲太平犬，莫作亂離人。（暫下）（末同車夫、軍士上）

【前腔】親齎金帛，陳橋驛如隔天涯。（内喊介）（末、衆）殺聲四起晝昏霾，怎脱得這狼豺？教人膽戰心驚駭，教人膽戰心驚駭。（末）已到新蔡門，唤守門軍快開城門。（雜叫内應）什麼人大膽叫門？（末）王丞相府差出城的。（内應）既是王丞相差來的，討文引來驗。（末介内應）開門。（末、軍士、車夫同）教人膽戰心驚駭，教人膽戰心驚駭。（下）（小净便服上）

【前腔】冰山已壞，悔當年作事全乖。今朝行路苦難捱，生恐怕被人猜。咳，老天老天。只求保得微軀在，只求保得微軀在。

自古道無平不陂，無往不復。我王黼受朝廷許多厚恩，到把一個江山送了。如今蒙斡離丞相與我暗約，教我且作歸計，改日自有用處。萬萬家資，已着掌家的先押出城去了，我如今也趁早走罷。只一件，我平日害人最多，見我回家，那班人定來算帳，却怎麼好？（思介）我有個相知在雍丘縣，且到那裏去暫住幾時，再作道理。此間已是新蔡門，不免叫門則個，掌門的官兒那裏？（雜扮守門官上）朝朝開玉帳，夜夜卧金鉦。譏察非常事，監門役豈輕。掌城門指揮磕爺頭。（小净）我奉密旨出城公幹，快開城門！（雜應）曉得。（開介）（小净作出雜送介）掌門指揮候送爺。（小净）去罷，不消了。（小净下）（雜吊）你看王丞相，先將行李打發出城，此去定有蹺蹊，朝廷這般待他，一遇有事，就飄然而往，要那臣子何幹？我且坐在此，看他可轉來。（老旦上叫）素娘快來。（旦急上）

【前腔】搶驚搶害，整終朝懷着鬼胎。（見介）（老旦）素娘，好了。方才王黼丞相出城，我每快快趁此機會哄他出去。（旦）倘或盤問如何？（老旦）若還盤問我安排。（見雜介）快開門！（雜）你兩個婦人那裏去的？敢來叫門。（老旦）我是丞相府女裙釵。方才丞相前行，我每一時走不上，遲了一步，你盤詰誰來？（雜）敢是冒名的？（老旦）誰是冒名？你難道不曉得，我花婆到處名偏大，花婆到處名偏大。

（雜）原來是丞相府花婆，是真的了。只是你敢逃走出去的麼？（老旦）你敢是阻當我麼？（叫）老爺轉來。（雜駭介）請穩便，國事懸敵國，權奸狎婦人。（下）（老旦）且喜已出城門，前面都是金軍，我每還要脱這虎口，才得性命。（旦）呀！你看前邊無數達虜來了。且躲在一邊，等他去了再走。（暫下）（雜扮達兵上）快趕快趕！方才見許多人推着許多車子過去，説是王黼家的，必然是重貨。咱們盡去追趕，追得來時，一半解與老爺，一半衆人分用。饒他走到焰摩天，脚下騰雲須趕上。（下）（旦、老旦上）（老旦）慚愧慚愧。這些羯奴，幾乎喪在他手。他只見前面許多車子，捨命趕去，你我不就此時脱身，更待何時？（旦）

【憶多嬌】走得我氣已衰，眼倦開。笳鼓喧嗚聲正哀，回首龍城盡草萊。（合）只見林薄雲埋，

林薄雲埋，屈曲程途怎捱。（老旦）

【前腔】素娘你雲鬢歪，墜玉釵。山路崎嶇褪綉鞋。欲覓居停門未開。（合前）

（老旦）天色已晚，前邊有個庵院，且去投宿一宵，明日再行。

集　泪沿紅粉溼羅巾，劒遂驚波玉委塵。

唐　今日亂離俱是夢，人生莫作婦人身。

第十一齣　錯認

【鳳皇閣】（生上）黍離宮殿，今古興亡閲遍。銀屏金屋夢魂邊，鏡匣長封嬌面。怕星移斗轉，泪溼胭脂損舊顔。

玉容何處成終訣？立向西風泪流血。昨夜分明夢裏來，醒時隱約寒燈滅。自從謝素秋被王黼拘留之後，小生日日去探問，并無消息。豈意胡虜犯闕，京城危若纍卵。上皇東幸，新帝草草即位，一二奸臣，還在左右。眼見得社稷丘墟，趙氏不血食矣！咳！可嘆可嘆。前日有旨，朝覲官免朝，盡行復職。會試的亦許暫往鄰郡逃避，事平再來。錢兄已赴雍丘任去了，他去時曾與小生有約，且到彼暫避。只爲謝素秋，未得便往。好歹今日再去尋訪一番，若得個下落，也不枉了許多懸想。（走介）你看九廟灰飛，萬家烟滅。銅駝偏生荆棘，石馬埋没蒿萊。别院秋深黄葉墜，寢園春盡碧苔封。好生傷感人也！

【獅子序】陵谷變，朝市遷，痛宫車碾破關山野烟。更深宫寂寞，晝漏空懸。若論廢興的旋轉，祇教人怨野鹿，恨宫鶯，妒飛鳶。夢迷春苑，只聽得萬年枝上日暮啼鵑。

此間已是王黼府前，怎麼没有一人在此？不免問聲。（問）借問聲，王丞相可在府中？（内應）不在府，軍中去了。（生）

【太平歌】只見重門閉，草色連，鳥雀聲從花外囀。（又問）再借問聲，有個教坊妓女謝素秋在府，可曾放出去了？（内）不曉得。（生）唐環不見沈香遠，漢宫難睹昭陽燕。却似廣寒宫裏去覓嬋娟，會面杳無緣。此處杳無尋覓，不免再到他家去。（走介）

【賞宫花】歌樓在那偏？新愁眼欲穿。此間已是他家，寂無一人，定然不曾回了。客館輪蹄絶，綉閣網蟲沿。昔日酒旗歌板地，今朝誰是拗花仙。

兩處都没有個消息，只得且回到下處，明日打點回去則個。（丑扮差官上）歌殘翡翠簾前月，醉倒巫陽夢裏雲。豈料中原窈窕女，穹廬深處結良姻。自家王丞相府差官，押送歌妓到軍前去。逶迤行來，已是南薰門了。（朝内介）衆車夫，好好把車子一溜兒擺着，不要攙前落後！（内應介）（生）前面那官兒説是王丞相差的，不免上前去問聲，或且得個信兒也不可知。（相見介）（生）尊官拜揖。尊官是何衙門？今欲何往？（丑）在下是王丞相府打差官，奉俺丞相爺鈞旨，着送歌妓到斡離丞相軍前去。（生駭介，背）好古怪！解送歌妓，莫不素秋也在裏頭？（對）請問尊官，歌妓有多少名數？可有一個謝素秋在内？（丑）頭名就是他。（生悲介）咳！老天老天。罷了。謝素秋，你今番石沈海底，永無見

面之期矣。（丑）我且問你，他是相府中的人，你怎麽就曉得他的名兒？（生悲）

【降黄龍】堪憐。我與他是中表姻聯，自幼相從，意投情眷。尊官莫哄小生，真個有謝素秋没有？（丑）爲甚哄你？這不是花名册子？你自看。（生看念）歌舞妓女一百二十名，第一名謝素秋。（生悲）似羸瓶斷綆，墜深深井底，再出何年。尊官，後邊那些車子，都是歌妓在内麽？（丑）正是。（生揖）尊前，望行方便。（丑）你要怎麽？（生）小生欲與謝素秋説一句話。但相容近車兒一面，死也誰怨。（丑）你這人莫不風癲的，這是軍情事，好當耍的。（生）我管什麽軍情事！（走近車，丑阻）車夫，快快推車兒出城去。快走起，快走起！（推車上走一遭）相逢不下馬，各自奔前程。（丑同雜下）（生吊）縱然有一腔心事，對面難宣。

【大聖樂】素秋，素秋。你似明君遠嫁祁連，抱琵琶馬上眠。明明在第一輛車中，要説句話也不能。素秋，我與你這等無緣。似黄昏門掩梨花院，人不見，月空懸。他那裏載將愁悶征車上，我這裏拾得凄凉逝水前。此夜更長漏永，怕没箇千番腸斷，萬遍魂牽。

集　千山萬水玉人遥，銅雀春深鎖二喬。

唐　幾處吹笳明月夜，却教江漢客魂消。

第十二齣　投雍

【滿庭芳】（旦上）帝里繁華，長安人物，妝成宣政風流。緑窗朱户，十里爛銀鈎。（老旦上接）一旦刀兵齊舉，旌旗擁百萬貔貅。(合)長驅入，歌臺舞榭，風捲落花愁。

(旦)一朝鼙鼓揭天來。百二山河當地灰。(老旦)驛館夜驚塵土夢，繁華猶自故鄉回。(旦)花婆，感得你恩山義海，脱離我虎窟龍潭。如今幸得軍聲漸遠，只是奴家途路生疏，不知還投那條路去好？(老旦)素娘，這等亂離世界，惟有全生要緊。若還到衝要去處，恐怕安身不穩。老婢原是雍丘人氏，彼中親戚甚多，况且僻静，兵燹一時不到，就走這條路何如？(旦)但憑花婆指引。(老旦)既如此，請這邊投南去。(旦)

【傾杯玉芙蓉】抵多少烟花三月下揚州，故國休回首。爲甚的别了香閨，辭了瑶臺，冷了琵琶，斷了箜篌。(老旦)怎禁得笳蘆塞北千軍奏，怕見那烽火城西百尺樓。(合)似青青柳，飄零在路頭，問長條畢竟屬誰收。

(老旦)素娘，似你這般風流瀟灑，如花似玉，向在風塵，知心有幾？(旦)

【破地錦】笑悠悠，若個是知心友？花婆，門户中道路有甚好處？恩變做讎，但相逢便與兩字綢繆。多少鸞凰，誰是雎鳩？鬼狐尤，錯認做親骨肉。

素娘，每常見你懷着一幅紙，像有詩兒在上。是誰贈的，這般珍重？(旦)是濟南趙解元贈我的詩。帶得在此，花婆請看。此人才是我相知，可惜不曾見面。(老旦)可又是作怪。不要作耍老婢，那裏有不見面的相知？(旦)花婆，誰作耍你。却有個緣故，那趙解元是山東才子，奴家也教坊有名。故此人人説道「男中趙伯疇，女中謝素秋」。天下無雙，人間希有。兩邊思慕，實也多時。他前日到京會試，兩番相訪，止因公事，未曾見面。這是他贈我的詩。不想值此大難，兩邊不知下落，又不知後日得見面否。(老旦)元來就是趙解元，前日來參見丞相，老婢也認得。果然好人物，果

然是素娘對頭。人言定然不差。(旦)怎麼一個模樣？就説一説。(老旦)

【古輪台】我見他態夷猶，緑袍新染翠雲流。雙眸烱烱星光溜，是風流領袖。況詩句清新，包籠着許多機勾。(旦接)本是織女牽牛，誰料做參辰卯酉。恨無端羯虜拆鸞儔。(老旦)似這般風僝雨僽，到有個天長地久。更才子多情，佳人留意，人間傳語，三事豈人由？俱輻輳，管教百歲咏河洲。

素娘，此間已是雍丘縣界上。尋一處僻静人家，過了今夜，明日入城何如。(旦)是如此。

【尾】離鄉背井多出醜，今夜情魂不住陡，錯把雍丘做帝丘。

集　漁陽烽火照函關，漂泊西南天地間。

唐　妾夢不離江水上，人傳郎在鳳皇山。

第十三齣　憶友

【高陽臺】(外上)太液波翻，瀛洲島削，乾坤磨蠍重闢。神州腥穢，天河净洗何日？(貼旦上接)孤嫠謾恤機中緯，愧填海無能銜石。(合)夫和婦，楚囚相對，血泪滿襟臆。

(外)海門寒日澹無輝，艮嶽樊樓塵亂飛。(貼)不道帳前胡旋舞，有人行酒着青衣。(相見介)(外)下官雍丘令錢濟之是也。夫人，下官入覲之時，四海偃然無事。到京以後，九廟遽爾陵夷。實宇宙之大變，亦我生之不辰。(貼)相公，你雖居下僚，却有民社。聞得胡奴破京而後，便欲乘勢南下。恐有奸細，潛入境中。城門盤詰，不可不嚴。（外）夫人之言有理，下官已曾分付各門固守，出入盤詰去了。（貼）請問相公，宋家天下，何以遂至不保？（外）

【金井水紅花】國是賢奸混，天心興廢移。胡馬度金微，擾京畿，中原鼎沸。痛恨王黼、梁師成這一班奸臣呵！致使翠華東幸，躑躅向江湄。空望斷漢官儀也囉，（貼）山河百二，一朝頓非。輪轂三千，難道寸籌莫出？好一似漁陽鼙鼓，霓裳釀胚。好一似馬嵬旌旆，淋鈴雨催。眼前一瞬，千古興亡異。

（外）夫人，下官有個至友趙伯疇，原是山東解元，在京曾與同寓。約日下到此暫住，以待京城消息。不知兩日爲甚絶無消耗，時刻放心不下。（貼）干戈洶湧，道理阻隔，未必便有他故，相公何必挂懷。（外）夫人，下官與趙伯疇呵。

【前腔】有月曾同賞，無秋不共悲。携手又何時，況事參差，帶甲滿地。（貼）只恐登樓作賦，裘敝謾無依。（外）聽何處鳥嚶嚶也囉，（貼）就使裁書錦鯉，抒情隴梅。又恐道路縱横，竟作石城漂溺。（外）我這裏西風獨倚，殘月夢迴。他那裏夕陽揮泪，愁雲慘飛。神交千里，料想心符契。

（末扮報事官上）戍鼓斷人行，何時見息兵？可憐異鄉客，挈伴徙孤城。自家雍丘縣守城官張千户是也，有事欲稟錢爺，奈已退堂，只得擊鼓進見。（内擊鼓）（外）外邊擊鼓，夫人且迴避。（貼下）（外）擊鼓的報甚事來？（末）小官奉爺鈞命，把守城門，凡有出入，盡行仔細盤詰，不敢容情。今有各處逃避來的，盡説爺臺仁政，本縣簡僻，不遠千里，特來投托。男子婦女，約有幾千，未奉鈞旨，不敢開門放入。（外）你與我問明來歷，要見何方人氏，作何生理。男子婦女，各造一册，開寫花名，呈遞過來，另自有處。（末）册子小官已造得在此。（遞介收介）老爺可憐見這些逃亡百姓呵。

【解三酲】男和女携群挈隊，苦殘形半帶瘡痍。有多少夫妻半路相抛棄，更有兄尋妹父覓兒。城頭日暮悲聲起，鬼燐終宵奪月輝。望乞垂仁庇，令投生地，免飼狐狸。（外）

【前腔】痛戎馬四郊多壘，致赤子在在離披。從來保障須仁吏，豈忍見就死溝渠。自慚不是睢陽守，敢坐視蒼生立槁時？你與我速拯濟，開門延入，不用趦趄。

天色已晚，速傳令去，凡一應逃難百姓，盡行放入。却也要小心，恐有奸細。（末）得令。一言傾太岳，萬姓起重泉。（下）（外吊）且把册子細查一遍，恐有來歷不明的。（看介）一名王將明，祥符人。好怪！將明是王黼表字，又是祥符。明明是他，到這裏做甚？嗄，是了。他既已賣國，又將竄身。不斬此賊，何以謝天下？誅之又恐得罪朝廷，如何是好？

【前腔】他是千載狐綏綏九尾，兩頭虺見者多危。唐家林甫吴伯嚭，傾社稷覆宫闈。當年兩觀誅難緩，此日群黎怨不知。好把龍泉礪，看白虹貫日，斗氣低垂。

再看婦女册子。一名謝素秋，京城教坊妓。（笑介）這謝素秋，正是我趙伯疇所喜，也來到此。伯疇若至，却也好了此良緣。

【前腔】他兩下情投意旎，奈阻隔會面偏希。豈意緱山已跨青鸞背，問子晉幾時歸？若還得遂當時願，始信良緣會有期。好把赤繩系，只恐無情紅葉，逐水東之。

此二事且待日後另自有處。

集 山河萬里竟分支，莫向中原嘆黍離。

唐 往事重觀如敗局，水光山色不勝悲。

第十四齣 路叙

【喜遷鸞】（生上）新豐酒醒，正漁笛橫吹，客氈猶冷。鴈塔虚題，鴛衾獨抱，空勞夢怯魂驚。故國秋風槭槭，野店寒燈耿耿。凝盼處，雍丘雲樹，馬首遥横。

斷絲棄道邊，何日緣長松？墮羽别炎洲，不復巢梧桐。昔有盧莫愁，綽約商玲瓏。京華多少年，門外嘶青驄。時多困轗軻，白璧淪泥中。跨馬從驕虜，掩袂泣西風。願如青塚月，年年照漢宫。小生會試到京，不意遭此亂離，春闈不舉。功名一事，甚覺茫茫。就是謝素秋，不過一妓女，要見一面，亦不可得。如今送與金人，竟成隔世之恨。咳，幾時紅葉傳芳信，那得朱衣暗點頭？這也不須説起。我想趙氏宗廟，已逾百年，金人一至，勢如壓卵。王黼兀自獻計於斡離不，欲邀二帝親詣金軍，挾之以索重賄。國家高官重禄，都養了這樣人，天下事可知矣。可嘆可嘆。前日錢孟博赴任之時，曾約到他治所，一來可以避難，二來去京不遠，信息易通。昨日已被我賺出城來，且喜軍聲漸遠，不免取雍丘道上，趲行前去。（走介）

【雁魚錦】天津桃李春正明，奈天驕一夕傳邊警。鳳輦向氈裘親系頸。誰知單壘就我愁城，縱千軍誰敵得心兵？佳人殢虜庭，空落得賺人的詩句爲盟證。若妄想見玉容，除是魂夢境。孤零。合受伶俜。便青衫颯沓，還指望紅絲定。空亡守命，一霎兒俏花神變做窮灾眚。恨胡虜笳拍亂鳴，恨奸賊徵歌請盟，恨國是渭爲涇。三般恨，這百年眷豈望能成。難憑。這漂零異情。他那裏泣青山，投毳帳，做了他鄉鬼。我這裏捱白日，掩鸞幃，博得個癡漢名。堪驚。南北瓜分，怎如那秋鴻春燕飛翰勁。耐可當時無繇見面，但睹嬌姿今若爲情。書齋夜冷，三更夢覺，只索把枕頭來整整。似這般虛脾動染相思病，何似人言莫浪稱。玉關一去，已成桃梗。心知道無由會面，豈再圖歡慶？但誰無志誠。他新詩贈投，言言皆動情。怎不掛腸割肚難丟捨，況孤身遠投陷穽。惺惺自惜惺惺。堪笑我胸中徒有三千卷，筆下曾無百萬兵。謾悲哽。這孤踪似風中斷箏。漢將日徵兵，有誰人問及鉛槧經生？難歇脚蠅蝸利名，没轉頭鳳鸞形影。途次總閑評。正是江淹彩筆題空恨，宋玉招魂賦不成。

集　千里青雲未致身，五千貂錦喪胡塵。
唐　惟應鮑叔偏憐我，一盞寒燈共故人。

第十五齣　訴衷

【生查子】（外上）客泪墮清笳，爲國憂偏大。知己遠投箚，心事方撐達。下官錢濟之。自從復任以來，且喜境内寧静，戎馬無侵。只爲趙伯疇未知下落，日日懸念。今早見城門報單，有個濟南趙解元，喜之不勝。事冗尚未延接。前日謝素秋來逃難，次日唤來看看，果然好個女子。不枉我伯疇這般致念。才子佳人，實是良偶，兩下不期都來，可不是天作之合。我意欲了此一段姻緣，就唤素秋進衙。他有同來一個老嫗，名曰花婆，下官令夫人同他兩個另住西衙。只有兩件事難處。一來謝素秋是妓女，風塵心性，未知肯隨窮秀才否。二來趙伯疇心性顛狂，未見時尚且時刻挂念，一見之後，定然迷戀，怎肯把功名着緊。今日且教夫人細問素秋一番，若真個有伯疇的心，那時另自有處。夫人在那裏？

【前腔】（貼上）官舍絶喧嘩，綉閣熏蘭麝。暮靄照窗紗，樓上晚妝罷。（相見介）（外）夫人，前日教你看謝素秋行動，果是何如？可做得個良家之婦？（貼）相公，這妮子到也有些好處。丰姿俊雅，可方洛女湘妃；德性温純，不減少君德耀。絶無綺羅粉黛之態，豈是尋常庸碌之妻。（外）夫人，我對你説，山東趙伯疇是天下才子，謝素秋亦天下美人，所以人言把他兩個并説。兩人也各相思慕，然未見面。今因避難，都來到此。我意欲與他了此一段姻緣，未知素秋心事若何，又不好親自問得。你差丫鬟唤他過來，盤問一番，我只在裏頭潛聽，看他如何回你。（貼）奴家知道了。（外）才子佳人遇本艱，兩邊衫袖泪痕斑。（下貼吊）懸知玉洞桃千樹，不是仙郎不與攀。梅香，西衙請花婆、謝素秋講話。（内應）（旦上）

【前腔】飄泊類楊花，閑殺銀箏馬。（老旦上接）魂夢繞天涯，檐鐵驚初打。

素娘，夫人相喚，和你過去相見。（見介各道磕頭）（貼）今日衙齋無事，特請你兩人過來閑講。（旦、老旦）正該陪侍夫人。（貼）素秋，你本是風月隊裏班頭，花柳叢中領袖，今來栖身在此，恐打熬不過這般冷淡。（旦）夫人説那裏話！妾雖名在烟花，心同冰蘗。瑶簪翠鈿，何如裙布釵荆。蕙質蘭襟，寧惹游絲飛絮。但以命遭顛沛，忽値凶徒，肢體苟完，心膽都喪。拘囚永巷，魂飛夜雨窮檐；躑躅荒郊，腸斷秋風古道。已分膏塗野草，飼肉於烏鳶；血染沙場，委身於犬豕。詎意命延一綫，恩有二天。雖落花無主，暫爾隨風，而貞柏凌冬，不妨傲雪。夫人聽稟：

【綉帶兒】烟霞性自矜幽雅，風塵厭殺繁華。（貼）呀！你是門户中人，怎好厭得繁華？（旦）休題起阱子弟勾欄，亦何心賣笑耍琵琶。（貼）你小小年紀，就想從良，敢是説差了？（旦）非差。錦窩中多少閑驚怕，獻風情猶如嚼蠟。（貼）你這笙歌隊少甚鸞屏鳳榻，怎肯守梅花紙帳清寡。（老旦）

【前腔】休訝。他怎敢向夫人行亂嗻。記當日在路次閑話。（貼）他途中曾對你説甚來？（老旦）他説道怪的是熱鬧喧嘩，喜的是清净瀟灑。他還有句心上話兒對老婢子説哩。（貼）怎麽樣心話？你就説説。（老旦）非誇。佳人才子名并亞，鳳求凰已心通司馬。（貼）司馬是誰？（老旦欲説，旦摇手介）（旦）長途裏無端問答，若對夫人説呵，可不羞殺人空做話靶。（貼）

【太師引】這事兒豈由得他人話。好姻緣怎同蠟柤。素秋，這人兒我到也猜得有幾分。（老旦）夫人那裏就猜得着。（貼）他種得廣寒仙桂，你栽成閬苑奇葩。（老旦笑）夫人到好話。只説一個他，一個你。不説出姓名來，可不道他是何人你是誰。（貼）花婆，我對你講，定然不到差。（低）他是青齊俊少名四達，敢與那人兒有些緣法。（老旦）着，夫人猜得着。那人兒就是山東趙解元，想的也是他，要嫁的也是他。（旦）你這撮合口胡言亂喳。（背低）天那。嘆人民非舊，知他在何處彈鋏。

（老旦）素娘心事果然如此，只是夫人何以知之？（貼）趙解元與我相公至友，在京時又與同寓，是以盡知。素秋，你把一向往來踪迹説一遍。（旦）

【前腔】那解元風雅連城價，譜鴛鴦無端輳咱。盡道是連珠合璧，却無由尊酒杯茶。（貼）這等説來，還不曾會面的。（老旦）早是不曾會面，若曾相識，這時候可不想殺了。（貼）不曾見面，爲甚這等着緊？（旦）人之相知，貴相知心，那在見面。相思只爲詩一札，這情意豈容干罷。（老旦）夫人，解元既是相公好友，何不移書去教來下榻？使襄王神女早會巫峽。

（外上）偶語風前一笑深，月中人許報佳音。着意種花花不發，等閑插柳柳成陰。（相見介）（外）謝素秋，你的言語我都聽見，心事亦已盡知。假若趙伯疇在此，你肯伏侍他麼？（旦）賤妾願終身事之，萬無他變。（外）素秋，我面前着不得假話，後日不要懊悔。

【三換頭】你是天生俊娃，自幼在平康逗耍。他是窮酸措大，你怎熬得雲寒月寡？花婆過來。（老旦對介）（外）生恐怕先真後假，這其間怎發付那壁廂情歡意洽？（老旦）老婢曉得爺的意思。（對旦）素娘，這婚姻老爺作主，就是官法了。既是你有意攀堤柳，休別把春情寄落花。（旦接）但願百歲相

依，肯負今朝葛與瓜。（貼）

【東甌令】相公。我聽他一番話，意甚嘉，料想他們也非是假。他准備着百年姻眷花燭下，肯再逐楊花嫁？（旦拜）若還得遂美生涯，這恩德天來大。（外）夫人，他的志願如此，可敬可喜。素秋，趙解元向有一詩贈你，今還在否？（旦）怎敢忘失。

【秋夜月】我着肉籠拿，外纏裹鮫綃帕。（出詩介）泪點重重湮花箚。（外接看）果是他的詞翰，當年秀色猶堪把。（旦接）詩句兒在這答。（泪介）知他流落在那答。（外）詩稿你且收好。你要見趙解元也不難，只有句話兒，却要依我。趙解元十分注意你，這親事不怕不成，則怕既成之後，便不上緊功名。趙解元昨日已來在此，你如今再不要説是謝素秋。我衙門西側有所空閑花園，你明日先到那邊住下，隨後就送趙解元來。你只説是園主之女，打扮做好人家模樣，與他顧盼綢繆。直待他功成名就，方才説出。我自有緣故，你兩下再不可泄漏我的言語。若有泄漏，親事决不得成。（旦、老旦）謹領老爺嚴命。（外）夫人，你看他。

【金蓮子】鬟掩霞。粉脂黛緑多嬌姹。（貼）怕不似好人家女娃？（老旦）素娘。便卸下玉鸞釵，一雙雙飛却鬟邊鴉。

【尾】（外）喬打扮，身兒詐，這些時且裝聾做啞，是必莫把這春心漏與他。

集　網得西施贈别人，烟霞不似往年春。

唐　常疑好事皆虚事，秋草春風老此身。

（外）素秋明日可就到園中去，花婆且留在衙裏，另有用處。（老旦）待老婢子送了素娘去就來。（外）使得。

新鐫趙狀元三錯認紅梨記卷上終

新鐫趙狀元三錯認紅梨記　卷下

洛誦生次傳　無奇甫校閱
陽初子填辭　㷩夷君壽梓

第十六齣　托寄

【步步嬌】（生上）跋涉長途身勞怯，悶殺孤單客。好事反成嗟，萬斛離愁，幾時寧帖？酒香風冷月初斜，助人愁窗外迎風鐵。

好花携入玉闌干，春色無緣得再看。樂處豈知愁處苦，去時雖易轉時難。何年塞上重歸馬？此夜庭中獨舞鸞。曠野荒原成獨步，可憐辜負月團團。小生自離京師，來赴錢孟博之約，道路艱阻，辛苦萬狀。且喜已到雍丘。兩日去拜他，只因軍事倥偬，尚未得面，今日不免再去。正是：行止皆無地，招尋獨有君。論文今夜雨，尊酒異時親。此間已是衙門前了。門上報去，濟南趙解元相訪。（外上）

【前腔】知己天涯多周折，夢斷梁間月。驚聞長者車，紫氣西關，紅塵北闕。一尊牢落暮雲心，看雄譚四座驚玉屑。

(相見介)(外)伯疇兄那裏？呀！伯疇兄想得小弟苦也，且喜别來無恙？(生)孟博兄，湖山如故，風景不殊，小弟亦幸安穩。但時移事改，不勝黍離之悲耳。(外)伯疇，且把别後京城光景，與吾兄所見所聞，細細説與小弟知道。(生)

【忒忒令】汴京城天驕氣賒，趙世廟犬羊蹂蹀。(外)四方有勤王的麼？(生)聊城一箭又誰人能射？(外)大内如何？(生)痛只痛毁宫墻。(外)二帝若何？(生)走鑾輿。(外)聞得又增了歲幣。(生)增金幣，把天常掃篾。(外)

【沈醉東風】念懷愍青衣可嗟，使義士赤心徒熱。聖上聖上，只爲你用奸邪，把忠良棄撇，等閑間使冠裳碎裂。伯疇，二帝爲何却幸金軍？(生)這都是王黼獻彼奸計，使金人邀二帝議和，挾之以索重賄。他又暗與金人相約，先自逃歸，待剋城之後，往彼聽用。這等奸賊不斬之，何以謝天下？但不知如今潛躲何處。(外)伯疇，你道這賊子在那裏？他正逃在敝治。小弟已着地方拘留住了，只恐得罪朝廷，尚未屠戮。(生)咳！孟博。他意似虺蛇，毒似螫蠍，上方劍請爲君早決。

孟博，這等奸賊，猶豫不斬，兄何兒女情多也！(外)足見吾兄義忿。小弟欲俟便耳。方才所言，都是朝廷大事。請問吾兄，如今不想謝素秋了麼？在京可曾相會否？所見如何所聞？(生)不説起謝素秋猶可，説起不覺令人可傷。(外駭)却爲何來？(生悲)

【園林好】痛嬌娥遠辭鳳闕，逐胡奴輕投虎穴。(外)他爲甚陷身胡虜？(生)説起來又是王黼那賊臣。金人勒要歌妓，他竟把謝素秋解去。這時候呵，走萬里金蓮一捻，裙帶怯玉關雪，珮聲斷戍樓月。

（外）有這等事？這話果真否？還該再到他家去訪問，才知的實。（生）

【江兒水】曾向天台路，言尋雲母車。（外）那時亦何所見？（生）只見冷凄凄門掩瑲琅掣，靜悄悄雲散秦笙徹，昏慘慘天際穿窗月。痛煞煞生離死别。誰知道八句新詩，翻做了陽關三疊。

（外）謝素秋不在家中，必有下落，那曉得解往金軍？（生）

【尹令】那時街坊亂説，閃得我意兒癡呆，望得我眼中流血。（外）街坊怎麼説？（生）説可惜嬌姿，萬里從軍徒哽咽。

（外）伯疇，你也只聽得人言如此，怕不曾親見。（生）怎麼不曾見？

【品令】那日呵，荒荒遍尋，却遇在城堞。（外）甚麼所在？（生）在南薰門傍，排遍七香車。（外）這些車子什麼人在內？却投那裏去的？（生）都是歌喉舞袖，前去投胡羯。（外）那曉得素秋也在裏頭？（生）我親將册看，一一把花名開寫。我那素秋呵，他是妓女班頭，管領晨風與夜月。

（外）既在車中，曾見一面麼？（生）

【川撥棹】情凄切，對面間做了胡與越。眼睁睁望斷車轍，眼睁睁望斷車轍。要相親只争步兒差迭。麝蘭香漸漸滅，環珮聲隱隱絶。

（外笑）就不曾見面，車兒旁難道話也不曾講句？（生）

【嘉慶子】兩邊心事千萬結，奈對面難親話怎説？更軍卒將車推扯。空望斷綉簾遮，凝盼處晚山斜。（外）真個可惜埋没了。（生）

【尾】有緣比對多嬌姐，無緣永別何處也。除非是夢裏相逢，與你廝揾歇。

小弟告辭了。（外）辭了小弟往那裏去？（生）殺王黼去。（外笑）伯疇，又來作要，你是書生，幹得這事？小弟有個武士，等他來時就好下手。本該留兄在衙，只是房子窄狹。衙西有所空園，極是幽静，兄去暫住，正好讀書。薪水之費，小弟送來。（生）小弟在衙内，也出入不便，如此恰好。

集　（生）亂離無處不傷情，（外）高館張燈酒復清。
唐　（外）今夜月明酒醒處，（生）此中多恨恨難平。

第十七齣　潛窺

【霜天曉角】（旦上）雙眉暗鎖，心事誰知我？舊恨而今較可，新愁去後如何？（老旦上）

【前腔】園亭芳草多，不見王孫過。澹月纔臨青瑣，輕風暗動紅羅。

素娘，好一派月色也。看你香肩半嚲金釵卸，寂寂重門鎖深夜。素魄初離碧海壖，清光已透珠簾罅。（旦）徘徊不語倚闌干，參横斗落風露寒。金蓮移步嫌苔溼，猶過薔薇架後看。（老旦）素娘恭喜，趙解元姻事老爺作主，定然成就了。解元已在此半月有餘，他卧房就在前邊，你曾瞧見他不曾？（旦）花婆，雖是老爺主婚，我心上還不要輕與他相見。（老旦）好好！素娘，你丢下一包乾棗兒，倒教老婢子賣查梨。我今番猜着你了。你則道這姻事，雖則老爺十分着緊，還未知趙解元心事如何。故此連日躊躇，不肯輕與廝見。（旦）實是如此。（老旦）讀書人最是無情，怪不得你料量他。只是趙解元恐不是這樣人，老婢向日曾見來。

【小桃紅】他臉兒旖旎性兒和，料不放情兒薄也，怎肯做青樓中没查没利謊僂儸！他若見了你嬌娥，直教他早忘餐，食無多。夜廢寢，眼難合也。怎做得陸賈隋何。（旦）這事還仗花婆做美。（老旦）天成就美前程，何須用賣花婆。（旦）

【下山虎】則怕他指山賣磨，見雀張羅，滿口兒如蜜鉢，心同逝波。那其間有始無終，難開怎合？生察察將雙頭花蕊搓。認我做賠錢貨，把疼熱夫妻向腦後睃。進退難存坐，惹人笑呵。這的是引得狼來屋裏窩。

（老旦）依老婢説起來，趙解元決不是這樣人。若還放心不下，今夜月明如晝，我與你親到他卧房那廂去，試探動静何如？（旦）這到好，就此同行。（老旦）素娘，你看好明月也。

【五般宜】我愛你到黄昏光摇碧蘿，我怪你挂青天冷侵素娥。素娘，你仔細些行走，身上不冷麽？則恐怕露溼漬纖羅，則恐怕樹影參差攬鬆髻螺。（旦接）則這些曲徑嵯峨，一似我遭逢轗軻。但只慮甜話兒落空，虚名兒擔誤我。

（老旦）此間已是他書房，爲何門兒閉上？這等月色，早已睡了不成？（看介）呀！門兒鎖着，想是踏月去了。（旦）那壁廂有個人影兒，敢是他也。我們且躲在太湖石畔，看他説些甚麼。（虛下）（生醉上）好月色也！小生旅館無聊，爲友人招飲而去，不覺大醉，帶月而歸。咳，有甚心情喫這酒，看這月也。此間已是書房，且進去咱。最是分明夜，翻成黯淡愁。玉人在何處，素魄影空留。（嘆介）

【江頭送別】肩兒上擔不起相思積痾，口兒裏嚥不下玉液金波。何當悶酒尊前過？怪不得到口顏酡。

（老旦、旦虛上聽介）（生）我那謝素秋呵，今晚怎生着小生睡得去也？

【五韵美】這相思何時可？顫巍巍竹影窗前墮，眼朦朧疑是玉人過。園亭寂莫，怎熬得更長冷落。天那！但得個團圞夢，夢見他，縱然是一霎歡娛，也了却三生證果。夜已深矣，且安排睡去。正是：美人隔秋水，落月在高樓。（嘆介）素秋那，怎生發付趙汝州也！（下）（旦、老旦上）（老旦笑）素娘何如？我老婢眼珠子那裏得看差了人，我説趙解元是個有情的，不聽見麽？

【山麻稭】他恨好事無端蹉。好一似天畔黄姑，望斷銀河。多磨。他一句句怨着孤辰難躲，料不是王魁浪子，尾生魔漢，宋玉佯哥。（旦）

【餘音】歡來頓覺愁顔破，（老旦）這佳期休教折挫，半世相思管教一會兒可。

集　此夜嫦娥應斷腸，故園松月正蒼蒼。

唐 鈿蟬金雁皆零落，擬托良媒亦自傷。

第十八齣 奸竄

【薄媚衮】（小净上）忙奔走，走出汴城，避到雍丘縣。誰想途中，誰想途中，遇着羯奴，行李盡皆獻。單剩老軀，單剩老軀，人争賤，人修怨。苦怎言，地網天羅，何時脱免。

自古道君子落得做個君子，小人枉了做個小人。我王黼遭遇道君皇帝，官登極品，寵冠群僚。只是平日奸佞立心，固寵爲計，哄他朝歡暮樂，不理政事。不數年間，把他一座江山，弄得三零四碎；把他一個身子，送得七上八落。那時我王黼，有家難奔，有國難逃。多虧斡離丞相相約，破京南下，特來召我。我又不敢回家，一徑避在鄰縣雍丘。誰料李綱那廝，死守京城，不容金人南下。聞得斡離丞相渡河而北。我如今想將起來，一個好官被李綱送了，萬萬家資被金軍擄了，此處又漸漸曉得我是王太傅，常常有人來跟尋，住不得了。尋思無計可以逃躲，只除追趕前去，若趕得斡離丞相，不愁没好官做。前日有許多情意在他面上，難道就忘了？但是再没處雇馬。咳，自古道：欲求生富貴，須下死工夫。就走，死也説不得了。（走介）

【秋夜月】捨命前，怕甚程途遠。但願仍前官爵顯，從來富貴生於健。走得我氣喘，走得我脚軟。

【東甌令】我想人生世，露華鮮，遺臭流芳各萬年。雖然羯虜同豺犬，但富貴堪留戀。若還得遂我心田，寧想舊家園。

【劉潑帽】當原作事真乖舛，没來由把他家國棄捐。（作跪介）老天老天！我王黼願改前非，去仕金邦。若再如此欺君誤國，就對天日發一誓願：若還再把邪謀展，願折證青天，世世裹貧和賤。

（内作吶喊）趕上去！趕上去！（小浄作慌介）

【金錢花】聽得鑼鼓聲喧聲喧，教人膽喪魂牽魂牽。喊聲四起，不知是金軍來迎我？又不知是雍丘縣來追我？吉凶二字總難言。（拜天介）只怕前途裏，鬼魂纏。脱得去，謝蒼天。脱得去，謝蒼天。

（内作吶喊）（小浄拜天）但願蒼天保佑，早達金軍。正是：不戀故鄉生處好，受恩深處便爲家。（下）

第十九齣　初會

【風入松慢】（生上）今宵醉醒倍凄清，蚤月印窗櫺。好天良夜成虚景，青鸞杳好事難成。翡翠情牽金屋，鴛鴦夢斷瑶笙。

獨坐傷春不忍眠，信知一刻値千錢。庭中淡淡梨花月，偏透疏櫺落枕邊。小生昨爲友人招飲，踏月而歸，意興蕭然，只得閉門獨寢。忽聽窗外有人行動，依稀説出素娘兩字。其餘還有許多言語，都不仔細。不知我心中牽挂，以致誤聽。又不知真個有人言及我素秋。那時即欲開門看個明白，争奈醉得軟了，動憚不得，只索强睡。爲此今日有人約我看月，推却中酒不赴。今夜月色，不減昨宵，我且坐待，看可有人來，務要見個明白。想起昨宵景致，恰也好美。

【桂枝香】月懸明鏡，好笑我貪杯酩酊。忽聽窗外喁喁，似喚我玉人名姓。我魂飛魄驚，魂飛魄驚，便欲私窺動静，争奈酒魂難省。睡瞢騰，只落得細數三更漏，長吁千百聲。

月色一發皎潔了。

【前腔】我想嫦娥孤另，廣寒淸冷。似這般圓缺無常，應自悔升沈不定。看花陰過墻，花陰過墻，遮遮映映，空教我潛潛等等。眼睁睁，寂寂黄昏後，蕭蕭淸夜聲。

坐之良久，四下寂無人聲。不要做了呆漢，且到庭中步月一回。正是：夜闌人不寐，月影在梨花。（虚下）（旦上）

【風入松慢】花梢月影正縱横，愛花塢閒行。潛踪躡足穿芳徑，只圖個美滿前程。豈是河邊七夕，欣逢天外三星。

奴家謝素秋，向來深慕趙伯疇，未得見面。昨晚到他書房前去，他正帶醉回來。果然是美丈夫！日後前程必遠。又聽得口中喃喃咄咄，似呼我素秋名字。他未見奴家，如此注想，心事可知矣。就與他結個終身之約，料他不做薄倖的勾當。記得前日錢爺分付，教不要説出真名姓來。爲此奴家打扮做良家模樣，房兒中央着花婆看守，獨自來到亭上，只説看月。他若來時，便好與他成就此姻也。

【園林好犯】我辦着個十分志誠，還仗着繁星證盟。一心要百年歡慶，且來到牡丹亭。把羅衫再整，露溼透綉鞋冰冷。只見寒光窅冥，玉繩暫停，并不見些兒影形。

呀！那邊花枝摇動，似有足聲，敢是伯疇來也？我只坐在亭中，看他説些甚麽。（生上）

【沈醉東風犯】我心不離春風玉屏，望不斷柳陰花影。小生獨坐不過，來此步月，便欲踪迹昨夜說話的。早不覺到中庭。呀！什麼影動？元來是梧桐覆井。呀！又是什麼響？遠迢迢犬吠金鈴。（笑介）好笑好笑。只爲昨夜誤聽素娘兩字，害得來眼花耳聾了。還自省，怪不得人稱傻子酸丁。

（旦）正是伯疇來了。想他還不曾瞧見我，且吟詩一首撩撥他：「竹樹金聲響，梨花玉骨香。蘭閨久寂寞，此後恨偏長。」（生作聽介）（駭介）這是誰人吟詩？詩句又清新，音韵又響亮。

【月上海棠犯】我側耳聽，此亭豈是蓬山境？這分明是個鳳吹鸞笙。（拂眼介看介）呀，奇怪！亭子上放出百道毫光，現出一尊嫦娥來。只索拜咱。（拜介）誰知枉霧駕雲軿，倉卒失趨承恭敬。趙汝州是凡夫陋品，俗眼愚眉，不知天仙下降，有失回避，伏望恕罪。（旦）我也不是天仙，秀才何須下拜？（生）又奇怪，那裏一陣異香飄拂過去？只見異香滿庭，麝蘭不争，元來是風送着脣脂襲馨。

我且大膽闖入亭子去，飽看一回。（進介）（旦喝）什麼人闖入亭來！敢是賊？（生）

【好姐姐犯】是賊。我是鑽穴藍橋尾生，警迹人相如薄倖。真贓是何郎面粉，韓生香氣凝。

（旦）既不是賊，是什麼人？快快說來。（生）我是狂粉蝶，浪雛鶯。三春獨掌花權柄，三春獨掌花權柄。

（旦）不許花言巧語，說真名姓來。（生）真個要真名姓。小生姓趙名汝州，濟南人，本年解元。年方二十二歲，二月十二花朝生。是天下有名的才子。（旦）原來是趙解元，請上前相見。（見介）（生背）遠觀未的，近覷方明，天下怎麼有這樣一個女子。

【江兒水犯】一見消魂魄，光芒射眼睛。羊脂玉碾蝤蠐頸。但風流占盡無餘剩，添分毫便不相廝稱。想起來，就是謝素秋，敢也只好如此。便與我那多情堪并。（背）我一心要與敍話片晌，又恐他不肯，反被搶白。咳！若顧羞慚事豈成？便搶白也索承。

請問仙子誰家宅眷，爲甚清夜獨坐在此？（旦）

【五供養犯】妾是王家子姓，父做黄堂，薤露朝零。（生）原來是王太守的小姐。尊公既亡，家裏還有誰？（旦）萱堂當暮景。（生）曾適人否？（旦）琴瑟未和鳴。（生）今夜爲甚到此？（旦）今夜月明人靜，黹針罷閑行遣興。（生）這園就是宅上麼？（旦）家君多逸致，手創此園亭。（生）小生爲錢令公送來暫住，不知是小姐宅上，甚是打攪。（旦）雖忝慚無，深愧居停。

（生笑）小生有緣得遇小姐，不知進退，欲屈小姐到書齋一敘。不知肯那借寸步否？書齋也就在前邊。（旦）奴家久聞解元大名，静夜正好請教。（生喜介）就請同行。（挽旦欲走）（内喊介）小姐那裏？老夫人睡覺也。（旦作慌）不好了！母親睡覺，奴家去也。（生止旦，旦不留）明晚只在書房相等，黄昏左右，奴家一准來也。（急下）（生吊）阿呀！小姐你真去了，撇我趙汝州怎生捱過今宵也？天下怎麼有這等女子，西施王嬙不過如此。且住，我止見小姐面龐身材，不曾見他脚兒大小。方纔打從這階基去的，你看你看，沙土上可不印下兩個笋尖兒般脚踪。早是尋得早，若遲了，一陣風吹散，怎見得小姐生的十全也。

【玉交枝犯】想他淩波偏稱，羅襪内藏着可憎。行來旖旎身不定，軟紅鞋血染猩猩。量來虎口三寸争，幫兒四面都周正。怎得他動春情撥酒醒，惡心煩自在蹬。

罷罷。只得回書房睡這一宵。方才小姐親口許下明朝。

【川撥棹犯】只得甘心等，又恐到明朝風浪生。可恨老夫人，再穩睡些兒，這好事可不到手也。雖然他囑付叮嚀，雖然他囑付叮嚀。但凄凉今宵四星，教我擁着孤衾捱長夜，生察察把歡娱作悶縈。

【尾】書生自昔多薄命，舊相思未了新又迎，新舊相思何日得稱情。

唐　殘窗夜月人何在，相望長吟有所思。

集　影伴妖嬈舞袖垂，留君不住益凄其。

第二十齣　誅奸

【滴溜子】（末扮張千户帶二卒急上）奸邪的，奸邪的私逃出關。如虎豹，如虎豹咆吼下山。我奉旨前來追趕，披星跨玉鞍。逾山驀澗，要與朝廷掃除巨奸。

自家張千户，向來把守雍丘城門。前日有個王將明來避難，我也不知是什麽人。本縣錢爺到曉得他就是奸臣王黼，一向着地方軟拘在此。誰想他曉得有些不好的消息，昨晚竟私自逃出城去了。錢爺着我趕上去，拿他轉來。又付我一口寶劍，不肯回時，就便殺了，找他首級來回報。（卒）稟老爺，此間是三岔路口，不知該從那一條路趕？（末）南邊是那裏？（卒）南邊下江去。（末）他到江南何幹？投東是那裏？（卒）投東是祥符。他原是祥符人，敢是那裏去了。（末）我想他也不敢過江南，也不敢回家。若敢回家，前日不到這裏來了。聞得他曾與金人有約，還指望收用他，一定投那裏去了。我們只投北，望山東一帶去便了。（卒應。同唱前要與朝廷句下）（小净上）

【前腔】忙奔走，忙奔走心寒膽寒。行不上，行不上千山萬山。追悔當年乖誕，無端喪國家，落得人離家散。（内喊。小净慌介）何處旌旗，地覆天翻？

你看你看，許多人追趕上來，一定是追我的。無處逃躲，却怎麽好？且不要忙，裝個大帽子，只顧走，不要采他。（末領卒上）可憐一座冰山，化作半杯雪水。寄語當權貴人，還須回頭顧尾。自家張千户，追趕奸臣王黼到此。軍士每！你看前面有個人獨行，敢就是他，也未可知。你們且住在此，待我獨自上前去問他。（卒應下）（末吊）王丞相慢走！（小净不顧。走介）（末趨上揖介）王丞相老爺作揖，要到那裏去？（小净）我不認得什麽王丞相。（末背）我也不認得他，不好就下手，且哄他一哄。（對）特特趕來報王老爺喜信，不知他投那條路去了。（小净）老哥，報什麽喜信，可好就對我説説？（末）

【紅衲襖】那王老爺呵，本是朝行中第一班，殿頭官三千輩孰與攀？只爲犬羊臊羯中原簒，把虎踞龍蟠京國殘。走官家向胡天沙漠間，致公卿落天涯晨星散。兩日前，京中有書到，我錢大爺説：新天子已即位在鐘山也，垂顧元臣特賜環。

（小净）這話兒果是真的麽？（末）怎麽不真，爲有個消息，錢大爺特着我追請回縣，備人夫送往建康去。（小净）

【前腔】一霎兒愁顔變喜顔，誰知道風雪中來送炭。已自分披青蓑做了漁樵漢，豈承望着紫衣重入鳳鵷班。過來！我就是王太傅王丞相。既是你來迎我，轎馬頭踏都在那裏？（末磕頭）元來正是王老爺。不曉得老爺打這條路來，轎馬頭踏都等在三岔路口。（小净）你是什麽人？（末跪介）小人是張千户。（小净笑介）張千户，你有造化，你有造化。我此去若得再掌朝權呵，准與你個總兵官當折乾，錢大爺呵，就陞他三級俸也則當家常飯。可恨可恨！（末）老爺恨誰？（小净）恨只恨李綱苦死守長安也，把我飯碗衣食盡打翻。

（末背）你看這奸賊，到恨着李老爺。私通金賊的情真了。且盤問他一番。（對）請問老爺，李綱老爺守住京城，金人不敢南下，極是有功的，何故反恨他？（小净）你不曉得，斡離丞相與我最好，他説破京南來，取我去原做丞相。懊恨李綱那老頭兒，着甚來由，苦死守住汴京，不容他每南下。可不是把我一個好官送了？如今雖然取去，知道官爵可能稱心？李綱李綱，若得一朝權在手，少不得請下你這顆驢頭。（末背）這賊子私通胡虜，謀害忠良，萬死何足惜！錢爺付劍之時，原許便宜行事，只得下了手罷。（對净）你看那邊迎接的到了。（小净回首。末殺介）（下）

【前腔】我憑着那上方劍，星斗殘，要誅盡人間無義漢。王黼王黼。你急忙忙走得趙官家無昏旦，却又喜孜孜匿迹潛形出玉關。你但曉得人間富貴須當綰，那知天道輪回恰好還。今朝仗劍斬元奸也，要使未死奸邪骨也寒。（下）

第二十一齣　咏梨

（生上）銅龍漏滴已殘更，素魄還留映水明。何事嫦娥音信杳？重門深掩不勝情。小生昨宵得遇小姐，真個温柔旖旎，絶世無雙。趙伯疇虚生二十二年，未曾見此香奩中物。向來空憶謝素秋，每以不得見面爲恨。如今看了這小姐，難道還勝似他。小姐到有可憐之意，恨殺那不做美的老夫人睡覺，瞥然去了。約小生今晚到書房相會。昨晚怎巴得天明，今早又怎巴得到夜！且喜已是黄昏時候，月又上了，好把門兒掩上。坐待則個。（閉門介）

【黄鶯兒】無語靠書窗，乍臨風，思欲狂。且將盼行雲雙眼來打當。愁鄉醉鄉，更長恨長。小姐小姐。是你俏聲兒約定在書齋訪，小姐。爲甚信茫茫？早難道脱空説謊，不與做周方。

待久不來，昨晚不曾睡得，不覺睡魔早到，且睡些咱。（作睡介）（雜扮差人上）瑞麟香暖玉芙蓉，畫蠟凝暉徹夜紅。信道使君情意重，捲簾遲客月明中。小人雍丘縣差人，錢爺差請趙相公看月。此間已是寓所，書房門早閉，不免低低喚聲。趙相公，趙相公，趙相公。（生驚醒）呀，小姐來了！（急出開門抱雜）小姐小姐！想得趙汝州苦也。（雜）趙相公，小人是本縣差人，不是什麼小姐。（生看笑）偶然睡去，魂夢顛倒。你是誰差來的，這早晚來敲我門？（雜）小人奉錢爺鈞旨，説日間政事多冗，乘此清夜，請相公看月。（生）我身子不快，不耐煩看月。煩你拜上錢爺罷。（雜）相公好好兒在這裏，怎麼説了看月就不快起來？小人恐錢爺見責，不敢去回覆。（生）没奈何，央及你回了罷。説趙相公身子不快，已睡覺了。你快行動些兒罷麼！（雜）既如此，小人只得去了。頓令北海尊虚設。（下）（生吊）還望西廂月倍明，天下最不知趣的是錢孟博，許多時不來請我喫酒，偏揀今日。我那有心情看什麼月，方才差人不肯出門，則怕小姐正來，却没躲閃。如今去了，才覺自在。已近二鼓，月已中天，不見一些動静。敢是又成虚話了？不免捱進昨夜亭子邊去，打聽個真消息。（行）此間有太湖石，且在此等候則箇。（旦持紅梨花上）

【前腔】步月下回廊，露溶溶，溼綉裳。想荆王已先到陽臺上。你看這花枝呵，經幾多風狂雨狂，惹得個蜂忙蝶忙。怎能勾東君愛護金鈴障？呀！前邊太湖石畔，遮遮掩掩，似有人行動，我且低低唤一聲。前邊不是趙解元麽？（生驚介。低應）趙汝州在此。小姐，你來了。果是有心人也。我望東墻魂飛魄蕩，只聽得小語唤檀郎。

小姐那借一步，前邊就是小生的卧房。（旦）奴家正欲相訪。（生）小姐，路上苔滑難走，小生扶一扶何如。（挽行介同）

【水紅花】蒼苔立遍意彷徨，月昏黄，角門聲響。金鈴小犬吠聲長，石闌旁，怕有行人來往。悄悄潛踪躡迹，嫌殺月兒光。且喜到書房也囉。

（生）此間已是小生書房，就請小姐進去。（入介。生跪）小姐今日下臨，就如上原之降封涉，麻姑之過方平，蘭香之嫁張碩，彩鸞之遇文蕭。只是趙汝州有何德能，消受得起。（旦）解元天下奇才，妾在閨中，聞名已久。今宵之遇，豈偶然也？（生）小姐手中所持是何花？（旦）是一枝紅梨花，元是異種。奴家生平最喜歡他，開時時刻不教放手。今日携來，欲博解元題咏耳。（生）借來一看。果是異種，但聞梨花白雪香，紅的委實未見。小生胡謅一絶，小姐休笑。「换却冰肌玉骨胎，丹心吐出異香來。武陵溪畔人休説，只恐夭桃不敢開。」（旦）好高才也！奴家也要請教。「本分天然白雪香，誰知今日换濃妝。鞦韆院落溶溶月，羞睹紅脂睡海棠。」（生拍手）海棠怎比得他。奇才奇才！椒花柳葉，俱在下風。小姐在上，名花在側。趙汝州何人，有此福量。知是夢裏睡裏？你看這花枝呵。

【鶯花皁】一似睡起未欣妝，浴温泉，丰度狂。名花傾國何相讓，誰承望幽齋寂寞春偏釀，態郎當。（旦）意難忘。剛笑何郎曾傅粉，絶憐荀令愛熏香。（生）偏稱沈香亭畔，昭陽殿旁。須把絳綃朝護，錦障夜藏，流鶯那許輕相向。

（生）小姐，夜深了。（旦）且再坐坐。你把瓶兒裝着這花，就燈下再看一回。（生介）（旦）解元，權把他做個花燭何如？

【貓兒墜】你看花簪瓶底，銀燭吐輝光。花燭争輝夜未央，但願得燭明花豔永無妨。（生）又願得花燭雙雙照畫堂，燭照花芳，地久天長。（同）

【尾】今宵始覺情歡暢，生恐怕亡賴雞聲報曉忙，把我無限恩情叫斷腸。

（旦）解元，你把這花兒供養着，添些新水。奴家時常要看的。（生）敢不小心。夜深矣，睡去罷。

集　花潭竹樹傍幽蹊，歌舞留人月易低。
唐　驚起芙蓉新睡足，倚風情態被春迷。

第二十二齣　逼試

【番卜算】（外上）仗劍斬奸諛，朝宁方清楚。羽書又喜報平胡，夙憤今朝吐。

時時抱國憂，白髮朝來陡。寥闊故人情，何時一尊酒？下官錢濟之，向因金酋入寇，日夜憂煎。且喜近日邊報稍寧，斡離不撤圍而去。這都是李少傅居守之功。雖是二帝北狩于朔漠，幸得康王即位於金陵。臣民有主，社稷可復。奸臣王黼，昨已遣人誅之於境上，心下稍快。只是連日無暇，不曾與趙伯疇敘闊。前晚月下邀他一坐，不知爲甚託病不來。我想謝素秋在彼，必定爲他，不肯赴飲。聽得新天子即位，要開選場。昨日差人去催他赴試，再三不肯，却怎麽好？今早又遣人去了，未見回報。且待花婆來時，問個端的，再作道理。（老旦上）

【前腔】魚水意相孚，寸步相回顧。夢魂兒不想到皇都，迷却青雲路。

老婢花婆，向同素娘在西園居住。今早錢爺着人來喚，須索進見。（見）老爺，花婆磕頭。（外）起來。我問你，趙解元與謝素秋恰是怎麽？（老旦）老爺，不要説起，果是才子佳人，果是一對夫妻。如今兩下如膠似漆，一步兒不肯相離哩！（外）前晚請他喫酒，爲甚不來？（老旦）他那有心腸喫老爺的酒。（外）兩日差人催他應試，爲甚不去？（老旦）也那有心腸去會試。（外）那謝素秋不曾説出真名姓來麽？（老旦）也不敢説，趙解元一些也不知。（外）這才是，花婆。

【醉扶歸】他被麗情迷入桃源路，壯心忘却杏園圖。鵬程萬里興偏孤，干費了燈下十年苦。早難道黃鶯兒不弱玉蟾蜍？可不道書中有女顏如玉。（老旦）

【前腔】老爺，他兩個呵，一個是爲雲爲雨巫娥女，一個是多愁多病馬相如。一個嬾向紗窗綉羅襦，一個無心對月浮綠醑。則待要夜去明來永歡娛，誰曾想天衢雲路輕飛翥。

（雜扮差人上）橋有銷魂處，杯多滴泪斟。浮雲游子意，落日故人情。小人奉錢爺差，請趙相公赴試，特來回覆。呀，老爺在後堂，不免竟入。（老旦虛下）（雜見磕頭介）蒙爺差請趙相公赴試，趙相公再三不肯去。（外）他如何説？（雜）

趙相公起初説信息恐還未的，試期尚早。後來一發見怪老爺起來。（外）爲何怪我？（雜）説在此打攪老爺，甚是不安，也要回家去。（外）你自回避。（雜應下）（外）花婆那裏？（老旦上）趙相公如何？（外）他只是不肯去，京中限期甚迫，只在半月内取齊。此去建康尚有千餘里，必定明後日便起身，才不誤事。（老旦）老婢雖不曾見趙解元，却聽得素娘閑講，那解元正好不肯去會試哩！

【皁羅袍】他把名利輕於糞土。正偎紅倚翠，豈肯向衰草荒途？他説花叢鶯燕恰相呼，榜中龍虎何心赴。（合）可惜他才高七步，賦埒兩都。錦心綉腹，隱豹鳳雛，却爲柳營花陣都擔誤。（外）

【前腔】喜得文場初舉，奈限期甚迫，途路盤紆。禹門三月浪應虚，陽臺十二雲翻阻。

（合前外）花婆，你對他説，這是園主之女，豈可久戀？倘或錢爺知道，豈不乏趣？就是别處漏泄，連錢爺分上也不好看。（老旦笑）他兩個油鍋兒般熱得緊，老爺這等不着緊的説話，一年也還不起身。老婢到有一計在此，老爺只備下鞍馬盤纏，老婢逞着嘴頭子，管教他即日上路。（外）你如何説得他心轉？（老旦）老婢自有發付他，今日且不要説。（外）如此却好，你就去，等你來回話。

集　詔書前日下丹霄，京兆田郎早見招。
唐　明日放參東閣去，春風催馬洛陽橋。

第二十三齣　再錯

（生上）茜裙紫袖映猩紅，飛絮輕颺花信風。好景更兼逢窈窕，千金一刻語非空。小生自遇王小姐之後，不覺神魂飄蕩，廢寢忘餐。天下怎麼有這等樣美人？便覺功名富貴盡皆輕了。好笑錢孟博，只管來催我去會試，雖則是他好意，他那知我心上事。就把一個狀元撇在街上，小生誰耐煩別了那人，遠遠去拾回來。昨日被我發作了幾句，想必今後不差人來了。就再來，我也只是不去，且慢慢再住幾時。只一件，小姐雖則綢繆繾綣，但是夜來明去。怎得尋個計較，日間相聚便好。待他今晚來時，把這話對他商議。昨日有客來訪，今日要去答拜，不免趁早去了就回。（關門）掩却白雲關，言尋青眼客。（下）（老旦提籃上）老婢花婆是也，領錢爺命，去說趙解元赴京會試。提着這籃兒，西園採花去走一遭也。

【北點絳唇】只爲着年老甘貧，滿街廝趁，提着箇匾籃兒爲營運。且度朝昏，將花朵兒作資本。

【北混江龍】入的園來，好花卉也。你看那洛陽丰韵，三春紅紫鬥精神。白的白碧桃初綻，紅的紅仙杏芳芬。嬌滴滴海棠開噴，香馥馥含笑氤氳。呀！什麼人扯住我？（笑）原來是牡丹枝掛住了團花襖，薔薇刺抓扎起石榴裙。（拂袖）爲甚的蝶翻了兩翅粉，蜂惹的滿頭紛？非關是金谷園中千朵豔，端只爲賣花人頭上一枝春，把蜂蝶來引引。

呀！遠遠的趙解元來了也。咱只顧採花，看他問咱不問咱。（生上）可憐妖豔正當時，剛被狂風一夜吹。今日流鶯來舊處，百般言語怨空枝。小生方才拜友而歸，已到寓所。呀，什麼人在那裏採花？我且上前去問一聲。兀那老婆子！爲甚採俺家的花朵？（老旦作驚）

【北油葫蘆】驀聽得喚一聲婆子把咱嗔，引三魂，嚇的我兢兢戰戰可也没逃奔。那哥哥咬定牙將人狠，我這裏忙伸手將花藍揾。我又不是園主家掌花人，又没有斗大花門印，爲甚麼平白地將他花枝來損？只得上前去告個不是咱。（見介）哥，老婢子萬福。（生回揖）（老旦）折了花枝，是老婢子不是了。望乞恕咱。别的休説，則可看我貧老又單身。

（生笑）這也罷了。（老旦）

【北天下樂】則見他叉手忙將禮數論，回也波嗔，喜津津。（生）婆子，我看你年紀老了，採這許多花何用？難道自己戴？（老旦）老婢没福插戴他。止因爲老年人没計度饔餐，採將來賣幾文，賣得來换米薪。常言道人怕老來貧。

（生）原來你賣花爲活，這也罷了。你只傾出來，我逐一看看，或且有用得的，就問你買幾枝兒。（老旦做傾。取一枝遞生）（生）這是竹葉兒，插又插不的，戴又戴不的，要他則甚？（老旦）要他打底。哥，不争你提起竹葉來。

【北那吒令】想當初李白的開尊，虚疑是故人。王猷的造門，不須問主人。我愛他絶塵，報平安好信。哥。這竹有許多好處。摇風月，梢拂雲。傲冰霜，無淄磷。你不見麼？湘江上二女泪斑痕。

（生）再取一種來看。（老旦介）（生）這是桃花，没甚希罕，要他何用？

【北鵲踏枝】（老旦）這桃花從蓬島分，休則向玄都問。誰知道前度劉郎，再來時面貌堪嚬。

不争的把漁郎勾引，惹得人急穰穰，争去問迷津。

（生）再取一種來看。（老旦介）（生）這是海棠花，也没有甚希罕。（老旦）

【北勝葫蘆】杜鵑啼血感離人，妝點上陽春。嬌似紅脂嫩膩粉。這花夜間看最好，倚東風睡足，高燒銀燭，爛熳月黄昏。

（生）再取一種來看。（老旦）止有柳枝兒了。（生）這一發没用。（老旦）偏有楊柳最可恨。

【幺】他在渭城客舍門清新，慣會送行人，早已是章臺今日長條盡。則看他迎風嫋嫋，籠烟裊裊，腸斷壩橋濱。

（生）你籃兒裏還有别種麽？（老旦）你不見這籃都空空的？再没有了。（生）元來則這幾種，并没奇異，值得幾文錢？（老旦）這園中也則有這幾種。（生）難道則有這幾種？我到有一種異花在那裏，可憐你又老又貧，送與你去多賣幾文錢何如？（老旦）哥，生受你。借來看看。（生）我好好供在書房内，待我取出來。（取花介）這不是，你可認得這種花叫甚名兒？（老旦取看作驚介）呀，有鬼也，有鬼也！（生）婆子，青天白日，説有什麽鬼。你見這花，却怎生驚駭起來？（老旦）苦，哥却不知，這不是人間的花，這是鬼花。（生）胡説！鬼那裏有花？要你説個明。（老旦）誤了老婢子賣花也，明日來和你説。（生）婆子休去，你且説一個明。（老旦）我説來，你休害怕。（生）我不怕。（老旦）哥，這花園是誰家？（生）是王太守家的花園。（老旦）可知道，你曉得蓋造花園的緣故麽？（生）不知。（老旦）王太守有個女兒，性愛看花，故此蓋這所花園。到得春間萬花開綻，那小姐日日坐在亭子上看花。不意墻外有一秀才，闖入園中，與小姐四目相覰，兩情眷戀，只没處下手。那小姐終朝思想，害相思病死了。王太守與夫人捨不得他遠離，就埋在亭子後邊。那一靈不散，他塚墩上就長出一棵樹來，開的是紅梨花。那小姐每遇花開時，風清月朗之夜，常常現形，坐在亭子裏，只要纏擾年紀小的秀才。（生怕介）（老旦哭叫可憐）（生）婆子，却爲何哭起來？（老旦）老婢有個孩兒，也是秀才。爲那城中熱鬧，借此花園看書。看書困倦，只見月明如畫，捱到亭子邊去散步。不意亭子裏起陣怪風，現出一個如花似玉的小娘子，與我孩兒四目相窺，兩情眷戀，當夜就要到孩兒書房中。只見亭子後邊大叫，説老夫人睡醒了，那小姐倉忙而去，説明晚又來。到得明晚，果然又到孩兒書房中來，手中携一枝紅梨花。那時孩兒年紀小，春心蕩漾，與他那話兒了。從此以後，夜來明去，勾不上一月，把我孩兒送死了。咳，可憐可憐。如今止存得一個老身好苦也。（又哭介）（生作怕介）婆子，你可曾見怎麼一個模樣？（老旦）老身那裏得見，止聽得孩兒臨死時説。

【寄生草】他梳妝巧，打扮新，藕絲裳愛把纖紅襯。眉彎新月微微暈，櫻桃小口時時哂。青螺小髻挽烏雲，千般淹潤都裝盡。

（生）這一會兒不由的害怕。（老旦）呸呸，有鬼也，有鬼也。哥，你看怪風來了也。

【幺】足律律旋風刮，黄登登幾縷塵。咳，王小姐，王小姐，你把我孩兒纏死真堪憫，你送得我老年孤獨無投奔，你今朝又待將咱近。（做折桃枝介）（生）這是桃枝，要他何用？（老旦）哥，我那裏去尋法師仗劍頌天蓬？先打恁娘五十生桃棍。

（生）婆，你不説我那裏知道。兀的不諕殺我也。（老旦）這裏不是久站之所，我去也。（生扯住）没奈何，你再伴我一會兒。（老旦）哥，你莫不也着他手了？説與我聽。（生）我死也，我死也。説不出，説不出。（老旦）咳，小姐，小姐。

【賺煞尾】我與你生前本無仇，今日个賺得無人問。你何不把陰靈忖忖，但只顧將平人來害損。你便是追人命腦凶神女吊客母喪門，天魔祟撲子弟野狐涎打郎君。則恐罪業深地獄近下阿鼻絶人身。（哭介）我那兒呵，可憐你三載幽魂何處沉淪，咳，且喜波得這位哥可早有替代你生天路兒穩。（下）

第二十四齣　赴試

（生吊場追叫）婆子轉來！阿呀，他去了。這會兒一發害怕，我那裏知這小姐到是個鬼，如今怎麼好？也罷，建業開科，錢孟博幾次來催，止爲着那些頭腦不肯去，如今只得去了。（思）琴劍書箱都在這書房裏，怎麼敢再進去取？罷，撇下罷了。就今日快去别了孟博，就與他借些盤纏，快快上路去罷。（走介）此間已是雍丘縣前，門兒閉着，敢是孟博不在衙？（叫）門上有人麼？（雜扮差人持物上）呀，元來是趙相公。老爺不在衙。（生）那裏去了？（雜）下鄉勸農去了，正好不得。回來哩。相公可有什麼要緊説話？（生）我來别老爺去會試，怎得他回來？（雜）相公幾時去？（生）今日就起身去了。（雜）老爺出衙之時，曾分付小人，若趙相公起身會試，把這禮物送上，就着小人跟隨前去。這是老爺禮帖。（生看帖介）路資二十兩，春衣二襲，外又轎一乘，馬一匹。呀！孟博。你這等周全我也。（雜）老爺着小人拜上相公。

【駐馬聽】詔選奇才，建業新都文苑開。請相公疾忙前去，脱却泥途，早上金臺。緑衣襲襲稱身裁，朱提鑠鑠生光彩。（合）行李安排，長途穩便何須布擺。（生）

【前腔】淪落天涯，知己難逢伯樂偕。感得你市中一顧，價倍三千，怎竭駑駘？（背）想起那花園鬼祟，好不怕人也。（低唱）連宵摟抱鬼裙釵，險些兒性命因他害。公差，只是不曾面辭得老爺，怎麼好？欲待回來，只恐怕選期迫促，一時不迨。

（雜）老爺原說不消等別了，就請相公上路趲行罷。（生）既如此，即便起程罷。

集　別酒纔斟先泪流，飄零合負一春愁。
唐　浮雲聚散原無定，今夜相思月滿樓。

第二十五齣　憶主

【普賢歌】（丑扮平頭上）平生學得會燒湯，打水挑柴日夜忙。誰知起禍殃，國破又家亡，單剩得區區没倚仗。

小人是謝家一個平頭，從幼跟隨素娘。喜得我素娘做了上廳行首，往來的都是大來頭，我小人跟隨了一日，極少也近他一兩賞錢。誰知惱了王黼那直娘的，拿回去監在家裏。剛剛遇了達子來打城，那直娘的竟把我素娘送與他去了。撇得我一身不尷不尬。那達子也狠得緊，把皇帝、太子、宮妃、采女盡興虜去了，又把汴京城裏人十停殺了九停。那時節我没奈何，只得將素娘存下那些東西，拿幾件細軟，逃出城來。遇着一個江東巨商賣貨回去，元是素娘識認的，小人將許多苦楚告訴他，他可憐見我，帶我到建康來。不料新皇帝也到這裏來建都。兩日出去打聽素娘消息，有認得的説道不曾跟達子去，一向在雍丘縣。我一聞這信，便要到那邊去尋訪。聞得目下開科會試，少不得雍丘縣也有舉人相公們來，且打聽一個真消息，去也不遲。我想素娘，其實生得好，其實大有名。

【玉胞肚】如花模樣，門兒外輪蹄日忙。譚笑處盡是鴻儒，典香醪慣解鸕鶿。是春風一曲杜韋娘，雲雨巫山枉斷腸。

聞得向在雍丘，這信不知真否？

【前腔】你一身鞅掌，走南北山長水長。縱令是未到胡庭，這些時栖止誰旁？月寒山色共蒼蒼，却憶并州是故鄉。

集　高髻雲鬟宫樣妝，一枝濃豔露凝香。

唐　寧知草動風塵起，墜葉翻紅各自傷。

第二十六齣　閨慮

【祝英台近】（旦上）怨落花，愁芳草，游子天涯裏。（貼上）底事佳人，悶把闌干倚？（老旦上）也只爲柳絮黏天，花茵藉地。（合）春歸去，音書誰寄？

（玉樓春）（旦）緑楊芳草長亭路，年少抛人容易去。（貼）樓頭殘夢五更鐘，花底離愁三月雨。（老旦）無情不似多情苦，一寸還成千萬縷。（合）天涯地角有窮時，只有相思無盡處。（旦、老旦）夫人磕頭。（貼扶起）素娘，老爺因趙解元赴選，恐怕西園清冷，教奴家請你進來西衙同住，專待解元喜信。老爺又與你除了樂籍名字，造成一宗從良文卷，解元得意回來，就與你完成好事。今後你我只是姊妹相稱，快不要行這個禮。（旦）多謝夫人。只是解元才得聚首，匆匆又别，行時又不曾聚話片言，不知怎麼樣就去了。花婆，可曾有甚言語？（拂泪介）（老旦）老婢見他兒女情多，風雲氣少，故此把鬼魅事激將他去，并没一些言語。（旦）

【祝英台】咳！花婆，他是讀書人，心膽怯，何事恐幽微。（老旦）素娘，偏有讀書人最膽大。解元這些時好在洛陽看花了。（旦）縱使春滿洛陽，待彼來攀，我則怕病染憂疑。（老旦）秀才豪氣三千丈，那見就疑心出病來。（旦）休迷，他爲甚的疾速登程，把琴劍書箱抛棄？我那解元呵，這些時你在何處飄零無倚？（老旦）

【前腔】聽啓，他戀着翠圍屏，錦步障，忘却緑袍喜。因此老婢子呵，將鬼話激行，提醒癡迷。不過是權宜之計。素娘，你休埋怨着我。到底，領春風十二天街，一日看花無比。那時節呵，方顯得女蘇張三寸功奇。（貼）

【前腔】聞得新天子下詔徵賢，六月正堪飛。那時我與相公商議呵，此去建業，千里委蛇，只恐誤却程期。（老旦）夫人，趙解元此去，插宫花，飲禦酒，素娘豈不願？他不爲這上頭煩惱。須知他慮的是看遍奇葩，又别戀長安佳麗，悔臨時未得叮嚀囑記。（旦）

【前腔】憔悴。羞殺我鏡裏孤鸞，誰與畫雙眉？（貼）素娘，你愁煩他則甚？（旦）我有千般悶懷，萬種思惟。（老旦笑）方才分手。却又早萬種思惟了。（旦）端不爲鳳拆鸞離。（貼）既如此，爲着什麽？（旦）怕歸時認我做狐魅妖魑，怎再肯相偎相倚？可不是賺人高處掇却樓梯。（老旦）素娘，你再也休慮，趙解元不是這様人。

集　紅妝滿面泪闌干，幾許幽情欲話難。

唐　乍雨乍晴花自落，東風吹恨滿春山。

第二十七齣　發迹

【懶畫眉】（生冠帶上）罷試金鑾日猶懸，乍着銀袍色正鮮。相將白日上青天，今朝了却燈窗願，糠粃誰知反在前。神魚一躍到龍門，喜見天開五色雲。金勒恰宜芳草路，玉鞭偏裊杏園春。趙汝州向來會試，忝中甲科，蒙聖恩擢爲狀元，方才游街回來。

【前腔】只見馬蹄踏遍杏花天，袍色晴拖楊柳烟。擁來飛蓋稱風喧，瑶尊玉醆瓊漿灩，醉倒蓬萊閬苑仙。下官得有今日，一來虧錢孟博慫恿，二來也虧那婆子提省。我那知西園有鬼，那小姐不是人？説着也還覺毛骨聳然。好笑今早去赴宴，有好幾位同年都説謝素秋不曾往金軍去，則在雍丘住。正不知下官打從雍丘來，并無影響，這話那裏説起。日下正要打發公差去報錢孟博，教他跟尋一個明白。只可恨素秋贈我一詩，被那小姐取去，倘或相見問起，怎生答應他？正是：錦字茫無定，同心結不開。（雜扮公差上）捧檄下丹宸，迢遥去問津。驊騮開要路，雕鶚擁風塵。自家雍丘縣差人是也，有事報知狀元，不免徑入。（見）稟爺，小人到中書省去，適見除書，老爺榮授開封府僉判。（生笑）可喜可喜。（雜）狀元是玉堂貴客，選了外職，爲何喜歡？（生）你那裏知道。我不喜得開封，喜得與你錢爺相聚。公差，我在此辭朝領憑，還有許多時擔閣，你先回去報你錢爺知道。（雜）小人來時，老爺元分付得了喜信，速速回來。小人見下處乏人，連日不敢説。（生）既如此，你去取文房四寶來。（雜介）（生寫介）

【刮鼓令】汝州拜拜宣，念暌違各一天。幸喜得名先群彦，副吾兄屬望專。又幸早除銓，相望只尺，河陽花縣。（笑介）我若教他訪問素秋，只怕又被孟博笑哂。（又笑）若果然訪得真消息，便笑我由他。（又寫介）聞得素秋相倚在君邊，望君物色幸垂憐。

書已寫完。公差，你今日就去，多多拜上錢爺，等此處諸事稍完，連夜趕來。先到爺縣裏會過，然後赴任。（雜應）領却玉堂話，忙投花縣來。（下）（丑扮平頭上）神龍不在沼，威鳳豈卑栖。小人是謝家平頭，昨日長安街上放榜，我也捱去看看。好笑，只見第一名就是我的舊相知。你道是誰？却是濟南趙解元相公。我想他當原思慕我家姐姐，巴不得一時見面，連我們都有許多好處。他如今中了狀元，我意思要去見見，只恐怕他不比向年了。也罷，放着大膽闖去。（看介）呀！爲何獨自坐着？趁他閑時正好。（進介磕頭）（生）你是誰？呀！是謝家平頭，爲何在此？正要問個消息，你姐姐在那裏？（丑）

【前腔】承尊問淚漣，痛秋娘沈九淵。聞説道遠從金虜，又聽得在雍丘幸瓦全。（生）你爲何不去訪問個的信?(丑)我欲去苦難前,身邊并無靑蚨黄匾。(生)也有個信息來麽?(丑)雲山迢遞信音慳。(生)也曾尋個雍丘人問問麽?(丑)無人識熟向誰言。

(生)你到來得恰好。我寓中乏人,你且在此搭應幾時。只是平頭名字,有人認得,改你叫趙平罷。我已除授開封府,日下就去到任,你就與我打站。打雍丘經過時,訪個真消息與我。(丑)曉得。(生)紅牋徒有千行字,赤鯉難逢誰寄將?(下丑吊場笑)凡人不可貌相,海水不可斗量。我平頭昨日還是小娘身邊燒湯的龜子,今日做了狀元家裏打站的鼻頭。别人使盡銀子難得進宅,偏我三言兩語便得收留。又不識三文兩字,也誰知冬夏春秋。我仔細思量,那世修來的福分?何處討來的風流?命裏有時定有,人生何必强求。(又笑)

【前腔】平頭最有緣,恰相逢趙狀元。幸喜得一朝收用,似癩黑麻飛上天。好一個大叔!只是没有好衣帽裝扮。衣帽要新鮮,怎得好銀一兩買匹屯絹。做其一領道袍穿,好模好樣向人前。

長官做了大叔,好似麞兒變鹿。
若還主人失勢,須把頭來再縮。

第二十八齣　得書

【女冠子】(外上)相知昔日向神州,應醉在曲江頭。魚書未到空回首,喜昨夜燈花開啉。

渭北春天樹,江東日暮雲。何時一尊酒,重與細論文。自從趙伯疇會試去後,心上甚是放不下。這時候想已開榜,爲甚差人還不見回？若論伯疇的才學，果然天下無雙，只爲他迷戀花酒，無志功名，故令花婆激令前去。此行定然不虛所望。

【奈子花】論才名新發吳鈎，便晁董堪與爲儔。今來棘闈，定然入彀，爲甚的捷音迤逗？倚樓。教人目斷江流。（雜扮差上）

【前腔】奉公差奔走如流，遡長江千里悠修。昨朝建業，今日雍丘，報佳音定開笑口。（看）呀，老爺獨坐後堂，不免進見。（磕頭介）叩首。望公相垂情聽剖。

（外）你回來了，趙解元消息何如？（雜）

【前腔】趙解元金榜欣收。（外）中了進士，殿試在第幾名？（雜）對丹墀獨佔鰲頭。（外）伯疇中了狀元，可喜！你曾見他游街麼？（雜）馬蹄蹀躞，春風領袖。（外）曉得他除授何衙門官職？（雜）開封府僉書初授。（外）又選在開封，一發可喜。（雜）正是。趙狀元得了開封的消息，喜之不勝。（外）他爲何也喜歡？（雜）他說與老爺是至友，今喜得不時聚首。

（外）爲何先打發你回來？（雜）趙狀元說道，辭朝領憑，還有幾時擔閣。恐老爺懸望，先發小人回報說，先到這裏會過老爺，方去到任。書在此。（外）

【刮鼓令】汝州拜拜宣，念暌違各一天。幸喜得名先群彥，副吾兄屬望專。又幸早除銓，相望咫尺，河陽花縣。聞得素秋相倚在君邊，望君物色幸垂憐。

公差回避，改日有賞。（雜）寸波皆霈澤，片語即陽春。（下外笑）伯疇，伯疇，你這等注想素秋，不知已先入我彀中矣！

【奈子花】西園中已結綢繆，有誰知暗裏藏鬮。飛卿已得章臺楊柳，亦何曾入他人手。待他來時，我將杯酒。細説個就中機彀。且將來書付夫人，教他轉與素秋一看，以慰其心。我想素秋呵！

集　一度憑闌一度愁，悔教夫婿覓封侯。

唐　今宵難作刀州夢，消息真傳解我憂。

第二十九齣　三錯

【一江風】（生上，丑隨上）趁東風，襲襲飛花送，裊裊絲韁鞚。望河中，九曲風濤，天際秋雲擁。嬴馬厭西東，嬴馬厭西東。（丑）老爺此去，便得見俺姐姐了。（生）我那素秋呵，你飄流類轉蓬，又還愁傳語成虚哄。

（丑）稟爺，此處已是雍丘縣界了，可要行一牌去？（生）此是錢爺治所，不消遣牌。（丑）不遣牌，没有頭踏應付。（生）要甚頭踏。

【前腔】驟花驄，不强似朱輪擁？亦何必頭踏重。望仁兄，渴欲相從，謾把離情控。相思千里濃，相思千里濃。今宵雞黍同，早難道不入空題鳳。（丑）稟爺，已到雍丘縣前了，待小人先去通報，縣官好出來迎接。（生）不要大驚小怪。你押着行李，尋個僻静下處，待我拜過錢爺，慢慢遣牌到府上任。（丑）曉得。只因朋誼重，翻覺宰官輕。（下生叫）門上有人麽？報進説趙狀元相訪。（外急上）

【步蟾宫】思君只夜勞魂夢，喜風雨今宵堪共。銀燈花蘂夜來紅，簾外鵲聲高送。

（生）孟博兄那裏？（外）伯疇兄，你今番是錢濟之上司了，爲何牌也不遣？有失迎接。（生笑）孟博説那裏話！我與你髫齔相知，豈以一官而改故吾。説起上司兩字，使小弟不勝惶恐。（拜介）（生）微名幸得慰知心，千里重來喜盍簪。（外）佇聽玄言霏玉屑，呼童煮茗話情深。伯疇兄，恭喜鼇頭首占，于湯有光。（生）若非孟博兄相成，幾誤前程大事。前日公差回時，小弟曾附八行，相煩訪問謝素秋。果然在貴治麽？（外）與兄契闊多時，欲言者不止一事。有一杯水酒，先洗塵了，慢慢相告。小廝看酒來。（雜扮小廝上）一杯今夜酒，千里故人心。酒在此。（外）要與伯疇講些心話，只是衙齋喧雜。西園到也寂静，小廝移酒到西園去罷。（生）西園小弟不去，若到西園，小弟酒都喫不自在了。（外）既如此，小弟有個内書房，就在卧房側首，只嫌窄些，就請進去。（行介外）小廝回避。（雜應下）（外送酒介）

【梁州序】羡你才高賈董，摶風力猛，深幸燈窗叨共。（生看桌上紅梨花作駭介，背）呀！這分明是枝紅梨花。看他丰姿如昨，教我意惶心恐。孟博，這是什麽花？（外）是枝紅梨花，天下皆無，我西園獨有。一月前開得爛熳，今已凋零。小弟喜歡看他，爲此翦彩裝就，供在這裏。這是我西園奇種，名唤紅梨，不與衆卉相伯仲。（生笑）孟博好混帳！這是鬼花，什麽奇種，把來供在此。我只爲這鬼卉妖花，幾送入人鮓甕。

那裏是異種奇葩，直得費剪工，孟博，我與你扭碎了。（扭花介）休得要太懞懂。

（外笑）可惜了。伯疇，你方才不肯到西園去，見了這花却又驚恐，必有緣故。細細説與小弟。

【前腔】（生）但説着西園孽種，使我髮毛都悚。說着也是害怕的，元來那花園亭子後邊，却有個紅顏荒塚。他陰靈還聚，平白地把人調弄。（外）有這等事！伯疇不曾遇他麽？（生）想那日風清月朗，他手執梨花，曾結鴛鴦夢。（外）伯疇，你是讀書人，女子私奔也是常事，爲何認他做鬼？那裏有載鬼張弧乘夜凶，還則是有女懷春浥露從，何須用太疑恐。

孟博快來！

（生）孟博又來混帳。如今不説罷，説起連酒都喫不下了。孟博，謝素秋可在貴治麽？何不使小弟一見？（外）果在此，已被小弟取入衙裏。因是不好同住，與寒荆在西衙另住，門兒尚鎖着，待小弟親去開他過來。暫釋杯中酒，來尋花底春。（下）（生笑整衣巾）元來謝素秋果在這裏，可喜可喜。趙汝州，你何來的福量，人間三事都全了也。（旦、老旦同上）（旦）秋風紅葉不成媒，分付春庭燕子知。（老旦）好去將心托明月，管教明月上花枝。（旦）花婆，趙解元在此，則怕他疑我是鬼，怎好過去相見？（老旦）不妨，老婢同你進去。（進介生見作駭急叫）有鬼，有鬼！呸！有鬼，錢

【太師引犯】猛相逢，閃得我心兒動。甚寃讎，把我時時緊從。（旦）伯疇，則我便是謝素秋，爲甚驚駭？（生覷介）分明是那人行動，怎説我素秋芳踪。（旦）狀元，我真個是謝素秋，休認錯了。（生）你是鬼，王小姐，今番不被你哄了。（指旦怒）幾被你無端葬送，怎又來千般摩弄。（老旦）狀元，認得老婢子不認得？

（生）好好，你也是個對證。你曾與我在花間訴衷，恁説道，孩兒亦爲彼喪其躬。

（老旦）狀元聽老婢子説，這正是謝素秋，不要認錯。

【前腔】與你西園已赴巫山夢，覷多嬌雲裳月容。（生）那裏是人，分明是鬼。（老旦）但只看衣衫有縫，行動處形影相同。（生）既如此，當原爲甚説是王小姐。（老旦）爲是你迷留愛寵，則恐怕阻隔蟾宫。因此上老婢子與錢老爺，定計激勸狀元。慚無計阿奴火攻，只指望狀元及早獵飛熊。

（生）你既是我素秋，當原贈你的詩，如今在那裏？（旦出詩卷介）

【醉太師】詩筒，把做瓊瑶珍重。（生看）這是我贈他的，還有他贈我的。（旦）就在後邊。羨相銜首尾，已配雌雄。（生）我聞鬼祟善能攝人東西，莫不是攝來的？還則是鬼。（老旦）狀元，可憐素娘把你這詩呵，終朝作誦。看泪痕點點斑紅。呀，錢老爺來了。（外上）堂中因何嘈雜聲鬧哄？（生）正是孟博，快來决决，他是西園鬼王小姐，怎麽苦死説是謝素秋？（外）這是小弟不是，先作個請罪揖才説。（揖介）其實是素秋。當初若還説明，你定戀着嬌鸞雛鳳，怎能勾摶鵾奮鵬。因此上做成機彀，把鴻鵠絛籠。

（生背）這般説果是我素秋了。只是我在南薰門車子内撞見的却是什麽人？心上只是疑惑。（思）嗄！是了。平頭是他家人，如今唤他進來，真假立刻就見。（對外介）家裏人趙平在外，可與小弟唤了進來。（外叫）小廝分付前堂皁隸，趙狀元家大叔趙平唤進來。（内應丑上）忽聞呼唤急，忙來聽使令。（進介。見旦介）（旦）兀的不是我家平頭。（丑拜哭）兀的不是我家姐姐，爲何却在這裏？（生笑）如今才是我素秋了，我道天下美人，那裏就有兩個。孟博，則被你瞞殺趙汝州，駭殺趙汝州也。素秋，又被你想殺趙汝州也。（老旦）狀元，如今才信老婢子麼？素娘，難得狀元堅心待你，親遞狀元一杯酒。（旦遞酒介）

【綉太平】玉鍾，籠翠袖殷勤手捧。（老旦）狀元也回奉素娘一杯。（生遞酒）寧辭滿斝回奉。（老旦）狀元，你好快活也。昨日個御酒黄封，今宵燭影摇紅。（外）小弟也奉一杯。匆匆，杯盤草草愧非恭。（生）却不道主人情重。天色已晚，告辭了。（外）今宵權在西衙一宿，明日吉日，小弟同拙荆送素娘到彼成親。整備乘龍跨鳳，西園不弱武陵溪洞。

（生）趙平，你把行李發到西園，且待成親之後，發牌到府上任。（丑）曉得。

集　兩兩紅妝笑相向，紫綃暖揭芙蓉帳。

唐　淡雲輕雨拂高唐，睡覺不知新月上。

第三十齣　永慶

【逍遥樂】（貼旦上）瑞氣籠清曉，簾卷蝦鬚庭院小。歌喉宛轉鳳將雛，詩傳紅葉，玉出藍田，樂奏雲璈。

芙蓉綉縟暖融和，勝事相逢喜氣多。細看月輪還有意，定知青桂近姮娥。今日趙狀元與謝素娘成親，相公因他客處，教奴家整備酒肴，花燈合巹，送過西園去。酒肴已備，只等相公同往。呀，相公早已來矣。（外上）

【前腔】絶勝蓬瀛島，鳳駕鸞車初擁到。（老旦上）嬌姿一似垂楊裊。（旦上）玲瓏寶髻，丁冬環珮，乘風縹緲。

（外）夫人，筵席可曾完備了？（貼）完備多時了。（外）既如此，我們同送謝素娘過去。（貼）奴家怎好與趙狀元相見？（外）下官與他情若同胞，相見何妨。（行）路入桃源渺。（貼）參橫銀漢微。（旦）月尋鸞扇下。（老旦）星向鵲橋飛。此間已是西園了。（外）花婆，與我喚掌禮，請狀元早赴佳期。（老旦喚掌禮上）熟讀周孔禮，專諧秦晉歡。掌禮磕頭。（外）掌禮，吉時已到，早請狀元行禮。（掌禮照常念生上）

【前腔】天上人間少，玉樹瓊枝相映耀。劉郎正是當年少，仙娥窈窕，雲英搗藥，秦女吹簫。

（外）掌禮過來。狀元老爺客處在此，只是交拜便了。（掌禮喝拜完）（外）小弟叨伯嚋手足之愛，荆婦不敢避嫌。（生）正欲請嫂嫂叩謝。（生、旦、外貼對拜）（生）小弟身叨一第，姻結百年，夙願盡酬，皆吾兄嫂之賜。（外）狀元多才，素娘豔質，今日相逢實爲天作之合。（旦對生）奴家若非花婆，久已死於强暴。花婆，請受奴家一拜。（拜介。老旦扶定）折死老婢子。（生）既如此，下官到任之後，再行報謝罷了。（外）花婆，看酒來，與狀元賀喜。（外、貼旦、老旦送酒同）

【一封書】春風醉碧桃，喜風微燕雀高。瓊樓啓碧霄，玳筵開花燭燒。多少佳人并才子，誰似你雙雙年正嬌。（合）意堅牢，海山遥，百歲和諧琴瑟調。

【前腔】（生、旦同）當日遇賊曹，拆東西魂夢勞。今日締久要，結綢繆漆與膠。始信卷葹心不死，夙世姻緣今世招。（合前）

【尾】天教付與雙才貌，富貴風流都占了，那更福壽無疆樂聖朝。

集　終日昏昏醉夢間，朝看飛鳥暮看還。

唐　高堂置酒夜擊鼓，又得浮生半日閑。

新鎸趙狀元三錯認紅梨記卷下終

吴梅跋

《紅梨》爲明陽初子撰。陽初姓徐名復祚，常熟人，所著尚有《宵光劍》《梧桐雨》《一文錢》諸本。《盛明雜劇》嘗刻《一文錢》，餘則未見也。余藏有《紅梨》一種，亦記謝氏事，而文字大不相同。可知明人作此者不獨陽初子矣。長洲吴梅跋。

投梭記

投梭記

第一齣　家門

【瑶輪第七】（末上）瑶輪先生貌已焦，何事復呶呶。自從世棄，屏居海畔，煞也無聊。况妻身號冷，子腹啼枵。不將三寸管，何處覓逍遥。算來日月，只有酒堪澆，一醉樂陶陶。自歌自舞，自斟自酌，暮暮朝朝。但清風無偶，明月難邀。聊將離索意，説向古人豪。（問答照常）

【滿庭芳】江左風流，謝郎稱最，居平醉日恒多。東鄰有女，一見締絲蘿。奈可虔婆作梗，輕貧士取鬧投梭。生惡計，巧乘折齒，逼泛豫章艖。王敦方犯闕，錢鳳繼起，滿地干戈。痛周戴尚書，罵賊遭磨。幸有伊尼助陣，戰采石重整山河。縹風氏死中得活，重會秣陵阿。

謝幼輿折齒寧土苴，元縹風守節幾菹鮓。

兩尚書駢戮得褒封，鹿大王助陣堪驚詫。

第二齣　敍飲

【破齊陣】（生冠服扮謝鯤上）鷫鷺清班謝却，林泉雅致堪娛。冠掛東門，吟成梁父，到處詩朋酒侶。鼙鼓中原多儆擾，藜杖西山且挾書，蹉跎光景徂。

（清平樂）中原鼎沸，帶甲滿天地。解組歸來聊自避，寂寂柴門長閉。閑來何事徜徉，筆床酒盞茶鐺。試問東華熱哄，何如北牖清涼。下官姓謝，名鯤，字幼輿。陳國陽夏人也。父親任至國子監祭酒，家於秣陵之落星橋。下官賦性落拓，不修威儀。向爲東海王府參軍，因見他作事乖張，遂謝病歸。自家居以來，日惟飲酒讀《易》，不與外事。但飲量頗弘，又不善生産，薄田陋室，盡作酒資。以此家業蕭然，難以度日。荆妻王氏，乃豫章王車騎之女。不但瑶編彤管，追班氏之芳踪；且喜裙布釵荆，守孟光之雅操。岳父見我家貧，時常看濟。這幾時不見來，想因道路遥遠，兵戈阻澀，以此聞問久不相通。連日家中空乏，不知早膳已炊得否？夫人那裏？

【前腔】（旦上）操作自甘朝暮，服勞豈憚勤劬。狼狽生涯，蠨蛸門户。謾説樂饑薖軸，自分蓬蒿甘淡薄。寧向花枝門麗姝，雲鬟羞整梳。（見介）

（生）夫人，我致政歸來樂有餘，閑居不飲待何如。（旦）相公，學成文武須當貨，何故棲遲泌水隅。相公，我看你志氣騰驤，人才超乘。筆下三千牘，學究天人；胸中十萬兵，機參造化。當此龍争虎門之日，正汝鳳翥鸞翔之時。何乃爲飲酒自廢之鄭泊，竟不學乘時赴會之蕭曹。況三餐不繼，半菽嘗虧，日高未炊，何日是了？（生介）夫人，卑人豈無當世之志，但須待時而動。當今晉室不綱，五胡雲擾，東海王越井蛙窞鼠耳，成得甚事？是以不欲爲其參軍，卑人正恐終不能免耳。夫人乃欲褰裳就之乎？目前窮苦，何足介意。古人三旬九餐，貧豈獨我？

【玉芙蓉】我遺榮忽若無，歸杖真知足。向波濤乞得泉石閑軀，饑來菘菜和雲煮，興到村醪帶月沽。無憂慮，但捫虱自語。任京塵眯眼，怎到草茅廬。

【前腔】(旦)你饑寒迫向隅，牢落悲難遇，拙謀生絶似玄晏相如。荆扉盡日無人扣，涸轍何時得水蘇。雲衢路，似康莊須騖。勸君家早奮，莫待哭窮途。

(生)夫人，説話良久，腹中甚饑，不知可有早膳？(旦)廚中乏米，尚未得炊。(生)我已罷官，這袍服要他何用，你就與我脱去，央鄰家小二，换了幾貫錢，買些米，多沽些酒來消遣。(旦脱衣應介)曉得。胸中徒有千金賦，囊裏慚無一貫錢。(下生吊場)

【新荷葉】(外上)唱罷銅鞮日欲晡，花前醉樽前起舞。(小生上)春山無伴訪潛夫，丁丁伐木聲相赴。

(外)下官周顗，字伯仁，官拜尚書。(小生)下官戴淵，字若思，官拜尚書僕射。伯仁兄，此間已是謝幼輿家門首，與你徑入。(生迎接介外小生)江左衣冠愛惜春，時時豪飲任天真。(生笑介)知君此興應非淺，笑我藜藿終難作主人。伯仁、若思二兄，何以忽蒙枉顧？(外小生)我輩在新亭飲酒，不得足下，無以爲歡，故此相造。(小生)并携得青蚨半千，幼輿可去沽些酒來，以完我兩人未闌之興。(生)小弟正因悶坐無聊，廚中告匱，已把小弟所穿袍服，倩鄰家小廝换酒去了。二兄少待。(向内問介)夫人，沽得酒到，就暖來我輩同飲。(内應介外)小弟一來造飲，二來也要勸幼輿出仕。若是你把袍服都廢，難道絶意仕宦了？所謂幼輿不出，其如蒼生何。小生豈但蒼生，其如數口何？(生嘆介)

【錦纏道】自笑我計迂疏，似仲蔚蓬蒿滿居，蕪穢積庭除。（外、小生）弟輩聞得幼輿也貧得緊了，不知何以度日？（生）但饑來采盡山蕨溪魚。（外小生）難道便足了你一生麼？（生）我用不了青山下雲犁月鋤，一任他紅塵中伯略王謀。笑傲覷沉浮，管什麼争龍鬥虎。（外小生）可不埋没了英雄？（生）本是乾坤一腐儒，豈堪與人間張主，自合掩蓬門，蝶夢任籧篨。

【朱奴插芙蓉】（旦携壺上）雪花釀流霞滿壺，烹葵韭香浮朝露。（生）想是有酒了，待小弟去取來。（出介）夫人，可是有酒了？（旦）自愧匆匆缺雞黍，（生）不妨，都是相知的。儒家味從來儉素。夫人請進罷。（旦下，生持酒見介）二兄。這是苜蓿具恐不堪下箸，似這般貧儒作供，直得一胡盧。（飲介）（外小生）幼輿，弟輩自過江來，還不曾有一日醒哩！

【傾杯序】這是醍醐，澆塊壘。送居諸，誰解得杯中趣。（生）斷送了幾場蝸戰幾遍蜂衙，幾處蛙鳴幾許龍圖。（合）似這般兵戈蔓衍，中原瓜剖，天地蓁蕪，豈容人睁開醒眼看飛烏。（外小生）請問幼輿，當今豪傑是誰？（生嘆不答。小生）王敦却也豪爽。（生笑介）王處仲蜂目豺膺，此人得志，飛而食人。不意二兄人倫之鑒，一昏至此。（外小生）未便如幼輿之言。請問幼輿，何以遂堅丘壑之志？

【小桃紅】（生）我豈甘落魄山之曲，閑浪蕩溪之澳。笑悠悠若個能刮目，紛紛何地堪投足。沐猴虓虎干碌碌，只落得坐觀傀儡悲哭。我輩今日飲酒快甚，如何説起朝家事來？二兄應罰大觥。（外、小生笑介）應罰，應罰。（飲介）

【福馬郎】對酒何當談世務，且進杯中物，休自誤。花開謝只須臾，天地一丘墟。便宜事醉模糊。

【尾聲】由來酒是人間禄，且濡首旁觀榮共辱，莫問劉興與項蹙。

（外、小生）弟輩醉矣。姑且別去，改日再來。

酌酒與君君自寬，山川龍戰血漫漫。

乍逢酒客清游慣，談笑功成恥據鞍。

第三齣　逼娼

【光光乍】（小丑扮元鴇子上）老去病來纏，花謝豈重妍，曾擅平康鉛華選，怪的是小猱兒忒寒賤。

〔昭君怨〕春到鶯翻綉幌，陌上柳條新放。花月傍樓臺，鏡奩開。悶把闌幹倚，羞見鴛鴦雙起。休説舊風流，皺眉頭。老身李氏，原是教坊中角妓。此間落星橋有個財主，姓元，名緒。因到我家來闞得意了，遂娶了老身。到得他家，不上十年，家道消折，老兒也就死了。他前妻掉下一個女兒，唤名縹風，年方二八，生得千嬌百媚。從小教他吹彈歌舞，頂真續麻，風流調笑，諸事皆精。老身無以糊口，只得仍做教坊中勾當。屢屢教他接客，只是不從。今日不免再唤他出來，勸誨一番。縹風兒那裏？

【似娘兒】（占上）顧影自悲憐，嚴親喪，家道顛連。青銅怯照芙蓉面。朝雲懶赴，春陽怕踏，懊惱慵填。

（見介）母親萬福。（丑）〔菩薩蠻〕孩兒，你不見春蕪掩映秋千裏，春波摇動鴛鴦起。多少俏王孫，金鞭嫋翠裙。（占）母親，我綉窗閑自坐，那管春光過。任他紅紫飛，春愁不到眉。（丑）我兒，你在房中做甚？頭也梳得不整齊，花兒也不帶朵。（占）孩兒在房中綉花，梳甚麼好頭？（丑）我這樣人家，綉甚麼花？你接了個富貴郎君，怕没得穿？没得帶？到自去做生活。依着做娘的，還梳個好角兒，穿套好衫子，搽些脂粉，人來也好看。（占）母親，這是甚麼説話？父親在日，也是秣陵有名目的人，骨肉未寒，何忍爲此勾當。倚門獻笑，再也休題。（丑）我兒，那裏是你娘要你做這勾當，自從你父親亡後，家中十分艱窘。開門七事，那一件不在做娘的身上，你若不肯接人，教我如何度日？况你這般容貌，這般年紀，就不説與我挣錢，你自己青春也不可蹉過。（占）母親聽稟：

【月上五更】綉榻閑憑遍，春光任流轉。（丑）你雖不肯接客，我今開著門户在此，只怕那些子弟們也饒你不得哩。（占）何處閑蜂蝶，敢逐桃花片。（丑）外邊這般好景，不要子也是癡。（占）一任南陌東城，游絲趁風軟。（丑）日日坐在房中，難道不悶人？（占）我金針紝罷重添綫，那管他樹底流鶯，檐前飛燕。（丑）兒，那間房子有甚好處？（占）有秦川錦，玉女梭，并州剪，閨中此景堪留戀。（丑）難道住了你一世？（占）縱便是歲歲年年，亦何愁何怨。

【蠻江令】（丑）我這冷落閑庭院，貧窮怎消遣？我與你兩口，朝夕裏七件將何辦？你不見南瓦北瓦整日笑喧闐，偏我把門兒閉，匾兒面何曾見。

【月照山】(占)生小多婉孌，風月閑情淺。那賣笑喬衣飯，未語先羞靦。烟月招牌，明明攝魂券。(丑)我兒，你不要説盡了，做小娘不好，接了有錢的子弟們，要吃有珍羞百味，要穿有錦綉千箱。(占搖頭介)娘，羞答答虧你説這話。何須揀食穿衣絹，便是腹餒身寒，也勝是勾闌裏串。母親，既是家裏艱難，隨分女工針指。機梭織紡，孩兒件件都會，情願朝夕無懈，奉事母親。你休心偏，咽他人喉下涎。還則望周全，結孩兒指下緣。

(丑背介)縹風執性如此，一時未便勸得他轉也。且不要難爲他，他説願做女工，我就將計就計。要他織錦，待織不出時，打他有名。機兒不許他擺在房裏，要擺在當門，等這些過往子弟日日刮她，少不得刮上了。(對占介)孩兒若肯生理，我又何愁。我思想起來，只有織錦好生理，又怕辛苦難爲你。

【凉草蟲】繅成天女絲，分來園客蠒。無昏曉，須勤勉。只愁你寒窗百慮煎，體嬌心倦。待織到連理花枝，還須留意纏綿。

(丑)我兒，明日就去買了機兒，揀好日就動手。你一日不趁，一日不活哩。(占)曉得。

春風永巷閉娉婷，曉夜機聲咿喞鳴。
唱盡新詞歡不見，烟花冷落過清明。

第四齣　渡江

【雙勸酒】（副净扮錢鳳上）籧篨戚施，甘言悦耳，似向火乞兒。承顔順旨，奴顔婢膝任人嗤，好官自我爲之。

生平性格似虺蛇，腹有戈矛臉有花。有甚意頭求富貴，設些巴鼻便奸邪。下官姓錢，名鳳，表字世儀，嘉興人也。若論我平日做人，真個有許多奇妙。天生成一條爲鬼爲蜮、半明不白、秤鈎兒般的直肚腸。又長成一副斑斑駁駁、花嘴花臉、染缸兒似的好面貌。别没甚伎倆才能，專一味脅肩諂笑。見貴人蹲低了曹子交的長身，好似頂枯髏的死尾狐；對小民拽紮起閻羅王的狠臉，有如新出林的金錢豹。逞着三寸簸人弄人的快舌，當地便起千丈風波。藏着百般算人哄人的機謀，對面還如九嶷峯嶠。赤頭蠅任爾嗔憎，白日鼠由他譏誚。嘗盡了美甘甘、香馥馥董賢、鄧通的黄龍陽，嗅盡了臭烏箸、泥滑辣、五侯七貴的靴鼻凹。送錢財上門，忙忙伸着頸好似鵝頭；好朋友相訪，請請請縮着頭猶同烏龜。假謙恭賽過王莽，施詭譎不數曹瞞。人都道我是楚元極的教門，我自想還是吴伯嚭的腔調。（笑介）那曾怕生前三尺難逃，還只愁死後一報還報。我錢鳳蒙王大將軍抬舉，現做參軍。名位雖不甚高，腹心頗頗相托。中軍帳惟我獨尊，前箸籌誰人敢借。目今晉室不綱，刁劉擅政，大將軍現總八州軍馬，聲勢赫奕，朝野震恐。况有親兄王導，現爲丞相，每事與大將軍相爲表裏。眼見得大事可成，受禪有日。那時大將軍做了皇帝，王丞相做了皇兄，我錢鳳豈不是第一個佐命元勛。好暢快活！且待進見之時，勸他早早渡江。呀！轅門掌號，想是大將軍升帳矣。（净扮王敦上）

【秋蕊香】睥睨乾坤雄志，干將劍雙倚雄雌。典午衰微，棲遲江沚，定伯略必須翦此。

〔減字木蘭花〕朝廷多故，須知鼎革天之數。誰廢誰興，可奈狐狸擾玉京。英雄困久，從今得展拿雲手。南向揮戈，直搗新亭奈我何。孤姓王，名敦，字處仲，琅琊臨沂人也。尚武帝襄城公主，拜駙馬都尉。後因翼戴今上，累拜鎮東將軍，都督江南等八州諸軍事，駐劄姑熟。我想晉室淩夷，王氣將盡。况有劉隗、刁協在内弄權，每每排沮孤家。孤今乘累代餘威，藉八州士馬，内有吾兄茂弘，外有參軍錢鳳，晉室宗社，何愁不入吾掌。吾兄已差人在此征取入朝，不乘此渡江而去，更待何時。（笑介）蛟龍豈久池中物，騏驥甯甘櫪下終。叫將官，大開轅門，請錢參軍議事。（衆介副净入跪介）主公，錢鳳見。（净）世儀少禮。世儀，丞相有書來，朝廷亦有使命，取我入朝，何時可去？（副净）鳳聞時不可失，即今日便宜渡江，不可遲滯。（净）分付大小三軍，趁此風日晴和，速渡過江去。（衆吶喊介）

【朝元令】揚旌誓師，千里龍蛇字。横槊賦詩，千古風流事。整頓艅艎，遠臨江汜，只爲群狐争肆。天地無私，干戈斧鉞寧淩時。白羽逐青絲，龍旗引鳳輜。（合）風帆如駛，指日見錦衣兵士，錦衣兵士。

【前腔】滾滾波濤呑噬，靈潮萬里澌，天塹勢難支。看京觀陳屍，舟中掬指，窮醜自求顛躓。江左一枝，枯魚呴沫真可嗤。管教你愁遂楚天滋，恨同吴水諮。（合前）

【前腔】隱隱金焦山寺，狂瀾砥柱斯，暢望酒頻釃。吴楚分雄，乾坤自爾，笑問朝宗何自。撫景追思，投鞭欲濟誰敢屍。矯矯祖生詞，嵬嵬公瑾祠。（合前）

【前腔】渺渺烟青峯紫，山巒挺玉芝，雲樹映茅茨。錦浪霞浮，金波日刺，噴浪鯨鯢不試。雲影天光，中流自在堪舉巵。短棹泛鸕鷀，長汀立鷺鷥。（合前）

（衆）稟爺，已到石頭城下了。（浄）錢參軍，孤已到此，如何百官不出迎接？不來犒師？傳下號令，着軍士高聲大叫，着晉家宰執軍前議事。（副傳介）大小三軍，大將軍有令，向城下高叫，喚晉國大臣軍前議事。（衆應喊介。外、小生醉容上）

【三棒鼓】石頭城下酒如淄，色過琥珀瓊脂也，醉何辭。狂來撚髭，醒來抹眵，難自揩。還愁明朝欲買無資也，難賒一鴟，難賒一鴟。

（小生）伯仁兄，我輩飲酒甚樂，忽聞王敦渡江而來，其意何如？（外）他不臣之迹，頗頗彰露，果不出幼輿之言。今來入朝。目中那有我輩，相見時和你不宜卑屈，使彼覷江東無人。（小生）伯仁所見極是。（外對小卒介）報去，説有周、戴兩尚書拜望。（卒報介浄）錢參軍，相見之禮若何？（副浄）待錢鳳出去講定了，然後相見。（浄）説得是。（副浄出見介）二位老先生拜揖。（外、小生）世儀兄拜揖。（副浄）二位莫非要見大將軍麼？請問如何行禮？（外、小生）呀，朝廷自有體統，尚書八座之尊，難道停參不成？（副浄）老先生差矣。大將軍禮絶百寮，位在諸侯王上。况今日手握重兵，江左危於累卵。即官家尚且拱手，二位老先生何難屈膝。倘以禮數之虚文，賈不測之實禍，那時螳臂奚施，噬臍空嗟，莫怪錢鳳此時不言也。（外、小生笑介）世儀，大將軍雖尊，同爲朝廷臣子，非有君臣之分。大將軍來而我輩不出，罪在我輩。出而不接，罪不在我。若大將軍不出，我輩也不入。（副浄）等錢鳳委曲去稟。（進介）周顗、戴淵崛强之甚，必欲與主公講鈞敵之禮。依錢鳳看起來，主公少自貶損，哄他進來，就説話中間，尋一釁端，殺此老牛，實爲上策。（净）參軍之言有理。叫開門，請二位尚書相見。（净出接介。外、小生進見介。净）〔臨江仙〕聞道江東花正好，家家庭户春風。乘流特自泛艨艟，洗兵揚子水，駐馬秣陵峯。（外、小生）王氣自來推建業，靈長國運曈曨。處仲兄，我與你猛拼飲散百壺空。且將鴻鵠意，付作馬牛風。（净）伯仁兄、若思兄，孤之此來，朝議以爲何如？（外、小生）不知處仲者以爲逆節，深知處仲者以爲忠誠。（净笑介）卿可謂能言矣。（副净）聞得江東日夜憂恐，果有之麼？（外、小生笑介）世儀差矣。處仲若擁兵犯順，人思賈勇；處仲若戮力王室，且悲其來之晚，何憂恐之有？（净笑介）又説得好。（副净）只是大將軍到此，百官不可不迎，三軍不可不犒。（外、小生）世儀一發差了。百官各有司存，豈以處仲而離次？三軍未有奇績，難以勤王而望賞。（净笑介）久不見卿，詞鋒轉鋭。（外、小生）

【二犯江頭金桂】處仲兄，你自昔翩翩雄恣，英名徹遐邇。是王家梁棟，天府彝鼒。展訏謨時捫虱，白璧豈容疵，黄金不可訾。（净）聞得朝廷草創，儀文都陵替了。（外、小生）各守官司，勿得因而，誰敢弄王章同故紙。請問處仲，何時朝見天子？（净）還須擇日。（副净）二位身爲大臣，不知朝廷典故。大將軍入朝，豈容草草。（外、小生）世儀，你那些個言談切偲。一瞇裏威權憑恃。你敢是覷朝廷作奴下廝。

（净）錢參軍，可領二公觀孤舟楫陣勢。（副净）得令。大小三軍盡皆出營，列成陣勢。（衆軍擺陣吶喊介。副净）大小三軍可速歸伍。（衆復喊下。净）

【前腔】伯仁、若思，你不見我艅艎龍似，旌旗舞揚飀。更熊羆雲繞，糧草鱗差，似從心展四肢。

（副净）二位老先生，你須憑龜與蓍，莫開釁與疵。你不見我主公呵，皤腹於甆，鳳表龍姿。（外、小生笑介。副净）更英豪輻輳充任使，須知道天心佑慈。人歸如市，你若不識時務呵，則怕斷送你老頭皮雙鬢絲。

（外、小生笑介）天下事不是一人私議的，我輩且告别，處仲兄請了。家散萬金酬死士，身留一劍答君恩。（外、小生下。净吊場介）周顗、戴淵如此驕傲，主公何不殺之？（净）二人頗有詞令，且負時名。留之不足爲患，殺之反失人心。今初渡江，豈容造次。（副净）主公之言有理。（雜扮差官上）詔下金鑾殿，言投玉帳中，報進丞相府差官下書。（報介。雜跪介）丞相差小官稟上爺。嫌疑之際，不好相見。書中之言，切乞介意。（遞書。净看介）差官自回，另遣人送回書來罷。（雜）曉得。將軍不下馬，各自奔前程。（下副净）丞相，大爺書中之意若何？（净）他前邊勸我誅殺周、戴，後邊引薦一人，名曰「謝鯤」，此人孤亦曾聞其名，收之幕下亦好。參軍，明日就將些禮物去聘來。（副净）領旨。

極眺金陵城，高風卷旆旌。
孔璋文素重，萬里可横行。

第五齣　訂盟

【懶畫眉】（占上）小立闌干春晝遲，蕩漾晴光燕子飛。枕痕一綫粉腮攲，忽聽鳥語因風碎，幾度支頤懶畫眉。

〔烏夜啼〕小桃落盡殘紅，夜來風，又是一番春事不從容。綉窗畔，機軋軋，恨重重，可惜日長閑掛小簾櫳。奴家縹風，奉母親命織錦爲活。這是女子分内的事，只是教我機兒不要擺在房裏，故意擺在當門。奴家日逐上了機，門外踏春年少，不知有許多來調弄。我雖不睬他，却是欠雅。西鄰有個謝参軍，風流藴藉，時常過來。看他十分留意奴家，奴家若得這様一人，終身事奉，也免了青樓之醜。只是母親嫌他家貧，每每怠慢他。他雖不放在心上，奴家却過意不去。今日母親人家吃酒去了，不免上機兒趲織一回。

【前腔】手攬金梭思欲迷，寒食飛花香滿畦。挑絲理素機拋擲，鄰姬莫問容憔悴，只許西窗夜月知。

【前腔】（生醉上介）賞勝尋芳帶醉歸，卧酒呑花日幾回。行行慢到玉樓西，呀，忽驚小婦鳴機織。（占作嘆介。生）看他斂態停梭聲正唏。

小生從西郊踏春而歸，不覺爛醉，前面已是元嫣嫣家。你看縹風正在機間織錦，看他面如明月，輝如朝霞，色如桃葩，肌如凝雪。乍見如紅蓮透水，近覘如彩雲出山。天下那有這様好女子，且走上前去，看他如何。（揖介）小娘子作揖。（占）機中不便回禮，省了罷。（生）你就下機來還我一禮，不好麼？也罷。我這個淡喏，不到得折了本。小娘子，小生酒渴得慌，借杯茶吃。（占）家貧，没有現成的。（生）既没有，回去吃罷。（欲走又轉介。占）怎麼去了又轉來？（生）我想來没有茶，凉水借甌兒也罷。（占）前邊河水最清，好解酒。（生）又道是酒渴愛江清。小娘子，小生特來相訪，喜得你老厭駝不在，你就下機來一會兒，有甚虧了你？（占）我巴不得完此機錦，省得母親聒噪，那有功夫與你閑講。（生笑介）你不肯下機，我自到機邊來看看。小娘子，這錦也有名麼？（占）

【香遍滿】這的是天孫雲綺，回環綉紋真個奇，没倒斷金針拈又棄。（生）小娘子，這是甚麼鳥兒？（占）彩鴛雙水嬉，（生）這個花是甚麼花？（占）紅蓮并蒂偎。（生）這也到有個取意兒。元有這花樣兒麼？（占）幽情説向誰，花樣子隨心意。（生）

【二犯梧桐樹】小娘子，我看你這錦呵，花心爲鳥欹，鳥翅藏花底。就錦字回文也猜不出多情謎，只是一節，怎禁得當窗啼鳥聲聲碎。你静守機梭，只恐春愁消瘦伊。你不見青驄控引花前轡，多少佳人，笑倒在秋千影裹。（占）

【浣溪沙】謝老爺。你情意兒我心自會，生憎的命運合頽。娘行逼入烟花隊，教我到紅粉叢中着舞衣，我愁無際。只得向寒機兒度歲月，見人羞説個真實。（生）

【劉潑帽】小娘子，看你嬌羞暗把眉兒眦，熱心人聽了心恓。可憐雅志冰霜履。小娘子，你若肯隨了謝鯤呵，也不用媒，願解下腰間珮。

（占起身介）老爺若肯提拔奴家，不使淪落，願終身奉事，奴家就此拜謝。（生）只恐你母親不肯。（占拜，生答介）

【秋夜月】（占）我真心怎移，願白首如今日。地老天荒時雖逝，風凄露冷心無懟。老爺，須不是路李，莫看成野卉。

【東甌令】（醜上）今朝醉爛似泥，兩脚蹣跚屢舞僛。門前何事人聲沸。（看介）啊呀！原來又是那個謝窮鬼嘗湯水哩，惱殺人也没廉恥。（見介）謝老爹，今朝下顧甚風吹，背地裹耍虚脾。

（生笑介）元媽媽，你把女兒嫁我罷。（丑）好好！嫁了你，好一對兒打蓮花落去。不識羞的賤人，前日説了許多不肯接客的説話，背著我機又不織，與人調弄。别個也罷，偏要與謝窮這個不長進的東西閑講。（生笑介）你那見我窮來？（丑）

【金蓮子】看你穿一件蛇蜋皮，迎風只覺寒酸氣，（生咄介）好好！你當面駡我。女兒不嫁我，不到得饒了你哩。（醜）做出個沙村勢逞威。（占）母親少説些罷，孩兒心下也要嫁他哩。（丑）你要嫁他？早哩！打點個合巹杯，向高高山上搭救你塊望夫石。

【尾聲】謝老爹從今放着傍州例，好向藍田種下雙白璧，那時節纔許你擔酒牽羊來娶妻。

不識羞的賤人，還不隨我進來。（丑、占下。生笑介）這個老乞婆這等無禮。

朱芾馬嘶楊柳風，樹頭樹底覓殘紅。

歌聲緩過青樓月，只有襄王一夢中。

第六齣　拒奸

【探春令】（旦上）酴醾香夢怯春風，嘆雲髻飛蓬。甘勞苦杼軸燈前控，肯貪耍閑虚哄。

妾本儒家女，深居緑窗裏。結髮嫁謝郎，荆釵布爲被。抱甕朝汲泉，挑燈夜針黹。常誦交儆詩，雞鳴勸夫起。所嗟室屢空，食貧世所恥。良人負跅馳，所遇多荆枳。門户冷於冰，人情薄似紙。傷哉行路難，悒悒詎能已。奴家王氏，自從相公出去，數日不見回家。家裏十分艱窘，全憑針黹度日。我父母家在豫章，許久不知爲何再没個音信來。這裏要稍個信去，苦無便人，甚是放心不下。我相公雄才大略，不肯出仕，終日只是吃酒，問著他又不説。咳！如何是了。

【桂枝香】蘭閨愁冗，綉床閑空。金針紉就慵拈，彩綫添時恨種。聽黄鸝聲囀，聽黄鸝聲囀，枝頭調弄。閃得我心煩意恐，理殘絨豈因鶉結身難蔽，便向牛衣泣夜中。

相公只是不見回來，外邊什麽人鬧，且把門兒閉上則個。（下）

【不是路】（副净扮錢鳳，衆持禮物上）禮物重重，要聘人豪蓮幕同。深山裏，崎嶮屈曲路難通。似獵飛熊，若還梁父能輟咏，會見天山早掛弓。（衆）稟爺：前邊有座茅屋，不知可是謝家？（副净）茅檐下，想子真一覺華胥夢。左右的，你且把玉驄輕鞚，玉驄輕鞚。

錢鳳奉大將軍特旨，來聘謝鯤。我想此人曾做東海王府參軍，不勾一年，就放歸不用。聞他在家整日飲酒，看來也是没用東西。只是承大將軍命，不敢不去。左右的，可曾問謝老爹家住在那裏？（衆）一路問來，説在玄武湖邊，門前有柳樹數株。這幾間茅屋想必是了。（副净）你去敲門，説有錢參軍來拜訪。（衆扣門介。旦内答介）是誰人扣門？（衆）我們是錢參軍老爺，特來拜你們謝爺的。（旦）不在家。（衆稟介。副净）問在何處，好到那所在去尋覓。（衆又問，旦回）不知去向。（衆又回副净介）可再問幾時回來，我們在此待待罷。（衆又問旦，回）歸期做不定的，或十日，或半月，俱不可知。房子狹窄，天色又晚，不好勞得尊官久待。（衆又回副净介）這怎麽好！你再傳進去，王大將軍久慕謝爺才名，要聘出去做官，特差錢爺親賫禮物到門。既謝爺不在，禮物求夫人收下。待謝爺回來，多多拜上，説我在石頭城下相等。（衆又傳，旦白）老爺不在，禮物不好收得。回來説知，自然來謝。（衆又回副净介）既如此，且回。夜

静水寒魚不餌，滿船空載月明歸。（衆齊下。生急上）

【勝葫蘆】落拓終朝醉墻東，寧放酒杯空。乘月歸來途路永。（看介）呀！前村爲甚燈火照天紅。

已到自家門首，夫人開門。（旦）空山築茅屋，那有燕飛來。（旦開門介）呀！相公，這早晚何處回來。（生）在東村頭吃酒回來。（旦）相公，你不在家，方纔有許多人將了禮物來，説要聘你出去做官。（生）我途中曾見有許多燈火，夫人可曾問他姓甚？是那裏差來的？（旦）他説錢爺親自到門，人説是王大將軍着他來的。（生）原來是王敦、錢鳳，夫人不曾受他禮物麼？（旦）我説相公不在，不好收得，他説在石頭城下等你。請問相公，應聘也還是不應聘？（生）夫人，君子席珍待用，豈甘懷寶迷邦。然須事得其人，而後名垂千古。王敦尚先帝公主，爲都督尊官。一見晉室顛危，遂爾稱兵犯闕。這樣人，我謝鯤寧可餓死溝壑，不願受其爵禄。（旦）相公，且把近日朝廷消息，説與奴家知道。

【桂枝香】（生）秦淮波洶，鐘山塵擁。那王敦呵，憑依累代雄威，擅把八州兵弄。他擁兵石頭，擁兵石頭，鑾輿震竦，寢園騷動。（旦）相公的意還是如何？（生）我氣豪雄，爲韓欲奮留侯憤，滅賊期追諸葛功。

（旦）相公不從王敦，極是正道。難道朝廷聘你，也只是不出？

【前腔】（旦）你心雄氣猛，才高志横。據鞍功業宜成，磨劍精神須聳。若禮意已勤，禮意已勤，鹽梅可共。難道鑿壞絶踵，好逞飛騘。早令壇上推韓信，頓使行間識吕蒙。

（生）王敦篡逆，神人共憤。卑人豈無包胥之志？奈朝廷未嘗見知，終難衒玉自售。

【前腔】我有紫芝堪種，素書堪誦。羊裘五月甘披，鶴禁一生情迥。看柴門晝關，柴門晝關，雲山屏拱，鹿蝦游泳。前日周、戴二兄曾勸卑人出仕來。（旦）相公如何回了他？（生）我心已逐冥鴻，謾勞故友徐元直，來訪襄陽龐德公。

（旦）奴家不知外邊事體，終朝懸望家中消息。原來兵戈阻絶，道路難通。老父老母不知向來安否？（旦悲介。生）王敦從姑熟來，與豫章無干，岳父岳母晚景自然康勝。姑待稍稍平静，我就尋便稍信去，夫人不必深慮。

獨向山中抱素琴，子期何處覓知音。

衹因烽火連三月，真個家書抵萬金。

第七齣 恣劫

【點絳唇】（雜扮黄門官上）雉尾開張，龍樓初敞。雞人唱，日射雕梁。看瑞氣藹朝門晃。

閶闔迷雲起，岩廊拂霧開。鶯歌聞太液，風吹繞蓬萊。自家晉朝一個小黄門是也。恐上位爺視朝，只得在此伺候。我想晉家自世祖皇帝受禪之後，平吴定蜀，奄有天下。不意五十年後，五胡紛擾，二帝播遷。賴我今上皇帝渡江而南，開基建業，纔得偏安一隅。王敦賊臣，常欲稱兵犯闕，國勢甚危。聞得今日朝見，又不知作何景象。咳！我想世祖皇帝好容易得這天下也。

【混江龍】想當初三朝鼎王，孫吴劉蜀魏曹邦。我世祖呵，急攘攘東征西蕩，雄糾糾斬將擒王。

火燒了千尋鐵鎖，踏平了三月瞿塘。甫能勾車書一統，只指望奕葉千霜。誰知道櫛風沐雨新基業，到做了鬼哭神號古戰場，空惆悵。休道千年建業棲丹鳳，則恐怕一曲伊州泪萬行。怕見的羊車御駕，系辟宫妝。

說話之間，火城潮繁丞相入朝矣，須索回避咱。（丑扮王導蟒衣上）

【神仗兒】頭廳宰相，頭廳宰相，威權無兩。正王家鞅掌，有弟來從人望。多應天命來歸吾黨，且就裏暗卧勦，且就裏暗卧勦。

只手擎天天可摧，令行山嶽盡皆移。癡兒不了公家事，男子要爲天下奇。下官當朝丞相王導，字茂弘。晉自二帝陷虜，宗社丘墟。下官與兄弟大將軍處仲，同心戮力，推戴今上爲皇帝，渡江而東。豈意即位之後，每每排抑吾家。以此大將軍深懷怨恨，從姑熟起兵來此。嘗聞得江東童謡云：「王與馬，共天下。」此正是晉室當滅，吾宗代興之兆。但吾身爲元宰，恐人議論。以此陰與定計，佯爲不知。事成則與吾弟同其榮，不成不與吾弟共其辱，滿朝人一向也被我瞞過了。日來聞得聖上頗頗疑我，只得在此待罪。呀！周、戴兩尚書來矣，不免求他解勸一番。（笑介）正是欺君誤國無雙士，嚇鬼瞞神第一流。（外、小生上）

【前腔】雲凝龍幌，雲凝龍幌，霞籠仙仗。羨皇圖威壯，誰料攙槍光莽。須臾間天昏日月失朗，賈餘勇愧螳蜋，賈餘勇愧螳螂。

（外）建闕餘蛇豕，宫闈盡虎狼。（小生）何時息争戰，歸馬華山傍。（丑進揖介）二位老尚書拜揖。（外、小生）老丞相拜揖。老丞相，令弟入朝，其意如何？（丑）不知那天不蓋地不載的强盜畜生做這等勾當，連累我也没趣得緊。近日有人一發説我也知情的。（外、小生）令弟幹事，果然令兄也難推不知。（丑）若是王導知情的，永墮阿鼻地獄。聞得聖上深相猜忌，我想王家百口，必是兩位老尚書可以保全。没奈何，望乞鼎言昭雪。（外、小生笑不答介。丑）老尚書，王導是知事的，定然重謝。（外、小生又相顧笑不答。丑）没奈何，王導下跪。（跪介。外、小生怒介）茂弘兄作何情狀。呀！聖上早已升殿矣。（丑）王導待罪闕門，不敢朝見，專在此等候回音。正是眼望旌捷旗，耳聽好消息。（下。外、小生吊場。末扮晉帝，宫女、太監、武士上）

【西地錦】舉目山河悲愴，驚心刁斗叮咚。咸陽王氣都淪喪，離離蒿滿宫墻。

封狐雄虺日成群，負固憑陵晝結氛。誰解龍韜開玉帳，掃清君側净埃塵。寡人大晉大興皇帝，向封琅琊王。懷湣北狩，洛陽失守。寡人渡江而東，即位建業，皆賴諸名賢王導、王敦翼戴之功。不意二人恃功驕恣，據荆揚八州而反。假以誅討劉隗、刁協爲名，屯兵谷口。昨日打進表文，説今日要來朝見。寡人心膽俱碎，不知當何以待之。且待衆文武到來商議則個。（外、小生進叩首介）臣周顗、戴淵朝見。願吾皇萬歲。（末）伯仁、卿若思卿少禮。王敦不道，瀆紀犯順。今日朝見，甚攖朕懷。不知二卿有何策以禦之？（外、小生）且待丞相到來。（末）呀！二卿差矣。王導乃敦之兄，難道王敦作逆，王導不知？朕方欲闔門誅之，二卿反倚爲腹心乎？（外、小生）王導忠誠勤慎，乃心王室，臣等願以百口保之。願陛下不以管蔡而疑周公。（末）匪卿之言，朕幾誤殺。只是心尚懷疑，今日且免朝見。且説禦敵當出何策？（外、小生）臣觀逆賊貌雖貪狼，中心實餒。錢鳳性亦多疑，陛下但閉上朝門，安坐宫中，彼謂内廷有備，必不敢入。子女玉帛，願陛下毋愛。令飽其欲，自然退去。（内擂鼓吶喊掌號畢，傳介）奉大將軍令，着錢參軍帶領衆將官把大内四門攻圍，軍中俱要吹唱，使軍聲徹于宫内，令其喪膽。子女玉帛，糧草衣甲，盡欲擄入行營，論功升賞，違者軍

法。（副浄内應得令）

【啄木鸝】（末）軍擾攘，聲沸哤，亂我心旌風摇揚。他窮九攻奮擊無遺，我存一旅捍禦何妨。一似空堂幕燕何惚恍，深山放虎相依傍，只落得立盡空宫白日黄。

（副浄領衆上）大小三軍，你看晉家庫藏衣糧，好不富貴也。（走唱）

【滴溜子】金和寶，金和寶，千箱萬箱。糧和草，糧和草，千倉萬倉。擄去充吾庫藏，須令一旦空，莫敎留放。還要隊伍分明，前合後仰。（下）

（内傳）掌庫藏官啓事：錢鳳率領三軍，將各處庫藏衣糧盡行刼空，乞掌朝門官轉奏萬歲爺。（内官跪奏介。末）伯仁卿、若思卿，如此怎麼好？

【啄木鸝】（外、小生）他威方長，氣正揚，貪似豺狼狠若羊。須知道鋭始無終，也應柔可勝剛。猶如劣馬嬌難養，還同毒蟒嗔難抗。慢彷徨，看他游魂血污不久定淪亡。

（副浄又領衆上）大小三軍，你看江東婦人好不標緻也。

【滴溜子】如雲女，如雲女，顔如孟姜。秦淮里，秦淮里，宛同濮上。擄去充我鴛帳，今宵窈窕娘，不勝歡暢。還要隊伍分明，正齊不爽。（下）

（内傳）王城司隸校尉啓事：錢鳳率領三軍，將城中子女盡行搶擄。煩乞掌朝門官轉奏萬歲爺。（内官奏介。外、小生)臣啓陛下：王敦不敢入城，到處盡是錢鳳行事。可見其中心懼怯，今志願已遂，將出城矣。(内傳)城門司隸校尉啓事：錢鳳三軍悉已退出城外，屯住新亭。煩乞掌朝門官轉奏萬歲爺。(内官奏介。末)逆敦雖退，勢必復來，卿等有何策以禦之？(小生)臣啓陛下：城中各衛軍士約有五六萬，臣願率領屯守新亭，以爲聲援，制其再入。他糧盡援絶，或有勤王兵至，自然遁去。若欲與他相持廝殺，則我弱彼强，非臣所敢必也。(外)若得若思肯行，亦復何憂。(末)傳旨，即日拜戴淵爲討虜將軍。(小生謝恩介)

【三段子】(末外)你請纓倜儻，僇長鯨龍泉射芒。死綏慨慷，斬蚩尤龍駒快驤。(小生)未紓王粲登樓况，徒懷平勃興劉望。(末)管樽俎從容，功成必賞。

(小生)臣就此拜辭陛下。(叩首介)銅虎承恩日，牙璋發旆時。雲迎出塞馬，風卷渡河旗。(小生下。末、外吊場。外)戴淵勢孤力弱，難以獨任。臣有一人，名曰謝鯤，江左卧龍也。當今朝廷乏人，伏望陛下以禮聘之，不然恐爲逆敦所先。(末)朕亦曾聞此人，就是伯仁卿明日將禮幣去，致朕側席至意。

【歸朝歡】(外)那吴門隱，吴門隱，沉醉曲鄉。絶不問人間波浪。(末)安車駕，安車駕，竹帛篚筐。似隆中顧頻繁葛相。(合)若得似渭濱解綸前車訪，莘耕釋耜翻然想。賊敦賊敦，管教你老大頭顱齒劍鋩。

笑道倡狂似禰衡，何時開閣引書生。

蓮花幕下風流客，致主何憂不太平。

（末下。外吊場）主上入宮去了，下官也出朝去罷。（丑迎上）呀！伯仁兄退朝了，所求之事如何？（外作不理介）今年殺盡諸賊奴，管取金印懸肘後。左右的，打執事回衙去。（下。丑恨介）呀！周顗，周顗。我與你怎的好朋友。我今有難，不值得一言相救。反要殺了我，自做好官去。（又恨介）你若不撞在我手也罷了。若撞在老王手内，不到得輕輕放過了你哩。正是有恨方君子，無毒不丈夫。（下）

第八齣　折齒

【風入松慢】（占上）落花無主逗闌干，春事將闌，臨風暗把丁香綰。含情處秋水全刊，綉領任垂蓬髻，寒機倚盼雕鞍。

〔浣溪沙〕塵壓鴛鴦廢錦機，滿頭空插麗春枝，不知春去幾多時。東鄰舞妓多金翠，紫玉騷頭雲鬢垂，笑剪燈花學畫眉。奴家自與謝郎相約之後，日日想念他，他也常來看望我。獨恨母親重富輕貧，把他十分淩賤。他只爲奴家，十分忍耐。城中有個烏客人，母親苦要奴家接他。奴家雖不肯從，只怕還要來纏。呀！言之未已，母親又同他來矣。奴家只推織錦，不睬他便了。（上機介。凈、丑上）

【字字雙】（凈唱）我做商人難上難，（丑）經販。（凈）秤金量玉不曾閑，（醜）手慣。（凈）生來俏俐又輕儇，（丑）希罕。（凈）只是六十無妻號老鰥，（丑）極漢。

（凈笑介）極漢極漢，最是撒謾。（小丑笑介）年前送了我三分銀子，到吃了兩頓酒飯。（凈）小子江西撫州府臨江縣烏斯道，來此秣陵，賣些瓦楞貨物。元嫣嫣，兩日女兒如何？（小丑）老烏，可怪那小妖精，你這一位財主不肯接，偏要與謝窮偷情。今日我與你同去看他，肯便肯，不肯老實打他一頓。（浄）不可，不可。閫經上説得好：若要佳人近，全憑寡幫襯。你若使性子，落得掃了我的興。依我來，如今到他跟前去，你一句，我一句，做好做歹，不怕他不回心轉意。（醜）説得是，就去就去。（見介，丑）呀！我兒又在此織錦，生受你。烏爺，我這女兒最孝順，見老身貧窘，織紡供我。自從上了機，脚兒也不踹下來。你道好也不好？（浄）難得難得，只是這般辛苦，可不消瘦了你玉容，還是散誕散誕。（丑）兒，烏爺説得好，你就出來散步些兒，與烏爺相叫一聲也好。（占）孩兒不耐煩下機。

【步步嬌】慢理絲頭，試把機輕按，脆韌難擇揀。謾道龍光蜀錦斕。只這時樣花紋扣緊難趲。那更縱澀不堪扳，那裏敢抛針棄綫胡鑽懶。

（醜）這烏爺十分富貴，又是娘的好朋友，不可怠慢他，還下機來相見纔是。（浄）大姐只下機來道個萬福，小子就送一百個瓦楞帽兒。

【江兒水】（丑）兒，他有金滄海銀泰山，良田美屋千千萬。（浄諢介）則我這頂瓦楞帽兒，冬夏戴他，就值一千貫。（丑）更風流才調多瀟散。（浄諢介）不敢欺，宋朝子建其實還没有這頂帽兒戴哩。（丑）又留情燕子青樓盼，何事將人輕慢。更不道美玉前程，全在你下機一粲。

（占不采介。丑）呸！啞猱兒這等可惡，莫討老娘性起。（浄）又來使村，你不會説話，怪不得大姐不睬。等我去，包你一説一個肯。大姐作揖。（揖介，占不采介。丑）賤人，財主家下禮，你不睬他。（浄）又來多嘴，淡水嗒那裏算帳。大姐，在下不是别人，江西撫州府臨江縣有名的烏百萬烏半州。金銀珠玉整擔兒挑，綾羅錦絹則當布使。只少一個老婆。你若肯隨我，這些東西都是大姐掌管。没奈何説個肯字兒，小子就下跪。（跪介，占又不采。浄）大姐，你頭也不掉轉來，敢還不認得我。且不要説我家中富貴。

【玉山供】（净）則我這風流魁岸，也堪稱潘家阿安。但蜂媒有意桃花，我就訂鶯期引扳蘿蔓。大姐，只是不則聲，不肯嫁我了，只得再跪。（又跪笑介）我含羞自莞，不肯嫁我，睡一夜兒罷。早難道一夜夫妻踏泛。大姐一夜不肯，會個房兒也罷。也當春風過解饞頑，尾生橋柱笑空攀。

【玉胞肚】（占）那有許多胡訕，看他具襟裾馬牛一般。（净笑介）有興好罵。（丑）啊呀！這個不受人抬舉的賤人。罵了老娘還可，天來大一個財主，你好罵他。老娘手中無情分没眼珠的棍兒，不到得饒了你哩，少不得打下你半截腿來。（占）拚得個玉碎珠沉，休思量意轉心反。（丑）賤人！謝窮鬼爲甚與他弄把戲兒，難道烏爺到不如他？（占）他風流名士壓騷壇，烏鬼寧同仙鶴班。

（丑）賤人！還不要走出來跪着，領老娘一頓粗棍兒。（净掩丑口，諢介）媽媽又來粗幫襯。後生家性子，慢慢兒偎他轉來，不要與他作硬。你到我下處去，暖些酒疏氣。（醜）小賤人！你不要快快里閉了門，落花有意隨流水。（净）流水無心戀落花。（净、丑下。占吊場，關門掩泪介）縹風，縹風。你若留得親爹娘在，那見有今日出醜。

【桃紅菊】生要我踏花街把新聲譜翻，學當壚把箜篌抱彈。可不折没了舊人家風範，人家風範，認錯了羅敷女志慳。（生醉上）

【園林好】千般恨飛花正珊，百無計留春再返。放不下花觚酒盞，又早步蹣跚。我郊外飲酒，不覺爛醉。此間已是縹風姐門首，呀！爲甚的把門拴。

(敲門介。占)是誰扣門?(生)是你知心的謝郎。(占開門介)原來是謝老爹。有酒了,裏頭請坐。(生進看占介)

【忒忒令】你爲甚的腮邊泪潸,莫不爲春去苦難留挽。(占)妾身日坐機上,那知春去。(嘆介生)你在閨中寂寞,不由人長嘆。(抱占看介)似一朵淡梨花,映朝霞,含珠露,迷蜂蝶到晚。

縹風姐,我兩日不來,你可想我麼?(占)

【好姐姐】你看我翠鬟蓬鬆亂散,望東墻淹淹泪眼。争奈不做媒的母親呵,終朝絮聒,教奴呆撒奸,愁無限。何時得孟光接了梁鴻案,見了他惡語侵人六月寒。

(生)縹風姐,我坐這半日,酒都湧上來,就你機邊借我略睡睡兒。(旦)請穩便。只是房兒母親鎖着,沒有席子。(生)要甚席子,地上睡甚好。(睡介。丑醉上)莫信直中直,須防仁不仁。我老身正在老烏家吃酒,有人説謝窮又到我家來了,因此急急趕回。你看起初教他關着門,如今開了。小賤人!誰在此?(占)謝老爹在此。(丑怒介)不識羞,什麼謝老爹,不管氣殺了老娘。如今在那裏?(占)他因酒醉,睡在機下。(丑看,拖生,生不醒介。丑叫、脚踢介)謝窮鬼,謝不識羞,還不要起來。(占)他醉了,由他睡覺。有許多大驚小怪。(丑打占介)你這小賤人,還敢開口,還不要走進去。(占掩泪下。丑又踹生,生醒起介)呀!媽媽回來了。縹風姐那裏去了?討杯茶我吃。(丑)好扯淡!殺風景,縹風是你的?茶却有,要與你吃,不如丐兒吃了。(生笑)媽媽,小生到你家往來,也不見得辱抹了你,怎麼只管怠慢我?(丑)麻蒼蠅好貨。

【錦衣香】看你衣服殷,多補綻。脊背彎,如病疸。更兼不醋不酸,喬妝喬扮。只虧你撩雲撥雨不胡顔。(生笑)我自有偷香手段，竊玉機關，著甚閑羞赧。(丑跌足介)罷了，罷了。依你説來，小賤人被你刮上了，指望梳櫳時，還要起發人一主大錢哩。(撞生介)甚來頭搶人衣飯。謝窮，今日不與你干休了。(生笑介)不干休，待怎麽？(又撞，搶落生巾介。生怒)風婆子，休得無理。(丑)你偷竊無昏旦，幫閑調侃。可惜杖兒不在我手裹，狠打一頓纔好。(生笑介)要打由你打，只是要上門。(丑捶胸介)恨你個砑光傻角，全無忌憚。

(生坐機上，丑扯不動，取梭擲生。齒落，生掩口介。生)阿呀，阿呀！不好了！兩個牙齒被你打掉了。(丑)謝窮，你哄誰來，哄不信老娘哩。(生拾齒介)這不是，這不是。你看，你看，血斑斑的。(丑作慌扭生介)你哄誰？(内喝道介醜)官府來了，扭你告狀去。(外衆上)

【漿水令】奉絲綸來扳里閭，訪賢才作楫濟艱，仲宣何處酒家斛。呀！左右的，前邊可是謝爺麽？(衆)正是謝爺。(外)快住馬，請過相見。(衆報介。生迎相見介。外)幼輿兄，小弟造宅不遇。那一處不尋到，却在這裏。爲何與這婆子結扭？巾都那裏去了。(丑做慌，背跪求介。生)我在春郊飲酒，得醉而還。(醜叩頭作摇手介。生)偶與那婆子呵，閑戲耍，相牽挽。(外)呀！幼輿兄，你身上有許多血迹，口中門牙那裏去了？(醜又跪介。生笑)伯仁兄，牙齒雖掉，喜得歌吟笑傲猶能辨。(外)莫不你這老婦人有些觸犯？(丑叩頭)小婦人怎麽敢，謝爺牙齒自家掉的。(生笑)伯仁何須問，何須問常樅齒患。須知道，須知道舌可生瀾。

伯仁兄，你尋小弟則甚？(外)此間不是説話的所在，還到宅上細講。

【尾聲】堪憐晉室今塗炭，旋轉乾坤在這番，（生）我則想老守溪頭把釣竿。
　惜取明時一薦雄，十年書劍任漂蓬。
　當初諸葛成何事，只合終身作卧龍。
（生、外下。丑吊場）駭死人！幾乎惹出天大様一場禍來。我那知謝窮到有周尚書這一個好朋友，不合打掉了他兩個牙兒，早是不曾説出。萬一説了，可不是死也。（作思介）雖然如此，到底不好，不免去與老烏商議一番。（下）

第九齣　却説

【高陽臺】（小生戎裝領軍上）日閃三山，風悲二水，轅門鼓角聲絶。太白經天，旄頭徹夜光射。長安宮殿生秋草，多秀歌朝雉飛集。撫青萍峥嵘壯志，肯教虚擲。
【换頭】寒烟衰草凝碧，嘆龍拿虎擲，幾時寧謐。日莫依稀，淮山江水歷歷。丈夫澡發常思奮，奈時艱轉難匡翊。荷君恩深慚屍素，補天何日。
（鷓鴣天）卷旆生風喜氣新，手持龍節静埃塵。漢家天子圖麟閣，身是當朝第一人。秦苑鹿，漢宫椿，傷心世事不堪聞。東風不管興亡恨，吹落朝元閣裏春。戴淵親承王命，出鎮新亭，豈不欲滅此而朝食。争奈江東孱弱，荆揚整鋭。我方偷一時之安，彼且擁八州之衆，一時也難與争鋒。只好擁衛朝廷，聊爲聲援。姑俟四方勤王兵至，再作道理。
（卒引副浄上）

【青歌兒】我參軍十分豪氣，大將軍寵幸無比。而今江左勢孤危，兵屯江上，一似魚游釜底。

我錢鳳奉大將軍命，來探戴淵虛實，并説他投降。此間已是轅門，左右通報。（報介）稟爺，錢將軍在此要見。（小生）請進來。（副净進，小生迎介。副净）〔漁家傲〕若思兄，看你志氣翩翩裘帽小，雄威糾糾貔貅繞。開府新亭神鬼嘯。揚旗旐，指揮若定天吴掃。（小生）世儀兄，你入幕訏謨胸暗飽，投壺帳底供談笑。紫綬垂垂登顯要，誰能到，參軍瀟灑當年少。世儀來顧，必有所諭。（副净）若思兄，看你豐儀豪舉，少年美質。江左名賢，實鮮其偶。看來審時識勢，還要讓老錢一步兒。（小生笑介）怎見得戴淵不識時勢？（副净）晉室衰微，奸邪秉政。人心已去，天命可知。王大將軍英雄神武，當世無兩。朝野傾戴，人望攸歸。今來統如山之士馬，壓彈丸之江東，實有泰山壓卵之勢。你不乘此時率衆歸附，争先迎降，却乃提一旅之師，抗百萬之衆，何異螳螂奮臂，羊豚鼓鬣？（小生笑介）世儀來意，却是要戴淵如何？（副净）若思若能誅斬刁劉，解甲來附，錢鳳自當保舉。大將軍寬仁大度，不念舊惡，那時富貴自不可言。若徒恃兵威，畫江而守。竊恐天兵到日，玉石難分。若思那時悔將奚及？前日大將軍欲親自入朝，却是錢鳳阻了。若此番入朝，君臣宫府之間盡皆不美，此是錢鳳爲若思明言也。（小生怒介）呀！錢世儀，你説那裏話。我戴淵一點忠心，九死不顧。王敦篡逆，恨不能磔殺之以安王室。世儀乃爲彼作説客耶？（副净）錢鳳不爲大將軍，乃爲足下耳。

【高陽臺】晉室淩遲，天心厭棄，秣陵王氣消畢。鼎革垂成，大將軍已膺圖曆，你不見前日渡江來時，絡繹紛紛歸附如不及，獨伊家擁兵抗逆。因此奉恩綸特陳利害，莫終沉溺。（小生作挹泪介）

【前腔】悲憶，目斷金陵，魂棲鐵甕，忍看鹿走宫掖。劍氣扶輿，一心要屠奸慝。（副净）若思兄，大將軍曾有言，晉室元老舊臣若早歸降。我自念其勛德，布列要位，這般德意不肯仰承，你也太執了。（小生）非執，休將腐鼠來駭嚇。爭如我一腔忠，整三軍背城借一，再興王室。

【前腔】（副净）休惑！大將軍呵，豁達多奇。龍行虎步，天授豈由人力。你蕞爾孤軍，當車賈勇何益？難得今朝寵命來首錫，掌樞衡只爭旦夕。願歸誠偃旗息鼓，莫虛前席。

【前腔】（小生）難滌，白鷺洲邊，青溪橋畔，春歸夢裏啼泣。委質爲臣，肯容反面從賊。錢鳳，你看我呵，叱風行雷厲霆迅擊。（指內介）笑游魂江邊愒息，管功成除凶雪恥，易如掇拾。叫刀斧手采那賊臣出去，閉上營門。（衆推出副净介。小生）始信疾風知勁草，果然世亂識忠臣。（下。副净吊場笑介）好笑，好笑。我錢鳳奉大將軍命，好意來説戴淵。天下那有這般古怪的漢子，崛強的村夫。國家興廢，幹我何事？只顧做好官罷了。怎麽好官不要做，偏要做什麽忠臣？忠臣忠臣，只怕你性命難存。不聽我也就罷了，一發把我推出轅門，聲聲罵我。我如今到丞相大爺處打個關節，到大將軍跟前攛掇一句，尋個計較，一罟兒殺他娘罷了。只教你臨崖失馬收韁晚，船到江心補漏遲。（下）

第十齣　應聘

【宜春令】（旦上）空房静，永日幽，笑謀生還如拙鳩。藁砧何在？荆扉盡日無人扣。相公你，賦長門不愧相如，貸監河真同莊叟。且向虛窗閑調針黹，暫消清晝。

夫君青雲器，何意常窘迫。三十猶布衣，埋照稱醉客。我相公半世顛狂，一生酩酊。家徒四壁，日缺三餐。雖無蹈海心，却有逾垣操，幾番勸他出仕，只是不肯。家裏十分艱窘，難以度日。早間爲借米出去，還未回來，只得在此坐待。

（生負米上）

【前腔】山中相，壺内侯，傲乾坤雲耕月疇。不求聞達，枯魚望活唯升斗。可笑前日錢鳳來聘我，一似喚嬰兒咄去嗟來，我豈肯學閨秀呈妍蓋醜。論人生輕身求售，豈如堅守。

已到自家門首，夫人開門。（旦應開門見介。生）借得米在此，夫人收下。（旦看生介）相公，你身上爲何斑斑駁駁，有許多血污？（生笑介）偶然耳，還未暇與夫人細説。周伯仁約我講話，夫人且回避。（旦）要自狂夫不憶家，窮途日日困泥沙。紅顔自古多薄命，廚静空如飯一麻。（下。生吊場。外衆上）

【前腔】耕莘野，版築求，信風雲心孚意投。客星何處，晶光夜夜干列宿。（衆）稟爺：已到謝爺門首了。（外）我有許多騶從，幼輿必然怕我熏灼。左右的且回避，只在村口相等便了。（衆下。外）且喜開門在此，不免徑入。（外進介。生迎揖介。外）幼輿兄，你似蓬池侶到處藏名，夷門隱偏難相遘。但願無嫌小就，共襄時繆。

（生）伯仁兄，小弟與你相處多年，還不知小弟心迹。

【前腔】我是魚鰕侶，鹿豕儔，愛閑心已被白雲款留。九重丹詔，休教彩鳳銜來就。愧禰衡誕傲虚名，（拱外介）謝北海殷勤侶奏，只恐怕操竽鼓瑟，慢勞求售。

（外）這般時勢，可是你高卧之日？（生）伯仁兄，且把今日朝廷的光景，并下顧的緣故，細細與小弟再説一遍。

【梁州新郎】（外）乾坤鼎沸，皇輿瓜剖，剗地深宫鹿走。小弟與戴若思呵，捐軀圖報，孟明志决焚舟。因此躬擐甲胄，修我戈矛，志在扶陽九。知君多偉略，似留侯。聖上呵，宣室須君促膝籌，憤泪濕征衫袖。韜鈐誰出君家右，望早命駕，莫拖逗。（生拱手介）

【前腔】謝你個蕭何賢相，無知故友，自愧才能樗朽。青溪碧障，子陵合把絲鈎。則這些藏頭茅屋，濡首糟丘，已覺難消受。浮雲同富貴，似巢由，遠害朝看麋鹿游。蒙筐篚親相叩，但駑駘豈可充天廄。（起揖介）憑知己，謝明後。

（外）呀！幼輿。朝廷多故，典午運衰。王敦志圖大寶，手移鐘簴。我輩正當覷吳鈎而耳熱，撫漢鼎以心酸。豈可肆志林泉，怡情曲蘗，可不頹盡你志氣來？

【前腔】你不見起卧龍昔日興劉，載飛熊當年伐紂。更有那夷吾忍死，相桓功就。他只爲胸藏綉虎，手握靈蛇，豈肯老死田間牖。況今朝廷多鞅掌，志須酬。豈可懷寶迷邦樂一丘，憤泪濕征衫袖。安危只在君出否，（揖介）休固執，恁拖逗。

【前腔】（生）伯仁兄，我謝鯤呵，志掀天擬勒千秋，要浴日功垂九有。肯一丘一壑，拍浮杯酒。但只恐枕戈徒切，負乘貽羞。那時進退多掣肘。感君多意氣，許同仇。（悲介）不覺忿激包胥血泪流。蒙筐篚親相叩，更薄輪麻詔臨山岫。敢偃蹇，辱明後。

（外拱手）幼輿肯出，豈特小弟之幸，實朝廷之幸也。喚賫捧官快將禮幣過來。（衆捧禮上）

【節節高】丹書下鳳樓，彩雲稠，風雲北闕看輻輳。（外）幼輿，請香案來，俯伏聽宣。（生跪聽。讀介）聖旨到。朕遭家不造，内外多迍。素聞謝鯤深諳韜略，特敕尚書周顗親造其廬，致朕至意。爾其速詣朝堂，朕且側席以俟。特賜白璧一雙，玄纁四表裏，章服一襲，白銀百兩。俟朝見之後，另除官職。謝恩！（生呼）萬歲！（外遞勅書介）揚仄陋，禮意稠，天心厚。（生）豈西京騄駬堪馳驟，只恐遼東白豕貽慚詬。（合）不達時盡笑許由，非但知音須識鍾期友。

（外）請幼輿更衣。（生更衣笑介）

【前腔】伯仁兄，你看我貂余季子裘，態搊搜，沐猴豈識冠和綬。（外）你看擎天手，閲世眸，懸河口。驪黃牝牡誰能究，塵埃物色難參透。（合前）

（外）叫左右擺道，就此入朝去。

【尾聲】哎！歡聲載道人争逐，盡道皇家結網周，看帶礪勛名誰與侔。

身欲逃名名自隨，鳳銜丹詔到茅茨。

預知漢將宣威日，月蝕西方破敵時。

第十一齣　謀竄

【剔銀燈】（丑上）謝窮鬼真真厭駝，麻蒼蠅見食輒過。并無錢鈔與綾羅，單一味撚酸嘶唾。思量無可奈何，打落他門牙兩個。

凡事不可造次，凡人不可輕視。好笑那謝窮，日日來闖寡門，閑打哄。我那小鬼頭兒被他引熱了心，再也不肯接人。那窮鬼時常被我凌辱，只是要來。方纔我到烏家，纔呷得兩碗酒兒，聞得他又在我家，回來時正睡在縹風機下。不覺一時性起，乘着酒興，就機上拿起梭來，狠死的打將去。剛剛正打在門牙上，血淋淋的把他兩個牙齒打掉了。他到也不認真，誰想周尚書正來尋他。細問緣故，他竟隱瞞不曾説出，幾乎唬殺老娘。我忙忙的到老烏家去與他商議，只見街上人亂嚷，説周尚書奉旨欽取落星橋謝老爹出去做官。怎麼好？怎麼好？但不知此話是真是假，我今悄然到他門首看個虛實。（生、外衆引導唱前：不達時盡笑許由非，但知音須識鍾期友。隨即下。丑慌吐舌介）阿呀！唬死人。那馬上穿紅的可不是他，我的謝爺爺，我那知你有這一日，早知有紗帽戴的，我頂你在頭上也不多。且住，他今日做了官，明日定來算牙齒帳。怎麼好？快與老烏商議去。（走介）此間已是，烏爺快來快來！（净上）是誰？是誰？

【前腔】摟紅裙朝朝按歌，上青樓時時掇座。風流浪子誰如我，有的是瓦楞奇貨。（丑又叫介。净）是何人門前鬧呵？（相見介，净）原來是夜叉鬼婆。

（丑）囚攮的罵老娘。（净）元媽媽，你爲甚剛去就來了？（丑）不要説起。方纔回去，我家縹風坐在機前，機兒下睡着一個人，你道是誰？（净）莫不又是謝窮？（丑）着！正是他。又在那裏調戲我女兒。（净）天下有這等不識羞的厭駝。（丑）那時不覺性發起來，就機上取過梭兒，劈臉的擲將去。剛剛擦在門牙上，把他兩個牙齒打了下來。（净）暢妙！打得好！打得巧！可惜我不在那裏，不曾助得你一臂。後來他認真不認真？（丑）他到也自知理虧，笑而受之。正廝鬧間，只見有個周尚書來拜他。（净驚問介）可曾見他牙齒麼？（醜）見哩。周尚書問起緣故，那人竟支吾不説。（净）可曾曉得周尚書何故拜這樣人？（醜）你還不知哩，請他去做官。（净駭白）去也不去？（丑）怎麼不去，方纔迎去了，穿了大紅員領，騎着高頭白馬。他在前邊，周尚書在後邊，好不軒昂。老烏，你正不曾見，連人物比前也都標緻了。

（净）我一向説謝老爺好個人物，必定戴紗帽的，不可怠慢他，你不聽我。如今惹出事來，怎麼好？（丑）你方纔罵他，又要幫我打他。何曾説他好人物？如今恐他來討賠牙齒，特來與你商議。（净）我有什麼商議？

【前腔】我是有名的縮頭老鵝，你没來由惹場灾禍。元媽媽，不是我怕事，官府可是好惹的？請伊且向他方躲，休得來招風攬火。（做走出，醜扯住介）那裏去？（净）我要去行中覓夥，怎只把衣衫亂拖。

（醜諢打净介）

【前腔】老烏你平日間嘴喳喳説開説合，今日裏似燒葱一堆軟癉。你就不看我老身體面，全不想猱兒玉貌如花朵，拼得個珠沈玉破。須念我娘兒折磨，（拜介）拜你個親親好哥。

（净笑介）這一聲叫得我快活起來，和你商量。元媽媽，這節事終須有日發作，你這秣陵斷然住不得了。就不説起打牙的緣故，萬一你的女兒被他唤進，你那裏去討？我貨俱發盡，正要算清帳回去，再裝些景德貨來賣。你莫若同我到江西去，好歹住幾時。一來避了老謝，二來你女兒到彼，不怕他不從我。我多與你些茶禮，快活了下半世如何？（丑拍手笑介）老烏，事不宜遲，則這幾日起身便好。（净）只愁你女兒不肯去。（丑）這那得由他！我鞭杖行中自有規矩，自有法度，你却不要管我。

【麻婆子】（净）既如此，你快把快把行裝裹，衣飾與被窩。（丑）你火速火速覓輕舸，三板與艬梭。（净）只愁那妝麼做勢小妖魔，推三阻四恁般那。（丑）他若半句兒相推阻，我先把棍來搓。

（净）雖然如此，女兒前還不要説起。明日我雇船在江東門相等，來日便是端午，只哄他看龍舟。桃葉渡叫個小船，連傢伙盡數裝載了，到江東門來上大船。（丑）曉得。

烟花隊裏竊兵符，風月場中列陣圖。
此去好憑風月利，平平穩穩過鄱湖。

第十二齣　忠告

【駐馬聽】(生、外引卒上)爽氣澄清，馬首前瞻北斗城。只見燕台高聳，虎觀嶙峋，麟閣峻嶒。(外)須知明主待持衡，可憐赤子方入井。策建良平，西山寇盜，佇看寧静。

(卒)稟爺，已到朝門外了。(生)〔憶秦娥〕瞻廊廟，初志不終堪自笑，堪自笑。猿鶴相嘲，溪山見誚。(外)十年握筆稱文豹，一朝仗劍爲雲鶚。爲雲鶚，近邁蕭曹，遠方周召。幼輿兄，聖上尚未升殿，且在朝房伺候片時。(雜扮差官上)

【前腔】相府批呈，宣示尚書取次行。爲有清朝高隱，紫詔來迎，却是白面書生。恐其不諳韜略不諳兵，龍江關都尉教權領。待後功成，不妨銓叙，另行酌定。

小官是相府差到尚書省去，此間是朝房，不免徑入。(見介，揖，外、生還禮。外)何處差來的？(雜)小官奉丞相爺命，有聖旨聘到書生一名謝鯤，恐其未諳軍務，特授散騎都尉，把守龍江關。已奏過聖上，免其朝見，限即日到任，毋違時刻。(外)原來如此。差官過來，朝廷特聘謝爺出來，爲何授了散職？莫非丞相爺有甚麼見怪麼？(雜)非關丞相爺事。早間大將軍府打過文書來説，一應升銓，俱要稟命而行。謝爺職銜，是大將軍定過來的。(外)知道了，請回罷。(雜)政事懸敵國，高賢處下僚。(下。外)幼輿，朝事如此，可笑可笑！此必非聖上之意，下官還要執奏。(生)伯仁差矣。東西南北，惟君所使。都尉雖卑，獨非臣乎？但奸臣遥執朝權，舉國盡如妾婦。恐將來誅賞惟其喜怒，當國者勢

必難免，竊爲伯仁兄危之也。（外）領教。（雜扮將官上）

【前腔】帥府威靈，宣示當朝文武卿。爲欲東還姑熟，設宴江皋，聊叙離情。龍旗屯處鬼神驚，驪駒唱徹笙歌盛。傳語叮嚀，定須速赴，莫違台命。

小將是大將軍差官。奉大將軍命，遍請朝臣。此間是朝房，不免徑入。（相見拱手，外、生亦拱手介。外）何處差來的？（雜）小官奉大將軍令，後日設宴新亭，遍請衆位老爺相叙。（外生）此酒爲何而設？（雜）大將軍偶患微疴，欲還姑熟，故請各衙門老爹們叙别。（外、生）曉得了，請回。（雜）人心原有鴆，杯酒豈生蛇。（下。外）我輩可出朝矣。幼輿，且到寒家講句話兒。（生）正欲造謝。（外）退朝花影亂。（生）歸院鳥聲頻。（外）幼輿，此間已是舍下，就請進去。（進揖介。外）幼輿，小弟薦兄，欲使朝廷以大政相畀，兄亦得大展其經綸。不意政府模棱，奸雄恣肆。賞罰大柄，悉歸其手，使兄沈抑散局，惶愧惶愧。（生）兄以此舉，茂弘丞相知之否？（外）王敦之反，茂弘每每切齒痛哭。彼亦無可奈何，難道是商確而行的？（生）兄負江東人望，原來全無人倫之鑒。茂弘向與王敦同謀，待罪朝堂之日，銜兄不與伸救，必欲甘心于兄。今新亭之宴，未必不爲兄與若思也，自宜謹慎之。（外）幼輿何乃爲此不然之慮？周顗雖不肖，是朝廷重臣，他何敢妄有所加？即伸救一節，周顗何負於茂弘，他難道不知？幼輿不必深慮。（生大笑撫掌介）伯仁兄，這等説來，新亭之宴，王敦果欲東歸？果欲叙别乎？伯仁，你道王敦何所聞而來，何所見而去？

【紅衫兒】他來周郊問鼎，六師方鋭整。況内有親兄，既欲圖僥倖，豈容輕謝病？没來由置酒江垌，集朝廷俊英。我則怕弓影成蛇，便胡行亂逞。（外笑介）

【前腔】幼輿兄，我識鑒如握鏡，況與王茂弘呵，數十年同朝請。我見他每每忠誠，早難道首鼠模棱，助邪萌。便做道賣友欺朋，還須念天王聖明。我今就去赴宴呵，縱然是莽操奸佞，亦何端起競。

【醉太平】（生）伯仁兄，念我謝鯤呵，酩酊，半生蹭蹬。感君家物色，分外垂青。我甘爲骨鯁，備籠中藥餌進爾希齡。須聽，休將七尺狗長鯨，不測事還須寤警。況將傾大廈，豈伊獨力可任支撐。

【前腔】（外）堪敬，君言耿耿。豈惡聞逆耳，漫不思省。但身爲執政，自難容長蛇封豕縱横。生平，捐軀報國素曾盟。但只願邦家平静。（掩泪介）孤忠自勵，唯圖青史千載垂聲。

（生）小弟告别了。（外）後日新亭相會便了。

入廟孤忠未得酬，深慚袖底佩雙鈎。
從來戈戟生杯酒，鈎曲須知可拜侯。

第十三齣　閨叙

【蔔運算元】（旦上）檐牙葵色新，簾額苔痕嫩。深閨盡日兩眉顰，留待張京尹。（生冠帶二卒引上）

【前腔】旰食聖情殷，裹革臣心奮。上方無計斬奸臣，空抱孤憤。

（卒）稟爺，已到本府門首了。（生）左右，衙門伺候。（卒應下。生入見介，旦）呀！相公回來了。相公，你歡喜應聘而出，爲何帶悶而歸？（生）〔鷓鴣天〕夫人，你不見日月無光天地昏，宫墻生草兔狐群。六飛久已沈胡虜，九鼎相將睨楚人。（旦）相公，隱居志，達身行，從來委質便稱臣。丈夫自有旋乾手，何事眉頭蹙皺紋。（生）夫人。卑人緑蟻一生，青氈半世。志存丘壑，夢斷岩廊。感得故人推轂，聖主虚席。一時守志不堅，草草應命。誰知王敦擁兵江上，遥執朝權。凡公家事體，無大無小，悉用關白而行。至於進退人才，尤爲掣肘。王敦向日曾聘卑人，卑人不出。銜此私忿，昨日打文書到中書省，止授卑人散騎都尉，把守龍江關口。局既閑冷，施展甚難。雖有借劍之心，苦無請纓之路，以此悶悶而歸。（旦）相公，妾聞不在其位，不謀其政。既然官居下僚，何必越職行事？姑且陸沈金馬，優游歲月。待時而行，未爲不可。（生）夫人言之有理。還有一事，王敦無端設宴新亭，遍請朝士。竊恐此酒必非無爲，苦勸周伯仁堤防。他全不相信，怎麽好？（旦）相公莫管他人，爾赴也不赴？（生）如何不赴，只是隨機應變，他定然不能害我。（旦）相公也要小心。這等世界，全身爲上，就去也要見機而作。（生嘆介）

【解三酲】痛朝廷冠裳倒紊，妖氛繞濁亂清旻。望夷宫鹿馬誰人問，慚無計叩天閽。千年化碧英傑恨，萬里流丹壯士勛。謾把青萍捫，山河易改，豺虎難馴。

（旦）相公，有一事問你。那日自外回來，身上有許多血迹，口内又失了兩個門牙，却是爲何？（生笑介）待卑人細細説來，只是夫人不要着惱。（旦）爲甚着惱？

【長拍】（生）那一日呵，春事闌珊，春事闌珊，芳郊游衍，銀瓶酒已帶微醺。忽驚好女，（旦）在那個所在？（生）却原來正在東鄰。兩意甫殷勤，可恨他母親呵，走將來惡狠狠，有許多尋趁。（旦）他是什麼人家呢？（生）他寄籍平康多美譽，（旦）姓甚名誰？生得如何？（生）元氏縹風態軼塵。（旦）既是娼家，爲何廝鬧起來？（生）他笑我衣衫貧窘，向機間取金梭相擲，打落牙門。（旦）你果然愛此女麼？

【短拍】（生）也不過是見景生情，見景生情。逢場作戲，酒杯間作態胡雲。夫人，那女子到也可喜，親許結朱陳，似飛鳥依人堪憫。（旦）相公意下如何？（生）怎做得蕭郎陌路，只恐怕時事兩紛紜。（旦）原來如此。相公膝下尚虛，且徐圖之。但是缺了牙齒，覺欠雅觀。（生掩口笑介）

【尾聲】夫人齒性剛原易殞，嘯歌不廢我云云，誕傲方成我輩人。

齒折寧能廢嘯歌，酒鐺聊且共婆娑。
休論家國興亡事，話不投機半句多。

第十四齣　出關

【謁金門】（占上）庭陰顫，翠展芭蕉舉扇。聞着梁間雙語燕，畫欄空倚遍。

【换頭】暗裏韶華若電，盼望玉郎天遠。佳節端陽蒲艾薦，此情誰與展。

緑樹陰濃夏日長，一簾細雨洗梅黃。落花何處堪惆悵，又見蒲樽泛玉香。奴家縹風，自從謝郎别後，這幾日再不見面。想爲折齒緣故，銜恨不來。昨日母親説他已做官，不知是作要奴家，又不知果有這話，心上甚是放不下。呀！母親來矣。（小丑上）心情無定在，笑語便相親。番訝梁間燕，偏依舊主人。昨日與老烏計議今日起身，爲此喚下小船了，且把謊話兒對縹風一説。（相見介。小丑）孩兒起身了。我對你説，今日乃端陽佳節，聞江頭龍舟甚盛。我已喚了大船，在江東門了，與你同去看看便回。（貼）龍舟有甚好看，孩兒身子不好，不耐煩去。（小丑）今年的龍舟不比往年，城裏城外，那一家不去看哩！（占）船裏還有什麼人？（小丑背介）乖丫頭，恐我又同那老烏去，來問我。（摇手介）并無一人。老娘曉得你性兒的，怎麼同閑人，只你我母女兩個。本待自去，只是一人没興兒。不要拗我，同去走遭。（占背云）你看我母親好不多心，他怕留我在家，謝郎又來，故此要我同去。（對小丑云）既没有人，便隨母親去。（小丑）這纔是，桃葉渡喚個小船渡去罷。隨身衣服鋪陳，都帶了去，家裏没人看管。（走介）擺渡的擺過來。（雜扮稍水唱歌上）桃葉渡頭桃花紅，桃花紅時桃源洞。可惜一夜無情個催花雨，只見一片西飛一片東。元媽媽那裏去？（小丑）江東門去。（稍）上船來，上船來。（占、小丑上船介）

【鎖南枝】桃葉渡，桃已捐，滔滔東去不記年。直恁流水無情，空孤負落花戀。謝郎，謝郎。這活地獄我意堅，只怕死功夫你心倦。

（稍）媽媽，江東門了。（占）母親，不見有什麼龍舟，就回去罷。（小丑）早哩，停回兒少不得來。（背云）何故老烏還不來？稍水哥，你把船纜好了，我到崖上去看看。（稍應，小丑立看。净上，稍水同上唱吴歌）江東門，江東門，江東江水忒多情。目從大姑小姑跟則個彭郎去，至今流泪弗曾停。

【前腔】（净）爲有桑間約，花下緣，眈眈兩眸望欲穿。爲甚日已將晡，還不見佳音轉。呀，你看前灘上系小船，（小丑手招净介）烏爺這裏來。（净）來了，來了。恰相逢喜相見。

元媽媽那裏去？（小丑）老身領著女兒，特來看龍舟耍子。（净）有興有興，要看龍舟，請過我大船上去。（占）母親不要許他，羞人答答的，怎麼好到別人船上去。（小丑）孩兒又來了，烏爺什麼別人。（占）母親認得他，孩兒不認得他。（小丑）兒，我老實對你説，千不是，萬不是，是老娘前日不合打落了謝老爹的牙齒。如今他做了官，管得我們著的。倘或題起前情，老娘性命可不是也多的。爲此與烏爺商議，權到他江西去住幾時。他已備下大船，盤纏我母子去。難得這般好情分，過船去罷。（占）呀！母親這話那裏説起，爲何要到江西去？（小丑）兒，烏爺是你娘的好友，就如在家裏一般。（净）我江西人最撒漫。到得我那裏，穿的吃的使用的，一一包足，不勞大姐費心。（占）母親要去自去，孩兒不去，寧可今日就死。（哭介）

【孝南枝】咳！縹風縹風，你身如梗，命若懸。嗟我遭際直恁顛，自幼失堂萱，椿庭又先翦。（小丑）兒，你父母死後，做娘的并不曾難爲你。（占）虧殺恩慈，可憐養育成人，（小丑）怎生教道你？（占）相規相勉。（小丑）既如此，也該聽做娘的三分話兒。（占跪介）非奴敢抗娘親，兒自有心頭願。（小丑）你心上要怎麼？起來説。（占）我欲待言不忍宣，待不言時恨怎免。（小丑怒挽净手介）

【前腔】烏爺，你看這賊歪賴，會撒奸，嘴喳喳一似鵲噪喧。（擎拳介）我有鐵打棒兒拳，今日呵，領取去閑消遣。（净扯開小丑介）待我來勸大姐，聞得你多才又賢，何事今朝不聽娘勸。我有萬種恩情，常把你做涎兒咽。大姐，你把心上人莫掛牽，只這眼前人且方便。

（占不理，背云）縹風，縹風。千死萬死，總是一死，不如就這清江裏死得乾净。（作跳介。小丑、净）不好了！不好了！稍水哥救人，救人。（稍救介。净、丑）稍水哥，一竟扶過大船來。（稍救過船介）打發小船去罷。（净）與你青蚨二十。（稍）一個白虎番身，一個金蟬脱殼。雖然近得青蚨二十，也落得大姐奶兒一摸。（下。净）元媽媽，如今怎麼處？（小丑）只顧開船便了。小賤人還不依我，好好隨我前去。今後若違拗我，我手中的粗棍兒煞也是無情的。（占哭介）

【前腔】撲通的瓶沈井，支楞的琴絶弦，撒琅的鏡兒墜落磚。生察察把鸞鳳錦窩掀，痛煞煞將鴛鴦彈兒蹍。（小丑）還要多説。過來跪着，先打一百殺威棒去。（打介。净附耳介）不要造次。此間官府最多，激出事來不好，要打還待出關去。（占拜介）娘親恕愆，願聽孩兒一言自辯。（小丑）你要怎麼？（占）兒願一馬一鞍，不入仙音院。（净）好了，好了。小生是没老婆的，正是一馬一鞍。（占拜净介）就求烏爺勸勸母親。（净扶介）折死烏斯道，那裏消受得起。（占）我含着泪告上天，帶著羞對那人面。

【前腔】（小丑）我央了你千千萬，你偏拗我萬萬千。何曾有猱兒不覓錢，你倒想夫婦并頭蓮，直待你吃過蟠桃宴。（占）我那娘嗄。（小丑）伊休泪漣，從來的虔婆誰個是羊兒般善。（占）娘饒恕恁孩兒罷。（小丑）若要我意轉心回，除是快把降旗展。小賤人，我曉得你與謝窮，一定有誓願了。我這風月寨那裏討節義傳，前門送張郎後門把李郎騙。

（占）孩兒果然與謝郎有約，誓不從人。（小丑）屈屈屈！謝窮有何好處，苦死愛他？

【前腔】（占）他是玉堂俊，閬苑仙。（净）大姐，小子如何？（占）浪包婁難堪入烟月篇。（净）小子容貌略差些，家裏勝他幾萬萬。（占）你就是玉碾出鳳凰軒，金壘就鴛鴦殿，也無緣可聯。空做了流水恩情，摶沙姻眷。（浄）請問大姐，老謝也有些家事麼？（占）他有的是斷簡殘編，花柳中窮原憲。（小丑）賤人，便依你隨了他，難道呷風度日。（占）母親你心放寬，我情索專，便做了餓嬋娟亦何怨。

告母親，要聽孩兒三件事，就隨母親前去。（小丑）説來説來，那三件事？（占）第一件，從今日爲始，老烏另自顧船，再不許到我船上。（浄）是，小子再不敢求見。（占）第二件，到得彼處，不許逼勒奴家接客。（小丑、浄）使得。（占）第三件，若有再見謝郎之日，早晚便要相從。（小丑、浄）也使得，都依你。都依你。稍子哥，快趲過關去。

【前腔】（浄）把雲帆掛，風纜騫，一似鴟夷載得西子還。（内掌號。小丑、浄）稍子哥，何處鼓聲喧？（稍）王敦謀反，江關上好不緊急哩。（小丑、浄）原來是江關有争戰，稍子哥，須與我今晚趕過關去纔好，勿得留連。明日開船，好乘風便。（内又掌號，喝開關介。浄）媽媽，關已開了，歇在此罷。（小丑）歇了罷。（占）母親。老烏爲何不過船去？（浄揖介）我就到别船去也好胡亂眠，只是大姐心腸忒硬些，這等苦低情虧你心不軟。

（占）月上孤舟夜半情，離人怕聽落潮聲。

（小丑）洞房燭影今何處，（浄）欲寄相思夢不成。

（占下。浄）縹風竟到艙中去，把門兒反鎖了。（小丑）今晚且不要抝他，你還到别船去睡，前途去自有法兒。（浄）説得是，只是今晚放你不過了。（下）

第十五齣　陰伏

(副净上)江東臣子似湯雞，活剥生擒任我爲。堪笑書生不解事，此生斷送老頭皮。錢鳳與王公渡江而來，指望先議九錫，徐圖受禪。誰知周顗、戴淵，都是癡呆老兒，一些也不惹頭。前日去報這信兒與老戴，反有許多怠慢我，被我在主公面前搬鬥了幾句，主公着惱得緊。以此暗與王丞相定下此計。只說主公有病要回，設宴賺他來，就酒席上尋個事端，一刀殺却，絶了後患，有何不可。好笑還有一人，叫做謝鯤。整日吃得爛醉，口出大言，且有虚名。今日也賞他一刀。叫巡邏官。(雜扮巡邏官上)朝中天子宣，閫外將軍令。巡邏官磕爺頭。(副净)巡邏官，今日新亭設宴請百官，你可帶領鐵甲軍士五百，衆官未到之先，預先埋伏在後堂。人人要藏短劍一口，不許喧嘩囉唣。飲宴中間，不奉呼唤，不許離次。一聞呼唤，不可遲延，違者軍法。(雜)得令。

【四邊静】(副净)聽我號令，偃旗息鼓如安寢，銜枚持口噤。兔脱莫留停，狙擊要詳審。(合)軍機凜凜，軍容磣磣。奉令疾如雷，莫教有直恁。

【前腔】(雜)從來杯酒生毒鴆，敢將金革衽。首將旗旆懸，血向刀頭飲。(合前，巡邏官下副净)巡邏官去了。下官親領五百勇敢軍士，外廂巡邏去咱。

好去十面埋伏，須教一網打盡。

第十六齣　赴宴

（卒引生上）長江萬里限江東，不數秦關百二重。譏察若還勤着意，何勞瑣瑣一丸封。下官奉命把守龍江關，職雖卑微，任却重大。况王敦擁兵江口，來往尤當盤詰。如今正是放關時候，叫左右傳令開關。一應往來船隻，須要仔細搜檢。有船引的，登記花名册子，即時放過。如無船引，拿來親問。傳令開關。（雜應，掌號。乙通鳴鑼三下，喝開關介。净、小丑、稍上）稍子哥，開關了，快討關去。（稍子撑船，卒擋問介）這是什麽船？（净）客人賣了貨回鄉去的空船。（卒）有船引没有？（净）有，有，在此。（卒）取船引來。你叫什麽名字？（做寫介，净）商人一名烏斯道，妻一口李氏，女兒一口。（卒）什麽名字？（净）縹風。（卒）那裏去的？（净）江西豫章郡去的。（卒）快撑快撑。（净、小丑、占、稍子同下。衆喝閉關介）稟爺，船放盡了，繳花名册子。（生取看介）前邊都是差使馬快官船，後邊却是民船。（又看介）這一名是商人烏斯道，妻一口李氏，女一口縹風，前往江西豫章郡。（駭介）呀！這縹風一定是我東鄰的元縹風了。向來聞得有個烏客人與他母親往來，多應是那虔婆賺去了，可憐這女子到有志向。此去那有出頭日子？左右的，快拿烏斯道轉來。（卒叫不應介）稟爺，過關的船，趁着順風張帆去遠了，唤不轉了。

〔北仙吕〕【賞花時】（生）他那裏一篙烟雨一檣篷，俺這裏萬種躊躇萬唧噥。心逐亂雲横，今宵魂夢，興在一杯中。

【幺】冷落了青風銅爵宫，間阻了流水桃源洞。此日意無窮，心中作頌，無語怨東風。

可惜今日要去赴宴，不暇去訪問明白。左右的，打執事到新亭去。（下。丑上）某當朝丞相王導。大將軍兄弟設宴新亭，特來赴席。你道此酒却是爲何？大將軍不喜歡周、戴二老，欲與决一死戰。我勸他只做好意請酒，就席擒之，使其疾雷不及掩耳。二老略不知這機彀，昨去相約，歡然肯赴，此時想將次來到矣。（外、小生上）某尚書周顗，某尚書戴淵。王大將軍相招，特來赴宴。呀！老丞相先已在此了。（各拱手道請了，內傳）大將軍有旨，赴宴官不許攙前落後，直待到齊，排班進見。（外、小生）呀！茂弘，處仲如何妄尊至此？我們來差矣，去罷。（丑）既來之，則安之。呀！謝都尉也來了。（生上）説話之間，早已來到新亭也。（相見，丑、外、生拱手介。生）老丞相，二位老尚書，謝鯤見。（略跪介。丑、外、小生即扶介。生）請問老丞相，令弟大將軍此酒爲何而設？莫不有甚陰謀麼？老丞相一定知道。（丑）舍弟患病，思歸姑熟，故設此宴，與衆老先生叙别，并無他意。王導在此，何必多疑。（外、小生）老丞相在此，一定不差。（生笑介）

【新水令】老丞相，那裏是大將軍幕府玳筵開，分明是宴鴻門當日的機械。現放着闖轅門的樊噲，老丞相，那裏討舞雙劍的項伯。凶和吉轉難揣，鴉與鵲兩同偕，怕没有天來大一場兒驚駭。

（內掌號，丑）大將軍升帳矣。（净、雜上）孤王敦是也，錢參軍與丞相哥哥勸我于酒席上誅斬周、戴兩人，叫旗牌官，百官既齊，大開轅門。請丞相大爺先入，其餘挨次魚貫而入。（衆傳介。丑進見。净）丞相哥哥拜揖。（丑）大將軍兄弟拜揖。（外、小生進介）大將軍拜揖。（净）二位尚書拜揖。（生見跪介）大將軍，謝鯤見。（净扶介）此位就是幼輿，久慕久慕。孤前日授卿都尉之職，兩日不蒙卿顧，莫非嫌官小麼？（生笑介）謝鯤無志仕宦，豈嫌官小。但新入仕途，親朋來賀，日日爛醉，正忘之耳。（净笑介）好曠達也。

【沉醉東風】(生)生長在南嶽則這北岱，醉落在柳陌也那花街。詩酒債，整日忙。鴛鴦社，逐朝賽。這便是老我生涯。(净)聞得幼輿身在丘壑，志存廊廟，孤方欲向用你哩。(生)俺這巧拙賢愚任爾猜，朝家事半星兒何曾得解。

(净)不曉得朝家事體，曉得甚的？(生)大將軍，謝鯤止曉得吃酒。自來家貧，不得美醞，亦不得取醉。今日幸蒙見招，望早賜些，多賜些。(净)看酒來。酒要吃，正事也要講，列位滿飲孤家此杯。(舉杯介，衆飲介。生大叫)大將軍。謝鯤狂士，不知禮法，願多賜些好酒，聽其自行斟酌。(净)巡宴官。看一大壇好酒來，送謝都尉面前。(雜送酒，生取飲，自篩大喊介)好美酒也，好美酒也。伯仁若思同幹此杯。(外、小生舉幹介)

【喬牌兒】(生)瀉瓊漿琥珀，過玉薤光澤。(净)幼輿，在孤面前，何無禮也。(醜)幼輿。大將軍在上，放尊重些。(生)怎好把將軍禮數椿椿責，可不道遇酒且忘懷。

(净)幼輿。近聞得人言云：任達不已，幼輿折齒。我見你果然少了兩個齒，這緣故可使孤聞之麼？(生笑介)正要説來，奉大將軍一笑。容謝鯤飲乾此甌，起來手之舞之説去。(飲介，起逐句演唱)

【七弟兄】想那日醉騃，向平康亂歪。見一個女裙釵，那冤家帶笑心相愛。俏聲兒許結鳳鸞諧，魂飛在九霄外。

可恨那虔婆呵！

【幺】氣吁吁走來，亂紛紛鬧咳。那風婆子似狼豺，恰便是煞神兒降下閻浮界。把門牙打落在塵埃，大將軍這情理如何奈。

（净）你折了齒，甚不好看。

【收江南】（生）呀！這的是風花隊裏起飛灾，抵多少雲陽市上哭聲哀。况從來落拓脱形骸，酸秀才，又何必邊幅好豐裁。

大將軍，謝鯤醉也。借席上三尺地，與謝鯤睡覺兒。（作睡介。净執杯拱手介）衆卿在此，聽孤一言。孤之此來，意欲掃除君側，再造王家。然後解却朝衫，角巾歸第，與卿等爲鄉社之飲。（生作打鼾介。净）豈意天違人願，衆附親依。如今欲退不能，即真未可，全仗二三卿相等共成之。今日卮酒爲誓。丞相爲明府，從孤者滿飲此杯。日後相忘，使卿等觖望，有如此酒，負孤者亦同之。（丑取净酒，對天跪飲，復斟酒，對外、小生）二位老先生請飲此酒，作成作成。（外、小生怒介）茂弘，你身爲晉室元老，原來却是國賊。國家那些兒虧負你兄弟，顧欲反耶？我二人頭頸可斷，此酒斷然不飲。（净怒介）老犉牛，這等可惡！（背問丑介）丞相哥，還是如何？（丑附耳云）不殺二人，大事不成。（净）旗牌官何在？（雜）有。（净）快把周顗、戴淵押付市曹，分付錢參軍監臨梟首，立獻首級。（雜）得令。（外、小生）皇天后土，王導、王敦兄弟謀反，今日將我二人誅殺。（拜内介）生不能報陛下，死當作厲鬼以殺賊。罷罷罷！人生自古誰無死，留取丹心照汗青。（雜押下。丑指生介）此人何不一發殺却？（净）孤另有處。（丑叫生介）幼輿好醒也。（生醒介）好一覺睡也。

【折桂令】黑模糊歷遍春臺，（丑）大將軍前這等無禮。（生）我不衫不履不受塵埃。（丑）還不起來謝罪麽？（生）本是個支離病叟，風魔傲侶，落魄微才。大將軍飲狂藥難將人責，筵席上怎起風霾。

大將軍寬洪大度不責微愆，丞相你便滿口胡柴雙眼全白。（净）如今你還吃得酒麽？（生）還吃得。（净）巡宴官，再與謝都尉酒。（雜應介。生）暢好是五斗開醒，饒你便一石也堪篩。

請問大將軍，伯仁、若思那裏去了？（净）他就來也，你吃酒罷了，管甚閑事？（生笑介）説得有理，吃酒罷了，管甚閑事。（飲，叫乾介。卒持二首級同副净上）善有善緣，惡有惡報。未識人倫，焉知天道。（進跪介）主公，錢鳳奉旨監斬周顗、戴淵，特獻首級。（净）參軍取去，放在謝都尉面前。幼輿，倔强者看樣你可陪他吃一杯。（生）是，將酒來，我與兩位尚書吃個上馬杯兒。

【沽美酒】伯仁兄請酒，我笑你官八座列三台，若思兄請酒，你擁材官護九垓。氣概昂昂稱晉宰，全没有周身之策，老脖子稾懸街。

【太平令】空撇下美香醪甘如沆瀣，好杯盤過於虀菜。對著你眼張狂不瞅不睬，問著你嘴都盧不尷不尬。（净）幼輿，周、戴故意抗孤，你道該殺不該殺？（生）他既已死哉合埋，何須問合該不該？（净）錢參軍，把二賊屍首號令市曹，不許收葬。如有看視者，即便擒來梟首。（副净得令持頭下。生）呀！直恁的大驚小怪。

大將軍，鯤已醉飽也，有酒明日再吃。仰天大笑出門去，我輩豈是蓬蒿人。（下。丑）謝鯤這廝好無禮，不謝酒竟自去了。（净）由他去罷，孤自來不曾見這樣人。（丑）大將軍不殺此人，却是爲何？（净）孤看此人，荒淫於酒。然却有時名，他齒牙且不能顧，何足畏懼？今方誅二大臣，若并及之，天下以孤不能容人。曹孟德不殺禰正平，正是此意。況周、戴之誅，如殺二鼠，何慮謝鯤乎？（丑揖介）大將軍神算，非愚兄所及，敬服敬服。雖然，朝廷之上，斷容不得。豫章僻遠，又是大將軍管轄地方。愚兄欲打發他出去，還請大將軍尊旨定奪。（净）是如此，孤連日身體甚覺不安，暫回姑熟調理。朝廷之上，全仗丞相哥哥主持。（丑）不須掛念，正當正當，周、戴已誅，料無異議矣。

（净）顛危欲把一身扶，堪笑狂夫計太疏。

（丑）似我已成生富貴，笑他先下死功夫。

第十七齣　約社

【繞池游】（外扮王鑒上）屏居村落，心賞隨年薄，課桑麻不分昏曉。犬吠村墟，雞鳴樹杪，問同人何時可招。

秋乍來，人遠别，夢斷敲窗梧葉。鴻雁度，蟪蛄鳴，音書寄不成。西山雪，東窗月，結伴不嫌吾拙。已焚車，聊讀書，干戈且掩廬。老夫姓王名鑒字公明，豫章九江人也。向仕本朝爲車騎將軍，因見五胡雲擾，中原陸沈。以此棄職歸田，卜居匡廬山下。夫人羊氏，乃太傅公孫女。老夫年老無子，止生一女，嫁秣陵謝幼輿。我這邊到秣陵不過一水上下，向來朝廷無事，道路清寧。或一月或半月，女孩兒音問時時往來。近來王敦謀反，沿江一帶，十分戒嚴。恰有半載，絶無消耗，心上甚放不下。我看謝郎是個人中之傑，不愁他功名不遠大。只愁目前貧窘，又遇亂離，不知何以度日。且待干戈寧静，再作道理。老夫自從卜居此山，却又是數年矣，你看匡廬好山色也。

【小桃紅】匡君何日此游遨，千載靑不了也。向幽深中結成一座草團瓢，日對著石門椒。浪誇他紫烟生，紅雨飄。仙壇净玉京近也，都收入竹几吟毫。謾説道遠風塵，先已脱險波濤。

呀！夫人來矣。（老旦扮王夫人上）

【逍遥樂】兒女憂心悄，路阻長江信音杳，西風吹夢到江皋。愁依雁字，恨絶魚書，泪盡雞潮。

（相見介，老旦）相公萬福。（外）夫人少禮。〔望遠行〕碧砌蛩螿夜夜鳴，柴扉永日鎮長扃。門前山色送來青，市塵不到小茅亭。（老旦）揚子月，秣陵砧，不傳消息但傳情。漁陽鼙鼓忽然，音書阻絶二毛生。相公，我與你年老無子，止有一女，遠嫁謝郎。向來雖不得時時見面，音問却也不絶。近來半載，杳不相通，不知爲何？（外）夫人，今王敦謀反，道路阻塞，彼此相去千里有餘，那討音問？姑俟少平，我這裏就差人去了。（老旦）相公，聞得謝郎資身無策，日缺三餐，待得平静，知是何時。只恐他夫妻二口，索之枯魚之肆耳。（外）夫人，謝郎人傑，江左無兩，焉有長貧賤者乎？不須多慮。中原騷擾，豺虎縱横，幸得老夫解却朝簪，釋去重負，此地又僻，不遭兵燹，正好優游蔗境。

【下山虎】你看庭深蒿草，闌長藥苗。門静堪羅雀，絶無市囂。我自向雲賃眠窩，月賒濁醪。攏火時將柏子燒，盡日無人到。環堵蕭然著絶交，蠻觸徒然競不到。我溪前谷坳，一枕羲皇絶夢勞。

【前腔】（老旦）相公你雄心枯槁，短髮蕭騷，膝下將誰靠？唯有文姬在遥，痛殺我老景孤單，形只影凋。千里雲山一水饒，半載絶音耗。烽火連天貫斗杓，生死難存料。心頭火燒，（悲介）我那兒，何日重逢慰寂寥。（雜扮賽社四人，一老者爲頭，打鼓上）

【本宮賺】社鼓齊敲，中元節屆鄉村鬧。靈神鑒昭，一月月十風五雨年收好。當祈報，牲醴庶羞盡備着，只愁好女難尋討。獅蠻跳，做來一弄兒歡和笑。唱出吴歌羌調，唱出吴歌羌調。

（老者）我們都是廬山下鄉民。我這廬山有個伊尼廟，廟中有個伊尼大王。不知是何神道，最是靈顯。方方數百里居民，凡有些小疾病，禱之必應。每歲春秋二祭，却是上元、中元。上元止用燈火鼓樂，烏猪白羊。中元没有燈火，猪羊之外，要尋一個童身美女，送進廟中祭享。但是齊整虔誠，又有美女。那年自然風調雨順，五穀豐稔。若但有祭品無童女時，霎時就起雷電，一歲疾疫歉收。如今又當中元節屆了。夥計，今年輪該王老爹爲首，我們同到他家去，問他可曾有了童女不曾，這不是當要的。轉彎抹角，此間已是。王老爹在家麼？（外）誰在外廂？夫人且進去，待老夫去看來。（老旦應下。外出見介）呀！原來是衆社友，有何見教？（衆）王老爹，如今中元節到，伊尼廟中祭賽，輪該宅上劇首。金錢寶馬，猪羊酒果，都不打緊，只是童身美女一時難覓，須預先定下，省得臨期無措。（外）正是，我到忘了，早是諸公見教。

【章台柳】（衆）王老爹，神貺屢曾邀，報賽在今朝。寶馬金錢般般妙，只少個女妖嬈。（外）諸公可曾到各處坊村問一問？（衆）不論村坊與近遼，顛不刺有萬千曹。王老爹，休誤却這番秋祭，使神焦躁。

【醉娘子】（外）我聞言轉焦，我當任劇，這佳人難遇遭。衆社友，時日已迫，勞你列位分頭去問。若有美女，身價隨多寡，我都願出。黄金已在腰，向別處遠方相尋抓，得時休論多和少。

（衆）我們今日就借宅上敷演社火一番。（演介）

【豹子令】打鼓如雷震九霄，震九霄。燒香若霧散林郊，散林郊。鬼臉裝成耍鮑老，村姑唱出念奴嬌。（合）雞豚濁酒樂陶陶。

【前腔】社飯分來香氣飄，香氣飄。春盤簇處味堪嚼，味堪嚼。老翁得酒將聾療，東方割肉豈蒙嘲。（合前）

王老爹，我們告辭了。（外）還勞列位多方尋訪，有時便來見教。（衆）曉得。

千尋古木笑聲中，此日春風屬社公。
但願三登多快樂，人無疾病稻禾豐。

第十八齣　哭友

【一枝花】（生同卒持祭物上）天家嗟隕蹶，國寶亡雙傑。抱琴弦欲絶，月明夜。一代風流，地下修文籍。妖氛方四徹，國事堪嗟。無奈袖手𠠝勷謀拙。

〔山花子〕泰山頽倒哲人萎，白玉樓成似有期。天地茫茫無可問，轉凄其。滿腔忠義只天知，不顧人間事已非。奸臣未滅身先死，泪沾衣。謝鯤生逢厄運，正值晉室淩夷。昨者新亭之宴，不是詐醉佯狂，幾不脱於虎口。可憐周、戴二兄，不聽吾言，果然駢首就戮。如今懸頭西市，不許收葬。吾想欒布奏使事于彭越，北海寄典刑於虎賁，人各盡吾心耳，何暇計利害哉？謝鯤與周、戴二兄契結金蘭，誼同臭味。今日之難，彼既殺身以成仁，我寧靦顏而事虜？且往西市祭哭一番，聊盡炙雞絮酒之情，素車白馬之義。至於死生利害，姑且聽之。叫左右，可將祭禮到周、戴兩尚書號令所在去。（卒）稟爺，這所在去不得。（生）爲甚去不得？（卒）錢參軍統領鐵騎五百，日夜在彼看守，不許人來收葬。就是祭奠者亦俱不許，犯者即便梟首。就是兩尚書家屬親故，盡不敢往，老爺何故去犯他？（生）你不曉得，去就罷了。揮泪哭山前，蘭摧自可憐。魂兮如可問，應爲直如弦。（卒）稟爺，已到西市頭了。這就是兩位尚書號令所在。（生哭介）呀！伯仁兄、若思兄，你從容就死亦何名，戀國唯君與屈平。從此秣陵烟月夜，杜鵑應作兩般聲。我那伯仁、若思兄那！

【山桃紅】你身膏草野目掛吴堞，罵賊眦爲裂，肝腸似鐵。愧殺那屈身頰，愧殺那乞憐舌。説甚子房錐，董狐筆，和那蘇卿節也。耿耿丹心昭日月，家國悲俱滅，綱摧紀截。（悲介）二兄那，何日青城開馬鬣。

叫左右，把祭品鋪陳下了。取酒過來，伯仁兄、若思兄，恁謝鯤兄弟家貧無可爲祭。

【下山虎】止采得東陵瓜瓞，西嶺薇蕨，汨水清而澈。生蒭一撚，二兄那，聊表你行合情同，方操比潔。別有椒蘭手自爇，二兄那，此恨何時竭。看怨氣騰空星斗斜，版蕩誰寧帖。滿目狐踪鼠穴，恨江左冠紳皆婦妾。

【蠻牌令】楚些意難寫，巫咸在那些。招魂無計也，空自語喋喋。望長天重將酒瀉，對空江

滴盡鵑血。何事悠悠中没話説，但只見澤國迷雲，怒濤卷雪。（副净領衆上）

【劃鍬兒】元戎號令誰當越，鶻旗懸首正高揭。（卒）稟爺，前邊有個哭屍的在那裏。（副净）快拿。（卒應。副净）何人自作孽，敢來視閲。賊臣竄竊，毒如螫蠍。若不同謀，何從涕泣。

（卒）稟爺，拿得哭屍人在此。（生）世儀請了。（副净）呀！元來是謝幼輿。周顗、戴淵抗違大將軍，故梟斬示衆，懸屍市曹。你不見榜文上明明説：「有來看視及祭奠者，罪與本人同科。」我道幼輿是知禮法的，何故犯此？（生）昔者董卓既誅，懸屍西市，蔡邕哭之甚哀。今日周、戴之忠，非董卓比。鯤之感恩，不減蔡邕。今日之哭，誼自不能已耳。鯤所守者，晉家法度。大將軍榜文，實未睹及。世儀何必苦苦相迫耶？（哭介）伯仁、若思兄那！

【五般宜】想着你綰銀黄，飄飄氣燁。想着你抒文藻，翩翩錦纈。想着你俊爽邁前哲，想着你對酒當歌，情輸意協。想着你垂青下劣，想着你茅齋結轍。二兄那，誰知道一巵酒猶温，咱和伊成永訣。

（副净笑）幼輿，你太認真了。晉室分崩，周、戴又死，有天下者，非大將軍而誰。你若肯相從，我把今日哭屍的事都瞞過了，何愁不得要位？若不然，恐周、戴而後，第三個就是你了。（生）謝鯤志在山野，原無濟世安民之才。大將軍要此樗朽何用？犯了大將軍法，該殺不該殺，是在世儀。謝鯤何敢求生以撓法？

【五韵美】生長在山林樾，追思盡日躭曲糵。恨微官不覺就羈紲，平生事業，深自愧幺麼瑣屑。但只願新朝寧恢網罝，一任他方外嚴陵，客星夜烈。

（副净）這事體錢鳳做不得主，只送到軍中，憑大將軍發落便了。叫左右綁起來，隨我押送軍前去。（卒應綁生欲下。雜扮差官急上）

【江頭送別】前營内昨夜裏將星墜裂，早晨間承密旨來投簡牒。參軍好把三軍撤，莫停留自干罪決。

小官奉大將軍密旨，來報機密事，望乞屏去左右。（副净）左右回避。（生衆虚下。雜附耳）大將軍行至江寧，病勢十分危篤，特差小官請參軍爺到軍前付託後事，時刻不可遲。請即刻起行。（副净）我曉得了，請先行罷。此事切不可泄漏，須要小心。（雜）曉得。將軍不下馬，各自奔前程。（先下。副净）咳！天下事已就八九分，如何忽有此變？始信謀事在人，成事在天。如今我把謝鯤解去，也没用了。不若做個人情，釋放了他，後日還可相見。叫左右，快松了謝爺綁，請來相見。（生）世儀何故不把謝鯤解去？（副净揖）小弟細思，幼輿篤于友誼，實爲可敬。一時冒瀆，望乞恕罪。小弟軍中有事，就此奉别。誰云謀事在人，畢竟難逃天定。（下。生）好怪！錢鳳起初要將我解赴軍前，見了報事官，就把我釋放了，此必軍中有變。且待回衙，差人往探，便知分曉。

神交憶昔許相同，死别生離一夢中。
泪灑西風誰會意，停雲正在大江東。

第十九齣　魔見

〔北仙吕〕【點絳唇】（末扮伊尼大王上）肸蠁一方，威嚴萬狀。神靈壯，如在洋洋，誰敢不來享。

廟食匡山已百春，威靈顯赫四方聞。從他著論明無鬼，須信空中自有神。小聖伊尼大王是也，本栗陸氏之後裔。祚開中冀，星散瑶光。生長山阿，行游林麓。每擇晉以爲止，恒走險以爲娱。金母乘以獻環，老聃托而禦世。尾促促而狎至，曾陪大舜于深山。體濯濯以馴肥，常侍姬文於靈囿。身上綉文斑駁，分明玉女散天花。額端修角峥嶸，絶似神龍離大海。歷千年而爲蒼，又百年而變白，又五百而成玄。綿綿纏纏，永永遠遠，長生與天地無疆。或稱爲山客，或稱爲仙騶，或稱爲律主。岐岐嶷嶷，烈烈轟轟，令名與日月并耀。銜花出洞，長眠碧岫閑雲。齧草來林，時飲清溪流水。鄭人覆蕉葉，悟浮生夢幻之無常；女子采薇，識貧富窮通之有定。惱則惱趙中令指我爲馬，藉以欺君；喜則喜蘇仙翁稱我爲龍，憑之覲帝。芙蓉露冷，曾在宜春苑裏行。禾黍風生，會向姑蘇臺上走。道士成仙日，衆共躋攀。先生折負時，人浄瞻仰。奈花開後，春光明媚，桃能紅，李能白。灼灼爍爍，燦燦爛爛，伎伎挈伴卧前崗。蘋葉肥時，秋氣清高。汀有蘭，灘有蓼。芳芳馥馥，澤澤甘甘，麌麌游牝邀明月。似此閲歷年歲，更兼采盡陰陽，遂能變化神通，奇幻不測。喜時慶雲生，和風降，氤氤氲氲。非烟非霧，滿乾坤瑞彩祥光。怒時駕封姨，鞭列缺，慘慘凄凄，若裂若掣，遍世界翻江倒海。前有麑世子，後有麀夫人，總理内外，整整齊齊。右有麋將軍，左有麕丞相。分掌武文，鏘鏘濟濟。正是雖無亭毒權，亦有生殺柄。祈禱若誠心，自然能感應。小聖降生張月，來住匡廬，修真鍊性。取盡日精月華，胚胎已具，氣候將成。因能呼風唤雨，出鬼入神。土人爲我立廟，名曰「伊尼大王」。方數百里，水旱疾疫，有禱必應。土人感我敬我，每歲春秋二祭。春祭看燈，秋祭自牲醴之外，要一童身姜女，名曰「侑觴」，實以備幸。但祭時有了美女，就與他太平福慶，雨順風調。若還無時，登時雷轟電擊，旱澇愆期，田禾不熟。以此百餘年來，遂成永例。目今正是中元，正該秋祭。某待打點飲喜酒，做新郎也。且唤手下人打點伺候者，麋將軍麕丞相何在。（雜二人扮麋、麕上）匡山五老拂雲過，留得香烟掛紫蘿。溪谷幽深龍虎狎，岩扉巀嶪鬼神多。大王，臣麋臣麕參見。（末）丞相、將軍，目今中元節屆，例該秋祭，土人料然不缺。但赴宴之時，須要儀仗鮮明，侍衛嚴整。恐有生人窺覘，不當穩便。（雜）臣等已遣麡元帥、麃先鋒、麈參軍、麂校尉，分頭巡邏護衛，大王不必費心。（末）丞相、將軍，今我等居此，是好受用也。

【混江龍】則我這雄威氣象，索强似都天大帥總魔王。用不了長林豐草，看不盡水色山光。居處有琳宫寶殿，簇擁有羽蓋珠幢。護衛有黄幡豹尾，差遣有黑煞勾芒。冷颼颼腰懸寶劍，明晃晃手握金槍。帶一頂鳳盔高聳，穿一領兕甲昂藏。鎮守着山岩洞口，降伏了地煞天罡。饒你是九頭王休來輕覷，百眼鬼誰敢張惶。玄丘尉形彰華表，巴西侯夢斷清霜。斑將軍咆哮盡斂，廬山公躑躅彷徨。金磚舉千條蛇走，火輪發萬道霞張。喜時節和風甘雨，怒時節地塌天荒。則除是千手如來能化誨，誰怕你八臂那吒逞陸梁，永坐山堂。

雖則如此，麤丞相鎮守廟中，麋將軍還帶領一千魔軍，四下巡邏，小心在意。（雜應同下）

第二十齣　鬻女

【縷縷金】（凈扮烏斯道上）癡妮子性奸猾，我饞涎都咽盡，落得眼巴巴。眼飽腹中餓，教人惱殺。且安排計較坐喬衙，看他怎禁架，看他怎禁架。

小子烏斯道，只爲要娶元縹風，與他母親設計，從秣陵哄到這裏。誰知這妮子性格蹺蹊，一路在船上來。我用盡了千方百計，他便有萬阻千推。不從我也罷了，日日要投河落水，我那裏看得他許多全。若還死了，可不是真正人命。那鴇子翻轉面皮，與我討人，却怎麽好？連日阻風在匡廬山下，昨晚心上不快，上去閑走。只見有許多人説，要尋一個標緻童身女子去賽社，肯出五百兩銀子身價。我想世間老鴇兒那一個不愛鈔，肯賣亦未可知。一來推掉了這干紀，二來出我心頭一口忿氣，那管他去後死活。船上不好説話，我約元媽媽上埃，這時候想必來也。（小丑上）孩兒，我上埃去就來，你好好坐在船裏。

【前腔】多生受恁波查，江間波浪湧，阻天涯。況有癡兒女，千般嬌詫。老娘心下亂如麻，怎生好干罷，怎生好干罷。

常言道：男子癡，一時迷。女子癡，没藥醫。可恨我那縹風，再不肯與老烏做伴，一心只想謝窮。比來老烏何等搊趣，何等幫襯，并不惹頭，打了駡了便尋死。（嘆介）咳！怎麽好？怎麽好？連日阻風在此，未曾開船，老烏約我到埃上説話，不知説甚話？（叫介）老烏那裏？（净）元媽媽這邊來。（相見介）媽媽，女兒不肯從我，怎麽好？（小丑搥胸）不要説起，這妖精教我也没奈何他。（净）我對你説，自從秣陵到此，日日指望他回心轉意。如今看起來，不能彀了。就到我家，也拗他不過。倘或死了，豈不可惜！昨日我在山邊閑走，只見有許多人在那邊説，要買個童身女子去賽社。（小丑）如何叫做賽社？（净）他説這邊有個菩薩，每年做社祭，他要一個女子送進廟中陪酒。今年祭期已近，那女子還没討處。我想你女兒這般作乖，不像與你挣錢做家的了，不若賣與他陪酒去罷。（小丑）這妖精怕不肯去陪酒。（净）你莫騃，兑了銀子，交付與他。進廟之後，那菩薩連頭搭腦都吃了，還有什麽肯不肯。（小丑哭）這個不成，我那兒那，我從幼撫養起來，怎割捨得做了吃料，可不痛殺老娘也。（净）莫哭莫哭，價錢倒好哩！（小丑）肯出多少？（净笑）不與你説。（小丑）好哥哥，便説還多少。（净）一口就還五百兩哩！（小丑拍手大笑介）好造化！好造化！這般價錢不賣，更待何時。死是死了别人的女兒，可在老娘肝兒上。那人在那裏？和你就尋他去。（净）這夥人説，若有女子，竟到王車騎老爹家來問。前邊黑門樓就是王家，和你就去。（小丑）正是就走去，如今長手臂的多哩！（走介）岩路穿黃落。（净）人家隱翠微。（朝内）借問聲，此間正是王老爹家麽？（内答）正是。（净）王老爹在家麽？（外應上）誰叫？

【前腔】爲賽社覓嬌娃，村村絶踪影，好嗟呀。恐犯神明怒，將何報答。門前若個語喳喳，且來早迎迓，且來早迎迓。

誰人在此？（見介。净、小丑）老翁就是王老爹麽？（外）在下就是。從未相識，二位何乃忽然下顧？（净、小丑）愚夫婦聞得上宅要尋童身美女，特來造問。（外）果是有的，莫不二位有？在那裏？（净、小丑）就是小女，情願出賣。（外）生得如何？（净、小丑）不敢謙，不像爺，不像娘。變種生的，絶妙絶妙。（外）在那裏？可著領去看看。（净、小丑）就在河下船裏，要看就看。只是女孩兒家害羞，不可上船，也不要大驚小怪便好。只在埃上遠而望之，不驚動他便好。（外）曉得。（走介）萬木千山落。（净、小丑）孤舟一棹欹，這枯楊底下第三只船艙裏坐的就是。如何？好不好？（外看介）人物果然去得，只是還有話要講。請到寒家去，且邀野老過。笑語暫盤桓，此間已是寒家，請進。（净、小丑作進揖介）王老爹拜揖。（外還禮）二位莫怪老夫多口。

【古輪台】我且問伊咱，你是何方人氏甚人家？緣何到此來歇馬？孤舟停箚。（净、小丑）我家住秣陵，積祖在落星橋下。衰薄烏宗，唤名斯道，因逃兵火泛浮槎。（外）你女兒呵，這般幽雅，莫不是接木移花？幾多年紀？唤何名字？因何不嫁？（净、小丑）兩口止生他，年十八，縹風未受阿誰茶。

【前腔】（外）休誇。既然是嫡派根芽，爲甚的賣向他方，將他揈靶？（净、小丑）欲説還羞，怎禁得家緣消乏。（外）敢還是年少多情，蜂猜蝶覷，穴隙逾墻被人話。（净、小丑）老爺你休將人吒，自生來掌上擎拿。一任他花醲柳釅，風前月下，何曾閑踏。（外）果是玉無瑕，休言價。願將白璧聘苕華。

（净、小丑）請問老爹，要娶與那一位公子？（外）不是，我老實對你説。

【撲燈蛾】我豈無端聘玉人，我豈無端聘玉人，説與休驚怕。有神號伊尼，是匡廬山下活菩薩也。按年年祭法，要佳人作配歡洽。客人，這交易要兩相情願，與你講過纔好成。成交後休生牽掛，總塗抹生離死別只一霎。

（净、小丑哭介）我那兒那。

【前腔】你紅顔當自嗟，你紅顔當自嗟，命裏逢凶煞。不是愛錢財，也非關爹娘恩寡也。（外）你休將泪灑，把文書親用花押，銀五百當時賫發。（净、小丑）還要再增些。（外）休嘈囃，這是常規定價永無差。

（净、小丑）既如此，銀子老爹兑准了。明日送女兒到宅上，就把銀子交付我。（外）這個自然，但不要送到我家來。立了文契，并女兒竟送到江邊伊尼大王廟裏。我先取了銀子，等在那邊，打發你便了。（净、小丑）伊尼廟在那裏？（外）你從來的舊路下水去三十里，地名白鹿村，有所大廟就是。（净、小丑）曉得了。

【尾聲】臨行再説句衷腸話，切莫向小鬼頭兒説絮搭，我自去弄舌調脣閑嗑牙。

（外）明珠不惜買娉婷，要與神祇作證明。

（净、丑）不是忍將兒女棄，常言財重六親輕。

（小丑、净欲下，外）轉來，文契須要開寫明白。説道自賣之後，死生存亡，俱無言論。（小丑、净應介）曉得。（同下）

第二十一齣　出守

【喜遷鶯】（生上）鳥啼花落，正萬恨驚心，千愁作惡。鸞鳳摧翎，豺狼當道，空宫霜滿黄蒿。一代風流都盡，千古興亡堪惱。憂心悄，愧補天無計，填海徒勞。

〔虞美人〕淮水東邊舊時月，夜夜懸北闕。山河浮動酒杯中，縱有長戈挽日向誰雄。長江濟泊孤雲没，伯符霸業空悲咽。暮雲樓閣古今情，一任天荒地老恨難平。自從王敦兄弟篡逆，大肆誅夷，周、戴既亡，朝政盡歸其手。謝鯤雖幸得全於酒，然亦靦顔在位。雖有請劍之心，苦無太阿之柄。昨日錢鳳見我哭奠二公，便要縛送敦賊。不知爲何，輒又中止。今日反升我爲豫章太守，這明明忌我在朝，打發出去。况豫章又是敦賊所轄，害我何難？我待辭而不赴，恐反生疑，因而惹禍。只得且去到彼，覷便行事便了。夫人那裏？（旦上）

【七娘子】雙親數載違言笑，盼庭闈碧天路遥。南浦春生，故山雲繞，今朝欣舉江干棹。

（相見介）相公。喜得你初列朝班，遂膺峻擢。此去豫章，不惟你素志得展，就是奴家也得與爹媽聚首。風日頗佳，不知何日起行？（生）夫人，王敦、王導忌我在朝，故此一麾出守。此去尚未卜凶吉，但限期甚迫，只就今日便要渡江，不知行李完備未曾？(旦)行李完備多時了。(雜扮卒上)晴天開祖帳，落日送征鞍。稟爺，渡江船隻俱已齊備在新亭了。(生、旦同走介)夫人，你看漁笛烟村晚，青山起暮雲。岸花飛送客，檣燕語留人。就此登舟罷。(登舟介)

【錦纏道】(生)泛江皋，片帆沖千層怒濤。愁鬢早雕騷，冷芙蓉窺人暗裏相嘲。我本是射潮人志豪氣豪，怎教我倚樓船長嘯無聊。回首興滔滔，黿鼉窟何時净掃。(旦指介)相公，前邊那座高山是何名？(生指介)這是匡廬積翠高，香爐峯烟生日照。(旦)既是匡廬，老父老母向來卜居其下，想已近了。(生)是岳父岳母宅上相近了，這些時想真人睡穩正陶陶。

【普天樂】(旦)看白雲飛，匡山杪，恩罔極何由報。何不停帆槳，何不停帆槳，一慰寂寥。到庭闈少展昏朝。(生)下官正有此意，叫水手，就此匡山下呵，將船暫泊，且就丈人行話闊今宵。

(雜)稟爺，船已挽了。(生)一壁廂去問王車騎老爺家在何處，我這裏就來了。(雜應下。雜扮軍士上)

【四邊静】奸雄幸得天誅討，旄頭夜來鑠。急離建康城，疾向大江島。(呼介)前邊挽的船，可是謝老爺的。(雜應)正是。(軍)報去，報事人要見。(雜報介生)著他上船來。(雜上介生)那衙門差來的，報甚事？(軍)小人是龍江關軍士，前蒙老爺差去打探軍情事。王敦行至姑熟，病發身死，特來報與老爺知道。(生)原來這逆賊已死。可喜。王敦既死，錢鳳何在？(軍)王敦已剿，錢鳳又嬈。(生)他屯兵在何處？(軍)姑熟據爲巢，軍威動天表。

(生)叫左右，賞他一罈酒、一錠鈔去。(軍謝下。外、老旦、雜隨上)

【前腔】嬌兒久矣絶音耗，千里忽來到。春星帶草堂，暗水流花閣。山林可眺，雞黍有約。今夜醉壺觴，燈前共歡笑。

（雜）老爺少待，容小人報過上船。（雜）蒙爺差訪王老爺家裏，就在山下。説了老爺在此，王老爺同了老夫人親自來迎，已到船邊了。（生、旦）快請上船。（外、老旦、生迎介）

【七娘子】欣迎泰岳衣顛倒，（旦）痛暌違各天路遼。（外、老旦）何意今朝，忽瞻玉貌，（合）燈花昨夜曾開爆。

（相見介。生）岳丈岳母，劣婿拜揖。（旦）父親母親，孩兒萬福。（生）劣婿家貧路遠，久失起居，偶經貴地。正欲登堂，乃蒙左顧，欣甚慰甚。（外、老旦）豺虎縱横，江關阻隔。你我音信，兩不相通。不知賢婿現居何職？何便到此？（生）岳父岳母聽稟：

【錦芙蓉】愧才喬，忝分符豫章長僚。（外）原來是豫章太守，可喜老朽也是治民了。（生）因之便到山椒，（外）朝廷之上如何？（生）痛宗周禾黍，陵寢蘇樵。（外）周伯仁、戴若思如何？（生掩泪）苦元公頭顱懸槀，（外）呀！原來周、戴二公殺了，何事得罪於朝廷？（生）那裏是朝廷殺的，是王敦殺的。恨奸賊志願貪饕。他把官家攬，没銅駝蒿草。（外）王敦如今在那裏？（生）幸天扶典午，早已翦氛妖。

（外）王敦原來死了，可喜。賢婿不知何時到任？（生）登堂一拜，便赴南昌矣。

【芙蓉紅】（旦）相公，我與你向日呵，懷思千里迢，如今呵，對面須臾樂。（老旦）何不且從容留滯，竹齋蔬酌時澆。磊落樽頻倒，共語漂零燈漫挑。（外）況此匡廬嶠，有烟雲五老，正好向飛泉看一飽。

（生）多謝岳父岳母相留，但恐事勢不能耳。（雜扮差官上）

【四邊静】欽承帝命追方召，扁舟到來早。玉帳拜元戎，牙旗統萬竈。（叫介）前邊挽的船，可是謝老爺的？（雜應）正是。（差官）報去，報事人要見。（雜報介。生）着他上船來。（差官上，生）那衙門差來的？報甚事？（差官）奉萬歲特旨：王敦已死，錢鳳又起。拜老爺都督江州軍馬諸軍事，率兵前往姑熟征剿。旨已下在中書省了，小官先來報知，限三日内前赴姑熟界上。說王敦已剿，錢鳳又嬈。星夜往前征，須敎净邊堡。

（生）曉得了，生受你。（差官）將軍不下馬，各自奔前程。（下。生對外云）王敦死後，錢鳳又據姑熟。聖旨拜劣婿爲都督，率兵前討，三日内要到界上。稟上岳父岳母，軍中恐不好帶得家眷，令愛權停上宅。等劣婿得勝回朝，就來迎取，又不知夫人意下何如？（旦）奴家正欲如此。（外、老旦）賢婿但努力建功，小女自有老朽夫婦，不勞掛念。（生）多謝岳父岳母，劣婿則就今日轉船。叫左右，喚三乘轎來，送王爺回宅，我這裏就打點轉船。（雜）稟爺。天色已晚，前邊無處停泊，怎麼好？（外）此去三十裏地，名白鹿村。有所古廟，那裏可以挽船。（生）既如此，就此拜别。（拜介）

【尾】伊尼廟裏權相托，夫人你莫向深閨怨離索，（外、老旦、旦）須覓取封侯上上爵。

陽關别泪爲誰揮，萬里從軍事鼓鼙。
別後相思何處是，一輪落月滿梁輝。

第二十二齣　賽魔

【山坡羊】（貼上）風冷衣裳尷尬，霧瑣雲山靉靆，呀呀賓鴈悲關塞。愁暗排，砧聲續斷來。孤舟冷落無聊賴，人在天涯音信乖。形骸，嬌怯怯瘦似柴。頤該，泪涓涓撒不開。

〔鷓鴣天〕一夜秋風客棹欹，玉顔初醒頻寬垂。閣殘吴苑千金笑，低損成都十樣眉。纔見面，又分離，別來疑夢復疑非。莫將心向天公語，天上雙星會幾時。縹風隨母親來到匡廬山下，日日停泊在此。可恨烏斯道每每來調戲我，我雖不采他，只這耳根邊終須不得清净。况別後不知謝郎消息如何，又不知怎生結果？想我母親好不心偏，縹風雖不是你親生的，你也如何這般待我。

【前腔】看他冷臉兒似三冬淩塊，硬鼻凹似七重鐵鎧。口甜蜜鉢心黄蘖，那烏斯道呵，是駑下駘。你貪他萬貫財，把我千金軀老擔看賣。這業確何時填滿哉，我那謝郎呵，堪哀。生察察分開鸞鳳釵。難捱，密紮紮難逃狼虎儕。（小丑、净同上）

【水紅花】（小丑）嬌兒心戀那窮胎，意如騃，娘言不睬。（净）眉兒蹙處計兒諧，這安排，神仙難解。（合）莫怪我心腸忒狠，還是你命兒該，則算做一百日血光灾也囉。

（净）元媽媽，女兒面前，决不可説出真話。（小丑）我曉得，不消分付。你這蠢廝不要露出馬脚來。（净諢介）曉得。（進見介。貼）呀！母親萬福。（净揖）大姐拜揖。（貼不理，净背云）你看這丫頭，死在頭上，還是這等大設設的模樣。

(貼)請問母親，爲甚整日坐此江頭？既不往豫章去，回家也好。(小丑)我兒，這邊到南昌都是門水，連日頂風，如何開得船。原來江中有個舊規，不曾了得，再不得順風相送。(貼)什麽舊規？(小丑)此去三十裏，地名白鹿村。有個伊尼大王，最是靈顯。往來客船，無不祭獻。這規矩不曾了得，隨你坐守一年，也不得過去。(净)這大王最靈，且最愛童女。(小丑目視，净不説。小丑)我昨日許下了，又虧老烏備下祭品，我兒同去拜拜。(貼背)敢又是腔兒。(對介)母親自去，我不去。(小丑)説道滿船人一個不到也要作惱，神道是拗得他的。(貼)如此同行。(同行介)

【前腔】江風日夜打江崖，滯天涯，好難布擺。江神何處霈甘澤，鎮江淮，寧辭祭賽。遠望森森松柏，見宮殿出山崖，且辦虔誠叩玉仙階也囉。

(小丑)我兒，這裏已是伊尼大王廟了，就此進去。(進看介，小丑)老烏，如何祭禮還不見來？(净)媽媽，我與你到廟門外去等候。(小丑)正是。我兒，你則在殿上住，拜拜大王。我就與你關上廟門，省得閑人打攪。(小丑、净出介。貼拜)大王爺，念縹風身在烟花，志淩貞柏。如今命懸醜類，難以瓦全，伏望大王暗中保佑，得遂初心。拜禱已畢，且就殿后閑坐片時。(虚下，小丑對净云)怎麽王老爹還不見來？(净)你看那邊許多人來了。(末同三社人、一老者上。末)手捧朱提銀，來買紅顔女。自家王車騎老爹家屬，主人差到伊尼大王廟去，此間已是。列位社友，你們則在村口相等，我先進去停當了烏客人，喚你纔來。(衆)是如此。(下。末做見小丑、净，末)呀！你夫婦二人先已在此了。(小丑、净)老兄是那家？(末)我是王老爹家院子，主人有事不得來，特着我拿銀子在此。你女兒在那裏？文書做了不曾？(小丑、净)女兒關在殿上，你則就門縫裏張張，不要驚動了他。(末做看介)果然在後殿，拿文書過來，銀子在此。(相换介。小丑、净)五百兩麽？(末)一些不少。(小丑、净)既如此，大叔隨我進去，收管了人。(做進介，貼虚上，小丑、净)孩兒，你再坐一回，抬祭禮的還不見來。(貼)曉得。(小丑、净對末云)如今交割過了，是大叔的干紀。

愚夫婦告別了。謾言河伯娶婦，絶似鄧尉抛兒。（下。末叫）社中夥計快來。（衆打鑼鼓上）

【吴小四】笑咍咍，鬧咳咳。社鼓鼘鼘鑼又篩。來到廟中清凉界，擺列猪羊兼梧帛，願大王速降階。

（末）衆夥計，這元家小娘子還不知緣故。你們進去，不要囉唣，只我與這位老官兒説話就罷了。（衆）曉得。（作進廟介，貼）如何有許多人上殿來？母親快來。（衆作揖介）小娘子作揖。（貼）母親快來。（末、老者）可是一位老媽媽同一個老官，去遠了。（貼背云）好古怪，爲何撇下我去了？客官，煩你與我唤一聲。（末、老者）小娘子，唤不轉了，就唤轉也没幹。（貼）爲何唤不轉？（末、老者）小娘子，你來得去不得了。（貼）爲何來得去不得？（末、老者）我們説來，小娘子不要害怕。這伊尼大王最是靈顯，每年秋祭，要送一位夫人與他陪酒。今日中元，正該祭期，前日令尊令堂親到我家講定，五百兩銀子賣了小娘子。方纔交過文書，取了銀子，他自去了。待半夜時分，祭獻大王，就把文書燒化與他。（貼）燒化後便怎麽？（末、老者）這不好説了。（貼）就説不妨。（衆）就説便了，大王最喜吃生人。常年燒化之後，祭獻已畢，他就吃了。遺下骨頭，次日爲頭的社人來收拾殯葬。今年你造化，爲頭是王老爹，他爲人最忠厚，定然買好棺木盛殮你。倘是你福分大，今年大王不吃你，也不可知。（貼哭介）啊呀！這些時好怕人也。娘那，你好狠心也。

【山羊轉五更】【山坡羊】駭得我魂飛天外，送得我身沈大海。我那娘呵，忍將那骨肉娘兒，等閑間化作人醢醢。我弱體材，如何堪喂狼與豺。（衆）小娘子不要哭，就是觀世音來，也救不得你了。（貼）叫不徹落伽山救苦的觀自在。【五更轉】好一似逢着喪門，撞着吊客。掀翻了風月場，銷繳了花燭期，打抹了鶯花寨。我那娘呵，你是敲人腦髓的活妖怪，我就死在重泉，也饒不過你這般業債。

（衆）小娘子不要哭，隨了大王，就死也是風流。（貼哭介）

【金梧系山羊】【金梧桐】我那亡過的親爹親娘呵，你黄泉早瘞埋，恁孩兒呵，患難誰遮蓋。孩兒今日死了呵，一滴香醪，誰向你墳前灑？爹爹，也是你當先不該娶此繼母，你生前隕家聲，死後誰爲代？咳！左右死了，這話兒又説他怎的，不免望空遥拜我父母兩拜。（哭介）我的親爹娘呵，（拜介）你罔極深恩止博得這兩兩深深拜。縹風一生，止有謝郎一人識我愛我，如何不拜他一拜？（拜介）【山坡羊】我這香腮，已拼今生伴草萊。幽懷，還望來生上鳳臺。

（衆送衣介）小娘子不要啼哭，請更了衣，大王爺不喜人穿舊衣哩。（貼）我不更。（衆送帶介）小娘子不更衣，請束了這帶子。（貼）我也不要束。（衆）既不要束，把這帶子捆縛起來。（衆縛貼，貼叫介）爲何捆我？（衆）大王爺吃你時節，恐怕你牽動。不得不然，休怪休怪。（將紅衣披貼身，衆抬下）

第二十三齣　救女

（生便服帶劍上）茅屋疏籬映短莎，江邊高樹夕陽多。白雲不斷溪橋路，留與幽人策杖過。下官承朝命進討錢鳳，昨晚停舟白鹿村。不意惡風陡起，朝來越大了。不能渡江，獨酌舟中，無以自遣，因此更衣變服，閑步江坰。正是楓色

滿江人只影，濤聲入耳客孤舟。一路行來，聞得此間有所古廟，不免去瞻看一回。（走介）

【漁父第一】忽聞得隔林禽語，望烟雲遠遮山嶼。杳杳清虛處，點紅塵不留澗曲。呀！前邊果然有座古廟，見琳宮縹緲瓊爲宇，寶樹玲瓏景色殊。好座山門，這廟想蓋造久了。苔侵斷碣經秋雨，松引輕烟繞太虛。看往來倒翻鶴羽，空庭内松聲奏竽。咳！想昆明劫灰飛幾番蠻觸，更槐宮許多蟻聚。我想世人也都是癡，造此大殿，不過祈福耳。朱顔怎倩金丹鑄，寶訣難央玉兔徐。坐到無言覺消慮，便蓬閬何如？

不知是何神道？且到正殿上去看。呀！階下排列的許多什麼東西？嗄，是了。今日是中元令節，想必土人來此祭獻。

【刮地風】無數金錢牲醴貯，香烟散滿庭宇。且看是何神道，這般齊整祭他？（取牌位看念）伊尼大王神位。（沈吟介）我道不是水神，定是山神。什麼伊尼大王？我聞佛書謂鹿爲伊尼。這定然是鹿精，爲甚這般敬重他？豈是秦宮逸出來江渚？如何敢把土人愚。（内喊介）頭頭門要封鎖得好，若還被他走脱，不是當耍的。（衆社人上，見生介）怎麼殿上有閑人在此？（問介）客官何處？到此何干？（生）在下從建康來，偶然阻風，在此閑步。請問列位，擺下的許多祭品，祭何神道？（衆）你不見殿上高高坐的最靈顯哩。（生）這神道姓甚名誰？（衆）我們那曉得，就曉得也誰敢稱他名姓，只稱他伊尼大王便了。客官，你莫多口。（生）多口便怎麼？（衆）多了嘴，大王不相饒你哩。（生笑介）笑鄉人敬有餘，仗他爲主。想人生凶和吉，寧關此狐鼠。列位，我對你説，這是邪神，不要敬他。

（衆）客官，我好意對你説，莫管閑事。少間就有報應的，不要懊悔。（生）須知早把淫廟除，也省伊歲歲修築。

（衆）那裏闖這閑人來，神道不怕的，敢是活得不耐煩討死哩。客官好好趁早出去，天色昏黑下來，大王將到了。（生）大王來，我也不怕他，陪他吃杯酒兒也好。就有不好處，也與列位無干。（衆）你便拚死要吃，竟不知大王來時。最惡生人鐵氣，若攪擾他，我這裏一方一境，一年都不得太平。你是生人，身邊又帶着口劍，正犯他忌。没奈何，知趣些，請到廟門外去。（内喊介）好苦那！救人！救人。（生）後殿又是什麽人叫苦？（衆）一發不要你管，這是大王的夫人。

（生笑介）可不又是作怪。大王有夫人的，夫人又是活的，説個明白，我就去。（衆掩生口扶生出門）没奈何，出去罷，閑事少管些。（生出，衆關門作封鎖介）閉門不管窗前月，分付梅花自主張。（衆下。生吊場）好笑這夥愚民，把一個鹿兒精這般敬畏他。我如今等在此，定要見個明白。他若從廟外來，我就隨他進去。若在廟内有些聲響，我就打進去便了。（虚下。末扮伊尼大王、衆扮麃先鋒、麀校尉提燈同上）

【出隊子】笙歌滿路，花燭今宵喜氣浮。羊羔美酒醉模糊，醉後瑶台仙子扶。這樣歡娱，想人間絶無。

（生潛上）看這孽畜來了也。我且躲過一邊，不要衝散他。（麃、麀稟）大王，禍事到了，謝尚書在前面。（伊）那個謝尚書？（麃、麀）是新升江州都督的。（伊）不好了，快回避。（欲下，生沖上）慢走！是何邪神？在此作祟，走的先吃一劍。（作拔劍欲斫，伊出打躬不起）謝大人，請到廟中講話。（生）廟中你敢算我，我也定不怕。（伊）誰敢算大人。（生衆同入廟，生正坐介。伊）謝大人，小聖有一拜。（生）免拜罷，你就是伊尼大王麽？（伊）小聖就是。（生）我聞佛書稱鹿爲伊尼，敢是多年的鹿精？（伊）瞞不得大人，小聖果然是鹿。曾爲王母所乘，蟠桃會上，盜食桃實，謫降下方。原系仙獸，一應嶽瀆神靈不敢收捕，廟食于匡廬山下。（生）此廟建於何年？（伊）赤烏年間吳大帝建的。（生）廟宇既是勑建，大王又是仙種，請過來作揖。（揖介）只是也不該打攪他方。（伊）小聖在此，凡一方雨暘，小聖得以請之上帝。是以居人感德，春秋報賽，非關小聖擾害他。（生）我奉大晉皇帝敕旨，爲江州都督。此間正是我管轄。今後若再騷擾，我就焚爾廟宇。（伊）小聖再不敢。若大人肯赦小聖，小聖亦自有報效大人處。酒肴俱備，大人肯用一杯麼？（生）這也何妨，將過來。（伊送酒）

【下小樓】幸然得瞻豐度，羨冰清似玉壺。請大人收過了劍。（生收劍）爲何要收了劍？（伊）你威風凜凜透錕鋙，但願杯行無數，開懷暢飲醍醐。

麃先鋒、麃校尉，都上殿來參見大人。（衆上，生復持劍擊幾介）這些都是何物？

【滴滴金】（伊）大人，休猜異類生疑阻，這是麃校尉雙足能跳舞，這是麃先鋒雙角凶於虎。（生）喚上殿來，敢與下官相持麼。（伊）敢相持非弄侮。（生）爲何要他上殿？（伊）但巡杯俎。（生復坐）此類大王手下有多少？（伊）有三千種類堪馳觸，目下大人往收錢鳳。願遣陰隨，佐伊奏膚。

（生）這是你報效忠心，成功之日，當爲重修廟宇，以答神庥。（内喊救人介，生）下官到忘了。大王后殿還有什麼夫人？是那裏來的？（伊）土人秋祭，買一童女送來陪酒，陪酒之後，就隨小聖去了。（生）殘害生靈，上天所惡，斷斷不可，快與我釋放了。（伊）領命。（生）大王不可戲言，取酒灌地爲誓。（灌酒介，雜）天將明矣，請大王返駕。（伊）

【尾】冬冬街鼓三通五，看曙色依稀在山谷，天將明矣，小聖告辭。（生）下官亦從此逝矣。適纔之誓，不可

戲言。若還不放那女子歸家，請認下我劍。（伊駭介）不敢，不敢。（生）大王。還有一言，我意欲渡江，爭奈風兒不便，

你須辦一陣東風相送吾。

（伊）大人只管請行，小聖自當護送。

（伊）邂逅相逢意甚殷，陰陽雖隔話偏親。

（生）相逢不用相回避，世上於今半是君。

（生下，伊衆吊場。伊）麃校尉過來。謝大人渡江，你作速與風伯處借一日順風相送，你就護送過江去。（麃）得令。（下。伊）麃先鋒，謝大人去討錢鳳，錢鳳必然據采石倚江爲險，一時難以取勝。你可帶領麃呰諸軍前去，等彼相持之際，令諸軍佈滿山谷，恣意觸抵。錢鳳雖凶，自成擒也，不可有違。（麃）得令。（下。衆）請問大王，後殿女子如何發落？（伊）這有何難，天明之後，衆社夥自然到廟收取屍骨，見他不死，必然討箬。我與他個謎兒，令王車騎領回便了。此女原系謝大人第二位夫人，後日當拜一品之封，你諸人須要小心，不可怠慢。（衆）得令。（下）

大抵乾坤都一照，　免教人在暗中行。

第二十四齣　□□

（雜扮水夫上）盡日舟橫擘岸風，錦帆高掛豫章東。今朝船尾千層浪，正好乘槎入月宮。小人是謝老爺船上船頭，昨日老爺上埃閑步，分付不許各役隨從。不知宿在何處？至今未回。我們彷徨一夜，天色將明，且挨到前邊去看。（下。小丑上）人無千日計，老至一場空。見物若不取，休嫌命裏窮。老身與烏客人往來，原只尋常。止因他愛我縹

風，指望起發一主大錢。故此與他歪廝纏，遠遠隨到這裏。誰想那丫頭不從，只得設計賣了。我如今還跟他家去則甚？他身邊有千來兩銀子，又是孤身，我多日有心算計他，只礙着那丫頭。又是一人，難以動手。這兩日我與這船家長勾搭熟了，昨晚與他定計。擠那烏斯道在江裏。取了銀子，摇着船，往江湖上做生意，那裏來捱查？半夜裏將船放到没人所在來了，趁此天色未明，正好行事。老烏尚睡熟，被我悄悄偷出船頭上來，不免催家長起來。（叫介）家長，風息了，開船罷。（丑扮船家上）來了，來了。（低問介）媽媽，夜來的話如何？（小丑）好好。天殺的，這樣幹事，趁此天色未明，正好動手，只管貪睡。呀！你看你看，那邊早有個人影兒。（虚下，水夫上）那邊船頭上明明兩個人站著説話，見了我用指頭兒點着幾點，就不見了。事有可疑，我躲在黑處，務要看個明白。（小丑出介）好了，那人去了，待我賺他起來。烏老爹快起來。（净上）

【香柳娘】正昏昏病醒，正昏昏病醒。只爲夜來酩酊，通宵雲雨多高興。（丑又叫）老烏快些來麽。（净）爲何事夜驚？爲何事夜驚？顛倒我衣裳，打撓我夢境。且掙開眼睛，且掙開眼睛。（小丑又叫）天殺的。快到船頭上來。（净）他那裏頻頻叫聲，我這裏忙忙答應。

媽媽。天色未明，正好睡哩，叫我則甚？（小丑）來來來，我對你説話。（净鑽出，丑做推下江，净喊介）救人！救人！（下，水夫虚上，看介。小丑）好了，不則聲了。謝天，謝天。并没一人看見，我與你悄悄進去，等四下開船，同開便了。（丑）正是，正是。（同下水夫）奇怪！明明一個婦人，一個男子，哄那船艙裏人出來，擠下水去。我待喊將起來，争奈孤身在此，恐被他算計。只是站在船傍，天明後與他説話未遲。

【前腔】（生上）聽神鴉噪鳴，聽神鴉噪鳴。殘星破暝，東方曙色猶埋嶺。我想夜來所見，也甚奇怪。

訝山麋降靈，訝山麋降靈。廟貌既崢嶸，旌旗且嚴整。喜狂風乍停，喜狂風乍停。果爾威靈，堪令人敬。

（做見水夫）什麼人？（水夫）小人是船頭，在此迎候老爺。（生）船在那裏？（水夫）就在前邊。（生行介）你看渡口月未落，雞聲入夢啼，好一派早景也。（水夫）稟老爺，已到船邊了，請老爺上船。（生上船介，水夫）小人有事稟上老爺，方纔小人在埃上伺候老爺，只見那邊船上，一個婦人、一個男子在船頭上講話。見了小人，就不説了，鑽進船裏去。小人疑心，連忙躲過黑暗裏。那兩人又復到船頭上，喚出船艙裏一人來，竟把他擠下大江裏去了。小人不敢不稟。（生）有這等事？你該去撈救。（水夫）小人要救，奈是隻身，恐爲所算，以此不敢，也不敢叫破。（生）你去拿來，莫不你生事麼？（水夫）小人不敢。（叫介）兀那船上起來！（丑上）誰叫？誰叫？（水夫）老爺喚你。（丑）那個老爺？無事喚我則甚？（水夫）我那曉得，去就明白。還有個婦人，老爺分付都喚來。（丑）媽媽快來。（小丑上）是那個？（丑附耳）什麼老爺來喚？莫不這事決撒了。（小丑）差人那裏？我自回他，官差哥是那衙門？（水夫）是都督老爺。（小丑伸舌介）嚇死人。哥，没奈何。我這船小，不堪老爺住坐。送些東道與哥，換了別的罷。（水夫）我那要你東西，你夫婦自回話去。（做拿見生）稟爺，船家有了。（生）那船户叫甚名字？從何處來？（丑）小人張虎。

【前腔】念來從秣陵，念來從秣陵。（生）往那裏去？停泊在此。（丑）豫章華省，爲東風作惡把船頭頂。（生）船中還有誰？（丑）有老妻一名，有老妻一名。相倚把船撐，相依共爲命。（生）早問你謀死什麼人在江裏？從實招來。（丑）啊呀老爺！小人最本分的，那有這事？念從來畏刑，念從來畏刑。有何事可憑？何人爲證？

（生）你説没有證麽？且住，唤那婦人上來。（背介）呀！那婦人儼是元鴇子模樣。婦人姓甚？父母家住在那裏？

【前腔】（小丑）住秣陵帝京，住秣陵帝京。母家李姓。（生低云）元來姓李，幾乎錯認是元鴇子。（又看介）天下那有這般廝像的。秣陵在那一塊住？（小丑）落星橋下名偏盛。（生沈吟介）落星橋，又是那人了。你敢是樂户出身，不是從小跟隨張虎的。（小丑）念身非樂伶，念身非樂伶。李氏舊家稱，自幼從媒聘。（生又看介）還則是元鴇子。你在落星橋住，曾認得謝參軍麽？（小丑背云）怎麽問起謝窮來？則説不認得便了。果有參軍共井，果有參軍共井。但小婦人呵！自幼不出中庭，豈識謝家門徑。

（生）你果然不認得？（小丑）實是不認得。（生）你抬起來看，認得我不認得我？（小丑看駭伏）啊呀！爺爺。小婦人該死，小婦人没有眼，不曉得老爺做天大樣的官。（生）往事不須提，則説今早謀死的是什麽人？（小丑）爺爺。再不曾謀死什麽人。差人來唤，還好好睡着哩。（生）船頭過來，與他對證。（水夫）小人親見他擠下江去的。（生）既如此，連張虎同拶起來，快招！（做拶介。生）婦人，你方纔説不是樂户，又説自幼跟隨張虎。一劃胡言，那有半句兒真實？

【前腔】恨花言亂聽，恨花言亂聽。謀人錢財，害人性命，原是你花門行徑，莫不是又將子弟來坑穽，快招上來。（小丑、丑）老爺，再没有的。（生）叫船頭快去打撈屍首。（水夫）稟老爺，江水溜得緊，屍首滚將下去，没處打撈了。（生沈吟）屍首既没撈處，此事如何問得？（思介，低唱）記龍江驛亭，記龍江驛亭。他有個客同行，今日在何方托形影。那婦人，你過龍江關時，有個客人烏斯道同行，如今他在那裏？（小丑）他回南昌去了。（生）他那裏是回去，你謀死的一定是他了。想那烏斯道呵，爲財多命傾，爲財多命傾。婦人那，你頭上有神明，我階前有明鏡。

如今招不招？（小丑）老爺寃枉，烏斯道回去了呢。（生）這也不難明白。叫左右，到他船裏去搜，前番過江的文引有没有？（雜應下，即上）稟爺。搜得文引在此，船上還有許多銀子。（生）是了。眼見得爲這銀子，謀他性命。若説他回去了，爲何不帶文引而走？那婦人，且問你女兒在那裏？（小丑）女兒死了。（生）爲何死了？死在何處？（小丑）不肯接客，在匡山下跳入江裏死了。（生）這一發難明。叫左右，把張虎、李氏并文引銀子都發到南康府問明。就教該府行文沿江一帶所在，挨查滾下屍首。再行文到南昌府，查究烏斯道曾回不曾。待我破賊回來，解赴軍前發落。從來天網恢恢，畢竟疏而不漏。（雜應。小丑、丑同下。生吊場）原來縹風已死，好痛傷人也！（掩泪介）

【紅衲襖】對着這江浦高秋水碧澄，不覺的泪潺湲怨氣增。我當初只指望同把青鸞憑，誰承望中路裏先抛碧玉箏。可恨那鴇子呵，你本是賣風月的活妖精，你本是噉郎君的莽梟獍。到如今一似花開却被狂風橫也，教我欲化西園蝶未成。

【前腔】縹風，縹風。我只待覓飛鴻傳將宋玉情，誰知你葬江魚甘同屈子醒。想當日織錦時曾與你機間并，幽窗下曾與你密訂盟。咳！縹風，你那裏去了？祇教我憶愁眉把楊柳憎，思笑口把桃花倩。何時得風淸月朗夢三更也，環佩歸來洛浦汀。

縹風，縹風，不是我謝郎情薄。王命在身，杯酒不曾奠得。姑待班師回日，一來作奠，二來與你究死的緣故。叫左右，快渡江到姑熟去。

沙禽啼斷一江風，悶倚孤篷惜落紅。
心上新愁難著去，燈前舊約總成空。

第二十五齣 □□

【六么令】（外扮王車騎同老旦便服上）昨朝事冗，賽神明未得相從。通宵輾轉意忡忡，須早起赴行宮。階前叩首頻囑頌，階前叩首頻囑頌。

夫人，昨日中元祭賽伊尼大王。因女孩兒初歸，無人料理，不曾親去拈香。通宵不寐，恐是神明見怪。今日特特起早，同你前去補拜，須再備些香燭。（老旦）正該去補拜，香燭俱已備下，就請相公同行。（外）還有一事，常年送進童女，大王用後，次日爲頭社人收拾他骸骨。今年是我家爲頭，須要買口棺木盛殮他。（老旦）這女子最是可憐，棺木須用買好些。我與你先去收拾起來，買亦未遲。（外）呀！許多社友都來了。（衆社人上）

【前腔】傾翻社甕，社叟歸來喜氣匆匆。人人盡道慶年豐，雨暘若稼禾同。傳神卜瓦爭喧哄，傳神卜瓦爭喧哄。

夥計，今年我們賽社志誠，天色朗晴，想是大王喜歡，秋來收成一定加倍。如今我們請了王老爹到廟去，分些福胙酒醴，拿回家去醉飽一回，有何不可。（見介）呀！王老爹、老夫人。衆鄰社拜揖，衆人在此請老爹到廟裏分派酒肉，不知可否？（外）我昨日家裏有事，不曾到得。今日正要去補拜，同行甚好。（同老旦走，念）千林古木鬧喧笑。（衆）此日春風屬社公。此間已是廟前，就請進去。（進介。衆）你看，你看。殿上酒肴狼藉，卓椅傾翻，這把交椅是誰坐的？

(內一人云)你不曉得，一個大王，一個夫人，正該這等坐。閑話休題，只把存下猪羊果酒分開，拿回去便了。老爹，勞你分一分。(外)且待我拈過香。(同老旦拈香拜介)

【前腔】瞻依心竦，儼若神明照鑒吾衷，念王鑒同妻羊氏呵，仰惟恩庇佑微躬，優老景起龍鍾。瓣香明炬親賫捧，瓣香明炬親賫捧。

(外)拜禱已畢，衆社友請分福胙。(作分介，外)既分過了，請先回罷，在下還要收拾女子的骸骨。(衆)我們也要幫老爹收拾那女子下棺木，抬出郊外纔回。(內喊)救人！(衆聽介)作怪，後殿怎麼有生人聲音？(又聽介，內又喊，衆)到像昨日那女子叫喊。奇怪，難道不曾死？(外、老旦)我們大家開進去就明瞭。(同唱)

【前腔】且把門兒輕控，儼似宵來疊疊重封。豈神明未到後宮中，空孤負這花容。教人心下懷疑恐，教人心下懷疑恐。

(衆)昨日是我們捆進這間房裏的。夥計，如今原是我與你開進去看。(暫下，即扶貼上。衆)王老爹，好奇怪，那小娘子端然在內，捆縛也一些不動。(外、老旦)好好扶過來，等我問他。(衆介，外、老旦)小娘子，你把昨夜的光景説與我聽。

【前腔】(貼)通宵如夢，寂寂無眠暗數銅龍。(外、老旦)可曾見些什麼來？(貼)但看窗外月濛濛，(外、老旦)可曾聽見殿上聲響？(貼)時聞得語喁喁。(外老旦)可有什麼人進房來？(貼)絶無影響來驚聳，絶無影響來驚聳。

（外）夫人，這怎麼説，常年不曾有饒的。（老旦）我看此女生得十分美貌，一定還有後福，故此大王不難爲他。（外）夫人説得是，你且松了他縛。（衆攔）不可，不可。那裏是什麼後福，眼見得此女不潔净，惱了大王。今年地方决然不得安静，好好把此女擴入大江，以謝神怒纔是。（貼哭喊）好苦那！老爹救人！（外）不要忙。列位説差了。大王尚且饒他，你到要害他。况且大王吃了，便不要償命。青天白日，把一個人擴在江裏。没官府的，誰擔這干紀？（衆）也説得是，這便憑老爹作主罷。（外）我也没有主意。（老旦）不若等老身領回，養在家裏，日後尋個對頭與他，也是陰德。（衆）夫人也領不得，這是衆人湊銀子買的，怎麼好領去，拿來分了罷。（外）這騃子，人是分得的。（内一人云）有個分法，尋一所空房子，教這女子住下，我們衆人輪流用用。今夜你，明夜我，這叫做不分之分，分而不分。（外）哇！説什麼話。既然衆友不肯要我領，則得大王前討一筶。若許在下領，就討個三聖。（衆）這纔説得是。（外取筶囑介）大王在上，有烏客人同妻李氏，賣來秋祭的女兒。大王不用，我王鑒夫婦願領回家收養。若大王見許，卜得三聖。（卜介）呀！果是三聖，且就壁間看訣去。（念介）愛花須是避狂風，欄檻還將錦帳蒙。但願王孫長作主，莫教零落總成空。衆社友來看，大王因我姓王，明明教我作主。（衆）大王許了，我衆人還有甚話。但是後日有了人家，請我們吃杯喜酒罷。（外）既如此，夫人好好松了縛，扶著他回去罷。（衆）我們衆人也都相送到宅。（外）還拜謝了大王去。（衆同拜畢。外）都到我家吃酒去。

街坊處處頌神明，盡賀嬌娘得再生。
猶恐相逢似春夢，銀缸相對話三更。

第二十六齣　逆節

【秋夜月】(副净扮錢鳳唐帽披掛卒隨上)王氣龍蟠奄有長江半，指日江東應納款，且將陣勢排鵝鸛。(笑介)笑謝鯤見短，好教人氣短。

(朝中措)一自兵權歸我，滿地盡干戈。休問吾家社稷，但看姑熟山河。處仲已亡，周、戴亦死，誰奈我何。獨恨謝鯤作梗，管教裹革江波。錢鳳從王大將軍起兵以來，所到之處，勢如破竹。江東王氣，一時都盡，只打點築壇受禪。誰知王大將軍一病身死，軍中事體一應都託付與我。我乘此機會，遣人到京，打個關節與王丞相，就拜我爲八州兵馬大元帥，與王處仲職分一般。一應錢糧士馬，盡屬管轄。眼見得天命有歸，大業可就，好不快哉！我想晉朝所靠者周顗、戴淵，盡皆殺了，王導老頭兒是知趣的。只有謝鯤那廝崛强不服，懊悔當初不曾殺得。如今統領豫章一枝人馬，昨日打過戰書來，要與我廝殺。正不知我這姑熟，外有長江，内有采石。進可以戰，退可以守。況他那裏兵少糧微，我這裏兵精糧足，何足爲慮。今日且與他廝殺，倘或有些不利，再打關節與王丞相，教他收回便了。且唤衆將官出來，整頓迎敵則個，衆將官那裏？(雜扮二將上)仗劍倚西風，邊河壯節雄，雲凝八陣外，月照大江中。覆元帥，有何使令？(副净)衆將官，昨日謝鯤打過戰書，要來攻我姑熟。你將陸兵屯於采石，以備不虞。水兵盡上樓船，以備迎敵。奮勇争先，功成受賞。水軍頭領聽我分付。(雜應)得令。

【瑣窗郎】(副净)長江萬里瀰漫，勢委迤形屈盤。洗兵飲馬，賴此洪湍。休教險失，令彼長驅江畔。(合)把笳聲桴鼓相呼唤，令群醜抱頭竄。

（副净）陸軍頭領聽吾分付。

【前腔】從來采石是危巒，四周遭似壁垣。更有奇峯丁據，江水爲鞶。好堅壘砦，莫教遲緩。

（合）把蒺藜鹿角相塞斷，令群醜望風竄。

（雜）稟元帥，營砦已安，樓船已備，就此進兵攻擊。（副净）正是，就此掌號起兵。（衆走唱）

【節節高】軍聲動地歡，氣桓桓。恩逾挾纊春風暖，元戎弁。羽扇搏，綸巾冠。指揮若定天花亂，七擒勝策須臾斷。（合）莫敎春水走曹瞞，陳屍江上爲京觀。

【前腔】貔貅萬灶攢，統材官。長鏦利槊將人貫。天河澣。戈甲完，旌旗煥。亞夫壁壘蕭曹算，鯨鯢梟獍誰逃逭。（合）莫敎春水走曹瞞，他年麟閣聲名滿。（下）

第二十七齣　交戰

【尾犯】（生戎裝，卒隨上）轉戰到龍潭。組練萬人，艅艎千纜。淡日淒風，穿營薄艦。登水閣雲隨征蓋，走江干花迎遠驂。多傷感，深慚衛霍，手把乾坤攬。

（南鄉子）持節遠橫行，曉度長江雨洗兵。海畔妖氛方熾月光暝，何時净掃虜雲平。神武自天成，不戰功成返旆旌。佇看胡衣熨帖拜神京，彩纛高於百尺亭。謝鯤承命征討錢鳳，統領三軍。從豫章渡江，紮寨龍潭，與彼遥相對壘。前日雖曾打過戰書去，但彼衆我寡，未知虛實，未敢輕進。昨已差探子打聽去了，待他回時，再作道理。（雜扮探子上）

慘澹陣雲横，悲涼鼓角聲。且將敵人信，報入主君營。稟爺，探子回來了。(生)探子，把軍情事慢慢説上來。

【駐馬聽】(探)前渡江南，不避風濤將虎穴探。只見錢鳳軍中呵，人如彪虎，馬若蛟龍，陣似山岩。更沿江櫓舵尾相銜，揭天鼓角聲摇撼。(合)勢盛難堪，軍威整肅，破人心膽。

(生)你曾見錢鳳不曾？(探)小的曾見來。

【前腔】他志氣方憨，親倚胡床將部伍參。(生)糧食多否？(探)無窮糧草，絡絡輸來，馬運車擔。(生)他多少營砦？(探)巢營采石險於嵌，陣排江岸多勇敢。老爺，他似食葉春蠶，急須征剿，無遺後憾。

(生)叫左右，賞探子一罈酒、一錠響鈔，免他一月打差。去罷。(探謝下。生)大小三軍，他那裏人馬雖多，這裏軍心亦鋭。就此揚帆渡江，殺上前去。(衆應走介)

【紅綉鞋】清秋净練如藍，如藍。中流擊檝聲憨，聲憨。厲短劍，列長鑱。趨險隘，上嶄岩。(合)擊龍且，走章邯。擊龍且，走章邯。

【前腔】奸雄肆志貪婪，貪婪。西征衺帽無慚，無慚。揮玉麈，姿玄談。標銅柱，表奇男。(合前。下)

(副净領衆唱前齣節節高合急上。副净)大小三軍，謝鯤兵已到，須要争先努力。殺上前去，落後者斬。(生領兵上唱紅綉鞋合與副净遇戰介，副净敗下，生追下，副净急上)不好了，不好了！大小三軍，謝軍整鋭難敵，快退去據守采石營砦。這山周遭大江，壁立萬仞，飛也飛不上去。且待謝鯤食盡退去，邀而擊之，自然取勝。快走快走！（下。生急上）大小三軍，錢鳳已敗，乘勢快追上去。（雜）稟爺，錢鳳已退入采石，這山峻險，難以上去。（生）就此紮駐營壘，待我四下觀看。（走唱）

【駄環著】看山形險嗛，看山形險嗛。尖削如簪，營帶長江，滔天波濫。大小三軍，與我四下高聲叫喊，響徹空山。管教他走無門似虎投闌檻，這妙算淮陰不減。笑楚羽聽歌淒慘，把奸雄斬，狐鼠剷。管玉輅重寧，金甌無陷。

大小三軍，采石甚險，無路可登。只屯營在此，待時而動。況錢鳳狡計甚多，不可輕進。（衆應下）

江間波浪洶，軍中笳鼓兢。

借問行路人，何如霍去病。

第二十八齣　閨叙

【金菊對芙蓉】（貼上）已拚珠沉，還愁鏡破，那知天日重瞻。感東君布德，育養恩兼。閑將往事來重盡，千般恨頓上眉尖。是前生少欠。身如桃梗，命比春纖。

〔浣溪沙〕瘦怯孤身死復生，分明蕉鹿夢中驚。天涯孤苦嘆伶仃，厄閏黄楊難茂盛。逢春衰草又敷榮，東君爲我忒留情。縹風爲繼母所賣，幾入虎狼之口。感得上天庇護，祖宗有靈，死裏逃生。一似釜底游魚，再能聚沫。盎中餘肉，猶得更生。至今思之，心常凜凜。感蒙王老爹收回，老夫人看待親生兒女一般。似此深恩，將何報答。但屢屢勸我適人，不知奴家已與謝郎有約，寧死豈違初念。又有一位小夫人，他相公也姓謝，看待奴家姊妹一般。奴家此身，到也略略安寧。在此只不知謝郎消息，時時在念。幾次欲將此情説向，求他尋個消息，却又害羞，不好説出。即今授衣天氣，風景蕭條。砧搗寒溪，蛩吟晚砌。正是道有豺狼梗，書無鴻雁傳，好傷感人也。

【漁家傲】這些時斗帳寒生起未忺，簌簌地雨打窗紗，風吹綉簾。謝郎！謝郎！你模樣兒在我心坎上頻頻塹，名字兒時時作念。閃殺人海角天涯，更那堪鴻絶鯉潛，祇教人磨損金錢不敢占。

【剔銀燈】金針按時時倒拈，羅帕拭汪汪泪點。又恐怕他人暗裏相嘲玷，只得强支吾陪著笑臉。慵慵，羞窺鏡奩，綉床上聊將彩撏。

呀！小夫人來矣。（旦上）

【菊花新】天涯游子信音淹，幾見天邊滿玉蟾。寒氣入重檐，征衣就剔殘燈焰。

（相見介）小娘子。（少年游）朝來秋氣太侵人，獨坐爲誰嗔。（貼）夫人，我點檢從前，約略去後，無計效吾顰。（旦）故園兵火何時斷，夢繞大江雲。（貼）偷得餘生，猛添新恨，愁絶秣陵春。（旦）小娘子，莫怪我多口。你死裏得生，實不幸中之大幸。正宜日尋快活，每常見你眉頭不展，面帶憂容，却是爲何？莫非我家看待不周麽？（貼）夫人，妾身幸脱虎口，旋蒙收養。再生之恩，粉身難報。爲何説起看待兩字來？但妾心上有事，不好瀆夫人清聽。（旦）小娘子，你自到我家，不曾問得你來歷。我聽你語言，不似這邊人聲口，你原是那裏人？爲何父母賣你做鬼妻？今日閑暇，細細與

我説一番。（貼）夫人聽稟。（哭介）

【粉孩兒】若提起舊根芽不覺珠泪淹。（旦）你但直説，不要害羞。（貼）對夫人豈敢亂遮胡掩，念妾身呵，生來轗軻多恨慊，經幾多苦辣酸甜。（旦）你父母存否？（貼）痛椿萱從幼雙亡，（旦）前日賣你的是什麼人？（貼）須知道後母傾險。

（旦）他也是好人家出身麼？

【紅芍藥】（貼）他那裏占籍閭閻，在平康中粉膩脂黏。（旦）原來是樂婦，你母親死後，想是你父親娶了他？（貼）也是我家君命巇嶮，入花營險如天塹。那後母自入我家，把家私當做水裏鹽，費盡了書囊琴劍。父親呵，只落得一病懨漸，撇得奴無處逃閃。

（旦）那時後母把你怎麼？

【耍孩兒】（貼）他絮聒聒語言終日呧，處處尋争鬧，（旦）尋鬧些什麼？（貼）硬逼做野宿鶼鶼。（旦）你從也不從？（貼）爲不從，受盡了辛苦何曾厭。險些兒斷送鬼門槧，今日呵，還只恐魂驚魘。

（旦）你祖居那裏？

【會河陽】（貼）祖住京華，秣陵下簾，（旦）秣陵在那一塊住？（貼）落星橋左小房苫。（旦）却又在落星橋住，你父親姓甚？（貼）姓元，（旦）什麼樣人家？（貼）論聲名閥閲舊家無忝。（旦）既是落星橋住，你認爲橋右有個謝參軍麼？（貼駭介）呀！猛把我心頭檢，（背唱，旦做聽介）爲何説出我多才豔？咳！謝郎。嗄！甚時再睹我多才臉。

（旦）如此説來，你莫不是元縹風麼？（貼）妾身果是元縹風，一時亂言，夫人休得見責。

【縷縷金】（旦）你何須用太疑嫌。（貼）夫人爲何也認得參軍？（旦）參軍你道是誰？就是我家相公，原來我與你似葭與蒹。（貼）夫人何以知有縹風？（旦）記得投梭事風流曾占，他歸來常把話兒簽。非干我相舔，非干我相舔。

你既是元縹風，曉得我相公麼？

【越恁好】（貼）時常思想，時常思想，佳名兒信口拈。（旦）但不知你肯隨我相公否？（貼）此是賤妾素願，但恐夫人不用。（旦）説那裏話，兩邊疼熱，情脈脈，從今越更黏。（貼拜介）夫人請上，受賤妾一拜。今朝何幸恩雨沾，（旦）一言既定，不可再更。（貼）奴豈敢言詞獻諂，怪從前虛浪蕩如風颭，喜今朝沐恩澤如波灩。

請問夫人，相公如今在何處？

【紅綉鞋】（旦）他恭承王命如炎，如炎。腰間寶鋏鋒銛，鋒銛。征醜類，把渠殲。（貼）幾時可以回來？（旦）奏凱日，喜應添。歸相見，笑掀髯。

縹風，你志願如此，深爲可喜。今後老老爹再要將你適人，我就將此情回他，你日後不可懊悔。（貼）縹風之言，死無更易。

【尾】一任天荒地老雲荏苒，（旦）喜得你情兒浹洽性兒恬，從今後則當做姊妹相隨莫太謙。

兩邊遭遇一般心，忽漫相逢話更深。

但願應時還得見，果然勝似岳陽金。

第二十九齣　獲醜

【錦上花】（副浄上卒隨上）采石太嶙峋，采石太嶙峋。軍聲若雷，戰士如雲。整三軍，整三軍，好擺個團團陣。

（卒）稟爺，怎麼叫做團團陣？（副浄）你不曉得，老爺一向不看謝鯤在眼裏，那知他這般凶勇。前日與他交戰，被他殺得片甲無存。如今只堅守定這采石山，你與我團團四下屯紥，教他插翅也飛不上。（卒）只恐怕糧食盡了。（副浄）我家有的是糧食，他們食盡，少不得到朝廷處請糧。我已打過關節與王丞相，再不要應濟他。一月半月，自然走了，那時邀而擊之，無不勝矣。好計！好計！（同走，唱前整三軍三句下。生領卒上）

【哭岐婆】屯營采石，兵疲糧盡。請兵不發，請糧不運。端的無計叩天閽，包胥怒血如泉搵。

謝鯤提兵來與錢鳳交戰，幸而累戰皆捷。他退守采石山去，倚江爲險，一時難以進取。不意軍中糧盡，士有饑色。前日上表請糧，豈意王導這廝，暗與錢鳳交通，升斗不發。且假旨切責下官，勒要刻期取勝。咳！正所謂奸雄在朝，豈容大將立功于外，可嘆可嘆！

【江兒水】暗想朝廷上白日昏，妖氛魑魅公然奮。可惜孤臣長沙恨，番成嫠婦宗周憫。請劍無由堪憤，若論今日時勢呵，似柙虎窮猿，袖手深慚難振。

（雜扮戎裝官急上）報報，巡邏官稟事。（生）稟甚事來？（官）今日該小官巡邏前軍，小官一徑巡到江邊。

【前腔】遥見高山上他軍亂奔，（生）爲何軍士亂起來，敢有救兵到了。（官）那裏是救兵，只見紛紛麋鹿沖他陣。（生）有多少麋鹿？（官）滿山都是，不記其數。一似鬼遣神差齊觸狠，他狼奔鼠竄忙忙悃。（生）錢鳳如今在那裏？（官）他無計支吾先遁，老爺，這是天賜功成，鬥獸遭逢窮困。

（生）有這等事？（背云）明明是伊尼大王助我成功也。（對介）巡邏官，就着你領一千人馬，抄過采石山后埋伏谷中。只是鳴鑼擊鼓，吶喊摇旗。令錢鳳見之，不敢走歸姑熟，定走前門這路。我這裏整備迎戰。鳳可擒矣。（官應領卒下。生）大小三軍，只看彼軍動移，我這裏就迎殺上去。走了錢鳳，定按軍法。（唱天賜功成二句，走一遭下。副净領卒急上，鹿追上，即下。副净）不好了！不好了！天敗吾也。不知那裏走出許多野鹿，整千整萬，把我營壁盡行踐倒，軍士觸死無數。如今怎麼好？如今怎麼好？叫軍士，不要打前山走，只從後門，且回姑熟去。（走介，内喊介，卒）稟爺，山谷裏多少旌旗，想是埋伏。（副净）既如此，從前山沖他陣去。（生領卒迎上戰介，副净敗逃欲下，内鹿兵沖上，復與生戰，敗擒介。生）大小三軍，傳下號令，賊首已獲，脅從罔治。帶錢鳳過來。（副净）幼輿，錢鳳有一言好説麽？晉室之亡，只在早晚。錢鳳姑熟事業，頗頗就緒。你今解我請功，不過封侯拜將，爲人下孰若自王。今幼輿若能赦我，願把姑熟相讓，鞭鐙之役，自當盡心。

【江頭金桂】（生）〔五馬江兒水〕咗！怪你如簧唇吻，還向我跟前胡亂云。更不想君恩臣職自有攸分，恨神奸把周鼎捫。（副净）幼輿，向日新亭宴上，若非錢鳳，你死久矣。（生笑介）記得新亭宴陳，堪笑你酒間生釁。不是我佯狂佯醉，已做齏粉，還向我嘴喳喳敘舊恩。把檻車囚下錢鳳，解京獻俘，就此班師回去。（走介）

【桂枝香】喜天心助順，軍前執訊奏丹宸。道傍野鵲迎金印，馬首郊雲拂畫輪。

【朝元歌】奸臣叛臣，指日都消盡。千軍萬軍，此際皆從順。帝室重新，王綱復振。你本是豺流犬輩，鼠隊狐群，怎受得天家雨露恩。你無處可招魂，我還朝好泛樽。志雄纔奮，盡唱出凱歌聲韵，盡唱出凱歌聲韵。

第三十齣 逃避

【天下樂】（丑扮王導便服上）一國升兮一國沉，升沉何用苦勞心。（笑介）若還國有千年朕，盤古如何不到今。

自家王導的便是。我想家國有興，自然有廢，與那臣子什麼相干。苦要奪那邊的與這邊，當做什麼？晉室顛危，我家處仲兄弟乘機而動，到也有幾分就緒了。誰想我命中没有皇兄福分，一病嗚呼。兄弟既死，我説好朋友做了皇帝，有何不好，因此就幫扶兄弟手下一人，名曰錢鳳，幹起事來。好笑有個謝鯤，每每與我作對。我見他是個酒徒，成不得大事，到着他收服錢鳳。等他敗歸，殺之有名，因此請兵不發兵，請糧不發糧。誰想一戰成功，昨日上表文來，錢鳳竟被拿倒了。且說區區許多奸狡。我想天下有這樣不知趣的漢子，不肯成全人好事。口口要做忠臣。難道晉家的便是官，錢家的不是官？如今班師回來，第一個算計的就是我了。我王導是見機的人，且到揚州去住幾時。待修好了他，再來未遲。出得門來，下此一天大雪，不免趲過江去。

【皂羅袍】你看江上寒威凜凜，更彤雲密雪，亂灑飛侵。透骨酸風好難禁，一朝失勢成擯窨。（合）自笑我當年作事，恩深怨深。今來没興，灾尋禍尋，兩般兒合湊愁偏甚。

（内作嗚鑼鼓吶喊介。丑）你看你看，他們今日渡江，好不豪興也。

【前腔】看壯士紛紛衣錦，更歡聲鼎沸，似破斧東音。千群旌旆亂山林，（嘆介）咳！我幾年締構徒悲喑。（合前）

得好休時便好休，莫因權勢結深讎。
假饒掬盡湘江水，難洗今朝滿面羞。

第三十一齣　奠江

【金蕉葉】（生上，雜隨上）痛嗟恨嗟，返香魂慚無計也。奈月落梁空影斜，苦花開風媒雨蘖。

〔眼兒媚〕憶昔相逢春正殘，小立在闌干。一般心事，兩邊眉角，款款低看。玉容何處堪尋覓，灑泪到江關。依稀似恁，盈盈秋水，淡淡春山。謝鯤班師回來，天顏大喜，超拜兵部尚書，兼八州都督大元帥。錢鳳已戮之市朝，王敦亦剖棺梟磔。周、戴收葬已畢，恩恤有待。王導棄職而逃，斥貶可知。朝廷一時清明，晉室廟貌如故，平生志願遂矣，胸中恩怨明矣。只有伊尼王助陣成功，元縹風守節身死，這兩件尚未報答。冥冥之中，不免有負。昨日上過表文，請加恤典。且待旨意到來，再作區處。聖上又憐謝鯤回來落拓，落星橋居址湫隘。特賜甲第一區，在烏衣巷。夫人在岳家，已曾差人去，連岳父岳母俱迎取過來同住，想必日下到來。今日要到江頭，望空遥奠縹風一番，以盡昔日之誼。叫左右，祭禮完備未曾？（雜）祭禮完備已久，只是外邊風寒雪緊，恐怕老爺不便行禮。（生）説那裏話！祭禮先行，我就來也。（雜應下。生行介）九陌凄風勁，彌天密雪飄。江邊行路客，何處吊兒曹？（雜）請問老爺，祭禮擺在何處？（生哭介）阿呀！我那縹風嗄。渺渺長江萬里遥，知伊何處狎神鼇。炙雞絮酒雖陳設，一片香魂不可招。左右的，祭禮隨分擺下便了，我知道你死在那一塊也。

【小桃紅】只見滿江雨雪把萬山遮，一似恁當日幽情結。也，多應爲錦機中，相期那段舊枝葉，好教我想不迭。祇記得你意兒黏，話兒協。情兒濃，不道你性兒烈。也，等閑間做了夢裏蝴蝶。不能勾楚台雲，早塵暗鳳樓月。

【山桃紅】【下山虎頭】玉梭還在，機錦猶疊。誰承望惡離别，則在眉端眼睫。【小桃紅中】一霎時彩雲滅，一霎時玉釵折。則這些半夜潮，千層浪，都是你冰霜血。也，【下山虎尾】一似抱石捐生浣紗女轍，這苦何時徹。直待江枯海竭，你在何處悠悠没話説。

【五般宜】好一似鏡中花欲攀怎折，好一似水中月欲撈怎涉。你爲我暗裏受顛蹶，捱盡了無夜無明許多疼熱。老虔婆黄桑棒撚，村郎君鴉青鈔撇，端只爲當不過兩般兒斷送了我賢姐姐。

叫左右，取酒來，添上些香。（雜介）

【山麻稭】（生）醁醴酌，名香爇。縹風，縹風，你是個汨水裙釵，胥江女俠。怎肯隨邪，做了個浪蕊浮花事業。若説你這段貞心呵！頓令人發毛欲豎，齒牙俱冷，泪滿腮頰。

【江頭送别】一杯酒，聊當做，江頭送别。千行泪，盡滴入，怒濤卷雪。你重泉靈爽須聽者，我謝鯤呵，定須把你寃泄。

（雜扮公差解小丑、丑上，雜）從前作過事，没興一齊至。小的是南康府差人，奉本府批文，解送犯人到兵部謝老爺處發落。方才到衙門裏去，説在此江頭，特特解來。（對雜）老哥稟一聲，南康府差人要見。（雜稟介，生）唤進來。（公差進遞文書，生作看介）原來正是張虎與元鴇子那一起。下官當時受這婦人許多淩辱，不想他謀死烏斯道時，剛剛與我匡山相遇。可不是惡貫盈滿，上天假手於我，唤張虎上來。（丑介。生）張虎如何説？（丑）老爺，小人雖曾動手，實都是這婦人教道小人如此，小人一時愚惑從了他。該死該死。（生）這也是真情，唤婦人上來。你這烟花賤婦，把好人家兒女，逼他爲娼。爲娼不從，直至害他性命。這還是你女兒。烏斯道雖然是個浪子，你哄了他錢財，何忍又謀他性命？今日還有何言説？（小丑）小婦人該死該死。（生）元鴇子梟首示衆，張虎絞罪，俱候秋後處決。叫左右，都上了枷扭，原差領了回批，帶去南康府發落。（公差應出）生爲萬人婦，死入千人坑。（同下。生）左右，取紙錢來燒化了。（生揖介）縹風，縹風。

【尾】今朝仇恨江邊决，明日封章天外揭，願你及早生天朝帝闕。左右，一壁廂去請淸真觀道官建黄籙大醮追薦他，一壁廂差轎馬到江口迎取夫人上埃。（雜應介）曉得。

烟花潑婦太無情，人命關天那可輕。
欲免孤魂悲耿耿，從公爲爾辨分明。

第三十二齣　大會

【傳言玉女】（外、老旦、旦、貼同院子隨上，外）消盡寒光，梅發幾多佳況。（老旦）探春回秦淮渡上。（旦）封侯已遂，喜夫婿榮歸故壤。（貼）名重岩廊，身都卿相。

（外、老旦）南隨越鳥北燕鴻，身似流星迹似蓬。（旦、貼）只有江峰依舊在，年年不改玉芙蓉。（外）孩兒，喜得賢婿成此大功，前日特差人迎取我一家。今已來到龍江關口。聞得已有賜第在烏衣巷裏，不知打從那一路去。（旦）我們風順來速，相公想還未知，少待自然有人出來迎候。（貼）請問夫人，縹風不知就該隨進，還該待夫人稟過相公，然後進見？（旦對外、老旦介）孩兒稟知爹媽，縹風一事，孩兒向年因見相公折齒，問起緣故。他説祇爲與東鄰女元縹風調舌，被其母將梭投擊而損。今在伊尼廟中收回的女子，説起來正是東鄰之女，故此孩兒收養在身邊。今尚未知相公意思若何，未可突然而進。爹媽且與縹風在船中少住，姑待孩兒稟過相公，再作道理。（外、老旦）孩兒説得有理。（雜扮差官上）今古長安道，郵亭任往來。（跪介）龍江關驛丞奉謁老爺鈞牌，迎候王老爺并兩位夫人。（外）起來，尊官請回，轎馬伺候。（雜應下。外）孩兒，你可同院子先行。等你説過，打發院子到船，我這裏就來也。（貼）夫人，萬望委曲，覷便而言，勿使妾爲觸藩之羝。（旦）曉得。（外、老旦、貼）故山催去旆，虚館駐征鞍。（同下。旦、院子吊場。旦）

【玩仙燈】馬隘車填，盡來往平沙堤上。（院）稟夫人，此間已是府前了。（旦）通報。（稟生，上）聽門前笙歌亂嚷，是必德耀來歸，慰我終朝懸想。（相見介，合）乍對還疑，把銀釭今宵照朗。

（西江月）（旦）相公，你門下三千錦帶，營前十萬吴鈎。貂冠綴玉列通侯，灌絳自來非偶。（生）夫人，我看取今朝富貴，追思昔日風流。（掩泪）美人何處狎盟鷗，江水湯湯如舊。夫人，岳父岳母既到江關，何以不同進府？（旦）他有行裝欲整，少留在船，想將次就來也。相公，我與你久别初逢，況當成功沐寵之日，奴家看你顔色，恰似有事掛心。鬱然不樂，却是爲何？有話就説與奴家知道。（生）卑人從没有甚事掛心。（嘆介。旦）夫妻之間，何故隱瞞？（生）實没有甚事。（雜扮差人上）小人蒙謝老爺差請法師，特來回話。（見介）稟爺，清真觀法師已唤過，請問老爺幾時起醮？（生）且在外廂伺候。（旦）相公爲何要修設醮事？（生笑介）如今瞞不得夫人了，待下官從頭説來。

【獅子序】心中事，實可傷。記當年尋春興狂，趁東風郊外爛醉霞觴。（旦）相公，你那一日不醉，説他怎的。（生笑）提起那一日的浪蕩，見有個少年娘。似花芳，如玉朗，頻頻回望。（旦）那時曾與他講句話兒不曾？（生）却不道兩情顧許，一盼心降。（旦）他講的什麽話來？

【太平歌】（生）他紓衷悃，悄悄訴端詳，説道可喜春花還未放。東君有意來相訪，莫等待風雨來飄揚。（旦）後來却怎麼了？（生）誰知道武陵人去水茫茫，惆悵錦機傍。（旦）這風波從何而起？（生）可恨那老虔婆呵！

【賞宮花】終朝鬧嚷，逼效野鴛鴦。（旦）他從也不從？（生）他立志堅如石，不作倚門妝。 闘起投梭來折齒，教他片帆空泛豫章艭。（旦）元來不肯接客，竟搬到豫章去住了，到得那邊却怎麼？

【降黄龍】（生）他惶惶守志無移，抛却琵琶，頓成絶響。 眠思夢想，望長江滴盡，血泪千行。可恨老虔婆呵，又多方，將伊逼强，跳不出寃家磨障。（掩泪介）咳！可憐因此上餧身魚鱉，漫隨波浪。（旦）這信兒相公那裏得來的？可是真的？

【大聖樂】（生）當日在江口回翔，那虔婆正在那邊謀死一個客人。 恰相逢難隱藏，是他口口親供向。（旦）請問相公，那女子姓甚名誰？（生）縹風氏骨猶香，（旦）當元住在那裏？（生）落星橋居止，與我相親傍。（旦）相公，想爲這緣故，要追薦他？（生）我怎肯做負義虧心薄倖郎，相將薦往。 願他脱離海若，早上天堂。（旦笑介）

【黄龍衮】相公你休將雨泪滂，你休將雨泪滂，休聽虚言誑。 元氏縹風，且喜今無恙。（生）夫人，休得作耍下官。（旦）夫壻根前，敢將言謊。（生）有這等事，如今在那裏？（旦）從匡山下，便同來在，江邊舫。

（生）果有這事？唤左右，快到江口迎取王老爺太夫人又有一位小夫人進府來。（雜應下。生）夫人，且把相遇縹風的緣故，説與下官知道。（旦）相公不知，匡山下有個伊尼大王。

【前腔】他威靈鎮一鄉，他威靈鎮一鄉，報賽從無爽。原來祭享的日子，要尋覓嬌娃，送入銷金帳。那縹風有幸得從釋放。因此我父親呵，領回家，付妾身，同供養。（生）有這等事？可喜可喜。（外、老旦、貼同上，雜隨上）

【玩仙燈】（外）相府峥嶸，看人士往來瞻仰。（老旦）幸今朝同來相傍。（貼）豈意死裏重生，慰從來懸想。（雜）稟爺，已是府前了。（作同進，生、旦出迎介。合）玉潤冰清，喜今日重逢欣暢。

（生揖介）岳父岳母，劣婿拜揖。（外、老旦）賢婿少禮。（旦）縹風過來，拜見了相公。（貼拜介）老爺，請受縹風一禮。（生扶看笑介）果然是我縹風也，可喜可喜。夫人，卑人一家會合，縹風九死得生，實是人間盛事，宜整慶喜筵席。（雜）筵席完備多時了。（生）將酒過來。（送酒介）

【畫眉序】捧雲漿，謾歌百福受天慶。喜江東新造，典午重昌，建殊功麟閣標名，受異寵雲台圖像。（合）自今追憶當年事，休笑酒徒無狀。（貼送酒介）

【前腔】少婦鬱金香，玉醴斟來琥珀光。笑當年織錦，拂拭流黄。感一言結就鸞盟，歷九死終歸鴛幌。（合前）

【出隊子】（雜扮捧册官上）恩從天降，貞女良臣世少雙。一朝殊錫兩褒揚，青簡黄麻麗日彰，共羡恩波湛湛洋洋。

（衆報詔書到，外、老旦、生、旦、貼同出迎跪介。官讀）聖旨已到，跪聽宣讀。皇帝詔曰：朕惟藎臣貞女，人紀攸關。不加褒異，何以示風。朕實不德，遭家不造。王敦、錢鳳相繼而起，濁亂乾坤，傾危社稷。匪爾謝鯤忠誠貫日，先斬元兇，江左彈丸幾於不屋，是用特拜爾爲太傅右丞相姑熟郡公。其所奏元氏女守節沈江一事，聞已幸免。鯤妻王氏收養不妒，并可嘉尚。王氏封姑熟郡夫人，元氏一品夫人。王鑒同妻羊氏，賜金幣以彰優老，有司仍歲給粟帛。周顗、戴淵捐軀狥國，并贈太師，謚忠烈。還著有司築造墳塋，謝鯤焚黄奠祭。伊尼王陰兵助陣，極爲奇異，特賜金五百兩，增修廟宇，改謚忠義大王。播告郡國，用知朕敦尚至意，欽哉！謝恩。（衆山呼畢起。生等）天使大人拜揖，請少坐待茶。（官）聖上立等覆命，不勞了。暫辭恩相去，來復至尊言。（下）

【雙聲子】（生等走唱）歡聲唱，歡聲唱，和氣滿烏衣巷。恩無兩，恩無兩，特旨拜頭廳相。復建創，復建創。威百丈，威百丈。藉鷹揚豹變江左名將。

【尾聲】而今應受恩綸寵，半壁東南莫大功，看來盡在區區一醉中。

笑傲當年莫與京，浮雲功業一毛輕。
醉鄉日月如梭過，斜對縹風聽曉鶯。

終

宵光記

新刻出相點版宵光記卷之上

秦淮墨客　校正
唐氏振吾　刊行

第一齣　家門

【瑶輪第一曲】(末上)乾坤一轉丸,日月雙飛箭。東郊芳草蘸輕烟。又早見葵榴烘日,蘆花映月,梅芷雪中傳。有誰知一年好景,暗中偷换。浮生夢一場,世事雲千變。何須富貴兩牽纏。則就此家庭無恙,天倫極樂,勝似錦衣旋。休輕把有限光陰,自生仇怨。(照常問答)

【瑶輪第二曲】衛仲才鄭錢生義俠金言,便訴生平。奈鬩墻釁起,苦伊弟尋斧相傾。宵光寶劍行奸計,陷致極刑。多虧女俠傾城,特向中宫説此情。頒大赦,仲卿死裏重復逃生。不料象弟益凶。牛人獻計,圈回堂邑山亭。幸鐵生知救,傳假旨,劫取回城。谷蠡寒上方充斥，烽徹西京。登壇大展奇能。斬虜名王事業成。守盟約，力辭貴主，重取娉婷。

會全生的是衛皇后，不怕死的是鐵勒奴。

若不是仲卿奇男子，誰報得傾城女丈夫。

第二齣　尉弟

【瑞鶴仙】（生扮衛青上）韜略羅星斗，論伊吕無慚，韓彭非偶。虚逢泰來日，奈迹類朝三，運遭陽九。明珠未剖，嗟按劍便遭却走。且低眉自守，侯門執役，莫教落後。（鷓鴣天）赤手堪屠滄海龍，腰懸長劍氣崢嶸。雲間鸑鷟生非偶，天上麒麟出豈空。衣鶉結，甑塵蒙，蒼天偏自困英雄，有時假得長風便，衝破江天浪萬重。小生姓衛，名青，字仲卿，河東平陽人也。父親本姓鄭，向爲縣吏給事曹平陽府。因侍衛夫人，遂生青。及姐姐子夫，故冒姓衛。後來父親復娶民母，生子名鄭跖，自父親亡後，小生與姐姐仍在平陽府中執役，朝夕供事，不敢有違。這是分所當爲，不要説起。正是厲子未須慚似厲，號人寧可恥爲號。但兄弟時來淩逼，奴隸看待。不肯以兄弟相稱，把父親所授産業白白占去。小生因他年幼，不與計較。只是生計蕭條，饑寒難免。雖蒙姐姐時常看顧，一來是女流，二來身居禁闥，那周全得許多。即今春色漸繁，百花舒蕊，怕娘娘要出來賞玩，衹得在此伺候。

【錦纏道】自追求，這磨折是人尤鬼尤。生計拙如鳩，十（後半葉原闕）年來衹得忍恥包羞。我本待要作鹽梅調鼎鼐黼黻王猷，怎叫我短後衣隨匹馬唯諾階頭。回首愧吴鈎，何日得乾坤在手，把生平志氣酬。似尚父在棘津車後，恨當今青眼總悠悠。呀！姐姐出來了。

【生查子】(旦扮衛后上)椒房翠幰開，蘭館鸞笙奏。春事正繽紛，心事憑誰剖？歌扇裁成月，舞衣飛作雲。自憐容絶代，不得價傾城。奴家衛氏，名唤子夫。自幼在平陽府中，蒙公主娘娘恩養成人，教成歌舞。兄弟衛青也在府中執役，只是他空有千里之才，未逢一顧之遇。每常見他鬱鬱，不免偷閑去看他一回。(見介)(生)姐姐拜揖。(旦)兄弟免禮，兄弟爲何悶坐在此？(生嘆介)(旦)我聞文王明夷，仲尼旅人，苟非其時，聖賢苦辛。

【玉芙蓉】(旦)你是熊羆命世流，豈久爲牛後？但孫陽未遇，誰識驊騮。(生)姐姐我鶉衣百結頻露肘，妄想河清俟烏白頭。(旦)時不偶，且躬操敝帚，任他人呼牛作馬只低頭。(生)姐姐，兄弟鄭跖不仁不義，把父親所遺田産盡行奪占，又每每淩逼欺負，如何是好？

【普天樂】(旦)兄弟你須念他年方幼，莫輕惹閑争鬥，豈宜爲斗粟成仇。就是鄭跖來侮謾你也只當做飄瓦虚舟。(生)我提心在口，從今後只看做水逝雲浮。(内傳介)(生跪介)娘娘懿旨，聖上營建甘泉宫，着衛青率領家丁五千，前去助役，即便起身，毋得躭誤取究。(生)領旨。(對旦)兄弟年少，不諳事體，如今着我率領許多人去，干紀不小。怎麽好？况且甘泉宫三條九陌，千門萬户，金屋陰岑，玉樓窈窕。這工作不是幾年，不得完事。姐姐，此别不知何時再得相會。

【古輪臺】(旦)謾煎憂，急須前往莫淹留，人奴豈得自悠游。不須僝僽，縱别經年，少不得有歸來時候。(生)同氣連枝，一霎參辰卯酉。况此行禍福總難籌。(旦)你既然爲首，切不可趨前退後。就歷暑經寒，鋤風荷月，搬磚運土，還念職當由勤承受。須知平地有摧輈。(生)謹承姐姐的指教，明日别了鄭跖兄弟，就往甘泉去了。(旦)娘娘誕日將到，聞得聖駕幸臨，府中演樂，你姐姐是女樂班頭，

想不得功夫與你送別了。（生）既如此，兄弟就拜別了。姐姐前去。（同拜介）

【尾聲】依依此地難分手，落日蕭蕭滿地愁，何日鐖鷹脱臂韝。

（旦）凄凄風雨玉床空，（生）夜半青萍照彩虹。

（旦）龜甲龍鱗總相似，（生）誰能辨我是雌雄。

第三齣 戕兄

【縷縷金】（净、丑上）多奸詐巧謀，爲一涉財和利，便要落便宜。人人都叫我花花太歲，甜言蜜語美如飴。怎知我就裏，怎知我就裏。（净）小子叫做鄭跖，生來一字不識，幸得多奸多詐，更兼如鬼如蜮。前年牽了李老君關外的青牛，昨日捲了孔夫子杏壇上的講席。從不曉三綱是何等的東西，也不識五倫是那幾樣名色。一來虧天生聰明，二來靠老婆家勢力。但憑我亂走胡行，誰敢聲兒嘖嘖。田房産業，望直便要方圓。四鄰八舍，見我就如仇敵。因此送我一個美名，道是没槍刀的强賊。我鄭跖家裏頗過，又有勢頭。有的是金銀，多的是寶貝，無一件不稱心，無一樁不像意。只是一件被人恥笑。（丑）誰敢恥笑大爺？（净）不是别件，就是衛青的直娘賊，只管在人面前叫我是兄弟，以此人都看得我輕了。向年被我把父親所分田房産業一一占了，他也不敢則聲。只是叫兄弟這一節要擺佈他。（丑）小的幫大爺去打他一頓何如？（净）不好，衛青七長八大，力敵萬人。莫説你兩個，就是幾十人也近也不得。若還打輸，到被人恥笑。（丑）既如此，去買一把刀來，藏在身邊。悄然走近身去，一刀揮爲兩段，何如？（净）一發不濟，殺了平人，還要抵命。莫説殺了親兄，要碎剮的。我有一計，如今去尋着他，將好言哄回來，到得家裏，翻轉面皮。説你姓衛，我姓鄭，你原是我老家人衛乙之子，要寫一紙文契，認是義孫，任憑使喚。等他寫了，我家後圈有二百口肥猪，要他餵養。那圈正靠着熊耳山，山上强贼甚多，虎豹也不少，倘或賊來偷猪，打死他也不可知。虎來吃猪，拖了他去也不可知。况且圈旁并無别路，我把前門栓好，等他要去，除非爬過熊耳山去。衛青縱然有力，怎當得許多虎豹，定然落在他口裏，此計何如？（丑）妙計，妙計！（净）你隨我尋他去。

【前腔】（生上）公差遣，敢差池。只爲手足誼，特來辭。又恐他嗔怪，行行且止，好似藩羊，進退兩遲疑。呀！前面來的好似兄弟一般。且上前施禮，且上前施禮。（見介，生）兄弟那裏去？（净）呀！哥哥失瞻了，正來尋哥哥説句話，却好撞着。請哥哥到家裏去。（生背）每當見兄弟，不憑達禮，今日爲何殷勤得緊？我聞象憂亦憂，象喜亦喜。或且他心回意轉了。我只是好好待他。（生進坐介，净）請問高姓？（生）兄弟差矣。我衛青是憑哥哥，怎麽問起姓來？（净）放屁！你既是我的哥哥，怎麽你姓衛，我姓鄭？（生）這有個緣故，想兄弟年幼未知。父親本姓鄭，我母親姓衛。故憑哥哥從母姓衛，兄弟從父姓鄭。母雖不同，父則一本。兄弟如何見外衛青？（净）呸！這等説起來，我也從着母親姓去了，父親的令郎在那裏？你原是老家人衛乙之子，一向抬舉你，你就在人面前叫我是兄弟。難道我這樣財主，到有你這樣窮鬼的哥哥？（生）兄弟是天親，雖則貧窮，怎麽好不認？况衛青又不曾把家資蕩費，父親所分田房，俱是兄弟奪取。以此衛青衣衫襤褸，口食不周。（净怒介）

【駐雲飛】簧口無知，恣意胡謅你好不三思。我豪富真無比，遍體皆羅綺。嗏，鄭衛豈同枝？説甚你兄我弟。看你鬼臉狰獰，餓莩形相似，你是何人我是誰？

【前腔】（生）我與你是兄弟壎箎，好似鶺鴒原上飛。急難還相濟，外侮須當禦。嗏，何必太相欺？還念連枝同氣。追想先人，不覺雙垂泪，他是何人我是誰？（净）衛青，今日不與你干休了。（生）待要怎麼？（净）要正名分，你不是我哥哥。（生）你不認我做哥哥，這也由你。（净）要寫一紙説是衛乙之子，衛青係鄭大爺家生子。但憑使唤，不敢有違。寫便寫，不寫便打。（生背介）我看此輩如孤雛腐鼠，何足畏懼？但我見他便想父親，若與争鬧，一來玷辱了父親，二來被人笑話。他一字不識，我如今胡亂寫幾行，哄過他便了。（寫介）

【皂羅袍】搦管泪零如雨，嘆庭烏早逝，豎子無知。全無天顯懿親思，反將兄長爲奴隸。這是倫常大變，手足倒爲。想井中可入，廩上可灰，不如低頭忍耐爲長計。寫完了，拿去。（净對丑介）你看看。（丑）我不識字。（净）我也不識字，且不要説起，省得露出馬脚來。衛青，你既寫了，隨我到這所在來。（走介，生）我就隨你去看怎麼樣？（净）這是我家後門，養下猪兒百口。煩你看一看，如今都是肥的，健的，倘或瘦了，要打。死了，要打。不生小猪，又要打。聽我道來。

【前腔】今日方伸吾志，論人奴廝養，百事當爲。若還怠惰有鞭笞，從今喂飼須勤勵。莫言生受，莫生怨咨。莫嫌污穢，莫生懈弛。臨崖失馬休番悔。我且把門兒栓好，不怕他走上天去，大爺自進去喫酒，喫肉，快活快活。堪笑癡兒見識迷，强將二姓認連枝。（下。生吊）大風吹倒梧桐樹，自有旁人講是非。咳！可笑今日遇此豎子，正如白日撞見鬼。當原父親生此子，極是愛他，及至長大，又不教他讀書，養成到這日子，把人倫天理都喪盡了，亦爲可惱，亦爲可憐。

【普天樂】没來由無端鬼魅相嘲戲，全没有半點兒天親誼，把荆枝剗地斫取。更不念棣萼交輝痛，椿樹先摧萎，怎教我仗鞭箠作猪奴使。先朝竇太后使袁固擊豕，固挾利刃直探其心，景皇帝壯之。

論豪豨薦食無知，便探心有何足惜。須知道鼠牙易釁，尺布堪悲。罷罷，只是忍耐些罷，等他長大，少不得有悔過之日。我衛青奉旨領家丁往甘泉作役，倘或誤了公差，不是當耍的，就此去罷。呀！前門已閉，如何是好？且打後門去。呀！後門緊靠着熊耳山，并沒走路，怎麼好？祇得趁着月光爬過山嶺去罷。

【傾杯序】崔巍這峻嶺與雲齊，行路難嘆艱危。（内作虎聲）聽狨啼鬼嘯，虎吼熊咆，月暗雲昏，使我意亂心飛。想人心巇嶮，世情傾頗，山徑崎嶇。不由人猛然髮指豎雙眉。

【玉蓉犯】我屠龍計已灰，暴虎心方厲。豈容伊山深夜黑亂行，咥噬豈牛哀。當日爲搏兕計，且學朱亥，秦庭裂目眦。孽畜，孽畜。我與你無仇無怨，相逢狹路好難迴避。休得逞雄威舒神臂，敢將徒手撩其鬚。（虎上，打下）你看這孽畜，被我打下山岡去了。

【尾聲】悠悠直向山嵎去，説甚卞莊善刺。常言道人無害虎心，虎無傷人意，這些是自殞其軀。

見説豺狼不可親，誰知天道佑良人。
寄語世人休橫暴，善如良藥好醫身。

第四齣　惜才

【菊花新】（末）鸊鵜新淬劍光寒，意氣横摩霄漢間。落拓守微官，不解隨人長短。幽并少年好馳逐，手挽象弧插雕箙。朝游雁門暮樓煩，飛鞚紫騮越平陸。下官公孫敖是也，官拜騎郎，自少好俠，結交年少。傾滿長安，看來豪傑男子，世間亦自難得。只有衛仲卿，氣食全牛，才窺半豹，真命世之奇才。任少卿，一諾爲重，千金爲輕，亦俠烈之異士。因此我三人結爲異姓兄弟，情若同胞。少卿已仕爲都尉，只有仲卿時運未逢，尚淪爲微賤。深愧同升之誼，難逃竊禄之誅。今日無事，且往少卿處走遭，此間已是他門首，任少卿有麽？

【前腔】（小生）千金裘馬到長安，挾彈探丸上苑邊。驄馬鐵連錢，誰似我翩翩氣岸。下官任安是也，官拜皇城校尉，不知何人到此？（見介）原來是子敬哥哥。（揖介）（小）子敬哥哥，我與你俠游年少，名動皇都，只是位卑職小，無所自展。終日陸沉朝寧，何年得建功業？（末）少卿弟，龍蟠海底，豹隱深山，君子藏器于身，待時而動。你我已入皇朝，名登仕版，終有建功立業之日。比如衛哥有許多才略，尚滯侯門，視你我又便有雲泥之隔矣！（小）哥哥説得是，這幾日曾會見衛哥哥麽？（末）少卿弟還不知，他領公主命，率家丁往甘泉助工去了。（小）咳！可嘆，可嘆！這等人可是幹這等事的，正所謂黄鐘棄而瓦釜鳴，西子绌而嫫母寵。然如仲卿者，今雖未能扶之，使在人上，亦終不能抑之，使在人下。

【玉山供】他是圭璋瑚璉廟堂材，誰能占先。奈今來生不逢時，混泥沙未登榮顯。愧我才如襪綫，没片長終難施展。蔽賢應有恨，竊位總多愆。（合）慚愧鐘期流水高山。兄弟欲到甘泉去看衛兄，只因皇城職守，極是利害，不得閑暇。哥哥連日休沐在外，何不到甘泉去走一遭？（末）他有個兄弟，甚是不肖。時常去欺侮他，我正有意要去看看他。

【前腔】我把朝衣來换，别鵷行暫離虎闕。爲平生意氣相投，豈敢憚途路艱難。只恐歸期遥遠，倘淹留未便能反。衙門倘有事，萬望你周旋。（合前，末）你家鐵勒奴何在？看此人雖是丁賤，也到有些膂力，有些義氣。我又無人使唤，着他隨我到甘泉去走遭。（小）同上勒奴喂馬未回，待晚上回來，就遣到哥哥下處便了。

相期意氣重黄金，可信鍾期絶鼓琴。
十載交游渾未識，片言傾蓋便知心。

第五齣　演樂

【一剪梅】（貼、旦）銀筝調美鳳凰樓，白玉搔頭，紅錦纏頭。泪痕常傍枕函流，春在簾鈎，恨在簾鈎。〔浣溪沙〕青杏園林釀酒香，佳人初試薄羅裳，柳絲摇曳燕飛忙，乍雨乍晴花易老。閑愁閑悶日偏長，爲誰消瘦減容光。奴家張氏，名唤傾城，自幼在平陽府女樂班中，蒙娘娘憐愛奴家聰慧，另眼看覷，深爲有幸，只是年已破瓜，未逢玉樹，如何是好？昨聞聖駕幸臨，恐要將女樂演習。衹得在此侍候，言之未已，衛姐姐早已來矣。

【前腔】（旦）柳暗花明春正稠，蝶信悠悠，身世悠悠。落花隨浪正東流，無限儂愁，誰遣儂愁。奴家衛子夫，昨奉娘娘之命，説聖駕不日幸臨，教把十八部女樂演習一演習，來到此間，已早凝翠池了。呀！傾城，你早已在此，衆女樂都在那裏？（貼）姐姐還不見她們來。（旦）你就唤聲，早來演習。（貼唤介，四女上）多病多愁損玉顔，暖風芳草竟芊綿，池邊物色宜圖畫，林叫鶯聲似管絃。（見介）衛姐姐萬福。（旦）衆姐妹你曉得麼？三月三日是娘娘誕降之日，萬歲爺昨差内官傳旨來，要幸本府親自祝慶，因此娘娘教我率領你們演習樂器，并新翻的曲兒，俱要齊整。我們就此演習一番。（貼）姐姐，先唱曲，後奏樂罷。（旦）正是。

【二犯江兒水】簾鈎外和風輕透，新妝才罷手。把重裀疊起，百和香浮，惜花心如病酒。翡翠滿妝樓，黄金拖御柳。春到皇洲，愁泛金溝。這些時病葳蕤難自守。鶼鶼相偶，曲池邊鶼鶼相偶。燕燕相儔，花底下燕燕相儔。願君王趁良辰展豫游。

【前腔】(旦)君王萬壽，聽樂奏君王萬壽。白玉卮常在口，看日臨仙掌烟傍爐頭，覲龍顔誰敢後。夭袍妒石榴，霓旌干上斗。酒獻千甌，曲奏千秋。露金莖親調捧自西王母。海屋添籌，頌堯年海屋添籌。人間在宥，歌舜日人間在宥。暢好是樂昇平勝鎬游。(作樂畢，旦)你們衆人都熟悉了麽？(衆)都熟了。(旦)既熟了，各人自去演一演，聽候唤用。(衆)曉得。主家絲管日紛紛，半入春風半入雲。此曲祇應天上有，人間能得幾回聞。(衆下。旦、貼吊場，旦)傾城姐，你我身在金閨，誼同蘭臭。徵歌選妓，終朝逐隊而行，只怕玉貌花容，暗指流光而度，何日是了？(貼)姐姐，你蘭心蕙質，杏臉桃腮，黛眉輕蹙遠山微，顧能傾國。皓齒乍分寒玉細，笑可千金。不作上苑之奇葩，定是蕊宫之仙品。尚且朝歌暮舞，隨波逐流，何况傾城凡姿陋質，裙布釵荆，自合空守瓊樓，聽殘玉漏。豈敢留情南陌，錯怨東風。(旦)向年娘娘曾把傾城姐許配我兄弟衛青，我看越來你鳳翥鸞翔，不減月中仙子。我兄弟虎頭豹額，定爲日下奇才。若得廝守百年，不枉爲人一世。但不知何時得了此願也。

【黄鶯兒】(旦)你嬌倚鈿箜篌，怪春光去不留，門前車馬空馳驟。花飛水流蜂尋蝶，求何時得蒹葭，玉樹相廝守。(合)電光浮東流，逝水無日不悠悠。

【前腔】(貼)姐姐你艷質世無儔，月爲容星想眸，無情歲月空回首。盼不到天邊紫騮，數不徹燈前玉籌。榆錢買不斷雙眉鬥。(合前)

朝鐘暮鼓度韶華，春色年年此地賒。
燕子樓中人悵望，熏籠閑倚月初斜。

第六齣　神鑑

（生）虎狼賦性本難柔，財利迷人不自由。墜馬前頭還墜馬，沉舟側畔人沉舟。我衛青爲何道此幾句言語？只因前日受了兄弟淩辱，又設計栓我在門外，那門緊靠熊耳山，并無別路，衹得從山嶺過來，行至中途，正遇一虎，被我奮起神威，只一拳打下山去，纔脱得性命來此。我想虎狼食人，是他本性，兄弟一本天性，何故也反面無情就如虎狼一般，把一個親兄不肯相認，教他去牧猪。咳！只是我衛青命運如此，以致骨肉參商，這也不要説起。來到此間，已是渭南甘泉宫了。不免唤本府助役，人夫點齊則個，平陽府助工役夫那裏？（丑）離家七百里，管轄五千丁，自家平陽府夫頭魏明，衛總管呼唤，且去相見。（見介）總管哥作揖，魏明率領五千家丁，俱在此聽候點名。（生）既齊了，你領去聽候，管工官發在那廂做工就來回話。（丑下，小生上）鄧通終須餓死，蔡澤畢竟封侯。荀卿非相没來由，人世榮枯豈偶。小生謫自仙籍，來住人寰。埋名隱姓，自涅其面，人都不識是那樣人。衹教我做鉗徒，小生向受許負相法，相人百不失一。如今公卿滿朝，小生也一一看過，或多福而少壽，或有始而無終，要是大富大貴，子孫壽筭一一俱全的，却是難得。今來甘泉做工，偶然閑暇，且到那壁廂走遭去來。（撞生介，小）奇怪，怎麼一個大富大貴的人到在這裏，且上前去問他。（問介）先生高姓大名？（生）小生衛青，敢問先生高姓大名？（小）小生無名無姓，只因犯罪涅面，人人叫小生是鉗徒。小生幼習相業，閲人多矣，未有如先生之相者。

【石榴花】(小)看你虎頭燕頷，狀貌豈尋常，神軒舉體飛揚。似蛟龍滄海正潛藏，指日見天際翱翔。先生，你後日呵！羡名鐫，鼎常展，封疆萬里如反掌。功名在異域殊方，看他年繫頸名王。(生)先生差矣！我衛青呵。

【前腔】(生)人奴下賤那有出頭望，現執役在平陽。朝持箕帚掃前堂，暮鞭笞受盡恓惶。我敢懷妄想，污泥鰍那有騰霄相。(小)豈不聞凡人不可貌相，海水不可斗量。(生)雖則是海水難量，恐河清歲月茫茫。(小)呀！那邊又有一騎來了。

【不是路】(末、外)緩鞚飛黄，目斷咸陽去路長。空悒怏，出關無侶一沾裳。(對外)與我解行裝，看道旁少婦凝眸想，且指點銀瓶索酒嘗。(外接)凴高望，甘泉咫尺已相將，請加鞭前往，加鞭前往。(末)呀！前面好似衛兄。(生)前面來的好似公孫兄弟。呀！正是公孫兄弟。

【前腔】(生)你行色蒼茫，何事離官出建章，今何往？莫非監督到咸陽。(末)爲伊行，孤身作役勞鞅掌。因此一騎飛騰到此方，喜今無恙。離愁頓生歡暢，且解鞍細講，解鞍細講。小弟曉得哥哥來此，放心不下，相約任少卿同來探望。他因皇城干紀，不敢擅離，以此小弟獨自來了。此位是誰？(生)此位亦同在此作役的，他没有姓名，叫做鉗徒。最善風鑑，兄弟上前求他看看。(見介，小)奇怪，又一位封侯的貴人。(末)先生説甚封侯？是那一個？

【泣顔回】(小)君貌太昂藏，更雄豪氣概無雙。似朝霞初放，炯雙眸電激流光，封侯豈誑？看時來奏績在邊庭上。塵埃中已辨雌黄，願他年富貴無忘。請問先生高姓大名？（末）在下公孫敖，現爲騎郎，因訪仲卿哥哥，故此微服而來。（小）原來是公孫大人，公之貴不可言。但後來不得衛先生提携，難以自顯。（外）先生不可奚落人，我便不來看看。（小）此位是誰？（末）是我家喂馬的鐵勒奴。（小）奇哉，怪哉！今日相逢無非王侯宰相，鐵勒哥我且不來相你，且説你志量何如。

【前腔】（外）我粗豪膽氣真無兩，志吞海若手挽天狼。（小）你便想幹事業。（外）那蕭曹灌絳，也曾去屠狗沽漿。若還處囊，願乘時破盡衝風浪。（小）原來志量如此，看你虎顴豹額，飛而食人，不作堂堂槐宰，定爲矯矯虎臣，看起來三位之相，衛公第一，是天子之下一人，宰相還讓一等。公孫先生與鐵勒哥名位相等，封侯不必言，但盡出衛公之下，亦盡出衛公之手。（生、末、外同拜）塵埃裏果辨雌黄，富貴後怎敢相忘。（小）衛先生還有一句話對你講，你百日之内有大難兩次，可要小心。過此以往便如平地升天矣。（生）承教。（丑上）自家魏明是也。總管哥差去派工，已派定了。回話去。（見）回覆總管哥，管工官派我們五千人，俱在後殿做工，魏明前日來得心慌，不曾帶得衣服，就與總管哥告假半月，回府拿了就來。（生）你去就來。（丑下。小）方才去的那人氣色不好，十日内應遭横死。（生）有這等事，且記着，看十日内如何。公孫兄弟，你有官守在身，就回去罷。我欲留鐵勒哥在此，只是兄弟回去乏人。（末）我回去，不須人。正留鐵勒奴在此做伴，倘鉗徒之言果驗，好教他快來報溭兄弟。（生）曉得。

（生）前路多君爲指迷，（小）避凶趨吉在人爲。

（末）臨歧分手多愁思，（外）從此相依好獲持。

第七齣　慶誕

【花心動】（老旦）帝里風光，喜誕辰嘉麗，春色同妍。月滿妝樓，日懸舞閣，稱觴樂奏鈞天。流風入座飄歌扇，香百和暗隨雕輦。更宸游將至，倍承恩眷。王母行宮列宿分，九微燈映紫元君。玉樓金闕非人世，空水茫茫載白雲。奴家陽信公主是也。父皇景帝，今上皇兄，下嫁平陽侯曹壽，遂稱平陽公主，不意駙馬身犯隱疾，不能近人。皇兄特起平陽府第，令奴家另居。今三月三日，是奴家誕辰，昨皇兄傳旨來要親自臨幸，稱慶内侍們擺宴伺候着。（雜扮太監捧物上）主第山門起霸川，宸游風景入初年。今朝扈蹕平陽館，不羨乘槎雲漢邊。（入介）萬歲爺特旨，今者平陽公主誕辰，朕心喜悦，特賜精金西王母像一座，金組萬壽文，羅百端帶子，升天五爪龍衣一襲，左把臂鑲嵌鳳冠一頂。朕將親幸其第，但恐從官太多，大爲主費，特發水衡錢千萬，少府精金萬兩，尚方五色繒絹萬匹，以爲治具之資。朕將親從主飲千歲之觴，特敕。（老）萬歲萬歲萬萬歲。（雜）娘娘，女婢叩頭，願娘娘千歲。啟上娘娘，奴婢來時，法駕已備，想聖駕即刻就到了。（老）起在一邊。

【齊天樂】（外）握符受籙應膺赤紀，喜天地神民咸奠。漢業雖隆，輿圖尚淺。一點雄心未滿。渥窪天遣，看解辮月氏，稽顙呼韓。春和風暖，且圖歡樂紫霞傳。（老接介）（外）羽蓋霓旌曉出游，紺霞紅日映前騶，雲中帝子三千闕，海上仙人十二樓。寡人高皇帝五代孫，景皇帝次子。父皇厭棄群臣，寡人嗣登大寶，寡人有姑下嫁堂邑侯陳午，稱堂邑大長公主，皇后陳氏，是其女也。有妹下嫁平陽侯曹壽，稱平陽公主，今日乃平陽公主誕辰，寡人特幸其第，内侍傳旨，宣公主上殿。（老）呼萬歲。（外）今日是公主降辰，寡人不勝喜悦，特來與你稱慶。

（老俯伏）賤妾幸蒙陛下厚恩，先帝遺德，奉朝請之禮，倘臣妾之使，列爲公主，賞賜邑入，隆天重地，死無以塞責。今陛下又因賤降，從掖庭枉駕幸臨，使賤妾得稱觴上壽，娱樂左右，死有餘幸。今有不腆醪醴，未蒙俞旨，不敢上陳，伏望陛下矜許，一進万年之觴。（外）既有酒，就將過來。（老旦進酒三次介）

【畫眉序】（外）貴主列華筵，麗日和風鬥奇艷。喜南山當户，北斗臨軒。龍墀下花色繽紛，鳳沼内文魚游衍。（合）宸游到此稱歡忭，人人齊祝堯年。（衆唱）

【滴溜子】銀臺上，銀臺上，鳳蠟吐烟。金盞内，金盞内，蟻漿頻獻。恰似瑶池開宴，丹客舞翩躚，青使巧囀。（合）但願君王歡樂萬年。（進酒介）

【畫眉序】（老）再拜至尊前，恩德如天，豈輕鮮。看初開别業，天上雲間。喜彩石花底時逢，更紅泉竹間時見。（合前「宸游」）（外）堂下樂且停奏，宣女樂們起樂。（内官傳旨，旦同女樂上介）

【滴溜子】（衆）和風軟軟花間，柳邊香風轉，風轉舞裙歌扇，誰羨周文鎬，燕歌聲雜管絃，空中婉轉。（合前「但願」）（外）公主，那第一部女樂班頭，叫甚名字？（老）名唤衛子夫。（外）公主。這女子端麗非凡，果是天姿國色。

【畫眉序】艷質逞嫣然，一笑傾城世間罕。豈吹奏女，謫向塵寰。堆鴉髻似雲影盤旋，掃娥眉如月痕清淺。（合前「宸游」）（外）子夫得酒，就唱一曲，寡人敬舉卿之觴。（旦送酒介）

【前腔】（旦）粉黛列三千，豈意龍顔獨垂眄。喜聲依玉珮，香傍爐烟。謾誇他聖眷方殷，争似我恩光獨冠。(合前宸游)(老)賤妾啓奏陛下，有曲宴在後殿，伏望幸臨。(外)既後殿有宴，就此起駕。

【大和佛】(外)别殿重開别洞天，饌玉薦雕盤。真珠簾捲，偏愛月團圓。頻把玉卮傳，(老)陛下對此皓月，且有佳麗，伏望滿飲一杯。(外)持杯自覺情難挽。多少名姝麗媛，誰似此嬋娟。辦取十斛明珠，聘作掖庭妙選。更造個瓊樓金殿，猛挨得歲歲年年醉花前。

【紅綉鞋】(衆)九逵雷皷聲喧，聲喧。千行旌旗高懸，高懸。迴玉輦，控雕鞍。青牛幰玉龍鞭，瑶炬列映花然，瑶炬列映花然。

【尾聲】漏聲不覺頻頻换，今夜歡娱較短，何似飛瓊駕彩鸞。(老)賤妾啓奏陛下，衛子夫既蒙聖眄，就此隨入宫去，還是另揀吉日。(外)今日爲公主誕辰，有何不吉？朕駕先行，着他隨後就來。内侍取黄金千兩，白金萬兩，彩緞百端，白璧十雙，與公主作聘儀，衛子夫即日册爲才人。

昨夜風開露井桃，未央前殿月輪高。
平陽歌舞新承寵，簾外春寒賜錦袍。

第八齣　入宫

【出隊子】(衆上)纔離金陛，纔離金陛，迎迓天仙入紫微。生男勿喜女勿悲，試看門楣騰彩輝。(合)天上三星，今夕正低。自家上陽宫守宫太監是也，纔奉聖旨，率領宫人們迎候衛娘娘入宫，祇得在此伺候。

【前腔】(旦)親承恩旨，親承恩旨，自愧蓬茅身甚卑。(貼接)鸞皇自合奮天衢，粉黛三千寵盡移。(合前)(旦)傾城姐，昨日今朝事不同，難將此語叩天公。(貼)君王一見賜顏色，玉輦將迎入漢宮。傾城奉公主娘娘之命，送娘娘入宮，恐萬歲爺久待，就請升輿罷。

【三換頭】(旦)相憐相倚，勝似連枝同氣。况朝斯暮斯，忍下得輕分袂。我未往先泪垂，念孤身兼陋質，怎入得紅顏隊裏。縱是恩如水，恐東流無轉期。(合)謾詫嬌枝，全仗東君好護持。(後闕一頁)

【前腔】(貼)娘娘你是天生艷質，皇家作配。我傾城呵，似隨風斷箏，逐波飄絮，定做道旁苦李。這其間怎能夠，那璧廂絲羅相倚。鏡裏紅英墜，容華不待時。(合前)(衆)奴婢奉旨，率領宮人迎娶娘娘鸞輿，已駕請娘娘早早入宮。(旦)就此起駕。

【神仗兒】(衆)風摇環珮，風摇環珮，香凝鞶帨，似天仙降世，縹緲雲中鳳吹。(合)離閬苑，下瑶池。離閬苑，下瑶池。(雜扮太監上)奴婢是掌宮内侍，萬歲爺宣召娘娘，待久不至，着奴婢又來催促。立等娘娘入宮。(旦白)快趲行起。

【前腔】(旦)聖情凝睇，聖情凝睇。停車勒轡，這恩光萬倍共羨，天顔歡喜。(合前，内傳介)萬歲爺駕幸宜春宮，有旨宣到，衛娘娘就入宜春朝見。(旦)既如此，傾城姐，生受你，請就回罷。多多拜謝娘娘。(貼)曉得。從來天上碧桃花，不與春風鬥麗華。(貼下)(衆合前下)

第九齣　付劍

【水底魚】(浄)堪恨喬才，公然歸去來。這番撞見，教他平地起飛灾。莫信直中直，須防仁不仁。我鄭跖向日拿衛青回來，勒他寫了一紙義孫文書。差他去養猪，不料這直娘賊明欺我不識字，文書上不知寫着什麼話，昨日央人看看，那人説呸，看你青面白的人，兩雙眼似銅鈴，一敢原來青盲的。那文書寫的都是笑話，你這也不在話下。我教他看猪，也不辱没他，浄把猪兒撇下，爬山去了。誰想半夜裏熊耳山上跑下一個虎來，把二十圈猪咬死大半，那虎也力盡而死。這也罷了，倘或不死，這口氣怎麼消得。自古道一不做，二不休。我有個相識壯士，生得來有千斛力氣，曾見兩頭水牛相鬥，他走近前去，輕輕拆開，放翻一頭。因此人人叫他是番水牛，如今去尋來，教他到甘泉去殺那直娘賊，出口氣，有何不可？此間已是他家門首，番哥在家麼？

【前腔】(丑)鬼臉胡腮，霸王力可摧。人還撞我，是你命安排。自家番水牛是也，是那個下顧？(見介)呀！原來是大爺。(浄嘆介)(丑)大爺，每常見番水牛歡天喜地，今日爲何着惱？(浄)我對你説，我爲衛青那廝，他明明是我家義孫，倚恃平陽府勢頭，不作准我。前日唤他回到家中，睡了一夜，到把我二百口猪盡皆殺死，竟逃到甘泉做工去了。以此悶悶不樂。(丑)這有何難，等番水牛拿回來就是。(浄)就拿得回來，他也不伏使唤，怎生尋得個人殺了他，纔出得這口悶氣。(丑)就要殺他，番水牛也去得。(浄)若得如此，成事回來，自當重酬，就煩走遭。(丑)只是少一口刀。(浄)這不打緊，當時我父親曾鑄一口寶劍，七日七夜纔鑄得成，其實吹毛可斷，把來懸掛室中，夜間迸出百道毫光，因此叫做宵光寶劍。父親存日，常與衛青懸帶，就將赤金鎸上衛青二字在劍上，父親死後，被我奪去，如今你拿去殺了他，把這劍就藏在他身邊，官府見了，只説他是自刎，可不是我你都没事。(丑)好計，好計！就去，就去。

【四邊静】（丑）奇謀秘計人不測，我有力似烏獲，饒他插翅難逃這灾厄。（合）看白虹貫日，宵光迸色，殺氣上干天，愁雲黯惻。（丑）大爺，只是番水牛不曾認得衛青一面，這怎麼好？（净）他見領五千家丁，在甘泉做工，到那裏只問平陽府家丁的頭兒就是。

【前腔】（净）他在侯門執役爲巨擘，番哥，那衛青力敵萬人。從來號無敵。你須挺雄威，莫教有差失。（合前）（净）明日到我家來，拿了宵光寶劍就去。（丑、渾下）

宵光出匣鬼神號，成就功勛在此遭。
爲道人生休樹怨，寃寃報復幾時消。

第十齣　謬刺

【清江引】（小丑）壺中日月真堪老，醉裏乾坤小，笑他營建幾時休，争鬥何日了。怎如我樂陶陶，不知天昏曉。自家魏明，前日告假回去，只見那些同伴的，你也要我帶衣服，我也要我帶盤費，人人買酒請我，吃得爛醉，方進得函谷關來，乘着月色走過這山嶺罷。

【前腔】（小丑）想人生在世間也無多好，説甚財和寶。那有百年身，枉做千年調，怎如我生前一杯妙。行不上幾步，那酒只管湧上來，脚欲行時頭先下墜，且就此石上打盹一回，再走則個。（丑上）受人之托，必當終人之事。自家番水牛，鄭跖托我去殺衛青，一路問來，衛青果然在甘泉做工，爲此趕來。此間已將近函谷關了。

呀！前面到有人坐在那裏，不免上前去問個消息。兀那漢子，你從那裏來？坐在這裏。

【玉抱肚】（小丑）我從甘泉來到。（丑）我正要問甘泉消息，（問介）（小丑胡答）（丑）敢是你醉了。（小丑）扯淡！是你買我喫的。又不是伊行見招。（丑）你姓甚名誰？（小丑）要知咱姓甚名谁，説出來恐伊嚇倒。好快活！不知明月上花稍，始信人須向酒裏淘。（丑）老哥真個姓甚名誰？（小丑）你不要駭了，我是平陽府五千家丁的頭兒，領公主娘娘命，在甘泉做工回去。（丑）叫甚名字？（小丑）叫做魏明。（丑）原來就是衛青。

【前腔】（背唱）想是你時衰運倒，剛剛的天然輳巧，這的是八字曾招，因此上狹路相遭。衛青，我與你平日無怨，往日無仇，不是我要殺你，是鄭跖使我來。伊家親弟苦相邀，莫向閻君説我曹。（丑對，小丑）你醉了，我扶着你走。（小丑）好哥哥，扶我過山嶺去，明日買酒請你。（丑扶殺介）且喜衛青已殺，身邊有個腰牌，就此月光下看個明白。（看介）平陽府夫頭魏明。（駭介）呀！原來殺差了。不是衛青，怎麼好，怎麼好？也罷，就把宵光劍藏在他身邊，官府見了，定然認是衛青殺的，他的死逃在那裏去。

雙手劈開生死路，一身跳出是非門。

第十一齣　囑救

【霜天曉角】（生）屠龍鎩鳳，造化將人弄。胼胝豈辭勞動，慢勞徹夜忡忡。鯤鵬海運六月息，不遇長風且斂翼，困龍寧有上天期，得志駑駘將驥唤。我衛青來此做工，今日搬磚，明日運瓦，雖是分所當爲，只是把歲月等閑虚度，何時得遂平生之願？咳！可嘆，可嘆。

【太師引】（生）困遭逢奮翮心徒猛，風塵擾何時夢熊。歲月逝竟嘶歌鳳，空落得兩鬢飛蓬。受用的饑寒葬送，苦難排愁懷亂擁。何日裏天山挂笏，把防身長劍笑倚空同。連日深思不寧，夢魂顛倒，不知主何吉凶？

【前腔】（生）中宵魂夢多驚恐，怪無端蕉鹿暗通。得與喪觸蠻争閧，凶和吉鳶鼠相從。三生迷須知大夢，五石瓢豈終無用？看盡了遺兮得兮，且忘機做個海上仙翁。（雜扮公差上）靠山喫山，靠水喫水。上命遣差，蓋不由己。自家咸陽府差人是也，今有衛青殺人，在亟函谷關前，太爺差我拿訪，說道在此渭城做工，方纔到甘泉前門上，又說在後殿，逶迤行來，此間已是前邊。有個人坐在那裏，且去問他。（問介）老哥，曉得此間有個衛青麼？（生）在下就是，問他怎麼？（差）你説是平陽府衛青？（生）是。（差）好好。你殺了人，到教我走得不耐煩。（索介）太爺要你快去，快去！（生慌介）那有這事？何人告發？殺人在那裏？到來拿我，到來拿我。

【鎖南枝】（差）咸關上草叢中，有個魏明身喪齒劍鋒。（生）那見得是衛青殺的？（差）這我那裏曉得？三尺最難容，殺人豈輕縱？你到公庭去自剖供，倘情真要賠奉。

【前腔】（生）公差哥，念我衛青呵！銜主命來助工，魏明亦是同黨中。自昔想從戈矛豈輕動，從天降這禍凶苦情悰，且向鏡臺控。（差）好笑。我自來不曾見這樣犯人，前日承了牌到你長安縣去，不在。又從長安來到渭城，一往一來約走了千餘里路，纔尋着你，坐了半日，莫説錢鈔，冷水也不見一杯，終不然我妻兒老小在家裏喫風過日。（生）公差哥，不是怠慢你，念我衛青雙身無伴，四壁蕭條，身衣口食尚且不充，那有東西孝順你，只有一個鐵勒奴兄弟在此同伴，前日又往府中公幹去了，等他回來，教他捎信回去，取些盤纏送你何如？（差）好自在話兒，自古道官法如火，公差如虎，等你回去拿盤纏來，却是幾時到官？你是殺人的强賊，請上了刑具，就此上路。（扭介）快走，快走！（生）公差哥，没奈何少緩兩日，等我兄弟回來同去，望乞方便。（差）我到要方便你，是太爺不肯方便我，若有見面錢，就遲十日也由你。快走！莫討打喫。（打介）（生）天那！我衛青受此冤枉，又没有一個親人知道，此去定遭牢獄，再無一人看顧，眼見得是個死了。（暫下介）

【前腔】（外）忙策馬函谷東，心中不定若轉蓬。我那衛哥。你直憑命途窮，灾危自天送。那有拿雲手出自空，剖天羅撥雲滃。自家鐵勒奴，前日在咸陽府公幹，聽得關上殺了人，説是衛哥殺的，我一聞此言，不覺魂飛魄散，又聽得一面差人挨捕去了。因此連夜趕去報信，嘀□個脱身之策，再作道理。正是一心忙似箭，兩脚走如飛。（下）

【前腔】（生、差）囊三木遭五窮，神差鬼遣一夢中。縱是髡髮作耕傭，那有廣柳車相送。慚無策脱此籠，不知是誰人把業冤種。（外上）心急馬行遲，神慌路轉迷。呀！前面好似衛哥。（生）呀！鐵勒兄弟，你快來救我。（外）哥哥，兄弟前日一到咸陽，聽得關上殺了人，兇手是衛青兄弟。一聞此言，魂飛魄散，連夜就借馬趕來。要與哥哥商議脱身，不想又被拿在這裏。（生）兄弟衛青并無殺人之事，平白地降此大禍，如何是好？（外）哥哥，既不殺人，自有天理，只是爲甚就上此刑具？（對差）都是你這狗才。（要打介）（生勸介）兄弟不可動手，只因衛青身邊乏鈔，怠慢公差哥，以致如此。（外）原來如此，我到帶得二兩銀子在此，就送與公差。且寬了刑具。你到酒鋪上買杯酒喫，待我與哥哥講句話就來。（差）有了銀子，任意自便。只是不要走了。（差暫下）（生）兄弟，衛青遭此横禍，如何是好？

【孝順歌】（生）腸欲斷，泪暗傾。欲言未言心先痛，三尺有蒼穹。敢把三章來輕算，命若蟻蠓。二十年來徒虛哄，吴鈎事業如春夢。詎料康莊駕處。兄弟，我死之後，你若念我，千萬收我骨頭撇在水裏。這樣窮骸休教上先人丘壟。（外）哥哥，説那裏話，我鐵勒奴呵！

【前腔】（外）目如電，氣若虹。從來救人心偏勇，郭解小兒看亦何勞羡，劇孟不須憂恐。我聞得你令姐呵，已入長陽承恩寵，我今送哥哥到了咸陽，急回西京去。把偷天手段今番弄，請自寬心珍重。我鐵勒猛挨一死，以救哥哥。有日撥霧開雲，再把中天日捧。（生）既如此，兄弟到得西京，尋個方便捎信與我姐姐，好歹來救衛青則個。（外）鐵勒還送哥哥到府看個下落纔去。（差上）

【尾聲】（差）看看日落西山送。好不知趣，只管説話，不見天色晚了，前面有許多路去。（生、外）分手處肝摧心痛，泪灑鵑花血染紅。

送君折柳泪如絲，君向西京使我悲。
爲報故人憔悴盡，如今不似渭南時。

第十二齣　錯勘

【掛真兒】（小丑）堂堂三輔擁神京，分符坐理非輕。枳棘雖除，豪强未屏，何須吏頌神明。搏擊威名播四方，還愁豪右滿咸陽。循良不敢邀請譽，乳虎嘉稱不可當。下官咸陽太守甯成是也，來此三載有餘，誅鋤無避，豪猾屏迹，因此多謝這些百姓們送我一個徽號，叫做乳虎。前日關上申文書來説殺了一人，身邊有口劍，劍上有衛青二字，不知可有這人，連日差人去拿，還未解到。該房吏，唤拿衛青快手。（衆介，差押生上）（生）成湯夏臺，文王羑里，滅趾雖凶，縲紲非罪。（差）衛兄已到府前，老爺正坐堂，就此進去。（進介，差）蒙老爺差，拿衛青到了。（小）衛青，我朝律法，首嚴殺人，那魏明與你甚冤仇，你就殺他。從實招來，免受刑罰。（生）爺爺，聽稟。

【啄木兒】（生）三章法，麗日星，衛青呵！守分懷刑豈亂逞。念曾參傳語難聽，痛冶長無罪遭刑。高臺摘伏明于鏡，敢將虚語來搪聽。爺爺，衛青并未殺人，這明明是冤家陷害。望發仁慈照覆盆。（小）衛青你既然没有殺人的情，你看此劍是你的不是你的？（生看駭介）爺爺容衛青仔細看來。

【前腔】（生）青鋒劍，名字真，這傾陷機關我自明。十年來已失青萍，今日裏怎在公庭？當原父親分下此劍，藏在家中，被兄弟鄭跖連房屋都占去了，此劍如何到在這裏？嘎！是了，這明明是兄弟把此劍去殺了人，又撇下此劍，以陷衛青。我如今欲待説出，恐傷兄弟情分，欲待不説，這冤屈如何得明？咳！事到其間，也不得不説了。爺爺，這宵光劍上真名姓，敢將瞞隱不厮認。（小）既認了，魏明是你殺的了。（生）却有個緣故，當原父親分授此劍，一向衛青佩帶，後來兄弟愛他，就留在兄弟處。不知若個將來殺魏明。（小）原來如此，你兄弟叫甚名字？（生）叫鄭跖。（小）唤原差，快拿鄭跖來聽審。（差介）（净上）自家鄭跖是也，蒙太爺拘唤，就此進見。（進介，見生）呀！哥哥，你爲何在此？做兄弟的一些不知，不曾看得。（哭介）（後闕一葉）（小）鄭跖上來，你認得此劍不認得？（净看介）此劍如何不認得？這是小的父親鑄的。（小）却也是個老實人。你父親鑄此劍，分授何人？（净）分授哥哥衛青，以此就鎸哥哥名字在上。（小）他説一向在你處。（生介，净）爺爺，小的父親向年鑄成此劍，掛在室中，黑夜裏迸出百道豪光，因此叫做宵光寶劍。父親常説此劍價值萬金，父親臨死，小的每分了田房産業，獨將此劍分與哥哥。父親又説，你的哥哥身長九尺，必定封侯，故將此劍付他，你們不許争執。這是分定的東西，况現有哥哥名字在上，小的怎麽敢留在家裏？哥哥也怎肯與小的，不知爺爺爲何問及？（小）這就是殺魏明的劍。（净）啊呀！哥哥何不早説與兄弟，到把真情説出來了。（生）兄弟，這劍一向是你奪占在家，如何今日不説出來？到來陷憑哥哥。（净）小的不敢説。（小）殺人的情已是真了，叫左右把衛青上起刑罰，快招上來。（雜介）爺爺冤枉！

【三段子】（生）我心傷鶺鴒，怎説出中間隱情？望斷二親，爲手足甘服上刑。（净）稟上老爺，不關小的哥哥事，那魏明原自有取死之道。（小）却怎麽？（净）哥哥與魏明同在平陽府裏，平日間那魏明把我哥哥千般淩迸，萬般恥辱，積恨已久，一時忍耐不得，想是把來輕輕的哈喇了，可不是魏明自取的。（小）這情一發真了，把衛青擺起，打上四十板子。（雜、生）爺爺，小的與魏明并無仇隙，不要聽他。（净）哥哥不如權且招了，將就認一個小小的死罪，免受刑罰。去後再作道理。（生唱）你裝圈套故把惺惺逞，我熱心腸陷入深深穽，受此無辜誰當憐憫？

【歸朝歌】（生）冤家的，冤家的，是夙世構成。這衷腸難將言罄。猛挨得，猛挨得，七尺鼎烹。（對净介）看你能得幾多豪横。（小）叫左右再選大板子與我下老實打，定要招成。（生）老爺不消打，衛青招了。（小）既招了，快供上來。（生）小的與魏明呵！無端不合閒争競，一時難按心頭忿，持刃行兇是衛青。（小）叫該吏殺人抵命，不須説得。但關内係是禁地，比不得别樣人命。快俻文書，申過廷尉。三日内，解往京中西市處决。宵光劍上在庫裏。（净）爺爺就是青天。

（小）爲道人心不可欺，（净）欺時自有老天知。

（生）常將冷眼觀螃蟹，看你横行得幾时。

（净吊場介）盡説良平見識多，良平比我竟如何？鑽天妙計誰人識，送殺一個老哥哥。自家前日差番水牛去殺衛青，誰想水牛不認得他，音韵相同，到把一個魏明來殺了。兩日煩惱，無計可施，虧殺那口劍，有他名字在上，官府認起真來，又被我假惺惺説了幾句，一發信道真的，就問成了死罪。三日内定要處决，我如今及早到該房去，用些錢鈔，教他快快申過廷尉，等到三日完滿，拿到市曹去，一刀爲兩段。那時没人叫我是兄弟，惟吾獨尊，好快活，好快活！暢暢。（下）

第十三齣　義謀

【園林好】（外）按不住雄心亂飛，旴不到西京路迷，爲知己豈辭勞瘁，慚無計把天回，慚無計把天回。鐵勒奴昨日送衛哥到咸陽，原來前日之事，到是他親兄弟陷害的。又被他在甯城面前裝圈做套，一棍招成，三日内就要處决。咳！人家有這様兄弟，論我鐵勒奴的手段，若要鄭跖那厮死，撚指兒是個芥粉，只恐干累衛哥，不好動手。昨夜走一夜，今日又走一日，將到西京了。不免再趕上去覓便，稍得個信與他姐姐，尋個再生之路就好。

【江兒水】（外）自愧多奇計，今來難展施。聽錚錚響出腰間，七夷門寧有肯辭一死，恐如姬未必能酬志。那時畫虎不成徒悔，但願蒼穹好把英雄來衛。來到此間，已是西京了。不免快去報俺老爺知道。（走介）已是自家門首，待我敲門。（敲介）是誰敲門？老爺入朝宿禁去了。有事明日來。（外）老爺不在，就到公孫老爺那裏去商議。轉彎，轉彎抹角。此間已是公孫老爺，快開門，開門！

【五供養】(末)朝回無事，且向衙齋退食委蛇。黃昏無作伴，誰個疑荆扉。(外)快開門，快開門！(末)祇得披衣倒屣，畢竟何人帶月來至？(開門介)呀！原來是鐵勒奴。你倉忙情急遽，(外)老爺，衛哥不好了。(末)他何事履危機？快啓畫齋，問個端的。

【玉交枝】(外)自那日甘泉别離，我與他朝夕相依。豈圖伊弟生奸計，謀殺人作逆爲非。(末)他自殺人，與衛哥什麽相干？(外)他既殺了人，便將衛哥向年所佩宵光寶劍撇在屍首邊，府中太爺按驗寶劍，只道是衛哥殺的。他暗藏寶劍，把官府欺。誰知弓影在杯中底。老爺，甯成是什麽樣人？他眯一眯愁雲亂飛，怎當他深文巧詆。(末)鐵勒奴，雖是衛哥一時被他問成，少不得還要覆勘，我與你慢慢尋個計較，出他便了。(外)老爺不知，甯成説禁地殺人，不時處决，限定三日解赴京中西市了。(末慌介)這怎麽好？三日内如何便有計救他？眼見得衛哥是死也。(哭介)

【川撥棹】(外)休垂泪，學區區兒女悲，鐵勒奴，聞得衛哥令姐已選入宫，聖上甚是寵眷，怎麽尋便寄此信與他，或且還可挽回。倘春風得到南枝，倘春風得到南枝。豈患嚴冬氷雪威，可偷天可換日。可偷天可換日。(末)鐵勒奴，你此計雖好，只是。

【前腔】(末)紫禁千門誰敢窺？鸚鵡前頭莫浪題。怕春風漏泄消息，怕春風漏泄消息。禍福難將塞馬期，這奇謀累卵危，這奇謀累卵危。鐵勒奴，此計極好，怎得個人兒，與你傳進？(外)聞得平陽公主每遇節令，當遣女奴送禮與衛娘娘，明日是端陽節，鐵勒前日因看衛哥認得女奴名喚傾城，明日鐵勒扮做平陽府執事人役，伺候在前堂，恐或天賜其便，正遣傾城進去，便好將此信寄與他了。（末）難，難！莫説外邊言語，難入禁中。就此平陽府，祗候人役不知多少，你的言語，那裏就好與他女奴講得？却是難。（外）待鐵勒奴去，覷便而行。（末）事若不成，必有大禍，你不要懊悔。（外）説那裏話，鐵勒奴已將此身許衛哥一死。（外）

【尾聲】軀堪借言怎移？整備長戈挽日，（末）還願蒼天好護持。

然諾如山不可更，好將意氣答平生。

從教上苑花重障，野鹿銜將出禁城。

第十四齣　遣信

【懶畫眉】（外）主家仙第接雲開，夢後城頭曉角哀，瞳瞳初日照樓臺。人生富貴須回首，莫遣黃金謾作堆。我鐵勒奴只爲衛青一事，侵晨來此，打扮做府中蒼頭模樣，已入大門，此是正殿，且大膽擁篲上去，只做灑掃，看可有人出來。（掃介，雜扮祗候持棍上）北門司鑊鑰，東閣應晨昏。你是什麼人？敢大膽上殿。有甚勾當？（外）小人是本府灑掃人役，因見殿上塵埃堆滿，故此來掃。（雜）你是本府人，不曉得府中規矩。殿上是你站的？快不要，走下來。塵埃堆滿，干你甚事？倘或娘娘出來，可是個死。隨我來這丹墀裏，用心掃潔凈些，我老爺，起身早，去睡睡再來。（外）請穩便。（雜下，外）我那曉得上不得殿的，這等利害，只就這裏慢慢掃去。（貼抱盒上）

【前腔】三千歌舞宿層臺，眉月連娟恨不開，懶於街裏踏塵埃。聞道五絲能續命，願上南山壽一杯。妾身乃平陽府侍女傾城，昨奉娘娘之命，今日是端陽令節，着我送五彩符與衛娘娘，不免趁此早凉入朝去。

昨日已分付長隨們侵早伺候，長隨們那裏？（不應介，貼）長隨們好不誤事，這時候還不來。呀！丹墀下灑掃的是什麼人？（外）小的蒼頭鐵勒奴。（貼）我府中没有這蒼頭，你是那裏來的？（外）小的是衛青的兄弟，因衛青把犯罪該斬，小的在此替他。（貼駭介）他犯何罪該斬？（外）請問殿上内家可是傾城小娘子？（貼）我正是傾城。（外突介）咳！小娘子，可憐衛哥哥被人陷害，問成大辟，明日就處決了。小的恐隔墻有耳，不敢細説。此事不是衛娘娘無人救得。得衛娘娘處，不是小娘子傳達，九重深邃，那裏知道？聞得小娘子今日入宫，鐵勒奴冒死而來，得遇小娘子，亦是天賜其便，萬望可憐見，傳達與衛娘娘，尋個計較，救他一命。（哭介，貼）我曉得了。禁聲，不要多説。（外）小娘子，衛哥只有兩日性命了，萬望留意。（貼）我曉得了，你去，再不要進我府來。快走罷。（外下，長隨上）侯門深似海，佳節麗于春。（見介，貼）長隨哥，乘早凉入朝，送符與衛娘娘去。（雜）請就行罷。

【前腔】（貼）五雲多處是三臺，苑路青青半是苔，君王常在集雲臺。衛娘娘呵！你就是荔枝盧橘沾恩性，不向春風怨未開。（下介，外上）你看傾城小娘子一諾無辭，喜孜孜入宫去了。此事到有幾分可望。咳！衛哥哥。

【前腔】（外）你一生襟袍向誰開，虚負淩雲萬丈才，舊交心爲絶弦哀。誰知我亦輕生者，不斬樓蘭不擬迴。

入宫冒險不趦趄，且喜佳人膽氣粗。
踏破鐵鞋無覓處，得來全不費工夫。

第十五齣　懇赦

【風入松慢】(旦)紗窗曙色鬱瓏璁,正睡起矇朧。沉沉殿閣微風送,看梅子枝頭金重。憔悴新寬帶,結嬌羞若個爲容。一簾細雨洗梅黄,又見蒲尊沉酒香。寵眷怕隨春老去,朝朝拂拭待君王。奴家衛子夫,自入宫來,獨承寵眷,昨蒙聖恩拜爲夫人。今日乃端陽佳節,聖駕欲幸昆明池,恐怕宣召,祇得早起梳洗,伺候則個。

【前腔】(貼)銜將主命到深宫,看玉殿玲瓏。心中無限閑愁種,恐説與教他悲慟。可惜珠沉玉碎,難逃慘緑愁紅。來到此間,已是衛娘娘宫中,不免竟入。(見介)娘娘,傾城叩頭,願娘娘千歲。公主娘娘因見端陽佳節,特差傾城獻上五彩花符,祝娘娘千歲。(旦)生受你,宫人們收過了,都退後去。(雜介,旦)傾城過來,自我入宫之後,還不曾看顧得你,一向公主娘娘待得你好麼?可曾新上些曲兒?(貼)傾城托娘娘洪福,今已不在女樂班中,蒙公主娘娘看覷,唤進身服侍,朝夕不離左右。(旦)原來如此,可喜,可喜!我兄弟衛青,一向在甘泉,可曾回來?可曾説起向日的親事?(貼)傾城不敢説。(旦)你有何事?就與我知道。(貼)傾城到没事,只是可憐衛哥哥,被人陷害,問成死罪,明日就要斬了。這事不是娘娘,定無再生之理。(旦駭介)有這等事?可是真的麼?誰人來説?(貼)怎麼不真?是他義弟鐵勒奴來説。(内傳駕到介,旦)呀!駕到了。傾城不當穩便,快出去罷。(貼慌下,旦)我聞此言,魂飛膽喪,又不曾問得個詳細,事在明日,怎麼好?怎麼好?(思介,内傳駕到,武帝上)

【望吾鄉】(外)藹藹皇宫,爐烟減彩虹。旌旗風捲龍蛇動,昆明日暖樓臺拱。且緩黄金鞚,移仙仗列上公,咫尺天顔迥。(旦接介)侍妾衛氏接駕,願吾皇萬歲,萬歲,萬萬歲。(外扶介)子夫,寡人今日幸昆明池看龍舟，就隨駕前去。

【前腔】（外）喜得眉峰，欲裝臨鏡慵。爲雲爲雨高唐夢，端陽節薰風動。整頓鸞輿從，雕鞍轉鳳輦同，前路笙歌擁。（雜稟介）已到昆明池了。（雜扮内官上）昆明池守宮太監接駕。（外）子夫，朕聞西南有池，名曰昆明，方二百里，朕欲取之，特鑿此池以習水戰，你看左有牽牛，右有織女，中間鏤石爲長鯨。每風雨之夜，鬣尾皆動，鳴吼不已。今日乃是端陽，來到此間，不覺煩暑頓却，肌栗漸生，美哉！此池。美哉！此景。内侍們傳旨，喚龍舟伺候，不須擺膳，就此池邊，子夫捧觴便了。（旦）領哉。

【梁州序】（旦）蘭湯才罷，蒲觴新捧，赤玉雕盤傳粽。石鯨池畔，輕輕暗遞荷風。偏稱圖黄，寫月拾翠，淩波玉骨水肌瑩。（背唱）此身今已托廣寒宫。兄弟，兄弟！你何似湘纍一夢中。（合）虎艾懸梟羹送，良辰悦豫齊作頌，願億萬載受恩寵。

【前腔】（外）子夫，看你眉將萱色裙分榴種，似玉燕將飛未從。雲容花貌，姑山瑶水曾逢。願把五絲續命，百草除邪，萬歲情濃。（旦不樂介，外）莫教行樂處怨東風，回首歡娱又夢中。（合前，雜介）啓萬歲爺，龍舟到了。

【節節高】（雜介）飛鳧逐晚風，似游龍，棹歌欸乃頻頻送。歡聲哄，四海同，千秋永。民安物阜時風動。（合）今日宸游聖藻雄，還期獻上河清咏。

【前腔】（旦）歌饒曲未終，夕陽紅，殷勤再把金樽捧。（外不樂介）子夫你且停杯送，樂正濃，我心先動。斑鬢髮將人弄。（旦伏介）賤妾愚昧，不識忌諱，以致聖情不樂，罪當萬死。（外扶介）子夫，你有何罪？寡人自傷髮有二毛，膝無一子，是以不樂。（旦）賤妾奏聞陛下，賤妾叨蒙聖恩，懷娠七月，將次就館，倘邀陛下無疆之福，得生男子，則聖嗣有人。陛下何須鬱鬱不樂？（外）子夫，原來你已有娠，寡人不知，今聞卿奏，不覺暢然。快哉，快哉！再斟酒過來。（合唱）今日欣聞兆夢熊，還須撰個螽斯咏。（旦伏）賤妾萬死再奏陛下，妾聞古人祝禖祈男，今妾幸有娠，伏望聖駕特幸甘泉，禱祠太乙，以祝生男。并大赦天下，以爲聖嗣作福，唯陛下憐而許之。（外）卿言有理，傳奉監内侍，傳旨，諭百官知道，五月初六日齋戒。再諭太史令擇日，朕親往甘泉祈禱。再諭法司衙門，大赦天下，一應軍民人等，不論斬徒，徒流等罪，已未發覺，咸赦除之。諭到之日，即便施行。（雜傳介）（外）再傳旨與大丞相，朕自陳皇后廢後，中宫久虚。今就敕大丞相兼捧册使，册立夫人衛氏爲皇后，擇日便行。（雜傳介）（旦）願陛下萬歲！（外）傳旨回宫，子夫。

【尾聲】看流螢萬點將人擁，今夜歡情萬種，願萬歲千秋樂未窮。

銀箭銅壺漏水多，試看凉月墮汍羅。
普天盡得霑恩澤，率土還賡擊壤歌。

第十六齣　解京

【金蕉葉】（生同公差）時該運該，這灾禍從天降來。等閑間懸屍藁街，心中事何日得白？天聽高，高不可呼，英雄到此氣消磨。飛霜六月應難誣，就向重臺也作厲魔。我衛青被鄭跖兄弟謀陷人命，又遇甯成那狠賊，惡刑逼招。把一場人命重辟，三日内就問成了，如今解我到西京處斬，前日別了鐵勒弟杳無音信，聞得我姐姐已選入宫，頗被寵幸，他若知我，必來救我，只是禁衛森嚴，怎麽容易就傳得進去？咳！姐姐，你今日就做皇后，也不及救你做兄弟的了。公差哥，這裏到西京有多少路？（差）路到不多，只有百來里，但是天氣炎熱。今日又是端陽，快趕行到了，作成我吃杯辟瘟酒也好。（生）天那！我衛青怎能夠再喫辟瘟酒的日子也。

【山坡羊】（生）滔滔的是冤波若海，巍巍的是恨山如岱。撥不盡的是天地劫灰，窮不了的是業障恒沙界，躲不開漫漫長夜臺。咳！我想英雄豪傑，不知屈死了多少？那在我衛青一人。千年櫝血到底色不改，看毒霧彌漫愁雲靉靆。（合）哀哉，這是没下稍的駑下駘。傷哉，這是没葬埋的窮骨骸。咳！我（後原闕一葉）衛青十歲喪了父親，虧得姐姐養育成人，那知道今日。姐姐呵！

【前腔】（生）未報的十年看待，未報的雙親恩債。羞殺我九尺長軀，埋没我萬丈虹霓色。你便有武庫才，到此也難布擺。悠悠怨氣充塞，想七魂先飛在九霄雲外。（差）已到西京了，我和你就到府前去罷。（生）公差哥，押我到平陽府説句話來，就與你同去解府。（差）這使不得，你是該斬犯人，倘或到府之時，你一走走了進去，譚譚都府，那裏來尋？那時替你去砍頭，這個人情難做。走走！（走介）（合前）這裏是府前了，爲何静悄悄的？在此待我問聲。把門大哥，借問聲老爺坐堂不坐堂？（内）萬歲爺駕幸昆明池，老爺在門外便駕。（生）原來老爺不在，公差哥，没奈何發個慈悲之心，押我到平陽府去説句話就來。（差）使得，你隨我來。（走介，差）獄官老爹，咸陽解一起斬犯人到此，老爺不在，恐有疏虞，今夜權寄在獄，明日侵早就領去解到。（内）既有要緊犯人，就看他進監來。（生）天那！怎麽好？（生入獄，差下）

【前腔】(生)填不了囹圄冷債,解不脱桁楊業械。只見薰蒸蒸腥穢難聞,又聽得亂紛紛四下聲凄惻實可哀。夢中身時刻捱,恰似雞臨湯火魂先駭。憑便有縮地升天,到此也無如之奈。(合前)

一夜圜墻恨正長,沖天干斗氣茫茫。
須臾便赴雲陽市,那得牽黄復臂蒼。

第十七齣　更計

【光光乍】(净)奇計若含沙,膽大似糟茄。牛在羊棚裏自作大笑,他們脖子上光乍乍。自家鄭跖,叵耐衛青那廝妄自尊大,認我爲弟,却被我略施小計,把他一個喫飯的東西輕輕兒請了下來,今日在西市處斬,不覺心中快活。且到前面搭了老番同去看他開刀,有何不可?此間已是他家,番哥在家麽?(丑)誰叫?誰叫?

【前腔】(丑)掏摸作生涯,牽扯度年華。殺人不眨眼似斫木瓜,只落得手頭鬆光乍乍。(見介)我道是誰?到是鄭大爺,今日爲何這等歡喜?(净)你還不知道?前日的事問成了,今日特來同你去看殺人。(丑)殺那個?(净)就是此人了。(丑)難道這等快?(净)虧了甯爺老幫襯,説道禁地殺人,决不待時,又被我在上下使些銀錢,連夜就備文書。昨日連人解在西京府了。今日午時赴西市處决,我和你如今去看他開刀,好不快活!(丑)我不去。(净)怎麽不去?(丑)前日你許了我六十兩銀子,替你去行事,後來你賴了我二十兩,就説到你用心,殺差了人,竟不知人便殺差,刀却是真的,自然是此人抵命。你這樣人,風過便没浪,事辦便無情,什麽好人。(净)番哥,是大爺不是了,就補：「還你銀子何如？今日一定要同去」走遭。（丑）有了銀子當得奉陪，請行。

【窣地錦襠】（丑）咱們奇計實堪誇，殺却無知井底蛙。猶如砍個爛西瓜，不覺心中喜轉加。

（净）此間已是西市了，你看街坊上挨挨椤椤，法場中整整齊齊，劊子手猙猙獰獰，監斬官狠狠嗔嗔，怎麼還不見犯人到來？（丑）天色尚早，想必這時候到了，你看那邊一騎馬飛奔來了。

【前腔】（雜）金雞銜詔下天街，捧出丹墀日未斜。猶如枯木再生芽，遍地歡聲笑語嘩。自家西京府差官，爲因今日有犯人該斬，忽然降下聖旨，大赦天下。本府太爺差小官前去請監斬官回衙。來到此間，已是西市了。（净揖介）尊官那裏來的？可是齎殺人駕帖來的？（雜）我不是齎駕帖的，倒是傳赦書的。（净、丑）什麼赦書？（雜）今早聖旨頒下，册立夫人衛氏爲皇后，又要到甘泉祈禱，爲此大赦天下。軍民人等，不論斬徒流，已未發覺，咸赦除之。赦到之日，即便施行。爲此西京太爺，着下官報與監斬官，請回衙去。（净）有這等事？請問咸陽府一起犯人衛青，赦也不赦？（雜）我那曉得衛青衛白，只管胡纏。走開！放我去。相逢不下馬，各自奔前程。（雜下，净）硬骨子掉在水缸裏，冷了一段，軟了一段。番哥，如今怎麼處？（丑）不管我事，我自回去。（净攔介）好哥哥，不要去了，再求教一計。（丑）我有一計在此，你如今買下一百根荊棍，頂在頭上，到他跟前，深深作個揖，跪了，陪個小心，陪個笑臉，叫聲親哥，是你做兄弟的不是了，饒了罷。他一定饒你。（净）我鄭大爺平日何等氣岸，肯下氣認他哥哥？不好。（丑）既是不好，我還有一計在此。要你一千兩銀子，纔説出來。（净）好哥哥，我大爺有的是銀子，若有好計殺得衛青，莫説一千兩，就一萬兩也有。（丑）你前日也是這等説的，後來怎麼就賴了？（净）這一次定然不敢賴了。（丑）我對你説自從衛青的姐姐入宫，陳皇后失寵，貶在長門，陳皇后乃是堂邑公主之女，那堂邑公主恨衛氏痛入骨髓，常欲害他。如今趁衛青未出獄之時，先去稟知公主。公主一定相從，要他家丁幾十人，時常在西京府前去同侯，等他出得獄來，教他兩個只做好意，與他作賀，堂邑家有個莊子在門外二十里地方，圈留到彼，進得莊時，打死何難？堂邑何等勢頭，誰敢與他執命？若是遲延兩日，皇后册過，衛青就是皇親了，就不敢犯他了。此計何如？（浄）妙，妙！事不宜遲，就去，就去。計就月中擒玉兔，謀成日裏捉金烏。（并下）

宵光劍傳奇卷下

第十八折　救青

（净上）天子祈靈太乙壇，一對丹詔萬人歡。東君忽布陽和命，萎草都忘水雪寒。只爲衛哥被鄭跖陷害，天賜我想出奇謀，不料佳人義重，天子恩深，今日須下詔書，一應有罪人犯，盡行赦免釋放。想我衛哥必然得脱，我且到西京府去看來。咳！我的衛哥，你受了多少險難也呵！

【粉蝶兒】你受了些塵世波查，把雄心做了一場風化。笑他們鬧垓垓蝶攘個蜂拿，算盡了千般計萬條策，那曾把頭上的青天來怕。你命中的白虎來抓，到如今都做了漁樵閑話。

來此已是西京府前了，爲何静悄悄在此？我且問一聲，把門哥，老爺坐堂不曾？（末）老爺坐過堂久了。（净）再問一聲，今早赦書下，這些監中人犯，可曾釋放麼？（末内）都放出去了。（净）原來衛哥已出監門了，想是回平陽府去了，不免竟到平陽府去走一遭也。

【紅綉鞋】俺只見鐘鼓懸在架，瑲琅的空鎖門闥，止聽得夾道裏蒼松鳥聲兒雜，這壁廂早休衕，那壁廂早回家。咱豈是浪風流閑游耍。

呀！早已到平陽府了，把門哥，衛青哥回來了麼？（内）不見回來。（净）不見回來麼？（内）正是没有回來。（净）好作怪，又不在府前，又不見回來，他往那裏去了？啊呀！衛哥嚇，我想你。

【普天樂】苦的是園扉中，喜的是天書下。似涸轍遭波，枯木生花。跳出了是非窩，拽到了荼蘼架，這些時何處把青驄跨。盼不到咫尺天涯，好教我眼兒巴，意兒蹻。心兒裏唬。莫不是又有什麼蹊蹺？我一定要找着他。且再往府前去，討個實信息兒。（下）

（外、小生、末、付、家丁上）好漢憐好漢，惺惺惜惺惺。意氣若相識，洛陽鐘鼓鳴。我每是堂邑侯府中家丁，那鄭跖着番水牛前來送老爺一千兩銀子。我每衆兄弟二十兩一個，要謀害什麼衛青，着我每在府前打聽，衛青出監之時，只説與他作賀，圈留他到莊上去，任憑老爺處置，尺索要去，走走。（下）

（生上）歡來不似今日，喜來那得今朝。我衛青被兄弟陷害，只道性命在須臾，誰知遇了天恩大赦，得放回家，喜之不勝，樂之無極。（走介）（衆點頭上介）來了。（末、付）請了，老兄可是衛青哥麼？（生）在下正是衛青。（衆）失敬了，奉揖，奉揖。恭喜，賀喜。天大的枉事，化了一杯雪水。遇難成祥，難得，難得。（生）我衛青其實冤枉，這是皇天有眼，得赦回家。（衆）爲此，我們衆兄弟各出三錢一分，與兄作賀。（生）在下與列位并無相識，何勞費鈔？（衆）自古相逢何必曾相識，我每因你是個好漢，故此相敬。一定要屈兄到寒家去作贺。（生）既承列位盛情，待衛青回家去走遭，就來領情。（衆）適纔兄有許多作客，若到家中去了，怎肯又來？一定要就去。（生）宅上在那裏？（衆）不多路，就在前邊。（生）如此請行，轉過江村茅舍。（衆）來尋華廈朱門。已是，請進。（生）列位因甚進一頭門，關鎖一頭，何也？（衆）這是我每喫酒的法兒，恐怕客人要逃席，又有鬧席的來，故此頭頭門要下鎖。（又走介）這裏來。（付）衛大哥，今日和你喫一個，你不認得我，我不認得你。（生）只領三杯。（付）老哥住在此，待我們去携酒出來。（衆下，生）多謝，多謝。多承那些朋友，從不識面，留我喫酒，實是難得。那些朋友進去取酒，怎麼不見出來？（走看介）啊呀！好大房屋，什麼匾額，「敕賜堂邑山莊」。呀！原來是堂邑公主的山莊。啊呀！我聞堂邑公主與駙馬十分驕横，倚勢殺人，莫不是今番又來謀害衛青？咳！我衛青又中他們奸計了。呀！趁此無人不免逃出去罷。（走介，衆上）啲啲啲，那裏走？（生走見介）啲，那裏走？（捉生跪介）老爺有請。

【引】（丑上）敕造堂邑府，誰人敢逆我。

（衆）啓爺，衛青拿到了。（丑）綁過來。（衆應介）衛青當面。（丑）你是衛青麼？你無事闖入我山莊，莫非來行刺我麼？（生）府上有人來唤，所以敢來。（丑）哇！胡説。誰來唤你？叫家丁與我把這厮吊在後園。（衆應，捉生下。丑）家丁過來，聽我分付。你每守到三更時分，把衛青殺了，屍首撇在霸陵川去。（衆）曉得。（丑）正是龍遭鐵網難翻爪，虎落深山怎脱逃。（下，浄急上）我鐵勒奴，一路問來。

【石榴花】只只只聽得街坊一一問根芽，堂邑侯豪横更奢華。不想朝廷把您顯撐達，一味裏違條法。倚靠着椒室蒹葭，覷官家只當做泥菩薩，抵多少貴戚豪家。滿朝廷宰職多害怕，有誰人正眼覷着他。

來此已是堂邑山莊，天色尚早，爲何把門兒緊閉？（作推介）呀！牢牢的閂着，事有蹊蹺，待我打進門去，不怕他那猱兒走上天去。

【滿庭芳】撲登的心頭火發，我一隻手把門扇來抓，一隻脚把門桯來踏。一霎時天關地軸都搖剮。且住，不可造次，倘外邊打進去，裏邊把衛哥害了，怎麽處？我爲哥哥把雄心按捺，且不要胡搊亂嘩，且不用心猿意馬。有計了，我且賺那陳午出來開了門。不怕他玉無瑕，憑着這太阿出匣。陳午，陳午。管教你百口亂如麻。

開門，開門。（末内）是誰大膽敲門？

【上小樓】（净）你問咱是誰不合的敲門，咱問你是誰不出來迎迓。（末）我這裏潭潭相府，敕賜山莊誰人敢入？（净）憑道是潭潭相府，窈窈皇莊赫赫天家。小可的不敢到莊邊立門邊覷墻邊來擦，（内）既是如此，你是何人？説明了才開。（净）俺只是奉天顔密語來傳話。

（末）原來是密旨下，老爺有請。（丑上）怎麽説？（衆）有密旨下。（丑）快開中門，擺香案迎接。（衆應介，丑接净介，净）欽奉密旨，左右退後。（丑）衆家丁退後。（衆應退介，净捉丑介，丑）啊呀！不好了。（衆）歹人來了。

【耍孩兒】（净）青鋒出匣光如雪，你五步中間難將富貴誇。（丑）請問壯士有何密旨？（净）那些個親承天詔丹楓下。（丑）既無密旨，到此何幹？（净）我且問你，衛青與你有甚冤仇，你要害他的姓命？好好送出來還我，萬事全休。（丑）不認得什麽衛青？（净）咳！你休將言語來嘈雜，巧計枝梧閑嗑牙。俺怎肯與你干休罷，懊恨你倚權托勢亂逞胡拿。

（衆）哇！殺那狗頭罷。（净捉丑，走介）那一個敢上前來，陳午先喫我一刀。（丑）衆人不要上前來，若來我就死了。

（衆應，遠介）壯士，其實没有衛青，若有衛青，怎敢藏過？饒了陳午罷。（净）胡説！

【二煞】你喬裝聾巧做啞，逞隨何學陸賈，到跟前告個閑消乏。甜言蜜語三冬暖，教你血染游魂萬里沙，做一場真話靶。陳午，你想一想，不如還我衛青去罷。收拾起驚怕，打疊起嗟呀。

（丑）壯士息怒，聽稟，陳午與你衛青，平日無仇，是他兄弟鄭跖要陷害他，拿來寄在小莊的，其實與陳午無干。（净）既與你無干，快快還我衛青就去了。（丑）衆家丁，快放出衛青與他去。（衆應放出，生上介）（净捉丑出門介）（衆抬丑下）（净）衛哥，衛哥。你兄弟鐵勒奴在此。（生）啊呀！兄弟吓，若不是你來救我，頃刻一命難逃了。（净）此間已是上東門了，兄弟不進城了，要别哥哥去也。（生）兄弟你倒别了，我往那裏去？（净）兄弟只爲哥哥冤陷，捨死忘生，前來救你，那堂邑何等勢頭，怎肯與我干休？因此兄弟住不得西京了，哥哥回去，還有平陽府可以安身，料無妨礙。兄弟聞得雲中雁門，匈奴衛境，左谷蠡勢凶無敵，意欲往彼建些功業，圖個出身，或者日後得有會期，未可知也。（生）我怎捨得你去，兄弟吓。

【尾】（净）大丈夫别離間休泪灑，怎肯戀棧逗居轅下。憑着咱吴鈎手内存，哥哥，您鐵勒奴。有日拜將封侯只當耍。（生）兄弟，你是去不得的。（哭介，净）呀！那邊陳午的家丁又追來了。（生回顧介）在那裏？（看介，净下）（生叫哭奔跌下）。

第十九折　虜警

【點絳唇】（丑扮番將上）（三旦付北小軍隨上）落落龍荒，茫茫雁迹，貔貅奔。直入中原，誰敢將咱擋。

碧眼鬍鬚七尺軀，天生一種與人殊。從來馬上爲活計，爛醉琵琶打辣酥。咱家左谷蠡王是也。前日有個中原人聶一獻計，説馬邑有許多珍珠，許多美女積聚，他就肯向導，領俺每去取，爲此起兵前來，今已進武川寨，衆把都兒，中國人多詐，你看前面山谷裏，撇下許多牛羊犬豖，莫非有計陷我們，切不可取他的，違令者處斬，我每就奪亭障去。

【刬鍬兒】雁門雲聳高亭障，三軍奪占住中央。團團四圍望，須防伏藏。（合）愁雲亂張，殺氣正揚。且卷旌旗，不須前往。（下）

（小生付扮軍隨末上）

【前腔】羯奴躁狗從天降，雲中代郡兩遭殃。紛紛恣搶攘，鯨吞怎當？下官李廣是也，官拜代郡都尉，昨日探子來報，説有無數胡虜，從内地而來，不知那個是他每的引導，領到這裏來。叫衆將官。（衆應）這裏與甘泉相近，聖駕在彼，倘或驚動，取罪不小，你看密扎扎有許多人馬來了，且迎敵則個。（合）愁雲亂張，殺氣正陽。若彼來争，便須前往。

（貼、老旦扮番軍引丑對陣上）來者何人？擋俺的去路。（末）我乃大將李廣是也，你那羯狗，爲甚犯我疆界，下馬受縛，饒你殘生。（丑）俺左谷蠡王，百戰百勝，汝乃小卒，敢出大言，放馬來。（殺末敗下，丑）把都兒，南蠻不勾俺殺幾槍，大敗而逃。此去甘泉不遠，就此殺上前去。（衆）得令。

【前腔】甘泉富貴如天上，還須擄掠實行裝。如何輕放？不須酌量。（合前下）

第二十折　薦青

【點絳唇】（外上）曙色寒烟，晴光乍轉，丹墀畔。環珮珊珊，閶闔開宫殿。

萬户傷心生野烟，中原黎庶逐腥羶。只今召虎登壇後，佇看虜夷日下冥。下官漢朝黄門官是也，今當早朝時分，倘有百官奏事，祇得在此伺候，道猶未了，奏事官早到。

【引】（末上）常驅胡馬縱横遍，廟算應須展。

下官公孫敖是也，只爲邊方多事，經理無人，以此特將衛青薦上，這裏午門外了，就此俯伏。（外）奏事官不得進前，有何文表，就此披宣。（末）臣騎郎公孫敖，有事啓奏。（外）奏來。（末）

【駐雲飛】謹奏天顔，只爲谷蠡侵犯邊。寬假飛書慢，肆逞雄威悍。嗏，擄掠刈黎原，邊庭蹂踐。蕩蕩中原，畢竟無人捍，慚愧周詩六月篇。

（外）聖旨到來，左蠡侵犯禁地，李廣既敗，無大將征勦，朕實憂之。今公孫敖薦舉何人出師？何人對敵？不次擢用。

（末）臣舉一人，名曰衛青。

【前腔】智勇兼全，韓絳良平可比肩。只是身系微胎賤，妙算無由獻。嗏，須拜將與登壇，謀猷方展。殄滅匈奴，立把奇功建，管取成功奏凱旋。

（外）聖旨道來，朕側席求賢，猶如饑渴，不意遭家不造，匈奴擾亂，烽火徹於甘泉，戎馬躪於趙代，昨觀邊報，李廣敗遁逃回。喪師辱國，朕實痛心，正欲選求義士，以次擢用。即日拜爲中大夫兼侍中，就着傳奏官宣入建章宫，以備顧問。欽此，謝恩。（末）萬歲。（外）退班。（末）天子方需濟世才。（外）馳書一紙日邊來。（末）試看奏捷虜功日。（外）方信黄金可築臺。（外）請了。（末）請了。（下）

第二十一折　出師

【引】（三旦付小軍引生上）九重丹詔鳳銜來，自愧襪綫菲材。

白龍魚服蝦所欺，人生未遇世所嗤。功名富貴若常在，漢水亦有歸西期。下官衛青是也，生不遇時，身處下賤，受無窮之横禍，已分作溝壑之餘，那敢有雲霄之望。不料公孫子敬兄弟，見邊方多事，把賤名奏知天子，即時召對，首問衛青平虜之策，我即答曰：「方略豈能預算？俟臨期應變耳。」皇上大喜，即拜爲大中大夫兼侍中。今又复加車騎將軍，統二十四將，四十萬人馬。前勦谷蠡，昨晚皇后遣宫中太監來催促起身，他説前日之赦，都爲衛青，盡是鐵勒兄弟與傾城之力，若不説明，那裏知道？（丑應下，末上）

【引】勝敗兵家常事，榮枯皆命存。

（進介）李廣見元帥。（跪介，生）請起，我聞匈奴畏怕足下大名，號曰「飛將軍」。前日之敗，偶然失錯，豈將軍之過哉！今我大兵已出，獨少一位先鋒，意欲借重足下如何？（末）李廣罪當萬死，幸蒙恩宥，實出望外，願效死力。（生）妙吓！將軍若能破敵，本帥之萬幸也。叫中軍軍中取一道空頭敕號，先拜李廣爲平虜將軍，兼先鋒，待後有功，班師之日，一并湊聞便了。（衆應介，生）就此拔營前去。

【駐馬泣】雲擾三秦，胡馬縱横塞草青。有貫蝨妙技，倚馬雄才，射虎威名。還須仗劍展主靈，肯將斧鑽膏英俊。挽天河净洗甲兵，奏凱歌齊唱昇平。（下）

第二十二　覆審

（丑上）失馬難將期禍福，飛鳥豈可辨雌雄。算人自算真堪笑，滿面羞慚只自知。下官咸陽太守甯成是也。没來由前日聽了鄭跖一面之詞，把衛青嚴刑拷打，問成死罪，解去西京處决，誰想他命不該死，剛剛那日赦書下了，止差半日光景，不曾殺得。如今拜爲大將，統領二十四個將軍，四十萬人馬，勦滅匈奴。昨奉聖旨，三輔九縣，凡大軍經過之處，太守戎服郊外迎接，親自犒賞三軍。昨日不容相見，都因是爲鄭跖之事，爲此回府，被我拿那鄭跖覆審，反招出一個番水牛來，如今也拿在這裏。今日坐堂，把二人細細究殺人的緣故，問成他兩個死罪，解往軍前，憑他發落，那時我去討饒便了。叫左右的，與我帶那鄭跖、番水牛來聽審。（二旦、小軍唤末付上）從前作過事，没興一起來。（二旦）鄭跖、番水牛當面。（丑）鄭跖，衛將軍是你什麽人？（付）是嫡嫡親親的哥哥，與小人極相合的。（丑）魏明是那個殺的？（付）昨日問明了，怎麽今日又問？（丑）這口宵光劍，衛將軍説你明明奪占在家，魏明是你殺的了。只管抵賴。左右，將鄭跖夾起來。（付）不要夾，待小人直説就是了。是番水牛殺的。（丑）如此把番水牛夾起來。（末）爺爺，不消夾得，小人願招。（丑）既如此，招上來。（末）爺爺，容小人細稟，那鄭跖與衛將軍呵！

【風入松】名爲兄弟實仇讐，那鄭跖呵！内家豪勢屢起戈矛。（丑）鄭跖誰的女夫？（末）他是公孫丞相嫡親表联襟，四門親家的女夫。（丑）哇！胡説。（末）鄭跖平日呵！把親兄只當做僮奴，偶令牧豕萬般出醜。

他兀自心中未彀，須殺却，始干休。

只見那一日，他央小人去殺衛將軍，小人説不認得他，鄭跖就對小人説。

【風入松】他是平陽府裏一蒼頭，在甘泉作役他爲領袖。又將宵光劍親相授，令速往莫教落後。（丑）依你説起來，鄭跖教你去殺衛將軍，怎麼把魏明殺了？（末）爺爺，原來魏明也是平陽縣役夫的頭兒，衛將軍是總領，不在數內。小人那裏曉得，只問是個夫頭，把他殺了，况一個叫魏明。更名姓音聲差謬，因此上誤相投。

（丑）那劍如何却在魏明身邊？（末）彼時小人殺了魏明，在月光之下，看他腰記，知是殺差了，那時小人無計可施。

【急三槍】忙把宵光劍藏伊肘，令人見只道是衛青仇。

（末）爺爺，那鄭跖是個狼心賊子。（丑）還有什麼狠心？

【風入松】那日赦書纔下五雲頭，心中不遂又起奸謀。堂邑公主家，因衛娘娘的緣故，一向遷怒衛將軍。去糾他綱紀來相候，邀回去霎時殞首。（丑）那時怎麼了？（末）那時虧衛將軍有個義弟，叫鐵勒奴，冒死入府堂相救，方得脱這幽囚。

（付）爺爺吓，這是番水牛教導小人的計策，番水牛原與小人有仇。（末）爺爺吓。

【急三槍】念番水牛，雖行刺，非爲首。不曾與鄭跖設陰謀。

（丑）此情是真的了，我道衛將軍不是殺人的。咳！鄭跖你父親分授劍時，你竟自用强奪去，只因劍下有你哥哥的名字，你把來殺了人，故意撇在屍首身邊，不怕你哥哥不認。可是麽？（末）老爺是青天了。（丑）番水牛，你得了多少銀子？與鄭跖幹這個事。（末）許小人六十兩銀子，事成之後，又賴小人二十兩。（丑）你二人鄭跖謀死胞兄，罪該淩遲。番水牛持刀殺人，罪該抵命。畫供。（衆）領鈞旨，犯人畫供。（末付畫介，衆）畫供畢。（丑）上了刑具。（衆應上刑具介，丑）咳！鄭跖，鄭跖。

【風入松】你襟裾雖具實馬牛，更不念同胞相尤。你陰謀鬼蜮天寧佑，青天上豈容錯漏。須知道禍福自求，親作孽自難宥。

叫左右帶去收監。（衆押付、末下，丑）打差的過來。（小生）有。（丑）你將此劍送上元帥轅門，見了衛爺，説我咸陽府甯太守稟上，宵光劍上有老爺的尊諱，不敢留庫，特差小人賫上。他若不問起向日的事，就罷了。若問起，你便説鄭跖、番水牛俱已拿下，依律問擬在監。伺候老爺奏凱之日，經臨本府，解往轅門，梟首示衆。（小生）啓爺，小人不敢去。（丑）爲什麽不敢去？（小生）前日解去西京斬首是小人解往，今日去討好，又是小人，小人雖是下賤，到没有這嘴臉。（丑）哇！胡説。我老爺公私曲直豈糊塗？天理昭然不可誣。（小生）假若人心頑似鐵，須知官法炙如爐。（丑）快去。（小生）曉得。（下）

第二十三折　破虜

【引】（三旦、付、小生上）蒙恩召對，親將雙轂推。

下官奉旨提兵勦胡，已抵上谷，且喜三路人馬，胡虜盡數驅去塞外。昨日戰書去刻期交戰，今將各營將士休息一回，多少是好。只是鐵勒兄弟，向年別我而去，曾説到雲中來，我已差人一路挨問，并無音耗，好生牽掛。（净上）翩翩白馬豪，手挽金錯刀。多少容華色，暗藏刁斗消。我鐵勒奴，向別衛哥來此，欲殺却左谷蠡，以圖大用，不料未得其便，喜得衛哥已拜上將，屯營上谷，不免去見他則個。把門的，煩你報一聲，説有鐵勒奴要見元帥。（衆稟介，生）我在此想他，快請進來。（衆）呀！元帥爺説請進相見。（净）哥哥。（生）呀！兄弟。

【哭相思】自那日蒼忙避難，誰知異國重逢。

向日若無兄弟力救，衛青已喪溝渠多時，請坐。（净）哥哥別來無恙？且喜腰懸斗印，手握重兵，大展平生，正在今日。（生）愚兄今日微官，皆出賢弟所賜，愚兄辭朝之日，即將賢弟尊名奏聞聖上，蒙恩頒赦書一道，將賢弟爲偏將軍。取管帶過來。（净）且慢。多感仁兄提携，但小弟未有寸功，豈敢叨冒？願在哥哥麾下聽用。後有微勞，拜命未晚。（生）足見賢弟大志，既如此，愚兄不敢相强。（小生報子上）行盡黄塵紫塞，來投玉帳元戎。啓元帥爺，左谷蠡統領鐵騎五千席捲而至。猶如虎入羊群，無人敢敵，求元帥作速發兵前進。（生）曉得了，你先去報知先鋒，我這裏大兵隨後就到了。（小生）旗開天地辟，令出鬼神愁。（下）（生）賢弟，左谷蠡驍勇無敵，難以力取。（净）此間有二國，一在河南，名曰渾邪王。一在河北，名曰休屠王。俱與左谷蠡有隙，小弟與二王深相結納，二王也許爲鐵勒出力，且看明日交兵，擒得左谷蠡，萬全之美。倘若擒他不得，願借軍中黄金五千，空頭敕二道，待小弟去，管此去取左谷蠡之首，獻於麾下。（生）賢弟有此奇謀，衛青之萬幸也。叫中軍取空頭敕二道，黄金五千兩聽用。就此拔營，往祁連山去。（衆應行介）

【大迓鼓】令朝誓六師，但須奮勇，勿憚輿屍。况有良平帷幄多奇計，須知胡運合窮時，管取擒王報答主知。（下）

【引】（付、老旦、貼扮番軍引丑上）三軍挾纊，耀武揚威，把中原掃蕩。咱家左谷蠡王便是，叵耐中原不自忖量，遣衛青統四十萬人馬，與咱交戰，衆把都兒，就此迎敵上去。

【滴溜子】祁連下，祁連下，殺氣晝昏。駱駝谷，駱駝谷，哭聲四振。想是中原失運，干戈遍地來，一朝盡殞。再挺神威，殲彼六軍。（衆扮小軍引生、净上）（對陣介）（丑）來將何人？（生）我乃大元帥衛青是也。你那獯狗，還不下馬受縛，更待何時？（丑）哇！只與你鬥手，誰與你鬥嘴。（對殺，生敗下）（净上）哇！那裏走。（丑）衛青尚且敗在我手，汝乃無名小卒，轍敢無禮。（净）我乃衛元帥麾下先鋒鐵勒奴是也。（丑）放馬過來。（丑作殺敗，净追下）（生）衆將官，幸得左谷蠡已遁，鐵先鋒獨自追趕，此行定建奇功，就此追上前去。（衆）得令。

【前腔】鼓聲振，鼓聲振，干戈薄雲。歡聲沸，歡聲沸，挾纊生春。要把中原整頓，獯酋已喪魂，紛紛逃遁。須翦此殘夷，歸報賢君。（下）

（丑又上，净追殺介）（丑敗，净追下）

第二十四折　斬虜

（小生、外上）雲鎖祁連路不通，將軍恤難定成功。從教十萬横行卒，血染沙場草色紅。（小生）咱乃渾邪王是也。（外）咱乃休屠王是也。昨日鐵勒奴先鋒將黄金敕書送與咱兩個，許事成之後，再贈金帛，今日到左谷蠡帳前，只説賀他，把來灌醉，乘機便殺取。呀！言之未已，左谷大敗而來了。（丑上）半夜寒欺范叔袍，更兼風力助威豪。地爐火暖猶無奈，却笑征人立淺濠。（丑）二位大王，咱爲將數年，身經百十餘戰，從來没有見衛青那厮好狠也，真個有天神殺氣，丁甲雄威，把咱百萬雄兵殺得乾乾净净，祁連以北二千餘里地方盡行奪去，他手下有個先鋒鐵勒奴，兀自緊緊的追着，咱走了五日五夜，方纔得脱。渾邪、休屠二位大王，且待咱回去，同了單于，再起傾國之師，殺盡那厮，方遂咱意。（小生、外）大王，勝敗兵家常事，何必掛懷。咱每今日特來與大王作賀，天公下此大雪，咱每正好飲酒，請到帳中與大王把盞。（丑）多謝二位盛情，不要吃悶酒，咱有兩個美人，頗善琵琶，喚他出來唱一回，飲一回如何？（小生、外）極妙，極妙。（丑）美人那裏？（旦、貼、胡女上）羌笛塞下曲，琵琶馬上聲。一曲一腸斷，幽明不堪聽。大王，美人叩頭。（丑）美人唱曲，送二位大王的酒。（旦、貼）是。（作送酒介）

【北寄生草】拴過了金螮蝟，打迭了錦氍毹。酒闌毳帳承恩宿，駱漿解渴過醽醁。哈可彈出了琵琶曲，這一回撒冷没胎孩，管什麼日上東方陽山路。

（丑）唱得好，唱得好！取金巨觥來咱吃。（小生、外）真個唱得好，大王多飲幾杯。（丑笑介）咱喫，咱喫。美人再唱。

（二旦）

【么篇】雪模糊野外鶩，雲靉䨴帳前麓。這的是穹廬景致堪描賦，貂裘不耐陰雲沍，醉酥須用傾無數。莫將勝敗惱閑情，聽華篥大唱出無愁曲。

（丑）唱得好，唱得好！好一個無愁曲，取巨觥來，待咱再喫。（小生、外）大王是海量，又是美人好曲。再進幾觥。（二旦送酒，丑作醉倒介）（小生偷丑刀介）（外）美人迴避。（二旦應下，小生）左谷的刀被咱拿得在此，不知鐵爺可曾來？

（浄上）挽弓須挽强，用箭須用長。射人先射馬，擒賊先擒王。我鐵勒奴追趕谷蠡到此，離祁連山二千餘里，前面穹廬，是他巢穴。此時將近四鼓，冷不可當，爲何帳中寂無動静？方纔被我到帳後去，殺了左谷蠡乘坐之馬，有幾個巡風的軍也殺盡了，如今再到帳前伺候則個。（小生、外）鐵爺來了麽？如今他已大醉而卧，正好進去行事，他的刀被咱

們拿得在此，請收了。咱每到前路相等便了。（净）有勞二位。（小生、外下）（净持刀作進殺，丑下）

【尾】從今始遂平生願，血淋漓襟袖濺滿，從此邊庭暫息烟。（下）

第二十五折　班師

【引】（付、三旦、小軍、外、中軍引生上）展土開疆，功高必賞，紛紛崩角來王。

本帥自從出師到此，與匈奴大小七十餘戰，無有不勝，奪得地方二千餘里。向差公孫敖奏捷，聖上大悦，即命軍中拜青爲大將軍之職。只是未得谷蠡之首，心還未愜。直待鐵勒奴兄弟回來，再作道理。昨日咸陽府太守甯成牒文到來，説向年殺魏明的事，却是鄭跖要來殺本帥，錯殺了魏明。我想兄弟年幼，必是番水牛唆哄他的，已曾打了回文去，將我兄弟釋放回家。待本帥回軍之日，將番水牛梟首示衆便了。（净持首級上）

【引】駻驊騮忙離荒嶂，取上將易若探囊。

鐵勒纔離穹廬地方，早已到衛元帥麾下，不免徑入。（生）兄弟回來了。手中所持者何人首級？（净）是左谷蠡之首級。（生）這就是谷蠡王的首級麽？兄弟，你孤身獨入，建此奇功，難得，難得！中軍，將此首級，號令軍前示衆。（外應接下，生）賢弟把軍中行徑，説與愚兄知道。（净）

【解三酲】喜蜘蛛果然吞象，把一身作孤注行藏。衝寒冒雪入窮障，正醜虜入醉鄉。喜得休屠、渾邪二王呵！左提右挈來協助，甫能個殲決巨魁靖異方。功無兩，把當年夙志一旦都償。

（小生上）聖旨下。

【引】恩從天降，投入元戎帳。

（生、净接，小生讀詔介）聖旨到來，跪聽宣讀。詔曰：匈奴數爲邊患，故興師遣將以征厥罪，爾大將軍衛青統領二十四將軍，出榆谿，攻祁連山，直抵穹廬，單于誅死，閼氏生獲，又獲牛羊馬匹千有餘萬。從古擊虜之功，莫此爲甚，是用特封大將軍長平侯，劍履上殿。仍賚二十四印，封二十四將軍爲列侯，俱屬大將軍統率。鐵勒奴匹夫仗義，累建奇功，朕實嘉焉，特賜姓名金勒，先封關内侯，俟斬谷蠡之首，再行升叙。便着大將軍班師，擇日獻俘告廟。特敕，謝恩。（生、净）萬歲，萬歲。（小生）請過聖旨。（生）香案供着。（小生）大將軍，任安參見。（生）少卿遠勞。（净）主人，鐵勒奴見。（小生）金兄豈有此理，既是同爲王臣，今後只是叙爵便了。請問大將軍，谷蠡今在那裏？（生）少卿還不知，谷蠡已被金弟斬取其首，已經號令營前。（小生）妙呀！金兄有此奇才，合當建立異績，以奏天顔，既如此，何不早早班師，以慰天子之望？（生）領命，叫大小三軍，就此班師還朝。（衆應介）

【八聲排歌】玉關虎將，喜功成閑世，詔拜龍驤。金戈玉甲，旄旗掩映輝光。回首籠草蕭蕭白，南望洮雲片片黄。關山月，沙漠霜，鼓聲不振冷侵裳。并兒健，俠客剛，驏騎胡馬射黄羊。

【尾】且安營毋前往，萬俘告廟漢威揚，看壯士長歌入建章。（下）

第二十六折　功宴

（末上）上將成功瀚海隅，征夫盡賜錦衣回。慶成今日開華宴，無限恩光泛酒杯。某姓韓，名安國，拜御史大夫。今早入朝，奉旨道衛大將軍得勝班師，已到關上。設宴在彼，名曰慶成宴。朝臣自諸王駙馬丞相，俱要到彼迎入覆命。下官主宴，朝臣有不到者，或坐中喧鬧失遺者，俱着下官參奏。早已擺齊，且待衆朝臣到來，去請大將軍升帳。言之未已，朝臣早到。（外上）日落轅門鼓角鳴，千群面縛出番城。洗兵瀚海雲迎陣，秣馬龍堆月照營。某覆姓公孫名弘，官拜大丞相，蒙聖旨差往陪宴大將軍，須索走遭。（見介）請了。（小生上）運奇設伏決雌雄，大將横行十萬師。臺上霜威淩草木，軍中殺氣傍旌旗。某魏其侯竇嬰是也。奉旨陪宴大將軍，須索走遭也。（見介）（净上）聖主懷賓憤雪消，小臣冲雪敢辭勞。匈奴自此知名姓，倚傍陰山再射雕。某鐵勒奴先鋒是也，昨蒙聖旨優叙斬谷蠡之功，超拜爲副將軍，位次大將軍。今日復蒙賜宴，須索走一遭也。（揖介）請了。（末）衆朝臣俱到，只有堂邑侯未到，天色尚早，我每且待坐一回。金大人，且把大將軍出塞功勞，試説一番。下官輩恭聽。（净）列位，若不嫌絮煩，待下官試説一番，各位静聽。

【點絳唇】我想那漢室初開，匈奴勢大，侵疆界。御駕親排，困守在平城外。

【混江龍】若不是陳平奇策，險些兒把六龍萬乘喪塵埃。笑那書生失計，要與那戎寇和諧。重沉沉金帛輸毳帳，嬌滴滴女嫁狼豺。纔博得飛書辱駡，有誰識表餌奇劃。從然有拊髀聖主，那曾見頗牧奇才。若不是大將軍雄威蓋世，怎能個到瀚海駕輪臺？這的是除凶上報前王恨，雪恥平消後代灾，掃盡陰霾。

（付、中軍上）中軍叩頭。（末）各位爺俱齊了麽？（付）還有堂邑侯未到。（末）日已晌午，不敢久停了。分付擂鼓，請大將軍升帳。（付）吓。（内吹打介）（旦、貼、小生引生上）（生）慶成禦宴賜元勛，繚繞爐烟捧慶雲。滿座貂裘金紫貴，紛紛上慶展殷勤。某衛青班師回京，蒙聖恩先賜御宴，飲畢然後獻俘。（付、中軍上）中軍叩頭，各位老爺俱齊。還有堂邑侯陳爺未到。（生）分付開門。（作接，衆揖介）元帥在上，我等有一拜。（生）下官也有一拜。（衆拜介）久慕虎威，未得瞻企，今來何幸，叨奉末塵。（生）下官欽奉聖旨，爲主宴官，今日坐次，須先講明。聖上因大將軍功高，待以殊禮，故設此宴。大將軍宜居首席。（生）韓大人差了，老丞相職司鼎鼐，位列臺階。衛青何人？敢居其上。（净）咳！哥哥説什麼？

【油葫蘆】職司鼎鼐位臺階，做皇家梁棟材。兀的不是太平時受用的毛椎客，他又不曾挽戈擐甲臨邊塞，那知有風雲呼吸真厲害。今日個萬國來，今日個八方泰。大將軍則這些巍巍勛業可也如天大。哥哥吓！這坐位誰人敢與你浪推排？

（外）金將軍言之有理。（生）如此占坐了。（末執杯遞生，酒上位簪花，作樂介）（末）第二位該副元帥金將軍了。（净）

【天下樂】呀！猛聽得副坐輕將金勒挨，敢也是乖位末該，多謝你個招賢的宰相把人抬。這不是花柳街，又不是風月寨，叨占，列位得罪了。這的是論功酒叙勛廨。

（末遞酒，各坐介。生）叫中軍一應大小官員，後至者不許擅入。（付）吓！（衆飲酒介）（丑上）春風翠幕錦模糊，歌舞場中日日過，我貴我榮君莫羨，命中招得好家婆。下官堂邑侯駙馬陳午是也。昨蒙聖旨，賜往闕外喫慶成宴，夜來酒醉，起得遲了。我想衛青向年幾乎死在我手，那知他今日成此大功？今日怎麼相見。咳！凡事讓他些便了。那個把門在此？（付）是誰？敢大膽叫門？（丑）我是飲宴官。（付）來遲了，大將軍有令，轅門閉後，一應大小官員，不許擅入。違令者軍法從事。（丑）吓！好笑。我是朝臣班首，少了我就没有席尊了。（作進介）呀！韩大人，公孫丞相，你每喫酒，不待我來，是何道理？（外、末）待之已久了。（生）你是何人？擅敢闖入轅門，中軍與我綁下。（丑）哇，哇，哇！我是聖上嫡嫡親親姑父，况聖上又是我女婿，誰敢綁我？（末）堂邑候來遲，不爲無罪，只是此宴原有坐位的，望大將軍饒恕。（生）韓大人説了，免綁。（丑）我道也無人敢來惹着我。（净）呀！

【鵲踏枝】爲甚的衆朝臣皆失色？多只爲腌臢貨駑下胎。（丑）我該坐在那裏？（末）聖上只爲二將軍功高勞苦，故設此宴。該坐副元帥之下，丞相之上。（丑）我是皇帝的姑父，又是國丈，何人敢占我的坐位麼？（净）覷着他昂昂氣概，口兒裏便一剗胡柴。（丑）皇帝是我女婿，這樣事行得的。（净）你道是椒房寵愛，聖人行女婿只是嬌客。

（丑）住了，大將軍功高，該坐在上位。也罷了，你是什麼副元帥？占我的坐位。走開讓我坐。（扯净下，坐介）列位請了，斟酒過來。（喫介，净）吓！啊呀！這酒呵！

【北寄生草】不爲叙親擺，也不爲叙爵排。端只爲櫛風沐雨多利害，枕戈炊劍開邊塞。因此上開筵設席來酬待。試看那山河帶礪國家盟，那曾有豪兒華乳臭名兒在。

（丑）啊呀，啊呀！你這等怠慢我麼？住了，住了！大將軍功高蓋世，理應簪花。你這個人，也簪什麼花？取下來。（拔花介，净）啊呀！罷了。

【么篇】激得我雙眸豎，惱得我氣轉噎。你看那貂裘貴戚都列在側，誰數你沙三牛喪的皇家派，谁数你金枝玉葉的皇家客。（扯丑打介）（外、衆勸介）金大人，他有權勢，讓他些罷。（净）你道是有權勢帝皇親，我道你不尷不尬的村木伯。

（丑）憑你駡，憑你駡，我都不管，只是喫酒便了。（净）列位。

【煞尾】非是我心兒狹，量兒窄。他故意裝聾做呆，不瞅不睬。有誰人與我分剖明白，謝公卿元宰。恕鯫生罪責，我鐵勒奴拚得碎首在金階。（下）

（末）金大人竟自去了。（丑）哈哈哈！正中我懷。半日被他在此攪擾，不曾喫得酒，如今他去了，眼睛前覺得清静，斟酒與大將軍。（生）堂邑侯，你起初擅自闖我轅門，今又來争坐，攪沸御宴，此二事該當何罪？（末）當梟首示衆。（生）他既是椒房之戚，即去奏聞天子便了。（下，末）衛將軍已去，我等相別了罷。（丑）列位請坐坐，再喫幾杯。（衆）請了。忠心貫日奇男子，瞞心昧己是奸臣。（同下，丑）衛青説奏聞天子，由你奏，皇帝是我女婿，奏了怎麽樣？奈何了我。不要睬他，我不要睬他，我只是喫酒。（坐介）（二旦校尉老中軍上）聖旨下，從來不信蕭何法，今日方知律令嚴。今有副元帥金勒，奏堂邑侯攪擾慶成宴，奉旨拿問。（進介）有聖旨。（丑跪介）陳午違旨滅法，攪擾慶成宴，着皇城校尉任安等，送大將軍從重擬罪。（索介）

爲報人臣須奉法，　莫待臨時生悔遲。

第二十七折　奸報

（付上）自恨終身恨，非親却是親。一生都是命，半點不由人。我鄭跖向年没來由，今日也商量殺哥哥，明日也算計殺哥哥。誰知天理不容，却是飛蛾投火，自招其禍，被甯成那髒胚拿去，一監監了三年，問成死罪，又虧我嫡嫡親親的哥哥，不念舊惡，開釋了我，只把番水牛抵償魏明之命，幾年官司，家私没了，妻子死了，丈人不作准了。哥哥做了天大樣的官，成了天大樣的功，今日班師回朝，何等煊赫，我當初若留些情面，何愁不富貴。昨日甯成打聽我哥哥入關，連夜備文書，解番水牛軍前發落，連我也要解去。且不要説起富貴兩字，只是教我有何面目去見他，倘或提起前情，就要把我哈喇了，怎麼好？呀！你看番水牛來了。（丑押末上）人可昧，天難昧，報復循環豈無會。當年縲紲桁楊入，今日朱輪車轂貴。向年鄭跖央我來殺他哥哥，誰知人又不曾殺得。把一個死罪弄到自己身上，如今衛老爺做了大官，本府差人押解，我到軍前發落。咳！眼見得是個死了，可恨鄭跖那廝，這罪該是他的，我倒替了他幾年在監，竟不來看顧我。今日狹路相逢，看他躲在那裏去。正是恨小非君子，無毒不丈夫。（丑）那邊鄭小官來了。（付）番哥久違了。一向好麼？（末）你這樣人，轉眼無情，禽獸不若。我替你待罪在監，這幾年來，不要説錢鈔，飯也不值得送我一碗。（付）番哥，不是鄭跖無情，幾年官司，田房地産一無所存，自己口食尚然不周，度日如年，爲此不曾送飯與番哥喫。得罪，得罪。（末作怒介）就没有飯，監門上不來看看麼？

【羅帳裏坐】當初是伊，叫咱行事。把宵光寶劍，親手遞與。今日裏轉眼無情，不來看取。（合）我已拚死别在須臾，不怕你騰雲插翅。（付）番哥，我鄭跖知罪了。

【前腔】當初是咱，不合一時性起。誰知逆風點火，自燒身已。今日干伊累伊，噬臍無及。我如今有計在此，到衙門時只是叩頭乞憐。（合）且向哥哥行處望慈悲，乞垂憐宥伊一死。（末）好計，好計。你自己顧不來，這樣話兒哄誰？押解哥，可憐我是替人代死的，求你把枷杻鬆一鬆（付）噲，看我面上鬆一鬆罷。（丑）也罷。天上人間，方便第一。（放末刑介）（末打付疼介）

【前腔】激得我心頭火起，毛髮上豎。誰信你花言巧語，將咱搪抵。管教今日，無門入地。

（合前）

（又打付介）（付）苦惱，苦惱。打殺介，打殺介。大哥勸勸。（丑）住了，勿要動手。

【前腔】你兩人情理，我向來未知。如今剖析，鄭小官，你果然理虧。（付）大哥救救。（丑）老番，他也是官人犯。兩虎相鬥，必有一斃。路途講甚是和非，更不念我的干系。

（末）鄭跖，就是衛老爺饒了你，我番水牛就死也不肯饒你的。（作打追下）

第二十八折　赦弟

【引】（生上）紫塞威名高揭，丹宸禮遇稠疊。下官自功成之後，聖遇日隆，前蒙聖旨發下，堂邑侯來，着下官勘問，我也不究他平日不法事情，只審他擾亂御筵一節。止革侯爵，所有田房家產，盡行輸入尚方。聖上大喜，就將堂邑府第賜與下官，命水衡官修理。昨日管工官報完，聖上命還進之日即爲花燭之夜，且待擇定吉辰，奏聞便了。（丑、末、付上）走走走。（末）恩人相見眼偏明，仇人相見眼偏睁。（丑）此間已是大將軍府前，且待我進去報過文書，然後你每進見。咸陽府差人告進。（三旦、净、小軍、外、中軍上）（衆）進來。（丑）咸陽府差人下公文。（生）取上來看。（外接折，生看介）原來番水牛這一案，甯成在那裏？不來相見。（丑）甯太守自知得罪老爺臺下，萬死莫贖。起解番水牛之後，棄官逃回去了。（生）既是棄官而去，這也罷了。番水牛在那裏？（丑）現在衙門首，未奉呼喚，不敢帶進。（生）喚進來。（丑）吓！老爺喚你進去。（犯人進）（末、付跪介）番水牛，你舞文弄法，恃勢欺人，刁唆善良子弟，謀財害命，都由於你。本帥與你未識一面，有甚冤仇，兩番要來害我性命？（末）爺爺，這不關小人之事，都是鄭跖央小人來謀害爺爺的。

（生）哇！胡説，左右與我扯下去，重打四十。（衆打介）帶去收監。（衆帶末下）解子過來。（丑應）鄭跖是我的三爺，他的罪名，本府已曾批回釋放，爲何又解到此？（丑）寧知府恐番水牛强辯，故此一同解來對證。（生）既在，請來相見。（醜）鄭三爺，老爺請相見。（付跪介）（生）兄弟請起。（扶付哭介）兄弟呀！

【青衲襖】和你數十年成間別，我看你瘦形骸比當初争較些。爲甚的衣懸百結？敢是你家私灰滅。饒你有千般罪，萬種孽，您哥哥只做耳邊風塵外葉，想起父親行情更切。兄弟，爲甚垂頭低，没話説？

（付）哥哥，我兄弟罪孽深重，還有甚話説。（生）兄弟，你莫將前事惱心懷，且喜荆花今已開。萬事不由人計較，一生都是命安排。做哥哥的前日功成奏凱，欽召還朝，蒙聖恩敕諭，滿門大小俱得封侯。兄弟已封不義侯。敕命俱在此，中軍官，取冠帶過來。（付冠帶，末扮鬼打付，跌介）（生）呀！兄弟，兄弟。爲何煞時倒地而亡了？啊呀！我那兄弟吓！快快甦醒。中軍官，與我扶到後堂去。（衆扶，付下）（生）我那兄弟吓！（外上）三爺救不醒了。（生）有這等事？原解子過來。三爺在路上，可曾患什麼病？（丑）并没有病，只是日日與番水牛廝打。想是被他打傷了。（生）曉得了。中軍取我宵光實劍，快斬番水牛首級來驗。（外）得令。（生）分付中軍，一面盛殮三爺，一面設祭品擺着。就將此首級祭獻。（小生應下）（外上）番水牛斬訖。（小生）祭品完備，請爺上香。（生）我那兄弟吓！

【香柳娘】痛生離死别，痛生離死别。茫茫長夜，雁行中斷清秋月，慘愁雲滿野。兄弟吓，你心兒裏憑嬌怯，命中憑薄劣。恨無端鬼孽，恨無端鬼孽。閃得你家似蔓瓜，命同落葉。

收拾了奠儀，中軍取我俸銀三千兩，與三爺造墳，刻日要完。（外應介）（生哭介）

手足睽違二十年，誰知一見反憂煎。
鴒原雁序輕分影，馬鬣牛眠也枉然。（下）

第二十九折　下嫁

【引】（貼上）妒雲愁雨腰肢裊，眉黛不堪重掃。艷色天下重，西施寧久微。朝爲越谿女，暮作吴宫妃。我傾城向在平陽府中，蒙公主娘娘許配衛青哥，不意他邊上去了。數年以來，不曾説起。只道此事已付東流矣。不想近日得勝回朝，聖上要將公主娘娘下嫁給他，他説傾城曾有活命之恩，再三不允。聖上見他如此義重，稱讚不已。就命皇后娘娘選奴入宫，作爲養女，下嫁之日，禮數與公主一般。如今内侍每俱已在此等候，只索梳妝更衣則個。

【金絡索】春愁暈未消，離恨堆難掃。聽徹些玉漏更籌，露井聲聲報。金閨鎖阿嬌，怪無聊。苦被香風透綺寮，聞君遠在玉關道，却教我一片心旌懸大刀。喜得歸來早，清華公子笑相邀。（合）喜盟言不逐秋濤，信似江潮，看花燭頻頻照。

【劉潑帽】（旦、丑、宫女隨老上）門闌今日恩光耀，聽鈞天奏樂雲璈。我兒梳妝完了麼？（貼）完了。（老）妙。果然窈窕閨中少，（合）是必便登程，早赴君王宣召。

【前腔】（末、外扮内使上）喧闐鼓樂齊來到，繽紛彩仗飄搖。玉樓金殿香烟繞，良辰已到，奴婢每等候

小娘娘入宮。（合前）

（老）起在一邊，我兒這金霞帳組文褥，鴛錦被，瑤珠枕，都是我受用的，今將來贈與你，還有宮女四名，也都付與你，就此上轎去罷。（貼）多謝娘娘厚恩，請上受傾城一拜。（老）免拜罷，你不比前日了。（貼拜介）

【東甌令】脱簪珥，解佩瑤，玉導金鎞映錦標。恩波一似湘江水，泰岱孰爲高。（合）臨歧分手泪珠拋，無限意悄悄。（老）

我兒就此升輿，我也入宮去了。黄金散盡教舞，留與他人樂少年。（下）（外）請娘娘登輦。

【前腔】燈光燦，映斗杓，滿地歡聲徹九霄。蓬萊進深九重遥，雲外亂香飄。天臺有路人難到，雲水樂滔滔。（下）

第三十折　婚圓

【引】（生上）燭影耀熒煌，天付與佳麗成雙。

下官今日遷入新府，蒙聖恩許尚長平公主傾城爲配，鼓樂喧天，想是吉時到也。（外、丑扮吹手，老正執燈引貼上）

【引】桃洞住仙郎，環珮結雲袂霞裳。

（進介）（付、贊禮官喝生、貼拜介）喜筵已完，請爺安席。（生、貼遞酒介）

【長拍】金屋筵開，金屋筵開，瑤臺月上，似重華作配英皇。鳳求鸞應，願百年栖止雙雙。絳蠟照銀釭，但只見明燦燦角枕生光。漫道春風桃李質，佇看那夜雨芝蘭繞砌傍。儘今宵受用盡了流蘇帳。好一似爲雲爲雨，夢繞高唐。

【短拍】戚里風光，戚里風光，皇家氣象。這無邊富貴難量，身入錦雲鄉。恍疑似蓬萊閬苑，樂鈞天舞試霓裳。萬盞花燈掩映，更千行環珮響叮噹。

【尾】玉漏殘金雞鳴唱，千金難買今宵貺，手挽住佳人入洞房。

【引】（净、小生、末上）意氣若同胞，來到朱門喜氣交。

（付報介）金任、公孫各位老爺到門稱賀。（生道）有請。（接衆進介）（衆）新嫂在此，不好相見。（生）情若同胞，何妨你我，各位請上，受我夫婦一拜。

【瑣窗寒】上林春色入屠蘇，爆竹聲聞午夜初。想舊年新歲，此夕交除。昨承恩旨，忙來趨赴，又早見帝城春樹。看金吾朱衣畫袴，辟儺進競迎新换却桃符。（生）華筵已設後堂，請各位賢弟入席。（衆）多謝仁兄。

感君義重勝千金，不把簪纓易素心。
從此團圓永和睦，何須更用白頭吟。（下）

一文錢

一文錢

破慳道人編　栩庵居士評

正名　兩盧至誰真誰假，一瓢酒孰醉孰醒。
喬家私合積合散，證西天是果是因。

第一齣

（生敝衣扮盧至上）寒蛩秋夜忙催織，戴勝春朝苦勸耕。禽鳥尚知尋活計，爲人豈可不營生？小生盧至員外，字善長。累世仕宦，家道富饒。區宅僮牧，何止數百千；水碓膏田，不下億萬計。小生又百道營求，千方省儉，遂至財帛如山，門庭如市。陶白難稱獨步，猗卓甘拜下風。（笑）雖然人稱有餘，我道實還未足。每每見人家業稍豐，輒生奢侈。我說：天下最難得的是錢財，錢財入手，豈宜浪費！以此身上穿的，口裏吃的，件件減省。人人叫我「臭盧員外」，這也由他。只是妻兒奴婢，人口衆多，甚是費事。被我限定他每人一日，給米二合，其餘一些不管。前日後園李子熟了，我去發賣。不想小孩兒也隨去，見了李子，苦死要吃。没奈何，由他吃一個，被我除了他二合米。不是小見，一個李子不打緊，就不見了一個錢，且是孩子們不要吃得口慣。今日閑暇無事，不免叫掌家出來，與他算些印頭錢。金六錢山何在?(内應)收印錢去了。(生)既不在家,且坐坐待他回來。我想做人家千難萬難,比如我一錢不使,辛勤四十餘年,才儹得這些家資,尚不滿千萬。

【懶畫眉】幾時得奇珍異寶萬斯箱,金玉煌煌映畫堂。硨磲瑪瑙壘垣墻,夜明珠百斛如拳樣,七尺珊瑚一萬雙。

我想做人家,雖要家主勤儉,也須妻兒奴僕夾輔才好。

【前腔】怎能勾把清寡婦主中房,猗頓陶朱販四方。烏孫阿保牧牛羊,石崇王愷開銀當,刁氏豪奴千萬行。

坐已良久,肚中甚饑。不知豆屑飯熟也未熟?且去吃了再來。(欲下,内旦欲上)(生)正要進去吃飯,你看娘子來了。倘或他陪我吃了飯,可不他又落了自家名下的二合米去做私房。且忍了餓,再坐一回,打發了他去,才好吃飯。(旦敝衣上)君平患有餘,蜀子苦不足。人世若隙駒,何事幹碌碌。奴家盧娘子是也。員外家資千萬,妻兒日日饑寒。今日閑坐堂上,不免前去諫勸一番。(見介)員外,你終朝不樂眉常皺,忍饑攢得家資厚。錙銖捨命與人争,只怕人算通時天不湊。(生)哎!娘子,我生平不肯嫌銅臭,通宵計算把牙關扣。就使揚子江潮變酒漿,心中只是還不勾。(旦)員外,你富比王公,財如山積,少那一件?還是這等無明無夜,計算不休。況又不拚得穿,不拚得吃。妻兒老小,日日凍餒。要這許多家資何用?

【前腔】我笑你蠅頭場上歷冰霜,馬足塵中曉夜忙。你一生衣食兩周張,妻兒老小遭磨障,那裏有金槨銀棺葬北邙？

【前腔】（生）我一生錢癖在膏肓，阿堵須教繞卧床。便稱柴數米亦何妨，古人道得好：「家有千萬，小處不可不算。」（旦）算得好，算得好！只怕你妻兒老小餓倒了。（生）那饑寒小事何足講，可不道惜糞如金家始昌。

（内叫介）娘，快來！孩兒餓得慌了。（旦）

【前腔】員外你聽見麼？那嗷嗷黄口斷饑腸，你百萬陳陳貯别倉。便分升斗活兒娘，也是你前生欠下妻孥帳，今世須當剜肉償。

【前腔】（生）我豈是看財童子守錢郎，但只是來路艱難不可忘。古人云：「財便是命，命便是財。」從來財命兩相當，既然入手寧輕放，有日須思没日糧。

（旦）我好意相勸，你一字不聽。奴家餓死，還是小事。只怕餓死了你兒子。（生）難道就絶了嗣？（旦笑）妄想黄金北斗齊，番令妻子日常饑。（下）（生）好省儉時須省儉，得便宜處且便宜。正好吃碗飯，不想被娘子絮絮叨叨，説了半日。如今他去了，這碗飯吃得自在。且住！今日阿蘭節會，郊外游人必盛。我也只做看會去走走，倘或撞見相熟朋友，吃他一碗飯，可不省了自家的！（走介看地介）呀，前面地上甚麽東西？（拾起看介，笑介）可不是造化？到是一個好錢。快活快活！（又看又笑介）我且藏過了。倘或掉的人來撞見，被他認去，不是當耍的。（做藏介）且住！藏在那裏好？藏在袖子裏，恐怕灑掉了。藏在襪桶裏，我的襪又是没底的。藏在巾兒裏，巾上又有許多窟籠。也罷！只是緊緊的拿在手裏罷。（内做乞兒叫介）（生）你看！你看！莫不是掉錢的人？我只是躲過便了。（下）

第二齣

【水底魚】（浄扮乞兒上）破罐隨身，破衣破褲裙。眼前財主，誰是舍錢人？誰是舍錢人？

自家舍衛城中一個乞兒。這城中乞兒，有萬萬千千。爲頭的四門，則有四人。小子便是東門的乞兒頭。這東門最多景致，常年二月裏，有個阿蘭節會，滿城人都到城外去看。今日天色却好。昨日與各門哥哥約去游玩，也不枉爲人一世。你看哥哥們早來也！（醜、小丑、雜扮三乞兒上）

【前腔】乞食前村，滿瓢濁酒吞。尋春到此，賽過活仙人，賽過活仙人。

（丑）兄弟，昨日東門哥哥，約出城耍子去。我們常常擾他，這一次須帶些東西去，還席便好。我討得一桶酒在此，你們可有？（小丑）我討得一隻肥雞在此。（雜）我討得一個大豬頭在此。（丑看介）既如此，快去！快去！（見介）我們常擾哥哥，心上過不去。今日帶得些酒肴在此，幫助哥哥。（浄）既是列位美意，就此各出所有，共用便了。（坐介飲酒介）（生上就虚下）（浄）我們吃悶酒不快活。大家行一令何如？（丑衆）我們東西南北，管着四門，各要説城中一個富貴人。東門只説東門，西門只説西門，不許攙越。若説得不富貴，就罰他酒！（浄）我是東門。東門有個盧員外，其實十分的富貴。他的住宅呵！

【皂羅袍】甲第王都相近，看曲房窈窕，阿閣嶙峋。香飄復道轉春雲，花凝藻井飄紅粉。那更朱闌犯斗，雕甍次鱗。朝迎日馭，夜送月輪，恍疑是蓬萊仙境壺天隱。

（衆）真個富貴！免罰。（浄）輪到兄弟了。（雜）我南門富貴人也有，怎比得盧員外，也是盧員外罷了。（浄）是我東門的！（雜）你不知。南門城内城外，方方百里，都是他田莊。

【前腔】他的田畝通畦接畛，看春疇緑繞，秋稼黄分。千家稛載若雲屯，三秋儲積連車軫。饒你南箕爲畚，北斗作囷。天廚米爛，太倉粟陳，怎比得他千倉萬廩經年運。

（浄）真個好富貴！免罰。輪到兩位兄弟了。（二丑）我西北門也是盧員外。（浄、雜）怎麼又是他？（二丑）你還不知道，他家典鋪，各處雖有，西北二門更多。

【前腔】他的質當從來饒本，有的是隋珠和玉，赤仄黄銀。刀錐可起寒士貧，周流未許錢神論。只見他朝銀千櫃，暮金萬鈞。人人求潤，家家望恩，這的是財星照世豈與凡人混。

（浄）果然富貴！免罰。怪道人説盧員外不把酒與人吃。説着他，就没有酒吃。大家吃一碗。再要説一個古人不如我輩的。説得好，吃一大碗，你先起。（丑）我是原憲。原憲居蓬蒿之中，并日而食，那有這等酒肉？可不是不如我們。（衆）好好！該吃大碗。（雜）我是陳仲子。陳仲子在於陵，三日不食，那有這等酒肉？可是不如我們。（衆）好好！該吃大碗。（小丑）我是孔夫子。孔夫子在陳蔡，七日不食，一發餓得苦，那有這等酒肉？可是不如我們？（衆）好好！該吃大碗。如今該是東門哥哥了。（生虚上聽介）（浄）我是没有古人。原是盧員外罷。（衆）説差了！方才説盧員外許多富貴，難道不如我們？該罰該罰！（浄）你不曉得。盧員外雖是日招財夜進寶，不拼得穿，不拼得吃，妻子日日凍餒。那裏有這等酒肉？可是不如我們。（衆大笑叫介）説得好！説得好！真個盧員外不如我們。該吃兩大碗！（生笑下）（衆）我們吃得興盡杯干，散了罷！明日討得些東西，再來叙話。寄語富兒休吝嗇，眼前快活是便宜。（唱前尋春二句下）（生笑上）原來一起乞兒，起初説我許多富貴，後來却説我不如他。其實小子雖有家私，孔方是我命根，一些也不曾受用，怪他們説不得。也罷！方才拾得一文錢，把來撒漫罷。省得被人嘲笑。（取錢看介）好錢！好錢！天下有這樣人，錢財在手，不小心照顧，容得他掉在街上。若是小子掉了這一文錢，夢裏也睡不去。（又看錢笑介）不是你不小心，還是我有造化。

【前腔】自古道一錢爲本，把這文錢放去，明年是兩個，後年就是四個了。但耐心守去，休論萬貫千緡。（笑介）咳！又忘了。乞兒笑我没受用，只是撒漫罷。但一文錢，嫖又嫖不來，賭又賭不着，怎麽樣受用他？是了，買東西吃罷。（沉吟介）雖然饑餒，難道輕易就吃？這錢在肚裏，不可暴殄。這些乞兒，方才在此吃酒。倘有遺失，我拾來充饑，且又作福，可不省了這錢？（尋介）途羹塵飯古來云，俯拾仰取君休哂。（笑介）真是乞兒！你看他吃得這樣乾凈，骨頭也没一些遺落。如今却也餓得慌了，怎麽好？那些個殘杯冷炙，打發臟神。那裏有靈符妙訣，遣却餓神。錢，錢！不是我浪用。你想是你不該我上串的東西，爲甚的入門，便出難留頓？

只是買來吃罷，不知甚麽東西好買？豆腐不堪生吃，青菜又要多油。從來蒲菔白人頭，亂性須知黄韭。後圃生瓜未熟，前村濁酒新芻。饞涎淲號響饑喉，要去沽時不勾。（内叫賣芝麻介）（生）呀！到不曾想得芝麻恰好且是見多。那人撞着了我，也是有造化的。作成他罷。（叫介）賣芝麻的快來！（净上）誰叫誰叫？（看介）呀！悔氣，到撞着臭盧員外，又没躲處，只得過去見他。（見介）原來是員外。員外要用幾百擔芝麻？（生背介）這直娘的！一文錢，又是拾的，倒問我要幾百擔。且哄他一哄，芝麻我家一年不用，也吃百十擔，只是今日不要許多。（净）要幾擔？（生）再少些兒。（净）要幾斗？（生）再少些。（净）難道天大樣財主，買幾升兒幾合兒？（生）不是。我今日吃飽了，出來閑走。偶然撞見你，要作成你些生意，身邊又不曾帶得錢，止有一文在此，買些兒消閑。誰要許多。（淨）這也憑員外。取出錢來。（生與錢介）（淨與芝麻，生嫌少，争介，潑介，生拾介）（淨）好笑！自來不曾見這樣財主，家私銅斗般，氣量芝麻大。（下介）（生趕介）雖然交易微，也要饒些個。這直娘的，竟跑了去。我且取出芝麻來，逐粒兒慢慢的吃。（做取，内烏鳴介）這業畜，何等無理！我辛辛苦苦買來，你到要搶我的吃。

【前腔】你本孝烏難同鷹隼，喜迎風啞啞，集樹紛紛。借棲宜向上林春，投丸浪説彭澤郡。烏鳥最善攫人東西，此處不好。前邊有所空房，進去坐定了吃。（進介。内做犬吠介）（生）業畜作！也要奪我的吃。看你摇頭擺尾，依依向人。張牙露爪，牢牢吠人。恍疑是韓盧追逐東郭逡。我且到山頂上樹木叢密的所在去，鳥又飛不下，犬又跑不上，可不是吃得自在，吃得安穩的。

春郊閑步日蹉跎，也當春風一度過。
飲食自來期滿腹，試看鼷鼠飲黄河。

第三齣

（外扮帝釋持包上）諸法原來本是空，浮雲會散兩無踪。悟得本來常寂寂，恰如熱病遇凉風。貧僧乃西天帝釋，改作僧裝來此。向來久處岩中，得聞大道。若説俺家法門，真個非無非有；要識修持妙訣，還須不即不離。鏡去形空，色相盡歸何有；風吹鈴響，境緣畢竟俱無。全心即佛，全佛即人，直是饑人見飯；心不是佛，智不是道，何殊矮子觀場。世人識少情多，便道須彌山難藏芥子，不想孤月獨懸，萬象何以悉照；衆生存情覓佛，盡説污泥中争長蓮花，不思野航無渡，終朝只在河濱。有一等濁愛纏心，盲修瞎鍊，期望身後生天，這便是買鐵思金，定見沉淪永劫。有一等顛倒喪志，投東覓西，失却眼前至寶，這便是認賊作子，須知流浪死生。逞着馬嘴驢唇，由他喝佛，由他罵祖，少不得打那鬼骨臀入到拔舌地獄；若能脱籠解繩，析骨還父，析肉還母，安排了這個臭皮袋自登忉利天宫。言下悟時，小兒有智百歲；路頭錯處，百歲無智小兒。咦！圓通何處不如來，春至山花處處開。若向個中尋歇脚，魔王佛祖總靈台。貧僧今日不是無爲來此，且把這話頭丟起。咳！早丟起已是多事。這舍衛城中，有個臭盧員外，原是一位阿羅漢。只因貪心未净，是以罰降下方。奈何賊賊相乘，心心轉惑。既生凡界，忘却本來。貪欲成性，妄生癡慳。如來於寂光土中佛眼所照，恐他輪回六趣，長劫受苦。發大慈悲，假諸方便，特命貧僧到此，點化他回頭。使之出離生死苦海，同登彼岸。方才慧眼照見盧至，拾得一文錢，洋洋得意。你看他上山來了。我且將幾句言語指引他，看他省也不省。（下）（生上喘氣介）走得我不耐煩也。此處山頂上，樹木又密，且又無人往來，何等僻静。把方才的芝麻來吃了再處。（取出看欲吃介）可惜被那廝來奪掉了幾粒兒。（吃介，笑介）始信饑時一口，果勝飽時一斗。方才那乞兒説我不如他，如今我飽餐芝麻，就是諸天帝釋，也不如我快活！（拍手笑介）好受用，好受用！（外上笑介）好笑這癡人，原來拾的錢，買芝麻吃了，便説諸天帝釋都不如他。沉迷至此，恐怕話頭也一時難入。且向前去見他。呀！盧員外稽首。（生慌介）師父何來？（外）貧僧不遠千里而來，爲要建座寶塔，功費浩大，特見大財主募化三千銀子。萬望發心喜舍，功德無量。（生作駭介）師父差矣！我是個窮鬼，家中飯也没得吃，那裏有銀子布施？（外）久聞員外天下第一個財主。三千銀子，要得你多少？還不肯。（生笑介）好笑這師父，三千銀子，還説不多。終不成我在家朝攢暮積的，盡送你罷？（外）你道是朝攢暮積是你的，還早哩！（生）誰動得我半文兒！（外）

【八聲甘州】好笑你心兒窄小，就三千銅臭直得分毫。（生）師父，你是風是顛？家中有幾千幾百窖銀子？這三千只當分毫看。（外）出家人那有銀子？貧僧四大皆空，五蘊非有。只這身子，還不是貧僧的。這皮囊膿袋，就黃金萬萬那曾鑄得堅牢。我聞閉財之人，要入盧犬葛地獄，久之當作餓鬼。怕閻羅限滿没躲閃，永餓酆都豈恕饒。那時就金高北斗何處堪逃！

（生）師父，你說的都是出家人的話。我俗家與你不同。

【前腔】你看世人呵！急攘攘不分昏曉，爲甚麽來？端只爲近營衣食遠慮兒曹。況世人呵！輕貧重富，怎不思後日來朝？不是我癡心妄想千年調，只恐怕昔富今貧衆口嘲。（外）員外，你好癡！生死不怕，到怕人嘲誚。還是舍與貧僧去罷！（生）須知便蓮生舌上說也徒勞。

（外背介）咳，盧至盧至，你只因一念昏迷，便生執着。既生執着，便多顛倒。致使玄關固閉，識鎖難開；疑網牢籠，智力劣譾。定難以言語喚省他了，只得顯我神通，開彼蔽錮。絶其愛欲之根，引入清凉之境便了。（對生介）員外，你道貧僧真個要化你銀子？貧僧呵！

【解三酲】杖擔着雲山來到，侶黃花翠竹游遨。塵情世法都忘了，開象教演金鐃。香焚寶鼎雲光繞，衲掛松枝幡影飄，那管些閑煩惱。一任他紅塵赤日，馬殆車勞。

員外，我與你講了半日。看你面上，頗有饑色。貧僧適在前村經過，化得濁酒一瓢。貧僧不飲，若員外不棄，請飲之何如？（遞瓢介）（生接背介）果然饑餒，這和尚到也知趣。

【前腔】幸相聞禪機玄妙，豈龍華會昔日曾遭。愧我家寒缺供相報。（外）請飲了這村醪。（生飲

(生飲介)這是醍醐味豈村醪?(外低介)你既曉得酥原出酪玄關竅,怎只管矢裏尋渣黑夜淘?(生飲做醉介,臥介)好酒,好酒!才吃下去,就醉上來。頓覺開懷抱。信道是中山千日,不辨昏朝。(生醉介)(外)你看盧員外醉倒了。貧僧如今幻作假盧至,到他家去,把他家私分散。待他醒後回來,另自有處。(叫介)當山土地何在?(雜扮土地應上)(外)土地聽吾分付,吾奉如來法旨,來度盧員外。争奈他世情太重,一時不省。如今他醉倒在此。此地虎狼最多,你與我緊緊防守。待他十日醒後,由他歸家便了。(土地應扶下)(外吊包中取巾服換介)

【尾聲】革囊幻出魔頭腦,把一切濁眼凡夫瞞過了。真個是弄套猢猻巧作喬。

老婆心腸老婆舌,救拔群迷心太切。

却笑群迷迷轉迷,過河忘却來時筏。

第四齣

【生查子】(旦)何處系驊騮,小院閑清晝。生計日堪憂,莫怪眉兒皺。

世間多異事,惟有我家奇。夫比王侯富,妻無蔽體衣。好笑我員外,賦性貪鄙。見了錢財,猶如蠅子見血,及至入手,又分文不用。不但奴家與孩兒綁麻度日,就是他自己身上,也何嘗得個飽暖?昨日被我説了幾句話兒,竟出去了,不見回來,待他歸時,還只是再勸他。(外扮生模樣上)

【前腔】欲渡苦無舟，彼岸堪登否？誰把毒龍收，共聽獅弦奏。

貧僧特爲救度盧至而來，奈彼昏迷，一時點化不轉。只得顯些神通，使其漸漸開覺。如今幻作一個盧至，到他家裏，先把他家私分散，絶其愛根，然後引入大道便了。逶迤行來，此間已是他家門首，不免竟入。（進介相見介）（旦）呀！員外回來了。郊外春色何如？（外）昨日之言，我思之甚覺有理。前去郊原尋樂，偶然遇一聖僧，乃是西方活佛。他説我巴巴急急，都是癡迷。原來我一向愛錢，不肯費用，你道却是爲何？（旦）爲甚麼來？（外）原來不是我，有一個慳鬼苦死纏定在身。以此見了錢財，就如性命，没來由教你們受苦半世。昨日被那聖僧題破，已是懊悔不及。你道那慳鬼在那裏？（旦）不知在那所在。何不請個法官發遣他去？（外）好教娘子知道，原來那慳鬼就在我身上。（旦）早早發遣了罷！（外）那聖僧果然廣有道術，就把三昧水，取楊柳枝，在我面上灑三灑。那鬼就現出真形，哭哭啼啼去了。以此我似夢初醒，才想已前做的事，都是癡迷，都是那鬼。我如今與娘子商議。

【石榴花】我想歲華如駛，早已雪蒙頭。况家富貴比王侯，就朝鐘暮鼓何不勾？又何用苦較牙籌。（旦）正是，員外這話才是。果然虧了聖僧！（外）况骨肉豈仇，使伊行凍餒生孱愁。（旦）向來受苦，還不止奴家娘兒幾個，就是僮奴輩誰不當周？貧寒士望濟宜酬。

（外）説得是！説得是！（旦）

【前腔】花晨月夕轉眼换春秋，爲甚事苦營求。把良晨美景成虚遘，可恨那慳鬼使他人作馬爲牛。我心中自愁，恐妖魑暗裏又來相狃。（外）聖僧曾分付：「慳鬼雖則遣去，不久必然又來。」（旦驚介）這怎麼好？（外）不妨，他若來時，你們闔家人同去打罵他，趕他出去！使他永不敢上門便了。（旦）受得他好苦，一定要打他。但不知怎麼一個模樣?(外)模樣與我一般的。容貌舉止,一些無辨。天蓬咒必用熟諳,桃木棍莫教丢手。

娘子,我如今唤掌家的出來,把家私盡行分裱。餘下來與你大家受用。(旦)如此極好。(外)金穴、錢山何在?(雜扮二人上)塗紅抹紫門芳菲,春至豪門事事奇。轉眼繁華成大夢,人生不樂是癡迷。覆員外,有何分付?(外)金穴、錢山,你兩人是我掌家的。你且不要説我在外營運的金銀,只説上窖有多少?(雜)九百九十九窖。(外)每窖多少?(雜)每窖十萬。止少一窖,就成一千萬。也只在目下就滿了。(外)我如今不去做家了。我想人生世間,還須快活受用。你與我把這些金銀發起來,凡城内城外,不拘遠近,但有貧窮者,不論有識無識,若來求助,盡意施捨。要田的田,要房子的房子,決不吝惜!(雜背對旦)娘子,員外此言,是真是假?他平生不捨得一文錢,怎麼到肯把家財施捨起來?莫不是耍。(旦)你不知,員外向來被慳鬼纏住在身,是以不肯快活。昨日出去,遇一聖僧,與他發遣那鬼,如今肯快活了。(雜)好聖僧!好聖僧!我們該去拜謝他。(對外)員外,這等美意,只恐遠近未知,可要出個告示?(外)不須告示。只到街坊上傳递一傳递,十日之内,速速來取。(雜應傳介)盧員外有令:凡城内城外,不拘遠近,但有貧窮者,不論有識無識,若來求助,盡意施捨。要田地與田地,要房子與房子,決不吝惜。十日之内,速速來取。(内應介)多謝員外,就來了。(外)金穴、錢山,你如今去打發他們,多少盡他自取,不許攔阻。就唤當直的整治酒肴,我與娘子賞春,極要齊整。(雜應)曉得。當歌憐子夜,爲樂及丁年。(下)(雜扮當直持酒上)好鳥歌春深院宇,飛花送酒逼簾櫳。員外,酒肴在此。(旦送酒介)

【黄鶯兒】春色在簾鈎,綺筵開,玉饌饈。破除萬事無過酒。年華已遒,繁華在眸,盛衰倚伏

須参透。（合）莫追尤，昔年計算，早已付東流。（外）

【前腔】人世水中漚，電光微，斬眼收。何須日夜忙奔走。鐘鳴漏休，花謝水流，就今朝已覺遲回首。（旦）員外，你今日散了東西，後日不可懊悔。（外）我自聞聖僧之言，頭目腦髓，尚且肯捐，何況區區家業？（合前）

邂逅逢僧話，玄言爲指迷。
早知燈是火，飯熟已多時。

第五齣

【縷縷金】（生）酒醒後夢初回，早已炊烟起。日沉西，只因逢衲子，一瓢酒醉。

（內喝介）（生看介）是一班推車的人，讓過他。（雜推二車，又扮二人同上）走走走！快推了回去再來。（走一遭下）（生又看介）原來前一車是米，後一車是銀子。這班人那裏來的許多銀米，莫不是賊？追上去問他。（欲走，雜又喝推二車上）走走走！好個盧員外！好個盧員外！願他代代爲官。（生又看介）又是兩乘車子，不免問他。推車的，你那裏來的許多銀子？如今推到那裏去？（雜）是盧員外家來的，推到我家裏去的。（生慌介）誰與你來的？莫不是劫的！（扯住雜，雜喝介）你到好笑，這是盧員外佈施我們的。你是什麼人？妄指平人爲盜。（要打介）（生）老哥，不要惱。借問一聲，盧員外爲甚就與你許多銀子？（雜）你還不知。盧員外大開府庫，廣濟貧窮，已十日了。你若要求濟快走去，就有哩！（生欲再問，雜推開下）（生）怎麼有這等的事。他說十日了，難道我一醉就是十日？快跑回去。（走

介）行行不覺轉生疑，心兒裏慌了，腿也扯不動。怪欲前返退，怪欲前返退。（下）（外上）

【前腔】摩訶士性貪癡。似蜣螂團糞壤，死難離。空把金針撥，反瞳無計。（旦上）看紛紛合掌頌功德，信錢虜無益，信錢虜無益。

（相見介）（外）娘子，我家一行布施，那些貧人日日整萬到門，人人歡喜而去。但家中也要分散些與他，再加些酒食。（旦）酒食已散過了。（内歡呼作吃酒介）（生急上）

【不是路】心急行遲，只見絡繹車兒流似水。盡説盧家施金銀，街市益狼籍。轉懷疑，莫非妖僧酒裏藏奸計，爲甚一醉昏昏十日迷？已到門首，且聽一聽進去看。（内歡呼飲酒介）（生）聽得歡聲沸，（低唱）早難道不虞異變生衽席？轉教人戰慄，轉教人戰慄。

我且再聽一回進去，不可造次。（外起介）娘子，我覺道慳鬼又來了。你與我好備木棍，到門前去看。若還在彼，切不可容他進門，須要痛打他出去。（旦）這個自然。金穴、錢山，取桃木棍與雞狗血來，慳鬼又來了。（雜扮四人持杖上）慳鬼在那裏？（旦）員外説在門外來了。你衆人快快出去！若果來時，着實痛打。決不可容他進門。若進了門，我們又是凍餒的。（雜應介）（外）我們也同出去。（出介）（生）我且進去，看是如何。（進介）（旦）呀！果然慳鬼又來了。小廝們，快打快打！（衆打介）（生駭介）好奇怪！怎麼這人狀貌，與我一般的。（喝介）金穴、錢山，你是我掌家的，怎敢打我？（雜）啐啐啐！不信我是慳鬼的掌家。（生對旦）你是我的妻室，怎敢打我！（旦）啐啐啐！不信我是慳鬼的妻室。（生對外）你是什麼人，到在這裏？（外對生）我是盧至。你是慳鬼！還放我不下又來。（生喝）那裏説起！（旦）小廝，快打出去！取雞狗血來噴他身上。（生）我是人，怕什麼雞狗血。（外）難道我到是鬼？（旦）且不要嚷。你既是人，這十日在那裏安

身？（生）

【皂角兒】我因阿蘭會，往東郊戲嬉，遇一僧與我甘醴。誰知道酒力難禁，十日醉不知天地。（外對旦）阿彌陀佛！虧殺了聖僧。（外、旦）就是吃了酒，那裏有醉十日的理？況且郊外虎狼甚多，十日醉卧，不被吃了去。（生）幸然逃虎狼吻，又誰知遭顛沛，白日見鬼。（外、旦）到説別人是鬼。（生苦介）把我家私盡費，心腸痛悲。娘子，我和伊是結髮夫妻，爲甚反面相窺？

【前腔】（外、旦、雜）你本是黑山餓鬼，專一味憑人作祟。半生來受你多少禁持，今日裏又來纏住。（生）我衣有縫，身有影，那些兒像鬼？（衆）那些兒不像鬼！看你獐兒頭鼠兒耳，瘦伶仃長撩掉，豈是財主胎胚。況且吃人腦髓，隨人笑嗤。莫使我把靈符咒水，發付泥犁。

（生）可恨可恨！滿門都認我是鬼，到認他是真盧員外。也罷也罷！你衆人不認我是盧至。你看遠遠一班人來了，大家同去問他，看他們説誰是真，誰是假。（衆介，雜扮男女二老人持囊上）

【前腔】聞説道盧家廣施，我挈兒女從鄉來至。但只願斗水活鱗，敢指望千金布地。（見生拜介）只願你男爲王女爲后，家日長壽算期頤。員外，可憐見布施些。（生）這是我筋骨上掙來的家資，怎麽到分與你？（雜）老兒差了，他是慳鬼。這是我家盧員外。（外）隨他要多少，盡與他去。（生頓足介）咳！罷了罷了，怎麽把我家私這等撒漫。老兒過來！我兩人一般樣難辨。你看一看，盧員外還是我，還是他？（雜）你是人，這等慳吝，方才不肯布施，還不是人。（指外）這便是真盧員外。好員外！好員外！就是我父母一般。（拜介）（生扯介）我就是臭盧員外，你不認得，耳朵裏也須聞得。（雜指生）你的臭名千歲，（指外）他的香名萬里。（取囊背介）且將歸，閉門不管閑是閑非。

（外）金六、錢山，快快打出去！拴上了門。（打介，拴門介）（外、旦、雜）從今掃却魔王障，快活逍遥過此生。（下）（生吊場）可不氣死我也。不知那裏走來的人，與我一般無辨。怪不得家裏人不認，又把我的家私分散，這口氣如何消得。正是有冤難訴，有屈難伸。（沉吟介）我這國法，人間凡有不平事，便去奏聞國王。如今只索去奏聞。只是舊規，奏事人須貢獻好物。我家中被强盜占去，雖還有幾窖銀子，藏在城外野墳裏，妻子都不知道，料想未動，只是怎拼得現的博賒的？也罷，我有十四白氈布兒，外面雖則好看，却也不值甚錢，將去哄他一哄，只是不受我的便好。也罷，減一半，拿五匹去罷。快去快去！

第六齣

（末扮釋迦佛上）國開兜率在西天，優鉢曇花體自然。既引金繩弘覺路，仍將寶筏度迷川。貧僧乃天竺國刹利王子，姓瞿曇氏。自無始以來，有無量劫。貧僧從右脅而出世，落紺發以離家。晏坐六年，足一百四十功德；息心三昧，證八萬四千法門。妙相端嚴，黄金色時呈頂上；神通廣大，白毫光常放眉端。啓三途，張六道，爲十二衆生之本；弘六度，演三乘，破億萬群有之迷。争奈衆生漸染太深，鼎鼎名場利窟；愚癡太重，膠膠業種疑根。因此特建祇場，爲彼説法。詳因果，原始終，唱喝於鼾睡；彰生死，起本末，施針於頂門。立三觀、破三惑、成三德，捐思絶議，自證菩提；内六塵、外六根、中六識，去縛解粘，立登般若。自暖地以至歡喜地、離垢地、焰慧地、法雲地，地地相乘。囫囫圇圇，九仞難虧一簣；從初天以至忉利天、焰摩天、兜率天、樂化天、自在天，天天挨次，窅窅眇眇。登高必定從卑，咦！涅槃地獄本無差，只爲從前被眼遮。三脚驢兒才蹩，鑊湯爐炭是吾家。城中有個盧至員外，原是阿羅漢。向謫塵寰，遂爲世緣漸染。昨特遣帝釋往度，争奈迷而不悟。直至叩訴國王，被貧僧廣布神通，令宫門上人堅不許進。今日來取決於我，不免將幾句言語指點入道。呀，帝釋早已來矣！（外上）世間無智愚人，棄却真金擔草。自己原無一錢，日夜數他珍寶。世尊稽首！承世尊法旨，去點化盧至。奈彼昏迷，流注執着，如盲摸像，如聾聽鐘。如今特來求訴，還望我佛慈悲，令彼披雲見月，惺然自豁，早證真詮。（末）你與我唤衆徒弟，幻作十來個盧至。待他來時，我自點化他。

（外應下）（生上）

〔北雙調〕【新水令】萬千家業一時捐，可惜我數十年心機使遍。耐可的九重天聽遠，教人有恨向誰宣。只得稽首人天，稽首人天，仗佛力行方便。

我盧至辛勤一世，儹下家私，到被别人一時拆散，這口氣如何消得。昨日將了白氈布去奏聞國王，指望他作主斷還。誰想没有使用，門上人不肯代奏。我如今想將起來，那人性情面貌，與我一般。此必是妖魔鬼怪。佛力最大，一應邪祟，力能追攝。世尊現開祇場，在給孤獨園，我何不到那廂去求救。他以慈悲爲主，方便爲門，定然與我作主，可不連白氈布都省了。來到此間，又别是一個世界也。

【駐馬聽】俺只見澗壑潺，閣浮檀水净洄漩。又只見峰巒峭，諸天花蕊鬥奇妍。我平生懶得去參禪，這些兒好景世也那曾見。不覺的來路遠，恰便似尋真誤入桃源院。

想我當初的志願，好不奢也。

【沉醉東風】只指望萬金六高挨着門邊，只指望白玉塊甃成宅院。誰知道當日個素封長者尊，今日裏化作烏有先生賤。那妖魔宿世冤愆，没來由把我家私盡數蠲，只落得走荒荒一聲氣喘。

來到此間，已是給孤獨園。好奇怪！

【沽美酒】俺只見降霞飄五彩鮮。慶雲生半空現。寶樹奇花滿殿前，更有那鉢池内碧蓮色絢。

【太平令】俺只見丈六身金光如電，七層塔紫炁摩天。動仙音青霄普遍，列幡幢飄摇旋轉。呀！這的是有緣遇緣，更別無勝緣，早稽首把微情訴展。

（拜介）（末）呀！盧至，你來了也。（生背介）呀！怎麽便知我是盧至？好世尊！好世尊！是盧至來了也。（末）盧至，你今番來皈依三寶麽？（生）

【折桂令】遠迢迢問訊祇園，一來是瞻禮皈依，二來有屈欲言。（末）有何屈情？可就説來。（生）念盧至苦營些家業，止圖個兒孫受用，萬載千年。誰知道遇妖人一時席捲，他幻顔面與盧至依然。因此上真僞難研，家室嘩喧。世尊我好苦也，把咱來趕出門外受盡迍邅。

（末）盧至，你道你是真盧至麽？（生）世尊，天下則有一個盧至。弟子既真，他定是假。（末）我看來，還不知誰真誰假。（生）好一個糊突的世尊！父母生我之時，便取下盧至的名，到今已五十餘年。一國之人，誰不稱盧至員外。難

道到是假的？（末）辨甚真假。（生）

【雁兒落】世尊你道真和假何須辨，可不道我和彼有定員。笑山雞難作鳳，指飛鳧豈是鳶。

（末）盧至，你道天下只有你是盧至麽？（生）是。世尊，天下只有我是盧至。縱有名姓相同，那有面貌廝像的？（末）我徒弟中到有幾名盧至，與你廝像。盧至徒弟那裏？（外扮盧至上）師父，盧至稽首。（末）可與那壁廂盧至相見，就同他前邊鏡裏，看辨真假。（對鏡介）（生叫）是了。這正是前日拆散我家私的，世尊好與我除此妖孽。（末）休得啅！徒弟中還有盧至，都上堂來。（雜扮四人，一樣巾服上各道）世尊！盧至稽首。（末）可與那壁廂盧至相見。（生駭介）

【收江南】呀！駭得我半晌默無言，早難道把仲尼陽虎辨愚賢。（就鏡照介）你看許多人，都與我一般的。端没甚短長，老少共媸妍。（外與四人争言）則我是盧至，家業都是我的！（生）好教我難辨，好教我難辨。天呵！怎把我銅斗兒家私一時捐。

（叫介）世尊！誰是真盧至？（末）真則俱真，假亦同假。（生）家還是誰的？（末）也是你的，也是他的。（生）又來糊突！

【川撥棹】世尊你休得要葛藤纏。既然你不辨我的真和舛，衹教人有苦難言，有屈難宣。昏鄧鄧霧障青天，幾時得真如相悟當面？

是了。我想衆人見我眉目，就幻作面龐。我身上隱記他定不知。（對介）世尊！我盧至有隱記，在左肋下七黑子，如今要與衆人脱衣相驗。有的是真，無的是假。（末）衆徒弟！都解左肋，與他看驗。（衆介）我衆人左肋下都有七黑子，與那壁廂盧至一般無二。（生又叫）盧至！盧至！今番連你自己也認不真了。世尊！他既盧至，我是何人？我非

盧至，何有此名？（末）只緣你認賊作子，所以顛倒。若還轉識爲智，何至昏迷？若此，今番省悟些麽？（生跪介）

【七弟兄】我心兒裏茫然，告世尊可憐。五十載夢魂顛，幸開雲快睹如來面。這是非人我妙通玄，（拜介）不由人不皈依稽首圓明殿。

世尊！恁徒弟省悟了也。（末）既已省悟，跪近座前，摩頂受記。（生介）（末）盧至！盧至！無始已前。誰爲盧至？誰非盧至？種種形像，皆出前塵。分別留礙，誰是我體？誰爲物象？盧至既無，家業何在？譬如目中生翳，便見空中有華。目翳既除，華於空滅。忽有愚人，于彼空華所滅之處，待華更生。你道是癡是智？（生逐句點頭）（末）萬法千門總是空，莫思計較與牢籠。這番打出番斤斗，跳入毗盧覺海中。（衆念佛號）（生做卧倒介）衆徒弟！你看盧至一言得悟，立證菩提。帝釋！可將他色身下火。令金童玉女，同衆徒弟，引其性靈，同其妻子，送入西方。（外應，生衆同下）（生换衣，金童玉女隨上，旦亦同上）

【折桂令】九重闕九品池蓮，丹鳳青鸞，左右周旋。幡影飄摇，仙音嘹亮，紫氣鮮妍。今日個脱皮囊凡胎盡轉，上靈山佛國悠然。再不去蠅狗餘牛馬千年，穩駕清風，飛上青天。世尊！盧至夫婦稽首。（末）盧至，好聽法音！你元是那樓盧迦尊者，止因塵緣未盡，謫降下方。竟被銅臭昏迷，幾入盧犬葛地獄。今幸言下了悟，永脱輪回。衆徒弟，辦取香花，我親送入西方極樂世界。（生、旦稽首）欽奉法音。

【尾聲】俺只見五雲影裏祥光絢，大圓明片時發見。除却了六道輪回，懺悔了三生罪譴，好聽雷音大海邊。但世人辨道心堅，這兜率宫何常遠。（同下）

附録

一、評論資料

虞才多弘偉而少靈異，其靈異者，往往力就弘偉未盡其才而求助於學。卒見弘偉，不見靈異，此非學之故也。余所交者，無非真正靈異之人，而乃失之徐陽初。甚矣！予之不靈不異也。舟中閱《宵光》《題橋》《紅梨花》《一文錢》諸傳奇，自愧十年游虞。書此。徐陽初杜門嘔血，不求諧世，世人竟欲殺之，不爲動。然則能盡其才所從來矣。（明張大復《梅花草堂筆記》卷十一《徐陽初》）

此琴川本《紅梨記》也，不知何人所作，其填詞皆當行，盡有逼元處。而按律亦嚴整便當，舉陳提馮，即張鄭梁梅等且遠拜下風，况近日武林本《紅梨記》乎。然入選者，反有在彼不在此者，豈曲亦有幸有不幸哉。特録諸曲，以公好事。（明淩濛初《南音三籟·戲曲上》）

《一文錢》。南北六折。陽初子。世間能大富人，决非凡輩，不必假盧至散財破慳，吾

已知臭員外具有佛性矣。此劇南曲較勝北曲，白更勝於曲，至構局之靈變，已至不可思議。（明祁彪佳《遠山堂劇品》）

里中徐生陽初，屬其族子于王，以所著小令示余。余方擁書病卧，客有善謳者，使之按節而歌，歌竟，病霍然良已。蓋余方有幽憂之疾，唏歔煩酲，而陽初詞多嗚咽感蕩，如雄風之襲虚牝，宜其能愈我疾也。陽初博學能詩，妙解宫商，工於填詞度曲，所製「紅梨花」院本，窮日落月，身自教演。高則誠作《琵琶記》，歌咏則口吐涎沫不絶，按節拍則脚點樓板皆穿，陽初庶幾似之。詞曲雖小道，求其清新華豔，負歌山曲海之名，亦豈易言哉。昔人言關漢卿雜劇可繼「離騷」，漢卿仕元爲太醫院尹，一散吏耳。馬致遠爲江浙行省屬，張小山以路吏轉首領官。鄭德輝杭州小吏，宫大用釣臺山長。元時中外雄要之職，皆其國人爲之。中州人每每沈抑簿書，老於布素，窮困不得志，其詞曲獨絶於後世。陽初秦川貴公子，連蹇坎軻，故能以詞曲顯。于王亦恨人也，與陽初獨深，吾益以此知陽初矣。（清錢謙益《牧齋初學集》卷八十五題跋）

徐復祚，字陽初，號謩竹，大司空栻之孫。博學能文，尤工詞曲。某宗伯題其小令，以高則誠爲比。傳奇若《紅梨》《投梭》《祝發》《宵光劍》《一文錢》《梧桐雨》諸本，至今流傳於世，然不知其爲陽初作也。又嘗仿陶九成《輟耕録》作《村老委談》，原本三十六卷，今所存者六卷而已。余悲陽初有如許著作，而身歿之後，遺書散佚，名字翳然。文人之傳與不傳，洵有命在，千秋萬歲，子美所以嘆於寂寞也。會乙酉歲昭文修邑乘，予爲言于陳君亦韓，載入文苑傳。（清王應奎《柳南隨筆》卷一）

《梧桐雨》，《一文錢》一種，徐復祚作，即陽初子。《宵光》《紅梨》亦其作也。（清李斗《揚州畫舫録》卷五）

《柳南隨筆》云：予居徐市，徐市，徐大司空聚族處也。前明之季，其族有二人并擅高資，一最豪奢，一最吝嗇者，則爲諸生啓新。其族人陽初爲作《一文錢》傳奇，以誚之，所謂廬止員外者，指啓新也。又云徐復祚字陽初，大司空栻之孫，工詞曲，若《紅梨》《投梭》《祝髮》《宵光劍》《一文錢》《梧桐雨》，至今流傳於世。按《祝髮》見張伯起《陽春六集》，非陽初作。《南音三籟》云《紅梨》逸其名。（清焦循《劇説》卷四）

徐復祚字陽初，大司空栻之孫。爲諸生，博學能詩，尤工詞曲。傳奇若《紅梨》《投梭》《祝發記》《宵光劍》《一文錢》《梧桐雨》諸本，傳誦梨園。又嘗仿陶九成《輟耕録》作《三家村老委談》三十卷。（雍正《昭文縣誌》卷七十一、乾隆《常昭合志》卷八）

《三家村老委談》三十六卷。按此書一名《花當閣叢談》，今止存八卷。又有《紅梨記》《投梭記》《祝發記》《宵光劍》《一文錢》《梧桐雨》諸傳奇。（乾隆《常昭合志》卷二）

徐復祚原名篤孺，字陽初，號謩竹，大司空栻之仲孫也。爲諸生，入太學，才度兩美，工詞曲，著《紅梨》《捉梳》《祝髮》《宵光劍》《一文錢》《梧桐雨》諸本。又嘗仿陶九成《輟耕録》作《村老委談》三十六卷，今存七卷。（參昭志）按其書初名《花當閣委談》，凡二十卷，晚自稱三家村老，故易其名，卷亦因之而多。書中作李卓吾處，足□學術。其從孫演，字大令，號秋湄。諸生，性詼諧，善談笑。所填詞有《靈火珠》諸劇。（清顧崇善《里睦小志·文苑》中國地方誌集成·鄉鎮志專輯》十二）

嘉慶季年，粵東鹺商李氏，家蓄雛伶一部，延吴中曲師教之。舞態歌喉皆極一時之選，工崑曲雜劇，關目節奏咸依古本。咸豐初尚有老伶能演《紅梨記》《一文錢》諸院本，其後轉相教授，樂部漸多，統名爲外江班，距今數十年。（清梁鼎芬《（宣統）番禺縣續志》卷四十四民國二十年重印本）

明南京工部尚書徐栻，一子某，曾官鴻臚卿，孫六，皆驕縱鄉裏。長名昌祚，蔭刑部主事，陞郎中，以沉姑事死於獄。三名名儒，俗稱徐三敗是也。揮金如土，多行非禮，以恣豪樂。《柳南隨筆》移其事於汝讓，尚書從姪，非也。如塔上放飛金，而觀其飄颺。桃源澗踏楊梅，而觀其瀑布。盡碎瓷鋪之器，而聆其好音。千金買善鬥黄頭，而烹爲美味，皆三敗事。人言或過實，而其敗盡家産，《獪園》載其隱惡非常，皆不誣也。四名復祚，曾著《村老

委談》小説及《十五貫》《一文錢》等戲。六名鼎祚。餘未考。（清鄭光祖《一斑録・雜述一》）

二、《東郭記・仲子》

五了咳咳咳，耕牛無野草，倉内有餘糧。學生陳仲子，早間城内探母親，我母有愛子之心，殺鵝肉與我吃，我想必是吾兄任上之贜物，不免尋個僻静之處，哇而吐之。（浄上）今兒吃得太發了，想是要吐吐吐。（付）吐吐吐。（浄）我在這裏吐，誰在那裏學我？（付）吐吐吐。（浄）憑你真大貴也，要吃我一拳頭。（付）啊呀，啊呀！是誰把學生打這一拳頭。（浄）夠他受用了。（付）嚇！這是齊人。嚇！此人凶煞煞，不免打大路而避之。（浄）我打大路而接之。（付）我從小路而走之。（浄）我從小路而碰之。（付）齊老先生，學生走大路，你也走大路。（浄）我也走大路。（付）學生走小道。（浄）我也走小道。（付）兩條道，老先生莫非要霸道乎？（浄）我便霸道，你便怎麽着？（付）咳。（浄）我道是誰，原來是陳仲子，這餓殍！（付）齊老先生，學生開口老先生，閉口老先生，怎麽罵我學生是餓殍？（浄）怕不是麽？（付）我便回你一句。（浄）使不得。（付）乞兒待如何？（浄）我與他取笑，他到掘起我的根來了，當真個過來罷。（付）嚇嚇嚇！（浄）我這乞兒比别不同。（付）乞兒罷了，有甚不同？（浄）我一日之餐，夠你一生之用。（付）你千日之臭怎比得我百日之香。（浄）你背母離兄，全無天理。（付）你欺妻誑妾，哪是人倫。（浄）你編蒲蘆，打草鞋，甘下賤的營生。（付）你拿木碗，執竹杖，最醜陋的形態。（浄）拾爛李子充饑，與螬蠐蟲爭食。（付）你討祭酒入肚，與魍魎鬼爭髒。（浄）身邊并無半文拉丟。（付）嘴上油膩到有一寸之厚。（浄）我不信，刮下來，瞧没有一寸厚，只得五分，該你炒豆腐腦子吃了罷。（付）骯髒，骯髒！（浄）你避居於陵，好似縮頭的蚯蚓。（付）你求食東郭，渾如延頸的鷺鷥。（浄）你何斯文，定是單瓢之徒。（付）你真横行，畢竟招禍冥莫。（浄）冥莫，冥莫。放你媽驢子的大布！（付）到要請問老先生，「布」者何也？（浄）布，嚇屁。屁嚇，布嚇。放你媽驢子的大布！（付）嚇哈！原來此人學問，有一屁之談乎？（浄）陳仲子。（付）老先生。（浄）我説你不過，和你賭打。（付）嚇！要打，請問老先生還是文打呢？還是武打呢？（浄）打有什麼文武？（付）自然嚇。（浄）文打便怎麼樣？（付）文打，戴了巾兒，穿了衣服，你一拳，我一脚，謂之文打。（浄）武打怎麼着？（付）武打，除了巾兒，卸了衣服，乒乓，劈啪，劈啪乒乓，爲之武打。（浄）如此和你打了半文半武。（付）怎麼半文半武？（浄）你便脱了衣服，我便不脱，可不是半文半武。（付）這也使得。咳！遇文王施禮樂，逢桀紂起干戈。（浄）早知今日睹打，該吃大力丸來。（付）早知今日候打，該吃上清丸來。請教老先生誰先誰後？（浄）打罷了，有甚先後？（付）自然嚇。（浄）如此，我先打。（付）嚇！老先生要先打。如此，待學生恭而候之。

（净）我打了。（付）嚇！老先生，你把拳頭略放鬆些。（净）做什麼？（付）學生怕疼。（净）站着罷，我打了。（付）啊唷唷！老先生，你的拳頭太重了些。（净）君子不重則不威。（付）往而不來，非禮也。老先生該學生動動手。（净）你打罷！（付）老先生，學生動手了。啊呀！且住。我這一拳頭下去，此人必定嘔血而亡，不免搯他一指甲罷，嚇老先生，指甲厲害，要招架嚇。（净）嚇！你打罷。（付）啊呀！我這一指甲搯下去，此人脊梁上定有一條血槽，想父母之遺體，不可毀傷，不免尋個器械來打他。嚇哈！這裏有條草棍在此。五粗而竟長，不免去掉些，盡夠他受用了。老先生學生打了啊。（净）你打罷。（付）嚇哈！夠了他了。（净）你打罷。（付）學生僭過了。（净）方才癢癢初初，是你打。（付）學生打了。（净）分明欺我，搥死這狗頭罷。（付）啊呀啊呀！（外上）閑來林下走，却遇路相爭。不要動手！嚇！你們二人爲何在此廝打？（外）你去穿了衣服。（付）是。（净）老丈聽啓。

駐飛旗聽説因由，罵我嗜酒狂徒，品行低，又道我欺妻誑妾，乞丐行藏，求食充饑，言語譏訕，非所以聽告詳細。這場羞辱，實難容恕。（付）老先生不要聽他。（外）你也講來。（付）欲吐鵝兮，他踪迹揮拳把我欺，滿口胡言惡利，道隱匿於陵，織履又續連餘，不羡親兄弟，聽我訴啓，這場嘔氣，實難容恕。（外）二位聽了。休論高低，小老從前説與知，豈不聞吹簫伍相，垂釣姜公，各有時際，你們休得多相疑，各自歸家，莫相氣。聽我倍禮，不必相論，一團和氣。下雨了，且去罷。（净）下雨了，去罷，去罷。（下）（付）哈哈哈，看他們見下雨蒼忙而去，學生寧可濕衣，不可亂步，五了嚇嚇。（下）終（民國亦安氏《敬蒼水館曲譜·仲子》）